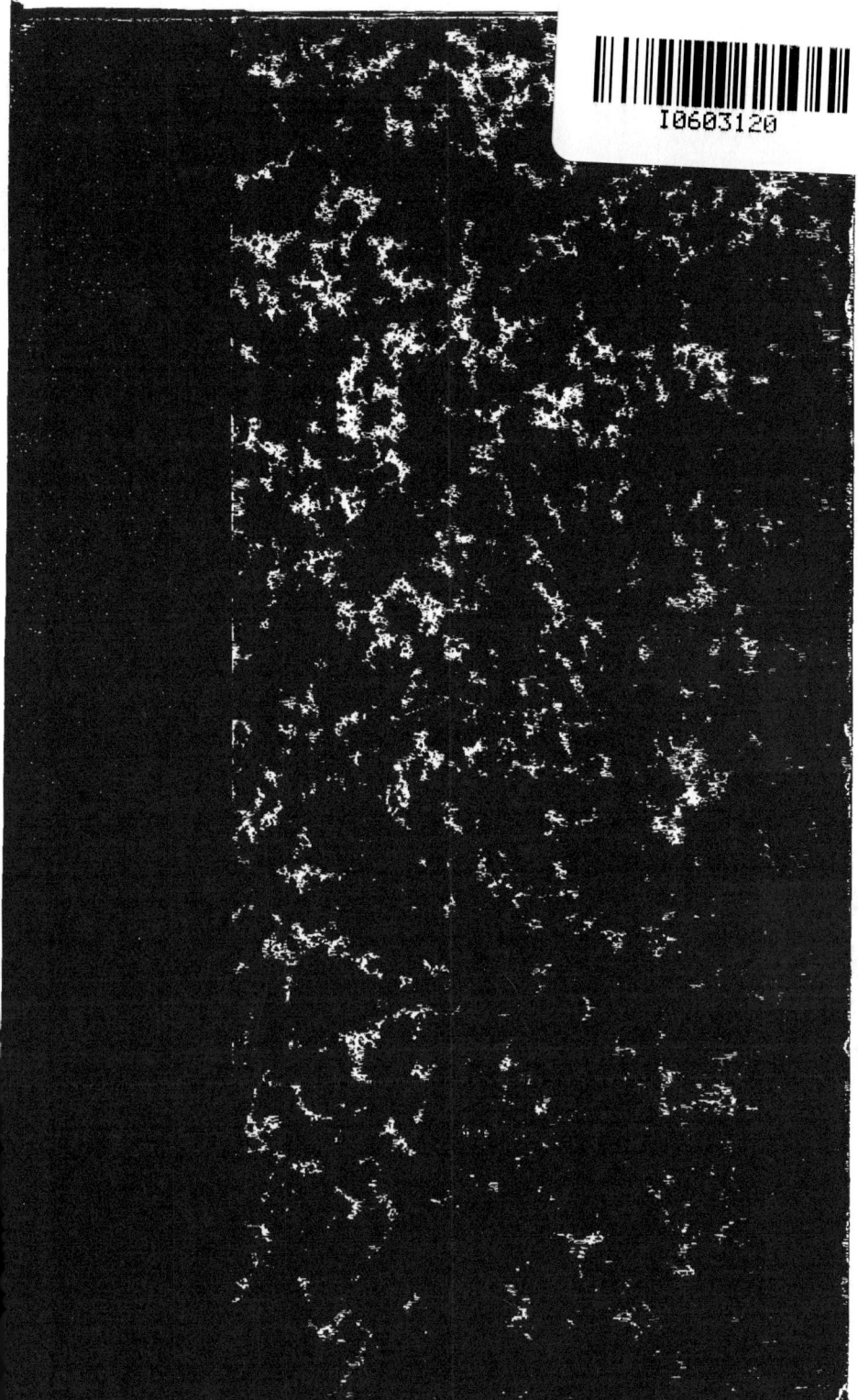

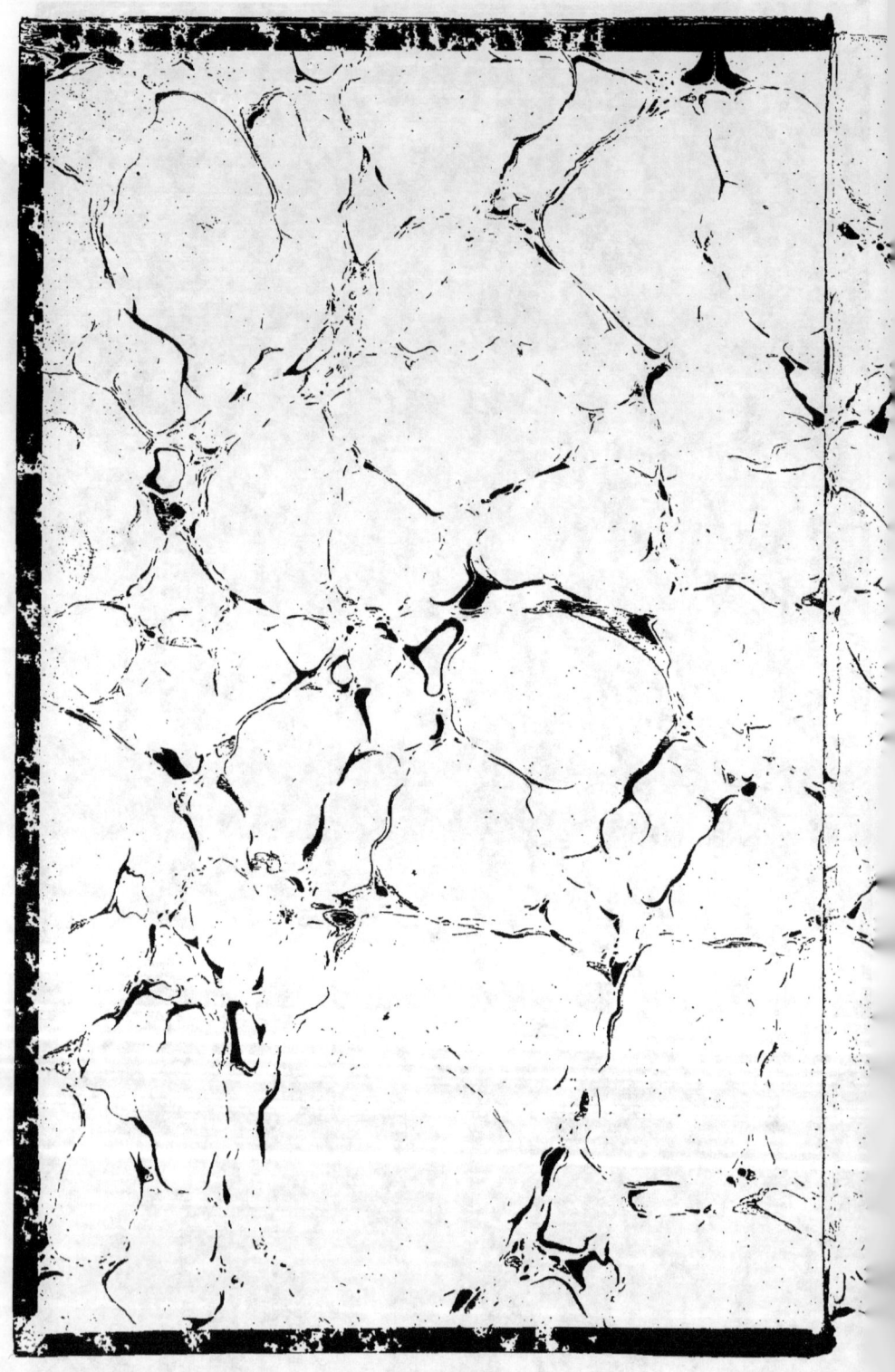

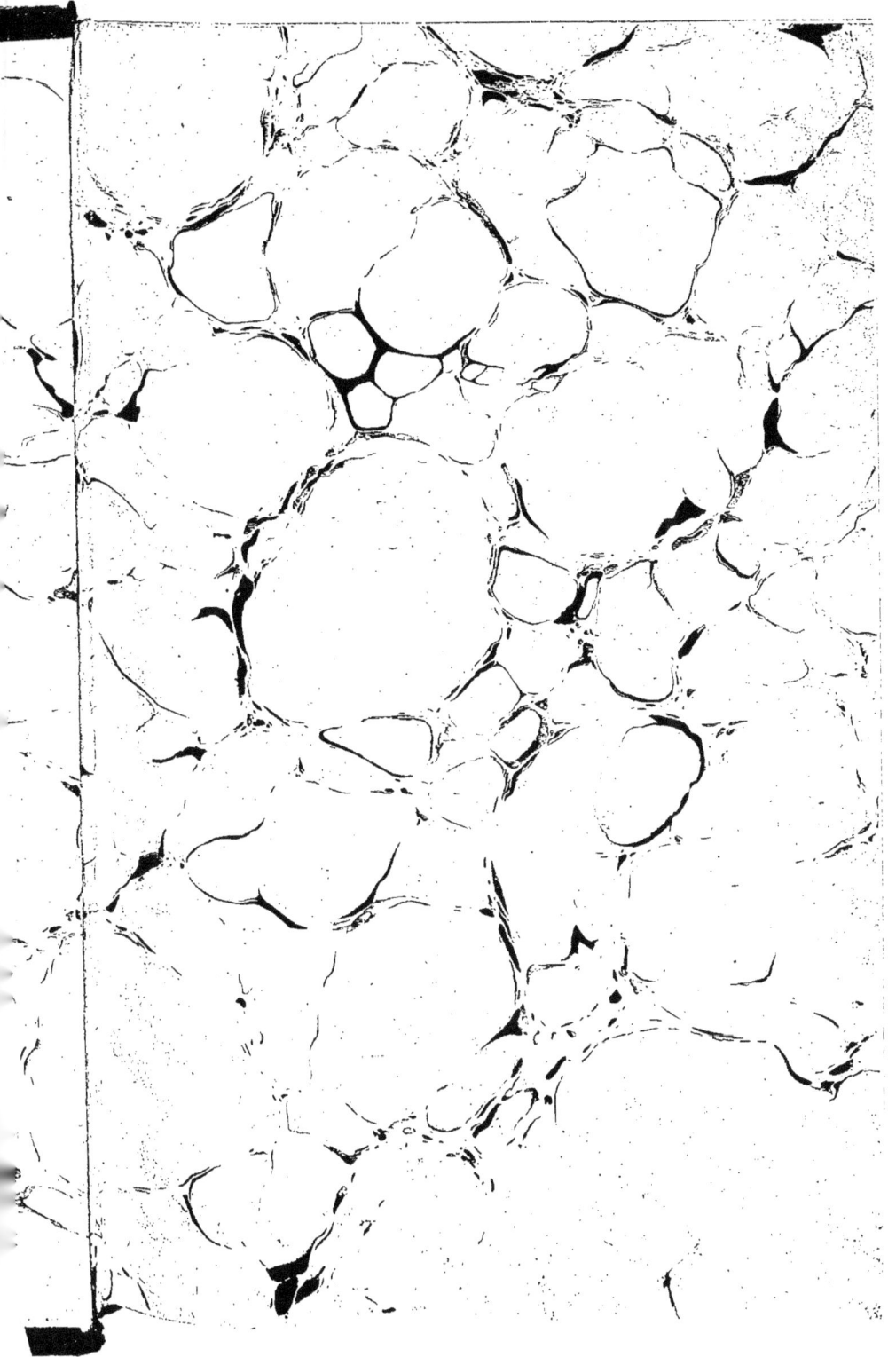

MANUEL

D'OPHTALMOLOGIE

PAR

Le Docteur E. FUCHS

PROFESSEUR ORDINAIRE D'OPHTALMOLOGIE A L'UNIVERSITÉ DE VIENNE

DEUXIÈME ÉDITION FRANÇAISE

TRADUITE SUR LA CINQUIÈME ÉDITION ALLEMANDE

PAR

Le Docteur C. LACOMPTE DIRECTEUR DE L'INSTITUT OPHTALMIQUE LIBBRECHT	**Le Docteur L. LEPLAT** ANCIEN ASSISTANT DU PROFESSEUR FUCHS A L'UNIVERSITÉ DE LIÉGE

PARIS

GEORGES CARRÉ ET C. NAUD, ÉDITEURS

3, RUE RACINE, 3

1897

MANUEL

D'OPHTALMOLOGIE

TOURS. — IMPRIMERIE DESLIS FRÈRES

MANUEL
D'OPHTALMOLOGIE

PAR

Le Docteur E. FUCHS

PROFESSEUR ORDINAIRE D'OPHTALMOLOGIE A L'UNIVERSITÉ DE VIENNE

DEUXIÈME ÉDITION FRANÇAISE

TRADUITE SUR LA CINQUIÈME ÉDITION ALLEMANDE

PAR

Le Docteur G. LACOMPTE	Le Docteur L. LEPLAT
DIRECTEUR DE L'INSTITUT OPHTALMIQUE LIBBRECHT	ANCIEN ASSISTANT DU PROFESSEUR FUCHS A L'UNIVERSITÉ DE LIÈGE

PARIS

GEORGES CARRÉ ET C. NAUD, ÉDITEURS

3, RUE RACINE, 3

—

1897

PRÉFACE DE LA PREMIÈRE ÉDITION

Ce livre diffère sensiblement de la plupart des manuels d'ophtalmologie, tant au point de vue de l'ordonnance des matières que de la façon de les traiter. Pour ce motif, qu'il me soit permis de lui consacrer quelques mots de justification. Dans les universités allemandes, parmi les élèves qui prennent leurs études à cœur, l'habitude d'écrire les leçons du maître est générale. Cette pratique s'observe dans mon cours comme ailleurs ; mais je suis loin de l'approuver. En général, je considère comme surannée la forme d'enseignement supérieur qui consiste à écrire sous la dictée les leçons du professeur, mais je la désapprouve sans réserve quand elle s'applique aux branches pratiques de la clinique. En effet, d'une part, cette façon de procéder détourne l'attention de l'étudiant des faits qui se passent sous ses yeux ; d'autre part, il se donne beaucoup de peine et perd un temps précieux à déchiffrer et à étudier ultérieurement ses notes. Néanmoins, on ne peut déraciner l'habitude de faire des cahiers de cours, « car c'est un plaisir d'emporter chez soi ce que l'on possède en noir sur blanc ». Puisque donc les étudiants sont si désireux de posséder en *noir* sur *blanc* les propres paroles du maître, pourquoi celui-ci n'irait-il pas, dans la mesure du possible, au-devant de leurs désirs ? C'est mû par ces considérations que je me suis bien volontiers imposé la tâche de rédiger, pour mes auditeurs, les leçons qui constituent l'objet de mon enseignement. A l'origine, mon intention était de publier un tout petit livre, mais une nouvelle considération vint modifier mes plans. Le manuel dont se sert l'étudiant en médecine, pendant le cours de ses études universitaires, devient son conseil, son aide-mémoire à consulter une fois que, devenu médecin, il est lancé dans la pratique médicale. De tous les livres traitant cette même matière, c'est celui qu'il préfère, car le médecin y est chez lui, et il sait y trouver, sans difficulté, les renseignements qu'il désire. Chaque page le salue comme une vieille connaissance, à chacune d'elles il rattache des associations d'idées qui lui remettent en mémoire les cas cliniques qu'il a vus, les explications du professeur, etc. Malgré ces avantages, il est regrettable que beaucoup de médecins se contentent de consulter pendant toute leur vie le manuel qui leur a servi au cours de leurs études. Mais toujours, même pour ceux qui ajoutent de nouveaux ouvrages aux livres surannés, ce manuel garde une certaine valeur.

C'est dans le but de rendre mon livre également utile à ce point de vue que j'ai été amené à lui donner plus d'extension. Il ne vise pas cependant à être complet, n'étant pas destiné aux ophtalmologues de profession. Ceux-ci ont à s'adresser aux manuels plus étendus et aux grands traités. Il sera plutôt utile au médecin praticien, dans les cas embarrassants. Je ne veux pas dire par là que celui-ci y trouvera un recueil complet de formules : non, mon manuel lui servira avant tout de guide pour le conduire au diagnostic exact. Pour ce motif, j'ai été obligé de faire connaître les formes pathologiques qui s'écartent des types cliniques habituels, ainsi qu'un grand nombre d'éléments étiologiques exceptionnels, etc., pour arriver, dans les cas difficiles, à mettre sur la bonne voie ceux-là même qui ne sont pas oculistes.

Pour que mon livre atteigne ce double but, j'ai dû faire en sorte que tout le monde, l'étudiant autant que le praticien, y trouve son compte. Le débutant dans la science, qui se heurte à une telle foule de faits nouveaux, est incapable de bien discerner le principal de l'accessoire. Souvent il arrive que des faits rares ou étranges se gravent mieux dans la mémoire que ceux qui s'observent tous les jours et qui paraissent naturels. Maint étudiant qui se rappelle d'emblée qu'on a observé des cataractes après un coup de foudre, ne se souviendra peut-être plus d'en avoir vu dans un décollement rétinien ou une irido-choroïdite. C'est pour ce motif que j'ai adopté deux types de caractères différents. Les principes fondamentaux de l'ophtalmologie, ses faits les plus importants et vraiment indispensables à connaître par tous ceux qui se livrent à son étude, sont imprimés en grands caractères. Le petit texte, au contraire, est réservé à l'explication approfondie des différents chapitres, aux discussions théoriques d'un intérêt général et à des conseils utiles au praticien. J'ai également consacré quelques lignes à l'anatomie pathologique des maladies de l'œil. Je supplée ainsi à une lacune des traités d'anatomie pathologique qui, en général, glissent rapidement sur cet organe. En attendant, je compte que l'étudiant voudra bien ne pas considérer le petit texte comme une sorte de pancarte sur laquelle est écrit : « Chemin interdit. » Ce chemin ne lui est pas défendu ; je tiens, au contraire, qu'il doit mettre de l'intérêt à s'y promener souvent.

Au reste, ce livre sera un reflet de l'école d'*Arlt*, école dont je suis sorti. *Arlt* fut avant tout un clinicien d'un coup d'œil remarquable. Il sut saisir la physionomie des maladies avec toutes les particularités qui s'y rattachent, et les décrire avec un talent qui ne saurait être surpassé. Le traité publié par lui en 1881 (*Klinische Darstellung der Krankheiten der Binde-Horn-und Lederhaut*) en constitue un témoignage éclatant. Si ce livre avait paru en entier, je n'aurais jamais eu l'idée de publier le présent manuel. Je me suis attaché à suivre l'exemple d'*Arlt*, en accordant la plus grande importance à l'exposé des formes cliniques sous lesquelles se montrent les diverses affections oculaires. Ce n'est pas cependant qu'au point de vue de la clinique des maladies des yeux je méconnaisse ni la valeur de l'anatomie pathologique, ni celle des recherches expérimentales. Par la bactériologie notamment, nous pouvons espérer d'arriver à la solution de maints problèmes importants, de nature, peut-être, à transformer d'une manière sensible nos idées actuelles. Néanmoins, le tableau des symptômes cliniques restera toujours la boussole du clinicien.

Sous un autre rapport encore, j'ai suivi les principes souvent exposés par *Arlt*. A son exemple, j'aime à accorder, dans l'enseignement clinique, une importance capitale aux affections du segment antérieur de l'œil. En effet, ces maladies sont les plus fréquentes, et l'on peut les diagnostiquer sans devoir recourir à des instruments coûteux et difficiles à manier. Au reste, ces affections fournissent à la thérapeutique le champ le plus vaste et le moins ingrat. C'est pourquoi l'étudiant, pour lequel elles auront une importance toute

particulière plus tard dans la pratique, doit s'attacher à se les gra-
ver avant tout dans l'esprit. D'ailleurs, le temps consacré pendant
les études à l'enseignement clinique de l'ophtalmologie est suffisant pour que l'étudiant obtienne ce résultat dans une mesure satisfaisante, s'il veut y mettre un peu de zèle. Il n'en est pas de même
en ce qui concerne les affections du fond de l'œil. En effet, la connaissance de ces affections demande beaucoup d'exercice, et c'est
bien plus souvent dans le diagnostic que dans la thérapeutique que
l'on triomphe. Pour ce motif, longtemps encore ces maladies reste-
ront le domaine plus particulièrement réservé aux spécialistes. Il
faut en dire autant et des anomalies de la réfraction et de la chirurgie oculaire. Ainsi, il n'est pas possible de demander à un médecin
praticien qu'il se procure une boîte de verres ou un appareil ins-
trumental d'oculiste, ni d'exiger de lui qu'il possède l'adresse et la
sûreté de main requises dans les opérations oculaires, pour s'y ris-
quer en toute tranquillité de conscience. Ceux qui comptent en
arriver là doivent savoir franchir les limites tracées à l'enseignement clinique et pénétrer plus avant dans les arcanes de l'ophtalmologie, en fréquentant, pendant quelque temps, une fois leurs
études terminées, une clinique des maladies des yeux. De plus, ils
peuvent consulter des ouvrages spéciaux approfondis, surtout le
grand traité des maladies des yeux publié par *Græfe* et *Sæmisch*.
Dans mon manuel, au contraire, je me suis contenté de traiter très
brièvement les deux chapitres cités plus haut, celui des anomalies
de la réfraction et celui des opérations. Parmi les affections du
fond de l'œil, je me suis spécialement appesanti sur celles qui ont
quelque importance au point de vue du diagnostic des maladies
internes. En ce qui regarde les méthodes d'examen des fonctions
de l'œil, j'ai insisté de préférence sur celles qui, dans ma clinique,
sont d'un usage journalier et que mes auditeurs connaissent, par
conséquent, pour les avoir vues personnellement appliquer. J'ai
réuni, dans une section spéciale, les opérations typiques sous le titre
de : *Chirurgie oculaire*. Je me suis borné à y consigner les opérations qui sont aujourd'hui généralement adoptées. Quant à celles
qui n'ont qu'un intérêt historique (telle que l'iridodesis, etc.), je
me suis abstenu d'en prononcer même une fois le nom, de peur de
surcharger la mémoire de l'étudiant, en lui parlant de choses inutiles. Si, repoussant en cela l'exemple de beaucoup de manuels, j'ai

préféré omettre certains détails minutieux de la technique opératoire, ce n'est pas sans y avoir réfléchi. La dextérité opératoire ne
s'acquiert que par le fait d'avoir vu opérer souvent et par l'exercice
personnel. Je suis convaincu qu'il ne viendra à l'idée de personne
d'entreprendre une opération, en n'ayant d'autre guide que les
seules indications fournies par les livres. Il en est de même des
détails descriptifs des différentes manipulations dans l'examen des
yeux. C'est encore dans la clinique et par la pratique seule qu'on
doit se familiariser avec elles.

Pour me dispenser d'avoir à écrire un chapitre spécial sur les
connexions qui existent entre les affections oculaires et les maladies
générales ou celles des organes spéciaux, j'ai marché dans la voie
que m'a tracée *Schmidt-Rimpler*, dans son excellent traité. C'est
ainsi que, dans un Index alphabétique, le lecteur trouvera indiqués
tous les passages où il est question des rapports entre les maladies
générales et les affections des yeux.

J'ai donné des soins tout spéciaux à la confection des figures. J'ai
cherché à réduire à peu de chose les emprunts de figures que j'ai
faits à d'autres ouvrages ; en revanche, dans la mesure du possible,
je me suis attaché à prendre pour modèle mes propres préparations,
et j'ai mis tous mes soins à en faire reproduire jusqu'aux plus
minutieux détails. Je dois des remerciements au Dr *Salzmann*, mon
assistant de clinique, pour la fidélité et l'adresse avec lesquelles il
a exécuté les dessins. La reproduction sur bois en a été faite par
M. Matoloni, de Vienne, avec le talent qu'on lui connaît.

E. Fuchs.

Vienne, juillet 1889.

PRÉFACE DES TRADUCTEURS

Lorsqu'en 1892 nous avons publié une traduction française, faite sur la deuxième édition allemande, du *Manuel de M. le professeur Fuchs*, nous avions jugé superflu de la faire précéder d'une préface. Nous estimions que, en raison du renom dont jouit l'École d'ophtalmologie de Vienne et de la réputation de clinicien et de savant de M. Fuchs, il ne nous appartenait pas de présenter cet ouvrage aux médecins de langue française. Tout ce que nous aurions pu écrire se serait résumé en cette seule phrase : « Nous pensons rendre service à nos confrères français peu familiarisés avec la langue allemande, en les mettant à même d'étudier le manuel du professeur viennois. » Nous ne nous trompions pas, d'ailleurs. Malgré l'existence antérieure d'excellents traités d'ophtalmologie, et bien que, depuis lors, en aient paru d'autres non moins remarquables, notre édition française n'a pas tardé à être épuisée.

Mais, dans le même temps, l'ouvrage original obtenait un succès tel que, de juillet 1889 à novembre 1896, en paraissaient six éditions, et dans chacune d'elles, M. Fuchs apportait tant de remaniements que notre traduction de 1892 ne répond plus guère à l'ouvrage actuel. Ainsi, le nombre des figures a été porté de 178 à 224. La skiascopie, cette méthode si pratique de déterminer la réfraction, est devenue l'objet d'une description minutieuse. Les découvertes incessantes de la bactériologie ayant modifié les idées sur beaucoup de points, il a été tenu compte de ces progrès dans maints chapitres de l'ouvrage, et notamment dans ceux qui traitent de la conjonctivite diphtéritique et de la conjonctivite croupale, lesquels ont été entièrement refondus. Les affections du fond de l'œil, exposées succinctement au début, sont à présent décrites d'une façon plus étendue.

Tous ces remaniements ne nous permettaient pas de publier une simple réimpression de notre traduction primitive. D'autre part, une revision de notre texte français nous avait montré que celui-ci méritait bien des corrections. C'est pour ces raisons que nous avons écrit une traduction entièrement nouvelle, en rapport avec la cinquième édition allemande et, pour certaines parties même, grâce à l'obligeance de M. le professeur Fuchs, avec la sixième édition parue il y a deux mois.

Nous espérons que notre nouvelle traduction trouvera auprès de nos confrères un accueil aussi favorable que la première.

Dr L. LEPLAT.

Dr C. LACOMPTE.

Janvier 1897.

TABLE DES MATIÈRES

PREMIÈRE PARTIE

EXAMEN DE L'ŒIL

Pages

Chap. I. — **Examen objectif de l'œil** 3
  § 1. Examen à l'œil nu, 3. — § 2. Ophtalmoscopie. Principe de l'ophtalmoscope, 7. — § 3. Emploi de l'ophtalmoscope, 10. — *Notes :* lueur pupillaire, examen des milieux réfringents, fond de l'œil normal, détermination de la réfraction, détermination des différences de niveau 12
Chap. II. — **Examen fonctionnel** 29
  § 4. Vision directe et indirecte, 29. — § 5. Examen du champ visuel, 30. — § 6. Étendue du champ visuel, 33. — *Notes :* lacunes du champ visuel, sens lumineux, simulation de la cécité 34

SECONDE PARTIE

MALADIES DE L'ŒIL

Chap. I. — **Maladies de la conjonctive** 42
  § 7. Anatomie 42
  I. — *Conjonctivite catarrhale,* 49. — § 8 a) Conjonctivite catarrhale aiguë, 49. — § 9 b) Conjonctivite catarrhale chronique, 56. — § 10 c) Conjonctivite folliculaire 59
  II. — *Conjonctivite blennorrhagique aiguë,* 61. — § 11 a) Blennorrhée aiguë des adultes, 61. — § 12 b) Blennorrhée des nouveau-nés 69
  III. — *Conjonctivite trachomateuse,* 72. — § 13. Symptômes et marche, 72. — § 14. Suites, 77. — § 15. Étiologie et traitement, 80. — *Notes :* historique, histologie du trachome, rapport des diverses formes entre elles, traitement 85
  IV. — § 16. *Conjonctivite diphtéritique,* 95. — *Notes :* Membranes croupales de la conjonctive 99
  V. — *Conjonctivite lymphatique,* 101. — § 17. Symptômes et marche, 101. — § 18. Étiologie et traitement 106

Pages

VI. — § 19. — *Catarrhe printanier*.............................. 111
VII. — § 20. — *Conjonctivite exanthématique*, 115. — *Notes :* pemphigus, lupus de la conjonctive, dégénérescence amyloïde 116
VIII. — § 21. *Blessures de la conjonctive*...................... 118
IX. — § 22. *Ulcères de la conjonctive*......................... 121
X. — § 23. *Ptérygion*, 124. — *Note :* Pseudoptérygion............ 127
XI. — § 24. *Symblépharon*....................................... 129
XII. — § 25. *Xérosis*.. 132
XIII. — § 26, *Suffusion de sérum et de sang sous la conjonctive*....... 134
XIV. — § 27. *Tumeurs de la conjonctive*......................... 136
CHAP. II. — **Maladies de la cornée** 143
  § 28. Anatomie, 143. — § 29. Examen clinique de la cornée... 148
  I. — *Inflammation de la cornée*.............................. 150
  § 30. Généralités sur la kératite, 150. — § 31. Vascularisation de la cornée, participation des organes voisins, 153. — § 32. Division des kératites 158
  A. *Kératite suppurative* 159
    1° *Ulcère cornéen*, 159. — § 33. Symptômes et marche, 159. — § 34. Perforation de la cornée, éclaircissement des cicatrices cornéennes, 161. — § 35. Étiologie et traitement, 167. — *Notes :* formes des ulcères cornéens, traitement... 172
    2° *Abcès de la cornée*, 177. — § 36. Symptômes, marche, 177. — § 37. Étiologie, traitement......................... 179
    3° § 38. *Kératite par lagophtalmie*....................... 186
    4° § 39. *Kératomalacie* 188
    5° § 40. *Kératite neuroparalytique*....................... 190
  B. *Kératite non suppurative*................................ 194
  § 41 a). Formes superficielles : 1° *Pannus*; 2° *Kératite avec formation de vésicules*, α) Herpès fébrile, 6) Herpès zoster, γ) Kératites vésiculeuse et bulleuse............................... 194
  § 42 b). Formes profondes : 3° *Kératite parenchymateuse*, 199. — § 43. 4° *Kératite profonde*; 5° *Kératite sclérosante*; 6° *Kératite provenant de la face postérieure de la cornée*, 209. — *Notes :* 7° Kératite striée traumatique; 8° Kératite profonde dans l'iridocyclite; 9° Infiltrations scrofuleuses profondes; 10° Kératite marginale.. 211
  II. — § 44. *Blessures de la cornée*.......................... 213
  III. — § 45. *Opacités de la cornée*, 218. — *a)* Opacités d'origine inflammatoire; *b)* d'origine non inflammatoire, 218. — § 46. Troubles visuels par suite d'opacités cornéennes, traitement... 221
  IV. — *Ectasies de la cornée :* 1° Staphylôme cornéen, 227. — § 47. Symptômes, étiologie et suites, 228. — § 48. Traitement, 232. *Notes :* Anatomie du staphylôme cornéen, hypertonie, 235. — § 49. 2° *Kératectasie*, 239. — § 50. 3° *Kératocône*; 4° *Kératoglobe*.. 240
CHAP. III. — **Maladies de la sclérotique**..................... 243
  § 51. — Anatomie 243
  I. — § 52. *Inflammation de la sclérotique*................... 244
  II. — § 53. *Blessures de la sclérotique*, 249. — § 54. Traitement des plaies scléroticales 254

Pages

III. — § 55. *Ectasies de la sclérotique*, 262. — *Note :* Anatomie du staphylôme sclérotical 267

Chap. IV. — **Anatomie et physiologie de l'uvée. Embryologie de l'œil** 270

   I. — *Anatomie*, 270. — § 56. *a)* Iris, 270. — § 57. *b)* Corps ciliaire, 276. — § 58. *c)* Choroïde............................... 281

  II. — *Circulation et nutrition*, 285. — § 59. *a)* Vaisseaux sanguins, 285. — § 60. *b)* Voies lymphatiques, 288. — § 61. *c)* Nutrition de l'œil, 290. — § 62. *d)* Pression intraoculaire...... 294

III. — *Participation de l'uvée à l'acte de la vision*, 294. — § 63. Innervation et réaction de l'iris, 294. — § 64. Réaction de la pupille aux poisons, 295. — *Notes :* réaction pupillaire et ses altérations, mydriatiques, miotiques............. 298

  IV. — § 65. *Développement de l'œil*........................... 303

Chap. V. — **Maladies de l'iris et du corps ciliaire** 309

   I. — *Inflammation* 309

    § 66. Symptômes de l'iritis, 309. — § 67. Symptômes de la cyclite. Diagnostic différentiel entre l'iritis et la cyclite, 312. — *Note :* Anatomie de l'iridocyclite, 317. — § 68. Marche et terminaison de l'iritis et de la cyclite, 321. — *Notes :* Anatomie, 325. — § 69. Étiologie de l'iritis et de la cyclite, iritis à la suite d'affections générales, 327. — § 70. Iritis comme affection locale, iritis et iridocyclite secondaires, 330. — § 71. Traitement de l'iritis et de la cyclite, 337. — § 72. Traitement des suites de l'iritis et de la cyclite.................................. 341

  II. — § 73. *Blessures de l'iris*................................. 343

III. — § 74. *Tumeurs de l'iris et du corps ciliaire*, 346. — *Notes :* kystes, tubercules, mélanomes de l'iris................. 348

  IV. — § 75. *Troubles de la motilité de l'iris*...................... 352

   V. — § 76. *Anomalies congénitales de l'iris*...................... 355

Chap. VI. — **Maladies de la choroïde**........................... 358

   I. — Inflammation de la choroïde............................ 358

    § 77. A. *Choroïdite exsudative*, 358. — *Notes :* formes de la choroïdite exsudative, altérations de la choroïde dans la myopie, soustractions sanguines, 361. — § 78. B. *Choroïdite et iridochoroïdite suppurative*, 368. — *Notes :* Œil-de-chat amaurotique, atrophie et phtisie de l'œil, décollement de la choroïde, déchirure de la choroïde 370

  II. — § 79. *Tumeurs de la choroïde*, 374. — *Note :* tuberculose de la choroïde 379

III. — § 80. *Anomalies congénitales de la choroïde*................. 380

Chap. VII. — **Glaucome**...................................... 385

    § 81. Généralités 385

   I. — *Glaucome primitif*, 390. — § 82. A. Glaucome *inflammatoire*, 391. — § 83. B. Glaucome *simple*. Hydrophtalmie, 399. — § 84. Théories du glaucome, 401. — *Note :* Anatomie du glaucome, 407. — § 85. Traitement du glaucome primitif. 409

  II. — § 86. *Glaucome secondaire*, 415. — *Note :* Diminution de la pression intra-oculaire.................................. 417

Chap. VIII. — **Maladies du cristallin**............................ 419

    § 87. — Anatomie....................................... 419

Pages

I. — *Opacités du cristallin.* — § 88. A. Généralités, 422. — *Note :* Anatomie de la cataracte, 424. — § 89. B. Formes cliniques de la cataracte : *a)* Cataractes stationnaires partielles, 428. — § 90. *b)* Cataractes progressives, 435. — § 91. C. Étiologie de la cataracte, 443. — § 92. D. Traitement de la cataracte, 449. — *Note :* historique 431

II. — § 93. — *Déplacements du cristallin* 452

Chap. IX. — **Maladies du corps vitré** 459

§ 94. Anatomie. Maladies 459

Chap. X. — **Maladies de la rétine** 465

§ 95. Anatomie et physiologie 465

I. — § 96. *Inflammation de la rétine*, 469. — *Notes :* Fibres nerveuses à doubles contours, Hyperémie, Anémie, Hémorragies, Embolie, Thrombose, Rétinite 471

II. — § 97. *Atrophie de la rétine* 481

III. — § 98. *Décollement de la rétine* 485

IV. — § 99. *Gliome de la rétine* 491

Chap. XI. — **Maladies du nerf optique** 495

§ 100. Anatomie, 495. — *Notes :* Semidécussation ; disposition des fibres dans le tronc du nerf optique 505

I. — *Inflammation du nerf optique*, 510. — § 101. *a)* Névrite intra-oculaire (papillite), 510. — § 102. *b)* Névrite rétrobulbaire, 517. — *Notes :* Amblyopie tabagique, Strychnine 518

II. — § 103. *Atrophie du nerf optique*, 520. — *Notes :* Blessures, tumeurs du nerf optique, anatomie des affections du nerf optique 522

§ 104. *Troubles visuels sans lésions appréciables :* 1° Amblyopie congénitale ; 2° Amblyopie par anopsie ; 3° Héméralopie ; 4° Amblyopie et amaurose de cause centrale, 525. — *Notes :* 5° Scotome scintillant ; 6° Troubles de la vue de nature hystérique ; 7° Cécité des couleurs 529

Chap. XII. — **Maladies des paupières** 540

§ 105. Anatomie et physiologie 540

I. — § 106. *Inflammation de la peau des paupières*, 550. — *Note :* Œdème des paupières 555

II. — § 107. *Inflammation du bord palpébral* 558

III. — § 108. *Maladies des glandes palpébrales*, 565. — *Note :* Affections du tarse 570

IV. — *Anomalies de position et de relation des paupières*, 571. — — § 109. 1° Trichiasis et Distichiasis, 571. — § 110. 2° Entropion, 573. — § 111. 3° Ectropion, 576. — § 112. 4° Ankyloblépharon, 578. — 5° Symblépharon, 579. — 6° Blépharophimosis, 579. — 7° Lagophtalmie, 580. — *Note :* Brièveté congénitale des paupières 582

V. — § 113. *Maladies des muscles palpébraux* 583

VI. — § 114. *Blessures des paupières* 589

VII. — § 115. *Tumeurs des paupières* 592

VIII. — § 116. *Anomalies congénitales des paupières* 594

Chap. XIII. — **Maladies des organes lacrymaux** 596

§ 117. Anatomie et physiologie 596

I. — *Blennorrhée du sac lacrymal*, 600. — § 118. Symptômes, étiologie et marche, 600. — § 119. Traitement 603

II. — § 120. *Dacryocystite*, 606. — *Notes* : Anomalies de la glande
lacrymale, des points et des canalicules lacrymaux, Blennorrhée du sac et dacryocystite, Larmoiement et tarissement des larmes...................................... 608
CHAP. XIV. — **Troubles de motilité de l'œil**................ 614
§ 121. Anatomie et physiologie des muscles de l'œil.......... 614
§ 122. Orientation, vision simple et double................. 618
I. — § 123. *Insuffisance des muscles de l'œil*.................. 635
II. — *Paralysie des muscles de l'œil*, 640. — § 124. Symptômes,
paralysies invétérées, 645. — § 125. Formes, étiologie,
marche, traitement.................................... 646
III. — *Strabisme*, 658. — § 126. Symptômes et étiologie, 658. —
§ 27. *a*) Strabisme convergent ; 661, *b*) Strabisme divergent.
Traitement.. 663
IV. — § 128. *Nystagmus*...................................... 670
CHAP. XV. — **Maladies de l'orbite**.............................. 673
§ 129. Anatomie...................................... 673
I. — *Inflammations*, 677. — § 130. *a*) Inflammation de la paroi
osseuse et du périoste de l'orbite, 677. — § 131. *b*) Inflam-
mation du tissu cellulaire de l'orbite, 680. — *Notes* :
Thrombose du sinus caverneux. Ténonite.............. 681
II. — § 132. *Blessures*, 683. — *Note* : Contusion de l'œil.......... 685
III. — § 133. *Goitre exophtalmique*.......................... 686
IV. — § 134. *Tumeurs de l'orbite*............................ 689

TROISIÈME PARTIE

ANOMALIES DE LA RÉFRACTION ET DE L'ACCOMMODATION

CHAP. I. — **Des lunettes**.................................... 698
§ 135. Lentilles convexes et concaves, numérotage des lentilles, 698. — § 136. Autres espèces de lentilles, 701. — *Notes* :
Ancien numérotage, détermination de la puissance des lentilles.. 702
CHAP. II. — **Propriétés optiques de l'œil normal**............... 706
§ 137. *a*) *Réfraction*, 706. — § 138. *b*) *Acuité visuelle*, 708. —
§ 139. *c*) *Accommodation*, 712. — § 140. Mesure de l'accommodation, 717. — *Notes* : Amplitude de l'accommodation, accommodation relative, 718. — § 141. Modifications de l'accommodation selon l'âge.................................... 724
CHAP. III. — **Myopie**.. 728
§ 142. Détermination et causes de la myopie en général, 728. —
§ 143. Myopie typique, 732. — § 144. Causes et traitement de
la myopie.. 735
CHAP. IV. — **Hypermétropie**.................................. 740
§ 145. — Détermination et causes de l'hypermétropie en général, 740. — § 146. Hypermétropie typique.................. 749
CHAP. V. — **Astigmatisme**.................................... 755

Pages

§ 147. *a*) Astigmatisme *régulier*, 755. — § 148. *b*) Astigmatisme
irrégulier, 759. — *Notes* sur l'astigmatisme régulier........ 760
§ 149. *Anisométropie*... 763
Chap. VI. — **Anomalies de l'accommodation**...................... 765
§ 150. Paralysie de l'accommodation, 765. — *Note :* Spasme de
l'accommodation 769

QUATRIÈME PARTIE

CHIRURGIE OCULAIRE

Chap. I. — **Généralités**.. 773
§ 151. Antisepsie, Anesthésie, 773. — § 152. Exécution des incisions, position de l'iris, hémorragie intraoculaire, 775. —
§ 153. Traitement consécutif, marche anormale de la guérison,
778. — *Notes :* Coaptation de la plaie, prolapsus de l'iris....... 781
Chap. II. — **Opérations sur le globe oculaire**.................... 788
I. — § 154. *Ponction de la cornée*, 788. — *Note :* Ponction de la
sclérotique (sclérotomie)................................ 789
II. — § 155. *Iridectomie*, 790. — § 156. Ses indications........... 791
III. — § 157. *Iridotomie*.. 798
IV. — § 158. *Discision de la cataracte.* a) Discision des cataractes
molles, 799. —§159. b) Discision des cataractes membraneuses. 802
V. — § 160. *Extraction de la cataracte*, a) Extraction linéaire
simple, 804. — § 161. b) Extraction à lambeau, 805. — § 162.
Résultat de l'opération de la cataracte, 808. — *Note :* Historique. 810
Chap. III. — **Opérations sur les annexes de l'œil**............... 717
I. — § 163. *Opérations du strabisme*, 817. — § 164. Indications des
opérations du strabisme................................. 819
II. — § 165. *Énucléation du globe*, 825. — § 166. Indications de
l'énucléation, 827. — *Notes :* Exentération de l'œil, Névrotomie
optico-ciliaire, Exentération de l'orbite..................... 830
III. — § 167. *Opérations contre le trichiasis*...................... 831
IV. — § 168. *Canthoplastie* 833
V. — § 169. *Tarsorraphie*... 838
VI. — § 170. *Opérations contre l'entropion* 841
VII. — § 171. *Opérations contre l'ectropion* 842
VIII. — § 172. *Opérations contre le ptosis*....................... 847
Table alphabétique... 851

PREMIÈRE PARTIE

EXAMEN DE L'ŒIL

CHAPITRE PREMIER

EXAMEN OBJECTIF DE L'ŒIL

§ 1. Après avoir recueilli les commémoratifs, on passe à l'examen de l'œil du patient. Je ne saurais assez recommander de procéder systématiquement, sinon on s'expose à oublier des signes importants. On examine d'abord le patient au point de vue de son habitus en général, ainsi que de son regard. Ensuite, on procède à l'examen de l'œil même, en commençant par les parties les plus superficielles, les paupières, la conjonctive et la cornée, pour arriver graduellement jusqu'aux parties les plus profondes.

En ce qui concerne les *paupières*, l'on en observera la position et la mobilité, la largeur de la fente palpébrale, ainsi que la manière dont elle se ferme. En examinant la peau des paupières, il faut porter une attention toute spéciale sur les bords palpébraux, siège très fréquent d'altérations pathologiques. Sans parler des symptômes de l'inflammation, qui se localisent de préférence sur les bords palpébraux, on s'assurera si les angles des paupières ont conservé la netteté de leurs limites, si les cils sont bien dirigés, si enfin les points lacrymaux baignent convenablement dans le lac lacrymal. A cette occasion on ne doit pas non plus négliger d'examiner la région du sac lacrymal. Si, à la simple inspection, on n'y remarque aucun changement, souvent on arrive néanmoins, en comprimant cette région au moyen du doigt, à exprimer par les points lacrymaux le contenu du sac lacrymal affecté.

Quant à l'examen du *globe oculaire* proprement dit, il est rendu souvent très difficile par un spasme palpébral — blépharospasme. Ceci s'applique surtout aux enfants qui ont l'habitude de contracter d'autant plus violemment les paupières que le médecin exerce plus d'efforts pour les ouvrir. Dans ce cas, l'on doit être très prudent quand on veut de force écarter les paupières, sinon l'on risquerait, s'il y avait un ulcère profond, de provoquer une perforation subite de la cornée et même l'expulsion du cristallin. On cherche donc à diminuer la sensibilité, en instillant quelques

gouttes d'une solution de cocaïne entre les paupières légèrement entr'ouvertes. Pour écarter les paupières, on se sert avec avantage de l'écarteur
de *Desmarres*. Au moyen de cet instrument, on s'expose moins à produire
des lésions qu'en exerçant, avec les doigts, une trop forte pression sur le
globe oculaire. Dans un grand nombre de cas, enfin, on ne parvient à
examiner convenablement l'œil qu'en recourant à la narcose. Malgré toutes
ces difficultés, il ne faut pas manquer, à la première visite du patient, de
l'examiner minutieusement, afin d'établir exactement le diagnostic, le
pronostic et le traitement à instituer.

En ce qui concerne le globe oculaire lui-même, il faut avant tout rechercher si la situation dans l'orbite, la position comparée, à celle de l'autre
œil, le volume et la mobilité en sont normaux.

On peut examiner la *conjonctive palpébrale* en renversant les paupières.
Pour la paupière inférieure, il suffit de l'abaisser, tandis qu'on engage le
patient à regarder en haut. Pour renverser la paupière supérieure, au contraire, il faut acquérir une certaine adresse que la pratique seule peut
donner. Il est d'autant plus important de se familiariser avec ce tour de
main, que c'est précisément la conjonctive de la paupière supérieure qui
donne les meilleures indications pour établir le diagnostic des maladies de
la conjonctive : l'épaississement de la conjonctive, les inégalités de sa
surface, la formation de cicatrices telles que celles qui caractérisent le
trachome sont ici le plus faciles à observer. Ensuite il sera souvent nécessaire de renverser la paupière pour enlever des corps étrangers.

Pour l'examen de la *cornée*, à côté de l'inspection minutieuse de l'organe
(éventuellement à l'aide d'une bonne loupe, par exemple la loupe sphérique de Hartnack), il faut avoir recours surtout à deux artifices : le miroitement de la surface cornéenne, et l'éclairage latéral. Faire *miroiter* la
cornée signifie diriger l'œil de façon que l'image réfléchie d'une fenêtre
située en face devienne visible sur la cornée (dans la figure 29, on voit les
quatre carreaux d'une fenêtre dans le quadrant supéro-externe de la cornée). Pour faire miroiter successivement les différentes parties de la surface cornéenne, on meut le doigt devant l'œil, qui doit le suivre dans toutes
les directions. De cette manière on palpe, si l'on peut s'exprimer ainsi, la
cornée, au point de vue de sa courbure et de son poli.

L'*éclairage latéral* consiste à concentrer la lumière sur un point déterminé de la cornée, au moyen d'une lentille convexe. Cette importante
méthode, déjà employée par *Himly*, *Mackenzie* et *Sanson*, était néanmoins
très peu connue autrefois. Ce fut sous l'impulsion des travaux d'*Helmholtz*
que l'usage en fut universellement répandu. On place une lumière (bougie,
lampe) à côté du patient et un peu en avant de lui. Alors, au moyen d'une
forte lentille convexe (de 15 à 20 D), on concentre les rayons en un cône

lumineux, dont on laisse tomber le sommet sur le point de la cornée à examiner. Cette méthode est connue sous le nom d'éclairage focal, parce que le point à éclairer est amené au foyer principal de la lentille. Ce point est particulièrement visible, d'abord parce qu'on y concentre beaucoup de lumière, et ensuite parce que les points avoisinants restent presque complètement dans l'obscurité. A cause de cette dernière circonstance, pour retirer tous les avantages possibles de l'éclairage latéral, il faut se servir de la chambre obscure. Par l'éclairage latéral, on peut reconnaître dans la cornée des troubles de transparence que l'on ne peut déceler d'aucune autre manière. En mettant au point pour des profondeurs diverses, l'on peut, de cette manière encore, examiner l'iris, ainsi que le cristallin. De plus, non seulement cette méthode donne l'avantage de produire des images très nettes, mais encore, comme on peut diriger le sommet du cône lumineux sur des plans situés à différentes profondeurs, il est permis de se rendre compte de la situation des altérations observées.

Un procédé commode d'éclairage latéral est obtenu par la lampe de *Priestley Smith*. Comme source lumineuse, elle porte dans son milieu une petite bougie ; le cône lumineux est formé par une forte lentille convexe fixée dans une de ses parois.

Après avoir examiné la cornée, il faut encore en tâter la sensibilité. On y arrive le mieux en la touchant au moyen d'un bout de fil.

La *chambre antérieure* doit être examinée surtout au point de vue de sa profondeur. Ainsi, elle peut être trop ou trop peu profonde dans sa totalité, ou bien seulement dans une de ses parties. De plus, il faut rechercher si son contenu est normal, si l'on n'y trouve ni exsudat, ni sang, ni corps étranger, etc.

En ce qui concerne l'*iris*, il faut observer la couleur, ainsi que la netteté des détails de son dessin. Pour reconnaître des synéchies éventuelles, il est souvent nécessaire d'instiller de l'atropine. On examinera les mouvements actifs (réaction) de l'iris, et l'on s'assurera s'il n'existe pas quelque mouvement passif (tremblotement de l'iris par les mouvements du globe oculaire). Pour reconnaître la réaction de l'iris à la lumière, l'autre œil étant fermé, on place l'œil à examiner dans l'obscurité, en le couvrant de la main ; puis, en écartant brusquement celle-ci, on observe si la pupille se contracte (réaction directe). En outre, on voit si la pupille de l'œil examiné réagit, lorsque l'on cache et découvre alternativement l'autre œil (réaction synergique) ; on doit engager le patient à fixer de l'œil observé un point éloigné, afin que l'œil reste immobile. De plus, il faut examiner la réaction de la pupille pendant la convergence et l'accommodation. Enfin, on voit si la pupille est ronde, de dimension normale, égale à celle de l'autre œil, bien centrale et d'un noir pur.

Du *cristallin* on ne voit, à l'état normal, qu'un petit segment de la face
antérieure, celui qui se trouve dans l'ouverture de la pupille. Veut-on en
examiner une plus grande étendue, on doit dilater la pupille au moyen de
l'homatropine et recourir à l'éclairage latéral. Tant que le cristallin est
encore transparent, c'est l'ophtalmoscope qui nous donne les meilleures
indications sur son état. Les images de *Purkinje-Sanson* nous renseignent
particulièrement sur la présence ou l'absence du cristallin. En effet, si
l'on place une bougie devant l'œil et un peu de côté, on remarque dans
l'œil deux reflets brillants. L'un d'eux se distingue immédiatement par sa
grandeur et son éclat : c'est le reflet cornéen, c'est-à-dire l'image droite de
la flamme produite par la face antérieure de la cornée (fig. 1, *a*). C'est

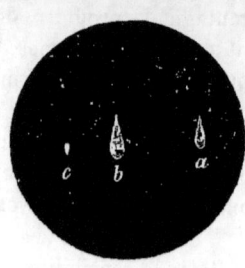

cette image qui se voit déjà de loin dans tout
œil et qui lui donne son brillant et son éclat.
Le second reflet sans doute est également clair,
mais si petit qu'il faut tout d'abord le chercher.
Il représente la petite image renversée de la
flamme, formée par la face postérieure du
cristallin (image cristallinienne postérieure)
(fig. 1, *c*). Elle se reconnaît à ce que, pendant
les mouvements de la source lumineuse, elle
se déplace en sens inverse. Si l'on abaisse la
bougie, le point brillant monte, et réciproquement. Pour l'image réfléchie par la cornée, le
contraire a lieu, le mouvement s'en opère dans
le même sens que la flamme de la bougie elle-
même. La figure 1 montre encore une troisième image réfléchie *b*, située entre les deux

Fig. 1. — *Images de Purkinje-
Sanson.* — Le disque noir représente la pupille dilatée de l'œil
examiné. On doit s'imaginer que
la bougie est à droite, l'œil de
l'observateur à gauche de la pupille.
a, image formée par la face antérieure de la cornée ; *b*, image formée
par la face antérieure du cristallin ;
c, image formée par la face postérieure du cristallin.

premières et provenant de la face antérieure du cristallin. Celle-ci produit une image droite, plus grande que les deux autres, mais si peu
lumineuse qu'elle est très difficile à voir et par là ne possède qu'une
minime importance pratique. Cette importance revient avant tout, à côté
du reflet cornéen, à l'image de la face postérieure du cristallin ; en effet,
son existence démontre, d'une manière certaine, la présence du cristallin
dans l'œil. Cependant il faut se garder de conclure de là à la réciproque :
ainsi, lorsque l'image cristallinienne postérieure est absente, le cristallin
peut manquer ; il peut se faire pourtant, qu'à cause d'un trouble de transparence de la substance cristallinienne, il ne se produise plus d'image sur
la face postérieure.

Avant de procéder à l'examen de l'œil au moyen de l'ophtalmoscope, il
faut encore en déterminer la *tension*. On fait fermer l'œil et on le palpe au
moyen des deux doigts indicateurs appliqués sur les paupières supérieures.

Ici, aussi bien que pour tous les examens mentionnés plus haut, on ne saurait prendre de meilleure mesure, pour constater les anomalies éventuelles, qu'en comparant les deux yeux l'un à l'autre, dans l'hypothèse évidemment que l'un des deux soit sain.

EXAMEN A L'OPHTALMOSCOPE

(Ophtalmoscopie)

§ 2. L'invention de l'ophtalmoscope par *Helmholtz*, en 1851, est une des plus utiles de la médecine moderne. Elle nous a permis de plonger le regard à l'intérieur de l'œil. Les vaisseaux sanguins et les nerfs, qui ne peuvent être mis à découvert dans le reste du corps que par des manœuvres chirurgicales, sont ici visibles et nous permettent d'en étudier les modifications les plus intimes. — Dans la médecine oculaire, l'ophtalmoscope a provoqué une révolution complète, puisqu'il nous a permis d'explorer le domaine de ce qu'on appelait autrefois la cataracte noire, et de reconnaître les nombreux processus morbides qui constituent cette affection si appréhendée. Aujourd'hui un grand nombre d'entre eux, diagnostiqués exactement et à temps, sont susceptibles d'être traités avec succès. Dans la médecine interne même, l'ophtalmoscope est devenu un instrument indispensable de diagnostic, puisque beaucoup de maladies provoquent dans le fond de l'œil certaines altérations caractéristiques.

Principe de l'ophtalmoscope. — Pour voir le fond d'un œil, il faut, par des dispositions appropriées, y projeter de la lumière à travers la pupille et recevoir dans son propre œil, où elle doit former une image nette, la lumière réfléchie par le premier. Dans l'ophtalmoscope primitif de *Helmholtz*, cet effet était obtenu de la manière suivante: devant l'œil à examiner A (fig. 2), on place obliquement une lame de verre PP. Une source lumineuse L, placée à côté de l'œil, projette de la lumière sur cette lame. Celle-ci en réfléchit une partie à sa surface et la fait tomber, à travers la pupille, sur le fond de l'œil A. Les rayons lumineux, réfléchis par le fond de l'œil a, retournent vers la lame de verre, d'où ils sont, en partie, renvoyés à la source lumineuse L. L'autre partie, au contraire, traverse la lame et arrive dans l'œil examinateur B, qui réunit, sur sa rétine, les rayons lumineux en une image nette b. Dans le but d'augmenter le pouvoir réflecteur de la lame et, par suite, l'éclairage de l'œil, *Helmholtz* superposait trois plaques de verre. Une modification ultérieure consista en ce que, par un étamage à miroir, on augmenta le nombre des rayons réfléchis. Une ouverture pratiquée au milieu de la lame, ou du moins laissée dans l'étamage, permettait à l'observateur de voir. Ce sont ces *miroirs plans* qu'on emploie aujourd'hui comme miroirs à éclairage faible. Les miroirs à éclairage fort sont *concaves*. Ils sont également étamés et perforés au centre (employés d'abord par *Ruete*). Ceux-ci, en rendant convergents les rayons provenant de la source lumineuse, projettent bien plus de lumière encore dans l'œil observé. Derrière l'orifice du miroir est disposé un appareil permettant de placer en face de cet orifice des lentilles de différentes espèces. Par ce moyen, il est possible de donner aux rayons lumineux qui tombent dans l'œil de l'observateur telle direction que de besoin, pour les réunir sur la rétine en une image nette.

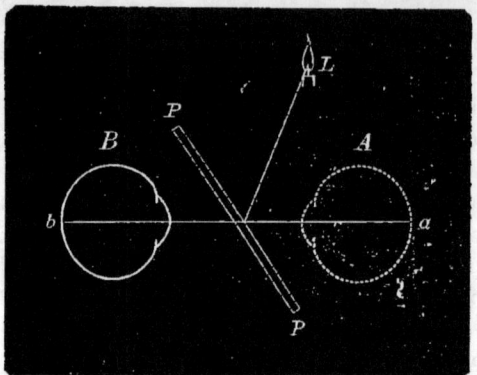

Fig. 2. — Principe de l'ophtalmoscope d'Helmholtz.

Méthode d'examen. — L'examen se fait dans une chambre obscure. Le patient est assis en face du médecin; du côté de l'œil à explorer se trouve une lampe servant de source lumineuse. Pour voir clairement le fond de l'œil, il existe deux méthodes. Pour plus de facilité, nous supposons d'abord que les yeux du patient, aussi bien que ceux du médecin, possèdent une réfraction normale (emmétropie, voir § 137). Pour l'examen à l'*image droite* (méthode directe), le médecin se place avec son miroir devant l'œil du patient. Tenant alors son miroir obliquement, de façon à projeter la lumière de la lampe dans la pupille de l'œil à examiner, il en voit aussitôt clairement le fond. Au moyen du miroir *SS* (fig. 3), une certaine partie du fond de l'œil *A* est éclairée. Les rayons réfléchis par un point éclairé *a* quelconque de la rétine sortent de l'œil dans une direction parallèle, passent à travers l'ouverture centrale du miroir *oo*, et pénètrent dans l'œil de l'observateur *B*. Ici, les rayons se réunissent de nouveau sur un point *b* de la rétine de cet œil, de façon à y former une image nette du point *a*. Et, puisque les mêmes faits se répètent pour les autres points éclairés de la rétine de l'œil A, il se forme une image nette de cette partie de la rétine dans l'œil de l'examinateur.

L'examen à l'*image renversée* ou par la méthode indirecte (*Ruete*) se fait à l'aide d'une forte lentille convexe d'à peu près 6 centimètres de foyer. Cette lentille L (fig. 4) se tient à environ 6 centimètres de distance de l'œil A à examiner. On éclaire alors le fond de cet œil au moyen du miroir SS. Les rayons lumineux réfléchis par le champ rétinien éclairé *a* émergent parallèles et tombent sur la lentille, qui les fait converger en son foyer principal *f*, où il se produit ainsi une image du point *a*. Et comme il se

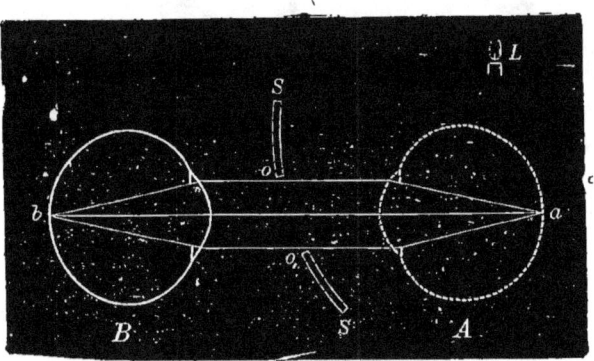

Fig. 3. — *Examen ophtalmoscopique à l'image droite.* — Les yeux sont dessinés à la grandeur réelle d'un œil emmétrope de 24 mm. de long.

forme de la même manière, dans le plan focal de la lentille, une image de chacun des autres points du champ rétinien éclairé, une image *renversée* des parties en question du fond de l'œil naît dans ce plan même. L'œil de l'observateur B regarde alors cette image à travers l'ouverture *o* du miroir, à la distance habituelle de la lecture (environ 30 centimètres). A moins qu'il ne soit légèrement myope, l'observateur doit accommoder ou regarder à travers une lentille convexe appropriée.

Chacune de ces méthodes présente ses avantages : l'image droite fournit un grossissement considérable — environ quatorze fois ; — l'image renversée, au contraire, ne donne qu'un grossissement de quatre fois à peu près. La méthode directe convient donc surtout pour examiner les petits détails. La méthode indirecte, en revanche, fournit un champ visuel plus large et donne ainsi une meilleure vue d'ensemble. La méthode indirecte donne une image plus éclairée et permet de voir encore le fond de l'œil, en cas de troubles de transparence des milieux réfringents, alors

que ce fond n'est plus visible à l'image droite ; de même, dans les cas de
forte myopie, seule la méthode indirecte est applicable. Le plus souvent,
les deux méthodes sont susceptibles d'être employées, et il est utile de se
servir de toutes deux pour l'examen de l'œil.

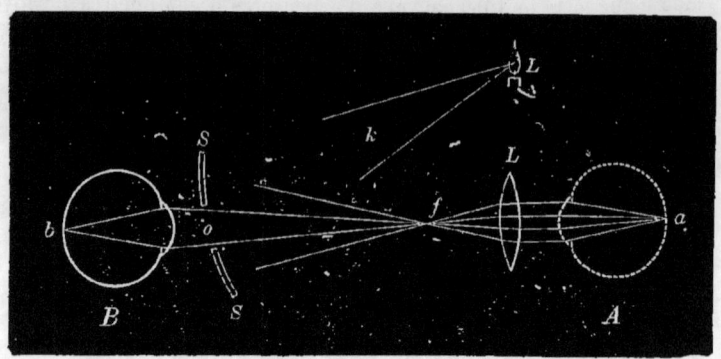

Fig. 4. — *Examen ophtalmoscopique à l'image renversée.* — L'éclairage du fond de l'œil est obtenu par la
source lumineuse *L*, d'où tombe sur le miroir *SS* le cône lumineux *k*, lequel est réfléchi, et, traversant la
lentille *L*, pénètre dans l'œil *A*. Pour la clarté du dessin, on a négligé de rendre ces rayons et l'on n'a
représenté que ceux qui émanent de l'œil *A*.

§ 3. Emploi de l'ophtalmoscope. — Avant de procéder à l'examen du
fond de l'œil, on s'assure, au moyen de l'ophtalmoscope, de l'état de transparence des *milieux réfringents*. Dans ce but, en se tenant à la distance
habituelle de la lecture, on projette, à l'aide de l'ophtalmoscope, de la
lumière dans l'œil à examiner.

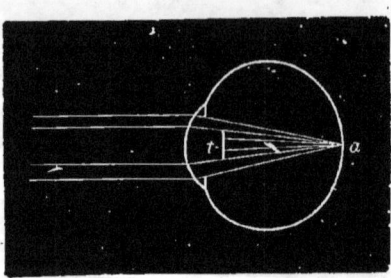

Fig. 5. — Visibilité des troubles des milieux au moyen
de l'ophtalmoscope.

Si les milieux réfringents sont
parfaitement clairs, la pupille
prend une teinte rouge uniforme. Si, au contraire, il se
trouve des opacités dans les
milieux, elles se dessinent
sous forme de points sombres
ou de taches sur le fond rouge
de la pupille éclairée. Les
rayons, réfléchis par le fond
de l'œil *a*, sont interceptés par
l'opacité *t* (fig. 5) qui, n'étant pas éclairée, paraît noire. Cela arrive même
alors que l'opacité, en réalité, c'est-à-dire vue à la lumière incidente, est
claire, par exemple blanche ou grise. C'est ainsi qu'un morceau de craie
paraît noir quand on le tient devant la flamme d'une bougie.

Le *fond de l'œil* lui-même se présente, à l'état normal, sous l'apparence d'un champ rouge, sur lequel la papille claire forme le dessin le plus apparent (fig. 6). La papille optique (entrée du nerf optique) a la forme d'un disque de teinte gris rouge ou jaune rouge clair. Le centre du disque présente très souvent une dépression plus claire d'où émergent les vaisseaux centraux du nerf optique — entonnoir vasculaire (fig. 10). La dépression est-elle plus grande (elle peut s'étendre par places jusqu'au bord papillaire), alors on la désigne sous le nom d'excavation physiologique (fig. 6). Les vaisseaux sanguins émergent de la papille, s'y divisent et en

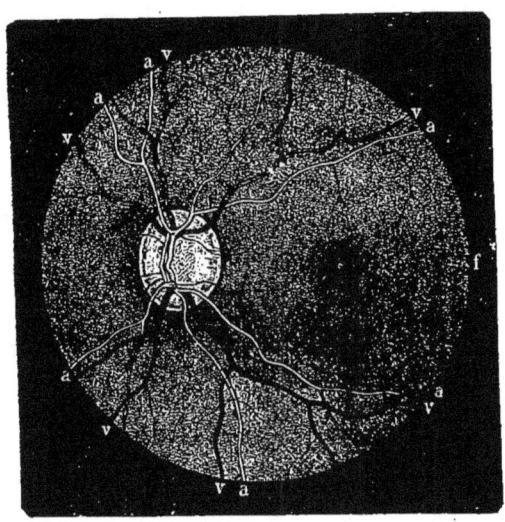

Fig. 6. — *Aspect ophtalmoscopique d'un œil gauche normal, vu à l'image droite.* — Le disque du nerf optique, d'un ovale un peu allongé, porte l'entrée des vaisseaux centraux un peu en dedans de son centre. La moitié de la papille située en dedans de l'origine des vaisseaux est d'une couleur plus sombre que la moitié externe ; celle-ci présente immédiatement en dehors de l'entrée des vaisseaux une place plus claire, l'excavation physiologique, avec un fin pointillé gris, les lacunes de la lame criblée. La papille est entourée immédiatement d'un anneau plus pâle, l'anneau scléroticai et, à l'extérieur de celui-ci, d'un bord noir irrégulier, l'anneau choroïdien, développé surtout du côté temporal. L'artère centrale et la veine centrale se divisent aussitôt après leur entrée dans l'œil en une branche ascendante et une branche descendante. Ces branches se ramifient encore sur le territoire de la papille en un grand nombre de rameaux. Leurs fines ramifications tendent de toutes parts vers la macula lutea qui, elle-même, est privée de vaisseaux et se caractérise par une coloration plus foncée, au milieu de laquelle se voit un reflet brillant ponctiforme *f*.

franchissent les bords pour arriver à la rétine, où ils se ramifient à la façon des branches d'un arbre. On distingue aisément les artères des veines. Les premières sont d'un rouge clair, moins larges et plus droites (fig. 6 et fig. 10, *aa*); les veines, au contraire, ont une teinte plus sombre, sont d'un calibre plus grand et sont plus tortueuses (fig. 6 et 10, *vv*).

Le fond rouge sur lequel les vaisseaux reposent est constitué par la choroïde qui, en raison de sa riche vascularisation, se présente sous l'ap-

parence d'un champ rouge. Si l'on en excepte les vaisseaux, la rétine
appliquée sur la choroïde est invisible, parce qu'à l'état normal elle est
tout à fait transparente. C'est seulement au niveau de la fossette centrale
qu'on reconnaît une petite tache claire qui est produite par un reflet de la
surface rétinienne (fig. 6, *f*).

Lueur pupillaire. — Dans les conditions normales, la pupille paraît noire.
Autrefois on attribuait ce fait à ce que toute la lumière pénétrant dans la pupille
était absorbée par le fond noir de l'œil. En réalité, la cause de ce phénomène
est la suivante : Quand, d'une source lumineuse L (fig. 7), de la lumière est projetée dans l'œil A, accommodé pour cette source lumineuse, les rayons venant
de L formeront sur la rétine en *l* une image nette. Les points L et *l* sont désignés sous le nom de foyers conjugués. Ce sont ces points qui ont pour propriété
de pouvoir se remplacer indifféremment l'un l'autre, de manière que les rayons
venant du foyer postérieur, c'est-à-dire du point *l*, se réuniraient au foyer anté-

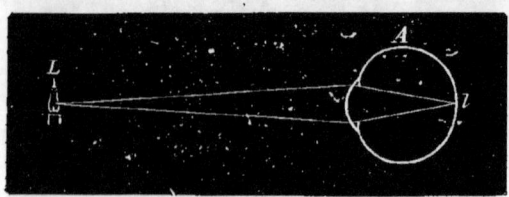

Fig. 7. — Trajet des rayons quand l'œil est accommodé pour la source lumineuse.

rieur L. Les rayons réfléchis par la rétine éclairée *l* retournent ainsi à la source
lumineuse et ne peuvent être perçus par un observateur qu'à la condition qu'il
s'identifie avec la source lumineuse. La solution de ce problème est due au génie
inventif d'*Helmholtz*.

Les conditions changent lorsque l'œil n'est pas accommodé pour la source
lumineuse qu'il regarde. Supposons l'œil hypermétrope (fig. 8). Dans ce cas, les
rayons venant du point éclairé de la rétine *l* quittent l'œil en formant un cône
lumineux divergent, de façon qu'une partie seulement des rayons retourne à la
source lumineuse L, tandis qu'une autre partie passe à côté d'elle et peut être
perçue par un observateur placé à côté de cette lumière. De là vient cette lueur
frappante de la pupille, dans ce que l'on appelle l'œil de chat amaurotique
(voir § 99), dans lequel, par suite de la protrusion de la rétine, il s'est établi une
réfraction très hypermétropique. De même, on voit souvent ce reflet dans les
yeux opérés de la cataracte et qui, privés de cristallin, sont par conséquent très
hypermétropes. L'élargissement de la pupille, résultant de l'iridectomie, facilite
davantage encore, dans ce dernier cas, l'observation de la lueur pupillaire. Ce
phénomène, qui apparaît dans les yeux de beaucoup d'animaux, principalement
des carnassiers, provient en partie d'un état de réfraction hypermétropique ;

mais il est dû en partie aussi à la présence d'une couche réfléchissant puissamment la lumière, que l'on appelle le tapetum, et qui est située dans la choroïde de l'œil de ces animaux.

La lueur pupillaire de l'œil d'*albinos* doit s'expliquer d'une autre manière. Dans un œil pareil, la lumière pénètre non, seulement par la pupille, mais encore par l'iris privé de pigment, et même par la sclérotique. Dans ces yeux, ce n'est pas seulement une partie déterminée de la rétine qui est éclairée, mais tout le fond de l'œil. Des différentes parties du fond de cet organe partent des rayons dans toutes les directions. Ceux qui passent par la pupille peuvent être facilement perçus par un œil observateur. La preuve que telle est la véritable explication du phénomène réside dans le fait que la pupille d'un œil albinotique devient noire dès qu'on place devant cet œil un écran muni d'une ouverture correspondant à la pupille. L'écran intercepte toute lumière qui pourrait péné-

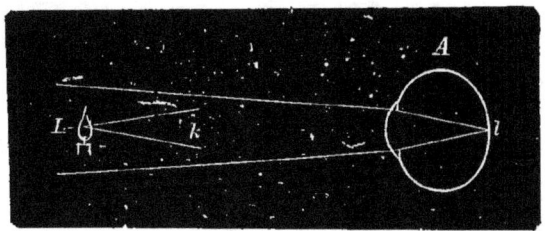

Fig. 8. — *Explication de la lueur pupillaire.* — La source lumineuse *L* envoie un cône de lumière *k* dans l'œil hypermétrope *A* ; cependant on n'a pas dessiné le trajet de ces rayons jusqu'à la rétine, mais uniquement ceux que renvoie le point *l* de la rétine.

trer dans l'œil par une autre voie que par la pupille, et l'on place ainsi un œil albinotique dans les conditions d'un œil normal.

Pour l'examen à l'ophtalmoscope, le commençant fera bien de dilater la pupille au moyen de la cocaïne ou de l'homatropine. Avant d'employer ces mydriatiques, il faut s'assurer s'il n'y a pas dans l'œil quelque symptôme glaucomateux, car, dans ce cas, la dilatation artificielle de la pupille pourrait avoir des suites fâcheuses, et il faudrait alors y renoncer. L'enseignement de la technique ophtalmoscopique doit rester du domaine de l'instruction pratique. Celui qui désire acquérir des connaissances ophtalmoscopiques plus étendues que celles enseignées dans les lignes suivantes, peut utiliser comme guide l'abrégé de *Dimmer; Augenspiegel und ophthalmoscopische Diagnostik*, 2° édit., 1892 ; le meilleur atlas d'ophtalmoscopie est celui de *Säger* (récemment réédité par *Salzmann*).

Voici comment on procède dans l'examen ophtalmoscopique : d'abord on commence toujours par observer attentivement l'œil au moyen de l'éclairage latéral, puis l'on examine la transparence des milieux réfringents, enfin, en dernier lieu, on procède à l'examen du fond de l'œil. Il vaut mieux commencer par l'image renversée et prendre ensuite l'image droite. Par ce dernier procédé l'on peut déterminer en même temps l'état de la réfraction.

·· Examen des milieux réfringents. — Quand il existe des opacités très fortes, l'on se sert du miroir concave; les opacités légères, au contraire, ne se découvrent que par le miroir à éclairage faible (miroir plan); dans ce cas, il est souvent nécessaire de dilater la pupille au moyen de l'homatropine. Si l'observateur est emmétrope, et surtout s'il est hypermétrope, il doit placer un verre convexe derrière le miroir, pour pouvoir s'approcher tout près de l'œil examiné; un observateur myope, en revanche, n'a pas besoin d'un tel verre. Il ne faut pas négliger alors de faire mouvoir l'œil dans différentes directions, d'abord pour voir les opacités situées de côté, d'autre part pour faire remonter celles qui se seraient déposées dans la partie inférieure du corps vitré. Les petites opacités paraissent noires; les opacités plus fortes paraissent grises ou même blanches, parce que la lumière réfléchie par leur surface est assez intense pour trancher sur le fond rouge vif de la pupille éclairée.

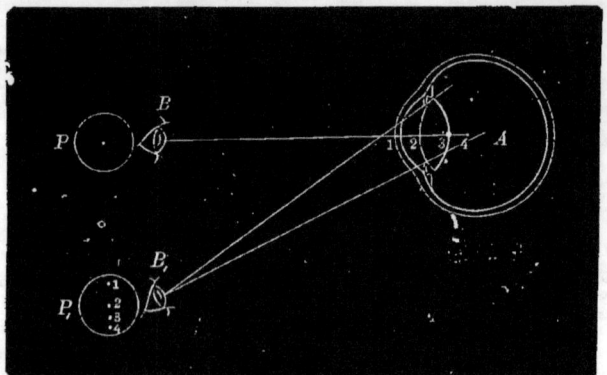

Fig. 9. — Diagnostic du siège d'une opacité au moyen de la déviation parallactique.

Pour reconnaître la situation de l'opacité, l'on observe d'abord si elle est mobile ou fixe. Dans le premier cas, elle ne peut siéger que dans le corps vitré; dans le second, si l'opacité ne fait que suivre le mouvement de l'œil en totalité, mais ne possède pas un mouvement propre, elle siège probablement, soit dans la cornée, soit dans le cristallin; cependant elle pourrait encore se trouver dans le corps vitré, puisque là aussi l'on observe quelquefois des opacités fixes. Dans beaucoup de cas, on pourra résoudre cette question par l'éclairage latéral. Si ce moyen ne suffit pas pour déterminer le siège de l'opacité, on a recours au *déplacement parallactique* par rapport au bord pupillaire. Voici comment on procède à cette expérience : dans l'œil *A* (fig. 9), soient quatre points opaques situés à des profondeurs différentes, dans la cornée (1), dans la cristalloïde antérieure (2), au pôle cristallinien postérieur (3), enfin dans la partie antérieure du corps vitré (4). Pour plus de simplicité, nous admettons que les quatre points soient situés dans l'axe optique de l'œil. L'observateur *B* regarde-t-il dans l'œil suivant l'axe optique, il voit chacun des quatre points juste au centre de la pupille P. Que l'œil se déplace alors de B en B', aussitôt la position des points relativement à la pupille changera. Le point 1 se trouve près du bord pupillaire supérieur P_4; le point 3, qui siège dans la pupille même, garde sa position invariable; les points 3 et 4 se sont approchés du bord inférieur de la pupille, mais le point 4 s'en est approché plus que le point 3, parce qu'il est situé plus profondément. De cet exemple nous pouvons tirer la règle suivante pour déterminer le siège d'une opacité: on regarde l'œil en face et l'on note la position de l'opacité dans la pupille. Ensuite, tandis que le patient tient l'œil tranquille, on se déplace lentement de côté et l'on observe si l'opacité conserve ou non sa situation dans la pupille. Dans le premier cas, l'opacité est située dans le plan pupillaire (sur ou immédiatement sous la capsule cristallinienne antérieure); dans le second cas, elle se trouve devant ou derrière ce plan. Elle est située devant ce plan quand l'opacité se déplace en sens inverse de l'œil observateur; derrière ce plan, au contraire, quand elle se déplace dans le même sens. Plus ce déplacement est rapide, plus l'opacité est distante du plan pupillaire. (On peut naturellement procéder encore d'une autre manière, en restant en place et en engageant le patient à mouvoir l'œil. Mais ce procédé a cet inconvénient que, par un mouvement un peu étendu de l'œil à observer, l'on perd facilement de vue un point opaque que l'on avait fixé et que l'on retrouve souvent difficilement.)

Des ombres noires diffuses, qui se dessinent sur le fond rouge de la pupille, et qui, par les mouvements du miroir, changent rapidement de place, doivent être attribuées à des irrégularités des surfaces réfringentes (le plus souvent à des facettes cornéennes); l'astigmatisme irrégulier qui en résulte se trahit encore par ce fait que l'image du fond de l'œil paraît déformée d'une manière irrégulière.

Fond de l'œil normal. — Dans l'examen du fond de l'œil, on commence par la *papille*. Pour la voir d'emblée, on recommande au patient, non pas de regarder droit devant lui, mais un peu du côté interne (du côté du nez). La papille, en effet, ne se trouve pas au pôle postérieur de l'œil, mais en dedans de lui, et ce n'est que par un mouvement correspondant de l'œil du côté nasal que la papille se présente en face de l'observateur. — La forme de la papille est ronde ou ovale; dans le dernier cas, l'ovale est ordinairement vertical. La *grandeur* en paraît passablement variable, ce qui dépend surtout des grossissements divers sous lesquels on l'observe. La grandeur de la papille, mesurée sur un œil extirpé, est en réalité presque toujours la même, environ 1,5 millimètres de diamètre. En raison de cette constance, on se sert de la papille comme unité de mesure du fond de l'œil; on dit ainsi qu'un endroit malade a la largeur de deux fois le diamètre de la papille, etc.

Comme *limite* de la papille, on remarque — surtout quand on l'examine à l'image droite — très souvent deux anneaux différemment colorés. L'anneau interne, situé immédiatement autour du bord papillaire, est blanc (fig. 10, *A* entre *c* et *d*; voir aussi fig. 6 et 11) et s'appelle *anneau scléral*, parce qu'il est formé par la sclérotique mise à découvert à cet endroit. Cet anneau existe donc quand le canal scléral à travers lequel passe le nerf optique, possède son diamètre le plus petit, non pas à son orifice antérieur, comme c'est le cas le plus ordinaire, mais un peu en arrière, de telle sorte que la portion tout à fait antérieure du canal forme entonnoir ouvert en avant. La paroi de cet entonnoir (fig. 10, *B*, entre *c* et *d*), constituée par la sclérotique blanche, apparaît, vue à l'ophtalmoscope en perspective oblique, comme un anneau blanc étroit. Au bord de l'ouverture, la choroïde se distingue souvent par une abondante accumulation de pigment; ainsi se forme le second anneau, l'anneau externe. Il se présente sous l'apparence d'une bandelette annulaire noire, étroite, tantôt complète, tantôt incomplète, et on le désigne sous le nom d'*anneau choroïdien* ou pigmentaire (fig. 10, *d* ; dans la fig. 6, il est surtout visible au bord externe de la papille).

La limite de la papille ainsi constituée paraît d'ordinaire bien moins nette du côté nasal que du côté temporal. Cela tient à ce que, du côté nasal, il passe beaucoup plus de fibres nerveuses sur le bord papillaire qu'elles voilent. C'est pour le même motif que la moitié interne de la papille paraît plus rouge, la moitié externe plus pâle. Cette dernière moitié, en effet, est couverte, d'une couche plus mince de fibres nerveuses et laisse mieux paraître la lame criblée blanche.

A l'état normal, la papille se trouve dans le plan rétinien et ne présente, par conséquent, aucune saillie, bien que le mot *papille* paraisse signifier le contraire. Par contre, elle présente très souvent vers son centre une dépression qui provient de ce que les fibres nerveuses divergent un peu avant d'avoir atteint le niveau de la papille et laissent ainsi entre elles un intervalle en forme d'entonnoir (fig. 10, *B*, *b*).

Les vaisseaux centraux suivent la paroi interne de l'entonnoir. La couleur de l'entonnoir vasculaire est blanche, parce que, au fond, l'on voit la lame criblée. Au lieu d'une petite dépression infundibuliforme, souvent il existe une grande excavation — *excavation physiologique*. — Elle est située dans la moitié externe de la papille dont elle atteint souvent le bord du même côté. Les vaisseaux émergent au côté interne de l'excavation (fig. 6), dont le fond clair montre un pointillé gris représentant les lacunes de la lame criblée. Le blanc brillant de la moitié externe excavée de la papille tranche vivement sur la couleur gris rouge de la moitié interne non excavée. L'excavation physiologique devient quelquefois si grande qu'elle occupe la plus grande partie de la papille ; jamais elle ne l'envahit complètement, toujours une partie de la papille, si minime qu'elle soit, reste manifestement indemne. C'est là le signe qui distingue l'excavation physiologique de celle qui est d'origine pathologique et qui occupe toute la papille (excavation totale, voir § 84).

Les vaisseaux centraux du nerf optique se divisent, au niveau de la papille, en un certain nombre de branches plus ou moins grosses. La disposition n'en est pas toujours la même ; le plus souvent, il se fait que deux gros troncs montent et que deux autres descendent, ce ne sont que de petits ramuscules courts qui se dirigent en dehors et en dedans (fig. 6). La région de la macula lutea n'a pas de vaisseaux notables ; les gros troncs qui se dirigent en dehors et en haut, et en dehors et en bas, s'infléchissent en arc et lui envoient de fines branchioles.

En examinant les gros vaisseaux, l'on remarque une raie blanche brillante qui en occupe l'axe. Cette raie, plus visible aux artères (fig. 10A, *aa*) qu'aux veines (*rv*), est connue sous le nom de *reflet* (*Jäger*). — A l'endroit où les vaisseaux émergent de la papille, on observe souvent une *pulsation*. Le *pouls veineux* est un phénomène physiologique; dans un même œil il est tantôt visible,

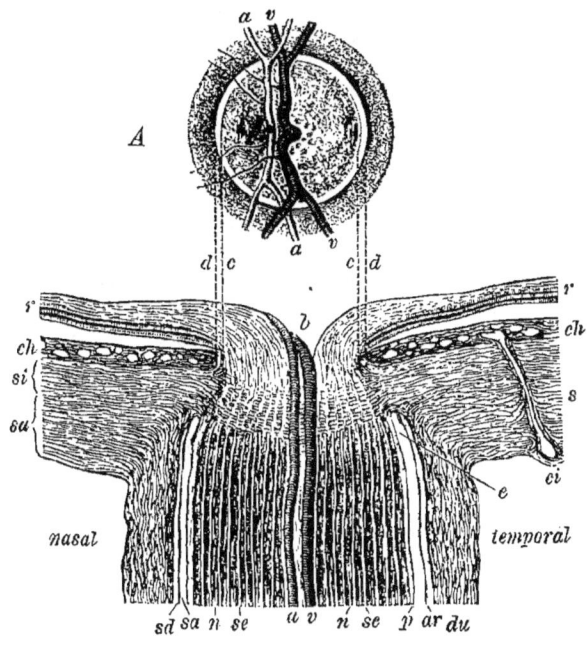

Fig. 10. — *Entrée du nerf optique*. — A. *Son aspect ophtalmoscopique*. Un peu en dedans du centre de la papille émerge l'artère centrale et plus en dehors la veine centrale. Au côté temporal des vaisseaux se trouve la petite excavation physiologique avec le pointillé grisâtre de la lame criblée. La papille est entourée de l'anneau sclérotical clair — entre *c* et *d* — et de l'anneau choroïdien foncé — en *d*.
B. *Coupe longitudinale à travers la papille*. — Gros. 11/1. Le tronc du nerf, jusqu'à lalame criblée, est constitué par des faisceaux nerveux à myéline *n*. Les espaces clairs *s c* qui les séparent sont les travées de tissu conjonctif. Le tronc du nerf est entouré par la gaine piale *p*, la gaine arachnoïdienne *a r* et la gaine durale *d u*. Entre les gaines est compris un intervalle libre, qui se compose de l'espace sous-dural *s d* et de l'espace sous-arachnoïdien *s a*. Tous deux se terminent en cul-de-sac dans la sclérotique *s* en *c*. La gaine durale se perd dans les couches externes de la sclérotique *s a*, la gaine piale dans les couches internes *s i*. Celles-ci traversent perpendiculairement le nerf optique en constituant la lame criblée. Les fibres nerveuses, en avant de la lame criblée, sont dessinées en clair, parce qu'ici elles ont perdu leur myéline et sont devenues transparentes. Le nerf optique s'épanouit dans la rétine *r*, et dans son milieu existe une excavation en forme d'entonnoir *b*, au bord de laquelle sortent l'artère *a* et la veine *v* centrales. La choroïde *c h* montre une coupe transversale de ses nombreux vaisseaux et contre la rétine, en une frange sombre, l'épithélium pigmenté; près du bord de l'ouverture ménagée au nerf optique, la choroïde est plus vivement pigmentée, ce qui constitue l'anneau choroïdien. *ci* est une artère ciliaire courte postérieure qui atteint la choroïde en traversant la sclérotique. La partie postérieure du canal sclérotical forme un entonnoir ouvert en arrière, la partie antérieure un entonnoir ouvert en avant. La paroi de ce dernier, vue de face, se montre dans l'étendue de *c-d* et répond à l'anneau scléral visible à l'ophtalmoscope.

tantôt absent. Dans ce dernier cas, il suffit de presser légèrement sur l'œil avec le doigt pour en provoquer l'apparition. Donders donne du pouls veineux l'explication suivante: la systole cardiaque lance une plus grande quantité de sang dans les artères contenues à l'intérieur du globe oculaire, et y élève, par conséquent, la pression sanguine. Cette augmentation de pression retentit immédiatement sur la pression intraoculaire qui, alors, pèse plus fort sur les veines rétiniennes. Elle comprime celles-ci à l'endroit où la pression sanguine est la moins élevée ; or, cet endroit est le point d'émergence des veines dans la papille, attendu que la pression va en diminuant des capillaires aux veines, d'autant plus qu'on se rapproche du cœur. Les veines seront donc comprimées au point où elles plongent dans l'entonnoir vasculaire, tandis que la portion des veines située immédiatement en avant sera distendue par le sang qui y stagne. Mais, par cela même, la pression sanguine y monte suffisamment pour pouvoir vaincre la compression, et cela d'autant mieux que la diastole cardiaque est survenue et que la pression intraoculaire a diminué. — Quant au *pouls artériel*, on ne le remarque que dans certains états pathologiques. Pour le faire apparaître dans un œil sain, l'on doit exercer sur le globe oculaire une pression assez notable. Alors la personne examinée accuse, pendant la pression, un obscurcissement du champ visuel qui peut aller jusqu'à la cécité complète, en raison de l'entrave apportée, par la pression, à la circulation rétinienne. C'est ainsi que l'augmentation de la pression intraoculaire, provoquée par un certain état pathologique (glaucome), produit le pouls artériel. Voici comment on en explique l'apparition : A cause de l'augmentation de la pression intraoculaire, ce n'est que pendant la systole cardiaque que le sang peut pénétrer dans les vaisseaux rétiniens ; pendant la diastole, au contraire, alors que la pression artérielle diminue un peu, les artères se laissent comprimer par la pression intraoculaire. D'ailleurs, un défaut d'équilibre analogue, entre la pression intraoculaire et la tension du sang dans l'artère centrale, peut encore se manifester lorsque, celle-là étant normale, celle-ci est diminuée. On observe donc aussi le pouls artériel dans l'anémie générale, quand la syncope est imminente, ou bien lorsque l'artère centrale est comprimée à l'intérieur du nerf optique (dans la névrite optique). Dans certains cas, enfin, le pouls artériel n'est qu'une manifestation de l'onde sanguine, se propageant plus loin que normalement, comme dans l'insuffisance des valvules aortiques et le goître exophtalmique.

Puisque, dans l'œil sain vivant, la rétine est transparente, l'ophtalmoscope n'en laisse rien voir en dehors des vaisseaux sanguins. Tout au plus trouve-t-on, dans le voisinage de la papille, le fond rouge de l'œil couvert d'un voile gris, délicat, rayé de stries radiaires fines, qui sont l'expression des fibres nerveuses dont la couche est ici encore épaisse. Chez les enfants, ils se présente souvent des reflets vifs se montrant surtout le long des vaisseaux, reflets qui, à chaque mouvement du miroir, changent de place et donnent à la rétine l'aspect chatoyant de la moire. On doit se garder de les prendre pour une altération pathologique de la rétine. — L'endroit le plus important pour la vision, c'est-à-dire la *macula lutea* et la fovea centralis, est précisément celui qui se distingue le moins nettement à l'ophtalmoscope. On le trouve quand, en partant de la limite externe de la papille, on se reporte du même côté à une distance de 1 1/2 à 2 fois le diamètre de la papille. Ici l'on tombe sur un endroit privé de vaisseaux, qui est un peu plus obscur que le reste du fond de l'œil. Juste au centre correspondant à la fovea centralis, on observe un point ou un petit croissant brillant (fig. 6). A l'image renversée, la macula lutea est représentée par une fine ligne blanche décrivant un ovale couché de la grandeur de la papille environ. Le champ, clos par la ligne blanche, est d'un brun rouge obscur et montre quelquefois à son centre aussi un petit point clair. Ces phénomènes ne sont autre chose que des reflets lumineux de la face interne de la rétine et ne sont pas constants; quand la pupille est dilatée, ils deviennent moins visibles ou s'effacent tout à fait.

Le fond rouge, sur lequel les phénomènes décrits peuvent être observés, est dû à la *choroïde*. La teinte rouge de celle-ci provient du sang qui circule dans les vaisseaux choroïdiens et spécialement dans les capillaires. La cause pour laquelle on ne reconnaît pas chaque vaisseau en particulier et qui fait que le fond de l'œil paraît plutôt uniformément rouge, provient de ce que l'épithélium pigmentaire recouvre la choroïde d'une espèce de voile. L'épithélium pigmenté influe aussi sur la teinte de la coloration rouge du fond. Chez les personnes très brunes, l'épithélium pigmenté laisse à peine transparaître le rouge de la choroïde, au point que le fond de l'œil semble presque d'un gris sombre. Moins l'individu est pigmenté, et plus le fond de l'œil paraît d'un rouge pâle. Les fines granulations que l'on remarque souvent à l'examen à l'image droite sont constituées par les cellules pigmentaires de l'épithélium; néanmoins, dans certaines circonstances particulières, les vaisseaux de la choroïde elle-même deviennent visibles. On les observe principalement dans deux circonstances :

1° Dans un grand nombre d'yeux, les espaces qui se trouvent entre les vaisseaux choroïdiens — nommés espaces intervasculaires — sont tout particulièrement pigmentés, de façon qu'ils ressortent sous forme d'îlots obscurs et allongés; les bandes d'un rouge vif qui séparent ces îlots et qui s'anastomosent partout entre elles correspondent aux vaisseaux choroïdiens. Ceux-ci sont principalement des veines. On dit d'un tel œil qu'il est *tigré* (fig. 86, 87, 90 et 112); les commençants le prennent souvent pour une choroïdite ;

2° Dans d'autres yeux, c'est, au contraire, une raréfaction anormale de la couche pigmentaire du fond de l'œil qui permet de voir le système vasculaire de la choroïde, et c'est la couche épithéliale qui laisse transparaître les vaisseaux choroïdiens. Ce phénomène est surtout manifeste chez les *albinos* qui sont totalement dépourvus de pigment. Chez ces personnes, il est permis de voir tout le réseau vasculaire choroïdien se détachant délicatement sur un fond rouge pâle (fig. 11). — Au-devant des vaisseaux choroïdiens courent les vaisseaux de la rétine, qu'il est très facile de distinguer des premiers. Les vaisseaux de la choroïde sont plus larges, moins nettement limités, paraissent plats, rubanés, et sont privés du reflet. Ils présentent des anastomoses nombreuses qui forment un réseau dense à mailles allongées, tandis que les vaisseaux rétiniens ne s'anastomosent pas, mais se ramifient comme les branches d'un arbre.

Détermination de la réfraction. — On peut déterminer la réfraction au moyen de l'ophtalmoscope par trois méthodes : à l'image droite, à l'image renversée et par la skiascopie.

1) Détermination de la réfraction à l'image *droite*. Ainsi que le représente la figure 3, quand l'œil examiné est *emmétrope*, les rayons réfléchis par la rétine

éclairée sortent à l'état de parallélisme ; ils peuvent donc être réunis en une image nette, sans intervention de l'accommodation par l'œil de l'examinateur, que nous considérerons comme emmétrope dans les lignes qui suivent. Mais l'emmétropie constitue le seul cas où l'œil de l'observateur puisse voir nettement le fond de l'œil observé ; dans tous les autres états de réfraction, l'observateur doit, pour voir nettement, utiliser soit un verre, soit son accommodation.

Supposons ensuite que l'œil à examiner *A* (fig. 12) soit *myope;* son punctum remotum est situé en *F*, de façon que les rayons venant de *F* se réunissent sur la rétine en *f* (voir § 142). *F* et *f* étant des foyers conjugués, la marche des rayons est la même lorsqu'ils se dirigent en sens inverse, c'est-à-dire lorsqu'ils vont de *f* en *F* ; dans ce cas, les rayons sortant de l'œil se réuniraient en *F*. Un point de la rétine *f*, éclairé par l'ophtalmoscope, enverra donc un faisceau

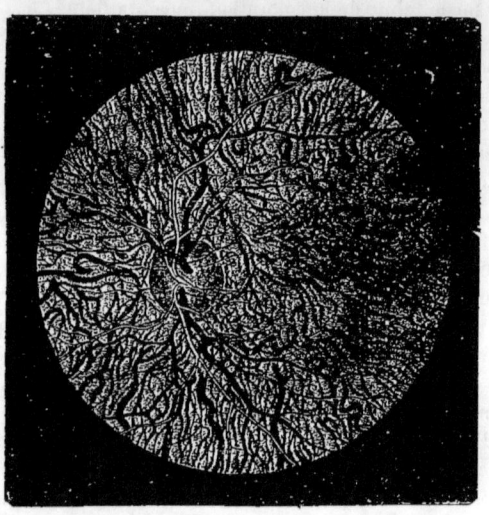

Fig. 11. — Image ophtalmoscopique d'un œil gauche *albinotique,* vu à l'image droite, d'après Jäger. La papille est entourée de l'anneau scléral pâle, et semble foncée, comparativement à la coloration, claire du reste, du fond de l'œil. Celui-ci montre le réseau dans des vaisseaux choroïdiens, et sur ceux-ci les vaisseaux rétiniens qui se distinguent des premiers par leurs contours plus nets, leur étroitesse et la longueur de leur trajet. Les vaisseaux de la choroïde, aussi bien que ceux de la rétine, s'enlèvent en un rouge foncé sur le rouge pâle du fond, qui est constitué par la sclérotique blanche transparaissant au travers de la chorio-capillaire. Ce n'est que dans la région de la macula lutea que la coloration un peu plus foncée du fond trahit la présence d'une minime quantité de pigment.

lumineux convergent vers *F*; à cette distance, il se produirait par conséquent une image nette du fond de l'œil éclairé. L'œil de l'observateur, qui se trouve à une plus courte distance (quelques centimètres) de l'œil *A*, intercepterait les rayons émergeant de ce dernier œil, avant qu'ils n'aient pu se réunir en *F*, c'est-à-dire lorsque ces rayons présentent encore une certaine convergence. Mais l'œil de l'observateur n'est pas en état de réunir en une image nette des rayons convergents, sinon il serait hypermétrope. Si cet œil est emmétrope, comme nous le supposons, les rayons qui y pénètrent doivent être rendus d'abord parallèles, ce qui ne peut évidemment se faire que par une lentille concave L d'une force appropriée. Quel est maintenant le rapport entre la lentille et le degré de la myopie de l'œil observé? Représentons-nous d'abord la marche des rayons en sens inverse. Les rayons, parallèles avant de pénétrer dans la lentille L, en émergeraient en divergeant, au point qu'ils se réuniraient sur la rétine de l'œil myope. Celui-ci verrait ainsi nettement, au moyen de cette même lentille, des rayons parallèles, c'est-à-dire venant de l'infini. L serait le verre correcteur de la myopie de l'œil A. On peut donc dire que, pour qu'un observateur emmétrope puisse voir distinctement le fond d'un œil myope A, il doit se servir du verre qui corrige la myopie de cet œil. Donc, si un observateur emmétrope veut déterminer au moyen de l'ophtalmoscope la réfraction d'un œil myope, il fait passer des verres concaves jusqu'à ce qu'il en trouve un à l'aide

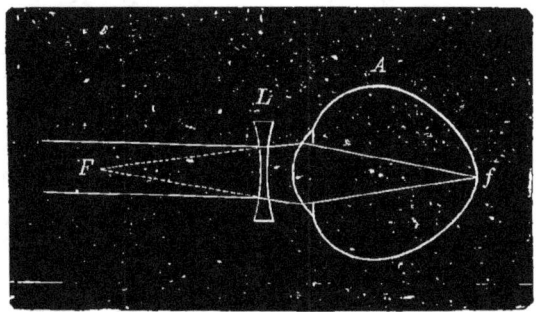

Fig. 12. — *Correction de la myopie par une lentille concave.* — L'œil est dessiné exactement d'après un œil myope de 27 mm. de longueur.

duquel il puisse voir distinctement l'image droite du fond de l'œil; le verre trouvé indique immédiatement le degré de la myopie.

Pour l'œil *hypermétrope*, les choses se passent de la même manière, avec cette différence qu'au lieu de verres concaves l'on doit se servir de verres convexes. Les rayons émergeant de l'œil hypermétrope A (fig. 13) sont divergents, et cela d'autant plus que l'hypermétropie est plus élevée. Le verre convexe L, nécessaire pour rendre parallèles les rayons divergents émergeant d'un œil d'un degré d'hypermétropie donné, et pour permettre ainsi à un examinateur emmétrope d'en observer le fond, est aussi celui qui rend les rayons parallèles assez convergents pour les réunir en une image nette sur la rétine de cet œil, c'est donc le verre correcteur de l'hypermétropie. Le degré de l'hypermétropie de l'œil examiné est donc indiqué par le verre convexe à l'aide duquel l'observateur emmétrope peut voir distinctement le fond de l'œil. — Un observateur emmétrope peut sans doute réunir des rayons même divergents sur sa rétine, s'il contracte son accommodation, et arriver ainsi à voir nettement, sans verre convexe, le fond d'un œil hypermétrope. Mais, comme il n'est pas en état d'esti-

mer exactement le degré d'accommodation utilisé, il ne peut non plus déterminer avec précision le degré d'hypermétropie de l'œil examiné.

Que se passe-t-il dans le cas où le médecin lui-même n'est pas emmétrope?
Il doit simplement corriger sa propre amétropie. Quand, par exemple, un
emmétrope examine un œil myope de 2 D, il a besoin d'un verre correcteur de
— 2 D. Et si l'œil observateur était de plus lui-même myope de 3 D, il lui faudrait encore un verre correcteur de — 3 D, c'est-à-dire un verre de — 5 D.
Mais, si l'œil observateur était hypermétrope de 1 D, il lui faudrait un verre de
+ 1 D pour corriger sa propre amétropie, ce qui, ajouté aux — 2 D nécessaires
pour l'œil examiné, nous donne un verre de — 1 D. Il faut procéder de la même
manière dans les cas nombreux où l'observateur est effectivement emmétrope,
mais incapable, pendant l'examen ophtalmoscopique, de relâcher complètement
son accommodation. On peut alors le considérer comme un myope, puisqu'il

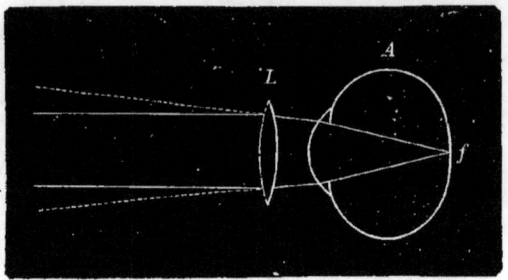

Fig. 13. — *Correction de l'hypermétropie par une lentille convexe.* — L'œil est dessiné en grandeur
nature d'après un œil hypermétrope de 21 mm. de longueur.

est obligé de corriger par un verre concave toute l'accommodation qu'il a
retenue.

2) La détermination de la réfraction à l'*image renversée* se fait par la méthode
de *Schmidt-Rimpler.* En voici le principe : Le miroir concave (fig. 4 SS), forme
en son foyer principal une image nette de la flamme qui sert à l'ophtalmoscopie ;
cette image siège entre le miroir et la lentille convexe (*l*). La lentille forme à
son tour sur la rétine de l'œil examiné, une seconde image de cette première
image de la flamme, et cette seconde image est vue par l'observateur sur le fond
de l'œil. Celle-ci peut être nette ou trouble, cela dépend de diverses circonstances, de la force du miroir et de la lentille, de la distance qui sépare entre
eux la lampe, le miroir, la lentille et l'œil, et enfin de la réfraction de l'œil. Par
conséquent, en tenant compte de ces différents facteurs, on peut déterminer la
réfraction, si l'on cherche la distance à laquelle l'image de la flamme apparaît
nettement sur le fond de l'œil observé. Dans ce but, on se sert de l'appareil imaginé par Schmidt-Rimpler.

3) La méthode de détermination de la réfraction appelée *skiascopie* (σκιά ombre)
a été imaginée par *Cuignet*, qui la dénomma kératoscopie. On l'appelle encore

pupilloscopie et rétinoscopie. On se tient devant le patient à une distance d'un peu plus de 1 mètre, et l'on projette de la lumière dans sa pupille à l'aide du miroir concave. Dans une certaine position du miroir, la pupille se présente sous forme d'un disque rouge brillant; que l'on tourne alors légèrement le miroir autour de son axe vertical, et l'on verra apparaître au bord de la pupille une ombre noire, qui couvre de plus en plus la pupille jusqu'à la rendre entièrement obscure, si l'on continue à tourner le miroir. Par la direction suivant laquelle se meut cette ombre, on peut déterminer la réfraction de l'œil à examiner. Dans ce but, on doit d'abord bien se rendre compte de ce que représentent la partie éclairée et l'ombre de la pupille. Le miroir éclaire un point du fond de l'œil, lequel renvoie les rayons lumineux, dont une partie sort à travers la pupille. La direction suivant laquelle émergent ces rayons est déterminée par la réfraction de l'œil. S'il existe de la myopie, nous savons que les rayons émergents convergent vers le punctum remotum de l'œil. Dans la fig. 14, soient JP et P_1J_1, l'iris de l'œil examiné, PP_1 la pupille. Les rayons émanant de celle-ci se réunissent au punctum remotum R de cet œil. Supposons que le miroir éclaire un point de la rétine situé un peu à droite de la ligne, réunissant le centre de la pupille de l'œil observateur à celui de l'œil observé, R se trouvera reporté à une distance correspondante vers la gauche de cette ligne. De R les rayons continuent leur trajet en divergeant vers l'œil de l'observateur, que nous supposons placé en deçà de R; ip et p_1i_1 représentent l'iris; pp_1, la pupille de cet œil. Celui-ci ne reçoit pas tout le

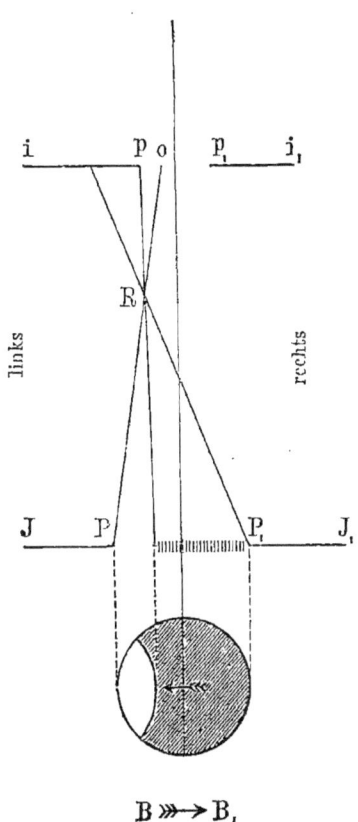

Fig. 14. — *Skiascopie dans la myopie*

cône de lumière émanant de R, mais seulement un petit segment, dont la base est représentée par po; le reste du cône rencontre l'iris pi. Comme cette portion du cône lumineux n'est pas vue par l'observateur, la partie de la pupille située en face de lui (représentée par des hachures dans la fig. 14), d'où émergent ces rayons, lui apparaît obscure; il ne voit d'éclairée que la partie de la pupille exempte de hachures, dont les rayons lumineux parviennent à sa propre pupille. Cette région éclairée de la pupille examinée est limitée du côté de la partie obscure par une ligne arrondie, parce que cette limite est constituée par le bord pupillaire arrondi p de l'œil examinateur. Le cercle dessiné à la partie inférieure de la fig. 14 représente la pupille de l'œil examiné vu de face ; la portion qu'on en a laissée blanche répond à la région lumineuse de cette pupille. Supposons maintenant que, par une rotation du miroir, la partie éclairée du fond de l'œil se déplace de telle sorte que R soit reporté plus encore à gauche. Alors, du cône lumineux émergent, il tombera plus de rayons sur l'iris et moins dans la pupille de l'œil de l'observateur, et l'ombre se rapprochera de plus en plus du bord gauche de la pupille de l'œil examiné, comme l'indique la flèche placée dans le rond, jusqu'à ce qu'enfin la pupille soit tout à fait noire. L'ombre se meut donc dans le même sens que R.

Il nous reste à présent à rechercher comment se comportent les déplacements de R par rapport à ceux du miroir.

Lorsqu'on emploie un miroir concave, il forme à son foyer principal une image de la flamme, qui siège entre le miroir et l'œil observé et éclaire celui-ci. Tourne-t-on le miroir vers la gauche, l'image se déplace vers la gauche. Comme la région rétinienne, éclairée par cette image de la flamme se trouve toujours en face d'elle, cette région éclairée se meut en sens inverse de la rotation du miroir, c'est-à-dire vers la droite (de B en B_4 dans la fig. 14). Mais le point R, où se réunissent tous les rayons réfléchis hors de l'œil, est toujours situé en face de la partie éclairée de la rétine, par conséquent il se déplace vers la gauche, soit de nouveau dans le même sens que le miroir.

Puisque, si l'on fait subir au miroir une rotation vers la gauche, R se déplace vers la gauche, et que, si R se déplace vers la gauche, l'ombre dans la pupille marche vers la gauche, on peut dire :

Lorsqu'on emploie un miroir concave, l'ombre, dans la pupille de l'œil examiné, se meut dans le sens de la rotation du miroir, si le punctum remotum de l'œil examiné est situé entre celui-ci et l'œil de l'observateur.

Quand on examine un œil myope dont le punctum remotum est situé au-delà de l'œil de l'observateur, les rapports sont renversés. Il suffit de construire la fig. 14 de façon que R soit au-delà de ip, et l'on trouvera qu'alors la partie de la pupille qui paraît lumineuse siège à droite, et que l'ombre marche vers la droite, quand R se déplace vers la gauche. Il en est de même lorsque le punctum remotum de l'œil examiné est situé derrière lui, comme c'est le cas dans l'*hypermétropie*. C'est ce qu'explique la fig. 15. PP_4 représente la pupille d'un œil hypermétrope, d'où émergent en divergence les rayons réfléchis par la rétine. Ils forment un cône dont le sommet est situé derrière l'œil en son punctum remotum R. Si la portion éclairée de la rétine est à droite de la ligne réunissant le centre des deux pupilles, R se trouve également à droite de cette ligne. La pupille de l'œil de l'observateur pp_4 ne reçoit donc qu'une partie du cône lumineux, celle qui, dans la fig. 15, répond à la portion droite, privée de hachures de la pupille de l'œil observé ; la portion gauche, où sont tracées les hachures, reste obscure, parce que les rayons qui la traversent n'atteignent pas la pupille de l'observateur. Plus R est reporté à droite, et plus la partie obscure de la pupille se déplace vers la droite, dans la direction de la flèche dessinée dans le rond. L'ombre marche donc dans le même sens que *R*, absolument comme c'est le cas dans les yeux myopes dont le punctum remotum est situé en avant de l'observateur (fig. 14). Là où la différence réside, c'est dans le rapport de *R* avec la rotation du miroir. Si l'on tourne le miroir concave vers la gauche, l'image de la flamme qu'il forme se meut également vers la gauche, et la région éclairée de la rétine vers la droite (de *B* vers *B₁*). Les rayons que cette région renvoie se dirigent à gauche, mais *R* se déplace vers la droite, parce que, dans un œil hypermétrope, il est situé dans le prolongement de ces rayons en arrière de l'œil. *R* se déplace donc en sens inverse de la rotation du miroir, de même que l'ombre dans la pupille, qui se meut toujours dans le même sens que *R*.

Quand on emploie un miroir concave, l'ombre se meut donc dans le sens opposé à la rotation du miroir, si le punctum remotum de l'œil observé est situé, comme dans la myopie légère, derrière l'œil de l'observateur ou, comme dans l'hypermétropie, en arrière de l'œil observé.

La direction dans laquelle se déplace l'ombre dépend, par conséquent, de la position du punctum remotum par rapport à l'œil de l'observateur. Si celui-ci se place à un peu plus de 1 mètre (par exemple 1ᵐ,20) du patient, *R* est situé entre les deux yeux, lorsque la myopie est de 1 *D* ou plus, parce que le punctum remotum est placé à 1 mètre ou moins de l'œil. Quand la myopie n'atteint pas 1 *D*, le punctum remotum est situé derrière l'œil de l'observateur, et c'est le cas également pour l'emmétropie, dont le punctum remotum est reporté à l'infini. Dans l'hypermétropie, au contraire, celui-ci est situé derrière l'œil examiné. De là résultent les règles suivantes, dans l'emploi de la skiascopie :

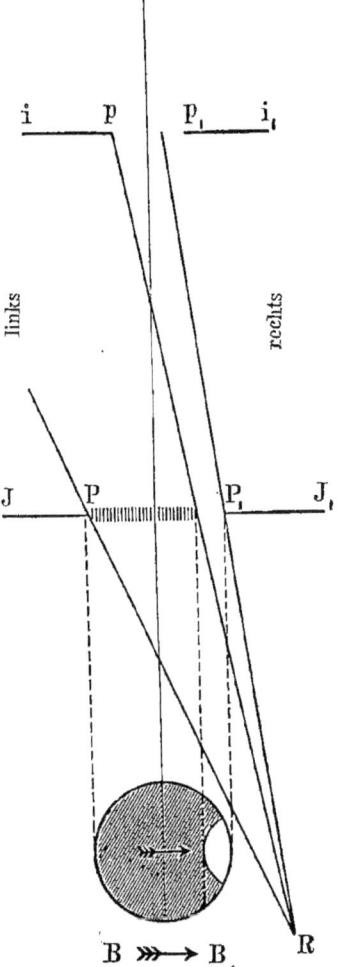

Fɪɢ. 15. — *Skiascopie* dans l'hypermétropie.

Placé à une distance un peu supérieure à 1 mètre de l'œil à examiner, on éclaire celui-ci au moyen du miroir concave, et l'on observe quel est le mouvement de l'ombre dans la pupille, lorsqu'on fait tourner le miroir. Ce mouvement est-il de même sens que la rotation du miroir, il existe une myopie d'au moins 1 D. On applique alors dans une monture devant l'œil observé des verres concaves de plus en plus forts, jusqu'à ce qu'on arrive à un verre qui fasse marcher l'ombre en sens inverse. Ce verre porte donc le punctum remotum de l'œil au-delà de 1 mètre (1 D). Le dernier verre $n D$, avec lequel l'ombre se déplaçait encore dans le même sens que le miroir, corrigeait la myopie à 1 D près; la myopie totale est donc $nD + 1D$. Si le mouvement de l'ombre se fait en sens contraire de la rotation du miroir, l'œil observé est ou bien myope de moins de 1 D, ou emmétrope ou hypermétrope. Dans ce cas, il suffit de le munir de verres convexes jusqu'à ce qu'on arrive à faire marcher l'ombre dans le même sens que le miroir, si ce verre est de nD, la réfraction de l'œil est $nD - 1D$.

On peut également faire de la skiascopie à l'aide du miroir plan. Ici l'image de la flamme siège derrière le miroir, par conséquent se meut, lors de la rotation de celui-ci, non plus dans le même sens, comme c'est le cas pour le miroir concave, mais en sens opposé. Il en résulte que le rapport de la marche de l'ombre dans la pupille avec le sens de la rotation du miroir est l'inverse de ce qu'il était pour le miroir concave. Dans un cas comme dans l'autre, la skiascopie est une méthode d'une grande simplicité. Elle est, de tous les procédés, le plus aisé à connaître, et possède l'avantage, qu'on ne doit pas se préoccuper de la réfraction ou de l'accommodation de l'observateur ; de plus, elle fournit des résultats aussi exacts que les autres méthodes.

On peut déjà se rendre compte superficiellement de la réfraction d'un œil, quand, à une certaine distance (distance de la lecture), on réussit à voir des parties du fond de cet œil. C'est le cas aussi bien pour les fortes myopies que pour les hypermétropies élevées. Dans la forte myopie, les rayons émergeant de l'œil se réunissent très près de lui en son foyer F (fig. 12), et à cet endroit se produit donc, sans l'aide d'une lentille convexe, une image renversée du fond de l'œil. L'observateur peut la voir s'il s'en trouve à une distance convenable (à peu près à la distance de la lecture). Il peut se rendre compte que c'est une image renversée qu'il perçoit, par ce fait qu'elle se déplace vers la droite, quand il fait mouvoir la tête ou le miroir vers la gauche, et réciproquement. Si l'on se rapproche, le fond de l'œil devient indistinct et bientôt disparaît, parce que l'on se trouve trop près de son image aérienne, et l'on ne peut accommoder suffisamment pour la voir. Dans le cas de forte hypermétropie, on voit également l'image du fond de l'œil déjà à une grande distance, mais ici c'est une image droite. Elle se meut dans le même sens que l'observateur et reste nette, quand on se rapproche de l'œil. Par ce moyen, on peut donc distinguer si l'on a affaire à une forte myopie ou à une forte hypermétropie.

L'existence d'un *astigmatisme régulier* peut se reconnaître aux modifications de forme de la papille. Dans l'astigmatisme régulier, un méridien du système dioptrique de l'œil est plus réfringent que celui qui lui est perpendiculaire, il répond en quelque sorte à un verre convexe plus fort. A l'image droite, la papille sera donc vue dans le méridien le plus réfringent, avec un plus fort grossissement; si le méridien est vertical, comme c'est de règle, une papille arrondie apparaît donc sous forme d'un ovale à grand axe vertical. Mais la papille a souvent en réalité la forme d'un ovale allongé. Pour distinguer s'il s'agit d'une papille véritablement de forme ovalaire ou d'une déformation astigmatique d'une papille ronde, on doit recourir à l'image renversée. Si la papille est vraiment ovalaire, elle doit le paraître également à l'image renversée. Si, au contraire, il existe de l'astigmatisme, la déformation obtenue dans l'image renversée sera de sens opposé à celle de l'image droite ; dans l'exemple choisi, la papille sera donc ovale à grand axe horizontal. (Ce n'est pourtant le cas que si l'on tient à proximité de l'œil la lentille convexe destinée à produire l'image renversée. Si on l'éloigne peu à peu de l'œil, la papille semble ronde, puis ovale à axe vertical.)

Détermination des différences de niveau dans le fond de l'œil. — On peut, à l'aide de l'ophtalmoscope, non seulement les reconnaître, mais encore les mesurer. Dans ce but, on emploie l'image droite qui permet de déterminer la réfraction de chaque point isolé du fond de l'œil. Si un point du fond de l'œil proémine

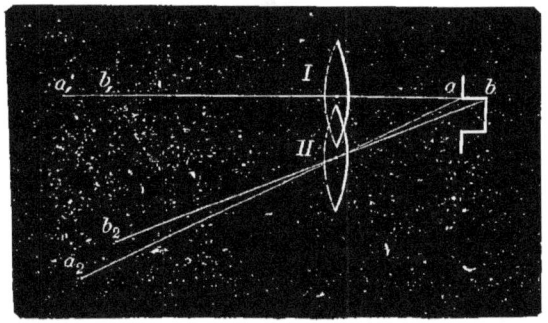

Fig. 16. — *Déviation parallactique* de l'image renversée de divers points du fond de l'œil siégeant à des niveaux différents.

au-dessus des parties voisines, comme c'est le cas, par exemple, pour la papille gonflée dans la névrite optique, l'axe de l'œil aboutissant à ce point est plus court ; il existe donc de l'hypermétropie. C'est par la connaissance du degré de l'hypermétropie que l'on calculera la proéminence de ce point. En revanche, un point du fond de l'œil situé plus en arrière (par exemple, le fond d'une excavation) possède une réfraction myopique, d'où l'on peut déduire la mesure linéaire de sa profondeur. Pour faire ce calcul, on compte qu'une différence de réfraction de 3 D répond à une différence de niveau de 1 millimètre environ.

Les différences de niveau du fond de l'œil se reconnaissent également à l'image renversée par la *déviation parallactique*. Voici comment on procède : pendant l'examen, on imprime, à la lentille convexe, qui sert à produire l'image renversée, un léger mouvement vertical de va-et-vient. Si tous les points du fond de l'œil, que l'observateur embrasse, sont situés sur un même plan, ils garderont leur position respective, malgré le déplacement de la lentille. Existe-t-il, au contraire, une différence de niveau, on remarque un déplacement relatif, qui fait que ces points tantôt se rapprochent et tantôt s'éloignent l'un de l'autre.

La figure 16 nous en donne l'explication : soient a un point du bord, b un point situé plus en arrière, occupant le fond d'une excavation du nerf optique. Place-t-on la lentille convexe en I, les images des deux points a_1 et b_1 se trouvent l'une derrière l'autre et se recouvrent. Que la lentille soit reportée en II, l'image du point a se produit en a_2, celle du point b en b_2, et les points paraissent s'être écartés. Si l'on déplaçait le verre en sens inverse, le déplacement des points semblerait se faire en sens opposé, c'est-à-dire que le bord de l'excavation aurait l'air d'en recouvrir le fond. L'étendue du déplacement permet d'évaluer approximativement la différence de niveau des deux points, mais ne suffit pas à la mesurer exactement, comme on peut le faire par l'image droite.

CHAPITRE II

EXAMEN FONCTIONNEL

§ 4. En même temps que nous examinons l'œil objectivement, nous avons encore à en contrôler le fonctionnement. A cet effet nous sommes obligés de nous en rapporter presque exclusivement aux indications fournies par le patient, de façon que, sous ce rapport, nous dépendons absolument de son intelligence et de son bon vouloir.

Nos perceptions visuelles sont de trois espèces : nous voyons de tout objet la forme, la couleur et la clarté. La faculté que possède l'œil d'apprécier la forme des objets est désignée sous le nom de sens de l'espace, et elle trouve son expression numérique dans l'acuité visuelle ; la faculté de distinguer les couleurs constitue le sens chromatique ; celle qui lui donne la sensation de la clarté est le sens lumineux. Ces trois facultés appartiennent à la rétine dans toute son étendue, mais à des degrés très variés. Sous ce rapport, il faut distinguer entre la vue centrale et la vue périphérique. La vision *centrale* ou directe est celle qui s'exerce par la fovea centralis. Cherche-t-on à voir distinctement un objet, on le *fixe*, c'est-à-dire on oriente son œil de telle manière que l'image de l'objet tombe sur la fovea centralis. Celle-ci, en raison de sa structure anatomique spéciale, nous donne l'image la plus nette qu'il nous soit possible de voir. — C'est relativement à la vision centrale que nous déterminons la réfraction, l'accommodation et l'acuité visuelle. Pour plus de détails, voir, dans la troisième partie de ce livre, le chapitre qui traite des défauts optiques de l'œil.

La vue *périphérique* ou indirecte est celle qui s'exerce par les parties de la rétine n'appartenant pas à la fovea centralis ; elle comprend donc de loin la plus grande partie de la rétine. La vision avec les parties périphériques de la rétine donne des sensations moins distinctes, plus obtuses. Le moyen de s'en faire une très bonne idée est de tenir la main devant l'œil, mais latéralement, les doigts ouverts, pendant qu'on regarde droit devant soi. Plus l'image projetée sur la rétine est éloignée de la fovea centralis, et moins est distincte la sensation qu'elle éveille. En revanche, les parties périphériques de la rétine sont plus sensibles que le centre à la perception du mouvement (*Exner*), ainsi que des très faibles éclairages.

A quoi sert donc la vision périphérique, puisqu'elle ne nous fournit pas de perceptions distinctes? On s'en rend surtout bien compte quand on observe des personnes qui ont perdu la vision périphérique, de façon que la fovea centralis et les parties avoisinantes seules fonctionnent encore, comme c'est le cas dans certaines affections (surtout dans la rétinite pigmentaire). Ces personnes sont encore en état quelquefois de lire les plus fins caractères d'impression, tandis qu'elles sont incapables de se conduire seules. Nous pouvons nous mettre artificiellement dans cet état, en tenant devant l'œil un long tube (par exemple un stéthoscope) qui nous permet de voir seulement le point situé dans notre ligne visuelle. Nous ne pouvons pas nous conduire dans ces conditions parce que nous nous heurterions contre toute espèce d'objets. La vision périphérique sert donc à l'orientation. Comment cela? Si pendant la marche on regarde droit devant soi et si, sur le chemin, se trouve une pierre, celle-ci forme une image sur la périphérie de la rétine, et cela sur la partie supérieure de cette membrane. Certes la pierre ne se perçoit pas distinctement, mais elle éveille l'attention, le regard se dirige sur elle, on la voit directement, on la reconnaît comme un obstacle et on l'évite. Il en est de même quand nous nous promenons et que nous voyons latéralement quelqu'un venir à nous, etc. Les images qui tombent sur la périphérie de la rétine nous donnent en quelque sorte un signal d'avertissement qui nous engage à fixer directement les objets qui provoquent ces images. Grâce à cette grande sensibilité de la périphérie de la rétine aux sensations de mouvements dont nous avons parlé plus haut, les objets en mouvement attirent tout particulièrement notre attention.

§ 5. EXAMEN DU CHAMP VISUEL. — L'examen du champ visuel, c'est-à-dire des limites de la vision indirecte, doit se pratiquer pour chaque œil en particulier. L'œil à examiner doit fixer un point immobile et conserver ainsi toujours la même position, tandis que l'autre œil reste fermé.

La manière la plus simple de déterminer l'étendue du champ visuel est de prendre la *main* comme objet d'expérience. Le médecin, tenant un œil fermé, se place vis-à-vis et à une petite distance du patient, l'autre œil en face de l'œil à examiner ; le patient fixe l'œil ouvert du médecin ; alors celui-ci fait mouvoir la main en partant de la périphérie pour entrer dans le champ visuel ; le patient signale le moment où il aperçoit la main. De cette façon le médecin se sert de son propre œil pour contrôler le champ visuel du malade ; si celui-ci possède un champ visuel normal, il doit apercevoir la main en même temps que le médecin lui-même la voit. Cette méthode est suffisamment exacte pour découvrir un rétrécissement notable du champ visuel, mais ce n'est pas ainsi qu'on parviendra à en constater l'existence de légères lacunes. Pourtant, c'est la seule méthode utilisable dans les cas où de petits objets d'épreuves ne sont plus vus à cause de la diminution de l'acuité visuelle.

— Si le patient n'est plus même en état de voir la main, il faut se servir d'une flamme de bougie que l'on promène dans le champ visuel. C'est de cette manière qu'on examine, par exemple, le champ visuel des personnes aveugles à la suite d'une cataracte.

On peut examiner plus exactement le champ visuel au moyen d'un *tableau noir*. On place le patient devant le tableau, et l'on veille à ce que, pendant l'examen, la distance entre son œil et le tableau reste invariable (30 cent. par exemple). En face de l'œil du patient, on trace sur le tableau un signe à la craie qu'il doit fixer pendant l'examen. On approche maintenant la craie graduellement du bord du tableau vers le centre, et le patient doit avertir dès qu'il aperçoit la craie. Si l'on marque ainsi les limites du champ visuel dans toutes les directions, et si l'on joint tous les points trouvés, on détermine l'étendue du champ visuel. Ces dimensions sont naturellement en raison directe de la distance à laquelle l'examen a eu lieu.

Cette méthode n'est pourtant nullement exempte de défauts. Ceux-ci résultent de la difficulté de projeter une sphère creuse, telle que la rétine, sur une surface plane. Les principaux inconvénients sont les suivants : des distances égales sur la rétine correspondent à des distances inégales

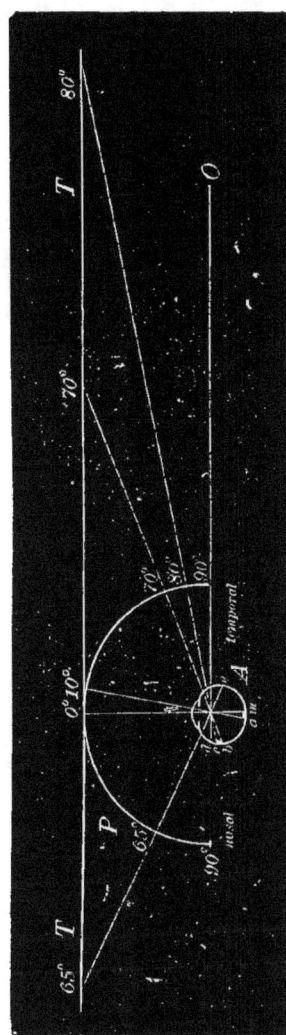

Fig. 17. — *Projection du champ visuel.* — Le champ visuel de l'œil *A*, projeté sur le demi-cercle du périmètre *P*, s'étend jusqu'à 65 degrés du côté du nez et 90 degrés du côté de la tempe, en rapport avec les points *e* et *d* de la rétine. Ceux-ci représentent la limite antérieure de la zone sensible de la rétine, qui s'avance plus du côté nasal que du côté temporal. Sur un plan *TT*, on ne peut dessiner le champ visuel jusqu'à sa limite temporale, parce que sa projection *O* tombe en dehors de ce plan.

dans le champ visuel. Ainsi, dans la figure 17, les distances *ma* et *bc* sont
égales sur la rétine puisqu'à chacune d'elles correspond un angle de
10 degrés. Cependant, dans le champ visuel projeté sur le tableau *TT*, le
second segment rétinien représente un espace plusieurs fois plus grand
(70°-80°) que le premier (0°-10°). De cette manière, un endroit d'une
grandeur déterminée, devenu insensible à la lumière, se manifesterait dans

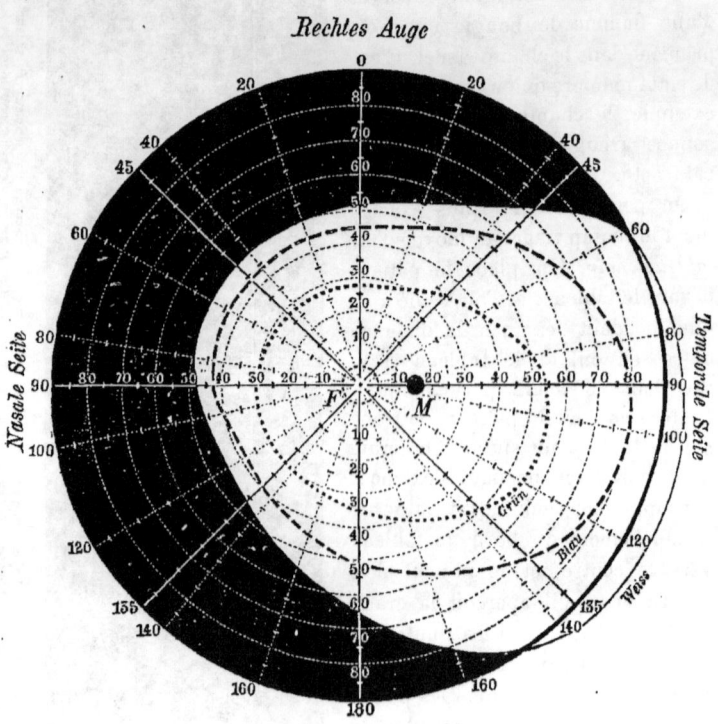

Fig. 18. — *Champ visuel de l'œil droit* d'après Landolt, pour le blanc, le bleu et le vert. — *F*, point de
fixation *M* ; tache de Mariotte.

un pareil champ visuel comme une lacune dont l'étendue dépendrait de sa
situation plus ou moins distante du centre ; de là pourraient résulter des
erreurs. Un second inconvénient, c'est que le champ visuel normal ne peut,
en général, se dessiner sur une surface plane, quelles qu'en soient les
dimensions. Le champ visuel normal, en effet, s'étend du côté externe
jusqu'à 90 degrés et au delà. La limite temporale du champ visuel, comme

on peut s'en convaincre à l'inspection de la figure 17, ne saurait donc jamais être projetée sur le tableau.

De ce qui précède il résulte qu'il n'y a qu'*une* manière exacte de représenter le champ visuel, c'est d'en faire la projection sur la surface creuse d'une sphère (*Aubert*). Sur ce principe on a construit différents *périmètres*. A *Förster* revient le mérite d'avoir introduit cet instrument dans la pratique oculistique. Le périmètre de *Förster* ne représente pas une demi-sphère complète, mais seulement un demi-anneau métallique (fig. 17, *P*), qui constitue en quelque sorte un méridien de la demi-sphère. Le demi-anneau peut tourner de façon à prendre successivement la position de tous les méridiens. Le patient appuie le menton sur un support fixé devant l'arc, de façon que l'œil à examiner en occupe le centre. Pendant l'examen, l'œil doit fixer le milieu du demi-anneau, tandis que sur celui-ci l'on fait glisser dans tous les sens l'objet qui doit servir à l'examen. Une graduation marquée sur l'arc permet de lire directement à quel point se trouve la limite du champ visuel; on inscrit sur un schéma le résultat obtenu (fig. 18).

§ 6. Étendue du champ visuel. — Le champ visuel *normal* ne s'étend pas également loin dans toutes les directions, ainsi que nous l'apprend un coup d'œil jeté sur le schéma ci-contre (fig. 18). Il s'étend surtout du côté externe (temporal), où il peut dépasser 90 degrés. Du côté temporal, nous voyons donc encore des objets qui se trouvent dans le plan pupillaire et même à une petite distance en arrière de ce plan (par exemple au point *O*, dans la figure 17). Ce fait s'explique parce que les rayons subissent à la surface de la cornée une réfraction si forte qu'ils pénètrent encore dans la pupille. Ailleurs, surtout en dedans et en haut, le champ visuel présente une étendue bien moindre. Il faut en chercher la cause dans la saillie du nez et les arcades sourcilières qui le rétrécissent. On peut, en tournant la tête d'une certaine façon pendant l'examen du champ visuel, éliminer, en partie tout au moins, ces obstacles, mais néanmoins on trouve alors encore que le champ visuel n'est jamais aussi étendu du côté nasal que du côté temporal. La raison en est que, du côté temporal, la limite des couches sensibles de la rétine ne s'avance pas aussi loin que du côté nasal (fig. 17, *e* et *d*).

Les *altérations pathologiques* du champ visuel se manifestent par une diminution de son étendue. Cette diminution se trahit soit par un rétrécissement à l'un ou l'autre endroit de sa périphérie, soit par des lacunes en forme d'îlots, en plein champ visuel.

Le rétrécissement *périphérique* du champ visuel se présente sous diverses formes. Si les limites en sont partout rapprochées du centre, nous ne parlons que de rétrécissement concentrique. Si ce rétrécissement est

notable, il a pour conséquence, comme nous l'avons déjà dit, de rendre
l'orientation impossible, tandis que la vue directe (l'acuité visuelle dans le
sens strict) est peut-être encore complètement conservée. Dans d'autres
cas, le rétrécissement du champ visuel ne se manifeste que sur un point
de la périphérie. S'il revêt la forme d'un triangle dont la base correspond
à la périphérie du champ visuel, on l'appelle rétrécissement en secteur.
Une forme particulière de rétrécissement est l'hémiopie, où la moitié
exacte du champ visuel fait défaut (V. § 100 et fig. 119 et 120).

Les défauts du champ visuel en forme d'îlots s'appellent *scotomes* (1).
Une pareille lacune existe toujours dans l'œil sain, à l'endroit du champ
visuel qui correspond à l'entrée du nerf optique et qui est désigné sous le
nom de tache de *Mariotte* (fig. 18, M). Celle-ci est située dans le champ
visuel, à environ 15 degrés du côté externe du point de fixation F. Les
scotomes qui surviennent dans le cours d'une maladie ont une importance
bien différente sur la vision suivant leur situation. Nous les distinguons
donc en scotomes centraux et périphériques. Le scotome central est celui
qui comprend le point de fixation (comp. fig. 123). Dans ce cas, la vision
directe est très affaiblie ou entièrement abolie. Le malade ne peut plus se
livrer à des travaux fins, mais sa faculté d'orientation reste intacte. Les
scotomes périphériques sont peu nuisibles à la vision, surtout quand ils
sont situés bien loin du point de fixation. Ces scotomes ne se reconnaissent
que par hasard, par exemple à l'occasion d'un examen du champ visuel.
Une espèce particulière de scotome est le scotome annulaire, qui entoure
comme un anneau (lequel n'est pas toujours complet) le point de fixation
sans l'intéresser.

v. Græfe est le premier qui ait appelé l'attention sur l'importance de l'examen
du champ visuel. Il a démontré qu'un grand nombre d'affections intraoculaires
offrent des formes déterminées de rétrécissement du champ visuel, qui sont
plus ou moins caractéristiques de ces affections et peuvent être utilisées pour
fixer le diagnostic. Depuis lors l'étude du champ visuel a fait de grands progrès,
de façon qu'actuellement l'examen en est devenu très important, tant au point
de vue du diagnostic que du pronostic.

C'est surtout dans la rétinite pigmentaire, et quelquefois encore dans le glaucome, qu'on rencontre un rétrécissement concentrique du champ visuel, avec
conservation normale de la vision centrale. Dans d'autres maladies, telles que
l'atrophie du nerf optique ou de la rétine, où l'on rencontre souvent aussi un
rétrécissement concentrique du champ visuel, la vision centrale est en même
temps fortement entamée.

Des scotomes en forme de secteur se rencontrent particulièrement dans l'atrophie du nerf optique, ainsi que dans l'oblitération de l'une ou de l'autre grande

(1) σκότος, obscurité.

artère rétinienne, parce que la portion du champ de la rétine, en forme de secteur elle-même, que cette artère nourrissait, cesse de fonctionner. Dans le décollement rétinien, on rencontre de fortes échancrures du champ visuel, mais elles n'ont pas la forme triangulaire. Elles s'observent le plus souvent en haut, parce que, si le décollement existe depuis longtemps, il occupe d'habitude la partie inférieure de l'œil. Dans le glaucome, on rencontre relativement souvent un rétrécissement du champ visuel du côté nasal.

Les scotomes s'observent surtout dans les affections du fond de l'œil en forme de foyers circonscrits, par conséquent surtout dans la choroïdite disséminée où les taches visibles à l'ophtalmoscope correspondent, en règle générale, à autant de lacunes dans le champ visuel. Tant que ces scotomes n'occupent que la périphérie du champ visuel, la vision s'en trouve peu troublée. S'ils sont très nombreux, le champ visuel prend la forme d'un tamis. Si finalement un foyer de choroïdite se localise à l'endroit de la choroïde qui correspond à la tache jaune, l'acuité visuelle diminue notablement par la formation d'un scotome central à côté des scotomes périphériques.

Des scotomes centraux isolés se rencontrent dans les maladies de la rétine et de la choroïde localisées au pôle postérieur de l'œil, notamment à la suite de myopie élevée, de syphilis ou d'altérations séniles. Dans tous ces cas, une altération de la région de la macula, visible à l'ophtalmoscope, correspond au scotome central. D'autres fois, au contraire, il existe un scotome central sans que l'on puisse observer aucune lésion à l'ophtalmoscope. Alors il faut chercher la cause du scotome dans le nerf optique. Ce sont, en effet, précisément les fibres du nerf optique qui desservent la région de la macula lutea qui s'affectent de préférence (dans la névrite rétrobulbaire, voir § 102).

Comme le terme scotome s'emploie dans divers sens, nous devons entrer dans quelques explications. On distingue les scotomes en positifs et en négatifs (*Förster*).

Sous le nom de *scotome positif*, on comprend une tache noire que le patient perçoit dans son champ visuel et qu'il projette en un endroit déterminé. La cause du scotome positif se trouve ou bien dans les milieux réfringents, ou bien dans la rétine elle-même. Des opacités des milieux réfringents projettent leur ombre sur la rétine et deviennent ainsi visibles sous forme de taches sombres. Si les opacités se trouvent dans le corps vitré, elles sont mobiles (mouches volantes), et les scotomes qu'elles font naître sont désignés sous le nom de scotomes mobiles. Les scotomes fixes résultent ou bien d'opacités immobiles (par exemple dans le cristallin), ou bien, plus souvent encore, d'altérations du fond de l'œil, par exemple un exsudat dans la rétine ou dans la choroïde qui lui est accolée. Les scotomes de la dernière espèce se voient le mieux quand on fait regarder au patient une surface uniformément éclairée, par exemple une feuille de papier blanc. Ces scotomes deviennent souvent plus manifestes, quand on diminue en outre l'éclairage (par exemple en fermant les rideaux des fenêtres). On peut recommander au patient de marquer sur le papier les taches noires qui deviennent visibles; de cette manière, on détermine la position et l'étendue des parties affectées de la rétine.

On désigne sous le nom de *scotome négatif* une lacune en forme d'îlot du champ visuel, dans l'étendue de laquelle le patient ne perçoit aucun objet extérieur. C'est pourquoi, en règle générale, un pareil scotome ne se reconnaît qu'à l'occasion de l'examen du champ visuel. Mais rien n'empêche qu'un scotome négatif soit en même temps positif; l'endroit malade de la rétine, qui est insensible aux impressions lumineuses extérieures, peut être perçu en même temps, comme une tache obscure, et être projeté au dehors.

Les scotomes négatifs se divisent en absolus et en relatifs. Nous avons affaire à un scotome absolu quand, dans son étendue, toute perception lumineuse est abolie, tandis que, pour le scotome relatif, la perception lumineuse est simplement diminuée. On découvre le scotome relatif quand on examine le champ visuel à l'aide de petits objets, et surtout quand on choisit dans ce but des objets de couleur. En effet, quand la diminution de l'acuité visuelle atteint un certain degré, le patient cesse de distinguer exactement la couleur des objets, tandis qu'il en reconnaît encore les contours à cause de la différence de clarté. Ainsi, par exemple, dans un cas récent d'empoisonnement chronique par la nicotine, le champ visuel paraît encore intact si on procède à l'examen au moyen d'un objet blanc. Si, au contraire, l'on choisit pour cet examen un petit disque de papier rouge, celui-ci sera encore vu comme un objet clair dans une petite zone centrale, mais sans que la couleur rouge soit reconnue. Il existe ici un scotome négatif, et plus spécialement un scotome pour les couleurs (pour le rouge).

Dans le champ visuel normal, la perception des *couleurs* n'est pas partout la même. Absolument comme pour l'acuité visuelle, il faut, pour le sens des couleurs, distinguer entre les perceptions centrale et périphérique. Tandis que la première s'examine par la simple présentation d'échantillons de couleur, la seconde doit se déterminer comme le champ visuel lui-même; seulement il faut utiliser des objets colorés que l'on fait mouvoir sur le tableau ou sur le périmètre. Ces examens ont démontré que les parties les plus périphériques de la rétine sont achromatopes. Si l'on fait mouvoir, de la périphérie vers le centre du champ visuel, un objet coloré, l'œil examiné commence par reconnaître la présence d'un objet mobile. Ce n'est que lorsque cet objet est suffisamment rapproché du centre que la couleur en est exactement indiquée. Ce moment n'est pas non plus le même pour toutes les couleurs, car les unes sont plus tôt reconnues que les autres. Le champ visuel est le plus restreint pour le vert, un peu plus grand pour le rouge, et plus étendu pour le bleu (voir fig. 18); comme il vient d'être dit, l'extrême périphérie du champ visuel est achromatope.

L'examen du champ visuel, au moyen d'objets de couleur, est d'une grande importance pratique. On trouve, par exemple, dans un cas, le champ visuel normal, si on l'examine avec le blanc, tandis que, examiné avec les couleurs, il présente, à un certain endroit, des limites notablement rétrécies. Après un certain laps de temps, lorsque l'affection a fait des progrès, on constate, à l'examen pour le blanc, les mêmes lacunes dans le champ visuel que celles qui, au début, se manifestaient seulement pour les objets de couleur. L'examen, au moyen des couleurs, donne par conséquent des résultats plus délicats que ceux que l'on obtient avec le blanc; ainsi se trahit une diminution de l'acuité visuelle, avant même qu'elle ne soit suffisamment sensible pour qu'un objet blanc ne soit plus reconnu. Par conséquent, si nous prenons deux cas, dans lesquels le champ visuel est égal pour le blanc, mais inégal pour les couleurs, ce sera le cas dans lequel le champ visuel chromatique est le plus petit qui donnera le pronostic le plus grave, puisqu'il faut s'attendre à une diminution ultérieure du champ visuel général. La diminution rapide de la perception des couleurs se rencontre particulièrement dans les maladies progressives du nerf optique qui conduisent à la cécité. — Pour reconnaître des scotomes centraux qui ne sont pas encore absolus, il est également nécessaire de prendre le champ visuel pour les couleurs.

Sens de la lumière. — Supposons deux personnes qui, à l'éclairage diurne ordinaire, possèdent la même acuité visuelle. Toutes deux lisent sous le même éclairage, et à la même distance, des caractères d'impression de la même grandeur. Maintenant diminuons graduellement l'éclairage. En conséquence, la différence de clarté entre les caractères noirs et le papier blanc s'affaiblit, et les

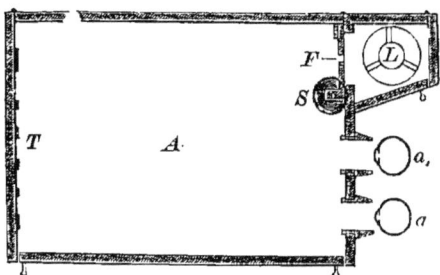

Fig. 19. — Photomètre de Förster.

caractères d'impression se reconnaissent de plus en plus difficilement. Si l'on arrive à un certain degré d'obscurcissement, l'une des personnes cesse de reconnaître les caractères, tandis que l'autre continue encore à les lire, et il faut pousser l'obscurcissement encore plus loin pour rendre à celle-ci la lecture impossible. Dans ce cas, nous disons que ces deux personnes possèdent le sens de l'espace également développé, c'est-à-dire la même sensibilité de la rétine pour reconnaître les formes, mais qu'elles ont le sens de la lumière (L) différent, c'est-à-dire une sensibilité différente pour la clarté et pour les différences de clarté.

Le sens de la lumière peut se déterminer de différentes manières. Ou bien on recherche la limite inférieure de l'éclairage qui détermine encore une sensation lumineuse (limite d'excitabilité), ou bien l'on cherche le minimum de différence de clarté qui peut être reconnu (limite de différenciation). La méthode la plus usitée, pour mesurer le sens lumineux, est celle qui se pratique au moyen du *photomètre de Förster.* Cette méthode donne la limite d'excitabilité. Cet instrument, dont la figure 19 donne le schéma, est installé dans une chambre absolument noire.

Une boîte noircie à l'intérieur *A* porte sur la paroi antérieure deux ouvertures

destinées aux yeux a et a_1, qui fixent un tableau appliqué sur la paroi posté
rieure T. Sur ce tableau on a tracé, sur fond blanc, de gros traits noirs qui
doivent servir d'objet d'épreuve. L'éclairage est fourni par une bougie normale
L dont la lumière tombe dans l'intérieur de la boîte à travers la fenêtre F. Pour
rendre l'éclairage uniforme, on a tendu devant la fenêtre un papier translucide
(imbibé de graisse). Au moyen d'une vis S, on peut changer la grandeur de la
fenêtre, depuis l'occlusion parfaite jusqu'à une ouverture de 5 centimètres carrés.
De cette manière on modifie l'éclairage du tableau. Le patient commence par
regarder dans l'appareil, tandis que la fenêtre est encore fermée et que, par
conséquent, le tableau n'est pas éclairé. Alors on ouvre graduellement la fenêtre
jusqu'à ce que les traits soient reconnus sur le tableau. La grandeur de l'ouverture de la fenêtre, nécessaire à cet effet, donne la mesure du sens lumineux pour
la personne examinée. Pour faire cette expérience, il faut prendre la précaution
d'habituer d'abord à l'obscurité la personne à examiner. Quand on passe de
la lumière du jour dans une chambre faiblement éclairée, on voit si peu dans
les premiers moments qu'on ne peut pas s'y mouvoir sans se heurter aux objets
qui s'y trouvent. A mesure qu'on y séjourne plus longtemps, on y voit mieux, de
façon qu'à la fin on voit peut-être même assez pour lire. C'est ce qu'on appelle
l'*adaptation* de la rétine. Pour l'examen du sens de la lumière, dans un but
pratique, il suffit d'un temps d'adaptation de dix minutes, que le patient doit
passer dans une chambre absolument obscure, les yeux bandés.

L'examen du sens de la lumière, dans les différentes affections, a démontré
que celui-ci n'est pas toujours diminué dans la même proportion que l'acuité
visuelle. Il est tantôt peu, tantôt relativement beaucoup ; de là des données pour
établir le diagnostic. La diminution du sens de la lumière est le plus notable
dans les cas que l'on désigne sous le nom d'héméralopie (voir § 104).

Cécité simulée. — Dans l'examen de la fonction visuelle, on doit quelquefois
compter avec cette circonstance que le patient a intérêt à induire le médecin en
erreur. Le malade, en effet, simule quelquefois une cécité ou une faiblesse de la
vue alors qu'elles n'existent pas. Ceci arrive surtout chez les personnes qui
cherchent à se soustraire au service militaire, ou qui désirent obtenir une décla-
ration d'inaptitude au travail de leur profession, quelquefois aussi chez les
enfants et chez des personnes hystériques, etc. Tout d'abord on est induit à
soupçonner la simulation par le manque de concordance entre les résultats
de l'examen fonctionnel et les signes objectifs. Ainsi quand, par exemple,
un œil, qui devrait être tout à fait aveugle, ne présente aucune altération pathologique, ou bien encore lorsque l'examen de chaque fonction en particulier
donne des résultats contradictoires, par exemple quand l'acuité de la vue,
l'étendue du champ visuel, le sens de la couleur, etc., ne se présentent pas
entre eux dans une proportion normale, ni d'accord avec les résultats de
l'examen objectif. Pour s'assurer s'il y a simulation, plusieurs méthodes ont été
indiquées ; elles conduiront plus ou moins facilement au but, suivant l'adresse de
celui qui simule. Je me contenterai de faire connaître quelques-unes seulement
de ces méthodes.

Rarement on rencontre des personnes qui simulent une cécité complète des deux yeux. Plus souvent elles simulent la cécité d'un seul œil, et plus souvent encore elles exagèrent une faiblesse de l'acuité visuelle monoculaire qui existe en réalité. Dans la prétendue cécité absolue d'un ou des deux yeux, il faut particulièrement faire attention au mouvement réflexe de la pupille sous l'influence de la lumière. Ce mouvement est-il normal, on aura de bonnes raisons de soupçonner la simulation, bien qu'il existe quelques rares cas, où, malgré que la vue soit abolie, le réflexe pupillaire est conservé (voir § 64). — *Schmidt-Rimpler* indique le procédé suivant : on engage le patient à regarder, de l'œil aveugle, sa propre main qu'il doit tenir devant lui. Un aveugle le fera sans hésiter, misque le sens musculaire l'avertit de la position de sa main. Au contraire, un simulateur regardera probablement avec intention dans une fausse direction. — La cécité simulée unilatérale peut se découvrir aussi de la manière suivante : on présente une bougie allumée devant l'œil sain et on la dirige lentement du côté de l'œil aveugle. Si la personne examinée affirme voir encore la bougie à un moment où elle est cachée, pour l'œil sain, par le dos du nez, la simulation est découverte (*Cuignet*).

Les procédés suivants servent encore à découvrir la cécité ou l'amblyopie unilatérale simulée :

1° On fait lire le patient et l'on tient un crayon verticalement entre l'œil et le livre. Si la vue est unilatérale, le crayon recouvre certains mots, et trouble la lecture. Si, au contraire, les deux yeux ont conservé la vue normale, les caractères d'impression, couverts pour l'un des yeux, sont visibles pour l'autre et réciproquement, et la lecture se fait sans difficulté (*Cuignet*) ;

2° On place devant l'œil sain un verre convexe de 6 *D*. L'œil devient ainsi artificiellement myope, de façon que son punctum remotum se trouve à environ 17 centimètres (dans l'hypothèse que l'œil soit emmétrope). L'œil ne peut donc lire de fins caractères d'impression qu'à la distance de 17 centimètres au moins, mais certainement pas au delà. Après l'interposition du verre, on commence par faire lire d'abord à une toute petite distance, et l'on éloigne graduellement le livre sans le faire remarquer. Arrive-t-il que l'on puisse éloigner le livre beaucoup au-delà de 17 centimètres, sans que la personne examinée cesse de lire, cela démontre qu'elle a lu avec l'œil prétendument mauvais. En effet, elle avait commencé à lire avec le bon œil et continué, quand le livre était trop éloigné, à lire avec l'autre œil, sans s'apercevoir qu'elle avait substitué un œil à l'autre ;

3° On fait semblant de ne s'occuper que de l'œil sain. On présente devant cet œil un fort prisme (d'environ 18°) à base dirigée en haut, que l'on amène lentement de la joue devant l'œil. Déjà, avant que la base du prisme ait atteint le centre de la pupille, l'œil voit double. En effet, il se forme sur la rétine deux images de chaque objet extérieur, l'une par la partie libre, l'autre par la partie de la pupille couverte par le prisme, et l'œil voit double l'objet de fixation (diplopie monoculaire). Le patient en conviendra sans hésiter, puisqu'il ne s'agit que de l'œil sain. Ensuite, sans le faire remarquer, on déplace le prisme de façon à ce qu'il couvre toute la pupille. Alors, l'œil muni du prisme ne reçoit plus qu'une image simple, projetée par la réfraction prismatique, sur un point de la rétine plus élevé que dans l'autre œil. Si, alors, le patient voit encore double (diplopie binoculaire), il est démontré qu'il voit des deux yeux. Si, pour ces expériences, on se sert de caractères d'impression et si l'on peut amener la personne examinée à lire tantôt la supérieure, tantôt l'inférieure des images doubles, on peut en même temps déterminer l'acuité visuelle de chaque œil en particulier, donc aussi celle de l'œil prétendument aveugle, sans que la personne en cause s'en aperçoive (*Alfred Græfe*);

4° *Snellen* a fait préparer des tableaux d'épreuve avec des caractères d'impression alternativement rouges et verts. Pour les lire, on met devant l'œil examiné des lunettes portant un verre rouge pour l'un des yeux et un verre vert pour l'autre. Par le verre rouge, les caractères rouges seuls peuvent être vus, les verts ne le peuvent pas, puisque le vert est la couleur complémentaire du rouge et que par conséquent les rayons verts sont absorbés par le verre rouge. Pour le même motif, les caractères rouges ne peuvent être vus par le verre vert. Lorsqu'une personne, aveugle d'un œil, regarde les caractères d'épreuves au moyen de ces lunettes, elle ne lit donc que les caractères rouges ou verts, suivant que le verre rouge ou le verre vert se trouve devant le seul œil qui voit. Elle ne soupçonnera pas même qu'entre les caractères qu'elle lit s'en trouvent d'autres d'une couleur différente. Si, au contraire, le sujet lit indistinctement tous les caractères, cela démontre qu'il voit des deux yeux, l'un de ses yeux lisant les caractères rouges, et l'autre les verts ;

5° On écrit quelques mots sur du papier blanc alternativement avec un crayon noir et un crayon rouge. On engage le patient à lire rapidement, après avoir muni son œil sain d'un verre rouge. S'il lit correctement, il fournit la preuve que l'œil prétendument malade intervient dans la lecture. En effet, grâce au verre rouge, l'œil sain ne peut distinguer les lettres rouges sur le papier vu rouge lui-même.

Pour l'examen de la motilité de l'œil et de la vision binoculaire, voir § 122.

SECONDE PARTIE

MALADIES DE L'ŒIL

CHAPITRE PREMIER

MALADIES DE LA CONJONCTIVE

ANATOMIE

§ 7. La *conjonctive* tapisse la face postérieure des paupières et la face antérieure du globe oculaire. Elle forme un sac, le sac conjonctival, ouvert en avant pour constituer la fente palpébrale. Nous distinguons trois parties dans la conjonctive. La première est celle qui recouvre la face postérieure des paupières et qui est fortement adhérente au tarse : c'est la conjonctive du tarse ; la seconde, celle qui recouvre la face antérieure du globe oculaire : c'est la conjonctive bulbaire. L'union de ces deux parties se fait par l'intermédiaire de la troisième portion, celle que l'on appelle cul-de-sac de la conjonctive. Cette partie, qui se réfléchit des paupières sur le globe, constitue le fond du sac conjonctival.

On parvient à voir la *conjonctive du tarse* sur l'œil vivant en renversant les paupières. La surface en est lisse et elle adhère intimement au tarse (fig. 20, *t*). Il est donc impossible de couvrir par une opération des pertes de substance de la conjonctive palpébrale en faisant glisser la conjonctive avoisinante, comme cela se fait souvent pour la conjonctive bulbaire. En raison de la ténuité de cette membrane, on peut voir, à travers la conjonctive du tarse, les glandes de *Meibomius* logées dans ce fibro-cartilage.

Le microscope démontre que la conjonctive des paupières est tapissée par un épithélium cylindrique stratifié. La muqueuse elle-même est de nature adénoïde, c'est-à-dire que, déjà à l'état sain, elle contient une grande quantité de cellules rondes (corpuscules lymphatiques), qui se multiplient notablement à l'occasion de toute inflammation. En fait de glandes, elle renferme des glandes acineuses qui se trouvent en partie le long du bord convexe du tarse (fig. 20, *w*) en partie dans le cul-de-sac (glandes de Krause, fig. 126).

La conjonctive de la paupière supérieure est nourrie par deux arcs artériels, appelés l'arc tarsal supérieur (fig. 20, *as*) et l'arc tarsal inférieur (fig. 20, *ai*); ils sont situés sur la face antérieure du tarse, près de ses

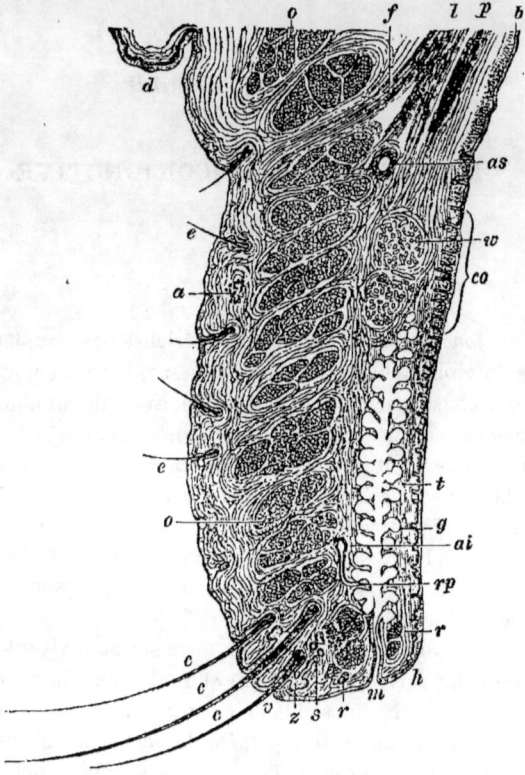

Fig. 20. — *Coupe verticale à travers la paupière supérieure.* — Gross. 5/1. La peau de la paupière montre en haut, au-dessus d'un étranglement, le repli *d*; plus bas elle recouvre l'angle antérieur du bord palpébral *v*. On trouve dans la peau de fins poils *ee*, des glandes sudoripares *a*, des cils *ccc*, et à ces derniers les glandes de Zeiss *z*, ainsi que les glandes sudoripares modifiées *s*. Sous la peau, on voit les faisceaux coupés en travers du muscle orbiculaire *oo*, dont les faisceaux les plus internes *r* et *r* forment le muscle ciliaire de Riolan. La face postérieure de la paupière est revêtue de la conjonctive, qui adhère intimement au tarse *t* sous-jacent. Au niveau de celui-ci, elle présente quelques papilles, surtout dans la portion *co*, correspondant au bord supérieur (convexe) du tarse : plus haut encore, en *b*, au voisinage du cul-de-sac, elle possède une structure adénoïde. Les glandes de Meibomius *g* ont leur orifice *m* en avant de l'angle postérieur du bord palpébral *h* : au-dessus d'elles sont les glandes muqueuses *w* et encore plus haut le muscle palpébral supérieur de Müller *p* et le releveur de la paupière *l*. De ce dernier part le tractus fibreux *f* vers la peau de la paupière. *as* est l'arc tarsal supérieur, *ai* l'arc inférieur; partant de ce dernier, les rameaux perforants *rp* se dirigent directement en bas, puis en arrière en traversant le tarse.

bords supérieur et inférieur. Pour atteindre la conjonctive, les branches de l'arc tarsal inférieur traversent le tarse dans toute son épaisseur à 2 ou 3 millimètres au-dessus du bord libre (fig. 20, *rp*). La ligne le long de laquelle les artérioles émergent du tarse est marquée par un sillon peu profond qui se trouve sur la surface conjonctivale de la paupière (sillon subtarsal). A la paupière inférieure, il n'existe qu'*un* seul arc artériel.

La *conjonctive du cul-de-sac* est très aisée à voir à la paupière inférieure, quand on tire celle-ci en bas pendant que l'œil regarde en haut. A la paupière supérieure, au contraire, il est difficile de voir le cul-de-sac quand on ne veut pas renverser deux fois la paupière. Le cul-de-sac est la partie la plus lâche de la conjonctive celle-ci y est si abondante qu'elle y forme des plis horizontaux. Cette disposition assure la liberté des mouvements de l'œil. Si la conjonctive passait directement de la paupière sur l'œil, comme on l'observe dans certaines affections conjonctivales, alors, à chaque mouvement du globe oculaire, les paupières seraient entraînées, et si, dans ce cas, l'on immobilisait au moyen du doigt l'une des paupières, l'œil serait lui-même gêné dans ses mouvements. Mais la conjonctive est si abondante, au niveau du cul-de-sac, que l'œil peut se mouvoir tout à fait indépendamment des paupières, tandis que la conjonctive du cul-de-sac se plisse ou se déplisse suivant la position de l'œil. — A travers la conjonctive du cul-de-sac inférieur, on voit paraître le riche réseau veineux sous-jacent ainsi que le fascia blanc. La laxité du tissu, ainsi que la richesse vasculaire du cul-de-sac conjonctival rendent celui-ci particulièrement enclin à se tuméfier à l'occasion de toute inflammation de la conjonctive.

La *conjonctive bulbaire* recouvre la surface antérieure du globe oculaire. Elle ne s'interrompt pas au niveau de la cornée, mais passe sur cette membrane en changeant toutefois de nature. Cette continuité de la conjonctive nous explique pourquoi ses processus pathologiques ne s'arrêtent pas au bord de la cornée, mais s'y propagent à la surface, comme on l'observe particulièrement bien dans le trachome et la conjonctivite lymphatique. Les deux portions de la conjonctive bulbaire se distinguent en conjonctive sclérale et en conjonctive cornéenne. La conjonctive cornéenne est complètement transparente et si intimement unie à la cornée proprement dite, qu'on la considère comme en constituant les couches les plus superficielles, il vaut donc mieux en parler à propos des maladies de la cornée (voir § 28).

La conjonctive sclérale revêt, sous forme d'une membrane mince, le segment antérieur de la sclérotique. Elle est si lâchement unie à la sclérotique par du tissu conjonctif peu dense (le tissu épiscléral) qu'elle est mobile en tous sens. C'est seulement à la périphérie de la cornée, où la conjonctive se termine en biseau, au limbe (1) conjonctival, qu'elle est plus intimement

---

(1) *Limbus*, ourlet.

adhérente aux couches sous-jacentes. Elle est très mince et extensible et
laisse voir nettement la sclérotique qu'elle recouvre. C'est le *blanc de l'œil*.
Chez les personnes âgées, un petit point situé au bord externe et au bord
interne de la cornée contraste avec ce blanc par sa couleur jaunâtre. Ce
point a la forme d'un triangle, dont la base correspond au bord cornéen et
proémine légèrement au-dessus du niveau du tissu conjonctival voisin. On
l'appelle la pinguécula (1). Elle est due à une modification du tissu de la
partie de la conjonctive qui se trouve au niveau de la fente palpébrale et qui
est constamment exposée aux influences atmosphériques.

La conjonctive scléroticale est tapissée d'un épithélium pavimenteux
stratifié et ne contient pas de glandes. Au niveau de l'angle interne de
l'œil, elle présente un repli en forme de croissant. C'est le repli semilunaire, qui représente un reste peu développé de la troisième paupière des
animaux. En dedans du repli semilunaire se trouve une petite élevure
rougeâtre, verruqueuse, c'est la caroncule (2), qui occupe le fond de
l'échancrure en forme de fer à cheval de l'angle de l'œil (fig. 29, C). Au
point de vue histologique, c'est un petit îlot cutané qui possède des
glandes sébacées et sudoripares, et dont la surface est couverte de poils
fins et pâles.

La conjonctive du bulbe reçoit ses *vaisseaux nourriciers* principalement des vaisseaux du cul-de-sac — vaisseaux conjonctivaux postérieurs (fig. 21, *o* et *o₁*). — De plus, les vaisseaux ciliaires antérieurs
(fig. 21, *e* et *e₁*) prennent part à la nutrition de la conjonctive bulbaire. Ces
derniers proviennent des quatre muscles droits de l'œil (fig. 21, *R*), et
sous la conjonctive, derrière laquelle ils paraissent bleuâtres, ils se
rendent au bord de la cornée, où ils disparaissent brusquement, en traversant la sclérotique, pour pénétrer dans l'intérieur de l'œil. Mais, avant
de disparaître, ils fournissent des branches qui se terminent près du
bord cornéen, dans le limbe conjonctival, par des anses vasculaires —
réseau périkératique (fig. 21, *g*). Ce réseau est très important pour la cornée, qui, au point de vue de sa nutrition, en dépend principalement.
D'autres branches des artères ciliaires se dirigent en arrière, dans l'épaisseur de la conjonctive (vaisseaux conjonctivaux antérieurs, fig. 21, *p*), à la
rencontre des vaisseaux conjonctivaux postérieurs, avec lesquels ils s'anastomosent.

Nous avons donc, dans la conjonctive, deux systèmes vasculaires, celui
des vaisseaux conjonctivaux postérieurs et celui des vaisseaux ciliaires
antérieurs. Suivant que l'un ou l'autre de ces systèmes est engorgé, la

---

(1) *Pinguis*, graisse.
(2) *Caruncula*, diminutif de *caro*, chair.

conjonctive prend un aspect différent, que l'on désigne sous le nom d'injection ciliaire ou injection conjonctivale.

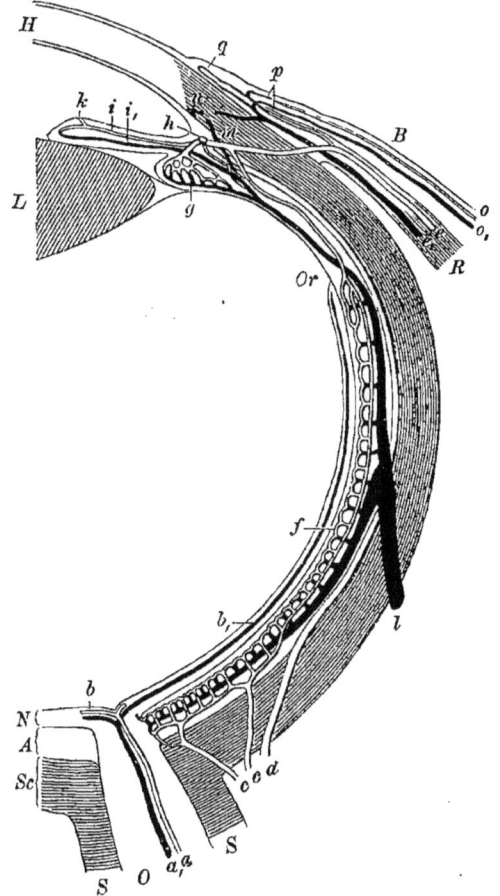

Fig. 21. — *Vaisseaux sanguins de l'œil.* — *Figure schématique, d'après* Leber. — Le système *rétinien* dépend de l'artère centrale du nerf optique *a* et de la veine centrale *a'*, qui fournissent les artères rétiniennes *b*, et les veines rétiniennes *b'*. Celles-ci se terminent à l'ora serrata *Or*.
Le système *ciliaire* est fourni par les artères ciliaires postérieures courtes *c*, *c*, les artères ciliaires postérieures longues *d* et les artères ciliaires antérieures *e*. Elles forment le réseau vasculaire de la choroïde *f* et du corps ciliaire *g*, ainsi que le grand cercle artériel de l'iris *h*. De ce dernier partent les artères de l'iris *i* qui forment au bord pupillaire le petit cercle artériel de l'iris *k*. Les veines de l'iris *i'*, du corps ciliaire et de la choroïde, se réunissent dans les veines vorticeliées *l*; les veines qui sortent du muscle ciliaire *m* quittent l'œil, au contraire, en formant les veines ciliaires antérieures *e'*. Avec celles-ci s'anastomose le canal de Schlemm *n*.
Le système *conjonctival* se compose des vaisseaux conjonctivaux postérieurs *o* et *o'*. Ceux-ci communiquent avec les branches des vaisseaux ciliaires antérieurs qui viennent à leur rencontre, et qui constituent les vaisseaux conjonctivaux antérieurs *p*; ils forment ensemble les anses vasculaires du bord cornéen *q*. *O* nerf optique, *S* sa gaine, *Sc* sclérotique, *A* choroïde, *N* rétine, *L* cristallin, *H* cornée, *R* droit interne, *B* conjonctiva.

L'*injection conjonctivale* nous fait voir un réseau superficiel formé de vaisseaux de différents calibres, et l'on démontre qu'ils sont bien situés dans la conjonctive, parce qu'on peut les faire glisser avec elle sur la sclérotique. Cette injection présente une teinte d'un rouge vif ou rouge brique; on peut reconnaître facilement chaque maille du réseau en particulier. Cette injection est caractéristique pour les maladies de la conjonctive.

L'*injection ciliaire* entoure la cornée (d'où le nom d'injection périkératique) sous forme d'une zone rosée ou violet pâle, sansque l'on y puisse distinguer chaque ramuscule vasculaire en particulier. Si l'injection devient plus intense, on remarque encore, à une certaine distance de la cornée, un réseau constitué par de gros vaisseaux ; ils ont une teinte violette et paraissent voilés, ce qui démontre que leur siège se trouve dans les couches profondes; aussi ne se déplacent-ils pas quand on fait mouvoir la conjonctive.

L'injection ciliaire se distingue de l'injection conjonctivale, surtout par son ton violet, aussi bien que par son aspect diffus, car, si les vaisseaux se laissent reconnaître, ce n'est jamais qu'avec une certaine difficulté. — L'injection ciliaire accompagne principalement les affections de la cornée, ainsi que de l'iris et du corps ciliaire, tous organes qui appartiennent au domaine des vaisseaux ciliaires antérieurs. — A cause des nombreuses anastomoses qui existent entre les deux espèces de vaisseaux conjonctivaux, les deux systèmes se trouvent toujours injectés à l'occasion de toute inflammation un peu violente des parties antérieures du globe. Très souvent, cependant, il est permis de reconnaître, en outre de l'injection superficielle conjonctivale, l'injection ciliaire profondément située immédiatement autour de la cornée.

Ce n'est que chez les jeunes individus que la conjonctive du tarse est en réalité entièrement lisse. Chez les personnes âgées, au niveau des angles du tarse et souvent aussi tout le long de son bord convexe, on lui reconnaît un aspect velouté (fig. 20, *co*). C'est ce qu'on appelle l'état papillaire de la conjonctive. En réalité ce ne sont pas à proprement parler des *papilles* que l'on trouve alors sur la conjonctive, mais de petits plis que forme la surface de la conjonctive un peu hypertrophiée. Sur des coupes microscopiques transversales, les plis de la conjonctive ainsi modifiée ont l'apparence de papilles entre lesquelles le revêtement épithélial plonge dans la profondeur. Si les faces de deux saillies se trouvent vis-à-vis l'une de l'autre et tout à fait voisines, la dépression couverte d'épithélium qui se trouve entre les deux peut, sur des coupes transversales, en imposer pour un canal excréteur d'une glande (fig. 24, *t*). C'est bien ainsi qu'il faut expliquer la prétendue formation nouvelle de glandes tubuleuses que l'on a trouvées dans certains cas d'hypertrophie pseudopapillaire de la conjonctive.

Cependant l'on ne saurait nier que, exceptionnellement, l'on trouve des glandes tubuleuses, aussi bien dans la conjonctive normale que dans celle qui est malade. Elles s'appellent glandes de *Henle*, du nom de l'auteur qui les a découvertes (fig. 25, *d*).

Au sujet de l'état papillaire de la conjonctive au niveau du bord supérieur et aux angles du tarse, on se demande s'il faut le considérer comme entièrement normal, ou si ce n'est pas plutôt un produit d'une hyperémie répétée de la conjonctive Il faut se poser la même question au sujet de la structure adénoïde de la conjonctive que beaucoup d'auteurs considèrent également comme un reliquat d'une irritation inflammatoire antérieure. En effet, la muqueuse conjonctivale étant plus exposée qu'aucune autre aux influences extérieures, il n'y a personne chez qui, dans le cours de la vie, il ne se développe des hyperémies conjonctivales répétées qui finissent par provoquer des altérations permanentes dans cette membrane. Rien n'indique mieux l'action des influences extérieures que la formation de la pinguécula. Celle-ci siège, en effet, tout juste à l'endroit de la conjonctive qui est le plus exposé au vent, à la poussière, etc. On donne à la tache de la fente palpébrale le nom de pinguécula, à cause de sa couleur, que l'on faisait autrefois dépendre d'un dépôt graisseux dans la conjonctive. En réalité, il n'existe qu'un épaississement de la conjonctive, par suite surtout de la multiplication et de l'épaississement de ses fibres élastiques. De plus, elle contient de nombreux amas d'une substance colloïde jaune qui donne sa teinte à la pinguécula. En raison de ces altérations, la conjonctive est moins transparente en ce point, c'est pourquoi l'on voit surtout bien la pinguécula, quand la conjonctive bulbaire est très rouge, soit par injection, soit par suffusion sanguine. Elle laisse alors apparaître la teinte rouge du sang, moins vivement qu'aux points où elle n'est pas épaissie. Elle se détache ainsi sous forme de triangle, sur le fond rouge, de façon que les commençants la prennent facilement pour une infiltration diphtéritique de la conjonctive, ou, dans le cas où la pinguécula est très jaune, la confondent avec une pustule remplie de pus.

I. — CONJONCTIVITE CATARRHALE

a) Conjonctivite catarrhale aiguë

§ 8. SYMPTÔMES. — La conjonctivite catarrhale aiguë s'attaque, dans les *cas légers*, principalement à la conjonctive des paupières et du cul-de-sac. La conjonctive palpébrale est d'un rouge vif, elle est relâchée. L'injection présente généralement la forme d'un réseau, c'est-à-dire que l'on peut encore y distinguer chaque vaisseau comme tel ; ce n'est que lorsque l'injection est particulièrement serrée que la conjonctive gagne un aspect uniformément rouge. La surface de la conjonctive est lisse ; c'est là un signe qui distingue la forme catarrhale, particulièrement des inflammations purulentes de la conjonctive dans lesquelles elle est infiltrée et, plus tard, hypertrophiée, état qui se trahit par les inégalités de la surface. Le cul-de-sac (ainsi que le repli semilunaire) est également très rouge et quelque peu gonflé, tandis que la conjonctive bulbaire ne présente que peu ou point de changement.

Les cas *graves* se distinguent des cas plus légers en ce que dans les premiers le processus pathologique envahit la conjonctive bulbaire. L'injection et le gonflement de la conjonctive palpébrale sont plus prononcés, et souvent il s'y joint un léger œdème des paupières. La conjonctive bulbaire présente une injection réticulaire dense et un léger degré de tuméfaction. Très souvent, au milieu de l'injection réticulaire, on trouve des taches d'un rouge diffus : ce sont de petites hémorragies, des ecchymoses conjonctivales provenant de la rupture de petits vaisseaux. Ces cas graves, où la conjonctive est entreprise dans toute son étendue, sont désignés sous le nom d'*ophtalmie catarrhale*, pour les distinguer des cas légers que l'on appelle simplement conjonctivite catarrhale.

La conjonctivite est accompagnée d'une augmentation de *sécrétion* de la conjonctive. On peut voir la sécrétion conjonctivale nager sous forme de flocons muqueux dans le liquide lacrymal abondamment sécrété. L'abondance de la sécrétion et la tendance de celle-ci à passer à la suppuration sont d'autant plus grandes que l'inflammation est plus violente. C'est ainsi qu'au début les cas d'ophtalmie catarrhale grave sont difficiles à distinguer d'une blennorrhée aiguë légère, mais la marche ultérieure jette de la lumière sur le diagnostic. — Pendant la nuit, la matière sécrétée, qui sourd entre les paupières, se dessèche sur les bords palpébraux et les agglutine.

Les *symptômes subjectifs* consistent en de la photophobie, picotements et sentiments de brûlure aux yeux. L'intensité des symptômes dépend naturellement du degré de l'inflammation elle-même. Cependant il est rare qu'il existe des douleurs vives et, quand elles se font sentir, elles ne sont pas dues au catarrhe lui-même, mais à des complications (particulièrement à des ulcères de la cornée). Souvent la sensation d'un corps étranger dans l'œil est très incommode ; cette sensation est due à la présence de flocons et de filaments de mucosités visqueuses dans le cul-de-sac conjonctival. Lorsque ces filaments se placent devant la cornée, il en résulte un trouble de la vision dont les patients se plaignent quelquefois. Cette gêne se distingue de celle qui revêt un caractère plus sérieux en ce que, par les mouvements des paupières, les mucosités se déplacent et la vue se rétablit aussitôt. — Un signe caractéristique du catarrhe est l'amendement de tous les symptômes dans la matinée et leur aggravation graduelle pendant le reste de la journée jusqu'au soir, où ils acquièrent leur apogée.

MARCHE. — Si le catarrhe est exempt de complications, la marche en est favorable ; en effet, l'inflammation disparaît spontanément au bout d'un ou de deux septénaires. Cependant il n'est pas rare qu'il persiste un état d'inflammation chronique — catarrhe conjonctival chronique — qui produit sans doute moins de gêne que le stade aigu, mais qui, en revanche, traîne en longueur. Le catarrhe conjonctival aigu atteint le plus souvent les deux yeux, soit simultanément, soit le second quelques jours après le premier.

Les *complications* qui s'observent dans le catarrhe sont avant tout les ulcères de la cornée. L'apparition d'une affection de la cornée s'annonce par l'augmentation des douleurs et la photophobie. On voit apparaître d'abord dans le voisinage du bord cornéen de petits points gris rangés en une série concentrique à la marge de la cornée. Bientôt ces infiltrations cornéennes punctiformes se multiplient et deviennent finalement confluentes, de telle sorte qu'elles finissent par former un petit croissant grisâtre. Par la destruction de leur surface, il se développe un sillon, c'est-à-dire un ulcère de forme semilunaire, situé tout près du bord de la cornée et concentrique à ce bord. Les ulcères de ce genre sont caractéristiques pour le catarrhe conjonctival ; pour ce motif on les nomme *ulcères catarrhaux*. Ordinairement l'ulcère se déterge rapidement et se guérit en laissant après lui une légère opacité arciforme. Cependant, dans les cas particulièrement graves, il peut survenir une perforation de la cornée.

Les complications susdites ne s'observent que dans les cas graves, c'est-à-dire dans l'ophtalmie catarrhale. Elles sont très souvent dues à une thérapeutique défectueuse du catarrhe. Dans le vulgaire, on emploie toute espèce de moyens empiriques contre les inflammations oculaires. Ainsi, on fait des applications de viande crue, de pain blanc trempé dans du lait, d'oignons cuits, ou bien encore on bassine l'œil avec de l'urine, etc. Ces moyens sont précisément ceux qui conviennent pour augmenter l'inflammation et pour provoquer des complications. Cependant, l'application simple de cataplasmes froids ou chauds peut également avoir les mêmes conséquences.

ÉTIOLOGIE. — Les causes les plus fréquentes du catarrhe sont les influences atmosphériques. A certains moments surtout, ces influences deviennent plus actives, c'est alors que les catarrhes se multiplient. C'est notamment le cas pendant le printemps, où tant de personnes souffrent de catarrhes des voies aériennes, tels que rhume de cerveau, de poitrine, etc. C'est aussi dans ces circonstances que l'on rencontre d'habitude un nombre considérable de catarrhes conjonctivaux. En outre, il existe de véritables épidémies de catarrhes conjonctivaux, et c'est alors la forme grave, l'ophthalmie catarrhale, qui se rencontre de préférence. Dans de pareilles épidémies, l'extension de l'affection est probablement due en partie à une infection qui s'opère par le transport des produits de sécrétion d'un individu à l'autre. Ce transport est surtout à craindre dans une famille où les enfants se servent tous des mêmes objets de toilette, des mêmes mouchoirs, etc.

TRAITEMENT. — Par un traitement approprié, on diminue considérablement la durée du catarrhe conjonctival et l'on prévient le développement d'un catarrhe chronique. Le moyen souverain, dans tous les cas assez sérieux de catarrhe, est la cautérisation au nitrate d'argent. Le caustique ne doit venir en contact qu'avec la conjonctive seule, à l'exclusion de la cornée. Pour l'appliquer, on renverse les paupières, de façon à mettre à nu la surface conjonctivale. Alors on la touche avec une solution de pierre infernale à 2 %, et on lave rapidement l'excédent de caustique au moyen d'eau tiède ou d'une solution faible de sel de cuisine. On voit alors la surface de la conjonctive se recouvrir d'une couche mince d'un blanc bleuâtre. C'est l'escarre superficielle produite par la cautérisation. La conséquence immédiate de cette pratique, que l'on désigne sous l'expression de *toucher la conjonctive*, est de provoquer une sensation de brûlure et une forte irritation de l'œil, en un mot une augmentation de tous les phénomènes inflammatoires — stade d'exacerbation. Un quart d'heure à une demi-heure après, suivant l'intensité de la cautérisation, se produit peu à peu un soulagement. L'examen de l'œil à ce moment montre que la mince escarre se détache et s'élimine sous forme de lambeaux. L'élimination finie, l'œil est plus pâle, le malade se sent soulagé et se trouve beaucoup moins incommodé par son catarrhe qu'avant la cautérisation — stade de rémission. Suivant l'intensité du catarrhe, ce soulagement se maintient d'un demi-jour à un jour entier. Alors les sensations douloureuses reparaissent graduellement — recrudescence. C'est un signe qu'il faut répéter la cautérisation. En général, il suffit de la pratiquer une fois par jour, de préférence le matin.

Les commençants doivent bien se garder de cautériser trop fortement. Si l'on a dépassé la mesure, la douleur qui suit la cautérisation dure beaucoup plus longtemps que d'habitude (pendant des heures), et l'on observe qu'après un temps déjà long, le lendemain même, l'escarre reste encore adhérente par places. Ceci démontre que l'escarrification a été trop profonde. Si malgré cela on s'obstinait à vouloir toucher encore, on provoquerait une nécrose de plus en plus profonde du tissu et l'on augmenterait l'inflammation au lieu de la guérir. Il faut donc remettre à plus tard une nouvelle cautérisation, jusqu'à ce que l'escarre n'adhère plus nulle part à la conjonctive.

Les personnes qui ne sont pas en état de voir journellement le médecin peuvent s'instiller chez elles la solution de nitrate d'argent. Comme dans ce cas le médicament vient en contact avec la cornée, il faut se servir d'une solution plus faible (1/4 — 1/2 %), dont l'action sur la conjonctive est naturellement moins énergique. Cette méthode d'appliquer la solution argentique n'est donc qu'un pis-aller et ne doit être adoptée que pour les cas où l'application au moyen d'un pinceau est impossible pour des motifs spéciaux. Lorsque les phénomènes inflammatoires ont à peu près disparu, on remplace le nitrate d'argent par des collyres moins actifs ; ce sont ceux que l'on emploie dans le catarrhe chronique et auxquels nous renvoyons le lecteur (§ 9).

A côté du traitement proprement dit du catarrhe conjonctival, on ne doit pas oublier de recommander au patient les mesures hygiéniques générales : entretenir la propreté des yeux par des lavages à l'eau tiède, éviter la fumée, la poussière, l'air vicié en général ; par contre, on recommande le séjour au grand air. On s'abstiendra aussi de fatiguer les yeux, surtout le soir à l'éclairage artificiel. Eu égard à la possibilité de l'extension du mal par infection, le patient sera averti qu'il doit avoir à son usage personnel et exclusif un bassin, des essuie-mains, etc.

La conjonctivite catarrhale, ou conjonctivite simple, est rangée, ainsi que le catarrhe des voies aériennes, dans la catégorie des maladies dites *a frigore*. Il faut attacher à cette expression le sens que le catarrhe aigu de la conjonctive doit son origine à des influences atmosphériques, c'est-à-dire que le germe qui produit cette affection est apporté par l'air sur la conjonctive. Ce germe serait un très petit bacille, le bacille de *Weeks* (*Koch, Kartulis, Morax*).

L'action des influences atmosphériques sur le développement des catarrhes se manifeste avec une évidence particulière dans la forme de catarrhe qui complique la *fièvre de foin*. Cette affection, assez fréquente dans certains pays, atteint au commencement de l'été les personnes prédisposées. Elle se caractérise par de la fièvre, ainsi que par une violente inflammation catarrhale de la conjonctive et des voies aériennes. Dans le plus grand nombre des cas, l'infection, qui, suivant toute probabilité, provoque le catarrhe conjonctival, est transportée du dehors sur la conjonctive ; il y a cependant d'autres cas où une matière toxique circulant dans le sang devient la cause de l'inflammation de la conjonctive. C'est notamment le cas pour le catarrhe conjonctival qui accompagne la rougeole et qui en constitue souvent même le premier symptôme. Cette forme, sous le nom de conjonctivite exanthématique, sera traitée plus tard en détail (voir § 24).

Le catarrhe est-il contagieux ? Les cas accompagnés d'une abondante sécrétion le sont probablement ; cependant, il faut reconnaître qu'en règle générale les expériences d'infection par transport de la matière sécrétée, d'un œil affecté sur un œil sain, sont restées sans résultat (*Piringer*), ce dont j'ai pu me convaincre moi-même par des essais répétés.

Il arrive quelquefois que l'on rencontre des cas de catarrhe conjonctival aigu dont la forme clinique s'écarte de celle que nous avons exposée plus haut; on les décrit comme des variétés particulières de catarrhe. A celles-ci appartiennent les cas dans lesquels on observe des *follicules* et qui seront décrits avec plus de détails au § 10. Le *catarrhe vésiculeux* représente une seconde variété de catarrhe. La conjonctive du tarse est couverte d'un nombre considérable de très petites élevures, ressemblant à des grains de sable répandus sur une lame de verre humide (*Arlt*). Une troisième variété est celle qui porte le nom de forme *pustuleuse*. Ici, on trouve sur la conjonctive bulbaire, le plus souvent dans le voisinage du bord cornéen, des saillies aplaties, dont la surface s'ulcère par suppuration. Ainsi, sur une base un peu proéminente, se forment des ulcères gris ou jaunes de la grosseur d'un grain de millet et au delà. Ces ulcères ont beaucoup d'analogie avec les efflorescences de la conjonctivite lymphatique (§ 17). La distinction entre la forme pustuleuse du catarrhe et la conjonctivite lymphatique consiste en ce que, dans la forme pustuleuse, on observe les phénomènes de l'inflammation catarrhale sur la conjonctive palpébrale et dans le cul-de-sac, tandis que, dans la conjonctivite lymphatique, ces régions ne participent que peu ou point à l'inflammation. Un grand nombre d'auteurs considèrent la forme pustuleuse comme une forme mixte de conjonctivite catarrhale et de conjonctivite lymphatique. En pratique, le traitement doit en tenir compte, de telle sorte qu'au début de la maladie, c'est d'ordinaire par la cautérisation au nitrate d'argent en solution qu'on obtient les meilleurs effets, tandis que plus tard, après la cessation des phénomènes inflammatoires les plus prononcés, c'est le calomel qui rend les meilleurs services.

Les trois variétés de catarrhe que nous venons de citer se rencontrent principalement chez les enfants et les jeunes gens. Par contre, chez l'adulte, on rencontre beaucoup plus fréquemment l'ulcère catarrhal cornéen en forme de croissant, que l'on ne trouve que rarement chez les enfants. Sur le même œil peuvent se présenter plusieurs ulcères situés sur différents points du pourtour cornéen, et, lorsqu'ils deviennent confluents, ils en arrivent à former un ulcère unique, annulaire, embrassant tout le pourtour cornéen. L'opacité que laisse après la cicatrisation cet ulcère annulaire présente beaucoup de ressemblance avec l'arc sénile de la cornée (voir § 28). Dans les cas où un pareil ulcère avait envahi les couches profondes, on a observé quelquefois des conséquences très fâcheuses, notamment une ectasie permanente de la cornée. A l'endroit où siège l'ulcère, le fond de celui-ci se distend, la base de la cornée est poussée en avant, et cette membrane prend une position oblique. Si l'ulcère occupe tout le pourtour de la cornée, celle-ci, cédant à la pression intraoculaire, peut se reporter en totalité en avant. Alors toute la région cornéenne renfermée dans l'anneau fait saillie sur les parties marginales de la cornée à la façon d'un verre de montre. (V. *Ectasie cornéenne, suite d'ulcère*, § 49.)

Notre remède par excellence du catarrhe, le nitrate d'argent, a été introduit par *Saint-Yves* au siècle dernier, dans la thérapeutique des inflammations de la conjonctive. Cependant ce n'est que dans ce siècle qu'il a reçu une application générale. On éprouvait une crainte bien légitime à introduire dans un œil violemment enflammé un liquide aussi irritant que l'est la solution de pierre infernale. En effet, cette solution provoque dans un œil parfaitement sain une forte irritation de la conjonctive, et il n'est pas difficile, en en répétant l'application, de produire un catarrhe artificiel. Comment se fait-il donc que la solution de pierre infernale agisse si favorablement contre le catarrhe conjonctival ? La couche mince, de teinte blanc bleuâtre, qui tapisse la conjonctive immédiatement après l'application de la solution, provient de ce que l'albumine contenue dans les cellules des couches superficielles de l'épithélium se coagule sous l'influence du nitrate d'argent ; ces couches deviennent ainsi opaques et se mortifient. L'escarre agit comme un corps irritant qui augmente l'hyperémie préexistante. Cela ne cause pas seulement une augmentation des symptômes subjectifs (exacerbation), mais amène encore la production sous l'escarre d'une exsudation qui la détache et finit par l'éliminer. Mais en même temps sont éliminés les microorganismes, qui se trouvent dans les couches superficielles de l'épithélium.

La solution de nitrate d'argent trouve une large application, non seulement dans le catarrhe, mais encore dans d'autres affections conjonctivales. Aussi doit-on se pénétrer des préceptes suivants. Un grand nombre de médecins emploient des solutions plus ou moins fortes suivant l'effet qu'ils veulent obtenir. Cependant la solution à 2 % peut toujours suffire, puisqu'il est possible de rendre l'action du médicament plus ou moins efficace en touchant plus ou moins fort. — Il ne faut jamais cautériser le soir, car, après la cautérisation, les paupières restant fermées pendant le sommeil, toute la masse sécrétée serait retenue dans le cul-de-sac conjonctival. Pour le même motif, il ne faut pas appliquer de bandeau immédiatement après la cautérisation. — La présence d'ulcères cornéens ne constitue pas une contre-indication pour la cautérisation ; au contraire, l'indication en est formelle dans le cas où ces ulcères paraissent de nature catarrhale. Seulement, ici plus encore qu'ailleurs, il faut avoir soin d'empêcher que le caustique ne vienne en contact avec la cornée. — Si l'on prolonge trop longtemps (des mois ou des années) l'application du nitrate sur la conjonctive, cette membrane acquiert peu à peu une teinte d'un gris sale qui ne disparaît plus dans la suite ; c'est le phénomène qu'on appelle l'argyrose ou l'argyrie (1) ; il est dû à ce que l'argent se dépose, pour ne plus disparaître, dans le tissu conjonctival (dans les fibres élastiques), sous forme d'oxyde et d'albuminate d'argent. L'instillation prolongée de la solution de nitrate d'argent provoque plus facilement encore l'argyrose que la cautérisation au moyen du pinceau, puisque, dans ce cas, l'excédent de solution n'est pas enlevé par le lavage, mais demeure dans le sac conjonctival. On observe la même coloration de la conjonctive quand — par exemple chez beaucoup d'ouvriers qui travaillent l'argent — la conjonctive est constamment exposée à la poussière d'argent.

On emploie aussi dans le catarrhe conjonctival, ainsi que dans d'autres affections de la conjonctive, l'acétate de plomb, en partie comme astringent, en partie comme caustique léger, soit en solution en compresses, en instillations, en badigeonnage, soit sous forme de pommade. Tant que la cornée est intacte, le médicament ne présente pas d'inconvénients, mais, dès qu'il y a une perte de

(1) ἄργυρος, argent.

substance (ulcère) dans la cornée, l'application prolongée du plomb produit à l'endroit de l'ulcère une tache blanche brillante qui constitue une opacité cornéenne très visible. Cette tache, appelée *incrustation plombique*, est due à une imprégnation du tissu cornéen par le sel de plomb, et il est difficile ou même impossible de la faire disparaître. Pour ce motif il vaut mieux, en règle générale, se servir le moins possible de l'acétate de plomb, pour le traitement des maladies de la conjonctive, d'autant plus que l'on dispose d'autres moyens qui mènent au même but, sans faire courir les mêmes dangers.

On doit éviter autant que possible l'application d'un bandeau sur les yeux atteints de catarrhe ou de toute autre affection accompagnée d'une sécrétion abondante, car on empêche ainsi le libre écoulement des matières sécrétées.

b) Conjonctivite catarrhale chronique

§ 9. Symptômes. — Dans le catarrhe conjonctival chronique, les altérations *objectives* sont, dans leur ensemble, peu prononcées. La conjonctive n'est que modérément injectée au niveau du tarse ou en même temps du cul-de-sac. Elle est lisse et non gonflée ; ce n'est que dans les cas anciens que l'on voit survenir de l'hypertrophie avec épaississement et état velouté de la conjonctive. La sécrétion est peu abondante et se manifeste surtout par l'agglutination des paupières le matin. L'écume blanche que l'on trouve souvent aux angles palpébraux provient de ce que, par suite du clignotement fréquent, le liquide lacrymal, mêlé à la sécrétion des glandes de *Meibomius*, est battu en une espèce d'émulsion mousseuse. L'humidité permanente de la peau à cet endroit provoque la formation d'excoriations. Dans beaucoup de cas, la sécrétion paraît même plutôt diminuée qu'augmentée. En raison du faible degré ou de l'absence même de l'augmentation de la sécrétion, beaucoup d'auteurs considèrent ces sortes d'affections, non pas comme des catarrhes, mais comme de simples hyperémies de la conjonctive.

En raison du peu de signification des symptômes objectifs, il faut accorder d'autant plus d'importance aux plaintes du patient, car les *symptômes subjectifs* sont le plus souvent si caractéristiques qu'à eux seuls ils suffisent pour établir le diagnostic. D'habitude les sensations désagréables sont plus fortes vers le soir. Le poids des paupières, à peine sensible pendant le jour, est tellement considérable le soir que les patients ont de la peine à tenir les yeux ouverts ; ils sont comme accablés par le sommeil. La sécrétion, peu abondante, qui séjourne dans le cul-de-sac conjonctival sous forme de filaments muqueux, donne la sensation désagréable de la présence d'un corps étranger, absolument comme si un grain de poussière se trouvait dans l'œil. Dans le cas où ces filaments muqueux viennent à se placer sur la cornée, la vision en est troublée, ou bien la flamme de la bougie s'entoure d'anneaux irisés. En outre, le patient se plaint de sensations pénibles de diverses espèces, telles que brûlure et prurit, éblouissement à la lumière, prompte fatigue des yeux au travail, clignotement fréquent, etc. Le matin, les paupières sont un peu agglutinées, ou bien l'on trouve un petit dépôt jaunâtre de sécrétion desséchée dans l'angle interne de l'œil. Dans d'autres cas, il existe un sentiment désagréable de sécheresse aux yeux, qui ne s'ouvrent qu'avec difficulté. Cet état donne au patient l'impression que ses paupières desséchées sont collées au globe oculaire (catarrhe sec). — L'intensité de ces sensations variées n'est pas dans un rapport déterminé avec les symptômes objectifs. On voit, en effet, chez beaucoup de personnes, la conjonctive assez fortement injectée, sans qu'elles se plaignent le moins du monde, tandis que chez d'autres, qui agacent le médecin à force de se plaindre, c'est souvent avec peine que l'on peut observer quelque changement à la conjonctive.

Marche. — La conjonctivite chronique est une des affections oculaires les plus fréquentes. Elle atteint principalement les adultes, et notamment les personnes âgées. Chez les vieillards, il est presque de règle de trouver un léger degré de conjonctivite catharrale chronique que l'on désigne sous le nom de catarrhe sénile. La durée de la conjonctivite chronique est d'ordinaire longue, beaucoup de personnes en souffrent une grande partie de la vie.

La maladie peut entraîner des complications qui produisent des altérations partiellement irréparables. Une des complications les plus fréquentes est l'inflammation du bord palpébral — blépharite — causée par la fréquente humectation des bords palpébraux, provoquée elle-même par l'abondance de la sécrétion lacrymale. C'est encore à l'écoulement des larmes que la peau de la paupière inférieure doit de devenir eczémateuse ou bien rigide et de se raccourcir de façon que son bord libre ne s'applique plus exactement sur le bulbe. Il s'ensuit que le point lacrymal ne plonge plus dans le lac lacrymal, ce qui empêche les larmes d'arriver dans le sac lacrymal. De cette manière le larmoiement devient plus abondant et réagit défavorablement sur l'état de la peau. Il s'établit ainsi un cercle vicieux qui produit un renversement de plus en plus prononcé de la paupière inférieure, et finalement un ectropion. Ajoutons que le patient, en essuyant les larmes qui coulent fréquemment le long de la joue, exécute, avec le mouchoir, toujours les mêmes frottements de haut en bas et favorise ainsi l'abaissement de la paupière inférieure. Lorsque le raccourcissement provoqué par l'épiphora s'opère plutôt dans le sens horizontal, il se développe un blépharophimosis. Enfin, le catarrhe fait souvent naître de petits ulcères cornéens.

ÉTIOLOGIE. — Les causes du catarrhe chronique sont : 1° un catarrhe
aigu préalable qui passe à l'état chronique au lieu de guérir complètement; 2° des influences extérieures nuisibles de diverses espèces. A ces
influences appartient avant tout une atmosphère viciée, corrompue
par la fumée, par la poussière, par la chaleur, par la présence d'un
grand nombre de personnes, etc. Les ouvriers, dans les fabriques où
il y a beaucoup de poussière, les garçons, dans les cafés où l'on fume
beaucoup, etc., souffrent fréquemment de catarrhes conjonctivaux. Les
veilles prolongées, les nuits sans sommeil, l'usage immodéré de boissons
spiritueuses y prédisposent également. Les personnes qui souffrent déjà
de catarrhe chronique se trouvent plus mal après avoir été exposées à
l'une ou l'autre de ces causes, par exemple après une soirée passée au
théâtre ou dans un lieu rempli de fumée. L'action prolongée du vent et du
mauvais temps provoque très souvent un catarrhe chez les campagnards
et les cochers, etc. Pour le même motif, les yeux qui proéminent fortement (à fleur de tête) ou dont les paupières sont trop courtes (lagophtalmie) sont souvent atteints de catarrhe, parce qu'ils sont trop peu protégés
contre l'influence de l'air. L'action que le contact permanent de l'air
exerce sur la conjonctive se remarque très bien dans l'ectropion, où la
conjonctive du tarse, mise à nu, est très rouge, épaissie, veloutée et
même rugueuse. La conjonctive supporte tout aussi peu d'être privée d'air
que d'y être constamment exposée. C'est pour ce motif qu'un bandeau
longtemps maintenu sur l'œil y provoque le développement d'un catarrhe
chronique ; 3° des efforts excessifs de l'œil, surtout chez les hypermétropes et les astigmates, peuvent avoir pour conséquence le développement d'un catarrhe ; 4° des injures locales. A celles-ci appartient l'irritation
de la conjonctive par la présence de corps étrangers dans le cul-de-
sac conjonctival, en y comptant, dans un sens plus large du mot, les cils
dirigés contre l'œil. Dans la plupart des cas, la cause locale dépend d'une
autre affection de l'œil, dont le catarrhe n'est qu'une complication; tels
sont, par exemple, la blépharite ou les infractus des glandes de *Meibomius*. La stase lacrymale, dépendant d'une blennorrhée du sac lacrymal
ou de l'immersion défectueuse des points lacrymaux dans le lac lacrymal,
est une cause fréquente du catarrhe. Aussi, dans un catarrhe unilatéral, ne
doit-on jamais négliger d'examiner les voies lacrymales. Les catarrhes
produits par des causes locales se distinguent de ceux provoqués par des
causes générales en ce que, très fréquemment, ils sont unilatéraux, tandis que, pour les derniers, il est naturel que les deux yeux soient plus souvent atteints simultanément.

TRAITEMENT. — Il est évident que le traitement doit surtout s'attaquer
à l'élément causal, en régularisant le genre de vie en général, autant que

la chose est compatible avec la profession du patient, et en écartant toute espèce de cause locale propre à engendrer le catarrhe, etc. Pour le traitement du catarrhe chronique lui-même, tout comme pour le catarrhe aigu, le premier médicament auquel il faut avoir recours est le nitrate d'argent. On l'applique au moyen du pinceau (en solution à 2 $^0/_0$) ou en instillations (en solution à 1/4-1/2 $^0/_0$). On ne s'en sert que dans le cas où le catarrhe est accompagné d'une abondante sécrétion et de relâchement de la conjonctive. Il n'est pas rare, en effet, que, dans le cours d'un catarrhe chronique, il se manifeste des poussées de catarrhe aigu. On se sert encore du nitrate d'argent quand la conjonctive est hypertrophiée.

En dehors de ces cas, on s'adresse à des collyres astringents que le malade peut s'instiller lui-même. Les plus employés sont le collyre astringent jaune (1) et le laudanum de Sydenham. Ces deux médicaments ne se prescrivent habituellement pas purs, mais additionnés d'une fois leur volume d'eau ; ensuite, la pierre divine et le sulfate de zinc, tous les deux en solution de 1/2-1 $^0/_0$; enfin, l'alun, le tannin, l'acide borique et autres astringents.

L'ordre dans lequel ces collyres sont cités ici indique à peu près la gradation descendante depuis le plus fort jusqu'au plus faible. On les instillera une ou deux fois le jour, mais jamais le soir. J'en ai cité un si grand nombre parce qu'il est bon d'en avoir un bon choix à sa disposition, pour pouvoir les alterner pendant la longue durée du catarrhe. Tout médicament, en effet, employé pendant longtemps, perd de son activité, parce que la conjonctive s'y habitue. Contre l'agglutination des paupières, ainsi que contre toute espèce d'excoriations, on se sert de la pommade au précipité blanc (1/2 — 1 $^0/_0$) en onction le soir, avant le coucher, sur les paupières fermées.

c) Conjonctivite folliculaire

§ 10. Le catarrhe folliculaire est caractérisé par la présence des follicules. Ce sont de petites granulations (de la grosseur d'une tête d'épingle) rondes, qui se trouvent dans le cul-de-sac conjonctival. Elles ont un aspect pâle et

---

(1) Ce collyre, appelé aussi collyre d'Horst, n'est plus officinal aujourd'hui dans la plupart des pays ; il rend cependant des services signalés dans un grand nombre de cas où il ne peut être remplacé par aucun autre. D'après la nouvelle édition de la pharmacopée autrichienne, on doit le préparer de la manière suivante : « Ammonii chlorati 0.5, zinci sulfurici 1,25, solve in aquæ distillatæ 200,0, adde camphoræ 0,4, solutæ in spirit. vini dil. 20,0, adde croci 0,1. Digere per 24 horas sæpius agitando, filtra. » Le collyre de Romershausen, que l'on emploie fréquemment aussi dans le catarrhe chronique, se compose d'un mélange de teinture de fenouil et d'eau de fenouil.

translucide et soulèvent la conjonctive sous forme de petites élevures.
Quelquefois elles sont isolées, d'autres fois elles sont nombreuses et habituellement rangées en file — comme les grains d'un chapelet. — L'examen microscopique nous apprend que les follicules, aussi bien que ce que
l'on appelle les granulations trachomateuses, sont constitués par une accumulation circonscrite de tissu adénoïde (fig. 23, *T*).

Les follicules s'observent le plus souvent chez les individus jeunes et
peuvent accompagner aussi bien le catarrhe aigu que le catarrhe chronique.
Ils ont de l'importance, en ce sens que leur présence présage une longue
durée de l'affection. Dans les cas chroniques, les follicules restent pendant
des années dans la conjonctive. — Finalement ils disparaissent sans laisser
de traces. Malgré sa durée donc, le pronostic de l'affection est favorable,
puisqu'elle guérit sans laisser de traces. C'est par ce caractère que le
catarrhe folliculaire se distingue du trachome, qui lui ressemble en apparence beaucoup, mais qui conduit toujours à des altérations permanentes
de la conjonctive.

L'*étiologie* du catarrhe folliculaire n'est pas encore certaine jusqu'ici.
Suivant les uns, la cause en serait de nature infectieuse, miasmatique
selon les autres (l'air corrompu). Cependant, ni les uns ni les autres ne
sont en état d'étayer leur opinion de preuves suffisantes. C'est surtout
dans les écoles que la maladie s'observe fréquemment, ainsi que dans les
pensionnats, etc., où souvent un grand nombre d'enfants sont atteints en
même temps. Chez beaucoup d'entre eux, l'affection existe sous une forme
latente ; nonobstant un nombre considérable de follicules, la conjonctive
reste pâle et n'est le siège d'aucune espèce de gêne, au point que la maladie n'est reconnue qu'à l'occasion d'un examen médical.

Le traitement est le même que celui qu'on a l'habitude d'employer en
général contre le catarrhe conjonctival. Il a pour effet de faire disparaître
les phénomènes inflammatoires du côté de la conjonctive et la gêne qui en
résulte ; mais, malgré le traitement, les follicules persistent d'ordinaire
opiniâtrément. Pour les faire disparaître à leur tour, le mieux est d'introduire dans le cul-de-sac une pommade à l'acétate de plomb (0,1
— 0,2 grammes sur 5 grammes d'excipient). Mais il ne faut pas oublier
que la présence d'ulcères cornéens constitue une contre-indication formelle
de l'emploi d'une pommade plombique quelconque. Pour les cas où les follicules ne produisent aucune gêne, mieux vaut renoncer à tout traitement.
Comme, en général, pour tout catarrhe, on conseille ici tout spécialement le
séjour dans un air frais et pur.

II. — Conjonctivite blennorrhagique

§ 11. La blennorrhée aiguë (1) est une inflammation aiguë de la conjonctive résultant d'une infection produite par le virus gonorrhéïque, et dont la sécrétion abondante et purulente est également infectieuse. Les agents vecteurs de la matière infectieuse sont des microorganismes, les gonocoques découverts par *Neisser*. Ils portent ce nom parce qu'on les rencontre aussi dans la sécrétion de la gonorrhée. On trouve les gonocoques aussi bien dans les couches superficielles de la conjonctive que dans le pus sécrété par cette membrane. On les rencontre le plus souvent disposés deux à deux, comme des diplocoques, et, en règle générale, réunis en colonies. La figure 22 représente une préparation de la sécrétion d'une blennorrhée

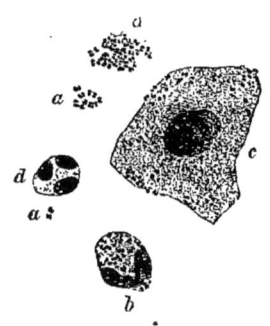

Fig. 22. — Sécrétion de la blennorrhée aiguë avec des gonocoques.

aiguë. Dans cette préparation, on voit les groupes de gonocoques tantôt libres *a*, tantôt sur ou dans les cellules qui sont soit des corpuscules du pus *b*, soit des cellules épithéliales desquamées *c*.

La blennorrhée aiguë atteint aussi bien les adultes que les enfants nouveau-nés, — blen. des adultes et blen. des nouveau-nés.

a) Blennorrhée aiguë des adultes (conjonctivite gonorrhéïque)

Symptômes et marche. — Lorsque l'infection a eu lieu, la maladie éclate après une certaine période d'incubation dont la durée varie depuis quelques heures jusqu'à trois jours, suivant l'intensité de l'infection. Les paupières deviennent rouges, brûlantes et fortement œdémateuses, le plus souvent à tel point que le patient est incapable de les ouvrir et que le médecin lui-même éprouve parfois des difficultés à les écarter suffisamment pour examiner la cornée. La conjonctive des paupières et du cul-de-sac est fortement injectée et gonflée. La tuméfaction est produite par une abondante infiltration cellulaire de la conjonctive, de façon que celle-ci est

(1) βλέννα, mucus; ῥέω, je coule.

turgescente et offre une apparence granuleuse bosselée. En ceci, la blennorrhée aiguë se distingue du catarrhe, dans lequel, même si l'affection est
violente, la tuméfaction est plutôt de nature séreuse et la conjonctive
ramollie et à surface lisse. La conjonctive bulbaire présente le même gonflement ferme, lequel cesse brusquement au bord de la cornée, de façon à
représenter une espèce de rempart élevé autour de cet organe — chémosis.
La sécrétion produite par la conjonctive a l'apparence de la sérosité sanguine, c'est-à-dire d'un sérum rougi par l'addition d'un peu de sang dans
lequel nagent quelques flocons isolés de pus. L'œil est extraordinairement
sensible au toucher, la glande lymphatique préauriculaire est tuméfiée, et
le malade est atteint d'une fièvre légère.

Il faut habituellement deux ou trois jours avant que l'affection atteigne le
degré qui vient d'être décrit; elle reste alors dans cet état pendant deux ou
trois jours. On désigne cette période sous le nom de premier stade, ou
stade d'*infiltration*. A ce premier stade en succède un second, celui de la
pyorrhée. Alors les paupières se dégonflent graduellement, ce que l'on
reconnaît surtout à ce qu'elles se rident de nouveau, et la tuméfaction de
la conjonctive se modère peu à peu. En même temps, on voit s'établir une
sécrétion purulente très abondante, qui fuse sans cesse entre les paupières
— de là le nom de pyorrhée, écoulement de pus. — Plus tard, la conjonctive aussi se dégonfle de plus en plus et, dans un grand nombre de cas,
revient graduellement à son état normal au bout de quatre à six semaines.
Cependant, le plus souvent, il persiste un état inflammatoire chronique
qui constitue le troisième stade de la maladie et que l'on désigne sous le
nom de stade de la *blennorrhée chronique*. Dans cette période, les paupières
ne sont plus tuméfiées. La conjonctive est rouge et épaissie, surtout sur le
tarse où la surface en paraît inégale, granuleuse et veloutée. La conjonctive du cul-de-sac forme un bourrelet turgescent; la partie qui subit le
moins d'altérations est la conjonctive bulbaire, qui est simplement hyperémiée. Après la disparition de cette hypertrophie de la conjonctive,
laquelle prend des mois, on voit habituellement persister dans la conjonctive de fines cicatrices indélébiles.

La description qu'on vient de lire correspond aux cas d'une intensité
moyenne; ce sont ceux qui se présentent le plus fréquemment. Outre ces
cas, on en rencontre d'autres qui sont tantôt plus bénins, tantôt plus
graves, et qui s'écartent quelque peu de la marche des premiers. Dans les
cas légers, que l'on a l'habitude d'appeler *blennorrhée subaiguë*, tous les
phénomènes inflammatoires sont plus bénins, et les altérations intéressent
spécialement la conjonctive des paupières. A la simple inspection, les cas
de cette espèce se distinguent souvent difficilement de certains catarrhes
intenses. Alors le diagnostic peut s'établir avec certitude par l'examen

microscopique de la sécrétion ; en effet, on s'assure ainsi si la sécrétion contient ou non des gonocoques.

Dans les cas les plus graves, l'infiltration de la conjonctive est si intense qu'à certains endroits elle ne paraît pas rouge, mais gris jaune. Cet aspect dépend de ce que, comme dans la diphtérie de la conjonctive, les vaisseaux sont comprimés par l'abondance de l'exsudat et qu'ainsi la conjonctive devient exsangue. Tout autour de la cornée, la conjonctive forme un bourrelet fortement tendu, d'un rouge grisâtre. Alors la surface de la conjonctive se trouve aussi très souvent recouverte d'un exsudat coagulé (membrane croupale).

La complication la plus redoutable de la blennorrhée aiguë est la propagation de l'*affection à la cornée* qui, dans beaucoup de cas, est la source d'une cécité irrémédiable. Tout d'abord la cornée devient superficiellement mate et se couvre d'un trouble diffus léger. Puis, l'on observe des infiltrations circonscrites de teinte grise, qui passent bientôt au jaune et dégénèrent en ulcères. Ces infiltrations peuvent siéger sur le bord de la cornée et en amener promptement la perforation. C'est là, d'ailleurs, une terminaison relativement favorable, puisque, après la perforation, l'infiltration purulente de la cornée s'arrête souvent et que, de cette façon, une partie de la cornée peut être conservée. Mais il peut se faire aussi que les infiltrations marginales de la cornée deviennent promptement confluentes et forment un anneau jaune entourant complètement cet organe (abcès annulaire). Dans ce cas, la cornée est perdue, car cet anneau envahit rapidement toute la cornée et la détruit. D'autres fois, c'est le centre de la cornée qui subit d'abord la fonte purulente. Dans une forme particulière et rare de l'affection cornéenne, la marche du processus est telle que, sans s'opacifier d'une manière apparente, la cornée se fond comme un morceau de glace au soleil, jusqu'à s'éliminer entièrement à l'exception d'un mince liseré du bord. Quand, de l'une ou de l'autre façon, la cornée est détruite en partie ou en totalité, il se forme des cicatrices avec enclavement de l'iris ou il se déclare une panophtalmite. Mais, comme on observe ces conséquences à la suite de toute destruction de la cornée, quelle qu'en soit la cause, nous les examinerons en détail au chapitre des maladies de la cornée.

On peut s'attendre à voir la cornée envahie d'autant plus tôt que la blennorrhée est plus grave et, en particulier, que la participation de la conjonctive bulbaire à l'inflammation est plus active. Dans les cas les plus graves, avec chémosis très tendu, la cornée s'entreprend toujours et elle est le plus souvent irrémédiablement perdue. Dans les cas de moyenne intensité, où la turgescence chémotique de la conjonctive est moins prononcée et surtout moins dense, on réussit le plus fréquemment à conserver la cornée en partie ou en totalité, parce qu'il n'existe que des ulcères peu étendus, encore qu'ils aillent jusqu'à la perforation. Dans les cas les plus légers, où le processus inflammatoire se borne à la conjonctive palpébrale, la cornée court, en général, peu de danger d'être envahie.

La cornée s'entreprend d'autant plus tôt que l'inflammation prend un caractère plus intense. Dans les cas graves, elle se trouble déjà dès le deuxième ou le troisième jour. Quelquefois la cornée commence à s'ulcérer plus tard, alors que la blennorrhée est déjà entrée en pleine période régressive. Ces affections tardives de la cornée sont peu dangereuses, car le plus souvent on parvient facilement à les arrêter.

Ce qui vient d'être dit montre que le *pronostic* de la maladie dépend en définitive de l'état de la cornée. Cet état lui-même est différent suivant le degré d'intensité de l'inflammation de la conjonctive bulbaire, qui peut servir de base au pronostic.

ÉTIOLOGIE. — La blennorrhée aiguë se développe exclusivement par infection. Le virus peut être transporté directement des parties génitales dans l'œil. Cela se fait le plus souvent par les blennorrhagiques (homme ou femme) eux-mêmes qui, après s'être touché les parties génitales, portent aux yeux les doigts contaminés. Mais l'infection peut aussi provenir d'un œil blennorrhéique. C'est ainsi par exemple que, lorsque l'un des yeux est malade et suppure abondamment, la matière sécrétée peut être transportée sur l'autre œil et l'infecter. Un individu aux yeux blennorrhéiques peut aussi infecter les personnes qui le soignent ou qui habitent avec lui, au point que l'on voit quelquefois toute une famille frappée de cette dangereuse affection.

TRAITEMENT. — Par des soins *prophylactiques* appropriés on peut prévenir l'infection blennorrhéïque aiguë, et il faut d'autant plus soigneusement chercher à le faire qu'une fois l'œil atteint on se trouve souvent impuissant à éviter une terminaison malheureuse. Il est du devoir du médecin d'appeler l'attention de tout homme atteint de blennorrhagie et de toute femme affectée de flueurs blanches sur le danger de l'infection et de leur recommander la propreté la plus stricte. Si l'un des yeux est déjà entrepris par la blennorrhée aiguë, il faut prendre garde d'infecter encore l'autre, aussi bien que de transporter la maladie sur les personnes de l'entourage.

Le meilleur procédé pour protéger l'œil non encore infecté, c'est d'appliquer un bandeau hermétique de la manière suivante : on commence par fermer la fente palpébrale, au moyen de quelques bandelettes minces de taffetas anglais, placées verticalement. Ensuite, avec de l'ouate on bourre le creux de l'œil et l'on recouvre le tout d'une compresse enduite d'emplâtre agglutinatif que l'on fait adhérer avec soin circulairement aux bords de l'orbite. Pour obtenir plus d'adhérence, on peut enduire de collodion les bords de la compresse ainsi que la peau avoisinante. Pour préserver de l'infection les personnes de l'entourage du patient, on doit recommander à celui-ci, aussi bien qu'aux personnes qui le soignent, la plus stricte propreté : lavage des mains après tout contact avec l'œil malade, destruction, de préférence par le feu, de tout ce qui a servi au nettoyage de l'œil (compresses, ouate, etc.).

Le *traitement* de l'affection elle-même consiste principalement à enlever fréquemment et avec soin la sécrétion abondante qui s'écoule des yeux. Pour cela on se sert d'une solution antiseptique légère (solution de sublimé, 1 : 4,000, ou de permanganate de potasse). Lorsque le gonflement des paupières ne permet pas d'ouvrir convenablement l'œil et qu'ainsi il devient impossible d'en entretenir la propreté, on doit élargir la fente palpébrale en sectionnant l'angle externe d'un coup de ciseaux (*Canthoplastie*, § 168). Cette incision agit, en outre, favorablement en diminuant la pression exercée sur le bulbe oculaire par les paupières fortement gonflées.

Dans le premier stade de la maladie, on combat l'inflammation par l'application de compresses glacées et de sangsues (6 - 10) placées à la tempe. Au second stade, le meilleur moyen de faire disparaître rapidement le gonflement conjonctival et la sécrétion abondante est la cautérisation de la conjonctive au moyen du nitrate d'argent. On ne commencera pourtant pas la cautérisation avant que le gonflement et la tension de la conjonctive aient fait place à un certain état de mollesse, de succulence de cette membrane ; il faut qu'il n'existe plus dans la conjonctive ni dépôt membraneux, ni points atteints d'infiltration grise. On se sert, pour cautériser, d'une solution à 2 %, que l'on applique largement, et, tant que la sécrétion est abondante, il est nécessaire de cautériser deux fois par jour. La présence d'ulcères cornéens ne constitue pas une contre-indication de l'emploi du nitrate d'argent.

Dès que, au troisième stade, les phénomènes inflammatoires, ainsi que la sécrétion, ont presque disparu, et qu'il ne reste plus à combattre que l'épaississement de la conjonctive, on remplace la solution argentique par le sulfate de cuivre. Voici comment on s'en sert : on arrondit et l'on polit l'extrémité d'un cristal de sulfate de cuivre (crayon de sulfate de cuivre ou pierre bleue) et on le promène une ou plusieurs fois sur la conjonctive de la paupière renversée. Ensuite on tamponne la conjonctive à l'aide d'une petite boulette d'ouate, pour enlever les larmes qui sont devenues bleues par la présence de sulfate de cuivre dissous, et cela afin d'éviter que cette solution assez concentrée de sulfate de cuivre vienne en contact avec la cornée et l'irrite. La cautérisation au sulfate de cuivre est beaucoup plus douloureuse, mais aussi infiniment plus énergique, que celle au nitrate d'argent, et l'on atteint par conséquent plus rapidement le but ; mais ce traitement n'est permis que lorsque la cornée est saine, ou bien lorsque les ulcères dont elle pourrait être le siège sont en voie de cicatrisation ; on s'en abstiendra dans les ulcérations fraîches et encore suppurantes de la cornée.

Le traitement des complications du côté de la cornée se fait suivant les règles établies pour celui de la kératite suppurée (*ulcère et abcès cornéens*, §§ 35 et 37). Dans les cas très graves, toute thérapeutique se montre impuissante pour conserver la cornée, de sorte qu'il faut se borner à prévenir les conséquences fâcheuses ultérieures de la destruction de la cornée, telles que panophtalmite et formation de staphylôme, et chercher à obtenir une cicatrice plate.

Aujourd'hui, il n'y a plus de doute que la blennorrhée ne soit produite par le transport direct du pus virulent sur la conjonctive. L'opinion d'autrefois, qui expliquait la connexité entre la blennorrhagie et l'ophtalmie par une espèce de métastase de la blennorrhagie, ne compte plus de partisans maintenant. Néanmoins, on a décrit, dans ces derniers temps (*Ricord, Roosbrock, Haltenhoff, Rückert, Armaignac* et autres), des cas où une inflammation conjonctivale de nature légère était due à la métastase, à peu près de la même manière qu'une blennorrhagie se complique quelquefois d'une phlogose articulaire ou d'une iritis. La métastase doit s'expliquer de la manière suivante : le virus blennorrhagique pénètre dans le torrent circulatoire et provoque une inflammation dans ceux des organes éloignés qui ont des prédispositions particulières à l'absorption du virus. La conjonctivite ainsi produite n'aura pas le caractère de la blennorrhée, mais bien celui d'une violente inflammation catarrhale de la conjonctive, et l'injection de l'œil rappellera celle de la sclérite. Toutefois, il faut être extraordinairement prudent, quand il s'agit d'établir le diagnostic d'une telle conjonctivite blennorrhagique métastatique, attendu que, par l'infection directe au moyen de la sécrétion blennorrhagique, il peut se montrer de ces cas légers de conjonctivite, notamment lorsque le virus se trouve affaibli par l'une ou l'autre circonstance (voir plus bas les expériences de *Piringer*). De même qu'une blennorrhagie uréthrale peut faire naître par métastase une arthrite, on a observé des cas de blennorrhée conjonctivale qui, par voie métastatique, ont provoqué des inflammations articulaires de nature gonorrhéique. De tels cas ont été rencontrés chez des adultes aussi bien que chez des nouveau-nés (*Deutschmann* et autres).

La sécrétion renfermant des gonocoques est le plus souvent transportée dans l'œil par l'intermédiaire des doigts malpropres. On observe cependant quelquefois un *transport* direct du virus de la muqueuse infectée sur la conjonctive saine, par exemple, lorsqu'en donnant des soins de propreté à un blennorrhagique atteint aux yeux ou aux organes génitaux, le médecin ou le garde-malade reçoit dans l'œil une parcelle de pus. Aussi, a-t-on abandonné dans la plupart des cliniques ophtalmologiques la vieille méthode de nettoyage des yeux blennorrhagiques au moyen de la seringue, parce qu'elle était dangereuse pour l'œil du patient autant que pour celui du garde-malade. D'ailleurs, les médecins, ainsi que les infirmiers, devront toujours, en traitant de pareils patients, se munir de lunettes protectrices (de grandes lunettes concoïdes incolores). Si, malgré cette précaution, quelque parcelle de sécrétion jaillit dans l'œil, il faut aussitôt le laver soigneusement, puis instiller une couple de gouttes d'une solution de pierre infernale à 2 %, ensuite appliquer sur l'œil pendant quelques heures des compresses froides.

J'ai vu plusieurs cas où des patients, atteints d'un léger catarrhe des yeux, se les lavaient avec leur urine (un moyen vulgaire couramment employé dans beaucoup de pays) ; et, comme ils étaient porteurs d'une blennorrhagie, ils ne tardaient pas à gagner une blennorrhée aiguë. On a vu la contamination se produire par l'emploi d'une autre pratique vulgaire, l'application sur les yeux d'un fragment de placenta provenant d'une femme blennorrhagique.

Lorsque l'un des deux yeux est déjà infecté, le transport du virus sur l'autre se fait souvent pendant le sommeil. La sécrétion de l'œil malade coule dans l'autre en passant sur le dos du nez. De plus, la sécrétion peut être transportée de l'œil blennorrhagique sur l'œil sain par le doigt, par l'eau de lavage, les éponges, les mouchoirs, etc. C'est pourquoi il faut appliquer un bandeau sur l'œil sain. Si l'on soupçonne que l'infection a déjà eu lieu, on peut essayer de prévenir l'explosion de la maladie en instillant une solution de nitrate d'argent à 2 %, avant d'appliquer le bandeau. Pour permettre au patient de voir avec l'œil couvert, on ménage au milieu du bandeau une ouverture dans laquelle on place un verre de montre.

Il n'est pas rare non plus d'observer le transport de la blennorrhée d'un œil qui en est atteint aux yeux d'autres personnes. Cet accident arrive le plus souvent chez les enfants qui souffrent d'une blennorrhée des nouveau-nés et qui infectent leur mère, leur nourrice, etc. A l'hospice des Enfants-Trouvés de Vienne, pendant les années 1812 et 1813, on rencontra, pour cent nourrissons blennorrhéiques, plus de quinze nourrices que ces derniers avaient contaminées. Une fois, j'ai vu un enfant atteint de blennorrhée des nouveau-nés donner la maladie à toute sa famille et la plonger dans le plus grand malheur. Il est donc de toute nécessité d'observer une grande prudence et de donner au public des instructions minutieuses.

On rencontre quelquefois une blennorrhée aiguë chez de *petites filles* de l'âge de deux à dix ans, qui souffrent en même temps de flux vaginal (*Arlt*). S'agit-il ici également d'une infection par un catarrhe vaginal virulent, ou bien l'écoulement vaginal de ces enfants est-il un catarrhe bénin provoqué par la scrofulose, l'anémie, etc. ? Pour quelques-uns de ces cas, où l'on a pu trouver l'origine du flux vaginal, les enfants avaient pris le mal chez leur mère ou chez d'autres femmes de leur entourage, qui souffraient d'un catarrhe virulent du vagin, et qui l'avaient transmis aux enfants par les linges, les éponges, les bains, etc. (*Hirschberg*). D'autres fois, les enfants avaient été violées par des individus atteints de blennorrhagie. Ici, il s'agissait donc d'une véritable blennorrhagie vaginale des enfants, et par conséquent dans ces cas on rencontre des gonocoques dans la sécrétion du vagin aussi bien que dans celle de la conjonctive (*Widmark*). C'est aller trop loin, cependant, de vouloir, dans tous les cas où il a infecté la conjonctive, considérer l'écoulement vaginal des petites filles comme vraiment blennorrhagique. Il me paraît probable qu'un écoulement vaginal, de nature simplement catarrhale, non virulent, est aussi en état de provoquer une inflammation de la conjonctive, qui évolue moins sérieusement et revêt les caractères d'une blennorrhée bénigne (subaiguë). Ce n'est qu'en examinant la sécrétion au microscope, pour savoir si elle contient des gonocoques, qu'on pourrait s'assurer si l'on a affaire ou non à une véritable blennorrhée.

Les intéressantes expériences de *Piringer*, qui a opéré un grand nombre d'infections intentionnelles (le plus souvent aux yeux de gens déjà aveugles qu'on avait payés à cet effet), nous ont appris le rapport existant entre la matière infectieuse et l'ophtalmie qu'elle provoque. Il a trouvé que la période d'incubation est d'autant plus courte que la blennorrhée qui a livré le virus est plus violente. On peut diminuer le pouvoir infectieux de la sécrétion par différents procédés, par exemple en la diluant dans l'eau — diluée au centième, toute sécrétion devient inactive — ou bien encore par dessiccation. Si on laisse la sécrétion se dessécher sur un linge, elle perd son activité au bout de trente-six heures. Conservée comme du vaccin, elle garde sa virulence pendant soixante heures. A mesure que la virulence de la sécrétion infectieuse s'affaiblit, la période d'incubation se prolonge, et l'inflammation qu'elle provoque devient plus bénigne. Par conséquent, les différents degrés de blennorrhée que l'on observe dépendent de ce que la source infectieuse produit une sécrétion de virulence variable et de ce que cette virulence est encore modifiée par les circonstances particulières dans lesquelles l'infection s'opère. Ce qui démontre l'intensité de la virulence de la blennorrhée aiguë, c'est la tuméfaction des glandes lymphatiques préauriculaires ; quelquefois même, on a vu ces glandes entrer en suppuration (bubon préauriculaire).

L'inflammation suppurative de la cornée, qui complique si souvent la blennorrhée, est bien certainement due à l'infection de la cornée par la matière sécrétée qui la baigne constamment. Comme la sécrétion s'amasse principalement dans le sillon qui se trouve sur le bord de la cornée, entre celle-ci et le chémosis conjonctival fortement proéminent, c'est à cet endroit que l'infiltration purulente débute le plus souvent. Une seconde cause qu'il ne faut pas perdre de vue, c'est l'excessive tension du bourrelet chémotique conjonctival. Cette tension produit une gêne circulatoire dans le réseau périkératique et entrave la nutrition de la cornée. Il faut donc d'autant plus sûrement s'attendre à voir survenir une affection de la cornée que le chémosis est plus prononcé et plus tendu. Cette observation s'accorde avec le fait que, si le chémosis n'est pas également développé partout, c'est souvent à l'endroit du bord de la cornée où il est le plus prononcé que l'affection cornéenne débute. Comme les solutions de continuité de l'épithélium favorisent sans aucun doute l'infection, il faut se garder, par un manque de prudence pendant l'application des soins de propreté de l'œil, d'en blesser l'épithélium.

Lorsque la blennorrhée atteint par hasard un œil dont la cornée est couverte d'un pannus, celui-ci la protège avec certitude contre la suppuration. Ce qui est plus remarquable, c'est qu'après la disparition des symptômes inflammatoires les plus violents, le pannus se montre sensiblement éclairci. C'est en se basant sur cette observation que, dans les pannus anciens, on a inoculé intentionnellement du pus d'une blennorrhée aiguë.

Le fait que la blennorrhée aiguë est produite par un microorganisme était de nature à faire augurer que les meilleurs moyens de la combattre seraient les substances désinfectantes. Cependant, l'expérience a démontré que le nitrate d'argent l'emporte de beaucoup, sous ce rapport, sur les substances antiseptiques proprement dites. Dans le premier stade de l'affection, on pratique, dans les cas graves, des scarifications du chémosis conjonctival et l'on administre de fortes doses de mercure (à l'intérieur en même temps que de l'onguent gris en onction) ; mais, il faut le dire, ces deux moyens ne m'ont pas donné beaucoup de succès. Quand on applique des compresses glacées, il faut prendre garde de trop refroidir la conjonctive, de peur d'entraver davantage encore la circulation, déjà fortement gênée.

b) Blennorrhée des nouveau-nés

§ 12. Cette affection est la même que la blennorrhée des adultes. Elle a aussi pour origine l'infection produite par la sécrétion des parties génitales atteintes de catarrhe virulent. L'infection a lieu, en règle générale, au moment de la naissance. Pendant le passage de la tête de l'enfant dans le vagin, les paupières emportent un peu de la sécrétion de cet organe. Celle-ci pénètre dans le cul-de-sac conjonctival par la fente palpébrale, soit immédiatement, soit au moment où l'enfant ouvre pour la première fois les yeux. La maladie éclate alors, en général, deux ou trois jours après la naissance, rarement au bout de quatre à cinq jours. Dans les cas où la maladie se montre encore plus tard, l'infection n'en peut plus être rapportée au moment de la naissance. Alors la contamination s'est opérée postérieurement aux dépens de la sécrétion vaginale de la mère (c'est surtout possible lorsque l'enfant couche avec la mère dans le même lit), ou bien elle provient d'un autre enfant, ce qui arrive souvent dans les Maternités et les hospices d'enfants trouvés.

Les *symptômes* de l'affection sont les mêmes que dans la blennorrhée des adultes, seulement ils sont généralement plus bénins. Ainsi, lors même que les paupières sont fortement gonflées et que l'écoulement de la sécrétion est très abondant, la participation de la conjonctive du bulbe à l'inflammation est comparativement peu prononcée : aussi le chémosis est rarement très développé. La cornée ne court donc pas autant de danger d'entrer en suppuration. Cette suppuration survient cependant encore assez souvent, mais seulement dans les cas mal traités ou simplement négligés. Lorsque l'affection est traitée à temps, c'est-à-dire avant que la cornée ne soit entreprise, il est presque certain qu'elle échappera. Pour ces raisons, on peut poser un pronostic favorable.

Dans le premier stade, le *traitement* consiste à entretenir soigneusement la propreté des yeux. Dès que la suppuration se montre, on pratique des cautérisations au moyen d'une solution de nitrate d'argent à 2 %, qu'il faut répéter deux fois par jour, dans les cas où se manifeste une sécrétion abondante. Il ne faut suspendre les cautérisations que lorsque la guérison est complète, sinon l'affection récidive facilement, quoique à un degré plus léger.

Dans la blennorrhée des nouveau-nés, la *prophylaxie* joue un rôle plus important encore que dans celle des adultes. Il n'y a peut-être aucune maladie où elle soit plus utile qu'ici. En effet, une sévère prophylaxie suffirait presque pour faire disparaître la maladie elle-même. Le principe prophylactique fondamental est d'éviter l'infection pendant la naissance. Dans ce but, immédiatement avant la naissance, on lave le vagin aussi soigneusement que possible par des injections antiseptiques ; cette pratique se recommande d'ailleurs encore pour d'autres motifs. Dès que l'enfant est né, on devra essuyer soigneusement au moyen d'un linge propre les paupières encore closes. L'eau qui sert à donner le premier bain à l'enfant ne doit pas être employée à lui laver les yeux. Une fois l'enfant retiré du bain et emmaillotté, on lui lavera de nouveau les yeux à l'eau pure au moyen d'une compresse ou d'ouate exclusivement destinées à cet usage, et on instillera dans chaque œil une goutte d'une solution de nitrate d'argent à 2 %. Par ce procédé, recommandé par *Credé*, l'on peut presque avec certitude prévenir l'apparition de la blennorrhée chez les nouveau-nés.

La blennorrhée des nouveau-nés est une des affections les plus fréquentes. La plupart des femmes enceintes sont affectées de catarrhe du vagin, avec écoulement muqueux ou purulent. Chez le plus grand nombre, il s'agit d'un catarrhe vaginal bénin ; chez les autres, au contraire, il existe un catarrhe virulent (blennorrhagique). Dans certains cas, il est difficile et même impossible de distinguer si l'on a affaire à un catarrhe bénin ou virulent. C'est pourquoi il ne faut jamais négliger les mesures prophylactiques. — La fréquence de l'ophtalmie des enfants dans les différentes Maternités oscillait, avant l'introduction de la prophylaxie, entre 1 et 20 %. Dans cette statistique sont compris aussi bien les cas légers que les cas graves. Chez les premiers, on ne trouve généralement pas de gonocoques dans la sécrétion [plus fréquemment des pneumocoques (*Parinaud, Morax*)], d'où il suit que probablement ces cas ne doivent pas être considérés comme de nature blennorrhagique. Ce sont probablement ceux où la mère souffrait elle-même d'un catarrhe vaginal bénin. Les cas graves, c'est-à-dire les cas de blennorrhée proprement dite, entraînent la cécité chez un certain nombre de malades, à cause du manque de traitement. Aussi est-ce à cette affection qu'un grand nombre d'aveugles sont redevables de leur infirmité. Dans les hospices d'aveugles d'Allemagne et d'Autriche, plus du tiers de tous ceux qui ont perdu la vue le doivent à la blennorrhée des nouveau-nés, et il est certain que plus du dixième de tous les aveugles vivants le sont à la suite de cette affection. Le nombre des aveugles pour toute l'Europe est estimé à plus de 300,000. Si, par l'application générale de la prophylaxie, la blennorrhée des nouveau-nés disparaissait comme cause de cécité, l'Europe seule compterait au moins 30,000 aveugles de moins.

L'efficacité des mesures prophylactiques que *Crédé* a introduites dans la pratique résulte des données suivantes : autrefois, sur le nombre total des naissances dans la Maternité de Leipzig, *Crédé* constata en moyenne 10,8 $\%$ de cas de blennorrhée des nouveau-nés ; depuis l'introduction de son procédé prophylactique, ce nombre est descendu à 0,1-0,2 $\%$. D'autres praticiens ont consigné des résultats aussi favorables. Malheureusement, jusqu'ici la loi n'a pas encore partout rendu obligatoire la pratique de la prophylaxie. Celle-ci ne s'emploie que dans les Maternités et dans la pratique privée d'un certain nombre de médecins, tandis que l'immense majorité des enfants n'en profitent pas.

Comme moyens prophylactiques, on s'est encore servi de l'acide borique, de l'acide salicylique, de l'acide phénique, du sublimé, etc. Cependant aucune de ces substances ne s'est montrée aussi active que la pierre infernale en solution à 2 $\%$. Il faut expliquer l'efficacité de cette substance par le fait qu'elle produit une escarrification des couches superficielles de l'épithélium. Ainsi sont détruits les gonocoques qui ont déjà pénétré dans ces couches, et pas seulement ceux qui se trouvent à la surface de la conjonctive.

La prophylaxie pratiquée suivant la méthode de *Crédé* se borne à prévenir l'infection pendant la naissance. Mais l'infection peut avoir lieu avant ce moment. On a vu, en effet, des enfants venir au monde avec une blennorrhée déjà développée et même avec les cornées déjà détruites. D'autre part, contre la contamination ultérieure par la sécrétion vaginale de la mère ou par d'autres enfants atteints eux-mêmes, il faut prendre d'autres mesures, parmi lesquelles on doit surtout compter la propreté. Dans les hospices d'enfants trouvés, les nourrissons blennorrhéiques seront isolés, sinon de fréquentes infections auront lieu. A l'hospice des Enfants-Trouvés de Vienne, il n'y a pas eu, pendant les années 1854-1866, moins de 1,413 enfants qui ont gagné la blennorrhée après leur entrée dans l'établissement ; c'était donc là qu'ils avaient été infectés. Chez les nouveau-nés, une fois le stade aigu disparu, il reste, beaucoup plus rarement que chez les adultes, une hypertrophie chronique de la conjonctive (blennorrhée chronique). Par contre, souvent il persiste aussi, après la blennorrhée des nouveau-nés, lorsqu'elle a été grave, de fines traînées cicatricielles dans la conjonctive, particulièrement celle des culs-de-sac.

III. — Conjonctivite trachomateuse

§ 13. Le trachome, aussi bien que la blennorrhée, est une inflammation de la conjonctive due à une infection et produisant une sécrétion purulente, infectieuse elle-même. Il se distingue surtout de la blennorrhée aiguë par la chronicité de sa marche. Dans l'entretemps, la conjonctive s'hypertrophie, ce qui constitue le symptôme le plus caractéristique du trachome. C'est même à cause des aspérités produites par l'hypertrophie conjonctivale que l'affection porte le nom de trachome (1).

Symptômes. — Les malades se plaignent de sensibilité à la lumière, de larmoiement et d'agglutination des paupières; souvent il existe aussi de la douleur ou des troubles de la vue. L'examen de l'œil montre qu'il s'ouvre moins complètement, en partie parce qu'il y a photophobie, et en partie aussi parce que la paupière supérieure, plus pesante, descend plus bas.

En renversant les paupières, on remarque que la conjonctive du tarse et celle du cul-de-sac sont rouges et épaissies, en même temps que la surface en est devenue rugueuse à des degrés variables. Ces altérations dépendent de l'hypertrophie de la muqueuse, hypertrophie qui se présente sous deux formes.

La *première* forme consiste dans le développement de ce qu'on appelle les papilles. Celles-ci sont des élevures de nouvelle formation, occupant la surface de la conjonctive qui gagne ainsi un aspect velouté, ou qui, lorsque les papilles sont très développées, semble granuleuse, bosselée ou même framboisée. L'épaississement de la conjonctive est tel qu'il est impossible de voir les glandes de *Meibomius* sous-jacentes. Cette espèce d'hypertrophie que l'on désigne sous le nom de *forme papillaire* se trouve exclusivement à la conjonctive du tarse (fig. 23, *A*). Elle est toujours le mieux caractérisée à la paupière supérieure; c'est pourquoi il faut renverser celle-ci pour faire le diagnostic du trachome.

La *seconde* forme d'hypertrophie est caractérisée par la présence de granulations trachomateuses. Ce sont des granulations grises translucides, arrondies, qui soulèvent en hémisphère les couches les plus superficielles de la conjonctive et qui se laissent voir par transparence à travers ces couches. C'est à cause de leur état translucide et gélatiniforme qu'on les a comparées aux œufs du frai de grenouille ou aux grains de sagou bouilli. On les rencontre surtout dans le cul-de-sac (fig. 23, A, *f*), où les granula-

---

(1) τραχύς, âpre, rugueux.

tions sont tellement abondantes qu'il fait saillie sous forme d'un bourrelet
turgescent et ferme, quand on renverse la paupière inférieure. Au niveau
du bourrelet, on voit quelquefois les granulations disposées en file comme
les perles d'un collier. Il est plus difficile de reconnaître les granulations
trachomateuses sur la conjonctive du tarse. Ici elles sont plus petites, et,
comme la conjonctive est fortement adhérente au cartilage, les granulations ne sont pas en état de la soulever. De là vient qu'elles y apparaissent
le plus souvent comme de petits points clairs, jaunâtres, situés dans les

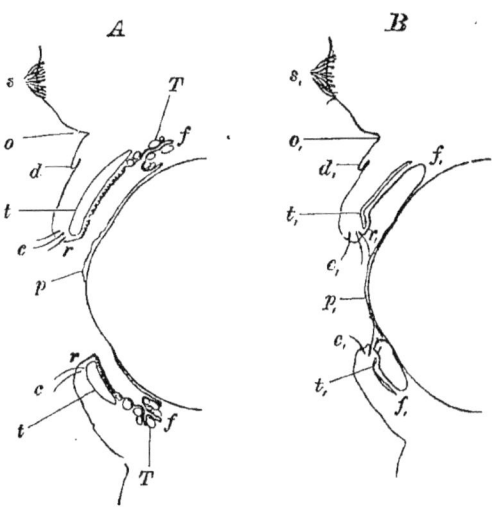

Fig. 23. — *Coupe schématique à travers les paupières et le bulbe :* A *Trachome récent ;* B *Trachome
ancien.* — *A* montre la répartition des deux formes d'hypertrophie conjonctivale sur chaque partie de cette
membrane, *B* les conséquences du trachome, *s,s'* sourcil, *o,o'* sillon entre le sourcil et la paupière (sillon
orbito-palpébral), *d,d'* pli cutané, *c* cils dans leur position normale, *c'* cils dirigés vers l'œil, *r* bord libre de
la paupière, découpé parallèlement aux deux paupières, avec l'angle postérieur bien net, *r'* bord libre, regardant en arrière, son angle postérieur arrondi, *t* tarse épaissi par l'infiltration et tapissé par la conjonctive
veloutée, *t'* tarse aminci (atrophié) et fléchi à angle obtus près de son bord libre, tapissé par la conjonctive
unie, *f* cul-de-sac avec nombreuses granulations trachomateuses, *T* dans les plis de la conjonctive, *f'* cul-de-
sac uni, sans pli (symblépharon postérieur), *p,* pannus épais occupant la moitié supérieure de la conjonctive,
p' pannus rétracté, couvrant toute la cornée.

couches profondes de la muqueuse; mais très souvent le développement
des papilles les soustrait complètement à l'observation. Il est plus rare de
trouver des granulations trachomateuses sur le repli semilunaire, ainsi
que sur d'autres parties de la conjonctive bulbaire. Cette forme d'hypertrophie de la conjonctive est désignée sous le nom de *forme granuleuse.*

Parfois il arrive que l'une des formes d'hypertrophie conjonctivale se
rencontre à l'exclusion de l'autre; cependant, dans la majorité des cas, on
trouve les deux formes mêlées sur le même œil, quelquefois de telle sorte
que sur la conjonctive palpébrale ce sont les papilles, dans le cul-de-sac

les granulations, qui prédominent (fig. 23, *A*). — Dans les cas légers, la
conjonctive du globe n'est pas altérée, mais, lorsque l'irritation est plus
prononcée, elle présente une injection à larges mailles. Dans les cas
récents, accompagnés de symptômes irritatifs violents, la conjonctive
sécrète un liquide purulent très abondant. Dans les cas anciens et dans
ceux dont la marche est traînante, la sécrétion est insignifiante.

Quant aux troubles de la vue dont se plaignent beaucoup de malades,
ils résultent d'une complication du côté de la cornée. Ces troubles se
montrent sous deux formes, celle de pannus et celle d'ulcère, et très souvent les deux formes se présentent en même temps.

Le *pannus trachomateux* (1) consiste en un dépôt, à la surface de la
cornée, d'un tissu de nouvelle formation, d'apparence gélatineuse et très
vasculaire, qui se propage des bords vers le centre cornéen. A l'endroit
où il siège, la surface de la cornée est inégale, finement bosselée. On y
voit une opacité grise, translucide, située superficiellement et parcourue
par de nombreux vaisseaux. Ces vaisseaux proviennent de ceux qui nourrissent la conjonctive et qui, du limbe conjonctival, passent sur la cornée,
où ils se ramifient dans le pannus. Celui-ci débute habituellement au
niveau du bord supérieur de la cornée, dont il recouvre en premier lieu la
moitié supérieure (fig. 23, A, *p*). Il n'est pas rare qu'il se termine en bas
par une limite nette, rectiligne, à direction horizontale. Plus tard le pannus se développe sur les autres points du pourtour de la cornée aussi,
jusqu'à ce que finalement toute cette membrane en soit couverte. Dans les
cas où le pannus est très développé, l'iris participe habituellement à l'inflammation — iritis. La vue commence à se troubler dès que le pannus
atteint le champ pupillaire, c'est-à-dire quand il atteint cette partie de la
cornée qui se trouve vis-à-vis de la pupille. Cet endroit est-il complètement
couvert par le pannus, alors la vue est réduite à reconnaître de gros objets
ou même à distinguer simplement la clarté de l'obscurité (vision quantitative).

Les *ulcères cornéens* se développent soit sur une partie de la cornée
encore saine, soit au niveau du pannus lui-même. Dans le dernier cas, on
les trouve de préférence sur le bord libre du pannus, plus rarement en son
milieu. Mais, comme ces ulcères se comportent à la façon des ulcères cornéens en général, nous en parlerons plus en détail à propos de ces derniers
(§ 33 et suivants).

Marche. — La marche de l'affection est telle que l'hypertrophie de la
conjonctive augmente graduellement, jusqu'à ce qu'elle ait acquis un certain degré d'intensité qui n'est pas le même dans tous les cas. Ensuite elle

(1) *Pannus*, morceau de drap.

disparaît lentement, et, à l'endroit où elle a existé, la conjonctive se transforme en une sorte de tissu cicatriciel rétracté. Alors le trachome se trouve être guéri, en ce sens que le processus pathologique spécifique a pris fin. Quant à la conjonctive, on ne peut pas dire qu'elle a repris le moins du monde son état normal ; au contraire, elle porte, comme traces permanentes de la maladie antérieure, les signes d'une rétraction cicatricielle qui, dans beaucoup de cas, entraîne encore d'autres conséquences que nous nous proposons de traiter sous la rubrique : suites du trachome. Plus la conjonctive s'hypertrophie, plus la rétraction ultérieure en est prononcée, et plus la marche de l'affection est traînante. Dans le plus grand nombre de cas elle dure des années. Le but du traitement consiste donc à arrêter le développement de l'hypertrophie conjonctivale, et ainsi, non seulement à raccourcir la durée de la maladie, mais à réduire au minimum ses conséquences funestes.

Au niveau de la *conjonctive* du tarse, le début de la *cicatrisation* se caractérise par l'apparition, au milieu de la conjonctive rouge et épaissie, de raies isolées, minces et blanches — de fines traînées cicatricielles. Ces traînées se multiplient peu à peu et finissent par constituer un fin réseau. Dans ses mailles se trouvent des îlots rouges, constitués par les parties de la conjonctive qui sont encore hyperémiées et hypertrophiées. Peu à peu les traînées cicatricielles s'élargissent et les îlots qu'elles renferment se rétrécissent, jusqu'à ce qu'enfin la conjonctive du tarse soit devenue entièrement pâle, mince et lisse. L'état cicatriciel de la conjonctive correspond en étendue et en intensité au degré de l'hypertrophie antérieure. Dans les cas où l'hypertrophie conjonctivale ne s'est considérablement développée que sur un certain nombre de points circonscrits, le trachome terminé, ces points seuls conservent des cicatrices profondes. Quant aux points de la conjonctive qui sont simplement infiltrés, ou très modérément hypertrophiés, ils reviennent à leur structure normale.

Au niveau du *cul-de-sac* s'établit la même transformation de l'hypertrophie en tissu cicatriciel rétracté. Si l'aspect extérieur est un peu différent ici, cela dépend de l'état particulier de la conjonctive à cet endroit. On n'y voit pas, en effet, de traînées blanches, mais le bourrelet turgescent, formé par le cul-de-sac hypertrophié, y devient peu à peu plus mince et plus plat. En même temps, la conjonctive ne cesse de se raccourcir, au point que les plis du cul-de-sac, qui existent dans un œil normal, s'effacent et disparaissent (fig. 23, *B*, f_1). La conjonctive est devenue pâle, et un voile mince de teinte blanc bleuâtre trahit la nature cicatricielle de ses couches superficielles.

Tant qu'il n'est pas devenu le siège d'autres altérations que nous décri-

rons plus tard, le *pannus* est susceptible de disparaître complètement, et
la cornée peut reprendre sa transparence normale. Quant aux ulcères, ils
se cicatrisent en laissant des opacités. L'influence de celles-ci sur l'acuité
visuelle dépend du degré de leur transparence, ainsi que de leur siège
relativement au champ pupillaire de la cornée.

Les modifications pathologiques de la conjonctive et de la cornée, qui
caractérisent le trachome, acquièrent une *intensité* variable, de façon qu'on
doit distinguer entre les cas légers et les cas graves. Dans les cas les plus
légers, l'hypertrophie de la conjonctive est peu prononcée et, par conséquent, les cicatrices qui en résultent sont peu importantes. Aussi, au bout
d'un certain temps, on a peine à diagnostiquer l'existence antérieure d'un
trachome. Toutes les fois que la cornée est envahie par le trachome, le
cas doit être considéré comme plus grave. Il faut observer cependant :
1° qu'il n'y a pas de rapport déterminé entre les symptômes irritatifs et
les altérations objectives. Ainsi, des cas, caractérisés par une hypertrophie
conjonctivale très prononcée et un pannus épais, évoluent souvent presque
sans accidents inflammatoires, et réciproquement ; 2° qu'il n'y a pas de
rapport constant entre les altérations de la conjonctive palpébrale et celles
de la cornée. On rencontre des cas caractérisés par une forte hypertrophie
de la conjonctive sans pannus et, d'autre part, des cas de pannus et d'ulcères, à côté d'une affection légère de la conjonctive ; 3° que, dans un même
cas, la marche est souvent fort irrégulière. Tantôt il survient des arrêts
de développement du trachome, et quelquefois même des reculs spontanés,
tantôt, au contraire, des récidives et des aggravations. Celles-ci ne
manquent jamais, quand, après avoir obtenu par le traitement une amélioration, on abandonne trop tôt l'affection à elle-même. Néanmoins, on voit
aussi survenir pareille aggravation au cours d'un traitement approprié, et
cela sans cause appréciable. C'est ainsi qu'une récidive subite du pannus
peut, en peu de temps, faire perdre le fruit d'un traitement qui a duré des
mois.

Mais ce n'est pas seulement au point de vue de l'intensité des altérations, mais encore au point de vue de la *rapidité de la marche*, qu'il y a
de grandes différences. La même observation s'applique aux phénomènes
irritatifs, qui sont habituellement d'autant plus violents que la marche de
l'affection est plus rapide. Dans la majorité des cas, la maladie poursuit
sa marche au milieu de symptômes inflammatoires modérés — photophobie, larmoiement, douleurs — qui augmentent en même temps que les
altérations objectives se prononcent davantage. Cependant, il n'est pas
rare que la marche du trachome soit si traînante que les personnes qui en
sont atteintes attendent longtemps avant de s'en apercevoir. Quelquefois
l'affection n'éveille l'attention de ces personnes que lorsque le pannus dont

elle se complique commence à altérer l'acuité visuelle. Ces cas appartiennent, en règle générale, à la forme granuleuse du trachome. Lorsque les habitants de casernes, d'écoles, etc., qui sont atteints de trachome, sont soumis à un examen médical, on en trouve toujours un certain nombre qui ne se plaignent d'aucune gêne, se considérant encore comme parfaitement sains, alors que l'examen trahit déjà un développement notable de granulations trachomateuses dans le cul-de-sac conjonctival. — Entièrement opposée est la marche du *trachome aigu*. Dans celui-ci, la maladie débute au milieu d'accidents inflammatoires très violents ; l'œdème des paupières, le gonflement intense de la conjonctive, l'abondance de la sécrétion purulente, font presque songer à une blennorrhée aiguë. Mais le diagnostic exact reposera, en général, sur le fait que la conjonctive est parsemée de nombreuses granulations trachomateuses. Lorsque celles-ci viennent à manquer dans les premiers jours, ou bien lorsque, à cause de l'intensité du gonflement, elles sont invisibles, il faut s'en rapporter à la marche ultérieure pour établir la nature de la maladie ; car bientôt on pourra observer le développement de l'hypertrophie conjonctivale caractéristique du trachome. Ces cas aigus se rencontrent particulièrement à l'époque d'une épidémie de trachome. Ils deviennent dangereux pour la vue, bien moins par le pannus qu'ils font naître que par les ulcères qui se développent pendant le stade aigu.

§ 14. SUITES DU TRACHOME. — Ce ne sont que les trachomes bénins et ceux qui sont traités de bonne heure qui guérissent complètement. Dans les autres cas, il persiste toujours des suites auxquelles sont constamment liées des altérations durables de l'œil. Celles-ci concernent, d'un côté, les paupières et la conjonctive, de l'autre, la cornée. Ces altérations sont les suivantes :

1° *Incurvation* des paupières et position défectueuse des cils. — L'incurvation est produite par la rétraction cicatricielle de la conjonctive et du tarse, qui a pour conséquence de courber celui-ci de façon à le rendre convexe en avant. Cette incurvation se manifeste déjà à la simple inspection des paupières, dont la voussure est plus prononcée. Mais elle est plus frappante encore quand on renverse les paupières, surtout la paupière supérieure, où elle est toujours plus marquée. On y trouve la conjonctive sillonnée de cicatrices, dont une surtout frappe le regard. Elle se présente sous forme d'une ligne étroite et blanche qui court parallèlement au bord libre de la paupière et à 2-3 millimètres au-dessus de lui. Le long de cette ligne se trouve une dépression intéressant la conjonctive et le tarse et formant une espèce de sillon. En renversant la paupière, à cet endroit, on sent une incurvation anguleuse qui correspond à la courbure du fibro-cartilage (fig. 23, B, t_1) et se trouve donc dans le voisinage du bord palpébral libre. Par suite de l'incurvation du tarse, la paupière prend la forme d'une nacelle ou d'une gouttière.

La cause de l'incurvation du tarse est due en partie à la rétraction cicatricielle de la conjonctive qui, en se raccourcissant à sa face postérieure, tend à le faire bomber en avant. Mais la cause principale réside dans les altérations du tarse lui-même. En effet, dans les cas graves, tout autant que la conjonctive elle-même, il est le siège d'une infiltration inflammatoire. Aussi ses dimensions sont augmentées, et, en renversant la paupière, on sent qu'il est devenu plus épais, plus large, moins flexible, de sorte que le renversement de la paupière ne s'opère qu'avec difficulté. L'oculiste expérimenté en conclut qu'il faut chercher à prévenir le développement ultérieur d'une incurvation du tarse, ainsi que les suites qui en résultent. C'est surtout près de son bord inférieur que le tarse est infiltré et épaissi, et notamment le long de la ligne où il est perforé d'avant en arrière par les vaisseaux sanguins qui se rendent à la conjonctive (voir p. 44 et fig. 20, rp). Il n'y a pas de doute que ce soit principalement le long de ces vaisseaux que l'infiltration inflammatoire se propage de la conjonctive dans le tarse. Il s'ensuit que la rétraction cicatricielle, qui survient après l'infiltration et qui rétrécit et amincit tout le tarse, y est le plus prononcée et y produit ainsi cette incurvation anguleuse du tarse. C'est à cette incurvation que correspond la ligne cicatricielle horizontale visible sur la conjonctive palpébrale, dont le siège correspond par conséquent d'ordinaire au sillon sous-tarsal de la paupière normale.

Le résultat immédiat de l'incurvation de la paupière est de modifier la direction de son bord libre et des cils qui s'y trouvent implantés. Ainsi, à la paupière supérieure, le bord libre n'est plus tourné directement en bas, mais en bas et en arrière (en dedans). L'angle palpébral, aigu à l'état normal, est arrondi, émoussé, et presque méconnaissable, en partie par suite de la traction exercée par la conjonctive rétractée, et en partie par la pression du globe oculaire (fig. 23, B, r_1). A la suite de l'inflexion du bord libre de la paupière, la direction des cils (c_1) est également modifiée. Ceux-ci ne se dirigent plus en avant, mais en bas et en arrière, de manière à venir en contact avec la surface de la cornée — *trichiasis*. Outre l'incurvation du tarse, la fausse position des cils reconnaît encore pour cause la traction exercée par la conjonctive raccourcie. Il en résulte que la peau avec les cils a de la tendance à dépasser le bord libre de la paupière pour se prolonger sur la face palpébrale postérieure.

Si l'incurvation de la paupière se prononce davantage encore, tout le bord palpébral s'incurve en arrière, et il se développe un *entropion*. Aussi bien dans le trichiasis que dans l'entropion, il y a un état constant d'irritation de l'œil, irritation qui est provoquée et entretenue par un contact permanent des cils avec la cornée. Si cet état persiste, la cornée devient malade, par suite de l'irritation mécanique exercée sur elle par les cils (voir § 35 et § 45).

Le trachome peut aussi avoir pour effet de donner aux paupières une direction anormale inverse de la précédente, c'est-à-dire de les incurver d'arrière en avant; cette anomalie porte le nom d'*ectropion*. Cet ectropion ne se rencontre généralement qu'à la paupière inférieure (voir § 111). Dans ces circonstances, l'ectropion est le résultat de l'interposition, entre la paupière et le bulbe, de la conjonctive hypertrophiée et épaissie. La contraction des fibres de l'orbiculaire suffit ensuite pour achever le renversement de la paupière.

2° *Symblépharon postérieur*. — Lorsque la rétraction cicatricielle de la conjonctive acquiert un degré élevé, les plis du cul-de-sac conjonctival s'effacent complètement, et la conjonctive passe directement de la paupière sur le globe (fig. 23, *B*, f_1). Si, au moyen du doigt, on abaisse la paupière inférieure, la conjonctive se tend sous forme de plis verticaux entre la paupière et le bulbe, et, si l'abaissement est notable, cette membrane attachée au globe entraîne celui-ci dans ses mouvements. Cet état est désigné sous le nom de symblépharon postérieur (voir § 24). Dans les cas particulièrement graves, la moitié inférieure du sac conjonctival est réduite à un sillon peu profond entre la paupière et le bulbe.

3° *Xérosis conjonctival*. — Dans les rétractions d'un degré très élevé, la conjonctive perd la faculté de sécréter, d'où résulte une diminution, sans cesse croissante, dans la production des larmes. Le xérosis se manifeste par les signes suivants : le liquide, sécrété en abondance auparavant, se fait de plus en plus rare et prend une consistance visqueuse et filante, en même temps le malade éprouve dans l'œil un sentiment de sécheresse. Plus tard apparaissent sur la conjonctive du tarse des îlots isolés d'aspect sec, que les larmes ne mouillent pas, comme s'ils étaient enduits de graisse. Cet état tend à s'étendre, jusqu'à envahir parfois toute la surface de la conjonctive. La cornée, qui, généralement, a été atteinte antérieurement de pannus et d'ulcères, et qui s'est, par places, transformée en tissu cicatriciel, souffre également de ce manque de lubréfaction. Son épithélium s'épaissit, il prend l'aspect épidermique, devient superficiellement sec et par suite opaque. Ainsi s'établit ce redoutable état que l'on désigne sous le nom de *xérophtalmie* et qui constitue la terminaison la plus fâcheuse du trachome : l'œil est aveugle sans remède, défigure son possesseur et l'incommode, par-dessus le marché, par un sentiment permanent et gênant de sécheresse (voir § 25, *xérosis de la conjonctive*).

4° *Opacités de la cornée*. — Les opacités cornéennes s'observent aussi bien après les ulcères cornéens qu'après le pannus. Cependant un pannus récent peut se résorber complètement et la cornée regagner sa transparence normale. Mais le pannus donne souvent lieu à certaines altérations qui rendent impossible le rétablissement complet de la transparence de la cornée. Parmi ces altérations, il faut ranger avant tout : *a*) la *transformation en tissu conjonctif* que subit le pannus lorsqu'il persiste pendant longtemps. Alors le pannus est le siège des mêmes transformations que la conjonctive trachomateuse : une partie des cellules rondes qui le constituent deviennent fusiformes et finalement se transforment en fibres de tissu conjonctif. Dans ce cas, il s'amincit, et la surface en devient lisse, les vaisseaux disparaissent à quelques-unsprès, et il se change, enfin, en une membrane mince de tissu conjonctif qui recouvre la surface de la cornée. Ce tissu conjonctif n'est presque plus susceptible de résorption ultérieure. Dans les cas où le pannus est tout à fait épais et charnu et où il occupe toute la cornée, il conduit quelquefois à : *b*) l'*ectasie* de la cornée. Le tissu mou et riche en cellules du pannus pénétrant profondément dans la cornée, celle-ci se ramollit et cède à la pression intraoculaire — kératectasie suite de pannus. Une pareille cornée ne s'éclaircit plus complètement. Il en est de même lorsque le pannus se complique: *c*) d'*ulcères*. Les points qui en sont envahis restent, eux aussi, opaques pour toujours.

Le trachome est donc une affection remarquable par sa longue durée, et qui frappe souvent de cécité partielle ou totale celui qui en est atteint. Ajoutons cette autre circonstance qu'à cause de son caractère infectieux, il a beaucoup de tendance à se propager, et l'on comprendra que le trachome constitue un véritable fléau pour les pays où il règne endémiquement.

§ 15. ÉTIOLOGIE. — Le trachome se développe exclusivement par une infection venant d'un autre œil atteint lui-même de trachome. La contamination s'opère par le transport de la sécrétion ; contrairement à l'opinion admise autrefois, il paraît prouvé aujourd'hui que l'air ne joue jamais le rôle d'agent vecteur de l'infection. Le caractère infectieux de la sécrétion est très probablement dû à un microbe sur la nature duquel on n'est pas encore d'accord. — Puisque la sécrétion est la source unique de l'infection, le danger, dans un cas donné, est en raison directe de l'abondance de la sécrétion; plus elle est forte, plus le danger est sérieux pour l'entourage du malade. — Le transport de la sécrétion d'un œil à un autre se fait le plus souvent indirectement, soit par les doigts, soit surtout par l'intermédiaire de certains objets de toilette qui viennent en contact avec les yeux: tels sont les éponges, essuie-mains, mouchoirs de poche, etc. L'occasion s'en présente surtout dans les cas où plusieurs personnes occupent une même chambre à coucher et se servent en commun des objets que nous venons d'énumérer. C'est ainsi que le trachome se propage très facilement dans les casernes, les prisons, les hospices, les pensionnats, les orphelinats, les écoles de tout genre, etc. La même cause agit encore ailleurs que dans les établissements précités ; le trachome, en effet, s'attaque principalement à la population pauvre, qui occupe des habitations encombrées et qui néglige les soins de propreté. C'est aussi à cette cause qu'il faut attribuer cette particularité que, dans beaucoup de contrées, les Juifs sont tout particulièrement atteints du trachome. Enfin, la fréquence du trachome dépend de la situation géographique des lieux. Ainsi il est particulièrement commun en Arabie et en Égypte, qui est considérée comme son lieu d'origine (ophtalmie égyptienne). En Europe, il est beaucoup plus fréquent en Orient que dans l'Occident. Dans les pays à forte altitude (comme la Suisse et le Tyrol), le trachome est presque inconnu, tandis qu'il est répandu dans les contrées basses (comme la Belgique, la Hollande, la Hongrie et la région du Danube inférieur).

TRAITEMENT. — Le traitement de la *conjonctivite trachomateuse* doit se proposer une double fin : d'un côté, combattre les accidents inflammatoires et l'augmentation de la sécrétion qui en résulte, et, de l'autre, faire disparaître l'hypertrophie de la conjonctive. En cherchant à obtenir ce dernier résultat, on doit s'attacher à réduire au minimum la rétraction, pour prévenir les suites fâcheuses du raccourcissement cicatriciel de la conjonctive. On arrive à ces deux résultats en se servant à propos des caustiques, dont deux seulement sont presque exclusivement employés : le nitrate d'argent en solution à 2 $\%$ et le sulfate de cuivre en crayon. La solution argentique est moins active et par là est supportée plus aisément ; le sulfate de cuivre que l'on emploie en nature est plus caustique, il est aussi plus irritant. Ces médicaments s'appliquent une fois le jour, si ce n'est dans les cas graves, où l'on cautérise deux fois par jour. Les indications de chacun de ces deux remèdes sont les suivantes : le nitrate d'argent est indiqué dans tous les cas récents accompagnés de violents symptômes inflammatoires et d'une sécrétion abondante. On peut l'employer aussi lorsque la cornée porte des ulcères progressifs, en ayant soin qu'aucune trace de la solution ne vienne en contact avec la cornée même. Le sulfate de cuivre, au contraire, convient pour les cas où les phénomènes inflammatoires sont modérés et quand il s'agit principalement de combattre l'hypertrophie de la conjonctive. Ici le crayon bleu se montre beaucoup plus efficace que le nitrate d'argent ; il mérite donc la préférence dans tous les cas où l'usage en est permis. Une violente irritation inflammatoire et surtout la présence sur la cornée d'ulcères progressifs constituent une contre-indication de l'emploi du crayon de sulfate de cuivre.

Il résulte de ces indications que, en règle générale, on traite un cas récent au moyen de la solution de nitrate d'argent, jusqu'à ce que les symptômes irritatifs aient disparu et que la sécrétion ait diminué. Dès que l'affection en est arrivée là, ce qui ne demande d'ordinaire que quelques semaines, on remplace la pierre infernale par le crayon bleu. Il faut, d'ailleurs, éviter aussi l'emploi trop longtemps prolongé du nitrate d'argent, par crainte de l'argyrose. Suivant le degré de l'hypertrophie, on cautérise plus ou moins profondément avec le sulfate de cuivre. Il faut en prolonger l'application pendant des mois et même des années, jusqu'à ce que toute trace d'hypertrophie ait disparu et que la conjonctive soit partout pâle et lisse. On commence par cautériser une fois par jour, pour ne plus y recourir qu'une fois tous les deux jours et plus tard tous les trois jours, quand il ne reste plus qu'un léger degré d'hypertrophie. Au reste, la cautérisation sera de plus en plus légère, jusqu'à ce qu'enfin, au moment où le trachome est guéri, on en suspende entièrement la pratique. Dans ce stade reculé de l'affection, pour ne pas obliger le malade d'aller trop souvent voir le médecin, on peut lui apprendre à se renverser la paupière et à se cautériser avec la pierre bleue ; ou bien on lui prescrira une pommade au sulfate de cuivre à 1/2-1 %, qu'il pourra s'introduire lui-même dans le cul-de-sac. Lorsqu'il existe une rétraction prononcée de la conjonctive, la cautérisation n'est plus indiquée ; on doit, dans ce cas, recourir à une pommade. On introduit dans le sac conjonctival une pommade composée de 1-2 % de précipité blanc ou jaune (le dernier est le plus irritant). S'il survient des récidives accompagnées d'irritation inflammatoire, ce qui a lieu souvent en plein traitement du trachome, il est nécessaire chaque fois de remplacer pour peu de temps le cuivre par le nitrate d'argent. Cependant, lorsque les symptômes inflammatoires sont très violents, ce dernier médicament lui-même n'est pas toujours bien supporté et, à sa place, on doit se servir de moyens plus doux, tels que des instillations ou des compresses avec des solutions faibles de sublimé ou d'acide borique.

Le traitement *chirurgical* du trachome, auquel on recourt fréquemment à présent, est indiqué lorsque les culs-de-sac contiennent trop de granulations. Le procédé le plus radical, l'excision des culs-de-sac, doit être rejeté, parce qu'il laisse une forte rétraction permanente de la conjonctive. On doit donner la préférence aux méthodes qui enlèvent les granulations par expression, sans détruire la conjonctive elle-même. Dans ce but, on peut piquer chaque grain avec un couteau pointu, puis l'exprimer (*Sattler*), ou bien employer la pince à rouleaux de *Knapp*. Chaque branche de cette pince se termine par un rouleau rayé ; on saisit la conjonctive entre ces deux rouleaux, on tire la pince et l'on extrait ainsi les grains trachomateux. Cette méthode et les procédés analogues ne donnent pas une guérison rapide et profonde du trachome, attendu que, à côté des granulations volumineuses, il s'en trouve beaucoup de petites, en voie de formation, qui ne peuvent être extirpées et se développent plus tard. Il est donc nécessaire, une fois disparue la réaction qui succède à l'opération, de toucher avec des caustiques comme d'habitude. Mais néanmoins, dans les cas appropriés, l'intervention opératoire diminue notablement la durée du traitement. — La méthode de Keining, qui consiste à frotter chaque jour la conjonctive avec du sublimé à 1 : 2,000, agit également surtout par action mécanique, en exprimant les granulations.

Le traitement du trachome doit être continué jusqu'à ce que toute trace d'hypertrophie de la conjonctive ait disparu ; sinon, après une période plus ou moins longue, il faut s'attendre à le voir récidiver. La difficulté du traitement résulte de sa longue durée, qui demande souvent plusieurs mois avant d'aboutir à une guérison complète. Les malades qui n'ont pas assez de patience, ou auxquels manquent les moyens, se soustraient au traitement aussitôt que les symptômes subjectifs ont disparu, mais avant qu'ils ne soient complètement guéris. Alors on les revoit habituellement, après un certain temps, frappés d'une récidive qui est souvent plus grave que l'affection pour laquelle on les a traités tout d'abord. C'est l'inachèvement du traitement qui est la cause que la maladie persiste, chez beaucoup de personnes, pendant toute la vie.

Le traitement des complications dont la *cornée* est le siège repose sur le principe que les affections de la cornée provoquées par les maladies de la conjonctive se guérissent principalement par le traitement de l'affection conjonctivale elle-même. C'est ainsi que les *ulcères cornéens*, qui accompagnent le trachome, ne doivent pas être combattus directement, mais guéris par la cautérisation de la conjonctive. Seulement, il faut retenir que, dans le cas d'ulcères cornéens progressifs, on doit avoir recours à la solution de pierre infernale, tandis qu'alors le crayon bleu est contre-indiqué, ensuite qu'il faut prévenir, autant que possible, tout contact du caustique avec la cornée ; contre l'iritis, qui accompagne souvent les ulcères cornéens, on emploie l'atropine en solution à 1 %. Pour le reste, les ulcères cornéens seront traités suivant les règles établies pour leur traitement en général (voir § 35). Il faut observer néanmoins que le bandeau qui est généralement indiqué pour les ulcères cornéens doit être autant que possible proscrit dans le trachome. Le motif en est que, par l'occlusion de l'œil, les produits de sécrétion seraient retenus dans le cul-de-sac conjonctival et aggraveraient par là aussi bien l'affection de la conjonctive que celle de la cornée.

Le *pannus* récent disparaît spontanément sous l'influence de la cautérisation de la conjonctive. Si le pannus était extraordinairement épais on pourrait se permettre de le cautériser prudemment lui-même. Comme le pannus est souvent lié à un léger degré d'iritis, il est bon d'instiller de temps en temps de l'atropine pour tenir la pupille dilatée et empêcher la formation de synéchies postérieures. Les pannus très anciens, qui sont déjà partiellement transformés en tissu conjonctif, et qui ont perdu presque tous leurs vaisseaux, exigent un traitement spécial. L'expérience a prouvé qu'on peut en provoquer la résorption si, en faisant naître une inflammation violente, on y fait affluer plus de sérosité, tout en augmentant leur vascularisation. Dans ce but, on se sert du traitement au jequirity (*Wecker*). On emploie pour cela une macération de jequirity à 3-5 %. On l'obtient en faisant infuser à froid, pendant vingt-quatre heures, dans de l'eau froide, quelques grains de jequirity pulvérisés. Avec cet infusé, qui doit être préparé fraîchement tous les jours, on touche largement au moyen d'un pinceau, deux ou trois fois par jour, la conjonctive des paupières renversées. L'inflammation artificielle ainsi produite acquiert le degré d'intensité voulu le deuxième ou le troisième jour ; alors les paupières sont rouges, œdématiées, la conjonctive est fortement injectée et couverte d'une couche croupale ; souvent l'on observe un léger degré de chémosis. Cette inflammation est désignée sous le nom d'ophtalmie jéquiritique. Dès que celle-ci en est arrivée à ce point, l'application du remède doit être suspendue, sinon on pourrait pousser l'inflammation jusqu'à la nécrose de la conjonctive et de la cornée. Alors on abandonne l'inflammation à elle-même, et l'on se contente d'entretenir la propreté de l'œil. Lorsque l'ophtalmie jéquiritique a complètement disparu, la cornée est devenue plus transparente, comparativement à ce qu'elle était auparavant, et l'amélioration est souvent très sensible. Ce traitement, qui est très énergique, ne convient qu'aux vieux trachomes exempts de symptômes inflammatoires un peu violents, où la conjonctive est devenue en grande partie cicatricielle et où la cornée est totalement recouverte d'un pannus de vieille date.

Quant aux *affections résultant du trachome*, telles que le trichiasis et l'entropion, elles doivent être traitées par voie opératoire (voir *Chirurgie oculaire*, § 167 et 170). Le symblépharon postérieur, conséquence de la rétraction de la conjonctive, est incurable. Le xérosis de la conjonctive est également incurable, et le traitement doit se borner à adoucir les souffrances du patient. Pour diminuer le sentiment de sécheresse, on humecte fréquemment les yeux soit avec du lait, soit avec de la glycérine ou des substances mucilagineuses (par exemple le mucilage de pépins de coings).

A côté des mesures indiquées précédemment pour le traitement du trachome, il faut, cela va sans dire, accorder des soins particuliers à la propreté des yeux. Dans ce but, on prescrit des solutions antiseptiques faibles. Le malade prendra une nourriture forte; il ne gardera pas la chambre; au contraire, autant que possible, il prendra l'air, il se donnera du mouvement, et on lui permettra de se livrer à un travail modéré en plein air.

A cause du caractère infectieux de la maladie, il faut instituer une *prophylaxie* appropriée, afin d'empêcher la contagion. Le médecin doit donner le bon exemple et se laver soigneusement les mains, chaque fois qu'il a touché les yeux d'un trachomateux. Il appellera l'attention du trachomateux sur le caractère infectieux de son affection. Il doit lui apprendre le moyen de préserver de l'infection l'œil encore indemne et d'empêcher la propagation de la maladie à son entourage, c'est-à-dire à sa famille, ses compagnons de travail, etc. A cet effet, il faut que le patient ait pour lui seul ses propres objets de toilette, ses linges, son lit, etc.

C'est un devoir strict, pour les autorités compétentes, de prendre des mesures contre les épidémies trachomateuses dans les établissements publics, tels que les casernes, les pensionnats, les écoles de toute nature. Ils auront donc soin que chacun des membres de la communauté ait des objets de toilette, des linges, etc., pour son usage exclusif. Par des examens médicaux fréquents, on s'assurera s'il n'y a pas de trachomateux parmi eux et, dès qu'on en trouvera un, aussitôt on l'isolera, car là où il n'y a a pas de trachomateux, la contagion est impossible.

L'attention des médecins fut attirée sérieusement sur le trachome au commencement de notre siècle. Alors la maladie parut pour la première fois sous forme *épidémique* dans les armées européennes (ophtalmie militaire). On était d'avis qu'elle avait été importée d'Égypte en Europe par Napoléon Ier (de là le nom d'ophtalmie égyptienne). En effet, lorsque, en juillet 1798, Napoléon débarqua en Égypte avec une armée de 32,000 hommes, au bout de très peu de temps la plupart des soldats gagnèrent une violente inflammation des yeux. A leur retour en Europe, ils auraient importé la maladie, qui ne régnait auparavant qu'en Égypte seulement. Mais des recherches historiques ultérieures ont démontré que cette affection a été observée en Europe depuis l'antiquité. *Celse* mentionne la maladie et donne une bonne description des rugosités des paupières et de la sécrétion purulente qui les accompagne. Comme traitement, les Anciens recommandaient, comme on le fait encore quelquefois aujourd'hui, les scarifications, qu'ils pratiquaient au moyen de divers instruments, ainsi que par des frictions à l'aide de feuilles de figuier.

Le trachome existe donc en Europe depuis longtemps comme maladie endémique. Mais, pendant les guerres napoléoniennes, les armées se trouvèrent si souvent en contact les unes avec les autres et avec la population civile que la maladie se propagea et devint épidémique. Dans quelques pays, elle prit une extension effrayante. Dans l'armée anglaise, en 1818, on observa plus de 5,000 invalides aveugles par suite de trachome. Dans l'armée prussienne, 20,000 à 25,000 hommes en furent atteints de 1813 à 1817, et dans l'armée russe 76,811 de 1816 à 1839.

En 1840, en Belgique, on rencontrait un trachomateux sur 5 soldats. C'était précisément l'armée française, où l'affection aurait pris son origine, qui était comparativement la moins éprouvée. — Les armées propagèrent le trachome parmi les populations civiles, par l'envoi en congé des soldats ophtalmiques et leur logement dans le civil. Quand on vit l'armée belge si terriblement envahie par le trachome qu'on ne savait plus comment en venir à bout, le Gouvernement consulta le docteur *Jüngken*, de Berlin, oculiste alors célèbre. Celui-ci recommanda le renvoi dans leurs foyers des soldats trachomateux. Par suite de l'exécution de cette mesure désastreuse, le trachome prit, en Belgique, un développement tel qu'on n'en observa de pareil dans aucun autre pays de l'Europe.

Dans la *population civile*, le milieu le plus propre à la propagation du trachome est celui où la population est dense, par conséquent la classe pauvre mais, avant tout, les grands établissements publics. Lorsque le trachome y a fait invasion et que l'on néglige de prendre des mesures préventives pour en empêcher la propagation, bientôt un grand nombre, ou même la totalité des habitants de l'établissement est atteinte. Dans une école de pauvres, à Holborn, les 500 enfants qui s'y trouvaient souffraient du trachome (*Bader*). En 1840, *Hairion* trouva dans l'orphelinat de Malines, parmi les 66 orphelines, 64 trachomateuses. A Mons, sur 74 orphelines, 71 étaient atteintes de trachome. C'est sur les navires surtout, où l'équipage dispose de si peu d'espace, que le trachome peut se propager avec une effrayante rapidité. *Mackenzie* fait l'historique de l'épidémie qui sévit en 1819 sur le négrier français *le Rôdeur*. L'affection éclata vers le milieu du voyage, d'abord parmi les nègres qui, au nombre de 160, étaient entassés dans l'intérieur du navire. Quand on permit aux malheureux d'aller sur le pont, pour prendre l'air frais qui paraissait agir favorablement sur l'inflammation oculaire dont ils étaient atteints, un grand nombre d'entre eux se jetèrent par-dessus bord, de façon qu'il fallut renoncer même à accorder cette permission. Peu après, un des matelots fut atteint et, trois jours plus tard, le capitaine et presque tout l'équipage devinrent malades, tellement que ce ne fut qu'avec la plus grande difficulté que le navire parvint à destination.

A en juger d'après les descriptions du temps, la marche du trachome était très aiguë et l'affection était accompagnée d'une abondante sécrétion, ce qui explique la rapidité avec laquelle elle se propageait. Depuis qu'on n'en voit plus d'épidémies, la forme aiguë du trachome ne s'observe que rarement. Le trachome règne aujourd'hui endémiquement dans beaucoup de pays, mais il s'y montre le plus souvent sous la forme chronique, que nous observons aujourd'hui presque exclusivement. Aussi son extension a diminué. Dans l'armée prussienne, on comptait, en 1888, 2 trachomateux sur 1,000 soldats. En Autriche, où le trachome est encore très répandu dans les provinces orientales, il y avait en moyenne, de 1881 à 1890, 8 pour mille des soldats présents atteints de cette maladie. Il en va autrement en Orient. En Égypte, encore actuellement, on aurait peine à rencontrer un seul indigène ayant une conjonctive normale, et il s'y trouve d'innombrables aveugles. D'ailleurs, la maladie qui y sévit sous le nom d'ophtalmie égyptienne, n'est pas uniquement le trachome, mais aussi la blennorrhée aiguë, qui cause de grands ravages pendant la saison chaude.

Les formes diverses sous lesquelles le trachome se montre aujourd'hui sont considérées par certains auteurs comme des maladies distinctes et pourvues de noms différents, ce qui fait que peu à peu nous en sommes arrivés à une nomenclature passablement confuse. Pour apprendre à connaître le rapport que ces différentes formes ont entre elles, nous devons avant tout étudier les *altérations anatomiques* qui appartiennent à chacune d'elles.

Ces hypertrophies *papillaires*, qui donnent à la conjonctive son apparence veloutée ou framboisée, résultent d'une augmentation de la surface de la conjonctive hypertrophiée. Celle-ci se déjette en plis, entre lesquels il se forme des sillons plus ou moins profonds ; sur une coupe transversale, ces plis prennent la forme de papilles (fig. 24, P et P_1). Le tissu conjonctif qui forme les papilles est farci de cellules rondes; la surface des papilles est revêtue d'un épithélium

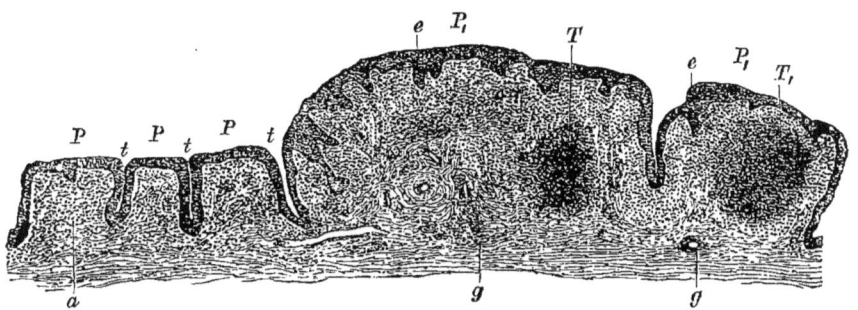

Fig. 24. — *Coupe à travers la conjonctive trachomateuse de la paupière supérieure.* Gross. 24/1. — On y voit de petites P, P, P, aussi bien que de grosses P_1, P_1, papilles. Les premières se dressent en palissade à côté les unes des autres; les sillons qui les séparent, recouverts d'épithélium t, t, t, ont l'aspect de cavités glandulaires. Les grosses papilles contiennent des grains trachomateux T et T_1, qui ne possèdent ni limite propre ni capsule. L'épithélium de la conjonctive est épaissi en beaucoup d'endroits e, e. La muqueuse montre une infiltration cellulaire a, particulièrement développée autour des vaisseaux sanguins g, g.

fortement épaissi (e, e). Celui-ci plonge naturellement dans les dépressions qui se trouvent entre les papilles (t, t). Ces dépressions ont ainsi, sur des coupes microscopiques, l'aspect de canaux étroits, couverts d'épithélium, et ont été, pour ce motif, considérées comme des glandes tubuleuses. De là l'opinion que, dans le trachome, il se forme des glandes nouvelles. D'une certaine manière, cette opinion est exacte : sans doute, les dépressions entre les papilles ne sont pas des glandes, mais il n'en est pas moins vrai que les parois de ces dépressions forment des tubes qui, pénétrant plus avant dans le tissu conjonctif, y sont revêtus d'épithélium et ne présentent dès lors plus de différence avec de véritables glandes.

L'hypertrophie papillaire de la conjonctive n'est pas du tout caractéristique du trachome. On la trouve, en effet, bien qu'à un degré plus bénin, à l'occasion de toute irritation inflammatoire de longue durée de la conjonctive, ainsi que dans le catarrhe chronique, dans la conjonctivite lymphatique invétérée, dans l'ectropion sur la partie exposée à l'air, etc. De grosses papilles, mais aplaties, caractérisent le catarrhe printanier (§ 19). Des degrés très élevés d'hypertrophie papillaire se remarquent avant tout après la blennorrhée aiguë, quand elle donne lieu à la blennorrhée dite chronique. C'est même pour ce motif que beaucoup d'auteurs désignent sous le nom de blennorrhée chronique tous les cas de trachome papillaire, alors même qu'ils n'ont pas été précédés d'une blennorrhée aiguë. D'autres désignent la forme papillaire sous le nom d'ophtalmie purulente chronique ; d'autres encore sous celui de conjonctivite granuleuse ou simplement de granulations, parce que les papilles de la conjonctive ont quelque ressemblance avec les bourgeons charnus (bourgeons des plaies). Mais cette ressemblance est simplement apparente, puisque la conjonctive hypertrophiée ne présente pas une surface dénudée : elle est, au contraire, revêtue de son épithélium ; de plus, cette dénomination produit nécessairement une confusion entre cette forme et la forme granuleuse du trachome.

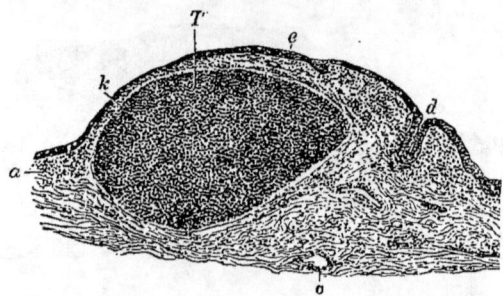

Fig. 25. — *Granulation trachomateuse du cul-de-sac*. Gross. 24/1. — La granulation trachomateuse *T* soulève la muqueuse et est entourée d'une couche de tissu épaissi, la capsule *k*. La conjonctive montre une infiltration cellulaire, aussi bien dans les couches superficielles *a* que le long des vaisseaux *g* ; l'épithélium *e* montre au-dessus de *a* des places claires répondant à des cellules caliciformes ; en *d* se voit une glande de Henle.

La forme *granuleuse* est caractérisée par les granulations trachomateuses. Sur des coupes microscopiques, ces granulations paraissent constituées par des amas arrondis de corpuscules lymphatiques qui représentent une espèce de petite glande ou follicule lymphatique, analogue à ceux qui constituent les plaques de Peyer. Tantôt les granulations trachomateuses se perdent insensiblement, sans limites nettement tranchées, dans le tissu environnant, également très riche en cellules (fig. 24, *T* et *T₁*) ; tantôt elles sont renfermées — quand elles sont anciennes — dans une espèce de capsule incomplète de tissu conjonctif (fig. 25, *k*). Le sort ultérieur des granulations trachomateuses est variable. Les unes se transforment progressivement en un tissu conjonctif dense, d'autres se ramollissent au centre et se vident au dehors, pendant que se détruit l'épithélium qui les recouvre ; la perte de substance qui en résulte se ferme par cicatrisation (*Raehlmann*).

La forme granuleuse est désignée sous le nom de trachome vrai, trachome d'*Arlt*, ou trachome folliculaire (*Horner*). Un grand nombre d'auteurs désignent cette forme sous le nom de granulations, à cause de la présence des grains trachomateux appelés aussi granulations, tandis que, comme il a été dit, d'autres se servent tout juste de cette expression pour désigner la forme papillaire ; de là, confusion.

La forme mixte est celle que l'on observe le plus souvent cliniquement, et les observations microscopiques démontrent que c'est presque la seule forme qui se présente. En effet, même dans les cas où, à l'œil nu, on croit avoir devant soi une simple hypertrophie papillaire, on trouve sur les coupes microscopiques des granulations trachomateuses qui siègent tantôt dans les papilles elles-mêmes, tantôt dans les couches profondes de la muqueuse. Dans le premier cas, les papilles paraissent particulièrement larges, ayant parfois la forme d'un bouton (fig. 24, P_1). Dans le second cas, les granulations trachomateuses sont cachées sous les corps papillaires ; souvent on les voit apparaître plus tard, alors qu'après un traitement prolongé l'hypertrophie papillaire a disparu.

Le *trachome gélatineux* de *Stellwag* constitue un stade ultérieur du trachome mixte dans lequel persiste une infiltration lymphoïde plus uniforme avec des modifications cicatricielles à la surface. Alors on a devant soi une conjonctive épaissie, superficiellement lisse, jaunâtre et translucide comme une gelée.

La transformation de la conjonctive en *tissu cicatriciel* s'opère de la manière suivante : parmi les nombreuses cellules qui sont en partie parsemées uniformément dans la conjonctive, en partie réunies en amas circonscrits (granulations trachomateuses), un certain nombre disparaît par résorption ; d'autres sont éliminées au dehors quand la granulation crève ; d'autres, au contraire, se transforment peu à peu en cellules fusiformes et finalement en fibres conjonctives. Ce tissu conjonctif de nouvelle formation se rétracte très fortement, de façon que la conjonctive se raccourcit, devient plus mince et d'aspect tendineux. Il s'agit ici d'un processus semblable à celui qui s'opère dans la cirrhose du foie, c'est-à-dire d'une rétraction d'un tissu conjonctif jeune provenant d'une infiltration inflammatoire antérieure. Ce serait une erreur de croire que, dans la conjonctive trachomateuse, il existe quelque endroit dénudé en voie de cicatrisation, erreur dans laquelle on pourrait être entraîné, surtout par le nom de granulations. En effet, ce que l'on appelle granulations dans le trachome n'a de commun avec les bourgeons charnus que l'apparence extérieure.

Les recherches histologiques démontrent que le *pannus* est constitué par une couche de tissu conjonctif de nouvelle formation qui, du limbe, se glisse sur la cornée (fig. 26, *P*). Cette couche est constituée par un tissu mou, extraordinairement riche en cellules, qui a la plus grande analogie avec la conjonctive trachomateuse infiltrée. Ce tissu est richement vascularisé, tantôt plus épais, tantôt plus mince, ce qui fait que la surface du pannus paraît inégale et bosselée. Au début, le pannus se trouve entre la membrane de *Bowman* (fig. 26, *B*) et l'épithélium (fig. 26, *E*), qui est séparé de cette membrane et recouvre la surface du pannus. Le tissu cornéen proprement dit, préservé par la membrane de *Bowman* intacte, ne change aucunement de nature. C'est ainsi qu'après la résorption du pannus la cornée peut regagner sa structure normale et sa parfaite transparence, puisque l'épithélium se réapplique immédiatement à la membrane de *Bowman*. Ceci n'est possible cependant que dans le cas de pannus récent et léger, car, au bout d'un certain temps, la membrane de *Bowman* se détruit par-ci par-là, le pannus pénètre par ces solutions de continuité dans le tissu propre de la cornée et en détruit par places les couches superficielles. Alors le rétablissement complet de la transparence de la cornée est devenu impossible.

Quelques formes et stades du pannus portent des noms particuliers : un pannus récent qui n'est pas encore épais s'appelle pannus tenuis; s'il est très vascularisé, pannus vasculosus. Le pannus a-t-il acquis une certaine épaisseur, c'est le pannus crassus ou carnosus. Quelquefois le pannus devient si épais que l'on s'imagine voir sur la cornée des bourgeons charnus exubérants : c'est le pannus sarcomatosus (cet adjectif s'emploie aussi pour désigner l'hypertrophie de la conjonctive, par exemple dans l'expression ectropium sarcomatosum). Mieux vaudrait abandonner complètement ces expressions surannées, mais principalement

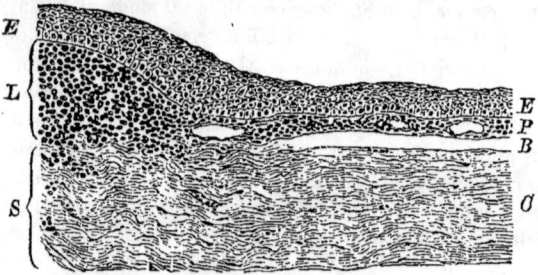

Fig. 26. — *Coupe à travers le bord d'une cornée couverte de pannus.* Gross. 125/1. — Sous l'épithélium *EE*, le limbe *L* est très épaissi par une infiltration cellulaire. De celui-ci se glisse sur la cornée *C*, entre l'épithélium et la membrane de Bowman *B*, le pannus *P*, dans lequel on constate la coupe de plusieurs vaisseaux sanguins. *S* sclérotique.

celle de sarcomatosus, qui peut donner lieu à confusion avec des néoplasmes — sarcomes. — Un vieux pannus, formé de tissu conjonctif peu vascularisé, se nomme pannus siccus.

Une métamorphose rare du pannus consiste dans sa transformation en un tissu dense, blanc ou jaunâtre, peu vascularisé, analogue à une cicatrice dense, par exemple consécutive à un abcès cornéen. Mais ce tissu ne se substitue qu'aux couches superficielles de la cornée, et occupe, par exemple, la moitié supérieure de la cornée, si le pannus recouvrait cette région. Une autre modification d'un pannus ancien consiste dans l'apparition de petites taches blanches saturées, qui se groupent fréquemment dans le champ pupillaire de la cornée. L'aspect de ces petites taches, qui siègent tout contre les fins vaisseaux du pannus, rappelle les incrustations plombiques. Elles sont situées superficiellement et peuvent être enlevées par l'abrasion de la cornée (§ 46). — (Voir aussi le § 23, *pseudoptérygion*.)

Quelles sont les *causes* du pannus dans le trachome ? Les uns considèrent le pannus comme une continuation du processus inflammatoire, passant de la conjonctive du cul-de-sac sur la cornée. On objecte très justement à cette

idée de propagation par continuité, qu'entre le cul-de-sac et le bord de la cornée
se trouve toute une portion de la conjonctive, la conjonctive bulbaire, qui ne
participe généralement que peu ou point au processus trachomateux. Une autre
explication se fonde sur le fait que généralement, dans le trachome, le pannus
se montre d'abord sur la moitié supérieure de la cornée et l'occupe habituellement déjà entièrement, avant que la moitié inférieure en soit envahie. On en
conclut que la paupière supérieure, par les rugosités de la conjonctive, irrite
mécaniquement la moitié supérieure de la cornée et en provoque ainsi l'inflammation. Il n'y a pas de doute que ce soit là une cause qui entre en ligne de
compte pour faire naître le pannus, mais ce ne peut en être ni la seule ni la
plus importante. En effet, on trouve souvent la conjonctive palpébrale héris-
sée des rugosités les plus développées, sans être accompagnée de pannus, et,
d'autre part, un pannus, là où la conjonctive est presque lisse. Jusqu'ici donc
nous ne pouvons affirmer que ceci : le pannus est anatomiquement analogue au
trachome de la conjonctive palpébrale. Il représente le processus trachomateux
de cette partie de la conjonctive qui recouvre la cornée, c'est-à-dire le feuillet
conjonctival de cet organe. En effet, il n'est pas étonnant que la conjonctive
cornéenne souffre dans le trachome, tout aussi bien que la conjonctive des
paupières ou celle du cul-de-sac ; mais il est plus difficile de comprendre pourquoi le reste de la conjonctive, celle qui couvre le bulbe oculaire, ne participe
pas plus activement au processus trachomateux. En voici peut-être la véritable
explication : la figure 26 montre que l'infiltration cellulaire est surtout intense
au niveau du limbe cornéen (L) et qu'à partir de là elle diminue insensiblement, en passant sur la cornée. Par conséquent, à l'endroit où un pannus est
en voie de développement, on observe même à l'examen macroscopique le
limbe fortement injecté et gonflé, au point de former quelquefois un bourrelet épais. C'est donc à l'affection trachomateuse du limbe qu'il semble qu'on
doive rapporter l'origine du pannus. Posons-nous maintenant les questions
suivantes : 1° pourquoi le limbe est-il si fort entrepris dans le trachome ? 2° pourquoi l'inflammation du limbe se propage-t-elle à la cornée, et non pas, au contraire, à la conjonctive scléroticale ? La première question trouvera sa solution
dans le fait que le limbe est de loin la partie la plus vascularisée de la conjonctive bulbaire, d'où il suit qu'il est le plus enclin à s'enflammer. Quant au
fait que l'inflammation du limbe est centripète, c'est-à-dire qu'elle se propage du
côté de la cornée, au lieu d'être centrifuge et de s'étendre sur la conjonctive
sclérale, ce phénomène s'accorde avec ce que nous pouvons observer ailleurs
encore dans les maladies du limbe et des parties avoisinantes de la cornée. En
effet, nous connaissons une foule de maladies dans lesquelles des infiltrations
inflammatoires ou des vaisseaux se propagent du limbe sur la cornée. Cette
particularité dépend sans doute de la direction centripète du torrent circulatoire dans la conjonctive sclérale. Les artères se rendent de la périphérie au
limbe, où elles forment un réseau serré d'anses capillaires. Ici, où s'arrête le courant sanguin centripète, commence un courant lymphatique dirigé dans le même
sens dans la cornée ; enfin, les vaisseaux sanguins qui naissent des anses vasculaires périkératiques adoptent cette même direction, ainsi que les produits inflam-

matoires. Enfin, il reste à expliquer pourquoi le pannus débute le plus souvent au bord supérieur de la cornée, pourquoi c'est là que le limbe s'affecte en premier lieu. Quand un œil est infecté par le trachome, la conjonctive n'est pas envahie en même temps dans toute son étendue, mais le virus infectieux se dépose d'abord sur un point circonscrit de la conjonctive, spécialement au niveau de la conjonctive du tarse et du cul-de-sac, les endroits les plus enclins aux affections trachomateuses. Des points de la conjonctive d'abord affectés, le trachome peut se propager de deux manières ; 1° par continuité, lorsqu'il s'étend de proche en proche sur les parties voisines ; 2° par contiguité, lorsque, par son contact, il infecte la conjonctive du globe oculaire qui lui est contiguë. et spécialement le limbe, comparativement le plus prédisposé à se laisser envahir. Mais c'est précisément au niveau du bord supérieur de la cornée que, non seulement pendant la nuit, mais encore tout le long du jour, le limbe est en contact avec la paupière supérieure, puisque, même à l'état normal, quand les yeux sont ouverts, la paupière recouvre la partie supérieure de la cornée. C'est donc ici surtout le contact permanent avec la conjonctive palpébrale qui favorise la contamination du limbe. Il est d'ailleurs probable que les rugosités de la conjonctive concourent à ce résultat. D'un côté, elles peuvent irriter mécaniquement ; de l'autre, en occasionnant de légères lésions traumatiques de l'épithélium conjonctival et cornéen, faciliter l'infection.

Le *ptosis*, qui accompagne presque toujours le trachome et donne aux granuleux cette physionomie caractéristique, peut, dans beaucoup de cas, s'expliquer par le poids de la paupière supérieure qui la tire en bas. Mais on observe également du *ptosis*, alors que la conjonctive ne montre que peu ou pas d'épaississement, et parfois des patients consultent le médecin uniquement à cause du ptosis, ne ressentant aucune gêne de leur trachome. A côté de l'épaississement de la conjonctive, il doit donc exister une autre cause du ptosis. Je pense que le releveur de la paupière (voir § 105 et fig. 20, *p*), dont les fibres lisses sont tendues immédiatement sous la conjonctive du cul-de-sac, participe à l'inflammation de celle-ci et, par cela, est paralysé.

Quel est le *rapport* des différentes formes de trachome les unes avec les autres ? Est-ce que, par exemple, le trachome papillaire (blennorrhée chronique, etc.) est une affection entièrement différente du trachome granuleux (trachome vrai, etc.), ou bien ne sont-ce là que des formes différentes d'un même processus ? L'anatomie démontre que, dans l'immense majorité des cas, les altérations caractéristiques des deux formes (hypertrophie papillaire et granulations trachomateuses) se trouvent confondues sur le même sujet, de sorte qu'il n'y a, pour ainsi dire, pas un cas où l'on trouve exclusivement l'une ou l'autre forme isolée. Ce fait plaide incontestablement en faveur de l'unité de nature des deux formes de la maladie. On arrive, d'ailleurs, à la même conclusion quand on consulte son étiologie. En effet, on observe des cas où un individu atteint de l'une des deux formes infecte d'autres personnes et leur en transmet indistinctement l'une ou l'autre. *Piringer* a d'ailleurs expérimentalement prouvé par ses inoculations que la même sécrétion inoculée à diverses personnes peut donner naissance à l'une ou l'autre forme de trachome. Il a même pu constater un jour que l'inoculation de la même sécrétion fit naître, chez la même personne, les deux formes isolément sur l'un et l'autre œil. On est donc bien en droit de considérer les deux formes de trachome, la forme granuleuse et la forme papillaire, comme ne constituant qu'une seule et même maladie.

Il nous reste encore à parler du rapport de la *conjonctivite folliculaire* avec le trachome. La première s'observe spécialement chez les jeunes sujets, tandis qu'au contraire le trachome ne se rencontre que très rarement chez les enfants. Ces deux affections ont ce point commun que toutes les deux présentent des follicules lymphatiques comme productions caractéristiques. Dans le catarrhe folliculaire, ces follicules sont plus petits, plus nettement limités et proéminent davantage au-dessus du niveau de la conjonctive. Dans le trachome, au contraire, ils sont plus grands, sans contours bien tranchés et peu proéminents. Les follicules proprement dits sont souvent oblongs, cylindriques et disposés en chapelet, tandis que les granulations trachomateuses sont arrondies et plus rarement rangées ainsi en séries. Cependant ces différences sont quelquefois si peu manifestes que même le médecin le plus expérimenté n'est pas en état, dans un grand nombre de cas, d'établir le diagnostic avec certitude, avant que la marche ultérieure de l'affection en ait fourni les éléments nécessaires. En outre, au point de vue de la structure histologique, les follicules et les granulations trachomateuses ne présentent pas de différences bien caractéristiques. Une autre analogie entre le catarrhe folliculaire et le trachome, c'est que tous les deux se déclarent de préférence au sein des grandes communautés. Il est donc facile à comprendre que ces deux affections soient souvent confondues entre elles, et qu'une foule d'auteurs soient d'avis que le catarrhe folliculaire n'est qu'une espèce de trachome atténué et sans danger. Mais on peut objecter à cette opinion qu'on ne sait pas encore si, parmi les membres de ces communautés, le catarrhe folliculaire se propage par infection, comme le trachome, ou s'il est une simple conséquence de l'influence de l'air vicié par la poussière, les miasmes, etc. Par contre, il est clairement démontré que, dans certaines conditions, le catarrhe folliculaire *peut* se manifester sans aucune infection. Ceci est notamment le cas. après l'instillation prolongée d'atropine; alors, il se développe, chez beaucoup de personnes, un catarrhe folliculaire typique, caractérisé par de très nombreux follicules. Le trachome, au contraire, ne peut jamais se montrer sans infection. Une autre différence plus importante entre les deux maladies est leur marche. D'abord, le catarrhe folliculaire ne s'accompagne pas du tout, ou seulement à un degré infime, d'hypertrophie papillaire de la conjonctive ; il ne produit jamais ni rétraction de la conjonctive, ni pannus, ni aucune des autres conséquences du trachome ; c'est une affection absolument sans danger. Elle guérit d'ailleurs spontanément sans laisser de traces, de façon que, rien que pour ce motif, la distinction entre ces deux affections n'est pas seulement théoriquement, mais encore pratiquement d'une grande importance.

Quant à la question de savoir quel est le rapport entre les formes diverses de la blennorrhée, du trachome et de la conjonctivite folliculaire, elle ne trouvera sa solution définitive que par l'étude de la bactériologie. Jusqu'ici on ne connaît encore avec certitude que le micrococque de la blennorrhée aiguë, c'est-à-dire le gonocoque. Plusieurs observateurs (*Leber, Sattler, Koch, Michel*, etc.), ont également découvert des microorganismes dans les maladies de la conjonctive accompagnées de formation de granulations, comme le trachome et le catarrhe folliculaire. Quelques-uns de ces microorganismes avaient assez de ressemblance avec le gonocoque, sans lui être identiques. Pourtant, les observations des différents investigateurs ne sont pas assez concordantes pour pouvoir en tirer des conclusions précises. Il est probable qu'on doit considérer, en général, la formation des granulations de tissu adénoïde, non comme un phénomène de nature spécifique, mais comme une forme particulière suivant laquelle la conjonctive oculaire, comme le fait toute autre muqueuse, réagit contre les irritations de toute espèce. Cette formation de granulations est le plus développée dans le trachome et dans le catarrhe folliculaire. On rencontre aussi des cas de tuberculose conjonctivale (voir § 23) qui débutent, absolument comme le trachome, par un riche développement de granulations. Quelques exemples en ont été décrits par *Rhein*, et, moi-même, j'en ai observé un cas. D'autre part, *Goldzieher* et *Sattler* ont vu la formation d'abondantes granulations dans une affection conjonctivale qu'ils considéraient comme étant de nature syphilitique. En outre, le premier décrit, comme lymphome de la conjonctive, une affection dans laquelle se développent dans la conjonctive des follicules géants, en même temps qu'existent des lymphomes du cou du côté de l'œil malade. Il n'est pas encore établi d'une manière certaine si le catarrhe folliculaire atropinique est dû à une irritation chimique, ou s'il a pour cause certains schizomycètes qui se développent peut-être dans la solution d'atropine.

Pour guérir un pannus épais, beaucoup de médecins pratiquent la *péritomie*. Elle consiste à sectionner les vaisseaux conjonctivaux qui se rendent au pannus, soit que l'on coupe simplement la conjonctive circulairement autour de la cornée ou bien qu'on en excise au moyen de ciseaux une bandelette mince et circulaire. Dans le but d'éclaircir un vieux pannus, on a fait autrefois des inoculations volontaires de sécrétion de blennorrhée aiguë. En effet, l'expérience a prouvé qu'un œil porteur d'un pannus, accidentellement infecté de blennorrhée aiguë, est loin de se perdre par suppuration; le pannus, au contraire, se trouve éclairci lorsque l'inflammation est terminée. Cette pratique est actuellement remplacée par le traitement au jéquirity. Cette substance produit le même effet, sans que, d'ailleurs, l'œil de l'autre côté ni les yeux d'autres personnes courent le danger d'être envahis par l'infection blennorrhéïque.

Au Brésil, où cette affection est épidémique, le jéquirity (semence de l'Abrus praecatorius) est depuis longtemps employé comme remède vulgaire contre le trachome. C'est surtout à *Wecker* qu'appartient le mérite d'avoir soumis ce remède à des expériences scientifiques et de l'avoir introduit en Europe. L'activité du jéquirity ne dépend pas, comme on l'a cru d'abord, de la présence de microorganismes dans l'infusé, mais d'un ferment non organisé qui est toxique à un haut degré (*Hippel, Neisser, Salomonson, Vennemann*).

IV. — Conjonctivite diphtéritique

§ **16**. La conjonctivite diphtéritique (1), comme la blennorrhée aiguë
et le trachome, est une inflammation conjonctivale suppurative, d'origine
infectieuse et dont la sécrétion est infectieuse elle-même.

Mais le germe de cette maladie, différent de celui des deux autres, est
constitué par le bacille diphtéritique de Löffler. L'inflammation qu'il provoque est toujours vive et, dans les cas graves, appartient aux plus violentes
que l'on puisse observer sur la conjonctive. Les paupières sont fortement
gonflées, rouges, chaudes et douloureuses au toucher. Dans les cas particulièrement sérieux, les paupières sont dures comme une planche; aussi
on ne peut les renverser et même on n'arrive qu'avec peine à ouvrir la
fente palpébrale. Les ganglions préauriculaires et cervicaux sont tuméfiés.
L'aspect de la conjonctive est déterminé par la propriété que possède le
bacille diphtéritique de provoquer une exsudation intense, avec grande
tendance à la coagulation. Celle-ci se produit à la surface de la conjonctive où l'exsudat sécrété se prend en membrane, ou bien elle peut
s'opérer déjà dans l'épaisseur même du tissu conjonctival. De là on peut
distinguer deux formes de diphtérie conjonctivale :

a) La forme *superficielle* ou croupale. Elle se caractérise par la présence
d'une membrane d'un blanc grisâtre, adhérant assez fortement à la surface
de la conjonctive, mais s'en laissant cependant d'habitude détacher à la
pince. On trouve alors la conjonctive très rouge par dessous, tuméfiée,
saignante à certains endroits, mais sans perte de substance quelconque.
La membrane détachée consiste en un fin réseau de fibrilles de fibrine
coagulée, dans lequel sont enchâssés des corpuscules de pus et quelques
cellules de l'épithélium conjonctival. Les membranes croupales tapissent
la conjonctive palpébrale, plus rarement le cul-de-sac ou même la conjonctive bulbaire. Dans la plupart des cas, ces membranes s'éliminent peu à
peu après une à deux semaines, et la conjonctive offre simplement l'aspect
d'un catarrhe violent qui guérit sans qu'il persiste aucune altération de la
conjonctive. — Dans les cas plus sérieux, l'affection se complique
d'ulcères cornéens; mais ceux-ci n'entraînent que rarement une destruction étendue de la cornée ;

b) La forme *profonde*, ou conjonctivite diphtéritique au sens strict du
mot. Celle-ci a une marche beaucoup plus grave que la forme superficielle,

(1) δίφθέρα, membrane.

car elle est constituée quand l'exsudat se coagule déjà dans l'intérieur du tissu de la conjonctive. Il s'ensuit que les vaisseaux sont comprimés, la muqueuse est rigide, exsangue et se nécrose. Quand on renverse les paupières, on trouve donc, à côté d'endroits où la conjonctive est rouge et gonflée, des places où elle est déprimée, lisse et d'une coloration jaune grisâtre, souvent tachetée de quelques moucheteures d'un rouge sale (ecchymoses). Dans les cas les plus graves, la conjonctive acquiert cet aspect dans une plus grande étendue, ou même partout; elle est uniformément grise et dure, comme après une brûlure intense, par exemple avec de la chaux.

L'état que nous venons de décrire et qui s'établit rapidement, après un temps très court d'incubation, est le premier stade de la maladie, on l'appelle stade d'*infiltration*. Suivant l'extension du processus diphtéritique sur la conjonctive, ce stade dure de cinq à dix jours. Alors peu à peu les points diphtéritiques commencent à disparaître. Là où l'infiltration est peu intense, on voit survenir la résorption de l'exsudat; ailleurs, au contraire, où, par la violence de l'infiltration, la circulation a été entièrement interrompue et où, par conséquent, le tissu a été mortifié, l'on voit survenir l'élimination des parties nécrosées. De là des pertes de substance de la conjonctive qui ne tardent pas à se couvrir de bourgeons charnus. Entre temps la sécrétion est devenue plus abondante et purulente, c'est pourquoi l'on désigne ce second stade sous le nom de stade *blennorrhéique*. Le troisième stade est celui de la *cicatrisation*, où les surfaces bourgeonnantes, résultant de l'élimination des parties gangrénées de la conjonctive, diminuent insensiblement et se recouvrent d'un revêtement épithélial. Comme ce processus s'opère en attirant la conjonctive voisine, le sac conjonctival se raccourcit dans sa totalité; de même, il n'est pas rare d'observer divers points d'adhérence entre la conjonctive palpébrale et celle du bulbe (symblépharon). Le raccourcissement cicatriciel de la conjonctive, qui survient plus tard, est d'autant plus sensible que le processus diphtéritique a été plus étendu. Il peut en résulter plus tard du trichiasis, de l'entropion cicatriciel et même de la xérophtalmie.

La forme profonde de la conjonctivite diphtéritique est beaucoup plus grave que la forme croupale, non seulement au point de vue de la conjonctive, mais à beaucoup d'autres points de vue. Elle attaque la cornée bien plus souvent et plus gravement. La cornée suppurera d'autant plus sûrement que le processus diphtéritique de la conjonctive sera plus étendu. Lorsque celle-ci est infiltrée et dure dans toute son étendue, la cornée est toujours perdue. — L'état général des petits patients est très altéré. Ils ont une fièvre élevée et sont très débilités. Les enfants faibles succombent assez souvent à l'affection générale. Le pronostic est donc, dans les cas graves, très sérieux, non seulement en ce qui concerne l'œil, mais même pour la vie.

ÉTIOLOGIE. — Ces deux formes de maladie, si différentes dans leur aspect clinique et dans leur marche, appartiennent pourtant à la même affection, à la diphtérie ; ce qui le prouve, c'est avant tout la présence du bacille de Löffler dans la sécrétion conjonctivale. En ce qui regarde la forme croupale, il est indispensable de déceler le bacille pour poser le diagnostic, parce que des membranes croupales peuvent se produire dans d'autres inflammations que l'affection diphtéritique. — Fréquemment les patients souffrent d'autres manifestations diphtéritiques peu douteuses. On trouve de petites plaques de diphtérie aux bords et aux angles des paupières, aux narines, aux commissures labiales, parfois même il coexiste une inflammation diphtéritique du nez ou de la gorge.

On observe la conjonctivite diphtéritique principalement dans les pays où la diphtérie règne, et spécialement aux moments où existe une épidémie d'angine diphtéritique. Souvent on peut prouver que les enfants atteints de diphtérie oculaire ont été antérieurement en rapport avec d'autres enfants qui peu après ont souffert d'angine diphtéritique, de même que les premiers peuvent à leur tour propager la contagion. La réceptivité à la diphtérie diminue avec l'âge. Par conséquent, la conjonctivite diphtéritique frappe généralement des enfants, le plus souvent entre deux et huit ans. Les adultes ne sont affectés qu'exceptionnellement et, la plupart du temps, à un degré plus léger.

TRAITEMENT. — Dans le premier stade de l'affection, il faut surtout se borner à entretenir la propreté de l'œil. A cet effet, on se servira de préférence de liquides antiseptiques faibles (solution de sublimé ou d'acide salicylique, de permanganate de potasse). Quant aux compresses froides, qui paraissent indiquées à cause du gonflement et de la rougeur intenses des paupières, on ne doit y recourir que si la circulation dans la conjonctive n'est pas trop entravée par l'infiltration diphtéritique. Sinon on s'adressera plutôt aux compresses chaudes, qui favorisent la circulation en dilatant les vaisseaux. Pour ce qui concerne la conjonctive elle-même, *Fieuzal* a recommandé de la badigeonner au jus de citron. On a vanté également le badigeonnage de la conjonctive avec une forte solution de sublimé (1 : 1,000) immédiatement, ou, s'il y a des membranes, après enlèvement de celles-ci. Autrement il ne sert de rien de se borner à détacher les membranes dans la forme croupale, parce qu'elles se reforment aussitôt. Quand, après élimination des membranes ou de l'escarre, la conjonctive est devenue très rouge, molle et succulente et qu'une sécrétion abondante apparaît, on peut commencer les attouchements au nitrate d'argent, qui ramèneront plus rapidement la conjonctive à l'état normal. Mais on doit au début procéder avec prudence, employer une faible solution (1 °/₀) et interrompre les cautérisations s'il se reforme des membranes ou une infiltration plus profonde.

On continue les cautérisations de la conjonctive aussi longtemps qu'elle est rouge et gonflée et qu'elle sécrète abondamment.

Lorsque, dans la forme profonde, il s'est produit des points de nécrose où existe une élimination de portions de conjonctive, on cherche, pendant la cicatrisation, à prévenir autant que possible les adhérences entre les paupières et le bulbe oculaire (en détachant souvent les paupières du bulbe, en intercalant entre eux un petit linge imbibé d'huile), car les adhérences, une fois formées, ne peuvent plus être détruites que par une opération. Les complications du côté de la cornée doivent être soignées suivant les règles que nous donnerons plus loin pour le traitement des suppurations de la cornée en général.

Dans le premier stade, toute espèce d'intervention opératoire à la cornée ou aux paupières seront évitées, parce que les plaies que l'on pratique dans ces circonstances deviennent habituellement diphtéritiques à leur tour. — A côté du traitement de l'œil lui-même, il est clair qu'il faut porter toute son attention sur la gravité de l'état général ; il faut donc avant tout s'attacher à soutenir autant que possible les forces du petit malade.

A cause du caractère éminemment infectieux de la diphtérie, il faut porter une attention toute particulière sur la *prophylaxie*. En effet, tandis que, dans la blennorrhée et le trachome, l'infection ne peut avoir lieu que par transport direct de la sécrétion, dans la diphtérie, au contraire, il est très probable que la contagion peut se produire même sans transport direct, simplement par l'intermédiaire de l'air. Il faut donc éloigner de l'entourage du malade toutes les personnes qui ne sont pas absolument nécessaires pour son service; mais, avant tout, il faut avoir soin d'écarter les enfants qui sont particulièrement accessibles à l'infection. S'il n'y a qu'un seul œil malade, l'autre doit être préservé contre l'infection par un bandage occlusif soigneusement appliqué, absolument comme dans la blennorrhée aiguë. Il faut, du reste, strictement recommander aux personnes qui soignent le malade de bien se nettoyer les mains après tout contact avec l'œil affecté et de détruire aussitôt tous les objets ayant servi au pansement.

La première description exacte de la conjonctivite diphtéritique, nous la devons à V. *Græfe*, qui avait l'occasion, à Berlin, d'observer souvent cette maladie. La description se rapporte à la forme profonde, qu'il divisait en deux groupes. Dans les cas légers — diphtérie en plaques — on trouve les plaques diphtéri-

tiques de la conjonctive sous forme d'îlots plus ou moins étendus (particulièrement à la conjonctive palpébrale), séparés par des parties de la conjonctive
moins atteintes. Dans les cas graves, au contraire, les foyers diphtéritiques con-
fluent rapidement, de façon que toute la conjonctive devient raide et exsangue
— diphtérie confluente. — Après que Löffler eut découvert dans les membranes de la diphtérie pharyngienne le bacille qui porte son nom, on le retrouva
bientôt dans la diphtérie conjonctivale (*Babès, Kolisko* et *Paltauf*, etc.). Au contraire, personne ne pensait que l'on dût également rapporter à la diphtérie les
cas de formation de membrane sur la conjonctive, jusqu'au jour où l'on prouva
la présence du bacille de Löffler dans ces membranes également (*C. Fränkel,
Uhthoff, Elschnig, Escherich, Sourdille, Schirmer*, et autres). Il en était de cela comme
de la diphtérie du pharynx et du croup du larynx, dont la nature commune ne
fut reconnue que tout récemment. Maints auteurs pensent que l'inflammation
membraneuse d'une muqueuse répond à une action plus faible du bacille diphtéritique que la vraie inflammation diphtéritique, soit que le bacille ait perdu de
sa virulence, soit que le patient soit plus réfractaire à son action. La gravité
de l'inflammation dépend aussi de ce que, fréquemment, il existe sur la muqueuse
malade, à côté du bacille de Löffler, encore d'autres microbes, tels que le staphylocoque et le streptocoque, dont le dernier semble être le plus dangereux.
D'autre part, on a, dans des cas de forme croupale ayant évolué d'une façon
bénigne, trouvé les trois variétés de microbes réunies sur la conjonctive
(*Uhthoff*).

Membrane croupale de la conjonctive. — Les mots croup et diphtérie sont donc des
concepts anatomiques qui désignent des formes déterminées de l'inflammation.
L'inflammation croupale est caractérisée par le dépôt d'un exsudat à la surface
d'un tissu, où il se prend, par la coagulation, en une membrane. L'essence de
l'inflammation diphtéritique, par contre, réside dans l'existence d'une exsudation
en masse dans le tissu même, avec nécrose consécutive de celui-ci. L'inflammation diphtéritique peut donc être considérée comme un degré plus élevé de
l'inflammation croupale, puisque la même cause développe, quand elle agit
légèrement, une inflammation croupale, quand elle agit plus énergiquement, une
inflammation diphtéritique de la muqueuse. *Sourdille* a, par ses expériences,
établi qu'en badigeonnant la conjonctive avec de l'ammoniaque, on peut à
volonté faire naître la forme diphtéritique ou la forme croupale de l'inflammation, selon l'application plus ou moins énergique du caustique. On peut faire la
même expérience en pratique ; en effet, si l'on touche trop fortement ou trop
fréquemment la conjonctive enflammée avec la solution de nitrate d'argent, on
fait naître un dépôt croupal sur celle-ci. Que l'on continue néanmoins les cautérisations, et l'on obtiendra une inflammation diphtéritique avec nécrose localisée du tissu. Les irritants chimiques d'origine organique peuvent produire les
mêmes résultats. L'application réitérée d'une infusion de jéquirity produit une
inflammation d'abord croupale, ensuite diphtéritique. Mais il en est de même
pour certaines inflammations conjonctivales, causées par des microbes. Dans la
blennorrhée aiguë, on observe, si l'inflammation a atteint un degré élevé, tantôt
un dépôt croupal, tantôt même une infiltration diphtéritique de certaines por-

tions de la conjonctive, et de pareils cas sont souvent pris pour de la vraie diphtérie.

Il se peut donc que le même tableau clinique, par exemple la conjonctivite diphtéritique, soit produit par les agents les plus variés, de nature chimique ou parasitaire; et inversement, le même agent est capable de fournir des tableaux cliniques différents, par exemple l'inflammation croupale et l'inflammation diphtéritique pour le bacille de Löffler. Il n'est donc pas permis d'employer les termes croup et diphtérie de la conjonctive, d'une part, pour caractériser des altérations anatomiques, d'autre part, pour désigner des types morbides déterminés ayant une commune origine; or, c'est ce qu'on avait fait jusqu'à présent. Pour ce qui regarde l'expression diphtérie, je m'en suis tenu à la proposition de *Roser*. Avec lui, j'emploie le terme diphtérie pour désigner anatomiquement cette forme d'inflammation, dans laquelle l'exsudat se coagule à l'intérieur même du tissu; au contraire, si l'on se place au point de vue étiologique, les mots diphtérie et diphtéritique désignent ces affections — quel que soit d'ailleurs l'aspect qu'elles affectent — qui sont causées par le bacille de Löffler. L'expression de conjonctivite croupale ne devrait plus être employée que comme une désignation anatomique. Antérieurement on réunissait sous cette dénomination de conjonctivite croupale ou membraneuse la plupart des conjonctivites qui se développaient spontanément et évoluaient avec production de membranes, dont on faisait un tableau clinique, unique et indépendant. Mais les nouvelles recherches bactériologiques ont montré que les agents morbides les plus variés peuvent faire naître des membranes sur la conjonctive. Au point où nous en sommes de nos connaissances sur cette question, une conjonctivite croupale peut être produite par les causes suivantes:

a) *Conjonctivite croupale d'origine spontanée.* — Elle montre d'ordinaire une marche *aiguë* et constitue ce que l'on décrivait auparavant comme affection propre sous le nom de conjonctivite croupale. Nous avons vu plus haut qu'une partie de ces cas doivent être rapportés à la diphtérie, comme produits par le bacille de Löffler. Cette notion a une grande importance pratique, parce que nous savons à présent que les cas de conjonctivite, en apparence bénins, sont susceptibles de provoquer le développement d'une diphtérie conjonctivale ou pharyngienne grave, s'ils sont transmis à d'autres enfants, et nous prenons nos mesures en conséquence. Lors d'une épidémie en partie assez grave de conjonctivite croupale, que *Moritz* a observée, il a trouvé un bacille ressemblant à celui de Löffler, mais doué de propriétés un peu différentes. Les inflammations croupales, en partie de nature sérieuse, sont causées par le streptocoque (*Terson, Bourgeois et Gaube, Debierre*), les plus légères par le pneumocoque (*Morax, Parinaud*). A ces cas, qui évoluent d'une façon bénigne, appartiennent aussi ceux de catarrhe aigu produits par le bacille de *Weeks* et accompagnés de formation de membrane (*Morax*). Nous avons déjà dit plus haut qu'il n'est pas rare de voir se développer des membranes dans la blennorrhée aiguë causée par le gonocoque. — Aux cas de conjonctivite croupale présentant un caractère plus *chronique* se rapportent les observations très rares d'herpès iris de la conjonctive. Dans ces cas, la cornée ne court pas de danger. On les reconnaît à ceci, que l'exanthème caractéristique de l'herpès iris se retrouve aussi sur la peau (une plaque centrale de la peau rouge ou pigmentée, entourée d'un anneau de vésicules); parfois les membranes se forment également sur la conjonctive et sur la muqueuse buccale. Dans certains cas, la maladie récidive fréquemment. Dans un cas se rapportant probablement à cette affection, *Gerke* et *Kam* ont isolé un coccus qui, inoculé sur la conjonctive d'un lapin, y développe de nouveau une membrane. — Il existe, en outre, des cas où l'on a observé pendant des mois, ou même des années, la formation de membranes sur la conjonctive; on ne sait rien encore de la nature de ces cas (*Arlt*, *Hulme*, *Morson* et autres);

b) Par l'application d'irritants de nature chimique sur la conjonctive, on parvient à produire dans celle-ci une inflammation qui s'accompagne de formation de membranes. Nous avons déjà cité plus haut quelques-unes de ces substances irritantes, les unes de nature organique, les autres de nature inorganique ; ce sont l'ammoniaque, la solution de nitrate d'argent, l'infusion de jéquirity;

c) Les pertes de substance de la conjonctive se couvrent très tôt, comme celles des autres muqueuses, d'une membrane de fibrine coagulée, sous laquelle se fait la guérison de la plaie. On observe cela après les opérations (par exemple la ténotomie), les blessures, ainsi que les pertes de substance survenant spontanément, comme, par exemple, après la déchirure d'une bulle de pemphigus (voir § 19).

V. — Conjonctivite lymphatique (scrofuleuse, phlycténulaire)

§ 17. Symptômes. — Dans sa forme typique la plus simple, le tableau symptomatologique de la conjonctivite lymphatique est le suivant : sur un point du limbe conjonctival, il se forme une petite élevure rouge, à peu près de la grosseur d'un grain de millet; c'est l'*efflorescence* (fig. 27). Au début, celle-ci est conique, et son sommet est couvert de l'épithélium de la conjonctive. Bientôt, l'épithélium du sommet de l'efflorescence s'élimine, et le tissu qui se trouve immédiatement sous le revêtement épithélial se détruit, de façon que le sommet du cône disparaît. Celui-ci porte alors à son sommet un petit ulcère gris, qui proémine par conséquent au-dessus du niveau de la conjonctive saine environnante. Par destruction ultérieure, le cône disparaît finalement tout entier, l'ulcère s'affaisse au niveau de la conjonctive, se déterge rapidement et se recouvre d'épithélium. Alors l'ulcère est cicatrisé, sans laisser de trace visible dans la conjonctive.

Au moment où l'efflorescence apparaît, la conjonctive environnante s'hyperémie; les vaisseaux injectés convergent de tous côtés vers le petit bouton. La partie de la conjonctive devenue rouge ainsi prend la forme d'un triangle, dont la pointe correspond au limbe et au petit bouton; le reste de la conjonctive est complètement pâle.

Le type le plus simple de la conjonctivite lymphatique est donc représenté par une petite nodosité exsudative nettement circonscrite, à laquelle
correspond une certaine étendue de conjonctive injectée. La conjonctivite lymphatique est, par conséquent, une affection strictement *localisée*
sur *un point* de la conjonctive bulbaire, et c'est ce qui la distingue de toutes
les conjonctivites déjà décrites. Celles-ci, en effet, sont toutes des inflammations diffuses, puisqu'elles s'étendent d'une manière uniforme sur de
grandes surfaces de la conjonctive.

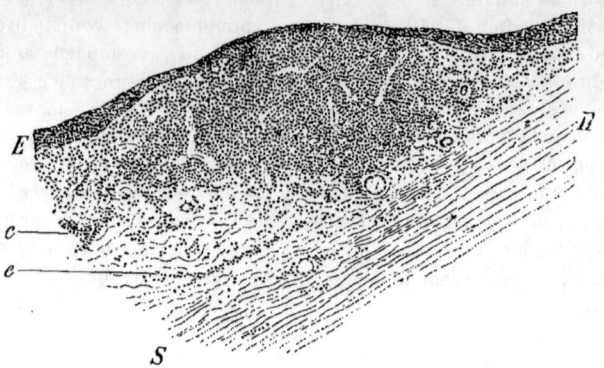

Fig. 27. — *Efflorescence lymphatique du limbe.* Gross. 62/1. — La sclérotique *S* se distingue par ses
faisceaux plus fins et ses vaisseaux sanguins, de la cornée *H*, plus homogène et privée de vaisseaux. Au
niveau de ces deux membranes, mais cependant plus sur le sclérotique que sur la cornée, est situé le bouton
lymphatique. Celui-ci consiste en un amas de cellules rondes, entre lesquelles on reconnaît les vaisseaux
sous forme de raies claires. Au pourtour du bouton, les vaisseaux conjonctivaux *c* et épiscléraux *e* sont
entourés de leucocytes émigrés. L'épithélium de la conjonctive *E* est soulevé par le bouton, est aminci au
sommet de celui-ci et a perdu la netteté de ses limites du côté du tissu conjonctif, par suite d'une infiltration
des cellules rondes dans les couches épithéliales elles-mêmes.

Les formes cliniques réelles de la conjonctivite lymphatique présentent
les variations les plus diverses de la forme typique simple que nous venons
de décrire. Ces variations concernent :

a) Le *nombre* des efflorescences. Il est rare qu'il n'y en ait qu'une seule,
le plus souvent il y en a plusieurs, fréquemment on en trouve un grand
nombre. D'ordinaire, elles sont d'autant plus grandes qu'elles sont moins
nombreuses ; dans quelques cas rares, elles gagnent presque la grosseur
d'une lentille. Lorsque les efflorescences sont nombreuses, elles sont petites ;
souvent on trouve tout le limbe, et même la cornée complètement couverts de toutes fines élevures, de façon que l'on dirait que, sur la surface
du globe oculaire, on a répandu du sable. Quand les efflorescences n'ont
que ces dimensions, elles disparaissent habituellement par résorption au
bout de quelques jours, sans s'ulcérer. Lorsque plusieurs efflorescences se
développent à la fois, les triangles injectés de la conjonctive bulbaire appartenant à chacune d'elles deviennent confluents, et le caractère de la localisation de l'affection en foyer n'est plus manifeste. Le seul signe sensible

de ce caractère, c'est la présence des diverses petites tumeurs exsudatives. En outre, quand l'inflammation est intense, la conjonctive palpébrale y participe également, ce qui fait alors que la conjonctivite lymphatique n'est plus une affection limitée simplement à la conjonctive bulbaire ;

b) Le *siège* des efflorescences n'est pas toujours dans le limbe même, il peut se trouver aussi plus en dehors, dans le segment antérieur de la conjonctive bulbaire, ou encore en dedans du limbe, dans la cornée même. Dans la cornée se trouvent de petites nodosités grises constituées par un dépôt de cellules rondes, et logées superficiellement entre la membrane de *Bowman* (fig. 28, B) et l'épithélium (fig. 28, E), qu'elles soulèvent.

La destruction de l'efflorescence occasionne une perte de substance dans la cornée, perte toute superficielle, qui n'intéresse que l'épithélium seul et qui se cicatrise sans laisser d'opacité permanente. Mais souvent il arrive que l'affection revêt un caractère plus grave, en ce sens que les exsudats de la cornée ont de la tendance à s'étendre en profondeur ou en largeur. C'est ainsi que l'infiltration peut perforer la membrane de *Bowman*, et pénétrer dans le tissu propre de la cornée. Dans ce cas, il y a destruction de ce tissu, d'où un ulcère qui s'étend en profondeur

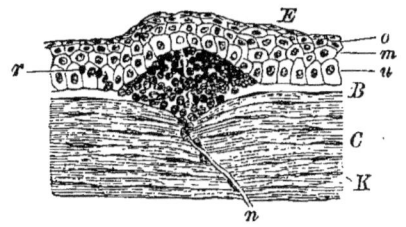

Fig. 28. — *Efflorescence sur la cornée dans la conjonctivite lymphatique*, d'après IwANOFF. — La nodosité, composée de cellules, siège entre la membrane de Bowman *B* et l'épithélium *E*, qu'elle soulève. Dans l'épithélium, on distingue la couche la plus profonde de cellules cylindriques *u*, la couche moyenne de cellules polygonales *m* et la couche superficielle de cellules plates *o*; entre les cellules épithéliales sont compris quelques leucocytes *r*. Le parenchyme cornéen *C*, avec ses corpuscules cornéens *K*, est traversé par un nerf *n* qui aboutit en haut à la nodosité.

et peut même perforer la cornée. Alors, après la cicatrisation de l'ulcère, il reste une opacité permanente ;

c) Les ulcères cornéens qui se sont ainsi développés peuvent revêtir un caractère serpigineux, c'est-à-dire se propager dans les couches superficielles. C'est de cette manière que se forme la *kératite en bandelette* (*Fischer*), ou kératite fasciculaire. Voici comment cette affection débute : sur le bord de la cornée, se développe une efflorescence, qui laisse après elle un petit ulcère. Au bout de quelques jours, le petit ulcère se déterge dans sa moitié périphérique tournée du côté du bord de la cornée. En même temps, suivant la marche habituelle de l'ulcère cornéen régressif, il se développe dans le limbe des vaisseaux qui s'avancent vers le bord de l'ulcère en voie de guérison et qui concourent au travail de cicatrisation. Mais, entre temps, le bord de l'ulcère tourné vers le centre de la cornée reste infiltré et gris. Comme l'infiltration et la destruction purulente consécutive font des progrès constants, l'ulcère s'avance de plus en plus vers

le centre de la cornée, tandis qu'il se cicatrise dans la même mesure du
côté de la périphérie et qu'il entraîne avec lui les vaisseaux sanguins.
C'est ainsi que la kératite en bandelettes est représentée par une bandelette
étroite et rouge, formée de vaisseaux, qui, partant du bord cornéen,
s'étend à une certaine distance sur la cornée. A la pointe de la bandelette
se trouve un petit croissant gris ; c'est le bord progressif, gris et infiltré
de l'ulcère. Le mal ne s'arrête et ne se guérit que lorsque le petit ulcère
se cicatrise complètement. Mais, avant ce temps, la bandelette vasculaire
peut s'étendre jusqu'au centre et même au-delà de la cornée. L'ulcère
cependant reste toujours superficiel, et jamais l'on n'a observé qu'il ait
produit la perforation de la cornée. Lorsque finalement la kératite en bandelette a cessé de progresser, les vaisseaux disparaissent graduellement,
et il ne reste qu'une opacité cornéenne superficielle qui correspond à la
forme allongée de la bandelette vasculaire. Cette opacité ne s'éclaircit
plus jamais et permet ainsi de diagnostiquer pendant toute la vie qu'une
kératite en bandelette a existé ;

d) Les cas les plus graves de conjonctivite lymphatique sont ceux dans
lesquels l'exsudat se manifeste dès le début, sous forme d'une large infiltration occupant les couches *profondes* de la cornée. On trouve alors celle-
ci envahie sur une grande étendue par une opacité uniformément grise ou
jaunâtre, dont les bords ne sont pas nettement limités et qui siège dans les
couches profondes de la cornée ; au niveau de l'opacité, la cornée paraît
picotée. Dans les cas graves, l'infiltration, qui était primitivement grise,
devient de plus en plus jaune et subit finalement la transformation purulente, de façon à amener une large perte de substance dans la cornée.
Dans les cas bénins, au contraire, l'infiltration disparaît peu à peu par
voie de résorption, et la cornée redevient partiellement ou totalement
transparente. On est étonné de voir jusqu'à quel point des infiltrations
même étendues peuvent disparaître ;

e) Au lieu de se montrer sous forme de foyers circonscrits, l'exsudat
peut se transformer, sur la surface de la cornée, en un tissu nouveau continu, c'est-à-dire en *pannus*. Ce pannus porte le nom de pannus scrofuleux,
pour le distinguer du pannus trachomateux. Il ne montre pas, comme
celui-ci, de la prédilection pour la moitié supérieure de la cornée, mais il
prend naissance sur n'importe quel point du bord de cette membrane. Il
est habituellement mince, peu vascularisé et susceptible de disparaître
complètement.

La conjonctivite lymphatique est le plus souvent accompagnée d'un
larmoiement abondant. Il n'existe généralement pas de sécrétion muqueuse
ou muco-purulente, comme dans le catarrhe ; c'est pourquoi les paupières
ne sont pas collées le matin. Il n'y a d'exception que pour les cas anciens,

où l'inflammation, intéressant également la conjonctive palpébrale, y a produit l'effet d'une inflammation catarrhale concomitante.

Les *symptômes subjectifs* consistent en photophobie et crampes des paupières (blépharospasme). Bénins dans beaucoup de cas, ces symptômes acquièrent d'autres fois une intensité inaccoutumée : les enfants se cachent dans quelque coin obscur de la chambre, ils se couvrent la figure de leurs mains et s'opposent si énergiquement à toute tentative d'écartement des paupières que le médecin éprouve de grandes difficultés pour faire l'examen des yeux. Il n'y a aucun rapport constant entre l'intensité de ces symptômes et la gravité de la maladie ; c'est, au contraire, précisément dans les cas où l'affection de la cornée est étendue et profonde que les phénomènes irritatifs sont souvent réellement bénins. En général — à l'inverse de ce qui a lieu pour le catarrhe conjonctival — les souffrances sont plus fortes le matin que l'après-midi et le soir.

MARCHE ET PRONOSTIC. — La simple efflorescence typique sur le limbe parcourt toutes ses phases jusqu'à sa disparition complète, en huit ou quinze jours. Si les efflorescences sont multiples, le temps nécessaire à leur guérison est proportionnellement plus long. Malgré cela, la maladie serait encore de courte durée, si elle se bornait à une seule et unique attaque. Mais ce n'est que rarement le cas, car, après un certain temps de repos, ou même avant que la première inflammation soit entièrement terminée, l'œil s'injecte derechef, et de nouvelles nodosités poussent sur le limbe ou à côté. Ainsi, avec des intermittences plus ou moins longues, l'affection peut traîner des mois et des années. Elle débute dans l'enfance, mais les attaques reviennent souvent jusqu'au temps de la puberté, quelquefois même au delà. Tantôt l'un des yeux est atteint, tantôt l'autre ou même tous les deux simultanément. Enfin, les atteintes deviennent de plus en plus rares et finissent par cesser entièrement.

L'humectation constante des paupières par les larmes produit souvent de la blépharite, ainsi que de l'eczéma palpébral et, consécutivement, un ectropion de la paupière inférieure. Souvent on observe des excoriations siégeant à l'angle palpébral externe, et plus tard se développe souvent un blépharophimosis.

Le *pronostic* de la conjonctivite lymphatique est favorable, en ce sens qu'il est rare qu'elle amène la perte complète d'un œil. Les efflorescences superficielles disparaissent sans laisser de traces ; les ulcères, au contraire, qui intéressent le parenchyme cornéen proprement dit, laissent des opacités permanentes, qui sont cependant, dans la plupart des cas, minces et superficielles (taies). Chez les personnes qui ont eu à subir un grand nombre d'atteintes, les cornées portent plusieurs de ces taies, indices d'inflammations antérieures. Elles altèrent la vision et empêchent ces personnes de se livrer à des travaux délicats. En outre, les inflammations oculaires, réapparaissant coup sur coup, ont pour effet d'arrêter les enfants dans leur développement physique et intellectuel. Par conséquent, quoique la conjonctivite lymphatique n'amène qu'exceptionnellement la cécité, elle est néanmoins si nuisible à celui qui en est atteint qu'il faut la combattre par tous les moyens dont on dispose.

§ 18. ÉTIOLOGIE. — La conjonctivite lymphatique est une des affections oculaires les plus fréquentes. Elle est sous la dépendance de la diathèse scrofuleuse. Cette conjonctivite, comme la scrofulose elle-même, est une affection de l'enfance et de la jeunesse. Il est rare qu'on la rencontre chez de tout petits enfants — en dessous d'un an. Elle disparaît habituellement vers l'âge de la puberté. Quant aux adultes, ils n'en sont atteints que dans le cas où ils en ont souffert dans leur enfance. Les enfants frappés de conjonctivite lymphatique appartiennent, dans l'immense majorité des cas, aux classes pauvres. En effet, ces enfants sont insuffisamment et mal nourris, sont malpropres et vivent dans des habitations humides et mal aérées. D'autres enfants, qui étaient auparavant en bonne santé, sont affaiblis par des maladies générales (scarlatine, rougeole, fièvre typhoïde, coqueluche, etc.).

Les enfants scrofuleux sont pâles et émaciés, ou bien ils sont bouffis. Ils ont les ganglions engorgés sous la mâchoire inférieure, au cou, devant les oreilles. Ils portent des ulcérations et des fistules qui demandent des mois et même des années pour se guérir, et qui laissent des cicatrices très difformes et caractéristiques. Ces ulcérations et ces fistules proviennent de glandes suppurées et d'infiltrations cutanées ulcérées. On observe des eczémas humides sur divers endroits du corps, le plus souvent à la face; c'est, au reste, également à une affection eczémateuse de la muqueuse nasale que doit être attribué l'enchifrènement continuel dont souffrent beaucoup de ces enfants. Les paupières sont atteintes de blépharite. Le nez et la lèvre supérieure sont devenus épais par suite d'inflammations toujours répétées. On observe aussi chez eux des maladies plus profondes, telles que la carie des os (carie du rocher sous forme d'otorrhée), la tuberculose et, chez les filles, l'apparition tardive et l'irrégularité des menstrues.

Dans la plupart des cas, la conjonctivite lymphatique est accompagnée de l'un ou l'autre des symptômes scrofuleux mentionnés; quelquefois on en observe plusieurs simultanément. Assez rarement on rencontre l'affection chez un individu d'ailleurs sain; il en est de même pour d'autres phénomènes scrofuleux, que l'on rencontre quelquefois d'une manière tout à fait isolée.

TRAITEMENT. — Dans les cas légers, le traitement *local* consiste dans

l'emploi des moyens excitants, principalement du calomel et de la pommade
au précipité jaune (pommade de Pagenstecher.) Au moyen d'un pinceau
de blaireau, on projette en couche mince le calomel, finement pulvérisé,
sur la conjonctive de la paupière inférieure ; quant à la pommade au précipité (0,05-0,15 gr. précip. jaune sur 5 gr. d'excipient), on l'introduit
dans le cul de-sac au moyen d'un pinceau ou d'une tige de verre et, par
des frictions pratiquées sur les paupières, on l'étend sur toute la surface
de la conjonctive. Les deux remèdes sont irritants, mais la pommade au
précipité l'est plus que le calomel. Aussi vaut-il mieux n'employer que le
calomel au début de la maladie, alors que l'œil présente un état irritatif
intense ; plus tard quand les phénomènes inflammatoires diminuent, on lui
substitue la pommade au précipité jaune. Il ne faut appliquer ces deux
remèdes qu'une fois le jour ; mais, en revanche, on doit en continuer l'usage
fort longtemps, pour prévenir les récidives. — Ils sont contre-indiqués,
quand il existe des infiltrations de fraîche date, ou des ulcères progressifs
de la cornée. Dans ces cas, avant d'en venir aux moyens excitants, il faut
— tout en appliquant l'atropine — attendre le moment que l'infiltration
ait disparu, ou que l'ulcère se soit détergé. La présence d'un pannus et la
kératite en bandelettes ne constituent pas une contre-indication à l'emploi
du calomel ou de la pommade jaune. Si, par l'application de ces moyens,
on ne parvient pas à arrêter les progrès de la kératite en bandelettes, il ne
reste qu'à cautériser le bord progressif du petit ulcère, au fer rouge (galvano-cautère, thermo-cautère). Lorsqu'il s'agit d'ulcères plus larges, à
fond sale, ou bien d'infiltrations cornéennes profondes, on retire le plus
grand avantage de l'emploi de compresses à l'eau chaude, appliquées sur
l'œil fermé plusieurs fois par jour pendant une à deux heures. Pour ce qui
concerne le traitement des ulcères plus profonds, ainsi que celui des cicatrices qui résultent des ulcères, on s'en rapportera aux règles générales
qui seront exposées à propos des maladies de la cornée. Il faut éviter
l'application d'un bandeau, si ce n'est en cas d'absolue nécessité — par
exemple, dans le cas d'ulcères cornéens profonds. Le bandeau a l'inconvénient, d'une part, de gêner le libre écoulement des larmes, dont la sécrétion
est si abondante et, d'autre part, étant promptement humecté, de produire
facilement un eczéma des paupières.

Dans la conjonctivite lymphatique, eu égard à l'étiologie, le *traitement
général* est d'une importance capitale. La nourriture des enfants sera
substantielle et donnée à des heures régulières. Il faut avoir soin de leur
procurer une habitation sèche et bien aérée ; on les promènera souvent à
l'air, sans faire trop attention à la photophobie dont ils souffrent. Il ne faut,
en effet, pas y attacher trop d'importance, et c'est une véritable erreur de
vouloir tenir les enfants photophobiques dans une chambre obscure.

Pour fortifier les enfants, on recourt aux frictions à l'eau froide, au séjour à la campagne, de préférence sur les montagnes, ou au bord de la mer. Pour prévenir les récidives, il est bon, lorsque les symptômes inflammatoires ont disparu, d'employer des bains salés ou des bains de mer. Mais l'exécution de toutes ces mesures est, hélas! trop souvent entravée par des circonstances indépendantes de la volonté du patient, notamment par sa pauvreté.

Le traitement de la scrofulose consiste dans l'usage de l'huile de foie de morue, des préparations iodurées, ferrugineuses, arsenicales et quiniques. Pour l'espèce et la dose des remèdes à employer, on doit se laisser guider par les besoins de chaque cas en particulier.

Un fait qui retentit avantageusement sur la guérison de l'affection oculaire, c'est le traitement des autres manifestations scrofuleuses dont le patient est en même temps atteint, surtout de la blépharite, ainsi que de l'eczéma de la face et de la muqueuse nasale. A cet effet, l'application de la pommade au précipité blanc (1-2 $^0/_0$) rend de bons services. Dans la blépharite, on applique cette pommade le soir sur la fente palpébrale fermée. Les points eczémateux de la face seront recouverts d'une compresse enduite de la même pommade; pour combattre l'enchifrènement eczémateux, on introduit cette pommade dans les narines aussi loin que possible. Pour guérir l'eczéma humide de la face, on se sert aussi avec grand avantage d'une solution de nitrate d'argent à 5-10 $^0/_0$. Après avoir enlevé les croûtes, on en badigeonne la peau dénudée, qui se recouvre alors d'une mince escarre. Sous cette escarre, les points excoriés se cicatrisent promptement. Le badigeonnage doit être répété au début tous les jours, plus tard à plusieurs jours d'intervalle et être continué aussi longtemps que de nouvelles croûtes se reproduisent.

Comme le trachome, la conjonctivite lymphatique porte un grand nombre de *synonymes*, tels que : conjonctivite phlycténulaire, pustuleuse, herpès de la conjonctive (*Stellwag*), conjonctivite exanthématique, eczémateuse (*Desmarres, Horner, Michel*). Toutes ces appellations proviennent de l'idée que l'efflorescence de la conjonctive ou de la cornée est constituée par une vésicule creuse et remplie de liquide (φλύκταινα, vésicule, pustule, vésicule herpétique). Cependant, en réalité, jamais l'efflorescence n'est formée par une vésicule elle est, au contraire, toujours constituée par une élevure solide, mais molle, produite surtout par un amas de cellules lymphoïdes (fig. 27 et 28). Le ramollissement et la liquéfaction de la masse cellulaire ne débutent pas au centre de l'élevure, mais bien au sommet, de façon qu'on n'y voit jamais survenir une excavation (vésicule ou pustule), mais seulement une perte de substance superficielle (ulcère). De plus, le nom d'herpès cornéen pourrait faire confondre l'efflorescence avec le véritable herpès cornéen (herpes febrilis et h. zoster, voir § 41). — Le nom de conjonctivite exanthématique ou eczémateuse a été donné à l'efflorescence conjonctivale par les auteurs qui croient que la conjonctivite lymphatique est l'analogue de l'eczéma de la peau. Certes, cette opinion pourrait être vraie, mais, il faut l'avouer, jusqu'ici rien n'en prouve la certitude ; il n'est donc pas permis, du moins quant à présent, de désigner ces deux affections par un seul et même nom. Il sera sans doute difficile d'assigner à la conjonctivite lymphatique une place certaine, avant que l'on en ait découvert le microorganisme caractéristique : un grand nombre de recherches ont déjà été faites dans ce but (*Gifford, Burchardt, Morax*).

Les auteurs font une distinction entre l'affection lymphatique de la conjonctive et celle de la cornée ; ils parlent ainsi de conjonctivite et de kératite phlycténulaire, d'herpès de la conjonctive et de la cornée. C'est ainsi que, par esprit de système, on partage en deux un tableau clinique dont l'unité est absolue. En effet, il ne s'agit que d'une maladie unique qui se localise tantôt sur tel point, tantôt sur tel autre. Il arrive très souvent que l'on observe simultanément, sur le même œil, une efflorescence sur la conjonctive, une seconde sur le limbe, empiétant par moitié sur la conjonctive, par moitié sur la cornée, enfin une troisième, sur la cornée elle-même. C'est pourquoi, dans la description qui précède, on s'est servi de l'expression conjonctivite lymphatique pour désigner la maladie en général, quel que soit le point de la surface bulbaire occupé par l'efflorescence. On peut agir ainsi sans heurter la vérité anatomique, vu que les couches superficielles de la cornée doivent être considérées comme la continuation de la conjonctive sur la cornée. On peut donc regarder l'affection de la cornée, dans la conjonctivite lymphatique, comme une maladie du « feuillet conjonctival » de la cornée. C'est ainsi que le pannus trachomateux est considéré comme un phénomène partiel de la conjonctivite trachomateuse, et non pas comme une affection distincte de la cornée.

Le *diagnostic différentiel* entre la conjonctivite lymphatique et les autres affections de la conjonctive et de la cornée est, en règle générale, facile à établir. Ce qu'il y a de caractéristique dans la conjonctivite lymphatique, c'est que la maladie se localise sur un point circonscrit, et que ce point siège dans le voisinage de la cornée ou bien sur cette membrane elle-même. Il n'y a qu'une seule espèce de conjonctivite qui ait ce caractère commun avec la conjonctivite lymphatique, c'est la conjonctivite *ex acne*, mais la présence simultanée sur la face d'acné rosacé la fait facilement distinguer (voir § 20). Dans le catarrhe printanier (voir § 19), il existe également de petites nodosités sur le limbe, mais jamais elles ne se transforment en ulcères ; en outre, la conjonctive palpébrale est en même temps atteinte d'une manière caractéristique. Parmi les affections inflammatoires diffuses de la conjonctive, le catarrhe pourrait être confondu avec la conjonctivite lymphatique. Dans les cas graves et rebelles de conjonctivite lymphatique, l'inflammation s'étend aussi à la conjonctive des paupières, qui est alors fortement injectée, gonflée, et même finement veloutée ; on voit survenir également une sécrétion conjonctivale muqueuse ou mucopurulente. La distinction entre ces cas et le catarrhe est souvent difficile, surtout lorsque, précisément au moment où l'on voit le patient, il n'existe pas d'efflorescence sur la conjonctive bulbaire. Heureusement qu'une erreur de diagnostic est ici sans conséquence, parce que, sur une pareille conjonctive, une cautérisation modérée au moyen d'une solution de nitrate d'argent est toujours indiquée, quelle que soit l'origine de l'affection. La forme pustuleuse du catarrhe conjonctival aigu constitue la transition entre la conjonctivite catarrhale et la conjonctivite lymphatique (voir page 54).

Le pannus scrofuleux se distingue principalement du pannus trachomateux, en ce que, par un examen minutieux de la conjonctive palpébrale et de celle du cul-de-sac, on peut établir la présence ou l'absence des altérations propres au trachome. Pour les ulcères de la cornée résultant des infiltrations d'une conjonctivite lymphatique, il est quelquefois impossible d'en reconnaître l'origine avec certitude, si ce n'est quand l'ulcère a son siège tout au bord de la cornée et empiète sur le limbe conjonctival. Des ulcères situés aussi périphériquement ne s'observent que dans la conjonctivite lymphatique. — La kératite en bandelettes peut se confondre facilement avec un petit ulcère cornéen ordinaire auquel, pendant la guérison, le limbe a fourni des vaisseaux, qui forment ainsi un pont vasculaire entre le limbe et le petit ulcère. Dans un cas semblable, il n'y a pas à craindre que l'ulcère s'étende sur le champ pupillaire de la cornée : après la guérison de l'ulcère, il ne reste alors qu'une macule, petite et arrondie, au lieu d'une bandelette allongée, opaque, comme dans la kératite en bandelette. Voici comment on distingue les deux affections : dans la kératite en bandelettes, le bord ulcéreux gris, progressif, se voit facilement, les vaisseaux sanguins qui passent sur la cornée se trouvent dans le sillon que l'ulcère a creusé sur son passage. Ces vaisseaux siègent donc soit au niveau de la surface de la cornée, soit plus profondément. Dans les ulcères simples avec formation de vaisseaux, le sillon et l'opacité qui en résulte font défaut.

Dans le traitement de la conjonctivite lymphatique, c'est le *calomel* qui joue le rôle principal. Comme cette substance est insoluble dans l'eau, on croyait d'abord que son action était purement mécanique (ouverture par grattage des efflorescences considérées comme vésicules). Mais contre cette opinion plaide le fait que l'introduction dans l'œil de poudres inertes, telles que du verre porphyrisé, dont on s'est également servi, ne produit pas le même effet. Des recherches plus récentes ont démontré que l'action du calomel est de nature chimique. La poudre de calomel séjourne pendant longtemps dans le cul-de-sac conjonctival; de petites parties en sont transformées en sublimé par le chlorure de sodium contenu dans les larmes. Il se produit ainsi constamment une petite quantité de sublimé qui ne cesse d'agir sur la conjonctive. Suivant d'autres, le calomel serait soluble en petite proportion dans une solution de chlorure de sodium, comme le sont les larmes, et il agirait ainsi comme tel. Lorsque l'on projette de la poudre de calomel dans l'œil d'un malade qui prend de l'iode à l'intérieur, il n'est pas rare d'observer une action fortement corrosive du calomel ; il se produit en effet, au moyen de l'iode éliminé par les larmes, de l'iodure de mercure qui est très corrosif (*Schläfke*). C'est pourquoi l'emploi de l'une de ces substances exclut l'autre.

Une gêne, particulièrement désagréable pour ceux qui souffrent de conjonctivite lymphatique, est la *photophobie*, qui accompagne si souvent cette affection. Dans certains cas, elle persiste opiniâtrément pendant des mois. Les parents amènent leurs enfants chez le médecin, en disant qu'ils sont « aveugles » depuis autant de semaines. Ces enfants opposent la plus vive résistance à ceux qui veulent leur ouvrir les yeux de force, et ils le font surtout quand ils portent en même temps des excoriations à l'angle externe des paupières. Cela tient à ce que les paupières les font souffrir et saignent facilement quand on les écarte. On fera donc bien, dans ces cas, de les écarter prudemment et modérément, pour ne pas augmenter encore la résistance de la part des enfants. Par suite de ce blépharospasme ininterrompu, les paupières, surtout les paupières supérieures, deviennent œdémateuses, parce que les veines palpébrales, qui traversent l'orbiculaire en contraction permanente, se trouvent comprimées. L'occlusion énergique des yeux fait aussi que souvent les paupières s'incurvent en arrière, ce qui donne lieu à un *entropion spasmodique*. Enfin, on a décrit des cas où des enfants, après avoir souffert longtemps de blépharospasme, étaient complètement aveugles, lorsque la contraction spasmodique des paupières avait cessé (*V. Græfe, Schirmer, Leber*, etc.). Cette cécité n'est le plus souvent que temporaire. Comme, dans la plupart de ces cas, on n'a pas pu trouver d'altérations objectives qui puissent être considérées comme la cause de la cécité, il n'a pas été possible d'en donner jusqu'ici une explication satisfaisante.

Dans le plus grand nombre de cas, le blépharospasme cède vite, dès que l'affection conjonctivale, qui en est la cause, entre dans la période de guérison, par suite d'un traitement approprié. Dans le cas de blépharospasme particulièrement rebelle, on peut frictionner deux ou trois fois par jour le front et les tempes du malade au moyen de l'onguent d'*Arlt* (ext. bellad. 0,5gr. ong. gris, 5 gr.). Une pratique souvent utile est l'instillation fréquemment répétée de cocaïne, ou l'administration d'une douche générale d'eau froide à laquelle on soumet journellement l'enfant. Enfin, l'on peut pratiquer aussi l'incision de la commissure externe (canthoplastie, voir § 168) surtout quand, par suite d'un blépharophimosis, la fente palpébrale est anormalement raccourcie.

Herz a fait observer que beaucoup d'enfants, qui souffrent de conjonctivite lymphatique, sont incommodés par des poux de tête, qu'il suffit de détruire, pour que la conjonctivite, jusque-là rebelle à toute espèce de remèdes, se guérisse souvent très rapidement. Il en conclut que l'irritation de la peau, causée par les poux, est capable de provoquer et d'entretenir l'inflammation de la conjonctive.

VI. — CATARRHE PRINTANIER

§ 19. SYMPTÔMES ET MARCHE. — Le catarrhe printanier (*Saemisch*) est une affection chronique, traînant pendant des années et produisant des altérations caractéristiques aussi bien dans la conjonctive du tarse que dans celle du bulbe. La conjonctive du tarse est couverte de papilles qui sont larges et aplaties, de telle manière que la surface de la conjonctive ressemble à un pavement grossier et irrégulier. Sur le tout, s'étend un voile délicat de teinte blanc bleuâtre, comme si l'on avait versé une mince couche de lait sur la surface de la conjonctive. — Les altérations que l'on observe à la conjonctive du bulbe, bien que moins constantes, sont encore plus frappantes. En effet, du limbe, on voit s'élever, aux bords interne et externe de la cornée, des végétations en forme de nodosités brunâtres bosselées et dures, d'apparence gélatineuse. Ces nodosités empiètent, d'un côté, un peu sur la cornée transparente, de l'autre, plus loin encore, sur la conjonctive, et les vaisseaux qui se trouvent dans le voisinage de ces nodosités sont dilatés. A la différence des efflorescences de la conjonctivite lymphatique, qui se détruisent promptement, ces nodosités ne s'ulcèrent jamais ; elles sont, au contraire, très persistantes, au point que souvent elles résistent pendant des années sans modifications très sensibles.

Les renseignements fournis par les patients ne sont pas moins caractéristiques que les altérations objectives. Ils racontent que, tant que dure l'hiver, les souffrances qu'ils ressentent du côté des yeux sont nulles ou à peine appréciables. Mais, dès qu'au printemps arrivent les premiers beaux jours, les yeux s'injectent et deviennent larmoyants. Les malades sont alors très incommodés par de la photophobie, mais surtout par un prurit continuel des yeux. A mesure que le temps devient plus chaud, la gêne augmente. Au contraire, les patients se sentent soulagés, quand, par exemple, pendant l'été, il y a une série de jours pluvieux et frais. En automne, les sensations désagréables diminuent de nouveau et disparaissent entièrement pendant la saison froide, pour recommencer encore au printemps suivant. La différence dans l'état objectif pendant les diverses saisons est bien moins sensible qu'on ne le soupçonnerait, à voir le changement notable de l'état subjectif du malade. La différence consiste principalement en ce que, pendant l'hiver, les yeux sont pâles, tandis qu'ils sont injectés pendant l'été ; d'autre part, pendant l'hiver, les végétations conjonctivales ne paraissent qu'un tant soit peu moins développées que pendant l'été.

Le catarrhe printanier est une affection assez rare. Il attaque de préférence le sexe masculin, surtout pendant l'enfance et la jeunesse. Certains patients paraissent d'ailleurs bien portants ; d'autres, sans être scrofuleux, sont pâles et montrent de nombreux ganglions lymphatiques gonflés, spécialement sous la mâchoire inférieure et au cou. Les deux yeux sont presque toujours atteints simultanément. Les récidives annuelles de cette affection se répètent d'habitude pendant une série de trois ou quatre ans, et même plus longtemps encore, quelquefois pendant dix ou vingt ans, jusqu'à ce qu'enfin elles disparaissent sans laisser de traces très visibles. Eu égard à la terminaison de l'affection, le pronostic en est favorable, mais il est mauvais au point de vue de la durée, car nous ne connaissons encore aucun remède pour guérir la maladie, ni pour en prévenir les récidives. La cause de cette affection est inconnue.

Le *traitement*, impuissant à guérir la maladie elle-même, doit se borner à adoucir les souffrances. On combat l'inflammation par les moyens employés contre le catarrhe aigu et chronique. On peut se servir, pour combattre le prurit et la photophobie, d'une solution de cocaïne à 2 %. Eu ce qui concerne les végétations, on peut les exciser, quand elles ont acquis un certain développement.

Le catarrhe printanier n'est pas un véritable catarrhe, comme semble l'indiquer pourtant le nom assez mal choisi qu'on lui a donné; c'est plutôt une affection *sui generis*. Cette maladie a été d'abord décrite par *Arlt*, qui la regarda comme une variété particulière de la conjonctivite lymphatique (1846). Plus tard *Desmarres* la mentionne sous le nom de : hypertrophie périkératique. V. *Græfe* l'appelle un épaississement gélatiniforme du limbe ; *Hirschberg*, enfin, phlyctæna pallida. *Saemisch*, le premier, fit remarquer les exacerbations caractéristiques de l'affection pendant la saison chaude, d'où il lui donna le nom de catarrhe printanier, qui est celui sous lequel on le désigne aujourd'hui habituellement. *Horner* découvrit l'état particulier de la conjonctive du tarse et compléta ainsi la description de l'affection.

Les papilles de la conjonctive du tarse sont dures, quelquefois même comme du cartilage. Elles sont constituées par une espèce de tissu conjonctif aréolaire, avec dégénérescence particulière, d'apparence vitreuse, des cellules du tissu conjonctif et de celles des vaisseaux. L'épithélium qui couvre les papilles est épaissi ; c'est probablement la cause de la teinte blanc bleuâtre de leur revêtement externe, visible à l'œil nu et caractéristique de la maladie. Les végétations au niveau du limbe sont constituées par du tissu conjonctif, qui contient un grand nombre de cellules et de vaisseaux. Ici encore, l'épithélium est devenu très épais, il pénètre par-ci par-là, sous forme de prolongements solides, dans la profondeur des tissus (*Horner*, *Vetsch*). Les végétations s'arrêtent nettement au bord de la cornée qui est saine. Parallèlement au bord de la nodosité, l'on voit dans la cornée, une strie mince et grise, semblable à l'arc sénile et qui est séparée du bord de la nodosité par un mince liseré de cornée transparente.

Dans les cas légers de catarrhe printanier, souvent on ne trouve pas tous les symptômes réunis. Ce qui manque le plus fréquemment, ce sont les boutons du limbe ; on ne voit donc que les altérations de la conjonctive palpébrale, qui acquièrent ainsi le plus d'importance pour le diagnostic. Inversement, il est des cas où le limbe est épaissi, alors que la conjonctive palpébrale ne manifeste pas d'altération caractéristique. Parfois on n'observe comme signe de l'affection qu'une teinte permanente d'un rouge blafard spécial du globe oculaire, consistant en une injection conjonctivale grossière, réticulée, liée à une injection ciliaire manifeste. Dans ces cas douteux, le diagnostic ne peut être établi que par l'anamnèse, dont les éléments caractéristiques sont constitués par le rapport entre les souffrances et la température extérieure et les démangeaisons. Dans les cas graves, au contraire, les végétations du limbe acquièrent un développement notable. Elles font même quelquefois le tour de la cornée, qui est alors renfermée dans une sorte de rempart élevé et dur. J'ai vu deux cas où la cornée elle-même était envahie par le processus pathologique, sur une grande étendue. Le premier cas concernait un garçon de seize ans. Prenant son point d'origine dans le limbe épaissi, une couche panniforme, mais pâle, à l'aspect gélatineux, privée de vaisseaux, s'était propagée sur la cornée. Malgré toutes les tentatives thérapeutiques, on ne parvint pas à arrêter les progrès de cette excroissance, au point que finalement toute la cornée en fut recouverte et resta opaque d'une manière permanente. Dans le second cas, il s'agissait d'un Grec, âgé de trente ans, qui portait une excroissance analogue sur la cornée des deux yeux. Mais elle ne recouvrait pas toute la cornée; sur chaque œil, il était resté libre un petit îlot central qui correspondait à peu près à la largeur de la papille. D'après *Van Millingen*, il n'est pas rare d'observer des cas semblables à Constantinople, où l'affection paraît se présenter beaucoup plus fréquemment.

Le dernier cas est aussi intéressant, parce qu'il concerne un adulte, tandis que l'affection ne s'observe habituellement que dans le jeune âge. Les tout jeunes enfants en sont également exempts ; une seule fois, on a vu un enfant, âgé d'un an seulement, en être atteint.

Les excroissances du limbe sont de nature à faire confondre le catarrhe printanier avec la conjonctivite lymphatique ; tandis que les papilles de la conjonctive du tarse pourraient amener une confusion avec le trachome. Les végétations du limbe se distinguent des efflorescences de la conjonctivite lymphatique, non seulement par leur apparence extérieure, mais surtout par leur invariabilité, alors même qu'on les observe pendant longtemps. Les hypertrophies papillaires se distinguent particulièrement par leur revêtement blanc bleuâtre, qui manque dans le trachome papillaire. Un élément très important pour le diagnostic différentiel est l'anamnèse. Les renseignements absolument caractéristiques sur les récidives annuelles au printemps permettent souvent d'établir le véritable diagnostic avant même d'avoir examiné l'œil. Cependant, n'oublions pas que, dans la fièvre de foin, on voit également survenir, d'ordinaire au printemps, une récidive annuelle de la conjonctivite (voir page 53). Mais celle-ci est une conjonctivite aiguë, qui se termine au bout de quelques semaines, tandis que les symptômes du catarrhe printanier se prolongent pendant toute la durée de la saison chaude.

Comme traitement du catarrhe printanier, ce qui m'a le mieux réussi pour diminuer la gêne de l'affection, c'est l'instillation d'une solution d'acide borique à 3 % et l'application, suivant le conseil d'*Arlt*, de la pommade au précipité blanc à 1-2 %. Suivant la recommandation de *Van Millingen*, dans ces derniers temps, j'ai encore employé avec succès contre les démangeaisons le vinaigre dilué (une goutte d'acide acétique dilué dans dix à vingt gouttes d'eau), qu'on instille plusieurs fois par jour dans l'œil.

A cause de l'analogie avec le trachome, on a cherché à détruire les excroissances conjonctivales, par des cautérisations quotidiennes au moyen du crayon de sulfate de cuivre ; mais cette pratique n'a généralement pas réussi. Quelques auteurs recommandent, outre le traitement local, un traitement interne à l'arsenic (*Wecker, Horner*).

VII. — CONJONCTIVITE EXANTHÉMATIQUE

§ 20. Le nom de conjonctivite exanthématique (1) est un *nom commun* à toutes les inflammations de la conjonctive qui accompagnent les exanthèmes de la peau.

Parmi les exanthèmes *aigus*, la rougeole est régulièrement compliquée de conjonctivite. Celle-ci apparaît, au début de l'affection (encore avant l'éruption de l'exanthème sur la peau), sous forme de catarrhe conjonctival aigu et disparaît d'ordinaire spontanément au bout de deux à trois semaines. — Dans la petite vérole, il n'est pas rare d'observer des pustules varioleuses sur la conjonctive, surtout sur la conjonctive du tarse, dans le voisinage du bord libre. Les pustules varioleuses qui se développent sur la conjonctive du bulbe, près du limbe, deviennent dangereuses, parce qu'elles provoquent une *kératite suppurée* dans les parties voisines de la cornée (cette kératite suppurée ne doit pas être confondue avec les abcès cornéens qui se développent dans le cours de la variole). (Voir § 37.)

Parmi les exanthèmes *chroniques*, citons avant tout l'acné rosacé. Voici comment la conjonctive prend part à l'affection de la peau : au milieu de phénomènes irritatifs modérés, on voit naître sur le limbe une petite nodosité. Cette efflorescence disparaît au bout de quelques jours, et le petit ulcère qui en est la suite se guérit sans laisser de cicatrice apparente (*Arlt*). Cette affection présente la plus grande analogie avec la forme typique simple de la conjonctivite lymphatique, avec laquelle elle partage d'ailleurs la propriété de récidiver fréquemment. C'est notamment le motif pour lequel elle devient pénible pour le patient. Un fait qui facilite singulièrement le diagnostic différentiel, c'est que la conjonctivite *ex acne* ne s'observe que chez les adultes qui sont en même temps atteints d'acné rosacé. Il est important d'établir le diagnostic exact, sinon on pourrait en

(1) *Exanthema*, de ἄνθος, fleur.

vain chercher à prévenir les récidives. En effet, ce résultat ne peut être obtenu que par un traitement prolongé et approprié de la couperose elle-même. Quant à la conjonctivite, elle se guérit très promptement, par les insufflations de calomel.

La conjonctivite rubéolique revêt quelquefois une apparence blennorrhéique ou même diphtéritique (sans jamais devenir réellement une blennorrhée ou une diphtérie). Dans ces cas, la cornée elle-même est menacée. Dans quelques cas de rougeole, alors que le patient était déjà entré en convalescence et que la conjonctivite avait déjà beaucoup perdu de son intensité, j'ai observé l'inflammation et finalement la suppuration d'un grand nombre de glandes de *Meibomius*, tant à la paupière supérieure qu'à l'inférieure (*Orgelets meibomiens*, voir § 108). Le pus qu'elles contenaient se vidait en partie par les orifices de ces glandes, en partie à la face interne de la paupière, après avoir perforé le tarse et la conjonctive.

Pemphigus de la conjonctive. — La conjonctive, rouge dans son ensemble, porte des points gris, isolés, privés d'épithélium. Tandis que ces points se cicatrisent lentement, en rétractant la conjonctive sur laquelle ils reposent, de nouvelles taches de même espèce se développent ailleurs. De cette manière, la rétraction cicatricielle de la conjonctive fait de nouveaux progrès, très lents, il est vrai, mais constants (pendant des mois et même des années). Entre temps, la conjonctive devient blanchâtre, opaque et tendue. D'abord les plis du cul-de-sac s'effacent, ensuite il se forme des plis qui, partant des paupières, se dirigent perpendiculairement sur le globe oculaire; enfin, les paupières sont tirées en arrière, ce qui produit un trichiasis. La conjonctive devient donc toujours plus sèche, et la sécrétion lacrymale se tarit, parce que les canaux excréteurs de la glande lacrymale sont oblitérés par la rétraction de la conjonctive. La cornée devient le siège d'ulcères; plus tard, elle se trouble entièrement et se dessèche à la surface. Enfin, dans les cas graves, les paupières contractent adhérence avec le globe oculaire dans toute leur étendue, de sorte que la cornée est constamment couverte par les paupières et que l'œil est irrémédiablement aveugle (symblépharon total). Le pronostic du pemphigus est donc très grave, d'autant plus que les deux yeux sont toujours atteints simultanément.

Dans le pemphigus, contrairement à ce que l'on voit sur la peau, on ne trouve sur la conjonctive qu'exceptionnellement des vésicules; en règle générale, on rencontre seulement des excoriations. Cette particularité s'explique par la structure anatomique de la conjonctive. En effet, l'épithélium en est si délicat et si mou qu'il ne supporte pas, comme l'épiderme, d'être soulevé par l'épanchement sur une grande étendue, mais il se déchire et s'élimine sous forme de lambeaux. De là viennent les érosions de la conjonctive, qui se recouvrent aussitôt d'un enduit gris, comme c'est si fréquemment le cas dans les plaies des muqueuses. Le pemphigus de la conjonctive s'accompagne habituellement d'une affection semblable de la peau. Plus souvent, avec le pemphigus conjonctival, existe du pemphigus des muqueuses buccale, pharyngienne ou nasale. Le pemphigus y revêt alors le même caractère que sur la conjonctive et peut, particulièrement en ce qui concerne la cavité buccale, amener la rétraction de la muqueuse et l'occlusion de la bouche. Enfin, on voit des cas où la conjonctive offre les symptômes de l'affection que nous venons de décrire, sans que, sur le reste du corps, on observe de traces de pemphigus. Que ces cas, décrits d'abord par V. Græfe, sous le nom de phtisie essentielle, soient réellement des cas de pemphigus, ce n'est pas certain, mais c'est très probable.

Le traitement de cette affection est impuissant à en enrayer la marche. Contre le pemphigus, on donne, à l'intérieur, l'arsenic; pour soulager le patient on instille dans l'œil des substances mucilagineuses, comme dans la xérophtalmie (voir p. 84). Pour remplacer les pertes de la conjonctive, on peut essayer la transplantation, dans le cul-de-sac conjonctival, de fragments empruntés à une autre muqueuse.

Lupus de la conjonctive. — Le lupus de la peau se propage quelquefois à la conjonctive en passant sur les bords palpébraux. Sur la conjonctive, le lupus prend l'aspect d'un ulcère dont le fond est couvert de granulations, dans lesquelles on trouve des bacilles de la tuberculose. C'est pourquoi le lupus de la conjonctive doit être considéré comme une affection tuberculeuse; nous renvoyons donc, pour plus de détails, à la tuberculose de la conjonctive (§ 22).

Dans d'autres exanthèmes encore, tels que les syphilides maculaires et papuleuses, dans le pityriasis, le psoriasis, l'herpès iris, dans la lèpre, etc., la conjonctive participe quelquefois à l'affection d'une manière toute caractéristique. Dans la lèpre, il se produit habituellement, dans le voisinage du bord cornéen, de petites nodosités jaunâtres, translucides, pauvres en vaisseaux, qui siègent aussi bien dans la conjonctive que dans la sclérotique sous-jacente et se développent bientôt sur la cornée. Les nodosités qui se développent sur la cornée ont souvent l'apparence d'un néoplasme. Elles s'accompagnent quelquefois d'iritis avec formation de nodules lépreux dans l'iris, et plus tard de cyclite. Les nodosités qui se trouvent dans les différentes parties de l'œil tombent finalement en dégénérescence, et l'œil se perd.

Dégénérescence amyloïde de la conjonctive. — Cette rare affection n'a encore été observée jusqu'ici qu'en Russie et dans les pays limitrophes; elle a été d'abord décrite par Œttingen (de Dorpat). Dans cette affection, la conjonctive subit une dégénérescence particulière, qui la rend cassante, jaunâtre, translucide comme de la cire et pauvre en vaisseaux. En outre, la membrane conjonctivale acquiert un épaississement si notable qu'elle présente des parties gonflées ressemblant à des néoplasmes. La maladie débute dans le cul-de-sac, d'où elle gagne la conjonctive du bulbe et des paupières; plus tard et en dernier lieu, le tarse est également envahi par la dégénérescence. Dans les cas de longue durée, on constate les symptômes suivants : le malade est incapable d'ouvrir l'œil couvert par les paupières qui ont la forme de deux grosses tumeurs informes. Si l'on écarte les paupières, autant que possible, on voit la conjonctive à l'apparence cireuse qui, sous forme d'un bourrelet induré, s'élève circulairement autour de la cornée, encore transparente ou couverte d'un pannus. Entre les paupières et le globe oculaire, font saillie des bourrelets épais qui appartiennent au cul-de-sac agrandi ; le repli semilunaire lui-même est souvent transformé en une masse volumineuse et informe.

Ces tumeurs sont si friables qu'elles se déchirent souvent déjà rien que d'essayer d'écarter suffisamment les paupières pour les examiner. Ces déchirures ne sont néanmoins accompagnées que d'une hémorragie insignifiante. La marche de l'affection est chronique ; elle traîne pendant des années sans montrer de symptômes inflammatoires proprement dits, jusqu'à ce que, finalement, le patient perde l'usage de l'œil, parce qu'il lui est impossible d'ouvrir les paupières déformées.

L'examen microscopique a démontré que la dégénérescence de la conjonctive prend son origine dans le tissu cellulaire sous-conjonctival. On trouve d'abord ce tissu pénétré de nombreuses cellules (hypertrophie adénoïde) ; ensuite, la muqueuse altérée subit d'abord la dégénérescence hyaline, et finalement la dégénérescence amyloïde des éléments du tissu conjonctif. Cependant, il existe des cas où l'on n'obtient jamais que les réactions chimiques de la dégénérescence hyaline. En dernier lieu, la muqueuse dégénérée peut se calcifier ou s'ossifier.

La maladie attaque les personnes à l'âge moyen de la vie, et les deux yeux sont habituellement atteints. Très souvent la dégénérescence amyloïde est précédée d'un trachome de la conjonctive. Ce trachome, cependant, ne doit pas être regardé comme la cause de la dégénérescence amyloïde, puisque celle-ci peut aussi s'observer sur des yeux antérieurement sains. La cause intime de la maladie est inconnue. Toujours est-il qu'elle constitue un processus pathologique purement local, car les individus atteints jouissent d'ailleurs d'une bonne santé, et aucun autre organe interne ne souffre de dégénérescence amyloïde. La dégénérescence amyloïde de la conjonctive n'a donc aucun rapport avec celle des organes internes.

Le traitement pharmaceutique est impuissant contre cette maladie. Il faut donc se borner à détruire les hypertrophies de la conjonctive, au point de permettre l'ouverture des paupières et de rendre ainsi la vision possible. Il n'est pas du tout nécessaire, pas même utile, de détruire radicalement tous les tissus malades, car les tissus hypertrophiés non détruits se rétractent plus tard spontanément.

VIII. — Lésions traumatiques de la conjonctive

§ 21. Parmi les lésions traumatiques de la conjonctive, voici les plus fréquentes :

a) *Corps étrangers* dans le cul-de-sac conjonctival. Les petits corps étrangers tels que des poussières, des particules de charbon, de cendre, qui, à l'occasion d'un voyage en chemin de fer, s'introduisent si souvent dans les yeux, les ailes de petits insectes, etc., tombent d'abord sur la surface du globe, d'où ils sont balayés par le clignotement de la paupière supérieure. Ils s'attachent alors habituellement à la face interne de la paupière supérieure, non loin du bord palpébral, à l'endroit du sillon subtarsal, sillon peu profond, parallèle au bord palpébral où les corps étrangers s'arrêtent.

Ces corps étrangers produisent souvent des douleurs assez intenses, qui siègent, non dans la conjonctive, peu sensible, mais dans la cornée. En effet, entraînés dans les mouvements de la paupière, ces corps glissent sur la cornée et l'égratignent. Aussi, tant que l'œil est fermé et en repos, aucune douleur ne se manifeste. En renversant la paupière, on réussit facilement à enlever le corps étranger.

D'autres fois de petits corps étrangers aigus pénètrent dans la conjonctive bulbaire et peuvent y séjourner longtemps. Des grains de poudre à canon peuvent s'enkyster dans la conjonctive bulbaire d'une manière permanente, sans occasionner d'accidents inflammatoires ultérieurs ; on peut donc les laisser en place.

Les corps étrangers plus grands ne peuvent être retenus dans le cul-de-sac conjonctival que lorsqu'ils s'introduisent dans celui de la paupière supérieure. Restant là en repos, même pendant le clignotement, ils n'irritent pas la cornée et ne causent que peu de douleur. Ce n'est qu'au bout d'un certain temps qu'ils produisent les symptômes d'un catarrhe chronique ;

b) Les solutions de continuité de la conjonctive se rencontrent souvent et sont fréquemment accompagnées de larges ecchymoses. Si les bords ne sont pas trop déchiquetés, on peut, au moyen d'une suture, réunir les lèvres de la plaie conjonctivale ;

c) Les brûlures et les corrosions de la conjonctive sont assez fréquentes. Les brûlures sont produites par de l'eau chaude, ou des vapeurs, par des cendres chaudes (surtout des cendres de cigare), par de la poudre explosive, des flammes, du métal fondu, etc. Parmi les corrosions, qui peuvent être causées aussi bien par les acides que par les alcalis, celles produites par la chaux sont les plus fréquentes. La chaux s'introduit habituellement dans l'œil sous forme de mortier.

L'effet de la brûlure est le même que celui de la corrosion : la conjonctive est détruite, transformée en escarre, aux endroits atteints. Ceux-ci ont l'aspect de taches grises ou blanches, au milieu des parties de la conjonctive non escarrifiées, rouges et tuméfiées. Les escarres s'éliminent par suppuration, et les pertes de substance de la conjonctive, qui en sont la conséquence, se couvrent de bourgeons et se guérissent, tandis que la conjonctive saine avoisinante est attirée par le travail de cicatrisation. La lésion se termine donc toujours par la formation d'une cicatrice. Celle-ci

peut provoquer un rétrécissement du sac conjonctival et, si la lésion est
très étendue, elle peut amener l'adhérence des paupières avec le bulbe
(symblépharon).

Le *pronostic* des brûlures et des corrosions, au point de vue de la conservation de la vue, dépend, en premier lieu, de l'état de la cornée, qui est
toujours comprise dans la lésion, dès que celle-ci est quelque peu étendue.
En second lieu, il faut prendre en considération l'étendue des pertes de
substance de la conjonctive elle-même, à ce point de vue que les adhérences ultérieures qui en résulteront pourront troubler les fonctions de
l'œil.

Lorsqu'on est appelé peu de temps après l'accident, le *traitement* des
corrosions consiste avant tout à extraire de l'œil tout ce qu'il pourrait
encore contenir de substance corrosive. Les particules solides sont enlevées au moyen d'une compresse ou saisies avec la pince, puis on lave le
cul-de-sac à fond. A cet effet, on emploie, si la chose est possible, des solutions propres à neutraliser ou à rendre insoluble la substance corrosive
et en arrêter ainsi la nocivité. Pour traiter les alcalis corrosifs, on ne se
servira pas d'eau, mais de lait. Dans les brûlures par la chaux, on lave les
yeux avec de l'huile, puis on y instille une solution concentrée de sucre,
qui forme avec la chaux un composé insoluble.

Dans le cours ultérieur d'une brûlure ou d'une corrosion, il s'agit de
combattre l'inflammation consécutive par les compresses froides, l'atropine, le bandeau, etc. Après l'élimination des escarres, on doit s'attacher à rendre aussi petites que possible les adhérences qui pourraient en
résulter. Dans ce but, on détache fréquemment les paupières du bulbe,
pour empêcher les adhérences de se former entre deux surfaces érodées,
appliquées l'une sur l'autre. Si la perte de substance intéresse aussi le
cul-de-sac, on ne peut éviter que celui-ci se comble par les brides reliant
le globe à la paupière ; plus tard, par une opération, on détruira ces
adhérences dans la mesure du possible.

Quelquefois, on introduit à dessein dans les yeux certains corps étrangers.
Tels sont avant tout ces corps qu'on appelle « yeux d'écrevisse », *lapides can-
crorum*. Ce sont des concrétions calcaires lisses qu'on trouve dans l'estomac de
l'écrevisse. Ces concrétions jouissent dans le peuple d'une grande réputation
pour expulser les corps étrangers de l'œil. On introduit l'œil d'écrevisse entre
la paupière et le globe, puis on le glisse sur la cornée pour lui faire accrocher
les corps étrangers qui s'y trouvent. Il arrive quelquefois que, pendant cette
manœuvre, l'œil d'écrevisse s'échappe dans le cul-de-sac supérieur et y reste à
l'insu du patient. On le trouve alors, après des mois ou même des années,
enveloppé dans les excroissances de la conjonctive chroniquement enflammée.
— Dans le but de simuler une maladie des yeux, certaines personnes s'intro-

duisent quelquefois volontairement dans l'œil des corps étrangers, tels que du sable, de la cendre, du plâtras arraché d'un mur, etc.; de cette façon, elles font naître un catarrhe conjonctival.

A la suite de l'introduction dans l'œil de substances irritantes, soit des vapeurs caustiques, soit des liquides qui ont sauté dans l'œil, il survient une conjonctivite aiguë traumatique, qui se signale par une injection intense de la conjonctive, une forte photophobie, du larmoiement et des douleurs, accompagnés, dans les cas graves, d'un gonflement œdémateux des paupières. Les mêmes symptômes se manifestent dans le cours de l'inflammation de la conjonctive provoquée par l'action d'une trop vive lumière, par exemple, par l'éblouissement que produit la neige (*Schneeblindheit*) ou la lampe à arc. Alors, dans les cas sérieux, à côté de l'inflammation de la conjonctive, on observe encore la contraction de la pupille, ainsi que des opacités et des érosions légères de la cornée. Comme l'érythème de la peau, produit par une insolation, ces phénomènes sont dus à l'action des rayons chimiques ultra-violets (*Widmark*). — Ces cas de conjonctivite traumatique se guérissent d'ordinaire, sans autres suites, au bout de quelques jours, malgré les symptômes inquiétants par lesquels ils débutent.

IX. — ULCÈRES DE LA CONJONCTIVE

§ 22. Parmi les processus pathologiques, qui conduisent à la formation d'ulcères, on doit surtout mentionner la *tuberculose* de la conjonctive. Les ulcères tuberculeux ont habituellement leur siège dans la conjonctive du tarse. A la simple inspection, la paupière malade paraît déjà épaissie. Mais, lorsqu'on renverse la paupière, on voit sur la surface conjonctivale un ulcère couvert de granulations rouge grisâtre ou rouge jaunâtre sur un fond d'aspect lardacé. Dans la conjonctive, au pourtour de ces ulcères, se trouvent souvent de petites nodosités grises (nodosités tuberculeuses), ou des hypertrophies de la conjonctive, en forme de crête de coq. L'ulcère ne montre aucune tendance à se cicatriser; au contraire, il s'élargit sans cesse, mais très lentement. Il peut s'étendre jusque sur la conjonctive bulbaire, et la cornée même se couvre quelquefois d'une espèce de pannus. Dans les cas très graves, l'ulcère ne se borne pas à la conjonctive seulement, mais il corrode encore la paupière dans toute son épaisseur, tellement que l'on remarque déjà extérieurement une perte de substance dans la paupière. De bonne heure, les glandes lymphatiques préauriculaires se gonflent; plus tard celles de la mâchoire inférieure et du cou se tuméfient à leur tour. Le tableau symptomatique de cette affection est donc suffisamment caractéristique; cependant le diagnostic ne doit être considéré comme établi d'une manière certaine que, lorsqu'après avoir enlevé un fragment du tissu ulcéré, l'on y a découvert par les procédés ordinaires des bacilles tuberculeux, ou que l'on a produit une tuberculose de l'iris, en l'inoculant dans la chambre antérieure de l'œil d'un lapin.

La tuberculose de la conjonctive n'atteint le plus souvent qu'un œil. Le patient ne ressent pas de douleurs ; mais il est incommodé par le gonflement de la paupière et la sécrétion purulente; plus tard, la vue s'affaiblit aussi, et le mal commence à inquiéter le patient. L'affection ne s'observe pour ainsi dire que chez les individus jeunes. Elle est extraordinairement chronique, car elle traîne pendant de longues années. En outre, bien que radicalement guérie en apparence, elle montre beaucoup de tendance aux récidives et, en infectant le reste de l'organisme, elle peut faire succomber le patient à la tuberculose.

Quant au traitement, dans les cas où l'extirpation complète de tous les produits malades est encore possible, il consiste à exciser ou à curetter l'ulcère, ensuite à cautériser aussi largement que possible la plaie qui en résulte. On devra saupoudrer chaque jour cette plaie d'iodoforme porphyrisé, qui se montre particulièrement actif dans les processus tuberculeux. On a également, dans certains cas, obtenu la guérison en faisant des injections de la lymphe de *Koch*.

La *tuberculose* et le *lupus* de la conjonctive doivent être considérés comme des affections de nature identique, en tant que tous les deux produisent des processus ulcéreux, provoqués et entretenus par la présence de bacilles tuberculeux. Et, en effet, les premiers cas d'ulcères tuberculeux de la conjonctive ont été décrits comme étant un lupus primitif de la conjonctive [c'est-à-dire sans lupus concomitant de la peau (*Arlt*)]. Les deux processus ne se distinguent donc que par des différences extérieures qui concernent leur aspect et leur marche. Ainsi l'ulcère du lupus conjonctival se distingue généralement de l'ulcère tuberculeux en ce qu'il débute par la peau, d'où il se propage sur la conjonctive, et qu'ensuite, comme le lupus cutané, il se cicatrise spontanément sur l'un de ses bords, tandis que, sur l'autre, il fait des progrès.

La tuberculose de la conjonctive peut être primitive ou secondaire. Elle est *primitive* lorsque, au moment où l'affection de la conjonctive débute, il n'y a pas de traces de tubercules dans le reste de l'organisme Dans ce cas, la tuberculose conjonctivale constitue une affection purement locale, due sans aucun doute à une infection directe de la conjonctive. Par exemple, un grain de poussière chargé de bacilles pénètre dans le cul-de-sac conjonctival où, par ses angles aigus, il occasionne une petite lésion superficielle de la conjonctive, qui s'infecte (d'après les expériences de *Valude*, quand l'épithélium est intact, les bacilles tuberculeux ne peuvent pas pénétrer dans la conjonctive). Ce qui plaide en faveur de cette espèce d'infection, c'est le fait que l'on voit si souvent les ulcères tuberculeux débuter sur la conjonctive palpébrale au niveau du sillon subtarsal, où les petits corps étrangers s'arrêtent de préférence. On a aussi décrit quelques cas de tuberculose primitive qui avaient débuté par la conjonctive bulbaire et même sur la cornée. — Longtemps la tuberculose primitive peut rester localisée sur la conjonctive et même, par exception, elle peut guérir spontanément. La règle est cependant que, de cette membrane, la tuberculose se propage au reste de l'organisme. Celui-ci peut être envahi par la voie de la circulation lymphatique, alors les premiers organes atteints sont les ganglions lymphatiques voisins; ou bien la maladie peut se propager par continuité, lorsque les larmes chargées de bacilles portent d'abord l'infection sur les voies lacrymales et ensuite sur la muqueuse nasale. — On dit que la tuberculose conjonctivale est *secondaire* lorsque, dans les organes internes (surtout les poumons), on constate la présence évidente de la tuberculose, ou lorsque, d'une région voisine, celle-ci s'est propagée à la conjonctive. D'autre part, une tuberculose de la muqueuse nasale peut envahir la conjonctive en passant par l'intermédiaire des voies lacrymales. C'est ainsi que l'on trouve quelquefois simultanément attaqués par la tuberculose la conjonctive, le sac lacrymal et la muqueuse nasale. Alors, par les commémoratifs et un examen soigneux, on peut, en règle générale, établir si le mal a débuté sur la conjonctive ou dans le nez. Au point de vue du pronostic et du traitement, il est de la dernière importance de savoir si la tuberculose se localise sur la conjonctive ou non. Si oui, il faut s'attacher avec le dernier soin à extirper radicalement tous les produits malades. De cette manière, le patient peut être guéri de sa tuberculose d'une manière définitive. Dans le cas contraire, il n'y a pas à songer à une guérison complète.

En dehors des *ulcères* conjonctivaux dus à la tuberculose, on en observe encore dans les affections suivantes de la conjonctive :

a) Comme phénomène partiel d'une conjonctivite, par exemple, les petits ulcères qui proviennent des efflorescences de la conjonctivite lymphatique, ou ceux qui ont donné leur nom à la forme pustuleuse du catarrhe ;

b) Les ulcères produits par l'élimination des parties nécrosées de la conjonctive, comme dans la diphtérie, ou dans les brûlures et les corrosions de la conjonctive. A celles-ci appartiennent les escarres artificielles provoquées par des cautérisations trop profondes;

c) Les ulcères naissant à la suite de certains exanthèmes, tels que ceux qui sont dus à une pustule variolense ou à la rupture d'une bulle de pemphigus conjonctival ;

d) Au niveau de la conjonctive du tarse, on trouve très souvent une petite plaie au milieu de laquelle s'élève un bourgeon granuleux. Il s'agit ici d'un chalazion ouvert à la face interne de la paupière. En général, à travers ces granulations, il est possible de passer une sonde jusque dans la cavité du chalazion ;

e) J'ai vu quelques cas d'ulcères situés sur la conjonctive du bulbe ou sur le repli semilunaire. Ces ulcères à marche aiguë étaient couverts d'une épaisse couche de pus. Assez douloureux, ils étaient accompagnés de symptômes inflammatoires intenses de la conjonctive, avec gonflement des paupières et des glandes lymphatiques préauriculaires, Ils me paraissaient dus à une infection venue du dehors ; peut-être fallait-il l'attribuer à une piqûre d'insecte ou à l'action infectante d'un corps étranger;

f) Les ulcères qui résultent de la dégénérescence d'épithéliomes conjonctivaux ;

g) Les ulcères syphilitiques. Le plus souvent il s'agit de pertes de substance qui proviennent de la destruction d'une sclérose initiale. Ils ont généralement leur siège dans le voisinage du bord libre de la paupière, mais on les a aussi observés au niveau du cul-de-sac, et même sur la conjonctive du globe oculaire. — Le transport de la syphilis à la conjonctive paraît avoir lieu le plus souvent par des baisers et, chez les petits enfants, par suite de l'habitude qu'ont beaucoup de bonnes de se servir de leur salive pour décoller les paupières des enfants. On a observé quelques cas d'ulcères syphilitiques qui étaient produits par destruction de gommes de la conjonctive (*Hirschberg*). Les ulcères syphilitiques de la conjonctive sont très rares.

X. — PTÉRYGION (1)

§ 23. Symptômes et marche. — Le ptérygion est un repli triangulaire de la muqueuse, qui prend son point d'origine sur la conjonctive du bulbe, d'où il s'étend sur la cornée à son côté interne ou à son côté externe (fig. 29). Le sommet arrondi du triangle se trouve sur la cornée, à laquelle il est adhérent. Sa base s'étend sur la conjonctive bulbaire, dans laquelle elle se continue sans limites bien nettes. La pointe c'est la tête du ptérygion, la partie qui repose sur la sclérotique en est le corps. La portion qui se trouve entre les deux et qui correspond au bord de la cornée est le « col » du ptérygion. A cet endroit, les limites en sont le plus nettes, parce que les bords sont repliés, de façon que sous ces bords on peut pousser une sonde

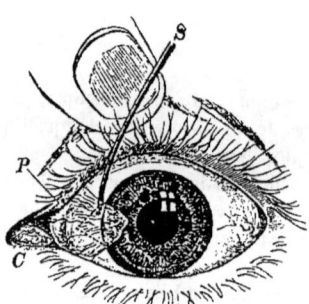

Fig. 29. — *Ptérygion.* — Sous le bord du ptérygion, on a poussé une sonde *S*. La ligne ponctuée indique la direction de l'incision pour l'enlèvement du ptérygion. *C* caroncule. Le repli semilunaire voisin est effacé par le tiraillement du ptérygion, et ne se voit plus. *P* point lacrymal supérieur.

(fig. 29, S) à une certaine profondeur.

Le ptérygion frais est succulent et riche en vaisseaux sanguins. Ceux-ci partent de la base et se dirigent en convergeant vers la pointe, donnant au ptérygion sa teinte rougeâtre. On lui a donné le nom de ptérygion,

(1) πτέρυξ, aile.

parce que, par sa forme et ses nervures, il ressemble aux ailes de certains insectes (hyménoptères). Le repli conjonctival qui constitue le ptérygion est très tendu, de façon à produire un certain nombre de sillons (rayures) radiaires; dans les ptérygions qui ont leur siège du côté interne de l'œil, on trouve souvent le repli semilunaire effacé et entraîné dans le corps du ptérygion même (fig. 29).

Il faut distinguer, dans la marche du ptérygion, deux stades. D'abord il s'accroît constamment, dans le cours des années, se dirigeant vers le centre cornéen, qu'il finit par atteindre et même par dépasser — *ptérygion progressif*. Enfin, il s'arrête et reste fixé pour toujours au même point de la cornée — *ptérygion stationnaire*. Pour savoir si, dans un cas donné, on a affaire à un ptérygion progressif ou stationnaire, il faut surtout en examiner la pointe. Au stade progressif, elle est entourée d'un liseré gris, sans vaisseaux, d'une apparence épaisse et gélatineuse. Dans le ptérygion stationnaire, ce liseré est devenu mince, d'aspect cicatriciel, et tout le ptérygion est mince, pâle, presque privé de vaisseaux, d'apparence tendineuse.

Le ptérygion ne se rencontre que dans la zone cornéenne qui répond à la fente palpébrale, et plus fréquemment du côté interne. Quand il en existe déjà un de ce côté, il peut encore s'en développer un autre au côté externe. Les deux ptérygions se rencontrent quelquefois au centre de la cornée. Jamais on n'a observé de ptérygion sur les bords supérieur et inférieur de la cornée; au contraire, il n'est pas rare de voir les deux yeux atteints en même temps de ptérygion, au point que certains patients en portent quatre (un du côté externe et un du côté interne de chaque cornée).

Une des *conséquences* les plus fâcheuses du ptérygion, c'est la diminution de la vue. Celle-ci commence à baisser dès que la pointe du ptérygion atteint le champ pupillaire de la cornée, et elle faiblit de plus en plus à mesure que la pointe se rapproche du centre cornéen. Par le tiraillement qu'il détermine, le ptérygion produit souvent un état d'irritation de l'œil, qui se manifeste par une forte injection et une succulence du ptérygion (inflammation catarrhale du ptérygion). Ensuite il engendre une difformité très apparente, surtout quand il est rouge, et peut enfin occasionner une diminution de la motilité du globe oculaire. Lorsqu'il siège, par exemple, au côté interne de la cornée, et que l'on dirige l'œil fortement en dehors, ce mouvement sera gêné par le ptérygion tendu. Il s'ensuit que le mouvement de latéralité de cet œil est moins étendu que celui de l'œil sain, et, par suite d'une fixation vicieuse, il peut se manifester une diplopie binoculaire.

ÉTIOLOGIE. — Le ptérygion n'est autre chose qu'un repli conjonctival entraîné et fixé sur la cornée. Le point de départ s'en trouve dans la pinguécula. Le processus dégénératif, qui le constitue, progresse d'abord jusqu'au limbe et envahit ensuite graduellement la cornée elle-même. La pinguécula se propage ainsi sur la cornée, tout en entraînant la conjonctive après elle. Puisque le ptérygion naît de la pinguécula, on s'explique pourquoi on ne le rencontre que sur les bords interne et externe de la cornée. — De même que la pinguécula est due aux influences externes qui, dans l'étendue de la fente palpébrale, finissent, au bout d'un certain nombre d'années, par attaquer la conjonctive, le ptérygion, à plus forte raison, dépend de la même cause. Il s'ensuit qu'on ne le rencontre que chez les personnes âgées, surtout chez celles qui sont exposées au vent et à la poussière, tels sont : les campagnards, les cochers, les maçons, les tailleurs de pierres, etc. Dans les classes aisées, le ptérygion est une affection rare. La forme triangulaire du repli, son bord doublé, sa tension dans le sens horizontal s'expliquent parce que la conjonctive est entraînée de force sur la cornée.

TRAITEMENT. — Le ptérygion se traite par excision d'après la méthode d'*Arlt*. Au moyen d'une pince à dents de souris, on saisit le ptérygion au col ; à cet endroit, son bord étant constitué par un repli conjonctival, il est possible de le soulever en partie. A partir du col, on dissèque soigneusement la tête qui repose sur la cornée, en se tenant strictement dans les limites qui séparent le tissu du ptérygion de celui de la cornée. On doit spécialement enlever à la curette, si c'est nécessaire, et avec le plus grand soin, le liseré gris, gélatineux de la tête du ptérygion. Lorsque toute la tête jusqu'au limbe est détachée de la cornée, on circonscrit ce lambeau en pratiquant deux incisions qui partent, l'une du bord supérieur, l'autre du bord inférieur du col pour se réunir en convergeant dans le corps du ptérygion (fig. 29, la ligne pointillée). De cette manière, on excise un lambeau en losange, comprenant la tête et une partie du corps, et il reste une plaie dont une moitié se trouve sur la cornée, et l'autre dans la conjonctive bulbaire. La plaie conjonctivale est fermée en réunissant, par une ou deux sutures, la lèvre inférieure à la lèvre supérieure. La plaie de la cornée se guérit, en se couvrant d'un tissu cicatriciel, qui produit une opacité permanente. Il est de la plus grande importance de bien réunir les lèvres de la plaie, surtout au niveau du limbe, sinon la conjonctive s'étend de nouveau sur la cornée, et le ptérygion récidive. D'ailleurs, il n'est pas rare de voir un ptérygion opéré avec soin récidiver et exiger une nouvelle intervention.

L'excision est indiquée dans tous les cas de ptérygion progressif, car, bien qu'il soit encore petit, il est impossible de prévoir s'il ne finira pas par couvrir le champ pupillaire de la cornée. Il vaut donc mieux garantir l'intégrité de la vue en pratiquant à temps l'ablation du ptérygion. Une fois, en effet, qu'il est arrivé jusqu'au centre de la cornée, de façon à gêner la vision, l'ablation diminuera la gêne, mais ne pourra entièrement rétablir la vue, puisque les points de la cornée qui ont été couverts par le ptérygion ne reprennent plus jamais entièrement leur transparence. Toutefois, l'ablation a toujours pour résultat de faire disparaître les symptômes irritatifs concomitants, la diminution de la motilité oculaire et la difformité. — Quant au ptérygion stationnaire, l'ablation n'en est pas toujours indiquée ; il faut s'en rapporter avant tout au désir du patient, qui veut être débarrassé de sa difformité, etc.

Les anciens auteurs distinguent un pterygium crassum (vasculosum, carnosum, sarcomatosum) et un pterygium tenue (membranaceum). Le premier correspond au ptérygion enflammé, donc rouge et épais, le second au ptérygion stationnaire, devenu mince et tendineux. — Histologiquement, le ptérygion est identique à la conjonctive bulbaire, dont il ne constitue qu'un repli. Il est essentiellement formé par du tissu conjonctif fibrillaire recouvert par l'épithélium de la conjonctive ; la pointe seule est souvent recouverte par l'épithélium cornéen, sous lequel s'insinue le ptérygion. Dans le tissu du ptérygion, l'on trouve des glandes tubuleuses néoformées, ainsi que des cavités plus ou moins grandes tapissées d'épithélium ; elles peuvent donner naissance à des kystes. En dessous du ptérygion, la membrane de Bowman peut être en partie détruite ; les lamelles cornéennes superficielles mêmes sont de-ci de-là remplacées par du tissu appartenant au ptérygion. Ainsi s'explique pourquoi, après l'excision du ptérygion, la cornée ne reprend plus sa transparence normale.

C'est à *Arlt* que nous devons un procédé opératoire du ptérygion, qui est très souvent suivi de succès ; c'est lui, en effet, qui le premier a démontré la nécessité de réunir les lèvres de la plaie produite par l'ablation du ptérygion. Avant lui, on se contentait simplement de l'exciser ; mais cette opération était si souvent suivie de récidive que, chez beaucoup de praticiens, elle avait perdu tout crédit. — La réunion des lèvres de la plaie par la suture devient difficile ou même impossible quand il s'agit de ptérygions très larges. Alors, pour faciliter le rapprochement des lèvres de la plaie, on pratique des incisions libératrices dans la conjonctive voisine. Dans les boutonnières produites par les incisions libératrices, on peut introduire la tête du ptérygion et l'y fixer par une suture, au lieu de l'exciser.

Pseudoptérygion (ptérygion cicatriciel). — On observe quelquefois, à la suite de certains processus inflammatoires, des adhérences de replis conjonctivaux sur la cornée, qui présentent l'aspect d'un vrai ptérygion. Supposons, par exemple, une blennorrhée aiguë de la conjonctive, accompagnée de chémosis volumineux et d'un large ulcère périphérique de la cornée. Le bourrelet chémotique conjonctival repose sur la surface ulcéreuse et contracte adhérence avec elle. Après la terminaison de l'inflammation, le gonflement conjonctival diminue, le bourrelet chémotique disparaît ; mais, à l'endroit où il a contracté adhérence avec la cornée, la conjonctive reste définitivement fixée. On voit alors un repli triangulaire, formé par la conjonctive, passant sur le limbe, s'avancer sur la cornée et y adhérer. Au niveau du limbe, on peut habituellement passer une sonde fine sous ce repli, preuve qu'il n'est adhérent que par la pointe, et non dans toute son étendue. C'est là le caractère différentiel le plus important entre le vrai et le faux ptérygion ; un autre caractère réside dans ce fait que le pseudoptérygion ne progresse pas sur la cornée, comme le fait le vrai, mais reste pour toujours fixé à l'endroit de la cornée où il s'est attaché.

Le pseudoptérygion, par son origine et sa manière d'être, se rapproche plutôt du symblépharon que du ptérygion lui-même.

Les pseudoptérygions ne s'observent pas seulement après les blennorrhées aiguës, mais encore après la diphtérie, les brûlures, les corrosions, les prolapsus de l'iris, l'ablation de néoplasmes, etc. Il est évident qu'on peut les rencontrer, non seulement sur les côtés interne et externe, mais encore sur n'importe quel côté de la cornée. Les pseudoptérygions qui résultent d'une blennorrhée aiguë se trouvent de préférence vers le haut ; ceux qui proviennent de brûlures et autres lésions semblables se trouvent le plus fréquemment sur les parties inférieures de la cornée (dans l'étendue de la fente palpébrale).

Une autre variété de pseudoptérygions doit son origine à une ulcération chronique superficielle de la portion marginale de la cornée (*kératite marginale superficielle*). Par la cicatrisation consécutive à l'ulcération, la conjonctive est de plus en plus attirée sur la cornée. Ces pseudoptérygions ont beaucoup d'analogie avec le ptérygion vrai, car, comme lui, ils croissent lentement sur la cornée, et ne forment pas, comme les autres pseudoptérygions, un pont par-dessus le limbe. On ne peut les distinguer du ptérygion vrai que si l'on constate dans les portions marginales de la cornée, exemptes du ptérygion, des traces du processus ulcératif ou de ses conséquences (taies cornéennes superficielles).

Les petits pseudoptérygions peuvent être abandonnés à eux-mêmes sans inconvénient. Quant aux grands, on en fait d'ordinaire l'ablation, suivant le procédé de l'opération du vrai ptérygion, et l'on réunit les lèvres de la plaie au moyen d'une suture. Dans les cas où le pseudoptérygion n'est pas adhérent à la surface du bulbe au niveau du limbe, on peut renoncer à l'ablation et à la suture ; il suffit simplement de détacher de la cornée la pointe du pseudoptérygion pour le voir se retirer d'abord, puis se flétrir et disparaître.

Il arrive quelquefois qu'un vieux pannus, qui s'est transformé déjà en tissu conjonctif, n'est relié à la cornée que par un tissu cellulaire lâche. Alors il jouit d'une certaine mobilité, de façon qu'on peut le faire glisser, en même temps que la conjonctive du bulbe, sur les couches sous-jacentes. Cet état peut en imposer pour un ptérygion.

XI. — SYMBLÉPHARON

§ 24. SYMPTÔMES. — Sous le nom de symblépharon (1), on désigne l'adhérence cicatricielle de la conjonctive palpébrale avec celle du globe. En cherchant à écarter la paupière de l'œil, on voit des brides, se dirigeant d'un ou plusieurs points de la face interne de la paupière vers la surface du globe oculaire, se tendre et empêcher l'écartement complet de la paupière. Ces brides ont le plus souvent l'aspect tendineux, plus rarement

FIG. 30. — *Symblépharon*, figure schématique. — *A* s. antérieur, *B* s. postérieur par accollement, *C* s. postérieur par rétraction.

elles sont charnues et peuvent s'insérer, non seulement sur la conjonctive bulbaire, mais encore sur la surface de la cornée même. Lorsque les adhérences entre les deux surfaces conjonctivales se trouvent vers la périphérie, au niveau du cul-de-sac, on désigne cet état sous le nom de symblépharon *postérieur* (fig. 30, *B*). Si, au contraire, les adhérences ne vont pas si loin, de façon que les brides cicatricielles se tendent entre les paupières et le globe oculaire en forme de pont, en laissant une place pour passer une sonde le long du cul-de-sac, on dit qu'il existe un symblépharon *antérieur* (fig. 30, *A*). Cette distinction repose sur des raisons pratiques, parce que le symblépharon antérieur s'opère facilement, tandis que le symblépharon postérieur n'est que difficilement ou point du tout susceptible d'être opéré. Lorsque les paupières sont adhérentes au globe dans toute leur étendue, il y a symblépharon *total;* cet état s'observe rarement.

ÉTIOLOGIE. — Le symblépharon prend naissance, lorsque deux surfaces dénudées, l'une de la conjonctive de la paupière, l'autre de celle du globe oculaire, se trouvant adossées l'une à l'autre, finissent par contracter adhérence. L'adhérence surviendra nécessairement, lorsque les deux surfaces dénudées s'étendent jusque dans le cul-de-sac et s'y rejoignent. En

(1) σύν et βλέφαρον, paupière.

effet, deux surfaces dénudées qui viennent à se réunir sous un angle aigu commencent toujours à se cicatriser au niveau de cet angle. Les plaies de la conjonctive sont produites par des brûlures, des corrosions, la diphtérie, des opérations, des ulcères de tout genre, etc.

Dans un sens un peu différent, on se sert de l'expression symblépharon, pour désigner un raccourcissement de la conjonctive, qui résulte d'une *rétraction* graduelle de son tissu, comme, par exemple, après le trachome (voir page 75). Dans ce cas, il ne s'agit pas d'une adhérence entre deux surfaces érodées de la conjonctive, mais d'une diminution graduelle du sac conjonctival. D'abord, les plis du cul-de-sac s'effacent, et la conjonctive passe sans transition de la paupière sur le globe (fig. 30, *C*), aussi se prend-elle en plis transversaux lorsqu'on écarte la paupière. Dans les cas avancés, le sac conjonctival est réduit à une simple gouttière très peu profonde, située entre le bulbe oculaire et la paupière. Comme le raccourcissement de la surface de la conjonctive, à la suite de rétraction, se traduit toujours en premier lieu par la disparition du cul-de-sac, tous ces cas appartiennent au symblépharon postérieur. Cette espèce de symblépharon s'observe surtout après le trachome et dans les cas rares de pemphigus de la conjonctive.

De tout légers symblépharons n'amènent aucune *conséquence* bien fâcheuse. Lorsque les adhérences sont plus étendues, elles gênent les mouvements de l'œil et, comme à la suite d'un ptérygion, une diplopie pourrait en être la conséquence. D'autre part, comme ces mouvements exercent du tiraillement sur les adhérences, l'œil s'en trouve constamment irrité. Quand les adhérences siègent dans l'étendue de la fente palpébrale, elles produisent de la difformité et, lorsqu'elles s'insèrent sur la cornée, elles peuvent altérer la vision. Dans les cas d'adhérences très étendues, les paupières sont si peu mobiles que l'occlusion complète en est devenue impossible et qu'il existe une lagophtalmie, avec toutes ses suites fâcheuses pour la cornée. Il va sans dire, d'ailleurs, que le symblépharon total amène aussi la cécité complète, du moins il ne reste plus que la perception lumineuse quantitative.

TRAITEMENT. — Le traitement relève de la chirurgie. On guérit facilement les cas de symblépharon *antérieur*. On incise soigneusement l'adhérence entre la paupière et le bulbe oculaire, de façon à n'intéresser ni la sclérotique ni le tarse. Lorsque la paupière est détachée, il s'agit de prévenir les adhérences ultérieures des plaies fraîches et d'obtenir que chacune d'elles se cicatrise pour son compte. Dans ce but, il faut séparer fréquemment la paupière du globe oculaire et, entre les deux, on place une compresse imprégnée d'huile ou enduite d'une pommade.

Pour opérer le symblépharon *postérieur*, on commence aussi par détacher les adhérences jusqu'au cul-de-sac. On voit alors, en écartant la paupière du globe, deux plaies vives situées en regard l'une de l'autre, la première au globe, la seconde à la paupière. Ces plaies se continuent entre elles dans le cul-de-sac, et elles s'accoleraient rapidement, si l'on n'avait soin d'en recouvrir une de conjonctive pour que l'une des surfaces dénudées s'adosse à une place recouverte d'épithélium. On recouvre de préférence la plaie du globe, parce que la conjonctive bulbaire est très mobile, tandis que celle des paupières est solidement fixée au tarse. On détache donc la conjonctive bulbaire de chaque côté de la plaie, sur laquelle on l'entraîne ensuite, pour l'y fixer au moyen de sutures. Pour réussir, il faut particulièrement soigner l'adaptation des lèvres de la plaie au niveau du cul-de-sac. Si, après la séparation des adhérences, la plaie de la conjonctive bulbaire est tellement étendue qu'on ne dispose pas d'assez de conjonctive pour la recouvrir, les adhérences se reproduiront inévitablement. Il s'ensuit naturellement que les symblépharons postérieurs très étendus et, par conséquent, à plus forte raison, le symblépharon total, sont incurables. Il faut en dire autant du symblépharon né d'une rétraction graduelle de la conjonctive.

On opère quelquefois le symblépharon, même dans les cas où l'œil est aveugle et atrophié, dans le but de rendre possible une prothèse oculaire.

Pour arriver à pouvoir opérer des symblépharons postérieurs avec des adhérences étendues, on a imaginé diverses méthodes. Comme pour l'opération de la syndactylie, *Himly*, le premier, a traversé l'adhérence, le long du cul-de-sac, par un fil de plomb. En laissant le fil en place pendant longtemps, le canal dans lequel il passe se revêt d'épithélium (comme il se fait pour le petit canal du lobe de l'oreille, chez les personnes qui portent des pendants d'oreille). De cette façon, le symblépharon postérieur est transformé en symblépharon antérieur que l'on peut opérer alors par une simple séparation des adhérences. D'autres ont essayé de recouvrir la large plaie bulbaire résultant de la séparation du symblépharon, par de la conjonctive bulbaire, rendue mobile au moyen d'incisions libératrices. D'autres ont taillé dans la conjonctive un lambeau pédiculé pour l'appliquer sur la plaie (*Teale, Knapp*). Il en est (*Stellwag, Wolfe*) qui ont greffé sur la plaie, et cela avec succès, des fragments non pédiculés de muqueuse pris sur d'autres points (de la conjonctive prise sur un autre œil, de la muqueuse des lèvres, de la bouche, du vagin, ainsi que de la muqueuse d'animaux). Enfin, il y a même des opérateurs qui ont remplacé la perte de substance par de la peau, soit sous forme de petites greffes, soit sous forme de lambeaux pédiculés, que l'on amène par une fenêtre pratiquée dans la paupière, entre elle et le globe (*Kuhnt, Snellen*). Il faut dire pourtant que, en général, dans les adhérences très étendues, toutes ces méthodes n'ont pas beaucoup de succès à inscrire à leur actif, parce qu'à la suite de la rétraction conjonctivale consécutive le symblépharon récidive habituellement.

XII. — Xérosis

§ 25. Symptômes. — On désigne sous le nom de xérosis (1) de la conjonctive une altération de cette membrane qui consiste en ce que la surface en est sèche. Au niveau des points xérotiques, la surface de la conjonctive est graisseuse, luisante, de teinte blanchâtre et semble d'aspect épidermique, ou bien est couverte d'une écume desséchée. La conjonctive est plus épaisse à cet endroit, moins extensible et se prend en plis raides. Les larmes coulent sur les points malades, sans les mouiller ; dans les cas graves même, la sécrétion lacrymale est tarie. Une altération analogue s'observe aussi à la cornée dont la surface est mate, terne et d'aspect sec, tandis que le parenchyme de la cornée a en même temps perdu sa transparence (xérosis cornéen).

Étiologie. — Les cas où l'on trouve le xérosis se divisent en deux groupes. Dans le premier groupe, le xérosis est le résultat d'une affection locale de l'œil ; dans le second, il constitue une complication d'une affection générale.

Le xérosis, suite d'une *affection locale*, s'observe :

a) Dans la *dégénérescence cicatricielle* de la conjonctive. On l'observe le plus fréquemment comme terminaison du trachome, plus rarement après la diphtérie, le pemphigus, les brûlures, etc. Il débute par plaques, mais, finalement, il peut s'étendre sur toute la conjonctive et également sur la cornée. Dans ce dernier cas, la vue disparaît parce que la cornée xérotique est opaque. Cette forme de xérosis est incurable ;

b) Quand la conjonctive est *incomplètement recouverte* et se trouve ainsi constamment en contact avec l'air, il peut aussi se développer un xérosis. Cet état s'observe dans l'ectropion et dans la lagophtalmie (occlusion incomplète des paupières). Dans le premier cas, c'est la partie mise à nu de la conjonctive du tarse ; dans le second cas, au contraire, ce sont les parties de la conjonctive sclérale et de la cornée correspondant à la zone de la fente palpébrale qui sont couvertes d'un épithélium d'aspect épidermique, épaissi et sec. C'est cet épithélium, d'ailleurs, qui préserve du dessèchement les couches profondes de la conjonctive. Pour ces cas, il n'y a de remède que lorsqu'il est possible (par un procédé opératoire) de rendre à la conjonctive mise à nu et à la cornée leur abri normal.

Le xérosis qui s'observe dans le cours d'une *affection générale* se présente sous deux formes, l'une légère et l'autre grave :

(1) ξηρός, sec.

a) La forme *légère* accompagne l'héméralopie (cécité nocturne). En même temps que ce trouble particulier de la vue (voir § 104), on trouve, sur les bords interne et externe de la conjonctive bulbaire, de petites plaques triangulaires qui sont couvertes d'une écume fine et desséchée et qui ne se mouillent pas par les larmes (*Bitot*). C'est une maladie des adultes ;

b) La forme *grave* accompagne la kératomalacie (voir § 39). Ici encore le xérosis débute sur la conjonctive au niveau de la fente palpébrale, mais s'étend plus tard sur la cornée, qui se détruit par suppuration. C'est une maladie des enfants, qui meurent alors souvent au milieu des symptômes d'une affection générale. On suppose que la forme légère et la forme grave ne constituent que deux degrés différents d'une même maladie, dont la nature intime nous est encore inconnue. Le xérosis, qui, dans ces cas, atteint la conjonctive et la cornée, saines auparavant, doit être considéré comme la suite d'une dystrophie produite par la maladie générale. Le xérosis présente donc pour nous une certaine importance comme symptôme de l'affection générale, contre laquelle, par conséquent, le traitement doit être dirigé.

C'est *Cohn* qui, le premier, a établi la distinction entre le xérosis dépendant d'une cause locale et celui qui résulte d'une affection générale. Cette division correspond à peu près à la division ordinaire en xérosis parenchymateux et en xérosis épithélial. Dans le xérosis local, la muqueuse est malade jusque dans ses couches profondes (xérosis parenchymateux), tandis que dans le xérosis dépendant d'une dystrophie générale, les altérations ne concernent que l'épithélium (xérosis épithélial). Quelques auteurs distinguent encore le xérosis partiel (ou glabre) du xérosis total (ou squameux).

Les altérations anatomiques qui constituent l'essence du xérosis ont principalement l'épithélium pour siège. Les cellules des couches superficielles sont cornées ; le protoplasme des cellules qui y font suite contient des gouttelettes nombreuses d'éléidine. Il en résulte que l'épithélium apparaît épaissi, blanchâtre, trouble, semblable à de l'épiderme. En outre, il est recouvert de la sécrétion sébacée fournie par les glandes de Meibomius et, par suite, paraît gras et ne se laisse plus mouiller par les larmes. C'est là la cause principale qui lui donne cet aspect particulier de siccité. Si l'on dégraisse les endroits malades à l'aide d'un pinceau et d'un peu de savon, les larmes y adhèrent de nouveau (*Leber*).

Reymond et *Colomiatti* et peu après *Kuschbert* et *Neisser* ont décrit un microorganisme propre au xérosis : le bacille du xérosis. Ces bacilles s'attachent en grand nombre, sous forme de petits bâtonnets, à la surface des cellules épithéliales. Ce bacille n'est d'ailleurs ni la cause du xérosis, ni même caractéristique pour cette affection. On le rencontre souvent dans le sac conjonctival, et il semble tout simplement trouver dans les cellules en voie de destruction des endroits xérotiques un milieu de culture particulièrement favorable, lui permettant de se multiplier.

Quel rôle joue la *sécrétion lacrymale* dans le xérosis? D'abord, ce n'est pas par
défaut de sécrétion lacrymale que la conjonctive se dessèche, ainsi qu'on l'a cru
autrefois, car, au début de l'affection, tant que la conjonctive n'est xérotique que
par petites plaques, on remarque souvent même une augmentation de la sécrétion lacrymale. D'autre part, jamais on n'a vu survenir le xérosis de la conjonctive après l'extirpation de la glande lacrymale. La vraie cause de la sécheresse
de la conjonctive tient plutôt à cette circonstance que les larmes ne mouillent
pas la conjonctive. Néanmoins, il est certain que, dans le cas d'un xérosis
avancé, la sécrétion lacrymale diminue et se tarit même entièrement. Par la forte
rétraction de la conjonctive, les canaux excréteurs de la glande lacrymale, s'ouvrant dans le cul-de-sac supérieur, s'oblitèrent, et il en résulte une atrophie consécutive de la glande. Les malades, lorsqu'ils se laissent aller à pleurer sur leur
triste état, éprouvent uniquement un sentiment de plénitude dans les yeux, mais
ne peuvent verser de larmes. Dans un cas de xérophtalmie, *Arlt* a trouvé les
canaux excréteurs de la glande lacrymale obstrués par une forte rétraction de la
conjonctive ; la glande lacrymale elle-même était réduite au tiers de son volume
normal et transformée en une sorte de tissu graisseux. Même dans le xérosis
qui accompagne la kératomalacie, l'absence de sécrétion lacrymale est remarquable ; il s'agit ici probablement d'un trouble nerveux, notamment de l'absence
de la sécrétion lacrymale réflexe résultant de l'affaiblissement de la nutrition
générale, et spécialement des fonctions nerveuses (*Cirincione*, à l'autopsie, a,
dans un tel cas, trouvé une inflammation du ganglion ciliaire et du ganglion de
Gasser).

XIII. — SUFFUSION DE SÉRUM ET DE SANG DANS LA CONJONCTIVE

§ 26. — Ce n'est que sur la conjonctive bulbaire et au niveau du cul-de-
sac que l'on observe de l'œdème et des ecchymoses. A ces endroits, en
effet, la conjonctive n'est fixée au tissu sous-jacent que par un tissu lâche
et peut, par conséquent, être soulevée par du liquide sur une grande
étendue. A la conjonctive du tarse, on n'observe rien de semblable, parce
qu'elle est trop intimement unie au cartilage sous-jacent.

A la conjonctive bulbaire, on observe des œdèmes tant inflammatoires
(œdema **calidum**), dépendant de l'inflammation du globe oculaire ou des
organes avoisinants, que non inflammatoires (œdema frigidum), résultant
d'une simple transsudation de sérosité.

Comme l'œdème ne constitue généralement qu'un symptôme d'une autre
affection, c'est contre celle-ci que le traitement doit être dirigé. S'il était
nécessaire de traiter l'œdème lui-même, le moyen le meilleur serait le
bandeau compressif et, si l'œdème était très turgescent, il faudrait recourir à la scarification de la conjonctive.

La suffusion de sang sous la conjonctive bulbaire est désignée sous le nom d'*ecchymose sous-conjonctivale*. Elle se présente sous forme d'une tache d'étendue variable, colorée en rouge vif ou en rouge foncé ; quelquefois la conjonctive scléroticale tout entière ne forme qu'une seule ecchymose. L'ecchymose se distingue facilement de l'injection inflammatoire de la conjonctive, par sa teinte uniformément rouge, qui ne permet pas de reconnaître un réseau vasculaire, ensuite par ses limites plus nettes, relativement aux parties de la conjonctive non ecchymosées, habituellement pâles et tout à fait normales.

On observe des ecchymoses conjonctivales, après les lésions traumatiques et les opérations sur la conjonctive (notamment après l'opération du strabisme), ensuite dans les inflammations conjonctivales violentes, surtout dans l'ophtalmie catarrhale. On observe fréquemment des ecchymoses spontanées, chez les vieillards dont la conjonctive est d'ailleurs saine, mais dont les parois vasculaires sont devenues fragiles. La rupture des vaisseaux est souvent occasionnée par un violent effort corporel, ou par la toux, l'éternuement, le vomissement, par un effort, etc. Chez les enfants, on observe aussi quelquefois des ecchymoses spontanées, surtout après la coqueluche. Il faut attribuer une signification symptomatique spéciale aux ecchymoses qui surviennent soi-disant spontanément, peu de temps après une lésion du crâne. Il s'agit ici d'une fracture de la base du crâne, où le sang extravasé a fusé dans l'orbite, jusque sous la conjonctive (voir § 132).

Les ecchymoses conjonctivales se résorbent au bout de quelques jours ou de quelques semaines, sans laisser de suites fâcheuses ; elles ne demandent au fond aucun traitement. C'est pour tranquilliser le patient plutôt que pour obtenir une résorption plus prompte que le médecin a l'habitude de prescrire des compresses d'acétate de plomb.

L'*œdème inflammatoire* de la conjonctive accompagne les affections inflammatoires les plus diverses, telles que : l'inflammation des paupières (érysipèle, orgelet), du bord orbitaire (périostite), du sac lacrymal (dacryocystite), de la conjonctive (surtout la blennorrhée aiguë), du globe oculaire (kératite suppurée, iridocyclite, choroïdite suppurative et panophtalmie), ensuite les inflammations des tissus rétro-bulbaires (ténonite, phlegmon de l'orbite). L'œdème inflammatoire, ainsi que les épanchements de sérum et de sang, se produisent surtout fréquemment chez les personnes âgées, dont la conjonctive est particulièrement extensible et lâchement fixée, à tel point que l'œdème s'observe ici quelquefois à l'occasion d'un catarrhe léger. Généralement c'est au niveau de la fente palpébrale que l'œdème est le plus développé, parce qu'à cet endroit la pression des paupières n'existe pas. Il n'est pas même rare de voir dans la fente palpébrale un repli de la conjonctive œdématiée engagé entre les paupières.

La cause de l'*œdème non inflammatoire* se trouve dans une hydrémie, ou une stase sanguine. L'œdème hydrémique s'observe quelquefois comme symptôme de l'albuminurie. Alors il revient plusieurs fois pour disparaître chaque fois rapidement (œdème fugace). Une espèce particulière d'œdème c'est l'*œdème de filtration* de la conjonctive bulbaire. On l'observe après une opération ou une lésion traumatique, en suite desquelles le segment antérieur de la sclérotique a été perforé. Il est dû à ce que, entre les lèvres de la plaie incomplètement fermée, s'échappe l'humeur aqueuse, qui fuse sous la conjonctive. Lorsque la cicatrisation est terminée, l'œdème disparaît habituellement, mais, aussi longtemps qu'il reste un petit pertuis dans la sclérotique, l'œdème persiste. C'est ce qu'on appelle une cicatrice cystoïde (fig. 50). — L'œdème de filtration a son siège soit au niveau de l'ouverture fistuleuse, soit dans un point déclive de la conjonctive bulbaire, parce que, obéissant à la pesanteur, la sérosité descend.

Il n'est pas rare d'observer dans la conjonctive sclérale de petites vésicules limpides, disposées comme les perles d'un collier ou en forme de bourrelets allongés en boudins. Il s'agit ici de vaisseaux lymphatiques dilatés et remplis d'une sérosité claire; ce sont des *lymphangiectasies*. On les voit aussi bien dans le cours d'une inflammation conjonctivale que sur une conjonctive parfaitement saine.

Les *ecchymoses* conjonctivales, si peu dangereuses qu'elles soient, effrayent les patients par leur brusque apparition. L'inquiétude des patients est surtout vive lorsque, dans les premiers jours de son apparition, ce qui est fréquemment le cas, l'ecchymose prend encore de l'extension. La pinguécula se dessine particulièrement bien sur le fond rouge de l'ecchymose sous forme d'une tache claire, blanchâtre ou jaune. Au niveau de la cornée, l'ecchymose rouge est limitée par un mince liseré gris. C'est le bord interne du limbe conjonctival, trop solidement fixé à la cornée pour permettre au sang de le soulever. Dans les yeux à iris bleu, celui-ci prend souvent, au point qui correspond à l'ecchymose, une teinte verte. Cette coloration est due à la présence, entre les lamelles cornéennes, d'une mince couche de sang (en couche mince, le sang paraît vert), derrière laquelle l'iris paraît vert.

La présence de l'air sous la conjonctive bulbaire (emphysème) s'observe quelquefois en même temps que sous la peau des paupières ou dans le tissu orbitaire (voir § 114).

XIV. — TUMEURS DE LA CONJONCTIVE

§ 27. — On rencontre dans la conjonctive des tumeurs tant bénignes que malignes. Parmi les tumeurs *bénignes*, la plus importante est le *dermoïde*. C'est une tumeur lisse, de consistance dure, qui siège à cheval sur la conjonctive et sur la cornée à laquelle elle est solidement fixée. Le plus fréquemment on la rencontre sur le bord externe (temporal) de la cornée (fig. 31). Le dermoïde est blanc ou rougeâtre, à l'aspect épidermique et très souvent sec. Il est quelquefois couvert de fins poils follets, ou même de poils plus longs.

L'examen histologique démontre que la structure du dermoïde est la même que celle de la peau. Il est constitué par un stroma du tissu conjonctif, revêtu d'un épiderme, et contient des follicules pileux, des glandes sébacées et sudoripares. Le dermoïde forme ainsi un îlot cutané implanté à la surface du globe oculaire.

Les tumeurs dermoïdes sont toujours congénitales et coexistent souvent avec d'autres anomalies congénitales, telles que : des colobomes des paupières ou des appendices cutanés d'aspect verruqueux devant les oreilles. Quelquefois, les tumeurs dermoïdes peuvent acquérir par la suite un grand développement.

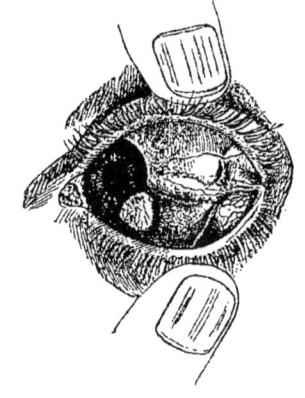

D'après *Remak*, elles résultent, comme leurs analogues, les kystes dermoïdes (voir § 134), d'une inflexion fœtale du feuillet externe du blastoderme. *Van Duyse*, au contraire, pense qu'elles doivent leur origine à une adhérence du sac amniotique avec la surface du globe. L'adhérence s'étirerait plus tard sous forme d'un filament et finirait par se rompre, mais le point d'implantation sur l'œil persiste et donne naissance à la tumeur dermoïde.

Fig. 31. — *Dermoïde cornéen et lipome sous-conjonctival* chez une jeune fille de treize ans. — Le dermoïde, pourvu de poils, siège au bord inféro-externe de la cornée, reposant en partie sur la cornée, mais plus sur la sclérotique. Pour voir le lipome, on doit faire tourner l'œil fortement en dedans. Le lipome a une forme un peu différente de la normale; en effet, il est divisé en deux lobes et de plus envoie un prolongement jusqu'au bord externe de la cornée. Il est partout recouvert de la conjonctive, ferme, analogue à la peau, qui pourtant laisse voir par transparence la couleur jaune de la graisse sous-jacente.

Les dermoïdes ont pour inconvénient de produire une difformité fort apparente. Lorsqu'ils sont grands, et surtout quand ils sont couverts de poils, ils irritent l'œil mécaniquement et gênent, en outre, la vue, pour autant qu'ils atteignent le champ pupillaire de la cornée. On les fait disparaître par une simple excision qui se pratique en détachant minutieusement la tumeur de la conjonctive et de la cornée sous-jacentes. Ensuite, on attire la conjonctive avoisinante et on en couvre la plaie aussi exactement que possible. La partie de la cornée qui fut le siège de la tumeur reste opaque pour toujours. Si l'on n'a pas enlevé exactement toute la tumeur, elle peut partiellement se reproduire.

Comme tumeurs *malignes* de la conjonctive, on observe l'épithéliome et le sarcome. Ces tumeurs naissent ordinairement sur le limbe conjonctival, d'où elles se propagent sur la conjonctive, ainsi que sur la cornée.

L'*épithéliome* constitue une tumeur lisse, non pigmentée, à large base. Elle se localise pendant longtemps dans les couches superficielles de la conjonctive et de la cornée, sur laquelle elle se développe souvent à la façon d'un pannus. L'épithéliome a beaucoup de tendance à s'ulcérer superficiellement.

Les *sarcomes*, qui naissent sur le limbe, sont d'ordinaire pigmentés (mélanosarcomes). A l'inverse de l'épithéliome, le sarcome se développe plus en hauteur qu'en largeur, et il n'est retenu aux tissus sous-jacents que par une base étroite. Le sarcome est donc une tumeur noirâtre très proéminente, en forme de champignon, souvent couchée sur la cornée, dont elle couvre une grande partie. En soulevant la tumeur, on constate que la cornée sous-jacente est en majeure partie normale.

L'épithéliome, aussi bien que le sarcome, sont des affections de l'âge mur, et, quand on ne les enlève pas, ils ne cessent de prendre du développement. Le sarcome notamment peut acquérir un volume colossal. Le patient finit par succomber à l'épuisement ou aux métastases qui se développent dans les organes internes. Il faut donc extirper ces tumeurs aussi promptement et aussi radicalement que possible. Tant qu'elles sont petites et superficielles, rien n'empêche qu'on les enlève tout en conservant le globe oculaire. On détruit la tumeur aussi bien que possible en partie au moyen du bistouri, en partie par la curette tranchante, et l'on en cautérise la base largement, de préférence au fer rouge. S'il n'est plus possible d'enlever radicalement la tumeur par ce procédé, il faut énucléer l'œil en même temps, alors même qu'il fonctionne encore.

On observe encore, bien que rarement, les tumeurs bénignes suivantes :

Le lipome sous-conjonctival. — C'est une tumeur qui siège sur la partie supéro-externe du globe oculaire, entre le muscle droit externe et le droit supérieur, et qui paraît jaune, vue par transparence à travers la conjonctive. La forme en est triangulaire, la base, nettement limitée, est dirigée du côté de la cornée, tandis que les deux côtés du triangle dirigés en dehors se confondent insensiblement avec le tissu graisseux de l'orbite. Tant que la tumeur est petite, elle reste d'ordinaire cachée sous l'angle externe des paupières, et peut n'être observée qu'en faisant tourner l'œil fortement en dedans (fig. 31). Si le lipome a pris un grand développement, à la simple inspection, il devient apparent dans la fente palpébrale, où il produit une difformité ; c'est son seul inconvénient. L'examen microscopique démontre que le lipome est constitué par des lobules graisseux. La conjonctive qui le recouvre est épaissie, d'aspect cutané ; ce qui rapproche cette tumeur du dermoïde. Le lipome, en effet, autant que le dermoïde, est une affection congénitale, mais il prend quelquefois un grand développement vers l'âge de la puberté. Si, à cause de la difformité qu'il produit, le patient désire voir enlever son lipome, on incise la conjonctive au niveau de la tumeur et on extrait simplement les masses lipomateuses visibles dans la fente palpébrale : l'ablation radicale de tous les tissus graisseux est inutile.

Les *kystes* de la conjonctive présentent ordinairement l'aspect de petites vésicules remplies d'une sérosité limpide comme de l'eau. La plupart d'entre eux, surtout ceux qui se trouvent sur la conjonctive bulbaire, proviennent de vaisseaux lymphatiques élargis (voir page 136). Dans le cul-de-sac, on rencontre des kystes qui doivent leur origine aux glandes conjonctivales de *Krause;* enfin, on observe dans la conjonctive des kystes résultant d'un traumatisme. Des kystes sous-conjonctivaux plus grands sont dus à des cysticerques. On les observe principalement chez les enfants et chez les personnes jeunes. En ce point, la conjonctive est parcourue par des vaisseaux dilatés et proémine sous forme d'une tumeur oblongue. Sous la conjonctive, on sent le kyste d'ordinaire mobile sur les tissus sous-jacents, quelquefois cependant il adhère fortement à la sclérotique ou à l'un ou l'autre muscle de l'œil. Quand le kyste a des parois minces, on peut y voir la tête du ver sous forme d'un point blanchâtre. Il n'est pas difficile d'extirper le cysticerque : on n'a qu'à inciser la conjonctive et à énucléer le kyste qui le contient. Ce kyste est constitué par la vésicule kystique, renfermée dans une capsule de tissu conjonctif qui s'est développée autour de l'animalcule.

Sous le nom de *polypes* de la conjonctive, on désigne des excroissances molles, rarement dures, pédiculées, qui siègent sur la conjonctive et dont la surface unie est tapissée par la muqueuse. Ils partent le plus souvent du cul-de-sac ou de la conjonctive palpébrale. Généralement ils sont si petits qu'on ne les découvre qu'en renversant la paupière ; parfois, au contraire, ils deviennent si volumineux, qu'ils proéminent entre les paupières. Lorsque les polypes sont plus grands, en raison des lésions mécaniques qui les atteignent, leur surface est très souvent ulcérée. Les polypes sont, en réalité, de petits fibromes qui soulèvent la conjonctive sous forme d'une bourse. Le traitement consiste à les exciser et ensuite à en cautériser la base au moyen du crayon de nitrate d'argent.

On confond très fréquemment les *papillomes* de la conjonctive avec les polypes, mais ils s'en distinguent en ce que leur surface n'est pas lisse, mais d'aspect papillaire, c'est-à-dire ressemblant à une framboise ou à un chou-fleur. Ils sont pédiculés, ou siègent par une large base sur une grande étendue de la conjonctive. Ils occupent le plus souvent la région de la caroncule, mais ils peuvent également naître sur d'autres points de la conjonctive. Quelquefois on observe plusieurs papillomes simultanément sur différents points de cette membrane. On doit les extirper radicalement, car ils ont beaucoup de tendance à récidiver.

Une troisième forme de tumeurs qui ont de la ressemblance extérieure avec les polypes conjonctivaux, ce sont les *tumeurs granuleuses.* Ce sont, comme les polypes, de petites tumeurs en forme de champignons et pédiculées. Cependant elles ne sont pas, comme les polypes, revêtues de la conjonctive ; elles consistent, au contraire, en un tissu granuleux dénudé. Elles se développent sur les points où la conjonctive a subi une perte de substance, soit à la suite d'un ulcère (même à la suite de larges efflorescences dans la conjonctivite lymphatique), soit après des traumatismes ou des opérations (le plus souvent après la ténotomie, à l'endroit de la plaie conjonctivale, et après une énucléation, au fond du sac conjonctival). On les observe souvent à l'endroit où un chalazion a perforé la conjonctive palpébrale, sous forme d'un bourgeon granuleux sortant de l'orifice. Lorsqu'elles persistent longtemps, la rétraction cicatricielle de la conjonctive circonvoisine les étrangle à leur base, et elles finissent par tomber spontanément, si on ne les a déjà enlevées.

Les trois espèces de tumeurs qui viennent d'être citées contiennent très souvent de nombreux vaisseaux dilatés, au point que quelques cas isolés de polypes très vascularisés ont été décrits comme de simples angiomes pédiculés de la conjonctive. Il est donc aisé à comprendre qu'ils donnent facilement lieu à des hémorragies répétées, surtout quand, par places, ils sont ulcérés, et quand ils sont atteints de lésions mécaniques, par exemple, par le frottement de l'œil. C'est ainsi qu'il faut expliquer un grand nombre de légendes de personnes qui auraient pleuré des larmes de sang.

Les *angiomes* de la conjonctive se développent, en règle générale, primitivement dans les paupières et envahissent ultérieurement peu à peu la conjonctive. Il est rare d'observer dans la conjonctive — le plus souvent dans la région de l'angle interne de l'œil — des angiomes primaires. D'ordinaire ils sont congénitaux et prennent plus tard de l'extension. Pour le traitement, voir les angiomes des paupières, § 115.

En ce qui concerne les tumeurs *malignes*, l'épithéliome et le sarcome, il faut distinguer entre celles qui naissent dans les tissus avoisinants, spécialement les paupières, et qui, de là, se propagent sur la conjonctive, et celles qui, siégeant dès le début sur la conjonctive même, doivent être considérées comme des tumeurs conjonctivales primaires. Celles-ci naissent le plus souvent sur le limbe conjonctival. La prédilection que montre l'épithéliome de naître à la limite qui sépare la conjonctive de la cornée ne représente-t-elle pas un fait analogue à celui que l'on observe pour l'épithéliome d'autres parties du corps? Effectivement l'épithéliome se développe de préférence aux points où une variété d'épithélium se continue dans une autre, par exemple, à la limite entre la peau et une muqueuse (anus, lèvres, bords palpébraux, etc.). Un autre élément qui explique le développement de l'épithéliome sur le limbe est la nature spéciale de l'épithélium à cet endroit. En effet, on y trouve quelquefois, même sur des yeux sains, des hypertrophies épithéliales coniques s'enfonçant dans les tissus profonds.

Les sarcomes de la conjonctive, à la différence des épithéliomes, sont ordinairement pigmentés (à la vérité, on rencontre quelquefois des épithéliomes pigmentés, mais c'est extrêmement rare). On sait que les sarcomes mélaniques se développent dans les endroits où, à l'état normal, il existe déjà du pigment dans les tissus. Il s'ensuit qu'on les observe sur la conjonctive palpébrale et surtout sur le limbe, deux régions de la conjonctive qui, à l'état physiologique, contiennent du pigment. Chez les personnes brunes surtout, le limbe est quelquefois tellement pigmenté que, même à l'œil nu, on le voit uniformément coloré en brun ou couvert de taches brunes foncées, isolées. Au reste, on rencontre encore parfois sur d'autres endroits de la conjonctive tant bulbaire que palpébrale des points pigmentés qui peuvent donner lieu plus tard au développement d'un mélanosarcome.

L'ablation radicale de l'épithéliome et du sarcome épibulbaires, avec conservation de l'œil, devient impossible, quand ces tumeurs ont pris une telle extension que, pour les opérer, il faut sacrifier trop de conjonctive. En effet, l'opération serait suivie d'une cicatrice tellement large, produisant un tel tiraillement et une telle immobilité du globe, qu'il perdrait quand même ses fonctions, de sorte qu'il vaut mieux énucléer l'organe d'emblée. Le globe oculaire devra encore être sacrifié, quand la tumeur en a envahi les tissus profonds, ce qui a spécialement lieu le long des vaisseaux ciliaires antérieurs. On ne découvre souvent cette complication qu'après avoir enlevé la tumeur superficielle; quelquefois même, elle passe inaperçue. Dans le dernier cas, peu après une ablation en apparence radicale, on voit survenir une récidive à l'endroit où siégeait la tumeur. L'histoire suivante est propre à faire voir la malignité de ces sortes de tumeurs, qui, au début, sont en apparence si petites :

En 1879, entra à la clinique ophtalmologique, dirigée à cette époque par *Arlt*, une femme de cinquante-sept ans, porteuse d'un mélanosarcome au globe oculaire droit. La tumeur avait eu pour origine un petit point rouge qui existait depuis nombre d'années et qui avait commencé à prendre du développement dans les derniers temps. La tumeur, qui avait alors acquis le volume d'un gros pois, avait une teinte rouge brunâtre. Elle siégeait sur la conjonctive au bord externe de la cornée. La base de la tumeur dépassait légèrement le limbe et s'étendait sur la cornée, sans atteindre cependant le champ pupillaire, de sorte que l'acuité visuelle était entièrement normale. J'extirpai la tumeur, en divisant la conjonctive à une certaine distance du bord de la tumeur, puis en séparant celle-ci aussi soigneusement que possible de sa base. La plaie opératoire qui intéressait la conjonctive pour la plus grande partie, et la cornée sur une moindre étendue, fut curettée, puis les lèvres de la plaie conjonctivale suturées. La cicatrisation se fit par première intention et la malade conserva provisoirement la santé. Mais, en mai 1886, c'est-à-dire sept ans plus tard, la patiente revint à la consultation. Elle portait maintenant un autre mélanosarcome épibulbaire sur l'œil droit, mais situé cette fois dans le limbe, sur le bord interne de la cornée, et constituant une tumeur brune de la grosseur d'une demi-lentille. La cicatrice mince du bord cornéen externe, reste de la première tumeur, n'avait subi aucun changement; de même, le limbe aux bords cornéens supérieur et inférieur était entièrement normal. Il était, par conséquent, impossible de considérer le mélanosarcome, qui était maintenant situé sur le bord interne de la cornée, comme une récidive de la tumeur qui avait existé sept ans auparavant sur le bord externe de la cornée. C'était donc bien à la prédisposition inhérente au limbe de donner naissance à des tumeurs qu'il fallait attribuer qu'après l'ablation d'une tumeur en un point du limbe, il s'en produisait une autre sur un autre point. (On peut en dire autant d'un cas que j'ai observé où un épithéliome s'était développé d'une manière indépendante aux deux yeux en même temps, de chaque côté, sur le bord interne de la cornée.) La petite tumeur fut enlevée et, l'endroit où elle siégeait, cautérisé superficiellement parnt le galvano-cautère. Mais alors les récidives ne tardèrent pas à se suivre rapidement. Déjà, quatre mois plus tard, en septembre 1886, la femme revint avec une récidive au bord inférieur de la cornée. Quatre mois après l'extirpation de cette dernière tumeur, deux autres néoplasmes plus petits se montrèrent sur le côté inféro-interne de la cornée, situés à une certaine distance de son bord. Pour être certain d'extirper tous les tissus malades, je résolus cette fois d'énucléer l'œil, bien que l'acuité visuelle n'en fût pas encore abolie. En dépit de cette précaution, au bout de sept mois déjà, on put voir sur le fond de l'orbite une nodosité dure. La femme hésita à en laisser pratiquer l'ablation et ne revint à la clinique que cinq mois plus tard. Entre temps, les glandes préauriculaires, sous-maxillaires et précervicales s'étaient développées, et l'on pouvait facilement les percevoir par la palpation. Quoiqu'on soumît, cette fois, la malade à une opération radi-cale consistant dans l'exentération complète de l'orbite et l'extirpation de toutes les glandes qu'on put découvrir, néanmoins, au bout de quelques mois, on trouva de nouveau des glandes tuméfiées. La femme a succombé depuis (en février 1890) à l'extension de la tumeur aux organes internes.

Mentionnons encore, comme tumeurs très rares de la conjonctive, les fibromes, les ostéomes, les myxomes, les cylindromes et les lymphangiomes.

Le *repli semilunaire* et la *caroncule lacrymale*, située sur lui, s'enflamment avec la conjonctive, il n'est donc pas nécessaire de faire une description spéciale des inflammations de ces parties. Quelquefois les poils que la caroncule porte habituellement deviennent tellement longs qu'ils finissent par irriter l'œil ; dans ce cas, il faut les épiler. Les néoplasmes de la caroncule portent le vieux nom d'encanthis (1) ; les néoplasmes bénins, les simples hypertrophies polypeuses ou papillaires de la caroncule sont désignés sous le nom d'encanthis bénigne ; les néoplasmes de mauvaise nature, sous le nom d'encanthis maligne.

(1) ἐν et κανθός, angle oculaire.

CHAPITRE II

MALADIES DE LA CORNÉE

ANATOMIE

§ 28. La *cornée* forme, avec la sclérotique, l'enveloppe fibreuse extérieure du globe de l'œil, dont elle constitue la partie transparente. Vue de face, la cornée représente une ellipse couchée ; en effet, le diamètre horizontal de la base (11.5 mm.) est plus grand que le diamètre vertical (11 mm.) La cornée est moins épaisse vers le centre que vers la périphérie, où elle a 1 millimètre d'épaisseur à peu près. Il s'ensuit que la courbure de la face postérieure de la cornée est plus forte que celle de la face antérieure. Celle-ci possède un rayon de courbure moyen de $7^{mm},5$. Le rayon de courbure du globe oculaire étant plus grand, c'est-à-dire, mesurant 12 millimètres, la courbure de la cornée est plus forte que celle du reste de l'œil. De cette différence de rayon de courbure, il résulte que la cornée est appliquée sur la sclérotique, comme un verre sur la montre. Cette comparaison est encore juste, quand on considère la façon dont la cornée est adaptée à la sclérotique. En effet, la cornée s'étend plus loin vers la périphérie, dans ses couches postérieures que dans ses couches antérieures, de sorte que la sclérotique empiète sur la cornée (fig. 21). Au microscope, on n'observe pourtant pas de limite bien marquée entre la cornée et la sclérotique, les fibres de l'une passant, pour ainsi dire, dans l'autre par continuité.

À l'état normal, la cornée est transparente. Presque toutes les altérations morbides du tissu cornéen se trahissent par une diminution de sa transparence. À un âge plus avancé, il apparaît cependant dans l'œil sain une opacité appelée arc sénile [arcus senilis corneæ, ou gérontoxon (1)]. Celui-ci consiste en une ligne étroite de teinte grisâtre, qui se trouve près du bord de la cornée et le suit concentriquement. Il se montre d'abord à la limite supérieure de la cornée, et bientôt aussi au bord inférieur, sous forme d'un

(1) γέρων, vieillard, et τόξον, arc.

arc grisâtre ; enfin, les deux arcs se réunissent sur les bords externe et
interne pour constituer un anneau complet. La limite externe de l'arc sénile
est nettement tranchée et séparée du limbe conjonctival par une bande de
tissu cornéen parfaitement transparent. Du côté interne, c'est-à-dire du
côté qui est tourné vers le centre de la cornée, le trouble se perd peu à
peu dans la cornée transparente.

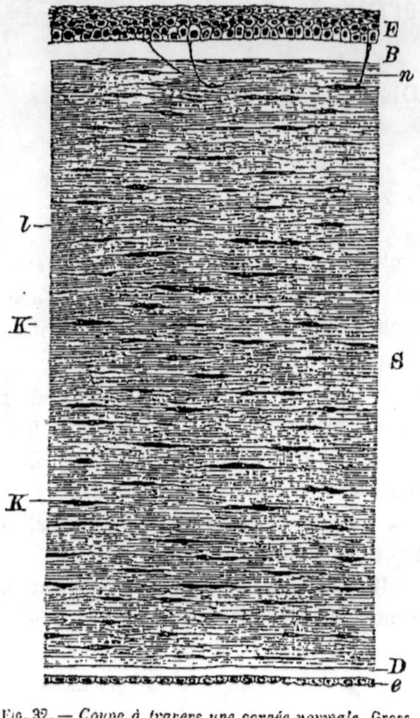

Fig. 32. — Coupe à travers une cornée normale. Gross.
100/1. — E épithélium antérieur. B membrane de
Bowman. S stroma, constitué par les lamelles cornéennes
l et les corpuscules cornéens K. D membrane de
Descemet. e Épithélium postérieur. n nerf se rendant
à l'épithélium en traversant la membrane de Bowman.

La *cornée* est composée des
couches suivantes :

1° L'*épithélium antérieur* (fig.
32, *E*). C'est un épithélium pavimenteux stratifié. Les cellules les
plus inférieures (cellules basales,
fig. 28, *u*) sont cylindriques ; la
couche moyenne est formée de
cellules arrondies (fig. 28, *m*) ;
enfin, les couches externes sont
composées de cellules aplaties
(fig. 28, *o*) ;

2° La *membrane de Bowman*
(fig. 32, *B*). Celle-ci est une
membrane mince, homogène, qui
est intimement unie aux lamelles
sous-jacentes de la cornée. Elle
représente la couche la plus superficielle du tissu cornéen devenue
homogène. Mais elle est nettement limitée du côté de l'épithélium ; aussi, dans certains états
pathologiques et sur le cadavre,
le sépare-t-on facilement de la
membrane de Bowman ;

3° La *trame* (fig. 32, *S*). Celle-
ci est composée d'une substance
fondamentale et de cellules. La substance fondamentale consiste, en dernière analyse, en de minces fibrilles de tissu conjonctif, réunies par une substance unissante, en faisceaux aplatis. Les faisceaux, par la disposition
qu'ils affectent, constituent des lamelles (fig. 32, *l*), et les lamelles, en se
superposant, forment la cornée. De là, la structure lamellaire de cette
membrane. Chacune des lamelles, cependant, ne se sépare pas nettement
de sa voisine, mais des faisceaux nombreux passent de l'une à l'autre et
les fixent entre elles. Il s'ensuit que, si l'on tente d'isoler les lamelles de la

cornée, on ne réussit pas complètement, on n'y arrive qu'en déchirant les fibres qui les réunissent.

Entre les faisceaux des différentes lamelles, ainsi qu'entre les lamelles elles-mêmes, il existe, en beaucoup d'endroits, des vacuoles de diverses grandeurs remplies de lymphe, et qui, pour ce motif, sont appelées *espaces lymphatiques* (fig. 33, *l*, vu de face ; fig. 32, *K*, vu sur une coupe). Ces espaces communiquent entre eux par l'intermédiaire d'un grand nombre de petits canalicules lymphatiques (fig. 33, *C*), qui constituent ainsi un système continu d'espaces creux, le système canaliculaire nutritif qui parcourt toute la cornée. Ce système a pour but de permettre à la lymphe de circuler, et il est d'une extrême importance pour la cornée, puisque celle-ci, ne contenant pas de vais-seaux sanguins, dépend entière-ment, en ce qui concerne sa nutri-tion, de son système canaliculaire.

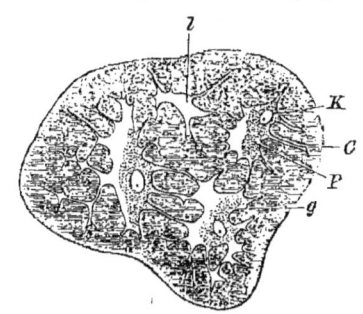

Les cellules de la trame cornéenne, c'est-à-dire les *corpuscules* cornéens, sont contenues dans les vacuoles du système lymphatique et sont de deux espèces : les cellules mobiles et les *corpuscules fixes*. Ceux-ci con-tiennent un gros noyau logé dans un corps protoplasmatique très aplati. Ils siègent dans les espaces lympha-tiques, adossés à leur paroi anté-

Fig. 33. — Lamelle cornéenne vue de face, d'après WALDEYER. — Sur la substance fondamentale des-sinée en sombre *g* se détachent les espaces lympha-tiques *l* qui communiquent entre eux par l'intermé-diaire des canalicules lymphatiques *C*. Dans les espaces lymphatiques, ne les occupant pas entière-ment, on voit le corps protoplasmatique des cellules cornéennes *P* avec leur noyau *K*.

rieure ou postérieure (fig. 33, *P*). Du corps de ces corpuscules partent des expansions protoplasmatiques s'étendant dans les canalicules qui émanent des espaces lymphatiques. Ces expansions s'anastomosent avec celles des cellules fixes voisines et constituent ainsi un système continu de corpuscules protoplasmatiques (cellules et leurs prolongements). Nous avons donc deux systèmes continus dans la cornée : l'un, positif, formé d'éléments protoplasmatiques, et l'autre, négatif, constitué par des espaces et des canalicules lymphatiques. Le premier système est contenu dans le second et parcourt avec lui toute la cornée. Cependant le système protoplasmatique ne remplit nulle part entièrement l'autre système, et l'espace laissé libre sert à donner passage à la lymphe.

La seconde espèce de cellules de la trame cornéenne est constituée par les *cellules mobiles* (migratrices). Celles-ci ont été découvertes par *Recklin-ghausen*. Ces cellules ne sont autres que des corpuscules lymphatiques qui ont pénétré dans la cornée et qui circulent dans les canalicules cornéens. On les trouve en petit nombre dans une cornée normale, mais dès que celle-ci est irritée, aussitôt ces cellules deviennent abondantes ; elles sortent du réseau vasculaire péri-cornéen et émigrent dans la cornée. Ces cellules jouent un rôle important dans l'inflammation de la cornée ;

4° La *membrane de Descemet* (fig. 32, *D*) est une membrane hyaline homogène qui limite la cornée en arrière. A la différence de la membrane de Bowman, elle se distingue nettement de la trame, dont elle diffère au point de vue chimique. Elle résiste énergiquement aux agents chimiques et par conséquent aussi aux processus pathologiques qui attaquent la cornée. Quand toute la trame cornéenne a subi la fonte purulente, on voit quelquefois la mince membrane de Descemet présenter encore de la résistance et demeurer intacte pendant des jours entiers (voir § 34) ;

5° L'*épithélium postérieur* (ou endothélium, fig. 32, *e*). Constitué par une simple couche de cellules aplaties, il tapisse la face postérieure de la membrane de Descemet.

La cornée touche par sa périphérie à trois membranes ; à la conjonctive, à la sclérotique et à l'uvée (iris et corps ciliaire). Or, l'embryologie nous apprend que la cornée est composée de trois couches superposées dont chacune correspond à une des membranes limitrophes, ainsi que le montre leur passage sur le segment antérieur du globe oculaire. La cornée est ainsi constituée par trois feuillets : le feuillet conjonctival, le feuillet scléral et le feuillet uvéal. Suivant *Schwalbe*, l'épithélium antérieur constitue la partie conjonctivale de la cornée (appelée conjonctive cornéenne). La membrane de Descemet et son épithélium appartiennent à l'uvée, et toute la trame cornéenne, y compris la membrane de Bowman, représente la continuation de la sclérotique. Dans les yeux complètement développés, ces trois feuillets ne forment plus qu'un seul tout, mais leur unité d'origine avec les membranes limitrophes se trahit encore dans certains états pathologiques. En effet, dans les maladies de la conjonctive, c'est avant tout la partie conjonctivale de la cornée qui souffre ; dans les affections de l'uvée, c'est le feuillet uvéal de la cornée qui est malade.

La cornée ne contient pas de vaisseaux sanguins. Ces derniers ne dépassent pas le limbe conjonctival où ils constituent le réseau péricornéen. Celui-ci est alimenté par les vaisseaux ciliaires antérieurs (voir page 46 et fig. 21, *q*). Le plasma sanguin, filtrant de ce réseau vasculaire, pénètre dans le système caniculaire et fournit à la cornée des éléments nutritifs.

Les *nerfs* de la cornée proviennent en partie des nerfs ciliaires, en partie des nerfs de la conjonctive bulbaire. Ils sont très nombreux, surtout dans les couches superficielles. De là, les fibres nerveuses traversent la membrane de Bowman et se répandent jusque dans les couches les plus externes de l'épithélium (fig. 32, *n*). Il en résulte une sensibilité extrême de la cornée à toute espèce de contact. Dans la narcose, on utilise le réflexe (clignement des paupières) qui suit tout contact de la cornée, pour se rendre compte du point où elle en est arrivée, car ce réflexe est un des derniers à disparaître. Les blessures de la cornée sont particulièrement douloureuses, quand elles intéressent les couches superficielles si riches en filets nerveux, par exemple les érosions de l'épithélium qui mettent à nu les nombreuses fibres du plexus nerveux épithélial.

Tandis que la cornée vue par devant paraît elliptique, observée par sa face postérieure, elle est circulaire. La cause de la forme elliptique de la face antérieure de la cornée dépend donc de ce que, à la partie supérieure et inférieure, la sclérotique ainsi que la conjonctive empiètent sur la cornée.

En ce qui concerne la division de la cornée en trois couches, on n'est pas encore absolument d'accord. Ainsi, contrairement à la manière de voir ci-dessus, *Waldeyer* attribue à la partie conjonctivale l'épithélium antérieur, la membrane de Bowman et les couches superficielles de la trame ; la partie uvéale serait composée de l'épithélium postérieur, de la membrane de Descemet et des couches postérieures de la trame ; la partie scléroticale serait simplement formée par les couches moyennes de la trame.

Les anciens auteurs attribuaient un rôle important à l'humeur aqueuse dans la nutrition de la cornée. Celle-ci, en baignant constamment la cornée, devait pourvoir à sa nutrition et à sa transparence. Après les expériences instituées principalement par *Leber*, cette manière de voir doit être considérablement modifiée. On peut concevoir deux modes différents d'échanges de liquides entre le parenchyme cornéen et la chambre antérieure : 1º par voie de diffusion qui s'opère simplement par osmose, et 2º par voie de filtration rapide à travers les mailles du tissu. Dans l'œil normal, c'est par la première voie que l'échange a lieu, c'est-à-dire par la voie de la diffusion. L'humeur aqueuse arrivée de cette façon dans la cornée pourrait contribuer à la nutrition de ses couches postérieures. La diffusion peut aussi avoir lieu en sens inverse, c'est-à-dire d'avant en arrière. Quand, par exemple, on laisse tomber une goutte d'atropine en solution sur la cornée, on trouve au bout de peu de temps cette substance dans l'humeur aqueuse. Au contraire, à l'état normal, on n'observe jamais de filtration dans la cornée. *Leber* a démontré que c'est l'épithélium postérieur qui empêche le passage par filtration de l'humeur aqueuse dans la cornée. Si on l'enlève, l'humeur aqueuse pénètre en plus grande quantité dans la cornée, qui se gonfle et se trouble.

EXAMEN CLINIQUE DE LA CORNÉE

§ 29. Dans l'examen de la cornée, les points suivants doivent attirer l'attention :

1° La *grandeur* et la *forme* de la cornée. Elles peuvent être modifiées, tant par des défauts congénitaux que par certains processus morbides. Un empiètement inaccoutumé du limbe conjonctival, ou des troubles périphériques de la cornée en imposent souvent pour un rétrécissement ou une irrégularité de forme ;

2° La *surface* de la cornée sera examinée au point de vue de sa courbure, de sa régularité et de son poli. — *a*) En ce qui touche les anomalies de *courbure* de la cornée dans son ensemble, elles sautent aux yeux à première vue, dès qu'elles sont très prononcées; pour reconnaître, au contraire, les changements moins importants, il faut se livrer à un examen plus minutieux au moyen des images réfléchies (voir page 4). La cornée fait fonction d'un miroir convexe qui forme une image d'autant plus petite que son rayon de courbure est plus court. Pour juger si l'image cornéenne présente des dimensions anormales, il faut la comparer avec celle formée par un œil sain, de préférence avec celle de l'autre œil, bien entendu si celui-ci n'est pas malade. Le diagnostic est facile, lorsque la courbure d'une même cornée est différente suivant les endroits (par exemple dans le kératocone, où les parties centrales présentent une plus forte courbure que les parties périphériques). Dans ce cas, on fait mouvoir l'œil, placé en face d'une fenêtre, de telle sorte que l'image réfléchie de celle-ci tombe successivement sur les différentes parties de la cornée, et l'on voit cette image tantôt plus grande, tantôt plus petite, suivant la courbure des parties de la cornée qui la réfléchissent. — *b*) C'est de l'*égalité* et du poli de la surface de la cornée normale que dépend la vivacité de son éclat. Pour se rendre compte de l'état de ces deux propriétés, rien de mieux encore que de s'en rapporter aux images réfléchies. A l'endroit des inégalités, ces images ont perdu la régularité de leur forme, elles paraissent tordues, parce que leurs bords sont irrégulièrement courbés. On conclut à l'étendue et à la forme de l'inégalité, suivant la nature de la déformation de l'image cornéenne. On peut aussi reconnaître les inégalités de la surface de la cornée au moyen de l'ophtalmoscope, à cause de l'astigmatisme irrégulier qui en est la conséquence (page 15). Les inégalités de la surface cornéenne résultent ou d'excavations (pertes de substance) ou d'élevures. La cornée peut encore être inégale parce qu'elle est ridée (rhytidosis corneæ) (1) ou même affaissée (collapsus corneæ). Ces deux états se présentent après une forte diminution de la pression intra-oculaire, notamment après l'écoulement de l'humeur aqueuse ou vitrée. — c) Quand la cornée a perdu son *poli*, elle perd son éclat, elle devient mate ; alors elle paraît comme enduite d'une couche de graisse ou ressemble à du verre terni. Les images ont conservé leur grandeur et leur forme normales, mais ne sont pas nettement limitées. L'absence d'éclat, d'ailleurs, peut provenir aussi d'inégalités, mais qui sont si fines qu'à l'œil nu on ne peut qu'à peine ou pas du tout les distinguer. De là suit que la cornée peut être, dans son ensemble, unie, mais être en même temps mate, semblable à un verre dépoli. Par un examen minutieux, surtout au moyen de la loupe, on observe que l'absence d'éclat de la cornée peut dépendre de deux espèces de rugosités. Tantôt on trouve à la surface de la cornée de très petites pertes de substance qui la font paraître comme *piquetée* à l'aiguille. Cet état dépend de ce que, en beaucoup d'endroits, des cellules épithéliales isolées sont tombées et ont laissé à leur place de petites fossettes. D'autres fois on remarque, au contraire, que les aspérités cornéennes dépendent de petites élevures à sa surface et, dans ce cas, la cornée paraît comme *chagrinée*. Il s'agit ici de nombreux soulèvements de cellules épithéliales sous forme de vésicules ;

3° La *transparence* de la cornée est une propriété qui dépend du parenchyme cornéen, et non pas de sa surface, qui n'est qu'une conception géométrique, le plan de séparation entre la cornée et l'air ambiant. Des troubles de transparence notables de la cornée se remarquent de loin, mais, pour reconnaître les troubles légers, il est souvent nécessaire de se servir de l'éclairage latéral et même de la loupe. Au moyen de ces procédés, on établit la forme, l'étendue et l'état de saturation du trouble de transparence. On constate si celui-ci siège dans les couches superficielles ou profondes, s'il est diffus ou bien s'il est constitué de petits points, de taches ou de traits. Certains troubles de transparence de la cornée qui, vus à l'œil nu, semblent diffus, se montrent à la loupe formés par un amas de petits points troubles. Plus tard cependant, ces points peuvent s'étendre et devenir confluents, de façon à ne plus former qu'une tache uniforme ;

4° La *sensibilité* de la cornée s'essaie en la touchant avec un bout de fil ou une rognure de papier. Cette sensibilité, dans un grand nombre d'affections cornéennes, diminue de finesse ou est même quelquefois entièrement abolie.

(1) ρυτίς, ride.

I. — INFLAMMATION DE LA CORNÉE

Généralités

§ 30. Dans le cours d'une inflammation de la cornée (kératite) (1), on observe les *stades* suivants : l'inflammation débute par une *infiltration* (fig. 34). Il pénètre dans l'épaisseur du parenchyme cornéen un plus grand nombre de cellules qui constituent l'exsudat. Par suite, le point malade perd sa transparence. Cependant le niveau de la cornée reste normal à cet endroit, seulement l'épithélium souffre en ce qu'il perd son éclat de façon que la surface cornéenne y paraît mate. Les signes cliniques de l'infiltration sont donc : trouble de transparence de la cornée, perte de son éclat à son niveau, sans inégalités de la surface. L'évolution ultérieure de l'infiltration est différente suivant qu'elle passe à la résorption ou à la suppuration.

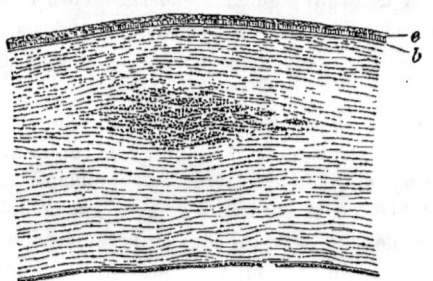

Fig. 34. — *Infiltration cornéenne*, d'après Saemisch. — L'épithélium *e* et la membrane de Bowman *b* sont conservés au-dessus de l'infiltration.

a) L'infiltration passe à la *résorption* dans les cas où l'exsudat accumulé entre les lamelles cornéennes n'en amène pas la destruction, de telle sorte que le tissu cornéen reste intact. Alors la résorption de l'exsudat constitue le second stade, le stade régressif de l'inflammation, et le processus morbide se termine là. — Dans les cas favorables, où les cellules formant l'exsudat disparaissent par résorption, les points malades peuvent redevenir complètement normaux et regagner leur transparence : guérison sans suites permanentes, c'est-à-dire sans opacités. Il arrive cependant quelquefois que la substance fondamentale de la cornée n'a pas été détruite, mais a subi une dégénérescence qui a modifié sa structure au point que, après la disparition de l'exsudat, elle ne reprend plus sa transparence normale. D'autres fois, il arrive encore que l'exsudat, accumulé

(1) κέρας, corne.

entre les lamelles cornéennes, ne se résorbe pas complètement, mais finit par s'organiser partiellement et trahit sa présence par l'existence d'opacités permanentes. Dans les deux derniers cas, l'infiltration se guérit en laissant après elle des troubles de transparence qui ne disparaissent plus. — Tous les cas d'inflammation de la cornée, où l'exsudat se résorbe sans perte de la substance fondamentale, sont désignés sous le nom générique de *kératites non suppurées.*

b) L'infiltration passe à la *suppuration* quand l'exsudat devient incompatible avec la vie de la substance fondamentale de la cornée, de sorte que cette substance se détruit. L'inflammation entre ainsi dans son deuxième stade, celui de la suppuration, qui entraîne une destruction locale de la cornée. Ces cas d'inflammation cornéenne sont désignés sous le nom de *kératites suppuratives.* La forme la plus fréquente de la kératite suppurative, *l'ulcère cornéen*, se développe quand la fonte purulente commence dans les couches les plus superficielles de la cornée. Elle produit une perte de substance superficielle, qui prend la forme d'une excavation à la surface de la

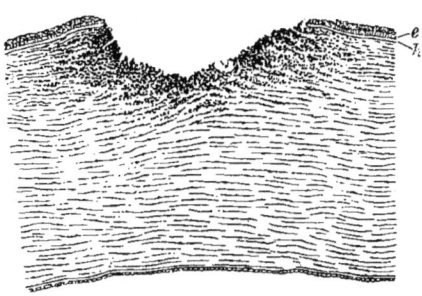

Fig. 35. — *Ulcère cornéen au stade progressif*, d'après Saemisch. — Le fond de l'ulcère est formé par un amas de globules de pus, qui s'infiltrent encore à une certaine distance entre les lamelles cornéennes voisines. Aux bords de l'ulcère, qui sont un peu soulevés, l'épithélium *e* et la membrane de Bowman *b* s'arrêtent brusquement.

cornée. La perte de substance ne comprend d'abord que les parties qui étaient le plus infiltrées et qui sont ainsi les premières détruites; tout autour on voit des couches qui sont également infiltrées, mais à un degré moindre (fig. 35).

Le fond de l'ulcère, aussi bien que ses bords, sont donc encore irréguliers et occupés par une infiltration grise, d'où lui vient le nom d'ulcère *infiltré* (progressif). Plus tard les parties infiltrées qui forment le fond et les bords de l'ulcère s'éliminent pour autant qu'elles ont perdu leurs propriétés vitales, tandis que les parties du tissu cornéen, qui les ont conservées, persistent et redeviennent transparentes par résorption de l'exsudat qui les pénètre. De cette façon, il est vrai, l'ulcère s'est quelque peu agrandi, mais l'opacité au pourtour de l'ulcère a disparu. Celui-ci est devenu uni et transparent au fond et vers les bords : ulcère détergé (*régressif*) (fig. 36).

Le plus important des signes cliniques qui permettent de diagnostiquer un ulcère est l'inégalité de la surface cornéenne, consistant en une excavation, une perte de substance. Lorsque l'ulcère n'est pas détergé, il est entouré du tissu cornéen opacifié, qui, de plus, est mat à la surface, et le fond de l'ulcère est gris et inégal. Mais, lorsque l'ulcère est détergé, le trouble de son pourtour est peu notable ou manque complètement, et le fond et les bords de la perte de substance sont unis et brillants ; l'ulcère « miroite ».

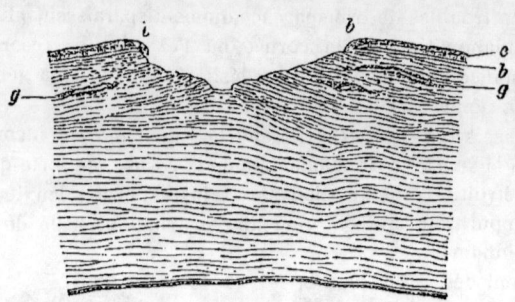

Fig. 36. — *Ulcère cornéen au stade régressif*, d'après Saemisch. — Le fond de l'ulcère est constitué par les lamelles cornéennes mises à nu, entre lesquelles on remarque encore une légère infiltration cellulaire. Aux bords de l'ulcère *b*, l'épithélium *e* commence à pousser vers le fond. Vers l'ulcère se dirigent les vaisseaux de néoformation *g*, qui siègent dans les couches superficielles de la cornée.

Toute kératite suppurative entraîne une perte de substance de la cornée. Cette perte doit être réparée par un tissu de nouvelle formation, c'est le troisième stade du processus inflammatoire, celui de la *cicatrisation*. Le tissu de nouvelle formation n'est pas du tissu cornéen, mais simplement du tissu conjonctif, qui n'est par conséquent pas transparent (fig. 37). Il s'ensuit que la kératite suppurative laisse toujours après elle une opacité permanente. — Le principal signe clinique de la cicatrice est l'opacité. Au niveau de la cicatrice, la surface de la cornée a repris tout son poli, parce que le revêtement épithélial est normalement rétabli ; l'excavation, la perte de substance a disparu ; tout au plus remarque-t-on une légère facette.

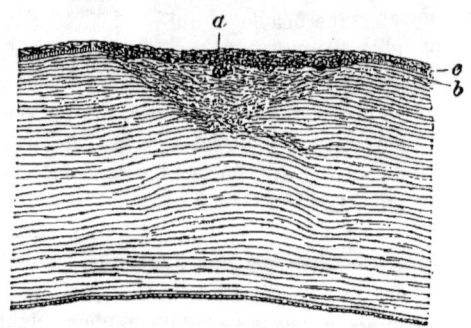

Fig. 37. — *Cicatrice cornéenne*, d'après Saemisch. — L'épithélium cornéen *e* existe partout ; cependant, sur la cicatrice, il est irrégulier et, par places — en *a* — épaissi. La membrane de Bowman manque à l'endroit de la cicatrice. Celle-ci se distingue du tissu normal de la cornée par sa texture plus dense et moins régulière.

Résumé. — D'après ce qui vient d'être dit, la kératite non suppurative présente deux stades : le stade d'infiltration et celui de résorption. Au contraire, dans la kératite suppurative, nous en distinguons trois : celui de l'infiltration, celui de la suppuration et celui de la cicatrisation (réparation). Le stade de suppuration comprend deux périodes: la période progressive (ulcère non détergé) et la période régressive (ulcère détergé).

Pour établir le diagnostic de la forme de l'inflammation cornéenne, ainsi que du stade auquel elle est arrivée, on suit la marche suivante : d'abord on fait miroiter la cornée. *Si la surface de la cornée est male, au niveau de l'opacité, il s'agit d'une affection récente ; de plus, s'il n'y a pas de perte de substance, on a affaire à une infiltration ; s'il y a perte de substance, à un ulcère progressif.*

Mais, si la surface est luisante, on a affaire à une affection plus ancienne ; y a-t-il perte de substance, nous nous trouvons devant un ulcère régressif ; n'y en a-t-il pas, il s'agit d'une cicatrice.

§ 31. VASCULARISATION DE LA CORNÉE. — Dans les inflammations de la cornée, il n'est pas rare d'observer le développement de vaisseaux qui partent du bord et s'avancent dans cette membrane. Ce phénomène se remarque le plus souvent pendant la période de *guérison* des ulcères cornéens. Au moment où l'ulcère commence à se déterger, du point du bord cornéen le plus rapproché de l'ulcère, on voit partir des vaisseaux sanguins. Ces vaisseaux sont situés dans les couches les plus superficielles de la cornée et tendent à se rapprocher des bords de l'ulcère, qu'ils ne tardent pas à atteindre (fig. 36, *g*). Leur but principal paraît être de fournir les matériaux nécessaires pour combler les pertes de substance. Leur apparition doit donc être considérée comme un phénomène favorable, car l'on sait qu'aux points où les vaisseaux ont atteint l'ulcère il n'y a plus à craindre que celui-ci s'étende; au contraire, il se dispose à se cicatriser. Après le comblement de la perte de substance, les vaisseaux disparaissent peu à peu, de sorte qu'une cicatrice en contient d'autant moins qu'elle est plus vieille. Cependant, dans les grandes cicatrices, les vaisseaux sanguins ne disparaissent jamais entièrement.

Dans d'autres cas, le développement de vaisseaux dans la cornée accompagne la *marche progressive du processus inflammatoire* et appartient ainsi, comme l'exsudat même, aux phénomènes cliniques de l'inflammation. La forme vasculaire de la kératite parenchymateuse fournit le meilleur exemple de ce genre d'inflammation (§ 42).

De ces deux espèces de développements de vaisseaux, diffère celui qui constitue une des manifestations du *pannus*. Ici ce n'est pas dans la cornée même que siègent les vaisseaux, mais bien dans un tissu de nouvelle formation qui recouvre cette membrane et dont ils forment une partie essentielle (fig. 26).

Il est très important d'établir le *siège* superficiel ou profond des vaisseaux de la cornée, car, par cette situation seule, on peut souvent diag-

nostiquer l'espèce de kératite à laquelle on a affaire. Le pannus fournit le
type de la vascularisation superficielle ; la kératite parenchymateuse, celui
de la vascularisation profonde :

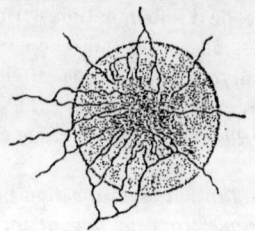

Fig. 38. — Vaisseaux sanguins superficiels
dans le pannus. Gross. 21.

Fig. 39. — Vaisseaux sanguins situés profondément dans la cornée, dans la kératite parenchymateuse. Gross. 21.

Les signes qui nous permettent de distinguer ces deux espèces de vascularisation sont mis en regard dans le tableau suivant :

Vaisseaux superficiels (fig. 38)	*Vaisseaux profonds* (fig. 39)
Ceux-ci prennent leur origine dans le réseau périphérique du limbe, et peuvent être suivis de la cornée jusque dans le limbe et au delà dans la conjonctive.	Les vaisseaux profonds viennent de la sclérotique tout près du bord cornéen et paraissent ainsi s'arrêter brusquement au niveau du limbe, derrière lequel ils disparaissent pour pénétrer dans la sclérotique.
Ils sont clairement visibles à cause de leur situation superficielle et ils possèdent une coloration d'un rouge vif.	Ils sont voilés et se reconnaissent à peine à leur teinte rougeâtre, d'un rouge sale (rouge gris), recouverts qu'ils sont par les couches opaques de la cornée derrière lesquelles ils sont situés.
Les vaisseaux se ramifient comme les branches d'un arbre.	Les vaisseaux présentent des ramuscules parallèles entre eux (ramification en branches de balai).
La surface cornéenne n'est pas lisse, par la raison que les vaisseaux soulèvent l'épithélium qui les re-couvre immédiatement.	La surface cornéenne est mate, mais ne présente pas d'inégalités.

PARTICIPATION DES ORGANES VOISINS. — Toute kératite s'accompagne de
phénomènes inflammatoires, dont le plus important est :

a) L'*injection* des vaisseaux. L'injection ciliaire est caractéristique pour l'inflammation de la cornée. Si la kératite est intense, on voit aussi survenir l'injection conjonctivale, qui recouvre plus ou moins l'injection ciliaire. Les inflammations suppuratives très intenses de la cornée provoquent le gonflement œdémateux de la conjonctive et même des paupières ;

b) L'iris et même le corps ciliaire s'enflamment quand il existe une kératite violente, au point que l'on observe les symptômes de l'*iritis* et de l'*iridocyclite* (voir § 68 et 69). Ces inflammations concomitantes peuvent devenir si graves qu'elles causent la perte de l'œil ;

c) L'*hypopyon* (1) est l'accumulation d'un exsudat purulent au bas de la chambre antérieure. C'est un phénomène fréquent dans les kératites suppuratives. On remarque, à la partie inférieure de la *chambre antérieure*, le dépôt d'une masse jaune qui, à cause de sa consistance liquide, est limitée en haut par une ligne horizontale et se déplace lentement par les mouvements de la tête, vers les parties les plus déclives de la chambre antérieure. Dans d'autres cas, la masse est visqueuse, de sorte que, vue de face, elle montre une limite supérieure convexe ou présente la forme d'une masse compacte reposant au fond de la chambre antérieure, sans changer de place par les mouvements du corps. La quantité de pus diffère suivant les cas : tantôt on voit à peine un croissant jaune dans l'angle inférieur de la chambre antérieure, tantôt celle-ci en est entièrement' remplie. — L'hypopyon peut disparaître par résorption. La résorption est d'autant plus active que l'hypopyon est plus liquide. Des masses exsudatives plus épaisses peuvent s'organiser et donner lieu à l'occlusion de la pupille ou (plus rarement) à une soudure de l'iris à la face postérieure de la cornée ;

d) Les symptômes *subjectifs* des inflammations cornéennes sont les douleurs et la photophobie, accompagnées, comme toujours, de larmoiement et de spasme palpébral, ainsi que de troubles visuels. Mais ces symptômes se présentent avec une intensité très diverse suivant les cas.

Les phénomènes *histologiques* de l'inflammation de la cornée ont été l'objet des plus actives recherches, surtout au point de vue expérimental, parce qu'on a voulu résoudre par cette voie la question de l'inflammation en général. La cornée est tout indiquée pour servir de sujet à de semblables études en raison de sa transparence et de la forme caractéristique des éléments fixes de son tissu. — Il n'y a pas de doute que toute kératite ne soit accompagnée d'une augmentation du nombre de ses éléments cellulaires. C'est l'accumulation de ces cellules qui provoque le trouble de transparence cornéen visible à l'œil nu, et qui, dans les cas où elle est particulièrement forte, amène la suppuration. Au contraire, on n'est pas parvenu à s'accorder sur l'origine des cellules nouvelles qui se montrent dans la cornée. Les uns, dont *Cohnheim* est le chef, les considèrent

_____

(1) ὑπό et πύον. pus.

comme des globules blancs du sang émigrés dans le tissu de la cornée. Les
autres, *Stricker* à leur tête, considèrent ces cellules comme venant de la multiplication des corpuscules fixes de la cornée. Il est certain que les deux opinions
sont exactes, bien qu'il faille accorder aux deux processus une valeur différente.
Lorsqu'une irritation inflammatoire frappe la cornée, de nombreux globules
blancs y pénètrent, et cela de deux façons différentes. D'abord, ils viennent du
cul-de-sac conjonctival et pénètrent dans la portion atteinte de la cornée, dont
l'épithélium est tombé ; ensuite, ils immigrent des vaisseaux du limbe et, se glis-
sant entre les lamelles cornéennes, atteignent le foyer inflammatoire. Les
cellules venues du bord cornéen, dans certains cas, n'arrivent pas jusqu'au foyer
proprement dit de la maladie, mais restent rangées à son pourtour, formant une
infiltration annulaire (anneau d'immigration), qui donne en particulier à l'abcès
cornéen son aspect caractéristique. Les globules blancs fournis à la cornée par
le réseau vasculaire périkératique constituent la majeure partie de l'exsudat. La
prolifération des corpuscules fixes de la cornée ne prend qu'une faible part à la
formation de l'exsudat, mais fournit en revanche les matériaux au processus
réparateur de la néoformation des tissus, qui succède à l'inflammation.

Pour la *cicatrisation* définitive de la perte de substance produite par l'inflammation, il faut prendre en considération autant la régénération de l'épithélium
que celle de la trame cornéenne. L'épithélium cornéen est remplacé par une
prolifération de l'épithélium des bords de l'ulcère. Si la perte de substance intéresse l'épithélium seul, celui-ci se régénère intégralement sans laisser aucune
opacité. Au contraire, toute perte de substance de la trame cornéenne se comble
par du tissu cicatriciel qui se forme aux dépens du fond et du bord de l'excavation. Le rôle principal, dans ce processus, est dévolu aux cellules fixes de la
cornée situées dans le voisinage de l'ulcère. Ces cellules se multiplient par division et se transforment ultérieurement en fibres de tissu conjonctif. Le tissu
ainsi formé diffère cependant essentiellement du tissu cornéen normal (fig. 37).
Il lui manque la disposition régulière des fibres normales de la cornée, ainsi que
les corpuscules étoilés fixes qui sont remplacés par des cellules ordinaires de
tissu conjonctif. Jamais la membrane de Bowman (fig. 37, *b*) ne se régénère.
L'épithélium (fig. 37, *e*) s'applique immédiatement sur le tissu cicatriciel suivant
une limite irrégulière, parce qu'il n'est pas également épais partout. Il s'ensuit
que le tissu cicatriciel ne possède pas la transparence du tissu cornéen normal,
et déjà, à l'œil nu, on peut le reconnaître comme une opacité. Lorsque le tissu
cicatriciel existe depuis longtemps, sa structure se rapproche un peu plus de
celle du tissu cornéen. Il gagne ainsi en transparence, et l'on constate un « éclaircissement » de l'opacité. Pourtant cet éclaircissement ne devient complet que
lorsque la cicatrice est petite et superficielle.

La perte de substance n'attend pas qu'elle soit complètement comblée par du
tissu cicatriciel pour se recouvrir d'épithélium. Au contraire, l'épithélium se
reproduit déjà dès que l'ulcère est détergé, et il se met à recouvrir celui-ci à un
moment où le tissu cicatriciel n'existe pas encore ou bien n'existe qu'en une
couche très mince (fig. 36, en *b*). A ce moment, l'ulcère est encore presque transparent (par suite de l'absence du tissu cicatriciel opaque); il est lisse et miroitant

à cause de la couche épithéliale qui s'est reproduite. La formation de tissu cica-triciel continuant, l'épithélium qui couvre celui-ci remonte jusqu'au niveau nor-mal. A mesure que la couche de tissu cicatriciel s'épaissit, l'opacité devient naturellement plus prononcée, mais ce serait une erreur profonde si le médecin en concluait à une aggravation de l'état de l'inflammation.

Pour *diagnostiquer* la nature de l'inflammation cornéenne, il faut s'en rap-porter aux signes mentionnés plus haut, notamment à l'éclat, au poli et à la transparence de la cornée. Cependant on ne trouve pas toujours ces signes aussi schématiquement réunis que nous l'avons dit. Quelques exemples serviront à montrer dans quels cas des exceptions pourront se rencontrer. Ainsi, des troubles de la transparence cornéenne pourront être de vieille date, tandis que la cornée paraîtra mate et chagrinée, à cause d'une augmentation de la pression intraoculaire. D'autre part, la surface cornéenne n'est pas toujours unie en cas d'infiltration ou de cicatrice. En effet, s'il y a infiltration, la cornée est souvent bombée en avant, en raison de l'accumulation des exsudats dans son tissu, et, lorsqu'il existe des cicatrices, elle présente souvent des facettes, parce que la perte de substance n'a pas été complètement réparée. Dans les cas douteux, il est bon de s'en rapporter encore à d'autres éléments qui pourront fournir une base pour établir le diagnostic. Ainsi l'opacité cicatricielle est d'ordinaire plus nettement délimitée que celle provenant d'une inflammation en cours. La teinte de cette dernière opacité passe du gris au blanc jaunâtre et au jaune pur; au contraire, la cicatrice prend une teinte blanche pure ou, si elle est peu épaisse, blanc bleuâtre. D'ailleurs, les processus inflammatoires récents sont accompagnés d'autres accidents réactionnels (injection ciliaire, etc.) qui manquent dans le cas de cicatrices. De l'ensemble de toutes ces circonstances, on pourra presque tou-jours déduire le diagnostic exact. — Pour rendre plus visibles les parties de la cornée dépourvues de leur revêtement épithélial (érosions et ulcères), on se sert aussi de fluorescine. Quand on instille dans le sac conjonctival une solution potassique de fluorescine à 1 °/₀ et qu'on lave ensuite à l'eau, la solution forte-ment fluorescente ne pénètre que dans les parties qui ne sont pas protégées par l'épithélium ; celles-ci apparaissent vivement colorées en vert. J'utilise cette méthode, dans mon enseignement clinique, pour mieux faire voir les petites pertes de l'épithélium ; pour les diagnostiquer, cependant, on peut se dispenser de recourir à ce procédé.

L'exsudat de la chambre antérieure, qui accompagne toute kératite un peu grave, vient de ce que les substances irritantes produites par la cornée enflam-mée diffusent dans l'humeur aqueuse et agissent sur les vaisseaux de l'uvée (iris et corps ciliaire). De plus, pour cette même raison, l'humeur aqueuse, qui normalement ne renferme que des traces d'albumine, en contient tant qu'il s'y forme un coagulum fibrineux qui se précipite en une couche continue à la face postérieure de la cornée et antérieure de l'iris (fig. 44, 73 et 77). Dans ce cas, à côté du trouble circonscrit répondant au foyer inflammatoire, la cornée laisse voir dans toute son étendue une opacité ténue, diffuse, produite par cette couche exsudative appliquée à sa face postérieure. Quand l'irritation est plus intense, les leucocytes émigrent aussi des vaisseaux de l'iris et du corps ciliaire et troublent l'humeur aqueuse, dans laquelle ils sont en suspension. Ces cellules se déposent ultérieurement au plancher de la chambre antérieure et forment ainsi l'*hypopyon*. Celui-ci ne provient pas (ou tout au moins seulement dans une très faible proportion) de la cornée, mais des vaisseaux de l'uvée ; ce qui le prouve encore, c'est que beaucoup de ces globules de pus renferment des granulations pigmentaires qu'ils ont enlevées à l'uvée enflammée. On comprend aussi de cette façon, comment il se fait que l'on a trouvé l'hypopyon privé de microbes de la suppuration. C'est à cette absence de germes que l'hypopyon doit d'être supporté, sans grande réaction, par les tissus qui limitent la chambre antérieure. Quand on injecte dans la chambre antérieure d'un lapin du pus ordinaire renfermant des microorganismes, l'œil se perd rapidement par panophtalmite. Au contraire, le pus qui constitue l'hypopyon, non seulement est impunément supporté par l'œil, mais se résorbe sans conséquences fâcheuses. Cette résorption de l'hypopyon se fait surtout par les mailles du ligament pectiné (§ 60), avec une rapidité très variable. Tantôt, on a peine à retrouver après vingt-quatre heures un hypopyon considérable, d'autres fois, l'hypopyon reste si longtemps au plancher de la chambre antérieure, qu'il s'y organise. Parfois, on observe des variations rapides dans la hauteur de l'hypopyon, qui tantôt diminue, tantôt augmente de volume.

DIVISION DE LA KÉRATITE

§ 32. La division de la kératite en suppurative et non suppurative répond le mieux aux exigences de la pratique. Parce qu'elle occasionne une destruction du tissu cornéen, toute kératite suppurative entraîne une opacité qui, dans beaucoup de cas, trouble les fonctions visuelles. Mais aussi longtemps qu'il n'y a pas de fonte purulente du tissu cornéen — comme dans la kératite non suppurative — on peut espérer le rétablissement complet de la transparence de la cornée, et, en fait, ce rétablissement est fréquent. La division admise ci-dessus correspond, en outre, aux caractères essentiels des inflammations cornéennes. Ce n'est, en effet, pas le fait d'un accident que le passage d'une infiltration à la suppuration ou à la résorption. Le plus souvent, dès le début, dans les formes à tendance suppurative, on observe des caractères tout différents de ceux qui accompagnent les formes non suppuratives. La distinction entre ces deux catégories d'inflammation ne résulte donc pas seulement des conséquences qu'elles entraînent, mais encore des phénomènes cliniques dont elles sont accompagnées. A chaque catégorie appartient un certain nombre de formes différentes, dont les plus importantes sont indiquées dans le schéma ci-dessous.

A. — KÉRATITE SUPPURATIVE

1° Ulcère de la cornée ;
2° Abcès de la cornée ;
3° Kératite, suite de lagophtalmie ;
4° Kératomalacie ;
5° Kératite neuroparalytique.

B. — KÉRATITE NON SUPPURATIVE

a) Formes superficielles

1° Pannus ;
2° Kératite avec formation de vésicules.

b) Formes profondes

3° Kératite parenchymateuse ;
4° Kératite profonde ;
5° Kératite sclérosante ;
6° Kératite venant de la paroi postérieure de la cornée.

A. — KÉRATITE SUPPURATIVE

1° ULCÈRE CORNÉEN

§ 33. SYMPTÔMES ET MARCHE. — Tout ulcère de la cornée provient d'une infiltration de son tissu. D'abord on observe un point de la cornée qui se trouble et dont la surface est mate (infiltration). Puis, on voit s'exfolier l'épithélium au niveau du point malade, et bientôt, à la suite de la destruction du tissu cornéen aux points les plus fortement infiltrés, il se produit une perte de substance dans le parenchyme de la cornée, et l'ulcère est constitué. La cornée est d'abord infiltrée dans le pourtour de l'ulcère, ce qui se reconnaît à ce que le fond en est gris et inégal, en même temps que les bords présentent aussi un trouble de transparence grisâtre. Souvent l'on voit les bords de l'ulcère entourés d'une zone grise assez étendue ; d'autres fois des stries grises, partant de l'ulcère, s'étendent dans différentes directions dans la cornée transparente. Nous avons ici affaire à un ulcère infiltré ou *progressif* (fig. 35). — Dans les cas favorables, la destruction de la cornée ne s'étend pas au-delà de la portion qui, dès le début, était trop infiltrée pour conserver sa vitalité. Alors l'ulcère se nettoie rapidement sans acquérir de grandes dimensions. Cependant très fréquemment il arrive que, en même temps que la destruction des parties les plus infiltrées se produit, l'opacité inflammatoire s'élargit et que des points nouveaux de la cornée sont envahis par l'infiltration. Si ces points tombent à leur tour en fonte purulente, l'ulcère s'étend de plus en plus. L'extension se fait tantôt plus en profondeur, tantôt plus en largeur. Dans le premier cas, on doit craindre une perforation de la cornée ; dans le second, une partie de plus en plus large de la cornée peut se détruire et occasionner une opacité étendue. L'extension de l'ulcère en largeur s'opère souvent de préférence dans une certaine direction, ce que l'on reconnaît facilement à ce que le côté correspondant du bord de l'ulcère est particulièrement gris ou jaune opaque. Quelquefois il arrive encore que l'ulcère s'étende constamment d'un côté, tandis que du côté opposé il se cicatrise, de façon qu'il a l'air de ramper sur la cornée — ulcère *serpigineux* (1).

Le stade progressif de l'ulcère est accompagné de phénomènes irritatifs, tels que : injection ciliaire, larmoiement, photophobie, douleur, lesquels présentent quelquefois un degré d'intensité assez prononcé. Pendant ce stade, l'iris lui-même devient le siège d'une hyperémie ou d'une inflammation (trouble de l'humeur aqueuse, hypopyon, décoloration de l'iris, rétrécissement de la pupille, synéchies postérieures). Il est pourtant des cas d'ulcères où les phénomènes inflammatoires sont peu ou point sensibles (ulcère *torpide* ou asthénique). — Ces ulcères n'en deviennent pas moins très dangereux quelquefois.

Lorsqu'enfin l'infiltration s'arrête, l'ulcère entre dans son stade de *régression*. Le tissu détruit s'élimine, celui qui a échappé à la destruction redevient transparent après résorption de l'exsudat, l'ulcère se déterge (fig. 36). Le fond et les bords de l'ulcère détergé se montrent lisses et peu ou point troubles, et c'est surtout l'excavation de la surface de la cornée, excavation que l'on aperçoit en faisant miroiter la cornée, qui conduit au diagnostic. A mesure que l'ulcère se déterge, les phénomènes irritatifs concomitants s'apaisent.

Dès que l'ulcère est complètement détergé, la *cicatrisation* commence. Des vaisseaux sanguins, partant des parties les plus voisines du limbe conjonctival, se dirigent vers l'ulcère. Celui-ci se remplit alors de tissu cicatriciel opaque et se trouble par conséquent davantage, mais devient de moins en moins profond, jusqu'à ce qu'enfin il atteigne le niveau du

(1) *Serpere*, ramper.

tissu cornéen normal voisin. Il n'est pas rare pourtant que la formation du tissu cicatriciel s'arrête avant que le rétablissement de la perte de substance soit complet. Dans ce cas, la surface de la cicatrice reste excavée pour toujours. S'agit-il de petites cicatrices, en raison de la minceur des couches cicatricielles, elles sont transparentes ou à peu près et ne se trahissent alors que par le miroitement de la dépression de la cornée — *facette cornéenne.*

Réciproquement, il n'est pas rare que du tissu cicatriciel s'élève au-dessus du niveau du reste de la cornée. Ce sont ces cas où le tissu cornéen du fond de l'ulcère aminci ne résiste plus à la pression intraoculaire et se bombe en avant. L'ectasie peut disparaître par la rétraction du tissu cicatriciel, quelquefois elle persiste pour toujours — *cicatrice ectatique* [keratectasia exulcere (1), fig. 40]. Cependant la formation de cicatrices ectatiques est bien plus fréquente après la perforation de la cornée.

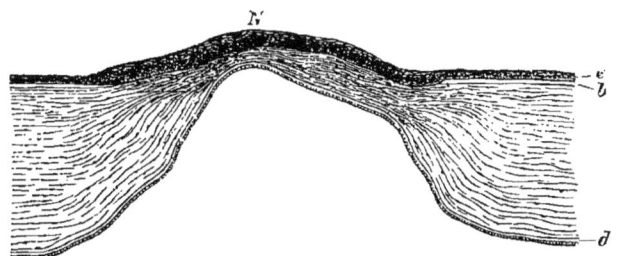

Fig. 40. — *Ectasie cornéenne, suite d'ulcère.* Gross. 25/1. — La cicatrice amincie et saillante se distingue du tissu cornéen normal avoisinant, par sa structure plus dense. A son niveau, l'épithélium *e* est épaissi, tandis que la membrane de Bowman *b* manque. Au contraire, la membrane de Descemet *d* avec son épithélium se continue sans interruption, preuve que la cornée n'a pas été perforée.

§ 34. Perforation de la cornée. — La marche de l'ulcère est beaucoup plus compliquée quand il en arrive à perforer la cornée. La perforation a lieu quand l'ulcère est arrivé aux couches les plus profondes de la cornée. Tout à coup le patient sent une vive douleur et a la sensation d'un liquide chaud (l'humeur aqueuse) qui s'échappe de l'œil, et souvent les douleurs auparavant intenses cessent. La perforation a lieu spontanément ou à la suite d'une augmentation subite de la pression intraoculaire, résultant d'un effort corporel (comme, par exemple, en se courbant), ou de la toux, l'éternuement, la contraction des paupières, les cris (chez les enfants). L'augmentation de la pression intraoculaire qui se produit dans ces circonstances doit être attribuée à une double cause. Elle est en partie la conséquence de l'augmentation de la pression sanguine (causée par l'effort musculaire,

(1) ἐχτασις, extension, de ἐχ-τείνω.

ainsi que par la stase sanguine dans le domaine de la veine cave supérieure), en partie aussi par la compression directe exercée à ce moment
sur le globe oculaire par les muscles de l'œil, notamment par le muscle
constricteur des paupières. Si la perforation s'opère dans ces conditions,
elle peut être violente et entraîner des conséquences très funestes.

Après la perforation, l'humeur aqueuse s'échappe, et, par conséquent, la
chambre antérieure s'affaisse ; l'iris et, sur toute l'étendue de la pupille, le
cristallin s'appliquent contre la paroi postérieure de la cornée. Dans
l'ouverture de la perforation, suivant la situation et l'étendue de celle-ci,
on voit l'iris entraîné plus ou moins dans la plaie par le flot de l'humeur
aqueuse. L'œil est très mou.

La perforation est souvent précédée d'un *kératocèle* (1). La membrane
de Descemet, en effet, se distingue
par une plus grande résistance
que les lamelles cornéennes aux
processus inflammatoires. C'est
le motif pour lequel la trame cornéenne se trouve déjà souvent
détruite par la suppuration dans
toute son épaisseur, alors que la
membrane de Descemet résiste
encore. Alors elle se trouve refoulée en avant sous forme d'une
vésicule transparente que l'on

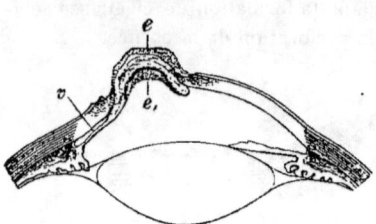

Fig. 41. — *Prolapsus partiel de l'iris.* Schématique. —
Entre les bords amincis et infiltrés de la perforation,
s'élève l'iris épaissi par l'infiltration et tapissé sur ses
deux faces par un exsudat e, e_1. A la périphérie du
prolapsus, l'iris est proche de la cornée, pourtant il y
persiste encore un reste v de la chambre antérieure.

voit au fond de l'ulcère, ou qui proémine même au-dessus du niveau de
la cornée — kératocèle ou descemetocèle. Ce n'est que lorsque cette
vésicule éclate à son tour que la perforation est consommée. Quelquefois
cependant l'ulcère commence à se cicatriser sans que le kératocèle se
rompe ou s'aplatisse. Dans ce cas, le kératocèle persiste pour toujours
sous forme d'une vésicule proéminant au-dessus du niveau de la surface
cornéenne. Cette vésicule, transparente elle-même, est entourée d'un
anneau opaque de tissu cicatriciel.

Les *suites* immédiates de la perforation, en ce qui concerne la marche
de la maladie, sont favorables dans le plus grand nombre des cas, non
seulement parce qu'alors les douleurs et les autres symptômes irritatifs
prennent fin, mais encore parce que, en règle générale, à ce moment l'ulcère
cesse de faire des progrès et se déterge rapidement. Le motif de l'influence
favorable de la perforation consiste, sans doute, en ce que, après l'écoulement de l'humeur aqueuse, la pression intraoculaire diminuant sensible-

(1) χήλη, rupture.

ment, la cornée se détend, et la circulation lymphatique y devient plus aisée.

La manière dont l'ouverture de perforation de la cornée s'obture est différente suivant qu'elle est située devant l'iris ou devant la pupille. Se trouve-t-elle *devant l'iris*, ce qui est le cas le plus fréquent, cet organe la ferme aussitôt, refoulé qu'il est jusqu'à la cornée après l'écoulement de l'humeur aqueuse. De cette façon, la chambre antérieure peut se rétablir promptement, tandis que, au niveau de la perforation, l'iris reste accolé pour toujours à la cornée. Dans le cas où l'ouverture est très petite, l'iris s'applique simplement à la face postérieure de la cornée et s'y fixe. Si la perforation est large, l'iris est régulièrement refoulé en avant par la pression de l'humeur aqueuse, et il se forme un *prolapsus* (ou hernie) de *l'iris* (fig. 41). Celui-ci se présente sous forme d'une proéminence hémisphérique qui, tant qu'elle est récente, possède une coloration brune ou grise. Bientôt, cependant, cette coloration est modifiée par une couche d'exsudat gris qui enveloppe le prolapsus comme un capuchon et que l'on peut détacher avec la pince (fig. 41, *e*). Si la partie herniée de l'iris est fortement distendue, la couleur propre disparaît, et le prolapsus paraît noir, parce que la trame iridienne amincie permet de distinguer le pigment rétinien de sa paroi postérieure. Ce fait s'observe souvent lorsque le prolapsus est très grand. — L'étendue de la procidence irienne se trouve en rapport avec la grandeur de l'ouverture de perforation. Dans les cas les plus graves, celle-ci peut embrasser toute la cornée, qui est tout entière en suppuration. Alors l'iris est découvert dans toute son étendue — *prolapsus irien total* (fig. 42). Dans ce cas, la pupille est obturée par un bouchon d'exsudat (*p*). Mais les circonstances dans lesquelles le prolapsus irien se produit en modifient également les dimensions. Lorsque la perforation s'opère avec beaucoup de violence (par exemple, pendant un grand effort de la part du patient), ou qu'après la rupture le patient ne reste pas tranquille, l'iris est entraîné dans l'ouverture, dans une étendue relativement grande.

Voici comment, abandonné à lui-même, se *cicatrise* un ulcère avec hernie de l'iris : l'iris contracte d'abord des adhérences solides avec le pourtour de la perforation et, dans toute l'étendue où il est à découvert, il se transforme, sous l'influence de l'inflammation, en une espèce de tissu bourgeonnant. Le prolapsus perd ainsi bientôt la couleur de l'iris et devient gris rouge. Plus tard le tissu iridien proliférant se change en un tissu cicatriciel, qui se présente tout d'abord sous forme de bandes grises isolées. Ces bandes en se rétractant produisent des étranglements à la surface du prolapsus. A mesure que la cicatrisation fait des progrès, les bandes s'élargissent, se confondent entre elles, et le prolapsus s'aplatit de plus en plus. Dans les cas favorables, le processus inflammatoire finit par former, à la place où l'iris a fait hernie, une cicatrice plate située au niveau du tissu cornéen voisin. Il est évident que le reste de l'iris, resté dans la chambre aqueuse, est intimement uni à cette cicatrice, qui est essentiellement constituée par une partie de l'iris devenue tissu inodulaire. Cette adhérence de l'iris avec la cicatrice cornéenne est désignée sous le nom de synéchie antérieure (1).

Comme l'iris est attiré dans la cicatrice, la pupille perd sa forme circulaire et se déplace vers le point d'adhérence. Le degré de cette déformation dépend de la situation de la perforation. Si l'ulcère est périphérique, la pupille est fortement attirée vers le point où se trouve la perforation ; elle prend la forme d'une poire dont la pointe est dirigée du côté de l'adhérence. Si, au contraire, l'endroit de la perforation se rapproche du centre de la cornée, c'est le bord pupillaire de l'iris qui s'enclave dans l'ouverture (fig. 41), et la déformation pupillaire manque ou est peu sensible. — Si la perforation est tellement large que tout le bord pupillaire de l'iris est compris dans le prolapsus et adhère

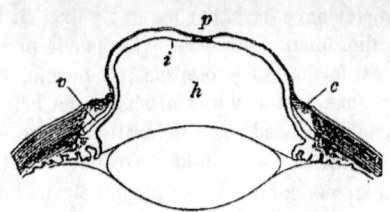

Fig. 42. — *Prolapsus total de l'iris.* — Schématique. — De la cornée il ne reste plus que les parties périphériques *c*, qui sont encore en partie infiltrées. Entre elles bombe l'iris, q.i est fortement distendu et par suite aminci, au point que le pigment *i* de la face postérieure transparaît et donne au prolapsus une teinte noire. La pupille *p* est fermée par une membrane se continuant en une mince couche exsudative qui tapisse tout l'iris. L'espace compris entre l'iris et le cristallin *h* est la chambre postérieure, agrandie. De la chambre antérieure on ne trouve plus qu'une fente étroite annulaire *r*. Elle ne communique plus nulle part avec la chambre postérieure (séclusion de la pupille).

à la cornée, le tissu cicatriciel ferme la pupille d'une manière permanente, et il se produit une occlusion et séclusion de la pupille, avec tout le cortège de leurs suites funestes.

Dans la cicatrisation de larges ulcères cornéens, la rétraction cicatricielle est souvent si prononcée que la cicatrice paraît aplatie, comparée à la courbure normale de la cornée. L'aplatissement peut aussi s'étendre au-delà de l'endroit cicatrisé et atteindre les parties encore transparentes de la cornée, qui est alors aplatie dans sa totalité — *aplatissement de la cornée.*

Si la cornée est entièrement détruite par suppuration, de façon que l'iris fait hernie dans sa totalité, celui-ci finit par se transformer en une toute petite cicatrice tout à fait plate qui remplace la cornée — *phtisie de la cornée.* La différence entre l'aplatissement et la phtisie de la cornée consiste en ce que, dans le premier cas, la cornée existe toujours, mais est en

_____

(1) σύνεχειν, lier. Au lieu de cicatrice cornéenne avec synéchie antérieure, on se sert encore de l'expression leucome adhérent (λεύχος, blanc).

partie transformée en tissu cicatriciel et aplatie en totalité. Dans le second cas, au contraire, la cornée est complètement détruite, à l'exception d'une très mince bande périphérique qui, en général, résiste à la destruction ulcéreuse. La cicatrice aplatie qui prend ici la place de la cornée, c'est l'iris transformé en un tissu cicatriciel.

La guérison d'un prolapsus iridien avec formation d'une *cicatrice plate*, telle que nous venons de la décrire, doit être considérée, malgré l'opacité qui en résulte, comme une terminaison relativement heureuse d'une large perforation cornéenne. Les onctions d'un pareil œil sont sans doute fortement entamées ; cependant, après la terminaison de l'inflammation, celui qui le porte jouit d'un repos complet et n'en ressent généralement aucun inconvénient ultérieur. Il en est autrement si la guérison se fait avec formation d'une *cicatrice ectatique*. — Voici comment celle-ci se produit : le prolapsus irien se recouvre du tissu cicatriciel, mais celui-ci n'est pas assez résistant pour l'aplatir. Le prolapsus alors se consolide, en conservant sa forme sphérique primitive et se transforme en cicatrice ectatique avec enclavement de l'iris — *staphylôme cornéen*. — Une grande étendue de la perforation, ainsi que le manque de tranquillité du patient favorisent le développement d'une telle ectasie. Une fois que le prolapsus de l'iris est assez saillant pour s'étrangler dans l'ouverture de la perforation et prendre la forme d'un champignon, dès lors on ne peut généralement pas compter sur une cicatrice plate, sans opération.

Lorsque la perforation est située non devant l'iris, mais au niveau de *la pupille*, l'iris ne peut pas l'obturer. L'ouverture se ferme alors plus lentement par le développement aux dépens de ses bords d'un tissu de nouvelle formation (tissu cicatriciel) qui la comble. Dans ce cas, la chambre reste un peu plus longtemps abolie et, en attendant, le cristallin s'adosse à la face postérieure de la cornée. Le cristallin peut porter des traces permanentes de ce contact, le plus souvent sous forme d'une opacité circonscrite au pôle antérieur (cataracte capsulaire centrale antérieure) (voir § 89). — Lorsque, pendant la cicatrisation, il arrive que le tissu, qui bouche l'ouverture, est encore trop délicat et qu'il se rompt à plusieurs reprises (ce qui provient, en règle générale, de ce que le patient ne garde pas un repos suffisant), la perforation peut persister ; il se développe alors une *fistule cornéenne*. Celle-ci se présente sous forme d'un petit point noir entouré d'une bande de tissu cicatriciel blanc opaque ; il n'y a pas de chambre antérieure, et l'œil est mou. Si la fistule persiste pendant longtemps, l'œil finit par se perdre. La cornée s'aplatit, l'œil se ramollit de plus en plus, et la cécité survient par décollement de la rétine. En revanche, il arrive que, aussitôt que la fistule se ferme, il se développe aisément une hypertonie qui occasionne une nouvelle rupture du tissu obturant, encore trop peu résistant. Ces alternatives d'ouverture de la fistule avec ramollissement du globe oculaire et d'occlusion graduelle de la fistule suivie d'une hypertonie allant chaque fois jusqu'à la rupture de la cicatrice peuvent se répéter longtemps, jusqu'à ce que finalement il se déclare une grave inflammation qui se termine par le ratatinement de l'œil et mette ainsi fin au processus morbide.

D'autres conséquences funestes de la perforation de la cornée que l'on observe quelquefois sont :

a) La *luxation* du cristallin. Au moment de l'écoulement de l'humeur aqueuse, le cristallin est projeté de toute la profondeur de la chambre antérieure (2,5^{mm}) contre la paroi postérieure de la cornée, ce qui ne peut se faire sans exercer une traction assez forte sur la zonule de Zinn. Si ce déplacement se fait brusquement ou si les fibres de la zonule de Zinn, par suite de maladie, sont devenues peu résistantes, elles se rompent. Par suite de cette rupture, le cristallin se place obliquement et peut même, si la perforation est suffisamment grande, être expulsé de l'œil ;

b) *Des hémorragies intraoculaires* peuvent survenir à la suite de la brusque diminution de la pression intraoculaire. Les vaisseaux, cessant brusquement d'être comprimés, se gorgent de sang au point d'éclater. L'hémorragie aura lieu, dans le cas où la perforation se produit brusquement, ou bien lorsque, avant cet accident, l'œil était le siège d'une pression particulièrement élevée. C'est le cas, quand il s'agit d'yeux glaucomateux ou staphylomateux, dans lesquels les parois des vaisseaux sont d'ordinaire dégénérées et se déchirent plus facilement. L'hémorragie peut être si violente qu'elle expulse tout le contenu du bulbe et même menace la vie du malade.

c) La suppuration passe de la cornée aux parties profondes et provoque une *iridocyclite suppurative* ou une *panophtalmie* qui entraîne infailliblement la perte de l'œil. Cette terminaison s'observe surtout à la suite de destructions cornéennes très étendues, notamment quand la suppuration est, en outre, d'une nature particulièrement virulente, comme, par exemple, dans la blennorrhée aiguë ou les abcès de la cornée.

Éclaircissement des cicatrices cornéennes. — La cicatrice qui résulte de la guérison d'un ulcère paraît, après un temps plus ou moins long, des mois et même des années, moins grande et plus transparente qu'immédiatement après la guérison complète de l'ulcère : la cicatrice s'est « éclaircie » en partie. De toutes petites cicatrices peuvent ainsi devenir entièrement invisibles. Le degré de l'éclaircissement obtenu dépend principalement de deux circonstances : de l'épaisseur de la cicatrice et de l'âge de l'individu. Plus la cicatrice pénètre profondément dans le tissu de la cornée, moins l'éclaircissement sera complet ; les cicatrices qui sont la conséquence de perforations cornéennes restent opaques pour toujours, si petites qu'elles soient. (Un bel exemple en est fourni par les piqûres, produites au moyen des aiguilles à discision. Ces piqûres restent visibles dans la cornée pendant toute la vie, sous forme de points gris.) L'âge de l'individu a une grande influence également sur l'éclaircissement, qui est d'autant plus parfait que le patient est plus jeune. C'est ainsi que les cicatrices qui suivent la blennorrhée des nouveau-nés s'éclaircissent souvent d'une manière étonnante.

§ 35. Étiologie. — Au point de vue de l'étiologie, les inflammations de la cornée peuvent se diviser en deux groupes importants : les kératites primitives et les kératites secondaires. Les premières comprennent celles qui ont débuté dans la cornée même ; les secondes celles qui sont consécutives à l'inflammation d'autres tissus, surtout de la conjonctive, d'où elle a passé à la cornée. Cette distinction est applicable aussi bien à la kératite en général qu'à l'ulcère de la cornée en particulier.

Les ulcères *primitifs* de la cornée ont le plus souvent pour cause des violences traumatiques. Au traumatisme appartiennent, non seulement les blessures, dans le sens étroit du mot, mais encore toute lésion de la cornée produite par de petits corps étrangers, comme le sont des cils mal dirigés, des verrues au bord libre des paupières, etc. En outre, un ulcère de la cornée peut être la conséquence d'un abcès ; il en est de même après l'élimination du tissu cornéen détruit par l'action d'une brûlure ou des substances caustiques. D'autres ulcères proviennent d'une nutrition défectueuse de la cornée, comme c'est le cas pour le glaucome absolu où la cornée est insensible, ou encore pour les ulcères qui ont pour siège d'anciennes cicatrices de la cornée (ulcères athéromateux).

Les ulcères *secondaires* sont consécutifs à des affections de la conjonctive. Toute conjonctivite peut se compliquer de kératite. Cette complication devient même la règle, quand il s'agit de conjonctivites violentes, comme c'est le cas pour la blennorhée aiguë ou la diphtérie.

La cause immédiate de l'ulcération de la cornée, d'après la théorie actuelle de la suppuration, doit, dans la pluralité des cas, être cherchée dans l'envahissement du tissu cornéen par des microorganismes. Ceux-ci seront tantôt des organismes spécifiques, comme ceux de la blennorrhée aiguë, de la diphtérie, etc. ; et d'autres fois il s'agira de simples microcoques pyogènes ordinaires (surtout des staphylocoques). Ceux-ci s'observent constamment dans la sécrétion de la conjonctivite catarrhale. Dès que la couche épithéliale protectrice est enlevée en un point de la cornée, que ce soit à la suite d'une légère blessure, ou d'un soulèvement vésiculeux (dans l'herpès cornéen) ou pour tout autre motif, il se produit une porte d'entrée aux microcoques, qui peuvent ainsi pénétrer dans le tissu cornéen. C'est ainsi que les ulcères de la cornée sont plus fréquents dans la classe ouvrière que dans la classe aisée, parce que l'ouvrier souffre souvent de catarrhes chroniques négligés et qu'il a plus souvent l'occasion de se blesser.

TRAITEMENT. — Les ulcères de la cornée sont justiciables d'un traitement approprié et énergique. Le pronostic en est donc favorable, en général, quand on les traite à temps. Il est possible, dans la plupart des cas, d'arrêter leur progrès et de provoquer une cicatrisation régulière. Le traitement doit varier suivant le stade où l'ulcère est arrivé.

a) Dans les ulcères frais, *non* encore *détergés* (progressifs), l'attention se portera surtout sur l'*indication causale*. Ainsi, si l'ulcère résulte d'un traumatisme, il faut se hâter avant tout d'extraire le corps étranger, s'il y est encore. Les cils qui sont dirigés sur la cornée seront arrachés ; les papillomes des bords des paupières, qui irritent la cornée, doivent être enlevés.

Dans les cas si nombreux où l'ulcère de la cornée provient d'une affection conjonctivale, le traitement de cette dernière maladie constitue, en règle générale, la partie la plus importante de la thérapeutique, car la guérison de la conjonctivite entraîne celle de l'ulcère. Quand il s'agit donc d'ulcères de la cornée provoqués par du catarrhe, du trachome ou de la blennorrhée aiguë, on ne doit nullement s'abstenir de cautériser la conjonctive, quand l'état pathologique de celle-ci l'exige. Il faut seulement prendre garde que le caustique ne vienne pas en contact avec la cornée elle-même, et l'on y arrive en lavant soigneusement la conjonctive, pour la dépouiller d'un excès de caustique. Il ne faut d'ailleurs se servir en fait de caustique que de la solution de nitrate d'argent, et non pas du crayon de sulfate de cuivre, qui est trop irritant, et moins encore de l'acétate de plomb, qui donnerait lieu à des incrustations plombiques dans la cornée. Tant que l'ulcère cornéen est dans son stade progressif, on s'abstiendra d'introduire dans l'œil toute espèce de liquides irritants, comme le collyre astringent jaune et autres semblables, car ils viendraient en contact avec la cornée.

Dans la majorité des cas, l'application d'un bandeau est indiquée. Suivant que celui-ci est plus ou moins serré, on distingue le bandeau compressif et le bandeau protecteur. L'ulcère récent ne demande que le *bandeau protecteur*. Il a pour but de tenir les paupières tranquillement fermées, sans exercer de pression sur le globe oculaire. L'immobilisation des paupières empêchera avant tout le frottement provoqué par le clignotement sur le fond de l'ulcère, frottement qui causerait une irritation permanente et qui, par le contact de la paupière avec les fibres nerveuses dénudées, ferait naître des douleurs. Il s'ensuit que, parfois, l'application faite à point d'un bandeau suffit pour couper brusquement les douleurs. Le bandeau a encore pour effet de préserver l'œil de la poussière. La poussière qui tombe sur une cornée intacte est enlevée par les mouvements de la paupière, mais le fond de l'excavation, qui forme l'ulcère, n'étant pas essuyé par la paupière, la poussière s'y dépose et peut infecter l'ulcère. En général, le bandeau doit être porté jusqu'à ce que l'ulcère se soit détergé et couvert d'une couche d'épithélium qui protège la cornée contre les influences extérieures. Mais, si le fond de l'ulcère est aminci et montre des tendances à l'ectasie, le bandeau doit être conservé jusqu'à ce que la jeune cicatrice soit assez forte pour résister à la pression intraoculaire.

Une abondante sécrétion constitue une contre-indication de l'emploi du bandeau qui, par l'occlusion des paupières, retiendrait la matière sécrétée dans le cul-de-sac conjonctival et, par conséquent, en contact permanent avec la surface ulcérée. C'est pourquoi l'on est souvent obligé de renoncer au bandeau dans le cas d'ulcères de la cornée consécutifs à une inflammation conjonctivale. En général, le bandeau est encore inutile chez les jeunes enfants, où il est difficilement maintenu, car l'œil souffrira moins de l'absence de bandeau que d'un bandeau mal placé.

Après le bandeau, c'est l'*atropine* qui, dans le traitement de l'ulcère, joue le rôle le plus important. Cette substance modère l'inflammation de l'iris, diminue ainsi l'état irritatif de l'œil en général et agit favorablement sur l'ulcère. Il faut l'instiller aussi souvent qu'il est nécessaire, pour maintenir la pupille dans un état de dilatation constante. Dans les cas légers, ces deux moyens — bandeau et atropine — suffisent pour atteindre le but. Mais, pour les ulcères qui, par leur couleur jaune ou par l'infiltration prononcée de leurs bords, montrent une tendance *progressive* rapide, on doit recourir à d'autres moyens encore. Ces moyens sont : les compresses d'eau chaude, l'iodoforme, le fer rouge et la paracentèse de la chambre antérieure.

Les *compresses chaudes* se font de la façon suivante : on prend un morceau de toile légère, plusieurs fois pliée sur elle-même, et dont la grandeur est suffisante pour couvrir exactement l'œil fermé, sans y exercer de pression par son poids. Avant de l'appliquer, on la plonge dans l'eau chaude et on l'exprime convenablement ; on la renouvelle assez souvent pour ne pas la laisser se refroidir. L'application s'en fait tous les jours pendant une ou plusieurs heures et, pendant ce temps, on enlève le bandeau. Sur l'ulcère lui-même, on projette de l'*iodoforme* très finement pulvérisé. Si, malgré ce traitement, on observe que l'ulcère prend manifestement de l'extension, il faut recourir à la *cautérisation* par le fer rouge (*Gayet*). Dans ce but, on se sert d'un petit cautère pointu rougi au feu ou du galvanocautère ou, encore, du thermocautère de Paquelin. Avec l'un

ou l'autre de ces instruments, on cautérise l'ulcère aussi loin qu'on
remarque un dépôt gris. Si l'ulcère est très large, il est inutile de le cautériser dans toute son étendue, il suffit de détruire le point le plus infiltré
du bord où l'extension de l'ulcère est à craindre. Pour opérer la cautérisation, on insensibilise la cornée par des instillations répétées d'une solution à 5 °/₀ de chlorhydrate de cocaïne.

Un autre moyen très efficace pour combattre l'extension rapide des
ulcères est la *paracentèse* de la chambre antérieure (pour son exécution,
voir le § 154). On a été conduit à pratiquer cette opération par cette observation que les ulcères guérissent, en général, promptement après leur
ouverture spontanée. La perforation artificielle, c'est-à-dire la ponction de
la cornée faite en temps opportun, a de même pour effet d'arrêter l'extension de l'ulcère et les menaces d'une perforation imminente. Pourquoi
n'attend-on pas que cette perforation se produise spontanément? Parce
que, d'abord, ce serait donner à l'ulcère le temps de s'étendre en largeur
et de laisser à sa suite une opacité plus étendue; ensuite, parce que la
perforation spontanée, après ulcération cornéenne, est presque toujours
suivie d'un prolapsus de l'iris qui entraîne une synéchie antérieure, tandis
qu'une ponction méthodiquement exécutée prévient ces accidents. Si la
perforation de l'ulcère est imminente, et si l'on ne veut pas recourir à la
ponction, on recommande au patient le repos, de préférence au lit, afin
de prévenir une perforation trop brusque, et un prolapsus trop étendu de
l'iris dans l'ouverture.

b) Lorsque la *perforation* de la cornée est un fait accompli, le traitement doit surtout avoir pour effet : d'abord d'empêcher la synéchie antérieure ou du moins de la rendre aussi petite que possible et, ensuite,
d'obtenir une cicatrice résistante et bien plate (non ectatique). On y arrive
de la manière suivante :

1° Si la perforation est très petite, il ne se produit pas de prolapsus,
l'iris s'adosse simplement à la face postérieure de l'ouverture. Dans ce
cas, on peut se contenter d'ordonner, comme traitement, le repos, le bandeau et l'atropine. Il ne reste alors qu'une synéchie antérieure ponctiforme qui souvent s'étire plus tard en un fin filament. Dans les cas les
plus favorables, il ne se produit pas de synéchie antérieure, si l'iris, grâce
à une prompte restitution de la chambre aqueuse, a été séparé de la plaie
avant de s'y être soudé ;

2° Lorsque — en cas de large perforation — l'iris fait hernie, il faut
l'exciser. Le refoulement de l'iris (reposition) dans la chambre antérieure
serait le plus souvent inexécutable, et, fût-il possible, il n'aurait pas de
durée, car l'iris se réengagerait toujours dans l'ouverture. Avant de pratiquer l'*excision*, on insensibilise la cornée au moyen de la cocaïne. Alors,

avec un instrument pointu (sonde conique), on rompt circulairement les adhérences du prolapsus avec le pourtour de l'ouverture et, attirant l'iris, autant que possible, hors de la plaie au moyen d'une pince, on le coupe au ras de la cornée (*Leber*). Pour que l'opération soit bien réussie, il ne doit plus rester aucune adhérence entre l'iris et les bords de la perforation ; il faut, au contraire, qu'il y ait un colobome, avec angles libres, comme après l'opération méthodique de l'iridectomie. De cette manière, on obtient une cicatrice solide sans enclavement de l'iris.

L'excision n'est possible que pour les prolapsus de fraîche date (existant depuis quelques jours). Plus tard, en effet, les adhérences aux bords de la perforation deviennent si intimes qu'il n'est plus possible de les détacher. L'excision n'est pas à recommander non plus, quand l'ouverture de la perforation est très grande. Dans ces deux cas, c'est-à-dire :

3° Dans un prolapsus très étendu ou déjà ancien, on s'abstient de dégager l'iris et l'on se contente de chercher à obtenir une cicatrice plate et solide. Dans un grand nombre de cas, il suffit, pour cela, d'appliquer un bandeau compressif pendant longtemps. Si cette pratique ne suffit pas, et ce sera le cas lorsque le prolapsus est étranglé à sa base et forme champignon, il faut s'attacher à en obtenir l'aplatissement par des ponctions répétées ou par l'excision d'un petit fragment du prolapsus. Lorsqu'il y a un prolapsus irien total fortement proéminent, on conseille de le fendre transversalement et, après avoir ouvert la capsule cristallinienne antérieure, de faire sortir le cristallin. — Lorsqu'une partie suffisamment large de la cornée est conservée pour permettre l'exécution d'une iridectomie, cette opération constitue un moyen très efficace d'obtenir une cicatrice plate ;

4° Contre le *kératocèle* on ordonne le repos, l'application d'un bandeau compressif et, éventuellement, la ponction de la vésicule herniée ;

5° Pour guérir la *fistule de la cornée*, il faut éviter tout ce qui pourrait accidentellement augmenter la pression intraoculaire et occasionner une nouvelle rupture de la fistule en voie de se cicatriser. On prescrit, à cet effet, l'application sur les deux yeux d'un bandeau léger et le repos au lit. En même temps l'on administre un miotique (ésérine ou pilocarpine, voir § 64), dans le but de diminuer la pression dans la chambre antérieure. L'iridectomie est ici très efficace, seulement elle ne devient praticable que lorsque la chambre antérieure est au moins un peu rétablie. Quand ces moyens échouent, on doit enlever les bords cicatriciels de la fistule, par excision ou cautérisation (à l'aide de la pointe fine d'un galvanocautère ou d'un thermocautère), pour obtenir la formation d'un nouveau tissu cicatriciel solide. Pour pouvoir recourir à la cautérisation, il est nécessaire toutefois qu'il existe une chambre antérieure, si petite soit-elle, sans quoi on brûlerait la face antérieure du cristallin.

c) Le traitement de l'ulcère pendant la période régressive, ou de *cicatrisation*, aura surtout pour but de combler complètement la perte de substance par du tissu cicatriciel solide et aussi transparent que possible. Pour obtenir ces deux effets, il faut avoir recours aux moyens excitants. On commence par les plus faibles et, s'ils sont bien supportés, on en arrive peu à peu à ceux qui sont plus forts. Parmi les moyens les plus doux, il faut ranger la poudre de calomel; la pommade au précipité jaune (1 à 4 %) est plus irritante, ainsi que le collyre astringent jaune et le laudanum de Sydenham. Quand on emploie la pommade au précipité jaune, on la répartit dans le sac conjonctival en frictionnant l'œil par l'intermédiaire de la paupière supérieure; on exerce ainsi en même temps une espèce de massage de la cornée trouble. Comme moyen excitant, on recommande encore les bains de vapeur d'eau (d'eau pure ou mêlée à d'autres liquides irritants). On lance la vapeur sur la cornée au moyen d'un pulvérisateur à vapeur (comme celui dont on se sert pour les inhalations). On conseille de continuer pendant longtemps l'application de ces moyens, dans le but d'obtenir la plus complète transparence possible de la cicatrice. Cependant il faut, de temps en temps, changer la médication, sinon l'œil finirait par s'y habituer et n'en subirait plus aucune influence.

L'ulcère de la cornée constitue une des maladies les plus fréquentes de l'œil, et il faut lui attribuer une importance capitale, en raison des opacités qui en sont souvent la suite et qui diminuent l'acuité visuelle. Sauf les ulcères cornéens qui ont pour cause la conjonctivite lymphatique, on les trouve beaucoup plus fréquents chez les adultes et spécialement chez les personnes âgées que chez les enfants. Il semble que la cornée soit moins bien nourrie dans la vieillesse et que, pour ce motif, elle soit plus sujette à la destruction que dans la jeunesse.

Le médecin appelé auprès d'un malade qui souffre d'ulcère cornéen doit, après examen, établir, non seulement le diagnostic, mais encore le pronostic. Il doit pouvoir prédire au malade jusqu'à quel point la vue subira une altération permanente, afin que dans la suite on ne l'attribue pas à l'imperfection du traitement médical. Le pronostic, en ce qui concerne l'acuité visuelle, dépend du siège, de l'étendue et de l'épaisseur de l'opacité que l'ulcère laisse après lui ; de petits troubles cornéens, même très saturés, sont moins préjudiciables à la vue, d'ordinaire, que des défauts de transparence peu denses mais étendus (§ 46). Par conséquent, l'ulcère qui s'étend en profondeur est moins à craindre que celui qui s'étend en largeur. L'ulcère s'avance-t-il vers le centre de la cornée, chaque millimètre en plus ôte à l'œil de son acuité visuelle, tandis que son extension vers les bords cornéens est à peu près indifférente.

Quand une partie du bord de l'ulcère est déjà pourvue de vaisseaux, il n'y a plus à craindre que la destruction s'étende dans cette direction, absolument comme la cornée couverte d'un pannus est préservée de la suppuration blennorrhagique. Dans tous les cas, l'ulcère ne s'avance que jusqu'au limbe, jamais il n'empiète sur le limbe ou sur la sclérotique limitrophe. Il n'y a d'exception à cette règle que pour les ulcères provenant de boutons situés assez souvent sur le limbe dans la conjonctivite lymphatique. — Les suppurations étendues de la cornée, comme dans la blennorrhée aiguë, dans l'abcès, etc., laissent constamment une mince bande de la circonférence cornéenne intacte ; en vérité, elle ne suffit pas toujours pour permettre d'exécuter une iridectomie à l'effet de rétablir l'acuité visuelle.

Les ulcères de la cornée se présentent sous des *formes* très diverses, dont quelques-unes sont bien caractérisées, soit par leur étiologie, soit par leur apparence extérieure ou leur marche. En voici l'énumération :

1° Dans la *conjonctivite lymphatique*, comme dans la conjonctivite compliquant un acné rosacé, on trouve de petits ulcères superficiels qui occupent la circonférence de la cornée, et qui, en règle générale, se cicatrisent rapidement. Il existe pourtant des cas de conjonctivite lymphatique, où les ulcères s'étendent non en largeur, mais en profondeur, sans qu'on puisse les arrêter, de sorte qu'ils forment des pertes de substance à bords escarpés, en forme de cratère, qui conduisent rapidement à la perforation. Habituellement, ces ulcères siègent également au bord cornéen, et laissent après eux ces enclavements iriens tout à fait périphériques avec fort déplacement de la pupille, qui sont caractéristiques d'une ancienne conjonctivite lymphatique ;

2° La *kératite en bandelettes* (kératite fasciculaire) s'observe aussi dans la conjonctivite lymphatique et provient de ce qu'un petit ulcère, commençant sur le bord, s'avance graduellement vers le milieu de la cornée en laissant sur son chemin une traînée vasculaire ;

3° L'ulcère *catarrhal* se distingue par sa forme en croissant, par la place qu'il occupe près du bord cornéen et par sa direction concentrique avec la cornée.

4° Dans le *pannus trachomateux*, on observe souvent de petits ulcères ayant pour cause des infiltrations qui se développent sur son bord. Quelquefois on trouve le long du bord cornéen toute une série de ces petits ulcères qui peuvent, en devenant confluents, se transformer en un grand ulcère falciforme. D'autres ulcères se développent au milieu du pannus aux endroits où l'infiltration pénètre plus profondément dans la cornée et finit par amener une destruction ulcéreuse.

5° L'ulcère *central indolent*, dans le trachome, se développe généralement au milieu de la cornée. Il se distingue par l'absence absolue de tout phénomène irritatif, en sorte que le trouble de la vue est souvent le seul fait qui appelle l'attention du patient sur son mal. Objectivement, cet ulcère se distingue en ce que, même pendant la période progressive, il est peu opaque, de sorte qu'il ne se trahit, pour ainsi dire, que par la perte de substance qu'il a occasionnée. C'est ainsi qu'on le méconnaîtrait facilement si l'on ne faisait miroiter la cornée avec soin. Il a pour tendance de ne pas se combler entièrement de tissu cicatriciel. De cette façon, il reste une facette centrale qui entame fortement la vue par l'astigmatisme irrégulier qu'elle occasionne.

6° Les ulcères dans la *blennorrhée* aiguë et la *diphtérie* conjonctivale débutent relativement souvent dans la moitié inférieure de la cornée. D'habitude, ils s'étendent rapidement, amènent souvent la destruction totale de la cornée et même la panophtalmite.

7° Les ulcères *traumatiques* de la cornée sont, en général, petits et superficiels et s'observent surtout chez les personnes âgées. Ils sont ordinairement situés dans la zone de la fente palpébrale. Le tiers supérieur de la cornée, étant couvert habituellement par la paupière supérieure, reste le plus souvent indemne. En dehors de ces ulcères bénins se cicatrisant rapidement, il s'en présente encore d'autres — en règle générale, après des traumatismes insignifiants — qui, dès le début, trahissent leur grande gravité par leur teinte jaune de pus et par la saturation prononcée d'un point de leur bord qui paraît jaune et bosselé. De ce côté, l'ulcère s'étend rapidement. En outre, de bonne heure, apparaissent les symptômes de l'iritis avec hypopyon. Ces sortes d'ulcères se rapprochent sous tous les rapports des abcès de la cornée. Nous en parlerons encore à l'occasion de cette dernière affection. — Pour les ulcères consécutifs à la dessiccation de la cornée, voyez la kératite, suite de lagophtalmie (§ 38).

8° Chez les personnes âgées, particulièrement chez les hommes, on observe souvent de petits ulcères marginaux, sans qu'on puisse leur trouver pour cause, ni une affection de la conjonctive ni aucune lésion extérieure. Ils se manifestent au milieu de symptômes irritatifs passablement intenses, mais n'ont que l'étendue d'une tête d'épingle et se cicatrisent rapidement sans envahir les couches profondes. Ils sont surtout incommodes parce qu'ils ont une grande tendance à récidiver, de sorte que beaucoup de personnes ont à souffrir une ou plusieurs fois l'an de semblables attaques d'inflammation cornéenne.

9° L'*herpès fébrile de la cornée* (aussi, mais rarement, l'herpès zoster de la cornée, voir § 41) peut donner lieu à des ulcères provenant de vésicules herpétiques rompues. Ils ont pour caractère non pas de s'étendre en profondeur, mais de prendre de préférence de l'extension suivant la surface. L'extension peut s'opérer de deux manières : ou bien l'ulcère s'élargit uniformément dans toutes les directions. Dans ce cas, on observe une perte de substance large, mais très superficielle. Elle est entourée d'un bord étroit, taillé à pic, le plus souvent festonné et pénétré d'une infiltration grise, laquelle s'étend tous les jours de plus en plus. D'autres fois, l'extension ne s'opère que dans une certaine direction. De la petite perte de substance primitive, s'étendent dans une ou plusieurs directions, des stries grises dans la cornée transparente. Ces stries s'allongent constamment, se bifurquent et émettent des ramuscules latéraux. De cette manière naît souvent dans la cornée une très jolie figure grise arborescente et dont les branches montrent fréquemment à leurs extrémités des renflements — *kératite dendritique (Emmert)*. Cette infiltration ramifiée dégénère en un ulcère, qui a la forme d'un sillon profond, ramifié, entouré d'un bord gris. Après s'être détergé, il se cicatrise en laissant une opacité, dont la forme ramifiée permet de reconnaître encore plus tard la nature de l'affection qui l'a précédé. Dans certains cas, il se produit à la suite de l'herpès, non pas un grand, mais de nombreux petits ulcères, en forme d'étoile à courtes branches (kératite étoilée) ;

10° *Ulcère rongeant (Mooren)*. — Un ulcère superficiel, accompagné d'accidents inflammatoires violents, se développe en prenant son point de départ sur le bord de la cornée (ordinairement le bord supérieur). Il est limité du côté de la cornée saine par une bande grise, qui est manifestement minée. Ce dernier symptôme est caractéristique pour l'ulcère rongeant. Au bout de peu de temps, l'ulcère commence à se déterger et à se cicatriser, tandis que des vaisseaux venant du limbe le recouvrent. A ce moment, l'on s'imagine que le processus pathologique touche à la guérison complète, lorsque tout à coup la réapparition des phénomènes inflammatoires produit une nouvelle poussée qui fait que l'ulcère s'avance d'une étape sur la cornée. Avec des alternatives d'exacerbation et de rémission, l'affection progresse ainsi jusqu'à ce que l'ulcère ait envahi toute la surface de la cornée. Alors partout, cet organe a perdu ses couches les plus superficielles et reste ainsi opaque dans toute son étendue, de façon que la diminution de l'acuité visuelle est très considérable. On n'a jamais vu que cet ulcère ait abouti à la perforation de la cornée. Cette rare affection attaque surtout les personnes âgées, assez souvent les deux cornées simultanément, ou l'une après l'autre. Elle était considérée comme incurable avant qu'on ne connût la cautérisation au fer rouge. Quand on détruit par ce procédé le bord de l'ulcère, celui-ci se guérit sûrement ;

11° La *kératite marginale superficielle* est également une affection rare, qui s'observe chez des personnes d'un âge moyen. Une ulcération tout à fait superficielle s'avance du bord dans la cornée, mais pas sur tout le pourtour en même temps ou avec la même rapidité, de telle sorte que la zone marginale ulcérée se termine par un contour sinueux, représenté par une fine ligne grise. Cette affection persiste pendant longtemps (parfois des années), avec des alternatives d'arrêts et de poussées, lesquelles s'accompagnent de phénomènes d'irritation assez marqués. Elle se distingue de l'ulcère rongeant en ce que la perte de substance est tout à fait superficielle, et le bord de l'ulcère n'est pas miné ; en outre, jamais l'ulcère n'atteint le milieu de la cornée, de telle sorte que l'opacité excessivement fine qui en résulte, n'amène qu'un faible trouble de la vue. La kératite marginale superficielle est souvent cause que la conjonctive est attirée sur la cornée sous forme d'un pseudoptérygion (Voir p. 127).

La kératite en bandelettes, la kératite dendritique, l'ulcère rongeant et la kératite marginale superficielle ont la commune tendance de s'étendre lentement sur la cornée ; c'est pourquoi on désigne ces ulcères sous le nom d'ulcères serpigineux ;

12° Les ulcères *athéromateux* s'observent sur de vieilles cicatrices cornéennes dégénérées par l'accumulation d'un dépôt graisseux ou calcaire, ou encore quand elles sont exposées à des irritations mécaniques (lorsqu'elles sont situées au sommet d'un staphylôme). Ces ulcères sont très incommodes pour le patient, à cause des rechutes si fréquentes et des accidents inflammatoires qui les accompagnent. Ils peuvent aussi aboutir à la perforation de la cornée et ainsi à la panophtalmie.

13° Les yeux frappés de cécité à la suite de *glaucome absolu* sont tantôt le siège d'ulcères purulents, tantôt d'abcès de la cornée. Ces deux affections sont ordinairement accompagnées d'un hypopyon considérable, et se terminent sou-

vent par la perforation de la cornée, suivie d'hémorragie intraoculaire ou de
panophtalmite. Ils reconnaissent pour cause, comme les ulcères athéromateux,
une insuffisance de la nutrition et de l'innervation, qui se trahit déjà par l'insensibilité de la cornée. Dans ces deux espèces d'ulcères, l'énucléation de l'œil
aveugle est parfois le seul moyen de débarrasser définitivement le patient d'ulcérations incommodes et récidivant fréquemment.

La thérapeutique des ulcères cornéens a fait, dans ces derniers temps, de
grands progrès par l'introduction de la *cautérisation ignée*. C'est à *Gayet* surtout
qu'on la doit. Par cette pratique, en effet, on parvient souvent à arrêter aussitôt
les progrès de ces ulcères très purulents, à marche rapide, et contre lesquels on
était souvent impuissant. L'application du fer rouge est indolore sur des yeux
cocaïnisés et, contre toute attente, ne cause d'ordinaire qu'une irritation modérée de l'œil. Bien plus, par une seule intervention, souvent les douleurs
s'arrêtent et les autres phénomènes irritatifs s'amendent. Dans la pratique privée, quand on n'a pas d'autre instrument à sa disposition, on peut se servir de
l'extrémité d'une sonde ou d'une aiguille à tricoter rougie au feu. Ce qui
importe surtout, c'est que la cautérisation soit suffisamment large. Il suffit d'un
peu de prudence pour éviter de perforer le fond de l'ulcère aminci ; et, dût cet
accident arriver, il n'a pas d'autres suites fâcheuses que celles produites par la
perforation elle-même, c'est-à-dire l'écoulement de l'humeur aqueuse qui refroi-
dit aussitôt la pointe du cautère. Le point qui a été soumis à la cautérisation
reste pour toujours opaque. Mais, puisqu'on se borne à cautériser les points qui
sont quand même condamnés à la destruction, finalement le trouble de transparence qui suit la cautérisation n'est jamais plus considérable qu'il ne l'eût
été, si l'on s'en était abstenu.

Parmi les antiseptiques qui rendent le plus de services, dans les ulcères purulents, il faut citer en premier lieu l'iodoforme. On s'en sert sous forme d'une
poudre fine projetée sur la surface malade. Tous les autres antiseptiques
employés extérieurement ne m'ont donné que des résultats incertains. Au contraire, le sublimé, sous forme d'injection sous-conjonctivale, préconisé par
Darier, a trouvé de nombreuses indications dans le traitement des ulcères cornéens. Après avoir cocaïnisé l'œil, on injecte sous la conjonctive bulbaire, pas
trop près du limbe, 1 à 3 divisions de la seringue de Pravaz d'une solution de
sublimé à 1 : 1.000. Après l'injection surviennent des douleurs, une vive rougeur
et un gonflement de la conjonctive, tous symptômes qui se dissipent d'habitude
après quelques jours. On laisse donc d'ordinaire entre deux injections un intervalle d'un ou plusieurs jours. On emploie ces injections, non seulement dans
les suppurations cornéennes, mais dans la sclérite, l'iritis, l'iridocyclite et,
enfin, dans la choroïdite et la rétinite. On les a aussi essayées dans les cas d'infection purulente des plaies oculaires, soit à la suite de blessures, ou à la suite
d'opérations. Dans certains cas, les injections sous-conjonctivales de sublimé
rendent incontestablement de bons services, mais, en général, leur action est
assez inégale. Dans les ulcères purulents, ainsi que dans les abcès de la cornée,
certains auteurs ont substitué l'ésérine à l'atropine. L'ésérine ne me paraît pourtant
avoir aucune action en elle-même sur le processus cornéen, elle augmente, au

contraire, l'état d'irritation de l'iris et favorise la formation de synéchies postérieures étendues. L'ésérine est mieux indiquée, dans les cas où il existe une
petite perforation dans le voisinage du bord cornéen, à laquelle l'iris s'est
adossé après l'échappement de l'humeur aqueuse. On peut espérer que, sous
l'influence de l'ésérine, la contraction du sphincter irien sera assez puissante
pour écarter l'iris de la perforation et éviter ainsi la production d'une synéchie
antérieure. Au contraire, la perforation se trouve-t-elle vers le centre cornéen,
de façon que les parties pupillaires de l'iris viennent s'y appliquer, c'est l'atropine qu'il faut administrer dans le but d'en écarter cet organe. En revanche,
l'iris a-t-il fait déjà procidence dans l'ouverture de la cornée, de sorte qu'un
vrai prolapsus existe déjà, dans ce cas, en règle générale, ni l'atropine ni l'ésérine ne sont en état d'écarter l'iris de la plaie et de le ramener dans la chambre
antérieure. Alors l'excision du prolapsus, d'après *Leber*, est le seul moyen efficace.

Les *fistules cornéennes* résultent particulièrement de ces perforations situées en
face du bord pupillaire de l'iris, de telle sorte que l'iris ne peut les boucher complètement, mais se soude par son bord libre au tissu cicatriciel qui ferme l'ouverture; en tiraillant cette cicatrice, l'iris l'empêche de se consolider. En général, ces fistules ne sont pas constituées par un canal large, tapissé d'épithélium,
mais on trouve l'ouverture remplie d'un tissu cicatriciel ténu, et traversé de fis-
sures qui laissent suinter l'humeur aqueuse à la surface de la cornée (*Czermak*).
D'autres fois, la fistule est la conséquence d'une raréfaction du tissu de l'iris
hernié, produite par la pression de l'humeur aqueuse, d'où résulte une absence
d'occlusion de l'ouverture. Enfin, dans le cas de prolapsus étendus de l'iris, il
arrive que, pendant la cicatrisation, il persiste une fistule à l'endroit qui répond
à la pupille. — Habituellement il est difficile de faire fermer une fistule cornéenne. Dans quelques cas, j'y ai réussi en suturant sur la fistule un lambeau,
pris à la conjonctive voisine. Le lambeau se soude à la cicatrice dont on a au
préalable enlevé l'épithélium, et l'ouverture se trouve fermée.

2° Abcès cornéen (Ulcère rampant de la cornée)

Symptômes. — Un abcès récent se présente sous forme d'un disque
blanc grisâtre ou jaunâtre, qui occupe à peu près le centre de la cornée.
L'opacité du disque est plus prononcée à la circonférence que vers le
centre et, d'ordinaire, un point du bord est spécialement infiltré, gris ou
jaune. Le disque est entouré d'un halo léger, grisâtre, et souvent on
observe, partant de ses bords, de fines stries grises qui rayonnent dans la
cornée transparente. Au niveau du disque, la surface de la cornée est
picotée et, au début, elle est très souvent proéminente au-dessus des
parties adjacentes. Bientôt cependant l'endroit affecté se déprime, non
pas comme le fait, par exemple, une perte de substance dans l'ulcère, mais

en cupule peu profonde. Le reste de la cornée, qui n'est pas envahi par l'abcès, est aussi moins brillant et occupé par une opacité délicate et uniforme. — Ces altérations de la cornée sont constamment accompagnées d'une violente iritis. L'humeur aqueuse est trouble et, au fond de la chambre antérieure, se trouve un hypopyon. L'iris est décoloré et fixé à la capsule cristallinienne par des synéchies postérieures. A cette violente inflammation correspondent des symptômes irritatifs violents, tels que : œdème léger des paupières, forte injection de la conjonctive et des vaisseaux ciliaires, photophobie, douleurs, tous phénomènes qui atteignent souvent un très haut degré d'intensité. Cependant on rencontre aussi quelquefois des cas d'abcès torpides qui ne présentent que des symptômes irritatifs légers.

La *marche* ultérieure se caractérise par l'extension de l'abcès et sa transformation en un ulcère. L'abcès s'étend surtout dans la direction du point de son bord qui se distingue par une opacité particulièrement prononcée et qui semble l'embrasser comme un croissant jaune. Dès que l'abcès a acquis une certaine étendue, les lamelles cornéennes qui le limitent en avant se détruisent. Dès lors, il existe une large perte de substance au fond de laquelle le foyer purulent se trouve à nu ; l'abcès s'est transformé en ulcère. Bientôt les couches cornéennes, qui constituent la paroi postérieure de l'abcès, se détruisent d'ordinaire à leur tour, et il se produit une large perforation de la cornée. Alors le contenu de la chambre antérieure, constitué par un mélange d'humeur aqueuse et de pus, s'échappe, et il se forme un prolapsus irien plus ou moins étendu. A mesure que l'abcès se développe et s'approche du moment de s'ouvrir, l'iritis, qui l'accompagne, devient plus violente ; l'hypopyon grandit, au point d'occuper la plus grande partie de la chambre antérieure, et la pupille est fermée par une membrane exsudative.

Dès que l'abcès s'est ouvert, d'ordinaire les phénomènes irritatifs s'apaisent. L'abcès peut alors s'arrêter dans sa marche. D'autres fois néanmoins, la fonte purulente continue au point que la cornée se détruit entièrement, sauf un mince liseré au bord. La suppuration, en se propageant dans les parties profondes, peut même provoquer une panophtalmite.

L'abcès laisse toujours après lui une cicatrice épaisse, qui ne s'éclaircit jamais et dans laquelle l'iris est presque toujours enclavé. De plus, à la suite de l'iritis, il persiste le plus souvent des adhérences de l'iris avec la capsule (synéchies postérieures), ou même une occlusion complète de la pupille. La cicatrice cornéenne elle-même est plate dans les cas favorables, ectatique dans les autres, et alors l'abcès se termine par la formation d'un staphylôme. Si l'abcès s'est compliqué de panophtalmite, l'œil s'atrophie (phtisie de l'œil).

Ce n'est qu'au début que les signes caractéristiques de l'abcès peuvent s'observer. Les plus importants sont : *la forme discoïde et la situation centrale de l'opacité ; l'opacité plus prononcée sur les bords qu'au centre ; l'état de la surface cornéenne qui, au niveau de l'abcès, présente une simple dépression, enfin l'apparition précoce de l'hypopyon et de l'iritis.*

Le *pronostic* de l'abcès est toujours sérieux, car, par sa malignité, il appartient aux affections les plus dangereuses de l'œil et, si on ne parvient pas à l'arrêter à temps, il finit presque toujours par produire la cécité à la suite de troubles de transparence incurables de la cornée. Mais, même dans les cas favorables; qui s'arrêtent promptement, soit spontanément, soit par suite de l'intervention de l'art, il reste une cicatrice opaque et centrale, et la vue ne peut, le plus souvent, se rétablir que grâce à une opération (iridectomie).

§ 37. Éтіologie. — L'abcès résulte de l'*infection* de la cornée par des microorganismes qui provoquent une inflammation suppurative. L'infection suppose deux conditions : d'abord une lésion de l'épithélium cornéen, lequel, dans les circonstances normales, préserve la cornée contre l'introduction des microorganismes ; ensuite la présence d'organismes pyogènes qui atteignent le point privé d'épithélium. Dans un grand nombre de *blessures* de la cornée, ces deux conditions se réalisent. Quelquefois le corps, qui occasionne la lésion, peut être l'agent d'inoculation des germes infectants dans la cornée. Le plus souvent cependant, la lésion ne constitue que la cause occasionnelle de l'infection, parce qu'elle produit une perte de substance du revêtement épithélial. Les germes infectants sont alors fournis par le produit de sécrétion qui se trouve dans le sac conjonctival. Les lésions qui provoquent ainsi la formation d'abcès sont en général peu considérables, ce ne sont que de simples érosions épithéliales. A ces sortes de lésions appartiennent, par exemple, des égratignures de la cornée avec l'ongle, comme en font surtout fréquemment à leurs mères les enfants que celles-ci portent sur le bras. Les frottements de la cornée avec un linge rude, avec une feuille ou une branche, l'introduction dans l'œil de petits corps étrangers, notamment des fragments de pierres, causent aussi des lésions superficielles. Dans le cas où des abcès typiques de la cornée ont soi-disant éclaté spontanément, il n'y a pas de doute qu'ils n'aient été précédés de lésions cornéennes mais de nature trop légère pour avoir été remarquées par le patient. Exceptionnellement on voit naître aussi des abcès à la suite de lésions graves perforantes ou d'opérations. Au traumatisme s'ajoute, comme second facteur, l'existence d'une affection conjonctivale chronique (catarrhe ou trachome) ou d'une blennorrhée du sac lacrymal (présente dans le tiers à peu près des cas d'abcès), qui fournissent la sécrétion infectante.

L'abcès traumatique se rencontre exclusivement chez les personnes adultes, et spécialement chez celles qui appartiennent à la classe ouvrière. Celles-ci sont d'abord plus exposées à se blesser et souffrent plus fréquemment que les personnes aisées d'affections négligées de la conjonctive et du sac lacrymal. Les grandes chaleurs favorisent le développement des abcès, et c'est pour ce motif qu'on les rencontre beaucoup plus fréquemment pendant la période chaude de l'année que pendant l'hiver. C'est ainsi qu'on s'explique pourquoi les moissonneurs sont si souvent atteints d'abcès ; d'abord, pendant le fauchage du blé, les barbes du grain leur égratignent les yeux ; ensuite, la moisson se fait toujours pendant l'époque la plus chaude de l'année. Les abcès sont particulièrement fréquents chez les tailleurs de pierres.

Dans les abcès à la suite de blennorrhée aiguë ou de diphtérie de la conjonctive, il s'agit aussi sans aucun doute d'introduction dans la cornée de germes pyogènes fournis par la conjonctive.

Les abcès se montrent aussi à la suite de *maladies infectieuses aiguës*, comme la variole, la rougeole, la scarlatine, la fièvre typhoïde, etc. Dans la *variole* surtout, on observe fréquemment le développement d'abcès. Ce n'est pas quand la maladie est à son apogée qu'ils se développent, mais, plutôt, pendant le stade de dessiccation et même quelquefois chez les patients qui ont déjà quitté le lit. Les abcès dans la variole se rencontrent aussi bien chez les enfants que chez les adultes, et fréquemment sur les deux yeux, de façon qu'il peut en résulter une cécité complète. Dans la variole, l'abcès survient si longtemps après le stade d'éruption, qu'on ne peut évidemment le considérer comme une pustule varioleuse localisée à la cornée. On l'a donc envisagé, comme d'ailleurs tous les abcès survenant au cours d'une maladie infectieuse aiguë, comme de nature métastatique. Si la métastase doit se faire par embolie, on est forcé d'admettre, puisque la cornée est privée de vaisseaux, que l'embole s'arrête à un endroit du réseau vasculaire périkératique pour, de là, provoquer la suppuration. Mais cette hypothèse ne concorde pas avec l'aspect clinique de l'abcès qui débute par le milieu de la cornée. Aussi a-t-on à présent une tendance à admettre que l'abcès varioleux, lui aussi, doit être rapporté à une infection de la cornée venant du dehors. Elle est très possible, attendu que précisément le bord libre de la paupière est un point d'élection pour les pustules varioleuses, qui viennent ainsi immédiatement en contact avec la cornée.

TRAITEMENT. — La marche ordinairement rapide de l'abcès, qui menace toute la cornée de destruction, exige une prompte et énergique intervention. Le traitement est en partie médical, en partie chirurgical.

Le *traitement médical* est le même que celui de l'ulcère purulent de la cornée, c'est-à-dire le bandeau, l'atropine, l'iodoforme et les compresses d'eau chaude. Il faut traiter en même temps, s'il y a lieu, l'affection de la conjonctive ou du sac lacrymal. Cependant le traitement ci-dessus ne convient que pour des abcès petits et récents, dont l'hypopyon n'est pas trop considérable. Il ne faut l'appliquer que sous la condition de bien observer l'abcès, afin de pouvoir immédiatement instituer le traitement chirurgical si, en dépit du traitement médical, l'abcès continuait à faire des progrès.

Le *traitement chirurgical* doit être appliqué sans hésiter dans tous les cas d'abcès graves et même dans les cas bénins, s'ils résistent à un traitement doux. Il consiste à cautériser l'abcès au fer rouge ou à l'inciser suivant la méthode de *Sæmisch*. La *cautérisation* se pratique de la même manière que dans l'ulcère cornéen progressif. Il faut surtout s'appliquer à détruire complètement le bord par où l'abcès progresse. La cautérisation vaut mieux que l'incision, parce qu'ainsi l'on n'ouvre pas la cornée et que l'on ne s'expose pas à provoquer un enclavement de l'iris. Cependant la cautérisation n'est applicable qu'aux abcès qui n'ont pas encore amené de perforation, et dont l'hypopyon n'est pas démesurément grand. En effet, cette dernière méthode n'écarte pas l'hypopyon, qui doit disparaître ainsi par résorption. L'*incision* de l'abcès (ponction d'après Sæmisch ; voir § 154) est efficace, parce qu'elle sépare les lamelles cornéennes infiltrées de pus et qu'elle permet d'extraire l'hypopyon. En revanche, elle entraîne souvent le désavantage de laisser après elle un enclavement iridien étendu. L'incision convient pour les abcès très grands, pour ceux qui sont sur le point de se perforer, pour ceux, enfin, qui sont accompagnés d'un grand hypopyon. On ne doit pas se borner à n'inciser qu'une fois l'abcès, il faut, au contraire, entr'ouvrir tous les jours, au moyen d'un instrument mousse, les lèvres de la plaie promptement ressoudées, jusqu'à ce que l'abcès commence à se nettoyer. En même temps que le traitement chirurgical, le traitement médical indiqué plus haut doit être continué. Une fois que l'abcès est arrivé à la perforation et qu'il existe un prolapsus iridien, il faut procéder comme dans les cas d'ulcères avec perforation (voir p. 164).

D'après nos connaissances actuelles, les inflammations suppuratives sont dues, à fort peu d'exceptions près, à la présence de schizomycètes. Dans les inflammations suppuratives de la cornée, en particulier, la présence de germes a été démontrée depuis longtemps, et vraiment il s'agit ici le plus souvent des germes pyogènes ordinaires, tels que le staphylocoque et le streptocoque, assez souvent aussi le pneumocoque. Dans des cas assez rares, on a trouvé dans les abcès cornéens d'autres germes, même des mucédinées. C'est ainsi que *Leber* a trouvé dans la cornée l'aspergillus fumigatus, dans un cas où la lésion était produite par une balle d'avoine, et j'ai observé un second cas du même genre. De même, dans un cas de lésion par une poire, *Uhthoff* a pu démontrer dans la cornée enflammée l'existence d'un microorganisme filiforme, dont on n'a pas pu déterminer plus exactement l'espèce. Dans ces cas, les germes ont été inoculés, sans aucun doute, par les corps qui avaient produit la lésion.

Les microorganismes dont la présence a été démontrée dans la cornée suppurée sont sans aucun doute les agents actifs de la suppuration. Un simple traumatisme sans infection n'amène pas de suppuration. On peut, en effet, couper, comme on le voudra, la cornée d'un animal ou l'égratigner, la contusionner, en un mot la léser mécaniquement ou bien encore la cautériser, sans provoquer la moindre suppuration. On ne produit ainsi qu'une opacité grise qui est constante, mais qui le plus souvent disparaît promptement. Mais, dès qu'au préalable, par des cautérisations répétées de la conjonctive au moyen d'une solution de pierre infernale, on a provoqué artificiellement un catarrhe conjonctival, et ainsi ouvert la porte à l'infection, alors on voit apparaître sur la cornée au niveau de ces mêmes lésions des infiltrations purulentes (*Thilo*). Ce qui arrive pour la cornée de l'animal se passe de même pour celle de l'homme. On ne doit pas craindre de soumettre la cornée aux opérations les plus légères comme les plus graves, pourvu qu'on évite l'infection par les soins de propreté et les moyens antiseptiques. Aussi, les contusions de la cornée, comme il s'en produit souvent, par exemple, par l'extraction d'une cataracte, etc., ne passent nullement à la suppuration. Mais, si on entreprend cette opération pendant que la conjonctive est atteinte de catarrhe ou que le sac lacrymal suppure, on court le risque de perdre l'œil par une infection purulente de la plaie.

De quelle façon l'infection de la cornée par des microbes de la suppuration conduit-elle à la formation d'un abcès ? Nous devons la connaissance et l'explication de ce processus avant tout aux expériences de *Leber*, qui a fait des inoculations dans la cornée d'animaux avec des microorganismes de diverses espèces. Il rapporte les processus observés à l'action toxique des substances excrétées par les micrococoques. Il admet que certaines de ces substances, en faible concentration, irritent, en forte concentration paralysent, et enfin tuent le protoplasme cellulaire. Quand on inocule dans la cornée des microbes de la suppuration, ils se multiplient aussitôt à l'intérieur du tissu cornéen. Celui-ci meurt dans un certain rayon autour de la colonie microbienne, parce que les toxines fournies par les micrococoques sont très concentrées. A ce moment, la colonie se trouve donc au centre d'une région nécrosée (fig. 43). En même temps se manifestent des symptômes violents d'inflammation dans l'œil. Les toxines ont diffusé jusqu'au bord cornéen et y ont produit une dilatation des vaisseaux avec augmentation de la perméabilité de leurs parois ; il en résulte nécessairement une plus grande extravasation de plasma sanguin. Mais, outre cela, il se fait une émigration hors des vaisseaux des globules blancs, due à leurs mouvements actifs, et ces leucocytes, excités par les toxines, se dirigent vers le foyer inflammatoire (*Chimiotaxie*). On peut expliquer comme suit la migration des leucocytes : La concentration des toxines dissoutes dans les sucs du tissu va en diminuant du point enflammé à la périphérie. Le côté du corps du leucocyte tourné vers le foyer inflammatoire est donc en contact avec un liquide plus irritant que le côté opposé ; de ce premier côté se formeront donc des prolongements protoplasmiques plus nombreux que de l'autre, et ainsi la cellule dans sa totalité marchera vers le centre d'irritation. Mais dans la partie nécrosée même ne pénètrent pas les leucocytes; ceux qu'on y trouve viennent du sac conjonctival. Les leucocytes immigrés du bord cornéen sont paralysés à la limite du territoire nécrosé par les toxines, ici fort concentrées. C'est ainsi qu'il se fait qu'au bord de la place nécrosée s'arrêtent et meurent toujours un plus grand nombre de cellules, constituant par là l'anneau d'infiltration ou d'immigration déjà visible à l'œil nu. Les globules blancs ont la propriété de dissoudre par une sorte de digestion les tissus dans lesquels ils sont accumulés en grand nombre. Ils produisent ainsi l'élimination du tissu gangrené, forment donc le travail de démarcation. Les manifestations inflammatoires de la cornée apparaissent, par conséquent, comme un processus utile, qui a pour but principal d'éliminer le territoire nécrosé, avec les germes morbides y contenus. D'autre part, les leucocytes jouissent encore de cette propriété, comme l'expérience l'a prouvé, d'enrayer directement la multiplication des microorganismes, qui se sont répandus hors de l'endroit nécrosé. — La cornée étant un organe aplati, la zone d'immigration ne forme pas une sphère, mais un anneau. Pourtant, d'après Leber, l'immigration ne manque pas totalement à la face postérieure de la cornée. Tout d'abord, au niveau du foyer nécrosé, l'endothélium de la membrane de Descemet se détache, et un caillot de fibrine, provenant de l'humeur aqueuse, se précipite sur cet endroit dénudé. Dans ce caillot pénètrent des leucocytes, de sorte que bientôt on voit un bouchon purulent à la surface postérieure

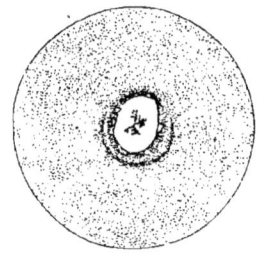

Fig. 43. — *Kératite par inoculation*, d'après Leber. Gross. 3/1. — Coupe à plat d'une cornée de lapin, au centre de laquelle, trois jours auparavant, on a injecté une culture diluée de staphylocoque doré. Au centre de la cornée, on voit la colonie, entourée d'une zone nécrosée. Cette zone est limitée par un large anneau d'immigration en dehors duquel court, dans la partie inférieure, un second anneau plus mince et incomplet.

de la cornée, répondant au point d'inoculation. En tombant de là au plancher de la chambre aqueuse, ce pus constitue l'hypopyon.

Les expériences de Leber ont toutes été faites sur des animaux, et il est nécessaire de se demander si les résultats qu'elles ont fournis, peuvent être rapportés à l'œil humain. On ne peut affirmer la chose que par des recherches anatomiques d'yeux humains, porteurs d'un abcès au début; or, les occasions ne sont pas fréquentes. J'ai pu examiner un tel œil, et la figure 44, schématique, a été en partie dessinée d'après ce que j'ai observé sur cet œil. Nous pouvons par là nous rendre très bien compte du tableau clinique d'un abcès. Celui-ci, dans la figure 44, occupe à peu près le centre cornéen. Il consiste en une dépression légère, produite par l'élimination des couches superficielles du foyer nécrosé. Celui-ci affecte une forme circulaire, ce qui s'explique facilement, puisque l'action nécrosante de la colonie du staphylocoque se fait sentir à peu de chose près à la même distance dans toutes les directions. Le foyer nécrosé est limité à sa périphérie par l'anneau d'immigration r, qui répond au bord jaune saturé, commun à tout abcès.

Le foyer nécrosé lui-même montre, dans ses couches antérieures, une légère opacité, due à un grand nombre de leucocytes venus du sac lacrymal dans le tissu mortifié ; à cette couche en succède une autre plus profonde, mortifiée et complètement privée de cellules. Celle-ci est limitée en arrière par une infiltration purulente *a* extraordinairement dense, siégeant dans les couches postérieures de la cornée. Cette infiltration que *Verdesc* avait notée dans un cas d'abcès cornéen chez l'homme, doit être considérée comme l'anneau d'immigration à la face postérieure du territoire nécrosé. Celle-ci a amené en un point la destruction de la membrane de Descemet et se trouve donc en continuité avec

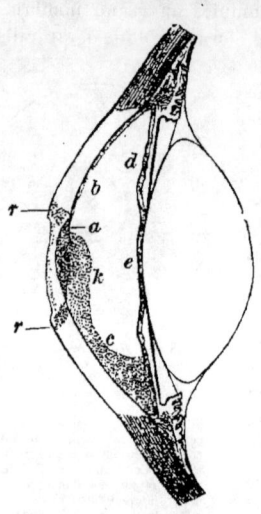

la masse purulente *k*, qui siège à la face postérieure de la cornée. Les deux réunies constituent ce bouchon de pus, que l'on voit si fréquemment, dans les abcès cornéens, accolé à la face postérieure de la cornée, derrière l'abcès. La masse purulente *k* n'est cependant constituée que pour une part par le pus, provenant de l'infiltration *a* ; pour la plus grande part elle est formée d'un caillot de fibrine dans lequel ont pénétré des globules blancs. On voit ceux-ci en grand nombre à la paroi postérieure de la cornée, se dirigeant vers le foyer inflammatoire, les uns devant, les autres derrière la membrane de Descemet, pour atteindre soit l'infiltration *a*, soit la masse purulente *k*. Cette dernière se continue vers le bas jusqu'à l'hypopyon *c* ; et ainsi s'explique la présence d'un filament purulent que l'on voit si souvent se diriger de la face postérieure de l'abcès jusqu'à l'hypopyon. L'hypopyon, vu de face, montre une limite convexe vers le haut ; il s'accole si bien à la paroi postérieure de la cornée que, si l'on regarde d'en haut dans la chambre antérieure, on voit une gouttière entre l'iris et l'hypopyon. Tous ces faits étaient déjà connus par les auteurs antérieurs, mais interprétés d'autre façon. Ils

Fig. 44. — *Dessin schématique d'un abcès cornéen.* — Il occupe le centre de la cornée et est limité en haut et en bas par l'anneau d'immigration *rr*, en arrière par l'infiltration *a*. Celle-ci se réunit à la masse purulente *k*, qui s'étend en bas jusqu'à l'hypopyon *c*. Une mince couche d'exsudat tapisse la face antérieure de l'iris *d*, et se continue même devant la pupille.

considéraient le filament de pus comme une partie de l'hypopyon située dans la cornée même, parce qu'ils admettaient que le pus fusait entre les lamelles cornéennes. C'était par le peu d'espace réservé au pus enclavé entre les lamelles cornéennes qu'ils expliquaient la forme aplatie de l'hypopyon, ainsi que la convexité de son bord supérieur. C'est à cause de cette dernière particularité qu'ils comparaient l'hypopyon avec la lunule de l'ongle et l'appelaient *unguis* ou *onyx* (ongle). Cette expression répond donc à une collection purulente logée entre es lamelles cornéennes, ce qui n'existe pas en réalité.

L'ancien nom d'abcès cornéen a donc été choisi, parce que, dans cette affection, la suppuration ne siège pas à la surface de la cornée, comme dans l'ulcère, mais dans les couches plus profondes, au-dessous du foyer de nécrose. En tous cas, il n'existe pas ici de cavité remplie de pus, d'abcès au vrai sens du mot, comme on se l'était figuré auparavant. *Sœmisch* appelle l'abcès *ulcus serpens* à cause de la propriété qu'il possède de se propager dans une direction ; *Stellwag* le désigne sous le nom d'*ulcère septique*, parce qu'il est infecté, tandis que *Roser* le décrit sous le nom de *kératite à hypopyon*, parce qu'il est régulièrement accompagné d'un hypopyon.

On observe quelquefois de petits abcès qui sont en très grande partie presque transparents : le bord seul, du côté où l'abcès progresse, est fortement opaque, gris ou jaune. Alors on s'imagine avoir affaire, à première vue, à un croissant jaune, dans une cornée d'ailleurs normale. Mais, par une observation plus attentive, on ne tarde pas à reconnaître une dépression superficielle et circulaire limitée par le croissant et correspondant à une légère opacité. — Les abcès avec grand hypopyon se reconnaissent aussi difficilement, parce que l'abcès ne se détache pas du fond jaune constitué par l'hypopyon. Il n'est guère possible, dans ce cas, d'établir l'étendue de l'abcès qu'après la ponction de la cornée et l'expulsion de l'hypopyon.

Il arrive quelquefois que les deux yeux soient atteints simultanément d'abcès, notamment dans la variole ; mais je n'ai observé qu'une seule fois deux abcès en même temps dans la même cornée. Rarement on a vu que, sur une cornée qui portait une cicatrice rappelant un ancien abcès, il se soit formé, plus tard, un second abcès dans la partie demeurée transparente.

Exceptionnellement, il arrive qu'un abcès ne se termine pas par une élimination, mais par une résorption des portions malades de la cornée. Néanmoins, dans ce cas encore, il persiste une opacité cornéenne très prononcée qui est accompagnée, si l'abcès était étendu, de vascularisation et d'aplatissement de la cornée. Ces abcès portent le nom d'*abcès secs*.

Le traitement des abcès de la cornée avait en général fait peu de progrès, jusqu'au moment où *Sœmisch* remplaça la ponction, l'iridectomie, etc., en usage autrefois, par l'*incision* de l'abcès. En exécutant cette opération, il faut surtout prendre garde de ne pas blesser le cristallin et d'empêcher l'humeur aqueuse de s'écouler avec trop de violence. L'hypopyon s'évacue spontanément, surtout si le patient serre les paupières, sinon on le saisit dans la plaie au moyen d'une pince et on l'enlève. Dans l'abcès, en effet, celui-ci n'est pas fluide, mais gluant, s'étirant en fils. — En raison de la diminution de la pression qui suit l'écoulement du contenu de la chambre antérieure, il survient souvent des hémorragies de l'iris qui, déjà hyperémié avant l'opération, se gorge maintenant d'un nouvel afflux de sang. Il faut croire que c'est là la cause de la douleur intense qui accompagne régulièrement l'échappement du contenu de la chambre antérieure, alors que l'incision est à peine sentie. Après l'incision de l'abcès, il survient toujours un enclavement de l'iris dans la cornée, enclavement qui se serait produit quand même, si, dans les cas où elle était indiquée, l'opération n'avait pas été pratiquée. — Récemment, on a remis en usage un vieux moyen à peu près oublié, le curettage de l'abcès à l'aide d'une petite curette tranchante; l'excavation produite de cette façon peut être touchée au pinceau par de la teinture d'iode ou des substances antiseptiques.

La *prophylaxie* contre l'abcès est possible en ce sens que l'on doit en temps opportun écarter les sources d'infection, notamment celle que fournit la blennorrhée du sac lacrymal. Si, dans ce cas, il existe quelque petite érosion de la cornée, elle doit être traitée soigneusement au moyen de substances antiseptiques. De même, dans les cas d'abcès métastatiques de la cornée, un traitement prophylactique, institué à temps, préviendrait maint accident malheureux. Ainsi, pendant l'éruption varioleuse, par suite du gonflement considérable des paupières, le patient tient les yeux fermés, et le médecin, de son côté, néglige le plus souvent de les examiner de temps en temps. Lorsque, pendant la période de dessiccation, les paupières se dégonflent et que le malade ouvre de nouveau les yeux, le processus pathologique a déjà opéré des ravages, et il est relativement tard pour instituer un traitement efficace. C'est pourquoi *Horner* exprime justement l'avis que le médecin qui traite un varioleux ferait bien d'empêcher les paupières de s'agglutiner en y appliquant une compresse enduite d'une pommade; il devrait, d'ailleurs, examiner journellement les yeux et nettoyer le sac conjonctival avec des solutions antiseptiques. Une stricte surveillance permettra de remarquer les premiers signes de l'affection de la cornée, et c'est dans ce premier stade que se présentent les meilleures conditions pour instituer un traitement. — Dans le temps où la variole était très répandue, elle était la cause la plus fréquente de la cécité, au point que le tiers à peu près de tous les cas de perte de la vue était produit par cette maladie. Depuis que la variole a diminué à la suite de l'introduction de la vaccination, les cas de cécité ont diminué, dans la même proportion. Ainsi, en France, avant l'introduction de la vaccine, 35 % des aveugles avaient perdu la vue à la suite de la variole, après son introduction, 7 % seulement (*Carron du Villards*). En Prusse, avant l'introduction de la vaccination obligatoire, on trouvait que 35 % de tous les aveugles l'étaient à la suite de la variole, et qu'après cette introduction 2 % seulement de tous ceux qui avaient perdu la vue devaient cette infirmité à la petite vérole.

3° Kératite par lagophtalmie

§ 38. La kératite par lagophtalmie provient d'un défaut d'occlusion des paupières. La conjonctive bulbaire est rouge et le plus souvent un peu gonflée dans toute l'étendue de la fente palpébrale où elle est constamment exposée à l'air. Elle est le siège d'une sécrétion modérée qui se dessèche et qui, en formant une croûte sur la conjonctive, recouvre même quelquefois la partie de la cornée exposée à l'air. Après l'enlèvement des croûtes, on trouve la partie inférieure de la cornée — celle qui, au niveau de la fente palpébrale, est à découvert — sèche, mate, légèrement déprimée et en même temps opaque ou grise. Plus tard le trouble de transparence devient plus intense, jusqu'à ce qu'enfin survienne la destruction des couches superficielles de la cornée et, par suite, un ulcère. Celui-ci atteint en bas le bord inférieur de la cornée, tandis qu'en haut il s'élève plus ou moins (suivant que la cornée est plus ou moins à découvert) et se limite par une ligne horizontale. En même temps, il existe de l'iritis avec hypopyon. L'ulcère peut se cicatriser sans perforation, mais en laissant une opacité, ou bien la cornée se perfore, ce qui peut donner lieu à un prolapsus de l'iris et même à une panophtalmite.

La *cause* de cette kératite est le desséchement de la cornée à la suite d'un défaut d'occlusion des paupières (lagophtalmie). Ce défaut provient tantôt d'une cause mécanique, comme le raccourcissement des paupières, une forte proéminence du bulbe, etc., tantôt d'une paralysie de l'orbiculaire des paupières. Lorsque la lagophtalmie est très prononcée, la cornée est constamment à découvert ; si, au contraire, elle est peu considérable, et que l'occlusion palpébrale soit rendue seulement difficile et non impossible, le danger du desséchement existe uniquement pendant le sommeil. Pendant le jour, le sentiment de sécheresse de la cornée provoque des mouvements palpébraux réflexes plus nombreux, et, par suite, la cornée s'humecte plus souvent. En revanche, pendant le sommeil, le clignotement réflexe fait défaut, la cornée ne s'humecte pas et elle se dessèche sur toute l'étendue où elle est à découvert, dans la fente palpébrale. Ce desséchement atteint toujours la partie inférieure de la cornée, parce que, pendant le sommeil, le bulbe oculaire étant tourné en haut, c'est la moitié inférieure de la cornée qui est exposée dans la fente palpébrale (font exception les cas où le globe oculaire a perdu la liberté de ses mouvements, par exemple à la suite d'une exophtalmie, et où d'autres parties de la cornée, notamment les parties centrales, se présentent dans la fente palpébrale et sont exposées à se dessécher). Partout où la surface de la cornée, est desséchée l'épithélium tombe, et dans les lamelles cornéennes mises à nu pénètrent des germes qui produisent la suppuration. La même chose arrive quand les paupières restent ouvertes à la suite de troubles de l'intelligence, comme c'est le cas pour les personnes atteintes de maladies graves et qui restent longtemps au lit sans connaissance. Si ces malades ne meurent pas, il peut leur rester aux deux yeux des opacités cornéennes à la suite de kératite par lagophtalmie, et ils peuvent même perdre entièrement la vue.

Le *traitement* consiste à s'efforcer de recouvrir la cornée par les paupières. C'est ainsi qu'on prévient le développement d'une kératite ou, si elle existe déjà, c'est le principal moyen pour arriver à la guérir. Il faut donc appliquer le traitement approprié à la guérison de la lagophtalmie (voir § 112) et, entre temps, jusqu'à ce que la guérison soit obtenue, avoir soin de tenir les paupières closes par un bandage méthodiquement posé. Dans ce but, avant d'appliquer un bandeau sur l'œil, il est, le plus souvent, nécessaire de fermer les paupières au moyen de taffetas anglais.

Dans le cas de lagophtalmie légère, il suffit de fermer les yeux pendant la nuit. Mais, si elle est considérable ou s'il existe déjà de la kératite, il faut fermer l'œil d'une manière permanente. Le pronostic est favorable si l'on institue un traitement à temps, puisque le processus morbide s'arrête dès que le desséchement de la cornée cesse.

4° KÉRATOMALACIE

§ 39. SYMPTÔMES ET MARCHE. — La kératomalacie (1) ne s'observe que dans l'enfance. L'affection débute par de l'héméralopie. Celle-ci consiste en ce que l'acuité visuelle du malade, parfaitement conservée pendant le jour, est considérablement diminuée quand l'éclairage baisse (au crépuscule), au point que souvent le patient n'est plus en état de se conduire seul. Chez de tout jeunes enfants qui ne marchent pas encore seuls, ce symptôme ne saurait naturellement se constater. Chez eux, on observe d'abord la sécheresse de la conjonctive. Cette dessiccation se présente sous forme de plaques triangulaires, xérotiques sur les deux côtés de la cornée (voir page 132). Là, la conjonctive est recouverte d'une écume fine et blanche, et paraît comme enduite de graisse, de façon que les larmes ne parviennent pas à la mouiller. La dessiccation se propage rapidement sur le reste de la conjonctive ainsi que sur la cornée. Celle-ci, devient mate, insensible et uniformément opaque. Bientôt l'opacité augmente au centre de la cornée, et il s'y forme une infiltration grise qui s'élargit promptement, prend une teinte jaune de pus et amène la destruction de la cornée, ce qui, dans les cas malins, peut se faire au bout de quelques heures. — L'œil entrepris est d'abord pâle ; plus tard seulement, quand la cornée est fortement atteinte, il se manifeste une injection périkératique sombre et veineuse. La sécrétion lacrymale n'est pas augmentée, elle est plutôt diminuée ; de même, les autres symptômes irritatifs, comme la photophobie et le spasme palpébral, sont modérés ou manquent totalement. Ce contraste frappant entre la gravité de la maladie de la cornée et la légèreté des phénomènes inflammatoires concomitants, ainsi que la sécheresse de l'œil, donnent à l'affection un caractère tout particulier. Cette affection atteint le plus souvent les deux yeux.

Les enfants souffrant de kératomalacie montrent le plus souvent, même avant la manifestation de l'affection oculaire, des troubles de l'état général qui ne font alors qu'augmenter. Les enfants deviennent visiblement apathiques, gagnent une diarrhée alternant avec de la constipation, mai-

(1) Ramollissement général de la cornée, de μαλακος, mou.

grissent rapidement, et beaucoup d'entre eux meurent finalement soit par épuisement, soit par suite d'une bronchite ou d'une pneumonie intercurrente.

Le *pronostic* est mauvais chez les enfants très jeunes, puisque, le plus souvent, la maladie se termine, non seulement par la perte de la vue, mais encore par celle de la vie. Chez les enfants un peu plus âgés, l'affection présente moins de gravité; ils ne meurent pas et ne gardent de l'affection que des cicatrices plus ou moins étendues de la cornée, lesquelles peuvent même parfois s'éclaircir plus tard (*Gouvea*).

ÉTIOLOGIE. — La kératomalacie est la suite d'une nutrition insuffisante de la cornée, et il est facile de se convaincre qu'elle n'est qu'un phénomène particulier d'une maladie générale grave. La nature intime de celle-ci ne nous est, il est vrai, pas encore connue jusqu'ici ; cependant des circonstances diverses ne laissent aucun doute à cet égard. Ainsi, l'héméralopie n'est pas autre chose que l'expression d'une nutrition insuffisante de la rétine. Celle-ci fonctionne encore bien, tant qu'elle reçoit des impressions fortes, comme le sont les images lumineuses intenses. Mais aussitôt que l'éclat des objets descend au-dessous d'une certaine limite, ces objets ne sont plus en état d'impressionner les éléments rétiniens dont l'énergie a diminué (torpeur de la rétine). Ce fait peut être rapproché de l'état d'apathie générale du malade. Ce qui prouve encore qu'il s'agit d'une affection générale grave, c'est la perte rapide des forces que l'on remarque et qui arrive souvent d'une manière tout à fait inexplicable dans les cas où les enfants, au début de la maladie, avaient conservé toutes les apparences de la santé.

La kératomalacie est généralement la conséquence d'influences débilitantes qui atteignent les enfants et qui gênent la nutrition. A ces influences appartiennent: une nourriture insuffisante ou impropre (l'alimentation au biberon), des maladies graves, comme la scarlatine, la rougeole, le typhus, etc., et surtout la syphilis héréditaire. En Russie, cette affection est beaucoup plus fréquente que chez nous. Là, elle atteint surtout les enfants à la mamelle, pendant et après le grand jeûne, car, pendant cette période, les mères, par suite de l'abstinence, perdent leur lait. On l'observe souvent aussi au Brésil, chez les enfants mal nourris des esclaves nègres.

Chez les adultes, la kératomalacie ne se rencontre pas ; cependant on pourrait considérer l'héméralopie avec xérosis de la conjonctive (voir § 104), qui se présente de préférence chez des personnes mal nourries, comme une forme atténuée de la même maladie.

Le *traitement* a surtout pour but de relever les forces de l'enfant par une nourriture appropriée. En même temps, l'on doit chercher à exciter la vitalité du tissu cornéen, spécialement au moyen de compresses d'eau chaude appliquées sur les yeux. Si, par apathie, les petits patients ne ferment pas convenablement les yeux, il faut, par l'application d'un bandeau, préserver les cornées du desséchement.

3° Kératite neuroparalytique

§ 40. Symptômes. — Dans l'inflammation qui survient à la suite d'une paralysie du trijumeau, la cornée devient mate et légèrement trouble. Peu après, l'épithélium commence à s'exfolier, d'abord au milieu, et puis successivement vers la périphérie, jusqu'à ce qu'enfin toute la cornée se trouve dénudée, à l'exception d'une bandelette de 2 à 3 millimètres à la circonférence. Cela donne à la cornée une apparence tout à fait caractéristique, comme on n'en observe de semblable dans aucune autre maladie. Pendant ce temps, l'opacité de la cornée est devenue plus intense. Elle est surtout prononcée au centre, où elle est uniformément grise. Elle diminue peu à peu vers la périphérie et, à l'aide de la loupe, on peut observer qu'elle est constituée de petites taches grises isolées. Plus tard, l'opacité prend une teinte jaunâtre, un hypopyon se forme, et, enfin, la cornée subit au centre la fonte purulente. Il se développe un large ulcère qui se cicatrise avec enclavement de l'iris et le plus souvent avec aplatissement général de la cornée. — Tous les cas n'ont pas une marche aussi grave; la kératite peut rétrograder sans qu'il survienne de la suppuration, mais il reste toujours une opacité considérable et souvent un aplatissement de la cornée.

La marche de la maladie est lente et se distingue par la modération des phénomènes irritatifs qui l'accompagnent. Il existe sans doute toujours une forte injection ciliaire, mais pas de larmoiement, car la sécrétion réflexe de la glande lacrymale est diminuée ou supprimée. Lorsque les malades pleurent, l'œil atteint reste sec. Naturellement il n'y a pas de douleur, par suite de la paralysie du trijumeau.

Le *pronostic* est défavorable. En effet, le traitement a très peu d'influence sur la marche de la maladie. Celle-ci finit presque sans exception, qu'il survienne un ulcère ou non, par troubler toute la cornée et ainsi par abolir complètement la vue.

La kératite neuroparalytique reconnaît pour *cause* une paralysie du nerf trijumeau qui engendre des troubles trophiques dans la cornée. C'est aussi à cause de la paralysie du trijumeau que la sécrétion de la glande lacrymale est altérée, et qu'il y a absence de douleurs. Peu importe que la lésion, qui cause la paralysie du trijumeau, atteigne le nerf dans son trajet ou dans son noyau d'origine dans le cerveau.

Le *traitement* consiste dans l'application du bandeau, de compresses chaudes et dans les instillations d'atropine. De plus, on pourrait essayer l'électricité ou, suivant le conseil de *Nieden*, les injections sous-cutanées de strychnine (3-5 milligrammes à la tempe).

Les trois maladies de la cornée, décrites ci-devant : kératite par lagophtalmie, kératite neuroparalytique et kératomalacie, ont été souvent confondues. C'est ainsi que l'on a considéré comme une kératite neuroparalytique la kératite par lagophtalmie qui atteint les malades pendant l'agonie. On l'attribuait en effet à la diminution de l'influx nerveux. Réciproquement, on a cherché à expliquer la kératite neuroparalytique et la kératomalacie par le dessèchement de la cornée, et on est arrivé ainsi à les confondre avec la kératite suite de lagophtalmie. Un grand nombre d'auteurs nient sans façon l'existence propre de la kératite neuroparalytique. C'est pourquoi nous allons en parler plus en détail.

La doctrine de la kératite neuroparalytique est due à *Magendie*, qui a trouvé que la section du nerf trijumeau chez les animaux provoque une kératite. Il la faisait dépendre de certains troubles trophiques. *Snellen* et *Senftleben* ont fait voir qu'en adaptant sur l'œil une capsule en fil métallique (un couvercle de pipe), on pouvait prévenir le développement de la kératite. Ils en concluaient que la kératite ne reconnaissait pas pour cause des troubles de nutrition, mais bien des traumatismes. En effet, l'animal, étant insensible du côté opéré, se heurte l'œil contre toute espèce de corps durs et le blesse, par exemple, contre les parois de la cage dans laquelle il est enfermé. Seulement, comme de simples lésions mécaniques ne provoquent pas autre chose que des troubles de la cornée qui disparaissent promptement, et jamais d'inflammations suppuratives, comme l'est la kératite neuroparalytique, il fallait admettre en outre que, par suite de la paralysie du trijumeau, la cornée conserve moins de résistance contre les influences extérieures. *Feuer* établit par des expériences que cette explication n'était pas exacte. On peut, en effet, après la section du trijumeau, irriter la cornée n'importe de quelle manière sous sa coque protectrice sans provoquer autre chose que des troubles passagers. Après la section du trijumeau, la cornée conserve donc comme auparavant toute sa résistance aux influences extérieures, et il faut en conclure que la capsule métallique agit autrement qu'en préservant l'œil des traumatismes. *Feuer* crut trouver l'explication dans le fait que la capsule empêche la dessiccation de la cornée. En effet, quand le trijumeau est paralysé, le clignotement réflexe s'arrête ; par suite, la cornée se dessèche dans sa partie centrale, celle qui est le plus exposée, et, autour de tout le cercle desséché et frappé de nécrose, se forme une suppuration éliminatrice. Cette kératite, que *Feuer* désigna sous le nom de kératite xérotique, serait la prétendue kératite neuroparalytique. Il lui était loisible de provoquer une inflammation toute semblable chez des animaux, sans couper le trijumeau, en établissant une lagophtalmie artificielle. Pour cela, par des points de suture, il écarta les paupières et la clignotante, de façon à les empêcher de recouvrir la cornée. Tout l'effet de la capsule en fil métallique après la section du trijumeau se bornerait donc à empêcher le desséchement de la cornée. En effet les animaux heurtent avec la capsule les parois de leur cage et obligent ainsi les paupières auxquelles la capsule est attachée au moyen de sutures de glisser sur la cornée. Au moyen d'un anneau en liège ouvert qu'il sutura devant l'œil, *Feuer* put obtenir le même effet qu'avec la capsule. De ces expériences, cet auteur conclut que, chez l'homme, la même chose a lieu, que notamment la kératite qui frappe un malade atteint d'une affection qui l'assoupit est cliniquement et anatomiquement identique à celle qui est provoquée chez l'homme et les animaux par l'occlusion imparfaite des paupières (kératite par lagophtalmie). Il alla trop loin cependant, en contestant absolument l'existence d'une vraie kératite neuroparalytique.

Il n'y a pas de doute que la kératite, qui accompagne la paralysie du trijumeau et qu'on observe quelquefois chez l'homme, n'ait été causée, dans des cas isolés, par desséchement de la cornée et ne soit par conséquent une kératite suite de lagophtalmie. Le desséchement est provoqué par l'absence de clignotement régulier et par la suppression de la sécrétion des larmes. C'est de cette manière qu'il faut interpréter, par exemple, ces cas où, en même temps qu'une paralysie du trijumeau, il en existe une de l'oculo-moteur commun. Cette dernière paralysie produit un ptosis incomplet, et la cornée ne devient malade que dans sa partie inférieure non couverte et non préservée par la paupière supérieure pendante, comme cela arrive pour la kératite par lagophtalmie. Cependant, il y a d'autres cas qui revêtent la forme caractéristique de la kératite neuroparalytique, laquelle est complètement différente de la kératite suite de lagophtalmie. Elle se développe également dans des cas de paralysie du trijumeau où le clignotement des paupières et l'humectation de la cornée sont normaux, ou bien encore où, à la suite d'un ptosis complet, la cornée est entièrement couverte et l'œil préservé contre le desséchement. Puisque, d'ailleurs, l'application d'un bandeau prévient sûrement le développement d'une kératite par lagophtalmie, mais ne peut rien contre l'explosion d'une vraie kératite neuroparalytique; celle-ci ne peut pas s'expliquer par la dessiccation de la cornée. D'ailleurs, les traumatismes souvent répétés, auxquels on cherchait à attribuer, chez les animaux, le développement de la kératite neuroparalytique, ne doivent pas entrer en ligne de compte chez l'homme qui se préoccupe de ses yeux. On ne peut donc expliquer la kératite neuroparalytique qu'en admettant l'existence de troubles trophiques. Que cette affection ne se produise pas dans tous les cas de paralysie du trijumeau, cela ne démontre rien contre cette opinion. La maladie alors peut n'avoir affecté que les fibres sensitives du trijumeau sans atteindre les fibres trophiques. D'après l'avis d'un grand nombre d'auteurs, celles-ci sont fournies par le grand sympathique et occupent le côté interne du tronc du trifacial. On a vu, en effet, se produire des kératites neuroparalytiques, après avoir opéré des sections du trijumeau qui n'intéressaient que les fibres les plus internes du nerf, mais où néanmoins, à la suite de la conservation intacte des fibres sensitives, la cornée et les paupières avaient gardé toute leur sensibilité. Nous sommes donc obligés d'admettre une kératite neuroparalytique propre et de bien la distinguer de la kératite par lagophtalmie.

La confusion que l'on fait souvent des trois formes de kératites la : kératite par lagophtalmie, la kératite neuroparalytique et la kératomalacie, résulte spécialement de ce qu'elles ont toutes les trois un certain nombre de traits communs. Ces traits sont : le desséchement des yeux, ainsi que l'insignifiance des phénomènes irritatifs comparativement à la gravité de la kératite, donc l'absence de larmoiement, de blépharospasme, et, enfin, souvent aussi de douleurs. Cependant la *dessiccation* de l'œil est due, dans ces trois formes de kératites, à des circonstances toutes différentes.

a) Dans la kératite par lagophtalmie, il existe une dessiccation réelle de la surface cornéenne par évaporation. Elle n'atteint que les parties de la cornée exposées à l'air et peut être empêchée par l'occlusion des paupières. Ici la sécheresse est la cause unique de toutes les autres altérations ;

b) Dans la kératomalacie, la cornée n'est pas réellement sèche ; elle paraît seulement l'être, parce que les larmes ne parviennent pas à en mouiller la surface. Cette apparence de sécheresse existe même lorsque l'œil nage dans les larmes ou qu'on le tient constamment fermé. Il va sans dire que l'application d'un bandeau sur l'œil n'est d'aucune efficacité contre ce genre de sécheresse. Celle-ci est produite par une certaine métamorphose graisseuse des cellules épithéliales, qui, pour cette raison, ne sont pas mouillées par les larmes ;

c) Dans la kératite neuroparalytique n'existent ni la sécheresse réelle, comme dans la kératite par lagophtalmie, ni l'état graisseux caractéristique de la surface, comme dans la kératomalacie ; l'œil a l'aspect sec parce que, malgré l'intensité de l'inflammation de la cornée, il y a absence du larmoiement habituel dans ces circonstances. Ici la sécrétion lacrymale réflexe manque ou est diminuée, et cependant l'œil peut s'humecter suffisamment, aussi bien qu'après l'extirpation de la glande lacrymale.

L'absence de *symptômes irritatifs*, qui distingue ces trois espèces de kératites, s'explique dans la kératite par lagophtalmie qui atteint des personnes très malades, par la prostration générale des forces. Il en est de même pour la kératomalacie ; dans la kératite neuroparalytique, elle s'explique par l'insensibilité de l'œil. Les phénomènes irritatifs, qui, à l'état normal, proviennent des nerfs sensitifs par voie réflexe, sont absents dans le cas de paralysie du trijumeau.

Ces trois formes de kératite sont donc absolument différentes l'une de l'autre, nonobstant leur ressemblance extérieure, et se laissent, par leurs signes cliniques, facilement distinguer entre elles. La kératite, suite de lagophtalmie, attaque toujours la partie inférieure de la cornée. La kératomalacie commence au centre de la cornée et ne se trouve que chez les enfants dont la nutrition est rapidement appauvrie. Enfin la kératite neuroparalytique se caractérise avant tout par une prompte exfoliation de l'épithélium dans toute l'étendue de la cornée, et ne s'observe jamais qu'accompagnée de la paralysie du trijumeau qu'on diagnostique aussitôt. La confusion entre les trois espèces de kératites décrites ci-dessus est encore favorisée par leur nomenclature. Le nom de kératite xérotique,

que *Feuer* a choisi pour désigner la kératite par desséchement (kératite par lagophtalmie), serait excellent, s'il ne portait à la confondre d'un côté avec le simple xérosis local de la cornée et, de l'autre, avec la kératomalacie également accompagnée de xérosis de la conjonctive et de la cornée. En réalité, quelques auteurs désignent la kératomalacie sous le nom de kératite xérotique. Pour prévenir toutes ces confusions, j'ai abandonné complètement l'expression de kératite xérotique et, pour ne pas surcharger la nomenclature par l'invention d'un nom nouveau, je me sers de la vieille expression de kératite par lagophtalmie pour désigner la kératite par desséchement.

B. — Kératite non suppurative

a) Formes superficielles

1° Pannus

§ 41. Le pannus consiste dans la néo-formation d'un tissu, analogue au tissu de granulation immédiatement sous l'épithélium de la cornée. Le pannus doit être considéré comme une maladie du feuillet conjonctival de la cornée (conjonctive cornéenne, voir p. 45), et ne constitue jamais qu'un phénomène concomitant d'une affection de la conjonctive, notamment de la conjonctivite trachomateuse ou lymphatique. On distingue donc le pannus en trachomateux et en lymphatique. Pour plus de détails, voir ces deux maladies de la conjonctive.

2° Kératite avec formation de vésicules

Les vésicules qui se forment sur la cornée sont, en règle générale, petites et remplies d'un liquide limpide comme de l'eau. Leur paroi antérieure est très délicate, car elle est uniquement formée par la couche épithéliale, détachée de la membrane de Bowman par l'interposition de sérosité. Plus rarement, on rencontre des ampoules plus grandes (des bulles) et alors, le plus souvent, leur paroi antérieure est constituée, non seulement par de l'épithélium, mais encore par une couche de tissu conjonctif de nouvelle formation qui la rend plus résistante. Quand les vésicules sont petites, il s'en présente habituellement un certain nombre, tandis que les grandes sont le plus souvent uniques. Généralement, pendant la période de développement des vésicules, il existe des phénomènes irritatifs intenses, tels que : injection ciliaire, larmoiement, photophobie et surtout de vives douleurs. Celles-ci sont, sans aucun doute, produites par l'irritation des filets nerveux cornéens qui pénètrent dans l'épithélium et qui, pendant la formation des vésicules, sont d'abord tiraillés et finalement déchirés. Du moment que les vésicules éclatent, d'ordinaire les phénomènes irritatifs disparaissent. Lorsque les vésicules sont petites, la rupture en est si prompte qu'on ne parvient généralement pas à les voir ; on observe seulement les petites pertes de substance de l'épithélium, qu'elles laissent après elles et, au bord de celles-ci, des lambeaux flottants d'épithélium détaché. Les vésicules plus grandes ont une durée plus longue, en raison de la résistance plus forte de leur paroi antérieure. Les grandes bulles ne sont pas fortement tendues, mais représentent un sac ballottant et quelque peu pendant. Après leur rupture, la paroi antérieure relâchée reste couchée sur la cornée, et l'on peut la faire voir facilement en la faisant mouvoir au moyen de la paupière. La sensibilité de la cornée au toucher est, dans le cas de formation de vésicules, habituellement diminuée ou tout à fait abolie. — On connaît les espèces suivantes de kératite vésiculeuse :

α) *Herpès* (1) *fébrile de la cornée* (Horner)

Dans les affections fébriles, notamment dans les affections des organes respiratoires (surtout dans la grippe, dans la bronchite, dans la pneumonie, l'influenza, etc.), plus rarement dans d'autres maladies, telles que : le typhus, la fièvre intermittente, etc., on remarque souvent la formation de petites vésicules sur les lèvres, sur les ailes du nez, sur les paupières, sur les oreilles, etc. (2). En même temps, se forme sur la cornée, avec accompagnement de phénomènes irritatifs violents, une éruption de petites vésicules limpides comme de l'eau. Elles ne sont pas plus grandes qu'une tête d'épingle et sont souvent rangées par séries ou par groupes. Ces vésicules éclatent promptement et laissent à leur place de petites pertes de substance, dont le fond devient légèrement trouble. Généralement elles guérissent rapidement, au point qu'au bout de deux à trois septénaires, la maladie est terminée, sans laisser aucune opacité durable dans la cornée. Dans les cas graves, notamment ceux que l'on a négligés, il peut cependant se développer, à la place des petites pertes de substance, des ulcères cornéens plus grands, qui ont souvent une forme ramifiée (kératite dendritique, voir page 168).

Il n'y a pas de doute que les vésicules qui se développent sur la cornée ne soient analogues à celles qui se produisent sur la peau. Comme, en

(1) ἕρπειν, ramper.
(2) Herpès facial, suivant *Hebra*.

général, ces vésicules ne se développent que sur un côté de la face, de
même un seul œil est d'ordinaire atteint, celui qui est situé du côté où se
trouvent les vésicules sur la face. Le pronostic est bon, si l'on soigne attentivement l'affection, car la maladie guérit d'ordinaire sans laisser d'opacité. Le traitement est purement symptomatique; il a été indiqué pour
les ulcères cornéens en général, et consiste surtout dans l'emploi du bandeau protecteur et de l'atropine.

β) *Herpès zoster cornéen*

C'est un symptôme partiel de l'herpès zoster (1) ophtalmique, c'est-à-
dire de ce zoster qui se localise dans le domaine innervé par le trijumeau
(voir *Maladies des paupières*, § 106). La cornée participe au processus
pathologique par la formation de petites vésicules disposées le plus souvent en groupes, et qui crèvent promptement, tout comme dans l'herpès
fébrile. Cependant, par sa marche ultérieure, l'herpès zoster se différencie
de celui-ci, en ce qu'après la rupture des vésicules, les symptômes irritatifs ne s'apaisent pas, et qu'aux points où les vésicules ont siégé, le parenchyme cornéen s'opacifie d'une manière prononcée. Ce n'est que beaucoup
plus tard que ces troubles de transparence disparaissent, et cela n'arrive
même pas toujours. La maladie a donc une marche traînante et laisse fréquemment après elle des opacités permanentes de la cornée. Cela s'applique naturellement plus encore au cas où les vésicules donnent naissance
à de larges ulcères. Dans l'herpès zoster, l'insensibilité de la cornée au toucher est particulièrement prononcée. Il n'est pas rare d'observer, au début
de l'inflammation, une diminution de la pression intraoculaire. — Le pronostic de l'herpès zoster est donc moins favorable que celui de l'herpès
fébrile; le traitement est le même.

γ) *Kératites vésiculeuse et bulleuse*

·Cette affection s'observe sur des yeux dont la cornée est plus ou moins
trouble et insensible. Il s'agit ou bien d'yeux qui portent une large cicatrice cornéenne, où bien de ceux qui sont frappés de cécité, à la suite d'iridocyclite ou d'hypertonie. En même temps que des accès inflammatoires
intenses, se produisent sur la surface de la cornée ou bien de petites vésicules qui ne persistent pas longtemps (kér. vésiculeuse), ou bien de grosses
bulles ballottantes (kér. bulleuse), qui persistent pendant plusieurs jours
avant de se rompre. Dans tous les cas, les bulles montrent une grande

---

(1) Éruption en ceinture, de ζωστήρ, ceinture; on dit aussi zona ophtalmique.

tendance à la récidive et, chaque fois, les phénomènes irritatifs se renouvellent.

La cause de la formation des bulles paraît résider dans l'état anormal de la circulation lymphatique de la cornée, dont de tels yeux sont sans aucun doute le siège. A la suite de stase lymphatique, il survient de l'œdème de la cornée ; le liquide de l'œdème pénètre sous l'épithélium qu'il soulève par places, en le détachant de la membrane de Bowman.

Le pronostic est défavorable en ce sens que la maladie récidive souvent, et que l'œil affecté, inutile puisqu'il est aveugle, devient une source de souffrances permanentes pour le patient. Le traitement aura pour but de calmer l'irritation provoquée par l'éruption des bulles, et de prévenir les récidives. Le premier but s'obtient en ouvrant les bulles ; les petites sont simplement percées, tandis que, pour les grosses, il faut enlever la paroi antérieure. Pour prévenir le retour des vésicules, on pourra, après en avoir pratiqué l'ouverture, toucher au pinceau la plaie de la cornée, au moyen d'une solution de nitrate d'argent, ou bien enlever à cet endroit les couches les plus superficielles de la cornée. Quelquefois on parvient à mettre une fin aux récidives, en pratiquant l'iridectomie. On peut même être amené à devoir pratiquer l'énucléation de l'œil atteint, pour rendre le repos au patient.

En dehors des formes décrites plus haut, on observe encore la formation de vésicules sur la cornée, dans des cas rares et dans des conditions spéciales. Ainsi en est-il à la suite d'application sur la cornée de substances diverses, particulièrement de substances caustiques, ou après des brûlures, et, sous le bandeau, après l'opération de la cataracte, etc. Au sujet des vésicules qui constituent le premier stade de récidives d'érosions antérieures dans la cornée, voir § 44. Il se présente même des cas où, sans cause connue, on voit apparaître sur un œil tout à fait sain, des vésicules ou des bulles, que l'on est enclin de rapporter, comme dans l'herpès fébrile et l'herpès zoster, à des influences nerveuses. Les cas de cette espèce se distinguent surtout parce qu'ils récidivent périodiquement. Je connais une vieille dame qui, depuis douze ans, souffre d'inflammations intermittentes des yeux, sains cependant dans les intervalles. L'inflammation reprend une ou deux fois l'an et attaque tantôt l'un, tantôt l'autre œil. Elle est accompagnée de très violentes douleurs, de forte photophobie et d'abondant larmoiement. Dans les premiers jours, on ne trouve que de l'œdème des paupières, une forte injection ciliaire et la surface de la cornée parsemée de fins soulèvements comme si elle était couverte de sable. Puis se développe sur la cornée une bulle très grande et limpide comme de l'eau. Dès qu'elle s'est rompue, les phénomènes inflammatoires tombent rapidement et la perte d'épithélium se guérit sans laisser de traces.

Une forme de kératite, qui se rapproche de l'herpès fébrile de la cornée, mais qui n'est pas accompagnée de formation de vésicules, c'est la *kératite ponctuée*

superficielle. Le début de la maladie est signalé par l'apparition d'une inflammation aiguë de la conjonctive. En même temps, ou seulement après quelques jours
ou quelques semaines, on observe les altérations de la cornée. Celles-ci consistent dans la présence de petites taches grises, qui, comme dans l'herpès
fébrile, sont souvent rangées en groupes ou en petites séries. Tantôt ces taches
ne sont qu'au nombre de dix à vingt, tantôt très nombreuses, allant jusqu'à la
centaine. Elles sont ou bien irrégulièrement dispersées par toute la cornée,
ou bien serrées les unes contre les autres, principalement sur ses parties centrales. Dans tous les cas, les parties périphériques sont le moins couvertes de
taches. Les taches ont leur siège dans les couches superficielles de la cornée qui
paraît mate, parce que, au niveau des taches, l'épithélium soulevé produit une
surface rugueuse. — Les phénomènes irritatifs disparaissent bientôt ; mais les
taches et l'apparence pointillée de la surface cornéenne persistent souvent des
mois entiers presque sans changement, pour disparaître enfin lentement et
graduellement. La vue est conservée si les taches ne sont pas nombreuses ; si au
contraire un grand nombre de taches se sont produites, surtout au milieu, l'acuité
visuelle peut être notablement entamée.

La kératite ponctuée superficielle se rencontre le plus fréquemment chez les
individus jeunes et attaque tantôt un œil, tantôt les deux. Souvent elle débute en
même temps qu'un catarrhe des voies aériennes, comme l'herpès fébrile de la
cornée, dont elle se distingue surtout par l'absence de vésicules proprement dites.
Il s'ensuit que, dans la kératite ponctuée superficielle, il n'y a pas ces pertes de
substance superficielles, qui, dans l'herpès, succèdent aux vésicules. Pour le
même motif, dans la première forme de kératite, ce n'est que par exception
qu'on observe des ulcères. — *Nuel* a trouvé qu'aux taches grises de la kératite
ponctuée superficielle répondent anatomiquement des amas de fibrine coagulée
en-dessous de la membrane de Bowman ; il n'existe aucune infiltration cellulaire
de la cornée.

Dans les diverses affections légères superficielles de la cornée, où l'épithélium
est entrepris, on remarque la formation de fins filaments qui, par une extrémité,
sont fixés assez solidement à la surface cornéenne, tandis que l'autre extrémité,
souvent renflée en massue, pend librement. On a décrit ce phénomène sous le
nom de *kératite filamenteuse* (*Leber, Uhthoff, Fischer*). Les filaments sont constitués
par une prolifération des cellules épithéliales de la cornée (*Hess, Nuel*).

b) Formes profondes de kératites non suppuratives

§ 42. Ces formes possèdent pour caractère commun la présence d'une
infiltration dans les couches moyennes et profondes de la cornée, infiltration qui cependant n'a pas de tendance à la destruction purulente, mais
qui — souvent après une longue existence — disparaît par résorption.
De plus, dans les cas favorables, la cornée redevient complètement

transparente ; d'autres fois, il reste des troubles de transparence d'intensité diverse, et même quelquefois un aplatissement de la cornée. En raison de la situation profonde de l'infiltration dans la cornée, le tractus uvéal et surtout l'iris et le corps ciliaire participent presque toujours à l'affection.

3° Kératite parenchymateuse

SYMPTÔMES ET MARCHE. — La maladie peut affecter une double marche, suivant qu'elle débute au centre ou à la périphérie de la cornée. Lorsqu'elle débute au *centre*, on y remarque de petites taches grises diffuses, siégeant dans les couches moyennes et profondes de la cornée. La surface de celle-ci est terne et mate. Le nombre des taches augmente graduellement en même temps qu'elles se rapprochent constamment du bord. Elles restent néanmoins toujours plus nombreuses au centre où elles finissent souvent par devenir confluentes. Comme, entre les taches, la cornée n'est pas non plus transparente, mais légèrement et diffusément opaque, il en résulte que, dans les cas graves, toute la cornée peut finir par paraître uniformément grise comme un verre mat. Dès que le trouble cornéen est un peu plus avancé, la vascularisation commence ; de divers points du bord de la cornée, pénètrent des vaisseaux dans cet organe. On voit les petits troncs vasculaires apparaître au niveau du limbe ; car — à l'inverse des vaisseaux du pannus — ils proviennent des vaisseaux profonds de la sclérotique voisine (fig. 39). Ils se ramifient en forme de pinceau dans les couches profondes de la cornée. Souvent ils ne sont pas bien manifestes et présentent une teinte rouge sale, ou gris rouge, couverts qu'ils sont par les couches cornéennes superficielles troubles.

Dans le cas où l'affection débute au *bord* de la cornée, on remarque d'abord que, sur un point de sa périphérie, cet organe est devenu terne et trouble. Le trouble siège dans les couches profondes et, vu à l'œil nu, il paraît uniformément gris, mais, à la loupe, on peut, en règle générale, le décomposer en taches isolées ou en stries diffuses et parallèles. Bientôt des opacités semblables se manifestent aussi en d'autres points du bord cornéen, et se rapprochent alors de tous les côtés concentriquement vers le centre de la cornée. En même temps que les troubles marginaux se déclarent, les parties correspondantes du limbe s'injectent, et des vaisseaux se montrent sur le bord cornéen. Les vaisseaux qui sont fournis au limbe par les anses périkératiques ne vont pas bien loin, de sorte que le limbe ne s'avance sur la cornée que dans une petite étendue et paraît

(1) Synonymes : Kératite interstitielle, profonde, diffuse, uvéite antérieure.

rouge et tuméfié (tuméfaction du limbe en forme d'épaulette). En revanche, les vaisseaux profonds qui naissent sous le limbe pénètrent de plus en plus loin dans la cornée et suivent l'opacité progressive. On dirait qu'ils poussent l'opacité devant eux. Comme dans la première forme, ces vaisseaux indiquent leur siège profond par leurs ramifications en branches de balai et par leur teinte d'un gris rouge affaibli.

Lorsque la kératite parenchymateuse a atteint son apogée, souvent la cornée est si trouble qu'à peine on peut encore reconnaître l'iris. En même temps la cornée a complètement perdu son éclat, tellement qu'elle paraît enduite de graisse (à l'aide de la loupe on observe un grand nombre d'élevures épithéliales, qui donnent à la surface cornéenne un aspect chagriné). L'acuité visuelle a tellement diminué que le patient ne peut plus compter les doigts qu'à très faible distance, ou même se borne à reconnaître les mouvements de la main. A ce moment la maladie entre dans sa période régressive. C'est le bord de la cornée qui redevient en premier lieu transparent, tandis qu'en même temps les vaisseaux deviennent de plus en plus rares. Le centre de la cornée reste le plus longtemps opaque, mais finit également par s'éclaircir au point qu'il ne persiste plus qu'un trouble cornéen léger et diffus, qui ne gêne la vue que d'une manière peu prononcée. Ce trouble, ainsi que quelques très fins vaisseaux isolés, qu'on ne peut voir qu'à l'aide d'une loupe et qui peuvent s'observer encore après des années, sont des signes certains d'une kératite parenchymateuse antérieure.

La *marche* de la kératite parenchymateuse est toujours lente. Les symptômes inflammatoires augmentent pendant un ou deux mois, jusqu'au moment où l'affection a atteint son apogée. Alors les symptômes irritatifs tombent très rapidement et, tout d'abord, l'éclaircissement de la cornée fait de prompts progrès. Plus tard, cependant, ces progrès deviennent plus lents. Le centre de la cornée, notamment, reste pendant longtemps trouble, de façon que la vue ne revient que plus tard. Avant que la cornée n'ait repris sa transparence, autant que le permet la gravité de l'inflammation, il se passe une demi-année, une année, et même davantage.

La marche n'est pas, dans tous les cas, celle que nous venons de décrire. Il y en a beaucoup qui sont moins graves, dans lesquels les altérations ne vont pas aussi loin et qui, par conséquent, se terminent en moins de temps. Ainsi, il peut se faire qu'il ne se forme que quelques taches, qui disparaissent ensuite graduellement, sans qu'il se manifeste des symptômes inflammatoires violents. Lorsque le trouble se déclare d'abord sur le bord de la cornée, il reste souvent localisé à ce segment où il a débuté. Si, dans ce cas, l'opacité se rapproche un peu du centre, elle n'atteint qu'un secteur, mais ne gagne pas toute la cornée. En revanche, on rencontre

— rarement par bonheur — des cas très graves qui laissent des opacités très denses indélébiles. D'autre part, l'infiltration inflammatoire peut aboutir au ramollissement de la cornée, qui cède à la pression intraoculaire et donne lieu à une kératectasie. Dans ce cas encore, la cornée reste assez opaque. Les cas les plus malins sont ceux qui, par la rétraction ultérieure de l'exsudat, se terminent par l'aplatissement et l'opacification dense de la cornée qui gagne un aspect tendineux. Alors l'acuité visuelle est très réduite ou entièrement abolie.

Aussi bien que la densité et l'étendue de l'infiltration, la *vascularisation* est sujette à de nombreuses différences. Souvent la cornée est tellement vascularisée qu'elle a l'apparence d'une étoffe rouge. D'autres fois, au contraire, elle ne contient presque pas de vaisseaux et ressemble à un verre mat. Entre ces deux extrêmes, on rencontre beaucoup de cas où des vaisseaux ne se développent que sur quelques points du bord cornéen, de sorte qu'un secteur seulement de la cornée paraît rouge, ou qu'on ne peut découvrir que quelques faisceaux vasculaires isolés. De cette manière, d'après le nombre et la disposition des vaisseaux, on peut distinguer une forme vasculaire et une forme avasculaire. Il faut remarquer pourtant que, à la loupe, même dans cette dernière forme, on peut, en règle générale, démontrer la présence de quelques vaisseaux.

Quand on songe combien les divers cas diffèrent, tant au point de vue de l'opacité qu'au point de vue de la vascularisation, on comprend que la kératite parenchymateuse présente un tableau symptomatique très variable et soit souvent, pour le commençant, d'un diagnostic très difficile. Le plus souvent pourtant, il est possible de l'établir avec certitude, quand on s'en tient uniquement aux symptômes communs à tous les cas. Tels sont : le siège profond de l'opacité et des vaisseaux; les progrès typiques de l'infiltration jusqu'à un certain degré qui, généralement, s'élève assez haut, et enfin l'absence de suppuration, de façon qu'il ne se développe *jamais d'ulcères*.

La kératite parenchymateuse est accompagnée de symptômes inflammatoires, tels que : douleurs, photophobie et larmoiement. Ces symptômes sont tantôt modérés, tantôt violents. En général, on peut dire qu'ils sont d'autant plus forts que la kératite est accompagnée d'une vascularisation plus prononcée. En outre, cette affection est presque constamment compliquée d'inflammation du *tractus uvéal*. Dans les cas les plus légers, il n'existe que de l'hyperémie de l'iris que l'on reconnaît parce que, sous l'influence de l'atropine, la dilatation de la pupille est nulle ou peu prononcée. Dans les cas graves, au contraire, il y a de l'iritis, qui peut produire des synéchies postérieures, des précipitations sur la paroi postérieure de la cornée, la séclusion et l'occlusion de la pupille. Dans les cas particulièrement malins, il se déclare une iridocyclite plastique, qui se termine alors par l'aplatissement de la cornée et même par l'atrophie du bulbe.

La kératite parenchymateuse atteint généralement les deux yeux, plus souvent successivement que simultanément. Quelquefois même, entre la maladie de chacun des yeux, s'écoule un intervalle de plusieurs années. La kératite parenchymateuse récidive, mais rarement.

D'après ce qui vient d'être dit, le *pronostic* de l'affection, en ce qui concerne la durée de la maladie, est défavorable. En effet, elle peut traîner pendant des mois et des années, surtout lorsque les deux yeux sont atteints successivement. En revanche, au point de vue de la terminaison, il est bon, puisque, de loin dans la pluralité des cas, l'acuité visuelle reste bonne ou du moins suffisante. Le médecin doit insister sur la perspective du rétablissement de la vue, pour soutenir le courage du patient qui, en raison de la marche traînante de l'affection, est enclin à perdre l'espoir de recouvrer la vue.

Étiologie. — La kératite parenchymateuse est une maladie de la jeunesse, se montrant en général entre six et vingt ans. Ce n'est qu'exceptionnellement que des personnes plus jeunes ou plus âgées en sont atteintes (quelquefois même après l'âge de trente ans). Le sexe féminin est plus souvent frappé que le sexe masculin. La cause ordinaire de la maladie est la syphilis, et en particulier la syphilis héréditaire. La preuve directe de l'existence de la syphilis héréditaire par l'anamnèse, c'est-à-dire par l'aveu du père ou de la mère de l'enfant, est bien difficile à faire ; cela n'est du reste pas nécessaire dans la plupart des cas, puisque la syphilis héréditaire se manifeste le plus souvent par une série de symptômes. On renoncera d'autant plus volontiers à interroger les parents à ce sujet que c'est une chose pénible pour eux de devoir se reprocher d'être la cause de la maladie de leurs enfants. Néanmoins il est indispensable de se renseigner par l'interrogatoire au sujet de la mortalité des enfants dans la famille (la mortalité des enfants de parents syphilitiques est en moyenne de 50 °/₀), de demander s'il est survenu des fausses couches et surtout si les fœtus étaient morts et macérés, etc.

Les symptômes de la *syphilis héréditaire*, que les malades atteints de kératite parenchymateuse présentent, sont les suivants :

1° La forme caractéristique de la face et du crâne. La mâchoire supérieure est remarquablement aplatie, le dos du nez est déprimé, souvent épaté. Il n'est pas rare qu'il existe de l'ozène ou de la blennorrhée du sac lacrymal, ceci à cause des altérations du nez. Les bosses frontales sont très proéminentes. L'intelligence de ces personnes n'est souvent pas normale : elle est ou bien précoce ou bien tardive ;

2° Les incisives ont une forme anormale (Hutchinson) : au lieu de se

terminer par une ligne droite, elles finissent par une encoche semilunaire.
Cette modification se rencontre seulement sur les dents de la seconde den-
tition et cela surtout sur les incisives médianes supérieures. Souvent ces
dents sont mal formées, ou trop petites ou en partie absentes;

3° Aux commissures de la bouche; on rencontre des cicatrices fines et
linéaires, traces de rhagades antérieures. De même des cicatrices dans la
bouche et le pharynx (particulièrement sur le palais et le voile du palais)
témoignent de l'existence antérieure d'ulcérations syphilitiques;

4° On rencontre, au cou notamment, de nombreux ganglions lymphatiques augmentés de volume. Ils sont petits, durs, indolores, sans tendance
à l'ulcération, tous caractères qui les distinguent de ces glandes grosses,
molles et subissant facilement la dégénérescence caséeuse des individus
scrofuleux;

5° Dans les os longs, se forment des gonflements du périoste (tophi) qui
sont durs et ne sont que peu ou point douloureux. On les trouve le plus
facilement et le plus souvent à la crête antérieure du tibia. Quelquefois on
rencontre une inflammation séreuse du genou (arthrite du genou), mais
rarement de la carie;

6° Souvent il existe une certaine dureté de l'ouïe qui, au moment de
l'apparition de la kératite, peut aller jusqu'à la surdité complète.

Il est important de rechercher tous ces symptômes, car un seul est insuffisant pour démontrer la syphilis héréditaire; mais ce serait une illusion
de s'attendre à trouver sur un même individu toutes ces altérations clairement établies. Plus on met de soin à l'examen, plus on parvient à découvrir de ces symptômes, de façon qu'on arrive à se convaincre que l'immense majorité des cas de kératite parenchymateuse doivent être attribués
à la syphilis héréditaire. Dans des cas très rares, on a observé la même
kératite dans la syphilis acquise. Quelques cas isolés ont la scrofulose pour
cause, tandis que, dans un certain nombre d'autres, on ne peut trouver la
cause certaine d'où dérive la maladie.

Traitement. — Le traitement *local*, pendant la période progressive,
consiste à combattre l'inflammation, en protégeant l'œil contre la lumière
et en instillant de l'atropine; cette dernière, dans le but de préserver l'œil
des complications du côté de l'iris. Les compresses d'eau chaude modèrent
souvent les symptômes irritatifs et accélèrent un peu la marche de la
maladie. Dans la période régressive, il s'agit surtout de chercher à obtenir un éclaircissement de la cornée aussi complet que possible. Dans ce
but on a recours aux moyens excitants bien connus, tels que : le calomel,
le laudanum, la pommade au précipité jaune, les vaporisations d'eau
chaude, etc, (voir p. 172). On ne doit prescrire ces moyens que lorsqu'après
des essais prudents on a constaté que l'œil les supporte bien, c'est-à-dire

qu'ils ne provoquent pas une nouvelle et plus forte irritation de cet organe. Il faut conseiller de continuer longtemps l'application de ces moyens — pendant des mois et des années — en les faisant souvent alterner. S'il y a menace d'ectasie de la cornée, il faut la prévenir par le bandeau compressif, qui peut être combiné, en cas de besoin, avec des ponctions répétées de la cornée.

Le traitement *général* doit être dirigé contre la syphilis héréditaire, dans les cas où celle-ci existe. Le traitement mercuriel, qui rend des services si grands, dans les cas de syphilis acquise, est ici habituellement moins actif. Comme en outre c'est là une méthode de traitement très puissante, on ne la recommande que dans les cas graves. Chez les adultes on préfère les frictions. Quand, pour certaines raisons, on ne peut y recourir, on donne le mercure à l'intérieur, ou, ce qui vaut mieux, sous forme d'injections hypodermiques. On injecte tous les jours ou tous les deux jours, dans les muscles fessiers, une pleine seringue de Pravaz d'une solution de sublimé à 1 % (à laquelle on ajoute 1 à 5 % de sel marin). Chez les enfants on administre le sublimé à l'intérieur (on donne des pilules de 1 milligramme, et l'on commence par en donner une par jour pour augmenter graduellement la dose jusqu'à six et dix par jour, suivant l'âge de l'enfant). En outre, il faut porter son attention sur les soins de la bouche, afin d'éviter la salivation. — Dans les cas les plus légers de kératite parenchymateuse, on préfère au traitement mercuriel, le traitement fortifiant, en y ajoutant en même temps des médicaments à base d'iode (l'huile de foie de morue avec iode, l'iodure de fer, les eaux minérales iodées (ces dernières surtout comme traitement consécutif). Mais il faut avouer, hélas! que le traitement de cette affection est en général peu puissant. Dans beaucoup de cas, la marche de la kératite parenchymateuse n'est pas bien différente, qu'on la traite avec tous les soins voulus ou qu'on ne fasse suivre aucun traitement. Il n'est pas même rare de voir que l'affection attaque l'autre œil pendant que le premier est en plein traitement, sans que l'on soit en état d'empêcher le trouble de transparence d'envahir graduellement ici encore toute la cornée. Le principal avantage que l'on retire du traitement, c'est qu'il combat les complications du côté de l'uvée et, dans la période régressive, permet d'obtenir un éclaircissement plus prompt et plus complet de la cornée.

Jusqu'ici, il n'a été possible, que dans un nombre restreint de cas, d'examiner anatomiquement un œil atteint de kératite parenchymateuse. Cet examen démontre qu'alors la cornée présente une infiltration dense de ses couches postérieures, tellement qu'on dirait quelquefois qu'elles sont transformées en une sorte de tissu granuleux (fig. 45, *i*). En outre, dans les couches moyennes et postérieures, on observe un grand nombre de vaisseaux sanguins de nouvelle formation (fig. 45, *g*). Du bord cornéen, l'infiltration se propage sur le ligament pectiné, l'iris et le corps ciliaire. Dans un cas (chez un garçon de quatorze ans), je trouvai ces parties parsemées de nombreux nodules cellulaires, qui avaient une certaine ressemblance avec les nodules tuberculeux, sans y avoir pu déceler cependant ni des bacilles tuberculeux, ni d'autres microorganismes.

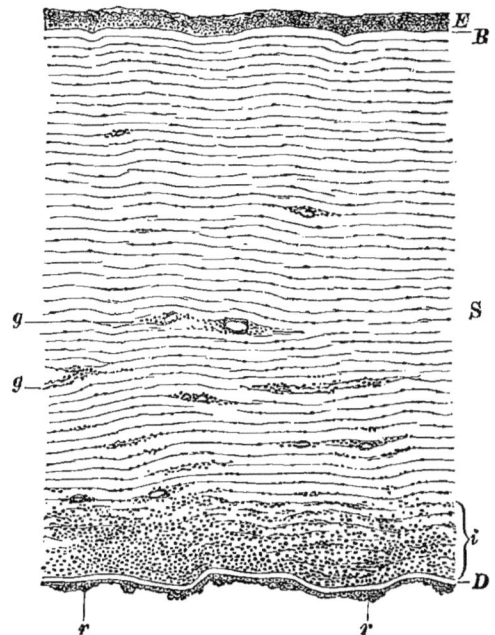

Fig. 45. — *Coupe d'une cornée atteinte de kératite parenchymateuse.* Gross. 100/1. D'après une préparation du Dr Nordensox. — Le stroma cornéen *S* montre une infiltration, qui commence dans les couches moyennes et augmente au fur et à mesure qu'on va plus en arrière, au point que les couches les plus profondes *i* ont pris l'aspect d'un tissu de granulation. Par suite de l'épaississement irrégulier de ces couches, la membrane de Descemet *D* présente des ondulations ; contre son endothélium se sont déposés par places de petits amas de cellules rondes *r*. Dans les couches moyennes et profondes de la cornée se voient les coupes longitudinales et perpendiculaires des vaisseaux sanguins de néoformation *g*, *g*, tandis que les couches antérieures, la membrane de Bowman *B* et l'épithélium *E* sont normaux.

D'après les symptômes tant anatomiques que cliniques, on voit que la kératite parenchymateuse siège dans les couches postérieures de la cornée, qui, d'après l'embryologie, doivent être attribuées à l'uvée (voir page 146). Il n'est donc pas étonnant que l'uvée proprement dite soit toujours simultanément envahie. Mais la participation de l'uvée à l'inflammation n'est pas toujours également prononcée. Ce qui ne fait presque jamais défaut, ce sont de fines précipitations, que, par un examen attentif à l'aide de la loupe, on découvre vers l'époque où l'opacité commence à s'éclaircir. Ensuite, ce qu'il y a de plus fréquent, ce sont des syné-

chies postérieures et des foyers de choroïdite. Au contraire, l'hypopyon est
extraordinairement rare. Souvent la participation de l'uvée est si légère que, cliniquement, il est impossible de l'observer. D'autres fois, au contraire, comparée
au processus cornéen, elle est tellement en évidence qu'on a plutôt affaire à
une iridocyclite, à laquelle la cornée prend part par la présence de quelques
taches troubles dans ses couches profondes. Entre la kératite parenchymateuse
typique et l'iridocyclite syphilitique héréditaire, on observe une série continue
de formes intermédiaires.

Parmi les fréquentes variétés des tableaux cliniques que présente la kératite
parenchymateuse, les principales sont les suivantes :

Dans la forme qui débute par la formation de taches au centre de la cornée,
il n'est pas rare que, à une certaine distance de ce centre, les petites taches
soient particulièrement nombreuses et y forment ainsi un anneau très opaque,
encore visible sous forme d'un cercle gris, lorsque les différentes taches sont
devenues confluentes (c'est pourquoi *Vossius* lui a donné le nom spécial de
kératite annulaire centrale). Il y a de l'analogie entre cette forme et celle où
la partie centrale de la cornée, fortement troublée par la confluence des taches,
forme un disque blanc assez nettement limité par des parties cornéennes périphériques plus transparentes. J'ai vu plusieurs cas où, après l'éclaircissement
des parties périphériques, cette opacité centrale persistait pour toujours et
formait au centre de la cornée une tache dense, blanche, nettement circonscrite,
absolument comme si un ulcère profond l'avait précédée. — Quelquefois l'infiltration cornéenne se partage de façon que l'opacité la plus dense occupe la
partie inférieure de la cornée, comme si les produits inflammatoires s'étaient
déposés sous l'influence de la pesanteur. Alors l'opacité est limitée en haut par
une ligne convexe, ou bien elle affecte la forme d'un triangle dont la base correspond au bord cornéen inférieur, tandis que le sommet est tourné en haut.
L'opacité qui en résulte présente la plus grande ressemblance avec les troubles
triangulaires qui, après une iridocyclite, restent dans la partie inférieure de la
cornée, lorsque pendant longtemps un exsudat a été déposé dans la chambre antérieure sur la paroi postérieure de la cornée. — Dans l'iridocyclite, par suite de
syphilis acquise, il n'est pas rare que l'on voie apparaître de petites taches
isolées et grises dans les couches moyennes et profondes de la cornée. Ces cas
ont été décrits sous le nom de kératite syphilitique ponctuée par *Mauthner,
Hock, Purtscher* et d'autres. Cette dernière se distingue de la kératite ponctuée
superficielle (page 197), non seulement par son étiologie, mais encore par le
siège profond des taches ; pour ce motif, on pourrait l'appeler *kératite ponctuée
profonde.*

En règle générale, dans la kératite parenchymateuse, les vaisseaux occupent les
couches profondes. Cependant, il arrive bien souvent que — notamment au moyen
de la loupe — on observe des vaisseaux isolés, qui proviennent visiblement du réseau péricornéen ou d'un gros vaisseau de la conjonctive, et qui, par conséquent,
sont situés superficiellement dans la cornée. Tous les vaisseaux se dirigent vers
le centre de la cornée, mais ne l'atteignent généralement pas, de manière qu'il
y reste une place arrondie de la grandeur d'un grain de millet ou au delà, qui

est privée de vaisseaux. Les parties de la cornée vascularisées paraissent rouges et, si les vaisseaux sont nombreux, ces parties s'élèvent au-dessus du niveau du centre de la cornée, où les vaisseaux manquent. Le centre, dans ce cas déprimé, paraît gris ou gris jaunâtre à cause de la violence de l'infiltration. Il ne faut donc pas se laisser tromper et prendre le point gris déprimé pour un ulcère, car généralement la kératite parenchymateuse n'entraîne pas la formation d'un ulcère. On rencontre pourtant de rares exceptions à cette règle ; j'ai même vu deux cas où est survenue une perforation du centre de la cornée.

Souvent, dans la kératite parenchymateuse, on trouve la chambre antérieure plus profonde, ce que l'on ne doit pas attribuer à une ectasie cornéenne, assez rare d'ailleurs. Il s'agit ordinairement plutôt d'un refoulement de l'iris par l'humeur aqueuse, produite en plus grande quantité par suite de l'irritation inflammatoire de cet organe. C'est en partie aussi à cause de cette irritation que, tant que dure la kératite parenchymateuse, on n'obtient souvent aucune dilatation pupillaire par l'emploi de l'atropine. Toutefois, pour expliquer ce fait, une autre considération ne doit pas être perdue de vue, c'est que l'atropine ne pénètre pas dans la même proportion à travers une cornée enflammée qu'à travers une cornée saine, de façon que, généralement, le médicament n'arrive pas en quantité suffisante dans l'humeur aqueuse.

La pression intraoculaire subit fréquemment des modifications dans la kératite parenchymateuse. Le plus souvent, il y a diminution, de sorte que l'œil paraît plus mou, sans que pour cela l'on doive songer à un commencement d'atrophie du globe. Au contraire, dans des cas rares, on observe une augmentation de la pression intraoculaire, et cela le plus souvent quand la kératite conduit à une ectasie cornéenne. Quelquefois même elle survient plusieurs années après la disparition de l'inflammation. Je l'ai même rencontrée parfois dans des cas où il n'était resté aucune ectasie cornéenne. Peut-être l'augmentation de la pression intraoculaire était-elle due à la choroïdite qui accompagne un grand nombre, sinon la majorité des cas de kératite parenchymateuse. Cette choroïdite se localise dans le segment antérieur de la choroïde (choroïdite antérieure), qui est couverte de nombreuses taches; dans la plupart des cas, ces taches sont noires. Sans doute compterait-on cette choroïdite au nombre des phénomènes concomitants les plus fréquents de la kératite parenchymateuse, si, pendant l'inflammation, des troubles de la transparence cornéenne n'empêchaient l'examen ophtalmoscopique et, en même temps, la constatation de l'existence de la choroïdite. On ne peut se livrer à cet examen que lorsque, l'inflammation ayant disparu, la cornée redevient transparente. Souvent aussi on réussit à démontrer l'existence de la choroïdite périphérique dans l'autre œil, alors qu'il n'est pas encore envahi par l'inflammation. — Une complication plus tardive et plus rare de la kératite parenchymateuse, c'est la sclérite diffuse du pourtour de la cornée. Cette complication peut donner lieu plus tard à des ectasies de la sclérotique.

La marche typique de la kératite parenchymateuse et la participation des deux yeux à l'inflammation ont fait que, dès longtemps déjà, on lui a attribué une cause constitutionnelle. C'est ainsi que *Mackenzie* a très bien décrit cette

maladie sous le nom de *corneitis scrophulosa*. Il a en même temps fait connaître
un certain nombre de symptômes concomitants, qu'il considérait comme des
signes de la scrofulose. A *Hutchinson* appartient le mérite d'en avoir complété
la symptomatologie et d'avoir démontré en même temps qu'elle n'appartient pas
à la diathèse scrofuleuse, mais bien à la syphilis héréditaire. Ce n'est qu'à la
longue que cette nouvelle opinion fit son chemin. Un grand nombre d'auteurs
ne considéraient d'abord cette origine comme vraie que pour un certain nombre
de cas déterminés et admettaient ainsi deux formes de kératite parenchymateuse, qu'ils désignaient sous le nom de kératite scrofuleuse et de kératite syphilitique. Mais, à mesure que l'on étudie plus intimement les symptômes de la
syphilis héréditaire, on parvient à mieux se convaincre que, dans l'immense
majorité des cas, c'est elle qui est la source de l'affection, sous quelque forme
que la kératite parenchymateuse se présente. La kératite parenchymateuse
appartient aux phénomènes les plus tardifs de la syphilis héréditaire, de façon
que c'est à bon droit qu'on la regarde comme un des symptômes les plus graves
et les plus fréquents de la syphilis héréditaire tardive.

L'observation suivante peut servir à démontrer comment on parvient, en étudiant tous les symptômes, à poser le diagnostic de la syphilis héréditaire : une
petite fille de douze ans, atteinte de kératite parenchymateuse, fut amenée par
sa mère à ma clinique. La femme déclare que ni elle ni son mari décédé n'ont
jamais été atteints de la syphilis. Elle reconnaît seulement qu'il menait une vie
irrégulière. La femme raconte en outre qu'elle a été, pendant son mariage avec
son premier mari, en tout dix fois enceinte. Les quatre premières grossesses lui
ont donné quatre enfants (dont l'aîné a maintenant vingt-deux ans) bien portants. Le cinquième enfant mourut au bout d'une année, la sixième grossesse
finit par une fausse couche ; le septième enfant, c'est la petite patiente qui vient
d'être présentée à ma clinique ; le huitième enfant mourut à l'âge de dix-neuf
mois ; le neuvième vit, mais est maladif ; enfin le dixième succomba au bout de
six semaines. Alors le mari meurt par accident. La femme se remarie et elle
a du second lit deux enfants parfaitement bien portants. — La fille de cette
femme, amenée à la clinique, était sourde et elle avait, outre la kératite parenchymateuse, la forme caractéristique du crâne des enfants syphilitiques. Les
dents avaient la forme décrite par *Hutchinson* et, dans le cou, l'on pouvait
sentir de nombreux ganglions lymphatiques indurés. Je fis venir aussi la sœur
plus jeune (c'est-à-dire la neuvième enfant). Cette fille très délicate, quoique
n'étant pas complètement sourde, a néanmoins l'ouïe très dure, la forme caractéristique de la face, les ganglions lymphatiques engorgés, et les dents (ce sont
encore les dents de lait) sont remarquablement petites et très écartées. Les
yeux paraissent extérieurement sains, mais l'ophtalmoscope fait voir à la périphérie du fond de l'œil des taches noires sur la choroïde. L'interprétation de
l'histoire de cette malade est sans aucun doute la suivante : le premier mari
a acquis la syphilis après la quatrième grossesse de sa femme. C'est ainsi que
les quatre premiers enfants se portent bien, tandis que des six enfants suivants
deux seulement sont encore en vie, tous les deux maladifs ; tous deux présentent des signes évidents de syphilis héréditaire. Les grossesses du second lit,

où le mari était sain, ont encore une fois donné des enfants bien portants.

Il résulte de cette histoire que l'examen des frères et sœurs des petits patients pourra servir souvent à éclairer le médecin, puisque l'on trouve chez eux aussi des symptômes de la syphilis héréditaire, symptômes qui serviront ainsi à mieux établir le diagnostic. Il n'est même pas rare que deux et même trois frères et sœurs soient atteints de kératite parenchymateuse.

4° Kératite profonde (1)

§ 43. Tout lentement il se développe dans la cornée, et d'ordinaire à son centre, une opacité grise, ayant son siège dans les couches moyennes et profondes, et au niveau de laquelle la surface cornéenne est mate, picotée, mais pas déprimée. Vue à l'œil nu, cette opacité paraît uniformément grise, tandis qu'examinée à la loupe, elle se résout en taches et en points isolés, ou en stries s'entre-croisant les unes les autres. Lorsqu'après un certain temps (après quelques semaines) le trouble cornéen est arrivé à son apogée, il disparaît très lentement, sans passer à l'ulcération. La vascularisation y est très peu marquée ou manque entièrement. Les phénomènes irritatifs concomitants sont tantôt modérés, tantôt assez violents. L'iris ne participe le plus souvent à l'inflammation que par un certain degré d'hyperémie.

La maladie n'affecte que les adultes; sa durée est de 4 à 8 semaines et au-delà. Dans les cas légers, la maladie se termine par l'éclaircissement complet de la cornée, tandis que, dans d'autres cas, des troubles diffus persistent pour toujours au centre de cet organe.

Les *causes* de la kératite profonde restent inconnues dans la grande majorité des cas. Pour certains cas isolés, on a signalé comme cause : 1° le refroidissement. *Arlt* a désigné ces cas sous le nom de kératite rhumatismale. Ils sont habituellement accompagnés de violents phénomènes irritatifs, notamment de fortes douleurs et de photophobie ; 2° la fièvre intermittente, dans sa forme chronique, la cachexie paludéenne (*Arlt*). Elle a quelquefois pour conséquence une kératite profonde, qui se distingue par l'insignifiance des phénomènes irritatifs, ainsi que par sa marche extraordinairement lente ; 3° à la suite de traumatismes, surtout des contusions, il se développe fréquemment une kératite profonde, qui se caractérise par une marche relativement rapide, et un prompt éclaircissement de la cornée.

Le *traitement* local consiste dans l'application du bandeau ou le port de lunettes fumées, l'usage de l'atropine et de compresses chaudes, celles-ci

---

(1) Synonymes : infiltration cornéenne parenchymateuse centrale, kératite parenchymateuse circonscrite.

seulement, bien entendu, si elles sont suffisamment bien supportées. Après la cessation des phénomènes inflammatoires, on recommande des médicaments excitants pour hâter l'éclaircissement de la cornée.

Le traitement général dépend de la cause à laquelle on peut rattacher la kératite.

5° KÉRATITE SCLÉROSANTE

La kératite sclérosante constitue une complication de la sclérite (voir § 52). Lorsqu'un bouton de sclérite a son siège près du bord cornéen, les parties de la cornée qui lui sont voisines deviennent opaques, et l'opacité siège dans les couches profondes (fig. 49). Elle a une forme à peu près triangulaire, dont la base est assise sur le bord de la cornée et dont le sommet arrondi regarde le centre, en se perdant insensiblement dans la cornée transparente. L'opacité représente donc un secteur de la cornée dont la base correspond au bouton de la sclérite. Dans certains cas, il se développe également, loin du bord, même au centre de la cornée, des opacités saturées, de forme arrondie ou irrégulière. Les points troubles ont une teinte grise ou gris jaunâtre et gagnent peu à peu en intensité jusqu'à ce que la cornée soit devenue tout à fait opaque à l'endroit en question. La surface de la cornée est picotée au niveau de l'opacité, mais n'est pas déprimée. La vascularisation manque ou est peu intense et, dans ce dernier cas, elle se trouve dans les couches profondes de la cornée. Dès que l'opacité a acquis son summum d'intensité, elle entre peu à peu dans la période régressive, sans que jamais il survienne un ulcère. L'éclaircissement se fait en débutant au bord le moins trouble de l'opacité et au niveau de l'angle opaque dirigé du côté du centre cornéen. La plus grande partie de l'opacité persiste pour toujours et devient finalement blanc bleuâtre, comme la sclérotique voisine dans laquelle elle se perd insensiblement. Il s'ensuit qu'au niveau de l'opacité la sclérotique a l'air d'empiéter sur le domaine de la cornée, d'où le nom de kératite sclérosante (v. Graefe). — Tout comme la sclérite elle-même, cette affection récidive fréquemment et il peut arriver que, dans des cas graves, la cornée se sclérose peu à peu sur toute son étendue, ne laissant de transparente qu'une petite région centrale. — Les phénomènes irritatifs qui accompagnent cette kératite sont bien moins provoqués par la kératite elle-même que par la sclérite et par l'inflammation de l'uvée qui en dépend.

Le traitement est, au fond, celui de la sclérite.

6° KÉRATITE PRENANT SON POINT DE DÉPART A LA PAROI POSTÉRIEURE
DE LA CORNÉE

Lorsque la face postérieure de la cornée n'est pas baignée, comme à l'état normal, par l'humeur aqueuse, mais qu'un exsudat ou du tissu vient s'y adosser, alors la cornée devient trouble ; seulement, pour que cela arrive, le dépôt doit durer depuis longtemps. C'est pourquoi l'on ne voit pas, en général, ce trouble survenir à l'occasion d'un hypopyon ordinaire, qui disparaît trop promptement, tandis qu'on l'observe dans le cas où existe cet exsudat plus solide et de teinte grisâtre, que l'on voit apparaître dans la chambre antérieure, spécialement à l'occasion d'une iridocyclite scrofuleuse ou syphilitique. D'ordinaire des précipités très étendus laissent également après eux, quand ils subsistent longtemps, des taches grises dans la cornée. Outre ces exsudats, des tissus adossés à la face postérieure de la cornée donnent encore lieu à une pareille kératite. Ainsi, on la voit apparaître quand l'iris est refoulé en avant, quand il existe des kystes de l'iris ou d'autres tumeurs iridiennes qui touchent la cornée, enfin, quand le cristallin est luxé dans la chambre antérieure. L'opacité correspond à l'endroit du contact, d'où il suit que celle dépendant d'un exsudat occupe le plus souvent la partie la plus déclive de la cornée. La surface de la cornée est mate à cet endroit, quelquefois légèrement inégale, comme gélatineuse.

L'opacité est de teinte grise et, lorsqu'elle persiste longtemps, elle devient passablement intense et parsemée de vaisseaux, qui se trouvent dans les couches profondes de la cornée. L'opacité ne disparaît pas complètement, même quand la cause est éloignée. Il faut, sans doute, attribuer l'apparition de la kératite à ce que le contact de la cornée avec le corps étranger finit par modifier l'endothélium de la membrane de Descemet. C'est lui seul qui, d'après les expériences de *Leber*, préserve la cornée de l'imbibition par l'humeur aqueuse. Si l'endothélium s'altère, l'humeur aqueuse peut pénétrer dans le tissu de la cornée et la rendre trouble.

Les formes sous lesquelles se présentent les kératites non suppuratives sont très nombreuses. Un certain nombre seulement se laissent ranger sous une forme type, comme il vient d'être fait dans les lignes précédentes. Un grand nombre d'autres, sous des formes quelquefois tout à fait caractéristiques, se présentent trop rarement à l'observation pour qu'on puisse en faire une description typique. Jusqu'ici, chacun de ces cas doit être considéré comme fortuit. Quelques formes, se présentant un peu plus souvent, peuvent être ajoutées à celles que nous avons citées plus haut :

7° *La kératite striée traumatique.* — On l'observe après des incisions de la cornée, surtout après l'opération de la cataracte. Dans les premières vingt-quatre heures après l'opération, l'on voit survenir dans la cornée des stries grises qui, partant de la plaie, s'étendent quelquefois jusqu'au bord opposé de la cornée et sont toujours perpendiculaires à la direction de l'incision. Ces stries sont surtout visibles dans les cas où, par exemple, l'expulsion du cristallin a été difficile et où les lèvres de la plaie ont été quelque peu contuses. Elles disparaissent le plus souvent dans les premiers huit jours ou après plusieurs semaines, quand elles sont très prononcées. Cette kératite ne produit pas de phénomènes irritatifs et n'entrave en rien la cicatrisation. On doit en conclure qu'il ne s'agit pas ici d'une vraie inflammation. En effet, les recherches anatomiques ont démontré que, dans ce cas, toute infiltration cellulaire fait défaut et qu'au contraire il n'existe qu'une simple dilatation des espaces lymphatiques cornéens remplis de sérosité (*Becker, Laqueur, Recklinghausen*). Cette sérosité, douée d'un pouvoir réfringent différent de celui de la cornée, fait que celle-ci paraît trouble. Les stries correspondent à la disposition propre des espaces lymphatiques, qui suivent la direction des fibrilles cornéennes. D'après *Hess*, ces opacités striées devraient être rapportées à un plissement de la membrane de Descemet, qui, par suite de l'incision cornéenne, est distendue dans un sens et pas dans l'autre.

De semblables stries troubles de la cornée s'observent aussi quelquefois dans certains cas de décollement de la rétine, traités par le bandeau compressif. Tout à coup l'œil se ramollit, la chambre antérieure s'approfondit d'une manière surprenante et, dans la cornée, l'on voit apparaître des stries fines de teinte grise, qui s'entre-croisent souvent dans diverses directions, de façon à donner à l'opacité l'apparence du papier de soie chiffonné. Il est hors de doute que des plissements de la cornée jouent un rôle dans ce cas (*Deutschmann, Nuel*).

8° *La kératite profonde dans l'iridocyclite.* — Dans toute iridocyclite intense, la cornée est légèrement mate et pas complètement claire. Cependant, dans un certain nombre d'iridocyclites graves, la cornée participe d'une manière plus apparente encore à l'inflammation. En effet, dans les couches profondes de la cornée, il se présente une infiltration d'une teinte grise qui prend souvent plus tard une couleur jaunâtre. Au niveau de cette infiltration, la cornée se vascularise ultérieurement, et l'infiltration disparaît, mais il persiste toujours une opacité, dans les cas graves, avec aplatissement de toute la cornée. Dans ces cas, la vue est perdue ou à peu près, non seulement par suite des altérations de la cornée, mais surtout par les produits de l'iridocyclite. — Ces cas, au reste rares, ne doivent pas être confondus avec la kératite parenchymateuse avec participation active de l'uvée.

9° *Des infiltrations scrofuleuses profondes* qui, sous forme d'opacités larges et grises, plus tard jaunes, se présentent dans les couches moyennes et profondes de la cornée, à l'occasion de la conjonctivite lymphatique. Ces infiltrations peuvent se terminer par suppuration ou passer à la résorption, et alors la cornée redevient transparente, quelquefois d'une manière excessivement rapide (voir, pour plus de détails, *Conjonctivite lymphatique*, page 101).

10° *La kératite marginale.* — Cette rare affection atteint le plus souvent les personnes âgées ; elle est le plus fréquemment unilatérale, rarement bilatérale.

Sous le coup de symptômes irritatifs modérés, il se manifeste sur le bord de la cornée une opacité grise, plus tard gris jaunâtre ou même jaune de pus, qui touche immédiatement la sclérotique et qui s'étend à environ 2 millimètres sur la cornée transparente. Cette zone trouble, périphérique, embrasse le plus souvent le tiers ou la moitié de la circonférence cornéenne (le plus souvent en haut), rarement la circonférence entière. Au niveau de l'opacité, la surface de la cornée est un peu mate, mais il ne s'y montre aucune perte de substance, pas même jamais d'érosion épithéliale. Bientôt le limbe s'avance et recouvre de ses vaisseaux le trouble de transparence. En une à deux semaines, les phénomènes inflammatoires disparaissent, tandis que l'infiltration marginale se change en une opacité grise permanente de la cornée. Cette opacité a beaucoup de ressemblance avec l'arc sénile, mais elle s'en distingue cependant surtout en ce qu'elle n'est pas séparée du bord de la sclérotique par une bandelette transparente, mais se confond avec elle sans limites bien marquées. Cette kératite n'est pas accompagnée d'iritis et n'est pas non plus suivie d'ulcère de la cornée ; deux fois seulement j'ai pu observer un petit ulcère superficiel sur la cornée. En raison de la situation marginale de l'opacité, cette kératite est sans danger pour la vue.

II. — BLESSURES DE LA CORNÉE

§ 44. 1° CORPS ÉTRANGERS DANS LA CORNÉE. — L'introduction de petits corps étrangers dans les couches les plus superficielles de la cornée doit être comptée parmi les accidents les plus fréquents. Il va de soi que c'est la partie de la cornée visible dans la fente palpébrale, qui reçoit le plus souvent les corps étrangers, de même que toutes les autres blessures. Ceux qu'on observe le plus souvent dans la cornée sont de petits fragments de fer, notamment chez certains ouvriers tels que : serruriers, forgerons, tourneurs en fer, etc. Ces particules n'ont pas l'apparence du fer métallique, mais paraissent d'un brun foncé ou noir. Les particules de fer, notamment celles qui se détachent, par exemple, sous l'effort du marteau, s'échauffent et sautent sous forme d'étincelles. De plus, ces particules s'oxydent et deviennent de l'oxyde ferroso-ferrique, et c'est sous cette forme qu'on les trouve dans la cornée. Dans le cas où le fragment de fer reste fixé dans la cornée, il s'entoure promptement d'un anneau brun, parce que les parties immédiatement limitrophes de la cornée s'imbibent de cet hydroxyde et prennent ainsi une teinte brunâtre. On rencontre encore souvent dans la cornée des fragments de charbon, par exemple chez les chauffeurs, ou après un voyage en chemin de fer, ou des fragments de pierre chez les tailleurs de pierre, les casseurs de pierre, etc.

Les corps étrangers introduits dans la cornée doivent être enlevés le plus tôt possible. S'ils sont situés superficiellement, on réussit facilement à les extraire au moyen d'un instrument approprié. A cet effet, on se sert d'une aiguille spéciale, élargie à son extrémité ou d'un instrument ayant la forme d'une petite gouge ; à défaut de ces instruments, on peut se servir d'une aiguille à coudre bien effilée, qu'on a au préalable stérilisée à la flamme. Il est très avantageux de rendre au préalable la cornée insensible, en instillant plusieurs gouttes d'une solution de cocaïne à 5 %. Quand il s'agit de fragments de fer, outre le corps étranger, il faut encore enlever par le grattage l'anneau limitrophe de tissu cornéen teint en brun.

Si le corps étranger n'est pas extrait à temps, il s'élimine par voie de suppuration. Tout autour du corps étranger, il se produit une infiltration inflammatoire qui entoure le corps étranger sous l'aspect d'un anneau gris. Puis le tissu cornéen se détruit, le corps étranger devient libre et finit par tomber. L'ulcère qui en résulte se nettoie généralement avec rapidité et se cicatrise en laissant dans la cornée une légère opacité. Ce processus éliminateur s'accompagne de phénomènes irritatifs violents, notamment d'hyperémie ou même d'une inflammation de l'iris et se trahit par la formation d'un hypopyon et de synéchies. Seuls les grains de poudre et de chaux peuvent séjourner dans la cornée sans y provoquer d'inflammation et s'y enkyster définitivement.

Des cas plus rares, mais aussi plus sérieux, sont ceux où un petit corps étranger a pénétré dans les couches profondes de la cornée. Alors il est souvent nécessaire, pour réussir à extraire le corps étranger, d'inciser les lamelles cornéennes qui le recouvrent, afin de le saisir au moyen d'une pince. Si la pointe du corps étranger plonge jusque dans la chambre antérieure, on court le danger qu'en essayant de le saisir, on le pousse plus en avant, et que par sa pointe il blesse la capsule cristallinienne. Dans un tel cas, il est quelquefois indiqué d'ouvrir d'abord la cornée à sa périphérie, d'introduire un instrument dans la chambre antérieure, et de pousser ainsi le corps étranger d'arrière en avant, afin de parvenir à le saisir et à l'extraire.

2° SOLUTIONS DE CONTINUITÉ DANS LA CORNÉE. — Les lésions superficielles de la cornée, qui entraînent une simple perte de substance du revêtement épithélial, sont désignées sous le nom d'*érosions* : elles appartiennent aux lésions les plus fréquentes. Elles résultent d'une égratignure avec l'ongle, avec un essuie-mains rude, une feuille rigide, ou une petite branche, etc. Des lésions de ce genre sont ordinairement accompagnées de phénomènes inflammatoires passablement violents, tels que photophobie, larmoiement et surtout de douleurs vives. A l'examen de l'œil, on observe, en même temps qu'une injection ciliaire, une perte de substance de l'épithélium dont le fond est parfaitement transparent ; aussi n'est-ce qu'en faisant miroiter la cornée qu'on parvient à découvrir cette perte de substance. La guérison s'opère le plus souvent au bout de quelques jours par une régénération de l'épithélium, procédant du bord de la perte épithéliale vers le centre, et il ne reste pas d'opacité permanente. — Ces érosions traumatiques n'ont véritablement de l'importance que parce qu'il n'est pas rare qu'elles soient la source d'un ulcère ou d'un abcès, quand par exemple elles ont eu l'occasion d'être infectées. C'est notamment le cas quand il existe une affection de la conjonctive avec sécrétion anormale ou une blennorrhée du sac lacrymal.

Une chose remarquable, c'est que quelquefois on observe des *récidives* d'érosions cornéennes, sans lésion (*Arlt*). La lésion est en apparence bien guérie et, au bout de quelques semaines ou quelques mois, tout à coup, sans cause appréciable, de nouveaux phénomènes irritatifs, intenses, se déclarent, et sur la cornée, à l'endroit où se trouvait autrefois la lésion, on observe une perte de substance épithéliale. De telles récidives peuvent se répéter plusieurs fois. La cause en réside sans doute en ce que, à l'endroit primitivement blessé, l'épithélium ne s'est pas régénéré d'une manière absolument normale, de façon qu'il a suffi d'une cause tout à fait anodine pour le soulever de nouveau et le faire tomber. Le plus souvent, cette érosion est précédée de la formation d'une vésicule qui éclate si promptement que, seule, la perte de substance épithéliale peut être observée.

Le meilleur traitement des érosions consiste dans l'application d'un simple bandeau protecteur, qu'il faut faire porter jusqu'à ce que l'épithélium se soit entièrement régénéré. C'est aussi le meilleur moyen à opposer aux récidives qui exigent, quand elles arrivent, l'application à nouveau du bandeau, même pendant un temps assez long. Y a-t-il de violents phénomènes inflammatoires concomitants que le bandeau seul ne parvient pas à combattre, alors on peut y ajouter les instillations d'atropine.

Les *blessures plus profondes* de la cornée sont pour la plupart des sections ou des ruptures. Très tôt après le traumatisme, les lèvres de la plaie se troublent et se gonflent, parce qu'elles s'imbibent de liquide (larmes ou humeur aqueuse), souvent dans une grande étendue, quand la plaie est irrégulière ou déchiquetée. Avec la guérison, ce trouble s'efface pour la plus grande partie, cependant il persiste toujours à l'endroit de la solution de continuité une opacité saturée, liée fort souvent à une courbure irrégulière de la cornée (astigmatisme irrégulier). Ces sortes de blessures deviennent particulièrement dangereuses dans deux circonstances, à savoir : quand elles s'infectent et quand elles sont perforantes. Dans le premier cas, dans la cornée se produisent des infiltrations purulentes qui peuvent se transformer en ulcères ou en abcès. Dans le second cas, si la perforation est assez large, on voit se produire un prolapsus de l'iris. L'iris, d'ailleurs, ou le cristallin peuvent être blessés en même temps, et alors naît le danger, comme dans toute lésion du bulbe, qu'il survienne une infection et, par suite, une inflammation des parties profondes de l'œil, inflammation qui se termine très fréquemment par la perte complète de l'organe.

Le traitement de toute blessure récente de la cornée consiste avant tout à prévenir l'infection. A cet effet, l'on nettoie l'œil au moyen de solutions antiseptiques; on saupoudre la blessure d'iodoforme finement pulvérisé et, après avoir instillé de l'atropine comme moyen préventif contre l'explosion éventuelle d'une iritis, on applique un bandeau protecteur. S'il s'agit d'une plaie perforante de la cornée, il faut exiger du patient le repos le plus complet (le lit), dans le but d'obtenir l'occlusion la plus prompte et la plus solide de la blessure. Y a-t-il prolapsus iridien, on l'excisera après l'avoir soigneusement détaché des bords de la plaie, de façon à prévenir tout enclavement de l'iris dans la cicatrice, absolument comme s'il s'agissait d'un prolapsus iridien spontané. (Pour plus de détails sur les plaies perforantes de la cornée, voir §§ 53 et 54.)

3° CORROSIONS ET BRULURES DE LA CORNÉE. — Elles se présentent en même temps que des lésions analogues de la conjonctive et elles sont produites par les mêmes causes (voir page 119). Le pronostic, dans les lésions de cette nature, dépend entièrement de la part que la cornée y a prise, puisque les suites les plus funestes de ces lésions sont les opacités qu'elles laissent dans ce dernier organe. La cornée corrodée ou brûlée paraît mate et trouble. L'étendue de l'opacité dépend de celle de la brûlure; son intensité, de la profondeur à laquelle le tissu cornéen est détruit. Dans les cas les plus légers, la teinte de l'opacité cornéenne est grise; au contraire, elle est blanchâtre dans les cas graves. Dans les cas les plus graves enfin, la cornée est complètement blanche comme de la porcelaine, sèche à la surface, et tout à fait insensible. Une pareille cornée est absolument nécrosée. Il n'est cependant pas toujours facile, immédiatement après l'accident, de déterminer jusqu'à quelle profondeur la cornée est détruite, d'où il suit qu'on doit être prudent pour établir le pronostic.

Le plus souvent la lésion est suivie de douleurs violentes. Elle se cicatrise par élimination du tissu mortifié. Dans les cas les plus légers, où la lésion n'intéresse que l'épithélium, l'élimination et la cicatrisation s'opèrent rapidement (comme dans les cas fréquents de brûlure par le fer à friser). Si la destruction va jusqu'à atteindre le parenchyme de la cornée, alors il survient une inflammation éliminatrice qui produit la séparation de l'escarre, et la perte de substance qui en résulte se cicatrise, en laissant une opacité permanente. La destruction va-t-elle jusqu'à atteindre, en un point, toute l'épaisseur de la cornée, après élimination de l'escarre, il y aura perforation de cet organe. Alors il se produit un prolapsus de l'iris, qui finit par s'enclaver dans la cicatrice et se souder à la cornée (cicatrice cornéenne avec synéchie antérieure). De même, il se développe souvent des adhérences cicatricielles entre la cornée et la conjonctive palpébrale, lorsque la conjonctive est également le siège d'une perte de substance (symblépharon). — Le traitement des brûlures et des corrosions de la cornée a été indiqué à propos des lésions analogues de la conjonctive.

Les *contusions* de la cornée, qui atteignent cet organe soit directement, soit par l'intermédiaire des paupières, entraînent souvent comme conséquence une opacité étendue des parties centrales de la cornée, laquelle se résout à la loupe en traits fins et gris, se croisant dans tous les sens. Comme cette opacité siège dans les parties moyennes et profondes de la cornée, elle a été signalée à la page 209, sous la rubrique de : Kératite profonde. Les stries peuvent en partie être rapportées à un plissement de la membrane de Descemet et dépendre de la diminution de la pression intraoculaire, qui accompagne souvent les contusions de la cornée (voir § 86). Les contusions violentes de la cornée peuvent en produire la *rupture*. Celle-ci est observée beaucoup plus rarement que les ruptures de la sclérotique. Tandis que ces dernières se ressemblent habituellement quant à la situation et à la direction, les ruptures cornéennes se font sans règle fixe. Le plus souvent ces plaies sont à peu près rectilignes, parfois cependant elles paraissent comme déchiquetées et sont en forme de lambeau. La plupart des cas de déchirure de la cornée que j'ai vus, étaient dus à des coups de fouet, et se présentaient généralement chez des jeunes gens. Quand les lèvres de la plaie sont béantes, ce qui est en particulier le cas, lorsque la déchirure affecte la forme d'un lambeau, on peut tenter de les réunir à l'aide de fines sutures superficielles. Parfois, on réussit ainsi à sauver l'œil, mais il reste toujours un tel aplatissement et un tel trouble de la cornée que la vue est fortement entamée.

Les *incisions* de la cornée se guérissent rapidement, quand les lèvres de la plaie sont nettes, et qu'elles sont en contact, comme c'est le cas avant tout dans les plaies opératoires. Les lèvres de l'incision s'agglutinent rapidement, par l'intermédiaire d'une masse constituée de fibrine et de leucocytes, qui s'organise ultérieurement en une mince cicatrice réunissant les lamelles cornéennes ; les plaies des membranes de Bowman et de Descemet ne se réunissent jamais. Dans les premiers jours, l'épithélium de la face antérieure de la cornée prolifère également par delà les bords de la plaie, jusque dans la profondeur. Cet *enclavement* de l'épithélium va quelquefois jusqu'aux couches postérieures de la cornée. Par la réunion ultérieure et définitive des lèvres de la plaie, cet épithélium invaginé est à peu près refoulé de la profondeur à la superficie, et l'enclavement de l'épithélium disparaît. Il arrive pourtant quelquefois qu'il persiste ; extérieurement la plaie paraît bien guérie, alors que seules les couches profondes de la cornée sont réunies par une cicatrice solide. De telles cicatrices peuvent se rompre sous la plus légère pression, et c'est ainsi que l'on s'explique que, après l'opération de la cataracte, la cicatrice se déchire, même après des années, sous l'influence d'une cause insignifiante.

III. — Opacités de la cornée

§ 45. Les opacités cornéennes sont les compagnes constantes de toute inflammation de cet organe et sont alors produites par une infiltration cellulaire du tissu cornéen. L'opacité inflammatoire récente est de sa nature changeante, puisqu'elle augmente ou diminue suivant la marche de l'inflammation. De ces opacités nous devons distinguer celles qui restent stationnaires, soit qu'elles constituent des résidus d'inflammations antérieures déjà terminées, ou qu'elles se soient peu à peu développées sans inflammation préalable. Ces opacités stationnaires, dont nous allons exclusivement nous occuper ici, seront désignées sous le nom de *taies* ou d'*opacités cornéennes*, dans l'acception la plus restreinte du mot. Elles constituent de loin la cause la plus fréquente de la faiblesse de la vue et sont ainsi de nature à exciter particulièrement l'intérêt du médecin.

Nous distinguons les opacités permanentes de la cornée en deux espèces : celles qui ont pour origine une inflammation, et celles qui se sont développées sans inflammation préalable.

a) Opacités d'origine inflammatoire

Elles sont la suite d'une kératite soit suppurative, soit non suppurative. Dans le premier cas, le tissu cornéen, détruit par la suppuration, est remplacé par du tissu cicatriciel, et les opacités qui en résultent sont des cicatrices cornéennes, dans le sens strict du mot. A celles-ci appartiennent la plupart des opacités consécutives à des blessures. Après une kératite non suppurative, la cornée peut rester trouble, ou bien parce que, par l'accumulation de l'exsudat, le tissu en a été tellement altéré qu'il n'a pas pu regagner plus tard sa transparence physiologique, ou bien parce que l'exsudat lui-même s'organise en partie et reste ainsi dans la cornée sous forme de tissu nouveau (par exemple un pannus transformé en tissu conjonctif). Un fait relativement rare, c'est de rencontrer des opacités ayant leur siège uniquement dans l'épithélium de la cornée, par exemple dans les cas où, à la suite d'irritations mécaniques constantes — dans le trichiasis — l'épithélium est épaissi et, par suite, est devenu opaque.

L'*aspect* des opacités cornéennes est différent suivant leur intensité et suivant leur âge. Des taies légères se présentent sous forme de taches transparentes blanc bleuâtres, dont les bords ne sont plus nettement limités (*néphélions, maculæ* ou *nubeculæ corneæ*). Des troubles de transparence intense ont une teinte d'un blanc grisâtre ou simplement blanche. Ils sont habituellement plus nettement limités et, au début, parcourus par des vaisseaux qui deviennent plus tard rares ou disparaissent entièrement. La surface de l'opacité possède, le plus souvent, le même niveau que le reste de la cornée saine environnante, surtout quand il s'agit d'opacités peu prononcées. Mais, au niveau de la cicatrice, on observe souvent aussi des élevures ou des dépressions de la surface cornéenne. Les élevures sont habituellement la suite d'une *ectasie* de la cicatrice ; plus rarement elles sont produites par un développement démesuré du tissu cicatriciel ou par l'épaississement de l'épithélium à la surface de la cicatrice. La dépression de la surface cornéenne à l'endroit de la cicatrice provient le plus souvent, quand elle est petite, de ce que la perte de substance ne s'est pas complètement réparée par du tissu cicatriciel — *facette cornéenne*. Quand il s'agit de grandes cicatrices, provoquées par une large perforation de la cornée et plus rarement à la suite de kératite grave non suppurée, il peut se former un *aplatissement* de la totalité de la cornée, résultant de la rétraction du tissu cicatriciel — *applanatio corneæ*. Ce phénomène s'observe notamment quand, à côté d'une inflammation de la cornée, s'est déclarée une iridocyclite plastique. Celle-ci entraîne le développement dans l'intérieur de l'œil d'exsudats membraneux étendus qui, en se rétractant, diminuent la pression intraoculaire et favorisent ainsi l'aplatissement de la cornée.

Beaucoup de cicatrices sont compliquées d'*enclavement de l'iris*. Sa présence indique qu'elles ont été précédées d'une perforation de la cornée. Ces sortes de cicatrices sont toujours entièrement opaques. Il est important de diagnostiquer, dans chaque cas particulier, si une cicatrice cornéenne présente ou non des adhérences avec l'iris, vu que l'enclavement irien peut entraîner des suites fâcheuses. On reconnaît l'existence d'une synéchie antérieure au déplacement de la pupille vers le point d'enclavement, ensuite à l'inégale profondeur de la chambre antérieure, qui devient de moins en moins profonde, à mesure que l'on s'approche de l'endroit où existe l'enclavement. Souvent aussi la présence de l'iris enclavé se trahit par la teinte foncée de la cicatrice ; c'est le pigment irien que l'on voit apparaître à travers le tissu cicatriciel. — L'adhérence de l'iris avec la cicatrice se fait fréquemment sur une toute petite étendue ; quelquefois même, c'est un mince filament de l'iris qui s'étend jusqu'à la cornée ; d'autres fois, au contraire, on observe de larges synéchies au point même que tout le bord pupillaire de l'iris est enclavé dans la cicatrice. Dans ce dernier cas, il existe une occlusion et une séclusion de la pupille avec toutes leurs suites funestes (voir § 68).

b) Opacités cornéennes d'origine non inflammatoire

Un trouble de transparence physiologique, que l'on observe chez les personnes âgées, est l'*arc sénile* (gerontoxon corneæ), que nous avons décrit à propos de l'anatomie de la cornée. Parmi les opacités pathologiques d'origine non inflammatoire, il faut citer avant tout l'*opacité cornéenne en ceinture* (1). Elle est formée par une bandelette grise, de la largeur de 3 — 5 millimètres, qui s'étend transversalement sur la cornée, un peu en-dessous de son centre. Cette opacité se développe d'une manière extraordinairement lente, au bout seulement d'un certain nombre d'années. Ce sont les deux bouts de la bandelette, placés aux limites externe et interne de la cornée qui s'opacifient en premier lieu. Ces deux bouts sont toujours séparés du bord cornéen par une zone mince et transparente. De chaque extrémité de la bandelette, l'opacité gagne peu à peu le centre et forme ainsi une ceinture trouble complète, qui passe sur la moitié inférieure de la cornée. La bandelette est donc plus mince et moins opaque au milieu, où elle s'est développée en dernier lieu, qu'aux deux extrémités. Par une observation plus attentive, surtout au moyen d'une loupe, on reconnaît que l'opacité bien limitée de tous côtés, est constituée de petits points blancs ou gris, situés très superficiellement — dans l'épithélium ou immédiatement en-dessous de celui-ci. — C'est pourquoi l'on trouve, au niveau de l'opacité, la surface cornéenne habituellement chagrinée ou finement bosselée.

L'opacité cornéenne en ceinture se développe, en général, dans les yeux qui, à la suite d'une affection interne de l'œil (iridocyclite, glaucome), ont perdu toute ou presque toute leur acuité visuelle; elle est donc, en pratique, de peu d'importance. Ce n'est que très rarement (et seulement chez des personnes âgées) que l'opacité en bandelette attaque des yeux qui ne sont pas malades autrement; alors l'affection en question est la seule cause du trouble visuel.

Parmi les opacités qui ne dépendent pas d'une inflammation, il faut compter l'*opacité cornéenne par hypertonie*, c'est-à-dire celle qui résulte d'une augmentation de la pression intraoculaire. C'est un trouble de transparence d'aspect diffus, ressemblant à une buée, surtout prononcé au centre et allant en diminuant peu à peu vers les bords. La nature non inflammatoire de cette opacité résulte de ce fait que, aussitôt que l'augmentation de la pression disparaît, le trouble de transparence disparaît à

---

(1) Synonyme : opacité cornéenne en bandelette, kératite en ceinture, kératite en bandelette de Panas.

son tour très rapidement, souvent même au bout de moins d'une heure, ce qui serait impossible s'il s'agissait d'une infiltration inflammatoire de la cornée. L'opacité par hypertonie dépend donc plutôt d'un œdème de la cornée, ayant surtout son siège dans l'épithélium et susceptible de se résorber rapidement.

§ 46. Troubles visuels par suite d'opacités cornéennes. — Toute opacité de la cornée a pour conséquence un trouble visuel, quand elle occupe le champ pupillaire en totalité ou en partie. Car, au niveau de l'opacité, les rayons lumineux incidents, au lieu de passer à travers la cornée, sont partagés en deux parties : un certain nombre de rayons sont absorbés ou réfléchis par la cicatrice, c'est pour cela que nous voyons la cicatrice comme une tache blanche, le reste seulement passe à travers la cornée pour aboutir à l'intérieur de l'œil. Le rapport entre le nombre de ces deux espèces de rayons dépend de la densité de l'opacité. Le nombre des rayons réfléchis est d'autant plus grand, et celui des rayons qui passent d'autant plus petit que l'opacité est plus dense. Il s'ensuit qu'une cicatrice cornéenne nuit à la vision, en empêchant la lumière de pénétrer dans l'œil. Cependant ce facteur ne vient sérieusement en ligne de compte que pour les opacités très denses, puisque nous pouvons voir, tout en recevant dans l'œil bien moins de lumière que dans les conditions normales. C'est ainsi qu'à travers un trou sténopéique, on voit aussi bien — et les personnes atteintes de défauts de réfraction voient même mieux (§ 139) — qu'à l'œil libre, bien que le trou ne laisse passer que peu de lumière. De même, des personnes ayant les pupilles anormalement petites, sont néanmoins en état de voir très distinctement. La cause véritable du trouble visuel résultant d'une opacité cornéenne réside donc, non pas dans la diminution du nombre de rayons lumineux, mais plutôt dans la *diffusion* qu'ils subissent. Les rayons passant par un milieu trouble subissent une réfraction irrégulière et sont dispersés dans toutes les directions, comme s'ils émanaient des couches troubles elles-mêmes. Quand les physiciens ont besoin d'une lumière uniforme, ils la font passer par un verre mat ou par un papier huilé. Ces corps agissent alors eux-mêmes comme source lumineuse. La dispersion des rayons est d'autant plus complète que l'opacité est plus dense.

En ce qui concerne la densité et l'étendue de l'opacité, les cas suivants sont possibles : 1° une opacité *dense* occupe tout le champ pupillaire. Dans ce cas, toute la lumière qui traverse la cicatrice se disperse, il ne se forme sur la rétine aucune image des objets extérieurs et il ne saurait exister que la vue quantitative et non pas la vue qualitative ; 2° une *légère* opacité occupe tout le champ pupillaire. Alors la diffusion de la lumière n'est pas complète. Une partie des rayons est réfractée, quoique d'une manière pas tout à fait régulière ; une autre partie est dispersée.

La rétine reçoit donc des images, mais elles ne sont pas nettes ; en outre, une grande quantité de lumière est dispersée ; 3° *une partie seulement* du champ pupillaire est occupée par l'opacité, tandis que l'autre partie est normalement transparente. Dans ce cas la partie transparente fournit à la rétine des images distinctes, tandis que la partie trouble projette en même temps à l'intérieur de l'œil beaucoup de lumière diffuse. La vue se trouve également troublée dans ce cas, et notamment par l'éblouissement produit par la lumière diffuse.

Le trouble de la vue produit par la dispersion lumineuse est encore fréquemment la conséquence de la courbure irrégulière de la surface cornéenne, qui existe si souvent au niveau d'une taie. Cette irrégularité de courbure produit l'état particulier, désigné sous le nom d'astigmatisme irrégulier (voir § 148). Y a-t-il une diminution de courbure au niveau de l'opacité, comme dans les facettes cornéennes, cet endroit est moins réfringent et il y a hypermétropie. La cornée présente-t-elle au niveau de l'opacité une courbure plus forte, comme dans les ectasies de cet organe, alors le pouvoir réfringent est augmenté et produit une myopie. Dans le cas de cicatrice cornéenne ectatique, la courbure anormale ne s'arrête pas à la cicatrice seulement, mais s'étend aussi aux parties encore transparentes avoisinantes de la cornée, au point que celle-ci a perdu sa courbure normale dans toute son étendue. A cause de l'astigmatisme irrégulier, les objets deviennent indistincts, déformés et souvent aussi sont vus doubles ou multiples.

L'altération de la vue causée par une taie entraîne encore d'autres *conséquences indirectes*. A celles-ci appartiennent le strabisme, le nystagmus et la myopie. Dans un grand nombre de cas, celle-ci n'est qu'apparente. Celui qui est atteint de troubles de transparence de la cornée approche fortement les objets de l'œil, pour obtenir une image aussi grande que possible, afin d'en compenser ainsi la confusion dans une certaine mesure. Mais, en raison des efforts d'accommodation et de convergence, nécessités par le rapprochement très prononcé des objets, il peut se développer finalement un allongement de l'axe de l'œil, c'est-à-dire une véritable myopie.

TRAITEMENT. — Dans le cas d'opacités cornéennes, le but principal de tout traitement est l'amélioration de l'acuité visuelle. Pour cela, l'on dispose des moyens suivants :

a) Éclaircissement de l'opacité : Dans toute opacité récente, il faut chercher, par l'application de moyens excitants, à obtenir une aussi forte transparence que possible (voir page 172). Dans les taies plus anciennes et qui ne sauraient redevenir transparentes par l'application de médicaments, ce qu'il y aurait de mieux à faire, ce serait d'enlever les couches opaques au moyen du couteau et de rendre ainsi à la cornée sa transparence.

Cependant l'expérience a démontré que ces tentatives restent sans résultat, parce qu'après l'enlèvement de l'opacité, la perte de substance qui en est la suite se guérit de nouveau par formation de tissu cicatriciel et, par conséquent, en reproduisant une nouvelle opacité. L'enlèvement d'une taie n'est indiqué que lorsqu'elle a son siège dans l'épithélium, attendu que les pertes épithéliales sont remplacées par un nouvel épithélium normal et transparent. Les cas où l'enlèvement de l'épithélium — *abrasion de la cornée* — est indiqué, sont ceux où l'épithélium est épaissi par une irritation mécanique, par exemple dans le trichiasis, de même pour les dépôts de plomb, de chaux ou de grains de poudre dans l'épithélium ; enfin, dans l'opacité cornéenne en ceinture, quand elle atteint un œil ayant conservé d'ailleurs son acuité visuelle. — Dans les cas où la cornée est complètement transformée en tissu cicatriciel, on a essayé de rétablir la vue par la *transplantation de la cornée* (kératoplastie). Au moyen d'un trépan, on enlève une rondelle de la partie opaque de la cornée et on introduit, dans l'ouverture ainsi faite, une autre rondelle de tissu cornéen normal et transparent, de grandeur identique (prise sur l'œil d'un homme ou d'un animal). Généralement la rondelle se cicatrise dans l'ouverture, mais le plus souvent elle ne tarde pas à s'opacifier complètement, et le patient n'a rien gagné ;

b) Les *moyens optiques* qui peuvent être appliqués, dans le but d'améliorer la vue, sont le trou sténopéïque ainsi que les lunettes. Le premier moyen a pour but de ne faire servir à la vue que la partie de la cornée restée transparente et d'en exclure les points opaques ; de cette façon on évite l'éblouissement. Quant aux lunettes, elles sont quelquefois utiles, notamment quand l'opacité cornéenne est compliquée de changements de courbure ;

c) Le *déplacement de la pupille* par l'iridectomie (d'après la méthode de Beer) est, en général, le seul moyen de rétablir la vue, quand il s'agit d'opacités cicatricielles denses qui recouvrent tout le champ pupillaire. Pour les indications et la technique opératoire, voir § 155.

Pour les cicatrices cornéennes grandes, denses et blanches, il peut être désirable de faire disparaître la difformité qui en résulte. Dans ce but, on recourt au *tatouage de la cornée* (Wecker). Cette opération repose sur l'observation que beaucoup de corps étrangers, tels que des grains de poudre, peuvent s'enkyster dans la cornée et s'y fixer pour toujours. Le tatouage consiste à teindre en noir la cicatrice blanche au moyen d'encre de Chine. On introduit celle-ci dans le tissu cicatriciel au moyen de piqûres d'aiguilles répétées. Les aiguilles à tatouer sont ou bien un faisceau d'aiguilles pointues ordinaires (*Taylor*), ou bien une aiguille large pourvue d'un canal pour tenir l'encre (aiguille creuse de *Wecker*).

Les taies cornéennes laissent deviner, par leur forme et leur situation, à quelle espèce de kératite elles doivent leur origine.

a) Les taies légères ou néphélions (maculæ corneæ) proviennent de petits ulcères cornéens. Elles surviennent surtout dans l'enfance, à la suite de conjonctivite lymphatique, et se font particulièrement remarquer par leur position marginale. Les opacités allongées restées après une kératite en bandelette sont absolument caractéristiques ;

b) Les opacités diffuses, délicates, mais s'étendant sur une large étendue de la cornée, sont le plus souvent la suite d'un pannus ou d'une kératite parenchymateuse. Dans le premier cas, elles sont situées superficiellement ; dans le second, elles se trouvent dans les couches profondes de la cornée. Chez ces dernières, on peut à la loupe, même après des années, y reconnaître la présence de vaisseaux profonds isolés (*Hirschberg*) ;

c) Des opacités étendues d'aspect tendineux, sans enclavement de l'iris, dans lesquelles on voit des points crayeux blancs, s'observent après des cas particulièrement graves de kératite parenchymateuse. Des points blancs semblables se voient aussi dans les opacités résultant d'un pannus (voir p. 90), d'une corrosion par la chaux. Dans ce cas ils sont constitués par des particules calcaires enkystées. Enfin les cicatrices avec incrustation plombique se distinguent par une opacité nettement circonscrite, blanche, très saturée ;

d) Des opacités périphériques en forme de croissant ou d'arc succèdent à des ulcères catarrhaux ou à une kératite marginale. Il ne faut pas les confondre avec un arc sénile ;

e) Les cicatrices larges et denses avec enclavement de l'iris, qui occupent souvent toute la cornée sauf une partie étroite du bord, proviennent le plus fréquemment d'abcès de la cornée ou d'une blennorrhée aiguë. On les observe aussi après la kératomalacie, la diphtérie et les brûlures. Mais, dans ces deux derniers cas, des cicatrices conjonctivales ne manquent jamais de coexister, ce qui permet d'établir le diagnostic exact ;

f) Les cicatrices nettement limitées ponctuées ou linéaires sont le résultat de traumatismes soit accidentels, soit intentionnels (opérations) ;

g) Les cicatrices blanches, épaisses, qui occupent les parties inférieures de la cornée, et qui sont limitées en haut par une ligne presque horizontale, dépendent d'une kératite suite de lagophtalmie. Quelquefois, chez certaines personnes, on remarque une pareille cicatrice sur les deux yeux. C'est que ces cicatrices se sont développées à la suite d'une maladie grave, pendant laquelle le patient s'est trouvé, durant un certain temps, dans un état comateux ayant pour conséquence une occlusion incomplète des paupières ;

h) Les taies de la partie inférieure de la cornée, qui se limitent en haut en triangle, proviennent d'une kératite parenchymateuse qui, exceptionnellement, s'est localisée sur la moitié inférieure de la cornée. Elles peuvent également dépendre du dépôt d'un exsudat sur la paroi postérieure de la cornée ;

i) Les opacités petites, blanc bleuâtres, qui sont situées sur le bord de la cornée et s'étendent sur cet organe sous forme d'un triangle obtus, sont des restes d'une kératite sclérosante.

Les opacités résultant de l'accolement d'un exsudat se présentent aussi quelquefois avec des adhérences entre l'iris et la cornée. C'est là un de ces cas rares où existe une *synéchie antérieure*, sans qu'elle ait été précédée d'une *perforation* de la cornée. C'est alors plutôt par l'intermédiaire de l'exsudat rétracté et organisé que l'iris a été attiré vers la paroi postérieure de la cornée et s'y est fixé. De même, on a observé des synéchies antérieures, sans perforation préalable de la cornée, dans les cas où pendant longtemps l'iris, bombé en avant, s'était appuyé contre la face postérieure de la cornée. L'iris alors contracte, en certains points, des adhérences avec la cornée, et si plus tard, soit spontanément, soit par suite d'une iridectomie, l'iris reprend sa position normale, ces points restent adhérents à la cornée. On trouve alors ou bien de larges synéchies antérieures, ou bien de simples filaments partant de l'iris, et dont l'extrémité vient s'insérer à la paroi postérieure de la cornée. Les mêmes synéchies antérieures peuvent s'établir quand, la chambre antérieure restant pendant longtemps abolie, l'iris et la cornée viennent en contact immédiat.

Souvent les cicatrices cornéennes subissent plus tard des *métamorphoses*. Ainsi des taies minces, datant de l'enfance, n'ont plus chez l'adulte l'aspect d'un trouble diffus, mais sont rayées de stries claires, se croisant dans tous les sens et partageant la taie en petits fragments. Cette disposition de l'opacité en indique toujours l'ancienneté. — Il arrive quelquefois que des cicatrices primitivement plates deviennent ultérieurement ectatiques. — Des cicatrices fortement ectatiques, dont le point culminant n'est qu'imparfaitement couvert par les paupières, présentent souvent à cet endroit un état xérotique de l'épithélium qui a l'aspect épidermique et sec. — Dans de vieilles cicatrices denses, on observe quelquefois des taches jaunes, résultant d'une accumulation de concrétions colloïdes dans le tissu cicatriciel. Les petits points crayeux renfermés dans une cicatrice dépendent d'un dépôt calcaire. Souvent même on voit se former de petites plaques constituées par de la chaux que l'on peut enlever à l'aide d'une pince quand elles sont dégagées. — Il s'agit donc ici de métamorphoses régressives de différentes espèces, qui sont dues à l'insuffisance de nutrition du tissu cicatriciel dense. De tels processus peuvent amener le ramollissement ou la destruction ulcéreuse des vieilles cicatrices. Ce sont les ulcères appelés athéromateux, qu'il n'est pas rare de voir se terminer par perforation.

En ce qui concerne les opacités dues à une cause étrangère à l'inflammation, elles doivent pour la plus grande partie être attribuées à une diminution de la nutrition de la cornée. L'*arc sénile*, entre autres, consiste en un dépôt de substance colloïde dans les couches les plus superficielles de la cornée près du limbe. Comme cause de cet état, on admet l'atrophie sénile du limbe conjonctival avec involution d'une partie des vaisseaux y contenus. — L'*opacité cornéenne en ceinture* dépend, elle aussi, d'un trouble nutritif, résultant de ce que la cornée est devenue moins susceptible de résister aux influences extérieures. La position et l'étendue de l'opacité correspondent à la zone cornéenne située dans la fente palpébrale, c'est-à-dire aux points de la cornée qui sont toujours découverts, si peu que les paupières s'ouvrent. En effet, ces opacités atteignant, en règle générale, des cornées insensibles et souvent opaques par suite de maladies antérieures, on peut admettre qu'elles manquent de forces suffisantes pour résister aux agents nuisibles qui les frappent dans les limites de la fente palpébrale. Des cornées saines peuvent également répondre, par le développement d'une opacité en ceinture, à des irritations extérieures agissant pendant fort longtemps. *Topolanski* a rencontré cette opacité chez trois ouvriers chapeliers, qui, occupés à tondre les peaux de lièvre, recevaient constamment des fragments de poils dans les yeux. J'ai trouvé la même opacité aux deux yeux chez un médecin qui, pendant douze ans, s'y était projeté tous les jours du calomel. — Les altérations anatomiques, qui constituent l'opacité cornéenne en ceinture, consistent habituellement en un dépôt de masses colloïdes (*Goldzieher*), ou de concrétions calcaires dans l'épithélium ou les couches les plus superficielles de la cornée (*Dixon, Bock*).

On rencontre encore, mais rarement, des *opacités cornéennes congénitales*, tantôt d'origine inflammatoire, tantôt d'une autre origine. Les premières proviennent d'une kératite ayant existé pendant la vie fœtale. Les autres sont comparativement plus fréquentes et coexistent avec d'autres anomalies congénitales des yeux. Sous le nom *d'embryontoxon*, on désigne une opacité congénitale, qui ressemble, comme forme et aspect à l'arc sénile (gerontoxon).

Le trouble de la vue par éblouissement, qui existe dans le cas d'une opacité occupant le champ pupillaire, s'explique de la manière suivante : dans un œil normal, les images des objets se trouvant dans le champ visuel se dessinent sur la rétine les unes à côté des autres, toutes bien limitées, et avec les contrastes marqués des parties claires et des parties obscures. Quand, au contraire, la lumière émanant de points cornéens troubles est projetée d'une manière uniforme sur la rétine, la différence entre les parties claires et obscures des images rétiniennes devient moins marquée. La comparaison suivante est de nature à rendre cet état plus saisissant. Sur une photographie bien réussie, on peut voir très distinctement tous les détails. Si, maintenant, elle est un peu trop fortement vernie, et qu'on la regarde obliquement, le vernis est tellement brillant que l'on est dans l'impossibilité de distinguer les détails de la photographie. Et, puisque le vernis est tout à fait transparent, il va sans dire qu'ici encore les rayons lumineux émis par la photographie arrivent jusqu'à la rétine et y dessinent des images nettes des détails de la photographie. Mais, en même temps, arrivent encore à la rétine les rayons lumineux très nombreux réfléchis par la surface du vernis, rayons qui inondent tellement toute la rétine de lumière que les images rétiniennes bien circonscrites s'y trouvent noyées.

Une personne aux yeux sains peut se faire une idée de la sensation produite par l'éblouissement causé par des opacités cornéennes. Ainsi, quand dans une galerie de peinture, par exemple, on regarde un tableau suspendu contre un trumeau étroit entre deux fenêtres, on voit à peine ce que le tableau représente et on perçoit une sensation très désagréable d'éblouissement. Comment se produit, dans ce cas, la diffusion lumineuse ? La cornée normale n'est pas absolument transparente, comme on l'admet habituellement. Quand, par l'éclairage latéral, on concentre la lumière sur un point de la cornée, on constate que ce point paraît gris, de façon que l'observateur inexpérimenté le prendrait pour un trouble de transparence pathologique. La cornée réfléchit donc toujours une certaine quantité de lumière. On en peut dire autant du cristallin, aussi bien que de tous les autres milieux réfringents de l'œil. En raison de la transparence incomplète de ces milieux dans l'œil normal même, il se produit une certaine diffusion de la lumière, qui à la vérité est trop peu prononcée pour que dans les circonstances ordinaires on s'en aperçoive. Mais, dans l'exemple cité plus haut, la diffusion est si désagréable, parce que la quantité de lumière projetée dans l'œil par les deux fenêtres est incomparablement plus grande que celle projetée par le tableau, et qu'ainsi une quantité relativement considérable de lumière diffuse frappe la rétine.

L'*électricité* m'a rendu de bons services dans quelques cas, pour obtenir l'éclaircissement de vieilles opacités, principalement consécutives à une kératite parenchymateuse. On place le pôle positif d'une batterie à courant constant à la tempe ou à la nuque, le pôle négatif se pose sur la cornée préalablement cocaïnisée. Ce pôle consiste en un solide cylindre d'argent de 7 millimètres de diamètre entouré d'une enveloppe isolante de caoutchouc. Seule l'extrémité est libre ; elle est concave pour répondre à la courbure de la cornée. Le contact entre l'électrode et la cornée est établi par l'intermédiaire d'une goutte de mercure, qui adhère à la surface concave du cylindre d'argent ; on emploie un courant de 0,2 — 0,5 milliampères (*Alleman*).

Le *tatouage* ne doit être entrepris que sur des cicatrices anciennes, solides et aplaties. Si la cicatrice est amincie ou ectatique, la réaction inflammatoire qui suit le tatouage peut la ramollir et entraîner ainsi une augmentation de l'ectasie (éventuellement avec hypertonie). Le tatouage ne convient pas non plus pour les yeux, qui ont souffert d'une iridocyclite grave, parce que l'opération pourrait la réveiller. — Quand on doit tatouer une cicatrice assez étendue, il est bon de le faire en plusieurs séances, pour réduire, autant que possible, la réaction inflammatoire. Après quelques années, la coloration noire pâlit et il faut répéter l'opération. Dans les cas où une partie seulement de la région pupillaire de la cornée est trouble, le reste étant transparent, le tatouage de la portion opaque pourra améliorer la vision, par suite de la diminution de la quantité de lumière diffuse qui traverse la cicatrice devenue plus opaque.

IV. — ECTASIES DE LA CORNÉE

Pour les ectasies cornéennes, comme pour les opacités, il faut distinguer avant tout si elles sont d'origine inflammatoire ou non. C'est sur cette distinction que nous nous appuyons pour diviser les ectasies cornéennes de la manière suivante :

Ectasies d'origine inflammatoire	Staphylôme. Kératectasie.
Ectasies d'origine non inflammatoire	Kératocône. Kératoglobe.

1° *Staphylôme de la cornée*

§ 47. Symptômes. — Le staphylôme est constitué par une cicatrice provenant d'un prolapsus préalable de l'iris, qui remplace la cornée en partie ou en totalité. De là, la distinction entre le staphylôme total et le staphylôme partiel de la cornée. Dans le staphylôme total, on trouve, à la place de la cornée, une cicatrice proéminente et opaque, dont la base est entourée du bord de la sclérotique ou bien d'une bandelette de tissu cornéen périphérique encore conservé. Dans certains cas, la cicatrice bombée en avant prend une forme conique (staphylôme total conique). Dans

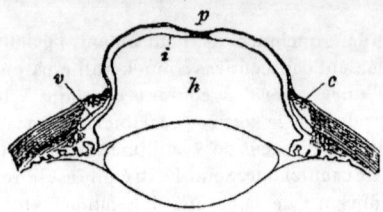

Fig. 46. — Prolapsus total de l'iris.

le staphylôme conique, la cicatrice proémine graduellement en avant, depuis le bord de la sclérotique jusqu'au sommet. Dans d'autres cas, le staphylôme proémine sous forme de demi-sphère (staphylôme total sphérique). Son bord escarpé se détache nettement de la sclérotique qu'il surplombe même parfois (fig. 47). La forme du staphylôme total est plus souvent sphérique que conique. Un grand nombre de staphylômes sphériques, surtout ceux qui sont de date récente, ont une paroi mince. au point que la couche de pigment noir qui recouvre la paroi postérieure (fig. 47, *i*) paraît bleuâtre par transparence. C'est pour ce motif que les staphylômes de cette espèce ont l'apparence d'une sphère, de teinte allant du gris d'ardoise au bleu noir. Cette demi-

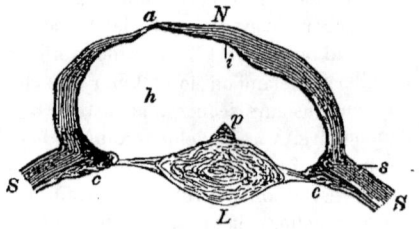

Fig. 47. — *Staphylôme total de la cornée avec hypertonie consécutive*, provenant du prolapsus irien total représenté fig. 46. L'iris *i* (fig. 46), aminci par sa distension, s'est transformé en une cicatrice épaisse *N*.dans laquelle une place plus mince *a* correspond à l'ancienne pupille *p*, tandis qu'à sa face postérieure le pigment rétinien de l'iris a persisté sous forme d'une couche noire *i*. Le staphylôme semble se continuer sans transition dans la sclérotique *S*, de laquelle il n'est séparé que par le canal de Schlemm *s*. L'hypertonie a pressé l'iris contre la périphérie de la cornée, de sorte que la chambre antérieure *v* (fig. 46) a disparu et que l'iris s'est confondu avec le bord de la cornée en un tout qui fait partie du staphylôme. Comme le montre la comparaison des deux figures, la marge scléro-cornéenne a acquis un diamètre plus grand. C'est pour ce motif et à cause d'une rétraction du cristallin *L* que la zonule est fortement tendue et montre les procès ciliaires atrophiés *c* tiraillés en dedans. Le cristallin est cataracté, rétracté, et porte à son pôle antérieur une cataracte pyramidale *p*.

sphère, par sa forme et sa couleur, a une certaine ressemblance avec les grains de raisins noirs, d'où lui vient le nom de staphylôme (σταφυλή, raisin). Plus tard, la paroi du staphylôme s'épaissit. Lorsque l'épaississement s'opère sous forme de cordons séparés et solides, qui étranglent le staphylôme à différents endroits, celui-ci prend quelque peu la forme d'une baie de ronce, et ainsi se produit le *staphyloma racemosum*. Les vieux staphylômes possèdent le plus souvent une paroi épaisse et blanche, dans laquelle on peut remarquer habituellement quelques points sombres produits en partie par un dépôt de pigment, en partie par un amincissement local (fig. 47, *a*). Généralement, les staphylômes sont parcourus par de gros vaisseaux isolés, fournis par la conjonctive. Les parties profondes de l'œil sont invisibles, à cause de l'opacité du staphylôme. L'iris est confondu dans le staphylôme jusque dans son extrême périphérie où il est appliqué contre la face postérieure des parties marginales conservées de la cornée, de façon qu'il n'existe plus de chambre antérieure.

Le staphylôme partiel n'embrasse qu'une partie de la cornée. Il se présente sous forme d'une proéminence blanche, le plus souvent en forme de cône (staph. partiel conique). Dans les staphylômes partiels, la forme sphérique est assez rare. Le rapport entre les deux formes de staphylômes partiels est donc inverse de ce qu'il est pour les staphylômes totaux. Le staphylôme partiel s'étend habituellement d'un endroit de la cornée jusqu'au bord, tandis que, de l'autre côté, une partie plus ou moins large de la cornée est conservée et reste le plus souvent transparente, de façon que l'on peut reconnaître l'iris derrière elle. L'iris est attiré vers le staphylôme, ce qui fait que la pupille, déplacée à son tour vers le même côté, est souvent partiellement recouverte. La pupille peut être également complètement fermée, si tout le bord pupillaire de l'iris est attiré dans le staphylôme (comme c'est la règle dans le staphylôme total).

Étiologie. — Le staphylôme constitue l'état terminal d'une kératite suppurative avec perforation, et n'est autre chose qu'un prolapsus irien ectatique et transformé en tissu cicatriciel. Le staphylôme peut être primaire ou secondaire.

a) Le *staphylôme primaire* se produit de la manière suivante: après la perforation de la cornée, l'iris fait hernie et bombe en avant. La cicatrisation consécutive qui, dans les cas favorables, a pour effet l'aplatissement du prolapsus est incapable, dans les cas défavorables, d'empêcher le staphylôme de se produire. Il arrive bien plus souvent que le prolapsus irien se transforme graduellement en tissu cicatriciel tout en restant bombé en avant, et qu'il se consolide complètement dans cette position (le prolapsus iridien de la figure 46 produit le staphylôme représenté dans la figure 47). Suivant que le prolapsus irien est partiel ou total, il se développe un staphylôme partiel ou total. Parmi les causes qui empêchent le prolapsus de l'iris de s'aplatir en se cicatrisant, et qui favorisent ainsi le développement du staphylôme, il faut en compter surtout deux: la pre-

mière est la grandeur de la perforation. Lorsque la perforation est toute
petite, il ne se produit généralement aucun staphylôme ; plus elle est
grande, au contraire, et plus on doit s'attendre à ce qu'il se produise
une ectasie. La seconde cause réside dans les efforts du patient. En
ce qui concerne cette dernière cause, on notera surtout chez l'adulte les
efforts musculaires excessifs et chez l'enfant les cris et les clignotements
répétés, chez tous les deux enfin, les efforts exagérés de défécation.
L'augmentation de pression temporaire causée par ces efforts distend
plus ou moins le tissu cicatriciel jeune et extensible ; mais ce tissu est
privé d'élasticité et ne retourne pas à sa position antérieure après la suppression de la pression, et il reste, d'une manière permanente, plus bombé
en avant ;

b) Nous disons qu'il y a *staphylôme secondaire*, lorsque le prolapsus iridien s'est guéri d'abord par formation d'une cicatrice plate, qui, ultérieurement, bombe de nouveau en avant. Il provient souvent des causes nuisibles citées plus haut, par exemple quand un malade, porteur d'un
ulcère cornéen à peine cicatrisé, reprend trop tôt ses occupations. La
jeune cicatrice est trop peu forte pour résister convenablement à l'augmentation répétée, bien que passagère, de la pression intraoculaire, et elle
se distend graduellement.

Le staphylôme n'est donc pas du tissu cornéen ectatique mais, comme
le montre son origine, du tissu iridien. Il consiste en une procidence de
l'iris qui se transforme en tissu cicatriciel, à un endroit où n'existe plus
de tissu cornéen. Il serait donc plus correct de dire staphylôme de l'iris.
A la vérité, la transformation du prolapsus en staphylôme s'opère tout lentement, de telle sorte qu'à une certaine époque du développement de l'affection on pourrait la considérer aussi bien comme un vieux prolapsus que
comme un jeune staphylôme.

CONSÉQUENCES DU STAPHYLÔME DE LA CORNÉE. — L'*acuité visuelle* est toujours diminuée. Quand il existe un staphylôme total, la vue est réduite à
distinguer le jour de la nuit. Dans le staphylôme partiel, le degré de
l'acuité visuelle dépend de l'état de la partie de la cornée encore conservée
et de la position de la pupille. Même dans les cas les plus favorables, ceux
où la pupille est placée en partie derrière la portion complètement transparente de la cornée, il y a une diminution notable de l'acuité visuelle, à
cause de l'existence d'une courbure cornéenne irrégulière, non seulement
au niveau du staphylôme, mais encore, bien qu'à un degré moins prononcé,
dans toute la cornée. — Quant aux grands staphylômes, ils produisent une
difformité frappante. Ils engendrent aussi certaines souffrances parce que,
produisant des irritations mécaniques, et, par suite, des états catarrhaux
de la conjonctive, ils donnent lieu à des sécrétions exagérées, à du lar-

moiement, etc. — Par leur proéminence les grands staphylômes rendent l'occlusion palpébrale plus difficile ; le sommet du staphylôme, imparfaitement couvert par les paupières, se dessèche (devient xérotique) ou devient le siège d'ulcères, ulcères athéromateux. Quelquefois même, il arrive que les paupières sont tellement écartées par le staphylôme qu'il se développe un ectropion.

Parmi les suites les plus graves des staphylômes, il faut compter l'*hypertonie*, qui survient finalement chez le plus grand nombre d'entre eux, qu'ils soient totaux ou partiels. L'hypertonie n'est donc que la conséquence et non pas la cause du staphylôme ; celui-ci se développe le plus souvent sous une pression normale, et simplement à cause de la résistance insuffisante de l'enveloppe bulbaire. Les staphylômes coniques prédisposent plus que les sphériques à l'augmentation de la pression intraoculaire. Cette augmentation de pression se traduit d'abord par la dureté sensible du bulbe oculaire, ensuite par une diminution de l'acuité visuelle, et finalement par la cécité absolue. Il arrive quelquefois également que des douleurs accompagnent l'hypertonie. Une fois que celle-ci est établie, elle donne lieu à des transformations ultérieures du staphylôme ainsi que de tout le globe oculaire. Les staphylômes à parois très minces, l'hypertonie les fait proéminer de plus en plus en avant et, par suite, l'amincissement de leurs parois progresse au point que, finalement, pour une cause des plus futiles, ils se rompent à l'endroit le moins résistant. La rupture permet alors à l'humeur aqueuse, qui est très abondante, de s'échapper ; le staphylôme s'affaisse et reste plus petit pour un certain temps. A la longue cependant, le bulbe oculaire se remplit de nouveau, reprend son volume primitif et finit encore par se rompre. Ce jeu peut se répéter plusieurs fois avec des intervalles variables, jusqu'à ce qu'enfin la perforation du staphylôme soit accompagnée d'une hémorragie intraoculaire abondante, d'une iridocyclite grave, ou même de panophtalmite. Alors le bulbe oculaire se ratatine, et il survient comme une espèce de guérison spontanée du staphylôme. — Il arrive même, lorsque la durée de l'hypertonie se prolonge, que la partie sclérale du globe se distend, principalement chez les jeunes sujets, dont la sclérotique est moins résistante. Alors on observe tantôt de l'ectasie totale de la sclérotique, tantôt de l'ectasie partielle. Dans le premier cas, la sclérotique se distend uniformément dans tous les sens, le globe oculaire s'agrandit, et la sclérotique devient tellement mince que, par transparence, l'on voit la choroïde derrière elle, ce qui donne à la sclérotique une teinte bleuâtre. Dans le second cas, la sclérotique s'ectasie sous forme d'un bourrelet circonscrit, foncé, translucide, situé dans le voisinage de la cornée : ce sont les staphylômes intercalaires et ciliaires (voir § 55). Il n'est pas rare non plus de voir en même temps des ectasies partielles et totales de la sclérotique se développer sur le même œil, ce qui peut lui donner un volume énorme.

§ 48. TRAITEMENT. — L'attention doit surtout se porter sur le traitement *prophylactique*. Le médecin qui a à traiter un prolapsus iridien doit prendre toutes les mesures pour obtenir une cicatrice plate. Il ne doit pas permettre que, sous ses yeux, se développe un staphylôme. Qu'on consulte à ce sujet ce qui a été dit relativement au traitement du prolapsus iridien (page 170.) Lorsque finalement l'on a réussi à obtenir une cicatrice plate, il faut prendre garde que la jeune cicatrice ne devienne ultérieurement ectatique. Dans ce but, on ne doit pas trop tôt abandonner le traitement, et l'on doit surtout conseiller au patient de s'abstenir pendant longtemps de tout effort physique considérable. Souvent il est bon, avant d'abandonner le malade, de pratiquer une iridectomie, pour autant qu'elle soit exécutable, cette opération étant la plus efficace contre le développement ultérieur d'une ectasie.

Quand on a affaire à un staphylôme déjà développé, le traitement doit se proposer d'atteindre des buts différents, suivant que le staphylôme est partiel ou total. Dans le cas de staphylôme total, la vue est irrévocablement perdue, puisqu'il n'existe plus de cornée transparente ; il faut se borner alors à diminuer autant que possible les inconvénients du staphylôme et la difformité qu'il engendre. Pour le traitement du staphylôme partiel, la première indication consiste à améliorer l'acuité visuelle qui existe encore, ou, du moins, à la préserver de toute atteinte ultérieure (par augmentation de pression intraoculaire). Les méthodes propres à guérir le staphylôme relèvent toutes de la chirurgie.

a) Staphylôme total. — Le procédé le plus simple est *l'incision* du staphylôme. On pratique cette opération dans l'espoir que, par là, le staphylôme s'affaissera et qu'il s'aplatira d'une façon durable, par suite de la rétraction du tissu cicatriciel dont il est constitué. Cette pratique n'est, cela se comprend, couronnée de succès que lorsque les parois du staphylôme sont assez minces pour se rétracter après l'opération, ce qui n'arrive que pour les staphylômes jeunes, encore proches du stade du prolapsus iridien. On se sert d'un couteau à cataracte pour faire l'incision. On opère de différentes manières : 1° par l'incision linéaire, en passant transversalement par le milieu du staphylôme (*Küchler*) ; 2° par une incision courbe, concentrique à la circonférence inférieure de la cornée, de façon à tailler un lambeau dans la paroi du staphylôme. Le second procédé mérite la préférence parce que la plaie s'entre-bâille plus fortement et que, par la rétraction du tissu cicatriciel, le lambeau se raccourcit. Cette méthode empêche les lèvres de la plaie de se réunir trop promptement, ce qui amènerait une reproduction rapide de l'ectasie et forcerait de recourir à une nouvelle incision. Si la plaie ne s'entre-bâillait pas suffisamment, il faudrait raccourcir le lambeau en en excisant une partie. — Après l'achèvement de la section, dans le cas où le cristallin existe encore, on l'enlève, après avoir déchiré la capsule antérieure.

L'*excision simple* du staphylôme, suivant *Beer*, se pratique comme suit : au moyen du couteau à cataracte, on incise par une section courbe la moitié inférieure du staphylôme de façon à le détacher de sa base. Ensuite on saisit, à l'aide de la pince, le lambeau ainsi formé et, au moyen de ciseaux, on détache la moitié supérieure du staphylôme. Le cristallin qui se présente dans la plaie est enlevé après ouverture de la capsule. La plaie produite par l'opération à l'endroit du staphylôme s'obturera peu à peu par une cicatrice solide et plate. Mieux vaut fermer cette ouverture par des sutures. Celles-ci sont placées en haut et en bas dans le bord de l'orifice produit par l'ablation du staphylôme ; quand on les serre, on réunit les lèvres de la plaie dans une direction horizontale. On obtient plus sûrement encore la réunion quand on fait suivre l'ablation de la *suture conjonctivale* (Wecker); c'est le procédé qui est à présent habituellement suivi. On commence par inciser la conjonctive au niveau du limbe et, sur une certaine étendue, on la détache de la sclérotique, afin de pouvoir l'attirer facilement en avant. Alors on passe les fils à travers le bord libre de la conjonctive. On place un certain nombre de fils verticalement en les passant à travers les bords supérieur et inférieur, et l'on s'en sert pour appliquer plus tard des sutures à points séparés. Avant de serrer les sutures, on enlève le staphylôme d'après la méthode de *Beer* : on extrait le cristallin et l'on finit par unir les lèvres de la plaie conjonctivale en nouant les sutures. On peut aussi pratiquer la suture de la façon suivante : on se sert d'un seul fil, que l'on passe circulairement dans le bord de la conjonctive détachée, alternativement au dessus et en dessous, de manière que les deux bouts du fil viennent à se rencontrer et que, si on les serre, la conjonctive s'étrangle à la façon d'une blague à tabac (suture en blague à tabac). Ici encore l'enlèvement du staphylôme et l'ouverture de la capsule cristallinienne n'ont lieu que lorsque les fils sont passés à travers le bord de la conjonctive, car, dès que le cristallin est enlevé, le corps vitré refoulé en avant menace de s'écouler. Les fils de la suture étant préparés, il ne faut plus s'attarder à cette besogne et l'on peut, le plus vite possible, fermer la plaie en nouant les fils passés d'avance.

L'enlèvement du staphylôme avec suture convient pour tous les cas de staphylômes vieux et à parois épaisses, pour lesquels la simple incision ne serait pas suffisante.

Les cas de staphylômes compliqués d'hypertonie et d'ectasie consécu-

tive de la sclérotique ne sont généralement plus justiciables du procédé
par excision, parce que l'on risquerait de voir survenir une abondante
hémorragie, par suite de la diminution brusque de la pression intraoculaire.
L'*énucléation* seule est indiquée pour ces derniers cas, où, d'ailleurs, le
globe oculaire est quelquefois devenu énorme. C'est la seule opération
propre à éviter les inconvénients et en même temps à faire disparaître la
vilaine difformité qui en est la suite, puisqu'à la place d'un globe oculaire
laid et démesurément distendu l'on peut placer un œil artificiel (Pour le
procédé à suivre pour l'énucléation, voir § 165).

b) *Staphylôme partiel.* — Ici le traitement poursuit un triple but :
augmenter l'acuité visuelle, aplatir l'ectasie et prévenir l'hypertonie, ou,
tout au moins, en obtenir la diminution, si elle existe déjà.

L'*incision simple*, qu'on fait suivre pendant longtemps du port d'un bandeau compressif, ne réussit que pour les staphylômes frais et à parois
minces, délicates. Pour les cicatrices anciennes et épaisses, on préfère
l'*excision* avec ou sans réunion des lèvres de la plaie par suture. Mais le
meilleur moyen curatif que nous possédions contre les cicatrices ectatiques est l'*iridectomie*. Elle doit être exécutée de telle manière que l'incision se trouve dans la sclérotique, et qu'il y ait un large colobome s'étendant jusqu'au bord irien. Pour l'exécution de l'iridectomie, il ne faut pas
choisir le point de l'iris qui se trouve attiré vers la cicatrice, dans le but
de supprimer ainsi l'enclavement irien. En ce point, l'iridectomie serait
difficile à exécuter et ne serait souvent suivie que d'un demi-succès.
Il vaut beaucoup mieux choisir le point qui donne le plus de chances
d'amélioration de l'acuité visuelle, en plaçant la pupille derrière l'endroit le plus transparent de la cornée. De plus, l'iridectomie prévient
l'hypertonie ou la fait disparaître dans le cas où elle existerait déjà.
L'iridectomie peut, d'autre part, avoir pour effet d'aplatir l'ectasie dans
le cas de staphylômes à parois minces si, après l'opération, on prend la
précaution de tenir l'œil pendant longtemps sous un bandeau compressif.
Pour les staphylômes à parois épaisses et rigides, on conseille de combiner l'excision du staphylôme avec l'iridectomie. On commence par l'excision, puis, quelques semaines plus tard, quand il s'est établi une cicatrice
plate, on exécute une iridectomie pour prévenir une nouvelle ectasie du
jeune tissu cicatriciel.

Si l'on a affaire à un staphylôme partiel où, par suite de l'hypertonie,
l'acuité visuelle est perdue en grande partie ou en totalité, on n'a plus
grande amélioration à espérer. Néanmoins alors encore, il sera bon, dans
la plupart des cas, d'exécuter une iridectomie pour prévenir les suites
ultérieures de la pression intraoculaire exagérée, telles que ectasie partielle de la sclérotique, agrandissement de tout le globe oculaire, etc.

Toutefois, dans ces cas, l'iridectomie n'est exécutable que pour autant que la chambre antérieure existe encore. Une fois que, par suite de l'hypertonie, l'iris refoulé en avant s'est appliqué contre la paroi postérieure de la cornée et qu'il a contracté adhérence avec elle, l'iridectomie devient pratiquement impossible.

Il est néanmoins certain que, malgré les moyens que nous avons à notre disposition, dans beaucoup de cas, la cicatrice redevient ectatique ; l'œil redevient dur et ainsi s'achemine lentement, mais inévitablement, vers la cécité.

Anatomie du staphylôme cornéen. — Les parois du staphylôme sont constituées par un tissu cicatriciel épais et ferme, renfermant un petit nombre de vaisseaux et souvent tacheté de pigment. L'épaisseur des parois présente de grandes variétés ; elle va depuis celle d'une feuille de papier jusqu'au triple de la cornée normale et au delà. Des staphylômes très épais ont souvent la consistance cartilagineuse et c'est avec peine qu'on parvient à les inciser pour les enlever. Fréquemment, on rencontre, dans le même staphylôme, des points de la paroi d'épaisseur différente (fig. 47). — La surface antérieure du staphylôme est recouverte d'un épithélium épais et irrégulier, qui contient quelquefois des perles épithéliales. La surface postérieure est fréquemment inégale à cause de l'inégalité de l'épaisseur des parois. Elle est recouverte d'un revêtement noir, pigmenté (fig. 47, *i*), qui n'est autre chose que la couche pigmentaire rétinienne de l'iris. Mais, comme cette couche a dû s'étendre sur une surface aussi large, elle est devenue si mince qu'en beaucoup de points elle montre des solutions de continuité. Elle manque d'ailleurs souvent complètement au centre du staphylôme, qui correspond à l'endroit où se trouvait autrefois la pupille. Les staphylômes à parois minces peuvent être rendus translucides par l'éclairage focal, et c'est ainsi que, sur le vivant même, il est possible de démontrer l'existence de la couche pigmentaire. L'absence de la membrane de Bowman à la face antérieure, de la membrane de Descemet à la face postérieure du staphylôme s'explique aisément, puisque celui-ci n'est pas constitué par du tissu cornéen devenu cicatriciel, mais bien par l'iris, et qu'il correspond à des points où la cornée est détruite. C'est seulement sur les parties rapprochées de la base et sur les bords mêmes du staphylôme, qui sont formés par des restes de tissu cornéen, que l'on peut démontrer la présence de ces deux membranes. Cette démonstration est surtout facile pour le staphylôme conique où les parties avoisinantes de la cornée sont attirées sur une grande étendue plus avant dans l'ectasie. — Quand il s'agit de staphylôme total, l'iris peut être entièrement absent, puisqu'il est entièrement entré dans la constitution du staphylôme (fig. 47). Dans d'autres cas, il existe encore un mince liséré d'iris à la périphérie, correspondant aux parties cornéennes marginales conservées. Alors l'iris est le plus souvent adhérent à la cornée, mais il est si atrophié qu'il est presque réduit à sa couche pigmentaire. Dans les staphylômes partiels on ne trouve l'iris complètement adhérent à la cornée que lorsque tout le bord pupillaire de cet organe est enclavé dans la plaie. Par ces adhérences, la chambre antérieure est séparée de la chambre postérieure, ce qui fait que l'iris refoulé en avant vient s'appliquer contre la cornée.

A mesure que la chambre antérieure devient moins profonde, la chambre postérieure s'approfondit de plus en plus. Dans les staphylômes totaux, tout le large espace compris entre la paroi du staphylôme et le cristallin doit être considéré comme constituant la chambre postérieure (fig. 47, *h*). Le corps ciliaire souffre principalement de l'augmentation de la pression intraoculaire qui le mène à l'atrophie, surtout quand une ectasie de la sclérotique se développe à son niveau (staphylôme ciliaire). De plus, les procès ciliaires se trouvent quelquefois fortement tiraillés et distendus par les fibres zonulaires (fig. 47, *c*).

Quant au cristallin, il subit très fréquemment dans les staphylômes des altérations notables. Il manque souvent entièrement dans les staphylômes totaux, s'étant échappé auparavant par l'ouverture pupillaire et la large perforation qui existait alors. Lorsqu'au contraire le cristallin subsiste encore, il subit souvent des changements de position et se place obliquement par suite de la courbure inégale du staphylôme. D'autre fois, il a contracté, par-ci par-là, des adhérences avec le staphylôme ou bien il est tremblotant pendant les mouvements de l'œil, parce que la zonule de Zinn s'est atrophiée sous l'effort d'un tiraillement constant. Ces altérations subies par le cristallin favorisent le développement de l'hypertonie, et c'est pourquoi l'on fait suivre l'incision ou l'excision du staphylôme de l'extraction du cristallin lui-même. Le cristallin est encore très fréquemment opacifié soit dans sa totalité, soit à son pôle antérieur seulement (cataracte polaire antérieure ; fig. 47, *p*). Dans quelques cas isolés, on peut trouver le cristallin fortement aminci, au point qu'il n'en reste plus qu'une sorte de membrane.

L'hypertonie altère encore les parties profondes de l'œil. Ainsi l'on voit survenir l'excavation du nerf optique, l'atrophie de la rétine et de la choroïde, ainsi que la liquéfaction du corps vitré.

Pour ce qui concerne l'*hypertonie* dans le staphylôme, il n'est pas rare de rencontrer des auteurs qui lui attribuent le développement du staphylôme. Or, cette opinion n'est exacte que pour un certain nombre de cas ; ce sont ceux où le staphylôme est consécutif à un prolapsus irien intéressant tout le bord pupillaire de l'iris. La pupille mise à découvert se ferme par une membrane, ce qui produit une oblitération de la chambre postérieure. L'humeur aqueuse s'accumulant dans celle-ci, il doit se produire bientôt une augmentation de la tension, qui pousse de plus en plus l'iris en avant. Dans tous les autres cas c'est l'inverse qui se produit, c'est-à-dire que c'est plutôt l'hypertonie qui est la conséquence de l'ectasie. Celle-ci existe en effet également avec une pression intraoculaire normale, mais la paroi antérieure du globe amincie n'a pu lui résister parce qu'elle est constituée seulement de l'iris ou d'un tissu cicatriciel jeune et extensible. Tout au plus s'y ajoute-t-il quelques exagérations passagères de la pression intraoculaire provoquées par des efforts musculaires, tels que presser fortement ou serrer les paupières, etc. Mais ces augmentations de pression doivent être soigneusement distinguées de l'hypertonie pathologique, non seulement parce qu'elles ne sont que passagères, mais surtout parce qu'elles existent aussi dans l'œil normal et y sont supportées sans provoquer la moindre lésion. L'augmentation permanente de la pression intraoculaire (le glaucome secondaire), que l'on rencontre si souvent dans les yeux staphylomateux, doit être considérée comme la conséquence et non comme la cause du staphylôme.

En règle générale, l'hypertonie résultant du staphylôme se développe graduellement. Quelquefois cependant, on voit survenir en même temps une ectasie de la cicatrice et de l'hypertonie, mais d'une manière soudaine, comme le fera voir l'exemple suivant. Une personne avait été atteinte d'un abcès de la cornée qui avait détruit le centre de cet organe. Sous l'influence d'un traitement approprié, l'iris était en train de se transformer en une cicatrice plate. Un matin, le patient se plaint que brusquement l'œil est devenu le siège de violentes douleurs. Après avoir enlevé le bandeau, l'on trouve sur l'œil, la veille encore presque libre de toute irritation, une injection ciliaire prononcée. La cicatrice a pris une forme conoïde, la chambre antérieure est très peu profonde ou complètement abolie; l'iris est appliqué contre la cornée qui paraît mate. Dans la cicatrice ou dans la chambre antérieure, on observe de petites hémorragies. L'œil est dur et très sensible au toucher. En général, on ne trouve pas de cause extérieure qui explique le changement subit, survenu dans la marche de ces affections.

De quelle manière le staphylôme conduit-il à l'hypertonie? Dans les cas où tout le bord pupillaire est entraîné dans le staphylôme (comme dans tous les staphylômes totaux et dans un grand nombre de staphylômes partiels), l'apparition de l'hypertonie s'explique facilement par la séclusion pupillaire (voir § 68). Au contraire, pour les cas de staphylôme partiel où une partie de la pupille est restée libre, il a été impossible jusqu'ici de trouver une explication quelque peu satisfaisante de cette augmentation de pression intraoculaire. Pour quelques-uns, l'hypertonie a pour cause les tiraillements subis par l'iris. L'irritation produite ainsi sur l'iris et le corps ciliaire donnerait lieu à une exagération de la sécrétion des liquides intraoculaires. Le tiraillement de l'iris provient de ce que cet organe est tendu entre deux points fixes: d'un côté, son point d'insertion à la sclérotique et, de l'autre, la cicatrice dans laquelle il est enclavé. A mesure que l'ectasie de la cicatrice se prononce et qu'ainsi son sommet s'écarte du bord de la cornée, l'iris s'étire de plus en plus. C'est en se fondant sur ce fait qu'*Arlt* a cherché à expliquer pourquoi le staphylôme conique est plus souvent accompagné d'hypertonie que le staphylôme sphérique. Ce dernier se produit quand les bords de l'ouverture de la perforation sont taillés à pic, de façon que tout à côté de cette ouverture la cornée a conservé son épaisseur normale. Et lorsque, dans ce cas, l'iris est refoulé en avant, le tissu cornéen avoisinant n'y prend qu'une faible part. Les bords du prolapsus irien se soulèvent à angle droit au-dessus de la cornée voisine, et il se développe un staphylôme sphérique (fig. 47). Dans ce dernier cas, le tissu cornéen qui entoure la base du staphylôme ne bombe pas ultérieurement, en avant, d'une façon sensible, et l'iris situé derrière une pareille cornée ne subit aucun tiraillement, parce qu'il est adhérent au pourtour de la perforation. Il s'ensuit qu'il y a moins de danger de voir se déclarer une hypertonie. S'il arrive que celle-ci se développe, elle n'est pas due au tiraillement de l'iris, mais bien à l'enclavement complet de son bord pupillaire et à la séclusion

de la pupille qui en est la suite. — Le staphylôme conique provient d'un ulcère
étendu, mais qui ne s'est perforé qu'en un point limité. Les bords de la perforation
s'amincissent peu à peu et, en raison de leur faible épaisseur, sont entraînés en
avant avec l'iris hernié. L'ectasie ainsi produite n'est formée que dans son centre
seulement par l'ancien prolapsus iridien ; les parties périphériques, pour une
grande part, sont constituées par la cornée amincie. C'est pour ce motif que le
staphylôme, au lieu d'émerger brusquement de la cornée, s'élève en pente douce
au-dessus de ses bords, d'où il résulte que le staphylôme prend une forme
conique. Dans ce cas, ce n'est pas l'iris seul qui subit une distension, mais
encore les parties voisines de la cornée, pour autant qu'elles sont entraînées
dans l'ectasie. D'autre part, puisque l'iris a contracté des adhérences avec le
pourtour de la perforation de la cornée, il est entraîné et distendu à son tour,
avec ce dernier organe, de façon à provoquer le développement de l'hypertonie.
(Un fait qui montre que le tiraillement iridien n'est pas cause de l'hypertonie,
c'est que l'on a rencontré des cas où une cicatrice ectatique de la cornée sans
enclavement de l'iris a provoqué aussi une hypertonie.) — D'autres cherchent à
expliquer le développement de l'hypertonie par l'obstruction de l'angle irido-
cornéen (voir § 84). En effet, au point où l'iris est enclavé dans la cicatrice, cet
organe est fortement attiré en avant. De cette manière, l'iris par sa périphérie
s'applique contre le bord antérieur de la sclérotique et les parties avoisinantes
de la cornée et oblitère l'angle de la chambre antérieure. Cette explication ne
convient toutefois que pour le cas où, par suite de l'enclavement complet du
bord de la pupille, il existe de la séclusion pupillaire. Alors l'humeur aqueuse
s'accumulant dans la chambre postérieure refoule l'iris en avant dans tout son
pourtour, et l'angle de la chambre se trouve circulairement fermé.

L'*opération* du staphylôme total consiste le plus souvent dans son ablation avec
suture conjonctivale consécutive. Mais il arrive très fréquemment que la suture,
après quelques jours, se détache, que l'ouverture due à l'excision du staphylôme est béante et que le corps vitré fait procidence. Comme cette ouverture ne
se ferme que très lentement par cicatrisation, la guérison traîne en longueur ;
il peut aussi se produire une panophtalmie par infection purulente du corps
vitré mis à nu. Pour éviter ces conséquences fâcheuses et obtenir aussi sûrement
que possible l'occlusion de la plaie, on procède comme suit : après avoir détaché
la conjonctive, mais avant d'exciser le staphylôme, on gratte avec soin le limbe
conjonctival ainsi que l'épithélium du bord du staphylôme, parce que la conjonctive suturée par dessus ne pourrait, sans cela, contracter des adhérences
avec les surfaces recouvertes d'épithélium. Alors on excise le staphylôme, en
réservant en haut et en bas un mince bord, à travers lequel on passe des fils destinés à en fermer l'ouverture : puis seulement on réunit la conjonctive. — Dans les
petits staphylômes partiels, qui si souvent résistent à toutes nos tentatives, j'ai
obtenu d'heureux résultats de la transplantation cornéenne. J'enlevais au trépan
la cicatrice ectatique et je détachais très soigneusement l'iris des bords de l'ouverture, pour qu'il n'adhérât plus à la cornée. Ensuite j'introduisais dans l'orifice
un morceau de cornée d'égale grandeur, pris à un œil humain énucléé. La guérison se fait généralement bien et, si le fragment inséré se trouble dans la suite,

on a quand même obtenu le but visé, qui est de substituer au staphylôme une cicatrice aplatie, sans adhérence avec l'iris.

2° *Kératectasie*

§ 49. Nous désignons sous le nom de kératectasie une ectasie de la cornée qui se développe après une inflammation de cet organe, sans que toutefois il soit survenu de perforation. L'ectasie est donc constituée ici par du tissu cornéen, à la différence du staphylôme où elle est formée par du tissu iridien. Les ectasies de la cornée d'origine non inflammatoire, qui sont le kératocône et le kératoglobe, se distinguent de l'ectasie d'origine inflammatoire en ce que, dans celle-ci, la partie ectatique de la cornée est devenue opaque par suite de l'inflammation.

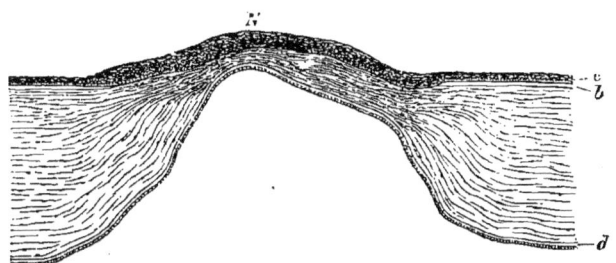

Fɪɢ. 48. — *Kératectasie par ulcération.* Gross. 25/1. — La cicatrice amincie et saillante *N* se distingue du tissu cornéen normal avoisinant par sa structure plus dense. A son niveau, l'épithélium *c* est épaissi, tandis que la membrane de Bowman *b* manque. Au contraire, la membrane de Descemet *d* avec son épithélium se continue sans interruption, preuve que la cornée n'a pas été perforée.

L'inflammation produit l'ectasie de la cornée par amincissement ou par ramollissement. Par *amincissement*, dans les cas où un ulcère cornéen a détruit les couches superficielles de la cornée, de sorte que les lamelles postérieures seules ne sont plus assez résistantes pour supporter la pression intraoculaire (*kératectasie par ulcération*, fig. 48). — Toutes les couches jusqu'à la membrane de Descemet sont-elles perdues, il existe une hernie de cette membrane, un kératocèle, qui peut se cicatriser dans cette forme ectatique. Ce kératocèle persiste alors sous forme d'une vésicule entièrement transparente, s'élevant au-dessus de la surface de la cornée et entourée d'un anneau cicatriciel opaque.

L'ectasie de la cornée peut aussi se développer par *ramollissement* cornéen provoqué par l'inflammation. A cette espèce d'ectasie appartient d'abord la *kératectasie suite de pannus*, qui se développe quand un pannus épais pénètre plus profondément dans le tissu propre de la cornée, ensuite la kératectasie, *après la kératite parenchymateuse*. Dans ces cas, la cornée est régulièrement ectatique dans sa totalité, tandis que, dans la kératectasie suite d'un ulcère, la saillie n'est le plus souvent que partielle.

Les ectasies inflammatoires de la cornée ont pour *caractère commun* d'être peu susceptibles de s'éclaircir. C'est pourquoi l'on doit établir un pronostic plus défavorable pour la vision dans le pannus, dans la kératite parenchymateuse, etc., dès qu'il survient de l'ectasie de la cornée. Étant donné le trouble considérable que montre une cornée ectasiée, on ne doit en pratique attacher que peu d'importance au changement de courbure de cette membrane et au trouble de réfraction qui en résulte. Quelquefois, à la suite de la kératectasie, on voit se développer de l'hypertonie.

Le *traitement* est impuissant contre la kératectasie arrivée à sa période d'état; il n'est suivi d'effet que dans le cas où il s'agit de combattre une ectasie dans sa période de développement. Les moyens appropriés à cet effet sont les ponctions répétées de la cornée suivies du bandeau compressif, ensuite l'iridectomie. De toutes petites ectasies, tels que de petits kératocèles, peuvent être perforées au fer rouge et transformées en une cicatrice plate par l'application longtemps prolongée d'un bandeau compressif.

3° *Kératocône*

§ 50. Symptômes et marche. — Peu à peu et sans apparition de phénomènes inflammatoires, la partie centrale de la cornée commence à bomber en avant sous forme d'un cône. De plus la cornée est tout d'abord complètement transparente, et les parties périphériques conservent leur courbure normale. Il s'ensuit que l'ectasie du centre de la cornée, tant qu'elle n'est pas très prononcée, ne se reconnaît qu'à la diminution des dimensions de l'image réfléchie par la cornée dans ses parties centrales. A mesure que l'affection avance, l'ectasie du centre prend du développement et les parties périphériques de la cornée ne tardent pas à devenir conoïdes. Alors sans aucun artifice — notamment en regardant latéralement — on peut observer la forme conoïde de la cornée. Finalement le sommet du cône devient opaque et inégal à sa surface.

Pour le patient, l'affection ne se trahit que par le trouble de la vue. L'œil semble devenir myope parce que tous les objets doivent être regardés de très près. Pourtant, aucun verre sphérique concave n'est en état de fournir une vision nette, parce que la courbure de la cornée n'est pas sphérique, mais conique (hyperbolique). Lorque le sommet du cône s'opacifie, l'acuité visuelle diminue naturellement davantage encore.

Le kératocône est une maladie rare qui atteint, en général, les deux yeux. Elle commence, d'ordinaire, entre douze et vingt ans, se développe au bout d'un certain nombre d'années jusqu'au point décrit plus haut, et finit par s'arrêter tantôt plus tôt, tantôt plus tard. On n'a jamais observé qu'une cornée atteinte dekératocône ait repris sa courbure primitive ; rarement aussi on l'a vue s'enflammer ou se rompre. De même il ne se développe pas d'hypertonie, si fréquente dans l'ectasie inflammatoire de la cornée.

La *cause* du kératocône consiste dans l'amincissement progressif des parties centrales de la cornée, qui, par suite, sont incapables de résister à la pression intraoculaire. Mais, par quelles circonstances cet amincissement est provoqué, c'est ce que l'on ignore jusqu'ici.

Le *traitement*, dans cette affection, est peu efficace. Dans les cas récents, quand l'affection n'est pas encore trop avancée, on peut chercher à arrêter le processus en mettant l'œil dans un repos absolu, en fortifiant le malade et en instillant pendant longtemps l'un ou l'autre miotique (ésérine ou pilocarpine). Ces substances produisent la contraction de la pupille et, par suite, la diminution de la pression dans la chambre antérieure ; ainsi s'allège la charge qui pèse sur la cornée amincie. On est parvenu ainsi à arrêter quelques cas isolés (*Arlt*). Un résultat semblable peut être obtenu sans doute par l'iridectomie. Enfin une série de méthodes ont pour but de provoquer le développement d'une cicatrice résistante à l'endroit du sommet aminci du cône. Dans cette intention on excise le sommet ou on le cautérise, ou bien encore on fait les deux à la fois. Mais, comme la cicatrice cornéenne ainsi obtenue se trouve exactement devant la pupille, il est, en général, nécessaire de recourir à l'iridectomie pour déplacer la pupille vers l'un ou l'autre côté de la cornée.

4° Kératoglobe

Dans le kératoglobe, la cornée dans sa totalité est plus grande qu'à l'état normal. Cette affection ne représente qu'un phénomène partiel de l'agrandissement général du globe oculaire, comme cela se remarque dans l'hydrophtalmie (buphtalmie). C'est pourquoi nous renvoyons à la description de cette maladie (§ 83).

Pour beaucoup d'auteurs, l'expression de staphylôme de la cornée a une signification plus étendue, et ils désignent sous ce nom toute espèce d'ectasies de la cornée. Alors on divise comme suit les ectasies de la cornée : celles qui sont transparentes, telles que le kératocône et le kératoglobe, sont désignées sous le nom de staphylômes pellucides, pour les distinguer des staphylômes cicatriciels et des kératectasies cicatricielles.

Dans le *kératocône*, on peut démontrer l'amincissement de la cornée dans toute l'étendue de l'ectasie conique par la facilité avec laquelle il est possible, au moyen d'une sonde, de déprimer le sommet du cône. Du reste des observations anatomiques ont démontré qu'au centre la cornée peut être réduite au tiers de son épaisseur (*Wagner, Hulke*). Les kératocônes d'un degré peu élevé passent facilement inaperçus en raison de leur parfaite transparence. Cependant, dans les premiers stades, l'affection peut être diagnostiquée non seulement par les images cornéennes réfléchies, mais encore par l'examen ophtalmoscopique. Lorsque, à l'aide de l'ophtalmoscope, on éclaire la pupille, on voit dans le rouge pupillaire une ombre annulaire qui, en un point, est particulièrement foncée; cette ombre se meut avec le miroir. Dans les hauts degrés de kératocône, où le sommet est déjà trouble, la distinction d'avec la kératectasie après un ulcère cornéen central est souvent très difficile. Alors il faut prendre en considération l'autre œil. Dans le kératocône, on trouve l'autre œil presque toujours affecté également, mais d'ordinaire pas au même degré, tandis que c'est un fait bien rare que de voir les deux yeux atteints simultanément par une kératectasie centrale.

Le sexe féminin est plus sujet à gagner le kératocône que le sexe masculin. Les personnes qui en sont atteintes n'ont pas seulement la vue troublée pour la vision directe, mais encore pour la vision indirecte, parce que spécialement les rayons qui traversent les côtés du cône tombent dans l'œil très irrégulièrement réfractés. Il s'ensuit pendant la marche une orientation plus défectueuse même que celle qu'on observe dans la myopie la plus élevée (*Arlt*). — Souvent on peut assez bien améliorer la vue par de très forts verres sphériques concaves soit seuls, soit combinés avec des cylindres également concaves. Dans un grand nombre de cas, les verres hyperboliques de *Ruehlmann* rendent de bons services. Avec ces verres, pour voir clair, le patient doit regarder exactement suivant leur axe optique; on ne doit donc pas s'en servir dans les cas où l'on est obligé de mouvoir le regard, ainsi pour la marche. Ce qui est vrai pour les verres hyperboliques est vrai aussi pour la fente sténopéïque, qui, tenue à la main par le patient lui-même tout près de l'œil, lui facilite la vue des objets de petite dimension (caractères fins).

Tumeurs de la cornée. — Rien de plus rare que de voir des tumeurs se développer primitivement sur la cornée. On a publié quelques cas de papillome, fibrome, myxome et sarcome primitifs de la cornée. Les carcinomes et les sarcomes, que l'on observe de temps en temps sur la cornée, ne prennent pas naissance dans cet organe, mais bien dans la conjonctive avoisinante et notamment dans le limbe conjonctival. La question des tumeurs a été traitée à propos des maladies de la conjonctive. De même alors nous avons parlé du *dermoïde*, cette tumeur congénitale située en partie sur la cornée et en partie sur la conjonctive.

CHAPITRE III

MALADIES DE LA SCLÉROTIQUE

ANATOMIE

§ 51. La sclérotique (1) constitue avec la cornée l'enveloppe fibreuse du globe oculaire, dont la forme générale ressemble à une sphère portant un étranglement au niveau de la base de la cornée. Le diamètre moyen de cette sphère (la longueur de l'axe de l'œil) est de 24 millimètres. La sclérotique est le plus épaisse à l'endroit du segment postérieur du globe oculaire; elle y mesure 1 millimètre d'épaisseur environ. Vers le segment antérieur, son épaisseur diminue graduellement, pour augmenter encore, non loin de la cornée, au niveau de l'insertion des tendons des muscles droits de l'œil, qui, en se confondant avec elle, la fortifient.

La structure histologique de la sclérotique ressemble beaucoup à celle de la cornée. La sclérotique est composée en effet de fines fibrilles de tissu conjonctif réunies en faisceaux. Elles affectent, en général, deux directions différentes : l'une d'avant en arrière (fibres méridionales), et l'autre concentrique avec le bord cornéen (fibres circulaires ou équatoriales). Entre les faisceaux se trouvent des espaces lymphatiques partiellement revêtus de cellules plates, disposition analogue au système des espaces lymphatiques et des corpuscules cornéens dans la cornée. Il s'ensuit que les tissus de la sclérotique et de la cornée se ressemblent ; aussi passent-ils, au bord cornéen, l'un dans l'autre, sans limites nettement tranchées. La sclérotique se distingue de la cornée spécialement parce que dans celle-ci la disposition des faisceaux fibrillaires est beaucoup plus régulière que dans la première.

La sclérotique contient des cellules pigmentaires ramifiées. Le plus souvent on ne les rencontre que dans les couches profondes, ainsi que le long des vaisseaux et des nerfs qui la pénètrent. Sur l'œil vivant, on observe quelquefois le pigment à l'endroit où les veines ciliaires antérieures

(1) σκληρός, dur.

émergent de la sclérotique. Ces endroits se dessinent comme de petits
points bruns sur le fond blanc de la sclérotique. Sur les yeux humains, on
trouve parfois sur la sclérotique de larges taches, ardoisées ou légèrement
violettes, qui résultent d'une pigmentation anormale de cet organe. Ces
taches existent régulièrement chez beaucoup d'animaux. — Quand la sclérotique est mince, il est possible de voir, par transparence, le pigment
noir de l'uvée qui lui est adossée. Dans ce cas, qui se rencontre spécialement chez les enfants, le blanc de l'œil prend une teinte bleuâtre, comme
une mince porcelaine blanche.

La sclérotique est traversée par les vaisseaux et les nerfs qui pénètrent
dans l'intérieur de l'œil ; mais elle-même ne contient qu'un très petit
nombre de vaisseaux. Par contre, ils sont nombreux dans ce que l'on appelle
le tissu épiscléral, c'est-à-dire ce tissu conjonctif lâche qui, dans le segment antérieur, fixe la conjonctive à la sclérotique. Au niveau du segment
postérieur de l'œil, le nerf optique passe à travers la sclérotique. Celle-ci
paraît y avoir une ouverture pour le passage de ce nerf (trou sclérotical).
En fait, cependant, les couches internes de la sclérotique se continuent
sur le trou sclérotical en formant la lame criblée (fig. 10 ; pour plus de
détails, voir § 100).

I. — INFLAMMATION DE LA SCLÉROTIQUE

§ 52. L'inflammation de la sclérotique (sclérite) est une affection assez rare
de l'œil ; elle n'atteint jamais que le segment antérieur, c'est-à-dire celui
qui est situé entre l'équateur du bulbe et le bord de la cornée. Elle envahit
tantôt les couches superficielles seulement, tantôt aussi les couches profondes de la sclérotique. Dans le premier cas, la maladie se termine sans
autres suites fâcheuses ; dans le second, au contraire, elle peut devenir
dangereuse pour la vue, car l'inflammation passe de la sclérotique aux
autres membranes de l'œil. Il est donc d'une grande importance pratique
de distinguer la forme supercielle de la forme profonde (l'épisclérite et la
sclérite des auteurs).

a) Forme superficielle de la sclérite (épisclérite)

Cette forme est une inflammation en foyer ; en effet, il se forme sur la
sclérotique un bouton inflammatoire circonscrit. Au niveau de l'endroit
malade, par suite de l'accumulation d'un exsudat, la sclérotique fait saillie,
de telle sorte qu'on y observe une élevure tantôt aplatie, tantôt plus élevée,
pouvant acquérir la grandeur d'une lentille ou même au delà. Cette éle-

vure est parsemée de vaisseaux (épiscléraux) dont la teinte est violette, à cause de leur situation profonde ; elle est fixée à la sclérotique, tandis que la conjonctive, bien qu'injectée, reste mobile par dessus. La nodosité est dure, et quelquefois très sensible au toucher. En dehors du bouton, le reste de l'œil peut être exempt d'injection. Les symptômes subjectifs sont très différents ; souvent l'affection ne fait qu'entraîner une légère gêne pour le patient ; d'autres fois, il existe des douleurs très violentes qui empêchent pendant longtemps le malade de dormir.

La maladie ne se *termine* jamais ni par ramollissement ni par ulcération du bouton ; celui-ci disparaît, au contraire, toujours par résorption. Après que la maladie est restée pendant quelques semaines à son apogée, le bouton s'affaisse lentement, devient plus pâle et disparaît finalement tout à fait, après une existence totale de quatre ou huit semaines. Quelquefois l'affection se termine sans laisser de traces ; plus souvent, cependant, là où s'est trouvé le bouton, il reste une tache de teinte ardoisée où la sclérotique paraît légèrement déprimée, et où la conjonctive est fixée plus solidement à la sclérotique (cicatrice dans la sclérotique). L'œil ne porte pas d'autres traces de l'affection dont il a souffert.

La sclérite est une affection éminemment chronique, en ce sens qu'elle a pour propriété de récidiver très souvent. A peine un bouton a-t-il disparu — ou même plus tôt — qu'un second se montre à un autre endroit de la sclérotique. Quelquefois la maladie dure jusqu'à ce que toute la circonférence de la cornée ait présenté successivement des nodosités, et que l'on trouve finalement tout autour de cet organe une zone de couleur grise. Alors l'affection est épuisée, car, généralement, on ne voit pas se développer deux fois de suite un bouton d'épisclérite au même endroit. Mais, avant que la maladie en soit arrivée à ce point, il peut s'écouler plusieurs années, pendant lesquelles, sauf quelques courtes interruptions, le patient peut être incommodé par des accès inflammatoires. Ajoutons à cela que cette affection attaque très souvent les deux yeux. En égard donc à sa longue durée, le *pronostic* de la forme superficielle de la sclérite est défavorable ; favorable, au contraire, si l'on considère seulement sa terminaison. En effet, la vision n'est pas altérée, quelle que soit la durée de l'épisclérite.

L'épisclérite n'atteint, en règle générale, que les adultes, et spécialement les personnes âgées. Dans un certain nombre de cas, cette maladie paraît avoir quelque rapport avec les affections rhumatismales ou goutteuses ; ailleurs, l'origine en est obscure. Quant au *traitement*, il se montre peu efficace. Il est possible de rendre les souffrances plus tolérables, et la résorption de l'inflammation plus rapide, mais nous sommes impuissants à prévenir les récidives. Comme traitement interne, si l'on a des motifs de

soupçonner que le rhumatisme est l'origine de l'affection, on administre le
salicylate de soude. Sinon, on recommande les moyens sudorifiques, les
révulsifs sous forme d'eau minérale laxative, l'iodure de potassium, etc.
Localement, par le massage, on peut chercher à précipiter la résorption
de la tumeur (*Pagenstecher*). A cet effet, on introduit dans le cul-de-sac
conjonctival un peu de vaseline soit pure, soit sous forme de pommade au
précipité jaune. Alors, au moyen des doigts appliqués sur la paupière, on
masse et on presse la tumeur, facilement sentie à travers les voiles palpébraux. Si l'affection est accompagnée de fortes douleurs, outre le massage,
l'on peut recourir aux compresses d'eau chaude, à l'atropine, aux soustractions sanguines locales (six ou dix sangsues à la tempe). Quant au massage, il est souvent impossible de l'exercer ici, à cause de la vive douleur
qu'il provoque dans le bouton. Dans ces derniers cas, on a encore recommandé la scarification de la nodosité (*Adamück*), ou le curettage au moyen
d'une curette tranchante (*Schöler*).

b) Forme profonde de la sclérite

Dans cette forme, il existe aussi du gonflement de la sclérotique soit
sous forme de bosselures isolées, soit, plus souvent, sous forme d'une
tuméfaction diffuse. Dans ce dernier cas, la sclérotique, dans une assez
grande étendue, parfois sur tout le pourtour de la cornée, montre une
injection d'un rouge bleuâtre et est gonflée plus uniformément, sans
saillies. Plus tard, la sclérotique prend souvent ici une teinte d'un violet
pâle tout particulier et une apparence translucide, rappelant la fine porcelaine. — Mais ce qui distingue surtout la forme profonde de la forme superficielle, c'est la marche et l'extension de l'inflammation aux autres parties
de l'œil. Dans la forme qui nous occupe, pas plus que dans la forme superficielle, l'inflammation ne se termine par ramollissement des produits
inflammatoires. Ceux-ci, en effet, finissent par se résorber, mais laissent
après eux une cicatrice de teinte sombre. En même temps, la sclérotique,
à l'endroit de la cicatrice, a perdu de sa consistance, au point qu'elle est
devenue trop faible pour résister à la pression intraoculaire, même normale. C'est ainsi que l'on observe une *ectasie* au point qui a été malade.
Celle-ci se montre sous deux formes, ou bien sous forme d'un simple
agrandissement de la surface sclérale, ou bien sous forme de bosselures.
Dans le premier cas, toute la zone sclérale colorée en gris par l'inflammation et entourant la cornée s'élargit de plus en plus. De cette manière, la
cornée et les parties avoisinantes de la sclérotique sont refoulées en avant,
de sorte que le globe oculaire s'allonge en forme de poire d'arrière en
avant. — Dans le second cas, au contraire, l'on voit survenir une ectasie

circonscrite de l'endroit aminci, s'élevant au-dessus du niveau de la sclérotique saine. Il se fait ainsi que, tout autour de la cornée, on remarque une série de bosselures qui, en raison de leurs parois amincies, paraissent noirâtres. A cause de leur situation au niveau du corps ciliaire, on les a désignées sous le nom de staphylômes ciliaires (voir p. 267).

Les complications du côté des autres parties de l'œil constituent également une propriété distinctive de la forme profonde de la sclérite. Elles concernent la cornée ainsi que l'uvée. Du côté de la cornée, on observe des infiltrations situées profondément, qui ne subissent pas la fonte purulente, mais se résorbent, au contraire, tout en laissant après elles des opacités permanentes — kératite sclérosante (voir page 210). Du côté de l'iris, nous trouvons les symptômes de l'iritis, particulièrement des synéchies postérieures et même une séclusion de la pupille, mais jamais de l'hypopyon. Pour ce qui concerne la choroïde, l'inflammation en atteint surtout la partie antérieure, et, par suite des opacités qu'elle développe dans le corps vitré, elle altère la vision. Presque toutes les parties de l'œil souffrent donc dans la forme profonde de la sclérite ; aussi doit-elle être regardée comme infiniment plus dangereuse que la forme superficielle.

La sclérite profonde attaque presque toujours les deux yeux, et traîne pendant des années, puisque le traitement est impuissant à l'arrêter. Elle entraîne comme conséquences des opacités cornéennes épaisses, la séclusion de la pupille avec ses suites funestes, des opacités du corps vitré et du cristallin, de la myopie d'un degré très élevé par suite de l'allongement de l'axe de l'œil, et finalement de l'hypertonie provoquée par l'ectasie de la sclérotique. L'affection finit donc toujours par entraîner de graves lésions, ou même quelquefois la perte complète de la vue. A l'encontre de ce qui se voit pour la forme superficielle, la forme profonde attaque surtout les individus jeunes (pas les enfants cependant). On la rencontre souvent en même temps que les signes de scrofulose, de tuberculose ou de syphilis héréditaire. Chez la femme, où la sclérite profonde est plus fréquente que chez l'homme, ce sont des troubles de la menstruation qui paraissent en être la cause.

Le *traitement* a peu d'action sur la sclérite profonde. Il doit surtout être dirigé contre la diathèse qui pourrait être la source de l'affection. On se sert pour cela de moyens diététiques et pharmaceutiques, choisis parmi les médicaments qui contiennent de l'iode (iodure de potassium, iodure de fer, des eaux minérales iodurées). Lorsqu'il existe des troubles menstruels, on administre des préparations de fer. En ce qui concerne le traitement local de l'œil, il faut combattre les inflammations de la cornée et de l'iris par les procédés ordinaires. Lorsque la maladie est plus avancée, il devient fréquemment nécessaire de pratiquer une iridectomie soit pour

des motifs optiques, par exemple pour déplacer la pupille derrière les
parties de la cornée encore restées transparentes, soit pour prévenir
l'hypertonie intraoculaire, qui peut être provoquée par la séclusion de la
pupille ou par l'ectasie de la sclérotique. Toutefois, l'iridectomie ne se
pratiquera, autant que possible, que lorsque tous les symptômes inflammatoires auront disparu.

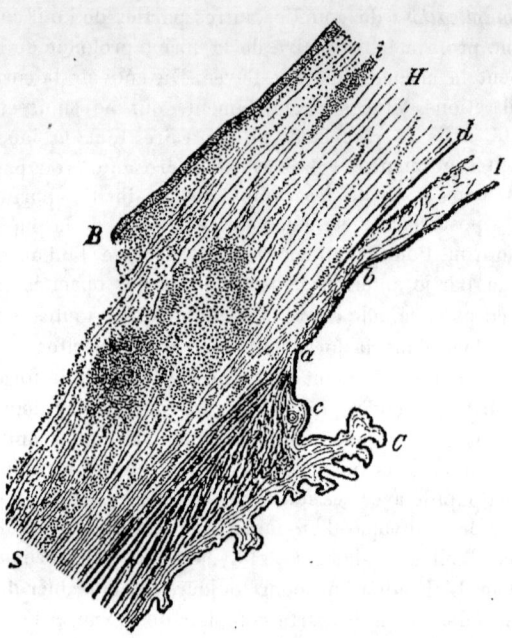

Fig. 49. — *Sclérite profonde*. Coupe à travers la région ciliaire de l'œil d'une jeune fille de vingt-quatre ans.
Gross 24/1. — La conjonctive *B*, qui, dans l'énucléation, a été sectionnée près du limbe, se montre assez infiltrée. Dans la sclérotique *S*, située sous elle, on trouve de nombreuses traînées minces de cellules rondes,
accompagnant de préférence les vaisseaux; en outre, on voit un grand foyer d'infiltration de forme irrégulière, occupant presque toute l'épaisseur de la sclérotique. La partie postérieure de ce foyer montre la plus
grande accumulation de cellules; dans sa partie antérieure, les cellules sont le plus serrées, le long du bord
qui regarde la cornée, comme si l'infiltration voulait se propager dans celle-ci. La cornée *H* renferme, dans
ses couches antérieures, une grande infiltration *i* (kératite sclérosante). Dans les couches profondes on
remarque des traînées cellulaires, accompagnant les vaisseaux néoformés, profondément situés; ceux-ci se
dirigent des couches profondes vers les couches moyennes. Le corps ciliaire *C* et l'iris *I* sont atrophiés.
Dans le premier, les procès ciliaires, en particulier, sont très réduits; au bord antérieur du muscle ciliaire,
on reconnaît la coupe transversale du grand cercle artériel de l'iris *c*. L'iris est aminci, surtout dans sa portion périphérique qui, dans l'étendue *ab*, est accolée et fortement soudée à la paroi postérieure de la cornée.
On ne peut donc plus retrouver à cette place la membrane de Descemet *d*, ni la lumière du canal de Schlemm.
La soudure de la périphérie de l'iris est en rapport avec l'hypertonie que montrait cet œil, pendant la vie.

La forme superficielle et la forme profonde de la sclérite ne se distinguent pas
nettement l'une de l'autre, car leurs symptômes se confondent souvent. En effet,
il nous est absolument impossible de voir, sur l'œil vivant, jusqu'à quelle profondeur l'inflammation a pénétré dans la sclérotique. Nous admettons, il est
vrai, que, dans la forme profonde de la sclérite, l'inflammation pénètre plus

profondément, mais, pour étayer cette affirmation, nous n'avons aucune preuve directe. C'est plutôt l'amincissement consécutif de la sclérotique, ainsi que la propagation de l'inflammation à l'uvée sous-jacente qui nous permettent d'arriver indirectement à cette conclusion. Certains auteurs admettent que la sclérite profonde prend sa source dans une inflammation de l'uvée, et ils la nomment pour cela sclérochoroïdite ou uvéosclérite. Dans un cas de sclérite profonde, que le Dr Kossenitsch a examiné à ma clinique, aux boutons visibles à l'extérieur répondait une infiltration très dense de cellules rondes, occupant particulièrement les couches moyennes de la sclérotique (fig. 49) ; de ces foyers, l'infiltration se propageait en partie en avant dans la cornée (Kératite sclérosante), en partie en arrière dans le corps ciliaire et l'iris.

Dans les cas bien développés, la sclérite est une affection caractéristique et facile à reconnaître. Le diagnostic devient quelquefois difficile dans les cas légers et à marche abortive. Ainsi, par exemple, un bouton scléritique, quand il est petit et surtout quand il est situé près du bord cornéen, peut être confondu avec une efflorescence de la conjonctivite lymphatique. Le signe distinctif est que la nodosité scléritique ne siège pas dans le limbe même ; elle ne se trouve pas non plus dans la conjonctive, mais bien en-dessous d'elle, de sorte qu'on peut faire glisser cette membrane sur la nodosité. Enfin la marche ultérieure ne tardera pas à éclaircir le diagnostic. En effet, la nodosité lymphatique se transforme en un ulcère de la conjonctive par destruction de la surface, ce qui n'arrive jamais pour les boutons de sclérite. Dans la kératite parenchymateuse, on trouve quelquefois, en même temps autour de la cornée, une sclérite légère et diffuse. De même, dans la syphilis, on observe parfois dans la sclérotique des nodosités isolées, mais jamais elles n'acquièrent le caractère typique et récidivant de la sclérite.

II. — Lésions traumatiques de la sclérotique

§ 53. *Plaies perforantes du globe*. — Les lésions de cette espèce, que nous avons appris à connaître, en ce qui concerne la conjonctive et la cornée, peuvent atteindre également la sclérotique. La première question qu'il faut se poser en présence d'une blessure est celle-ci : y a-t-il ou non perforation des enveloppes de l'œil. Toute plaie perforante doit être, en soi, considérée comme grave, parce que, avec la perforation, existe le risque d'une infection de l'intérieur de l'œil ; or celle-ci conduit presque toujours à une inflammation grave, très préjudiciable à l'œil. Ces considérations s'appliquent aux plaies qui perforent la cornée aussi bien qu'à celles qui traversent la sclérotique ; aussi ce qui suit se rapporte aux deux genres de blessures.

Les *symptômes* les plus importants d'une perforation sont :

a) L'abaissement de la pression intraoculaire. Ce symptôme acquiert une valeur toute spéciale dans les petites blessures de la sclérotique, recouvertes par des ecchymoses conjonctivales, et soustraites par conséquent à l'inspection directe. La diminution de la pression intraoculaire n'existe naturellement que tant que la blessure n'est pas fermée;

b) Si la perforation se trouve au niveau de la chambre antérieure, celle-ci est moins profonde ou complètement abolie, aussi longtemps que la blessure n'est pas fermée;

c) Lorsque la blessure est un peu plus grande, la perforation se trahit par la hernie des tissus sous-jacents. Le plus souvent on voit l'uvée se présenter dans l'ouverture de la plaie, sous forme d'une masse pigmentée noire. Suivant la situation de la plaie, la masse herniée appartient soit à l'iris, soit au corps ciliaire, soit à la choroïde. Quant ces deux derniers organes sont déchirés, on voit un peu de corps vitré qui se présente dans la plaie. — Il n'est pas rare non plus d'observer des hémorragies dans l'intérieur de l'œil, ce qui peut exister aussi quand il y a contusion sans perforation. Le sang, épanché dans la chambre antérieure, va d'habitude se collecter bientôt à la partie inférieure de la chambre, qu'il remplit plus ou moins à la façon d'un hypopyon, et en se limitant en haut par une ligne horizontale — *hyphéma* (1). La présence du sang dans le corps vitré se trahit souvent par un reflet rougeâtre de la pupille — *hémophtalmie*.

On distingue les plaies perforantes de la sclérotique en plaies à bords nets et en plaies à bords déchiquetés. Les premières sont produites par des instruments piquants ou tranchants (dans celles-ci rentrent les plaies opératoires), ou sont dues à l'introduction de corps étrangers pointus ou à arêtes vives. Les plaies à bords déchiquetés sont le plus souvent le résultat d'une *rupture* de la sclérotique. Elle est souvent la conséquence d'une action contondante sur l'œil — contusion — par exemple d'un coup de poing ou de canne, de la projection sur l'œil d'une pierre, d'un gros morceau de bois ou de métal, d'un coup de corne de vache (pas rare chez les campagnards), d'un choc de l'œil contre quelque corps saillant, etc. La rupture de la sclérotique est toujours assez longue, arciforme et siège près du bord cornéen auquel elle est concentrique. C'est au bord supérieur de la cornée que l'on observe le plus grand nombre de ruptures. — En règle générale, la sclérotique ne se rompt pas seule, et une partie du contenu du globe oculaire, en particulier le cristallin, est expulsée de l'œil; dans la plaie on voit souvent aussi le corps vitré faire hernie. L'iris, au niveau de la lésion, semble manquer, comme si, par une iridectomie, il avait été excisé à cet endroit (voir § 73). Souvent, par suite de sa grande extensibilité, la conjonctive reste intacte sur la sclérotique déchirée.

(1) De ὑπό, et αἷμα, sang.

Alors, il arrive parfois que l'on trouve le cristallin expulsé, logé sous la conjonctive (fig. 53).

La marche ultérieure d'une plaie perforante est différente, selon qu'un corps étranger est resté logé dans l'œil ou non. Supposons d'abord qu'il n'en est pas resté. Alors il faut considérer uniquement la cicatrisation de la plaie. Or pour cela, il est très important de savoir si le traumatisme a été suivi ou non d'une infection de la plaie. En effet, de là dépend que la guérison soit ou non accompagnée d'inflammation.

a) La *guérison sans inflammation* ne peut survenir qu'au cas où la plaie n'est pas infectée. Les conditions les plus favorables sont celles qui accompagnent les plaies faites par instruments pointus ou tranchants, comme par exemple celles qui sont produites par les opérations. Ici, l'on a soin d'empêcher qu'aucun tissu étranger, tel que le corps vitré ou l'uvée, ne reste enclavé dans la plaie. Mais, alors même que cet enclavement aurait lieu, la guérison sans inflammation est encore possible, bien qu'alors les lèvres de la plaie ne puissent pas se réunir immédiatement, puisqu'elles ne se touchent

Fig. 50. — *Enclavement de l'iris avec cicatrice cystoïde.* après une extraction de cataracte, selon le procédé de l'incision linéaire périphérique de Graefe. Gross. 13/1. — La plaie d'extraction coupe la limite de la sclérotique S et de la cornée H, de façon à occuper la sclérotique par sa moitié antérieure, la cornée par sa moitié postérieure. A cause de l'interposition de l'iris I, les lèvres de la plaie ne se sont pas réunies; aussi le canal de la plaie s'étend sous forme d'une cavité creuse h jusque dans le tissu de la conjonctive du limbe L. Il en résulte que la plaie n'est fermée du côté externe que par une fort mince couche de conjonctive, qui, en raison de la cavité sous-jacente, ressemble à une vésicule. Par suite de son enclavement, l'iris a été replié sur lui-même à l'intérieur de la plaie, et son point de réflexion répond aux couches externes de la sclérotique. Dans sa portion périphérique, l'iris est tendu en ligne droite du point d'enclavement au corps ciliaire C, de telle façon que la chambre antérieure est réduite à une mince fente; l'angle irido-cornéen est cependant demeuré libre. De la cicatrice sort la portion pupillaire de l'iris P, qui flotte librement dans l'humeur aqueuse. On remarque à sa face antérieure l'orifice d'une crypte, près de sa face postérieure, la coupe du sphincter pupillaire. En même temps que l'iris, on voit enclavée dans la cicatrice la cristalloïde k, fortement plissée.

pas. Le tissu de l'uvée et du corps vitré enclavé dans la plaie se transforme peu à peu en tissu cicatriciel et prend ainsi part à la cicatrisation définitive de la plaie. Naturellement, ces tissus restent pour toujours fixés dans la cicatrice, ce qui entraîne souvent des suites fâcheuses pour l'avenir. De la même manière, c'est-à-dire par l'interposition de tissu cicatriciel entre les lèvres de la plaie et sans inflammation, certaines plaies par déchirement, par exemple après une rupture de la sclérotique, peuvent aussi se terminer par la guérison, et l'œil conserver ses fonctions. — Lorsque la plaie scléroticale est voisine du bord cornéen et que l'iris (ou la capsule du cristallin) s'y interpose, on observe très souvent une occlusion imparfaite de la blessure. Il est vrai que la conjonctive se cicatrise au-dessus de la plaie sclérale, mais celle-ci reste plus ou moins largement ouverte à cause du tissu qui s'y trouve interposé, et qui empêche ses lèvres de se souder l'une à l'autre. A travers l'ouverture, il suinte constamment de l'humeur aqueuse, qui fuse sous la conjonctive. Celle-ci y est ou bien œdémateuse, ou bien soulevée sous forme d'une vésicule cystoïde bien limitée (fig. 50, h). On désigne cet état, d'après *Graefe*, sous le nom de *cicatrice cystoïde* (voir page 136). Cette espèce de cicatrice s'observe principalement après une opération (extraction de la cataracte et iridectomie) ;

b) Les plaies perforantes de la sclérotique sont accompagnées d'une *inflammation* violente, quand il existe une infection de la plaie ou des parties internes de l'œil. L'infection est primitive, produite par le corps vulnérant lui-même lorsqu'il est sale et porteur de germes infectieux, ou bien consécutive, l'ouverture des enveloppes du bulbe servant de porte d'entrée aux germes septiques, provenant notamment du cul-de-sac conjonctival. L'intérieur de l'œil est particulièrement susceptible de s'infecter, car il représente sans aucun doute un terrain de culture favorable pour diverses espèces de schizomycètes. — L'inflammation se localise particulièrement à l'uvée. Dans les cas les plus aigus, l'inflammation devient suppurative, et elle provoque une fonte purulente de l'œil tout entier — panophtalmite. Dans les cas moins graves, il survient une iridocyclite plastique, c'est-à-dire que, sous l'influence de l'inflammation, l'iris et le corps ciliaire produisent un exsudat qui s'organise plus tard sous forme de fausses membranes. Dans ce cas encore, l'œil est le plus souvent perdu. Seulement la marche n'est pas aussi foudroyante que dans la panophtalmite, mais l'œil se perd par une inflammation de longue durée. Les exsudats s'organisent, et, par leur rétraction, diminuent le volume de l'œil — atrophie du globe. Cette dernière terminaison d'une lésion traumatique est encore plus dangereuse pour le patient que la panophtalmite, parce qu'elle provoque très souvent une inflammation sympathique dans l'autre œil, ce qui n'est pas le cas pour la panophtalmite.

CORPS ÉTRANGERS DANS L'ŒIL. — Par la présence d'un corps étranger dans l'intérieur de l'œil, toute lésion traumatique, si légère qu'elle soit, devient grave, car le plus souvent elle entraîne la perte de l'œil. Il faut donc, à l'occasion de toute lésion traumatique perforante, se poser aussitôt la question de savoir si, oui ou non, un corps étranger est resté dans l'œil. Dans le plus grand nombre de cas, les commémoratifs fournissent d'importants renseignements. Ainsi, par exemple, si quelqu'un s'est blessé l'œil avec des ciseaux, on ne soupçonnera pas qu'un corps étranger soit dans l'œil; au contraire, la présence d'un corps étranger dans l'œil devient très probable, si quelqu'un porte une plaie perforante de l'œil, produite par l'explosion d'une capsule ou par des éclats de fer, etc. — La nature des corps étrangers dont il est question ici, est extraordinairement variée. Le plus souvent ce sont des éclats fins qui peuvent perforer la sclérotique avec leurs pointes et leurs arêtes vives. Tels sont des éclats de métal, de verre, des fragments de pierre, plus rarement de petits morceaux de bois, etc. Le corps étranger peut siéger dans toutes les parties de l'œil. Il peut même, s'il possède assez de force de projection, transpercer d'outre en outre le globe oculaire, et aller se loger dans le tissu orbitaire, du côté opposé au point d'entrée. Il est souvent très difficile de savoir au juste où siège le corps étranger dans l'œil. D'abord, on ne parvient, en général, à voir directement le corps étranger qu'aussitôt après la lésion, et même alors l'épanchement de sang rend souvent impossible l'inspection de l'intérieur de l'œil. Plus tard, la difficulté ne fait que grandir, parce que les milieux ne tardent pas à s'opacifier et que les exsudats, qui enveloppent le corps étranger, le rendent méconnaissable. Il faut donc se contenter de simples présomptions en ce qui concerne le siège du corps étranger. Ces présomptions se baseront sur la direction que le corps a prise, sur le siège de la plaie, sur la sensibilité de certaines parties de l'œil au toucher, sur la présence, dans le champ visuel, d'un défaut circonscrit (scotome), etc. La présence d'un corps étranger dans l'intérieur de l'œil entraîne presque toujours la perte de l'œil. Rarement il arrive que le corps étranger reste dans l'œil sans provoquer à la longue une inflammation. Alors il y demeure en liberté, ou bien il s'y enkyste dans un exsudat organisé. Cependant, alors encore, ces yeux ne sont pas exempts du danger de devenir — parfois même après des années — tout à coup le siège d'une inflammation capable de les détruire. Mais, dans l'immense majorité des cas, l'inflammation survient immédiatement après la lésion. Comme dans le cas de plaies simplement perforantes, cette inflammation est une panophtalmite ou une iridocyclite plastique; seulement, la présence d'un corps étranger dans l'œil la rend plus probable, même certaine, et conduit beaucoup plus souvent à l'inflammation sympathique de l'autre œil.

Le *pronostic* des plaies perforantes du globe résulte des explications données ci-dessus. Il est toujours très sérieux, car la plus petite piqûre produite par une fine aiguille peut entraîner la suppuration du globe lorsque l'aiguille est infectée par des substances septiques. Comme, le plus souvent, on ignore si le corps vulnérant est ou non aseptique, que, d'autre part, les conséquences d'une infection ne s'observent qu'au bout de quelques jours, il faut, au commencement, être prudent en posant le pronostic. — En général, on basera le pronostic sur l'état de la plaie et la présence d'un corps étranger dans l'œil. En ce qui concerne l'état de la plaie, il faut considérer sa situation, son étendue et la nature de ses bords. Ensuite il faut rechercher si les membranes internes de l'œil font ou non hernie dans la plaie, si du corps vitré s'est écoulé, et, dans l'affirmative, quelle en est la quantité. Les grandes plaies, accompagnées de prolapsus étendu des membranes internes de l'œil, sont toujours suivies d'inflammation et de phtisie du globe oculaire. En ce qui regarde le corps étranger, il est souvent difficile de se prononcer. Toutefois, l'on peut affirmer que, si dans l'œil se trouve un corps étranger qui ne peut pas en être promptement extrait, l'organe est presque toujours perdu. Quand on établit le pronostic, il ne faut pas oublier non plus de compter avec le danger que court l'autre œil d'être envahi par une inflammation sympathique.

§54. TRAITEMENT. — Lorsqu'on a à traiter une plaie perforante fraîche, il faut avant tout rechercher s'il y a probabilité qu'un corps étranger soit logé dans l'œil.

a) Supposons d'abord qu'il n'y ait pas de corps étranger dans l'œil. Dans ce cas, l'on se demande si l'on peut prévoir que l'œil pourra être conservé et continuer à fonctionner. Dans l'affirmative, on met aussitôt le patient au lit, l'on nettoie la plaie et on la désinfecte en l'aspergeant avec un liquide antiseptique. Si l'iris fait hernie dans la plaie, ce qui ne se voit que dans les plaies de la cornée ou de la partie antérieure de la sclérotique, il faut l'exciser avec soin. Si, au contraire, c'est le corps ciliaire ou la choroïde qui font hernie, il faut se garder de les exciser, car aussitôt le corps vitré ferait prolapsus. Les petites plaies se cicatrisent rapidement et spontanément; les grandes plaies béantes, au contraire, doivent être suturées. A cet effet, on passe la suture dans la sclérotique elle-même et rien que dans les couches superficielles, ou bien seulement dans la conjonctive. — Si l'on prévoit que, par suite d'une trop grande extension de la lésion, l'œil ne pourra plus fonctionner, l'on propose au patient l'énucléation immédiate. C'est le moyen de lui épargner de longues souffrances et de le préserver d'une inflammation sympathique de l'autre œil. — Dans un grand nombre de cas, il est néanmoins impossible, même pour un homme très expérimenté, de prévoir tout d'abord s'il sera possible de conserver l'œil ou non. Alors mieux vaut attendre quelques semaines pour procéder à l'énucléation aussitôt que l'affection prend une mauvaise tournure. A ce moment, il n'y a plus à biaiser, il faut énucléer sans retard, sinon on s'expose à voir l'autre œil surpris par une inflammation sympathique.

b) Quand un *corps étranger* se trouve dans l'œil, celui-ci est à peu près certainement perdu, si l'on ne parvient pas à extraire le corps étranger. Il faut donc avant tout chercher à procéder à cette extraction. Mais une condition indispensable pour cela, c'est d'en connaître la situation, tout au moins approximativement. Quand la plaie est grande et qu'elle est béante, on peut y introduire un instrument bien désinfecté, et tâcher de saisir le corps étranger. Si la plaie ne s'y prête pas, soit qu'elle est déjà fermée, soit qu'à la suite de sa situation ou de son peu d'étendue elle présente des conditions défavorables, mieux vaut alors pratiquer une nouvelle issue pour le corps étranger. Suivant la situation du corps étranger, l'ouverture se pratique soit dans la cornée, soit dans la sclérotique. Dans le dernier cas, il faut éviter de blesser la région du corps ciliaire et faire tomber l'incision plus en arrière. L'incision doit d'ailleurs être faite dans la direction méridionale (d'avant en arrière), parce que les plaies ainsi dirigées sont celles qui s'entre-bâillent le moins. Alors, à travers la nouvelle plaie, on dirige un instrument vers le corps étranger. Mais, pour le saisir et l'extraire, on rencontre souvent de grandes difficultés, et le plus souvent on ne réussit pas. Ceux qui donnent les meilleures chances de réussite sont ceux situés dans la chambre antérieure, parce qu'on peut se guider par la vue pour les enlever, et les éclats de fer que l'on peut extraire au moyen d'un électro-aimant dont on introduit l'extrémité à travers la plaie dans l'intérieur de l'œil.

Si l'on prévoit qu'on ne pourra extraire le corps étranger, l'on peut essayer d'attendre un certain temps pour voir si, peut-être, l'œil ne le supportera pas sans s'enflammer. Ceci est notamment le cas lorsque le corps étranger se trouve dans le cristallin. Celui-ci alors se trouble, et plus tard, après la disparition de tous les symptômes inflammatoires, on peut l'extraire avec le corps étranger en pratiquant l'opération de la cataracte. — Dès qu'une iridocyclite plastique s'est déclarée, il ne faut, en général, plus conseiller de faire des tentatives d'extraction, l'énucléation seule est alors indiquée.

Les lésions traumatiques de l'œil sont très fréquemment suivies d'*épanchement sanguin* dans l'intérieur de l'œil (chambre antérieure et corps vitré). D'ailleurs, on observe encore de semblables épanchements, sans lésions traumatiques, par suite d'une inflammation, et même sans cause connue. Dans la chambre antérieure, le sang descend au fond et finit par se résorber. Dans un œil normal, le sang d'une hémorragie légère peut disparaître entièrement au bout de vingt-quatre heures. La résorption n'est pas aussi rapide lorsqu'il y a beaucoup de sang dans la chambre antérieure, surtout lorsque l'œil est d'ailleurs malade, et qu'ainsi ses échanges nutritifs ne se font pas normalement. Le sang épanché dans la chambre antérieure devient d'autant plus noir qu'il s'y trouve depuis un temps plus long. C'est ainsi que dans les cas où l'hémorragie dans la chambre antérieure se répète au bout d'un certain temps; l'on peut voir un hyphéma formé de deux couches différemment colorées : la couche inférieure plus foncée provient de la première hémorragie ; la couche supérieure, plus claire, est formée par l'hémorragie récente. Les vieux épanchements sanguins gagnent quelquefois une teinte brune, même noire ou vert sale.

Quand le sang séjourne pendant longtemps dans la chambre antérieure, il peut devenir le point de départ de la formation d'un nouveau tissu, particulièrement lorsque l'œil est en même temps le siège d'une inflammation. De cette manière, il n'est pas rare que le succès des opérations (iridectomie et iridotomie) pratiquées dans le but de rétablir une pupille libre, soit compromis. Le sang épanché par suite de l'opération recouvre l'ouverture que l'opérateur a pratiquée, et devient la cause d'une occlusion ultérieure par formation d'une membrane.

Le sang épanché dans le corps vitré s'y trouve sous forme de flocons ou de petites masses. Vus à l'ophtalmoscope, ils paraissent noirs ou légèrement rougeâtres. S'ils occupent le segment antérieur du corps vitré, lorsque la pupille est suffisamment dilatée, on les reconnaît déjà, par l'éclairage latéral, au reflet rouge sombre venant du fond de l'œil. Le sang épanché dans le corps vitré a besoin de beaucoup de temps pour se résorber complètement. Si l'hémorragie a été abondante, le corps vitré reste le siège permanent d'opacités considérables qui gênent notablement les fonctions visuelles.

Dans quelques cas d'hémorragie traumatique du corps vitré, j'ai remarqué que, quelque temps après le traumatisme, la substance colorante du sang s'était dissoute tout à coup dans les humeurs oculaires et répandue aussitôt dans tout l'œil. L'humeur aqueuse était alors colorée en rouge, et l'iris apparaissait comme vu à travers un verre rouge rubis.

Les plaies perforantes de la cornée sont, en règle générale, moins dangereuses que celles de la sclérotique. Il semble que les plaies de la cornée s'infectent moins facilement, ce qui tient, sans doute, à ce que l'humeur aqueuse, en jaillissant hors de l'œil, entraîne les germes déposés dans la plaie. C'est ainsi que l'on observe principalement l'abcès cornéen après les traumatismes superficiels de la cornée, et rarement, au contraire, à la suite de plaies profondes perforantes. Un autre motif encore, qui peut rendre le danger des plaies perforantes de la sclérotique plus grand aussi, c'est qu'elles découvrent le corps ciliaire et la choroïde, deux organes très sujets à s'enflammer. Enfin le prolapsus du corps vitré constitue également une condition favorable à l'infection. En effet, le corps vitré représente une espèce de gélatine naturelle et nutritive dans laquelle les microorganismes se développent d'une manière extraordinairement rapide. Le corps vitré qui fait hernie hors de la plaie, dès qu'il se trouve hors de l'œil, se trouble peu à peu, de façon à prendre l'aspect d'un flocon de mucus, solidement fixé à la plaie. Il se passe souvent plusieurs semaines, avant que ce flocon se détache.

La *rupture* de la sclérotique se fait, à peu d'exceptions près, tout près du bord de la cornée et concentriquement à celle-ci, plus exactement à l'endroit qui correspond au canal de Schlemm. La déchirure siège donc encore dans la région de la chambre antérieure. *Arlt* a proposé d'expliquer l'origine de ces ruptures de la façon suivante. Lorsqu'un corps mousse vient à frapper le bulbe oculaire, celui-ci subit un aplatissement. Son contenu étant incompressible, il s'élargit dans une direction perpendiculaire à celle du choc. Si, par exemple, la force *a* (fig. 51) agissait perpendiculairement sur la cornée et venait à toucher l'œil au milieu de cet organe, en *c*, le globe subirait un raccourcissement dans le sens antéro-postérieur, mais, par suite, la circonférence équatoriale deviendrait d'autant plus grande (suivant l'axe bb_1). Ce serait donc au niveau de l'équateur que la sclérotique serait le plus distendue, et qu'elle se romprait d'abord. Mais, dans le

plus grand nombre de cas, le point d'application de la force n'est pas le milieu de la cornée, mais un point situé sur la sclérotique, dans le voisinage du bord inféro-externe de la cornée. Car d'abord, à cet endroit, le bord orbitaire est le moins saillant, et par conséquent le bulbe y est moins protégé qu'aux autres points, où il est couvert par le rebord orbitaire plus proéminent ou par le nez. Ensuite, au moment d'un danger, le globe se porte toujours en haut, de façon que la cornée *c* (fig. 52) regarde dans cette direction et se cache sous la paupière supérieure. Aussi, dans ce cas, lorsqu'une force agit directement en avant sur l'œil, elle frappe le bulbe sur un point de la sclérotique situé sous la cornée. Alors la direction de la force correspond à un axe aa^1 (fig. 52), qui passe dans le bulbe en partant d'un point situé à son côté inféro-externe, pour aboutir à un autre situé à son côté supéro-interne. C'est dans le sens de cet axe que le globe de l'œil s'aplatira. La plus forte

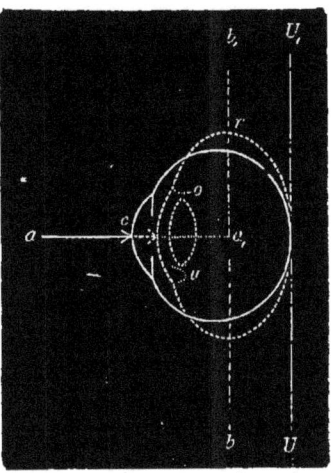

Fig. 51. — *Contusion du globe oculaire, le coup porté de face.* Schématique. — La force agit dans la direction aa_1 sur le centre de la cornée *c*. Elle presse l'œil contre le plan résistant UU_1 et lui fait prendre la forme aplatie représentée par la ligne ponctuée. Le maximum de distension du globe se fait dans la direction bb_1. Pour ce qui regarde l'iris, voir § 73.

distension correspond alors à l'équateur bb^1 par rapport à cet axe. Or cet équateur aboutit en haut tout près du bord cornéen. C'est ainsi qu'*Arlt* explique ce fait que, presque toujours, les ruptures de la sclérotique se trouvent au niveau du bord supérieur de la cornée. Qu'elles répondent précisément au point occupé par le canal de Schlemm, cela doit résulter de ce qu'en cet endroit la sclérotique est moins résistante. Le canal de Schlemm est enchâssé comme un sillon dans les lamelles internes de la sclérotique et diminue par conséquent l'épaisseur de la sclérotique dont la résistance est en outre amoindrie par les vaisseaux ciliaires qui la traversent (voir fig. 57). Il faut ajouter que, le long du canal de Schlemm tout spécialement, il y a de nombreux faisceaux de la sclérotique qui ont une direction circulaire, ce qui favorise cette déchirure circulaire.

On a observé encore des ruptures incomplètes de la sclérotique, en ce sens

que les couches fibreuses internes seules étaient déchirées ; la conséquence en
était une ectasie de la sclérotique au niveau de la lésion (*Arlt, Schæfer*). Les ruptures de la sclérotique sont des blessures aussi graves, parce que la force, qui
est suffisante à faire éclater l'œil, produit toujours également à l'intérieur de
celui-ci d'autres lésions. L'iris (fig. 53, *b*), dans l'étendue de la déchirure de la sclérotique, est presque toujours arraché de son insertion (iridodialyse) et, ou bien
enclavé dans la plaie, ou bien poussé sous la conjonctive et soudé à celle-ci. L'œil
montre alors un colobome répondant à la plaie sclérale. La partie de l'iris demeurée dans l'œil est d'habitude fortement repoussée en arrière (fig. 53, à la partie infé-

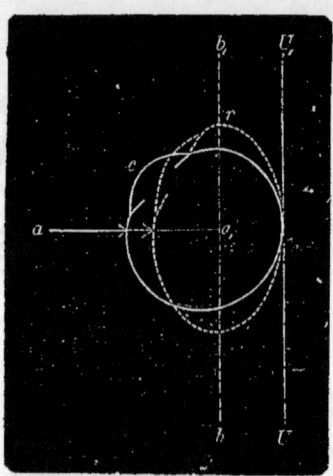

Fig. 52. — *Contusion du globe oculaire, le coup
venant d'en bas.* Schématique. — La force agit
dans la direction *aa₁*, atteint le globe en dessous de la cornée *c* et le presse sur le plan
résistant *UU₁*, de façon à lui donner la forme
aplatie, représentée par la ligne ponctuée. L'œil
prend son maximum d'extension dans la direction *bb₁*.

rieure), et par conséquent la chambre
antérieure gagne une profondeur inaccoutumée, particulièrement si le cristallin
et une partie du corps vitré ont été expulsés. Dans nombre de cas, un fragment de
l'iris ou l'iris entier est arraché hors de
l'œil. Il est extrêmement rare que le cristallin garde sa situation normale. Souvent
il est projeté à travers la plaie hors de
l'œil, et il reste logé sous la conjonctive,
si celle-ci est restée intacte (fig. 53). Fréquemment le corps vitré est abondamment
infiltré de sang ; en outre, il peut exister
une déchirure ou un décollement de la
rétine ou de la choroïde par une hémorragie sous-jacente. Outre la gravité du
traumatisme, il existe encore le danger
d'une infection ultérieure de la plaie
aussi comprend-on que la plupart des
yeux se perdent après avoir subi une
rupture scléroticale. Ce n'est qu'exceptionnellement qu'une telle blessure se
guérit avec conservation d'une vision
utile.

Un jour, s'est présenté à ma clinique un campagnard qui avait été frappé par
une corne de vache, d'abord à un œil, ensuite, quelques années plus tard, à l'autre.
Les deux yeux présentaient, du côté interne, une rupture sclérale cicatrisée,
avec un colobome en apparence méthodique de l'iris. Le cristallin manquait des
deux côtés, mais le fond de l'œil était normal, et l'acuité visuelle, au moyen de
verres à cataracte, était très bonne. Cet homme avait donc subi une double extraction du cristallin que la vache avait pratiquée avec plus de succès que beaucoup d'opérateurs n'ont l'habitude d'en avoir dans leurs opérations (Rupture de
la cornée, voir page 217).

Le pronostic défavorable des plaies perforantes de la sclérotique, en général,
s'étend même en partie aux cas guéris depuis peu par une cicatrice lisse. Souvent, en effet, des yeux, qui, après la guérison de la lésion, ont conservé une

bonne acuité visuelle, deviennent plus tard aveugles par suite de modifications secondaires, qui sont la conséquence de la cicatrice sclérale. Quand l'uvée est enclavée dans la cicatrice, elle peut subir un tiraillement qui donne lieu à une irritation continuelle ; de même, de cette plaie peuvent partir des inflammations répétées, amener même ainsi une iridocyclite sympathique de l'autre œil.

Quand la plaie sclérale est située plus en arrière, c'est-à-dire au niveau de la rétine, celle-ci peut se fixer dans la cicatrice. Alors, par la rétraction que subit ultérieurement le tissu cicatriciel, la rétine est de plus en plus attirée dans la plaie, de façon qu'elle est détachée du tissu sous-jacent ; l'œil devient aveugle par décollement de la rétine (v. *Graefe*). C'est de cette manière que se perdent beaucoup d'yeux auxquels on a pratiqué une incision de la sclérotique en apparence avec le plus complet succès, par exemple pour extraire un corps étranger ou un cysticerque. Un autre danger qui menace ces yeux, c'est que les cicatrices sclérales deviennent fréquemment ectatiques et qu'elles amènent la formation de staphylômes de la sclérotique.

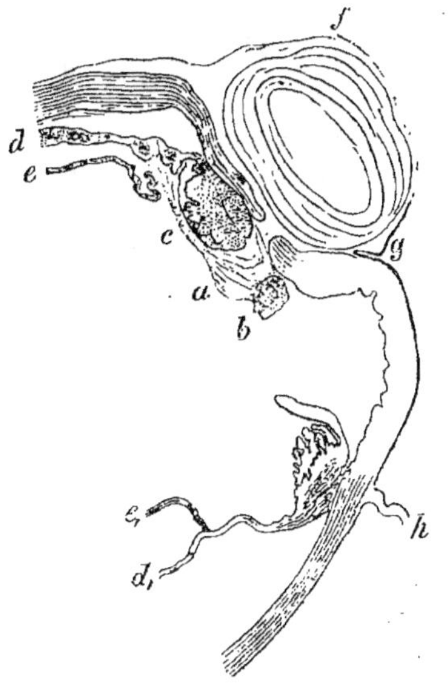

Le pronostic est presque absolument mauvais lorsqu'un *corps étranger* est demeuré dans l'œil. Néanmoins, l'on connaît toute une série de cas où un corps étranger est resté dans l'œil pendant des années, sans provoquer aucun inconvénient. Cependant, eu égard à l'extrême fréquence de ces lésions, le nombre des cas heureux est absolument insignifiant, et même alors l'œil ne doit pas être considéré comme hors de danger. Comme exemple, je citerai le cas suivant que j'ai observé moi-même : une jeune fille de vingt-cinq ans est blessée par l'explosion, à côté d'elle, de la capsule d'un fusil d'enfant. Un fragment de l'enveloppe de cuivre de la capsule perfore la cornée et pénètre

Fig. 53. — *Rupture de la sclérotique et luxation sous-conjonctivale du cristallin*. Gross. 3/1. — Coupe verticale d'un œil qui, sept semaines avant l'énucléation, avait été blessé d'un coup de corne de veau. La déchirure dans la sclérotique siège près du bord supérieur de la cornée, pas tout à fait à 1 millimètre en arrière de la limite scléro-cornéenne, de façon que la lèvre inférieure de la plaie porte encore un mince liséré de sclérotique. La déchirure est entr'ouverte de 1 millimètre environ, et est occupée par un tissu cicatriciel délicat, qui de là s'étend en arrière à l'intérieur de l'œil — *a* — et englobe le corps ciliaire et le reste de l'iris. Celui-ci — *b* — est enroulé et ne se reconnaît plus que par son pigment rétinien au bord inférieur de la solution de continuité. Le corps ciliaire *c*, également très altéré, se trouve derrière le bord supérieur de la plaie. Il se continue dans la choroïde *d*, qui montre une vive infiltration inflammatoire autour de ses gros vaisseaux sanguins. La rétine *e* est décollée jusqu'à *l'ora serrata*, et, en cet endroit, plusieurs fois plissée. En-dessous de la déchirure se voit, sur la coupe, la cornée, rétractée dans le sens vertical et par suite plissée à sa face postérieure. A la partie inférieure de l'œil, le corps ciliaire est augmenté de volume, et l'iris est reporté en arrière, au point de s'appliquer en partie contre le corps ciliaire. Les décollements de la choroïde d_1 et de la rétine e_1, dans la partie inférieure de la coupe, n'existaient pas sur le vivant, ils sont dûs à la préparation. La rupture de la sclérotique est recouverte en avant par une masse, qui par sa structure en lamelles concentriques, laisse deviner qu'il s'agit du cristallin ; il sépare de la sclérotique, jusqu'au limbe *g*, la conjonctive *f* qui le recouvre, *h*, reste de la conjonctive au bord inférieur de la cornée.

dans l'œil gauche ; on pouvait l'y voir sur la partie inférieure de l'iris. Immédiatement après la lésion survint une iritis, mais qui guérit au bout de quelques semaines avec persistance de nombreuses synéchies. Depuis ce moment, l'œil était exempt d'inflammation, et il avait regagné une bonne acuité visuelle. Le petit fragment métallique, long de 1 millimètre environ, se voyait toujours sur l'iris, seulement il avait peu à peu pris une teinte noire. Ce n'est que dix années après la lésion que la vision commença à diminuer et que la malade fut incommodée par la vue d'étincelles. En outre elle se plaignit que les objets qu'elle voulait fixer paraissaient se mouvoir et avaient des contours sinueux, de façon, par exemple, qu'une ligne droite lui paraissait ondulée. L'œil cependant était encore libre de toute inflammation ; seulement, après un examen un peu long, on pouvait y remarquer une légère injection ciliaire. A l'ophtalmoscope on ne pouvait observer d'autre altération qu'une décoloration de la moitié inférieure du fond de l'œil qui, au lieu de la teinte d'un beau rouge que présentait la moitié supérieure, paraissait légèrement grisâtre. J'admis qu'il s'agissait ici d'un commencement de décollement rétinien. Le tiraillement subi par la rétine décollée donnait l'explication de la vue des étincelles, le flottement de la rétine, celle du mouvement apparent des objets. Quant à l'apparence ondulée des lignes droites, il fallait l'attribuer aux différences de niveau de la rétine soulevée. Le décollement rétinien était probablement le fait d'un vieil exsudat situé dans la partie inférieure du globe oculaire, en partie sur le corps ciliaire et en partie sur la partie antérieure de la rétine. Cet exsudat, en se rétractant peu à peu, avait attiré la rétine de plus en plus. Je n'ai pas eu l'occasion de revoir la malade dans la suite, mais il n'est pas difficile de prévoir avec infiniment de probabilité quel aura été le sort de l'œil de cette femme. D'abord le décollement rétinien n'aura pas tardé à devenir complet ; ensuite l'irritation subie par le corps ciliaire aura provoqué plus tard le développement d'une iridocyclite. Au bout de quelque temps, l'œil aura été complètement aveugle, ramolli, et sera devenu le siège de douleurs et d'inflammations fréquemment répétées. Peut-être l'autre œil aura-t-il été envahi également par une inflammation sympathique.

Par une série d'expériences sur les animaux, *Leber* est parvenu à trouver pourquoi la présence d'un corps étranger dans l'œil y provoque généralement une inflammation grave. D'après lui, l'inflammation est le résultat soit de la présence de microorganismes, introduits dans l'œil en même temps que le corps étranger, ou fournis postérieurement par le sac conjonctival, soit de l'irritation chimique exercée sur les tissus par les corps étrangers à action chimique irritante. Ainsi, par exemple, il est possible de provoquer une inflammation suppurative en introduisant dans la chambre antérieure des fragments de cuivre, et mieux encore des particules de mercure tout à fait aseptiques. Cela prouve donc que l'introduction de microorganismes dans l'œil n'est pas absolument nécessaire. Les observations faites chez l'homme sont d'accord, en général, avec les faits expérimentaux. La question de savoir si le corps étranger introduit dans l'œil sera ou non bien supporté dépend des circonstances suivantes : 1° avant tout, si le corps est *aseptique* ou non ; 2° de sa nature *chimique*. Ainsi des corps chimiquement indifférents, tels que des éclats de verre, aseptiques au moment où ils s'introduisent dans l'œil, sont ceux qui y séjournent le plus facilement sans plus d'inconvénients. Mais il n'en est pas de même des éclats métalliques, qui sont les corps qui blessent l'œil le plus fréquemment. Ces corps provoquent presque toujours une inflammation grave qui, cependant, ne peut pas, dans le plus grand nombre des cas, être attribuée à leur état septique. Ainsi, les éclats métalliques sont souvent chauffés au rouge et, par conséquent, désinfectés immédiatement avant leur introduction dans l'œil (par exemple, des éclats métalliques projetés par un coup de marteau, etc.). Ces corps provoquent des inflammations, parce qu'en se dissolvant peu à peu dans les tissus de l'œil, ils y produisent des irritations chimiques. Ceci s'applique au fer, mais plus encore au cuivre. Quant aux métaux indifférents sous ce rapport, tels les métaux nobles, il est relativement rare qu'ils pénètrent dans l'œil; 3° le *volume* du corps étranger entre aussi en ligne de compte. En effet le corps étranger est d'autant moins bien supporté que le volume en est plus grand. Car, tandis que les petits corps étrangers se fixent promptement dans l'œil, les grands subissent facilement des déplacements sous l'influence des mouvements de l'œil; ceci est surtout vrai pour les corps à poids spécifique élevé, comme c'est le cas, par exemple, pour les éclats métalliques. Par le déplacement du corps étranger, les tissus circonvoisins sont irrités mécaniquement; 4° chacun des tissus de l'œil présente un degré de *tolérance* différent pour les corps étrangers. C'est l'uvée, et notamment l'iris et le corps ciliaire qui réagissent le plus violemment à l'occasion de toute espèce de traumatisme. Au contraire, le cristallin, sans doute en raison de la lenteur de ses échanges nutritifs, est, de toutes les parties de l'œil, celle qui supporte comparativement le mieux les corps étrangers. Si, par exemple, un petit éclat de fer s'est glissé dans le cristallin, celui-ci se trouble sans doute, mais souvent il ne se produit pas d'inflammation. Seulement, dans ce cas, le cristallin prend parfois une teinte brune à cause de l'oxyde de fer qui s'y forme. Cette coloration affecte de préférence la forme de petits points d'un brun de rouille, situés sous la cristalloïde antérieure et rangés en une petite couronne, qui répond à peu près au bord de la pupille dilatée (*Samelsohn*). Plus tard, cette pigmentation peut se propager à l'iris, qui, s'il était auparavant gris ou bleu, gagne une coloration rouillée. On donne le nom de *sidérose* (σιδηρος, fer) à cet état, dans lequel on peut déceler du fer au microscope, même dans les autres tissus de l'œil (particulièrement la rétine). Les petits éclats de fer peuvent même, à la longue, se dissoudre complètement par oxydation.

Les traumatismes perforants de l'œil sont très fréquents dans la classe ouvrière; ils y fournissent un notable contingent d'aveugles. Ce fait est surtout vrai pour les contrées industrielles. Nous pouvons nous faire une bonne idée de la fréquence des lésions traumatiques auxquelles les yeux des ouvriers sont exposés, par les renseignements suivants fournis par *Cohn*. Annuellement, sur les 1.283 ouvriers métallurgistes occupés dans six usines, chacun a subi en moyenne de deux à trois lésions traumatiques des yeux. Sans doute, l'immense majorité des lésions étaient peu graves; le plus grand nombre des cas consistaient simplement dans l'introduction de petits fragments métalliques dans les couches superficielles de la cornée; le plus souvent on pouvait déjà les extraire dans la fabrique même. Près de la moitié des ouvriers cependant étaient obligés de recourir à l'aide du médecin. L'acuité visuelle de 28 d'entre eux était partiellement perdue, et 16 avaient complètement perdu un œil par suite de blessure. N'y a-t-il donc aucun moyen de prévenir des lésions d'une si effrayante fréquence? Évidemment, il y a même un moyen très simple, qui consiste à porter des lunettes protectrices. On en a construit en verre et, pour qu'elles soient incassables, en mica ou en toile métallique fine. Malheureusement, l'introduction de l'emploi de ces lunettes, chez les ouvriers qui en ont besoin, se heurte encore toujours aujourd'hui à beaucoup de mauvais vouloir de leur part.

Pour extraire un corps étranger introduit dans l'œil, on a souvent à lutter contre de grandes difficultés, et très fréquemment on ne parvient pas à réussir. Il n'est pas possible d'établir des règles fixes pour indiquer le procédé à suivre, car presque chaque cas présente des particularités propres, qui exigent un manuel opératoire spécial. On a imaginé des appareils pour déterminer, dans les cas douteux, si réellement il se trouve dans l'œil un éclat de fer. Le blessé est placé aussi près que possible d'une aiguille aimantée très sensible, qui marque par une déviation la présence d'un fragment de fer dans l'œil (aiguille astatique de Léon Gérard, sidéroscope d'Asmus). L'aimant sert beaucoup plus souvent à extraire les particules de fer. C'est *Mac Keown* qui le premier (en 1874) a eu l'idée d'extraire un fragment de fer logé dans le corps vitré, à l'aide d'une tige aimantée, introduite par une incision de la sclérotique. *Hirschberg* a construit le premier *électro-aimant* maniable ; c'est celui qu'on emploie généralement.

Autour d'une tige de fer doux, est tourné en spirale un fil de cuivre d'une certaine épaisseur ; les extrémités de ce fil sont mises en communication avec un puissant élément. Les bouts de la tige de fer, qui dépassent un peu la spirale, sont légèrement recourbés et se terminent en une pointe mousse, destinée à être introduite dans l'intérieur de l'œil. Pour y pénétrer, on passe soit par la plaie elle-même, quand elle est assez grande et qu'elle est encore ouverte, soit par une nouvelle incision pratiquée dans la cornée ou dans la sclérotique à l'endroit indiqué par le siège du corps étranger. Récemment, certains oculistes ont employé de très puissants électro-aimants. Ceux-ci ne sont pas introduits dans l'œil, mais seulement placés aussi près que possible, pour attirer le fragment métallique soit au dehors par la plaie d'entrée, soit dans la chambre antérieure, d'où l'on peut ensuite l'extraire aisément (*Haab*, *Schlœsser*).

.III. — ECTASIES DE LA SCLÉROTIQUE

a) Ectasie partielle

§55. L'ectasie partielle de la sclérotique représente une saillie circonscrite sous forme d'une élevure ou d'un bourrelet noir. A cet endroit, la sclérotique est amincie, aussi peut-on facilement la déprimer au moyen du bout d'une sonde. A travers ces parois amincies, l'on voit apparaître le

pigment choroïdien, qui donne à l'ectasie sa teinte sombre, d'un gris
ardoisé ou bleu foncé. Au moyen de l'éclairage focal, on réussit souvent à
rendre la sclérotique translucide à l'endroit de l'ectasie et à voir la
couche pigmentaire qui en tapisse la surface interne. — Suivant le siège
de l'ectasie, on en distingue diverses formes :

1° *Les ectasies antérieures* (staphylômes scléraux antérieurs). — Celles-ci
occupent les parties de la sclérotique limitrophes de la cornée (fig. 54 et 55).
Au début elles apparaissent sous forme de petites taches sombres qui,
par après, se développent et se bombent. Si plusieurs de ces ectasies se
trouvent les unes à côté des autres, elles deviennent confluentes et forment
un seul gros bourrelet, qui s'étend sur le bord de la cornée et qui la circonscrit sous forme d'arc ou d'anneau. Le limbe est représenté par une
sorte de ligne déprimée et grise qui constitue la limite entre l'ectasie et
la cornée. Lorsque la cornée est elle-même trouble et ectatique, la netteté
de la limite entre l'ectasie de la sclérotique et celle de la cornée s'efface
souvent, et les deux ectasies ne forment plus qu'une bosselure unique, qui
occupe le segment antérieur du bulbe. — Il arrive souvent que le staphylôme scléral antérieur ne se présente qu'à un seul endroit, ou que, du
moins, il n'y a qu'un seul endroit où il prenne un développement particulièrement marqué. Au niveau de cet endroit, la base de la cornée est
refoulée en avant, de façon que l'organe prend une position oblique.
Ainsi, par exemple, lorsque le staphylôme scléral est situé sur le bord
interne, la cornée regarde du côté temporal au lieu d'être dirigée directement en avant (fig. 55, *h*).

2° *Ectasies équatoriales* (staphylômes équatoriaux). — Ce sont des bosselures noires situées au niveau de l'équateur du bulbe. On ne parvient à
les observer qu'en faisant tourner l'œil fortement du côté opposé au siège
du staphylôme. On les trouve sur un ou plusieurs endroits de l'équateur,
mais jamais ces staphylômes ne contournent toute la circonférence du
globe, ainsi qu'on le remarque fréquemment pour les staphylômes antérieurs.

3° *Ectasies postérieures*. — Celles-ci occupent le segment postérieur du
globe oculaire, d'où il suit qu'il est impossible de les observer sur l'œil
vivant. Relativement à leur origine et leur signification, elles diffèrent
essentiellement des staphylômes antérieurs et équatoriaux. Il y a deux
espèces d'ectasies postérieures : α. *Le staphylôme postérieur de Scarpa*. Il
consiste en un amincissement et une voussure de la sclérotique au niveau
du pôle postérieur en dehors de la papille. Lorsque cette ectasie acquiert
un grand développement, elle englobe le nerf optique lui-même (fig. 188).
C'est cette ectasie, ainsi qu'*Arlt* l'a reconnu le premier, qui est la cause
la plus commune de la myopie. En effet, la sclérotique, en reculant, fait

que le bulbe s'allonge dans la direction de son axe antéro-postérieur
(myopie axile). Le diagnostic d'un staphylôme postérieur ne peut se faire
sur l'œil vivant que par la constatation d'une myopie élevée et par les
modifications ophtalmoscopiques qui l'accompagnent (§ 77). — ε *La protubérance postérieure d'Ammon*. Celle-ci ne se trouve pas exactement au
pôle postérieur de l'œil, comme le staphylôme postérieur, mais plus bas.
Ce n'est pas une ectasie acquise comme les autres staphylômes de la
sclérotique ; c'est, au contraire, une affection congénitale, suite d'une
occlusion imparfaite de la fente oculaire fœtale. On la rencontre en même
temps qu'un colobome de la choroïde et fréquemment aussi avec un colobome de l'iris (voir §§ 76 et 80).

Ainsi que je l'ai fait d'ailleurs dans les lignes précédentes, on désigne
encore les ectasies acquises de la sclérotique sous le nom de staphylômes
scléraux, tandis que la protubérance congénitale d'Ammon n'est jamais
désignée sous le nom de staphylôme.

b) Ectasie totale de la sclérotique

Elle consiste en une distension uniforme de toute la sclérotique, qui fait
que le globe oculaire est agrandi en totalité. Toute la coque scléroticale
est amincie et laisse voir, par transparence, le pigment choroïdien, tellement qu'elle paraît d'un blanc bleuâtre. — L'ectasie totale ne peut se
développer que dans la jeunesse, alors que toutes les parties de la sclérotique sont encore extensibles. En effet, la sclérotique des adultes est
tellement rigide qu'il n'y a que certains points plus faibles que les autres
qui se distendent et qui donnent lieu ainsi à des ectasies partielles. L'ectasie totale est le plus souvent accompagnée de staphylômes cornéens ou de
staphylômes scléraux antérieurs. L'existence simultanée de ces deux
ectasies provoque quelquefois un développement extraordinaire du bulbe
oculaire. — On observe bien plus rarement une autre forme d'ectasie
simple, où l'œil est uniformément agrandi dans toutes ses dimensions, de
façon que la cornée y participe également (*megalocornea*). Cet état est
désigné sous le nom d'hydrophtalmie ou de buphtalmie (βοῦς, bœuf, à
cause de la ressemblance avec les gros yeux du bœuf). L'hydrophtalmie
est une affection congénitale ou acquise pendant la première enfance; elle
est probablement l'analogue du glaucome des adultes. Aussi, c'est à propos
de cette dernière affection que nous décrirons l'hydrophtalmie avec plus
de détails (voir § 83).

Étiologie. — Toute ectasie de la sclérotique est la conséquence d'une
disproportion entre la pression intraoculaire et la force de résistance de
la sclérotique. C'est ou bien la pression intraoculaire qui est pathologi-

quement augmentée, ou bien la sclérotique qui a perdu de sa solidité. L'augmentation de la pression intraoculaire est de loin la cause la plus fréquente des ectasies sclérales (si l'on en excepte les staphylômes scléraux postérieurs dans la myopie). Les ectasies sclérales se développent lentement. La disproportion entre la pression intraoculaire et la résistance de la sclérotique doit exister depuis longtemps, pour que celle-ci devienne ectatique.

a) L'augmentation de la pression intraoculaire a pour conséquence d'augmenter la pression uniforme que supporte chaque millimètre carré de la surface sclérale. Si l'état de la sclérotique était partout le même, alors, dans le cas où elle cède à la pression, elle se distendrait d'une manière absolument uniforme dans toute son étendue. Mais, comme certaines parties de la sclérotique sont moins résistantes que d'autres, elles cèdent plus tôt à l'hypertonie. Ces points moins solides sont ceux que traversent les nerfs et les veines pour pénétrer dans l'intérieur de l'œil. Ces points sont ainsi perforés et ont subi un amincissement local. Au nombre de ces points appartiennent avant tout la lame criblée et les parties sclérales qui sont traversées par les veines vorticellées, ainsi que par les vaisseaux ciliaires antérieurs.

Au niveau de la lame criblée, la sclérotique est réduite à une mince membrane criblée de trous comme un tamis, qui bombe en arrière sous l'effort de l'hypertonie. Cette voussure n'est pas considérée comme un staphylôme scléral, mais elle est désignée sous le nom d'excavation du nerf optique, parce que la papille est refoulée en arrière, en même temps que la lame criblée (§ 81). C'est aux points où les veines vorticellées pénètrent dans la sclérotique que siègent les staphylômes équatoriaux, tandis que c'est aux points de passage des vaisseaux ciliaires antérieurs que l'on rencontre les staphylômes scléraux antérieurs. Les autres parties de la sclérotique, qui sont plus résistantes, ne subissent aucune modification, même sous l'influence d'une hypertonie. Ce n'est que chez les enfants, chez lesquels la sclérotique est encore extensible dans sa totalité que l'on voit survenir des ectasies sclérales totales. — Les causes les plus fréquentes de l'augmentation de la pression intraoculaire sont le glaucome, la séclusion de la pupille, et les cicatrices ectatiques de la cornée. Dans le glaucome, où les veines vorticellées surtout sont le siège de stases et d'inflammations, il se forme généralement des staphylômes équatoriaux. Au contraire, la séclusion de la pupille et les staphylômes cornéens, dans lesquels l'inflammation se localise au niveau du segment antérieur du globe oculaire, amènent le plus souvent des ectasies sclérales antérieures.

b) Si la force de *résistance* de la sclérotique est *diminuée*, il peut se faire qu'elle cède déjà à la pression oculaire normale. Cela arrive par suite de l'inflammation de la sclérotique, par exemple dans la forme profonde de

la sclérite, qui provoque le développement d'ectasies sclérales antérieures
(page 246). Ensuite la sclérotique perd encore de sa résistance quand des
tumeurs (par exemple, des néoplasmes malins, ou des tumeurs gommeuses ou tuberculeuses) se développent sous elle ou dans son épaisseur.
Des traumatismes de la sclérotique en diminuent aussi la solidité ; c'est
pourquoi les cicatrices des plaies perforantes de la sclérotique (notamment
après la rupture de la sclérotique) deviennent si fréquemment ectatiques.
— Les ectasies sclérales développées de cette façon conduisent plus tard
à l'hypertonie. Celle-ci doit donc être regardée non comme la cause, mais
comme le résultat de l'ectasie, quoiqu'elle concourre à donner à l'ectasie
plus de développement. On remarque donc ici le même processus que dans
les ectasies de la cornée (page 231). — Les ectasies sclérales postérieures
dépendent également d'une diminution de la force de résistance de la sclérotique. Pour expliquer le développement du staphylôme postérieur, l'on
admet une extensibilité congénitale de la partie postérieure de la sclérotique. En ce qui concerne la protubérance d'*Ammon*, on suppose que la
fente oculaire fœtale a été fermée par une espèce de tissu interposé, qui n'a
pas la solidité du tissu scléral normal, et qui cède à la pression intraoculaire.

SUITES DES ECTASIES SCLÉRALES. — Dans les staphylômes scléraux antérieurs ou équatoriaux, la vision finit par se perdre entièrement, par suite
de l'hypertonie. Si l'ectasie ne s'arrête pas, le globe oculaire prend un
développement toujours de plus en plus grand. Il proémine fortement dans
la fente palpébrale, les paupières ne le recouvrent plus complètement, et
la difformité est des plus frappantes. Comme conséquence de l'irritation
mécanique, il survient un catarrhe conjonctival, du larmoiement et du
spasme palpébral. Il n'est pas rare que la paupière inférieure soit tellement repoussée par le globe oculaire agrandi qu'elle se renverse en avant
(ectropion). Enfin il suffit du plus léger traumatisme pour amener la rupture du staphylôme à l'un de ses points le plus aminci. Alors la plus grande
partie du corps vitré liquéfié s'échappe, ce qui peut provoquer une abondante hémorragie, et l'œil se perd au milieu des symptômes de la panophtalmite.

Le staphylôme postérieur, en grandissant, amène une progression constante de la myopie, sans pourtant donner lieu à une hypertonie, ni aux
autres suites fâcheuses du staphylôme antérieur ou équatorial. La protubérance d'*Ammon* reste stationnaire et n'entraîne aucune autre suite
fâcheuse.

TRAITEMENT. — Ce ne sont que les ectasies sclérales antérieures et équatoriales qui sont susceptibles d'être traitées ; on ne saurait appliquer aucun
traitement aux ectasies postérieures. Pour les premières, développées en

très grande majorité sous l'influence d'une hypertonie, c'est, avant tout, l'iridectomie qui est indiquée, pour autant qu'elle soit encore exécutable.

Comme cette opération diminue la pression intraoculaire, elle met en même temps un terme à l'augmentation ultérieure de l'ectasie sclérale (dans les cas particulièrement favorables, l'ectasie qui existe déjà diminue), et, si faible que soit la vue, préserve l'œil de la perdre entièrement. Lorsque, pour des motifs techniques, ce qui est certainement le plus souvent le cas, l'iridectomie est inexécutable, il ne reste d'autres ressources que l'énucléation, si l'œil incommode le patient par son volume, son état douloureux ou la difformité qu'il produit.

La *structure anatomique* du staphylôme scléral est essentiellement différente de celle du staphylôme cornéen. Tandis que celui-ci est formé par du tissu cicatriciel, qui a remplacé la cornée détruite, le staphylôme scléral est constitué par la sclérotique même. A l'endroit de l'ectasie, la sclérotique n'a pas disparu ; elle y est simplement amincie, tellement qu'elle n'y est souvent pas plus épaisse qu'une feuille de papier. Dans le staphylôme postérieur, il s'agit d'un amincissement uniforme ; dans les staphylômes antérieurs et équatoriaux, au contraire, on observe souvent un amincissement irrégulier, brusque, de telle sorte que, sur le bord de l'ectasie, les couches internes paraissent s'arrêter comme coupées. A l'endroit ectasié, la sclérotique paraît rongée en dedans et privée ainsi de ses couches internes. Il est à présumer que cet état est dû à cette circonstance que, par suite de la forte distension, les couches fibreuses internes de la sclérotique se déchirent d'abord sur un point, et puis s'écartent peu à peu les unes des autres (*Czermak* et

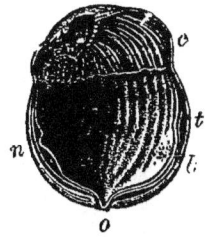

Fig. 54. — *Staphylôme ciliaire*, d'après PAGENSTECHER. — L'œil a été divisé en deux par une section horizontale. On voit, entourant complètement la cornée, une ectasie *c* de la sclérotique, qui atteint sa plus grande largeur au côté temporal *t*, tandis qu'en dedans *n* elle est plus étroite et moins saillante ; de là résulte que la cornée paraît repoussée du côté nasal. La face interne de l'ectasie est tapissée par les procès ciliaires fortement étirés. L'iris ne peut être vu, pressé qu'il est à la face postérieure de la cornée qui paraît ainsi pigmentée. La rétine et la choroïde ont été un peu détachées de la sclérotique sous-jacente par les manipulations ; dans la première, on remarque des groupes d'hémorragies ponctiformes *b*. La papille *o* montre une profonde excavation glaucomateuse.

Birnbacher). L'uvée contracte toujours adhérence avec la surface interne de l'ectasie, et elle y est si atrophiée qu'elle est presque réduite à son feuillet pigmentaire, qui constitue le revêtement de la face interne de l'ectasie.

L'autopsie d'un bulbe ectatique démontre que le staphylôme scléral antérieur peut être de deux sortes : ou bien c'est un *staphylôme ciliaire*, ou bien c'est un *staphylôme intercalaire*. Le premier (fig. 54) appartient à la partie de la sclérotique dont la face interne est revêtue du corps ciliaire ; le second, au contraire (fig. 55), se développe sur la partie étroite de la sclérotique, qui est située en avant du corps ciliaire entre celui-ci et le bord de la cornée. En effet, le bord antérieur du corps ciliaire, et par conséquent la racine de l'iris, qui prend son origine dans le corps ciliaire, ne correspondent pas exactement à la limite cornéo-sclérale, mais sont situés un peu plus en arrière. La partie antérieure de la sclé-

rotique, qui se trouve au-devant de la racine de l'iris, appartient déjà à la chambre
antérieure. Alors même que le staphylôme intercalaire se développe juste sur
cette partie, l'iris ne reste pas situé derrière lui, mais devant, absolument comme
dans le staphylôme ciliaire. Voici d'où dépend cette disposition. La formation
de l'ectasie est précédée d'une augmentation de la pression intraoculaire, qui
a pour résultat de refouler la partie la plus périphérique de l'iris et de la faire
adhérer à la sclérotique (voir § 84, et fig. 94 et 95). La partie de l'iris qui flotte
librement dans la chambre antérieure s'écarte alors de la sclérotique en se
reportant en avant. A l'inspection à l'œil nu, on
dirait que le point d'insertion de l'iris est attiré en
avant jusque sur la limite cornéo-sclérale, ou
même plus loin. Le staphylôme intercalaire se produit alors juste à l'endroit de la sclérotique qui est
adhérent à la périphérie de l'iris (depuis a jusqu'à b,
dans la fig. 95). Ce staphylôme se trouve donc entre
l'origine réelle de l'iris, au niveau du bord antérieur du corps ciliaire, et son origine apparente
au point où commence la partie irienne encore
libre (fig. 95, b, comp. aussi fig. 114 en b). La face
interne du staphylôme intercalaire est tapissée
d'une couche pigmentaire, qui n'est autre chose
que la racine de l'iris très atrophiée et adhérente
à la sclérotique (fig. 55, s). — Lorsque le bulbe
n'est pas ouvert, la distinction entre les staphylômes ciliaire et intercalaire est plus difficile que
sur des préparations anatomiques ; cependant voici
quelques points qui peuvent servir de guide pour
y arriver : dans le staphylôme intercalaire, on voit
émerger les vaisseaux ciliaires antérieurs au bord
postérieur, dans le staphylôme ciliaire, au bord
antérieur de l'ectasie. Le staphylôme ciliaire,
quand il est mince, peut le plus souvent être
éclairé de façon à laisser observer sur sa face
interne les procès ciliaires étirés, sous forme de
stries noires (fig. 54, c).

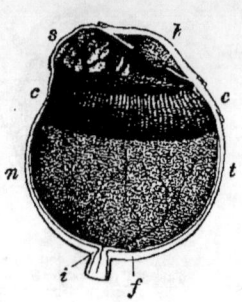

Fig. 55. — *Staphylôme intercalaire.*
— Le globe a été divisé en deux
par une section horizontale et est
dessiné un peu plus grand que nature. L'ectasie de la sclérotique
s s'est insinuée au côté nasal n,
entre le corps ciliaire c et la cornée
h, qui par là est déplacée vers la
tempe. La face interne de l'ectasie
est tapissée de pigment. Celui-ci
représente le reste de la racine de
l'iris unie à la sclérotique amincie ;
il est parsemé de nombreuses lacunes produites par son énorme
distension. La largeur de l'ectasie
diminue progressivement de dedans
en dehors, de telle sorte qu'au côté
temporal t de la coupe, on n'observe
plus qu'un espace très étroit entre
le corps ciliaire et l'iris, provenant
de la soudure, caractéristique dans
le glaucome, de la racine de l'iris
à la sclérotique. Sur la coupe du
nerf optique, on voit l'amincissement conique normal du nerf dans
son passage à travers l'orifice sclérotical i ; sur la rétine on remarque
la fossette centrale f et l'épanouisse-
ment des vaisseaux rétiniens.

Les ectasies de la sclérotique entraînent le plus
souvent encore d'autres changements dans l'inté-
rieur de l'œil. Par suite de l'agrandissement de la circonférence, formée par
le corps ciliaire, l'iris se distend et s'atrophie, et même, bien que rarement,
il peut être arraché de son insertion (iridodialyse spontanée). L'on peut en dire
autant en ce qui concerne la zonule de Zinn, qui, en s'atrophiant, se déchire
par places, de sorte que le cristallin devient tremblotant et peut même se luxer.
De plus, le corps ciliaire, la choroïde, la rétine et le nerf optique s'atrophient ;
quant à ce dernier, il montre le plus souvent une excavation profonde dépendant
de l'hypertonie oculaire (fig. 54, o).

Ulcères et tumeurs de la sclérotique. — La sclérotique est peu sujette à s'enflammer, et, si elle s'enflamme, ses produits inflammatoires ont moins de tendance encore à subir la fonte purulente. Ainsi on n'observe jamais l'ulcération d'un bouton de sclérite. Les ulcères qui se trouvent sur la cornée cessent de s'étendre dès qu'ils touchent la sclérotique ; de même, il est rare de voir les ulcères de la conjonctive se propager dans la sclérotique. Les ulcères scléraux constituent donc des phénomènes très rares. Quand ils existent, ils sont produits par des traumatismes avec infection simultanée, ainsi que par la dégénérescence de certains néoplasmes (gommes, tubercules, nodosités lépreuses, néoplasmes malins).

Il est extrêmement rare de voir se développer primitivement un néoplasme dans la sclérotique. Ce sont, en effet, les tumeurs développées dans d'autres parties de l'œil qui envahissent la sclérotique. Parmi les tumeurs se développant primitivement dans la sclérotique, on a observé des fibromes, des sarcomes et des ostéomes.

CHAPITRE IV

ANATOMIE ET PHYSIOLOGIE DE L'UVÉE
EMBRYOLOGIE DE L'ŒIL

I. — Anatomie

§ 56. Quand, d'un globe oculaire, on enlève prudemment la sclérotique et la cornée, on a devant soi l'iris, le corps ciliaire et la choroïde, se continuant l'un dans l'autre. Ces trois organes représentent l'enveloppe moyenne de l'œil qui a l'apparence d'une sphère d'un brun noir, en raison du pigment qu'elle contient. Cette sphère présente en avant une large ouverture, la pupille, en arrière un petit orifice par où passe le nerf optique. La sphère noire suspendue au nerf optique, comme un fruit à son pétiole, ressemble à un grain de raisin (uva), et c'est pourquoi l'on a donné aux enveloppes moyennes de l'œil le nom d'uvée ou de tractus uvéal.

a) Iris

L'iris (1) est une membrane discoïde, percée à son centre d'un orifice, la pupille (2). Par son bord périphérique, c'est-à-dire son bord ciliaire, l'iris émerge de la face antérieure du corps ciliaire. De son point d'insertion, l'iris s'étend sur le cristallin et, par son bord central, c'est-à-dire pupil-laire, il repose sur la capsule cristallinienne antérieure, sur laquelle il glisse pendant les mouvements de la pupille (fig. 57). C'est en s'appuyant sur le cristallin que l'iris garde sa fixité. Aussi, dès que le cristallin est absent, ou que l'iris n'est plus en contact avec lui, l'on voit la membrane

---

(1) **Iris**, à cause de sa forme en arc, non à cause de sa teinte.

(2) **Pupille** veut dire, à proprement parler, petite fille, sans doute parce qu'on voit, réfléchie par la cornée, se refléter dans la pupille sa propre image réduite. Dans les anciens ouvrages allemands, on désigne également la pupille sous le nom de *Kindlein*, petit enfant. De même les Grecs désignaient la pupille sous le nom de κόρη, petite fille, d'où les expressions : *Korectopie*, *Korélysis*, etc.

iridienne trembloter — *iridodonésis* (1), sous l'influence des mouvements du globe oculaire. — Comme la face antérieure du cristallin atteint un plan antérieur à celui où l'iris est inséré au corps ciliaire, cette membrane représente un cône très bas, tronqué en avant, au niveau de la pupille. Plus la chambre antérieure est rétrécie par la projection du cristallin en avant et plus le cône iridien est élevé. Si, au contraire, le cristallin manque, l'iris se place dans un plan.

Lorsqu'on examine l'iris à l'œil nu, ou mieux encore au moyen de la loupe, on voit qu'il présente un dessin élégant formé par des élevures et des dépressions de sa face antérieure (reliefs de l'iris, fig. 56). Net et clair dans un œil normal, ce dessin devient flou ou même tout à fait méconnaissable lorsque l'iris est enflammé ou atrophié. Ce dessin constitue donc un signe important pour faire reconnaître les affections iridiennes. Ce dessin est surtout formé par des trabécules radiaires et saillants, qui ne sont autre chose que les vaisseaux sanguins du stroma iridien qui, émergeant du bord ciliaire, se dirigent vers le bord pupillaire. Dans le voisinage de la pupille, les vaisseaux s'anastomosent avec une couronne de trabécules circulaires — le petit cercle de l'iris

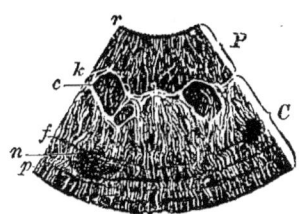

Fig. 56. — *Surface antérieure de l'iris.* Gross. 6/1. — *P* zone pupillaire. *C* zone ciliaire. *r* liseré formé par le pigment rétinien. *k* petit cercle. *c* crypte. *f* ride de contraction. *n* naevus. *p* zone sombre périphérique.

(fig. 56, *k*). Cette disposition partage l'iris en deux zones : la première, située à la périphérie du petit cercle, est la zone ciliaire (*C*) ; l'autre, beaucoup plus étroite, située en dedans du petit cercle, est la zone pupillaire (*P*), dont la teinte diffère quelque peu de la zone ciliaire. Le long du petit cercle, on remarque des anfractuosités dans la surface de l'iris, ce sont les cryptes (*c*). Des ouvertures semblables, mais beaucoup plus petites, se trouvent à la face antérieure de la périphérie de l'iris tout près de sa racine, mais on ne peut pas les voir sur l'œil vivant, d'abord parce qu'elles sont trop petites, ensuite parce qu'elles sont couvertes par le bord saillant de la sclérotique. Ce n'est que sur les yeux bleus, principalement chez les enfants, que cette zone périphérique anfractueuse se laisse observer sous forme d'un cercle sombre, presque noir, situé dans le voisinage de la racine de l'iris (*p*). — Le bord pupillaire de l'iris se trouve bordé d'un liseré étroit et noir (*r*), qui est particulièrement visible sur les yeux cataractés. Ce liseré se détache en effet beaucoup mieux sur le fond blanc du cristallin opaque que sur le fond noir de la pupille normale.

(1) δονέομαι, je tremble.

Anatomie microscopique. — Le *stroma* iridien est surtout constitué par
les nombreux vaisseaux qui, partant du bord ciliaire, se dirigent comme
des rayons vers le bord pupillaire. Ces vaisseaux sont revêtus d'une épaisse
membrane adventice et enveloppés d'un réseau lâche de cellules ramifiées et pigmentées, qui remplissent les intervalles entre les vaisseaux
(fig. 73). Les vaisseaux et le tissu réticulaire constituent ensemble le
stroma iridien, qui est, par conséquent, un tissu lâche et spongieux. —
Tout près du bord pupillaire de l'iris, on remarque le muscle constricteur
de la pupille, *sphincter de l'iris*, renfermé dans le stroma iridien (fig. 57,
sp). Ce sphincter est constitué par une bandelette plate de fibres lisses,
de la largeur de 1 millimètre, située près de la surface postérieure de
l'iris.

Sur sa face *antérieure*, les cellules sont particulièrement serrées (couche
limitante antérieure, fig. 73, *v*). Celle-ci est revêtue d'un endothélium, qui
est la continuation de celui de la membrane de Descemet et qui recouvre
toute la face antérieure de l'iris jusqu'au bord pupillaire. L'endothélium
ne manque qu'aux endroits qui correspondent aux cryptes, tant celles du
bord pupillaire (fig. 57, *cr*) que du bord ciliaire (*c,c*). Ces cryptes constituent
donc des ouvertures conduisant dans l'intérieur du tissu iridien, qui, par
ces solutions de continuité, est en communication directe avec la chambre
antérieure. Cette disposition facilite le changement rapide du volume de
l'iris pendant le jeu de la pupille, en permettant au liquide de vider sur-le-
champ le tissu iridien et de passer dans la chambre antérieure, et *vice
versa*. — La face *postérieure* du stroma iridien est revêtue par la membrane limitante postérieure et par la couche de pigment rétinien. La première (fig. 73, *h*) est constituée par des fibres rectilignes et régulières,
qui s'étendent radiairement du bord ciliaire jusqu'au bord pupillaire, et
qui, pour ce motif, ont été considérées comme constituant le dilatateur de
la pupille. Au point de vue physiologique, la fonction de dilatateur de la
pupille appartient effectivement à la couche limitante postérieure, puisque,
en se raccourcissant, elle dilate la pupille activement. Cependant il ne
s'agirait pas d'une contraction musculaire, mais d'une rétraction élastique. — Sur la membrane limitante postérieure se trouve la couche de
pigment rétinien; qui recouvre la surface postérieure de l'iris. Elle s'étend
jusqu'au bord pupillaire qu'elle contourne pour passer un peu sur la face
antérieure de l'iris (fig. 57, *p*). C'est ainsi que se forme ce liseré noir que
l'on voit le long du bord pupillaire, quand on observe l'iris par devant. Le
feuillet pigmentaire est constitué par deux couches de cellules épithéliales
(fig. 57, *v* et *h*, fig. 58, *c* et *d*), qui se continuent au niveau du bord pupillaire. Ces deux couches forment, ainsi que nous l'apprend l'embryologie
le prolongement de la rétine jusqu'au bord pupillaire, où elle se ter-

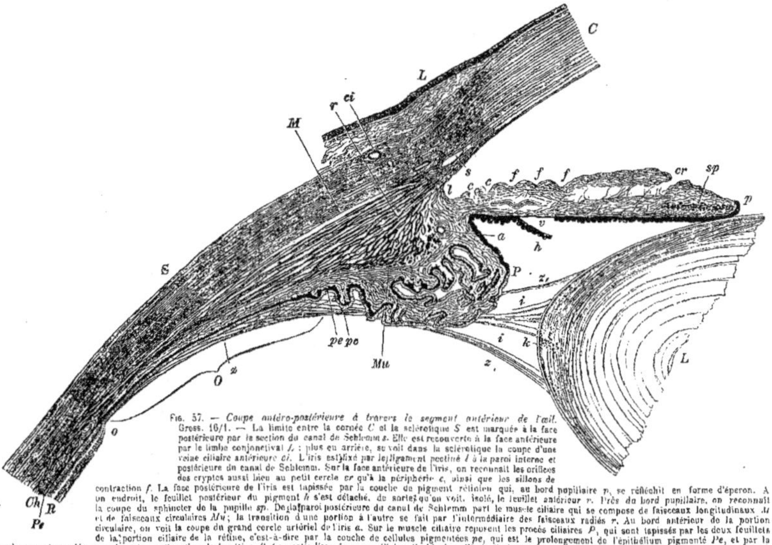

Fig. 57. — *Coupe antéro-postérieure à travers le segment antérieur de l'œil.*
Gross. 16/1. — La limite entre la cornée *C* et la sclérotique *S* est marquée à la face
postérieure par la section du canal de Schlemm *z*. Elle est recouverte à la face antérieure
par le limbe conjonctival *L*; plus en arrière, se voit dans la sclérotique la coupe d'une
veine ciliaire antérieure *ci*. L'iris est fixé par le ligament pectiné *l* à la paroi interne et
postérieure du canal de Schlemm. Sur la face antérieure de l'iris, on reconnaît les orifices
des cryptes aussi bien au petit cercle *cr* qu'à la périphérie *c*, ainsi que les sillons de
contraction *f*. La face postérieure de l'iris est tapissée par la couche de pigment rétinien qui, au bord pupillaire *n*, se réfléchit en forme d'éperon. A
un endroit, le feuillet postérieur du pigment *h* s'est détaché, de sorte qu'on voit, isolé, le feuillet antérieur *r*. Près du bord pupillaire, on reconnaît
la coupe du sphincter de la pupille *sp*. De la paroi postérieure du canal de Schlemm part le muscle ciliaire qui se compose de faisceaux longitudinaux *M*
et de faisceaux circulaires *Mu*; la transition d'une portion à l'autre se fait par l'intermédiaire des faisceaux radiés *r*. Au bord antérieur de la portion
circulaire, on voit la coupe du grand cercle artériel de l'iris *a*. Sur le muscle ciliaire reposent les procès ciliaires *P*, qui sont tapissés par les deux feuillets
de la portion ciliaire de la rétine, c'est-à-dire par la couche de cellules pigmentées *pe*, qui est le prolongement de l'épithélium pigmenté *Pe*, et par la
couche non pigmentée *pc*, qui est la continuation de la rétine *R*. La partie lisse du corps ciliaire, l'orbiculus ciliaris *O* s'étend jusqu'à l'ora serrata *o*, où commencent la choroïde *Ch*
et la rétine *R*. A l'orbiculus s'insèrent les fibres de la zonule de Zinn *z*, qui, plus en avant, constituent la partie libre de la zonule *z₁* et limitent la cavité du canal de Petit *t*.
Le cristallin *L* montre à son équateur, outre les insertions des fibres de la zonule, la coupe des noyaux de ses fibres *k*.

minent. C'est pour ce motif que cette couche de l'iris porte le nom de portion rétinienne (pars retinalis iridis, ou pars iridica retinæ), en opposition
avec les couches antérieures qui appartiennent à l'uvée et dont l'ensemble
porte le nom de portion uvéale de l'iris (pars uvealis iridis) (*Schwalbe*).

La *couleur* de l'iris est ou bien claire (bleue ou grise), ou bien sombre
(brune). Elle est due au pigment contenu dans l'iris. Il y a dans l'iris deux
espèces de pigment : l'un se trouve dans les cellules ramifiées du stroma
iridien et s'appelle pour ce motif pigment du stroma ; l'autre remplit les
cellules épithéliales de la couche pigmentaire rétinienne — pigment rétinien. Du rapport de ces deux pigmentations, dépend la couleur de l'iris.
La couche rétinienne de l'iris est toujours riche en pigment, tandis que la
richesse en pigment du stroma de l'iris est très variable. Quand le stroma
est peu pigmenté, on voit transparaître à travers la mince membrane de
l'iris le pigment rétinien, et celui-ci semble bleu par interférence. C'est
à cause du même phénomène qu'un fond noir paraît toujours bleuâtre
quand on le regarde à travers un milieu trouble. C'est pourquoi, par
exemple, les veines vues à travers une peau mince semblent bleues. Quand
le stroma de l'iris est pauvre en pigment, mais plus épais et plus compact,
alors l'iris paraît gris. Enfin, plus le stroma contient de pigment, plus il
devient lui-même visible, et plus la teinte brune de l'iris est manifeste.
Alors la couche pigmentaire rétinienne, placée à la face postérieure, est
couverte par le pigment du stroma de plus en plus épais, et elle est soustraite au regard. — Il n'est pas rare que dans un iris, qui dans son ensemble est peu pigmenté, il se présente dans le stroma des dépôts isolés
en forme d'îlots. Ces dépôts paraissent alors comme des taches noires (de
teinte rouillée, brune ou noire) sur l'iris, d'ailleurs gris ou bleu — nævus
de l'iris (1) (fig. 56, *n*). Lorsqu'un grand nombre de ces taches parsèment
l'iris, elles lui donnent un aspect tigré.

Exceptionnellement, il se rencontre des cas où l'iris ne contient pas de
pigment, ni dans son stroma, ni dans sa couche rétinienne. Un pareil iris
se rencontre chez l'albinos ; il est translucide et présente une teinte délicate d'un gris rouge.

Outre les détails des reliefs décrits plus haut, l'examen de l'iris sur l'œil vivant
nous montre encore un certain nombre de lignes courbes concentriques, situées
dans le voisinage du bord ciliaire (fig. 56, *f*). On les observe particulièrement
bien sur un iris foncé dont la pupille est contractée ; par leur teinte claire, elles
s'y détachent sur le fond brun. Ce sont les *sillons de contraction* de l'iris. Ainsi,
lorsque par la dilatation de la pupille l'iris devient plus étroit, la face antérieure
se ride. Les dépressions entre les plis (fig. 57, *f*, *f*) sont précisément ces sillons

(1) *Nævus*, tache de naissance.

au fond desquels l'iris contient habituellement moins de pigment. Lorsqu'au contraire la pupille se contracte, les plis s'effacent, les sillons s'élargissent et deviennent plus nettement visibles. Quant au liseré pigmentaire du bord pupillaire, il subit aussi des modifications au moment de la dilatation et de la contraction pupillaire. En effet, plus la pupille est étroite, plus le liseré devient large; il disparaît, au contraire, entièrement lorsque la pupille est très dilatée. — Lorsque la pupille est très contractée, il n'est pas rare d'observer, même dans un œil normal, un léger tremblement des parties périphériques de l'iris (iridodonésis). Autrement ce phénomène ne se remarque que dans les cas de changement de position du cristallin. Cela tient, dans le cas présent, à ce que, par suite de la contraction de la pupille, la chambre postérieure devient plus profonde; d'autre part, l'iris très élargi est notablement moins épais, deux circonstances qui favorisent le tremblement de cette membrane.

La couche de pigment rétinien se compose de deux rangées de cellules, mais sa riche pigmentation en rend l'observation très difficile. Ce n'est que dans l'œil de l'embryon (et quelquefois dans celui des enfants nouveau-nés) et dans les yeux albinotiques (fig. 58) que l'on parvient à distinguer clairement ces deux rangées. Alors on peut constater en outre qu'elles ne sont autre chose que la continuation des deux feuillets de la rétine sur la face postérieure de l'iris. La couche pigmentaire antérieure (fig. 58, c) représente l'épithélium pigmentaire de la rétine; la couche postérieure (d) est la continuation de la rétine proprement dite. Dans l'œil de l'adulte, il n'est pas rare que la couche postérieure soit séparée

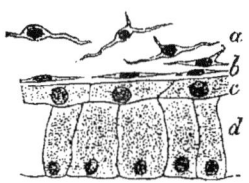

Fig. 58. — *Couches postérieures de l'iris d'un œil albinotique.* Gross. 350/1. — *a* cellules ramifiées du stroma, *b* membrane limitante postérieure, *c* feuillet antérieur,*d* feuillet postérieur de la couche de pigment rétinien.

de l'autre, parce qu'elles ne sont pas fixées à l'iris avec la même solidité. Tandis que la couche antérieure adhère intimement à la face postérieure de l'iris, la couche postérieure s'en détache facilement (dans la figure 57, la séparation s'est faite accidentellement pendant la préparation). Quand, par exemple, des adhérences de la face postérieure de l'iris à la capsule du cristallin (synéchies postérieures) se rompent, la couche postérieure reste adhérente à la capsule antérieure sous forme d'un dépôt noir, tandis que la couche antérieure reste fixée à l'iris. On peut encore, au moyen d'un pinceau, détacher facilement la couche postérieure de l'iris, tout en laissant la couche antérieure en place. Alors, en examinant au microscope l'iris ainsi traité au pinceau, on trouve la couche pigmentaire antérieure intimement unie à la membrane limitante postérieure.

Tout le monde sait que la couleur de l'iris change pendant les premières années de l'enfance. La plupart des enfants naissent avec un iris bleu foncé. Le stroma, en effet, contient peu de pigment, et, en outre, il est très mince, de façon que l'on voit transparaître en bleu la couche pigmentaire postérieure. Par l'âge, le stroma devient plus épais et plus dense. Si la pigmentation n'augmente pas, l'iris gagne alors une teinte d'un bleu clair ou grise. Mais, si le pigment du stroma devient en même temps plus abondant, l'iris se colorera en brun. La

transformation de l'iris bleu en iris brun se limite quelquefois à une partie de
cette membrane, de sorte qu'on observe un secteur brun sur un iris d'ailleurs
bleu. Il arrive même que l'un des iris soit bleu, tandis que l'autre est brun. La
couleur de l'iris est du reste en rapport avec l'état de la pigmentation générale
du corps. Les races humaines foncées ont toujours l'iris foncé.

b) Corps ciliaire (1)

§57. Le corps ciliaire devient visible quand on coupe le bulbe oculaire
par son milieu et que l'on en enlève le corps vitré, le cristallin et la rétine,
de façon à mettre partout l'uvée à nu. L'endroit où la rétine se rompt en
avant forme une ligne en zigzag, c'est l'ora serrata (fig. 59, o, o). A ce
point, on constate un changement de couleur de l'uvée. Derrière cette
ligne, l'uvée est brune — choroïde; — devant cette ligne, au contraire,
elle est noire — corps ciliaire (comparez encore fig. 55, c). Sur le bord
antérieur de la zone noire, s'élèvent les procès ciliaires au nombre de
70 environ. Ceux-ci ne se distinguent pas seulement par leur proéminence
mais encore par leur teinte plus claire, provenant de ce que les saillies
sont moins pigmentées que les dépressions qui les séparent. La zone antérieure du corps ciliaire, celle qui porte les procès ciliaires, est désignée
sous le nom de partie plissée du corps ciliaire — c'est la couronne ciliaire
(fig. 59, c_1) ; immédiatement derrière elle, vient la partie lisse du corps
ciliaire uniformément teinte en noir, c'est l'orbiculus ciliaris (or).

Si l'on détache toute l'uvée de la cornée et de la sclérotique, on découvre
la face externe du corps ciliaire. Celui-ci est couvert d'une couche de
tissu gris — c'est le muscle ciliaire.

Pour l'étude minutieuse du corps ciliaire, on se servira de préférence
de coupes longitudinales (exécutées dans la direction méridionale, fig. 57).
Sur une coupe semblable, le muscle ciliaire paraît triangulaire. Le côté le
plus court, dirigé en avant, donne, vers son milieu, naissance à l'iris. Les
deux longs côtés du triangle regardent l'un en dehors et l'autre en dedans.
Celui qui est dirigé en dedans porte les procès ciliaires (fig. 57, P), le côté
externe est formé par le muscle ciliaire (M).

Anatomie microscopique. — Si nous examinons chacune des couches
du corps ciliaire, à commencer de dehors en dedans, nous rencontrons en
première ligne le *muscle ciliaire*. Il fut découvert par *Brücke* et appelé
tenseur de la choroïde. Il est constitué de deux portions qui se distinguent
par la différence de direction de leurs fibres. — a_1 La portion externe con-

_____

(1) De cilia, les cils, à cause de ses fins plis radiaires. Le corps ciliaire a été appelé
cyclon (de là, cyclite), de κύκλος, cercle.

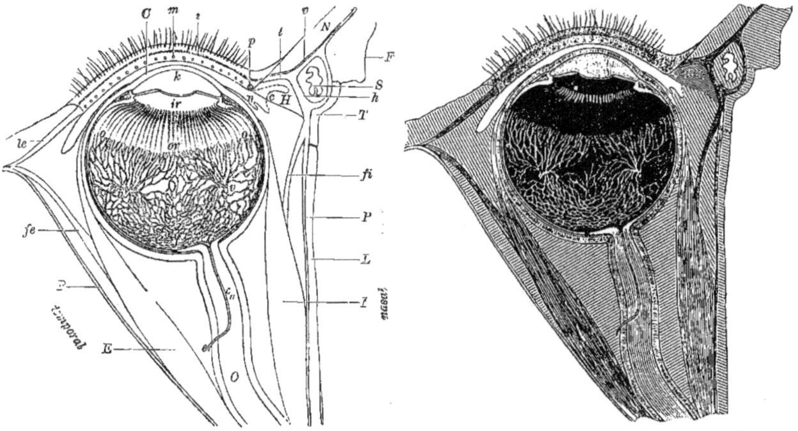

Fig. 59. — *Coupe horizontale schématique de l'orbite.* Gross. 2/1. — La paroi interne de l'orbite est constituée par la lame papyracée de l'ethmoïde L, l'os unguis T et l'apophyse montante du maxillaire supérieur F. Ces deux derniers os limitent la *fossette lacrymale*, qui renferme le sac lacrymal S. La paroi osseuse de l'orbite est recouverte par le périoste P, duquel partent les ligaments palpébraux. Le ligament palpébral interne l se divise en une portion antérieure t et une postérieure h, qui embrassent le sac lacrymal. De la portion postérieure partent les faisceaux du muscle de Horner H. le représente le ligament externe, fi et fe sont les tractus fibreux qui vont respectivement du périoste de la paroi interne de l'orbite au droit interne I, et de celui de la paroi externe au droit externe E. La peau du dos du nez N se continue dans celle de la paupière inférieure, au bord de laquelle se voient les cils et les orifices des glandes de Meibomius m; entre eux on remarque une ligne grisâtre t. A la limite interne de la paupière, se trouve le point lacrymal inférieur p, puis dans le sac conjonctival la caroncule c et le repli semi-lunaire v. Du globe oculaire, on voit la moitié inférieure, dont on a arraché le cristallin et le corps vitré, et enlevé au pinceau l'épithélium pigmenté. On voit la chambre antérieure k. L'iris ir et le corps ciliaire formé de la couronne ciliaire c_1 et de l'orbiculus ciliaris or. En arrière de l'ora serrata o, la choroïde avec ses veines qui se réunissent dans les veines vorticelliées v, f fossette centrale de la rétine, e vaisseaux centraux du nerf optique O, qui y pénètrent en e.

tient les fibres musculaires qui se dirigent d'avant en arrière (longitudinales ou méridionales) (fig. 57, *M*). Comme ces fibres ont été découvertes
d'abord par *Brücke*, on les désigne sous le nom de portion de *Brücke*.
Les fibres longitudinales émergent de l'enveloppe fibreuse externe de
l'œil, à la limite de la cornée et de la sclérotique (en *l*), et se dirigent de
là directement en arrière, où elles se perdent peu à peu dans les couches
externes de la choroïde (*Ch*); *b*) La seconde portion est située en dedans
de la première et contient les fibres circulaires du muscle ciliaire; sur
une coupe longitudinale, ces fibres se présentent sectionnées transversalement (fig. 57, *Mu*). Ces fibres portent le nom de portion de *Müller*, du
nom de l'anatomiste qui les a trouvées.

Les *procès ciliaires* reposent sur le muscle ciliaire (fig. 57, *P*). Ils consistent en un stroma de tissu conjonctif, qui contient, à côté de cellules
pigmentaires ramifiées, un nombre extraordinairement considérable de
vaisseaux, tellement que les procès ciliaires doivent être considérés comme
la partie la plus vasculaire de tout le globe oculaire. La surface interne du
corps ciliaire est revêtue par trois couches. La première est une membrane
homogène, la membrane vitrée du corps ciliaire. A celle-ci succède une
couche de cellules pigmentaires, l'épithélium pigmenté (*pe*), et enfin la
couche la plus superficielle touchant au corps vitré, composée d'une
simple rangée de cellules cylindriques non pigmentées (*pc*). Les deux dernières couches constituent la continuation de la rétine, qui est réduite ici
à une double couche, une couche de cellules pigmentées et une couche de
cellules non pigmentées. C'est pourquoi on les appelle *portion ciliaire de
la rétine*. Les trois couches susmentionnées passent ensemble sur la face
postérieure de l'iris. La membrane la plus profonde, c'est-à-dire la membrane vitrée, devient la membrane limitante postérieure de l'iris, tandis
que les couches pigmentée et non pigmentée deviennent les deux membranes pigmentaires rétiniennes de l'iris (portion iridienne de la rétine,
v et *h*).

Ce qui mérite une attention particulière, c'est l'*insertion* de l'*iris* et du
corps ciliaire à la sclérotique. Il est facile de se convaincre que l'iris n'est
pas implanté sur la limite cornéo-sclérale, mais plus en arrière, de façon
que la partie antérieure de la sclérotique appartient encore à la chambre
antérieure. L'union entre la sclérotique et la racine de l'iris s'opère par
l'intermédiaire d'un tissu lâche, qui prend son origine sur le bord de la
cornée et de là se dirige en arrière, vers la racine de l'iris (fig. 57, *l*). Ce
tissu, appelé *ligament pectiné*, remplit l'angle formé par l'iris et la cornéo-
sclérotique, de façon à l'arrondir et à le transformer en une échancrure,
l'angle de la chambre antérieure. Histologiquement, ce tissu est composé
de lamelles appliquées les unes sur les autres, qui naissent du bord de la

membrane de *Descemet* pour se diriger ensuite en arrière, où elles fournissent des insertions à une partie des fibres longitudinales du muscle
ciliaire. Ces lamelles sont formées de trabécules, laissant entre eux des
interstices arrondis et ainsi constituent, placées les unes sur les autres,
un tissu spongieux. Immédiatement en dehors du ligament pectiné, au
niveau de la limite qui sépare la cornée de la sclérotique, l'on observe une
ouverture béante (fig. 57, *s*) : c'est le canal de *Schlemm*, dont la paroi interne
est, par conséquent, constituée par le ligament pectiné.

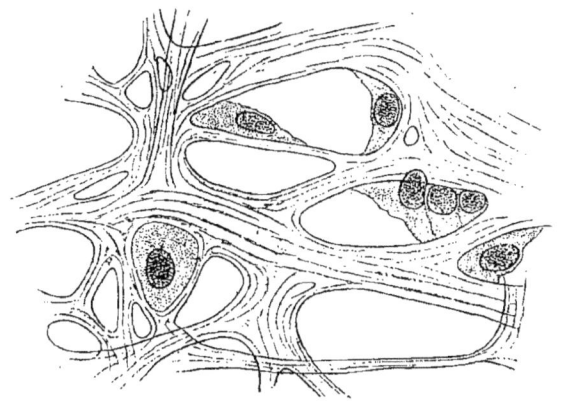

Fig. 60. — *Ligament pectiné* vu de face. Gross. 700/1. — Des trabécules, se montrant constitués de fines
fibrilles, limitent des interstices. Les plus grands sont elliptiques à grand axe parallèle au bord de la cornée.
Contre la paroi de ces interstices sont appliquées des cellules ayant un noyau et un gros corps protoplasmique : ce sont des cellules endothéliales; les petits interstices sont parfois complètement remplis par une
telle cellule.

L'iris et le corps ciliaire participent à la formation des deux chambres
de l'œil. — La *chambre antérieure* est limitée en avant par la cornée, en
arrière par l'iris et, au niveau de la pupille, par la capsule antérieure
du cristallin ; sur le bord, au contraire, par le tissu du ligament pectiné,
sous lequel sont situés le canal de Schlemm et le bord antérieur du corps
ciliaire. Même à l'état normal, la profondeur de la chambre antérieure
varie. Le plus développée dans la jeunesse, elle diminue avec l'âge. Chez
les myopes, la chambre antérieure est profonde; elle est basse chez les
hypermétropes. La profondeur de la chambre antérieure varie encore
dans le même œil, en ce sens que, pendant l'acte de l'accommodation, elle
devient moindre par suite du déplacement en avant de la face antérieure
du cristallin. — La *chambre postérieure* existe par le fait que l'iris repose
sur la cristalloïde, non par toute l'étendue de sa surface postérieure, mais
seulement par son bord pupillaire. Cette disposition fait qu'entre l'iris et le

cristallin il reste un espace libre qui va en augmentant depuis le bord
pupillaire jusqu'au bord ciliaire de l'iris, et qui, sur des coupes transversales, montre une forme triangulaire. Cet espace, appelé la chambre postérieure, est limité en avant par l'iris, en dehors par le corps ciliaire, tandis
que ses limites postérieures et internes sont constituées par le cristallin
(fig. 57, L) et par la zonule de Zinn (fig. 57, z_1). Cette dernière forme
un pont sur l'intervalle qui sépare le cristallin du corps ciliaire. — Les
deux chambres de l'œil ne communiquent entre elles que par l'intermédiaire de la pupille.

Le *muscle ciliaire* est composé de fibres musculaires lisses, qui ne forment pas
une masse compacte, mais sont disposées en faisceaux aplatis. Ceux-ci sont
séparés par du tissu conjonctif et s'anastomosent fréquemment entre eux, de
façon à former une espèce de plexus. Il n'est pas possible non plus de distinguer
d'une manière rigoureuse les deux portions du muscle ciliaire ; on voit plutôt les
fibres longitudinales prendre peu à peu une direction circulaire. Les faisceaux
qui constituent l'intermédiaire entre les deux directions sont désignés sous le
nom de faisceaux radiés (fig. 57, *r*). Ils émergent, comme les fibres longitudinales,
de la paroi du canal de *Schlemm*, mais ne se dirigent pas comme celles-là en
dehors et en arrière, mais directement en arrière et se transforment en fibres
circulaires.

Le rapport entre le nombre des fibres longitudinales et celui des fibres circulaires varie suivant l'état de réfraction de l'œil. En effet, dans les yeux hypermétropes, les fibres circulaires sont très développées, tandis qu'elles sont en très
petit nombre dans les yeux myopes (voir § 145 et fig. 190, 191 et 192).

La région de *l'angle de la chambre antérieure* mérite une attention spéciale, tant
en raison de la complication de son état anatomique qu'à cause de son importance pour la circulation intraoculaire et les affections de l'œil. Cette région a
été étudiée chez l'animal avant de l'être chez l'homme, et on s'est arrêté à certaines désignations encore en usage aujourd'hui, bien qu'elles ne conviennent
pas pour l'œil de l'homme. C'est ainsi que *Hueck* a introduit le terme de ligament
pectiné, parce qu'il avait observé chez les animaux ongulés qu'en arrachant
l'iris de la sclérotique, le tissu qui relie ces deux organes se présente sous forme
d'une rangée de dents, semblable aux dents d'un peigne. L'intervalle triangulaire entre la sclérotique et la racine de l'iris, qui est comblé par le ligament
pectiné, s'appelle aussi espace de *Fontana*, parce que c'est *Fontana* qui, le premier,
a décrit les grands espaces qu'il a découverts, chez les animaux, entre les
lamelles du ligament pectiné.

Le ligament pectiné est revêtu de la couche endothéliale, qui s'étend de la
face postérieure de la membrane de Descemet jusque sur la face antérieure de
l'iris. Par les interstices du ligament pectiné, l'endothélium qui le recouvre
pénètre dans ses mailles et tapisse toutes les lamelles et les trabécules de ce
tissu spongieux (fig. 60).

Lorsqu'on arrache l'iris et le corps ciliaire de la cornéo-sclérotique, on entraîne le ligament pectiné en même temps. Il s'ensuit qu'il doit appartenir à l'uvée, ce qui résulte d'ailleurs encore des observations embryologiques. L'embryologie démontre, en effet, que le ligament pectiné, ainsi que la membrane de *Descemet* qui en naît, appartiennent à l'uvée. D'après cela l'uvée forme, si l'on se place au point de vue purement embryologique, une sphère creuse complète, constituée par la choroïde, le corps ciliaire, l'iris, le ligament pectiné et la membrane de Descemet.

En arrachant de la cornéo-sclérotique l'uvée avec le ligament pectiné, on ouvre le canal de *Schlemm*, dont la paroi interne est formée par le ligament pectiné. On le voit alors, sous forme de gouttière, suivre la limite de la cornée et de la sclérotique — gouttière sclérale. En dehors de cette gouttière, le ligament pectiné recouvre une partie de la surface antérieure du corps ciliaire qui, sur toute cette étendue, appartient donc à la chambre antérieure. Il s'ensuit que des produits inflammatoires, notamment du pus (celui de l'hypopyon), peuvent venir directement du corps ciliaire dans la chambre antérieure, en traversant le tissu du ligament pectiné. Quelquefois des néoplasmes prennent aussi cette voie. Alors, de leur point d'origine, c'est-à-dire du corps ciliaire, ils font invasion dans la chambre antérieure au niveau de l'angle irido-cornéen (fig. 81).

Il a fallu longtemps avant que l'on se fît une bonne idée de l'état anatomique de la région des chambres antérieure et postérieure, et aujourd'hui encore l'on trouve souvent des figures dont la fidélité laisse à désirer. L'existence d'une chambre postérieure a été contestée pendant longtemps; on prétendait que l'iris repose sur la capsule cristallinienne dans toute l'étendue de sa surface. S'il en était ainsi, la chambre antérieure aurait une toute autre forme : elle devrait être beaucoup plus profonde à la périphérie. C'est ce qu'on observe, en effet, dans les cas pathologiques où des exsudats fixent l'iris dans toute son étendue à la capsule cristallinienne. A la périphérie, on trouve l'iris anormalement refoulé en arrière (voir fig. 76). — L'existence d'une chambre postérieure dans l'œil normal se démontre clairement quand on fait congeler un œil frais. Alors, si on ouvre l'œil, on voit un anneau de glace représentant l'humeur aqueuse congelée et occupant l'espace compris entre l'iris et le cristallin.

c) Choroïde

§ 58. — La choroïde (1) constitue la partie de l'uvée qui revêt le segment postérieur de l'œil, depuis l'ora serrata jusqu'à l'entrée du nerf optique. Quand on l'observe en place, après avoir ouvert l'œil et enlevé le corps vitré avec la rétine, sa surface interne apparaît lisse et uniformément brune. Si l'on cherche alors à arracher la choroïde de la sclérotique, on

---

(1) χοριοειδής, c'est-à-dire semblable au χόριον (latin *corium*). Ce mot signifie « peau », et non seulement le derme, mais encore l'enveloppe du fœtus dans la matrice (le chorion); c'est avec celui-ci que la choroïde doit avoir quelque ressemblance à cause de sa riche vascularisation. Pour être correct, on devrait donc, comme en allemand, écrire chorioïde.

voit qu'elle y est plus adhérente en certains points, spécialement au bord
de l'entrée du nerf optique. Des adhérences moins intimes correspondent
aux points où les vaisseaux et les nerfs passent de la sclérotique dans la
choroïde, notamment dans la région du pôle postérieur (artères ciliaires
postérieures courtes) et de l'équateur (veines vorticellées). Si l'on rompt
les adhérences qui relient la choroïde à la sclérotique, on met à découvert
la surface externe de la choroïde, qui présente un aspect floconneux, en
raison des lambeaux membraneux qui y adhèrent.

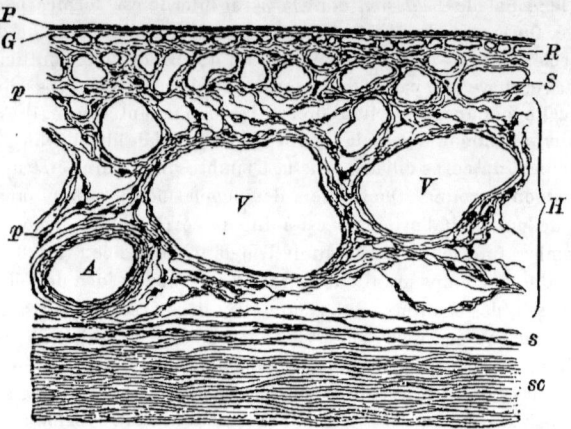

Fig. 61. — *Coupe de la choroïde.* Gross. 175/1. — La choroïde se compose de la suprachoroïde *s*, la couche
des gros vaisseaux *H*, la couche des vaisseaux moyens *S*, la choriocapillaire *R* et la membrane vitrée *G*.
Dans la couche des gros vaisseaux, on distingue des artères *A*, des veines *V* et des cellules pigmentaires *p*.
La face interne de la choroïde est recouverte par l'épithélium pigmenté *P*, la face externe par la sclérotique *sc*.

Anatomie microscopique. — La choroïde est composée de cinq couches,
qui, en allant de dehors en dedans, se succèdent dans l'ordre suivant :

1° La *suprachoroïde* (fig. **61**, *s*). Elle est formée de fines lamelles très
nombreuses, sans vaisseau, mais richement pigmentées, qui se trouvent
entre la choroïde proprement dite et la sclérotique (*sc*). Lorsqu'on arrache
la choroïde de la sclérotique, les lamelles se déchirent et restent adhérentes, en partie à la surface sclérale, et en partie à la surface externe de
la choroïde, qui acquiert ainsi cette apparence floconneuse et rugueuse
signalée plus haut ;

2° La couche des *gros vaisseaux* (*Haller*) (fig. **61**, *H*). Ce sont surtout
des veines (*V*), qui sont très serrées et qui s'anastomosent entre elles
de diverses manières. Les espaces qui se trouvent entre les vaisseaux
— espaces intervasculaires — sont richement pourvus de cellules pigmentaires (*p*), d'où leur teinte brune. C'est pourquoi cette couche, vue de
face, ressemble à un treillis formé de traits clairs (les vaisseaux) sur un
fond sombre (fig. 59). C'est là une image qu'on a souvent l'occasion

d'observer, à l'aide de l'ophtalmoscope, sur l'œil vivant (fond tigré, voir page 19 et fig. 86);

3° La couche des vaisseaux moyens (*Sattler*) (fig. 51, *S*). Cette couche est très mince et peu pigmentée;

4° La couche des capillaires (choriocapillaire ou membrane de Ruysch, bien qu'elle n'ait pas été découverte par Ruysch, fig. 61, *R*). Elle est presque exclusivement constituée par des capillaires qui ont un très gros calibre et qui sont situés à de si petits intervalles les uns des autres que les espaces intervasculaires sont souvent moins larges que les capillaires eux-mêmes. Cette couche ne contient pas de pigment;

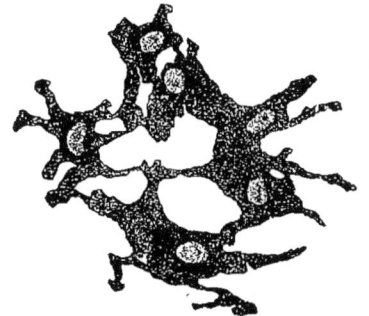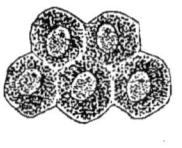

Fig. 62. — *Cellules pigmentaires du stroma de la choroïde*. Gross. 400/1. — Ce sont des cellules du tissu conjonctif ramifiées, s'anastomosant et contenant un noyau non pigmenté et de nombreux grains de pigment.

Fig. 63. — *Cellules de l'épithélium pigmenté de la rétine*. Gross. 500/1. — Ce sont des cellules épithéliales hexagonales avec un noyau non pigmenté et de petits grains de pigment.

5° La membrane vitrée (fig. 61, *G*). C'est une membrane homogène qui tapisse la face interne de la choroïde.

L'on peut brièvement résumer la structure de la choroïde de la manière suivante : la choroïde consiste principalement en un ensemble de vaisseaux, qui, d'après leur calibre, sont disposés en trois couches superposées. Les plus gros sont les plus externes, les plus fins les plus internes. Cette disposition se comprend, parce que la choroïde est destinée à nourrir en grande partie les tissus qui se trouvent sur sa face interne (rétine et corps vitré). C'est donc bien à la face interne que doivent se trouver les vaisseaux les plus fins, les capillaires, puisqu'à eux est dévolu le soin de fournir le plasma sanguin nutritif. — La partie vasculaire de la choroïde est couverte de chaque côté par une couche avasculaire, du côté externe par la suprachoroïde, du côté interne par la membrane vitrée. Toutes les couches de la choroïde, sauf les deux internes, la choriocapillaire et la membrane vitrée, contiennent du pigment renfermé dans les cellules pigmentaires ramifiées (fig. 62). C'est à l'abondance de son pigment que la

choroïde doit sa teinte brun foncé. — La surface interne de la choroïde
est revêtue de l'*épithélium pigmenté* qui se trouve sur la membrane vitrée
(fig. 61, *P*). On l'a regardé autrefois comme appartenant à la choroïde
même, parce que, lorsqu'on arrache la rétine, cet épithélium reste adhérent
à la choroïde. Cependant des recherches embryologiques ont démontré qu'il
appartient en propre à la rétine. Il est formé par des cellules hexagonales
régulières, dont chacune possède un noyau sans pigment, tandis que le
protoplasme contient de nombreuses granulations pigmentaires (fig. 63).
C'est pour ce motif que toute la couche est teinte en brun foncé.

Dans toutes ses parties, l'uvée est très riche en *nerfs*. Les nerfs ciliaires
arrivent à l'uvée après avoir perforé la sclérotique dans le voisinage du
pôle postérieur. Ils forment dans la choroïde, et surtout dans le muscle
ciliaire, un plexus dense, dans lequel se trouvent aussi intercalées de
nombreuses cellules ganglionnaires. L'iris est également très riche en
nerfs, mais ne contient pas de cellules ganglionnaires. Outre les nerfs
moteurs destinés au muscle ciliaire et à la musculature de l'iris, cette
dernière membrane, ainsi que le corps ciliaire, contiennent de nombreux
nerfs sensitifs, qui sont fournis par le trijumeau. C'est le motif pour
lequel les inflammations de ces parties sont souvent accompagnées de
violentes douleurs. La choroïde paraît ne pas contenir de nerfs sensitifs,
puisque les inflammations de cette membrane ne provoquent aucune sensation douloureuse.

La choroïde passe par continuité dans la partie plane du corps ciliaire (orbiculus ciliaris). Celui-ci possède encore, en réalité, la même structure que la
choroïde. Il s'en distingue cependant par une disposition un peu différente de
ses vaisseaux sanguins et par l'absence de la choriocapillaire qui s'arrête au
niveau de l'ora serrata. La différence de couleur que l'on peut déjà voir à l'œil
nu, entre la choroïde qui est brune et l'orbiculus noir (fig. 59), ne doit pas être
attribuée à une différence de pigmentation de ces parties de l'uvée, mais bien à la
différence de l'épithélium pigmentaire qui les recouvre et qui appartient à la rétine.

Tout le *pigment* qui se trouve répandu en une aussi grande abondance dans
l'intérieur de l'œil appartient à deux catégories :

1° Dans le tissu uvéal lui-même se trouvent partout des cellules ramifiées de
nature conjonctive, qui contiennent des granulations pigmentaires (fig. 62). Ce
sont les cellules pigmentaires du stroma, et le pigment qu'elles contiennent est
désigné sous le nom de *pigment du stroma*, ou, puisqu'il se trouve partout dans
l'uvée même, on lui donne encore le nom de pigment uvéal;

2° La face interne de l'uvée est revêtue dans toute son étendue d'une couche
de cellules pigmentaires, qui appartiennent à la rétine et qui ont le caractère
des cellules épithéliales — *épithélium pigmentaire* (fig. 63). Ce pigment, qui ne
se trouve donc pas dans l'uvée, mais en tapisse la face interne, s'appelle pigment rétinien.

Ces deux espèces de pigment se distinguent encore par leur structure intime. Ainsi le pigment des cellules du stroma uvéal se présente sous forme de petits amas amorphes, tandis que les granulations pigmentaires des cellules de l'épithélium pigmenté ont la forme de courts bâtonnets, que l'on doit probablement considérer comme de petits cristaux, tels qu'on les voit très clairement formés chez quelques vertébrés inférieurs. Les cellules à pigment, aussi bien les cellules du stroma que celles de l'épithélium pigmentaire, se trouvent répandues dans tous les yeux de la même manière, mais la quantité de pigment qu'elles contiennent est très variable. C'est ainsi que les yeux présentent une pigmentation très diverse. Lorsque les cellules ne contiennent pas de pigment, l'œil est albinotique (fig. 58).

II. — Circulation et nutrition de l'uvée

a) Vaisseaux sanguins

§ 59. Il existe dans l'œil trois systèmes de vaisseaux sanguins, celui de la conjonctive, celui de la rétine et celui de l'uvée (système des vaisseaux ciliaires). Les *artères* du système des vaisseaux ciliaires sont :

1° Les artères ciliaires postérieures. Elles naissent de l'artère ophtalmique et, perforant la sclérotique, elles pénètrent dans l'intérieur de l'œil dans la région du pôle postérieur. Le plus grand nombre de ces artères se rendent directement à la choroïde, — ce sont les artères ciliaires postérieures courtes (fig. 64, *cc*). Deux de ces artères, l'une du côté externe, l'autre du côté interne, se dirigent, en passant entre la choroïde et la sclérotique, en avant jusque dans le muscle ciliaire, — artères ciliaires postérieures longues (fig. 64, *d*). Arrivées là, chacune d'elles se divise en deux branches, qui prennent une direction concentrique à la cornée, et qui vont de chaque côté se réunir avec les branches artérielles de l'autre côté venant à leur rencontre, pour former une couronne artérielle, — grand cercle artériel de l'iris (fig. 64, *h*, et fig. 57, *a*). Celui-ci fournit les artères de l'iris qui, dans une direction centripète, vont du bord ciliaire au bord pupillaire de cette membrane (fig. 64, *i*). Un peu avant d'atteindre le bord pupillaire, ces artères forment, par leurs anastomoses, une seconde couronne de vaisseaux plus petite, — le petit cercle artériel de l'iris, qui correspond à la petite circonférence de l'iris (fig. 64, *k*).

2° Les artères ciliaires antérieures. Elles naissent à la partie antérieure du globe, car elles sont fournies par les artères des quatre muscles droits (fig. 64, *e*). Elles perforent la sclérotique dans le voisinage du bord cornéen et concourent à former le grand cercle artériel de l'iris. — Les artères ciliaires postérieures courtes sont donc particulièrement destinées à la choroïde ; les ciliaires postérieures longues et les ciliaires antérieures, au contraire, nourrissent le corps ciliaire et l'iris.

La disposition des *veines* est essentiellement différente de celle des artères. Dans la choroïde, le réseau capillaire de la chorio-capillaire est principalement desservi par les artères (fig. 64, *f*). De là, le sang passe dans de très nombreuses veines, qui, en se réunissant, forment des troncs de plus en plus gros, dont un certain nombre se dirigent vers un point commun. Les veines qui viennent de tous les côtés constituent ici un tourbillon — vortex (la figure 59 représente deux de ces tourbillons *v* vus de face). Ces vortex, au nombre de quatre au moins, mais habituellement au delà, sont situés un peu en arrière de l'équateur de l'œil. De ces vortex, naissent les veines vorticellées qui traversent la sclérotique très obliquement et qui transportent le sang hors de l'œil (fig. 64, *l*).

Au niveau des procès ciliaires, les artères se subdivisent en un nombre considérable de rameaux, qui se jettent dans des veines à parois minces (fig. 64, *g*). Ces veines constituent la plus grande partie des procès ciliaires, qui, par conséquent, sont surtout formés de vaisseaux. Les veines plus grosses résultant de la réunion de ces vaisseaux, ainsi que la plupart des veines du muscle ciliaire, se dirigent en arrière pour se rendre dans les veines vorticellées. Les veines de l'iris (fig. 64, i_1) se rendent également aux veines vorticellées. Celles-ci reçoivent donc presque tout le sang veineux de l'uvée. Une partie seulement du sang veineux (fig. 64, *m*), provenant du muscle ciliaire, prend une autre voie. En effet, des veines passent à travers la sclérotique, pour apparaître sous la conjonctive, dans le voisinage de la cornée, — ce sont les veines ciliaires antérieures (fig. 64, e_1). Elles suivent la direction des artères ciliaires antérieures; elles se ramifient pourtant dans un champ moins étendu que celles-ci. Ce sont surtout elles que l'on voit se diriger en arrière, sous la conjonctive, sous forme de petits troncs vasculaires, de teinte violette, lorsque l'œil est le siège d'une injection ciliaire ou d'une stase oculaire (glaucome). Les veines ciliaires antérieures s'anastomosent avec les veines de la conjonctive, ainsi qu'avec le canal de Schlemm. Celui-ci consiste en un vaisseau annulaire (sinus), qui suit la limite cornéo-sclérale (fig. 64, *n*, fig. 57, *s*).

Les vaisseaux sanguins de l'œil appartiennent pour la plus grande part au système de l'uvée. Ce fait nous indique le rôle dévolu à cette membrane; tandis qu'à l'enveloppe fibreuse constituée par la cornée et la sclérotique revient le rôle de protéger l'œil contre les atteintes du dehors, la rétine a celui de percevoir la lumière, et l'uvée celui de pourvoir à la nutrition de l'œil. Sa richesse en vaisseaux est telle qu'elle est constituée en très grande partie par des vaisseaux; c'est aussi ce qui explique sa grande tendance à s'enflammer. Les différentes branches du système des vaisseaux ciliaires ont de très nombreuses anastomoses entre elles, ce qui favorise la compensation dans les troubles de circulation. Par exemple, dans le glaucome, où l'écoulement du sang veineux par les veines vorticellées est plus difficile, on voit les veines ciliaires antérieures intervenir et

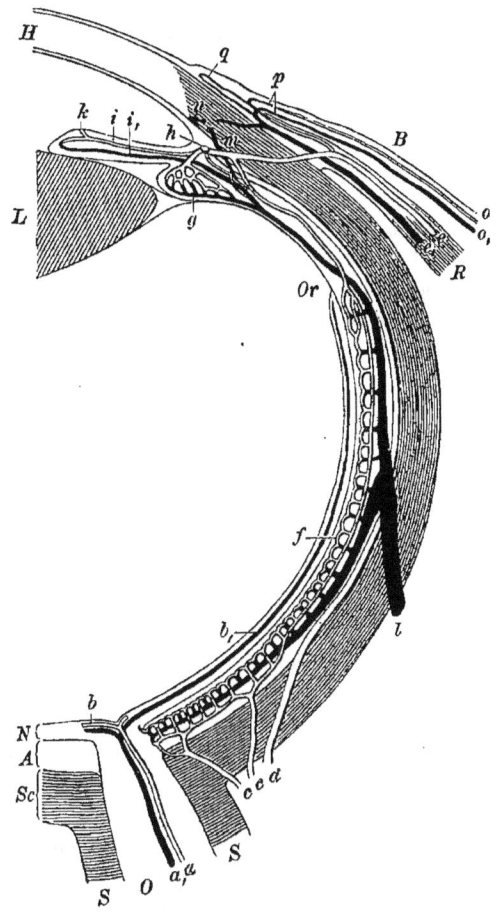

Fig. 64. — *Vaisseaux sanguins de l'œil.* Figure schématique, d'après LEBER. — Le système vasculaire de la rétine naît de l'artère centrale du nerf optique a et de la veine centrale a_1, qui fournissent les artères rétiniennes b et les veines rétiniennes b_1. Elles se terminent à l'ora serrata cr.
Le système des vaisseaux ciliaires est desservi par les artères ciliaires courtes postérieures c, c, les artères ciliaires longues postérieures d et les artères ciliaires antérieures e. De celui-ci naît le réseau de la choriocapillaire f et du corps ciliaire g, ainsi que le grand cercle artériel de l'iris h. De ce dernier partent les artères de l'iris i, qui, au petit cercle de celui-ci, forment le petit cercle artériel de l'iris k. Les veines de l'iris i_1, du corps ciliaire et de la choroïde se jettent dans les veines vorticellées l; les veines m, sortant du corps ciliaire, quittent l'œil, comme veines ciliaires antérieures e_1. Avec elles s'anastomose le canal de Schlemm n.
Le système vasculaire de la conjonctive se compose des vaisseaux conjonctivaux postérieurs o et o_1. Ils s'anastomosent avec des branches des vaisseaux ciliaires antérieurs, qui vont à leur rencontre, les vaisseaux conjonctivaux antérieurs p, et forment ensemble les anses vasculaires du limbe cornéen q. O nerf optique. S ses gaines. Sc sclérotique. A choroïde. N rétine. L cristallin. H cornée. R droit interne. B conjonctive.

évacuer de plus grandes quantités de sang. Les vaisseaux ciliaires fournissent également du sang à la sclérotique, en lui cédant quelques petites branches, au

moment où ils traversent cette membrane. D'ailleurs, le nombre des vaisseaux
de la sclérotique est très restreint. Ce n'est qu'au voisinage immédiat de l'entrée
du nerf optique qu'il y pénètre deux à quatre rameaux des artères ciliaires
courtes postérieures; ceux-ci, en s'anastomosant entre eux, constituent un
anneau artériel circonscrivant l'orifice ménagé pour le nerf optique, c'est *la
couronne scléroticale de Zinn*. Celui-ci est très important pour la nutrition du nerf
optique, parce qu'il fournit à celui-ci et à ses gaines de nombreux ramuscules
qui s'anastomosent avec les branches de l'artère centrale du nerf optique. C'est
donc ici seulement que les systèmes vasculaires ciliaire et rétinien communiquent entre eux. — Il n'est pas rare que l'une des branches de la couronne
de Zinn, au lieu de rester dans la papille optique, quitte celle-ci de nouveau en
faisant un crochet, et pénètre dans la rétine, où elle se dirige vers la macula
lutea. Ces petits vaisseaux, que l'on appelle *cilio-rétiniens*, fournissent alors du
sang à un petit territoire rétinien, compris entre la papille et la macula.

b) Voies lymphatiques

§ 60. Excepté dans la conjonctive, l'œil ne contient pas de vaisseaux
lymphatiques. Ils sont remplacés par des fentes et des espaces lymphatiques. On distingue des voies lymphatiques antérieures et postérieures.

1° *Voies lymphatiques antérieures*. — Dans le segment antérieur du
globe oculaire existent deux grands espaces lymphatiques, la chambre
antérieure et la chambre postérieure qui communiquent entre elles par
l'intermédiaire de la pupille. Voici comment la lymphe sort de ces espaces.
Le contenu de la chambre postérieure passe dans la chambre antérieure
par la pupille ; de là, elle filtre à travers le tissu réticulé du ligament pectiné et arrive dans le canal de *Schlemm* (fig. 65, *S*). Du canal de Schlemm,
la lymphe passe dans les veines ciliaires antérieures (*c*) avec lesquelles il
est en communication directe.

2° *Voies lymphatiques postérieures*. — Ce sont les suivantes : *a*) le canal
hyaloïde, ou canal central du corps vitré, qui s'étend depuis l'entrée du
nerf optique jusqu'au pôle postérieur du cristallin (fig. 65, *h*). Pendant le
développement de l'œil, ce canal loge l'artère hyaloïde. Celle-ci disparaît
quand l'œil est développé, mais le canal persiste. Il se vide dans les espaces
lymphatiques du nerf optique ; *b*) l'espace périchoroïdien. C'est l'espace
qui se trouve entre la choroïde et la sclérotique (fig. 65, *p*). Il communique
au dehors, le long des vaisseaux qui traversent la sclérotique, principalement le long des veines vorticellées (*v*), et se continue ainsi avec: *c*)
l'espace de Ténon (fig. 65, *t*, *t*), qui est compris entre la capsule de Ténon
et la sclérotique. L'écoulement de toute la lymphe des espaces postérieurs
se fait par les voies lymphatiques qui s'étendent le long du nerf optique.
Ce sont : *d*) l'espace intervaginal qui se trouve entre les gaines du nerf

optique (fig. 65, *i*, et *e*) l'espace supravaginal (fig 65, *s*), qui entoure ces gaines à l'extérieur.

La partie de loin la plus abondante de la lymphe quitte l'œil par les voies antérieures. Elles possèdent donc la plus grande importance ; en effet, si elles perdent leur perméabilité, il en résulte pour l'œil des altérations très graves (glaucome). Au contraire, on ne connaît encore rien de certain au sujet des conséquences qu'entraine un trouble dans les fonctions des voies postérieures.

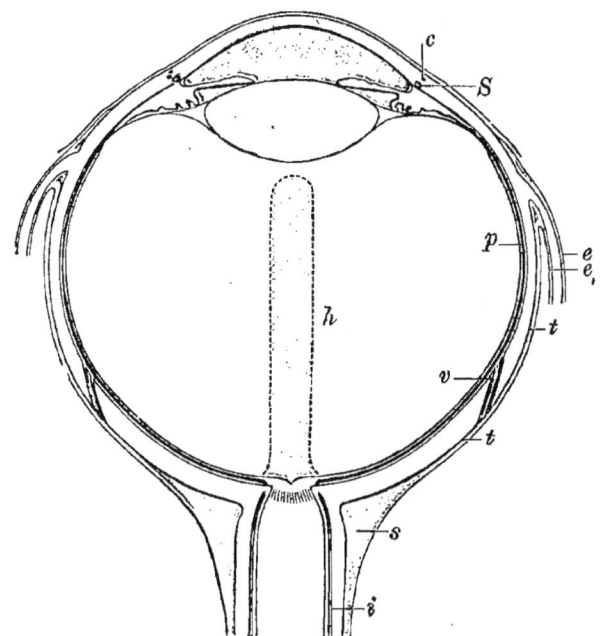

Fig. 65. — *Voies lymphatiques de l'œil.* Figure schématique. — *S* canal de Schlemm. *c* veines ciliaires antérieures. *h* canal hyaloïde. *p* espace périchoroïdien, qui communique avec l'espace de Ténon *t, t* le long des veines vorticellées *v. s* espace supravaginal. *i* espace intervaginal. *ee$_1$* prolongement de la capsule de Ténon sur les tendons des muscles moteurs de l'œil, expansion latérale.

C'est surtout à *Schwalbe* que nous sommes redevables de nos connaissances au sujet des voies lymphatiques. Pour l'étude de ces voies, on se sert d'injections dans les yeux de cadavres ou d'animaux vivants. Par les injections, on observe quelle direction les liquides prennent de préférence, tant dans les tissus qu'entre les tissus de l'œil. Mais, pour que l'on puisse affirmer que les espaces ainsi trouvés sont bien des voies lymphatiques, il faut que l'on arrive à démontrer qu'ils sont revêtus par une couche endothéliale continue. C'est ce que *Schwalbe* a encore établi pour les espaces lymphatiques découverts par lui.

c) Nutrition de l'œil

§ 61. La sécrétion des liquides de l'œil, ainsi que la nutrition de ses tissus, s'opèrent principalement par les vaisseaux de l'uvée.

L'*humeur aqueuse* est un liquide limpide, qui, à l'état normal, ne contient qu'une très minime quantité d'albumine. Elle est fournie par l'iris et les procès ciliaires, mais ces derniers y jouent le rôle le plus important. Ainsi, dans les cas d'absence congénitale ou artificielle de l'iris, on trouve que l'humeur aqueuse est sécrétée toujours avec la même abondance. L'humeur aqueuse se déverse d'abord dans la chambre postérieure, puis elle pénètre, par la pupille, dans la chambre antérieure. De là, elle abandonne l'œil en passant par les mailles du ligament pectiné et le canal de Schlemm. La sécrétion de l'humeur aqueuse est plus rapide que dans les conditions physiologiques, lorsque la chambre antérieure est vidée, par exemple par une ponction de la cornée. Déjà, au bout de quelques minutes, la chambre antérieure est de nouveau rétablie, ainsi qu'on a souvent l'occasion de l'observer dans les opérations. Ce qui favorise la prompte reproduction de l'humeur aqueuse, c'est qu'après son écoulement la pression oculaire descend beaucoup au-dessous de la normale. Il s'ensuit que le sang afflue en plus grande abondance dans les vaisseaux de l'iris et du corps ciliaire. Ces vaisseaux, qui n'ont plus à supporter de pression extérieure, se distendent en conséquence et laissent transsuder une plus grande quantité de liquide. Ce liquide qui, après l'écoulement de l'humeur aqueuse, s'accumule dans la chambre aqueuse, se distingue pourtant de l'humeur aqueuse normale par la présence d'une quantité notable d'albumine.

La *cornée* se nourrit surtout aux dépens du réseau périkératique et, pour une minime part, par l'intermédiaire de l'humeur aqueuse qui pénètre dans la cornée par diffusion. Les deux autres tissus avasculaires de l'œil, le *cristallin* et le *corps vitré*, dépendent, au point de vue de leur nutrition, entièrement de l'uvée. C'est, en effet, surtout au corps ciliaire, et peut-être aussi à la section antérieure de la choroïde, que le cristallin et le corps vitré empruntent leurs éléments nutritifs. C'est pourquoi, dans les inflammations de ces parties, l'on voit très fréquemment survenir des troubles du cristallin, ainsi que des opacités et de la liquéfaction du corps vitré. Ces altérations constituent l'expression du trouble des fonctions nutritives de ces organes. Les échanges nutritifs du cristallin paraissent être des plus lents, car les modifications pathologiques (opacités) en restent longtemps stationnaires, ou dans tous les cas ne s'étendent que lentement. Quant à la *rétine*, elle possède, il est vrai, des vaisseaux propres; mais ils ne se trouvent que dans les couches internes et ne suffisent pas pour la nourrir.

Il s'ensuit que la rétine, pour ce qui concerne ses couches externes, est nourrie par la choroïde, dont la chorio-capillaire lui est presque immédiatement contiguë. C'est aussi à la choroïde que l'on doit attribuer la fonction de reproduire sans cesse le pourpre rétinien employé.

d) Pression intraoculaire

§ 62. Dans le but d'étudier plus simplement les conditions de la pression, l'on peut considérer le globe oculaire, abstraction faite du cristallin, comme une capsule remplie de liquide. La capsule est constituée par la cornéo-sclérotique fibreuse, qui ne possède que peu d'élasticité. Le liquide contenu dans la capsule exerce une certaine pression sur la surface interne. Conformément aux lois de l'hydrostatique, cette pression est la même dans toutes les directions, et agit, par conséquent, avec la même intensité sur chacun des points de la paroi capsulaire. Ainsi un millimètre carré de la face postérieure de la cornée supporte la même pression qu'un millimètre carré d'une partie quelconque de la sclérotique.

La *hauteur* de la pression intraoculaire dépend du rapport qui existe entre la capacité de la capsule et le volume de son contenu. Lorsque la capacité diminue ou que le contenu augmente, la pression intraoculaire s'élève et réciproquement. La capacité de la capsule oculaire dépend du volume de la cornée et de la sclérotique et de leur élasticité. Dans les conditions physiologiques, cette capacité subit des variations tellement insignifiantes qu'on les néglige et qu'on la considère comme constante. Les variations de la pression intraoculaire dépendent donc de celles du contenu du bulbe, contenu qui peut être augmenté ou diminué. Ainsi, la pression diminue considérablement aussitôt que l'humeur aqueuse s'échappe à la suite de la paracentèse de la cornée.

Les parties du contenu de l'œil, dont la quantité varie aisément, sont : l'humeur aqueuse, le corps vitré et surtout la masse du sang qui circule dans les vaisseaux des membranes internes de l'œil. Toute augmentation ou diminution de la pression du sang dans ces vaisseaux doit avoir pour résultat un changement correspondant de la pression intraoculaire. D'autres influences, telles que les modifications de forme et de volume de l'iris et du muscle ciliaire, la pression des paupières et des muscles externes de l'œil sur le globe, etc., sont aussi en état de modifier la pression intraoculaire. Pour ces motifs, on pourrait croire que la pression oculaire est sujette à des oscillations notables. Or, l'observation nous apprend, au contraire, que, dans les conditions physiologiques, la pression intraoculaire est à peu près *constante*. La régulation s'opère, parce que l'écoulement des liquides oculaires par les voies lymphatiques (excrétion) varie de manière à compenser aussitôt les variations de la pression intraoculaire. Supposons, par exemple, que, par suite d'un violent effort musculaire, la pression augmente dans tout le système vasculaire, et, par conséquent, aussi dans les vaisseaux oculaires. Alors, la pression intraoculaire augmente, mais aussitôt, et dans la même mesure, les liquides intraoculaires soumis à une pression plus élevée sont, par les voies d'excrétion, expulsés de l'œil en plus grande quantité, au point que la pression redescend bientôt au niveau normal. Le contraire aurait lieu dans le cas où, par exemple, à la suite de l'écoulement de l'humeur aqueuse, la pression aurait baissé. Alors, une plus grande quantité de sang se précipite dans les vaisseaux de l'uvée, qui sont maintenant moins comprimés, et, par conséquent, il s'opère une sécrétion plus abondante de liquides dans l'intérieur de l'œil. Mais, en même temps, l'excrétion des liquides oculaires par les voies lymphatiques diminue aussi, puisque ces liquides ont à supporter une pression moins élevée. De cette façon, la pression est bientôt ramenée à la normale.

En pratique, on détermine la pression intraoculaire en palpant le globe oculaire à travers les paupières fermées, comme si l'on recherchait la fluctuation. Déjà, dans les conditions normales, la pression oculaire varie, dans certaines limites, chez les différents individus. En général, chez les personnes âgées, les yeux paraissent plus durs que chez les individus jeunes. Il s'ensuit que des modifications pathologiques très légères de la pression intraoculaire ne peuvent être reconnues comme telles, que lorsqu'on peut utiliser le second œil normal pour établir la comparaison. Au contraire, les changements plus notables de la pression intraoculaire se trahissent immédiatement. On s'accorde à désigner la pression normale par l'expression Tn (T = tension ou tonus). Dans l'augmentation de la pression (hypertonie), on distingue trois degrés : $T + 1$, $T + 2$, et $T + 3$, que l'on admet arbitrairement et qui signifient à peu près : augmenté d'une manière sensible, — fortement augmenté, — dur comme la pierre. De la même manière, on se sert, pour exprimer la diminution de la pression intraoculaire (hypotonie), des expressions : $T - 1$, $T - 2$, $T - 3$.

La pression intraoculaire joue un rôle important, tant dans les conditions physiologiques que dans les maladies de l'œil. C'est pourquoi elle a été l'objet de nombreuses recherches, notamment sur le terrain expérimental. Pour la mesurer exactement, on se sert d'un manomètre, dont l'une des extrémités est munie d'une canule qu'on introduit dans l'œil. Par ce procédé, on a trouvé que la pression moyenne de l'œil humain sain est égale à celle d'une colonne de mercure de 26 millimètres de hauteur. Dans les conditions pathologiques (dans le glaucome), la pression peut dépasser 70 millimètres (*Wahlfors*). Cependant, en raison du danger qu'il occasionne pour l'œil, ce procédé de mesurer la pression n'est pas pratique. C'est pourquoi on a inventé des tonomètres de diverses formes, qu'il suffit de placer et d'appuyer sur l'œil, pour mesurer la pression intraoculaire. Cependant, aucun de ces instruments n'a pu acquérir droit de cité dans la pratique.

Dans l'hypothèse admise plus haut que le bulbe représente une capsule remplie de liquide, on néglige le cristallin, ainsi que son ligament suspenseur, la zonule de Zinn. Ces deux organes forment ensemble un diaphragme qui partage l'intérieur de l'œil en deux sections, l'une, l'antérieure, la plus petite, et l'autre, la postérieure, la plus grande. Il est donc possible que la pression ne soit pas, comme on l'a admis plus haut, la même dans toute l'étendue de l'œil, mais que dans la chambre antérieure elle soit différente de celle du corps vitré, en admettant que le diaphragme supporte une partie de la pression. Dans les circonstances ordinaires, ce fait ne se produit certes pas, à cause de l'extensibilité de la zonule. En effet, celle-ci se déplace du côté où la pression est la plus légère, de façon que l'on peut, en général, considérer la pression comme étant la même dans toutes les parties de l'œil. Il surviendrait, il est vrai, une différence de pression, si la zonule était fortement tendue. Tel est le cas, par exemple, immédiatement après l'écoulement de l'humeur aqueuse, où le cristallin vient s'appliquer contre la cornée en tendant la zonule. Alors, la pression dans la chambre antérieure est nulle, tandis que le corps vitré conserve une pression d'une certaine hauteur. Cette différence de pression provoque une filtration plus active du liquide du corps vitré dans la chambre antérieure, ce qui contribue à remplir plus rapidement la chambre. Ce qui prouve que l'humeur aqueuse nouvelle n'est pas seulement le produit de la sécrétion du corps ciliaire, mais vient en partie du corps vitré, c'est que, après la mort, si l'on vide la chambre antérieure, elle se remplit de nouveau pendant un certain temps (*Deutschmann*). C'est ainsi que les échanges nutritifs du corps vitré sont activés par des ponctions répétées de la cornée. Ces ponctions sont donc utiles dans certaines maladies du corps vitré.

En ce qui concerne la nutrition du *cristallin*, on admet que les matériaux nutritifs, fournis par le corps ciliaire et la partie antérieure de la choroïde, y pénètrent au niveau de son équateur. Il est probable que la circulation des liquides s'opère dans l'intérieur du cristallin, par les fentes qui se trouvent entre les fibres des couches corticales antérieures et postérieures du cristallin (*Schlösser*), et qui, dans certaines conditions pathologiques, deviennent visibles dans le cristallin sous forme d'opacités étoilées. Il y a lieu de croire que la lymphe abandonne le cristallin par la capsule antérieure et se déverse dans la chambre antérieure.

En ce qui touche la *rétine*, diverses circonstances indiquent que, sous le rapport de sa nutrition, elle dépend, du moins en partie, de la choroïde, et spécialement des couches les plus internes de cette membrane, notamment de la chorio-capillaire. Celle-ci ne s'étend, en avant, que jusqu'au point où cesse la structure compliquée de la rétine, c'est-à-dire l'ora serrata. À l'endroit où la rétine est le plus active, au niveau de la macula lutea, le réseau capillaire de la choroïde est plus dense. Enfin, il y a beaucoup d'animaux chez lesquels la rétine ne possède pas de vaisseaux propres; il est donc évident que, dans ce cas, c'est bien la choroïde seule qui lui fournit ses matériaux nutritifs. — L'écoulement de la lymphe rétinienne s'opère par des gaines qui enveloppent les vaisseaux rétiniens.

III. — Participation de l'uvée a l'acte visuel

§ 63. L'*iris* représente un diaphragme, qui est interposé, comme dans beaucoup d'instruments d'optique, entre les milieux réfringents de l'œil. Il est chargé d'une double fonction : d'abord il empêche que la lumière, pénétrant en trop grande quantité dans l'œil, l'éblouisse et altère la rétine ; ensuite il arrête les rayons marginaux. Ces derniers sont les rayons qui, en passant par la périphérie de la cornée et du cristallin, seraient moins régulièrement réfractés et empêcheraient la formation d'une image nette sur la rétine. La couche pigmentaire qui se trouve à la face postérieure de l'iris empêche absolument la lumière de traverser cette membrane. L'avantage de l'iris, sur les diaphragmes artificiels des instruments d'optique, consiste en ce qu'il est susceptible de modifier sa grandeur suivant les circonstances. Dans ce but, l'iris contient des fibres constrictrices (sphincter de la pupille) et des fibres dilatatrices (la membrane limitante postérieure). En outre, les vaisseaux iridiens contribuent également aux mouvements pupillaires ; en effet, en se remplissant de sang, ils élargissent l'iris, rétrécissent par conséquent la pupille, et réciproquement.

La *contraction* de la pupille dépend de l'oculo-moteur commun, qui, par l'intermédiaire du ganglion et des nerfs ciliaires, innerve le sphincter pupillaire (ainsi que le muscle ciliaire). L'irritation de l'oculo-moteur contracte la pupille ; sa section ou sa paralysie la dilate.

La *dilatation* pupillaire est sous l'influence du grand sympathique qui reçoit du centre cilio-spinal de la moelle cervicale les fibres destinées à la pupille. L'irritation de ce centre ou du sympathique cervical produit la dilatation, sa paralysie provoque la contraction de la pupille.

La *réaction* de la pupille est involontaire et inconsciente. Elle est ou bien de nature réflexe, quand l'excitation passe des nerfs centripètes aux nerfs de l'iris, ou bien associée, quand les fibres pupillaires de l'oculomoteur commun entrent en action simultanément avec d'autres fibres du même nerf.

Le réflexe pupillaire entre en activité sous l'influence des excitations suivantes :

1° *Par la lumière.* — La pupille, en effet, se *contracte* sous l'influence

de la lumière ; dans l'obscurité elle se dilate. L'arc réflexe va, par le nerf
optique, jusque dans le noyau du nerf oculo-moteur, le long duquel il
revient à l'œil. La réaction lumineuse atteint toujours les deux yeux, c'est-
à-dire que, lorsque la lumière tombe dans un œil, la pupille de l'autre œil
se contracte en même temps (réaction synergique). La réaction est identique dans les deux yeux, c'est-à-dire qu'elle s'opère en même temps et
avec une égale intensité. — La réaction de la pupille sous l'influence de la
lumière est extraordinairement sensible. On profite de cette circonstance
pour établir objectivement si l'œil est ou non sensible à la lumière (par
exemple, chez les enfants, dans l'amaurose simulée, etc.).

2° *Par des excitations sensitives*. — Quelle que soit la partie du corps
atteinte, la réaction pupillaire se manifeste par une *dilatation*. Dans le sommeil profond ainsi que dans la narcose profonde, tout réflexe provoqué par
des irritations sensitives a disparu ; aussi la pupille est très étroite jusqu'au
moment où le réveil s'établit et où elle se dilate. — De violentes excitations
psychiques, telles que la peur, provoquent de même une dilatation pupillaire.

La réaction *associée* de la pupille se manifeste par une *contraction :*

1° Dans la *convergence*, — synergie avec les droits internes ;

2° Dans l'*accommodation*, — synergie avec le muscle ciliaire.

Dans les conditions physiologiques, toute accommodation étant accompagnée d'une convergence correspondante, et, par conséquent, d'une con-
t. ction des pupilles, il y a, en règle générale, synergie constante entre le
sphincter de la pupille, le muscle ciliaire et le droit interne. Ces muscles
sont tous innervés par l'oculo-moteur, et leur action associée repose sur
l'excitation simultanée des divers faisceaux nerveux qui les animent. Cette
simultanéité est facilitée par ce fait que les groupes de cellules ganglionnaires, d'où émanent ces trois faisceaux de fibres, sont situés, dans le cerveau, immédiatement les uns à côté des autres, dans la partie antérieure
du noyau de l'oculo-moteur (voir fig. 66 et § 122).

Puisque la pupille réagit sous l'influence d'agents si nombreux et si
variés, elle est constamment en mouvement ; mais son diamètre est toujours
le même aux deux yeux. L'inégalité des deux pupilles constitue toujours
un phénomène pathologique. La largeur moyenne de la pupille est différente d'un individu à l'autre et se modifie selon l'âge. Très étroite chez les
enfants nouveau-nés, la pupille s'élargit bientôt pour se rétrécir de nouveau dans l'âge viril et plus encore dans la vieillesse. Chez les vieillards,
la réaction de la pupille est plus lente par suite de la rigidité du tissu, et
surtout du sphincter irien.

§ 64. Réaction de la pupille sous l'influence des poisons. — Il existe
toute une série d'alcaloïdes qui provoquent soit la dilatation (mydriase),

soit la contraction (miosis [1].) de la pupille. D'après cela, on distingue ces substances en mydriatiques et en miotiques. Elles agissent toujours sur le muscle ciliaire de la même manière que sur le sphincter de l'iris. Le plus important des mydriaques, c'est l'atropine ; les plus importants des miotiques sont l'ésérine et la pilocarpine.

1° *L'atropine*. — Cette substance paralyse le sphincter et le muscle ciliaire ; elle dilate, par conséquent, la pupille, et empêche de voir nettement de près. La dilatation de la pupille est portée au maximum. En effet, lorsque, par suite de la paralysie de l'oculo-moteur, la pupille est dilatée, l'instillation d'atropine augmente encore la dilatation. Ce fait démontre que non seulement l'atropine a pour résultat de paralyser les fibres constrictrices, mais encore d'exciter les fibres dilatatrices. L'action de l'atropine commence de dix à quinze minutes après l'instillation et atteint bientôt son maximum. Dès le troisième jour, elle commence à diminuer, mais la disparition n'en est complète qu'au bout d'une semaine entière. L'instillation de l'atropine provoque donc des troubles visuels d'une durée assez longue ; aussi ne faut-il l'employer que pour des motifs plausibles.

Dans la pratique, on se sert le plus souvent d'une solution de sulfate d'atropine à 1 %. Lorsque l'on cherche à obtenir une action particulièrement intense, on introduit dans le cul-de-sac conjonctival un grain du sel d'atropine en substance. Les larmes le dissolvent et fournissent une solution concentrée. Dans ce cas, cependant, il faut faire attention de ne pas provoquer un empoisonnement général, ce que l'on n'observe ordinairement pas à l'occasion de l'instillation de la solution au centième. Les symptômes de l'empoisonnement se traduisent par un sentiment incommode de sécheresse à la gorge, par des nausées, de la rougeur de la face, plus tard par de la faiblesse et même de la perte de connaissance, ainsi que par l'accélération du pouls. Dans le cas d'un empoisonnement intense, la pupille de l'œil non atropinisé est également toujours dilatée. L'empoisonnement survient parce que l'atropine pénètre dans le nez avec les larmes et est absorbée pour la plus grande part par la muqueuse. On prévient donc — notamment après l'application de l'atropine en substance — l'apparition des symptômes toxiques en empêchant les larmes d'arriver dans le nez. Dans ce but, on écarte, pendant quelques minutes, la paupière inférieure du bulbe pour forcer les larmes de couler sur la joue, ou bien on comprime, pendant le même temps, le sac lacrymal au moyen du doigt. Dans les empoisonnements graves, on se sert, comme antidote, d'une injection sous-cutanée de morphine.

(1) De μείωσις, contraction ; de là, miosis et non myosis, comme on l'écrit le plus souvent (Hirschberg). — L'étymologie de μυδρίασις n'est pas claire. Ce mot était employé par les anciens pour désigner la dilatation pupillaire, ainsi que l'éblouissement qui en résulte si souvent.

Il ne serait pas exact de se représenter l'action de l'atropine comme se faisant par l'intermédiaire du torrent circulatoire, ainsi que cela arrive quand on l'administre à l'intérieur. S'il en était ainsi, la pupille des deux yeux se dilaterait toujours simultanément, tandis qu'en réalité la dilatation pupillaire ne s'observe que sur l'œil atropinisé. L'action de l'atropine est donc toute locale. Cette substance pénètre par diffusion, à travers la cornée, dans la chambre antérieure ; elle exerce donc son action directement sur l'iris. Une simple expérience suffit pour le démontrer. On instille de l'atropine dans un œil, et, aussitôt que la pupille se dilate, au moyen d'une ponction, on extrait l'humeur aqueuse. Si l'on instille celle-ci dans un autre œil, elle y provoque une dilatation pupillaire, signe qu'elle contient de l'atropine. C'est de la même manière qu'il faut expliquer l'action sur l'iris des autres mydriatiques et des miotiques.

2° *L'ésérine* (aussi nommée physostigmine). — L'action de cette substance est directement opposée à celle de l'atropine. Elle met le sphincter de l'iris et le muscle ciliaire dans un état de contraction permanente. Il survient, par conséquent, un miosis, tel que la pupille n'a plus que la largeur d'une tête d'épingle, et une adaptation de l'œil pour le punctum proximum, comme s'il existait une myopie d'un degré élevé. On se sert habituellement d'une solution de sulfate d'ésérine à 1 $^0/_0$. Fraîchement préparée, la solution de sulfate d'ésérine est incolore, mais après quelques jours elle devient rouge, sans néanmoins perdre de son activité. L'instillation d'ésérine dans l'œil provoque, outre les modifications du côté de l'iris, un sentiment intense de tension dans l'œil, souvent aussi de la céphalalgie et même des nausées, au point que chez beaucoup de personnes il faut renoncer à son emploi. Pour ce motif, on prescrit plutôt le chlorhydrate de *pilocarpine*, en solution à 1 ou 2 $^0/_0$, comme miotique pour l'usage habituel. Cette solution se conserve mieux que l'ésérine ; elle n'est pas aussi active, il est vrai, mais, d'un autre côté, elle n'est accompagnée d'aucun phénomène désagréable. On se sert de l'ésérine dans les cas où la pilocarpine est impuissante.

L'action des miotiques est de plus courte durée que celle des mydriatiques ; elle est aussi moins puissante. C'est ainsi qu'il est possible de dilater par l'atropine une pupille contractée sous l'influence de l'ésérine ou de la pilocarpine ; mais on ne peut pas obtenir le contraire, c'est-à-dire la contraction d'une pupille dilatée par l'atropine.

3° *La cocaïne*. — Cette substance dilate la pupille ; c'est pourquoi nous la mentionnons ici, bien qu'à la rigueur elle n'appartienne pas à la classe des mydriatiques. En effet, la dilatation de la pupille, sous l'influence de la cocaïne, se produit par suite de la contraction des vaisseaux sanguins de l'iris, et non pas, comme pour les mydriatiques, par l'action de l'alcaloïde soit sur les fibres constrictrices, soit sur les fibres dilatatrices de l'iris. La dilatation pupillaire est donc faible, et la réaction de la pupille sous l'action de la lumière persiste. La cocaïne n'empêche pas non plus les mydriatiques ni les miotiques de produire leur effet habituel. Quand dans un œil, dont la pupille est dilatée par l'atropine, on instille de la cocaïne, la dilatation augmente encore un peu, par suite de l'anémie de l'iris. La dilatation produite par l'action combinée de l'atropine et de la cocaïne est donc la plus forte que l'on puisse obtenir. La cocaïne ne paralyse pas l'accommodation; son action se borne à l'affaiblir légèrement.

Outre l'action qu'elle exerce sur l'iris, la cocaïne possède encore les propriétés suivantes : la conjonctive devient très pâle, ce qui donne au patient une sensation de froid dans l'œil. La fente palpébrale devient plus large, et le clignotement plus rare; aussi la cornée peut se dessécher superficiellement. Quelquefois, l'œil est un peu saillant et la pression intraoculaire quelque peu diminuée. Mais le phénomène pratique le plus important que la cocaïne produise, c'est l'anesthésie des tissus superficiels de l'œil (cornée, conjonctive).

Les propriétés de la cocaïne s'expliquent le mieux en admettant qu'elle exerce une action excitante sur les fibres du grand sympathique. De cette excitation résultent la contraction des vaisseaux, et de là la pâleur de la conjonctive, ainsi que la rétraction de l'iris. La contraction des muscles palpébraux supérieur et inférieur (voir § 106), également innervés par le grand sympathique, explique l'élargissement de la fente palpébrale. L'insensibilité des tissus superficiels du globe oculaire est-elle due à leur anémie? C'est ce qui n'est pas encore établi d'une manière certaine. Quant au clignotement réflexe, il se suspend à cause de l'anesthésie.

La cocaïne a été introduite en ophtalmologie par *Koller*. Elle s'emploie sous forme de chlorhydrate de cocaïne en solution de $2 - 5\,^0/_0$. On s'en sert surtout comme anesthésique dans les opérations (voir § 151). En outre, on l'emploie comme analgésique dans les inflammations superficielles, particulièrement de la cornée; enfin on la prescrit contre la photophobie et le blépharospasme. On peut encore s'en servir dans le but d'obtenir la dilatation de la pupille pour l'examen ophtalmoscopique.

A côté des forces physiologiques (fibres musculaires et élastiques) qui président au fonctionnement de la pupille, il faut quelquefois prendre en considération des éléments purement mécaniques. C'est le cas, par exemple, pour la contraction pupillaire, qui survient régulièrement au moment où la chambre antérieure se vide. Cette contraction est d'une certaine importance pratique dans un grand nombre d'opérations. C'est ainsi que, dans la discision de la cataracte par kératonyxis, on s'attache à empêcher l'écoulement de l'humeur aqueuse, car la contraction pupillaire qui en résulte expose davantage l'iris à la pression que le gonflement du cristallin exerce sur lui. La preuve que cette contraction est de nature purement mécanique, c'est qu'elle survient également sur le cadavre, quand on extrait l'humeur aqueuse.

La *dilatation* de la pupille se fait remarquer subjectivement par la sensation de l'éblouissement. Quelquefois encore, le patient croit que les objets extérieurs sont plus petits (micropsie). C'est là pourtant un phénomène qui ne dépend pas de la dilatation pupillaire, mais de l'état de paralysie concomitante du muscle accommodateur. C'est pourquoi on l'observe aussi dans le cas où cette dernière seule existe (voir, pour l'explication du fait, § 150, de la paralysie de l'accommodation). — Réciproquement, dans l'état de *contraction* pupillaire, les objets paraissent quelquefois agrandis (macropsie). Ce phénomène a lieu quand il existe en même temps du spasme de l'accommodation. De plus, dans ce cas, on se plaint quelquefois de l'obscurcissement de la vue, ce qui tient à ce que le faisceau lumineux, pénétrant dans l'œil, est rétréci par suite de la contraction de la pupille. Quand il y a miosis très prononcé, soit après l'application des miotiques, soit spontanément, par exemple dans le tabès dorsal, la pupille est souvent irrégulière, légèrement anguleuse, sans qu'il existe d'ailleurs de synéchies.

La *réaction* de la pupille à la *lumière* est un signe très précieux pour diagnostiquer si la rétine a conservé ses propriétés sensorielles. En effet, d'abord, cette réaction est extraordinairement sensible ; ensuite, elle nous permet de savoir, indépendamment des assertions du patient, si l'œil perçoit la lumière. L'utilité en augmente encore par le fait que la sensibilité à la lumière de l'un des yeux se remarque aux pupilles des deux yeux — par réaction synergique. Comment cela se produit-il ? Après avoir quitté la rétine, les fibres nerveuses de chaque œil (par exemple de l'œil droit, *R*, fig. 66) passent dans le chiasma, d'où une partie se rend à la bandelette optique droite et une autre partie à la bandelette optique gauche (fig. 66, *T* et *T₁*). De là, l'excitation passe directement dans le noyau des deux nerfs oculo-moteurs, tant droit que gauche (*K* et *K₁*). Alors, les deux noyaux, chacun de son côté, provoquent la contraction de la pupille. Il s'ensuit que la contraction synergique est une contraction tout aussi directe que celle de l'œil éclairé lui-même. Les noyaux de l'oculo-moteur des deux côtés sont d'ailleurs reliés entre eux, ce qui en favorise encore l'action simultanée. Il suit de là que, à l'état normal, il faut que les deux pupilles soient toujours également larges, alors même qu'un œil seulement est exposé à la lumière, ou que la sensibilité à la lumière est différente pour les deux yeux. La largeur inégale (anisocorie) de la pupille trahit toujours un état pathologique. Pour les motifs que nous venons d'indiquer, cet état ne peut jamais dépendre des fibres centripètes (fibres du nerf optique), mais résulte toujours d'un trouble des voies centrifuges (l'oculo-moteur et ses centres).

Dans l'examen du sens lumineux au moyen de la réaction pupillaire, on ne doit pas perdre de vue qu'il existe des cas où la réaction pupillaire manque dans un œil sensible à la lumière, et qu'au contraire on rencontre des cas où, malgré la présence d'une réaction pupillaire parfaite, la rétine est insensible à la lumière.

a) Très souvent, la réaction pupillaire, sous l'influence de la lumière, fait défaut,

bien que la perception lumineuse soit intacte. D'abord, l'iris peut être paralysé,
soit artificiellement après l'emploi des mydriatiques, soit par une affection telle

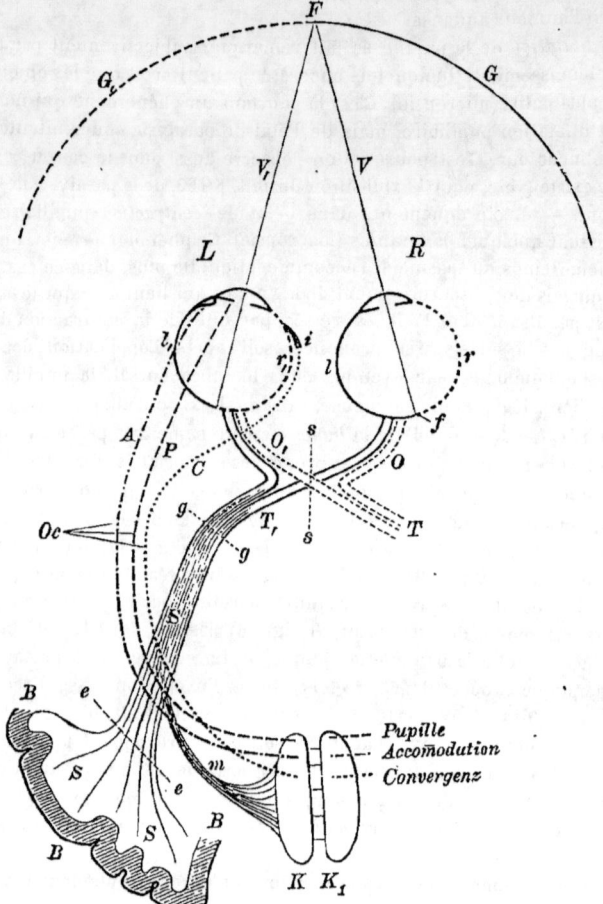

FIG. 66. — *Schéma du parcours des fibres optiques.* — Le champ visuel commun aux deux yeux se compose
d'une moitié droite *G* et d'une moitié gauche *G₁*. La première répond à la moitié gauche *l* et *l₁* des rétines,
la seconde à la moitié droite *r* et *r₁*. La limite des deux moitiés de la rétine est fournie par le méridien vertical. Celui-ci passe par la fossette centrale *f*, à laquelle aboutissent les lignes de vision tirées du point fixé *F*.
Les fibres du nerf optique, émanant de la moitié droite, finement ponctuée, des deux rétines *r* et *r₁*, se
réunissent dans la bandelette optique droite *T*; celles qui viennent de la moitié gauche *l* et *l₁* se rendent
dans la bandelette gauche *T₁*. Les faisceaux de chaque bandelette se rendent pour la plupart dans l'écorce
du lobe occipital *B*, en formant les radiations optiques de Gratiolet *S*; une petite partie *m* s'en détache
cependant pour se diriger vers le noyau de l'oculo-moteur *K*. Celui-ci est constitué par une rangée de
petits noyaux. Le premier de ceux-ci envoie des fibres *P* à la pupille (sphincter de l'iris), le suivant les
fibres *A* au muscle accommodateur, le troisième les fibres *C* au muscle de la convergence (droit interne *i*).
Ces trois sortes de fibres atteignent l'œil, logées dans le tronc de l'oculo-moteur commun. — Une interruption du parcours des fibres optiques en *gg* ou en *ee* entraîne la production d'une hémiopie droite; dans le
premier cas, le réflexe lumineux de la pupille fera défaut quand on éclairera la moitié gauche des deux rétines.
Une section du chiasma en *ss* produit une hémiopie temporale. Une solution de continuité en *m* supprime le
réflexe lumineux de la pupille, mais laisse intactes l'acuité visuelle ainsi que la contraction associée de la
pupille dans la convergence et l'accommodation.

que la paralysie de l'oculo-moteur ou des nerfs de l'iris sous l'influence d'une hypertonie ou d'une inflammation. Il faut y ajouter les cas où l'iris est mécaniquement gêné dans ses mouvements par des adhérences à la cristalloïde ou à la cornée. Cependant, dans tous les cas, la réaction synergique pour l'autre œil persiste toujours, pourvu qu'il ne soit pas malade lui-même. Dans ces circonstances, pour faire l'examen de la sensibilité lumineuse, on place l'œil à examiner alternativement dans la lumière et dans l'obscurité, tandis que l'on observe les mouvements pupillaires de l'autre œil. — La perte de la réaction pupillaire peut aussi provenir d'une interruption de l'arc réflexe. Cela arrive dans les affections de la moelle épinière, surtout dans le tabès dorsal ainsi que dans la paralysie progressive. Dans ces cas, l'on trouve la pupille ou bien complètement immobile, ou bien réagissant parfaitement pendant l'accommodation et la convergence, tandis qu'elle ne bouge pas sous l'influence de la lumière (symptôme d'*Argyll Robertson*). Dans le dernier cas, l'arc réflexe, qui, du nerf optique, va à l'oculo-moteur, est interrompu (voir fig. 66, quelque part entre S et K, par exemple en *m*), tandis que les communications entre les centres de la pupille, de l'accommodation et de la convergence qui, dans le noyau de l'oculo-moteur, sont situés les uns à côté des autres, sont restées intactes.

L'immobilité réflexe de la pupille dans le tabès dorsal et la paralysie progressive sont le plus souvent accompagnées d'un fort rétrécissement, ce que l'on appelle miosis spinal. Toutefois, dans ce cas, la pupille peut quelquefois rester normale ou devenir même plus large.

b) Il arrive aussi que la réaction pupillaire à la lumière existe en l'absence de perception lumineuse. Ce fait s'observe quand la lésion siège très haut dans le trajet des fibres optiques. Les fibres optiques montent dans l'hémisphère du cerveau, pour se terminer dans les couches corticales des lobes postérieurs (fig. 66, *B*). Les fibres de l'arc réflexe, se rendant au centre qui préside aux mouvements de la pupille (*m*), se détachent plus tôt du reste des fibres optiques. Lorsque celles-ci sont interrompues au-delà du point où les fibres pupillo-motrices s'en séparent (par exemple en *ce*), l'excitation des fibres optiques n'arrive plus aux couches corticales et, par conséquent, elle n'est plus perçue, tandis que le réflexe pupillaire s'exécute normalement. La même chose arriverait si, sous le coup d'une lésion, l'écorce cérébrale avait perdu ses propriétés fonctionnelles. Seulement la lésion des fibres optiques devrait être double, sans quoi il existerait, non de la cécité, mais de l'hémiopie (voir § 100). Ainsi s'explique que les cas où, sans lésions anatomiques appréciables, la réaction pupillaire, sous l'influence de la lumière, est bien conservée et où, néanmoins, il existe de la cécité, sont très rares. Aussi, lorsque ce cas se présente, il faut toujours songer à la simulation, et faire des recherches dans ce sens.

En général, la pupille se dilate sous l'influence des excitations sensitives. Il n'y a d'exception que lorsque l'action irritative agit directement sur l'œil avec beaucoup de violence. Dans ce cas, la pupille se contracte par suite de l'hyperémie de l'iris provoquée par l'irritation (voir § 66).

L'*atropine* est un mydriatique tellement actif que des quantités, si minimes qu'elles soient — la millionnième partie d'un gramme — suffisent pour dilater la pupille. Lorsqu'en instillant de l'atropine à une personne, on s'en humecte le doigt par inadvertance, et qu'on s'en touche l'œil, cela suffit quelquefois pour y provoquer la dilatation pupillaire. A la suite de l'usage interne de l'atropine, ou des médicaments qui en contiennent, on voit aussi survenir de la mydriase. Très souvent, il arrive que des patients, après avoir pris de la belladone à l'intérieur, se plaignent d'éblouissement et d'incapacité de travailler de près. Alors on trouve une dilatation pupillaire modérée, et une diminution de l'accommodation.

Chez certaines personnes, il existe de l'*intolérance* pour l'atropine. Elle se trahit de diverses manières : *a)* par l'apparition de symptômes toxiques, tels que de la sécheresse à la gorge ou des nausées, même après l'administration de faibles doses. Cela arrive surtout après l'usage prolongé de l'atropine ; *b)* par le développement d'un catarrhe, le catarrhe atropinique, qui se distingue habituellement par la formation d'abondants follicules. Mais, ici encore, ceux-ci ne s'observent qu'après un usage longtemps prolongé ; *c)* chez beaucoup de personnes, il suffit déjà de l'instillation d'une seule goutte d'atropine pour provoquer une forte injection et de la tuméfaction des paupières ressemblant à un érysipèle. — Dans ce cas et d'autres semblables, il ne reste qu'à renoncer à l'atropine, ou à la remplacer par un autre mydriatique. Parmi ceux que l'on peut employer citons : l'homatropine, la duboisine (qui, d'après Ladenburg, est chimiquement identique à l'hyosciamine et à la daturine) l'hyoscine, la scopolamine, l'éphédrine, la pseudoéphédrine et la gelsémine. Celui de ces mydriatiques qui est le plus actif, c'est l'hyoscine, elle est même plus active que l'atropine ; mais, comme elle produit plus rapidement encore que l'atropine des phénomènes d'intoxication, on l'emploie rarement. Les plus employés d'entre eux sont au nombre de trois, d'une part la duboisine et la scopolamine, de l'autre l'homatropine. Le sulfate de duboisine et le bromure de scopolamine agissent de la même manière que l'atropine, et l'on s'en sert quand celle-ci n'est pas tolérée. L'action du bromure d'homatropine est moins sensible et surtout moins persistante que celle de l'atropine ; en effet, elle ne dure pas au-delà de cinq heures environ. C'est donc un moyen précieux, quand, pour examiner l'œil, on a besoin d'une dilatation passagère de la pupille.

Parmi les miotiques, la *pilocarpine* jouit de nombreuses applications, et cela de deux façons tout à fait différentes : d'abord localement, sous forme d'instillations dans l'œil, ensuite à l'intérieur sous forme d'injections sous-cutanées. On l'emploie souvent en instillations, pour provoquer la contraction de la pupille spécialement, mais dans le but de diminuer la pression intraoculaire dans le glaucome. Administrée en injections hypodermiques, la pilocarpine fait naître une abondante transpiration et une forte salivation. C'est ainsi qu'elle a une influence très favorable sur la résorption des épanchements pathologiques. On s'en sert donc sous cette forme : 1° dans les inflammations aiguës violentes, notamment dans l'iridocyclite et la névrite rétrobulbaire ; 2° pour éclaircir des opacités récentes du corps vitré ; 3° dans les décollements rétiniens. La pilocarpine est contre-indiquée dans la grossesse et les maladies du cœur. — Les mydriatiques, aussi bien que les miotiques, peuvent être appliqués sous forme de pommades au lieu de solutions. On a également préparé de petites tablettes de gélatine, qui contiennent une quantité donnée d'alcaloïde, et qui, introduites dans le cul-de-sac conjonctival, s'y dissolvent et peuvent alors agir.

Quelle est l'influence qu'exercent les mydriatiques et les miotiques sur la *pression intraoculaire?* Jusqu'ici l'on n'est pas encore arrivé à des résultats concordants. Cependant les expériences ont établi que, dans l'œil sain, les alcaloïdes ne produisent que des modifications absolument insignifiantes. Il en est autrement quand il y a hypertonie, ou simplement tendance à l'hypertonie. Dans ce cas, l'atropine augmente la tension d'une manière très sensible; l'ésérine et la pilocarpine la diminuent notablement.

La fonction du *corps ciliaire* est double en tant qu'il est formé des procès ciliaires et du muscle ciliaire. Les procès ciliaires, à cause de leurs nombreux vaisseaux, fournissent les matériaux nutritifs aux organes voisins, tels que le cristallin et le corps vitré; en outre, ils sécrètent l'humeur aqueuse. En ce qui regarde cette sécrétion, il faut admettre que les deux couches cellulaires de la rétine (la couche pigmentée et celle non pigmentée), qui tapissent la surface du corps ciliaire, jouent le rôle d'un épithélium glandulaire. *Treacher Collins* a attiré l'attention sur les nombreux culs-de-sac, semblables à des glandes que forme l'épithélium pigmenté dans la portion lisse du corps ciliaire, et auxquels il attribue principalement la sécrétion de l'humeur aqueuse. — Le muscle ciliaire préside à l'accommodation (voir § 139). Il agit synergiquement avec le sphincter de la pupille et, comme ce dernier, il est paralysé par les mydriatiques, et mis en état de contraction spasmodique par les miotiques.

Quant à la *choroïde*, elle constitue principalement un organe de nutrition pour la rétine, le corps vitré et le cristallin. D'une manière plus directe encore, la choroïde prend part à l'acte visuel en produisant l'érythropsine. Elle y participe encore, parce que son pigment ainsi que celui de l'épithélium pigmenté composent le revêtement noir de l'intérieur de l'œil.

IV. — DÉVELOPPEMENT DE L'ŒIL

§ 65. L'œil naît d'un prolongement qui se développe de chaque côté sur la vésicule cérébrale primitive. Ce prolongement, que l'on appelle *vésicule optique primitive* (fig. 67, *a*), reste en communication avec la vésicule cérébrale, par un pédicule d'abord épais, puis plus mince, destiné à devenir le nerf optique (fig. 68 et 69, *o*). La surface en est couverte par l'ectoderme (*EE*) qui est épaissi (fig. 68, *L*) au niveau du sommet de la vésicule oculaire. C'est la première ébauche du cristallin. A cet endroit l'ectoderme se développe plus rapidement, s'infléchit et forme un diverticule tourné vers la vésicule optique (fig. 68, L). Ce prolongement s'étrangle plus tard à sa partie antérieure et se transforme ainsi en vésicule close, — c'est la vésicule cristallinienne (fig. 70, B, L). D'après cela, le cristallin provient du feuillet externe du blastoderme, qui est un tissu de nature épithéliale et constitue au début une simple vésicule creuse qui, se comblant par la multiplication de ses cellules, devient plus tard une sphère solide. — A mesure qu'à l'endroit du cristallin l'ectoderme s'infléchit pour aller à la rencontre de la vésicule oculaire, celle-ci se déprime à sa surface.

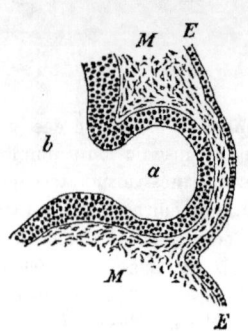

Fig. 67. — *Coupe à travers l'ébauche de l'œil, correspondant à un embryon humain d'environ 21 jours.* Gross. 100/1. — La vésicule optique primitive *a* est un diverticule de la première vésicule cérébrale *b*, dont elle est séparée par un étranglement peu prononcé. Elle est entourée des cellules du mésoderme *M*, qui est revêtu par l'ectoderme *E*, consistant pour la plus grande partie en une simple couche de cellules.

C'est ainsi que la vésicule, de sphérique qu'elle était, devient caliciforme, avec une double paroi (fig. 69). C'est la *vésicule optique secondaire*, qui n'est, par conséquent, autre chose que la vésicule optique primitive qui s'est invaginée et qui, de cette manière, a gagné une double paroi. La vésicule oculaire forme plus tard la rétine ; celle-ci doit donc être regardée comme une partie du cerveau séparée par étranglement. De bonne heure déjà, le feuillet interne de la vésicule optique secondaire se différencie complètement du feuillet externe. Le feuillet externe se réduit à une seule couche de cellules, se pigmente et devient plus tard l'épithélium pigmentaire, qui est à juste titre considéré comme appartenant à la rétine. Le feuillet interne (fig. 69) ne tarde pas à l'emporter notablement en épaisseur sur le feuillet externe, surtout dans l'hémisphère postérieur de l'œil, où les cellules prennent une disposition rayonnante et deviennent la rétine proprement dite (fig. 71). Le rebord antérieur de la vésicule optique, au niveau duquel les deux feuillets se réfléchissent l'un dans l'autre, correspond, dans l'œil tout à fait développé, au liseré noir du bord pupillaire.

Au stade où la vésicule oculaire se déprime, sous la pression du cristallin, celui-ci en remplit complètement le creux, car il n'existe pas encore de corps vitré. D'après son origine, ce dernier est formé de tissu conjonctif et provient du mésoderme qui enveloppe extérieurement la vésicule optique (fig. 70, B, M). Le tissu mésodermique pénètre seulement plus tard dans l'œil par une ouverture qu'on appelle *fente oculaire fœtale.* Déjà, à l'époque où la vésicule optique s'est déprimée en forme de calice, on voit qu'en bas sa paroi manque complètement à un certain endroit (fig. 70, B). A cet endroit, il existe une solution de continuité en forme de fente, qui se prolonge en sillon en arrière sur le pédicule de la vésicule optique, c'est-à-dire le nerf optique (fig. 70, *A*). C'est par cette fente que le tissu du mésoderme pénètre peu à peu dans l'intérieur de l'œil, s'insinue dans la rétine et le cristallin, sépare ces deux organes l'un de l'autre et se transforme lui-même en corps vitré. Plus tard, les bords de la fente se réunissent de nouveau, et l'œil redevient une vésicule close. Le corps vitré perd aussi ses

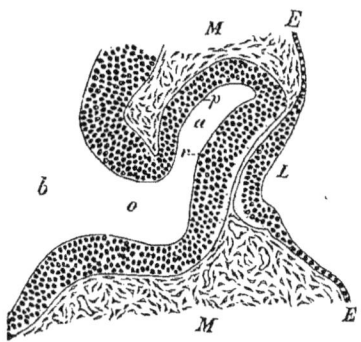

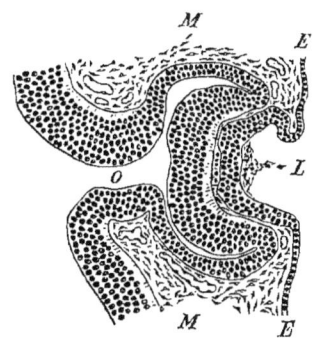

Fig. 68. — *Coupe à travers l'ébauche de l'œil, correspondant à un embryon humain de 22 à 23 jours.* Gross. 100/1. — La coupe, verticale, tombe dans la fente oculaire fœtale L'ectoderme *E*, à l'endroit de l'ébauche du cristallin *L*, est légèrement déprimé et de plus épaissi, parce qu'ici il est constitué par plusieurs couches cellulaires. La vésicule oculaire *a* montre, à ce niveau, une dépression de son fond et est ainsi transformée en une coupe, dont la paroi interne *r* devient plus tard la rétine, et la paroi externe *p*, l'épithélium pigmenté. L'ébauche du nerf optique *o* met l'intérieur de la vésicule oculaire en communication avec la première vésicule cérébrale *b*. Au côté inférieur, manque le bord saillant de la coupe oculaire, parce qu'ici se trouve la place de la fente oculaire fœtale. *M* mésoderme ; dans celui-ci, on voit au bout inférieur de l'ébauche du cristallin une coupe d'un vaisseau capillaire.

Fig. 69. — *Coupe à travers l'ébauche de l'œil, correspondant à un embryon humain de 24 à 25 jours.* Gross. 100/1. — La coupe, représentée ici, ne rencontre pas la fente oculaire fœtale ; c'est pourquoi la vésicule oculaire secondaire a l'aspect d'une cupule complète, d'autant plus que l'invagination de l'ectoderme *E*, répondant à l'ébauche du cristallin *L*, est déjà plus avancée que dans la figure 68. Au fond de la fossette du cristallin se trouvent des détritus cellulaires. Entre elle et la paroi interne de la cupule oculaire, on voit, en même temps que quelques cellules provenant du mésoderme *M*, un réseau capillaire avec des corpuscules sanguins ; en d'autres endroits du mésoderme, on rencontre également la coupe de capillaires. *o* nerf optique.

attaches avec les parties du mésoderme demeurées au dehors qui fournissent les éléments de l'uvée et de la sclérotique. Quant à la gouttière du nerf optique, gouttière qui représente la continuation en arrière de la fente oculaire, elle se remplit également de tissu mésodermique. Lorsque, plus tard, les bords de la gouttière viennent à se réunir, comme cela a lieu pour la fente du bulbe même, le tissu mésodermique reste inclus dans l'axe du nerf optique et n'est plus en communication en avant qu'avec le corps vitré, son prolongement. Le tissu renfermé dans le nerf optique se transforme plus tard en vaisseaux centraux du nerf optique (fig. 71, *C*), avec leur enveloppe de tissu conjonctif ; ceux-ci se prolongent en avant, constituant dans le corps vitré les vaisseaux nourriciers de cet organe. Voici comment se comportent les *vaisseaux* dans un œil embryonnaire. L'artère centrale

du nerf optique continue son trajet à travers le corps vitré jusqu'au pôle
postérieur du cristallin, en constituant l'artère centrale du corps vitré ou
artère hyaloïde (fig. 71). A son entrée dans l'œil, l'artère centrale donne en
outre des branches latérales, qui forment un réseau artériel dans les parties
périphériques du corps vitré (vaisseaux propres du corps vitré; dans l'œil
représenté par la figure 71, ils n'existent pas encore), et s'étendent en
avant jusqu'au bord du cristallin. L'artère hyaloïde, arrivée au pôle postérieur du cristallin, se divise en branches qui embrassent la face posté-

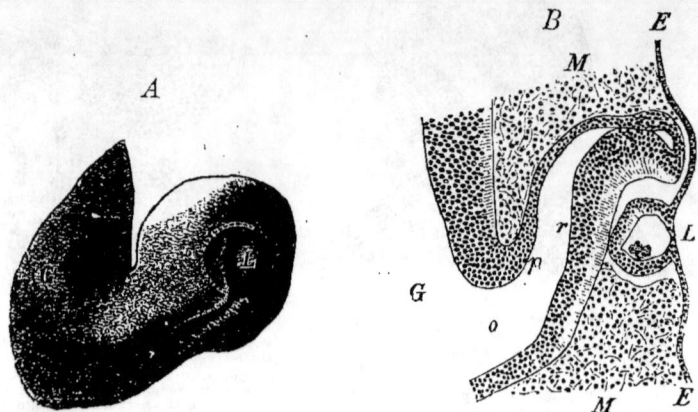

Fig. 70. — *Vésicule optique secondaire avec fente oculaire* (œil gauche) d'un fœtus humain de 27 jours.
Gross. 88/1.
A. Vésicule oculaire vue de face et un peu d'en bas. La figure est dessinée d'après un modèle fait sur ses
préparations par M. le Prof. Hochstetter, selon sa méthode. Le modèle représente le cerveau primitif
avec ses prolongements, privé de l'ectoderme et du mésoderme. L'œil se détache de la vésicule cérébrale C,
par l'intermédiaire d'un pédicule épais et creux. A son extrémité distale, il porte un enfoncement L, répondant à la dépression de la vésicule optique produite par la vésicule cristallinienne. La limite de cette dernière est représentée par une ligne courbe ponctuée. Au bord inférieur de l'enfoncement, part la fente oculaire fœtale, d'abord très mince, plus large plus tard, qui s'étend jusqu'à la partie inférieure du pédicule de
la vésicule optique.
B. Des coupes qui ont servi à faire le dessin A, on en a représenté ici une, qui passe précisément par la
fente oculaire fœtale. Ici donc, comme dans la figure 68, manque la paroi inférieure de la cupule oculaire.
L'invagination de l'épiderme E en est arrivée à se transformer en une vésicule fermée L (vésicule cristallinienne) qui n'est cependant pas encore tout à fait isolée de l'ectoderme. Le feuillet interne r de la cupule
oculaire est beaucoup plus épais que le feuillet externe p et montre déjà une tendance à la disposition radiée
de ses noyaux. o nerf optique. G première vésicule cérébrale. Le mésoderme M, en haut, remplit l'espace
compris entre la vésicule cérébrale, la vésicule optique et l'ectoderme; en bas, au contraire, il s'avance dans
toute l'étendue de la fente oculaire fœtale, à l'intérieur de la cupule oculaire, jusqu'à la vésicule du cristallin.

rieure du cristallin, et s'étendent en avant jusqu'à son bord, où elles
s'abouchent avec les extrémités antérieures des vaisseaux propres du corps
vitré pour constituer, au bord du cristallin, un réseau particulièrement
dense. En avant de l'équateur du cristallin, ce réseau vasculaire reçoit des
branches qui émanent de cette partie du mésoderme, destinée à former plus
tard l'uvée, et contournent le bord antérieur de la cupule oculaire. Ces
vaisseaux contribuent à tapisser également la cristalloïde antérieure d'un
réseau vasculaire. Parmi les vaisseaux provenant de l'uvée, il se trouve à
côté des artères, également des veines, qui servent au retour du sang, car

tous les autres vaisseaux qui se rendent au cristallin sont des artères. Le cristallin, dans l'œil fœtal, est donc entouré d'une membrane vasculaire, la tunique vasculaire du cristallin qui, dans l'étendue de la pupille, porte le nom de membrane pupillaire (fig. 72, *P*), et pour le reste est appelée membrane capsulaire (fig. 72, *C*). Les vaisseaux rétiniens proviennent de

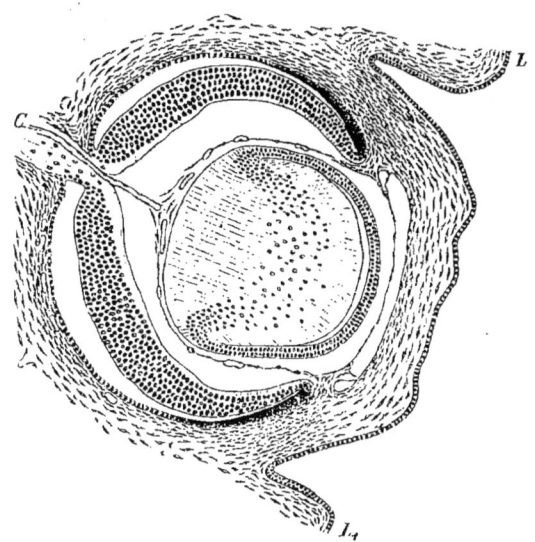

Fig. 71. — *Coupe à travers l'œil, correspondant à un embryon humain de 2 1/2 mois.* Gross. 73/1. — L'enveloppe de la vésicule oculaire est fournie par le mésoderme et est formée, dans le segment antérieur, par la cornée, très riche en noyaux, et dont les limites avec le segment postérieur sont marquées par une accumulation de noyaux, particulièrement dense. Dans le segment postérieur, il n'existe pas encore de différenciation entre la sclérotique et l'uvée; cette dernière provient des couches internes qui se distinguent par leur plus grande richesse en noyaux, laquelle se remarque également dans les couches postérieures uvéales de la cornée. En un point, correspondant au pourtour antérieur de la vésicule oculaire, le mésoderme pousse à l'intérieur de l'œil un prolongement, à l'extrémité libre duquel prennent naissance deux membranes minces, vascularisées, entourant le cristallin, comme une cristalloïde vasculaire. Dans celle de ces membranes qui est en arrière pénètre, au niveau du pôle postérieur du cristallin, l'artère hyaloïde qui émane de l'artère centrale du nerf optique. Des deux feuillets de la vésicule oculaire secondaire, l'externe (l'épithélium pigmenté) se réduit, dans le segment postérieur, à une couche unique de cellules, tandis que, dans le segment antérieur, il est encore constitué par plusieurs couches de cellules, qui sont déjà reçu du pigment. Le feuillet interne (rétine) consiste en de nombreuses couches cellulaires, dont les noyaux sont déjà en partie rangés radiairement. Tout à fait contre le nerf optique, on voit les deux feuillets se continuer l'un dans l'autre. Quant au point de réflexion antérieur de ces feuillets, il répond au futur bord pupillaire de l'iris. Le cristallin a une forme à peu près sphérique ; son diamètre antéro-postérieur est un peu plus grand que son diamètre équatorial. A la face antérieure du cristallin se voit l'épithélium, encore formé de plusieurs couches cellulaires ; il ne s'en est pas encore séparé une cristalloïde distincte. Dans la région du futur équateur du cristallin, les cellules épithéliales s'allongent pour devenir des fibres cristalliniennes, qui sont encore partout pourvues de noyaux et affectent une direction antéro-postérieure. La surface postérieure du cristallin, dépourvue d'épithélium, est recouverte d'une capsule extraordinairement mince. L'espace vitréen est très restreint. *L* et *L'* représentent les paupières qui commencent à pousser.

vaisseaux qui, partant de l'entrée du nerf optique, s'étendent sur la face interne de la rétine, tandis que ceux qui occupaient le corps vitré disparaissent. La tunique vasculaire du cristallin, à son tour, disparaît dans les deux derniers mois avant la naissance. Cependant on trouve encore très souvent chez les nouveau-nés quelques restes de la membrane pupillaire.

Le mésoderme, qui entoure la vésicule oculaire, donne naissance, aux dépens de ses couches externes, à la cornée et à la sclérotique, aux dépens de ses couches internes, à l'uvée. La partie antérieure de celle-ci, le corps ciliaire et l'iris, proviennent de la couche de mésoderme qui recouvre le bord intérieur aminci de la vésicule oculaire (fig. 72). Celle-ci même fournit le revêtement interne de ces deux organes. Sur le corps ciliaire, il n'y a que le feuillet externe de la vésicule oculaire qui soit pigmenté, tandis que la couche cellulaire non pigmentée, à laquelle est réduit le feuillet interne, devient la *pars ciliaris retinæ*. Plus en avant, à l'endroit qui correspond à la face postérieure de l'ébauche de l'iris (d'origine mésodermique), les deux feuillets de la vésicule oculaire sont pigmentés et se continuent l'un dans l'autre au niveau du bord pupillaire de l'iris. A eux deux, ils constituent la couche de pigment rétinien de l'iris (voir p. 275).

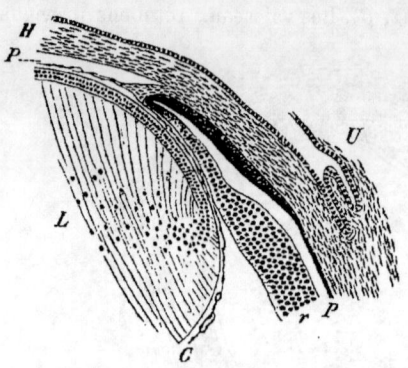

Fig. 72. — *Segment antérieur de l'œil, correspondant à un embryon humain de la fin du troisième mois.* Gross. 80/1. — L'épithélium cornéen *H* se continue sur la conjonctive en tapissant le cul-de-sac *U*. Derrière la cornée, on voit le bord antérieur de la vésicule oculaire, dont les deux feuillets se continuent l'un dans l'autre ici, au point correspondant au bord pupillaire. Le feuillet externe *p* est partout pigmenté, le feuillet interne ne l'est que dans sa portion antérieure, où il deviendra plus tard le feuillet postérieur de la couche de pigment rétinien de l'iris. Plus en arrière, où le feuillet interne perd sa pigmentation, il deviendra la rangée cellulaire constituant la portion ciliaire de la rétine qui recouvre le corps ciliaire. Un peu plus en arrière encore, un brusque épaississement du feuillet interne indique le commencement de la rétine proprement dite *r*, correspondant à l'ora serrata future. Aussi loin que les deux feuillets de la vésicule oculaire sont destinés à revêtir le corps ciliaire, ils sont accolés au mésoderme. Plus en avant, au point correspondant à l'ébauche de l'iris, ils sont séparés de la cornée à laquelle ils empruntent une couche de tissu mésodermique destinée à les revêtir ; cette couche deviendra le stroma irien. Du bord libre de ce tissu partent deux membranes, la membrane pupillaire *P* qui se rend au bord pupillaire opposé, et la membrane capsulaire *C* qui se glisse entre le corps ciliaire et le cristallin, pour revêtir la face postérieure de celui-ci. Dans le cristallin *L* la courbe des noyaux répondant à l'équateur est, comparée à la figure 71, reportée en avant ; la forme du cristallin est, sur une coupe, plus elliptique.

Les paupières se développent aux dépens de plis qui naissent de la peau environnante, audessus et au-dessous de l'œil, et croissent jusqu'à ce qu'ils se rencontrent. Ils se soudent ensuite, mais seulement par leur revêtement épithélial. Peu de temps avant la naissance, cette soudure se rompt de nouveau. La glande lacrymale a pour origine un bourgeon de l'épithélium conjonctival qui s'engage dans le tissu orbitaire. Le canal lacrymal débute par une gouttière qui, très tôt déjà, existe entre le bourgeon maxillaire supérieur et le bourgeon nasal externe.

CHAPITRE V

MALADIES DE L'IRIS ET DU CORPS CILIAIRE

I. — INFLAMMATION

§ 66. L'iris et le corps ciliaire, constituent un tout continu puisque l'iris naît du corps ciliaire ; en outre, tous les deux sont nourris par les mêmes vaisseaux. On comprend donc facilement que les deux organes souffrent très souvent simultanément. Les inflammations isolées de l'iris (iritis) ou du corps ciliaire (cyclite) sont rares ; le plus souvent il y a combinaison des deux affections — iridocyclite. Au point de vue pratique cependant, il vaut mieux décrire séparément les symptômes de l'iritis et ceux de la cyclite, et montrer, après, le tableau constitué par leurs symptômes réunis.

SYMPTÔMES DE L'IRITIS. — Les symptômes de l'iritis se rapportent en partie à l'hyperémie, en partie à l'exsudation.

L'existence de l'*hyperémie* de l'iris se trahit surtout par la décoloration. Si l'iris est bleu ou gris, l'hyperémie le fera paraître vert, et cette teinte sera surtout frappante par comparaison avec l'autre œil, pour autant que celui-ci soit normal. Dans les yeux foncés, le changement de couleur est peu prononcé. Quelquefois, à l'aide de la loupe, on peut reconnaître distinctement, sous forme de stries rouges ou de taches, quelques vaisseaux sanguins dilatés dans l'iris. La pupille subit aussi des modifications, elle est contractée et réagit plus difficilement. Le rétrécissement pupillaire est une suite inévitable de la distension de l'iris, résultant de l'engorgement de ses vaisseaux ; en outre, l'irritation inflammatoire produit un spasme du sphincter. C'est pour ces motifs que la sensibilité réactive de l'iris sous l'influence de la lumière est diminuée et que l'atropine agit moins rapidement et moins complètement. L'hyperémie de l'iris est accompagnée d'injection ciliaire, de photophobie et d'hypersécrétion lacrymale.

Les symptômes de congestion, tels que nous venons de les décrire, peuvent exister seuls sans symptômes d'exsudation. Dans ce cas, nous ne disons pas qu'il existe de l'iritis, mais simplement de l'hyperémie de l'iris. Celle-ci se développe sous l'influence des mêmes causes que l'iritis elle-même, dans les cas où l'irritation est trop faible pour provoquer une véritable inflammation ; le plus souvent, c'est une simple hyperémie qu'on voit survenir dans les affections de la cornée, particulièrement les petits ulcères cornéens, ou les corps étrangers dans la cornée. L'hyperémie de l'iris, quand, bien entendu, elle ne constitue pas un signe précurseur d'une iritis, disparaît sans laisser de traces.

Quant à l'*exsudat*, il se dépose en partie dans le tissu iridien lui-même, en partie dans les espaces voisins, la chambre antérieure et la chambre postérieure, et, suivant sa situation, il se reconnaît à des symptômes différents.

1° L'exsudat dans le *tissu*, qui est rempli de nombreuses cellules rondes, donne à l'iris un aspect épaissi et tuméfié. La *décoloration* est encore plus prononcée que dans la simple hyperémie, le dessin de la face antérieure de l'iris est effacé. Il est facile à comprendre que l'iris, épaissi et turgide, ne réagit qu'imparfaitement sous l'influence de la lumière, aussi la pupille est très rétrécie ;

2° La présence de l'exsudat dans la *chambre antérieure* se trahit d'abord par le *trouble de l'humeur aqueuse* dans laquelle sont suspendues de nombreuses cellules exsudatives. Le trouble de transparence se reconnaît le mieux sur le fond de la pupille, qui, dans ce cas, paraît grise au lieu d'être franchement noire. Peu à peu les particules solides, qui nagent dans l'humeur aqueuse, se déposent au fond de la chambre, où elles forment l'*hypopyon*. Lorsque l'hyperémie est très prononcée, il peut se produire dans l'iris des ruptures vasculaires avec épanchement du sang,

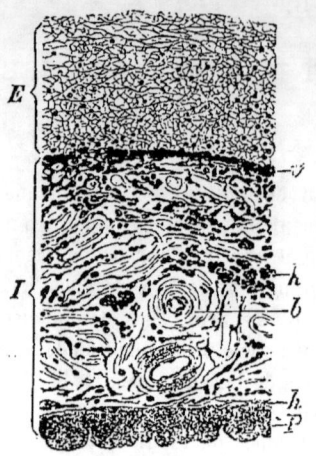

Fig. 73. — *Iritis.* Gross. 116/1. — A la surface de l'iris existe une couche exsudative *E*, constituée pour la plus grande part d'un fin réticulum de fibrine coagulée, dans lequel sont épars quelques globules de pus. L'iris est limité en avant par la couche limitante antérieure *c*, en arrière par la membrane limitante postérieure *h* et la couche de pigment rétinien *P*. Dans le tissu iridien on reconnaît la coupe des vaisseaux sanguins *b* avec une puissante adventice et une grande quantité de cellules pigmentées (la préparation provient d'un iris brun foncé). La plupart de ces cellules pigmentées du stroma ont encore leur forme allongée et ramifiée ; pourtant, quelques unes d'entre elles — *k* — se sont transformées en amas pigmentaires informes, comme cela arrive habituellement dans l'inflammation de l'iris. Dans les couches antérieures de l'iris existent beaucoup de petites cellules (leucocytes émigrés) logées entre les cellules pigmentaires ; c'est encore un signe d'inflammation.

qui descend également au fond de la chambre antérieure — *hyphéma*.

En plus de l'exsudat suspendu dans l'humeur aqueuse, on trouve encore les parois de la chambre antérieure tapissées d'une couche exsudative (fig. 44). Il en résulte que la cornée semble occupée par un trouble léger et uniforme. La couche d'exsudat appliquée contre l'iris (fig. 73) contribue beaucoup à en noyer le dessin. De l'iris cette couche exsudative s'étend sur la cristalloïde antérieure et la recouvre dans l'étendue de la pupille, qui en paraît grise. Lorsque cet exsudat s'organise, il en résulte une membrane qui ferme la pupille et qui est en continuité avec le bord pupillaire de l'iris (fig. 75, o). On la nomme membrane pupillaire, et l'état qui en résulte s'appelle *occlusion pupillaire*. Il est clair qu'il doit s'en suivre une diminution notable de l'acuité visuelle ;

3° L'exsudat de la *chambre postérieure* ne peut pas s'observer directement ; il ne se trahit que par des adhérences entre l'iris et la capsule du cristallin qui en résultent — *synéchies postérieures*. Les adhérences se développent avant tout aux points où l'iris est en contact avec la capsule cristallinienne, c'est-à-dire au bord pupillaire. Ces adhérences se forment à un moment où l'iritis est à son apogée et où la pupille est le plus fortement rétrécie. Lorsqu'après la terminaison de l'inflammation, la pupille tend à reprendre sa largeur moyenne, cela n'est possible qu'aux endroits du bord pupillaire restés libres. Les points adhérents à la cristalloïde antérieure ne sont plus susceptibles de se rétracter et se montrent sous forme de pointes plus ou moins aiguës dirigées vers le centre de la pupille. Celle-ci prend ainsi une forme irrégulière, qui se manifeste encore davantage quand on instille de l'atropine. Dans ce cas, en effet, la pupille se dilate au maximum aux endroits non adhérents, et les synéchies deviennent très visibles (fig. 74, *a* et *b*). L'atropine constitue donc un moyen précieux pour le diagnostic des synéchies postérieures.

Lorsque des synéchies postérieures se développent, ce n'est pas le stroma de l'iris, mais

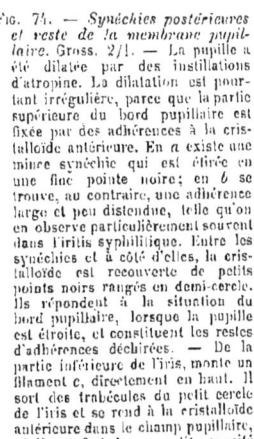

FIG. 74. — *Synéchies postérieures et reste de la membrane pupillaire.* Gross. 2/1. — La pupille a été dilatée par des instillations d'atropine. La dilatation est pourtant irrégulière, parce que la partie supérieure du bord pupillaire est fixée par des adhérences à la cristalloïde antérieure. En *a* existe une mince synéchie qui est étirée en une fine pointe noire; en *b* se trouve, au contraire, une adhérence large et peu distendue, telle qu'on en observe particulièrement souvent dans l'iritis syphilitique. Entre les synéchies et à côté d'elles, la cristalloïde est recouverte de petits points noirs rangés en demi-cercle. Ils répondent à la situation du bord pupillaire, lorsque la pupille est étroite, et constituent les restes d'adhérences déchirées. — De la partie inférieure de l'iris, monte un filament *c*, directement en haut. Il sort des trabécules du petit cercle de l'iris et se rend à la cristalloïde antérieure dans le champ pupillaire, où il est fixé à une petite opacité ronde de la capsule du cristallin. Ce filament n'est pas une synéchie postérieure, mais un reste de la membrane pupillaire fœtale. Il n'empêche nullement la pupille de se dilater sous l'influence de l'atropine, mais il est fortement tendu et aminci.

la couche de pigment rétinien qui en recouvre la face postérieure (fig. 57, *h*), qui contracte adhérence avec la capsule du cristallin. Dès que l'iris tend à se rétrécir, aux points d'adhérence, la couche pigmentaire est retenue en place et ainsi mise à nu sur une plus ou moins grande étendue. Il s'ensuit que si, dans ce cas, la pupille se dilate, surtout sous l'action de l'atropine, les dentelures débordant dans la pupille sont colorées en brun. Le tiraillement de l'iris peut amener la rupture des synéchies. La rupture peut quelquefois survenir spontanément parce que, par suite des mouvements ininterrompus de l'iris, les adhérences subissent constamment des tiraillements. Le plus souvent, cependant, on provoque artificiellement leur déchirure par des instillations d'atropine. Toujours, à l'endroit où la synéchie est rompue, on observe une tache brune sur la cristalloïde antérieure. C'est un reste de la couche pigmentaire, dont l'adhérence pathologique à la capsule du cristallin est plus solide que les attaches physiologiques au tissu de l'iris. Quand plusieurs synéchies ont été rompues, on en trouve les traces sous forme de points bruns en nombre correspondant à celui des adhérences déchirées, et rangés en cercle sur la cristalloïde antérieure (fig. 74, entre *a* et *b* et à côté d'eux). Ce cercle est plus étroit que la largeur moyenne de la pupille, parce que les synéchies se sont formées à un moment où la pupille était contractée par l'iritis. Les points pigmentaires ne disparaissent plus jamais et témoignent ainsi pendant toute la vie qu'un jour l'œil a été atteint d'iritis.

Lorsque les adhérences de l'iris à la capsule cristallinienne ne se bornent pas à certains points, mais comprennent tout le pourtour du bord pupillaire, on emploie l'expression de *synéchie postérieure annulaire*. Dans ce cas, on n'observe pas de dentelures, puisque l'iris ne peut nulle part se rétracter; il reste constamment immobile, même après l'instillation d'atropine. D'ordinaire alors un liséré brun — pigment — ou un liséré gris — exsudat — borde le bord pupillaire. Il est rare que la synéchie annulaire se développe en une fois; elle est le plus souvent le résultat d'un certain nombre de récidives de l'iritis, qui produisent peu à peu des adhérences de plus en plus étendues de l'iris au cristallin. La conséquence immédiate de la synéchie annulaire est d'isoler la chambre postérieure de la chambre antérieure — *séclusion pupillaire* (fig. 75).

Les deux états consécutifs de l'iritis, la séclusion de la pupille et l'occlusion de la pupille coexistent souvent ensemble, lorsque l'exsudat qui fixe le bord pupillaire au cristallin s'étend sur toute la largeur de la pupille. Ces deux états peuvent cependant se rencontrer aussi séparément; ils entraînent d'ailleurs des conséquences toutes différentes. L'occlusion pupillaire seule diminue fortement l'acuité visuelle, mais sans amener de dangers pour l'avenir. La séclusion pupillaire, au contraire, ne nuit pas à la vue par elle-même, si la pupille n'est pas occupée par une membrane, mais elle conduit à des altérations ultérieures (hypertonie), qui entraînent la perte de la vue.

§ 67. SYMPTÔMES DE LA CYCLITE. — Le corps ciliaire, outre l'infiltration dont il est lui-même le siège, verse un exsudat dans la chambre antérieure, la chambre postérieure et le corps vitré.

1° L'exsudat fourni par le corps ciliaire peut arriver dans la *chambre antérieure* de deux manières : ou bien directement, puisque, par sa région antérieure recouverte du ligament pectiné, le corps ciliaire concourt à limiter la chambre antérieure; ou bien indirectement, lorsque l'exsudat est d'abord déposé dans la chambre postérieure, et passe avec l'humeur aqueuse par la pupille dans la chambre antérieure. Les exsudats les plus caractéristiques de la cyclite sont des *précipitations* déposées à la paroi postérieure de la cornée. Elles se présentent sous forme de petits amas, de la grosseur d'une tête d'épingle tout au plus, de teinte gris clair ou brunâtre, adhérents à la paroi postérieure de la cornée (fig. 75, *p*, et fig. 77, *P*).

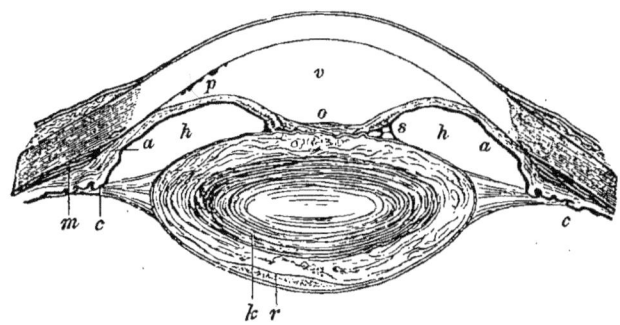

Fig. 75. — *Séclusion et occlusion de la pupille.* Gross. 6/1. — L'iris est fixé par tout son bord pupillaire à la capsule du cristallin et poussé en avant. La chambre postérieure *h* est, par conséquent, devenue plus profonde; la chambre antérieure *v* plus basse, particulièrement à la périphérie où la racine de l'iris *a* est pressée contre la cornée par l'augmentation de la tension. A cause du tiraillement que subit l'iris, le pigment rétinien *s* commence à s'en détacher et à rester fixé sur la cristalloïde. La pupille est oblitérée par la membrane exsudative *o*, qui, par sa rétraction, plisse la capsule du cristallin. A la partie inférieure de la chambre antérieure, on voit des précipitations *p* appliquées à la paroi postérieure de la cornée. En raison de l'hypertonie, les procès ciliaires *c*, ainsi que le muscle ciliaire *m*, sont atrophiés et aplatis. Dans le cristallin, les couches périphériques sont cataractées, et, en *r*, séparées de la capsule par du liquide de Morgagni; le noyau du cristallin *k* n'est pas modifié.

Autrefois, on croyait qu'ils se trouvaient dans l'épaisseur de la cornée même. Cependant, si, par la paracentèse cornéenne, on vide la chambre antérieure, il arrive qu'on voit disparaître quelques-uns de ces amas entraînés par l'humeur aqueuse. C'est là la preuve qu'ils sont simplement accolés à la face postérieure de la cornée. — Lorsque les précipitations sont grandes, on n'en observe le plus souvent que quelques-unes, disséminées sans ordre sur la cornée. En revanche, le nombre des précipitations est d'ordinaire d'autant plus grand que leur volume est plus petit. Dans ce cas, elles occupent sur la moitié inférieure de la cornée une aire de forme triangulaire. La base du triangle correspond au bord inférieur de la cornée, le sommet est dirigé vers son centre. On observe souvent qu'à partir de la base du triangle jusqu'au sommet les précipitations deviennent de moins en moins grandes.

La disposition caractéristique des précipitations s'explique facilement par leur origine. Les précipitations sont des conglomérats de cellules qui

se sont formées en amas, agglutinées par de la fibrine (fig. 77). Celles-ci,
d'abord suspendues dans l'humeur aqueuse, sont, lors des mouvements
oculaires, projetées par la force centrifuge contre la paroi postérieure de
la cornée à laquelle elles restent adhérentes. Elles se disposent alors
suivant leur pesanteur, de façon à ce que les plus grosses descendent au
fond. La forme triangulaire du dépôt dépend des mouvements du globe
oculaire, mouvements par lesquels les précipitations sont lancées sur la
cornée. Qu'on se rappelle ce qui arrive quand on jette du gravier à travers un crible, ou bien lorsqu'on secoue du blé dans un tamis. On voit
alors que les petites pierres ou les grains forment toujours un cône dont
la pointe contient les parties les plus fines, tandis que plus bas elles deviennent de plus en plus grosses. La même chose arrive pour les précipitations. — A cause de leur disposition caractéristique, les précipitations se
distinguent, en général, facilement des taches opaques de la cornée même
(par exemple, dans la kératite ponctuée, voir pages 198 et 206). Les autres
signes du diagnostic différentiel sont les limites plus nettes et souvent la
teinte brunâtre des précipitations. De plus, celles-ci se trouvent toutes dans
un seul et même plan, sur la paroi postérieure de la cornée, et non comme
les taches de la cornée, à la surface ou dans des plans différents, à
diverses profondeurs du tissu cornéen lui-même.

Ce qui prouve que c'est bien le corps ciliaire, et non l'iris, qui fournit
les précipitations, c'est que, dans certains cas de cyclite simple, on observe
un précipité abondant, bien que tout symptôme inflammatoire fasse défaut
du côté de l'iris.

L'exsudat fourni par le corps ciliaire et déversé dans la chambre antérieure peut y prendre l'aspect d'un hypopyon, absolument comme dans
l'iritis. Ce qui, dans beaucoup de cas, est caractéristique pour la cyclite,
c'est la production d'exsudats gris ou blancs grisâtres, qui paraissent
pousser, sous forme de masses spongieuses, dans l'angle de la chambre
antérieure, non seulement du côté inférieur, mais encore en d'autres points;

2° L'exsudat dans la *chambre postérieure*, quand il est abondant, amène
l'adhérence de toute la face postérieure de l'iris à la capsule antérieure du
cristallin — *synéchie postérieure totale* (fig. 76). Cette soudure de toute la
surface postérieure de l'iris se distingue de la synéchie annulaire, dans
laquelle seul le bord pupillaire de l'iris est fixé à la cristalloïde, avant
tout par le changement de forme de la chambre antérieure. L'exsudat, en
se rétractant, attire partout l'iris vers la face antérieure du cristallin,
tellement que la chambre postérieure est entièrement effacée. La chambre
antérieure, au contraire, s'approfondit dans la même mesure. Cet approfondissement est surtout sensible vers la périphérie, où le recul de l'iris
est le plus prononcé (fig. 76, *b*);

3° L'exsudat dans le *corps vitré* se manifeste sous forme d'opacités flottant dans cet organe. Lorsque l'état des milieux le permet, on peut l'observer au moyen de l'ophtalmoscope. De plus, il se.trahit par une diminution de l'acuité visuelle correspondant à son abondance. Dans les cas graves, il existe un exsudat très abondant (fig. 76, *s*), dans la partie antérieure du corps vitré. Dans les circonstances favorables, par le simple éclairage latéral, on peut déjà le voir derrière le cristallin sous forme d'un amas gris. Cet exsudat a pour effet d'abolir à peu près complètement la vision et d'amener plus tard, en se rétractant, l'atrophie de l'œil tout entier.

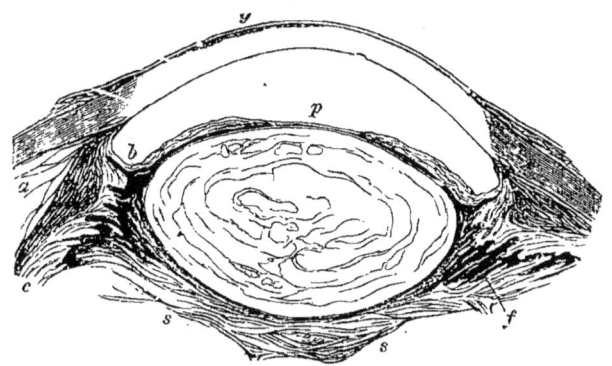

Fig. 76. — *Synéchie postérieure totale. Coupe verticale à travers l'œil.* Gross. 5/1. — L'iris est soudé par sa face postérieure à la cristalloïde. et à la face antérieure du corps ciliaire. En conséquence, la chambre postérieure est effacée et la chambre antérieure *b* approfondie à sa périphérie: à cette place, l'iris est fortement rétracté et en même temps aminci par l'atrophie. L'exsudat, qui unit l'iris au cristallin, s'étend sur la pupille, sous forme d'une mince membrane *p*. Les traînées exsudatives partant du corps ciliaire *s* engainent la face postérieure du cristallin, et, par leur rétraction, attirent les procès ciliaires vers le centre de l'œil. Aussi, en bas. en est-il résulté un décollement du corps ciliaire *c* des tissus sous-jacents; entre les deux, on voit les lamelles déjetées de la membrane suprachoroïdienne *a*. L'épithélium pigmenté *f* des procès ciliaires est hypertrophié. À la partie inférieure de la cornée, existe une opacité en ceinture *g*. Le cristallin est gonflé, et çà et là trouble; il n'existe pas de noyau dur, non dégénéré (cataracte molle).

La *tension* de l'œil, d'ordinaire normale dans l'iritis, subit souvent des modifications dans la cyclite. Au début de cette dernière affection, on la trouve assez souvent plus élevée; l'hypertonie peut même être assez grande pour entraîner la cécité. Dans les stades ultérieurs de la cyclite, au contraire, il survient le plus souvent de l'hypotonie, par suite de la rétraction de l'exsudat en voie de s'organiser.

L'iritis aussi bien que la cyclite sont accompagnées de *symptômes inflammatoires* tels que : injection ciliaire, photophobie, larmoiement et douleurs. Ces dernières siègent non seulement dans l'œil même, mais s'irradient au pourtour, et tout spécialement à la région sus-orbitaire. L'intensité de ces symptômes dépend de la marche plus ou moins aiguë de l'affection. On observe des cas à marche chronique, dans lesquels les symptômes inflammatoires manquent entièrement, de sorte que l'œil n'est ni rouge ni douloureux. D'autre part, il se rencontre des cas d'irido-cyclite, dans lesquels les douleurs sont intolérables, et qui sont accompagnés de vomissements et de mouvements fébriles. Quelquefois, c'est la nuit que les douleurs sont surtout violentes (particulièrement dans l'iritis et l'irido-cyclite syphilitique). — L'acuité visuelle est toujours diminuée par un trouble de l'humeur aqueuse, par un exsudat siégeant dans le champ pupillaire ou dans l'humeur vitrée.

DIAGNOSTIC DIFFÉRENTIEL ENTRE L'IRITIS ET LA CYCLITE. — Nous disons que nous avons affaire à une *iritis*, quand nous rencontrons les symptômes mentionnés plus haut et que, d'autre part, il n'y a pas de preuves directes, pour admettre une participation du corps ciliaire à l'inflammation. Les observations anatomiques ont mis hors de doute que, dans la plupart des cas où il existe, en apparence, une simple iritis, le corps ciliaire subit également des altérations pathologiques. Mais, comme le corps ciliaire ne se voit pas directement, les modifications peu notables qu'il présente échappent au diagnostic. Nous ne portons donc le diagnostic d'*irido-cyclite* que dans les cas où, à côté des symptômes de l'iritis, il existe encore d'autres signes certains qui indiquent que le corps ciliaire est malade. C'est le cas :

1° Lorsque les symptômes inflammatoires atteignent une certaine intensité, notamment quand il survient de l'œdème de la paupière supérieure, ce qui n'arrive pas dans l'iritis simple ;

2° Quand, au niveau de la région du corps ciliaire, le globe oculaire est douloureux au toucher ;

3° Quand il existe des précipitations ou qu'une forte rétraction de l'iris en arrière fait conclure à l'existence d'une synéchie postérieure totale ;

4° Lorsque la gêne de la vue est plus notable que ne le feraient supposer les troubles compris dans l'étendue de la chambre antérieure. On a le droit, dans ce cas, de conclure qu'il y a dans le corps vitré des dépôts qui sont la cause de la diminution de l'acuité visuelle ;

5° Lorsque la tension subit des modifications, — qu'elle augmente ou diminue.

Lorsque le corps ciliaire prend part à l'inflammation, la maladie en devient bien plus sérieuse et le pronostic plus mauvais. Non seulement l'inflammation est alors plus violente, mais elle amène des altérations que l'on guérit bien plus difficilement. En effet, les exsudats, occupant la chambre antérieure, qui sont produits par une iritis, tels que des synéchies postérieures et une membrane pupillaire, peuvent être attaqués avec succès par des procédés opératoires. Au contraire, les exsudats restés dans le corps vitré après une cyclite ne peuvent être enlevés d'aucune manière, s'ils ne se résorbent pas spontanément. Une cyclite grave amène la perte de l'œil (atrophie du globe), ce qui n'arrive jamais dans l'iritis simple.

Quant à la *cyclite pure* (1) sans iritis, elle ne s'observe que rarement, et seulement sous la forme chronique. Dans ce cas, il n'existe que peu ou point de symptômes inflammatoires, l'aspect de l'iris est normal, la pupille est le plus souvent un peu dilatée. Les symptômes principaux sont les précipitations sur la cornée, ainsi que les opacités du corps vitré.

Fréquemment, les cas légers d'iritis ne sont pas reconnus par les médecins peu expérimentés, et sont pris pour un catarrhe à cause de l'injection du globe qui les accompagne. Le traitement qu'ils appliquent, tel que la cautérisation au nitrate d'argent ou l'instillation de collyres irritants, ne fait généralement qu'augmenter l'iritis. On évitera cette erreur en s'assurant, dans tous les cas, attentivement qu'il n'existe pas de décoloration de l'iris (notamment en comparant les deux yeux), et en considérant les dimensions de la pupille, qui est contractée dans l'iritis. Un trouble léger de l'humeur aqueuse se reconnaît aussi de bonne heure, par ce fait que la pupille, dans ce cas, n'est plus d'un noir aussi pur que celle de l'autre œil. En revanche, on commet souvent la faute de prendre pour une iritis un glaucome inflammatoire, en raison de l'injection ciliaire et de la décoloration de l'iris. C'est là une erreur d'autant plus fatale que l'instillation d'atropine est très nuisible dans le glaucome. Le moyen de s'en préserver — outre l'examen de la tension — consiste avant tout à observer la pupille ; celle-ci est toujours plus rétrécie dans l'iritis, plus large dans le glaucome.

Dans les cas d'iritis ou d'iridocyclite aiguë, l'examen de la vue démontre parfois l'existence d'un certain degré de myopie, qui n'existait pas avant l'inflammation et qui disparaît peu à peu, après que celle-ci est terminée.

La présence d'un exsudat *fibrineux* plus ou moins abondant dans la chambre antérieure donne à l'œil un aspect particulier ; on a l'occasion de l'observer dans toute espèce d'iritis aiguë. Quand une grande quantité de fibrine se dépose dans l'humeur aqueuse, elle peut s'y coaguler sous forme d'une masse grise, uniforme et translucide (d'où le nom d'exsudat gélatineux ou lentiforme, parce que quelquefois, avec son bord arrondi, il a l'aspect d'un cristallin demi-transparent, luxé dans la chambre antérieure). L'exsudat se ratatine bientôt, parce que la fibrine, en se contractant, exprime le liquide de ses mailles (c'est pourquoi on l'appelle aussi exsudat spongieux). Après quelques jours, l'exsudat est, ou bien entièrement résorbé, ou bien réduit à une mince membrane siégeant dans la pupille, laquelle, souvent, reste encore unie au bord pupillaire par de fins filaments isolés.

Il arrive que les synéchies postérieures, au lieu de se développer quand la pupille est rétrécie, surviennent à un moment où elle est large, par exemple

(1) Iritis séreuse des auteurs.

parce que l'œil est soumis à l'action de l'atropine. En ce cas, le bord pupillaire contracte des adhérences avec la capsule antérieure en un point situé périphériquement, de telle sorte que, plus tard, quand la pupille sera moyennement dilatée, ce n'est pas sous forme d'une dent saillante, mais sous forme d'un angle rentrant que la synéchie apparaîtra.

Pour diagnostiquer une *séclusion pupillaire*, l'atropine est fréquemment indispensable. Il arrive souvent que l'on croit que le bord pupillaire est adhérent dans tout son pourtour à la cristalloïde, tandis que l'atropine montre qu'il est libre encore à une petite place. Alors, à cet endroit resté libre, et qui d'habitude se trouve en haut, on voit une anfractuosité du bord pupillaire en forme d'arc ou de fer à cheval. On peut encore affirmer que l'adhérence n'est pas complète quand, après avoir longtemps tenu l'œil en observation, on remarque que l'iris ne bombe pas ; ce phénomène ne fait jamais défaut, quand il existe vraiment une séclusion de la pupille. Il faut naturellement pouvoir exclure l'existence d'une synéchie postérieure totale, auquel cas l'iris ne pourrait évidemment pas bomber en avant.

En apparence, la séclusion pupillaire existe souvent en l'absence de toute membrane dans la pupille -- occlusion pupillaire. C'est pourtant généralement une illusion. En effet, un examen minutieux démontre le plus souvent que le liseré exsudatif gris, qui longe le bord pupillaire adhérent, s'avance loin dans la pupille, en s'amincissant ; seul, le milieu de la pupille semble peut-être rester tout à fait libre. Mais si, après avoir pratiqué une iridectomie, on compare la teinte de la pupille avec le colobome d'un noir pur, on se convainc presque toujours qu'aucune partie de la pupille n'était privée de cette membrane. L'occlusion sans séclusion se rencontre plus fréquemment que la séclusion sans occlusion. Dans le premier cas, il existe une membrane, parfois très épaisse, qui occupe toute la pupille, mais n'est adhérente au bord pupillaire qu'en certains points et non dans tout son pourtour.

L'existence d'une réaction sensible de l'iris à la lumière ne témoigne pas contre l'existence d'une séclusion pupillaire. Il suffit que le tissu de l'iris ne soit pas encore atrophié et que la sensibilité à la lumière soit bien conservée pour que les couches antérieures de l'iris glissent sur la couche pigmentée postérieure adhérente, dès que se produisent des variations dans l'intensité de la lumière.

Les *précipitations* sur la paroi postérieure de la cornée passent facilement inaperçues, en raison de leur extrême finesse. Chaque fois donc qu'on est en droit de soupçonner une affection du tractus uvéal, il faut, à l'aide d'une loupe, examiner si l'on n'en trouve pas. On peut également, dans certains cas rares, découvrir des précipitations sur l'iris et sur la cristalloïde antérieure dans l'étendue de la pupille. On ne les rencontre pas seulement dans les affections du corps ciliaire, mais encore quelquefois dans celles du segment antérieur de la choroïde. Très souvent, j'ai vu de fines précipitations dans des yeux, dans lesquels une cataracte molle, opérée par discision, était gonflée et en train de se résorber. Ces précipitations sont cependant toutes différentes des véritables ; ce ne sont pas des masses exsudatives, mais de petits débris cristalliniens arrondis, détachés du cristallin tuméfié, et projetés contre la paroi postérieure de la cornée à

laquelle ils adhèrent. Il ne faut pas les prendre pour des signes d'inflammation ;
la marche favorable de ces cas le prouve d'ailleurs.

Dans les cas d'iridocyclite grave (notamment d'origine lymphatique), on a vu
quelquefois blanchir les cils de l'œil malade.

Anatomie pathologique de l'iridocyclite. — L'exsudation se manifeste dans le
tissu par la présence dans celui-ci d'un grand nombre de cellules rondes, dont
le nombre est en rapport avec l'intensité de l'inflammation. Souvent ces cellules
ne sont pas régulièrement réparties, mais sont accumulées à certains endroits,
notamment le long des vaisseaux où elles forment de petites nodosités exsudatives
circonscrites. Cette disposition est particulièrement marquée dans l'inflammation

syphilitique, où les nodosités
deviennent si grosses qu'on
peut les voir à l'œil nu (papules
de l'iris). Dans le corps ciliaire,
au niveau des procès ciliaires
si richement vascularisés, l'infiltration cellulaire est beaucoup plus prononcée que dans
le muscle ciliaire.

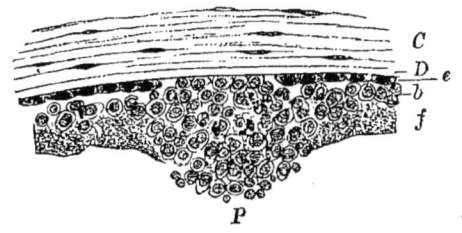

FIG. 77. — *Précipitations à la face postérieure de la cornée.*
Gross. 140/1. — La face postérieure de la cornée *C* est tapissée par la membrane de Descemet *D* et l'endothélium *e*. Ce
dernier, normal partout ailleurs, manque à l'endroit où existe la
précipitation *P*. Celle-ci est constituée par un amas de cellules
parsemé de corpuscules de pigment, qui sont tantôt libres, tantôt contenus dans les cellules rondes. Là où n'existe aucune
précipitation, la face postérieure de la cornée est recouverte d'un
exsudat qui consiste en deux couches : l'antérieure est composée
de cellules rondes accumulées *b*, la postérieure de fibrine cou-
gulée *f*.

L'exsudat *libre*, déposé dans
la chambre antérieure, descend en partie au fond de
celle-ci sous forme d'hypopyon, en partie s'attache aux
parois de la chambre, c'est-à-
dire à la cornée, à l'iris et à
la cristalloïde (fig. 44, *b*, *c*, *d*
et *e*). Le mince exsudat qui tapisse la face postérieure de la cornée (fig. 77, *b*
et *f*), disparaît au moment où l'inflammation se termine. Dans quelques cas
rares seulement, la couche exsudative est si épaisse (notamment dans la moitié
inférieure de la cornée) que, plus tard, elle s'organise, et occasionne un trouble
permanent de la cornée.

Les *précipitations* sont des conglomérats de cellules rondes, dont un grand
nombre contiennent des granulations pigmentaires (fig. 77, *P*) indiquant leur
origine uvéale. Elles reposent sur l'endothélium de la membrane de Descemet,
qui, à l'origine, est entièrement normal. C'est seulement plus tard qu'il se
détruit sous les amas cellulaires de la précipitation (fig. 77, *e*). L'endothélium,
pas plus qu'aucune autre partie de la cornée, ne prend donc une part active à
la formation des précipitations. Ainsi tombent ces dénominations autrefois en
usage pour désigner les précipitations que l'on croyait formées dans la cornée,
et spécialement dans la membrane de Descemet, telles que kératite ponctuée,
descemetite, aquacapsulite, hydro-méningite (on a désigné la membrane de
Descemet sous le nom de capsula aquæ, ou en grec hydromeninx, parce qu'elle
était regardée comme l'organe de sécrétion de l'humeur aqueuse). — Au bout

d'un certain temps, les cellules subissent la dégénérescence graisseuse et se résorbent, tandis que les granulations pigmentaires restent en place. C'est ainsi que l'on voit beaucoup de précipitations prendre peu à peu une teinte foncée, jusqu'à ce que, finalement, il ne reste plus à leur place que quelques fines taches noires.

L'exsudat qui se déverse à la face antérieure de l'iris y soulève l'endothélium. La destinée de cet exsudat dépend de sa nature. Dans les cas légers où il est surtout composé de fibrine coagulée et ne contient qu'un nombre restreint de cellules rondes (fig. 73), il se résorbe entièrement. Dans les cas graves, l'exsudat est plus riche en cellules et s'organise ultérieurement. On trouve alors l'iris atrophié et tapissé d'une mince membrane de tissu conjonctif. — Il en est de même du revêtement exsudatif de la cristalloïde antérieure au niveau de la pupille, ainsi que des exsudats de la chambre postérieure et du corps vitré, qui, dans les cas légers, se résorbent et, dans les cas graves, s'organisent en membranes, comme nous le dirons plus loin, en parlant des terminaisons de l'iridocyclite.

On a basé une *division anatomique* des formes de l'iridocyclite sur l'état anatomique de l'exsudat. On dit, en général, que l'exsudat est séreux quand il est très pauvre en cellules, et incapable de s'organiser. Au contraire, l'exsudat est appelé plastique lorsqu'il est riche en cellules, et a une tendance à former des adhérences et des membranes. Les exsudats très riches en cellules, qui nagent dans une substance intercellulaire liquide, sont appelés exsudats purulents. Basée sur ces différences, la division de l'iridocyclite en iridocyclite séreuse, plastique et suppurative présente néanmoins des difficultés et n'est pas non plus rigoureuse. D'abord, on observe souvent simultanément plusieurs espèces d'exsudats, par exemple un exsudat purulent sous forme d'un hypopyon et un exsudat plastique avec formation de synéchies et d'une membrane pupillaire. Ensuite, l'aspect microscopique d'un exsudat ne nous indique nullement sa signification pathologique. C'est surtout vrai pour le pus. L'iritis purulente, c'est-à-dire l'iritis avec hypopyon, que nous voyons si souvent compliquer un ulcère cornéen ou la présence d'un corps étranger implanté dans la cornée, peut se dissiper extraordinairement vite et sans laisser de traces; nous savons, en effet, que le pus d'un tel hypopyon ne contient pas de microbes. Mais il faut attribuer une toute autre valeur à l'exsudat purulent, contenant, celui-ci, des microbes qui résultent de l'introduction dans le corps vitré d'un corps infecté et qui conduit l'œil à sa perte. Il faut rejeter complètement le terme d'iritis séreuse qui est employé par les auteurs pour désigner les cas où, en l'absence de synéchies, il y a des précipitations. En effet, des précipitations ne sont certainement pas des exsudats séreux, et, avant tout, ces cas ne doivent pas être considérés comme des iritis, mais comme des cyclites. Pour tous ces motifs, il me semble qu'il est préférable de classer les iridocyclites d'après l'étiologie et non d'après la nature de l'exsudat. C'est ce que nous ferons dans la suite.

Généralement dans l'iridocyclite on constate au microscope que les parties profondes de l'œil participent à l'inflammation. Le plus souvent, c'est la choroïde qui souffre, de façon que, s'il existe des signes certains de participation de la choroïde, on dit qu'on a affaire à une iridochoroïdite. En outre, dans l'iridocyclite, ni la rétine ni la papille ne sont presque jamais indemnes d'altérations pathologiques, bien que souvent elles soient si peu importantes que l'observation clinique ne les peut découvrir.

§ 68. MARCHE ET TERMINAISON DE L'IRITIS ET DE LA CYCLITE. — Eu égard à leur *marche*, on distingue les cas en aigus et en chroniques. Les premiers sont accompagnés des symptômes d'une violente inflammation, mais leur marche est plus rapide. Cependant les cas aigus durent encore — si on en excepte les cas tout à fait bénins — quatre semaines et au delà, avant que l'inflammation soit entièrement terminée. Lorsque l'inflammation a de la tendance à se calmer, les premiers signes qui l'indiquent sont la diminution de l'injection et des douleurs, mais surtout la promptitude de l'action de l'atropine qui n'est que peu ou point active, lorsque l'inflammation étant à son apogée, le spasme pupillaire est si intense.

Les cas chroniques ne sont accompagnés que de symptômes inflammatoires insignifiants ou entièrement nuls. Alors, il est relativement tard lorsque l'affection éveille l'attention du malade par le trouble visuel de plus en plus prononcé. L'iritis chronique (l'iridocyclite et l'iridochoroïdite) traîne souvent pendant des années.

Les inflammations de l'iris et du corps ciliaire montrent souvent une grande tendance à la *récidive*. Autrefois, c'est particulièrement aux synéchies postérieures qui persistent après la première iritis qu'on attribuait la cause des récidives de l'inflammation. Par suite du jeu continuel de la pupille, l'iris se trouverait sans cesse tiraillé aux points adhérents, ce qui provoquerait une nouvelle inflammation. Aujourd'hui, on sait que des récidives ne sont à craindre que dans certains cas déterminés de synéchies postérieures. Supposons telle personne, qui, par suite d'un ulcère de la cornée, a souffert d'une iritis, suivie de quelques synéchies postérieures persistantes. Jamais elle n'aura à soigner une récidive d'iritis. Au contraire, une autre personne portant des synéchies postérieures consécutives à une iritis d'origine constitutionnelle, par exemple après une iritis syphilitique ou rhumatismale, gagnera facilement une récidive. Nous en concluons que ce ne sont pas les synéchies qui provoquent les récidives, mais bien la persistance des causes constitutionnelles qui ont amené la première iritis. En effet, nous voyons quelquefois chez un syphilitique survenir une récidive de son iritis, alors qu'une première inflammation de l'iris s'est guérie sans laisser de synéchies. Nous voyons, d'autre part, que la récidive n'atteint pas toujours l'œil qui a déjà souffert d'iritis, mais aussi l'autre qui n'a pas encore été malade. La certitude que des synéchies isolées n'entraînent aucune suite fâcheuse par elles-mêmes a eu pour résultat des conséquences pratiques importantes. En effet, aujourd'hui on a abandonné complètement les nombreuses méthodes opératoires ayant pour but de rompre les synéchies.

Lorsque l'iritis récidive, l'inflammation est souvent plus bénigne qu'à la première atteinte. Néanmoins, lorsque les rechutes sont fréquentes, et qu'après chaque accès il reste quelques adhérences nouvelles, finalement il se développe des altérations graves, tels que l'occlusion et la séclusion de la pupille.

Dans les cas légers, l'inflammation peut se *terminer* par une guérison complète. Lorsque les synéchies se rompent, elles laissent sur la capsule antérieure du cristallin des dépôts pigmentaires, qui sont sans inconvénients pour l'œil. L'hypopyon disparaît par résorption. Les précipitations persistent le plus souvent pendant longtemps (des mois), avant qu'elles ne soient également emportées par la résorption. Maintes fois, à l'endroit où elles étaient situées, elles laissent subsister dans la cornée une opacité permanente, sous forme d'une petite tache grise, ou bien le pigment qu'elles contenaient persiste pour toujours sous l'aspect de petits points noirs. Les opacités légères du corps vitré sont également susceptibles de disparaître entièrement par résorption.

Cependant, dans le plus grand nombre de cas, l'iritis et la cyclite entraînent des *conséquences permanentes*. Ce sont :

1° L'*atrophie de l'iris*. — L'atrophie de l'iris survient rarement après une seule attaque d'iritis grave. Le plus souvent, elle ne se déclare qu'après un certain nombre de récidives, ou après une inflammation chronique. L'atrophie se reconnaît à l'aspect décoloré, gris ou gris brun de l'iris (ressemblant à du feutre gris ou du papier buvard). Le dessin délicat de la face antérieure est effacé ; au contraire, on reconnaît souvent à la surface de l'iris des vaisseaux dilatés sous forme de taches rougeâtres. Le bord pupillaire est aminci, souvent comme frangé, et la réaction pupillaire est diminuée ou entièrement abolie. Quand on tente d'exécuter une iridectomie, on échoue souvent, à cause de la trop faible résistance de l'iris atrophié.

Les suites les plus fréquentes et les plus graves de toute iritis ou iridocyclite sont les exsudats et les adhérences, qui persistent presque après toute iritis ou iridocyclite. De ce nombre sont :

2° Les *synéchies postérieures*. — Quand il n'existe que quelques synéchies isolées, elles ne sont pas très nuisibles à l'œil, et la gêne qui en résulte pour la vue est insignifiante ou nulle. Il n'en est pas de même de la synéchie postérieure, annulaire, la *séclusion pupillaire*, car celle-ci interrompt la communication entre la chambre antérieure et la chambre postérieure. Il s'ensuit que l'humeur aqueuse sécrétée par les procès ciliaires est arrêtée au niveau de la pupille, et n'arrive plus dans la chambre antérieure.

Elle s'accumule alors dans la chambre postérieure et refoule l'iris en avant (fig. 75). Alors l'iris bombe en avant, en présentant des bosselures et vient finalement s'accoler à la cornée, tandis qu'à la pupille correspond une sorte de cratère formé par le bord pupillaire retenu en arrière et fixé au cristallin. Par suite de la forte distension qu'il a subie, l'iris s'atrophie. A cela s'ajoute de l'hypertonie (glaucome secondaire, voir § 86). Par le palper, on peut constater une plus grande dureté de l'œil ; les veines ciliaires antérieures sont distendues, la cornée est mate et montre moins de sensibilité au toucher ; l'acuité visuelle diminue, le champ visuel se rétrécit, à commencer par le côté nasal, jusqu'à ce qu'enfin toute perception lumineuse soit perdue. L'œil est donc aveugle, et sur le globe on voit se former des ectasies sclérales sous forme de staphylômes antérieurs et équatoriaux. Si donc elle n'est pas traitée à temps, la séclusion de la pupille amène infailliblement la cécité ;

3° *La membrane pupillaire* (occlusion pupillaire). — La membrane pupillaire produit un trouble visuel en rapport avec son épaisseur ;

4° *Les exsudats derrière l'iris.* — Ces exsudats sont situés d'une part entre l'iris et le cristallin — synéchie postérieure totale, — d'autre part entre le corps ciliaire et le cristallin, et à la face postérieure de celui-ci. Dans les cas graves, ces exsudats forment une masse fibreuse, qui enveloppe entièrement le cristallin, et que l'on désigne, à cause de sa solidité, sous le nom de couenne cyclitique (fig. 76, *s*). Cette couenne montre une grande tendance à se rétracter. — Il va sans dire que, dans le cas de synéchie postérieure totale, l'iris ne saurait être refoulé en avant ni présenter de bosselures. Au contraire, au début, en raison de la rétraction de l'iris, la chambre antérieure est plus profonde à la périphérie (fig. 76, *b*). Plus tard, dès que l'œil s'atrophie, la chambre antérieure devient moins profonde, parce que l'iris et le cristallin se rapprochent de la cornée. — Quant aux exsudats qui se trouvent dans le corps vitré derrière le cristallin (fig. 78, *c*), ils donnent lieu, en se rétractant, à une diminution du volume du corps vitré, et le globe se ramollit. La rétraction du corps vitré (fig. 78, *g*) entraîne le décollement de la rétine (*r*). Cependant, ce décollement est en partie le résultat d'une traction directe. En effet, les couennes adhèrent à la surface interne de la rétine, et, en se rétractant, elles l'arrachent des tissus sous-jacents. Le décollement rétinien entraîne une cécité complète. Cet état, dans lequel la tension et le volume de l'œil ont diminué, et où il existe une cécité complète, est désigné sous le nom d'*atrophie du globe.* Un œil atrophié présente l'aspect suivant : l'œil, dans son ensemble, est devenu plus petit ; il a pris une forme plus ou moins carrée. Cela dépend des quatre muscles droits qui, s'insérant en-deçà de l'équateur du globe oculaire, compriment légèrement la sclérotique et produisent ainsi un aplatissement des quatre côtés. Les sillons deviennent plus profonds à mesure que l'atrophie fait des progrès. Alors le bulbe gagne la forme d'un ballot de marchandises fortement serré par une corde. La cornée est plus petite, souvent opaque et aplatie, quelquefois transparente, parfois d'une courbure exagérée ou plissée. Tantôt l'iris atrophié est appliqué contre la paroi postérieure de la cornée, tantôt il existe encore une chambre antérieure. Dans ce dernier cas, on la trouve limitée en arrière par un solide diaphragme, dans lequel on reconnaît à

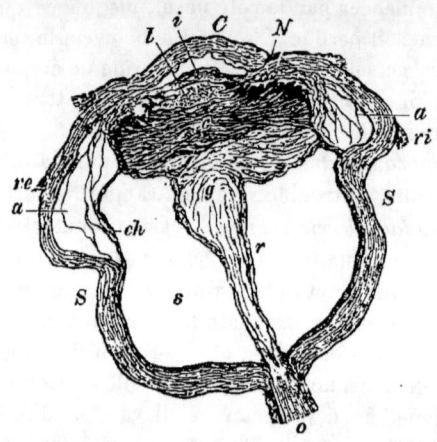

FIG. 78. — *Atrophie du globe oculaire*, en partie d'après WEBER-BOCK. — L'œil est plus petit et de forme irrégulière, principalement à cause du plissement de la sclérotique *S*, en arrière des insertions musculaires des droits externe *re* et interne *ri*. La cornée *C* est rapetissée, aplatie et plissée, surtout à sa face postérieure. A son bord interne, elle porte la cicatrice *N* rétractée, provenant de la blessure. La chambre antérieure est étroite, l'iris *i* épaissi forme une membrane ininterrompue, parce que la pupille est fermée par l'exsudat. Derrière l'iris se trouve le cristallin *l* rétracté, et derrière lui la forte couenne cyclitique *c*, dont la rétraction est la cause de l'atrophie du globe. Cette couenne a attiré vers le centre de l'œil les procès ciliaires dont la couche pigmentaire est fortement hypertrophiée, et détaché de la sclérotique la choroïde voisine *ch*; entre les deux tissus se voient les lamelles déjetées de la suprachoroïde *a*. La rétine *r* est décollée et repliée pour former un entonnoir qui englobe ce qui reste du corps vitré *g*. L'espace sous-rétinien *s* est rempli d'un liquide albumineux; le nerf optique *o* est atrophié et aminci.

peine l'iris enveloppé dans un exsudat couenneux. Lorsque la pupille est encore reconnaissable, on y voit une membrane et le cristallin opacifié. L'œil est plus mou et sensible au toucher. Dans les stades ultérieurs, on sent quelquefois à travers la sclérotique des points d'une dureté remarquable — ce sont des exsudats ossifiés.

La marche de l'atrophie est lente, elle dure des mois et des années. Une fois que l'atrophie est complète, l'inflammation et les douleurs, qui ont persisté si longtemps, disparaissent. Cependant, il arrive souvent qu'alors encore il survienne des poussées douloureuses, surtout lorsqu'un corps étranger est demeuré dans l'œil ou que l'exsudat s'ossifie;

5° *Opacification du cristallin*. — Elle est la conséquence d'un trouble de nutrition du cristallin. Elle s'observe rarement à la suite de synéchies isolées ; elle devient, au contraire, la règle, quand il existe depuis long-temps une séclusion de la pupille, et surtout dans les cas particulièrement graves où le cristallin est complètement enveloppé dans un exsudat cycli-tique. Une telle cataracte porte le nom de cataracte compliquée ou cata-racta accreta (adhérente, notamment à l'iris).

Dans les cas d'atrophie du bulbe, le cristallin est toujours opaque et généralement ratatiné.

Lorsque l'iris est *bombé en avant*, il ne l'est pas régulièrement ; au contraire, il présente des bosselures séparées par des étranglements. Ces étranglements correspondent à certaines fibres radiées, douées d'une plus grande force de résistance, ne cédant que tardivement à la pression de l'humeur aqueuse. Si l'on trouve l'iris bombé sur une grande étendue de son pourtour, sauf sur un secteur qui a conservé sa situation normale, on peut dire, en règle générale, qu'à cet endroit existe, entre la surface de l'iris et celle du cristallin, une synéchie qui empêche l'iris de s'y bomber. Ce serait donc une erreur de choisir ce secteur pour pratiquer une iridectomie, bien que ce soit l'endroit le plus pro-pice puisque la chambre antérieure y présente le plus de profondeur. — Lorsque l'iris proémine au point de venir en contact avec la cornée, il peut y contracter des adhérences par places ; il en résulte ainsi des synéchies antérieures, sans qu'il y ait eu, au préalable, une perforation de la cornée (voir page 225).

L'iris peut s'atrophier au point de devenir translucide, et même de présenter de véritables solutions de continuité. On voit se former quelquefois des *solutions de continuité spontanées* dans l'iris, lorsque, dans la première enfance, il y a eu une occlusion de la pupille. Dans cette affection, l'iris est fixé non seulement par son bord ciliaire, mais encore par son bord pupillaire, à la membrane qui se trouve dans la pupille. Alors, à mesure que l'œil se développe, l'iris subit une tension toujours de plus en plus prononcée entre ses deux points d'inser-tion, tellement qu'à la fin il s'atrophie par places et se rompt. De cette manière, par formation de solutions de continuité, l'acuité visuelle peut se rétablir spon-tanément. De la même façon, il peut se faire que, si, dans l'enfance, l'iris contracte des adhérences avec une cicatrice cornéenne, il y survienne plus tard des solutions de continuité (ou bien l'iris peut encore s'arracher de son inser-tion ciliaire).

Il faut en effet se rappeler que la séclusion et l'occlusion de la pupille ne sont pas exclusivement la suite d'une iridocyclite, mais encore de grands ulcères perforants de la cornée dans lesquels le bord pupillaire s'enclave dans la cica-trice sur toute son étendue. Alors on voit survenir les suites habituelles de la séclusion de la pupille, l'iris est refoulé jusqu'à la cornée, et il se déclare de l'hypertonie, comme on le voit si souvent dans le staphylôme de la cornée (voir page 231).

Quant à la *cornée*, dans l'iridocyclite elle est le siège d'infiltrations qui peuvent se former dans ses couches profondes (voir page 212), de dépôts, d'exsudats (précipités, hypopyon) ; ou bien l'iris, appliqué sur sa face postérieure, finit par la troubler (page 211). Dans le stade d'atrophie du globe, il se développe fréquemment sur la cornée une opacité en ceinture. Dans les yeux perdus à la suite d'iridocyclite, on observe souvent encore des kératites bulleuses ou vésiculeuses.

Voici l'aspect sous lequel se présentent au microscope les *altérations anatomiques* provoquées par une iridocyclite terminée : l'iris atrophié est plus mince et consiste principalement en un tissu conjonctif fibrillaire. Les cellules de son stroma, élégamment ramifiées, se sont en grande partie transformées en cellules épaisses, arrondies et remplies de pigment (fig. 73, *k*). Quelquefois même on trouve de petits amas de pigment en liberté dans le tissu. Les vaisseaux sanguins sont oblitérés par-ci par-là, et les rameaux nerveux ont disparu. Ce qui persiste le plus longtemps, c'est le sphincter pupillaire et le pigment rétinien de l'iris. Dans les cas anciens, on trouve le corps ciliaire également atrophié, aussi bien le muscle que les procès ciliaires (fig. 75, *c*). Seules, les deux couches internes de ces derniers sont souvent hypertrophiées ; en effet, les deux couches cellulaires de la portion ciliaire de la rétine poussent sur une grande étendue dans l'exsudat cyclitique (fig. 76, *f*). Par suite du tiraillement que les membranes exsudatives, en se rétractant, exercent sur les procès ciliaires, ceux-ci sont très étirés, si bien que leurs sommets s'avancent bien loin vers le pôle postérieur du cristallin. Si le tiraillement se prononce davantage encore, tout le corps ciliaire est arraché de sa base d'insertion (fig. 76, *c*). C'est ce tiraillement qui est une des causes des douleurs ininterrompues ou revenant constamment, qui se manifestent si souvent dans les iridocyclites de vieille date, et qui font le désespoir des malades. Les exsudats eux-mêmes sont composés, dans les cas récents, de cellules rondes, avec de la fibrine en proportion variable comme substance unissante. Plus tard, ces exsudats s'organisent en pseudo-membranes. De cette manière, se développe un tissu très dur qui crie sous le couteau, et qui porte avec raison le nom de couenne. C'est en raison de la dureté de ce tissu que les tentatives de pratiquer une pupille rencontrent les plus grandes difficultés. Dans les cas où l'iridocyclite est due à la présence d'un corps étranger, il n'est pas rare de trouver celui-ci enveloppé dans la couenne. — Outre les divers éléments que nous venons de citer, on trouve encore, dans les membranes exsudatives, des vaisseaux de nouvelle formation, qui viennent des organes voisins — iris et corps ciliaire, — ensuite du pigment fourni par la couche de pigment rétinien du corps ciliaire et de l'iris. Tous ces tissus, avec le cristallin y renfermé, représentent un diaphragme raide qui sépare le segment antérieur du segment postérieur du bulbe. Le cristallin devient trouble et se détruit, la capsule se déchire et des masses exsudatives pénètrent dans le sac capsulaire. Lorsque plus tard celles-ci s'ossifient, on dirait que c'est le cristallin lui-même qui se transforme en tissu osseux ; ce n'est là pourtant qu'une apparence.

Par la rétraction consécutive des membranes exsudatives, l'œil se ramollit et diminue de volume — *atrophie bulbaire*. La chambre antérieure devient moins profonde ; cela tient à ce que la couenne, qui s'étend entre les procès ciliaires et prend, en passant sur la face postérieure du cristallin, une direction en arc (fig. 76, s), en se rétractant, tend à se rapprocher de la ligne droite (fig. 78, c), et pousse ainsi le cristallin vers la cornée. Dans d'autres cas, au contraire, la rétraction cicatricielle peut se faire sentir davantage en arrière, de façon à rendre la chambre antérieure plus profonde. Sous l'influence de la même traction, les cicatrices de la cornée ou de la sclérotique auxquelles les exsudats sont reliés subissent un mouvement de rétraction de plus en plus prononcé (fig. 78, N). Il s'ensuit que l'enfoncement d'une cicatrice après un traumatisme ou une opération doit toujours être considéré comme de mauvais augure pour la marche de la maladie. En outre, la rétraction opérée par les exsudats amène plus tard le décollement de la rétine (fig. 78, r), et même le décollement des procès ciliaires et de la choroïde (ch). Le corps vitré est réduit à un petit espace situé immédiatement derrière le cristallin (g). L'espace produit sous la rétine (s), ainsi que sous la choroïde dans le cas où elle est décollée (a), est rempli par un exsudat très albumineux contenant souvent aussi du sang épanché. Lorsque l'atrophie est très avancée, la sclérotique est plissée (s), et par places épaissie. Il n'est pas rare que, plus tard, les exsudats couenneux s'ossifient, et, lorsque la choroïde a pris part à la formation de l'exsudat, toute la partie postérieure de l'œil peut être occupée par une coque osseuse. Le nerf optique atrophié est transformé en un cordonnet de tissu conjonctif.

§ 69. Étiologie de l'iritis et de la cyclite. — L'iritis et la cyclite sont primitives ou secondaires. Dans le premier cas, le siège initial de l'affection se trouve dans l'iris ou le corps ciliaire même ; dans le second, c'est une maladie des parties avoisinantes qui s'est propagée à l'iris et au corps ciliaire, comme, par exemple, l'iritis qui complique un abcès de la cornée. — L'inflammation primitive de l'iris et du corps ciliaire, ainsi que de n'importe quelle partie de l'uvée, prend sa source dans une affection générale, telle que la syphilis, la scrofulose, etc. Une foule de cas, que nous considérons aujourd'hui comme des affections purement locales, et que nous appelons idiopathiques, parce que nous en ignorons les causes, sont certainement de nature générale aussi. A mesure que nous connaîtrons mieux le lien qui rattache entre eux les divers phénomènes pathologiques, le groupe des inflammations uvéales appelées idiopathiques ira en diminuant. Les seules iritis, dont l'origine idiopathique ne soit pas douteuse, sont l'iritis traumatique et l'iritis sympathique.

Eu égard à l'étiologie, nous pouvons donc diviser les inflammations de l'iris et du corps ciliaire d'après le schéma ci-dessous. Dans ce schéma, ainsi que dans la description qui va suivre, le terme « iritis » est employé, par abréviation, pour désigner non-seulement l'iritis elle même, mais encore la cyclite, l'iridocyclite et l'iridochoroïdite, c'est-à-dire toutes les inflammations dont le siège principal se trouve dans la partie antérieure de l'uvée.

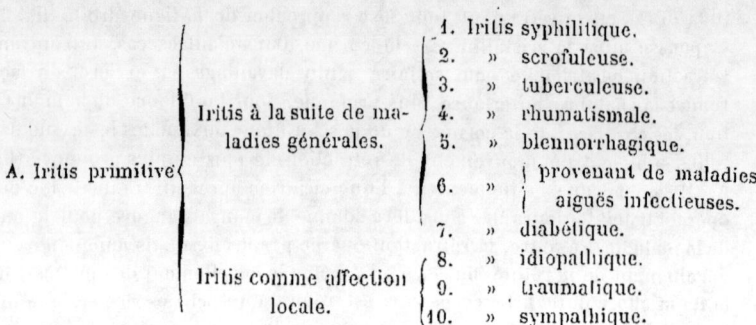

		1. Iritis syphilitique.
		2. » scrofuleuse.
		3. » tuberculeuse.
	Iritis à la suite de ma- ladies générales.	4. » rhumatismale.
		5. » blennorrhagique.
A. Iritis primitive		6. » { provenant de maladies { aiguës infectieuses.
		7. » diabétique.
		8. » idiopathique.
	Iritis comme affection locale.	9. » traumatique.
		10. » sympathique.

B. Iritis secondaire.

a) Iritis primitive. — 1° *Iritis syphilitique.* — La syphilis est, de loin, la cause la plus fréquente de l'iritis, puisque la moitié, et même au delà, de tous les cas d'inflammation de l'iris, est due à cette cause. Le plus souvent, il s'agit de la syphilis *acquise.* Le diagnostic de l'iritis syphilitique est très facile, lorsqu'on constate la présence de papules caractéristiques (iritis papuleuse). Les papules ont une teinte jaune rougeâtre, ont la grosseur d'une tête d'épingle ou au delà, et siègent soit au niveau du bord ciliaire, soit au niveau du bord pupillaire de l'iris, mais jamais dans la région intermédiaire à ces deux zones, au milieu de la largeur de l'iris. Les papules disparaissent plus tard par résorption, sans subir la fonte purulente. Aux points où elles ont siégé, il reste de larges et solides synéchies, et souvent aussi une atrophie circonscrite du tissu iridien. — D'autres fois, on ne trouve pas, il est vrai, de papules bien évidentes, mais seulement des points isolés du bord pupillaire fortement gonflés, ou du moins des synéchies extraordinairement larges ne cédant pas à l'action de l'atropine (fig. 74, *b*) Enfin il est beaucoup de cas où l'iritis syphilitique ne présente aucun signe caractéristique quelconque. Alors ce n'est que par les autres symptômes de la syphilis et l'action favorable des médicaments antispécifiques, que l'on peut établir le diagnostic exact.

L'iritis syphilitique appartient, en règle générale, au stade secondaire de la syphilis. Elle envahit l'œil peu après la première éruption cutanée (macules ou papules). Pour ce motif, on peut placer sur la même ligne les nodosités de l'iris, les papules et les larges condylomes, et désigner l'affection sous le nom d'iritis papuleuse. La première atteinte de l'iritis se manifeste le plus souvent encore pendant l'année où l'infection a eu lieu. Il est plus rare que l'iritis se déclare dans le stade ultérieur de la syphilis,

et alors elle évolue sans présenter de papules. Dans cette forme tardive
d'iritis, on n'observe qu'exceptionnellement des nodosités, qu'on doit considérer comme des tumeurs gommeuses (iritis gommeuse). On les a vues
tant dans l'iris que dans le corps ciliaire. Ces tumeurs peuvent acquérir de
grandes dimensions, percer les enveloppes du globe, et entraîner la perte
de l'œil.

L'iritis se déclare aussi sous l'influence de la *syphilis héréditaire*, mais
de loin pas aussi fréquemment qu'après la syphilis acquise. L'iritis accompagne souvent la kératite parenchymateuse, suite de syphilis héréditaire.
Il arrive quelquefois que l'iritis devienne comparativement l'affection principale, tandis que la kératite n'atteint qu'un degré modéré. L'iritis peut
même exister sans kératite. L'iritis hérédo-syphilitique est une affection
de l'enfance et de la jeunesse, tandis que l'iritis, suite de syphilis acquise,
ne s'observe généralement que chez les adultes ;

L'iritis syphilitique se complique très souvent d'affections du segment
postérieur de l'œil, c'est-à-dire d'inflammations de la choroïde, de la rétine
et du nerf optique. Elle est aussi très sujette aux récidives ;

2° *Iritis scrofuleuse.* — Au point de vue de sa marche et de son aspect,
cette affection a beaucoup d'analogie avec l'iritis, suite de syphilis héréditaire. Elle se distingue souvent par la présence de grosses précipitations ou de masses exsudatives à l'apparence lardacée, qui semblent pousser de l'angle de la chambre antérieure. L'iritis scrofuleuse s'observe non
seulement chez les scrofuleux, mais encore chez les individus simplement
anémiques, pendant l'enfance et la jeunesse ;

3° *Iritis tuberculeuse.* — Voir § 74, tumeurs de l'iris ;

4° *Iritis rhumatismale.* — On l'observe chez les personnes qui ont été
atteintes de rhumatisme articulaire (arthrite rhumatismale). C'est la
forme d'iritis la plus sujette aux récidives. Le fait que, dans beaucoup de
cas, les récidives de l'iritis coïncident avec les récidives du rhumatisme
(gonflement de certaines articulations) démontre la connexion entre les
deux affections. — De même, l'iritis survient à la suite d'arthrite noueuse
et d'arthrite urique ;

5° *Iritis blennorrhagique.* — Elle se manifeste dans les cas où l'affection
gonorrhéique a donné lieu à une infection générale. La marche de celle-ci
ressemble à celle du rhumatisme articulaire aigu, seulement de forme
plus bénigne, le plus souvent. L'articulation du genou est généralement
la première atteinte de l'inflammation ; plus tard les autres articulations
peuvent s'entreprendre. Il peut aussi se déclarer des complications du côté
du cœur. On désigne cette affection sous le nom de rhumatisme blennorrhagique. En général, l'iritis succède d'ordinaire à l'inflammation articulaire, mais il se peut que la blennorrhagie donne naissance à un iritis, sans

arthrite. Comme l'affection gonorrhéïque ressemble beaucoup au rhumatisme articulaire, de même l'iritis blennorrhagique a de la ressemblance
extérieure avec l'iritis rhumatismale. Les deux affections sont très sujettes
à récidiver. Chaque récidive s'accompagne souvent d'un nouvel écoulement du canal de l'urèthre ou d'une nouvelle tuméfaction des articulations affectées ;

6° *Iritis à la suite de maladies infectieuses aiguës.* — A la tête de ces
maladies se trouve la fièvre récurrente, qui est très souvent compliquée
d'iritis. Celle-ci est d'ordinaire de longue durée, mais finit par se guérir ;

7° *Iritis diabétique.* — Cette iritis est souvent accompagnée d'un abondant exsudat dans la chambre antérieure (hypopyon), mais dans son
ensemble elle a une marche bénigne (*Leber*) ;

§ 70. 8° *Iritis idiopathique.* — Sous cette dénomination, on comprend
les cas où l'inflammation paraît naître dans l'iris même, sans qu'il y ait ni
une cause locale (traumatisme, etc.), ni une affection constitutionnelle
apparente qui la provoque. Dans un grand nombre de cas, le refroidissement est regardé comme la cause de cette iritis, mais le plus souvent
celle-ci reste obscure.

L'iritis idiopathique *aiguë* est généralement unilatérale; elle n'atteint
que les adultes, et surtout le sexe masculin. L'iris de l'adulte est bien
plus enclin à s'enflammer que celui de l'enfant. C'est pourquoi l'iritis
est généralement plus rare dans l'enfance, où elle ne s'observe jamais
idiopathiquement. Bien plus, lorsqu'il n'y a pas de cause locale (traumatisme, ophtalmie sympathique, inflammation d'un organe voisin), on peut
toujours y démontrer l'existence d'une affection constitutionnelle.

L'iritis idiopathique *chronique* se présente, généralement, sous la forme
de l'*irido-choroïdite* chronique (aussi appelée iritis séreuse). Cette affection n'est accompagnée que de symptômes inflammatoires modérés. L'injection des yeux et les douleurs n'apparaissent que de temps à autre et
sont très peu violentes. Très souvent, les patients se plaignent uniquement
de troubles visuels de plus en plus prononcés. Quand on examine l'œil,
on constate l'existence de synéchies postérieures, qui se multiplient lentement, jusqu'à ce qu'enfin il s'établisse une séclusion de la pupille. Presque
toujours aussi, il existe une mince membrane dans la pupille. De bonne
heure, l'iris s'atrophie; plus tard, quand une séclusion est établie, il bombe
en avant et devient bosselé. Jamais il n'existe de l'hypopyon ; très souvent, au contraire, on remarque de fines précipitations qui démontrent
la participation du corps ciliaire à l'inflammation. Celle-ci se trahit aussi
par la présence d'opacités dans le corps vitré. Ces opacités augmentant
constamment, en même temps que le corps vitré se liquéfie, celui-ci se
transforme finalement en un liquide trouble et muqueux. Plus tard, le

cristallin se trouble, tandis que la choroïde et la rétine subissent la dégénérescence atrophique. C'est ainsi que, dans ces yeux, les troubles visuels sont toujours plus notables que ne le font soupçonner les obstacles optiques (précipitations, membrane dans la pupille), qui siègent dans le segment antérieur du globe oculaire. L'iritis idiopathique chronique, qui atteint toutes les parties du bulbe oculaire, aboutit le plus souvent à la cécité complète. A cause de la séclusion pupillaire, il se manifeste de l'hypertonie, avec cécité par excavation du nerf optique ; plus tard, le globe peut devenir ectatique. Dans d'autres cas, la cécité est causée par une atrophie progressive du globe. Alors l'œil devient plus mou et la rétine se décolle totalement.

L'iridochoroïdite chronique attaque presque toujours les deux yeux. La marche en est tellement lente que des années se passent avant que la cécité soit complète. C'est une affection de l'âge avancé, et elle constitue une des causes les plus fréquentes de la cécité incurable chez les vieillards. Il semble que la cause réside souvent dans de mauvaises conditions de nutrition, ou bien dans une suppression prématurée de la menstruation. Très souvent, cependant, les patients, à part l'affection oculaire, jouissent d'une excellente santé ;

9° *Iritis traumatique.* — Les causes de cette iritis sont toute espèce de lésions traumatiques, surtout des perforations du globe, spécialement lorsqu'il est resté dans l'œil un corps étranger. Parmi les lésions traumatiques, il faut naturellement compter les opérations pratiquées sur le globe, dont la plus dangereuse, au point de vue de l'iritis et de l'iridocyclite, est l'opération de la cataracte. L'iridocyclite traumatique est fréquemment très maligne, aussi, bientôt elle produit l'atrophie du globe, contrairement à l'iritis de cause constitutionnelle, qui, même lorsque l'inflammation a été très violente, guérit souvent sans laisser de traces sérieuses (pour plus de détails, voir p. 252).

Considérés dans un sens plus étendu, les cas suivants peuvent être comptés au nombre des iritis et iridocyclites traumatiques, bien qu'ils ne soient pas provoqués par une lésion directe de l'iris ; ainsi, lorsqu'après l'ouverture de la capsule les masses cristalliniennes gonflées viennent en contact direct avec l'iris et le compriment, il se développe souvent une iritis. Il en est de même à la suite de la compression exercée sur l'iris par le cristallin placé obliquement ou entièrement luxé. Enfin, il faut encore citer ici les cas où une tumeur intraoculaire, ou un cysticerque, à un certain moment de leur développement, provoquent l'explosion d'une violente iridocyclite.

La cause immédiate, dans les cas précités, de l'inflammation traumatique de l'iris peut être de triple nature : ou bien, c'est une irritation méca-

nique (tiraillement, blessure), ou bien une irritation chimique (par exemple,
par contact des parties du cristallin gonflé, par un cysticerque), ou bien
enfin une infection venant du dehors. Sans aucun doute, c'est la dernière
cause qui est la plus fréquente ;

10° *Iridocyclite sympathique.* — Lorsque, d'un œil atteint d'iridocyclite,
l'inflammation envahit l'autre œil jusque-là indemne, l'affection de ce dernier œil est désignée sous le nom d'inflammation sympathique. Celle-ci
prend également la forme de l'iridocyclite.

L'iridocyclite sympathique est précédée, dans le plus grand nombre des
cas, d'un *stade prodromique.* Le patient s'aperçoit que, pendant qu'il se
livre à des travaux délicats, il est arrêté tout à coup, parce qu'il ne voit plus
bien son ouvrage. Après quelques instants de repos, il peut reprendre ses
occupations. Ce trouble de la vue est causé par une faiblesse de l'accommodation. Un autre symptôme du stade prodromique, c'est la sensibilité à
la lumière, rarement des douleurs vives. Celles-ci siègent parfois en un
point de l'œil symétrique au point malade de l'autre œil. On désigne également ces phénomènes sous le nom d'*irritation sympathique.* Elle peut
exister, dans quelques cas rares, pendant des années, sans qu'il se développe une inflammation. Le plus souvent, néanmoins, l'inflammation se
manifeste au bout de peu de temps (de quelques jours à quelques semaines).

L'*inflammation* sympathique s'annonce par l'augmentation de tous les
symptômes subjectifs décrits et par l'apparition des signes objectifs de
l'iridocyclite. On observe de l'injection ciliaire, du rétrécissement de la
pupille, de la décoloration de l'iris, la formation de synéchies. Les précipitations ne manquent presque jamais, tandis qu'au contraire l'hypopyon ne
s'observe généralement pas. Le corps vitré montre de légères opacités, la
papille optique souvent les symptômes d'une légère inflammation. Ces
altérations s'établissent tantôt lentement, tantôt très rapidement, en s'accompagnant alors de photophobie et de violentes douleurs. — Dans les cas
les plus graves, dès la première attaque de l'inflammation, on voit déjà
survenir une synéchie annulaire ou postérieure totale et une occlusion de
la pupille. Dans les cas moins graves, on réussit par un traitement convenable à faire disparaître l'inflammation au bout de quelques semaines, mais
il reste un certain nombre de synéchies. Malheureusement, au bout d'un
certain temps de guérison apparente, l'inflammation récidive presque
régulièrement. Par suite de ces récidives successives, l'œil finit par se
perdre soit sous l'influence d'une hypertonie (comme suite de la séclusion
de la pupille), soit par atrophie graduelle. Ce sont des exceptions, les cas
qui se terminent si favorablement que le patient en est quitte avec une
seule atteinte, et que l'œil, qui a été le siège de l'inflammation, conserve
une acuité visuelle suffisante.

L'affection du *premier* œil, qui donne lieu à l'inflammation sympathique, est toujours une iridocyclite, et presque sans exception une iridocyclite traumatique, provoquée par une lésion perforante du bulbe. Pourtant, tous les cas d'iridocyclite traumatique ne sont pas également menaçants pour le second œil. Ceux qu'on doit considérer comme les plus dangereux sont : 1° les cas dans lesquels la blessure a atteint la région du corps ciliaire, surtout quand l'iris ou le corps ciliaire est enclavé dans la cicatrice. C'est pour ce motif que les cas non réussis d'opération de la cataracte suivant la méthode de *Graefe* ont été des causes fréquentes d'inflammation sympathique ; 2° les cas où un corps étranger est demeuré dans l'œil.

Le *moment* où le danger de la propagation de l'inflammation est le plus sérieux est celui où l'iridocyclite de l'autre œil est à son apogée. C'est donc de quatre à huit semaines après le moment où la lésion traumatique a eu lieu que l'inflammation sympathique fait son apparition. Plus tard, lorsque l'iridocyclite traumatique est terminée et que l'œil est devenu atrophique, on n'a, généralement, pas d'inflammation sympathique à craindre, tant que l'œil atrophié n'est pas enflammé, et qu'il n'est douloureux, ni spontanément, ni au toucher. Mais le danger pour l'autre œil recommence dès que l'œil atrophié redevient le siège d'une inflammation ou de douleurs, comme cela arrive très souvent. Les causes les plus ordinaires de ces nouvelles inflammations dépendent soit de la présence d'un corps étranger dans l'intérieur de l'œil, soit de la rétraction progressive, ou enfin de l'ossification des exsudats. De cette manière, il peut se faire qu'un œil rétracté, qui a été conservé sans inconvénients pendant de longues années, devienne tout à coup la cause d'une inflammation sympathique. Ainsi donc, tandis que, pour l'apparition de l'iridocyclite sympathique, quelques semaines constituent le terme le plus court (l'intervalle le plus court observé jusqu'ici, c'est dix jours), le délai le plus long n'a pas de limites. En effet, on a vu apparaître une inflammation sympathique quarante ans, et au delà, après la lésion subie par le premier œil. Par conséquent, un œil perdu par suite d'une lésion traumatique constitue un danger permanent pour l'autre œil.

Pour être la cause d'une inflammation sympathique, il n'est pas nécessaire que l'œil blessé soit complètement aveugle. Il existe des cas, en effet, où l'œil, après une lésion traumatique et l'iridocyclite qui en est résultée, a conservé un reste de vision, et qui, pourtant, ont donné lieu à une inflammation sympathique. Il peut alors arriver que l'œil entrepris sympathiquement se perde entièrement, tandis que l'œil blessé fonctionne encore.

Il est important de savoir — notamment au point de vue du pronostic et du traitement — quelles sont les circonstances dans lesquelles le second œil ne court que peu de danger de devenir le siège d'une inflammation sympathique, et quand, par conséquent, elle n'est, en général, pas à craindre. Ces circonstances sont : 1° la phtisie de la cornée, à la suite de la suppuration de cet organe (après un abcès, une blennorrhée aiguë, etc.); 2° le staphylôme cornéen; 3° le glaucome absolu; 4° la phtisie du globe après une panophtalmite.

De quelle manière s'opère le passage de l'inflammation d'un œil à l'autre? Jusqu'ici cette question n'est pas tout à fait résolue. *Mackensie* fut le premier qui appela l'attention des médecins sur le rapport existant entre l'inflammation du second œil, et celle du premier. Il pensait que l'inflammation se propage suivant le nerf optique, et passe par le chiasma sur le nerf de l'autre côté, le long duquel il atteint l'autre œil. Plus tard, cette explication a été abandonnée, parce que l'inflammation du second œil ne se présente pas sous forme d'une névrite optique, mais bien sous celle d'une iridocyclite. Par après, partant de l'idée que l'uvée est desservie par les nerfs ciliaires, on considéra ceux-ci comme la voie de transport. Mais les nerfs ciliaires des deux côtés ne sont pas en communication directe les uns avec les autres, comme c'est le cas pour les deux nerfs optiques, par l'intermédiaire du chiasma; il s'ensuit qu'on ne peut pas considérer le passage de l'inflammation comme se faisant par voie directe. Il fallait plutôt admettre que les nerfs ciliaires, provenant de l'œil enflammé, exercent une irritation sur le centre nerveux, irritation qui, à la manière d'un réflexe, passe sur les nerfs ciliaires, et sur leurs terminaisons dans l'œil, de l'autre côté.

Dans ces derniers temps, beaucoup d'auteurs (*Leber*, *Deutschmann et d'autres*) se sont de nouveau ralliés à l'ancienne manière d'expliquer la propagation de l'inflammation par les nerfs optiques. Par suite de la lésion d'un des yeux, il s'y introduirait des microorganismes qui se multiplieraient sur place. Ils passeraient alors le long des nerfs optiques et de leurs gaines, d'un œil dans l'autre, où ils provoqueraient une inflammation analogue;

b) L'IRITIS et l'IRIDOCYCLITE SECONDAIRES sont celles qui résultent de l'extension de l'inflammation d'un organe voisin à l'iris et au corps ciliaire. Les causes les plus fréquentes de cette affection sont les inflammations de la cornée. Mais ce sont avant tout les kératites suppuratives qui, très fréquemment, se compliquent d'iritis. En ce qui concerne la sclérite, c'est la forme profonde qui amène l'inflammation de l'iris et du corps ciliaire. Il est plus rare que les inflammations du segment postérieur de l'œil gagnent le segment antérieur et envahissent l'iris. Cela n'arrive que dans la choroïdite et le décollement de la rétine. D'ailleurs, les iritis ainsi provoquées sont le plus souvent de nature légère, ou bien elles revêtent une forme chronique et traînante. Enfin, on peut compter au nombre des iritis secondaires les cas d'iritis traumatique, dont on a déjà parlé plus haut, et où l'iris est directement atteint par le traumatisme. Telle est l'iritis résultant du gonflement et de la luxation du cristallin, de tumeur intraoculaire, d'un cysticerque, etc.

La forme d'*iritis syphilitique* qui s'accompagne de tumeurs est désignée le plus souvent sous le nom d'iritis gommeuse. On a cru devoir considérer comme des tumeurs gommeuses ces exsudats, qui ont la forme de nodosités si bien circonscrites, qu'elles ont quelquefois même l'aspect de petits néoplasmes. Pour être conséquent, il fallait attribuer cette forme d'iritis syphilitique au troisième stade de la syphilis, qui se distingue précisément par la production d'exsudats circonscrits, semblables à des néoplasmes (gommes). Mais cette manière d'envisager les choses est en contradiction avec les observations cliniques, qui démontrent que l'iritis, avec formation de nodosités, accompagne constamment les symptômes de la syphilis secondaire. Nous sommes donc en droit de comparer les nodosités de l'iris aux papules et aux condylomes, qui appartiennent également à ce stade de la syphilis, et de désigner l'iritis sous le nom d'iritis papuleuse ou condylomateuse (*Wälder*). L'idée que les nodosités iridiennes sont de nature gommeuse est encore en contradiction avec le fait qu'elles ne subissent jamais la fonte purulente, comme il arrive ordinairement pour les tumeurs gommeuses. Il est pourtant hors de doute qu'il se forme quelquefois des gommes dans l'iris, mais ce fait est extraordinairement rare.

L'examen microscopique a démontré que, même dans les cas d'iritis syphilitique où, à l'œil nu, on n'observe pas de tumeurs, il peut pourtant en exister. Seulement elles sont trop petites pour faire saillie d'une manière sensible à la surface de l'iris et pour être susceptibles d'être observées. Leur présence se trahit par un gonflement considérable du bord pupillaire sur un point circonscrit, ou par une large et solide adhérence de celui-ci avec la capsule cristallinienne. Ces phénomènes doivent donc toujours faire soupçonner l'existence d'une iritis syphilitique.

Pour établir le diagnostic de l'iritis syphilitique, il est évident qu'il ne faut jamais négliger les commémoratifs, ni les symptômes de syphilis que présente le patient. Doit-on donc, sans exception, considérer toute iritis comme de nature syphilitique par cela seul qu'elle se montre chez un individu syphilitique, si même elle ne présente pas le signe caractéristique de l'iritis syphilitique ? Certes, dans la majorité des cas, on ne se trompera pas, puisque la syphilis constitue la cause la plus fréquente de l'iritis. Cependant, il n'y a pas de motif pour qu'un syphilitique ne puisse contracter une iritis pour une tout autre cause. A défaut d'autres indications, il ne faut pourtant jamais négliger d'instituer un traitement antisyphilitique. Dans le cas où l'iritis est d'origine syphilitique, ce traitement sera le plus souvent suivi d'une prompte amélioration, tandis que, dans le cas contraire, son effet sera nul ou peu efficace. De ce fait, l'on pourra conclure à l'origine de l'iritis. Le traitement antisyphilitique est encore utile pour établir le diagnostic, dans les cas où l'on se demande si une tumeur qui siège sur l'iris doit être considérée comme une nodosité de nature syphilitique ou comme un néoplasme (sarcomes, tubercules).

L'iritis syphilitique peut aussi se déclarer pendant la vie intra-utérine. Dans ce cas, les enfants viennent au monde porteurs de reliquats de l'affection, tels que synéchies, occlusion de la pupille, atrophie de l'iris, et même atrophie du globe.

Les maladies infectieuses aiguës, à part la fièvre récurrente, ne font naître une iritis qu'exceptionnellement. On connaît des cas d'iritis consécutifs à la pneumonie : la fièvre intermittente, le typhus, l'influenza, la variole, l'érysipèle et les oreillons. De même on pourrait faire rentrer dans ce groupe l'iritis qui accompagne parfois l'herpès zoster. Parmi les affections chroniques, j'ai vu plusieurs fois l'alopécie généralisée s'accompagner d'une grave iridocyclite. Certains auteurs ont cité la néphrite chronique comme une cause d'iritis. On a publié des cas isolés, où chez des femmes réapparaissait à chaque période menstruelle une iritis avec hypopyon de courte durée.

§ 70. *Ophtalmie sympathique.* — Les symptômes de l'*irritation sympathique* qui précèdent l'inflammation sont considérés par beaucoup de praticiens comme des phénomènes tout à fait différents de l'inflammation, et n'ayant rien de commun avec elle. Pour eux, cette irritation est transmise par les nerfs ciliaires, tandis que le transport de l'inflammation a lieu par les nerfs optiques. Le fait démonstratif de la différence intime entre l'irritation et l'inflammation, c'est que l'irritation s'arrête avec certitude et pour toujours par l'énucléation de l'œil primitivement malade, tandis que cette opération est impuissante contre l'inflammation sympathique elle-même. D'autre part, on ne peut pas nier que, dans une foule de cas, les symptômes de l'inflammation succèdent si graduellement aux phénomènes de l'irritation sympathique qu'il est impossible de reconnaître de limite bien tranchée entre les deux, et que l'inflammation semble n'être que l'exacerbation de l'irritation prodromique.

L'affection sympathique ne prendrait pas uniquement la forme d'une iridocyclite, mais encore celle d'autres maladies. Aussi a-t-on décrit comme accidents sympathiques les maladies les plus diverses. Ainsi, on a considéré comme tels, parmi les affections non inflammatoires : des cas de paralysie de l'accommodation, d'amblyopie et de blépharospasme ; parmi les affections inflammatoires dans le segment postérieur de l'œil : la névrite, la rétinite, la choroïdite et le glaucome ; dans le segment antérieur, la conjonctivite et la kératite. — La plupart de ces observations ne doivent être admises qu'avec prudence, car on est allé souvent trop loin, en considérant certaines affections comme étant de nature sympathique. Le fait que l'un des yeux s'est perdu par suite d'un traumatisme n'autorise pas du tout à considérer, sans exception, comme de nature sympathique toute affection quelconque de l'autre œil. On ne le pourrait que dans le cas où l'affection prendrait la forme caractéristique de l'iridocyclite sympathique, ou bien lorsqu'après l'énucléation de l'œil, la rapidité de la disparition des phénomènes pathologiques ne pourrait s'expliquer qu'en admettant que la maladie du second œil dépend de celle du premier. La conclusion réciproque n'est pas vraie. En effet, lorsque l'énucléation du premier œil est sans influence sur la marche de l'affection du second, cela ne prouve rien contre la nature sympathique de la maladie. C'est même un fait certain qu'une fois que l'ophtalmie sympathique a éclaté, l'énucléation de l'œil primitivement malade est impuissante à rien changer.

Une iridocyclite d'*origine non traumatique* peut-elle également envahir l'autre œil? Nous voyons très souvent une iridocyclite éclater spontanément, d'abord à l'un des yeux, puis à l'autre. Cependant nous ne pouvons pas conclure de ce fait que l'inflammation ait passé de l'un des yeux dans l'autre, car il peut y avoir là une cause plus profonde, commune, le plus souvent de nature constitutionnelle, et dont l'influence se fait sentir plus tôt sur un œil, plus tard sur l'autre. Toutefois, on a observé des cas non douteux d'inflammation sympathique sans traumatisme préalable et sans perforation des enveloppes du globe. Tels sont les cas d'iridocyclite résultant d'une tumeur intraoculaire ou de la présence dans l'œil d'un cysticerque. Là, en effet, on peut exclure toute idée d'une affection constitutionnelle, comme cause commune de la maladie des deux yeux. — Il est bon de rappeler qu'un œil artificiel sur un moignon atrophique peut faire naître, par l'irritation qu'il provoque, une inflammation sympathique.

En ce qui regarde le passage de l'inflammation d'un œil à l'autre, l'hypothèse de la transmission le long des nerfs optiques s'appuie surtout sur les expériences de *Deutschmann*. Chez les animaux, on ne réussit pas, en blessant un œil, à provoquer une inflammation sympathique dans l'autre œil. Pour ce motif, *Deutschmann* prit une autre voie. Il injecta des cultures de microbes (surtout de staphylocoques) dans l'œil même ou dans les tuniques du nerf optique. Il vit alors que les microbes injectés arrivaient jusqu'au cerveau, en passant le long du nerf optique. A la base du cerveau, ils passaient dans le nerf optique de l'autre côté, le suivaient et envahissaient l'autre œil. Ici les microbes provoquaient une inflammation, une névrite au bout intraoculaire du nerf optique, et, dans quelques cas isolés, il s'y ajouta même une iridocyclite. Les animaux mouraient d'ailleurs promptement par infection générale. — Que l'inflammation ainsi provoquée par *Deutschmann* soit identique à l'inflammation sympathique de l'homme, ce n'est pas encore établi jusqu'ici.

§ 71. Traitement de l'iritis et de la cyclite. — Dans tout cas d'iritis et d'iridocyclite, nous avons à combattre d'un côté les symptômes locaux (indicatio morbi), de l'autre côté la cause de l'affection (indicatio causalis). Dans les cas où l'on ne peut pas trouver un facteur étiologique, il faut uniquement s'attacher au traitement symptomatique.

1° *Traitement symptomatique.* — L'atropine est le remède le plus important contre l'iritis. En effet, d'abord, elle contracte l'iris; par là, elle diminue nécessairement la quantité de sang contenu dans les vaisseaux, et combat ainsi directement l'hyperémie. Ensuite, en paralysant le sphincter, l'atropine remplit une seconde indication, qui veut que tout organe enflammé soit tenu en repos. En effet, le jeu constant de la pupille est complètement arrêté par l'usage de l'atropine. En troisième lieu, en dilatant la pupille, cette substance rompt les synéchies qui se sont déjà formées et empêche

qu'il s'en établisse des nouvelles. La dose d'atropine doit être soigneusement mesurée sur le degré d'intensité de l'iritis. Pendant la période progressive de l'inflammation, il est ordinairement difficile d'obtenir la dilatation de
la pupille, parce que le sphincter est en état de spasme. Ici, l'on doit instiller de l'atropine plusieurs fois par jour. Si l'on ne réussit pas de cette
façon, on placera un petit grain d'atropine en substance dans le sac conjonctival (voir, pour les précautions à prendre, page 296) ; cela vaut mieux
que d'instiller trop souvent la solution, qui provoque facilement de l'irritation de la conjonctive (catarrhe atropinique). On peut encore renforcer
l'action de l'atropine en y ajoutant de la cocaïne. — Dès que l'inflammation
se calme, l'on ne doit instiller que juste assez d'atropine pour maintenir
la pupille en état de dilatation constante.

Dans les cas d'iridocyclite, où l'inflammation du corps ciliaire devient le
fait principal, ainsi que dans les cas de cyclite simple, l'atropine n'est pas
toujours bien supportée. En effet, à mesure que l'iris se contracte et que
les vaisseaux contiennent moins de sang, ceux du corps ciliaire sont gor-
gés, puisqu'ils sont obligés de prendre le sang qui ne trouve pas place
dans l'iris. Il faut donc, dans ces cas, employer prudemment l'atropine,
et même en suspendre l'usage, si l'on trouvait qu'après l'instillation les
douleurs augmentent. De même, lorsqu'une iridocyclite est accompagnée
d'hypertonie, il faut renoncer à l'atropine, et la remplacer éventuellement
par un miotique.

Lorsque l'inflammation est violente, les compresses chaudes ou les cataplasmes rendent les meilleurs services, notamment aussi pour soulager les
douleurs. Les compresses froides ne sont le plus souvent pas bien supportées, et ne sont indiquées que pour les cas récents d'iritis traumatique. —
Une large émission sanguine, au moyen de six à dix sangsues placées à
la tempe, ou au moyen d'une ventouse de Heurteloup, peut, dans les cas
graves, amener une diminution sensible des phénomènes inflammatoires. Il
n'est pas même rare qu'après une pareille émission sanguine, la pupille
cède pour la première fois à l'action de l'atropine, tandis que jusque-là elle
était toujours restée spasmodiquement contractée. Si l'affection dure longtemps, on peut, quand la chose est nécessaire, encore répéter l'émission
sanguine une ou deux fois. — On obtient souvent un effet signalé en provoquant une forte transpiration. On peut l'obtenir, soit à l'aide d'une injection sous-cutanée de pilocarpine (1 — 3 ctgr. par dose), soit en prescrivant
du thé chaud avec 1 ou 2 grammes de salicylate de soude. On répète le
traitement sudorifique tous les jours ou tous les deux jours.

Le *traitement opératoire* est le plus souvent indiqué plutôt pour les suites
de l'iritis que pour l'inflammation actuelle elle-même. Lorsqu'il survient
de l'hypertonie, on a recours à la ponction. On peut également essayer

cette opération dans le cas d'une inflammation de longue durée, qui ne cède pas aux autres moyens. Au moment où l'humeur aqueuse s'échappe, elle entraîne souvent les précipitations ; ce que l'on peut faciliter encore par le massage sur la cornée. Cependant, le but principal de la ponction n'est pas l'expulsion des précipitations. — On pratique l'iridectomie, mais seulement par exception, dans le cours d'une inflammation, soit parce qu'il n'y a aucun moyen de la faire cesser autrement , soit pour combattre l'hypertonie. On la pratique beaucoup plus souvent dans un but prophylactique, pour empêcher les récidives, dans le cas d'une iritis récidivant souvent. Dans certains cas, en effet, cette intervention a pour résultat de faire cesser les récidives une fois pour toutes ; très souvent, le résultat en est nul.

Comme *traitement diététique*, l'iritis exige avant tout que l'œil soit soustrait à l'action de la lumière, non pas seulement parce que cette affection est le plus souvent accompagnée de photophobie, mais encore parce que l'action de la lumière force la pupille à se contracter. Pour ce dernier motif, les deux yeux doivent être mis à l'abri de la lumière, puisque la contraction pupillaire d'un des yeux provoque aussi celle de l'autre. On place donc le patient dans une chambre assez obscure, ou on lui fait porter des lunettes foncées ; cela vaut mieux qu'un bandeau, que l'on ne pourrait d'ailleurs que difficilement appliquer sur les deux yeux. — Le patient se nourrira modérément et s'abstiendra de boissons spiritueuses. En outre, il gardera le repos et évitera tout effort physique ; dans les cas graves, il tiendra le lit. L'œil sain ne peut pas se fatiguer à lire, etc. Il est important aussi de veiller à la liberté du ventre.

2° *Indication causale.* — Eu égard à l'étiologie, *l'iritis syphilitique* comporte le pronostic le plus favorable, puisque, sous l'influence d'un traitement antisyphilitique énergique, elle cède d'ordinaire rapidement. Il est surtout nécessaire de l'attaquer promptement, car il s'agit d'une affection où, au bout de quelques jours, il peut survenir des lésions importantes et durables (développement d'une occlusion ou séclusion de la pupille). On prescrit donc le mercure, que l'on emploie de préférence sous forme d'onctions (friction journalière avec 2 — 4 grammes d'onguent gris). Il faut continuer les frictions jusqu'à ce que l'œil soit devenu complètement pâle ; alors on prescrit, comme traitement final, l'iodure de potassium (jusqu'à 3 grammes par jour). Dans l'iritis suite de syphilis héréditaire, l'on doit moins compter sur le traitement antispécifique que sur les fortifiants généraux de l'organisme.

Dans *l'iritis rhumatismale*, on administre le salicylate de soude, mais pas toujours avec succès. Le même médicament rend aussi quelquefois de bons services dans l'iritis blennorrhagique et dans l'iritis diabétique. Dans l'iritis blennorrhagique, j'ai encore employé avec avantage l'huile de Gaulthérie (15 gouttes par jour en capsules).

Dans l'*iritis traumatique*, il faut avant tout écarter la cause, dans le cas où elle continue à agir. Si des corps étrangers se trouvent dans l'iris, on les enlèvera ; les parties de cet organe fortement contuses ou enclavées doivent être excisées. Il faut extraire un cristallin tuméfié ou luxé qui devient la cause d'une iritis. Pour empêcher l'iris de s'enflammer, outre l'atropine, on applique, dans les cas tout à fait frais, des compresses glacées. — En ce qui concerne les iritis qui succèdent à une opération, c'est la prophylaxie qui y joue le principal rôle. Elle consiste à se servir des procédés antiseptiques les plus sévères. Aussi, depuis que cette pratique a été introduite, les iritis sont devenues beaucoup plus rares.

L'*iridocyclite sympathique* réclame également des mesures prophylactiques ; mais, une fois déclarée, elle résiste souvent à tous les efforts de la thérapeutique.

a) La seule *prophylaxie* certaine de l'inflammation sympathique consiste à énucléer l'œil qui pourrait y donner lieu. C'est le cas pour tout œil qui a perdu la vue par suite d'un traumatisme et qui est sensible soit spontanément, soit à la pression. Mais il faut surtout se hâter de recourir à l'énucléation des yeux dans lesquels on soupçonne la présence d'un corps étranger. L'énucléation n'est contre-indiquée que dans les cas où l'œil blessé a conservé un peu de vision utile, ou bien peut en acquérir à l'aide d'une opération. Lorsqu'il n'en est pas ainsi, on ne peut, dans les circonstances indiquées plus haut, recourir trop tôt à l'énucléation. Dans les cas extrêmes, lorsque le malade ne parvient pas à se décider, on peut attendre que les symptômes prodromiques de l'inflammation sympathique apparaissent, car, à ce moment, l'énucléation est encore le plus souvent en état d'empêcher l'explosion de l'inflammation sympathique ;

b) Une fois que l'ophtalmie sympathique a éclaté, l'efficacité de l'énucléation devient incertaine. Cependant, dans les cas légers, elle paraît encore exercer une influence favorable sur la marche de l'inflammation sympathique. Dans les cas graves, au contraire, son efficacité est nulle. Elle paraît même quelquefois n'avoir d'autre effet que d'aggraver l'inflammation de l'autre œil. Mieux vaut donc attendre une détente des phénomènes inflammatoires du second œil, avant d'exécuter l'énucléation.

Quant à l'inflammation sympathique elle-même, on la traite suivant les règles générales. Il est particulièrement important de préserver l'œil malade de l'action de la lumière, ce que l'on obtient surtout par l'application longtemps prolongée du bandeau. Les opérations restent généralement sans succès, parce qu'elles ne servent qu'à rallumer l'inflammation, et la pupille nouvellement formée s'oblitère par un exsudat fraîchement produit. On n'opèrera donc que dans les cas d'absolue nécessité — par exemple pour cause d'hypertonie. — Sinon, mieux vaut remettre le plus longtemps possible, pendant des années même, toute espèce d'opération, telle, par exemple, que l'iridectomie exécutée dans un but optique.

§ 72. TRAITEMENT DES ÉTATS PATHOLOGIQUES CONSÉCUTIFS A L'IRITIS ET A LA CYCLITE. — Les *synéchies postérieures isolées* peuvent souvent être rompues par l'application de l'atropine, seule ou combinée à la cocaïne. Pour obtenir ce résultat, il n'est pas tant besoin d'employer l'atropine pendant longtemps que de l'appliquer avec énergie, ce qui se fera le mieux en introduisant de l'atropine en substance dans le sac conjonctival. Un procédé plus actif quelquefois consiste à employer alternativement les miotiques et les mydriatiques : on rétrécit la pupille au moyen de l'ésérine, puis, par l'atropine, on la dilate brusquement et énergiquement. Cependant en raison de l'hyperémie iridienne provoquée par l'ésérine, il faut retarder ces tentatives jusqu'à ce qu'un certain laps de temps se soit écoulé depuis la terminaison de l'iritis. — On réussira souvent à rompre des synéchies minces et filiformes, tandis que les larges adhérences (comme celles qui s'établissent après une iritis syphilitique ou sympathique) résistent.

La *synéchie annulaire postérieure* (séclusion pupillaire) réclame dans tous les cas l'iridectomie. Le but de cette opération est le rétablissement de la communication entre les chambres antérieure et postérieure. Mais l'exécution en est souvent rendue difficile par l'exiguité de la chambre antérieure (à cause de la protrusion de l'iris), ainsi que par l'atrophie de l'iris. Aussi, il arrive souvent qu'on doit se déclarer satisfait si l'on réussit à pratiquer une petite ouverture dans l'iris. Mais, par suite du rétablissement de la communication entre les deux chambres, l'antérieure regagne sa profondeur normale, de manière que plus tard on peut entreprendre une seconde iridectomie dans de meilleures conditions.

Lorsqu'on a affaire à une *séclusion* pupillaire simple, l'iridectomie se pratique en haut. S'il s'y joint une occlusion, on choisit le côté interne. On doit aussi opérer du côté interne lorsqu'il n'y a qu'une simple occlusion pupillaire (voir § 155).

C'est encore par l'iridectomie qu'on attaque la *synéchie postérieure totale*. Cependant, il arrive souvent que l'opération ne réussit pas, parce que, en raison de l'adhérence de la surface de l'iris avec le cristallin, on ne parvient pas à exciser un lambeau iridien suffisant, ou encore parce que la couche pigmentaire de l'iris, solidement adhérente au cristallin, y reste attachée. Dans ces cas, il ne reste pas autre chose à faire que d'extraire en même temps le cristallin, alors même qu'il serait encore transparent (extraction suivant *Wenzel*, § 161, remarque). Dans le cas où le cristallin est ratatiné ou absent, il convient de recourir à l'iridotomie (voir § 157).

On ne peut assez prémunir contre l'emploi inconsidéré de l'*atropine*, comme le pratiquent malheureusement une foule de praticiens, qui s'en servent dans n'importe quelle affection oculaire. Dans un grand nombre de cas, tels que le catarrhe conjonctival, l'atropine non seulement est inutile, mais encore elle incommode le malade par le trouble visuel qu'elle occasionne. Dans les yeux prédisposés au glaucome, l'atropine peut, en provoquant l'explosion d'un accès aigu, exercer des ravages considérables. C'est donc un médicament qu'on n'appliquera que dans certains cas déterminés, et juste autant de fois qu'il le faut pour obtenir le résultat demandé. Dans l'iritis même, l'atropine est inutile dès que le bord pupillaire est adhérent au cristallin dans tout son pourtour, de façon que l'iris n'est plus susceptible de se contracter.

Lorsqu'à la suite d'une iritis, il persiste des synéchies postérieures isolées, qu'on n'est pas parvenu à rompre par l'emploi énergique de l'atropine, alors on renonce à tout traitement ultérieur, car ces synéchies n'amènent le plus souvent aucun inconvénient. On a complètement abandonné l'opération qui consiste à les détacher (corélysis). S'il existe une synéchie annulaire, on ne doit pas la laisser subsister, alors il faut recourir à l'*iridectomie*. Cette opération est encore indiquée dans les cas où la séclusion de la pupille n'est pas encore complète, mais où elle est sur le point de le devenir, le bord pupillaire n'étant plus libre que sur une petite étendue. Car il s'agit d'une iridocyclite chronique; sans aucun doute, ce point ne tardera pas non plus à se fermer, et il vaut mieux, par conséquent, ne pas attendre que la séclusion soit complète. Cette manière de procéder est particulièrement recommandable, quand le patient habite loin du médecin, de façon que le moment propice pour l'iridectomie pourrait être facilement méconnu.

Dans les cas d'iridochoroïdite chronique, l'iridectomie ne se borne pas seulement à supprimer mécaniquement la séclusion pupillaire, mais elle influence favorablement la nutrition générale de l'œil. En effet, le corps vitré s'éclaircit et l'acuité visuelle s'améliore souvent encore pendant longtemps. Lorsqu'on opère des yeux qui commencent déjà à se ramollir, donc qui marchent vers l'atrophie, dans les cas favorables, les liquides oculaires se reproduisent de nouveau et la pression redevient normale.

Quoique généralement l'énucléation constitue un préservatif certain contre l'inflammation sympathique, l'on connaît néanmoins une série de cas où, en dépit de cette opération, l'ophtalmie sympathique a éclaté. Celle-ci survient chaque fois après un court intervalle — quelques jours à quelques semaines — après l'opération (l'intervalle le plus long observé jusqu'ici est de 32 jours [*Snell*]). Il faut donc bien admettre qu'au moment où l'énucléation a été pratiquée, l'autre œil était déjà envahi par l'inflammation. Cependant, ici encore, l'énucléation ne manque pas d'agir favorablement, car, dans la plupart des cas, l'inflammation sympathique eut ensuite une marche fort bénigne, probablement parce qu'un œil énucléé cesse de stimuler constamment l'inflammation.

II. — BLESSURES DE L'IRIS

§ 73. En dehors de ce qui a déjà été dit, dans les chapitres précédents, touchant les lésions traumatiques de l'iris et leurs conséquences, nous mentionnerons encore les espèces particulières suivantes de traumatismes de cet organe. Ceux-ci s'observent le plus souvent après les contusions de l'œil.

1° *L'iridodialyse* (1). On désigne sous ce nom l'arrachement de l'iris du corps ciliaire. Sur l'un des côtés de l'œil, au niveau du bord ciliaire de l'iris, on trouve un espace semi-lunaire noir, dans lequel l'iris est séparé de son insertion ciliaire. A cet endroit, on peut regarder directement dans l'intérieur obscur de l'œil (fig. 79). Lorsque la partie arrachée est très large, dans l'ouverture ainsi produite, on reconnaît à l'éclairage latéral le bord du cristallin (*l*) et les procès ciliaires (*p*) reliés par les fibres de la zonule de Zinn. La pupille a perdu sa forme circulaire, parce que, du côté de l'iridodialyse, le bord pupillaire perd sa forme d'arc pour prendre celle de la corde (fig. 79, *a*). La cause du déplacement du bord pupillaire résulte du fait que la partie arrachée de l'iris se tend en ligne droite par suite du raccourcissement du sphincter. C'est ainsi que l'iris s'écarte de son insertion au corps ciliaire et rend toute réunion ultérieure impossible. — L'acuité visuelle n'est souvent que peu gênée par l'existence de l'iridodialyse; seulement — lorsque l'œil n'est pas bien accommodé — il se manifeste de la diplopie monoculaire, parce que le faisceau lumineux qui traverse l'ouverture périphérique, aussi bien que celui qui pénètre par la pupille elle-même, forment chacun une image sur la rétine (voir § 122).

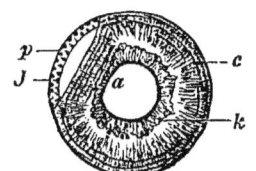

Fig. 79. — *Iridodialyse.* Gross. 2/1. — Le bord pupillaire est coupé en ligne droite en *a*. L'iris, dans la partie correspondante à cette place, s'est détaché de son insertion au corps ciliaire, s'est rétréci et plissé légèrement. Dans l'intervalle compris entre l'iris et la cornée se voient le bord du cristallin *l* et les sommets des procès ciliaires *p*; la fine striation radiée qu'on remarque entre ces deux organes répond à la zonule de Zinn. *k* petit cercle de l'iris. *e* sillons de contraction.

L'iridodialyse peut occuper une étendue très différente, depuis une rupture à peine visible jusqu'à l'arrachement total de l'iris de son insertion ciliaire. Dans le dernier cas, il prend la forme d'une masse pelotonnée sur elle-même, occupant le fond de la chambre où il ne tarde pas à se transformer les jours suivants en un petit amas ratatiné, gris et peu apparent. Si le traumatisme avait en même temps causé une rupture de la sclérotique,

(1) De ἴρις et διάλυσις, séparation.

l'iris arraché pourrait être entièrement expulsé de l'œil. Dans les deux cas, l'iris fait entièrement défaut, — *iridérémie* (1) ou aniridie traumatique.

Une partie seulement de l'iris peut aussi être expulsée de l'œil, notamment en cas de rupture de la sclérotique, de façon qu'il se produit un *colobome* traumatique ;

2° *Ruptures radiaires partant du bord de la pupille*. Elles peuvent s'étendre jusqu'au bord ciliaire, de sorte qu'au niveau de la rupture la pupille, à la façon d'une ogive gothique, se prolonge jusqu'au bord cornéen. Cependant, des ruptures aussi étendues sont rares. D'ordinaire la rupture n'a qu'une petite étendue et s'entrebâille si peu qu'on ne peut l'observer que par un examen minutieux, notamment à la loupe. Ces petites déchirures sont la cause la plus fréquente de la dilatation pupillaire après les contusions — *mydriase traumatique* qui dépend de l'affaiblissement ou de la paralysie du sphincter par la rupture. Le plus souvent la pupille reste pour toujours un peu dilatée. — Le muscle ciliaire peut aussi être paralysé par une contusion, ce qui se trahit par la diminution de l'amplitude de l'accommodation (éloignement du punctum proximum) ;

3° *Le renversement de l'iris* (*Ammon*). Il consiste en ce que l'iris se renverse en arrière, de façon à venir reposer sur la surface du corps ciliaire (fig. 80, *o*). Alors on ne voit pas l'iris à la place habituelle, comme s'il manquait à cet endroit. Le renversement total de l'iris est très rare ; plus fréquemment il est partiel. Alors, à l'endroit où il est reporté en arrière, on ne voit plus l'iris ; il semble donc y manquer, comme si l'on avait fait une iridectomie.

Les traumatismes de l'iris sont, en règle générale, accompagnés d'un épanchement sanguin dans la chambre antérieure. Le sang qui sort des vaisseaux déchirés de l'iris descend rapidement au fond — hyphéma — et disparaît le plus souvent par résorption au bout de quelques jours. C'est alors seulement qu'il est possible de bien observer les lésions subies par l'iris, et l'on trouve, par exemple, soit une iridodialyse, soit des ruptures radiées. Néanmoins, dans ce cas encore, il arrive souvent qu'il n'est possible de découvrir aucune solution de continuité dans l'iris, de façon que la source du sang reste inconnue. Dans un grand nombre de cas, le sang proviendrait d'une rupture du canal de Schlemm (*Czermak*).

Traitement. — Lorsqu'après un traumatisme les phénomènes de réaction sont particulièrement violents, on ordonne, pendant quelques jours, l'application de compresses glacées. Dans le cas contraire, il suffit de tenir l'œil blessé sous un bandeau et de garder le repos, éventuellement au lit. Remarque-t-on l'existence d'une iridodialyse, on instille de l'atropine

(1) De ἶρις et ἐρημία, solitude, absence.

pour empêcher que le sphincter, en se contractant, n'arrache davantage
encore l'iris de ses insertions. En revanche, dans les ruptures radiaires,
l'atropine est contre-indiquée, car elle pourrait amener un entrebâillement
plus considérable de la rupture. En règle générale, après les traumatismes
de l'iris, sans perforation des enveloppes oculaires, on n'a pas à craindre
l'explosion d'une iritis (au sujet du traitement des traumatismes perforants, voir page 254).

Quelquefois, dans les opérations, il se produit accidentellement une iridodialyse. Ainsi, lorsqu'au moment où l'opérateur a saisi l'iris avec la pince, l'œil à
opérer fait un mouvement brusque et violent, l'iris peut être arraché de son
insertion sur une étendue variable. Il peut
même être en partie déchiré et arraché
de l'œil. Une abondante hémorragie dans
la chambre antérieure est la conséquence
constante de ce malheureux accident.
Lorsqu'on pratique l'iridectomie pour
cause d'occlusion pupillaire, il peut se
produire une iridodialyse de la façon
suivante : l'opérateur, saisissant l'iris,
cherche à l'amener au dehors; seulement,
il faut pour cela que l'iris se détache de
la membrane pupillaire. Mais, lorsque
l'adhérence entre l'iris et la membrane
est très intime, elle ne se déchire pas, et
on entraîne non seulement la membrane,
mais encore l'iris du côté opposé à l'endroit où la traction s'exerce. Il s'ensuit
qu'on produit une iridodialyse du côté
opposé à celui où se pratique l'iridectomie. Pour prévenir cet accident, on commencera toujours par détacher l'iris de la
membrane pupillaire par des mouvements
latéraux de la pince ; puis, alors seulement
on le sortira par la plaie.

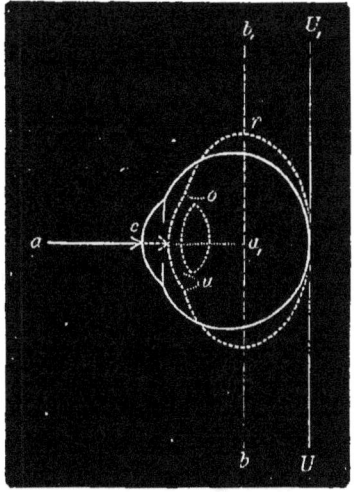

Fig. 80. — *Renversement de l'iris.* Schématique.
— Sous l'action de la force qui agit dans la
direction *aa*, sur le centre de la cornée *c*, celle-ci
est aplatie, et, par là, l'humeur aqueuse est poussée en arrière. En conséquence, on voit la partie
inférieure de l'iris *u* incurvée en arrière en forme
de sac, et sa partie supérieure complètement
renversée en arrière (voir aussi l'explication de
la figure 51, page 257).

Une iridodialyse peut exister sans trau-
matisme lorsqu'un néoplasme du corps ciliaire pénètre dans la chambre antérieure et arrache peu à peu l'iris de ses insertions (voir fig. 81).

Pour *expliquer* les modifications traumatiques de l'iris décrites plus haut, il
faut prendre en considération deux faits importants. Le premier, c'est l'aplatissement que subit la cornée sous l'effort de la contusion. Comme conséquence de
ce fait, la circonférence cornéenne s'agrandit, et le cercle d'insertion de l'iris
devient plus large également (fig. 80, l'œil dessiné par une ligne pointillée). Lorsque
l'agrandissement a lieu brusquement, l'iris ne peut le suivre et il se détache

en l'un ou l'autre endroit de son insertion, au point qu'une iridodialyse se produit (*Arlt*). Le second fait, c'est que le coup qui atteint la cornée et l'aplatit
refoule en même temps l'humeur aqueuse. Celle-ci tend à fuir en arrière et
comprime la paroi postérieure de la chambre antérieure. Cette paroi est constituée au niveau de la pupille par la cristalloïde, sur tout le reste par l'iris. Lorsque
l'iris est refoulé, il est soutenu par le cristallin, sauf dans ses parties marginales,
qui se trouvent au-delà du bord du cristallin. A ce point, la chambre postérieure
est le plus profonde, et n'y est limitée que par la faible zonule de Zinn. C'est
donc vers la périphérie de l'iris que se trouvent les parties les moins résistantes
de la paroi postérieure de la chambre antérieure, lesquelles céderont, par conséquent, les premières sous l'effort de la pression de l'humeur aqueuse. De
cette façon donc, l'iris, au niveau de sa périphérie, est refoulé par l'humeur
aqueuse ; il s'y déprime en forme de sac jusqu'à la zonule de Zinn, et même
jusque dans le corps vitré si la zonule vient à se rompre (fig. 80, *u*). Les conséquences immédiates des changements de position de l'iris sont de trois espèces :
d'abord une violente tension des fibres de l'iris dans la direction radiée, ensuite
une dilatation de la pupille, enfin une rupture éventuelle de la zonule. La première peut entraîner une iridodialyse. La dilatation brusque de la pupille peut
produire des ruptures radiées du sphincter, et, comme conséquence, la paralysie de ce muscle. Quant à la rupture de la zonule, elle provoque le tremblotement, la subluxation, ou même la luxation du cristallin. Si la dilatation de la
pupille acquiert un degré suffisant, le cristallin, n'étant plus soutenu par la
zonule, peut tomber dans la chambre antérieure, où il reste emprisonné par
l'iris qui se contracte à nouveau sur sa face postérieure — luxation du cristallin dans la chambre antérieure. Enfin l'inflexion sacciforme périphérique de
l'iris peut aller si loin que, sur un certain point, cet organe est entièrement
replié (fig. 80, *o*), et qu'un renversement irien en résulte (*Förster*).

III. — TUMEURS DE L'IRIS ET DU CORPS CILIAIRE

§ 74. 1° KYSTES DE L'IRIS. — On rencontre dans l'iris des kystes séreux,
à contenu limpide, qui se développent dans le stroma irien, et dont les
parois sont constituées par du tissu irien raréfié. Ces kystes se développent
à la suite de plaies perforantes du globe et grandissent très lentement
jusqu'à ce qu'ils aient atteint la face postérieure de la cornée et rempli la
moitié et plus de la chambre antérieure. Alors se manifeste une hypertonie
qui entraîne une cécité complète. Pour prévenir cet accident, il faut extirper
le kyste à temps, par une opération. Pour cela, on pratique une incision
dans la cornée à l'endroit qui correspond au kyste. Ensuite, à travers
l'incision, on introduit une pince, on saisit le kyste et la partie de l'iris
y adhérant, et on excise le tout. Il arrive fréquemment qu'on ne réussit

pas à extirper entièrement le kyste ; dans ce cas, il faut s'attendre à une récidive, et une nouvelle opération est nécessaire.

2° TUBERCULOSE DE L'IRIS. — On l'observe chez les enfants et les jeunes gens. Elle se présente sous forme de tuberculose disséminée (miliaire) et de tubercules conglobés ou isolés, c'est-à-dire sous forme de petits tubercules ou d'un grand, ressemblant à une tumeur néoplastique. Dans les cas légers on peut espérer la guérison, tandis que, dans les cas graves, l'œil se perd habituellement. Le traitement consiste — sans négliger les symptômes locaux de l'iritis — à combattre avant tout la tuberculose par un régime approprié. Mais si, en dépit de ce traitement, la maladie continue à faire des progrès et que la cécité est imminente, il est préférable d'énucléer l'œil pour l'empêcher de devenir la source de l'extension de la tuberculose.

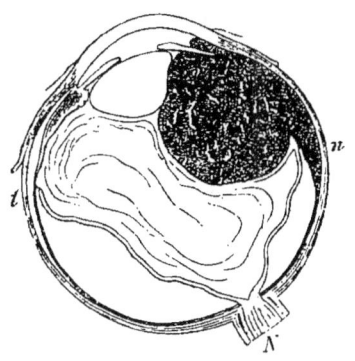

FIG. 81. — *Mélanosarcome du corps ciliaire.* Coupe horizontale à travers l'œil gauche d'une femme de trente-huit ans. Gross. 2/1. — La tumeur a pris son origine au côté nasal *n* du corps ciliaire et de la partie antérieure de la choroïde et proémine sous forme d'une demi-sphère, dans l'intérieur de l'œil. Les points et les traînées claires dans la tumeur, correspondent à la coupe de nombreux vaisseaux sanguins larges et à parois minces. Au bord antérieur, le néoplasme qui a perforé la racine de l'iris pénètre dans la chambre antérieure, où on le voyait sur le vivant, sous forme d'une masse brunâtre, occupant l'angle irido-cornéen. L'iris a été arraché de son insertion par la tumeur (iridodialyse). Derrière l'iris, le sarcome fait une saillie atteignant presque l'axe de l'œil, de sorte que la moitié nasale du cristallin a disparu par usure et a fait place à la tumeur qui le presse. Le cristallin n'a par conséquent subi qu'un déplacement peu important vers le côté temporal *t* ; ici le bout du cristallin vient buter contre les sommets des procès ciliaires et aplatit ceux-ci. Le cristallin est transparent. la cristalloïde intacte. La rétine est soudée à la surface de la tumeur, mais ailleurs elle est décollée. Ce décollement, qui n'existait pas sur le vivant, est dû à la rétraction du corps vitré sous l'action du liquide durcissant. Avant l'énucléation, l'œil avait une tension normale et une vue de 1/10.

3° SARCOMES. — Les sarcomes de l'*iris* se présentent le plus souvent sous forme de tumeurs pigmentées, brunes, qui, au début, se développent lentement, mais qui, plus tard, prennent une extension rapide, remplissent totalement la chambre antérieure et finissent par se faire jour au dehors, après avoir percé les enveloppes du globe. Les sarcomes du *corps ciliaire* restent pendant longtemps invisibles, parce qu'ils sont couverts par l'iris. On ne les aperçoit que lorsqu'ils ont acquis un certain développement et qu'on les voit apparaître derrière l'iris sous forme d'une bosselure brune, ou bien quand ils envahissent la chambre antérieure (fig. 81). Ils apparaissent d'abord à l'angle de la chambre, en arrachant l'iris de son insertion (iridodialyse). Au point de vue de leur marche ultérieure, les sarcomes de l'iris et du corps ciliaire ressemblent à ceux qui se développent dans la choroïde (pour les détails, voir plus loin, § 79). — Le seul traitement

applicable à ces tumeurs, c'est l'extirpation radicale pratiquée le plus tôt
possible. Les très petits sarcomes de l'iris, on peut les enlever par l'iridectomie ; on excise la partie de l'iris qui porte la tumeur. Quant aux sarcomes très développés de l'iris et du corps ciliaire, ils réclament sans retard
l'énucléation de l'œil.

Les *kystes séreux* de l'iris constituent une affection rare. Ils ont l'apparence de
bulles grisâtres et translucides. A leur paroi antérieure, on peut reconnaître
encore habituellement quelques fibres du tissu iridien raréfié, ainsi qu'un peu
de pigment. Quand ils ont atteint la paroi postérieure de la cornée, ils s'aplatissent
contre celle-ci, tandis que la cornée elle-même devient trouble à l'endroit où elle
en subit le contact ; c'est d'ailleurs ce qui arrive habituellement par suite du
contact de n'importe quel tissu étranger avec la cornée. Pendant ce temps, le
kyste s'est étendu également dans la direction du bord pupillaire, qu'il a refoulé
dans la pupille au point que celle-ci prend une forme de rein et plus tard celle
d'une simple fente. D'autre part, le kyste se développe en arrière, force le cristallin à prendre une position oblique, puis en amène l'opacification. Toutes ces
altérations entraînent des troubles visuels que souvent le patient ne remarque
pas, parce que les kystes ne se développent généralement que dans des yeux
blessés et dont la vision a déjà souffert du traumatisme antérieur. — On a observé
quelques cas de kystes séreux congénitaux, ensuite quelques cas de kystes perlés,
qui d'ailleurs ne se distinguent des premiers que par leur contenu. Ce dernier
a une consistance de bouillie, de suif ou de gruau ; parfois on y trouve également
des poils. — L'examen microscopique a démontré que les parois des kystes sont
constituées par du tissu iridien, dont la face interne est tapissée par un épithélium. Celui-ci sécrète le contenu séreux du kyste ; au contraire, le contenu plus
ferme des kystes perlés est formé par les cellules épithéliales elles-mêmes qui
s'exfolient de la paroi interne et tombent en dégénérescence graisseuse.

Comment se développent les kystes ? A l'état normal, il n'y a, dans l'iris, ni
glandes ni surtout épithélium. Il s'ensuit que les kystes de cet organe ne sauraient
être considérés comme des kystes de rétention. L'épithélium doit donc être
introduit du dehors dans l'iris. Il est facile de comprendre comment la chose
est possible, si nous nous rappelons qu'ils ne s'observent généralement qu'après
des blessures perforantes. Le corps vulnérant, en pénétrant dans l'œil, entraîne
soit un peu d'épithélium provenant des bords palpébraux de la conjonctive ou
de la cornée, soit peut-être un cil avec son follicule. Ces débris sont alors déposés dans la chambre antérieure ou même dans le tissu de l'iris. L'épithélium y
trouve un milieu favorable à son développement et y prolifère. Plus tard il s'y
forme une cavité par une accumulation de liquide qui distend les cellules épithéliales et en fait le revêtement de la nouvelle cavité kystique (*Buhl, Rothmund*).
Pour corroborer cette interprétation, on a cherché à implanter des lambeaux
de tissu vivant dans la chambre aqueuse (*Doremaal, Goldzieher*). Le tissu implanté
se vascularisa par l'intermédiaire des vaisseaux de l'iris et se développa jusqu'à
un certain point, puis commença à régresser. D'après *Stölling*, l'épithélium

peut aussi, pendant la cicatrisation, pousser progressivement de la surface vers la profondeur. D'abord il pénètre de la surface cornéenne dans la plaie dont il tapisse les parois; de là, il progresse sur l'iris, qui, d'habitude, est relié à la plaie cornéenne et se développe ici en un kyste. C'est de cette manière que l'on tente d'expliquer particulièrement l'origine des kystes de l'iris, qui surviennent après une opération de cataracte (*Guaita*). — On a également cherché à expliquer la formation des kystes d'une autre manière. *Wecker* admet que, par des synéchies postérieures, une partie de la chambre postérieure s'isole et forme un sac; plus tard, par l'accumulation de liquide, le sac se transforme en cavité kystique. D'après *Alt*, certaines synéchies antérieures peuvent également donner lieu à la formation de semblables sacs. *Eversbusch* pense que, sous l'influence du traumatisme, les lamelles les plus internes du ligament pectiné sont décollées, par exemple par le sang qui s'y épanche. Le décollement de ces lamelles se propage dans la direction centripète, de telle sorte que le tissu de l'iris se divise en deux feuillets — qui seront les parois du kyste — jusqu'au niveau du bord pupillaire. En ce qui concerne les cas plus rares de kystes spontanés, c'est-à-dire de kystes qui ne proviennent pas d'un traumatisme, *Schmidt-Rimpler* pense qu'ils sont constitués par une crypte dont l'ouverture s'est oblitérée, et dont la cavité s'est, par après, remplie de liquide. — Il ne faut pas confondre les kystes avec les *vésicules de cysticerque* qui s'observent très rarement dans la chambre antérieure. Ces vésicules s'y trouvent tantôt à l'état libre, tantôt fixées à la face antérieure de l'iris.

La *tuberculose* de l'iris est une affection bien connue, par la raison qu'on peut la provoquer par voie expérimentale. *Cohnheim* a démontré qu'en introduisant des masses tuberculeuses dans la chambre antérieure, on fait naître une tuberculose de l'iris. Pour faire l'expérience, il faut que les masses tuberculeuses (des lambeaux excisés de glandes lymphatiques tuberculeuses, des granulations curettées d'articulations tuberculeuses, etc.) soient aseptiques, c'est-à-dire libres d'éléments pyogènes, sinon, après leur introduction dans la chambre antérieure, elles provoquent une violente iridocyclite ou même une panophtalmie, qui entraîne la perte de l'œil. Il vaut donc mieux se servir de cultures pures de bacilles de la tuberculose. — Les fragments de tissu tuberculeux, introduits dans la chambre antérieure y provoquent une légère irritation, qui disparaît au bout de quelques jours. Les fragments de tissu eux-mêmes se résorbant d'ailleurs rapidement, l'œil reprend bientôt son aspect normal, comme si l'expérience était restée sans résultat. Ce n'est qu'au bout de vingt à trente jours que l'œil se met de nouveau à s'injecter et à montrer les symptômes de l'iritis, en même temps que, dans l'iris, on remarque de petites nodosités grises. Celles-ci se développent, deviennent confluentes, remplissent plus tard la chambre antérieure, et finissent par se frayer un passage au dehors. En règle générale, l'animal en expérience meurt plus tard par suite d'une tuberculose généralisée produite par l'infection de l'œil. — L'iritis tuberculeuse est mise à profit pour démontrer la nature tuberculeuse de fragments de tissus excisés. Dans ce but, on les introduit dans la chambre antérieure d'un lapin, et on observe si, après le temps d'incubation ordinaire, des tubercules se développent dans l'iris.

La tuberculose de l'iris, produite ainsi expérimentalement chez les animaux, constitue une tuberculose primitive, tandis que la tuberculose de l'iris chez l'homme est de nature secondaire, c'est-à-dire provoquée par un foyer tuberculeux ayant son siège dans un autre point du corps. En effet, dans le plus grand nombre de cas de tuberculose de l'iris, on trouve encore, dans d'autres organes (poumons, ganglions lymphatiques, os, etc.) des symptômes de tuberculose. Dans beaucoup de cas, cependant, sauf l'affection des yeux, les patients paraissent entièrement sains ; mais, même alors, l'on doit admettre quelque foyer tuberculeux, primitif cliniquement indémontrable (par exemple des ganglions bronchiques caséeux). Abrité qu'il est, l'iris ne peut pas être infecté de tuberculose par des agents extérieurs, comme par exemple le cas se présente pour la conjonctive, qui n'est pas trop rarement envahie par la tuberculose primaire. On ne pourrait songer à une infection tuberculeuse directe de l'iris qu'en cas de traumatisme perforant, ce que j'ai, en effet, observé une fois.

Chez l'homme, la *tuberculose disséminée de l'iris* se présente, en général, sous forme d'une iritis dont le signe caractéristique est constitué par la présence de petites nodosités grises translucides. Celles-ci sont l'objet d'évolutions constantes : tandis que les unes disparaissent, d'autres nouvelles réapparaissent. Finalement, la guérison peut survenir. Il n'est pas rare cependant que l'œil finisse par s'atrophier par suite d'une iridocyclite plastique. Souvent la maladie est bilatérale. L'extirpation par l'iridectomie des tubercules des parties de l'iris qui les portent est une opération qui généralement n'est suivie d'aucun succès, car, sur d'autres points de l'iris, se développent de nouveaux tubercules.

Jusqu'ici, le *tubercule solitaire* n'a été observé que sur un seul côté. Il se présente soit accompagné de granulations miliaires, soit le plus souvent sans elles et sans les symptômes de l'iritis, de façon qu'il ressemble à un néoplasme, v. Graefe, le considérant comme un néoplasme, le décrivit sous le nom de *granulome*, parce que *Virchow*, qui avait examiné la tumeur anatomiquement, lui avait reconnu les caractères du tissu de granulation. La marche ultérieure semble tout d'abord confirmer le diagnostic de néoplasme, car il ne cesse de se développer et, finalement, perforant la cornée près de son bord, il se fraie une issue au dehors. Mais alors, cette tumeur, au lieu de continuer à se développer, se détruit, de façon qu'à la fin le globe oculaire se transforme en un moignon atrophique C'est *Haab* qui, le premier, a démontré que la tumeur considérée autrefois comme un granulome, n'est autre chose qu'un tubercule. Au point de vue du traitement l'erreur de diagnostic serait de peu d'importance, l'énucléation étant dans tous les cas indiquée, qu'il s'agisse d'un néoplasme ou d'un granulome. Les fonctions d'un œil qui est le siège d'un granulome sont toujours perdues, et l'organe peut devenir la source d'une infection tuberculeuse générale. — Dans le corps ciliaire, on a également observé des tumeurs tuberculeuses solitaires.

Il y a des cas où, par la formation de petites tumeurs dans l'iris, se produit l'image d'une tuberculose disséminée, alors qu'une autre affection en est la cause. Il en est ainsi dans les cas rares d'iritis avec formation de tumeurs, dans la leucémie et la pseudo-leucémie. Ensuite, dans les cas où, au milieu de symptômes inflammatoires violents, de petites tumeurs se sont développées dans l'iris, quelques mois après que des poils de chenille s'étaient introduits dans l'œil. L'examen des petites tumeurs excisées a démontré qu'elles contenaient ces poils, qui s'étaient introduits dans l'iris, après avoir perforé la cornée (*Pagenstecher*, et autres).

On a encore donné le nom de granulome de l'iris aux prolapsus iridiens bourgeonnants, qui prennent la forme de petits champignons. Il vaut mieux ne pas se servir de cette expression. Elle donne lieu à la confusion d'un côté entre le tubercule appelé granulome, d'un autre côté en faisant croire qu'il s'agit ici d'un véritable néoplasme.

On rencontre encore dans l'iris des tumeurs bénignes, que l'on désigne sous le nom de *mélanomes*. On les observe sous deux formes différentes. L'une consiste en une tumeur noirâtre qui naît dans le stroma iridien et proémine dans la chambre antérieure. Cette sorte de mélanome est produite par une prolifération des cellules pigmentées du stroma iridien. Les mélanomes de la seconde espèce siègent sur le bord pupillaire de l'iris. Ils s'y développent aux dépens de la couche de pigment rétinien au bord de la pupille, où elle se réfléchit sur la face antérieure de l'iris. Ce sont de petites tumeurs noires faisant saillie, dans le champ de la pupille (ces excroissances pigmentaires sont très développées chez le cheval à l'état normal). Il arrive quelquefois que, par suite du jeu de la pupille, ces tumeurs se détachent du bord pupillaire, et alors elles sont libres dans la chambre antérieure. — Ces deux espèces de mélanomes sont de nature identique. Toutes les deux sont des tumeurs bénignes, et ne diffèrent que par leur plus ou moins grand développement. Cependant, on connaît des cas de mélanomes de la première espèce, qui ont donné plus tard naissance à des sarcomes pigmentés.

Le *diagnostic différentiel* des tumeurs de l'iris rencontre quelquefois des difficultés. Une tumeur *non pigmentée* de l'iris peut être : une tumeur syphilitique (papule ou gomme), un tubercule solitaire, ou un sarcome non pigmenté. Les signes distinctifs sont :

1° Les sarcomes contiennent le plus de vaisseaux, les tumeurs syphilitiques sont moins vascularisées, et les tubercules ne contiennent presque pas de vaisseaux du tout. Dans ce dernier cas, on rencontre quelquefois de petits tubercules de teinte grise, qui ont un aspect caractéristique et qui siègent dans le voisinage de la grosse tumeur ;

2° Les papules de l'iris ne siègent que sur son bord pupillaire ou ciliaire, jamais à un autre endroit, tandis que d'autres tumeurs peuvent occuper n'importe quel point de la surface de l'iris ;

3° L'iritis se manifeste plus tôt dans les tumeurs syphilitiques et tuberculeuses que dans le sarcome ;

4° Le tubercule ne se trouve guère que chez les individus au-dessous de vingt ans, tandis que les deux autres espèces de tumeurs s'observent généralement au-delà de cet âge ;

5° Ce qu'il y a de plus important, c'est l'examen général du malade. Par là on doit établir si d'autres organes sont atteints soit de syphilis, soit de tuberculose. Dans les cas douteux, il est indiqué d'instituer un traitement mercuriel énergique, et, du résultat qu'on en obtient, on pourra conclure à la nature de la tumeur.

Parmi les tumeurs pigmentées, les sarcomes pigmentés et les mélanomes (la première forme) se ressemblent excessivement fort. On ne peut les distinguer avec certitude qu'en établissant soit par les commémoratifs, soit par l'observation, s'ils prennent ou non de l'extension..

Mentionnons encore comme très rares : les tumeurs vasculaires (*Mooren, Schirmer*), les myomes (*Lagrange*), les myosarcomes (*Wecker* et *Iwanoff, Dreschfeld, Deutschmann*), prenant leur point de départ dans le muscle ciliaire, les tumeurs épithéliales, d'apparence carcinomateuse, ayant leur origine dans les cellules cylindriques de la portion ciliaire de la rétine (*Badal, Lagrange, Lawford* et autres), enfin les nodosités lépreuses (*Bull* et *Hansen*).

IV. — TROUBLES DE LA MOTILITÉ DE L'IRIS

§ 75. Les troubles de la motilité de l'iris se manifestent par la diminution de la réaction de cet organe, mais surtout par le changement du diamètre pupillaire. Ce changement est surtout frappant quand il n'y a qu'un seul œil malade, de façon à produire une anisocorie (1). Cette différence dans le diamètre des pupilles a toujours un caractère pathologique, car, à l'état normal, les deux pupilles ont, en toutes circonstances, un diamètre égal. Les modifications pathologiques de la largeur pupillaire sont ou bien un élargissement (mydriase), ou bien un rétrécissement (miosis) de la pupille. Chacun de ces deux états peut provenir soit d'un spasme (état actif ou spasmodique) ou d'une paralysie (état passif ou paralytique). La mydriase spasmodique résulte de la contraction active des fibres dilatatrices de la pupille, la mydriase paralytique, au contraire, de la paralysie du sphincter. La réciproque a lieu pour le miosis. Ainsi le miosis spasmodique consiste en une contraction du sphincter, le miosis paralytique en une paralysie des fibres dilatatrices.

a) Mydriase

La mydriase *spasmodique* accompagne les états irritatifs du cerveau les plus divers.

La mydriase *paralytique* est de loin la plus fréquente. Elle résulte de la paralysie des fibres de l'oculo-moteur commun, dont les ramifications innervent les muscles intérieurs de l'œil, c'est-à-dire le sphincter pupillaire et le muscle ciliaire. Il s'ensuit qu'habituellement on trouve ces deux muscles paralysés en même temps. La paralysie de l'oculo-moteur peut être plus ou moins étendue ; elle peut frapper seulement un certain

(1) De α-ἴσος égal, et de κόρη, pupille.

nombre de ses branches, ou les atteindre toutes, ou bien encore elle peut se borner au sphincter (seul, ou à celui-ci en même temps qu'au muscle de l'accommodation). Ces paralysies isolées s'observent : 1° dans les affections du système nerveux central, le plus souvent dans le tabès et la paralysie progressive. A cause, principalement, de la relation de ces maladies avec la syphilis, il est établi depuis longtemps que 2° la syphilis est une des causes les plus fréquentes de la mydriase isolée; 3° dans les empoisonnements. Ici se rangent avant tout les alcaloïdes connus sous le nom de mydriatiques. Ensuite dans les empoisonnements par des substances corrompues (telles que viandes, poissons, saucissons gâtés, etc.) se manifeste la paralysie de l'accommodation et de la pupille; 4° après la diphtérie (comparez § 150).

On explique les paralysies de la pupille et de l'accommodation après les contusions et dans l'hypertonie par' une lésion toute locale du sphincter et du muscle accommodateur. Dans les cas de contusions, outre l'ébranlement, il existe de petites ruptures et des épanchements sanguins dans les muscles en question. Dans les cas d'hypertonie, au contraire, la paralysie résulte de la compression subie par les nerfs, compression qui amène très rapidement l'atrophie des fibres musculaires elles-mêmes.

La dilatation pupillaire dans la cécité complète (amaurose) ne doit pas être considérée comme un trouble de la motilité de l'iris ; c'est une suspension du réflexe pupillaire physiologique, dépendant de l'insensibilité de la rétine à l'action de la lumière.

b) Miosis

On observe le miosis *spasmodique* au début d'une méningite. On obtient le miosis le plus intense par l'instillation des alcaloïdes constricteurs de la pupille (miotiques). Certains poisons provoquent aussi un degré moins élevé de miosis, tels sont l'opium, le chloral, la nicotine.

Le miosis *paralytique* est un des symptômes les plus importants de la paralysie du sympathique cervical. Ensuite, on le rencontre très fréquemment, dans les affections spinales, notamment le tabès dorsal, ainsi que dans la paralysie progressive, comme symptôme spinal. Le *miosis spinal* se distingue très souvent par ce fait que la pupille cesse de se contracter sous l'action de la lumière, tandis qu'elle se contracte encore dans l'accommodation et la convergence (symptôme d'Argyll Robertson) (voir page 301).

La dilatation ou le rétrécissement de la pupille, non accompagnés de paralysie de l'accommodation, n'amènent par eux-mêmes pas de gêne sensible de la vue. Il est donc rare qu'il faille les traiter comme tels. Ils ne sont réellement importants que parce qu'ils constituent un symptôme grave d'une affection plus profonde et plus étendue. Cette dernière affection constitue donc seule l'objet du traitement. Comme traitement symptomatique, on peut, contre la mydriase paralytique, prescrire les miotiques et l'électricité.

La *paralysie du grand sympathique* se reconnaît à un ensemble de symptômes dont *Horner* a, le premier, fait le tableau complet : la pupille est rétrécie en raison de la paralysie de ses fibres dilatatrices. Cet état se trahit surtout par le fait que la pupille ne se dilate pas, quand on place l'œil dans l'obscurité. La fente palpébrale est plus petite à cause de la chute de la paupière supérieure. Le ptosis modéré qui en résulte dépend de la paralysie des fibres musculaires lisses de la paupière supérieure décrites par *Müller* (muscle palpébral supérieur), et qui sont innervées par le grand sympathique. Le globe lui-même paraît souvent un peu rentré dans l'orbite, et moins tendu. Un symptôme important est la différence de réplétion que présentent les vaisseaux sanguins des deux côtés de la face. Dans la paralysie récente, le côté paralysé de la face est plus rouge et plus chaud ; plus tard, c'est le contraire qui se produit, le côté paralysé est plus pâle, plus froid et ne transpire plus (chez l'homme on le constate facilement à la coiffe du chapeau qui n'est mouillée de sueur que d'un seul côté). — Les paralysies du grand sympathique dépendent ordinairement de lésions plus ou moins graves du nerf dans la région du cou, et le plus souvent de sa compression par une tumeur (goître ou ganglions lymphatiques tuméfiés). Plus rarement la cause réside dans une blessure (entre autres une fracture de la clavicule), ou une opération (extirpation de tumeur). Parmi les affections centrales, on a observé, comme cause de la paralysie du sympathique, les lésions de la moelle épinière, comme le tabès ou la blessure de la partie la plus élevée de la moelle cervicale. Dans un grand nombre de cas, la cause reste ignorée. La paralysie ne produit aucun inconvénient, sauf la difformité résultant du léger ptosis. Aussi, souvent, ce n'est qu'accidentellement qu'elle est découverte par le médecin.

On désigne sous le nom d'*Hippus* un état pathologique consistant en un changement continuel et rapide de la largeur de la pupille. Déjà, à l'état physiologique, la pupille n'est jamais entièrement en repos ; aussi est-il difficile de dire où se trouvent les limites entre les mouvements pupillaires pathologiques et physiologiques, et beaucoup d'auteurs prétendent qu'il n'existe pas d'hippus véritable (pour les troubles de la motilité du corps ciliaire, voir les anomalies de l'accommodation, § 150.)

V. — ANOMALIES CONGÉNITALES DE L'IRIS

§ 76. 1° MEMBRANE PUPILLAIRE PERSISTANTE. — Cette membrane consiste en un tissu gris ou brun qui, dans le champ pupillaire, repose sur la capsule antérieure et est habituellement relié à l'iris par des filaments bruns. Très souvent, la membrane est représentée par quelques points bruns appliqués sur la cristalloïde antérieure et par quelques-uns de ces filaments, qui vont d'un point du bord pupillaire au point opposé, formant une espèce de pont sur la pupille, ou qui s'insèrent d'un côté à l'iris et de l'autre à la capsule cristallinienne. Ces filaments ont beaucoup de ressemblance avec les synéchies qui persistent après une iritis. Seulement, ils ne s'insèrent pas, comme celles-ci, aux bords de la pupille même, mais plus en dehors, au niveau du petit cercle, situé sur la face antérieure de l'iris (fig. 82, c). C'est, en effet, ce petit cercle, ainsi que nous l'apprend l'embryologie (voir page 306), qui fournit les vaisseaux de la membrane pupillaire.

FIG. 82. — *Reste de la membrane pupillaire.* Gross. 2/1. — Celui-ci se détache sous forme d'un fin filament c, du petit cercle de l'iris et se dirige vers le milieu de la pupille où il s'attache à une petite opacité capsulaire ronde, blanche. Malgré ce filament, la moitié inférieure de l'iris s'est contractée sous l'influence de l'atropine, de sorte que le filament est fortement étiré ; au contraire, deux synéchies postérieures a et b empêchent la partie supérieure de l'iris d'obéir à l'action de l'atropine (voir la légende de la fig. 74).

2° COLOBOME (1) DE L'IRIS. — Le colobome congénital de l'iris est toujours situé en bas. La pupille s'étend jusqu'au bord inférieur de la cornée, tout en se rétrécissant graduellement, de façon qu'elle prend la forme d'une poire dont la pointe touche le bord cornéen inférieur (fig. 83). Le sphincter borde la pupille, y compris le colobome jusque près de sa pointe. C'est par là que le colobome congénital se distingue du colobome artificiellement produit par l'iridectomie. Dans ce dernier, le sphincter fait défaut dans le champ du colobome, parce qu'on l'a coupé, et on le voit se terminer par des angles aigus aux limites de la pupille et du colobome (fig. 204). Le colobome de l'iris s'accompagne très souvent d'un colobome de la choroïde et du corps ciliaire (voir § 80), et quelquefois même le cristallin présente une petite entaille au niveau de son bord qui correspond à l'endroit du colobome (colobome du cristallin).

3° IRIDÉRÉMIE (ANIRIDIE). — L'iris peut faire défaut dans sa totalité, ou bien un petit reste peut persister. C'est une anomalie qui est souvent compliquée de troubles congénitaux de la cornée ou du cristallin.

_____

(1) κολόβωμα, mutilation.

4° ECTOPIE DE LA PUPILLE (1). — Déjà, dans l'œil normal, la pupille ne se trouve pas exactement au milieu ; elle est située un peu en dedans et en bas. Tandis qu'habituellement on ne remarque cela qu'en l'examinant attentivement, il se présente des cas où l'ectopie est si sensible qu'elle saute aussitôt aux yeux, car la pupille peut être située tout à fait excentriquement dans le voisinage du bord cornéen. Ce déplacement a été observé de tous les côtés, et il est fréquemment compliqué d'un déplacement correspondant du cristallin (ectopie du cristallin).

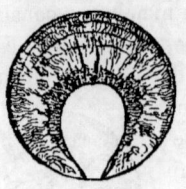

Fig. 83. — *Colobome congénital de l'iris*. Gross. 2/1. — La pupille piriforme est entourée par le sphincter qui se rétrécit graduellement vers le bas, de façon que, dans les parties inférieures du colobome, on ne peut plus le voir ; en revanche, ici, le liseré noir appartenant au pigment rétinien de l'iris est d'autant plus large. On ne voit que dans sa partie supérieure les sillons de contraction de l'iris.

Les anomalies congénitales que nous venons de mentionner sont le plus souvent bilatérales. Elles sont fréquemment héréditaires, de sorte qu'on les trouve souvent sur plusieurs membres d'une même famille ; fréquemment aussi, elles s'accompagnent d'autres difformités congénitales. C'est pour ce motif que les troubles de l'acuité visuelle sont souvent beaucoup plus notables que ne l'auraient fait supposer les conditions optiques. Dans les yeux de cette espèce, on observe souvent un état de myopie élevée, d'hypermétropie ou d'astigmatisme, ou encore un défaut de développement de la rétine, ou même de tout l'œil qui est sensiblement plus petit (microphtalmie).

La *membrane pupillaire* se rencontre relativement assez souvent chez les enfants nouveau-nés, mais elle disparaît le plus fréquemment, sauf dans un petit nombre de cas où il en persiste des vestiges pendant toute la vie. Les filaments bruns qui s'étendent entre la pupille et la capsule sont des vaisseaux sanguins oblitérés, enveloppés de pigment. Ils ne gênent pas le libre mouvement de la pupille. Celle-ci se dilate au maximum sous l'action de l'atropine, sans perdre sa forme circulaire, car ces filaments sont excessivement extensibles. C'est là un signe de plus qui les distingue des synéchies produites par une inflammation.

Le *colobome* congénital de l'iris se présente sous diverses formes. A côté du colobome piriforme déjà décrit, on en observe quelquefois où la pupille acquiert la forme d'un trou de serrure, comme ceux qu'on pratique artificiellement. Une forme particulière est celle que présente le colobome en pont. La pupille alors est séparée du colobome par un mince filament du tissu iridien, qui s'étend, comme un pont, d'un bord du colobome à l'autre. — On rencontre relativement souvent des colobomes incomplets. Alors on observe une encoche peu profonde

(1) Également corectopie de κόρη, pupille, ἔκ et τόπος lieu.

du bord pupillaire, ou bien, à la place du colobome, on trouve l'iris autrement coloré, parce qu'à cet endroit les couches antérieures de l'iris font défaut.

Le colobome de l'iris s'accompagne souvent d'une déformation de la cornée, qui se rétrécit en bas et prend une forme de poire. Fréquemment aussi ces yeux sont plus petits (Microphtalmie, voir § 80).

La formation du colobome s'explique par l'occlusion incomplète de la fente oculaire fœtale ; celle-ci étant située en bas, le colobome occupe également cet endroit (pour plus de détails, voir les colobomes de la choroïde, § 80). Toutefois, l'explication que nous venons de donner ne s'applique pas aux colobomes extraordinairement rares, qui ne se trouvent pas en bas, mais dans une autre partie. La plupart de ces colobomes sont le résultat d'une inflammation de l'iris survenue pendant la vie fœtale, laquelle a entraîné un arrêt partiel dans la croissance de l'iris ou son atrophie en un point.

En ce qui concerne les anomalies congénitales si fréquentes de la teinte de l'iris, voir page 274 et suivantes.

CHAPITRE VI

MALADIES DE LA CHOROÏDE

I. — INFLAMMATION DE LA CHOROÏDE

§ 77. L'inflammation de la choroïde (choroïdite) produit des exsudats qui, comme dans toute inflammation, disparaissent ultérieurement par résorption ou passent à la suppuration. D'après cette donnée, on distingue les inflammations de la choroïde en choroïdite non suppurative, que l'on désigne habituellement sous le nom de choroïdite exsudative, et en choroïdite suppurative. Lorsque l'inflammation se borne à la choroïde seule, comme c'est généralement le cas dans la forme non suppurative, tout symptôme inflammatoire extérieur fait défaut. L'œil paraît extérieurement normal, et la maladie ne se trahit, pour le patient, que par des troubles visuels, pour le médecin que par l'examen à l'aide de l'ophtalmoscope. Mais si la maladie envahit la partie antérieure de l'uvée, elle se reconnaît en outre extérieurement aux symptômes de la cyclite et de l'iritis — *iridochoroïdite*. L'extension de l'affection en avant est donc de règle, dans les inflammations violentes, dans les formes suppuratives.

A. CHOROÏDITE EXSUDATIVE (non suppurative)

Symptômes. — La choroïdite exsudative se présente le plus souvent sous forme de foyers isolés disséminés sur la surface de la choroïde (fig. 84). Tant que ces foyers sont récents, ils apparaissent à l'ophtalmoscope, comme des taches jaunâtres, à limites peu nettes, appliquées sur le fond de l'œil rouge sous les vaisseaux de la rétine. Ce qui paraît jaune est l'exsudat qui recouvre le rouge de la choroïde normale. A mesure que l'exsudat disparaît par résorption, la choroïde réapparaît, mais sous un autre aspect : elle est atrophiée, privée de son pigment, et çà et là transformée en tissu conjonctif cicatriciel. C'est ainsi que l'on voit le point malade devenir plus clair après la disparition de l'exsudat jaune. Quand la choroïde est tout à fait atrophiée, on trouve à sa place une tache blanche, qui est la sclérotique blanche devenue apparente. Dans d'autres cas, on peut reconnaître des restes de vaisseaux et de pigment choroïdiens dans la cicatrice blanche. Plus tard, le pigment prolifère souvent, de façon que les plaques de choroïdite sont bordées par un cercle de pigment noir ou simplement taché de noir (fig. 84). Les taches dépigmentées ou colorées en noir, qui ont persisté après la disparition de la choroïdite, peuvent être justement considérées comme des cicatrices de la choroïde.

Il est facile de comprendre que la rétine, en contact immédiat avec la choroïde, est également entreprise par l'inflammation dans l'étendue des points affectés. Lorsque la participation de la rétine à l'inflammation est particulièrement évidente, on désigne l'affection sous le nom de rétino-choroïdite. D'ailleurs, l'exsudat fourni par la choroïde ne s'arrête pas seulement dans la rétine, mais traverse cette membrane et envahit le corps vitré. Aussi des opacités du corps vitré produites de cette façon accompagnent presque constamment la choroïdite.

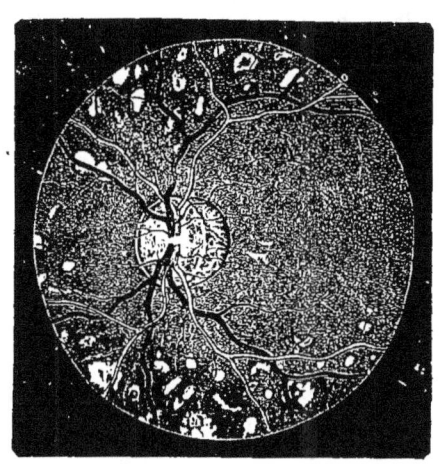

Fig. 84. — *Choroïdite disséminée*, d'après Wecker. — La choroïdite a envahi un œil myope ; cela se reconnaît au croissant atrophique qui embrasse la papille à son côté temporal. Le croissant est bien limité du côté de la papille par l'anneau scérotical, du côté temporal par un anneau pigmentaire ; il laisse voir, dans toute son étendue, les restes des vaisseaux choroïdiens ainsi que du pigment. Les foyers choroïditiques occupent particulièrement la région équatoriale du fond de l'œil. Ils sont blancs, et bordés d'un liseré pigmenté tantôt large, tantôt étroit ; beaucoup d'entre eux portent des taches pigmentaires. Les vaisseaux rétiniens, passant très nettement sur les taches et le pigment, sont donc situés plus en avant.

C'est à cause de la participation de la rétine et du corps vitré à l'inflammation que se manifestent des *troubles visuels* de diverse nature, qui éveillent l'attention du malade. L'acuité visuelle est diminuée dans son ensemble par le trouble de transparence du corps vitré et l'hyperémie de la rétine. Aux endroits occupés par les foyers inflammatoires, la vue peut être entièrement perdue, de sorte qu'il existe des lacunes en forme d'îlots — des scotomes — dans le champ visuel (voir p. 34). Comme, au niveau des foyers inflammatoires, la rétine est soulevée, et que ses éléments n'occupent plus leur situation normale, les objets dont l'image tombe sur ces points peuvent être déformés — métamorphopsie. C'est ainsi que des lignes droites paraissent courbées de différentes manières. D'autres fois aussi, les objets paraissent plus petits (micropsie). Tant que l'inflammation est récente, des symptômes irritatifs se manifestent également du côté de la rétine ; il existe entre autres des sensations lumineuses subjectives (photopsies), telles que du scintillement, la vue d'étincelles, de boules de feu, etc. Ces phénomènes incommodent et effraient quelquefois les patients à un haut degré. — Lorsqu'après la disparition de l'inflammation, l'atrophie a envahi la choroïde ainsi que la couche avoisinante de la rétine, il se manifeste, au lieu de phénomènes d'irritation, des symptômes qui indiquent l'existence de scotomes, c'est-à-dire de lacunes dans le champ visuel. L'influence que les scotomes exercent sur la vue, en général, dépend avant tout de l'endroit qu'ils occupent sur le fond de l'œil. Les scotomes situés à la périphérie n'amènent qu'un trouble modéré de la vue, même quand ils sont assez nombreux, et, s'ils sont isolés, ils échappent habituellement à l'observation du patient. En revanche, lorsque le scotome occupe la tache jaune, les troubles visuels en sont d'autant plus prononcés. Alors la vision directe est entamée et l'œil est incapable d'exécuter aucun travail minutieux. Le premier cas se réaliserait dans la choroïdite représentée par la figure 84, le second dans celle représentée par la figure 86.

La *marche* de la choroïdite est chronique. Il faut plusieurs semaines pour que les foyers exsudatifs soient devenus atrophiques. Quant aux opacités du corps vitré, elles persistent encore beaucoup plus longtemps, et souvent ne disparaissent plus jamais. C'est surtout par ses tendances à la récidive que la choroïdite est dangereuse. Par suite de cette circonstance, il survient constamment de nouveaux foyers malades dans la choroïde, tellement qu'à la fin elle est entièrement couverte par des taches vieilles et récentes. Il s'y ajoute finalement de l'atrophie de la rétine et du nerf optique, de sorte que les cas opiniâtres de choroïdite se terminent par une cécité partielle ou complète de l'œil. Lorsque l'affection de la choroïde est avancée, le cristallin ne manque presque jamais de s'opacifier — cataracte compliquée.

Étiologie. — La choroïdite exsudative est une affection fréquente et qui s'observe à tout âge. La syphilis, tant acquise qu'héréditaire, est une de ses causes habituelles. On a également observé des cas de choroïdite congénitale dépendant de syphilis héréditaire. En outre, la choroïdite peut se développer à la suite de troubles de nutrition de diverses sortes, tels que l'anémie, la chlorose, la scrofulose, etc. Dans un grand nombre de cas, la cause de la choroïdite reste obscure.

Très souvent, la myopie se complique d'altérations de la choroïde, qui ne se trouve qu'exceptionnellement normale dans les degrés élevés de la myopie (fig. 86). Mais les altérations que l'on observe ici dans la choroïde sont en tous cas bien moins celles de la choroïdite proprement dite que d'une atrophie primitive de cette membrane. Celle-ci résulte de la distension subie par la choroïde, quand tout le segment postérieur de la sclérotique se distend en arrière, comme c'est le cas dans la myopie élevée.

Le *traitement* de la choroïdite doit surtout être dirigé contre le facteur étiologique. Lorsqu'on peut atteindre la cause, comme par exemple dans la syphilis, on obtient de prompts succès. La choroïdite syphilitique fournit, en effet, le meilleur pronostic : par une cure antisyphilitique énergique, on peut obtenir une prompte amélioration et souvent même une guérison complète. Mais on ne peut prévenir les fréquentes récidives qui, en définitive, amènent la perte de la vue.

Le traitement des altérations locales doit avoir pour objectif d'obtenir une prompte résorption des exsudats de la choroïde, de la rétine, ainsi que du corps vitré. Dans ce but sont indiqués l'iodure de potassium ou, éventuellement, des onctions mercurielles qui, même dans les cas non syphilitiques, peuvent rendre de bons services par leur action résolutive ; ensuite des cures sudorifiques au moyen de la pilocarpine, ou du salicylate de soude. Si le fond de l'œil est très injecté, on peut recourir à une soustraction sanguine, au moyen de six à dix sangsues placées à l'apophyse mastoïde. Il faut y ajouter ce qu'on appelle la diététique oculaire, c'est-à-dire l'abstention de tout effort de l'œil, la soustraction de l'organe à l'action de la lumière par l'usage de lunettes foncées, et, éventuellement, le séjour dans une chambre noire.

La différence entre les exsudats de fraîche date et les vieilles taches atrophiques de la choroïde se reconnaît aux signes suivants : les exsudats sont de teinte jaune ou blanc jaunâtre, à limites confuses, et ne laissent pas reconnaître les vaisseaux choroïdiens. Si, par hasard, des vaisseaux rétiniens passent sur les exsudats, ils sont arqués ; ce qui démontre que la rétine présente à ces endroits une voussure produite par l'exsudat. Les taches atrophiques, au contraire, sont d'un blanc pur, irrégulièrement mais nettement limitées, souvent par un liseré pigmenté. Au milieu des plaques atrophiques même, il se rencontre des taches pigmentées ; il arrive même quelquefois que la prolifération pigmentaire est si abondante que finalement les plaques deviennent entièrement noires. En outre, on peut remarquer dans les taches atrophiques des reliquats de vaisseaux choroïdiens. Les parois en sont fréquemment épaissies, et d'aspect blanchâtre, ou bien on les voit complètement oblitérés, et transformés en cordonnets clairs. — Dans les cas d'ancienne rétino-choroïdite, le pigment passe souvent de la choroïde dans la rétine. On reconnaît que le pigment est situé dans la rétine à ce que les vaisseaux rétiniens, traversant ces endroits, sont cachés par le pigment tandis qu'ils passent, sans perdre de leur netteté, au-devant du pigment situé dans la choroïde.

On rencontre des cas où l'atrophie n'atteint que l'épithélium pigmentaire, qui disparaît graduellement. Alors le stroma choroïdien avec ses vaisseaux et ses espaces intervasculaires est mis à découvert, et l'on voit l'image du fond de l'œil tigré (fig. 86), tel qu'on l'observe dans certaines conditions physiologiques. Cet état ne se présente pas seulement dans certaines formes de choroïdite, mais encore dans le glaucome, dans la myopie élevée, dans la rétinite pigmentaire, etc. — Chez les vieillards, on trouve quelquefois dans la choroïde de toutes petites taches d'un blanc jaunâtre qui sont souvent bordées d'un liseré foncé. Ces taches correspondent à des excroissances glanduleuses de la lame vitrée de la choroïde, au niveau desquelles l'épithélium pigmentaire a été détruit.

Les choroïdites qui ne se présentent qu'en *foyers isolés* se divisent en plusieurs formes, suivant la localisation de l'inflammation.

1° *La choroïdite centrale.* — Elle se distingue par la présence d'un foyer exsudatif, occupant la région de la macula lutea, et produit ainsi un scotome central. La cause la plus fréquente en est la myopie, qui, lorsqu'elle est élevée, est, dans un âge avancé, presque régulièrement la source d'altérations dans la tache jaune, altérations qui sont surtout de nature atrophique (fig. 86). Des altérations inflammatoires localisées à cet endroit se rencontrent souvent dans la syphilis, où la macula lutea est fréquemment occupée par un exsudat épais, se transformant ultérieurement en une masse de tissu conjonctif d'un gris bleuâtre. De même après les traumatismes, atteignant l'œil en entier, tels que des contusions, pénétration de corps étrangers dans le corps vitré, etc. ; il peut se développer des altérations limitées à la région maculaire ; on doit donc la considérer comme une portion particulièrement vulnérable du fond de l'œil. Enfin, chez certains vieillards, on observe une affection de la macula, qui, d'ordinaire, atteint les deux yeux à peu près de la même manière et qui dépend de modifications séniles ;

2° *La choroïdite disséminée.* — Cette choroïdite se distingue par la présence de nombreuses taches arrondies ou irrégulières, disséminées sur le fond de l'œil (fig. 84). C'est une forme éminemment chronique, dans laquelle se produisent d'ordinaire sans cesse de nouvelles taches. Finalement toute la choroïde est parsemée de semblables taches. Alors elles deviennent confluentes en plusieurs endroits, au point que, dans les cas anciens, le fond de l'œil paraît blanc, souvent dans une grande étendue. Cependant, malgré ces altérations, l'acuité visuelle peut être assez bien conservée, lorsque, bien entendu, la région de la maculea lutea reste préservée. — Au début de l'affection, il existe de l'hyperémie de la rétine et du nerf optique ; plus tard, ces deux organes s'atrophient. La papille acquiert une teinte sale, gris rougeâtre, et perd la netteté de ses contours (atrophie choroïditique) ; les vaisseaux rétiniens deviennent plus rares et beaucoup plus minces. — Une forme particulière de choroïdite disséminée est celle que *Förster* a le premier décrite sous le nom de choroïdite aréolaire. Dans cette affection, les premiers foyers apparaissent autour de la tache jaune ; ceux qui naissent ultérieurement s'en écartent toujours de plus en plus. Les foyers les plus récents sont donc toujours ceux qui sont situés à la périphérie. La marche de chacune de ces taches est diamétralement opposée à

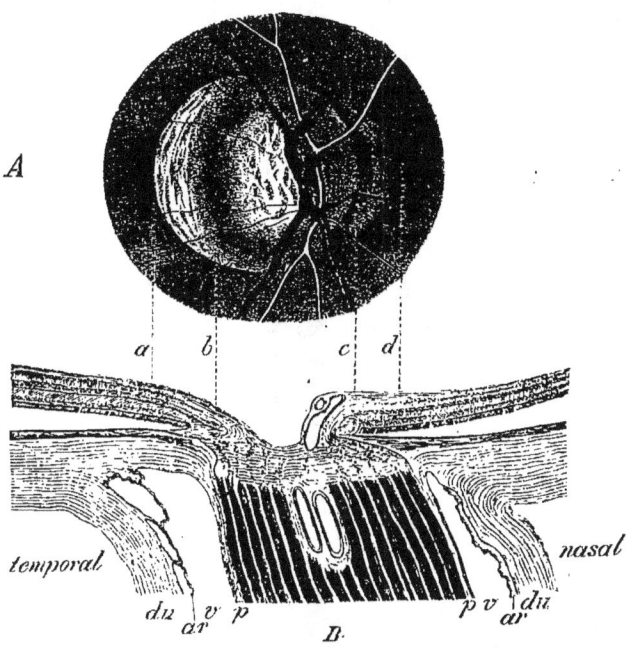

Fig. 85. — *Papille optique dans la myopie.*

A. Aspect ophtalmoscopique de la papille. La papille est elliptique à grand axe vertical. Elle montre dans sa moitié externe la grande excavation physiologique, au fond de laquelle se voit le pointillé gris de la lame criblée, tandis que les vaisseaux centraux émergent au bord interne de l'excavation. Le croissant pâle *a* — *b* est accolé au bord externe de la papille, sans qu'il existe de limite nette entre eux. Ce croissant est blanc (tandis que la papille est rougeâtre) et parsemé de taches brunes allongées, reste du pigment du stroma choroïdien. Le bord temporal du croissant est tranché, et la choroïde qui l'avoisine un peu plus pigmentée. Au contraire, dans le voisinage du bord interne de la papille, la choroïde montre une coloration un peu plus claire, de *c* en *d*, formant ainsi au bord nasal de la papille un croissant jaunâtre peu marqué.

B. Coupe longitudinale à travers la papille. Gross. 14/1. — Ce qui frappe d'abord le regard, c'est le tiraillement du nerf optique au niveau de l'orifice ménagé pour son passage dans la sclérotique et la choroïde. Les faisceaux du nerf optique, aussi loin qu'ils sont constitués par des fibres à myéline, sont colorés en noir à l'hématoxyline par la méthode de Weigert; entre eux, on reconnaît les travées restées claires et la coupe longitudinale de l'artère et de la veine centrale. La coloration noire s'arrête brusquement à la lame criblée. Au-devant de celle-ci, la papille montre l'excavation physiologique, sous forme d'une fossette dont la paroi, à l'endroit le plus profond, est constituée par la lame criblée. La paroi temporale de l'excavation se continue peu à peu dans la rétine, tandis que la paroi nasale tombe à pic et porte la coupe des vaisseaux centraux. Le tronc du nerf optique en totalité s'insère obliquement au globe, ce que l'on remarquera mieux si l'on compare cette figure avec la figure 9 *B*; mais la distorsion est la plus marquée au point où le nerf traverse la sclérotique et la choroïde. Le canal scléral est essentiellement un canal court, dont les parois, dans l'œil normal, convergent d'arrière en avant (fig. 9); ici, par suite du tiraillement, elles ont pris une direction allant du côté nasal au côté temporal. Aussi la paroi temporale regarde en partie en avant. A cause de la transparence de la rétine, qui la recouvre, elle apparaît, vue de face (à l'ophtalmoscope), sous forme d'un croissant pâle, s'étendant de *b* à *a*, où commence l'épithélium pigmenté. Le pigment du stroma choroïdien s'étend un peu plus en dedans que celui-ci; c'est ainsi qu'on le voit sous l'apparence de taches brunes sur le croissant blanc. La paroi nasale du canal scléral est en revanche tournée en partie en arrière, de sorte qu'elle se place en *c* — *d*, au-devant du nerf optique reporté, pour la plus grande partie, du côté interne. Mais, ce déplacement n'intéresse pas seulement le canal sclérotical, mais encore l'orifice ménagé dans la choroïde, aussi celle-ci est tirée jusqu'en *c* par dessus le bord nasal du nerf optique. Comme la partie nasale de la papille, recouverte par la choroïde et la sclérotique, n'est pas clairement visible à l'ophtalmoscope, la papille paraît rétrécie dans le sens horizontal. Pourtant cette partie recouverte par la sclérotique et la choroïde transparaît encore, de là ce croissant jaunâtre à limites vagues qu'on voit au bord interne de la papille (*c* — *d*). Le tiraillement du nerf optique au niveau de la choroïde, s'étend aussi à ses gaines. La gaine durale *du* et la gaine arachnoïdienne *ar*, qui lui est adjacente, sont éloignées du nerf, surtout du côté externe, et l'espace intervaginal *vv* est ainsi élargi; la gaine piale reste au contraire intimement unie au tronc nerveux.

celle que l'on observe habituellement dans les plaques de choroïdite. Ici les taches les plus récentes sont noires, plus tard elles s'élargissent lentement, en même temps qu'elles se décolorent du centre vers le bord. Elles apparaissent alors sous la forme d'un anneau noir circonscrivant une tache blanche ; enfin, elles deviennent tout à fait blanches ;

3° *La choroïdite antérieure.* — Dans cette affection, les foyers exsudatifs occupent la périphérie de la choroïde. C'est pour ce motif qu'ils échappent facilement à l'observation, quand on néglige d'examiner, à l'ophtalmoscope, les parties antérieures du fond de l'œil. La choroïdite antérieure se rencontre le plus souvent dans les yeux fortement myopes. Chez les jeunes gens, la choroïdite antérieure s'observe souvent à la suite de syphilis héréditaire. Habituellement la périphérie du fond de l'œil est couverte alors de taches arrondies et noires comme de l'encre (voir page 206). Maintes fois, la choroïdite antérieure s'accompagne d'une large zone d'atrophie choroïdienne, entourant la papille. — Chez les vieillards, on rencontre souvent de simples altérations pigmentaires dans les parties antérieures de la choroïde.

Fig. 86. — *Fond de l'œil dans la myopie élevée,* en partie d'après WECKER. — La papille a la forme d'un ovale à grand diamètre vertical et présente une excavation physiologique en dehors du point d'entrée des vaisseaux rétiniens. Elle est complètement entourée par la choroïde atrophiée. le staphylôme postérieur. Celui-ci est très large au côté temporal, et y est constitué de deux portions dont l'externe montre les restes manifestes, fortement pigmentés, des vaisseaux choroïdiens. Au côté nasal, le staphylôme est plus étroit, entouré d'un liséré pigmenté et irrégulièrement limité. Dans une anfractuosité de celui-ci, on remarque une artère ciliaire postérieure qui pénètre de la sclérotique dans la choroïde. Le reste du fond de l'œil est tigré, de façon qu'on reconnait nettement le réseau vasculaire de la choroïde. La région de la tache jaune est occupée par des altérations choroïditiques, qui consistent en partie en prolifération pigmentaire (les petites taches noires), en partie en atrophie (les plaques blanches).

La choroïdite, qui atteint d'une manière *diffuse* toute la choroïde, est constamment compliquée d'une affection concomitante de la rétine, et est désignée d'ordinaire pour ce motif sous le nom de rétino-choroïdite, ou de chorio-rétinite. Cette affection, sous sa forme typique, décrite d'abord par *Förster,* s'observe dans la syphilis. Dans les cas de fraîche date, on trouve la rétine trouble, et de plus tout l'arrière-fond de l'œil voilé par une opacité du corps vitré ressemblant à une fine poussière. En outre, on peut rencontrer dans la choroïde et la rétine des exsudats circonscrits. Ceux-ci occupent de préférence la région maculaire et se montrent d'abord sous l'aspect de taches, tantôt plus grosses, tantôt plus petites, irrégulières, d'une coloration grise ou jaune sale, mal délimitées, de telle sorte que souvent on ne les peut découvrir que par un examen attentif à l'image droite, et après dilatation de la pupille. Dans les stades plus avancés, le trouble de la rétine disparaît pour faire place à l'atrophie. De plus, du pigment s'infiltre dans la rétine et y trahit sa présence sous forme de nombreuses taches noires, situées surtout vers la périphérie, de façon à présenter un aspect très semblable à celui de la rétinite pigmentaire (Voir § 97).

Les altérations provoquées par la *myopie* consistent en une atrophie de la choroïde sur les limites de la papille, et en foyers pathologiques sur d'autres points de la choroïde, spécialement au niveau de la région de la macula lutea.

a) L'atrophie de la choroïde, sur les limites de la papille, a été désignée sous le nom de *staphylôme postérieur*. Cette expression signifie proprement l'ectasie postérieure de la sclérotique. Cependant on s'en sert encore dans un sens plus étendu pour désigner l'atrophie de la choroïde par suite de cette ectasie. D'abord, l'on voit apparaître sur le bord externe de la papille une mince tache semi-lunaire claire (fig. 85, *A*, *a*, *b*). *Stilling* l'explique de la façon suivante : dans l'œil myope la papille est tiraillée vers le côté temporal ; ce tiraillement intéresse également le canal scléral qui entoure le nerf et particulièrement sa paroi temporale. Celle-ci prend alors une direction si oblique, qu'à l'examen ophtalmoscopique on la voit à travers le tissu transparent de la papille (fig. 85 *B*, entre *a* et *b*) ; cette paroi apparaît donc en perspective oblique, rétrécie sous forme d'un croissant, contre le bord temporal de la papille. Le croissant, quand il est étroit, se présente souvent comme un simple élargissement de l'anneau sclérotical, dont on explique d'ailleurs la visibilité de la même manière (page 16). Mais, dans d'autres cas, le croissant clair représente vraiment une atrophie de la choroïde, commençant au bord temporal du nerf optique (fig. 84). Plus tard, ce croissant s'élargit et acquiert la forme d'un triangle à sommet arrondi (conus, d'après *Jæger*). Enfin l'atrophie s'étend du côté externe du nerf optique, par ses bords supérieur et inférieur, jusqu'à son bord interne, de façon que, en fin de compte, tout le pourtour de la papille est limité par de la choroïde atrophiée, — staphylôme annulaire (fig. 86). D'ordinaire, l'anneau atrophique est le plus large à l'endroit où il a débuté, au côté externe. Sur tout le champ atrophique, le fond de l'œil est d'un blanc pur, si la choroïde y est entièrement disparue et que la sclérotique est mise à découvert, ou bien on y rencontre des restes du tissu choroïdien, tels que des vaisseaux et du pigment, en quantité variable.

Parfois, on remarque dans le staphylôme deux ou même trois zones, qui se distinguent par leur différence de pigmentation, et souvent siègent à des niveaux différents ; ils indiquent que la naissance et le développement du staphylôme se sont faits en plusieurs étapes (fig. 86). — En cas de prolifération pigmentaire, il se développe des croissants de teinte brune ou même tout à fait noirs. La délimitation du staphylôme du bord de la choroïde intacte est souvent nette, surtout quand elle est constituée par un liseré pigmenté. D'autres fois, il n'y a pas de limites exactes, ce qui signifie que le staphylôme est en train de se développer, et qu'il est à craindre que la myopie ne progresse. — Dans les grands staphylômes, la papille paraît rouge (surtout par contraste avec le croissant blanc adjacent) et prend une forme elliptique : l'axe le plus court de l'ellipse correspond au plus long diamètre du staphylôme. Lorsque donc le staphylôme est le plus large du côté externe, comme c'est le cas ordinaire, la

papille revêt la forme d'une ellipse droite (fig. 86). Le changement de forme
de la papille dépend en partie de ce qu'elle est refoulée sur le côté et qu'on la
voit en perspective raccourcie, mais il provient en partie aussi de ce que la sclérotique et la choroïde, qui, du côté externe, se sont écartées du bord de la papille,
se sont, du côté interne, avancées sur le bord papillaire qu'elles recouvrent
(*Weiss*) (fig. 85, *A, c, d*).

Les vaisseaux rétiniens sortant de la papille sont minces et se distinguent par
leur trajet rectiligne.

L'étendue du staphylôme est sans doute, en général, en rapport direct avec le
degré de la myopie : mais il existe néanmoins de nombreuses exceptions à cette
règle : par exemple, on rencontre de hauts degrés de myopie sans atrophie de
la choroïde, et réciproquement. Il n'est pas rare non plus qu'on observe des staphylômes dans des yeux emmétropes et même hypermétropes.

On rencontre encore des croissants blancs au niveau du bord *inférieur* de la
papille (fig. 87). L'aspect en est semblable à celui des croissants produits par la
myopie, mais leur signification est entièrement différente. Ils sont en effet congénitaux (probablement en rapport avec la fente oculaire fœtale, qui est située à
la partie inférieure du globe), souvent accompagnés d'astigmatisme et, presque
toujours, d'une acuité visuelle imparfaite

Il ne faut pas confondre le staphylôme annulaire de l'œil myope avec les atro-
phies de la choroïde autour de la papille, résultant d'autres causes. A ces atro-
phies appartiennent celle qui se développe après une choroïdite et celle observée
dans le glaucome et qu'on appelle halo glaucomateux ;

b) Les altérations de la choroïde dans la région de la *macula lutea* se manifestent au moment où la myopie a acquis un degré plus élevé. On rencontre des
taches claires, aussi bien que pigmentées, et assez fréquemment des lignes
blanches ramifiées. Ces taches se développent peu à peu et finissent par devenir
confluentes et par former une grande plaque atrophique, qui, en fin de compte,
se confond avec le staphylôme péripapillaire et ne fait plus qu'un seul tout
avec lui. Dans les cas de myopie très élevée, le segment postérieur de l'intérieur
de l'œil est presque complètement transformé en une large tache blanche. —
Des hémorragies se déclarent aussi dans les yeux myopes, de préférence au
niveau de la tache jaune. — Les altérations de la macula lutea constituent, avec
le décollement rétinien, le principal danger pour l'œil fortement myope. Si
elles ne menacent pas l'œil de cécité absolue, comme le décollement, elles n'en
entraînent pas moins une incapacité complète pour tout travail quelque peu
délicat. Par contre, ces altérations sont beaucoup plus fréquentes que le décollement rétinien, et peu de myopes d'un degré un peu élevé arrivent à un âge
avancé sans en être atteints.

Soustractions sanguines. — Pour combattre les choroïdites récentes avec
hyperémie de la rétine, nous avons antérieurement recommandé de pratiquer
des émissions sanguines, par l'application de sangsues à l'apophyse mastoïde.
Tandis que les soustractions sanguines ont été assez abandonnées en thérapeutique générale, elles n'en ont pas moins été conservées jusqu'ici en oculistique,
et à bon droit, parce que dans certains cas déterminés elles sont d'une efficacité

évidente et impossible à méconnaître. On peut extraire le sang à l'aide de sangsues, ou bien par la sangsue artificielle de *Heurteloup*. Dans le premier cas, on applique six à dix sangsues. Lorsque l'on se sert de la ventouse de *Heurteloup*, on en remplit de sang une ou deux fois le cylindre de verre. On les applique soit sur la tempe, soit à l'apophyse mastoïde. Quant il s'agit d'inflammations de la conjonctive, de l'iris ou du corps ciliaire, on préfère la tempe, parce que les vaisseaux de la conjonctive se vident dans les veines de la face, et que, d'autre part, les veines ciliaires antérieures s'anastomosent largement avec celles de la

Nasal 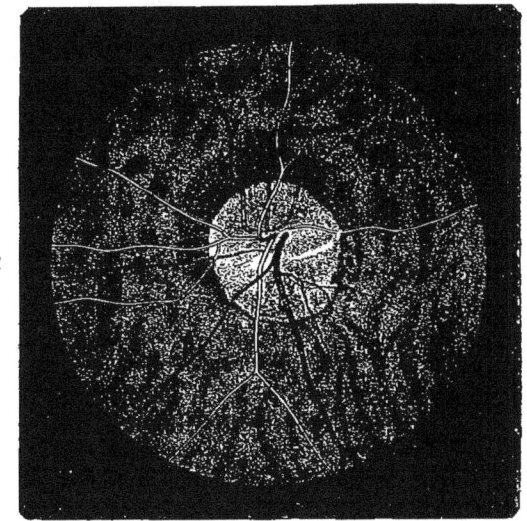 Temporal

Fig. 87. — *Croissant inférieur.* Image droite. — Le disque clair, qu'au premier abord on pourrait prendre pour la papille agrandie, se compose de deux parties. La portion supérieure, plus foncée, rougeâtre, est la vraie papille, qui a la forme d'un ovale irrégulier. Son contour supérieur est en forme de demi-cercle, le contour inférieur presque rectiligne, les deux extrémités légèrement arrondies. Les vaisseaux émergent près du bord inférieur de l'ovale et se dirigent tous d'abord vers le bas. Les branches destinées à la moitié supérieure de la rétine forment donc un crochet pour reprendre la direction requise. De là résulte que la disposition des vaisseaux dans la papille présente un aspect anormal, tout particulier. — La portion inférieure du disque clair est constituée par le croissant, dont la limite avec le bord inférieur de la papille est marquée par un liseré plus pâle. Dans ce cas, le croissant offre des dimensions peu habituelles et présente une coloration en partie grise, en partie blanche, contrastant avec la papille rougeâtre. Il est circonscrit par un mince liseré pigmenté ; une petite tache de pigment siège encore près du bord temporal du croissant. Le fond de l'œil montre la pigmentation de l'œil tigré.

conjonctive. Dans les affections profondes, au contraire, telles que la choroïdite, la rétinite, la névrite optique, ou l'inflammation de l'orbite, on choisit pour l'émission sanguine l'apophyse mastoïde, parce que là débouche une veine émissaire de Santorini (du trou mastoïdien), qui reçoit le sang du sinus transverse. Celui-ci, à son tour, est en communication avec le sinus caverneux dans lequel se déversent les veines ophtalmiques.

L'iridochoroïdite non suppurée suit une marche chronique ou aiguë. L'irido-choroïdite chronique a été traitée à propos de l'iritis idiopathique. C'est celle qui est connue sous le nom d'iridochoroïdite séreuse, et qui aboutit peu à peu à la cécité, en partie par séclusion pupillaire, en partie par dégénérescence du corps vitré (voir page 330). Les cas aigus (iridochoroïdites plastiques) constituent la transition à l'iridochoroïdite suppurative.

B. Choroïdite et iridochoroïdite suppurative

§ 78. Dans la choroïdite suppurée, il se produit un exsudat sous forme d'une masse riche en cellules, qui se dépose sous la rétine et dans le corps vitré. Lorsque les milieux sont suffisamment transparents, on peut l'y voir à travers la pupille dans la profondeur, sous forme d'une masse jaune. L'inflammation violente s'étend presque toujours rapidement au corps ciliaire et à l'iris, de façon qu'alors on a affaire à une iridochoroïdite, qui s'accompagne de symptômes inflammatoires extérieurs d'autant plus violents.

Symptômes. — Lorsque l'iridochoroïdite est arrivée à son apogée, les paupières se gonflent fortement, la conjonctive est très injectée et aussi fort œdémateuse, de manière à former souvent un bourrelet chémotique autour de la cornée. Celle-ci est mate et diffusément opaque. L'humeur aqueuse, elle aussi, est trouble et un hypopyon est déposé au fond de la chambre antérieure. Sur l'iris on observe les signes d'une inflammation violente, tels que décoloration, tuméfaction, synéchies postérieures. Lorsque le trouble de la cornée et de l'humeur aqueuse le permet, on reconnaît dans la pupille un reflet jaunâtre produit par l'exsudat situé derrière le cristallin.

En même temps que ces phénomènes, l'œil et son pourtour sont le siège de douleurs intenses. L'acuité visuelle est complètement perdue, le patient est souvent atteint d'un léger mouvement fébrile.

Voici la *marche* des cas les moins graves. Au bout de quelques semaines les symptômes inflammatoires disparaissent lentement. L'œil, dont la tension était au début augmentée par la masse de l'exsudat, devient plus mou, puis, peu après, plus petit et finit par s'atrophier. Dans les cas plus graves, au contraire, l'inflammation aboutit à la suppuration du globe oculaire, à la *panophtalmite*. L'œdème des paupières prend une telle extension que le médecin parvient à peine à ouvrir l'œil. Outre les symptômes de l'iridocyclite décrits tantôt, le globe présente une forte exophtalmie avec diminution de sa motilité. Les douleurs sont à peine tolérables et s'accompagnent souvent de photopsies incommodes. Il y a une fièvre intense, souvent accompagnée de vomissements, surtout au début. Ces phénomènes se prolongent jusqu'à ce que l'exsudat purulent de l'intérieur de l'œil se fraye un chemin au dehors en perforant la sclérotique. Celle-ci s'ouvre au niveau de son segment antérieur. On voit alors, en l'un de ses points, la conjonctive proéminer et laisser apparaître la sclérotique qui a gagné une teinte jaune. Enfin les deux membranes s'ouvrent et le pus s'échappe lentement. Dès que le globe oculaire s'est ouvert, les douleurs cessent, l'œil devient plus mou, et, par rétraction, se transforme finalement en un petit moignon — *phtisie bulbaire*. Avant d'arriver à cette termi-naison et avant que l'œil soit tout à fait indolore, il s'écoule au moins de six à huit semaines.

D'après ce qui vient d'être dit, la panophtalmite se distingue donc de l'iridochoroïdite suppurative simple, par l'addition de deux symptômes, la protrusion du bulbe et la perforation purulente des enveloppes du globe oculaire. La protrusion provient de ce que l'inflammation s'est propagée aux tissus situés derrière l'œil, surtout à la capsule de Ténon. Il se déve-loppe ainsi un fort œdème inflammatoire qui refoule le globe oculaire en avant. Les violentes douleurs dépendent du tiraillement des nerfs, aussi bien dans le bulbe fortement distendu par l'exsudat que dans l'intérieur de l'orbite par suite du refoulement du globe.

Étiologie. — La choroïdite suppurative est due à l'infection de la cho-roïde, par des germes pyogènes. L'infection peut venir du dehors ou prendre sa source dans l'organisme même.

L'infection par cause externe (infection ectogène) s'opère : *a*) le plus souvent par des lésions perforantes de tout genre. Les opérations malheu-reuses appartiennent à cette espèce d'infection ; *b*) par le passage du pus de l'extérieur à l'intérieur, dans les ulcères cornéens perforants ou dans les abcès, ainsi que dans les prolapsus suppurés de l'iris ; *c*) par le fait d'une cicatrice cornéenne avec enclavement irien, lorsque la cicatrice est amincie. Tels sont les enclavements iriens qui persistent assez souvent après les opérations de cataracte. Dans ces cas, l'infection a lieu par des germes qui, traversant la mince cicatrice, pénètrent dans l'iris enclavé et de là cheminent en arrière. Cette infection de vieilles cicatrices se fait à l'occasion d'une lésion insignifiante du revêtement épithélial de la cicatrice ou par la distension subite et la rupture de celle-ci.

L'infection par des agents qui proviennent de l'*organisme même* (infec-tion endogène) a lieu : 1° par embolie, lorsque des substances septiques, provenant d'un foyer purulent, arrivent dans le torrent circulatoire, forment embolie et s'arrêtent dans les vaisseaux de la choroïde. C'est ainsi que se développe la choroïdite *métastatique*. Elle constitue une complication de la pyémie, le plus souvent de cette forme que l'on observe pendant les couches et qui constitue la fièvre puerpérale ; 2° par la propagation à l'œil de l'inflammation des méninges, spécialement de la méningite cérébro-spinale. Ces cas s'observent surtout chez les enfants et se distinguent par leur marche comparativement bénigne, de façon que, dans un certain nombre de cas, l'œil conserve encore quelque acuité visuelle ; 3° par la propagation de l'inflammation d'arrière en avant, dans le phlegmon de l'orbite et la thrombose des veines orbitaires.

Le *pronostic* de la choroïdite purulente est absolument défavorable pour l'œil même, puisqu'à la suite de cette affection la vision et, le plus souvent aussi, la forme de l'œil sont perdues. Dans les cas où la choroïdite constitue seulement une complication de la pyémie ou de la méningite, la vie du patient est naturellement en danger en même temps.

Le *traitement* est impuissant à modifier la marche de la choroïdite suppurée. Il doit donc se borner à adoucir les souffrances du malade. On combat les douleurs au moyen de compresses chaudes et par les narcotiques. Si la panophtalmite éclate, on peut, par une large incision dans la sclérotique, ouvrir le segment antérieur de l'œil. C'est le moyen de diminuer la tension de l'œil, de précipiter l'écoulement de son contenu purulent, de raccourcir la période de souffrance et de hâter la marche. — Une fois que l'œil s'est rétracté, d'ordinaire il ne s'enflamme plus et supporte l'application d'un œil artificiel. Mais si alors, exceptionnellement, des poussées inflammatoires se déclarent dans l'œil rétracté, l'énucléation s'impose.

L'ophtalmie métastatique est mono ou bilatérale. Les cas de la première espèce donnent un meilleur pronostic au point de vue de la pyémie en général, surtout lorsqu'il ne se manifeste pas d'autre métastase que celle de l'œil. Au contraire, les cas bilatéraux fournissent le plus mauvais pronostic quant à la vie. — Maints cas de panophtalmite, subits et en apparence spontanés, devraient peut-être aussi être rapportés à une pyémie dont le point de départ ne peut être reconnu. — Chez les enfants, la suppuration du cordon ombilical, parfois aussi la vaccination peuvent faire naître une pyémie avec métastase oculaire. — En dehors de la pyémie, la choroïdite purulente, sans doute d'origine métastatique également, survient, mais rarement, dans d'autres maladies infectieuses aiguës : ce sont le typhus, la variole, la scarlatine, le charbon, l'influenza, l'endocardite ulcéreuse, la diphtérie, l'érysipèle, la pneumonie, la maladie de Weil. — La choroïdite purulente, qui accompagne souvent la méningite, peut être produite non seulement par propagation de l'inflammation le long des gaines du nerf optique, mais aussi par métastase.

Le plus grand nombre de *panophtalmites* proviennent de lésions traumatiques. Lorsque la lésion est telle que l'œil est ouvert sur une grande étendue, l'exsudat peut s'évacuer par la plaie, et il n'est pas nécessaire alors que la sclérotique se perfore, ce qui demande toujours beaucoup de temps. Cependant il n'est pas rare de rencontrer des cas où le pus, tout en suintant à travers la plaie, se fraie, comme à l'ordinaire, une seconde voie à travers la sclérotique. — Après les traumatismes graves, la panophtalmite doit être considérée, sous certains rapports, comme une terminaison plus heureuse que l'iridocyclite plastique. La première, il est vrai, est plus douloureuse et amène un degré d'atrophie plus élevé de l'œil; mais, une fois que l'affection est terminée, le malade jouit d'un repos permanent. Au contraire, l'iridocyclite plastique peut manifester des poussées inflammatoires pendant des années et donner lieu à l'ophtalmie sympathique, lorsque le patient ne se décide pas à temps à l'énucléation.

Pour abréger la durée de la panophtalmite, — en dehors de la simple incision de la sclérotique — on a proposé divers procédés, notamment l'énucléation et l'excision du segment antérieur avec curettage du contenu de l'œil. L'énucléation doit être rejetée, car, si peu dangereuse qu'elle soit d'ailleurs, il n'en est pas moins vrai que, dans la panophtalmite, cette opération a quelquefois pour conséquence de provoquer une méningite suppurative mortelle. Il faut admettre que, par suite de l'opération, les voies lymphatiques et sanguines de l'orbite sont largement ouvertes, ce qui rend l'infection facile. On se demande cependant si le curettage (exentération ou éviscération) de l'œil suppuré est moins dangereux, puisqu'on a également observé des cas où cette opération a été suivie de mort (*Schulek*). — Faisons observer cependant que l'on connaît quelques cas où la panophtalmite a entraîné une méningite mortelle, en dehors de toute manœuvre opératoire.

Diagnostic différentiel de la choroïdite suppurative. — Il y a certains cas de choroïdite suppurative qui peuvent être confondus avec des néoplasmes du globe. C'est quand la marche de l'inflammation est si traînante que tout symptôme inflammatoire extérieur fait défaut. Dans ce cas, l'œil est pâle, l'iris normal, l'humeur aqueuse et le cristallin transparents. Mais l'exsudat, épanché dans le corps vitré, refoule le cristallin et l'iris en avant, ce qui rend la chambre antérieure moins profonde. La pupille est dilatée et laisse voir l'exsudat situé au fond du corps vitré. On le voit même quelquefois de loin sous forme d'un reflet pupillaire vif et clair (blanchâtre ou jaunâtre) — *œil de chat amaurotique* (*Beer*). Des phénomènes absolument identiques peuvent se manifester dans les néoplasmes du corps vitré, surtout dans les gliomes qui naissent de la rétine (voir § 99); c'est pourquoi l'on a désigné sous le nom de *pseudo-gliomes* les cas de l'espèce précédente. Le signe différentiel le plus important réside dans l'état de tension de l'œil. En effet, dans le vrai gliome, au début, la pression intraoculaire est normale, plus tard elle augmente; dans le pseudogliome, au contraire, il survient de bonne heure une hypotonie, qui précède l'atrophie de l'œil. A mesure que l'affection avance, le diagnostic devient plus certain; en effet, le gliome finit par perforer la sclérotique pour se faire jour au dehors, tandis que dans le pseudo-gliome, l'atrophie du globe oculaire va toujours en augmentant. Or dans le gliome, l'indication impérieuse est d'extirper l'œil aussi tôt que possible. Par conséquent, dans les cas douteux, il n'est pas permis de retarder longtemps l'opération pour arriver à établir un diagnos-

tic certain, car ce serait mettre la vie du patient en danger. Dans les cas douteux, il faut donc recourir à l'énucléation ; car alors même qu'on reconnaît par
après qu'il s'agissait d'un pseudo-gliome, le patient n'a pas perdu grand'chose
par l'énucléation, puisque l'œil serait quand même devenu aveugle et se serait
fortement rétracté. — On ne peut d'ailleurs confondre le gliome avec une choroïdite suppurative traînante, que chez les enfants, puisque le vrai gliome de la
rétine ne s'observe que chez eux. Les causes les plus fréquentes du pseudo-
gliome sont la méningite, les exanthèmes aigus, les traumatismes, et surtout la
présence d'un petit corps étranger dans l'intérieur de l'œil. A l'autopsie, on a
pu vérifier que certains cas de pseudo-gliomes étaient dus à une tuberculose de
la choroïde.

Enfin on a, dans certains cas, trouvé comme cause de ce reflet jaune de la pupille, une masse de tissu d'origine embryonnaire située derrière le cristallin.

Altérations anatomiques dans la choroïdite. Dans la choroïdite *non suppurative*,
il existe d'abord une infiltration cellulaire partant surtout des couches internes
de la membrane (choriocapillaire) et s'étendant moins vers les couches externes
de la choroïde que vers la rétine. A l'intérieur de ces deux membranes, l'infiltration s'en tient surtout aux vaisseaux, qui sont comme engaînés par les cellules de l'exsudat. Entre la rétine et la choroïde est déposé un exsudat souvent
considérable. Il se transforme plus tard en une membrane (cicatrice) de tissu
conjonctif, qui soude solidement la choroïde à la rétine ; ces deux membranes
elles-mêmes se sont atrophiées à cet endroit. Dans la choroïde, les fins vaisseaux, ainsi que les cellules pigmentaires du stroma, sont en grande partie
détruits ; les vaisseaux qui persistent ont leurs parois épaissies, sclérosées ou
sont entièrement oblitérés. La rétine s'est transformée en un réticulum de tissu
conjonctif, dans lequel on reconnaît les vaisseaux avec leurs parois très altérées.
Dans l'étendue où la choroïde et la rétine se sont soudées, on ne retrouve plus la
couche des cônes et bâtonnets, ni l'épithélium pigmenté, à part quelques débris ;
celui-ci, en revanche, a proliféré au bord de la cicatrice, ce qui produit le liséré
noir de la tache choroïditique visible à l'ophtalmoscope. L'épithélium pigmenté
qui a proliféré, a émigré en partie dans la rétine, où il siège particulièrement
dans le voisinage des vaisseaux. La couche interne de la rétine, au niveau de
la cicatrice, est déprimée et souvent unie à la surface du corps vitré (membrane
hyaloïde). Pour ce qui regarde les altérations de la choroïde dans la myopie,
lesquelles consistent surtout en une atrophie avec manifestations inflammatoires
très légères, voir § 144. Dans les cas de choroïdite plastique grave, qui se développent spécialement après les blessures, il se produit souvent une ossification
des puissantes couennes exsudatives, qui sont appliquées à la surface interne de
la choroïde. Dans les cas très développés, on trouve tout le segment postérieur
de l'œil occupé par une coque osseuse. — Dans la *choroïdite purulente* existe
une infiltration purulente très dense de la choroïde, dont l'épaisseur est devenue
plusieurs fois plus grande. Au-dessus de la région malade de la choroïde, on
trouve aussi la rétine infiltrée de cellules de pus et épaissie par conséquent ; plus
tard un épanchement purulent la décolle, totalement ou en partie, de la choroïde.
Le corps vitré se transforme peu à peu en une masse purulente uniforme. Quand

la choroïdite purulente est de nature métastatique, on peut souvent encore déceler au microscope le bouchon infectant, contenant les microbes à l'intérieur des vaisseaux choroïdiens (*Virchow*). De tels emboles peuvent aussi s'arrêter dans la rétine et produire une rétinite purulente, qui évolue cliniquement tout comme la choroïdite purulente. Comme, dans ces affections métastatiques, de tels emboles infectants peuvent parvenir également à d'autres parties de l'œil, mieux vaut réunir tous ces cas sous la dénomination d'*ophtalmie métastatique*. Les embolies dont il s'agit siègent, la plupart du temps, dans les capillaires. On y trouve le plus souvent, comme germes pyogènes, le streptocoque, plus rarement le staphylocoque et le pneumocoque ou d'autres bactéries.

L'inflammation grave de l'uvée, de nature plastique ou purulente, se termine par l'atrophie ou la phtisie du globe. Ces expressions s'emploient pour désigner la diminution du volume de l'œil par rétraction. On dit qu'il y a *atrophie* quand la diminution du volume s'opère peu à peu par suite de la rétraction des exsudats dans l'intérieur de l'œil, comme cela arrive surtout dans l'iridocyclite plastique. Sous le nom de *phtisie* du globe, on désigne la rétraction brusque, due à la suppuration du contenu de l'œil et à l'écoulement du pus par une ouverture de la sclérotique, donc la terminaison de la panophtalmite. Dans l'atrophie, la diminution de volume se tient dans des limites modérées, tandis que, dans la phtisie, le globe peut être réduit à la grosseur d'une noisette et en dessous. Dans l'atrophie du globe, les diverses membranes de l'œil sont conservées, bien que profondément altérées ; elles sont tiraillées par l'exsudat qui se rétracte, ce qui donne lieu à des récidives inflammatoires, ainsi qu'à l'ophtalmie sympathique de l'autre œil. Dans la phtisie, au contraire, les membranes internes de l'œil sont, à quelques restes près, détruites par la suppuration ; le petit moignon ne s'enflamme d'ordinaire plus, et ne met pas l'autre œil en danger. Le plus souvent donc, un œil atrophié doit être énucléé, tandis que le moignon phtisique peut habituellement rester en place. — Quant au nerf optique, dans l'atrophie aussi bien que dans la phtisie, il s'atrophie plus tard complètement, de façon que, finalement, il est remplacé par un mince cordonnet de tissu conjonctif. Ce fait se produit en conformité de la loi générale, qui veut que les troncs nerveux s'atrophient quand leurs terminaisons sont détruites (atrophie ascendante).

Décollement de la choroïde. — C'est un état que l'on rencontre souvent à l'autopsie d'un œil énucléé. Dans les yeux atrophiés, on trouve très souvent la choroïde — et aussi le corps ciliaire — décollée par les exsudats qui se trouvent dans l'intérieur de l'œil et qui exercent une traction centripète dans tous les sens (fig. 78, *aa*). Jamais, dans ces cas, un décollement total de la rétine ne fait défaut. Comme il s'agit ici d'yeux perdus quand même, le décollement de la choroïde ne présente un intérêt pratique que pour autant qu'il exerce du tiraillement sur les nerfs ciliaires. En effet, ce tiraillement provoque de l'irritation dans l'œil aveugle et peut, de cette manière, occasionner l'explosion d'une ophtalmie sympathique dans l'autre œil.

C'est une chose des plus rares de voir à l'ophtalmoscope un décollement de la choroïde dans un œil, dont les milieux sont transparents et dont les fonctions sont encore conservées. Car, puisque la choroïde décollée est recouverte par la rétine, il s'ensuit que le décollement choroïdien se présente sous la forme d'un décollement rétinien, dans lequel cependant on peut reconnaître, à travers la rétine, les ramifications vasculaires caractéristiques de la choroïde. Lorsque ce dernier symptôme fait défaut, il est impossible de distinguer le décollement choroïdien du simple décollement de la rétine. De tels décollements peuvent être occasionnés par un exsudat séreux (on l'a observé surtout après l'extraction de la cataracte), par des hémorragies sous-choroïdiennes ou par le développement d'un sarcome dans les couches externes de la choroïde.

Rupture de la choroïde. — Elle se produit par l'action d'une force contondante sur le bulbe (contusion). D'ordinaire, immédiatement après l'accident, le sang, épanché dans le corps vitré, empêche l'inspection minutieuse de l'intérieur de l'œil. Ce n'est qu'après la résorption du sang que l'on découvre la rupture de la choroïde, qui se trouve habituellement dans le voisinage de la papille et le plus souvent à son côté externe. Tantôt on ne rencontre qu'une rupture unique, tantôt on en observe un certain nombre. Ces ruptures sont représentées par des traînées blanc jaunâtre. Cet aspect est dû à l'écartement des bords de la rupture, entre lesquels on voit la couleur blanche de la sclérotique (fig. 88). Ces traînées prennent le plus souvent la forme d'un arc dont la concavité est tournée vers la papille ; elles sont le plus larges au milieu et se terminent en pointe vers leurs extrémités. Les bords des stries blanches sont irrégulièrement colorés en noir par du pigment proliféré. Quant aux vaisseaux rétiniens, ils passent sur les stries, sans avoir subi de changement, signe que la rétine n'a pas été intéressée dans la déchirure.

II. — TUMEURS DE LA CHOROÏDE

§ 79. Parmi les tumeurs malignes de la choroïde, on rencontre le *sarcome*, qui est le plus souvent pigmenté (mélanosarcome). Les symptômes cliniques du sarcome de la choroïde changent pendant le développement de la tumeur. Aussi faut-il distinguer quatre stades dans la marche de cette affection.

Dans le *premier stade*, lorsque la tumeur est encore petite, elle ne se trahit, à l'examen ophtalmoscopique, que par un décollement rétinien situé au point où elle siège. Le patient remarque une gêne de la vue sous forme de lacune dans le champ visuel, lacune qui correspond au siège de la tumeur. Plus tard, le décollement rétinien devient total (fig. 89, *N*) et, par conséquent, l'œil, qui paraît encore normal extérieurement, est frappé de cécité complète. La tumeur se développant, il survient un moment où éclate subitement de l'hypertonie.

De cette manière, le sarcome entre dans le *deuxième stade* de son développement, celui de l'hypertonie. Extérieurement, l'œil présente tous les symptômes du glaucome inflammatoire (§ 82). Il existe une forte injection du globe, la cornée est mate et trouble, la chambre antérieure peu pro-

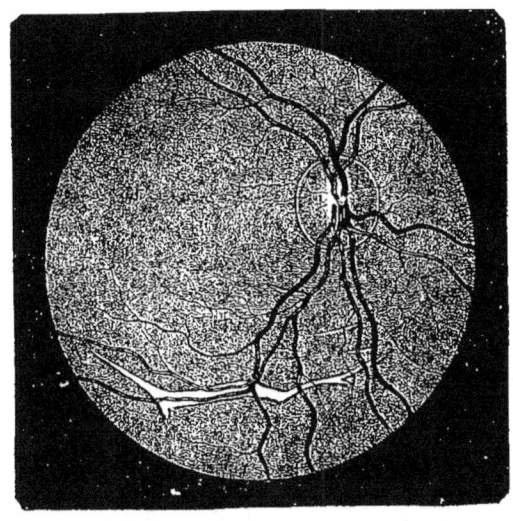

Fig. 88. — *Rupture de la choroïde*, d'après WECKER. Œil droit. — Il existe une grande et quatre petites déchirures dans la moitié inférieure de la choroïde. La grande déchirure ressemble à un ruban blanc, légèrement arqué, à bords dentelés et un peu pigmentés. Les petites ruptures sont dirigées concentriquement à la grande et situées entre elle et la papille. Les vaisseaux rétiniens passent, sans subir d'altération, au-dessus d'elles toutes.

fonde, l'iris décoloré, la pupille dilatée et immobile, et la tension de l'œil sensiblement augmentée au palper. Lorsque les milieux sont suffisamment transparents, il est possible de voir, dans la profondeur, derrière la pupille, le reflet gris de la rétine décollée. Plus tard, le cristallin se trouble, et l'on observe l'image du glaucome absolu avec cataracte glaucomateuse. — Du moment où éclatent les symptômes du glaucome inflammatoire, l'affection devient douloureuse, et, très souvent, c'est alors seulement que le malade s'aperçoit de son mal. — Comme le tableau des symptômes de l'œil envahi ressemble absolument à celui du glaucome inflammatoire, il est difficile, ou même impossible, d'établir dans ce stade un diagnostic exact.

Le *troisième stade* est celui où la tumeur se fait jour au dehors. Les symptômes sont différents suivant qu'elle perfore la sclérotique dans son segment antérieur ou postérieur. Dans le premier cas, on voit apparaître autour de la cornée des bosselures, noires et dures, dont le diagnostic est facile. Mais lorsqu'au contraire la tumeur perfore la sclérotique d'abord dans le segment postérieur, alors les nodosités néoplastiques échappent à l'observation directe, et ne se trahissent plus tard que par la protrusion graduelle du globe oculaire — exophtalmie. Dès que la tumeur s'est frayée une voie assez large à travers les enveloppes de l'œil, d'ordinaire les douleurs cessent, parce que la forte tension du globe n'existe plus. Mais les masses sarcomateuses, sorties du globe et délivrées de la pression intraoculaire qui pesait sur elles, se développent d'autant plus rapidement. Au

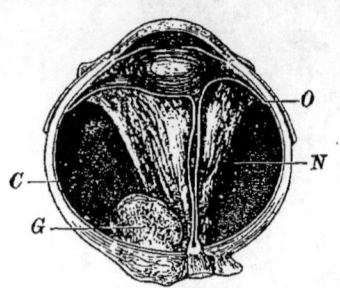

début, tout l'orbite est rempli par la tumeur ; plus tard, celle-ci sort de cette cavité, et acquiert la grosseur d'une pomme ou d'un poing. De l'orbite, la tumeur se propage aux parties voisines, surtout au cerveau. Quant aux points de la tumeur qui sont mis à découvert, ils s'ulcèrent et donnent lieu à de fréquentes hémorragies.

Fig. 89. — *Sarcome de la choroïde*, d'après Leber. — La tumeur G s'élève de la choroïde C qui partout est appliquée contre la sclérotique. Au contraire, la rétine N s'est décollée et a pris la forme d'un entonnoir plissé. Elle est seulement réunie à la choroïde, en arrière à la papille, en avant à l'ora serrata O.

Le *quatrième stade* est celui de la généralisation du néoplasme ; à ce stade, les tumeurs métastatiques se développent dans les organes internes, le plus souvent dans le foie.

Ce n'est d'ordinaire qu'en un certain nombre d'années que le sarcome parcourt les stades décrits. C'est le premier et le deuxième stade qui durent surtout longtemps, tandis que, plus tard, l'accroissement de la tumeur devient toujours plus rapide. Le malade meurt par épuisement à cause de la suppuration et des hémorragies dont la tumeur est le siège, ou bien il succombe à la suite de l'extension du mal au cerveau, ou des métastases dans les organes internes.

Lorsqu'on néglige d'extirper l'œil de bonne heure, le *pronostic* du sarcome choroïdien est absolument mauvais pour la vie du patient. Mais, même dans les cas où cette extirpation a eu lieu, le pronostic ne doit pas encore être considéré comme absolument bon. Abstraction faite de la circonstance que l'œil est en tous cas perdu, l'opération ne met pas encore l'orbite à l'abri des récidives, ni les organes internes à l'abri des métastases. Les germes du mal pourraient, en effet, avoir déjà pénétré dans l'économie, bien qu'au moment de l'extirpation de l'œil il fût impossible de les observer, n'étant pas encore suffisamment développés. Le sarcome de la choroïde doit donc être regardé comme une des maladies les plus malignes ; dans beaucoup de cas, en effet, la mort en est la terminaison fatale. — Au point de vue de sa marche et de sa terminaison, le sarcome de l'iris et du corps ciliaire évoluent absolument comme celui de la choroïde.

Le sarcome de la choroïde est une affection rare. On le rencontre de préférence entre quarante et soixante ans. Dans l'enfance, on ne l'observe que très rarement. C'est un point de repère propre à le faire distinguer des gliomes qui naissent, eux, dans la rétine, et dont les symptômes ressemblent en partie à ceux du sarcome, mais qui ne se rencontrent exclusivement que dans l'enfance. Il s'ensuit que, lorsqu'on trouve un néoplasme malin se développant dans le globe oculaire, s'il s'agit d'un enfant, on songera à un gliome ; il faudra, au contraire, le prendre pour un sarcome, si l'on a affaire à un adulte.

Le *traitement* consiste, tant que le néoplasme se borne au bulbe oculaire, à pratiquer l'énucléation, que l'on doit exécuter le plus tôt possible. Il faut alors couper le nerf optique en arrière, aussi loin qu'on peut l'atteindre, pour le cas où la dégénération l'aurait déjà envahi. Lorsque le néoplasme a attaqué les parties voisines du globe oculaire, tous les tissus malades doivent être extirpés suivant les règles de la chirurgie. Le plus sûr dans ces cas est de pratiquer l'exentération de l'orbite, c'est-à-dire l'extirpation de tout le contenu de l'orbite y compris le périoste.

Les sarcomes de la choroïde sont des tumeurs constituées soit de cellules arrondies, soit de cellules fusiformes, soit enfin de ces deux espèces de cellules réunies. Presque toujours, ils sont pigmentés (mélanosarcomes) ; les sarcomes non pigmentés de la choroïde (leucosarcomes) constituent une rareté. Très fréquemment, ils contiennent des vaisseaux sanguins larges et nombreux. Les sarcomes naissent dans les couches externes de la choroïde (dans les couches des gros et moyens vaisseaux), et se développent du côté du corps vitré, en poussant la rétine devant eux. Au début, la rétine s'applique partout sur la surface de la tumeur, tellement qu'à l'ophtalmoscope on observe un décollement rétinien, à forme bosselée et nettement circonscrit, sous lequel on peut souvent reconnaître la tumeur à sa couleur ou à ses vaisseaux. Dans ce cas, il n'est pas difficile d'établir le diagnostic du sarcome. Mais plus tard, du liquide s'accumule entre la rétine et la choroïde, ce qui est dû au trouble de la circulation choroïdienne produit par la tumeur. Par suite de cette circonstance, la rétine se décolle dans une étendue plus large que ne le comporte la tumeur, ce qui fait que celle-ci est soustraite à l'observation. Enfin le décollement rétinien devient total (fig. 89). Dans ce stade, comme le décollement rétinien a perdu son aspect caractéristique, le diagnostic devient incertain ; seulement si la saillie de la rétine décollée est fortement pressée contre la face postérieure du cristallin, ce qui est fréquent, on est en droit de supposer un sarcome. Un autre signe indicateur est fourni par l'état de tension de l'œil : dans le décollement

rétinien séreux simple, la pression intraoculaire est d'ordinaire diminuée de
bonne heure, tandis que, dans le décollement causé par une tumeur, elle est
normale au début, plus tard augmentée (*v. Graefe*). Le sarcome est encore
probable quand, de l'un ou de l'autre côté, les veines ciliaires antérieures sont
sensiblement distendues. Celles-ci indiquent le siège du sarcome dans la choroïde. En effet, la tumeur, dans la région entreprise, empêche le sang du segment antérieur de l'uvée de passer dans les veines vorticellées, et l'oblige à
prendre une autre voie qui est celle des veines ciliaires antérieures. — Finalement, l'hypertonie acquiert un degré tel qu'elle amène le tableau symptomatique du glaucome inflammatoire. Si alors le décollement de la rétine n'était pas
encore complet, il le devient, et l'œil est aveugle. Le moment auquel surviennent
les attaques glaucomateuses ne dépend pas immédiatement de la grosseur de
la tumeur intraoculaire. L'hypertonie, en effet, ne provient pas de ce que la
tumeur occupe un certain espace du contenu de l'œil, car l'espace ainsi occupé
est compensé par une diminution correspondante du corps vitré. L'hypertonie
résulte plutôt de la stase sanguine que la tumeur développe dans les veines de la
choroïde, et qui a pour résultat d'augmenter la transsudation de liquide dans
l'intérieur de l'œil. C'est ainsi que l'on voit souvent l'hypertonie compliquer la
présence de toutes petites tumeurs, tandis que, d'autres fois, des tumeurs, qui
remplissent une grande partie de l'intérieur de l'œil, ne provoquent aucun symptôme glaucomateux. Une fois que l'attaque glaucomateuse a eu lieu, l'œil prend
le même aspect que celui qui est frappé de cécité par un glaucome primitif, et
le diagnostic ne saurait être établi avec certitude. On sera en droit de soupçonner
un sarcome lorsque le malade déclare que l'œil était déjà entièrement aveugle
avant l'explosion de l'inflammation, car dans le glaucome primitif, d'habitude,
la cécité ne précède pas l'attaque; au contraire, elle la suit. Il ne faut pas non plus
négliger d'examiner le second œil; car, lorsque l'un des yeux est rendu complètement aveugle par un glaucome primitif, on trouve rarement l'autre œil encore
entièrement sain.

Dans quelques cas rares, pendant le second stade, le stade inflammatoire du
développement de la tumeur, ce ne sont pas les symptômes du glaucome que
l'on observe, mais bien ceux d'une violente iridocyclite plastique. Par suite de
cette inflammation, l'œil se ramollit et se ratatine autant que le lui permet la
tumeur qu'il renferme. Le développement de la tumeur est donc arrêté dans
l'intérieur de l'œil pour un certain temps, ce qui ne l'empêche pas cependant
de provoquer des métastases.

La tumeur se montre à l'extérieur avant qu'elle n'ait entièrement rempli l'intérieur du bulbe. Cela provient de ce que les cellules de la tumeur s'infiltrent
dans la sclérotique, en suivant habituellement des voies préformées. C'est ainsi
que l'on voit la tumeur se développer le long du nerf optique et de ses tuniques,
ou bien suivre le trajet des vaisseaux ciliaires antérieurs et postérieurs ou des
veines vorticellées. — Les métastases dans les organes éloignés naissent par
voie d'embolie. Le torrent circulatoire arrache des cellules à la tumeur et les
entraîne dans d'autres parties du corps, où elles se développent en tumeurs
propres.

Parmi les tumeurs primitives de la choroïde, on connaît encore quelques cas d'angiomes caverneux et de périthéliomes. On a encore, mais très rarement, observé des carcinomes ainsi que des adénomes, mais seulement comme tumeurs secondaires, d'origine métastique, provenant de carcinomes existant dans d'autres organes (particulièrement dans le sein).

Tuberculose de la choroïde. — Comme dans l'iris, la tuberculose se rencontre dans la choroïde sous les deux formes de tubercules disséminés et solitaires. On les diagnostique au moyen de l'ophtalmoscope.

a) La tuberculose *disséminée* ou miliaire de la choroïde, a été d'abord décrite par *Jäger*. On remarque au fond de l'œil de petites taches mal délimitées, de teinte jaune ou blanc rougeâtre, que l'on voit grandir au bout de peu de temps — en quelques jours, — sans que leurs dimensions dépassent au maximum le tiers de celles de la papille; en même temps de nouvelles taches peuvent se développer. C'est ainsi que ces taches se distinguent des foyers inflammatoires de la choroïde qui ne changent que très lentement. Au reste, les altérations pigmentaires, si fréquentes dans la choroïdite, manquent ici. D'ordinaire les taches ne sont pas nombreuses; quelquefois cependant, on en compte de 20 à 30 dans un seul œil. L'examen anatomique a fait connaître que les petites taches que l'on observe à l'ophtalmoscope correspondent à des tubercules d'un diamètre moyen de 1 millimètre qui possèdent la structure typique des nodosités tuberculeuses (*Manz*).

La tuberculose miliaire de la choroïde constitue un phénomène partiel de la tuberculose miliaire générale (*Cohnheim*). Elle présente un intérêt réel, puisqu'elle concourt, dans les cas douteux de tuberculose miliaire aiguë, à établir le diagnostic. D'ordinaire, on ne l'observe pas dans la tuberculose chronique des poumons, des intestins, etc.;

b) Le tubercule *solitaire* ou conglobé de la choroïde se présente sous forme d'un néoplasme. A l'ophtalmoscope, on observe dans la choroïde une grosse tumeur d'une teinte claire. Il faudra soupçonner qu'elle est de nature tuberculeuse, quand elle est entourée dans la choroïde de taches claires plus petites (tubercules). La tumeur peut plus tard perforer la sclérotique et paraître à l'extérieur où elle se détruit. L'examen anatomique démontre qu'elle est composée d'un grand nombre de petites tumeurs miliaires, qui, en confluant, ont fini par en former une grande. Le centre du tubercule solitaire a subi la dégénérescence caséeuse. — La forme conglobée de la tuberculose de la choroïde constitue une maladie rare, qui atteint de préférence les jeunes individus. Elle présente une marche chronique et accompagne la tuberculose chronique des organes internes, surtout du cerveau. Cependant, on rencontre des cas où les tubercules de l'œil constituent les seules manifestations tuberculeuses apparentes de l'organisme.

Le pronostic du tubercule choroïdien solitaire est mauvais; en effet, outre que l'œil est perdu dans tous les cas, la vie est le plus souvent menacée par la présence de l'une ou de l'autre affection tuberculeuse concomitante. Le traitement consiste à énucléer l'œil. Cette opération est surtout indiquée là où le tubercule choroïdien paraît être l'unique foyer tuberculeux. Le but principal de l'énucléation, dans ce cas, est d'empêcher l'extension du virus tuberculeux.

III. — ANOMALIES CONGÉNITALES DE LA CHOROÏDE

§ 80. COLOBOME DE LA CHOROÏDE. — A l'examen ophtalmoscopique, l'on voit sur le fond rouge de l'œil une grosse tache blanche située sous la papille (fig. 90). La colobome de la choroïde est une lacune circonscrite de la choroïde et de la rétine, dans l'étendue de laquelle la sclérotique est à nu et se présente à l'ophtalmoscope comme une surface blanche. Souvent, à côté du colobome de la choroïde, on en rencontre un dans l'iris, ainsi que d'autres anomalies congénitales de l'œil. De tels yeux sont souvent moins développés (microphtalmie). On rencontre même des globes oculaires qui n'ont que la grosseur d'un petit pois ou d'un grain de millet, situés au fond de l'orbite et dont on ne trouve pas de traces à l'examen sur le vivant. On prend alors cet état pour l'absence absolue de l'œil, — anophtalmie. On n'est pas encore fixé sur la question de savoir s'il existe bien une véritable anophtalmie, c'est-à-dire s'il se rencontre des cas où, en présence d'un orbite développé, tout rudiment du globe oculaire manque.

Dans le colobome de la choroïde, l'acuité visuelle est altérée, avant tout parce qu'au colobome correspond une lacune dans le champ visuel. En outre, l'acuité visuelle proprement dite est habituellement défectueuse, parce que l'œil, dans son ensemble, a subi des troubles de développement. Dans les degrés élevés de microphtalmie, l'acuité visuelle est réduite à la faculté de distinguer le jour de la nuit.

Le colobome de la choroïde est héréditaire à un haut degré; c'est une anomalie qui est souvent liée à d'autres difformités congénitales du corps.

Le colobome de la choroïde a la forme d'un ovale à grand axe répondant à peu près au méridien vertical, ou celle d'un triangle obtus à sommet dirigé vers la papille. Il n'est pas rare que le bord périphérique du colobome montre un prolongement pointu allant dans la direction du corps ciliaire.

Les plus petits colobomes même sont beaucoup plus larges que la papille. Quant aux grands, ils sont tellement étendus que leur bord antérieur situé trop en avant n'est plus visible à l'ophtalmoscope. D'autre part, ils peuvent s'étendre si loin en arrière qu'ils embrassent toute la papille. D'habitude alors, celle-ci paraît tellement changée de forme et d'aspect qu'on n'en reconnaît plus l'endroit que par l'origine des vaisseaux rétiniens. Le bord du colobome est net et, d'habitude, bordé de pigment. Le colobome lui-même, d'un blanc pur ou bleuâtre, montre des taches pigmentaires isolées, ainsi que quelques vaisseaux. Ceux-ci viennent en partie de la rétine et de la choroïde voisines, en partie appartiennent à la sclérotique qui est à nu dans l'étendue du colobome, en partie enfin, émergent dans le colobome lui-même. Ces derniers doivent être considérés comme des vaisseaux ciliaires postérieurs. Les vaisseaux rétiniens suivent souvent dans ces yeux un trajet irrégulier; très souvent ils semblent comme fuir le colobome, parce que, au lieu de passer dessus, ils en contournent les bords. — Le

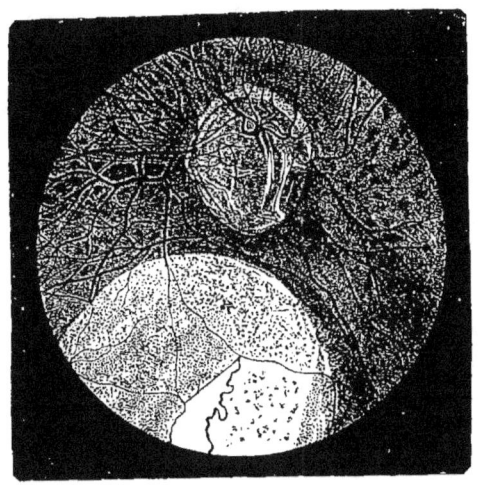

Fig. 90. — *Colobome du nerf optique et de la choroïde.* OEil droit d'une jeune fille de quatorze ans. Image droite. D'après Caspar et Krüger. — La papille paraît environ neuf fois plus grande que normalement et siège beaucoup en dessous du niveau de la rétine avoisinante. On peut y distinguer une moitié supérieure jaunâtre et une moitié inférieure grise. De la première émergent les vaisseaux centraux qui, contre l'habitude, envoient la plupart de leurs branches vers le haut. La moitié inférieure grise de la papille montre plusieurs crêtes saillantes plus claires et peu de vaisseaux sanguins; en revanche, de nombreux vaisseaux apparaissent à son bord surplombant et se dirigent dans la rétine en contournant le colobome de la choroïde. La papille agrandie est limitée en haut par un étroit croissant atrophique. — Le colobome de la choroïde est situé en bas et un peu en dehors de la papille. La limite inférieure (antérieure) n'est pas figurée sur le dessin. Le colobome est d'un blanc clair, nettement délimité, et un peu plus profondément placé que le fond de l'œil qui l'entoure. Il montre de rares vaisseaux, et, par places, du pigment réparti en fines granulations.

plan du colobome est plus profond que le reste du fond de l'œil, et montre souvent des excavations ou des crêtes saillantes, comme on peut s'en rendre compte, d'abord par les inflexions des vaisseaux, ensuite par la déviation parallactique. — Dans les yeux porteurs d'un colobome de la choroïde, se développe fréquemment une cataracte, et généralement d'une forme compliquée, non opérable. Si je puis tabler sur un cas, dont j'ai observé la marche, elle se développe comme suit. La rétine, fixée au bord du colobome, y subit une traction, comme cela existe quand la rétine est soudée à une cicatrice de la sclérotique (voir p. 259). Cette traction produit un décollement de la rétine, débutant par le bord du colobome, mais occupant plus tard toute son étendue. L'opacification du cristallin doit donc être considérée comme la conséquence ordinaire du décollement total de la rétine.

Dans quelques cas rares, on a rencontré de grandes taches blanches et excavées, non pas au bord inférieur, mais du côté externe du nerf optique, dans la région de la macula lutea — des colobomes de la macula.

Il se développe aussi des colobomes dans le nerf optique. Ainsi, ou bien on trouve dans sa partie inférieure une dépression en sillon, ou bien la papille est agrandie dans sa totalité, jusqu'à mesurer plusieurs fois son diamètre normal, et les vaisseaux qui en émergent sont comme dispersés (fig. 90). Les colobomes du nerf optique s'observent seuls, ou accompagnés de colobomes dans la choroïde.

Quant aux croissants congénitaux du bord inférieur de la papille qui coexistent habituellement avec l'amblyopie congénitale (voir page 366 et fig. 87), on doit les considérer également comme des colobomes rudimentaires.

L'*examen anatomique* d'un œil atteint de colobome choroïdien montre déjà extérieurement une bosselure sclérale située sur le côté inférieur du nerf optique. C'est cette bosselure qu'*Ammon* a, le premier, décrite sous le nom de protubérance sclérale (voir page 264). Elle correspond au colobome des membranes internes de l'œil visible à l'ophtalmoscope (fig. 91). Au niveau du colobome, à l'examen microscopique, on ne reconnaît le plus souvent plus qu'une mince membrane de tissu conjonctif, comme reste de la choroïde et de la rétine confondues ensemble. — L'existence du colobome doit être attribuée à la fente oculaire fœtale. Celle-ci se trouve à la partie inférieure de la vésicule oculaire secondaire, et doit permettre l'introduction du mésoderme dans l'intérieur de l'œil (fig. 70, voir page 304). Plus tard, cette fente se referme sans laisser de traces. Mais si l'occlusion ultérieure n'est qu'incomplète, il existe un colobome. Alors les bords de la fente rétinienne ne contractent pas entre eux d'adhérence immédiate, ils sont réunis par un mince tissu conjonctif intermédiaire. Puisque la fente rétinienne reste ouverte, le développement de la choroïde, au niveau de la face externe de la rétine, est également troublé, de façon qu'à l'endroit de la fente, la rétine aussi bien que la choroïde font défaut, ou plutôt y sont toutes deux remplacées par du tissu conjonctif. Enfin le développement de la sclérotique, au niveau du colobome, ne suit pas non plus la voie normale. Elle y est, en effet, mince, extensible, et se bombe sous l'influence de la pression intraoculaire, et la protubérance sclérale postérieure se trouve formée. Le colobome naît donc

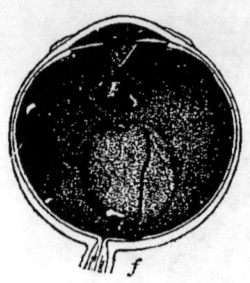

Fig. 91. — *Moitié inférieure d'un œil porteur d'un colobome congénital de l'iris, du corps ciliaire et de la choroïde.* — Sur l'iris, dont le dessin montre la face postérieure, on reconnaît le prolongement de la pupille qui se termine en pointe près du bord ciliaire inférieur. A l'endroit correspondant manquent les procès ciliaires. Les procès, limitant cette lacune, sont plus élevés et plus longs que les autres et comprennent une surface très pigmentée triangulaire ouverte en arrière. Plus loin encore, en arrière, existe dans la paroi de l'œil une excavation profonde de forme ovale, dont les bords sont nets et en partie surplombants. Au fond de l'excavation se voit la sclérotique, recouverte d'une toute mince pellicule transparente, dans laquelle courent quelques vaisseaux. Le pôle postérieur de l'ovale, formé par le colobome de la choroïde, est tourné vers la fossette centrale *f*.

primitivement dans la rétine, et il s'achève par suite d'un trouble dans le développement consécutif de la choroïde et de la sclérotique voisines. — La fente oculaire fœtale se continue aussi sous forme d'un sillon sur le pédicule de la vésicule oculaire, lequel doit devenir plus tard le nerf optique. Par suite de l'occlusion imparfaite de ce sillon, se produit le colobome du nerf optique.

On peut expliquer le colobome de l'iris par celui de la choroïde. L'iris naît du bord antérieur de la choroïde, à une époque où la fente oculaire fœtale est déjà fermée. Il s'ensuit que l'iris ne présente de fente à aucun stade de son développement. Mais lorsque la choroïde subit un arrêt de développement au niveau de la fente rétinienne, il peut en être de même pour l'iris qui, à cet endroit, ne se développe pas aux dépens de la choroïde d'une manière régulière. L'iris manque donc à ce point — colobome de l'iris. Il peut persister, alors même que, plus tard, la fente de la rétine et de la choroïde se ferme complètement. Il existe alors un colobome iridien, sans qu'il y ait en même temps un colobome de la choroïde.

Dans certains cas de microphtalmie (ainsi que d'anophtalmie apparente), il existe en même temps un kyste dans la paupière inférieure (très rarement la supérieure). Celui-ci est rempli de sérosité, transparaît en bleu à travers la peau et est régulièrement relié par un prolongement, à l'œil rudimentaire ; dans la paroi de la vésicule, on peut souvent reconnaître des éléments rétiniens au microscope. *Arlt* explique ces cas par une occlusion incomplète de la fente oculaire. Le tissu qui ferme la fente se bombe, en formant un sac plus ou moins volumineux, en communication avec l'œil qui, lui, reste en retard dans sa croissance. Plus tard, l'union entre le sac et l'œil s'allonge, s'étire en même temps en un mince cordon, de sorte qu'en fin de compte il existe une grosse vésicule, à laquelle pend, par l'intermédiaire d'un long pédicule, le globe oculaire réduit à un pois ou même moins. D'autres expliquent le développement de ces cas, en admettant que la vésicule optique prolifère d'une façon anormale, à sa partie inférieure, pénètre dans le tissu orbitaire, et forme ainsi le kyste, tandis que l'ébauche de l'œil s'atrophie.

Dans l'explication du développement du colobome, il y a encore maint fait hypothétique et obscur. Ainsi l'on n'est pas encore d'accord sur le motif pour lequel la fente oculaire ne se ferme pas régulièrement. S'agit-il d'un simple arrêt de développement, ou d'une inflammation dans la région de la fente ? Nous en savons encore moins au sujet du développement du colobome dans la macula lutea.

L'*albinisme* dépend de l'absence du pigment physiologique. Les albinos ont les cheveux d'un blanc jaunâtre comme du lin, ainsi que des sourcils et des cils blancs. Leur iris est gris clair, et apparaît rougeâtre, tandis que la pupille donne une lueur rouge vive. A l'ophtalmoscope, on voit très clairement les vaisseaux sanguins de la rétine et de la choroïde ramper sur le fond de l'œil presque blanc, sur lequel la papille fait contraste par sa teinte gris rouge sombre (fig. 11).

Les yeux albinotiques sont photophobiques et voient, par conséquent, mieux au crépuscule. L'acuité visuelle en est diminuée, et ils sont toujours atteints de nystagmus et souvent de myopie ou de strabisme très prononcés. — L'albinisme est congénital et souvent héréditaire. Dans les yeux albinotiques, les cellules à pigment de l'uvée et de la rétine existent tout comme dans les yeux normaux, mais elles ne contiennent pas de pigment. On rencontre tous les intermédiaires entre l'albinisme complet et la pigmentation normale.

CHAPITRE VII

GLAUCOME

GÉNÉRALITÉS

§ 81. L'essence du glaucome consiste dans *l'augmentation de la pression intraoculaire*, à laquelle on peut rattacher tous les autres symptômes propres du glaucome (*v. Graefe*). Tantôt l'hypertonie se déclare sans que l'on puisse trouver, pour l'expliquer, aucune maladie oculaire antérieure, — glaucome *primitif;* tantôt l'hypertonie est le résultat d'une autre affection de l'œil, — glaucome *secondaire*. Le premier et le plus important symptôme du glaucome primitif est donc l'hypertonie d'où naissent les autres symptômes. C'est là le glaucome proprement dit, le glaucome tout court. Dans le glaucome secondaire, au contraire, l'hypertonie n'est qu'une conséquence d'un autre état pathologique, c'est-à-dire quelque chose d'accessoire. Le tableau du glaucome secondaire présente donc des variations multiples, suivant les diverses maladies qui en sont la cause. Tandis que le glaucome primitif ou vrai attaque, sans exception, les deux yeux, quoique pas toujours en même temps, le glaucome secondaire se borne à atteindre l'œil qui, par son état pathologique, a donné lieu à l'hypertonie.

Lorsque l'hypertonie dure longtemps, les *suites* constantes en sont l'excavation du nerf optique, et la diminution, puis finalement l'anéantissement de l'acuité visuelle.

L'*excavation* du nerf optique résulte de ce que la lame criblée a cédé à la pression intraoculaire. Nous entendons par lame criblée la partie de la sclérotique qui se trouve dans l'œil au niveau de la papille du nerf optique, et qui, percée de nombreuses ouvertures, donne passage aux faisceaux des fibres du nerf optique (fig. 10). La lame criblée est la partie de l'enveloppe fibreuse de l'œil (cornéo-sclérotique) la moins solide, qui cède, par conséquent, la première à l'hypertonie en s'ectasiant. Mais avec la lame criblée reculent, en même temps, les fibres du nerf optique qui la traversent de façon que la surface de la papille elle-même s'excave (fig. 92, *B*, *e*). A l'examen ophtalmoscopique, la papille, comparée aux parties voisines du fond de l'œil, paraît évidée d'abord légèrement, plus tard d'une manière plus sensible, au point que les bords en sont escarpés ou surplombent même un peu l'excavation. On reconnaît surtout cette disposition à la courbure ou à l'angle formé par les vaisseaux sanguins au moment où, venant de la rétine, ils s'incurvent sur les bords de la papille pour s'enfoncer dans l'excavation (fig. 92, *A*). Comme les vaisseaux sanguins, les faisceaux nerveux subissent, au bord de la papille, une inflexion arrondie ou anguleuse. Cette disposition, ainsi que la pression élevée qui pèse sur les fibres nerveuses de l'intérieur de l'œil, en amènent l'atrophie. Il s'ensuit que, dans les stades éloignés de la maladie, nous voyons la papille non seulement excavée, mais encore plus pâle, d'une teinte blanc bleuâtre, ce qui provient de ce que les fibres nerveuses ont disparu et que la lame criblée toute blanche est mise à découvert. L'atrophie des fibres du nerf optique est aussi la principale cause de la diminution de l'acuité visuelle qui accompagne l'hypertonie. La vue directe, aussi bien que la vue indirecte sont atteintes. C'est la diminution graduelle de l'acuité visuelle centrale qui indique que la vue directe souffre; l'affection de la vue indirecte se manifeste par le rétrécissement du champ visuel. Le rétrécissement débute, le plus souvent, du côté nasal, parce que le côté temporal de la rétine devient le premier insensible; finalement il survient une cécité complète.

Le glaucome primitif est une maladie fréquente, il fournit à peu près 1 % de toutes les affections oculaires. La connaissance parfaite du glaucome est d'une grande importance pratique pour tout médecin, parce qu'un traitement prompt et approprié peut tout sauver, tandis qu'un diagnostic erroné et une thérapeutique inopportune sont en état de tout perdre. Malheureusement, il nous arrive de voir encore beaucoup de cas de glaucome qui ont été méconnus par le médecin et qui ne viennent chez l'oculiste que lorsque tout secours est devenu inutile. Des cas de glaucome inflammatoire sont confondus souvent avec l'iritis et l'iridocyclite, et traités au moyen de l'atropine, substance dont l'action est particulièrement nuisible dans ce cas. Les cas de glaucome simple qui ne manifestent extérieurement aucun symptôme inflammatoire sont souvent confondus avec une cataracte commençante. On console alors le patient en lui prédisant une maturation prochaine. Ce malade attend, et il devient trop tard pour exécuter une iridectomie.

Le glaucome est connu depuis longtemps. Il s'agit naturellement du glaucome inflammatoire, le glaucome non inflammatoire ne pouvant être reconnu qu'au moyen de l'ophtalmoscope. Cette dernière affection, aussi bien que tous les autres cas de cécité, dus à des maladies des membranes profondes de l'œil et qui ne se distinguent par aucune manifestation extérieure, ont été désignés

sous le nom commun d'amaurose. Le glaucome inflammatoire était, le plus souvent, considéré comme lié à la goutte et, pour ce motif, appelé ophtalmie arthritique. *Mackensie* le premier, et surtout *v. Graefe* reconnurent que l'hypertonie
constitue le symptôme le plus important du glaucome. *Henri Müller*, un homme
qui a rendu de grands services à l'anatomie pathologique de l'œil, a le premier
constaté anatomiquement l'excavation du nerf optique provoquée par l'hyperto-

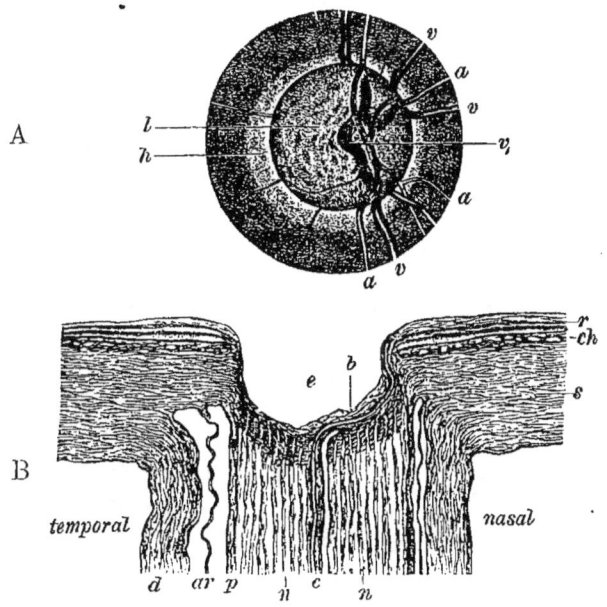

Fig. 92. — *Excavation glaucomateuse du nerf optique.* Gross. 14/1. (Comp. avec le nerf opt. normal, fig. 10,
page 17).
A. Image ophtalmoscopique de la papille. — La papille est limitée par un bord net, surplombant, sur lequel
les artères *a* et les veines *v* de la rétine semblent s'arrêter par leur extrémité recourbée. Leur prolongement
sur le fond de l'excavation est un peu déplacé de côté par rapport à la partie qui siège dans la rétine ; en
outre, les vaisseaux, au niveau de l'excavation, ont leurs contours noyés. Dans la moitié externe de l'excavation, on remarque le piqueté gris *l* de la lame criblée. La zone *h* du fond de l'œil, entourant la papille,
est décolorée (halo glaucomateux).
B. Coupe longitudinale à travers la papille. — Celle-ci présente une excavation profonde *e* au fond de
laquelle on voit seulement quelques restes des fibres nerveuses *b*. Les vaisseaux centraux *c* montent le
long du bord nasal de l'excavation vers la rétine *r*, dont la couche la plus interne (la couche des fibres) est
considérablement amincie par l'atrophie. *ch* choroïde. *s* sclérotique. Le volume du tronc du nerf a fortement diminué par suite de l'atrophie des faisceaux nerveux *n*. En conséquence, l'intervalle compris entre les gaines
du nerf optique, la gaine piale *p*, la gaine arachnoïdienne *ar* et la gaine durale *d*, est élargi, surtout au côté
temporal.

nie (1856). Peu après, l'image ophtalmoscopique en a été clairement reconnue
par *Weber* et *Förster*. Se laissant guider par le fait de l'hypertonie, *Mackensie*
avait cherché à guérir le glaucome par les ponctions répétées de la cornée, mais
il n'avait pas obtenu de succès durable. C'est à *v. Graefe* que nous devons de posséder un traitement curatif du glaucome. En 1856, il pratiqua, le premier, dans
ce but, l'iridectomie dont il avait constaté l'efficacité dans diverses autres affections oculaires. C'est là une des découvertes les plus importantes de l'ophtalmo-

logie et qui sera pour *v. Graefe* un honneur éternel. Qu'on s'imagine qu'autrefois
tout glaucomateux était irrémédiablement condamné à la cécité, et qu'actuellement, grâce à l'iridectomie, la plupart des malades guérissent. Que de milliers
de malheureux, qui autrefois étaient voués à la cécité, et qui, par la découverte
de *v. Graefe*, ont pu continuer à jouir de la lumière !

En ce qui concerne l'*excavation* du nerf optique, on en observe trois espèces :
l'excavation physiologique, l'excavation atrophique et l'excavation glaucomateuse.
L'excavation *physiologique* (fig. 93, *A*) provient de ce que les faisceaux des
fibres du nerf optique commencent déjà à s'infléchir pour pénétrer dans la
rétine, avant d'être arrivés au niveau du plan de cette membrane. Dans ce cas
la lame criblée occupe sa position normale. L'excavation physiologique est toujours partielle, c'est-à-dire qu'alors même qu'elle est très grande elle n'occupe
jamais toute la papille; toujours, près du bord papillaire, il doit rester un
liseré plus ou moins large de fibres nerveuses, qui passent dans la rétine (page 16

Fig. 93. — *Les trois espèces d'excavation du nerf optique.* Figure schématique.
   A Excavation *physiologique*, en forme d'entonnoir, partielle; lame criblée normale.
   B Excavation *atrophique*, en forme de coupe, totale; lame criblée normale.
   C Excavation *glaucomateuse*, en forme d'ampoule, totale; lame criblée convexe en arrière.

et fig. 6, 10 et 85). — L'excavation *atrophique* (fig. 93, *B*) résulte de la disparition des fibres nerveuses, qui, situées en avant de la lame criblée, constituent
la papille ; la lame criblée reste en place. L'excavation atrophique est totale,
c'est-à-dire qu'elle occupe toute la papille, mais reste toujours peu profonde ; la
plus grande profondeur ne peut pas dépasser la différence de niveau entre le
plan de la lame criblée et celui de la couche la plus interne de la rétine.
Dans l'excavation atrophique, la papille est en même temps pâle et décolorée, à
cause de la disparition des fibres nerveuses. Le caractère commun des excavations physiologique et atrophique consiste en ce que la lame criblée n'est pas
enfoncée ; et comme, dans les deux cas, elle en constitue le fond, il s'ensuit que
l'excavation n'est jamais très notable. — L'excavation *glaucomateuse* (fig. 93, *C*)
se distingue avant tout des deux précédentes en ce qu'elle est constituée par la
dépression de la lame criblée. Il en résulte qu'elle peut acquérir une profondeur
bien plus considérable. Cette excavation occupe toute la papille, qui, au début,

conserve encore la teinte rougeâtre de la papille saine. Plus tard, les faisceaux nerveux subissent la dégénérescence atrophique, de façon que la papille devient blanche, et qu'elle laisse apparaître, au fond, la lame criblée ; il s'ensuit que l'excavation s'approfondit en outre de toute l'épaisseur de la papille atrophiée.

Les signes ophtalmoscopiques distinctifs des trois espèces d'excavations sont donc les suivants : une excavation partielle est de nature physiologique, tandis qu'une excavation totale est de nature pathologique soit atrophique, soit glaucomateuse. Elle est atrophique quand elle est peu profonde et que la papille est très blanche. Quant à l'excavation glaucomateuse, elle peut être plus ou moins profonde, suivant qu'elle existe depuis plus ou moins longtemps. Lorsque l'excavation glaucomateuse est peu profonde, on trouve la papille encore colorée, ce qui la distingue de l'excavation atrophique. Mais, lorsque l'excavation est profonde et totale, elle ne peut appartenir qu'à un glaucome, quelle que soit la teinte de la papille. En pratique, la distinction entre les différentes formes d'excavation est quelquefois fort difficile.

L'image *ophtalmoscopique* de l'excavation glaucomateuse du nerf optique montre la papille plus pâle, et, dans les cas avancés, bleuâtre ou verdâtre ; le long du bord, on remarque un liseré ombré, tandis que le milieu de l'excavation est le mieux éclairé. Au fond de l'excavation on voit les points gris de la lame criblée (fig. 92, *A*, *l*). Les vaisseaux plongent dans la papille, non pas à son centre, mais le plus souvent au niveau de son bord interne. Au point où ils passent sur le bord de la papille, ils forment un coude, ou, si l'excavation est plus profonde, un angle. Si le bord de l'excavation en surplombe le fond, la partie des vaisseaux qui s'étend entre le fond et le bord peut être entièrement cachée, de telle sorte que les vaisseaux qui émergent au centre de la papille paraissent s'arrêter au bord de ce disque pour reparaître à un autre endroit dans la rétine. Ce n'est qu'à l'image renversée qu'il est possible de voir, en une fois, dans toute son étendue, le trajet complet des vaisseaux. A l'image droite, les vaisseaux de la papille et ceux de la rétine ne se voient jamais en même temps nettement parce qu'ils sont situés sur des plans de profondeur différente et que, par conséquent, ils ne possèdent pas la même réfraction. L'œil est-il accommodé pour les vaisseaux de la rétine (fig. 92, *A*, *a* et *v*), les vaisseaux de l'excavation (v ^{1}) paraissent pâles, et voilés ; inversement, les vaisseaux de l'excavation possèdent, relativement à ceux de la rétine, une réfraction myopique, et pour ce motif pour être nettement perçus réclament un verre concave d'une force correspondante. Par la différence de réfraction entre le fond et le bord de l'excavation, on peut calculer le degré de profondeur de cette dernière (voir page 21). En outre, si l'on répète cette expérience de temps en temps, on peut constater si l'excavation devient moins ou plus profonde. A l'image renversée, la différence de niveau ne se trahit que par le déplacement parallactique (page 27). — Le calibre des artères est diminué, tandis que celui des veines devenues tortueuses est augmenté. Au fond de l'excavation surtout se remarque quelquefois tout un paquet entortillé de vaisseaux sanguins. Le changement du calibre des vaisseaux s'explique facilement par la pression que l'hypertonie exerce sur eux au point où ils émergent de la papille. Il en résulte, d'une part, que l'entrée du sang dans les artères rétiniennes est gênée et, de l'autre, que le sang sort plus difficilement des veines. Par conséquent, les premières ne sont pas assez remplies, tandis que les secondes le sont trop. Très fréquemment on peut observer le pouls veineux, et il n'est pas rare qu'on voie le pouls artériel dans la papille (pour ce qui en concerne l'explication, voir page 18). — Si le pouls artériel n'existe pas, on peut le faire apparaître en pressant légèrement avec le doigt sur le globe oculaire. C'est un signe important pour déceler l'hypertonie dans les cas où elle n'est pas suffisamment développée pour être perçue avec certitude par la palpation. —. Lorsque l'excavation glaucomateuse existe depuis longtemps, on trouve la papille habituellement entourée d'un halo blanc ou jaunâtre, qui constitue l'expression de l'atrophie de la choroïde à l'entour de la papille, — halo glaucomateux (fig. 93, *A*, *b*). Dans les stades ultérieurs, le reste du fond de l'œil prend souvent un aspect tigré (fig. 86).

L'état de l'acuité visuelle n'est pas toujours en relation directe avec la profondeur de l'excavation. Ce n'est, en effet, pas la dépression de la lame criblée qui produit la gêne de la vue, mais bien l'atrophie des fibres nerveuses qui en est le résultat. Or cette atrophie est loin de suivre toujours exactement les progrès de l'excavation. C'est ainsi que l'on observe quelquefois des cas où il existe une excavation profonde, mais où néanmoins l'acuité visuelle reste normale et le champ visuel étendu. D'autre part, lorsque l'hypertonie est très forte — dans le glaucome foudroyant — il peut se faire que l'acuité visuelle soit anéantie quelques heures par paralysie des fibres du nerf optique, tandis que toute excavation fait défaut, puisque le temps a été trop court pour qu'il ait pu s'en former une. Pour juger donc de l'état de la vision, il faut plutôt se laisser guider par la couleur de la papille et le calibre des artères rétiniennes que par la profondeur de l'excavation, car l'atrophie des fibres nerveuses se reconnaît principalement à la pâleur de la papille. — La diminution du champ visuel débute le plus souvent du côté interne, pourtant il n'est pas rare d'observer d'autres formes de rétrécissement. Notamment, dans le glaucome simple, il existe souvent un rétrécissement concentrique ; on rencontre aussi parfois des scotomes centraux ou paracentraux.

I. — GLAUCOME PRIMITIF

§ 82. Le glaucome primitif, appelé aussi glaucome tout court, se montre sous divers aspects. Lorsque la pression acquiert tout à coup une hauteur considérable, elle provoque des symptômes inflammatoires. Au contraire, ces symptômes manquent dans les cas où l'hypertonie se développe graduellement, ainsi que dans les cas où elle n'acquiert qu'un degré modéré. C'est ainsi que l'on distingue une forme inflammatoire et une forme non inflammatoire de glaucome, — glaucome inflammatoire et glaucome simple.

A. Glaucome inflammatoire

Le glaucome inflammatoire suit une marche typique, notamment dans les cas aigus (glaucome inflammatoire aigu); c'est pourquoi nous en donnerons la description d'abord. Dans le cours du glaucome inflammatoire, nous distinguons les stades suivants.

1° *Stade prodromique*. — Le stade prodromique qui précède le plus souvent l'attaque inflammatoire est, avant tout, caractérisé par des accès de vision trouble — obnubilation. Le patient dit qu'il voit moins bien pendant ces attaques, qu'il lui semble qu'il a devant les yeux un brouillard ou une fumée qui enveloppe les objets. Lorsqu'il y a dans la pièce une lumière, il voit autour d'elle un cercle irisé. Pendant l'attaque, le malade a souvent le sentiment d'une tension dans l'œil, ou bien il souffre d'une sourde céphalalgie frontale. S'il examine l'œil pendant l'attaque, le médecin trouve que la cornée est légèrement mate, diffusément trouble et semblable à du verre dépoli. Le trouble est le plus notable au centre, moins sensible vers la périphérie et, en raison même de son uniformité, il entame la vue à un haut degré. C'est le même trouble cornéen qui est cause de l'apparition des cercles colorés autour des flammes. Ce phénomène est le même que celui que l'on peut observer, par exemple, pendant une soirée brumeuse d'hiver, lorsque l'on regarde, à travers les carreaux couverts de buée, les becs de gaz de la rue. En raison de la projection de l'iris en avant, la chambre antérieure est un peu moins profonde, la pupille est plus large et paresseuse, la tension de l'œil est notablement augmentée. Souvent l'on observe un léger degré d'injection ciliaire.

Une pareille attaque dure habituellement plusieurs heures, après quoi l'œil revient complètement à son état normal, tant au point de vue de son aspect que de ses fonctions. Au début, les attaques sont très espacées (depuis des semaines jusqu'à des mois); plus tard elles deviennent plus fréquentes. Souvent il est possible d'en indiquer la cause : tels sont les repas copieux, les veillées, les émotions (entre autres même le jeu de cartes), etc. Dans un grand nombre de cas, les attaques reviennent périodiquement sans motif, et même chaque jour, au point que le patient dit qu'il voit tous les matins du brouillard jusqu'à midi, et que c'est seulement à partir de ce moment que la vue devient claire, ou inversement. Lorsque les attaques arrivent le soir, elles cessent toujours au moment où l'on s'endort. Même pendant le jour, le sommeil peut couper une attaque.

Pendant les intervalles entre les accès prodromiques, l'acuité visuelle est normale; cependant le patient se plaint de ce que, pour voir de près, il a besoin de verres toujours plus forts, — augmentation rapide de la presbyopie par la diminution du pouvoir accommodateur (voir § 141).

Le stade prodromique tantôt n'a qu'une durée de quelques semaines, tantôt traîne des mois et même des années. Dans ce dernier cas, l'œil subit insensiblement des altérations définitives qui font que, même dans les intervalles qui séparent les attaques, il n'est plus normal. L'œil prend alors extérieurement l'habitus glaucomateux et, de plus, par suite des fréquents retours de l'hypertonie, il se forme une excavation. Il s'ensuit que, même pendant le temps où l'œil est libre de toute attaque, l'acuité visuelle n'est plus entière. Alors on ne peut plus parler de stade prodromique, mais de glaucome inflammatoire chronique, qui a succédé aux phénomènes prodromiques, sans limite bien tranchée ;

2° Le second stade est celui du *glaucome évolué* qui débute par une attaque *aiguë de glaucome*. Celle-ci éclate brusquement, après une durée plus ou moins longue du stade prodromique. La cause de l'attaque aiguë — quand on peut en trouver une — est la même que celle qui explique l'attaque prodromique. Il faut particulièrement mentionner ici les stases dans le système veineux, surtout par suite de l'affaiblissement de l'activité cardiaque, ensuite les fortes secousses morales, surtout de nature déprimante, enfin la dilatation de la pupille. C'est pour ce dernier motif qu'une seule goutte d'atropine instillée dans un œil prédisposé peut faire éclater une attaque de glaucome.

L'attaque aiguë s'annonce par des douleurs violentes qui, de l'œil, s'irradient le long de la première et de la seconde branche du trijumeau. Le patient se plaint de céphalalgie, de douleurs dans l'oreille et les dents, qui peuvent atteindre un degré d'intensité insupportable. Les douleurs lui enlèvent l'appétit et le sommeil ; il n'est pas rare qu'il se manifeste des vomissements et de la fièvre. En même temps que les douleurs se déclarent, l'acuité visuelle baisse rapidement, de façon que ce ne sont plus que les objets de grandes dimensions — par exemple, le mouvement de la main devant l'œil — qui peuvent être reconnus. Quant au champ visuel, il est le plus souvent fortement rétréci du côté du nez. L'examen objectif présente les phénomènes d'une violente inflammation extérieure : ainsi il existe de l'œdème des paupières, de l'œdème et même du chémosis de la conjonctive, qui est fortement injectée. A cause de son caractère veineux prédominant, l'injection prend une teinte rouge foncé. La cornée est chagrinée, et peu ou point sensible au toucher ; elle est le siège d'une opacité très forte, ressemblant à une fumée. La chambre antérieure est moins profonde, l'iris décoloré et rétréci. Il s'ensuit que la pupille est plus large, très souvent aussi elle est ovale et excentrique, parce que le rétrécissement de l'iris est très fort à certains points, le plus souvent en haut. La réaction de l'iris est perdue. La pupille donne un reflet vert grisâtre (1). A cause de la forte opacité de la cornée, l'examen ophtalmoscopique est impossible. La tension de l'œil est notablement augmentée.

Comme on le voit, les symptômes de l'attaque aiguë sont les mêmes que ceux de l'attaque prodromique; ils n'en diffèrent que parce qu'ils sont beaucoup plus intenses et qu'ils sont accompagnés de symptômes inflammatoires (injection, œdème des paupières et de la conjonctive, douleurs). L'on peut donc considérer les attaques prodromiques comme des attaques glaucomateuses avortées, qui régressent avant qu'elles n'aient atteint toute leur intensité. Finalement une de ces attaques acquiert son plein développement et arrive à la hauteur d'une attaque aiguë, après laquelle il n'est plus possible que l'œil revienne complètement à son état normal. L'hypertonie est maintenant permanente, et l'œil conserve l'aspect glaucomateux.

La *marche* de l'attaque glaucomateuse inflammatoire est telle qu'après quelques jours, ou quelques semaines — suivant la gravité de l'attaque — il se produit une amélioration et même une guérison apparente. Au bout de quelques jours, les douleurs perdent de leur intensité et cessent plus tard entièrement. L'œil redevient pâle, la cornée s'éclaircit et l'acuité visuelle se relève. Si celle-ci était normale avant l'attaque, elle peut tellement s'améliorer que le patient est encore en état de lire et d'écrire. Au contraire, plus l'acuité visuelle était entamée avant l'attaque, par suite d'un long stade prodromique, moins l'amélioration sera sensible après la terminaison de l'attaque. En règle générale, on peut affirmer qu'après une attaque la vue ne regagne plus jamais l'acuité qu'elle possédait auparavant. L'attaque laisse aussi dans l'œil des modifications objectives qui trahissent la nature de la maladie à première vue. La turgescence des veines ciliaires antérieures ne disparaît plus, la chambre antérieure reste plus basse, l'iris plus rétréci, de teinte ardoisée, à réaction lente ou nulle, l'hypertonie persiste. On dit alors que l'œil présente l'habitus glaucomateux. L'examen ophtalmoscopique, redevenu possible par suite de l'éclaircissement de la cornée, fait voir, au niveau de la papille, les signes d'une hyperémie, qui n'est qu'un épiphénomène de l'hyperémie générale de l'œil pendant l'attaque inflammatoire. Immédiatement après l'attaque, il n'existe pas encore d'excavation du nerf optique, car, pour qu'elle se forme, l'hypertonie doit toujours durer pendant une période plus longue; ce n'est donc que plus tard qu'elle se développe. Cependant, dans les cas où l'attaque

---

(1) De là le nom de « cataracte verte »; en grec, γλαύκος, vert de mer, d'où glaucome. D'ailleurs ce reflet n'est nullement caractéristique pour le glaucome. On l'observe chaque fois que la pupille est dilatée et en même temps que les milieux ne sont pas entièrement transparents.

aiguë a été précédée d'un long stade prodromique, l'excavation existe déjà
durant cette attaque. Lorsque celle-ci est terminée, l'œil reste pendant
longtemps en repos, et le patient s'abandonne à l'espoir que la guérison
sera définitive. Mais voici qu'une nouvelle attaque éclate. Celle-ci, au point
de vue des symptômes inflammatoires et des douleurs, est généralement
moins intense que la première, mais elle a pour conséquence une diminution plus notable de la vision. Et comme, après des intervalles plus ou
moins longs, il éclate toujours de nouvelles attaques, l'acuité visuelle finit
par se perdre entièrement. L'affection entre ainsi dans son :

3° Troisième stade, celui du *glaucome absolu*. Alors l'œil est complètement aveugle et présente l'image suivante : sur la sclérotique de couleur
blanc bleuâtre comme de la porcelaine, proéminent les veines ciliaires antérieures, gorgées de sang. Ces veines se réunissent autour de la cornée et
y forment un anneau de vaisseaux dilatés de teinte bleu rougeâtre. La
cornée est brillante, transparente, mais insensible ; la chambre antérieure
est très peu profonde. L'iris est réduit à un mince liseré gris, qui, par
places, se cache presque entièrement derrière le limbe, et qui, au niveau
du bord pupillaire, est bordé d'un large liseré noir. La pupille, qui est
large et immobile, paraît verdâtre, ou d'un gris sale. La papille est profondément excavée, et l'œil dur comme une pierre.

Dans les périodes ultérieures de la marche de l'affection, l'œil aveugle
subit des modifications, qui sont connues sous le nom de *dégénérescence
glaucomateuse*. La cornée devient trouble, couverte d'un dépôt particulier
d'aspect vitreux. Sur la sclérotique, l'on observe des bosselures ectatiques
noires, le plus souvent dans la région de l'équateur (staphylômes équatoriaux), le cristallin s'opacifie, — cataracte glaucomateuse. Quoique l'œil
soit déjà aveugle depuis longtemps, le patient croit toujours voir encore de
la lumière, notamment sous forme d'un brouillard lumineux, qui, certains
jours, est plus fort, d'autres fois plus léger. Ces phénomènes lumineux
subjectifs maintiennent le malade pendant longtemps dans l'illusion qu'il
finira par regagner la vue. En outre, l'œil aveugle redevient de temps en
temps le siège de nouvelles douleurs.

La terminaison du glaucome est habituellement l'atrophie du globe
oculaire. Après que l'œil a été dur pendant des années, il devient finalement plus mou, plus petit et atrophique. Dans d'autres cas, il se produit
un abcès avec perforation de la cornée et iridocyclite consécutive ou même
une panophtalmie avec phtisie du globe. Ce n'est que lorsque l'œil est
atrophié, qu'il laisse son malheureux possesseur en repos.

La marche du glaucome avec attaques inflammatoires violentes, telles
que nous venons de les décrire, correspond à la forme que l'on désigne
sous le nom de *glaucome inflammatoire aigu*. Dans les cas graves que

v. Graefe a décrits sous le nom de glaucome *foudroyant*, il peut survenir, sous le coup de violents symptômes inflammatoires, une cécité incurable en quelques heures. Mais heureusement ces cas sont rares, et il arrive bien plus souvent d'en observer dont la marche est moins aiguë et moins typique que celle qui appartient proprement au glaucome aigu. Ces derniers cas sont désignés sous le nom de glaucome inflammatoire *chronique*. Ici, il ne se déclare pas d'attaque inflammatoire bien prononcée; le stade prodromique passe plutôt insensiblement à celui de l'inflammation, en ce sens que l'œil devient graduellement rouge et insensible, la cornée opaque, et l'iris atrophique. Les douleurs ne sont ni aussi violentes ni aussi continues que dans le glaucome aigu. Fréquemment l'affection ne devient chronique qu'après la première attaque inflammatoire, dont les symptômes ne disparaissent plus complètement. Quant à la terminaison finale, elle est la même que celle du glaucome inflammatoire aigu; il n'y a d'ailleurs, généralement, pas de limites nettes entre ces deux formes.

Le glaucome atteint presque constamment les deux yeux. Toutefois, ceux-ci ne deviennent que rarement malades en même temps; il arrive plus souvent que le second œil n'est attaqué que des mois et même des années après le premier. Dans ces cas pourtant, le médecin expérimenté ne manquera pas de découvrir souvent dans celui des yeux encore parfaitement sain une certaine disposition au glaucome. Celle-ci se trahit par une chambre antérieure basse, par une pupille un peu plus large et plus paresseuse et par une tension relativement élevée, mais non encore pathologique. A côté de ces symptômes, existent habituellement de l'hypermétropie et une certaine diminution de l'amplitude de l'accommodation.

Le glaucome inflammatoire est une affection de l'âge avancé; on le rencontre le plus souvent entre cinquante et soixante-dix ans. On ne l'observe pas dans l'enfance ni dans la jeunesse. Les femmes sont plus souvent atteintes que les hommes, surtout les femmes à ménopause anticipée. Il semble que les yeux hypermétropes soient particulièrement *prédisposés* au glaucome inflammatoire, tandis que l'on peut dire que les yeux fortement myopes jouissent d'une immunité presque absolue contre cette affection (comp. § 144, remarque). Commes causes prédisposantes au glaucome inflammatoire, il faut citer la rigidité des parois vasculaires (artériosclérose), la constipation habituelle. Le glaucome est aussi beaucoup plus fréquent parmi les juifs que parmi les chrétiens. Enfin il existe maintes familles dans lesquelles le glaucome est héréditaire.

Un trait caractéristique du glaucome, c'est la fréquence des *alternances périodiques* que l'affection présente dans sa marche. Pendant le stade prodromique, elles sont produites par les obnubilations passagères ; pendant le stade inflammatoire, par les attaques inflammatoires se répétant par intervalles. Même lorsque la cécité est devenue complète, il ne s'en présente pas moins des jours de clarté alternant avec des jours d'obscurité, suivant la sensibilité subjective du patient à la lumière.

Ce qui a une influence très considérable sur les phénomènes observés dans le glaucome, c'est l'état de la *pupille*. Ainsi la contraction pupillaire possède une influence favorable, en diminuant la tension glaucomateuse ; la dilatation pupillaire, au contraire, l'augmente. Les miotiques ont donc pour effet de couper les attaques prodromiques et de modérer l'intensité des symptômes pendant les attaques inflammatoires. Le fait que le sommeil coupe les attaques prodromiques doit être probablement attribué à la forte contraction que subit la pupille pendant le sommeil. En revanche, les mydriatiques sont en état de provoquer l'explosion d'une attaque inflammatoire dans les yeux prédisposés, et ce ne sont pas seulement les mydriatiques forts, tels que l'atropine, qui peuvent entraîner de pareils résultats, mais l'homatropine et même la cocaïne. Il faut donc bien rechercher si l'on ne doit pas soupçonner le glaucome, avant d'administrer un mydriatique à un homme âgé. Si pourtant on a eu le malheur de provoquer l'explosion d'une attaque glaucomateuse, il peut arriver que par l'instillation prompte et énergique d'ésérine, on parvienne à la faire disparaître, et cela peut-être pour toujours.

Un fait fréquemment observé, c'est que l'iridectomie pratiquée sur un œil glaucomateux peut faire éclater une attaque inflammatoire dans le second œil, si, bien entendu, il a des prédispositions glaucomateuses. Cependant ce n'est pas l'opération comme telle qui fait naître l'attaque, mais bien, comme dans d'autres circonstances, la dépression morale et physique qui en résulte. Pour faire éclater cette attaque, l'opération n'est même pas nécessaire. Un jour, vint me consulter une dame frappée d'une attaque inflammatoire récente aux deux yeux. Quelques jours auparavant, elle avait été atteinte d'une première attaque de glaucome, et elle était allée trouver le professeur *Arlt*. Dès que celui-ci déclara qu'une opération était nécessaire, elle fut tellement effrayée que, déjà dans la voiture qui la reconduisait, elle fut frappée d'une attaque inflammatoire du second œil. Il est probable qu'à l'occasion d'une forte émotion morale deux facteurs agissent de concert : le trouble de la circulation et l'élargissement réflexe consécutif de la pupille. Dans le but de prévenir, à l'occasion d'une opération d'un œil glaucomateux, l'explosion d'un glaucome dans l'autre œil, on instille dans celui-ci, avant l'opération, de la pilocarpine ou de l'ésérine. Cependant cette mesure prophylactique ne donne naturellement pas une complète sécurité. — Des affections fébriles de diverse nature peuvent faire naître une attaque de glaucome, comme on a pu l'observer maintes fois pendant l'épidémie d'influenza.

Dans les *attaques inflammatoires aiguës*, les douleurs s'irradient dans toute la moitié correspondante de la tête, de sorte que les patients, ne sachant pas qu'elles prennent leur source dans l'œil, se plaignent seulement de douleurs céphaliques, « rhumatismales » violentes. Si l'attaque est accompagnée d'une forte turgescence des paupières, on l'attribue encore à un érysipèle. Il ne faut pas se laisser induire en erreur par ces déclarations, mais se laisser guider dans son juge-

ment par les résultats de l'examen objectif. C'est ainsi que l'on observe avant
tout la matité caractéristique et l'aspect uniformément trouble de la cornée. Autrefois, on a placé, du moins partiellement, le trouble dans l'humeur aqueuse,
ainsi que dans le corps vitré. Pour ce qui concerne le trouble de transparence
du corps vitré, il n'existe aucune preuve qui puisse le faire admettre. Le trouble
de l'humeur aqueuse paraît prouvé par le fait, qu'il n'est pas rare qu'après
l'écoulement de ce liquide (en pratiquant l'iridectomie) la pupille gagne une
teinte plus noire. En fait, cependant, la cornée est dans tous les cas le siège principal du trouble de transparence. Un autre symptôme important du glaucome,
c'est la dilatation et l'immobilité de la pupille qui fait qu'on ne le confondra pas
avec une iritis ou une iridocyclite, affections dans lesquelles la pupille est contractée.

Dans le stade de la *dégénérescence glaucomateuse*, on remarque divers changements à la cornée : *a*) le plus souvent, à côté d'une épaisse opacification du parenchyme de la cornée, on trouve sur la surface de cet organe des dépôts d'aspect
gélatineux ; *b*) l'épithélium, soit seul, soit en même temps que le dépôt de néo-
formation, est soulevé et séparé du tissu sous-jacent par un épanchement
séreux ; il se développe des bulles sur la cornée, — kératite vésiculeuse et bulleuse (page 196) ; *c*) on rencontre des opacités cornéennes en ceinture (page 220) ;
d) on observe des ulcères et des abcès cornéens, très souvent suivis de perforation (page 175). Lorsqu'alors la perforation survient, il peut se produire de violentes hémorragies dans l'intérieur de l'œil, ou encore des inflammations suppuratives graves suivies d'atrophie du globe. Cette grande variété d'affections
de la cornée doit être attribuée en partie aux altérations survenues dans la
nutrition par suite du trouble de la circulation lymphatique, en partie aussi à
la paralysie des nerfs cornéens, qui se manifeste par la parfaite insensibilité au
toucher de la surface de la cornée. Par suite de ces altérations, la cornée résiste
moins aux influences des agents extérieurs.

Dans le cours de la dégénérescence glaucomateuse, le *cristallin* ne manque
jamais de s'opacifier, — cataracte glaucomateuse. Il faut distinguer l'opacité cristallinienne produite par le processus glaucomateux, de la cataracte qui se trouve
accidentellement dans un œil glaucomateux, et que l'on doit désigner par
l'expression de *cataracte dans un œil glaucomateux.* On peut rencontrer en effet,
dans un œil glaucomateux, une cataracte simplement sénile ou traumatique, etc.
On distingue la cataracte existant dans un œil glaucomateux, par l'aspect de
la cataracte et par l'examen de l'acuité visuelle. La cataracte glaucomateuse se
caractérise par un fort gonflement, une teinte blanc bleuâtre, un reflet soyeux
très vif de la surface, tandis que la cataracte dans un œil glaucomateux présente
un aspect en rapport avec son origine et sa nature. Dans le premier cas, l'œil
est complètement aveugle par suite du processus glaucomateux, et l'opération
de cette cataracte serait inutile. Dans le dernier cas, au contraire, c'est-à-dire
quand le glaucome n'est pas encore trop avancé, il peut exister encore un degré
de vision (sensibilité à la lumière) tel que l'on peut attendre un certain succès
de l'opération. Cependant il ne faut en aucun cas procéder d'emblée à l'extraction de la cataracte ; on doit commencer par diminuer la tension, au moyen

d'une iridectomie, et opérer la cataracte environ quatre semaines plus tard. Car si, dans un œil qui souffre d'hypertonie, on procédait immédiatement à l'extraction du cristallin, on risquerait de voir se produire une hémorragie intraoculaire abondante et se perdre l'œil (voir page 166).

B. Glaucome simple

§ 83. Dans le glaucome simple, l'hypertonie se développe graduellement sans qu'il se produise de symptômes inflammatoires. L'œil paraît normal extérieurement, ou l'affection se trahit par la proéminence plus sensible des veines ciliaires turgescentes, ainsi que par une pupille un peu plus dilatée et plus lente à réagir. Au palper, on s'aperçoit que la tension oculaire est augmentée, mais à un degré peu prononcé. Souvent à un premier examen, aucune hypertonie ne se manifeste ; ce n'est que lorsqu'on répète l'examen de l'œil, particulièrement à différentes heures du jour, qu'on réussit à démontrer une augmentation de la tension. A ces moments, on observe aussi quelquefois un certain trouble nuageux de la cornée, tel qu'on le voit dans les attaques prodromiques du glaucome inflammatoire. Enfin on rencontre des cas de glaucome simple, où jamais on n'a pu manifestement constater de l'hypertonie.

Dans les circonstances où le glaucome simple ne se manifeste par aucun symptôme extérieur, pas même par de l'hypertonie sensible, le diagnostic s'établit par l'examen ophtalmoscopique. On observe ainsi une excavation totale du nerf optique dont la profondeur correspond à la durée du processus glaucomateux.

Puisque les douleurs et les attaques inflammatoires font défaut, le trouble visuel constitue presque le seul symptôme subjectif du glaucome simple. Le trouble de la vue se manifeste par la diminution graduelle de l'acuité visuelle, d'autres fois par l'apparition intermittente d'un brouillard, tel que celui que l'on observe dans le stade prodromique du glaucome inflammatoire. La diminution de la vue se trahit par le rétrécissement du champ visuel ainsi que par la diminution de l'acuité visuelle centrale. Ce dernier symptôme se manifeste souvent tard, lorsque le champ visuel est déjà devenu très petit; de telle sorte que le patient est fréquemment encore en état de lire ou d'exécuter des travaux délicats, tandis qu'il a de la peine à se conduire seul (voir page 30). Avant ce moment, il se passe souvent un long intervalle (même plusieurs années), vu que l'abaissement de l'acuité visuelle se produit lentement et graduellement. C'est le motif pour lequel le patient ne s'aperçoit lui-même de son affection que bien tard. L'œil aveugle peut rester extérieurement normal, ou bien on voit se déclarer — souvent déjà avant la cécité complète — ces attaques inflammatoires qui sont caractéristiques pour le glaucome inflammatoire. C'est ainsi qu'il n'est pas rare que le glaucome simple se transforme en glaucome inflammatoire.

Le glaucome simple atteint toujours les deux yeux. A l'inverse de ce qui arrive pour le glaucome inflammatoire, il se développe quelquefois chez les jeunes individus, et il attaque l'homme aussi souvent que la femme. On le rencontre aussi chez les myopes, qui possèdent cependant une espèce d'immunité contre le glaucome inflammatoire.

Hydrophtalmie. — L'hydrophtalmie est une maladie de l'enfance. L'œil est extraordinairement gros (pour ce motif aussi nommée buphtalmie, œil de bœuf). La sclérotique est mince et bleuâtre à cause du pigment uvéal qui transparaît; la cornée est plus développée et plus fortement bombée (kératoglobe, page 241), claire et luisante, ou, comme dans le glaucome inflammatoire, mate et diffusément trouble. La chambre antérieure est extraordinairement profonde, l'iris tremble, la papille est profondément excavée si le processus dure depuis longtemps. La tension de l'œil est notablement augmentée.

La maladie peut s'arrêter spontanément, ou finir par amener la cécité. Dans le premier cas, au bout de quelque temps l'hypertonie disparaît, l'augmentation du volume du globe persiste, il est vrai, mais elle ne progresse plus et l'œil conserve une acuité visuelle passable dépendant particulièrement de l'état du nerf optique. Dans le second cas, le développement exagéré de l'œil va plus loin, — quelquefois atteint des dimensions tout à fait extraordinaires, tandis que la cécité devient complète.

La maladie est congénitale, ou bien elle se développe dans l'enfance et cela le plus souvent dans les deux yeux. Dans cette affection, l'hérédité joue un rôle important. On n'est pas encore entièrement édifié sur sa nature, mais il est certain que l'hypertonie est le symptôme le plus grave, puisque, d'un côté, elle amène l'agrandissement de l'œil, et de l'autre, la cécité par excavation du nerf optique. C'est pour ce motif que l'hydrophtalmie a été désignée sous le nom de glaucome de l'enfance. La différence avec le glaucome des adultes au point de vue des symptômes extérieurs s'explique surtout par les propriétés physiologiques de l'œil de l'enfant. L'extensibilité de la sclérotique de l'enfant fait que l'hypertonie a pour conséquence l'agrandissement de l'œil dans sa totalité. Dans l'œil de l'adulte, au contraire, la rigidité de la sclérotique fait que la distension de cette membrane par l'augmentation de la pression intraoculaire ne se produit qu'au niveau du point le plus faible, c'est-à-dire de la lame criblée.

Dans l'hydrophtalmie, la distension des enveloppes oculaires dépend de l'augmentation de la pression sur leur surface interne. On comprend donc que le *cristallin* ne prenne aucune part à cette augmentation de volume, comprimé qu'il est lui-même par toute sa surface. C'est pour ce motif que le cristallin est le seul organe du globe hydrophtalmique qui garde ses dimensions normales; il peut même rester assez souvent en dessous. Il s'ensuit que, en proportion des parties voisines, le cristallin devient trop petit et l'espace qui sépare le bord cristallinien des procès ciliaires ne cesse de s'élargir. De cette manière, la zonule de Zinn est tiraillée; ce qui en amène l'atrophie partielle. C'est pourquoi, dans l'hydrophtalmie d'un haut degré, la fixation du cristallin est toujours défectueuse. Cet état se reconnaît au tremblotement de la lentille cristallinienne et de l'iris, et il n'est pas rare que plus tard il donne lieu à des luxations du cristallin avec leurs fâcheuses conséquences.

La *connexion* entre le *glaucome simple* et le *glaucome inflammatoire* a été l'objet de maintes discussions. Comme le glaucome simple, à cause de l'absence de symptômes inflammatoires, est tout différent extérieurement du glaucome inflammatoire, avant la découverte de l'ophtalmoscope on ne le considérait pas comme un glaucome. C'est pourquoi v. *Graefe* ne regardait pas tout d'abord le glaucome simple comme un glaucome, mais l'appelait une amaurose avec excavation du nerf optique. *Jäger* fut partisan de cette opinion jusque dans ces derniers temps; il considérait le glaucome simple comme une affection *sui generis* du nerf optique, « une affection glaucomateuse du nerf optique ». Actuellement, la plupart des ophtalmologistes regardent le glaucome simple comme étant bien un véritable glaucome, puisqu'il en manifeste le symptôme essentiel et commun, l'hypertonie. — L'identité de nature du glaucome simple et du glaucome inflammatoire se démontre encore par l'existence des nombreuses formes intermédiaires qui constituent une transition ininterrompue du glaucome simple au glaucome inflammatoire, tellement qu'entre les deux formes on ne saurait tracer de limites précises. Ainsi, par exemple, appartiennent aux formes de transition les cas de glaucome simple avec obnubilations périodiques accompagnées de troubles cornéens passagers, et souvent de céphalalgie sourde. Même dans les cas de glaucome simple, pur, il existe quelquefois de la céphalalgie persistante, dont l'origine est bien manifestement due au processus glaucomateux, puisqu'elle disparaît par l'iridectomie. D'autre part, il n'est pas rare que le glaucome simple, arrivé à un certain moment de son évolution, se transforme en glaucome inflammatoire aigu ou chronique. Ou bien encore, on observe souvent des cas où, dans l'œil d'abord malade, se rencontre un glaucome inflammatoire, tandis que le second est atteint d'un glaucome simple.

L'identité de nature entre les deux formes de glaucome, identité démontrée par ce qui vient d'être dit, a encore été mise en doute par ce motif que, dans un grand nombre de cas de glaucome simple, on ne constate jamais d'hypertonie manifeste. Nous devons admettre dans ces cas que la lame criblée est douée d'une extensibilité particulière, qui fait qu'elle se laisse refouler par une pression qui ne dépasse pas sensiblement les limites normales. D'ailleurs, ces cas ne peuvent pas toujours être distingués de la simple atrophie du nerf optique avec excavation atrophique extraordinairement profonde. Dans les cas douteux, l'examen du sens des couleurs peut quelquefois fournir un point de repère pour établir le diagnostic. Dans l'atrophie du nerf optique, la cécité des couleurs se déclare de bonne heure, tandis que dans le glaucome la faculté de distinguer les couleurs est relativement longtemps conservée.

THÉORIES DU GLAUCOME

§ 84. Tous les symptômes essentiels du glaucome s'expliquent comme des conséquences de l'hypertonie. La connaissance de ce fait, acquise par *Mackensie* et surtout par *v. Graefe*, constitue le pas le plus important dans l'étude du glaucome.

L'augmentation de la pression intraoculaire a d'abord pour résultat un trouble de la circulation sanguine dans l'œil, trouble dont le caractère essentiel est celui d'une *stase veineuse*. L'hypertonie exerce notamment une compression sur les veines de l'intérieur de l'œil, surtout sur les veines vorticellées, qui, à cause de leur trajet oblique à travers la sclérotique, sont particulièrement soumises à la pression oculaire. Il s'ensuit que le sang veineux de l'uvée est contraint, pour la plus grande quantité, de prendre la voie des veines ciliaires antérieures. De là provient un élargissement de ces veines, qui, dans les cas de glaucome ancien, forment autour de la cornée une couronne de vaisseaux. Dans le glaucome simple, les symptômes de la gêne circulatoire se bornent à la dilatation des veines ciliaires antérieures et à la réplétion des veines rétiniennes visible à l'ophtalmoscope. Au contraire, dans le glaucome inflammatoire, où l'hypertonie et avec elle la gêne circulatoire se développent soudainement, surviennent les symptômes de l'*œdème inflammatoire*, absolument comme, par exemple, l'étranglement d'une hernie provoque un œdème inflammatoire de l'anse intestinale enclavée. L'œdème inflammatoire se distingue par l'hyperémie et la violente turgescence des tissus infiltrés de sérosité, tandis que — à la différence de l'inflammation plastique — il y a absence d'exsudat et des adhérences qui en résultent. Il s'ensuit que les symptômes du glaucome inflammatoire aigu, pour autant qu'ils concernent, par exemple, l'uvée, s'écartent notablement de ceux de l'iridocyclite. En effet, dans le glaucome ce n'est qu'exceptionnellement qu'on observe des synéchies postérieures, et jamais on ne rencontre d'exsudats importants tels que l'hypopyon, une membrane pupillaire, etc. C'est donc l'absence de l'exsudat, en dépit des symptômes inflammatoires violents extérieurs, qui caractérise l'œdème inflammatoire. Cet œdème se manifeste différemment dans les diverses parties de l'œil :

1° *L'opacité glaucomateuse de la cornée* est de nature œdémateuse, ainsi que le démontre l'examen anatomique. Ainsi l'on comprend pourquoi elle apparaît subitement et pourquoi elle disparaît de même, dès que la pression diminue — par exemple, par la ponction de la cornée ou par l'iridectomie. S'il s'agissait, en effet, d'une infiltration inflammatoire de la cornée, c'est-à-dire d'une véritable kératite, il serait impossible qu'elle disparaisse au bout de quelques heures ;

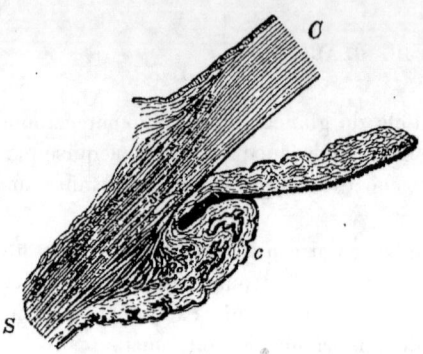

Fig. 94. — *Iris et corps ciliaire dans un glaucome inflammatoire récent.* Gross. 9/1. — Le procès ciliaire *c* est tellement gonflé qu'il repousse la racine de l'iris en avant et la presse contre la sclérotique *S* et la cornée *C*. L'angle de la chambre antérieure, qui devrait siéger un peu en arrière du canal de Schlemm *s*, est par conséquent fermé. Le muscle ciliaire montre le puissant développement de ses faisceaux circulaires (portion de Müller), qui est caractéristique pour l'œil hypermétrope.

2° L'œdème inflammatoire de l'*iris* se manifeste surtout par la perte de sa couleur et de la netteté de sa structure. La chambre antérieure devient moins profonde, parce qu'à la suite de l'augmentation de la pression dans le corps vitré, le cristallin en même temps que l'iris sont refoulés en avant. La chambre diminue encore par un déplacement de l'insertion de l'iris en avant. En effet, les procès ciliaires, fortement gonflés, refoulent la racine de l'iris en avant, de sorte qu'elle vient toucher la partie antérieure de la sclérotique et même le bord de la cornée (fig. 94). En raison de cette circonstance, l'iris paraît s'insérer plus en avant (fig. 94 et 95). — Par suite de l'hypertonie, les nerfs ciliaires sont comprimés et paralysés, ce qui amène l'insensibilité de la cornée, la paralysie de l'iris (iridoplégie) avec perte de réaction et dilatation de la pupille. Cette dilatation s'exagère encore plus tard à cause de l'atrophie de l'iris qui se développe sous l'influence de la pression qui pèse sur lui ;

3° L'injection et l'aspect voilé de la *papille* durant l'attaque inflammatoire sont produits par de l'hyperémie avec un peu d'œdème ; l'excavation qui se développe plus tard est une conséquence immédiate de l'augmentation de la pression.

4° Les *douleurs* violentes dans le glaucome inflammatoire s'expliquent par la compression des nerfs extraordinairement nombreux du corps ciliaire et de l'iris.

Tous les symptômes objectifs du glaucome s'expliquent donc par le fait de l'hypertonie. Le *trouble de la vue même* est la conséquence de l'augmentation de la pression. Ce trouble est produit d'une manière différente, suivant qu'il s'agit d'un glaucome inflammatoire ou d'un glaucome simple. Dans le glaucome *inflammatoire* la vue est troublée :

a) Par l'opacité glaucomateuse de la cornée qui atteint surtout la vision centrale, et qui, à cause de son uniformité, gène considérablement la vue ;

b) Par l'ischémie de la rétine, conséquence de la compression des artères rétiniennes, ce qui rétrécit le champ visuel. La compression manifeste d'abord son effet sur les parties des vaisseaux artériels, où la tension sanguine intravasculaire est la plus faible. Et puisque cette tension s'affaiblit à mesure qu'on s'éloigne du cœur, il s'ensuit que ce sont les terminaisons des artères rétiniennes à la périphérie qui sont les premières atteintes par la compression. C'est pour ce motif que la périphérie de la rétine devient la première insensible à la lumière, ce qui se traduit par le rétrécissement du champ visuel. Ensuite, l'ischémie ne se manifeste, dans toutes les parties de la périphérie rétinienne, ni en même temps ni avec le même degré d'intensité. En effet, puisque la papille, et avec elle le point d'entrée des vaisseaux rétiniens, sont situés du côté interne du pôle postérieur de l'œil, ces vais-

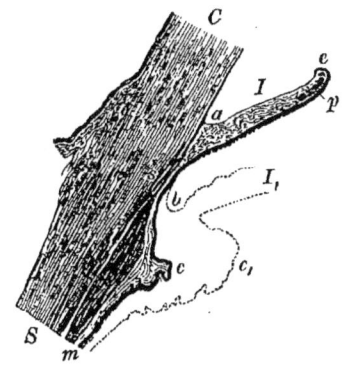

Fig. 95. — *Iris et corps ciliaire dans un glaucome inflammatoire plus ancien.* Gross. 9/1. — La ligne ponctuée indique les contours de l'iris I_1 et du corps ciliaire c_1 à l'état normal. La racine de l'iris est soudée à la sclérotique S et à la cornée C dans toute l'étendue dans laquelle elle leur est accolée. Il s'ensuit qu'à présent l'insertion de l'iris est déplacée en avant et est située au-devant du canal de Schlemm s. De même l'angle de la chambre aqueuse est reporté de b en a. Là où il est soudé, l'iris s'est aminci par atrophie, de sorte que, par places, en b, il se réduit presque à la couche pigmentaire. Mais la portion libre de l'iris I semble aussi plus mince que normalement I_1, à cause de son atrophie. Au bord pupillaire e, la couche de pigment rétinien se réfléchit plus loin que d'habitude en avant, et le sphincter pupillaire p prend part à cette incurvation Le corps ciliaire, à cause de son atrophie, s'est éloigné de nouveau de l'iris, et bien plus qu'à l'état normal, de sorte qu'un large intervalle le sépare de l'iris. L'atrophie intéresse aussi bien le muscle m que les procès ciliaires c.

seaux, pour aboutir au bord temporal de la rétine, ont à parcourir un trajet plus long que pour atteindre son bord nasal. Il s'ensuit que le bord temporal souffre plus tôt d'ischémie, de façon que le rétrécissement commence, en règle générale, au bord nasal du champ visuel. — Le trouble de transparence de la cornée, aussi bien que l'ischémie aiguë de la rétine, appartiennent exclusivement au glaucome inflammatoire. Ce sont ces symptômes qui, avant tout, amènent un aussi haut degré d'abaissement de la vue pendant les attaques glaucomateuses. Ils sont passagers, car ils disparaissent en même temps que l'hypertonie. Aussi se produit-il simul-

tanément une élévation de l'acuité visuelle centrale et un élargissement
du champ visuel ;

c) En troisième lieu, l'acuité visuelle diminue directement par suite de
la pression exercée sur les fibres nerveuses et par l'atrophie consécutive
telle qu'elle se développe pendant la formation de l'excavation glaucomateuse. Le trouble visuel ainsi produit est permanent, parce que l'atrophie
des fibres optiques ne peut rétrograder.

Dans le glaucome *simple*, les deux premiers facteurs font défaut ; le
trouble visuel dépend uniquement de l'excavation avec atrophie concomitante de la papille.

Explication de l'hypertonie. — Autant il est facile de faire dériver de
l'hypertonie tous les symptômes du glaucome, autant il est malaisé d'expliquer le développement de celle-ci et, par conséquent, l'essence même du
glaucome. Parmi toutes les théories exposées jusqu'ici, il n'y en a aucune
qui satisfasse dans tous les cas. Nous ne présenterons ici que les plus
importantes, surtout pour faire voir dans quelles conditions l'hypertonie
se développe.

La pression intraoculaire dépend du rapport qui existe entre la capacité
et l'élasticité des enveloppes oculaires d'une part, et le volume de leur
contenu de l'autre. Si le premier facteur diminue ou si le second augmente,
la tension s'élève. Pour expliquer l'hypertonie, nous ne pouvons invo-
quer un changement de capacité de la coque oculaire, celle-ci restant absolument invariable. Sans doute, dans un âge plus avancé, la sclérotique
non seulement devient plus rigide, mais encore se contracte un peu ;
cependant la diminution de volume qui en résulte est tout à fait insignifiante. Il s'ensuit qu'il faut chercher la cause de l'hypertonie dans ce fait,
que le contenu du globe augmente, tandis que, en même temps, les enveloppes bulbaires possèdent trop peu d'élasticité pour se distendre et
s'adapter à un contenu plus volumineux. La masse du contenu de l'œil
dépend, d'une part, de la quantité des liquides oculaires constamment
sécrétés par les vaisseaux sanguins, de l'autre, de celle des liquides qui
abandonnent l'œil par les voies lymphatiques. Elle dépend par conséquent
du rapport entre l'entrée et la sortie, entre la sécrétion et l'excrétion.
Pour qu'il existe donc une augmentation permanente du contenu bulbaire,
il faut que ce rapport soit altéré. Ainsi l'afflux de liquide peut s'exagérer
sans augmentation proportionnelle de la décharge, ou bien, réciproquement, la décharge peut devenir moins forte sans augmentation correspondante de l'afflux ; enfin l'afflux et la décharge peuvent être augmentés en
même temps. — Le plus grand nombre des théories anciennes du glaucome le font dépendre de l'augmentation de l'afflux :

1° *v. Graefe* admettait l'augmentation de sécrétion de liquide par les vaisseaux de la choroïde enflammée. Mais comme, dans le glaucome, on n'observe généralement aucun symptôme ophtalmoscopique de choroïdite, v. Graefe appela à son secours l'hypothèse d'une prétendue choroïdite séreuse, qui se traduirait par une simple transsudation séreuse sans modifications anatomiques appréciables ;

2° Donders attribua l'augmentation de la sécrétion, de la part de la choroïde, à l'influence des nerfs ciliaires. Il considéra le glaucome simple comme étant le type du glaucome, puisqu'il n'est pas compliqué d'inflammation. Il suit de là que, logiquement, il lui était impossible de chercher, dans l'inflammation de la choroïde, la cause de l'augmentation de la sécrétion de liquides. D'après lui, celle-ci dépend plutôt d'une irritation des nerfs de la choroïde. C'est une espèce de névrose sécrétoire, comme dans les cas où, par exemple, à la suite de l'excitation de certains nerfs, la sécrétion augmente dans les glandes ;

3° Pour Stellwag, l'hypertonie ne dépend pas de l'exagération des sécrétions, mais bien directement de l'augmentation de la tension sanguine dans les vaisseaux intraoculaires. La pression que le sang exerce sur les parois vasculaires se transmet aux tissus circonvoisins, c'est-à-dire, d'un côté, aux milieux réfringents (surtout au corps vitré) et, de l'autre, à la sclérotique. La pression vasculaire constitue, par conséquent, un facteur important de la pression intraoculaire totale, de façon qu'en s'élevant elle entraîne immédiatement l'augmentation de la pression intraoculaire dans son ensemble. Les vaisseaux qui entrent ici surtout en considération appartiennent principalement à l'uvée, qui est la partie la plus vascularisée de l'œil. Ainsi donc, d'après Stellwag, c'est l'augmentation de la tension du sang dans les vaisseaux de l'uvée, qui est la cause immédiate du glaucome. Celle-ci se développe à la suite d'une gêne de la circulation, qui concerne particulièrement le domaine des veines vorticellées, et qui est produite par la diminution de l'élasticité et la rétraction de la sclérotique. Ce sont surtout ces parties des veines vorticellées qui traversent très obliquement la sclérotique, qui, dans la rétraction sclérale, sont exposées à la compression.

On doit avant tout objecter à ces théories que l'augmentation de l'afflux ou la turgescence des vaisseaux sanguins ne peuvent pas seules expliquer le développement de l'hypertonie, puisque, dans les conditions normales, l'augmentation du contenu du bulbe est aussitôt compensée par une augmentation correspondante d'excrétion. En effet, quand, dans un œil vivant et sain, on injecte quelques gouttes de liquide et que l'on provoque ainsi une augmentation de la pression intraoculaire, au bout de peu de temps la pression normale est rétablie, parce qu'il y a d'autant plus de liquide qui s'échappe par les voies lymphatiques. Pour expliquer donc l'hypertonie, il faut avant tout s'attacher à trouver une gêne des voies d'excrétion, ayant pour résultat la rétention d'une plus grande quantité de liquide dans l'œil. La plus importante des théories du glaucome fondées sur la gêne de l'écoulement des liquides de l'œil est celle de :

4° *Knies et Weber*. — *Knies* avait d'abord cherché à rapporter l'hypertonie à la soudure de la racine de l'iris à la sclérotique, que, dans nombre de cas de glaucome, il pouvait constater anatomiquement. Il admit que cette soudure est produite par une inflammation adhésive qui se développe dans les tissus limitant l'angle irido-cornéen. *Weber*, presque en même temps que *Knies*, avait découvert les altérations de l'angle de la chambre antérieure et les attribuait au gonflement des procès ciliaires. Par suite de ce gonflement, la racine de l'iris est repoussée en avant, de telle sorte que l'angle normal de la chambre antérieure s'efface — « occlusion de l'angle de filtration » — ; l'iris vient en contact avec la face interne du ligament pectiné et, en en comprimant le tissu à mailles lâches, le rend dense et fibreux. Ainsi se ferme la voie d'écoulement la plus importante des liquides oculaires, qui les conduit au canal de Schlemm, à travers le ligament pectiné (voir page 288). Il s'ensuit donc que les liquides sont retenus en plus grande quantité dans l'œil. — La rétention du liquide intraoculaire intéressera donc avant tout la chambre aqueuse, et l'on devrait s'attendre à trouver un approfondissement de la chambre antérieure ; or, dans le glaucome, au contraire, elle devient plus basse. *Priestley Smith* explique ce fait de la façon suivante : la lymphe, déversée dans l'espace vitréen par le corps ciliaire et la choroïde, se dirige, pour la plus grande partie, vers la chambre antérieure et le ligament pectiné. Pour y arriver, elle doit traverser la chambre postérieure et n'atteint celle-ci qu'en passant par l'espace périlenticulaire, situé entre les procès ciliaires et l'équateur du cristallin, et occupé par la zonule de Zinn. Or cet espace, dans les yeux affectés de glaucome, est rétréci. *Priestley Smith* a tout d'abord prouvé que le cristallin croît encore après que tout le corps a atteint sa croissance, de façon qu'à soixante-cinq ans il est en moyenne d'un tiers plus volumineux qu'à vingt-cinq ans. Il en résulte que l'écartement entre l'équateur du cristallin et les procès ciliaires diminue à mesure que l'on avance en âge. Ce rétrécissement de l'espace périlenticulaire doit se manifester spécialement dans les yeux qui présentent de petites dimensions. En fait, *Priestley Smith* a constaté par de nombreuses mensurations, que les yeux atteints de glaucome possèdent des dimensions inférieures à la moyenne des yeux normaux. Donc, un œil serait prédisposé au glaucome quand il est en tout trop petit, tandis que son cristallin a une grosseur normale (ou supérieure à la normale) et continue à s'accroître avec l'âge, de façon à devenir trop volumineux pour l'œil. La prédisposition des yeux hypermétropes au glaucome dépend précisément de ce que ces yeux sont en général trop petits, alors qu'en même temps ils ont un corps ciliaire particulièrement bien développé (voir § 144 et fig. 192), d'où résulte une étroitesse relative de l'espace péricristallinien. Le rétrécissement de cet espace rend plus difficile le passage de la lymphe du corps vitré dans la chambre postérieure ; le corps vitré augmente de volume et repousse en avant le cristallin ainsi que les procès ciliaires. C'est ainsi que la chambre antérieure devient moins profonde et que les procès ciliaires sont pressés contre la racine de l'iris, qui s'applique alors contre la sclérotique. — Ces théories également ne sont d'ailleurs pas à l'abri de certaines objections. La plus importante de celles-ci vient de ce fait que, dans la plupart des cas de glaucome simple, très rarement aussi dans le glaucome inflammatoire, la chambre antérieure est profonde, l'iris n'est pas accolé à la sclérotique et à la cornée ; au contraire, l'angle irido-cornéen présente sa conformation normale.

Jusqu'ici il n'y a donc pas encore d'explication du glaucome qui soit satisfaisante sous tous les rapports. Cela vient, sans doute, de ce que tous les cas de glaucome ne se développent pas sous la même influence, de façon qu'*une seule* explication ne peut convenir à tous. Notamment, il serait possible qu'il faille attribuer à des causes différentes le glaucome simple et le glaucome inflammatoire.

Anatomie du glaucome. — Dans la *cornée* on trouve de l'œdème comme cause de l'opacité. Les lamelles antérieures du stroma cornéen sont séparées les unes des autres par du liquide ; ainsi, l'on trouve de la sérosité sous forme de petites gouttelettes entre la membrane de *Bowman* et l'épithélium, de même qu'entre les cellules épithéliales elles-mêmes. De cette manière, celles-ci sont écartées les unes des autres, et soulevées de façon que la surface cornéenne prend un aspect légèrement inégal, mat et souvent comme chagriné. Si le soulèvement de l'épithélium s'opère sur une large étendue, de petites vésicules se développent sur la surface de la cornée.

Quant à la *sclérotique*, on l'a trouvée plus dense. On a observé aussi que ses fibres avaient subi la dégénérescence graisseuse ; elles paraissent alors comme saupoudrées de granulations graisseuses. — L'humeur aqueuse est plus riche en albumine, et se coagule promptement à l'air, ainsi que dans les liquides durcissants.

Les altérations les plus importantes concernent l'*uvée*. Dans les cas d'inflammation récente, l'uvée présente les symptômes de l'œdème inflammatoire, c'est-à-dire une infiltration des tissus par un liquide abondant et facilement coagulable, tandis qu'on ne rencontre qu'un nombre restreint de globules blancs du sang immigrés. Mais ce qui frappe avant tout, c'est la grande turgescence de toutes les veines, laquelle a provoqué des extravasations sanguines dans un grand nombre·d'endroits. Par suite de l'engorgement des vaisseaux, les procès ciliaires, qui, de tous les tissus de l'œil, sont les plus richement vascularisés, sont surtout fortement gonflés. Serrés entre la sclérotique et le bord du cristallin, les procès ciliaires sont refoulés en avant et compriment la racine de l'iris contre la sclérotique et la cornée. Ces tissus s'accolent de façon que la périphérie de l'iris reste soudée d'une manière permanente à la sclérotique et à la cornée (synéchie périphérique antérieure), même lorsque plus tard les procès ciliaires s'écartent de nouveau de l'iris (fig. 95). Cet écartement s'opère par suite de l'atrophie qui se produit dans toutes les parties de l'uvée après la disparition des phénomènes inflammatoires aigus. L'atrophie de l'iris se manifeste par son rétrécissement et son amincissement. Au lieu du gracieux dessin constitué par des cellules anastomosées, il s'est développé un tissu conjonctif ferme, dont les vaisseaux sanguins ont pour la plupart disparu. Quant aux vaisseaux qui persistent encore, leurs parois sont épaissies, et par conséquent leur . calibre est diminué ou même entièrement oblitéré (*Ulrich*). Les faisceaux musculaires du sphincter pupillaire lui-même sont également atrophiés. Ce qui se conserve le mieux, c'est la couche de pigment rétinien qui, par suite de la forte rétraction des couches iriennes antérieures, est de plus en plus entraînée en avant par dessus le bord pupillaire (ectropion du feuillet pigmentaire; fig. 95, *e*). Aussi lorsqu'on regarde l'œil de face, on voit le bord de la pupille bordé par un liseré noir extraordinairement large, qui recouvre quelquefois la moitié et même davantage de la surface irienne. L'atrophie acquiert le plus haut degré, au niveau de la racine de l'iris, c'est-à-dire de cette région qui a contracté adhérence avec la sclérotique et la cornée (fig. 95, *b*). Dans les cas anciens, tout ce qui reste encore ici de l'iris se réduit aux couches pigmentaires et à quelques gros troncs vasculaires. Ces restes sont intimement adhérents à la paroi oculaire; le ligament pectiné est transformé en un tissu dense et fibreux, finalement le canal de *Schlemm* disparaît lui-même.

Le corps ciliaire diminue de volume par atrophie, de façon qu'il ne reste plus en contact avec l'iris, et que plus tard il s'aplatit de plus en plus jusqu'à ce qu'enfin il présente à peine encore une proéminence (fig. 95, *e*). L'atrophie atteint aussi bien le muscle ciliaire que les procès ciliaires eux-mêmes. Dans la choroïde, l'atrophie se manifeste par l'oblitération des vaisseaux sanguins et par la raréfaction du pigment, de façon qu'à certains endroits la choroïde est finalement réduite à une membrane mince et transparente. Cette atrophie frappe surtout la choroïde dans le voisinage de la papille, ce qui produit le halo glaucomateux visible à l'ophtalmoscope (fig. 92, *A*, *h*). Aux points où les veines vorticellées passent de la choroïde dans la sclérotique, l'atrophie atteint aussi un degré élevé. A ces points, la choroïde contracte de solides adhérences avec la sclérotique qui s'amincit et devient ectatique en même temps que la choroïde, sous forme de staphylômes équatoriaux. Dans l'intérieur des veines vorticellées, on trouve une hyperplasie de l'endothélium qui produit le rétrécissement et même l'obstruction des veines (*Czermak* et *Birnbacher*).

Au niveau *de la papille*, ce qui frappe surtout, c'est le refoulement de la lame criblée. Celle-ci, devenue plus compacte par la compression de ses diverses couches, est refoulée de façon qu'il n'est même pas rare qu'elle fasse saillie derrière les couches les plus externes de la sclérotique (fig. 92 *B*, *c*). L'excavation de la papille qui en résulte porte sur son fond des fibres nerveuses atrophiées, ainsi qu'un peu de tissu conjonctif (fig. 92, *B*, *b*). Les bords des larges excavations en surplombent le fond (les excavations gagnent la forme d'ampoule), parce que le petit canal de la sclérotique, qui est destiné au passage du nerf optique et qui est mis à découvert par l'excavation, est plus large en arrière qu'en avant (v. fig. 10, *B*). Par suite de la destruction de la papille, la rétine aussi bien que le tronc du nerf optique s'atrophient. Ce dernier s'amincit dans sa totalité et montre un développement de ses trabécules conjonctives au détriment de ses faisceaux nerveux (fig. 92, *B*, *n*).

Bien que les modifications anatomiques, décrites plus haut, et bien d'autres encore soient fort bien connues, il faut néanmoins être prudent quand il s'agit de les interpréter et de trouver la cause anatomique du glaucome. En effet, le plus grand nombre de ces altérations, sinon toutes, sont plutôt le résultat de l'hypertonie, comme c'est le cas certainement en ce qui concerne, par exemple, l'atrophie des tissus et l'excavation du nerf optique. Pour savoir quelles sont les altérations qui produisent l'hypertonie, il faudrait pouvoir examiner l'œil dans les tout premiers stades du glaucome, et jusqu'ici l'occasion s'en est très rarement présentée. Le plus grand nombre des yeux glaucomateux qui sont soumis à l'examen anatomique sont ceux qui doivent être énucléés, au stade du glaucome absolu, à cause des douleurs qu'ils occasionnent.

TRAITEMENT DU GLAUCOME PRIMITIF

a) Traitement opératoire

§ 85. Le glaucome passait pour une maladie incurable jusqu'au moment où *v. Graefe* découvrit l'action curative de l'iridectomie. Par après, l'on a imaginé encore d'autres méthodes opératoires du glaucome, mais aucune n'a pu remplacer l'iridectomie.

1° L'*iridectomie*, dont nous exposerons la technique (§ 155) dans le chapitre traitant des opérations, doit remplir certaines conditions, si l'on veut qu'elle soit efficace contre le glaucome. L'incision doit porter dans la sclérotique et non dans la cornée, et l'iris doit être excisé jusqu'au bord ciliaire et aussi largement que possible. Si l'iris était enclavé dans la plaie après l'opération, il faudrait le réduire soigneusement. Lorsque la chose est possible, on fait l'iridectomie en haut, afin que le colobome soit couvert par la paupière supérieure et que la vue ne soit pas gênée par l'éblouissement. Seulement, il arrive fréquemment que l'iris est atrophié en haut, et dans ce cas non seulement l'opération est difficile, mais encore l'expérience

a prouvé qu'elle est moins efficace. Alors on est obligé de choisir un autre
endroit pour pratiquer le colobome. L'exécution de l'iridectomie est facile
dans le glaucome simple, mais, dans le glaucome inflammatoire, elle offre
souvent de grandes difficultés à cause de l'opacité de la cornée, du peu de
profondeur de la chambre antérieure, de la fragilité de l'iris et des douleurs violentes que l'opération provoque.

En ce qui concerne le *moment* où l'*iridectomie* doit se pratiquer, le
mieux vaut d'opérer le plus tôt possible. Dans le glaucome inflammatoire,
l'on doit opérer pendant le stade prodromique si le patient veut s'y décider. Si l'on attend l'explosion de l'attaque inflammatoire, on ignore quelle
en sera la violence et, dans tous les cas, l'opération ne se fait alors jamais
dans d'aussi bonnes conditions. En tous cas, il ne faut pas hésiter à pratiquer l'iridectomie pendant le stade prodromique, quand l'autre œil est déjà
perdu par suite de glaucome. Dans ce cas, d'ailleurs, le patient se laisse
plus facilement convaincre. Si un œil est déjà aveugle par suite d'un glaucome, il n'est plus possible de lui rendre la vue par une opération ; néanmoins on y procède encore souvent pour délivrer le patient des douleurs
dont l'œil est le siège ou pour prévenir la dégénérescence glaucomateuse.
— Dans le glaucome simple, il n'y a pas péril en la demeure comme dans
le glaucome inflammatoire, et quelques jours ou quelques semaines ne
font rien à l'affaire. Pourtant, il est bon de ne pas remettre trop longtemps
l'opération ; plus on opère de bonne heure, plus le succès est assuré.

Au point de vue de l'acuité visuelle, on peut d'avance dire à peu près
quelles seront les *suites* de l'opération, quand on tient compte des altérations pathologiques qu'elle peut combattre et de celles contre lesquelles
elle est impuissante. Ainsi l'iridectomie rétablit la pression intraoculaire
à son degré normal. Par suite, l'opacité glaucomateuse de la cornée disparaît, et avec elle le trouble visuel qui en résulte. Un autre trouble de la
vue, celui qui dépend de la compression des vaisseaux rétiniens, disparaît
du même coup. Au contraire, la diminution de la pression intraoculaire
n'est pas susceptible, ou du moins ne l'est que dans une mesure inappré-
ciable, d'effacer l'excavation du nerf optique, ni d'arrêter l'atrophie des
fibres nerveuses qui en résulte, de façon que le trouble visuel, pour autant
qu'il en dépend, continue à subsister. Il suit de ces faits que le succès de
l'iridectomie n'est certain que dans certaines formes de glaucome.

a) Dans le glaucome *inflammatoire*, l'efficacité de l'opération est extrêmement grande dans les cas aigus récents. Les douleurs qui accompagnent
l'attaque glaucomateuse cessent quelques heures après l'opération ; au
bout de quelques heures ou de quelques jours, la cornée redevient transparente et sensible. Quant aux autres symptômes inflammatoires, ils disparaissent avec la même rapidité. La vue, dont l'acuité pendant l'attaque

avait considérablement baissé par suite de l'opacité de la cornée et la compression des vaisseaux rétiniens, se relève promptement dès que ces deux causes cessent d'agir. Si l'acuité visuelle était encore normale avant l'attaque, elle le sera de nouveau à peu près, après l'opération. Au contraire, si l'attaque a été précédée d'un stade prodromique de longue durée avec formation d'une excavation, la vision directe et le champ visuel n'étaient déjà plus normaux avant l'attaque et, par conséquent, ils ne seront pas tout à fait intacts après l'opération. Il s'ensuit qu'en ce qui concerne le glaucome inflammatoire aigu on peut établir, comme règle, que par l'iridectomie on obtient *une acuité visuelle qui est un peu moins bonne que celle que possédait le patient avant la dernière attaque inflammatoire.* — Dans quelques cas isolés, cependant, le résultat de l'opération est moins favorable ; en effet, quoique celle-ci ait été pratiquée suivant les règles techniques, l'hypertonie persiste ou récidive. Dans ces cas, on réussit le plus souvent en recourant à une seconde opération (iridectomie ou sclérotomie). Enfin, dans quelques cas, en dépit de tout traitement, se développe une cécité complète. Ces cas malheureux sont néanmoins rares dans le glaucome aigu, de manière que l'on peut compter généralement sur un résultat opératoire heureux et durable.

Dans le glaucome inflammatoire chronique, pour poser le pronostic de l'opération, il faut établir quelle est, dans le trouble visuel existant, la part qui revient à l'opacité des milieux et quelle est celle attribuable à l'excavation et à l'atrophie de la papille. La première disparaît par l'opération, tandis que la dernière continue à subsister ;

b) Dans le *glaucome simple*, l'efficacité de l'iridectomie est moins certaine et moins durable que dans le glaucome inflammatoire. En effet, dans le glaucome simple, où les milieux sont transparents, le trouble visuel résulte uniquement des altérations de la papille. Puisque l'opération n'est pas capable de les faire disparaître, elle est impuissante à rendre l'acuité visuelle normale. Le seul résultat de l'opération, c'est de faire disparaître l'hypertonie et par suite d'arrêter les progrès du processus morbide. L'iridectomie promet donc un succès d'autant plus prompt et d'autant plus durable que l'hypertonie est plus manifeste. D'ordinaire, par l'opération, *l'acuité visuelle est maintenue dans le « statu quo »* ; tout au plus est-elle légèrement améliorée. Dans un grand nombre de cas, pour obtenir ce but, on est obligé de répéter l'iridectomie, et quelquefois même la diminution de la vue n'en continue pas moins à faire de nouveaux progrès. Cet insuccès peut encore s'observer, alors que, après l'iridectomie, la pression intraoculaire est devenue normale d'une manière permanente. Pour expliquer ce fait, on admet qu'une fois que l'atrophie des fibres nerveuses a commencé, elle ne s'arrête plus, même lorsque la pression intraoculaire a diminué. Les cas les plus malheureux sont ceux où l'iridectomie exerce plutôt une influence défavorable sur la vision. Celle-ci baisse alors rapidement après l'opération, de façon que la cécité se produit plus tôt que si l'iridectomie n'avait pas été pratiquée. Quelquefois, après l'opération, il se manifeste même des symptômes inflammatoires et des douleurs qui n'existaient pas auparavant. Alors immédiatement après l'opération, l'œil est dur, la chambre antérieure ne se rétablit pas et la vue se perd rapidement au milieu de violentes douleurs. Ces cas, qui sont d'ailleurs rares, sont désignés sous le nom de *glaucome malin*.

Le *pronostic* de l'iridectomie dans le glaucome est donc le suivant : dans le glaucome inflammatoire, l'opération agit favorablement sur l'inflammation et sur l'acuité visuelle, et le succès persiste ; il s'ensuit qu'elle est indiquée sans réserve. Dans le glaucome simple, au contraire, on doit uniquement compter sur le maintien du *statu quo;* dans un certain nombre de cas, l'opération est inutile ou même nuisible. Mais, comme l'œil se perd infailliblement si l'on n'opère pas, l'iridectomie est indiquée même dans le glaucome simple, dès que l'on peut nettement observer de l'hypertonie. On doit tâcher de pratiquer l'opération le plus tôt possible, car plus l'affection est avancée, moins le succès est assuré.

On ne *s'explique* pas encore pourquoi l'iridectomie a pour effet de diminuer l'hypertonie, puisque nous ne connaissons pas encore la cause de l'hypertonie. Dans un œil dont la tension est normale, celle-ci ne diminue pas par l'iridectomie. Ainsi, lorsqu'on pratique cette opération pour cause d'opacité cornéenne, l'œil ne se ramollit pas d'une manière permanente. Ce n'est donc que la pression pathologiquement augmentée que l'iridectomie abaisse. Parmi le grand nombre d'explications qui ont été données sur le mécanisme suivant lequel cette opération amène la diminution de la pression intraoculaire, je n'en veux citer qu'une seule, parce qu'elle a été le point de départ d'un nouvel essai opératoire. *Wecker*, le premier, a exprimé l'idée que ce n'est pas tant l'excision de l'iris qui rend l'iridectomie active que la section de la sclérotique. Pour lui, l'importance de l'incision de la sclérotique consiste dans la formation d'une cicatrice qui laisse filtrer de la sérosité, ce que ne fait pas la sclérotique normale. Cette cicatrice à filtration remplacerait le ligament pectiné oblitéré. De cette idée que l'iridectomie doit son efficacité à la section de la sclérotique est née la sclérotomie ;

2° La *sclérotomie* consiste dans une section de la sclérotique, que l'on pratique aussi près que possible de la périphérie de la chambre antérieure, sans excision d'un lambeau de l'iris (pour la technique, voir § 154). Il n'y a pas de doute que la sclérotomie, qui a été très souvent pratiquée pendant un certain temps, a guéri définitivement, elle aussi, un grand

nombre de cas. Le plus souvent néanmoins, la guérison n'a pas été définitive, de façon qu'ultérieurement il a fallu recourir à l'iridectomie. La
plupart des opérateurs ne pratiquent donc plus la sclérotomie que dans
les cas où l'iridectomie est techniquement inexécutable, ou bien dans les
cas où elle a été déjà exécutée sans succès ;

3° L'énucléation est indiquée, quand un œil, complètement aveugle par
suite d'un glaucome, est constamment douloureux, et que l'iridectomie,
pour des raisons techniques, est impossible ou qu'elle a été pratiquée sans
succès. Le but de l'énucléation, dans ce cas, est de faire disparaître les
douleurs ; elle peut éventuellement aussi être remplacée par la névrotomie
optico-ciliaire (voir § 166).

b) Traitement médical

Les miotiques, l'ésérine et la pilocarpine, constituent des moyens puissants pour combattre l'hypertonie. Mais ils ne sont actifs que lorsque la
pupille est capable de se contracter convenablement. Il s'ensuit qu'ils sont
inutiles dans les vieux cas de glaucome où l'iris est entièrement atrophié.
On s'explique ainsi leur efficacité : en rétrécissant la pupille, ils tendent
l'iris dans la direction radiée et de cette façon l'écartent des parois oculaires auxquelles il était accolé, rendant ainsi l'angle de la chambre de nouveau libre. Malheureusement leur effet sur la pression intraoculaire ne se
soutient que tant que le miosis persiste. Les miotiques n'ont donc pas pour
effet de guérir définitivement le glaucome et de rendre l'iridectomie inutile ;
ils fournissent néanmoins un moyen secondaire précieux dans le traitement
du glaucome.

Dans le stade prodromique du glaucome, on emploie les miotiques pour
couper les attaques prodromiques, en les faisant instiller un peu avant le
moment où l'attaque est attendue. Quand celle-ci a éclaté, elle cesse au
bout d'une demi-heure, à la condition que le collyre soit instillé aussitôt.
C'est ainsi que l'on peut pendant longtemps empêcher qu'une attaque prodromique se transforme en une attaque inflammatoire aiguë. Mais on ne
peut, par ce traitement, empêcher qu'il se développe une excavation du
nerf optique avec lésion permanente de l'acuité visuelle. Dès qu'une pareille
menace se manifeste, il faut procéder à l'iridectomie.

Pendant l'attaque inflammatoire aiguë, les miotiques diminuent un peu
l'hypertonie, calment par là la douleur, et favorisent la disparition de
l'opacité cornéenne glaucomateuse. De cette manière, il devient possible,
lorsque les circonstances le permettent, de remettre l'opération de
quelques jours. Ensuite l'opération devient techniquement plus facile

puisque l'iris, qui était d'abord très rétréci, s'élargit de nouveau par le rétrécissement de la pupille.

Dans le glaucome simple, l'efficacité des miotiques est douteuse ; elle l'est d'autant plus que l'hypertonie est moins sensible.

Autant les miotiques sont utiles dans le glaucome, autant les mydriatiques sont funestes. Tous les autres médicaments fort nombreux, employés autrefois contre le glaucome, sont aujourd'hui abandonnés. Il faut éviter les émotions morales et la constipation.

Dans le glaucome inflammatoire, l'iridectomie présente souvent de grandes difficultés d'exécution, de façon que l'excision de l'iris ne se fait pas toujours correctement. Heureusement, c'est précisément dans le glaucome inflammatoire qu'une iridectomie, même moins bien réussie, suffit habituellement pour obtenir l'effet voulu. Il faut avant tout se garder de blesser la capsule cristallinienne, ce qui pourrait facilement arriver à cause de l'étroitesse de l'iris et du peu de profondeur de la chambre antérieure. Si cet accident se produit, l'œil est infailliblement perdu, parce que le cristallin blessé se tuméfie et, par conséquent, fournit une nouvelle cause d'hypertonie. — Si bien, que l'iridectomie agisse dans le glaucome inflammatoire, on ne peut pourtant nier que la cécité survienne finalement dans beaucoup de cas qui avaient paru guéris pendant plusieurs années. Cette cécité se produit sans nouvelle hypertonie, uniquement par une atrophie, toujours croissante du nerf optique, tout comme dans le glaucome simple. Mais comme ce dénouement ne vient d'habitude qu'après plusieurs années et que le glaucome constitue une affection de l'âge avancé, la plupart des patients échappent à cette triste terminaison, de sorte qu'en général le pronostic de l'iridectomie dans le glaucome inflammatoire peut être considéré comme favorable.

L'iridectomie dans le glaucome inflammatoire est habituellement suivie d'hémorragies dans la chambre antérieure aussi bien que dans la rétine. Cela dépend de la diminution soudaine de la pression, ainsi que de la circonstance que l'œil sur lequel on opère est fortement hyperémié, enfin de l'état de dégénérescence des parois vasculaires. Le sang épanché dans la chambre antérieure se résorbe quelquefois avec une grande lenteur, ce qui est dû à l'obstruction des voies normales d'excrétion. Les hémorragies rétiniennes n'entraînent pas d'inconvénients bien notables, à moins qu'elles ne soient précisément situées dans la région de la tache jaune. — En raison de la tension plus élevée de l'œil glaucomateux, les bords de la plaie, après l'iridectomie, ne se réunissent pas aussi facilement qu'après d'autres iridectomies, pratiquées, par exemple, dans un but optique. Il en résulte que, dans ces cas, on obtient, plus fréquemment qu'ailleurs, au lieu d'une réunion par première intention, une cicatrice avec interposition, entre les lèvres de la plaie, d'un tissu intermédiaire, ce qui fait qu'il se développe facilement une cicatrice ectatique ou cystoïde.

Dans le glaucome simple, on voit quelquefois que l'iridectomie est immédiatement suivie d'un abaissement considérable de l'acuité visuelle. Ce résultat est à craindre dans les cas où, avant l'opération, le champ visuel était tellement rétréci que les limites en étaient arrivées à un endroit voisin du point de fixation. Alors un petit rétrécissement des limites du champ visuel peut entraîner celles-ci au-delà du point de fixation, de façon que la vision centrale est perdue. De là vient que l'on conseille de pratiquer l'iridectomie le plus tôt possible, pendant que le champ visuel est encore étendu.

En ce qui concerne l'efficacité de l'iridectomie dans le glaucome simple, les opinions diffèrent. v. *Graefe* estimait que plus de la moitié des cas opérés sont suivis de guérison définitive. Dans un quart des cas, surviendrait une récidive, qu'une seconde iridectomie réussirait à guérir; le reste continuerait à marcher progressivement vers la cécité en dépit de l'opération. Ce n'est que dans 2 % de la totalité des cas que l'influence de l'opération aurait été absolument nuisible. Depuis cette époque, plusieurs auteurs ont publié des relations sur l'efficacité de l'iridectomie dans le glaucome simple, tels sont : *Hirschberg, Sulzer, Nettleship, Stedman Bull, Gruening*, etc. La plupart de leurs statistiques sont d'accord avec l'opinion de v. Graefe; dans un peu plus de la moitié des cas, l'opération a arrêté les progrès de l'affection. Le Dr *Laska* a compulsé mes propres observations sur le même sujet; voici les résultats de son travail : sur trente-neuf cas, dans dix-neuf, c'est-à-dire dans la moitié à peu près, l'iridectomie a eu un résultat favorable, l'acuité visuelle est restée stationnaire ou s'est améliorée. En revanche, dans vingt cas, en dépit de l'opération, la vue baissa soit par l'hypertonie ultérieure, soit pour d'autres motifs. La valeur de cette statistique, à la vérité petite, réside dans le fait que l'on n'a pris que les cas que j'avais eu l'occasion d'observer pendant longtemps. Le temps d'observation moyen des dix-neuf cas guéris était de cinq ans; plusieurs de ces cas ont été observés pendant plus de dix ans.

Dans l'hydrophtalmie, l'iridectomie est plus dangereuse que dans le glaucome des adultes, surtout à cause de l'état défectueux de la zonule. En effet, après l'évacuation de l'humeur aqueuse excessivement abondante, le cristallin est refoulé en avant, la zonule peut facilement se rompre et le corps vitré s'échapper par la plaie. Un autre danger résulte de cette circonstance qu'on a affaire à des enfants dont il serait téméraire d'attendre qu'ils se tiennent tranquilles, après l'opération. Malgré cela, on a cité une série de résultats heureux, où, par l'iridectomie, l'hydrophtalmie est devenue stationnaire.

II. — GLAUCOME SECONDAIRE

§ 86. Sous le nom de glaucome secondaire, nous comprenons l'hypertonie qui survient dans le cours et comme conséquence d'une autre affection de l'œil. L'hypertonie constitue donc ici une complication d'une maladie préexistante, dans laquelle elle fait naître, comme dans le glaucome primitif, les conséquences qui lui sont propres. Si l'augmentation de la pression intraoculaire se développe au milieu de symptômes inflam-

matoires, elle provoque dans la cornée, dans l'iris, etc., les altérations qui
appartiennent au glaucome inflammatoire. Dans d'autres cas, l'hypertonie
se manifeste simplement à la palpation de l'œil ainsi que par le développement de l'excavation du nerf optique, avec les troubles visuels qui en
résultent, c'est-à-dire le rétrécissement du champ visuel et la diminution
de la vue directe. La terminaison est également celle du glaucome primitif,
c'est-à-dire la cécité et la dégénérescence du globe oculaire. — Les symptômes du glaucome secondaire diffèrent suivant la maladie qui en est la
cause. Les maladies qui provoquent l'hypertonie sont les suivantes:

1° Les *ectasies* de la cornée et de la sclérotique. Parmi les ectasies de
la cornée, ce sont avant tout celles qui sont compliquées d'enclavement
iridien, les staphylômes, qui sont presque régulièrement suivis de glaucome secondaire. Ce n'est qu'exceptionnellement que les ectasies sans
enclavement iridien, telles que la kératectasie, suite d'ulcère, de pannus
ou de kératite parenchymateuse, donnent lieu à l'hypertonie. Parmi les
staphylômes de la sclérotique, ceux qui surviennent après une rupture
sclérale ainsi que les ectasies qui se développent après une sclérite peuvent
amener l'hypertonie. Cependant le plus grand nombre des ectasies sclérales sont les suites et non la cause de l'hypertonie;

2° Une *fistule* de la cornée lorsqu'elle se ferme après avoir existé longtemps;

3° L'*iridocyclite*, particulièrement dans les cas, où, en dehors des précipitations, on ne voit pas d'exsudation notable;

4° La *séclusion pupillaire*, qu'elle soit due à l'adhérence de tout le pourtour pupillaire à la cristalloïde, ou à l'enclavement irien dans une
cicatrice de la cornée. Cet état a pour conséquence l'accumulation de
l'humeur aqueuse dans la chambre postérieure et par suite la protrusion
de l'iris, ce qui engendre l'hypertonie;

5° Le *cristallin* peut provoquer le glaucome secondaire de deux manières:
soit par luxation, soit par tuméfaction. Toutes les formes de luxation
peuvent avoir ce résultat; mais les plus dangereuses sont celles où le cristallin est enclavé dans la pupille ou situé complètement dans la chambre
antérieure. — La tuméfaction soudaine du cristallin, après une lésion
traumatique ou une opération, peut également amener l'augmentation de
la tension oculaire, surtout quand il s'agit d'individus d'un certain âge
dont la sclérotique est rigide. Après l'extraction de la cataracte, il survient
quelquefois de l'hypertonie;

6° Les *tumeurs intraoculaires*, telles que le sarcome et le gliome, provoquent, à un certain stade de leur développement, les symptômes du
glaucome secondaire;

7° Les *hémorragies* de la rétine sont l'expression de certaines altérations survenues dans les parois vasculaires ou de troubles circulatoires qui conduisent quelquefois à l'hypertonie. Ces hémorragies se déclarent le plus souvent chez les vieillards atteints d'artériosclérose ; alors l'hypertonie se développe habituellement sous forme de glaucome inflammatoire, — de glaucome hémorragique ;

8° La *choroïdite* et la *myopie* élevée amènent parfois l'hypertonie sous forme de glaucome simple.

Le *traitement* doit avant tout être dirigé contre la cause de l'hypertonie. Ainsi, par exemple, dans la séclusion pupillaire, on cherche à rétablir, par une iridectomie, la communication entre les deux chambres. Lorsque le cristallin est tuméfié ou luxé, on l'extraira si la chose est possible, etc. Comme traitement symptomatique de l'hypertonie, nous avons à notre disposition soit la ponction de la cornée, soit l'iridectomie. La première diminue la pression intraoculaire en évacuant l'humeur aqueuse, mais, cet effet n'étant que passager, cette opération ne convient que pour les cas où l'on peut prévoir que l'hypertonie ne sera que de courte durée, par exemple, lorsqu'elle s'est développée par suite d'un gonflement du cristallin ou d'une iridocyclite. La ponction peut, suivant les besoins, être répétée plusieurs fois. Une hypertonie permanente ne peut être combattue que par l'iridectomie. Le glaucome hémorragique comporte le pronostic le plus défavorable. Dans ce cas, l'on ne peut pas compter sur l'iridectomie, d'une manière absolue, cette opération étant alors quelquefois, même immédiatement, suivie de cécité soudaine accompagnée de violentes douleurs. Quant aux yeux qui renferment un néoplasme ou qui sont aveugles ou douloureux, ils exigent l'énucléation.

Diminution de la pression intraoculaire (hypotonie). — Elle se rencontre dans les affections les plus diverses du globe. Sa présence indique toujours que le contenu de l'œil est diminué de volume. Il s'ensuit que l'on observe de hauts degrés d'hypotonie, lorsqu'après la perforation du globe, l'humeur aqueuse, le cristallin ou le corps vitré se sont échappés. Cela peut avoir lieu après une blessure, ou la perforation spontanée d'un ulcère. Lorsque la perforation se guérit avec persistance d'une fistule ou d'une cicatrice cystoïde, qui sont le siège d'un suintement constant d'humeur aqueuse, la mollesse de l'œil peut continuer d'exister pendant longtemps (pendant plusieurs années). Après l'application d'un bandeau fortement serré, l'œil reste plus mou pendant un certain temps, parce que, sous l'influence de la pression ainsi produite, l'élimination des liquides oculaires s'est accrue. L'œil devient également très mou, lorsque le corps vitré diminue de volume par la rétraction d'exsudats, donc, dans les cas où, après une iridocyclite, le globe s'atrophie. L'augmentation progressive de la mollesse de l'œil dans le cours d'une iridocyclite est donc un symptôme de mauvaise augure. — Un grand nombre d'inflammations de la cornée, tant suppuratives que non suppuratives, sont accompagnées d'un léger degré d'hypotonie. Celle-ci s'observe encore assez souvent après des lésions traumatiques légères (érosions), surtout quand elles sont liées à une contusion. Parmi les affections profondes, celle qui est le plus souvent accompagnée d'hypotonie est le décollement rétinien. Enfin l'on rencontre un léger degré d'hypotonie dans la paralysie du grand sympathique ou après l'instillation de cocaïne.

On observe des cas, que l'on désigne sous le nom d'*ophtalmomalacie* ou de *phtisie essentielle*, dans lesquels l'hypotonie se développe spontanément, sans cause connue. L'œil devient tout à coup très mou, plus petit, injecté, et il n'est pas rare qu'il existe en même temps une forte photophobie et des douleurs névralgiques. Cet état peut durer pendant des heures et même pendant plusieurs jours, pour faire de nouveau place à une situation normale. Dans un certain nombre de cas, ces sortes d'attaques reviennent périodiquement (*ophtalmomalacie intermittente*). La cause de cette rare affection reste souvent inconnue ; d'autres fois elle est précédée d'une lésion traumatique. Le pronostic est bon, en ce sens que l'ophtalmomalacie n'entraîne habituellement aucune conséquence permanente.

CHAPITRE VIII

MALADIES DU CRISTALLIN

ANATOMIE

§ 87. Le cristallin est situé entre l'iris et le corps vitré, et concourt avec la zonule à séparer l'œil en deux sections, l'une antérieure, la plus petite, et l'autre postérieure, la plus grande, la chambre aqueuse et l'espace du corps vitré. Le cristallin est un organe transparent, incolore, ayant la forme d'une lentille dont la face antérieure est moins bombée que la face postérieure (fig. 44). Au cristallin, on distingue un pôle antérieur, un pôle postérieur, et l'équateur arrondi où les deux surfaces cristalliniennes viennent se rencontrer. Chez l'adulte, le diamètre antéro-postérieur — l'épaisseur — du cristallin mesure à peu près 5 millimètres, le diamètre équatorial 9 millimètres. Au reste, une augmentation légère de volume a lieu dans l'âge avancé (voir page 406).

Le cristallin est compris dans l'anneau constitué par les procès ciliaires, de telle sorte cependant que son équateur est distant de 1/2 millimètre environ du sommet des procès ciliaires. L'intervalle entre le corps ciliaire et l'équateur du cristallin s'appelle espace périlenticulaire. La face postérieure du cristallin s'ajuste dans le creux hémisphérique (*Fossa patellaris*) du corps vitré. Le cristallin est maintenu en place par la zonule de Zinn (ou ligament suspenseur du cristallin).

Lorsqu'après avoir rompu la zonule, on enlève le cristallin de l'œil, on le trouve renfermé dans une capsule transparente — la cristalloïde. Si après avoir enlevé celle-ci, on cherche à comprimer entre les doigts le cristallin d'un homme d'un certain âge, des masses phériphériques et molles s'en détachent, tandis que les parties centrales plus dures restent entre les doigts sans être écrasées. Les parties molles représentent l'écorce du cristallin, les plus dures en constituent le noyau (voir fig. 75, *r* et *k*). Ces parties se distinguent l'une de l'autre non seulement par leur consistance, mais encore par leur couleur. Les couches périphériques en effet sont incolores, tandis que le noyau présente une teinte jaunâtre ou brunâtre. La cause de la plus grande densité ainsi que de la couleur des couches nucléaires, réside dans un processus, que l'on appelle sclérose, et qui consiste principalement en une perte d'eau. La sclérose débute déjà dès l'enfance, mais elle progresse si lentement que ce n'est que vers l'âge de vingt-cinq ans que l'on constate la présence évidente d'un petit noyau. La sclérose étant une altération sénile, atteint tout d'abord les fibres du cristallin les plus anciennes, lesquelles siègent à son centre ; par suite de la progression de la sclérose du centre du cristallin vers la périphérie, le noyau grossit avec l'âge et les masses corticales diminuent dans la même mesure, tellement qu'à un âge très avancé le cristallin finit par n'être plus qu'un noyau, c'est-à-dire par être entièrement sclérosé. Sous ce rapport, il y a pourtant de grandes différences individuelles, de façon que les personnes de même âge ont un noyau cristallinien de grosseur différente. La grosseur du noyau est d'une grande importance pratique pour l'opération de la cataracte.

Fig. 96. — *Étoile de la face postérieure du cristallin*, dessinée sur un cristallin durci dans le liquide de Müller. Gross. 2/1. — Du pôle postérieur partent trois rayons principaux, dont l'un se dirige directement en bas, les deux autres en haut et en dedans, et en haut et en dehors. Ceux-ci se divisent en leurs branches, dans le cas présent, si près de leur origine qu'on ne voit pas très bien la figure en Y qu'ils forment.

La partie sclérosée du cristallin est dure et rigide et n'est pas susceptible de changer de forme. Il s'ensuit que plus la sclérose du cristallin fait des progrès, moins cet organe est en état de subir les changements de forme nécessaires pour l'accommodation. C'est pour ce motif que l'amplitude de l'accommodation diminue à mesure qu'on avance en âge (presbyopie, voir § 141).

Le noyau réfléchit plus de lumière que les parties du cristallin qui ne sont pas sclérosées. C'est pour ce motif que chez les vieillards la pupille n'est plus d'un noir aussi pur que chez les personnes jeunes. Elle présente un reflet gris ou gris verdâtre ; c'est le reflet sénile qui est facilement confondu, par les commençants, avec une cataracte au début.

Histologie du cristallin. — Le cristallin est constitué par des fibres dont la forme est celle de lamelles allongées, prismatiques, hexagonales. Ces fibres sont intimement accolées et sont réunies par une substance unissante. Les fibres commencent et se terminent tant à la face antérieure qu'à la face postérieure, le long de lignes qui rayonnent du pôle antérieur et du pôle postérieur vers l'équateur (fig. 96). Elles constituent un dessin en forme d'Y, qu'on appelle l'étoile cristallinienne et que l'on peut reconnaître chez les adultes à l'aide de l'éclairage latéral. Les trois rayons de l'étoile cristallinienne se ramifient, et partagent ainsi la lentille en un certain nombre de secteurs, dont les pointes viennent se confondre à la

région des pôles antérieur et postérieur. Dans les cas pathologiques,
c'est-à-dire lorsque le cristallin est trouble, les secteurs se dessinent souvent très clairement. — Les fibres du noyau se distinguent de celles de
l'écorce en ce qu'elles sont plus minces et en ce que, à cause de leur
rétraction, elles possèdent des bords finement dentelés. La transition du
noyau à la substance corticale est graduelle, de façon qu'il n'existe aucune
limite nette entre les deux.

La cristalloïde (fig. 97, *l*) est une membrane homogène, plus épaisse à
la face antérieure du cristallin qu'à la face postérieure. La cristalloïde
antérieure se distingue, d'ailleurs, en ce qu'elle est recouverte par une
couche unique de cellules épithéliales cubiques; c'est ce qu'on appelle
l'épithélium du cristallin (fig. 97, *e*). Il joue un rôle important dans le déve-

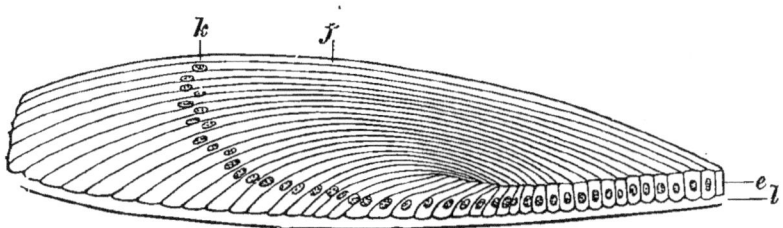

Fig. 97. — *Zone des noyaux du cristallin*, d'après Babuchin. — *l* cristalloïde. Les cellules épithéliales *e*, en
s'allongeant, forment les fibres du cristallin *f* avec leur noyau *k*.

loppement du cristallin, car ses cellules se transforment en fibres cristalliniennes. Lorsque l'on suit l'épithélium de la capsule antérieure, du pôle
à l'équateur, on voit qu'ici les cellules deviennent de plus en plus hautes
jusqu'à ce qu'elles se transforment finalement en longues fibres — les
fibres cristalliniennes (fig. 97, *f*). A mesure que les cellules s'allongent,
leur noyau s'écarte de la capsule et pénètre plus profondément dans l'intérieur du cristallin, de façon que le long de l'équateur se trouve une
zone, où il se rencontre de nombreux noyaux dans la substance cristallinienne même. Cette zone appelée zone des noyaux (fig. 97, *k*; comp. aussi
fig. 57, *k*) indique l'endroit du cristallin où s'en opère la croissance.
Celle-ci se fait par juxtaposition, c'est-à-dire que de nouvelles cellules se transforment constamment en fibres cristalliniennes qui se disposent en dehors des anciennes fibres. Il s'ensuit qu'au centre du
cristallin se trouvent les fibres les plus âgées; à l'extérieur se trouvent les
plus jeunes. En dehors de la zone des noyaux, il n'y a pas de noyaux à
l'intérieur du cristallin, ce qui tient à ce que, dans les fibres les plus
anciennes, ils disparaissent. — D'après la nature de son développement,
le cristallin est donc un tissu épithélial, tel que les poils, les ongles, les

dents. En effet, l'embryologie nous apprend que le cristallin se forme aux dépens d'un repli de l'ectoderme (voir page 304).

La zonule de Zinn est constituée par des fibres délicates, homogènes, qui prennent leur origine à la face interne du corps ciliaire, à partir de l'ora serrata. Ces fibres sont adossées d'abord à la surface du corps ciliaire (fig. 57, *z*) et, arrivées au sommet des procès ciliaires, elles l'abandonnent pour se diriger de là librement vers le bord du cristallin. C'est la partie libre de la zonule (fig. 57, *z*). A cet endroit, ces fibres divergent de telle façon qu'elles atteignent la cristalloïde, une partie d'entre elles à l'équateur même du cristallin, une autre en avant, une autre en arrière de cet équateur où elles se confondent avec la capsule. L'espace triangulaire que l'on remarque sur une coupe transversale et qui est limité par les fibres zonulaires et l'équateur du cristallin s'appelle le canal de Petit (fig. 57, *ii*). Ce canal communique avec la chambre postérieure par l'intermédiaire de certaines ouvertures en forme de fentes, qui se trouvent entre les fibres de la zonule.

La fonction optique du cristallin consiste à faire converger davantage encore, pour les réunir sur la rétine, les rayons rendus déjà convergents par la cornée. A cet effet, le pouvoir réfringent du cristallin doit être plus ou moins grand, suivant que les rayons tombent sur l'œil en état de divergence ou de parallélisme. Le changement du pouvoir réfringent — accommodation — résulte du changement de forme du cristallin (voir § 139). Pour ce qui concerne la nutrition du cristallin, voir pages 290 et 293.

I. — Opacités du cristallin

A. Généralités

§ 88. Les opacités cristalliniennes — appelées cataracte (1) — peuvent avoir leur siège soit dans le cristallin lui-même, soit dans la cristalloïde. D'après cette donnée, on distingue la cataracte en cataracte lenticulaire et en cataracte capsulaire ; par la combinaison des deux formes, se produit la cataracte capsulo-lenticulaire.

Les *symptômes objectifs* de l'opacité cristallinienne sont différents suivant son étendue et son intensité. Pour reconnaître les opacités partielles, on doit souvent se servir soit de l'éclairage latéral, soit de l'ophtalmos-

(1) Chute d'eau, de καταρρήγνυμι.

cope ; et si les opacités siègent loin à la périphérie, il faut encore y ajouter la dilatation artificielle de la pupille. — A la lumière incidente (l'éclairage latéral), les opacités cristalliniennes se présentent sous forme de taches ou de stries dont la couleur varie du gris au blanc. Ces opacités affectent souvent des formes qui sont en rapport avec la structure du cristallin, par exemple, la forme en secteurs ou en rayons. Par l'éclairage latéral on peut encore s'assurer de la profondeur à laquelle se trouvent les opacités dans le cristallin. Les opacités de la capsule antérieure se distinguent par leur teinte blanche claire, leurs limites nettes et par leur situation toute superficielle. Quelquefois même elles forment une proéminence sensible sur la face antérieure du cristallin. Vues à l'ophtalmoscope, c'est-à-dire à la lumière réfléchie, les opacités ne paraissent pas blanches, mais noires, comme des points noirs ou des stries qui se détachent sur le fond rouge de la pupille (voir page 10). En général, les légères opacités commençantes ne peuvent être reconnues qu'au moyen de l'ophtalmoscope. Une opacité cristallinienne avancée se reconnaît aussitôt à l'œil nu, au changement de couleur de la pupille, qui est blanche ou d'un gris plus ou moins clair.

Les *symptômes subjectifs* des opacités cristalliniennes consistent en troubles visuels dont le degré dépend de la situation et de l'état des opacités. Lorsque les opacités sont petites, nettement circonscrites, et, de plus, qu'elles sont très opaques, comme, par exemple, la cataracte polaire antérieure, elles ne gênent la vue que d'une manière insignifiante, ou même pas du tout. Des opacités plus étendues gênent la vue à un haut degré et effrayent les patients par des sensations spéciales, telles que la vue de mouches volantes et la polyopie. La vue des *mouches volantes* (myodésopsie) consiste en ce que le malade voit des points noirs dans son champ visuel. Ces points, quand ils sont dus à des opacités cristalliniennes, ne changent de place qu'avec l'œil tout entier et conservent toujours la même position dans le champ visuel (à l'inverse de ce qui arrive pour les opacités du corps vitré). On les voit parce qu'elles jettent une ombre sur la rétine qui les perçoit. La polyopie — monoculaire — fait que le patient voit les objets doubles ou multiples. Elle peut être quelquefois très gênante, comme il résulte d'un cas raconté par *Becker :* Un allumeur de lampes dans un château princier, allumant dans les salons les candélabres et les lustres, un soir de réception, vit des milliers de lumières, qui le troublèrent et l'effrayèrent tellement, qu'il crut avoir affaire à un charme. La cause de la polyopie réside dans les irrégularités optiques qui se trouvent dans le cristallin en voie d'opacification (astigmatisme irrégulier du cristallin), de façon qu'il projette sur la rétine non plus une seule, mais plusieurs images du même objet. Ces sensations

conduisent souvent les patients chez le médecin, quand il n'existe encore
qu'une légère diminution de l'acuité visuelle.

Le degré de la diminution de l'acuité visuelle dépend de diverses circonstances. Cet abaissement est plus notable si l'opacité est diffuse, il
est plus léger lorsque l'opacité est nettement limitée, parce qu'entre les
points fortement opacifiés il persiste des espaces intermédiaires tout à fait
clairs. Le cristallin est dans les conditions d'un carreau de vitre, à travers
lequel on ne peut rien distinguer quand il est uniformément couvert de
buée ; au contraire, si devant une vitre, d'ailleurs claire, on applique une
jalousie en fils de fer, on voit quand même encore assez distinctement. Le
trouble visuel est aussi plus prononcé, lorsque l'opacité siège dans les
parties centrales du cristallin, que lorsqu'elle se trouve vers la périphérie.
Dans le dernier cas, l'acuité visuelle peut même être entièrement normale,
aussi longtemps que les opacités sont complètement cachées derrière l'iris.
De la situation de l'opacité dépend l'éclairage par lequel le patient voit le
mieux. Ainsi, s'il existe une opacité centrale, la vue est le plus élevée,
quand la pupille est dilatée, parce que, dans ce cas, les parties cristalliniennes périphériques encore transparentes concourent à la vision. Il
s'ensuit que ces personnes voient mieux dans une faible lumière, par
exemple, au crépuscule ; elles sont atteintes de *nyctalopie*. Dans ce cas, la
vue peut s'améliorer aussi par une dilatation artificielle de la pupille —
au moyen de l'atropine. Le contraire a lieu lorsque les opacités occupent
la périphérie du cristallin. Alors la vue est meilleure lorsque la pupille
est contractée, c'est-à-dire que les opacités sont cachées par l'iris. Ces
patients cherchent la lumière vive, et voient mieux le jour que la nuit,
héméralopie.

Plus tard, quand l'opacité devient plus forte, l'acuité visuelle diminue
constamment, les mouches volantes et la polyopie disparaissent, et le
malade devient aveugle. Mais lorsqu'il a perdu la faculté de distinguer les
objets — vision qualitative, — il lui reste encore toujours la perception
lumineuse, la distinction entre le jour et l'obscurité — la vision quantitative. L'examen de l'état de la sensibilité lumineuse (voir § 155) est très
important au point de vue du pronostic d'une opacité cristallinienne
complète. Lorsque la sensibilité lumineuse est défectueuse ou qu'elle
manque entièrement, c'est un signe qu'il existe une complication du côté
de la rétine ou du nerf optique, et dans ce cas l'opération de la cataracte
serait d'une efficacité insignifiante ou même nulle.

Autrefois, quand on ne connaissait encore ni l'éclairage latéral ni l'ophtalmoscope, il fallait, pour établir le diagnostic de la cataracte commençante, s'en
rapporter uniquement aux phénomènes subjectifs, notamment la myodésopsie,

que l'on étudiait et poursuivait pour cela beaucoup mieux alors qu'aujourd'hui.
Il n'était pas difficile de confondre des membranes de la pupille, qui lui donnaient
un aspect gris ou blanc, avec des opacités cristalliniennes. Aussi les appelait-on
cataracta spuria. On ne commettra pas une semblable erreur si l'on fait attention
à l'adhérence qui existe presque toujours entre le bord de la pupille et la membrane pupillaire, et qui devient surtout apparente quand on appelle l'atropine
à son secours. Au contraire, même avec tous les moyens dont nous disposons
aujourd'hui, il est souvent impossible de dire si, derrière la membrane pupillaire,
le cristallin est ou non opaque.

Au début de la cataracte sénile, il se développe souvent de la myopie. Il s'agit
de personnes âgées, qui voyaient bien à distance et se servaient de verres convexes pour lire. Mais elles remarquent peu à peu qu'elles sont en état de pouvoir lire, sans lunettes, de fins caractères d'impression, et elles se réjouissent
peut-être beaucoup de cette prétendue seconde vue. Souvent elles ne remarquent
pas que, en même temps, elle ne voient pas aussi bien de loin. L'examen de
l'œil au moyen des verres démontre qu'il est devenu myope, de façon que le
punctum proximum s'est de nouveau rapproché à la distance de la lecture.
Cette myopie doit être attribuée aux progrès de la densité du cristallin dans la
cataracte commençante, ce qui en augmente le pouvoir réfringent.

Une opacité de même nature gêne la vue plus quand elle est située au pôle
postérieur qu'au pôle antérieur. En effet, c'est près du pôle postérieur du cristallin que se trouvent les points nodaux de l'œil, c'est-à-dire ces points où doivent
passer tous les rayons non réfractés (rayons principaux) tombant dans l'œil
(voir § 122, fig. 134).

Les *altérations anatomiques* d'où dépendent les opacités cristalliniennes ont
été particulièrement étudiées sur la cataracte sénile. C'est avant tout *Becker* qui,
par ses recherches approfondies, a fait progresser nos connaissances sur le développement de la cataracte.

L'*opacité cristallinienne* commence par une déhiscence des fibres à certaines
places, d'où résulte la formation d'espaces allongés remplis de liquides (fig. 98, s).
D'ordinaire, ces fentes s'observent d'abord à la limite qui sépare le noyau des
couches corticales, de préférence vers la région de l'équateur du noyau. On
admet que ces déhiscences sont dues à la rétraction du noyau qui se sclérose.
La rétraction nucléaire serait trop rapide pour que l'écorce puisse encore se mouler
exactement sur le noyau dont le volume est diminué. Quant à la sérosité renfermée dans les fentes, elle se coagule sous forme de petites gouttelettes ou de
corpuscules sphéroïdaux. — globules de *Morgagni* (fig. 98, M). Les fibres cristalliniennes elles-mêmes, qui constituent les parois de ces fentes, sont tout
d'abord normales et par conséquent encore transparentes. La sérosité qui occupe
les espaces interfibrillaires peut être encore transparente au début, cependant
ces endroits n'en seront pas moins troubles parce que l'indice de réfraction du
liquide est différent de celui de la substance cristallinienne elle-même. C'est pour
le même motif que l'on obtient une écume blanche et non transparente, en
battant de l'eau, bien qu'on mélange de l'air transparent à l'eau transparente.
Plus tard cependant les fibres cristalliniennes s'opacifient elles-mêmes. Elles

paraissent d'abord comme saupoudrées d'une fine poussière. Cet aspect est dû
à la présence d'une substance d'apparence graisseuse, qui, sous forme de granulations extrêmement fines, se dépose dans leur intérieur. En même temps
que les fibres cristalliniennes s'opacifient, elles perdent la régularité de leur
calibre, en se tuméfiant par-ci, par-là (fig. 98, q). De cette manière, se développent
de grosses vésicules souvent pourvues d'un noyau — cellules vésiculeuses
(fig. 98, b). Finalement les fibres cristalliniennes dégénèrent complètement, de
façon que le tissu de la lentille se transforme en une masse grumeleuse constituée
par des granulations graisseuses, des globules de Morgagni, des reliquats de fibres

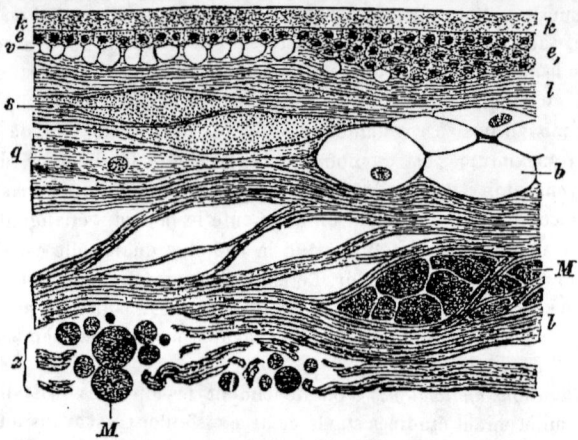

Fig. 98. — *Cataracte capsulo-lenticulaire.* Gross. 170/1. — k cristalloïde antérieure. e épithélium, constitué
de plusieurs couches en e_i par prolifération. l fibres du cristallin normales ; entre elles et l'épithélium, des
vacuoles claires v (gouttelettes de liquide de Morgagni). Les espaces allongés produits par la disjonction des
fibres sont remplis d'une masse granuleuse s (liquide coagulé), qui par places constitue les globules de Morgagni M. Les fibres cristalliniennes sont gonflées q ou transformées en cellules vésiculeuses b ou tout à fait
détruites z.

cristalliniennes et de la sérosité albumineuse (fig. 98, z). En même temps que les
fibres cristalliniennes se détruisent, elles se détachent de la capsule avec laquelle,
à l'état normal, elles sont intimement liées et, entre le cristallin et sa capsule,
s'accumule librement de la sérosité. C'est le *liquide de Morgagni* (dans la figure 98,
se présentant en v sous forme de simples vacuoles, dans la figure 75 en r, au contraire accumulé en plus grande quantité, en même temps qu'il détache la capsule
de l'écorce). Par suite de ce processus, l'enlèvement du cristallin de sa capsule,
comme on le pratique pour l'opération de la cataracte, est rendu plus facile.

Le noyau du cristallin, par suite de la sclérose des fibres cristalliniennes, est
transformé en une masse tellement résistante que, généralement, il demeure
intact au milieu des masses corticales dégénérées (fig. 75, k). Il s'ensuit que d'habitude le noyau d'un cristallin cataracté ne se distingue pas essentiellement de
celui d'un œil sain d'une personne de même âge (*Becker*). Si, au contraire, il

n'existe pas de noyau dur, la dégénérescence du cristallin devient complète (fig. 76).

Les altérations ultérieures du cristallin opacifié et dégénéré consistent dans la résorption graduelle de la bouillie cristallinienne. De cette manière, les opacités cristalliniennes peuvent de nouveau s'éclaircir, non pas au vrai sens du mot, c'est-à-dire par le retour des fibres cristalliniennes à la transparence, mais par la disparition des parties opacifiées. Quant au noyau sclérosé, il résiste aussi bien à la résorption qu'à la dégénérescence. Il n'est pas rare que, dans l'écorce, se dépose de la cholestérine sous forme de cristaux en tablettes qui deviennent quelquefois si gros qu'à l'œil nu on peut les voir comme des points brillants. Il peut encore se déposer des sels de chaux dans la bouillie cristallinienne.

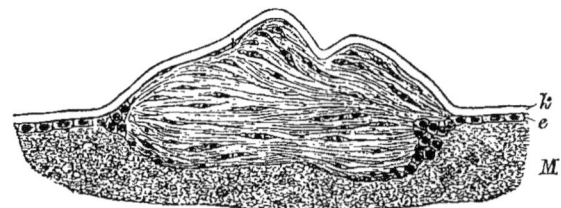

Fig. 99. — *Cataracte capsulaire antérieure*. Cross. 40/1. — La cataracte capsulaire forme une saillie a la surface antérieure du cristallin, qui est recouverte par la capsule *k* intacte, simplement plissée. L'épithélium *e* à la limite de la cataracte, perd sa structure régulière; ses cellules se multiplient et sont séparées de la capsule par la cataracte, de façon qu'il constitue sur une certaine étendue la limite postérieure de la cataracte. Celle-ci consiste en un tissu fibreux avec des cellules situées entre les faisceaux, dans des espaces fusiformes. A la cataracte succède en arrière le liquide de Morgagni *M*, coagulé en une masse grumeleuse, qui sépare la capsule des couches périphériques du cristallin cataractées (non représentées dans le dessin).

Les *opacités capsulaires* ne siègent pas dans la capsule même, qui ne s'opacifie jamais, mais elles dépendent d'un dépôt accolé à la capsule. En effet, les opacités de la capsule antérieure sont provoquées par un tissu opaque qui se trouve à la face interne de la capsule, entre celle-ci et le cristallin (fig. 99). Ce tissu se développe aux dépens de l'épithélium capsulaire hypertrophié. Les cellules se multiplient, de façon à constituer plusieurs couches (fig. 98, e_1). Par suite de l'allongement des cellules épithéliales, qui se transforment en fibres, se développe une sorte de tissu fibreux, qui a l'aspect du tissu conjonctif, mais qui n'est pas du tissu conjonctif proprement dit, puisqu'il est d'origine épithéliale. Par l'interposition de ce tissu entre la capsule et le cristallin, la surface antérieure du cristallin présente une saillie manifeste. — Quant aux opacités de la capsule postérieure, elles se trouvent, en général, sur sa surface postérieure.

L'inflammation du cristallin — phakitis (1) — n'existe pas. Les éléments inflammatoires, tels que des cellules rondes, que l'on rencontre dans le cristallin, ne se sont pas développés sur place, ils sont venus du dehors et ont pénétré dans le cristallin par une solution de continuité de la capsule.

(1) De φακός, lentille.

B. Formes cliniques de la cataracte

§ 89. Toute opacité débute à l'un ou l'autre point du cristallin, — cataracte partielle. L'opacité peut rester longtemps bornée à ce point, — cataracte stationnaire partielle, — ou bien s'étendre graduellement sur tout le cristallin et produire une cataracte totale, — cataracte progressive.

a) Cataractes stationnaires partielles

1° *Cataracte polaire antérieure.* — On voit au pôle antérieur du cristallin un petit point blanc (fig. 102). L'examen anatomique a démontré que ce point correspond à un tissu non transparent qui est situé sous la capsule antérieure, entre celle-ci et le cristallin, et qu'il s'agit, par conséquent, d'une cataracte capsulaire (fig. 99). C'est pour ce motif qu'on désigne aussi cette opacité sous le nom de cataracte capsulaire centrale antérieure.

La cataracte polaire antérieure est congénitale ou acquise. La première atteint les deux yeux et consiste en un petit point situé au centre de la cristalloïde antérieure. Elle tire son origine d'un trouble de développement dont on ne connaît pas encore l'essence. La forme acquise s'observe à la suite d'ulcères centraux de la cornée. Quand l'ulcère se perfore et que l'humeur aqueuse s'échappe, le cristallin s'avance de façon que son sommet vient se placer contre l'ouverture postérieure de la perforation. De cette façon, en partie mécaniquement, en partie à cause du voisinage immédiat de la cornée enflammée, l'épithélium de la capsule antérieure s'irrite, prolifère et constitue un tissu opaque sous la capsule. Plus tard, l'ulcère se cicatrise, la chambre antérieure se rétablit et il existe alors une opacité centrale de la cornée et une cataracte capsulaire centrale. Cet adossement du cristallin à la perforation de la cornée ne produit une cataracte polaire antérieure que chez les petits enfants, jamais chez l'adulte. La cause la plus fréquente de la perforation cornéenne dans la première enfance est la blennorrhée des nouveau-nés ; aussi doit-on la considérer comme la cause ordinaire de la cataracte polaire antérieure. La cataracte polaire antérieure congénitale est d'un blanc plus saturé et de dimensions plus grandes que la forme acquise. Parfois la couche de tissu opaque situé sous la cristalloïde antérieure et constituant la cataracte, est si développée qu'elle produit une saillie conique bien visible du pôle antérieur du cristallin: c'est la forme dénommée cataracte pyramidale (fig. 47, p).

Des cataractes polaires antérieures de petites dimensions peuvent exister sans occasionner un trouble notable de la vue. Ce trouble est, en règle générale, dû plutôt à l'opacité de la cornée qu'à celle de la capsule.

Il n'y a donc généralement pas de traitement à instituer, sauf les cas peu fréquents où la cataracte a de telles dimensions que, lorsque la pupille est étroite, elle l'occupe entièrement ; une iridectomie serait alors indiquée ;

2° *Cataracte polaire postérieure*. — Elle consiste en un petit point blanc situé au pôle postérieur du cristallin, point qui, en raison de son siège profond, ne se reconnaît le plus souvent qu'à l'aide de l'ophtalmoscope. Il appartient à la capsule postérieure, et est encore appelé pour ce motif cataracte capsulaire centrale postérieure. La cataracte polaire postérieure est congénitale et date du moment où l'artère hyaloïde s'étendait dans le corps vitré jusqu'au pôle postérieur du cristallin (voir page 306 et fig. 71). Lorsque cette artère ne disparaît pas complètement, un peu de son tissu reste adhérent à la capsule postérieure. C'est pour cette raison que l'on observe quelquefois, en même temps qu'une cataracte polaire postérieure, la persistance de l'artère hyaloïde. Lorsque cette cataracte est petite, la gêne visuelle qui en résulte est insignifiante. Pas de traitement. — Les cataractes polaires antérieure et postérieure sont des cataractes capsulaires, tandis que les cataractes stationnaires partielles suivantes sont toutes des cataractes lenticulaires ;

3° *Opacités circonscrites de diverses espèces dans le cristallin même*. — A ces opacités appartient la cataracte centrale. C'est une petite opacité sphérique qui se trouve juste au centre du cristallin. La cataracte fusiforme, ou cataracte en fuseau, consiste en une ligne opaque, qui, suivant l'axe du cristallin, s'étend du pôle antérieur au pôle postérieur, et qui forme un renflement fusiforme correspondant au centre du cristallin. Dans la cataracte ponctuée, on observe de tout petits points blancs répandus uniformément dans tout le cristallin, ou bien réunis en groupes dans les couches corticales antérieures. Outre les opacités que nous venons de citer, on connaît encore une quantité de formes d'opacités cristalliniennes stationnaires circonscrites, mais qui toutes se rencontrent trop rarement pour que nous les décrivions ici en détail. Toutes ces opacités sont nettement limitées et présentent quelquefois une forme régulière et élégante ; elles sont congénitales, et s'observent fréquemment dans les deux yeux. Souvent elles sont héréditaires, mais elles n'ont pas toujours la même forme chez chacun des membres d'une même famille. Les yeux qui portent de semblables cataractes sont assez souvent atteints d'autres difformités congénitales, ou appartiennent à des individus dont le développement général, tant intellectuel que physique, est incomplet. La plupart de ces opacités sont peu gênantes par elles-mêmes, mais la vision est souvent défectueuse pour d'autres motifs ;

4° *Cataracte périnucléaire* (ou zonulaire, stratifiée). — C'est la forme de cataracte la plus fréquente chez les enfants. Après avoir dilaté la pupille, on voit dans le cristallin une opacité grise, discoïde, entourée de parties cristalliniennes marginales entièrement transparentes (fig. 100). Suivant que le diamètre du disque opaque est plus ou moins grand, la zone transparente se rétrécit ou s'élargit (fig. 100, *P*). A l'examen au moyen de l'ophtalmoscope, cette cataracte présente l'aspect d'un disque obscur entouré d'un anneau pupillaire transparent et par conséquent présen-

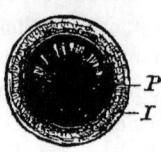

Fig. 100. — *Cataracte zonulaire vue à la lumière incidente.* Gross. 11/2/1. — L'iris *I* s'est rétracté sous l'influence de l'atropine. Le trouble constituant la cataracte stratifiée est plus saturé au bord qu'au centre. A sa partie supérieure sont dessinées les dentelures, tandis qu'on les a omises dans la partie inférieure, pour montrer comment se présente une cataracte zonulaire sans rayons. Entre le bord de l'opacité et le bord pupillaire *P*, s'étend une zone noire, répondant à la périphérie transparente du cristallin.

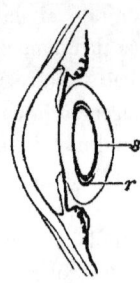

Fig. 101. — *Coupe d'une cataracte zonulaire.* Figure schématique. Gross. 2/1. — Les couches situées entre le noyau et l'écorce *s* sont opacifiées, les couches avoisinantes le sont seulement dans la région équatoriale *r*; de là les dentelures.

tant le reflet rouge. Le disque est plus sombre vers le bord qu'au centre, ce qui distingue la cataracte périnucléaire d'une opacité solide intéressant également le noyau et dont le centre doit toujours être le plus saturé. Au bord de l'opacité, dont les limites sont le plus souvent nettement dessinées, on observe des dentelures opaques appelées « cavaliers » (*Reiterchen*). Du bord de la cataracte, celles-ci s'avancent dans la périphérie transparente, comme les poignées de la roue du gouvernail d'un bateau à vapeur (dans la figure 100 dessinées seulement dans la moitié supérieure de la cataracte).

La cataracte périnucléaire résulte de l'opacification des couches qui se trouvent entre le noyau et l'écorce (fig. 101, *s*), tandis que ceux-ci restent transparents (*Jäger*). Les filets placés à cheval sur la périphérie de la cataracte proviennent de ce qu'une seconde couche, située à la périphérie de la première, commence à s'opacifier, mais seulement sur un certain nombre de points correspondant à l'équateur de cette couche (fig. 101 *r*). Ces opacités partielles embrassent en avant et en arrière l'équateur de l'opacité antérieure, sur laquelle elles sont comme assises à califourchon (d'où leur vient le nom de cavaliers).

La cataracte zonulaire atteint presque toujours les deux yeux. Elle est congénitale ou se développe dans la toute première enfance. On la trouve surtout chez les enfants qui ont souffert de convulsions (*Arlt*). Celles-ci ont surtout pour cause le rachitisme, et spécialement des modifications rachitiques du crâne, le *crâniotabes*. En même temps, existent d'autres restes du rachitisme, notamment aux os et aux dents. Il y a donc des rapports étiologiques entre la cataracte zonulaire et le rachitisme (*Horner*). Il n'est pas rare que la cataracte zonulaire soit héréditaire.

La cataracte périnucléaire est, en général, stationnaire ; cependant on rencontre aussi des cas où elle se transforme graduellement en une opacité complète. Cette progression est surtout à craindre quand, sur les bords de l'opacité on voit des « cavaliers », puisqu'on peut en conclure que l'opacité fait des progrès dans les couches périphériques.

Le degré du trouble visuel causé par cette forme de cataracte ne dépend pas du diamètre de l'opacité, car même les cataractes zonulaires du plus petit diamètre sont encore assez grandes pour occuper tout le champ pupillaire, au point que la zone périphérique transparente est toujours entièrement cachée derrière l'iris, quand la pupille n'est pas dilatée. Il s'ensuit qu'au point de vue de l'acuité visuelle il n'y a que le degré de saturation qui entre en ligne de compte. Et comme il est très différent suivant les cas, on rencontre tous les degrés, depuis l'acuité visuelle presque normale, jusqu'à une faiblesse considérable de la vue.

Le *traitement* de la cataracte zonulaire n'est utile que dans les cas où le trouble visuel est quelque peu notable. Alors, il y a deux moyens d'améliorer la vue par une opération. Ou bien on peut mettre à découvert, par une iridectomie, la périphérie transparente du cristallin, pour la rendre utile à la vue, ou bien on peut faire disparaître complètement le cristallin. On y arrive par la discision chez les jeunes sujets et par l'extraction chez les personnes plus âgées qui ont déjà un noyau dans le cristallin. Chacun de ces procédés présente ses indications, ses avantages et ses inconvénients.

L'iridectomie ne convient que lorsque la zone périphérique transparente du cristallin est assez large. Le patient conserve la possibilité de voir à toutes distances sans se servir de lunettes. En revanche, cette opération, en détruisant la forme circulaire de la pupille, entraîne une difformité ainsi que de l'éblouissement. D'autre part, l'efficacité n'en est que temporaire dans le cas où la cataracte zonulaire se transforme en une opacité totale du cristallin. Au contraire, quand on opère par discision, la cure est radicale et la pupille conserve sa mobilité et sa forme circulaire ; mais cette dernière opération rend le patient hypermétrope à un haut degré et le

prive de son pouvoir d'accommodation, de façon qu'il est forcé de porter
constamment des lunettes. Voici donc comment on a l'habitude de procéder dans le choix d'une méthode opératoire : quand il y a des signes que
la cataracte progresse (des « cavaliers », ou une diminution graduelle
appréciable de l'acuité visuelle), il faut sans hésiter la faire disparaître. Si
l'on prévoit que l'opacité restera stationnaire, on pratique l'iridectomie,
lorsque la zone périphérique transparente du cristallin est assez large pour
rendre la vue suffisante ; dans le cas contraire on enlève le cristallin. Pour
se rendre compte de l'influence de la périphérie du cristallin sur la vision,
on détermine d'abord l'acuité visuelle, la pupille étant contractée, puis on
fait la même expérience après avoir dilaté la pupille par l'atropine. Si,
dans ce dernier cas, l'acuité visuelle s'est notablement améliorée, alors
l'iridectomie est indiquée ; sinon on fait disparaître le cristallin ;

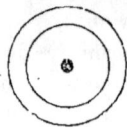

FIG. 102.   FIG. 103.
Cataracte polaire postérieure. — Gross. 2/1.   Cataracte corticale postérieure. — Gross. 2/1.

5° *Cataractes corticales antérieure et postérieure.* — Elles consistent en
une figure en forme d'étoile ou de rosette, dont le centre correspond au
pôle du cristallin, dont les rayons sont dirigés radiairement vers la périphérie, et qui est située dans les couches corticales antérieure ou postérieure (fig. 103). La cataracte corticale antérieure est beaucoup plus rare
que la postérieure; parfois, on les observe toutes les deux à la fois. Les
deux formes se rencontrent le plus souvent dans les yeux qui souffrent
d'affections profondes, telles que la choroïdite, la rétinite pigmentaire, la
liquéfaction du corps vitré, etc. Les troubles nutritifs qui en résultent pour
le cristallin provoquent l'opacification de celui-ci. D'ordinaire le trouble
visuel est considérable, puisqu'il a pour cause non seulement l'opacité du
cristallin, mais aussi l'affection du fond de l'œil. Les cataractes corticales
antérieures et postérieures restent stationnaires pendant de longues
années pour finir par se transformer en une opacité totale du cristallin.
Elles constituent donc la transition entre les formes stationnaires et progressives. Si elles ont passé à la cataracte totale, le pronostic de l'opération est mauvais, à cause des complications probables résultant d'une
maladie du fond de l'œil.

La cataracte polaire postérieure et la cataracte corticale postérieure sont souvent confondues. J'ai mis en regard le dessin de ces deux formes de cataracte

pour en montrer la différence. La cataracte polaire est une petite tache ronde (fig. 102), et est due à un tissu, appliqué à la face postérieure de la capsule postérieure. Cette forme de cataracte, au point de vue anatomique, n'appartient donc pas du tout aux cataractes, puisque le tissu opaque est situé en dehors du cristallin. C'est pour cela qu'elle n'a aucune tendance à cette structure radiée, qui précisément est caractéristique pour la cataracte corticale postérieure. Celle-ci est non seulement beaucoup plus étendue que la cataracte polaire postérieure, mais elle possède toujours la forme d'une étoile ou d'une rosace à striation radiée plus ou moins fine, en rapport avec la disposition rayonnante des fibres du cristallin au pôle postérieur (fig. 103).

La *cataracte polaire antérieure* est quelquefois reliée à la cicatrice cornéenne centrale par un filament de tissu conjonctif. Celui-ci s'est développé au temps où, après la perforation de l'ulcère, le cristallin était appliqué contre la cornée. Les deux organes ont alors contracté adhérence par l'intermédiaire d'une masse exsudative, qui plus tard s'est organisée et étirée en un long filament lorsque la chambre antérieure s'est de nouveau rétablie. Le plus souvent ce filament finit par se rompre; exceptionnellement pourtant, il peut persister toute la vie et réunir le pôle antérieur du cristallin à la cicatrice cornéenne.

On rencontre des cas de cataracte polaire antérieure où la cicatrice, qui remplace l'ulcère cornéen, ne se trouve pas dans le champ pupillaire, mais bien au niveau de la périphérie de la cornée. Il s'ensuit que ces cataractes ne supposent pas toujours nécessairement une perforation cornéenne exactement centrale. En effet, il suffit, lorsque la perforation a eu lieu, que le cristallin, s'avançant, vienne s'adosser par son sommet à la paroi postérieure de la cornée, même à un endroit où celle-ci est encore saine. — Les opacités cornéennes acquises dans la première enfance s'éclaircissent quelquefois d'une manière étonnante. C'est pour ce motif qu'à côté d'une cataracte polaire antérieure on observe souvent, non une cicatrice dense, mais simplement un trouble cornéen souvent très léger. Si celui-ci échappait à l'attention, on pourrait être amené à avoir des doutes sur la nature de l'origine de la cataracte.

Par la rétraction ultérieure du tissu de nouvelle formation, la cataracte polaire antérieure occasionne quelquefois un plissement, visible à la loupe, des parties voisines de la cristalloïde antérieure. Ce plissement peut amener plus tard une opacité du cristallin lui-même (cataracte totale). De cette manière j'ai vu naître quelquefois une cataracte zonulaire unilatérale.

La *cataracte périnucléaire* se rencontre chez des individus qui, dans leur jeunesse, ont souffert de rachitisme et, par suite, de convulsions. Se basant sur ces circonstances, *Horner* a émis l'idée, qu'outre les os, le trouble de nutrition, dû au rachitisme, atteint encore les tissus épithéliaux, notamment les dents et le cristallin. Les dents, et spécialement les incisives, montrent, dans les cas légers, des petites anfractuosités rangées en séries horizontales ou des cannelures horizontales dans l'émail. Si celles-ci sont très prononcées, la dent prend une structure en gradins, allant en se rétrécissant vers le bord tranchant. Parfois les dents sont si peu développées qu'elles forment de petits blocs cubiques ou de forme irrégulière. Dans les cas plus sérieux, le revêtement de l'émail fait défaut au tranchant, ou même partout ; l'ivoire est à nu et sur sa surface inégale s'incruste le tartre jaune en couches épaisses. Faute d'émail, les dents se carient rapidement et se brisent facilement ; aussi n'est-il pas rare, chez les paysans notamment, de ne trouver que des chicots au lieu d'incisives. Le cristallin, qui, dans son développement, a beaucoup d'analogies avec les dents, souffre d'après, Horner, de la façon suivante : les couches cristalliniennes qui se forment pendant la période, où le rachitisme trouble la nutrition deviendraient opaques, tandis que plus tard, après la disparition du rachitisme, les couches qui s'ajoutent seraient de nouveau normales et transparentes. Si cette interprétation était exacte, nous comprendrions pourquoi la cataracte zonulaire représente une opacité en forme d'écaille. En général, nous ne possédons pas de données certaines sur le moment où s'est développée la cataracte zonulaire. On connaît un cas non douteux de cataracte zonulaire congénitale (*Becker*). De même, on a observé un cas non moins douteux de développement de cataracte zonulaire chez un enfant de neuf ans (*Wecker*). Mais le plus souvent, l'apparition de cette cataracte doit correspondre à la vie fœtale ou aux premiers temps de la vie. Cependant, en règle générale, ce n'est que plus tard que la cataracte est découverte, car les personnes qui en sont atteintes ne sont pas aveugles, mais ont simplement la vue faible. C'est ainsi que leur affection ne se trahit que lorsque les yeux doivent commencer à fonctionner assidûment, par exemple dans les premières années d'école.

Deutschmann, *Beselin*, *Lawford*, *Schirmer* et *Peters* ont fait des recherches anatomiques au sujet de la cataracte zonulaire. Ils ont montré que dans l'intérieur des couches opaques existent de nombreuses petites vacuoles remplies de liquide entre les fibres cristalliniennes ; dans le noyau lui-même, les vacuoles sont peu nombreuses. En outre, on y rencontre des fentes plus grandes qui embrassent le noyau comme une écaille.

La cataracte zonulaire n'affecte pas toujours la forme d'un disque gris uniforme, mais présente fréquemment une structure compliquée. Souvent, dans les couches opaques antérieures ou postérieures, on observe des points plus saturés ou des dessins bien marqués, ou bien encore des secteurs plus opaques que leur voisin. Comme les « cavaliers » représentent des opacités partielles d'une couche voisine, celle-ci peut devenir trouble dans sa totalité et envelopper comme un manteau la couche opaque interne dont elle est séparée par une mince couche transparente. Ainsi se développent des cataractes zonulaires doubles et mêmes triples.

Les personnes atteintes de cataractes périnucléaires sont souvent myopes. En effet, en raison du défaut de netteté des images rétiniennes, elles sont obligées de rapprocher les objets, pour gagner, par la grandeur des images, ce que celles-ci perdent en clarté. De cette myopie apparente naît plus tard d'ordinaire une myopie réelle, parce que, par la vision constante de près, la paroi postérieure du globe se distend et l'axe oculaire s'allonge.

Les cataractes corticales antérieure et postérieure s'observent quelquefois après une blessure du cristallin, que la capsule soit ouverte ou non, une simple contusion étant suffisante. L'opacité étoilée de l'écorce se développe dans les jours qui suivent la blessure. Elle peut ou bien se transformer en peu de temps en une opacité cristallinienne complète, ou bien rester stationnaire, ou même finir par disparaître. Le développement soudain ainsi que la promptitude avec laquelle ces opacités peuvent disparaître, indiquent qu'elles ne résident pas dans une opacification des fibres elles-mêmes. Il est probable qu'il s'agit ici d'une accumulation de sérosité dans des espaces préformés du cristallin (espaces lymphatiques), sérosité qui peut se résorber (*Schlœsser*, voir page 293).

b) Cataractes progressives

§ 90. Toute cataracte progressive commence par être partielle ; plus tard, elle se développe de plus en plus jusqu'à ce que finalement elle entre-

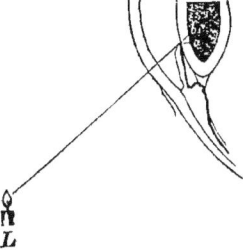

Fig. 104. *A.* — *Ombre portée par l'iris vue de face.* — L'ombre, en forme de croissant, se montre au côté du bord pupillaire qui est tourné vers la lumière *L*.

Fig. 104. *B.* — *Ombre portée par l'iris sur le cristallin en coupe schématique.* — Les couches internes du cristallin sont opaques, les périphériques sont considérées comme transparentes. La source lumineuse *L* projette sur la surface de l'opacité une ombre de l'iris dont la limite centrale est en *b*. Un observateur examinant l'œil de face voit une partie de cette ombre dans l'étendue *ab*, le long du bord pupillaire de l'iris.

prenne tout le cristallin. L'opacification occupe tout le cristallin, sauf les parties déjà sclérosées, c'est-à-dire le noyau qui ne s'opacifie pas. L'opacification du cristallin dans toutes ses parties ne s'observe par conséquent que chez les jeunes individus dont le cristallin ne contient pas encore de noyau dur. Chez les individus plus âgés, en règle générale, le noyau reste transparent. Le temps nécessaire pour que toutes les parties du cristallin susceptibles de s'opacifier deviennent troubles n'est pas toujours le même. Il y a en effet des cas où, au bout de quelques heures, le cristallin est complètement opaque, tandis que d'autres cataractes mettent de longues années, pour devenir totales.

Dans le cours d'une cataracte progressive, on observe quatre stades qui sont surtout manifestes dans la forme de cataracte la plus fréquente, la cataracte sénile. La description suivante se rapporte donc spécialement à cette forme.

PREMIER STADE. *Cataracte commençante*. Dans le cristallin, on rencontre des opacités séparées par des espaces encore transparents. Les opacités présentent le plus souvent la forme d'un secteur dont la base est dirigée vers la périphérie et dont le sommet correspond au pôle du cristallin ; on les appelle les rayons.

DEUXIÈME STADE. *Cataracte intumescente*. A mesure que le cristallin s'opacifie, il devient plus aqueux et par conséquent se tuméfie. L'augmentation de volume du cristallin est indiquée par la diminution de profondeur de la chambre antérieure. Tant que l'opacité n'arrive pas jusqu'à la cristalloïde antérieure, l'iris y projette une ombre. Pour voir celle-ci, on doit tenir une lumière de côté et un peu en avant de l'œil. Alors, au bord pupillaire tourné du côté de la lumière, on remarque une ombre noire (fig. 104, *A*). Elle provient de ce que les couches opacifiées du cristallin sur lesquelles tombe l'ombre de l'iris, sont situées à une certaine distance de celui-ci. Cette couche fait fonction d'un écran qui reçoit l'ombre de l'iris. Un observateur placé devant l'œil voit la partie de l'ombre qui n'est pas cachée derrière l'iris (fig. 104 *B*, *ab*). A mesure que l'opacité se rapproche de la surface cristallinienne, cette partie de l'ombre devient moins large, jusqu'à ce qu'enfin elle disparaisse lorsque l'opacité atteint la capsule antérieure.

Le cristallin tuméfié possède une teinte blanc bleuâtre, un intense reflet soyeux à la surface et laisse clairement voir le dessin de l'étoile du cristallin.

Pendant le stade d'intumescence, l'opacification du cristallin devient complète. Dès ce moment, le cristallin commence à perdre peu à peu de l'eau, de façon qu'il reprend de nouveau son volume normal primitif. Alors la cataracte entre dans le

TROISIÈME STADE. *Cataracte mûre*. La chambre antérieure a regagné sa profondeur normale, et l'iris ne projette plus d'ombre, signe que le cristallin est devenu entièrement opaque. Ce dernier a perdu alors son aspect blanc bleuâtre et son éclat chatoyant, et prend une teinte mate, grise ou brunâtre ; le dessin radié de l'étoile cristallinienne se reconnaît encore le plus souvent. La cataracte mûre a pour propriété de se laisser facilement séparer de ses adhérences avec la capsule. Cela tient, en partie, à la circonstance que la dégénérescence des fibres cristalliniennes s'est propagée jusque tout près de la capsule ; en partie, à ce que le cristallin, d'abord agrandi, diminue ensuite de volume, ce qui fait que l'adhérence entre la surface du cristallin et la capsule se relâche. Alors le cristallin se trouve dans sa capsule comme un fruit mûr dans sa coque (*Arlt*). A ce moment, la cataracte est devenue mûre pour l'opération, car il est très important que la cataracte se laisse enlever de la capsule, sans qu'il y

reste attaché beaucoup de tissu cristallinien. Autrement, il se développerait une nouvelle opacité dans le champ pupillaire, une cataracte secondaire, et ainsi le succès de l'opération serait compromis.

QUATRIÈME STADE. *Cataracte trop mûre.* Les métamorphoses ultérieures
de la cataracte mûre consistent en ce que les masses cristalliniennes
opaques tombent complètement en dégénérescence. Tout le tissu cristallinien se transforme en une espèce de bouillie qui ne rappelle plus rien de
la structure primitive du cristallin, c'est-à-dire de sa division en secteurs, etc. Il s'ensuit que les cataractes trop mûres tantôt ne présentent
aucun dessin, tantôt montrent de simples taches irrégulières, mais plus
de rayons ni de secteurs. La consistance de la cataracte trop mûre dépendra de l'activité et de la persistance de la résorption qui a commencé après
le stade d'intumescence et qui a d'abord ramené la cataracte à son volume
normal.

Lorsqu'en effet l'eau devient plus rare, la bouillie provenant de la dégénérescence des fibres cristalliniennes s'épaissit toujours davantage. Elle
se durcit et ne forme plus avec le noyau du cristallin qu'une masse aplatie en forme de gâteau. Par suite de ce processus, la chambre antérieure
devient de plus en plus profonde. C'est là la forme habituelle de la cataracte sénile trop mûre.

Si, après l'opacification complète du cristallin, la déshydratation cesse,
la masse cristallinienne devient d'autant plus liquide qu'elle se divise en
fragments plus petits. Si ce processus se produit chez un individu jeune,
chez lequel le cristallin n'a pas encore un noyau dur, le cristallin peut se
fluidifier entièrement et n'être plus qu'une sérosité laiteuse, *cataracte
fluide ou laiteuse.* Lorsqu'un vieux cristallin subit ces métamorphoses, le
noyau qui n'est pas devenu opaque ne subit pas de dégénérescence, et
il descend au fond des couches corticales liquéfiées, comme une masse
lourde et compacte. La cataracte présente alors un aspect homogène, correspondant à la consistance laiteuse de l'écorce cristallinienne, et elle laisse
voir, dans sa partie inférieure, une ombre bleuâtre limitée en haut par
une demi-circonférence, qui indique la moitié supérieure du noyau foncé.
Comme celui-ci change de position par le fait des mouvements de la tête,
l'on peut voir également l'ombre brunâtre changer de place. Cette forme
de cataracte est désignée sous le nom de *cataracte de Morgagni.*

Un cristallin liquéfié ne reste pourtant pas toujours dans le même état.
Plus tard, par suite de la perte graduelle de l'eau, le liquide s'épaissit, et
en outre les masses cristalliniennes dégénérées se résorbent partiellement. De cette manière, le cristallin diminue constamment de volume,
jusqu'à ce que, dans les cas où il n'y avait pas de noyau, il soit transformé
en une membrane mince et non transparente — *cataracte membraneuse.*

Chez les enfants, où la résorption va particulièrement loin, les masses cristalliniennes opaques disparaissent par places entièrement. Ensuite les deux feuillets de la capsule cristallinienne restée transparente s'adossent l'un à l'autre, et il se forme ainsi des points tout à fait transparents au milieu du cristallin opacifié, points qui, à la lumière incidente, ont l'aspect de lacunes noires dans la pupille blanche. L'enfant recommence à voir ; il est survenu une espèce de division spontanée de la cataracte.

Quand la cataracte trop mûre existe depuis longtemps, il s'y produit des transformations qui aboutissent à des complications : a) il se dépose dans les masses cristalliniennes soit de la cholestérine, soit des sels calcaires. La cholestérine se présente sous forme de points brillants que l'on peut même voir à l'œil nu dans le cristallin opaque. La calcification du cristallin, *cataracte calcaire ou crayeuse*, se développe principalement dans les cataractes compliquées. Cette cataracte se distingue par sa teinte spéciale blanche rappelant la craie, ou jaune ; b) La capsule antérieure s'épaissit par prolifération des cellules capsulaires ; de cette façon la cataracte, de lenticulaire qu'elle était, devient *capsulo-lenticulaire*. L'opacité capsulaire se présente sous forme d'une tache blanche irrégulière sur la surface cristallinienne grise ou brunâtre et occupe habituellement le centre de la capsule antérieure correspondant à peu près à la pupille : c) le cristallin devient tremblotant. La rétraction de la cataracte trop mûre atteint non seulement le diamètre antéro-postérieur, mais encore le diamètre équatorial. A mesure que celui-ci diminue, la zonule de Zinn se distend, et à son tour elle subit une atrophie de ses fibres. Ce processus a pour conséquence de rendre la fixation du cristallin défectueuse, de façon qu'il tremblote quand l'œil se meut, *cataracte trémulante ou tremblotante*. Si la zonule se rompt partiellement ou totalement, il peut en résulter même une luxation spontanée du cristallin. — En raison de ces diverses transformations, l'opération de la cataracte trop mûre est souvent plus difficile, et elle donne des résultats un peu moins favorables que celle qui se pratique pendant le stade de maturité.

Puisque le diagnostic du stade de la cataracte, auquel l'opération peut être entreprise, est d'une grande importance pratique, nous allons résumer en quelques mots les signes distinctifs de chacun de ces stades.

1° Cataracte commençante : la chambre conserve sa profondeur normale ; entre les points opaques du cristallin s'en trouvent d'autres encore transparents ;

2° Cataracte intumescente : la chambre est moins profonde, l'iris projette encore le plus souvent une ombre sur le cristallin qui est blanc bleuâtre et qui donne un reflet chatoyant ; le dessin de l'étoile lenticulaire est très clair ;

3° Cataracte mûre : la chambre possède sa profondeur normale, l'iris ne projette plus d'ombre, le dessin de l'étoile cristallinienne est encore reconnaissable ;

4° Cataracte trop mûre : la chambre est très profonde, l'iris ne projette plus d'ombre, la surface du cristallin semble tout à fait homogène (par liquéfaction), ou bien elle présente des points et des taches irrégulières au lieu du dessin rayonnant de l'étoile cristallinienne.

Selon leur consistance, les cataractes totales se divisent en dures et en molles, — *cataractes dures et molles*. Cela se rapporte au noyau de la cataracte. Par conséquent, sous le nom de cataractes molles on comprend celles qui ne possèdent pas de noyau dur visible (fig. 76), tandis que l'on désigne sous le nom de cataractes dures, celles qui renferment un noyau dur, alors même que les couches corticales sont molles (fig. 75). En effet, le noyau ne participe pas habituellement à la formation de la cataracte, et conserve par conséquent sa consistance naturelle. C'est d'ailleurs principalement pour des raisons pratiques que l'on distingue les cataractes en molles et dures, car, pour pouvoir extraire la cataracte, il faut pratiquer une incision dont les dimensions soient avant tout réglées sur la grosseur du noyau. L'incision doit être suffisamment large pour que le noyau y passe aisément, sinon il pourrait arriver qu'on ne réussisse pas à l'extraire, ou bien on risquerait, en déployant trop d'effort, de contusionner les bords de la plaie. Quant à l'écorce molle, elle se détache du noyau au moment où il passe par l'incision, mais on peut ultérieurement l'expulser de l'œil par des mouvements de massage sur la cornée. Il est donc inutile d'en tenir compte pour mesurer l'incision. Il s'ensuit que dans la cataracte molle, on n'est pas obligé de pratiquer une grande incision (extraction linéaire simple), tandis que, dans la cataracte dure, elle doit être d'autant plus étendue que le noyau est plus volumineux.

Pour ces motifs, il est important, avant de procéder à l'opération, de diagnostiquer si la cataracte renferme ou non un noyau dur, et quel en est approximativement le volume. Dans ce but, il faut prendre en considération l'âge du malade et l'aspect de la cataracte. En ce qui concerne le premier facteur, la formation du noyau dans un cristallin sain, et par conséquent, aussi dans un cristallin cataracté, est en rapport direct avec l'âge. Ainsi les cataractes des enfants et des jeunes gens n'ont pas de noyau. Chez les personnes plus âgées, il est en général d'autant plus gros, qu'elles sont plus avancées en âge. Cependant, il est bon de ne pas oublier qu'il se présente des variations individuelles notables en ce qui concerne la grosseur du noyau. D'ailleurs, quand on examine la cataracte avec soin, il est possible de voir directement le noyau. On le reconnaît à l'éclairage latéral, à un reflet sombre émergeant de la profondeur du cristallin. On peut par là présumer le diamètre du noyau, tandis que de la couleur on peut déduire la consistance. Plus le noyau est foncé — rougeâtre ou brunâtre, — plus il est dur (et, le plus souvent, plus il est gros).

Il peut arriver même que la sclérose soit si avancée que, sauf un petit nombre de couches, le cristallin soit entièrement ou presque entièrement transformé en noyau. Dans ce cas, le cristallin est devenu une masse translucide, dure, d'un brun foncé. La pupille paraît noire, et ce n'est qu'après un examen plus attentif, notamment à l'aide de l'éclairage latéral, qu'on reconnaît qu'elle est en réalité d'un brun noirâtre. On désigne cet état sous le nom de *cataracte noire*. Ce n'est pas là une cataracte au vrai sens du mot, mais une transformation sénile très avancée du cristallin, une espèce de sclérose totale. De pareils cristallins sont toujours gros et durs, et, pour les extraire, il faut pratiquer une large incision.

L'ophtalmoscope montre souvent, comme signe précurseur d'une cataracte, une réfraction irrégulière des diverses parties du cristallin. Dans ce cas, on voit, lorsqu'on éclaire la pupille à l'ophtalmoscope, certains endroits donner une lumière rouge claire, tandis que, si l'on tourne légèrement le miroir, ils paraissent comme des ombres foncées sur le rouge pupillaire. Ils ressemblent à ces ondulations que l'on voit dans les verres défectueux. — Souvent le noyau du cristallin se fait remarquer par une réflexion particulièrement vive de la lumière, de sorte que, sans être vraiment trouble, il se voit, à l'examen ophtalmoscopique, sous forme d'un corps arrondi, d'un rouge foncé, au milieu de la pupille illuminée en rouge pâle. Ces yeux montrent déjà extérieurement un reflet sénil particulièrement intense ; la pupille semble si grise qu'on pourrait certainement admettre qu'il existe une cataracte commençante. Cependant on ne doit porter ce diagnostic que si l'ophtalmoscope fait voir de véritables opacités circonscrites dans le cristallin. Celles-ci affectent le plus souvent les formes suivantes :

1° Des *secteurs* opaques (rayons), qui paraissent d'un blanc grisâtre à la lumière incidente, noirs à la lumière réfléchie, et qui convergent avec leurs pointes vers le pôle du cristallin. Ils correspondent au groupement naturel des fibres cristalliniennes en secteurs. Tantôt ces secteurs sont larges, triangulaires, tantôt étroits et ne formant que de fins rayons. La forme de cataracte où le cristallin est traversé de très nombreuses lignes rayonnantes et fines, s'observe surtout dans les yeux myopes. — Les secteurs commencent à s'opacifier vers la périphérie, où, à l'ophtalmoscope, on peut les voir pendant longtemps avant que leur pointe ne se montre dans le champ pupillaire et ne gêne la vision ;

2° Une *opacité diffuse*, semblable à une *fumée*, occupe les parties centrales du cristallin. Elle se trouve dans les couches qui entourent immédiatement le noyau. Cette espèce d'opacité gêne la vue beaucoup plus tôt et beaucoup plus considérablement que les secteurs opaques, d'abord parce qu'elle occupe dès le début le champ pupillaire, ensuite parce qu'elle est diffuse et ne laisse aucun point du cristallin complètement libre ;

3° Il est excessivement fréquent que l'on trouve dans les yeux des vieillards un anneau opaque situé près de l'équateur du cristallin, et qui, à cause de la similitude d'aspect avec l'arc sénile de la cornée, a été désigné par *Ammon* sous le nom d'arc sénile du cristallin (*gerontoxon lentis*). Cette opacité se compose de deux anneaux troubles courant parallèlement, dont l'un siège un peu en avant, l'autre un peu en arrière du plan de l'équateur du cristallin. Il ne gêne nullement la vue, puisqu'il est tout à fait caché derrière l'iris et n'a que peu de tendance à s'étendre. — Le plus souvent, dans la cataracte sénile commençante on voit se succéder quelques-unes ou même toutes les formes d'opacités citées;

4° Chez les jeunes sujets, la cataracte débute souvent sous forme d'opacités irrégulières, tachetées ou nuageuses. Maintes fois, surtout si l'on combine l'emploi de la loupe et l'éclairage latéral, on voit les opacités affecter nettement la forme de petites gouttelettes. Cette forme se rencontre le plus souvent dans les cataractes des jeunes sujets et dans les cataractes compliquées.

Combien de temps faut-il avant qu'une cataracte arrive à maturité? Les *progrès* de la cataracte sont tantôt rapides, tantôt lents. Ils sont surtout lents dans la cataracte sénile qui reste souvent, pendant de longues années, dans un état presque invariable. Par conséquent, s'il arrive que l'on trouve, chez un patient déjà un peu âgé, les premiers débuts d'une cataracte, qui ne produit pas encore une gêne notable de la vue, il faut, dans l'intérêt du malade, ne pas l'effrayer en lui faisant part de l'état de son cristallin, puisqu'il peut jouir d'une vue suffisante peut-être encore pendant des années. Néanmoins, dans son propre intérêt, le médecin peut faire connaître l'état du malade aux membres de la famille. Parfois, la cataracte progresse par bonds, de façon qu'elle devient mûre en quelques mois ou même en quelques semaines, après être restée stationnaire pendant longtemps. Pour tous ces motifs, il est le plus souvent impossible de dire, d'une manière précise, au patient quand la cataracte sera mûre. Pour établir une estimation approximative, on peut s'en rapporter aux points suivants : plus le sujet est jeune, plus le développement de l'opacité cristallinienne est rapide. Les cataractes claires mûrissent plus vite que les foncées, et celles à rayons larges plus promptement que celles à rayons minces. La cataracte noire ne saurait jamais devenir complètement mûre dans le sens ordinaire du mot, puisqu'elle ne représente pas une véritable cataracte, mais une sclérose du cristallin, transformé en noyau dans sa totalité, et, par conséquent, conservant toujours un certain degré de transparence. Pour le public, le critérium de la maturité de la cataracte, c'est-à-dire du moment où il convient de l'opérer, se trouve dans le fait que l'œil n'est plus en état de compter les doigts. Ce critérium ne s'applique donc pas aux cataractes noires, qui ne deviennent jamais assez opaques pour que le patient soit mis dans l'impossibilité de distinguer de gros objets. Malgré cela, on peut opérer ces cataractes avec succès, parce que le cristallin est transformé en une masse dure, translucide et cornée qui se détache facilement de la capsule. — La rapidité de la maturation de la cataracte dépend également de son étiologie. Certaines cataractes, telles que les cataractes diabétiques, traumatiques et glaucomateuses, ainsi que les cataractes compliquées, notamment par suite d'un décollement rétinien, se distinguent par leurs progrès rapides. Une circonstance qui permet, du moins en ce qui concerne la cataracte sénile, de prédire le temps nécessaire pour sa maturation est celle où l'autre œil porte déjà une cataracte mûre dont le temps de développement est connu, car on peut prévoir que la marche en sera la même pour la cataracte des deux yeux.

L'intumescence de la cataracte en voie de maturation est produite par la tuméfaction des couches corticales. Il s'ensuit que l'intumescence est d'autant plus notable que la cataracte est plus molle, puisqu'alors il existe une grande quantité de substance corticale : au contraire, dans les cataractes foncées, dures, qui ne sont pour ainsi dire constituées que par un noyau, l'intumescence fait complètement défaut. Pour le même motif, on n'observe pas non plus, dans ce dernier cas, les symptômes habituels de l'hypermaturité. En effet, le cristallin corné, au lieu de subir un processus de dégénérescence progressif, reste invariable, ou ne présente tout au plus qu'un certain épaississement de sa capsule. — Par la combinaison de l'épaississement de la capsule cristallinienne avec des consistances de différent degré du cristallin lui-même, il se forme des espèces particulières de cataractes. Lorsqu'un cristallin liquéfié est renfermé dans une capsule épaissie et gonflée, on l'appelle *cataracte kystique*. Sous le nom de *cataracte aridisiliqueuse* on comprend une espèce de cataracte ratatinée dans une capsule épaissie qui a reçu son nom (cataracte en gousse sèche, en silique) de la similitude de son enveloppe avec un fruit à gousse desséché.

Par suite de la rétraction de la cataracte pendant le stade d'hypermaturité, la chambre antérieure s'approfondit tellement que l'iris, au lieu d'être bombé en avant sous forme d'un cône, devient plan. Si le cristallin diminue davantage encore, l'iris ne prendra une forme en entonnoir que dans le cas où il est entraîné en arrière par des adhérences de sa face postérieure à la capsule cristallinienne. Dans le cas contraire, l'iris reste tendu dans un plan, et comme le cristallin, se rétractant de plus en plus, s'en écarte toujours davantage, l'iris privé de son soutien devient tremblotant. Alors on voit un intervalle obscur entre l'iris et le cristallin, sur lequel l'iris projette de nouveau une ombre. Naturellement celle-ci ne doit pas être confondue avec celle que l'on observe dans la cataracte non mûre. On ne doit pas confondre non plus le liseré noir du bord pupillaire, qui se voit dans toute cataracte, avec l'ombre irienne. Ce rebord se distingue facilement par son aspect, ainsi que par le fait qu'il ne s'observe pas seulement du côté de la lumière, mais sur tout le pourtour de la pupille.

Au stade de l'hypermaturité, où les couches opaques deviennent, par résorption, plus minces, l'acuité visuelle s'élève un peu, au point que le patient peut, par exemple, voir de nouveau les doigts. Quelquefois même, chez les jeunes sujets, la vue peut devenir vraiment utilisable, lorsque la résorption est telle qu'il apparaît des points tout à fait transparents. Dans la cataracte sénile, où il existe un noyau dur, il est très rare d'observer un rétablissement spontané de l'acuité visuelle. Quand il se produit, voici comment les choses se passent.

a) Tantôt, en même temps que l'écorce, le noyau lui-même se résorbe exceptionnellement, à tel point qu'il ne persiste plus que des opacités peu denses ;

b) Tantôt, il se développe une cataracte morgagnienne, dont, ultérieurement, la partie liquide s'éclaircit. Alors la partie supérieure de la pupille est transparente et noire, tandis que, dans la partie inférieure, on peut voir le noyau brun. Ces cas ne sont pas tellement rares, mais autrefois on ne les avait pas bien reconnus. En effet, depuis que mon attention a été appelée sur eux, j'en ai vu six cas, qu'autrefois j'aurais probablement pris pour une cataracte rétractée et luxée en bas. Plus tard, d'ailleurs, la sérosité limpide, et même le noyau peuvent se résorber, et il ne reste plus qu'une mince membrane;

c) Tantôt il se produit une luxation spontanée du cristallin, de façon que la pupille devient de nouveau en partie ou en totalité noire.

L'opération de la cataracte trop mûre fournit des résultats un peu moins favorables que celle que l'on entreprend pendant la période de maturité. Les principaux désavantages de l'opération, pendant le stade de l'hypermaturité, sont les suivants : 1° prolapsus du corps vitré pendant l'opération, facilement provoqué par l'altération de la zonule; 2° persistance de la capsule épaissie et opaque. Comme la capsule ne peut pas disparaître par résorption ultérieure, ainsi que cela se voit pour les masses cristalliniennes, il s'ensuit qu'elle forme une cataracte secondaire permanente; 3° les produits de dégénérescence de la substance cristallinienne, notamment la cholestérine, peuvent, après l'ouverture de la cristalloïde, venir en contact direct avec l'iris, y provoquer une irritation et causer le développement d'une iritis. Ainsi, j'ai opéré un jour par discision une cataracte rétractée, qui, entre les deux feuillets de la capsule, ne contenait presque exclusivement qu'une grande masse de cristaux de cholestérine. Après l'ouverture de la capsule antérieure, les cristaux passèrent dans la chambre antérieure, où on les voyait nager dans l'humeur aqueuse sous forme de points brillants, et plus tard se déposer au fond comme une sorte d'hypopyon. Quoique l'opération eût été pratiquée sans la moindre lésion mécanique de l'iris, elle n'en fut pas moins suivie d'une iridocyclite grave, qui, suivant mon opinion, était le résultat d'une irritation de l'iris par la cholestérine.

Ce qui a été dit du noyau du cristallin et de sa manière d'être dans la cataracte ne s'applique pas à tous les cas; on rencontre des exceptions. En effet, on observe chez les enfants des cataractes où le cristallin, au lieu d'être mou, renferme un noyau dur, ou même présente, dans sa totalité, une consistance cireuse. D'autre part, on rencontre des cas de cataractes séniles sans noyau. Chez les adultes, le trouble peut exceptionnellement occuper le noyau et non l'écorce — *cataracte nucléaire.*

C. Étiologie de la cataracte

§ 91. 1° *Cataracte congénitale.* La cause de la cataracte congénitale réside soit dans un trouble de développement, soit dans une inflammation de l'œil pendant la vie intra-utérine. On y observe aussi bien des formes stationnaires partielles (surtout les cataractes polaires antérieures et postérieures) que des formes progressives. Les cataractes congénitales sont ordinairement bilatérales et souvent héréditaires. L'influence de l'hérédité se fait sentir non seulement pour les cataractes congénitales, mais encore pour les cataractes séniles. Il y a en effet des familles dont un grand nombre de membres (et cela le plus ordinairement de bonne heure) deviennent aveugles par suite de cataracte sénile;

2° *La cataracte sénile* est de loin la plus fréquente des formes de cataracte. Elle se rencontre très souvent chez les vieillards, cependant pas régulièrement, de façon qu'elle doit être considérée comme un processus pathologique et non comme une manifestation physiologique, un attribut de l'âge, tel que la décoloration des cheveux. D'ordinaire, la cataracte sénile apparaît vers l'âge de cinquante ans; cependant exceptionnellement on la voit se développer dès la quarantaine. Ce fait que la cataracte se trouve chez un individu âgé ne suffit pas pour autoriser le médecin à porter le diagnostic de cataracte sénile. Car un homme âgé peut aussi gagner une cataracte par suite d'un traumatisme, etc. Ainsi donc il faut s'assurer que ni l'œil, ni l'économie en général ne portent une affection qui explique le développement de la cataracte, de façon que la cause n'en puisse être rapportée qu'à l'âge du patient. Le cataracte sénile atteint toujours les deux yeux, mais rarement en même temps, de manière que, généralement, le développement de la cataracte de l'un des yeux précède celui de l'autre;

3° *Cataractes* par suite de *maladies générales*. La plus fréquente de cette espèce, c'est la cataracte diabétique. Elle se développe surtout dans le cas où l'urine contient une forte proportion de sucre et elle mûrit d'ordinaire rapidement. Elle est toujours bilatérale. Il faut y assimiler la cataracte périnucléaire, qui se développe dans le rachitisme ainsi que la cataracte néphritique;

4° *Cataracte traumatique.* Toutes les lésions traumatiques qui ouvrent la cristalloïde ont pour conséquence une opacité du cristallin. Lorsqu'on enlève de sa capsule un cristallin frais et transparent et qu'on le dépose dans l'eau, il s'en imbibe abondamment, se trouble, se tuméfie et finalement se fendille et s'exfolie. La même chose arrive sur le vivant, quand, après l'ouverture de la capsule par un traumatisme, la substance du cristallin est mise en contact immédiat avec l'humeur aqueuse et qu'elle s'en imbibe. Dans le cas où le traumatisme intéresse la capsule postérieure, c'est le corps vitré qui joue le rôle de l'humeur aqueuse.

L'ouverture de la capsule a lieu d'ordinaire par une lésion directe au moyen d'une piqûre ou d'une incision, par un corps étranger pénétrant, ou enfin quelquefois intentionnellement, par une opération (discision). Les contusions du globe oculaire peuvent aussi faire naître une opacifica-

tion du cristallin sans que, pour cela, l'œil doive être perforé. Dans un
grand nombre de ces cas, la contusion occasionnerait une rupture de la
capsule du cristallin probablement au niveau de son équateur. Cependant
il arrive qu'une simple commotion, sans ouverture de la capsule, peut
amener une opacité cristallinienne qui, dans ce cas, ne résulte pas d'une
imbibition par l'humeur aqueuse.

La cataracte se développe à la suite d'une blessure de la capsule, de la
façon suivante: déjà au bout de quelques heures, dans le voisinage de la
plaie capsulaire, on trouve le cristallin opacifié. Bientôt des fibres en voie
d'intumescence s'engagent dans l'ouverture de la capsule, et finissent par
s'avancer dans la chambre antérieure sous forme de flocons gris; plus
tard elles s'émiettent et tombent au fond de la chambre aqueuse. Il arrive
même que l'on trouve toute la chambre antérieure remplie de fragments
de cristallin gonflés et dégénérés. A mesure que les masses cristalliniennes qui se trouvent dans l'humeur aqueuse diminuent de volume et
finissent par disparaître par suite d'un travail de résorption, d'autres
flocons passent à travers la plaie capsulaire. En même temps, dans le
cristallin même, l'opacité prend tant d'extension que, d'ordinaire, au bout
de quelques jours, cet organe est entièrement opacifié. Dans les cas heureux, le cristallin peut disparaître complètement par résorption, de telle
sorte que la pupille redevienne de nouveau d'un noir pur, et que la guérison spontanée de la cataracte s'opère. Cependant dans la majorité des
cas la résorption s'arrête plus tôt parce que la plaie de la capsule se
referme. Dans ce cas, il reste, dans le sac capsulaire rétracté, des parties
cristalliniennes opaques, représentant une cataracte ratatinée, dont il faut
pratiquer l'opération si l'on veut rétablir la vision.

La cataracte traumatique suit une marche moins favorable, quand il s'y
joint de l'inflammation ou de l'hypertonie. L'*inflammation*, comme la cataracte elle-même, doit le plus souvent être considérée comme le résultat immédiat de la blessure, qui intéresse mécaniquement ou infecte les membranes
de l'œil (notamment l'uvée). L'opacification du cristallin et l'inflammation
— iridocyclite — se développent alors de pair. L'inflammation produit des
adhérences du cristallin opaque avec les parties voisines, notamment avec
l'iris et le corps ciliaire — cataracte adhérente, *cataracta accreta*, — ce
qui rend l'opération ultérieure de la cataracte plus difficile. Dans les cas
les plus graves, l'inflammation est si violente, que, par elle-même, elle
amène la perte de l'œil soit par panophtalmite, soit par iridocyclite plastique avec atrophie bulbaire. Le gonflement de la cataracte traumatique
peut facilement provoquer une légère inflammation de l'iris, due à la pression et à la traction que subit celui-ci. — L'intumescence de la cataracte
traumatique peut donner lieu au développement d'une *hypertonie*. Cet acci-

dent est peu dangereux lorsqu'il se produit sous l'œil vigilant du médecin,
parce qu'une intervention opportune suffit pour faire disparaître l'hypertonie (par la ponction de la cornée, par l'extraction du cristallin ou par
l'iridectomie). Néanmoins, si, dans ce cas, l'on néglige d'appliquer un
traitement approprié, généralement l'acuité visuelle se perd par excavation
du nerf optique ;

5° *Cataracte compliquée.* Sous ce nom, on comprend les cataractes qui
se développent à la suite d'autres affections du globe. Comme le cristallin
reçoit ses matériaux nutritifs des tissus voisins, l'on conçoit que, si ces
tissus sont malades, la transparence du cristallin doive s'en ressentir. Les
affections du globe qui amènent le plus fréquemment le développement
d'une cataracte sont :

a) Les inflammations violentes dans le segment antérieur, telles que les
suppurations cornéennes étendues (surtout des abcès) et l'iridocyclite ;

b) Les inflammations chroniques du segment postérieur, telles que la
choroïdite (notamment l'iridochoroïdite chronique), la myopie élevée, la
rétinite pigmentaire, le décollement rétinien ;

c) Le glaucome, dans le stade du glaucome absolu (cataracte glaucomateuse).

Le fait que l'on a affaire à une cataracte compliquée peut déjà être constaté par l'examen extérieur de l'œil, si la complication siège dans son
segment antérieur. Ainsi, l'on observe des modifications pathologiques à la
cornée ou à l'iris, ainsi que des adhérences entre ces organes et la cataracte. En revanche, lorsque les altérations qui ont amené l'opacité cristallinienne appartiennent aux parties profondes de l'œil, elles échappent à
l'observation directe. Mais, même dans ces cas, la cataracte trahit souvent
sa nature compliquée par son aspect particulier. Ainsi l'on trouve dans la
choroïdite et la rétinite pigmentaire une cataracte corticale antérieure et
postérieure en forme d'étoile (voir page 432). Si la cataracte est totale, elle
se distingue souvent par la liquéfaction et la calcification de ses éléments
ou l'épaississement de sa capsule, le changement de sa couleur en jaune ou
vert, le tremblotement du cristallin, etc. Lorsque rien n'indique extérieurement qu'on a affaire à une cataracte compliquée, l'on ne peut en établir
le diagnostic que par l'examen de la perception lumineuse, examen qu'il
ne faut négliger dans aucun cas. Cet examen démontrera que, souvent
dans la cataracte compliquée, la sensibilité lumineuse est défectueuse ou
complètement absente.

Pratiquement, il est important, au point de vue du pronostic et du traitement, de reconnaître si une cataracte est compliquée. Le pronostic est
moins favorable que dans la cataracte simple, non seulement parce que
l'opération est plus difficile à exécuter, mais aussi parce qu'elle n'a pas

d'aussi bons effets au point de vue de l'acuité visuelle. En outre, souvent, les cataractes compliquées réclament des méthodes opératoires spéciales. Enfin beaucoup de cataractes compliquées ne sont pas opérables.

C'est par exception que l'on découvre les *cataractes congénitales* immédiatement après la naissance; on ne s'en aperçoit généralement que lorsque l'enfant a quelques semaines ou quelques mois. En effet, les enfants nouveau-nés ont des pupilles très étroites, et, de plus, dormant beaucoup, ils tiennent les yeux fermés la plupart du temps, ce qui fait qu'on ne voit pas que les pupilles ne sont pas noires. Comme, d'autre part, des enfants de cet âge ne fixent pas encore, on ne s'aperçoit pas qu'ils sont aveugles.

Quant aux cataractes congénitales partielles, quand elle ne produisent pas une gêne sensible de la vue, elles ne se découvrent souvent qu'à un âge plus avancé, et quelquefois même elles restent ignorées pour toujours.

Parmi les cataractes congénitales, il y en a un grand nombre qui sont compliquées, comme il est facile de s'en convaincre par les altérations concomitantes que l'on remarque à l'iris, notamment des synéchies postérieures. Elles ont donc pour cause une iritis fœtale. Le moment de la formation de la cataracte doit, dans beaucoup de cas, être reculé assez loin dans la vie intra-utérine, puisqu'on voit quelquefois des enfants naître avec des cataractes rétractées. Celles-ci ont donc passé *in utero* par toutes les phases de leur évolution, jusqu'à la maturité et la rétraction consécutive inclusivement.

C'est en vain que jusqu'ici on a cherché à expliquer la *cataracte sénile*, par un trouble de la nutrition générale. Dans un certain nombre de cas, *Deutschmann* prétendit en voir la cause dans une albuminurie concomitante, tandis que *Michel* voulut la trouver dans une dégénérescence athéromateuse de la carotide. De grandes statistiques n'ont pas confirmé ces opinions. On a observé, il est vrai, que l'albuminurie aussi bien que l'athéromasie des gros vaisseaux sont, en général, très fréquentes chez les vieilles personnes, mais ces deux états pathologiques sont aussi fréquents chez les personnes qui n'ont pas de cataracte que chez celles qui en sont affectées. De même, il ne faut pas croire que la cataracte sénile se rencontre surtout chez les vieillards décrépits. Au contraire, on l'observe très souvent chez des personnes très robustes. D'autre part des individus qui ont été de bonne heure atteints de cataracte sénile (dans la quarantaine) ne portent pas pour cela plus tôt les signes de la vieillesse. Il paraît donc que l'opacité cristallinienne sénile doive être attribuée à des causes purement locales. Au moment où les couches internes du cristallin subissent la transformation nucléaire (sclérose), elles perdent un peu de leur volume. Dans les conditions normales, la rétraction s'opère si lentement et si graduellement que les couches corticales continuent à s'adapter exactement au volume du noyau rapetissé. Mais lorsque, par exception, la rétraction se produit plus rapidement ou irrégulièrement, les couches qui se trouvent entre le noyau et l'écorce peuvent se disjoindre et plus tard s'écarter. Il se développe donc de fines fentes dans lesquelles s'accumule de la sérosité. Plus tard, les fibres cristalliniennes avoisinantes elles-mêmes deviennent troubles et donnent ainsi lieu à l'opacification totale du cristallin (*Förster*).

Autrefois on croyait que la cause de la *cataracte diabétique* devait être cherchée dans la soustraction de l'eau. Ainsi, quand on place dans une solution de sucre (ou une solution de sel) un cristallin frais et transparent, dont la capsule est intacte, la solution, avide d'eau, la soustrait à la lentille, qui par conséquent s'opacifie. Si alors on place le cristallin de nouveau dans de l'eau pure, il redevient clair. On peut faire la même expérience sur les animaux vivants. Quand, dans les vaisseaux d'une grenouille, on remplace le sang par une solution de sucre ou de sel, les cristallins de l'animal s'opacifient. Si, ensuite, on replace la grenouille dans l'eau, les cristallins s'éclaircissent de nouveau. Se basant sur ces expériences, on admit que, dans le diabète, les liquides de l'œil, notamment l'humeur aqueuse, contenant une certaine quantité de sucre, soustraient de l'eau au cristallin qui par conséquent s'opacifie. Cette opinion paraissait confirmée par le fait que la cataracte diabétique se développe le plus souvent lorsque la proportion de sucre dans les urines est très élevée. Cependant des analyses récentes de l'humeur aqueuse de diabétiques ont démontré que la quantité de sucre qu'elle contient est peu notable, beaucoup plus petite que celle qui était nécessaire pour provoquer expérimentalement l'opacification du cristallin. Il s'ensuit que, si l'on ne peut pas nier qu'une des causes de la cataracte diabétique se trouve dans les modifications de composition des liquides de l'œil, il n'en est pas moins certain que ce serait une erreur de se représenter l'action de cette cause comme consistant uniquement dans la soustraction de l'eau ; il faut songer en outre à des troubles nutritifs plus compliqués, encore peu connus jusqu'ici. Chez les diabétiques, on trouve souvent la couche de pigment rétinien de l'iris fortement œdématiée, même lorsque l'iris ne manifestait sur le vivant aucun signe d'inflammation (*Kamocki*). Cette altération, n'ayant été rencontrée que dans le diabète, doit lui être rapportée et peut s'expliquer peut-être par l'action de l'humeur aqueuse altérée sur le pigment rétinien de l'iris. De la même façon l'humeur aqueuse pourrait influencer la nutrition de l'épithélium de la cristalloïde antérieure et causer ainsi le trouble du cristallin. Mais une cataracte qui dépend vraiment d'une perte d'eau serait celle qui se déclare dans le dernier stade du choléra.

Le pronostic de la cataracte diabétique, en ce qui concerne l'opération, est moins favorable que celui de la cataracte sénile, parce que, chez les diabétiques, les plaies montrent moins de tendance à se cicatriser et que, d'ailleurs, le diabète prédispose à l'iritis. Pour ce motif, quand on a à opérer une cataracte diabétique, on retarde l'opération jusqu'à ce que, par un traitement approprié, la proportion de sucre contenu dans l'urine soit réduite à son minimum. — Dans certaines cataractes diabétiques, qui n'étaient pas encore très avancées, on a plusieurs fois observé une régression partielle des opacités, après un traitement du diabète, couronné de succès (Carlsbad). Ces cataractes sont donc les seules qui — assurément dans des cas exceptionnels — puissent s'améliorer sous l'influence d'un traitement médical.

Un exemple intéressant d'opacification du cristallin par suite du changement de composition des liquides nutritifs est la cataracte naphtalinique. Cette cataracte se développe quand on fait prendre de la naphtaline à un lapin. Alors il survient en premier lieu de la rétinite avec des opacités du corps vitré, et plus tard une cataracte (*Bouchard*). D'autres cas de cataracte consécutifs à l'ingestion de poison sont ceux qui accompagnent l'ergotisme, la raphanie et la pellagre. Dans ces affections, il se produit des crampes, et l'on peut se demander si la cataracte n'est peut être pas liée à elles. Il est de fait que souvent on observe la cataracte après des convulsions de diverse nature, dans lesquelles rentrent les convulsions de l'épilepsie, de l'hystérie, de l'éclampsie et de la tétanie. De même les enfants, porteurs de cataractes zonulaires, ont presque tous souffert de convulsions. Le rapport étiologique entre les convulsions et la cataracte n'est pas encore élucidé. — La cataracte qu'on observe à la suite d'un coup de foudre doit être attribuée tantôt à l'ébranlement, tantôt au développement de chaleur, tantôt enfin à l'action chimique (électrolytique) de l'étincelle électrique. D'après les recherches de *Hess*, chez les animaux, les secousses électriques amènent la nécrose des cellules de l'épithélium capsulaire, ce qui doit être la cause de la formation de la cataracte.

En règle générale, dans la *cataracte traumatique*, l'opacification s'étend rapidement du point blessé de la capsule au reste du cristallin, pour finir par envahir totalement celui-ci. Exceptionnellement, on observe cependant des cas où l'opacité cristallinienne reste partielle, et même où elle disparaît complètement. Pour que cela arrive, il faut que la plaie capsulaire soit très petite, afin qu'elle puisse se refermer promptement et que l'humeur aqueuse n'atteigne pas les fibres cristalliniennes. Sous ce rapport les plaies capsulaires qui se trouvent derrière l'iris sont les plus favorables, parce que, par l'adhérence de celui-ci avec la plaie, celle-ci se ferme promptement. Dans ces cas, il peut se faire qu'il ne persiste une opacité circonscrite qu'à l'endroit de la blessure, ou, si le corps étranger a perforé le cristallin, le long du canal de la blessure. Par un travail de résorption des parties troubles, l'opacité elle-même peut en partie s'éclaircir. Enfin, à la suite d'un traumatisme, on observe quelquefois le développement d : cataractes corticales antérieures ou postérieures en forme d'étoile, qui restent également stationnaires, ou subissent un travail de régression (voir page 434).

D. Traitement de la cataracte

§ 92. Tout traitement médical est impuissant à combattre l'opacité cristallinienne. Pour les cas où l'opacité occupe surtout le champ pupillaire, on peut, par l'emploi de l'atropine, obtenir une amélioration de l'acuité visuelle. En effet, par suite de la dilatation de la pupille, les parties périphériques encore transparentes du cristallin peuvent être utilisées pour la vue. Les remèdes vulgaires et les remèdes merveilleux, qui passent pour guérir la cataracte, contiennent, pour la plupart, de la belladone et agissent favorablement sur l'acuité visuelle de la manière que nous venons d'expliquer. Cependant l'amélioration ainsi obtenue n'est que passagère, puisqu'elle

disparaît dès que, par les progrès de la cataracte, les couches périphériques
sont aussi envahies par l'opacité. La cataracte ne peut donc se guérir que
par une opération. Mais pour cela, la condition absolue, c'est que les parties qui doivent percevoir l'impression lumineuse (rétine et nerf optique)
soient intactes. C'est ce dont on doit s'assurer par un examen attentif de
la perception lumineuse (voir § 155).

Les opérations que l'on peut pratiquer sont la discision et l'extraction
de la cataracte. La discision convient à la cataracte des individus jeunes,
qui ne contient pas encore de noyau solide. On peut la pratiquer à tous
les stades du développement de la cataracte, par conséquent aussi pour les
opacités cristalliniennes partielles. La discision est encore indiquée dans
les cataractes membraneuses, non pas dans le dessein d'en obtenir la
résorption, ce qui serait impossible, mais pour y percer une ouverture
(dilacération). Les indications de l'extraction de la cataracte seront exposées à propos de la description des divers procédés opératoires (§ 160 et 161).
On ne doit entreprendre cette opération, si les circonstances le permettent,
qu'à l'époque de la maturité de la cataracte. Lorsqu'on la pratique avant
ce temps, des couches corticales transparentes restent adhérentes à la
cristalloïde, s'opacifient plus tard et produisent une cataracte secondaire.
Pour accélérer la maturation de la cataracte, on a préconisé divers procédés dont le plus usité est celui de *Förster* (iridectomie avec massage du
cristallin, § 156).

Les cataractes congénitales et celles qui se développent pendant l'enfance seront opérées aussi tôt que possible. Ainsi, les enfants âgés de
quelques semaines peuvent être opérés avec succès par la discision. Si
l'on n'opérait pas la cataracte, la rétine serait arrêtée dans son développement, et il se produirait de l'amblyopie par anopsie. Il s'en suit que l'efficacité, en ce qui concerne l'acuité visuelle, d'une opération entreprise plus
tard est relativement petite.

Dans la cataracte traumatique, l'on doit surtout se préoccuper de combattre l'inflammation qui suit d'ordinaire le traumatisme. Pour prévenir
l'explosion de l'inflammation, ainsi que le gonflement trop considérable
du cristallin, on se trouve bien d'appliquer des compresses glacées. On
n'extraira le cristallin opacifié que s'il produit, par un gonflement exagéré, une inflammation ou une augmentation de la pression. Dans le cas
contraire, il vaut mieux remettre l'opération à plus tard pour ne pas augmenter les symptômes inflammatoires qui existent déjà ou pour ne pas les
rallumer. Lorsque l'on attend longtemps avant d'intervenir, souvent une
grande partie de la cataracte se résorbe spontanément, et alors, au lieu
d'être obligé d'en faire l'extraction, on peut se contenter d'une opération
plus simple, de la discision. — De même, dans la cataracte compliquée,

qui est accompagnée de symptômes inflammatoires, il faut attendre, avant
d'opérer, que l'inflammation soit calmée, s'il n'y a aucune indication pres-
sante qui oblige à y procéder plus tôt.

L'œil opéré de la cataracte, par suite de la perte de son cristallin —
aphakie — devient très hypermétrope et perd son pouvoir accommodateur,
de telle sorte qu'il ne peut voir distinctement qu'à l'aide de verres convexes appropriés.

Faut-il opérer un œil porteur d'une cataracte mûre, lorsque l'acuité visuelle
de l'autre est encore suffisante? Naturellement oui, au cas où, dans le second
œil, on observe déjà les signes d'une cataracte au début. Pour répondre à la
question de savoir si l'on doit également opérer, alors que le second œil est
encore parfaitement sain et ne fait pas prévoir qu'il aura la cataracte à son tour,
il faut se demander quels sont les avantages que le patient est en droit d'attendre
si l'on opère la cataracte d'un côté. Ainsi, comment se comporte la vision binoculaire, chez une personne dont l'un des yeux possède un cristallin, tandis que
l'autre en est privé ? Dans ce cas, il y a une très grande différence de réfraction
entre les deux yeux, c'est-à-dire un haut degré d'anisométropie. On peut, il est
vrai, voir simple avec les deux yeux, cependant les images ne seront jamais, en
même temps dans les deux yeux, nettes et distinctes. L'idée, qui vient naturellement à l'esprit, que l'on pourra corriger l'œil privé de son cristallin par des
verres convexes appropriés et rendre ainsi les deux yeux égaux, est pratiquement irréalisable (voir § 149). Mais, bien que le patient ne soit pas en état d'utiliser l'œil opéré de la cataracte, de façon à percevoir, en même temps que par
l'œil non opéré, des images nettes, il n'en résulte pas moins pour lui l'avantage
de posséder un champ visuel plus étendu. Chez les borgnes, le champ visuel est
limité d'un côté par le nez, tandis que celui qui peut faire usage de ses deux
yeux, jouit d'un champ visuel binoculaire, qui s'étend très loin des deux côtés.
En outre, l'œil opéré de la cataracte, alors même qu'il ne porte jamais de verre
convexe convenable, conserve toujours ses propriétés fonctionnelles de façon
qu'il peut aussitôt remplacer l'autre œil, dans le cas où ce dernier deviendrait
inutilisable ; l'œil opéré constitue donc une réserve pour l'avenir. Au contraire,
si l'on abandonnait la cataracte pour ne l'opérer que lorsque la cataracte de
l'autre œil aurait fait quelque progrès, il se pourrait que la cataracte fût entrée
dans son stade d'hypermaturité et qu'il fallût alors opérer dans des conditions
moins favorables. On opère parfois la cataracte même à un œil qui a perdu toute
sensibilité lumineuse et qui ne peut donc recouvrer la vue, uniquement dans un
but esthétique, afin de rendre à la pupille sa couleur noire naturelle.

Historique. La cataracte était déjà bien connue des anciens médecins grecs et
romains. En raison de l'aspect gris de la pupille, ils la désignaient sous le nom
de glaucome, mot, par conséquent, dont la signification a changé dans le cours
des temps. Les anciens connaissaient aussi l'opération de la cataracte, qu'ils pratiquaient au moyen d'une aiguille par laquelle ils faisaient descendre le cristallin dans le corps vitré (dépression de la cataracte). Malgré cela, ils avaient une

conception erronée de la nature de l'affection, puisqu'ils plaçaient l'opacité non
dans le cristallin, mais au-devant de lui. Cette erreur résultait de l'opinion
qu'ils avaient touchant les fonctions du cristallin. Ce corps, limpide comme le
cristal, qui frappe le regard quand on ouvre un œil, était considéré par les
anciens comme le siège de la vision, comme l'organe de la perception lumineuse, c'est-à-dire notre rétine d'aujourd'hui. D'après cette conception, la
perte du cristallin devait nécessairement entraîner la cécité complète. Or,
puisque les anciens savaient que par l'opération de la cataracte, l'opacité de la
pupille disparaît, tandis que l'acuité visuelle au lieu de se perdre se rétablit, ils
ne pouvaient logiquement placer l'opacité dans le cristallin même. Ils croyaient
donc que l'opacité, qu'ils abaissaient dans le corps vitré, était située devant le
cristallin. Ils pensaient qu'elle était produite par un épanchement entre l'iris et
le cristallin, et c'est pour ce motif qu'ils désignaient la cataracte sous le nom de
hypochyma (ὑπό et χέω, je verse) ou *suffusio*, submersion. Comme on s'imaginait
que la sérosité trouble descendait d'en haut devant le cristallin, on lui donna
au moyen âge le nom de cataracte (chute d'eau), qui est encore en usage aujour-
d'hui. Le mot allemand *staar* est également très vieux ; l'expression se rencontre déjà au VIIIᵉ siècle : *staraptint* (c'est-à-dire *staarblind*). Il comporte donc
la même signification que le mot allemand *staar*, c'est-à-dire yeux fixes, parce
que, ne voyant plus les objets, ils n'en suivent plus les mouvements. La cataracte est désignée sous le nom de *grauer staar* (cataracte grise), en raison de la
coloration grise de la pupille, pour la distinguer de *schwarzer staar* (cat. noire),
c'est-à-dire des cécités dans lesquelles la pupille reste noire (amauroses qui
dépendent d'affections du fond de l'œil). Le glaucome s'appelait *grüner staar*
(cataracte verte).

La connaissance exacte de la nature de la cataracte ne date que du commencement du siècle passé. Sans doute, déjà avant cette époque, quelques savants
tels que *Mariotte* et *Boerhave* avaient reconnu le véritable siège de l'opacité sans
que leur opinion eût été admise. En 1705, un médecin militaire français, *Brisseau*,
eut l'occasion d'autopsier le cadavre d'un soldat affecté de cataracte mûre à l'un
des yeux. *Brisseau* pratiqua sur le cadavre l'abaissement de la cataracte, puis
ouvrit l'œil, et il trouva que l'opacité, qu'il avait fait descendre dans le corps
vitré, était le cristallin lui-même. Il présenta son observation ainsi que les
conséquences qui en découlaient à l'Académie de France, mais on refusa d'y
croire. L'Académie lui objecta la doctrine de *Galien*, pour lui prouver son erreur.
Ce ne fut que trois ans plus tard, quand on avait pu réunir d'autres preuves, que
l'Académie adopta la nouvelle doctrine qui, dès lors, obtint l'adhésion générale.

II. — Déplacements du cristallin

§ 93. La cause anatomique constante des déplacements du cristallin se
trouve dans les altérations de la zonule de Zinn. Dans les yeux normaux,
ce ligament est très tendu et maintient si solidement le cristallin que
celui-ci reste immobile même à l'occasion des mouvements les plus violents

de la tête. Il s'ensuit que tout tremblotement, et à plus forte raison tout glissement du cristallin de sa position normale, présuppose une fixation moins solide. Cet état peut avoir pour cause soit l'allongement et un relâchement correspondant des fibres de la zonule, soit leur déchirure ou leur destruction complète. Les altérations de cette nature concernent ou bien quelques fibres seulement, ou bien tout le cercle des fibres de la zonule.

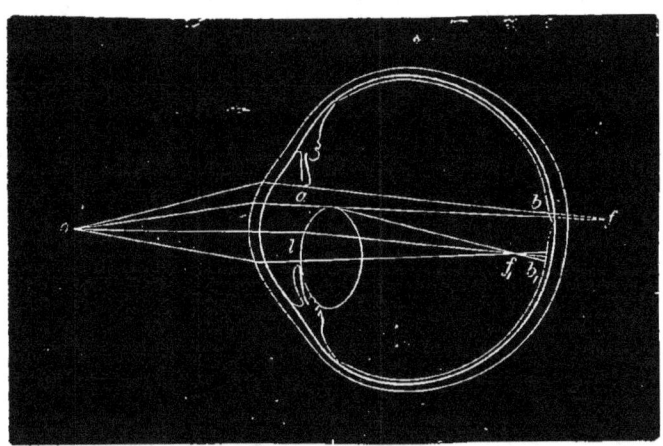

Fig. 105. — *Subluxation du cristallin.* Schéma. — Le cristallin s'étant déplacé vers le bas, son bord supérieur est visible dans la pupille. Par suite du relâchement de la zonule, il est très bombé et est en contact par son bord inférieur avec les procès ciliaires : il repousse aussi l'iris en avant dans sa moitié inférieure. Dans la moitié supérieure, la chambre antérieure est d'une profondeur anormale à cause du recul de l'iris. Du cône de rayons lumineux émis par le point o, une partie passe par la portion *a* de la pupille privée de cristallin ; ces rayons, en raison de l'absence du cristallin, sont trop peu réfractés, de sorte qu'ils vont se réunir derrière la rétine, en *f*, et forment sur la rétine un cercle de diffusion *b*. L'autre partie des rayons lumineux passe par la région de la pupille *l* qui possède encore le cristallin et subit, du fait de la trop grande convexité du cristallin, une réfraction exagérée, qui amène la réunion des rayons en f_1 en avant de la rétine, et la production sur celle-ci d'un cercle de diffusion b_1. Celui-ci se place sur la rétine en dessous de la fovea centralis (et du cercle de diffusion *b*), parce que tous les rayons qui traversent le cristallin subissent une déviation vers le bas à cause de l'effet prismatique du cristallin. De cette façon se forment deux images du point o sur la rétine (diplopie monoculaire).

Les *symptômes objectifs* des déplacements du cristallin sont différents suivant leur étendue. Si le déplacement est peu notable, on dit qu'il y a *subluxation* ; si le cristallin a complètement abandonné la fossette patellaire qui est son siège normal, on parle de *luxation*.

a) La *subluxation* peut consister dans le déplacement oblique du cristallin, de façon qu'un de ses bords est refoulé un peu en avant, tandis que son bord opposé regarde légèrement en arrière. On reconnaît ce déplacement à la profondeur inégale de la chambre antérieure. Une seconde forme de subluxation se produit lorsque le cristallin se déplace latéralement, de manière à ne plus occuper le centre de la dépression hémisphérique. Dans ce cas encore, la profondeur de la chambre antérieure n'est pas partout la même. Si, par exemple, le cristallin était un peu descendu, on trou-

verait la chambre antérieure en haut un peu plus profonde qu'en bas
(fig. 103). De plus, lorsque la pupille est dilatée (et sans dilatation si le
déplacement est notable), on peut voir le bord du cristallin. Dans l'exemple
choisi plus haut d'une descente du cristallin, on le verrait situé transversalement dans la pupille sous forme d'un arc convexe en haut. La partie
de la pupille privée de cristallin située en haut (fig. 103, *a*) serait absolument
noire ; la partie inférieure, au contraire, celle qui contient une partie du
cristallin (*b*), est légèrement grise. Cela tient à ce que le cristallin, même le
plus transparent, réfléchit toujours un peu de lumière. Il s'ensuit qu'en fait
la pupille n'est pas absolument noire, mais très faiblement grise ; ce dont
on peut se convaincre en observant une pupille dont une partie est privée
de cristallin, par déplacement de cet organe ; alors cette partie prend une
teinte d'un noir pur.

Dans les deux cas, aussi bien dans le déplacement oblique que dans le
déplacement latéral du cristallin, qui d'ailleurs se combinent souvent, le
cristallin et avec lui l'iris (iridonésis) n'étant plus suffisamment fixés,
tremblotent sous l'influence des mouvements de la tête ;

b) La *luxation* du cristallin consiste en ce qu'abandonnant entièrement
la fossa patellaris, il tombe soit dans la chambre antérieure, soit dans le
corps vitré.

Lorsque le cristallin est luxé dans la chambre antérieure, on le reconnaît aisément à sa forme. Alors il est plus convexe qu'à l'état normal parce
qu'il n'est plus aplati par la tension de la zonule. Le cristallin acquiert
alors le maximun de sa convexité, absolument comme dans les plus grands
efforts d'accommodation. Lorsque le cristallin est transparent, son bord a
l'aspect d'un cercle d'un éclat doré ; il se présente comme une grosse
goutte d'huile qui se serait déposée dans la chambre antérieure. Celle-ci
est plus profonde, surtout dans sa moitié inférieure, où l'iris est refoulé en
arrière par le cristallin.

La luxation du cristallin dans le corps vitré s'observe plus souvent que
sa luxation dans la chambre antérieure. Dans ce cas, la chambre est devenue
plus profonde par le recul de l'iris, lequel tremblote. La pupille est d'un
noir pur. Quant au cristallin lui-même, lorsqu'il est opaque, on peut quelquefois le reconnaître déjà à l'œil nu dans la profondeur de l'œil. Le plus
souvent cependant, il faut se servir de l'ophtalmoscope pour le trouver.
Alors, ou bien il est fixé par des exsudats à un endroit du fond de l'œil,
ou bien il nage librement dans le corps vitré, — *cataracta natans*.

Tout déplacement du cristallin entraîne une notable *gêne de la vue*. Le
cristallin se trouve-t-il encore dans le champ pupillaire, l'œil devient très
myope, parce que, par suite du relâchement de la zonule, le cristallin prend
sa plus grande convexité. En outre, s'y ajoute un degré considérable d'as-

tigmatisme produit parce que le cristallin, obliquement placé ou latéralement déplacé, réfracte la lumière inégalement dans ses différents méridiens (astigmatisme régulier) ; la force réfringente peut même être différente dans les diverses sections d'un même méridien (astigmatisme irrégulier). L'astigmatisme acquiert son plus haut degré quand le cristallin est suffisamment déplacé pour que le bord en devienne visible dans la pupille, de façon que cette ouverture présente une partie pourvue d'un cristallin et une autre qui n'en possède pas. Dans un pareil cas, il existe également de la diplopie monoculaire. Alors les parties marginales du cristallin agissent comme un prisme dont l'arête correspond à l'équateur du cristallin. C'est ainsi que les rayons qui traversent le cristallin prennent une autre direction, ce qui fait qu'un seul objet (fig. 105,o) projette deux images (b et b^1) sur la rétine. Aucune des deux n'est bien nette. En effet, l'image (b), produite par les rayons qui traversent la partie de la pupille privée de cristallin, correspond à un œil fortement hypermétrope et exigerait une lentille convexe pour être vue nettement. Au contraire, l'image qui appartient à la partie de la pupille munie d'une lentille (b_1) est celle d'un œil myope et aurait besoin d'une lentille concave pour devenir nette. — En outre, la vue peut être gênée parce que la lentille luxée s'opacifie.

Lorsque le cristallin est luxé dans le corps vitré, l'œil fonctionne comme celui qui est privé de cristallin, et, s'il n'est pas atteint d'autres complications, on peut convenablement corriger la vue par des verres convexes. Par l'ancienne méthode opératoire de la cataracte par dépression, il s'agissait en fait de produire une luxation intentionnelle du cristallin dans le corps vitré.

D'ordinaire les déplacements du cristallin entraînent des *suites* qui peuvent être hautement préjudiciables à l'œil. Ainsi, avec le temps, les subluxations se transforment en luxations, à la suite de la destruction graduelle de la zonule constamment tiraillée par le cristallin tremblotant. Tandis que les cristallins subluxés restent souvent pendant longtemps transparents, d'ordinaire ceux qui ont subi une luxation complète s'opacifient promptement. D'ailleurs, il arrive souvent que des cristallins soient déjà opaques antérieurement, comme c'est fréquemment le cas pour les luxations spontanées. Les complications les plus fâcheuses sont celles qui résultent de la participation de l'uvée. L'uvée s'irrite par suite de la compression et des chocs que lui fait subir le cristallin luxé, à tel point qu'il se développe une iridocyclite qui peut même donner lieu à une affection sympathique de l'autre œil. Une manifestation très fréquente aussi, qui accompagne la luxation du cristallin, est l'hypertonie (glaucome secondaire). La luxation du cristallin dans la chambre antérieure est, de toutes, la plus dangereuse. Dans ce cas, la cornée s'opacifie dans toute l'étendue où sa surface postérieure est en contact avec le cristallin, et le plus souvent l'œil se perd promptement par suite d'une iridocyclite ou par hypertonie. Au contraire, la luxation la mieux supportée est celle qui a lieu dans le corps vitré, surtout quand, par le temps, le cristallin se réduit par résorption. Lorsqu'on pratiquait l'abaissement de la cataracte, on comptait aussi sur la tolérance de l'œil à supporter, dans le corps vitré, un cristallin abaissé.

Au point de vue *étiologique*, on distingue les déplacements cristalliniens en congénitaux et acquis :

a) Les luxations *congénitales* consistent en un déplacement latéral (subluxation) du cristallin que l'on désigne sous le nom d'*ectopie du cristallin*. Ce déplacement résulte de ce que la zonule ne présente pas la même largeur de tous les côtés. Le plus souvent, l'on trouve le cristallin déplacé en haut parce que les fibres de la zonule sont les plus courtes en haut, les plus longues en bas. Dans ce cas, le volume du cristallin est aussi quelquefois un peu plus petit. D'ordinaire, l'ectopie augmente plus tard et peut se transformer définitivement en luxation complète. L'ectopie est habituellement bilatérale et symétrique ; très souvent elle est héréditaire.

b) Les luxations *acquises* du cristallin sont traumatiques ou spontanées. Les luxations *traumatiques* se montrent principalement à la suite d'une contusion du globe (pour le mécanisme de la luxation, voir page 333). Toutes les formes de luxation et de subluxation se produisent ainsi, suivant que la zonule est rompue dans sa totalité ou simplement déchirée en certains points. Lorsque les enveloppes oculaires sont rompues, le cristallin entier peut même être expulsé de l'œil. Dans un sens plus large du mot, on peut aussi compter au nombre des luxations traumatiques celles qui se produisent à la suite de la perforation subite d'un ulcère de la cornée ; si la perforation est assez grande, le cristallin peut être entraîné au dehors. Les luxations *spontanées* ont leur cause dans le ramollissement et le détachement graduels de la zonule. Alors le cristallin, obéissant à la pesanteur, descend lentement de plus en plus et finit par tomber entièrement dans le corps vitré. L'atrophie de la zonule se développe par suite de la liquéfaction du corps vitré, particulièrement dans la myopie élevée, la choroïdite et le décollement de la rétine. La rétraction d'une cataracte trop mûre, elle aussi, est en état d'exercer une traction sur la zonule, d'en provoquer l'atrophie et de donner ainsi lieu à une luxation spontanée du cristallin. De cette manière, l'acuité visuelle abolie par la cataracte peut être rétablie sans opération. Si la zonule est déjà atrophiée par n'importe quelle cause, la luxation se produira souvent à l'occasion du traumatisme le plus insignifiant ; il suffira de se baisser ou d'éternuer, etc.

Dans les cas où la luxation du cristallin, en dehors des troubles visuels, n'entraîne aucune autre suite funeste, le *traitement* de cette affection consiste dans la prescription de verres appropriés. — Mais dans les cas où le déplacement cristallinien donne lieu aux symptômes de l'iridocyclite ou du glaucome secondaire, il faut procéder à l'extraction de la lentille, quand c'est possible. Cette extraction réussit le mieux, quand le cristallin est luxé dans la chambre antérieure, et, dans ce cas, elle est absolument indispensable, sinon l'œil est perdu. Dans la subluxation, l'extraction du cristallin est souvent difficile, ou tout à fait impossible, parce que l'état défectueux de la zonule expose à un prolapsus du corps vitré. L'extraction d'un cristallin nageant dans le corps vitré est inexécutable. Dans les cas où l'extraction du cristallin est difficile ou impossible, on peut chercher à combattre l'inflammation ou l'hypertonie par une iridectomie. Lorsqu'un œil déjà aveugle par le fait de la luxation du cristallin devient le siège d'une inflammation ou de douleurs, alors l'énucléation constitue le meilleur moyen de les combattre et de prévenir le danger du développement d'une affection sympathique de l'autre œil.

Un cristallin luxé et transparent présente un aspect différent suivant qu'on l'observe à la lumière incidente ou réfléchie. A la lumière incidente, il paraît d'un gris tendre, à bord d'un éclat doré, presque lumineux. Cela tient à ce que les rayons qui ont pénétré dans le cristallin subissent une réflexion totale dans le voisinage de son équateur. Là, les rayons passant d'un milieu plus dense (cristallin) dans un milieu moins dense (corps vitré), s'éloignent de la normale. Mais, comme au niveau du bord du cristallin, ils tombent très obliquement sur la face postérieure de cette lentille, ils y subissent la réflexion totale. De cette manière, les rayons ne continuent pas leur cours dans l'intérieur de l'œil, mais ils retournent à l'observateur, qui voit ainsi le bord du cristallin illuminé.

A la lumière réfléchie — à l'examen ophtalmoscopique — le bord du cristallin paraît noir. Parmi les rayons lumineux qui sont renvoyés par le fond de l'œil, ceux qui traversent le cristallin dans le voisinage de son bord subissent, du fait de son action prismatique puissante, une telle déviation vers l'autre côté qu'ils ne tombent pas dans l'œil de l'observateur, si celui-ci se tient directement en face du sujet. Le bord du cristallin paraît donc obscur à l'observateur. Mais que celui-ci se reporte lentement vers le bord cristallinien de l'autre côté, et il trouvera enfin l'endroit où se sont dirigés les rayons qui ont traversé la région équatoriale ; là il verra cette région d'un rouge luisant, tandis que le reste du cristallin apparaît obscur (*Dimmer*). — Dans l'examen à l'image renversée, on peut souvent, dans le cas de déplacement du cristallin, voir deux images de certaines parties du fond de l'œil, par exemple de la papille. Cela est dû à la même cause pour laquelle l'œil malade voit double les objets extérieurs.

Quand le cristallin est tombé dans la chambre antérieure, il provoque en irritant l'iris un spasme du sphincter pupillaire. En raison de ce fait, la pupille se rétrécit, de façon à couper le chemin de retour au cristallin dans la chambre postérieure. Par suite du spasme iridien, il peut se faire aussi qu'au moment où le cristallin passe dans la pupille il y soit saisi et arrêté. Alors le cristallin est enclavé dans l'ouverture pupillaire, ce qui provoque aussitôt de violents phénomènes irritatifs. — Il se rencontre aussi des cas où le cristallin repasse facilement à travers la pupille de façon qu'on le trouve tantôt devant, tantôt derrière l'iris. Quelquefois même, le patient peut provoquer ces déplacements à volonté. Le cristallin entre dans la chambre antérieure quand, penchant la tête en avant, le sujet la secoue, tandis que, pour le faire rentrer derrière l'iris, il n'a qu'à se mettre sur le dos. Il va sans dire qu'il s'agit toujours alors de cristallins à diamètre réduit, qui passent aisément par la pupille. Dans beaucoup de cas, des cristallins aussi mobiles restent encore fixés à la zonule, qui est alors très étirée. Si l'on avait à extraire un cristallin de cette espèce, il faudrait d'abord l'amener dans la chambre antérieure par les manœuvres appropriées. Ensuite, on instillerait un miotique qui, rétrécissant la pupille, emprisonnerait le cristallin dans la chambre antérieure ; alors l'extraction d'ordinaire en est très facile. D'ailleurs, des cristallins capables d'exécuter d'aussi grands mouvements ne s'observent que très exceptionnellement. En effet, les cristallins luxés dans la chambre antérieure y restent généralement, et, par suite de la violente inflammation qu'ils provoquent, s'y fixent à la cornée et à l'iris par des exsudats.

Le trouble visuel qui accompagne la subluxation du cristallin peut être corrigé par des verres, pour autant qu'il consiste en de la myopie ou de l'astigmatisme régulier ; il n'en est pas de même dès qu'il est constitué par de l'astigmatisme irrégulier. — Lorsque le déplacement du cristallin est tel qu'une partie de la pupille en est privée, alors on a le choix ou de corriger la partie privée de cristallin par un verre convexe, ou bien de corriger la partie pourvue de cristallin par un verre concave. On conseille au patient les verres qui lui donnent la meilleure acuité visuelle. Quelquefois, pour fournir une meilleure correction, il est indiqué d'agrandir par une iridectomie la partie de la pupille privée de cristallin, dans le but d'en faire ainsi un œil semblable à celui qui est atteint d'aphakie.

Quant à la luxation cristallinienne *spontanée*, il n'est pas rare de l'observer dans les ectasies de la totalité du bulbe ou du segment antérieur de celui-ci, c'est-à-dire dans l'hydrophtalmie, dans les staphylômes de la cornée et les staphylômes scléraux antérieurs. Voici comment cette luxation s'opère : par suite de l'ectasie de la paroi du bulbe, l'intervalle entre le bord du cristallin et le corps ciliaire s'élargit, la zonule est distendue et s'atrophie. Ce qui peut arriver encore, c'est que le cristallin contracte des adhérences avec une cicatrice de la cornée, de manière qu'à mesure que la cicatrice se distend, le cristallin prend une position oblique de plus en plus prononcée. De la même manière, quand des exsudats du corps vitré adhèrent à la face postérieure du cristallin, il peut quelquefois se faire qu'en se rétractant plus tard, ils entraînent le cristallin et le fassent sortir de sa position normale. Enfin mentionnons encore le déplacement du cristallin par des tumeurs (gliome et sarcome) qui le refoulent (fig. 81).

Sous le nom de *lenticône* on désigne une anomalie très rare et congénitale du cristallin dont la face antérieure (très rarement la face postérieure) présente une proéminence conique.

CHAPITRE IX

MALADIES DU CORPS VITRÉ

ANATOMIE

§ 94. Le corps vitré est constitué par une masse transparente, incolore, gélatineuse, qui remplit l'espace postérieur de l'œil. Il porte sur sa face antérieure un creux, la fossa patellaris, dans lequel le cristallin repose par sa face postérieure. Dans le reste de son étendue, le corps vitré est appliqué à la surface interne du corps ciliaire, de la rétine et du nerf optique.

Le corps vitré est composé d'une substance claire et liquide qui est renfermée dans les mailles également transparentes d'un tissu lâche — la trame du corps vitré. Il est traversé d'arrière en avant, dans toute sa longueur, par un canal, le canal central (canal hyaloïdien ou de Cloquet), qui commence au niveau de la papille du nerf optique et s'étend jusqu'au pôle postérieur du cristallin. C'est dans ce canal qu'est logée l'artère hyaloïde, pendant la vie intra-utérine ; dans l'œil développé, il remplit probablement la fonction de voie lymphatique (voir page 288). Le corps vitré contient des cellules (les cellules du corps vitré) de différentes formes, arrondies ou ramifiées, qui se trouvent surtout dans les couches extérieures. On les considère comme des globules blancs émigrés, qui se promènent par tout le corps vitré (Schwalbe). L'enveloppe extérieure du corps vitré est constituée par l'hyaloïde, membrane sans structure. — D'après son développement, le corps vitré doit être considéré comme un tissu conjonctif, très riche en eau, pour ainsi dire hydropique. Il contient des vaisseaux seulement pendant la vie fœtale, vaisseaux qui donnent plus tard naissance aux vaisseaux rétiniens (voir fig. 71). Par contre, lorsque l'œil est entièrement développé, le corps vitré est privé de vaisseaux, de sorte qu'au point de vue de sa nutrition il dépend des tissus avoisinants, et avant tout de l'uvée. Il s'ensuit que le corps vitré prend part à toutes les maladies des membranes internes de l'œil, telles que la rétinite, la cyclite et la choroïdite.

MALADIES DU CORPS VITRÉ

1° *Opacités*. — Elles sont tantôt petites et nettement limitées, tantôt diffuses. Ce sont les premières qui se présentent sous forme de points, de flocons, de filaments ou de membranes que l'on désigne, dans le sens strict du mot, sous le nom de: *opacités du corps vitré*. Le malade lui-même les perçoit entoptiquement ; il voit voltiger devant les yeux des corps noirs de diverses formes — *myodésopsie* (1), *mouches volantes* (muscæ volitantes). Il en résulte une diminution de l'acuité visuelle d'autant plus grande que les opacités sont plus prononcées. — Les opacités du corps vitré sont le plus souvent le résultat d'exsudats, déposés à la suite d'inflammations de l'uvée ou de la rétine. Des hémorragies de ces membranes soit spontanées, soit traumatiques, à la suite desquelles le sang pénètre dans le corps vitré, y produisent également des opacités. — Le pronostic de ces opacités dépend de leur nombre et de leur âge. Les opacités récentes peuvent disparaître par résorption, et le corps vitré redevenir tout à fait transparent. En revanche, les opacités anciennes résistent d'ordinaire à tout traitement. En ce qui concerne les extravasations sanguines, elles peuvent entièrement se résorber quand elles sont petites, mais si elles sont massives, elles laissent toujours persister des opacités permanentes, considérables.

Le traitement, dont on ne doit attendre de succès que dans les cas récents, consiste dans l'application des moyens qui activent la résorption. De ce groupe sont : l'iodure de potassium, ou d'autres remèdes à base d'iode, le mercure, les cures sudorifiques (au moyen de la pilocarpine ou du salicylate de soude), ainsi que les laxatifs. On emploie les laxatifs salins, particulièrement les eaux laxatives (par exemple Marienbad [Kreuzbrunnen]). Les ponctions répétées de la chambre antérieure, en activant les échanges nutritifs dans l'œil, peuvent être utiles.

Les exsudats localisés, qui remplissent quelquefois le corps vitré, sont de nature plastique ou purulente et se rencontrent dans l'iridocyclite, la choroïdite et la panophtalmite. Quand les milieux sont d'ailleurs suffisamment transparents, on peut les voir à l'éclairage latéral, sous forme de masses grises ou jaunes situées derrière le cristallin. Les exsudats plastiques s'organisent et, par leur rétraction ultérieure, amènent l'atrophie du globe, tandis que les exsudats purulents s'ouvrent le plus souvent une voie à l'extérieur, à travers la sclérotique et conduisent à la phtisie de l'œil ;

---

(1) De μυῖα, mouche, et ὄψις, la vue, de façon qu'il faudrait plus exactement écrire : myiodésopsie.

2° *Liquéfaction (synchisis)* (1) *du corps vitré.* — Quand on examine les opacités du corps vitré au moyen de l'ophtalmoscope, on voit que le plus grand nombre y nagent librement. On en conclut que la trame du corps vitré est détruite et qu'il est transformé en une masse entièrement liquide. Dans les opérations, on a fréquemment l'occasion de constater directement le ramollissement du corps vitré que l'on voit s'échapper sous forme d'un liquide filant, le plus souvent de teinte jaunâtre. Au lieu d'être ramolli lui-même, le corps vitré peut être séparé de la rétine et refoulé par une accumulation de liquide à sa surface externe. Cet état s'observe le plus fréquemment au niveau des segments antérieur et postérieur du corps vitré (décollement antérieur et postérieur du corps vitré, voir fig. 188, *v* et *h*). Comme les opacités elles-mêmes, le synchisis et le décollement du corps vitré sont toujours les conséquences d'une affection des membranes avoisinantes qui prennent part à la nutrition du corps vitré. C'est ainsi qu'on les trouve dans la rétinite, la choroïdite, la myopie élevée, les yeux ectatiques, etc.

La conséquence la plus grave du ramollissement est que le corps vitré, modifié dans son essence, peut lentement diminuer de volume. Cet état se reconnaît à la diminution de la tension oculaire. Dans ce cas, il peut se produire un décollement rétinien et plus tard même de l'atrophie du bulbe. Une conséquence plus tardive du synchisis du corps vitré concerne la zonule qui se ramollit à son tour et s'atrophie. Par suite de ce processus, le cristallin devient tremblotant, et quelquefois même se luxe spontanément ;

3° *Corps étrangers dans le corps vitré.* — Ils y provoquent d'ordinaire une inflammation violente — iridocyclite ou panophtalmite — qui amène la perte de l'œil. Exceptionnellement il arrive qu'un corps étranger soit bien supporté. Dans ce cas, il reste libre ou s'enveloppe dans un exsudat, et on peut le voir pendant des années dans le corps vitré, d'ailleurs transparent. Néanmoins, même dans ces circonstances, il peut se faire que, longtemps après, l'œil s'enflamme et périsse. Il faut donc aussitôt que possible enlever les corps étrangers qui ont pénétré dans le corps vitré. On est surtout en droit d'espérer réussir quand il s'agit d'éclats de fer, parce qu'on peut se servir pour les enlever d'un électro-aimant (voir page 262), tandis que pour réussir à enlever d'autres corps étrangers, il faut compter sur un heureux hasard. Si une inflammation violente a déjà envahi l'œil, il ne reste ordinairement plus, pour prévenir l'ophtalmie sympathique, qu'à l'énucléer.

Dans un sens plus large, on peut encore regarder comme des corps

(1) De σύν et χέω je verse.

étrangers, le cristallin luxé et le cysticerque, qui, aussi bien que les corps
étrangers proprement dits, donnent lieu à des inflammations graves. On
peut extraire le cysticerque par une incision de la sclérotique. Si cette
opération n'est pas exécutée à temps ou si elle ne réussit pas, l'œil se
perd peu à peu par les progrès de l'iridocyclite, et il doit être énucléé
finalement à cause des poussées inflammatoires dont il est le siège permanent.

L'*artère hyaloïde* n'existe déjà plus, à l'état normal, dans l'œil du nouveau-né.
Par exception cependant, des restes peuvent persister pendant un certain temps
de la vie. L'*artère hyaloïde persistante* se présente d'ordinaire sous forme d'un
filament gris, qui, partant de la papille, pénètre dans le corps vitré et peut
atteindre le pôle postérieur du cristallin. — Dans le cas typiques, on peut constater la connexion existant entre le filament et les vaisseaux centraux, qui
émergent dans la papille ; ce fait constitue la distinction la plus sûre entre
ces restes embryonnaires et les opacités pathologiques du corps vitré, lesquelles
présentent parfois la même forme et la même situation. Quelquefois on observe,
au lieu de ce filament, un tissu plus long, en forme de tube s'étendant d'arrière
en avant dans l'axe du corps vitré. Il répond au canal de Cloquet dont les parois
sont anormalement visibles à l'ophtalmoscope. Cette anomalie congénitale,
ainsi que l'artère hyaloïdienne persistante sont souvent accompagnées d'opacités
dans les parties postérieures du cristallin (cataracte polaire ou corticale postérieure). — Chez un grand nombre d'animaux, les vaisseaux du corps vitré persistent pendant toute la vie, par exemple, chez la grenouille, chez beaucoup de
serpents et de poissons.

Le corps vitré embryonnaire est très riche en cellules et est pour ce motif opaque.
Les cellules disparaissent plus tard ; il y reste cependant toujours des reliquats
non transparents que l'on voit entoptiquement sous forme de *mouches volantes.*
Les opacités physiologiques de cette espèce se présentent sous l'aspect de filaments transparents, de cordons de perles, ou de petits flocons qui se déplacent
non seulement au moment où l'œil se meut, mais qui possèdent un mouvement
propre. On les voit particulièrement quand on regarde brusquement en haut et
qu'on tient l'œil immobile ; alors les opacités descendent lentement. C'est par là
qu'elles se distinguent des images entoptiques produites par les opacités du cristallin qui restent toujours au même point du champ visuel. — Les mouches
volantes physiologiques sont peu visibles ; aussi la plupart des personnes n'en
soupçonnent-elles pas l'existence. Pour les voir, on n'a qu'à regarder une surface
uniformément claire, par exemple, le ciel. Les yeux myopes les perçoivent généralement le mieux. Dès que les mouches volantes deviennent assez visibles pour
s'imposer constamment à l'observation et incommoder le malade, il faut soupçonner quelque opacité pathologique du corps vitré. Pour les découvrir on se
sert de l'ophtalmoscope. Quand il s'agit d'opacités légères, on doit recourir au
miroir plan et souvent à la dilatation artificielle de la pupille. Vues à l'ophtalmoscope, les opacités du corps vitré ont l'aspect de points sombres, de filaments

ou de membranes qui nagent dans le corps vitré. Les opacités très fines présentent l'image d'un fin pointillé dans le corps vitré (poussière du corps vitré). Si les opacités sont encore plus légères, elles ne peuvent plus, malgré le grossissement notable que produit l'ophtalmoscope, être vues comme des points distincts ; on ne remarque qu'un brouillard uniforme sur le fond de l'œil (trouble diffus du corps vitré). Plus est grand le nombre des opacités, plus le fond de l'œil paraît voilé, d'où la papille semble plus rouge qu'à l'ordinaire (tel qu'un fond clair derrière un milieu trouble, tel encore, par une matinée brumeuse, le soleil levant nous paraît rouge). Lorsque les opacités sont très denses, on n'observe à l'ophtalmoscope qu'un faible reflet rouge fourni par la pupille, qui reste même quelquefois complètement noire. — Dans le *synchisis étincelant*, on voit nager dans le corps vitré des paillettes dorées brillantes qui, lorsque l'œil reste immobile, tombent au fond comme une pluie d'or. Elles sont constituées par des cristaux de cholestérine, parfois aussi de tyrosine, de margarine, et de phosphates. Ces cristaux se rencontrent quelquefois dans des yeux tout à fait sains (particulièrement chez les personnes âgées), et n'altèrent pas sensiblement la vue.

Les opacités du corps vitré sont des exsudats qui, pour autant qu'ils ne se résorbent pas, s'organisent en membranes de tissu conjonctif, en brides, ou même en masses plus considérables. En même temps peuvent se développer de nouveaux vaisseaux qui, naissant des vaisseaux rétiniens, pénètrent dans le corps vitré, où on peut les observer à l'aide de l'ophtalmoscope. Les exsudats du corps vitré ne sont pas fournis par lui-même, mais par les membranes enveloppantes, enflammées, l'uvée et la rétine. C'est ainsi que le trouble de la vue, provoqué par une cyclite, une choroïdite ou une rétinite récente, doit en grande partie être mis sur le compte du trouble du corps vitré qui la complique. Une inflammation du corps vitré proprement dit (hyalitis), qui est non seulement privé de vaisseaux, mais qui ne possède presque pas d'éléments cellulaires, n'existe, sans doute, que très rarement. On pourrait l'admettre, par exemple, quand un petit corps étranger siège au centre du corps vitré et y devient la source d'un foyer inflammatoire.

Il y aussi des opacités du corps vitré, dont l'origine est due à des épanchements sanguins dans le corps vitré. On les observe après des blessures ; en outre, on les voit survenir spontanément dans la choroïdite, la rétinite et la myopie élevée, enfin assez souvent chez des personnes âgées dont les vaisseaux sont athéromateux. Quelquefois on rencontre, même dans des yeux d'ailleurs sains, des hémorragies qui naissent spontanément, récidivent fréquemment et pénètrent le corps vitré si abondamment que la vision quantitative elle-même est abolie. Cette affection s'observe surtout chez les jeunes gens, quelquefois simultanément avec des épistaxis. La cause de ces hémorragies répétées reste le plus souvent ignorée. Lorsque les hémorragies récidivent souvent, le corps vitré ne s'éclaircit plus complètement, mais il s'y développe des masses de tissu conjonctif, qui peuvent également se vasculariser ; plus tard peut survenir un décollement de la rétine. La vue est alors fortement altérée pour toujours, si pas abolie (voir § 96, rétinite proliférante).

Le trouble visuel résultant des opacités du corps vitré est en rapport direct avec leur nombre. Des flocons isolés dans le corps vitré peuvent coexister avec une acuité visuelle normale. Lorsque les opacités sont nombreuses, le patient dit souvent que sa vue subit des variations notables et brusques. C'est un fait qu'on observe aussi à l'examen de l'acuité visuelle. Ainsi, tandis que, placé devant les tables de *Snellen*, le malade ne voit au début rien des gros caractères, il peut, après avoir fixé pendant un certain temps, en lire quelquefois les petits ; puis tout à coup il voit de nouveau beaucoup plus mal. On explique ces faits de la manière suivante : les opacités du corps vitré étant mobiles, se déposent pendant que l'œil fixe, immobile, et les parties centrales du corps vitré deviennent transparentes. Dès que, par après, l'œil fait un mouvement un peu brusque, les opacités se mettent de nouveau à tourbillonner dans le corps vitré.

Les entozoaires que l'on observe dans le corps vitré sont la filaire et le cysticercus cellulosæ. Jusqu'ici on ne connaît qu'un petit nombre de cas de filaire. Le *cysticerque* est la larve du tœnia solium. Pour qu'on gagne le cysticerque, les œufs du tœnia doivent entrer dans l'estomac. Cette circonstance peut se réaliser lorsque le patient loge lui-même dans l'intestin un tœnia dont les segments pénètrent dans l'estomac. Ceux-ci y sont digérés et les œufs qu'ils contiennent sont mis en liberté. Cependant la plupart des personnes qui portent un cysticerque n'ont pas elles-mêmes de tœnia. Les œufs doivent donc venir du dehors et entrer dans l'estomac avec la nourriture (le plus souvent avec l'eau potable). Ici les œufs donnent naissance à des embryons qui possèdent des crochets à l'aide desquels ils perforent l'estomac et arrivent dans les vaisseaux sanguins. Par l'intermédiaire du torrent circulatoire, ces embryons sont transportés dans les différentes parties du corps, où ils abandonnent de nouveau les vaisseaux, perforent les tissus et y deviennent cysticerques.

Le cysticerque atteint le plus souvent l'œil par les vaisseaux de la choroïde, puis, quittant ceux-ci, pénètre sous la rétine qu'il décolle de la choroïde (fig. 113). Quand il a acquis un certain volume, il perfore la rétine et passe dans le corps vitré. Pourtant le parasite peut aussi être poussé dans un vaisseau de la rétine ou du corps ciliaire, et de là pénétrer dans le corps vitré directement, sans décoller préalablement la rétine. Dans le corps vitré, le cysticerque présente l'aspect d'une vésicule d'un blanc bleuâtre. Le cou et la tête, quand ils sont rentrés, apparaissent sous forme d'une tache claire, blanche ; s'ils sont étendus, on les reconnaît tous deux très nettement et on peut même déceler sur la tête les ventouses et la couronne de crochets. L'animal montre des mouvements spontanés, souvent très actifs. Il est d'ailleurs rare que l'on voie très nettement un cysticerque dans le corps vitré. En effet, il se forme très tôt des opacités en forme de membranes, qui l'entourent, de façon qu'on reconnaît simplement une masse blanche plus saturée au travers des opacités. Dans ces cas le diagnostic du cysticerque est difficile et ne peut être posé avec certitude que lorsque, par une observation assez longue et attentive, on a découvert des mouvements spontanés de cette masse blanche.

CHAPITRE X

MALADIES DE LA RÉTINE

ANATOMIE ET PHYSIOLOGIE

§ 95. La rétine est une mince membrane, qui, dans l'œil vivant, est complètement transparente et de teinte rouge pourpre. Cette teinte provient de l'érythropsine contenue dans les bâtonnets (*Boll*). Après la mort, la rétine se trouble promptement, et, comme en même temps l'érythropsine pâlit sous l'influence de la lumière, la rétine se présente dans l'œil d'un cadavre sous forme d'une membrane blanche très peu résistante. De même, les altérations pathologiques de la rétine vivante se trahissent bientôt par la perte de sa transparence, comme cela a lieu, d'ailleurs, pour les autres tissus transparents, tels que la cornée, le cristallin et le corps vitré. Grâce à cette propriété, il nous est permis de découvrir de bonne heure de très fines modifications dans ces organes.

Dans la rétine en place, on observe surtout deux endroits. L'un, c'est un petit disque blanc, qui se trouve du côté interne du pôle postérieur de l'œil et d'où émergent les vaisseaux de la rétine : c'est le point d'entrée du nerf optique, la tête du nerf optique, *la papille optique*. Le second point se trouve exactement au niveau du pôle postérieur de l'œil et se distingue par sa teinte jaune tendre. C'est pourquoi on l'appelle *tache jaune, macula lutea*. La surface de la rétine montre ici, dans une étendue correspondant à peu près à la grandeur de la papille optique, une dépression légère en forme d'entonnoir, la *fossette rétinienne, fovea centralis* (fig. 59, *f*). — Quand on cherche, au moyen d'une pince, à détacher la rétine de la choroïde, on remarque qu'elle n'est adhérente au tissu sous-jacent qu'en deux régions. L'une est la papille, et l'autre le bord antérieur de la rétine. Ce dernier est représenté par une ligne dentelée, qui porte pour ce motif le nom de *ora serrata* (fig. 59, *oo*). Cette ligne correspond aussi à la limite qui sépare la choroïde du corps ciliaire et s'avance plus loin du côté nasal que du côté temporal. A l'exception des deux points indiqués plus haut, la rétine est partout simplement adossée à la choroïde, sans qu'il y ait entre ces deux membranes le moindre tissu de connexion.

L'examen *histologique* de la rétine démontre qu'elle constitue une émanation du nerf optique, dont les fibres se répandent dans tous les sens et forment la couche la plus interne de la rétine, la couche des fibres. La couche la plus externe, celle des cônes et bâtonnets, est celle qui perçoit la lumière. Pour que les rayons lumineux puissent y arriver, ils doivent traverser toutes les autres couches rétiniennes. La vue ne peut donc être parfaite que lorsque toutes ces couches sont transparentes, de façon que la lumière, régulièrement réfractée, puisse arriver aux couches postérieures (externes). Toute espèce de troubles de transparence de la rétine gêne donc la vision, même lorsque les éléments terminaux de perception sont entièrement intacts.

En ce qui concerne la structure plus intime de la rétine, structure qui est très compliquée, il faut l'étudier dans les manuels d'anatomie et d'histologie. Je rappellerai seulement que la rétine est constituée par deux espèces de tissus, le tissu nerveux et la trame. La fonction de cette dernière est de soutenir et de maintenir dans sa disposition régulière le tissu nerveux, dont la délicatesse est excessive, ainsi que d'isoler entre eux les éléments nerveux. Le rapport des deux tissus se modifie dans l'inflammation, mais surtout dans l'atrophie du nerf optique. Dans le dernier cas, les éléments nerveux disparaissent, tandis que le tissu de soutien prend du développement, de sorte que finalement la rétine est exclusivement constituée par ce dernier.

La dépression, à l'endroit de la fovea centralis, provient d'un amincissement de la rétine dû à ce que les couches internes manquent ici complètement. Ensuite la fovea centralis se distingue encore par ce fait que là, comme dans toute l'étendue de la tache jaune, la couche externe de la rétine n'est constituée que par des cônes. Les bâtonnets apparaissent seulement au niveau du bord de la macula lutea et deviennent plus nombreux à mesure qu'on se rapproche de l'ora serrata, tandis que les cônes diminuent dans la même proportion.

La membrane que nous venons de décrire, la rétine, dans le sens strict du mot, naît du feuillet interne de la vésicule oculaire secondaire (page 304 ; fig. 69 et fig. 70, *r*). Le feuillet externe (fig. 68 et fig. 71) produit *l'épithélium pigmentaire* (page 283), qui par conséquent, vu son origine, appartient également à la rétine, — dans un sens plus étendu. Cette couche pigmentaire recouvre la face externe de la rétine, immédiatement sous la choroïde. Comme elle reste adhérente à la choroïde, lorsqu'on en arrache la rétine, on croyait autrefois qu'elle appartenait à cette dernière membrane. La rétine est réunie à l'épithélium pigmentaire par des prolongements fins, ciliés, que les cellules pigmentaires envoient entre les cônes et les bâtonnets. Dans ces prolongements se trouvent les petits cristaux de pigment rétinien brun.

Ce n'est qu'en apparence que la rétine se termine au niveau de l'ora serrata, car le microscope démontre que, sous une forme plus simple, elle s'étend plus loin jusqu'au bord de la pupille. Elle tapisse donc encore la face interne du corps ciliaire et la face postérieure de l'iris. La partie de la rétine qui tapisse le corps ciliaire est désignée sous le nom de *pars ciliaris retinæ*. Au niveau de ce dernier organe, le feuillet externe de la rétine, c'est-à-dire l'épithélium pigmentaire (fig. 57, *pe*), est plus fortement pigmenté, et c'est pour ce motif que ce segment de l'intérieur de l'œil se distingue par une teinte particulièrement noire (fig. 59, *or*). Le feuillet interne de la rétine, c'est-à-dire la continuation de la rétine dans le sens strict du mot, est réduit à ce niveau à une simple couche de cellules cylindriques (fig. 57, *pc*). A l'endroit où les deux feuillets de la rétine passent sur l'iris, leur différence est encore moins sensible, parce qu'alors les cellules du feuillet interne se chargent aussi de granulations pigmentaires. De cette façon, les deux feuillets forment une couche uniformément pigmentée, qui, sous le nom de *pars iridica retinæ* (couche de pigment rétinien de l'iris), recouvre la face postérieure de l'iris jusqu'au bord de la pupille où les deux feuillets se confondent (voir page 275).

La rétine possède son *système vasculaire propre* qui est presque complètement isolé du système vasculaire ciliaire avoisinant. Le système rétinien est formé par les ramifications de l'artère et de la veine centrale du nerf optique, qui se divisent en leurs branches dans le champ de la papille. Celles-ci se ramifient dans la rétine jusqu'à l'ora serrata sans s'anastomoser entre elles (voir fig. 64, *a*, *a₁* et *b*, *b₁* ; la figure 6 représente les ramifications vasculaires de la rétine, telles qu'on les voit à l'ophtalmoscope). Ce n'est qu'au niveau de la papille qu'il existe de fines anastomoses entre les vaisseaux rétiniens et les vaisseaux ciliaires (voir page 288). Les artères rétiniennes doivent donc être considérées comme des artères terminales (*Cohnheim*). Il s'ensuit que les troubles circulatoires de la rétine, dus à un rétrécissement ou à une obturation d'un vaisseau, ne peuvent pas être compensés par une circulation collatérale.

La rétine ne contient de vaisseaux que dans ses couches internes, les externes en sont privées. Celles-ci dépendent donc, en ce qui concerne leur nutrition, de la chorio-capillaire voisine. Cela est surtout vrai pour la fovea centralis, dont la partie centrale est dépourvue de vaisseaux, tandis que le réseau vasculaire de la chorio-capillaire y est particulièrement dense.

Fonctions de la rétine. — Les objets du monde extérieur projettent leur image sur la rétine. Celle-ci a pour fonction de transformer en excitation nerveuse les rayons lumineux dont ces images sont formées. Il s'agit donc de changer une espèce de mouvement — les vibrations de l'éther — en une autre espèce de mouvement — l'excitation nerveuse. En effet, il n'y a pas de doute que l'excitation nerveuse ne soit un mouvement dont les propriétés sont telles, qu'elles lui permettent de se propager à l'intérieur des fibres nerveuses jusqu'au cerveau où les vibrations de l'éther ne peuvent pas directement arriver. L'endroit où les vibrations lumineuses se transforment en incitations nerveuses est la couche des cônes et des bâtonnets. La façon dont cette transformation a lieu est inconnue ; nous savons seulement qu'une partie de la force vive, représentée par les vibrations lumineuses, sert à produire des modifications chimiques et physiques que l'on peut suivre. Les modifications chimiques consistent en ce que le pourpre rétinien contenu dans les bâtonnets et découvert par *Boll*, est transformé (*Kühne*) en une substance incolore sous l'influence de la lumière. Il est très probable, qu'outre l'érythropsine, il se trouve dans la rétine encore d'autres « substances photochimiques », c'est-à-dire des substances qui, sous l'action de la lumière, subissent des modifications chimiques ; mais comme ces modifications ne sont accompagnées d'aucun changement de couleur, on n'est pas encore parvenu à les découvrir. Quant aux modifications physiques, elles consistent, en partie, en oscillations du courant électrique qui, à l'état normal, va de la rétine au cerveau (*Holmgren*), en partie dans des phénomènes de mouvement d'une espèce moins délicate que l'on observe aussi bien dans les cellules de l'épithélium pigmentaire que dans les bâtonnets et les cônes. Ainsi, les granulations pigmentaires se trouvent dans les parties postérieures des cellules, tout près du noyau quand l'œil se trouve dans l'obscurité, c'est-à-dire en repos. Tandis que, lorsque la rétine est frappée par des rayons lumineux, ces mêmes granulations s'avancent dans les prolongements ciliés qui s'étendent entre les bâtonnets et les cônes. Enfin, sous l'influence de la lumière, les bâtonnets et les cônes subissent une rétraction et un raccourcissement.

La partie de la rétine la mieux outillée pour la vue parfaite est la fovea centralis. A ce niveau, les éléments terminaux, qui consistent ici exclusivement en cônes, sont plus denses que dans les autres parties de la rétine. Il est probable qu'ici chacun des cônes possède une fibre nerveuse propre qui le relie au cerveau, tandis que, dans les parties périphériques, un certain nombre d'éléments terminaux se réunissent à une seule fibre nerveuse. Il s'ensuit que la fovea centralis est la partie de la rétine qui possède la sensibilité la plus délicate. Aussi, lorsque nous voulons bien voir un objet, nous dirigeons l'œil de manière à faire tomber l'image sur la fovea, « nous fixons » l'objet.

1. — INFLAMMATION DE LA RÉTINE

§ 96. La rétine est fréquemment le siège de troubles circulatoires, tels que de l'anémie et de l'hyperémie. Cette dernière donne souvent lieu à des hémorragies de la rétine. Le plus haut degré de trouble circulatoire est représenté par l'embolie de l'artère centrale et par la thrombose de la veine centrale. Dans les deux cas, l'œil devient aveugle.

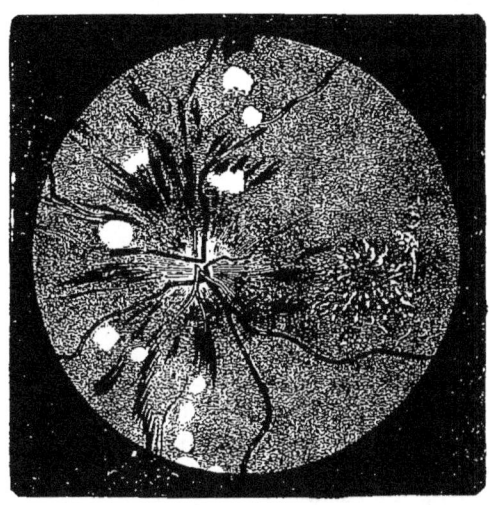

FIG. 106. — *Rétinite albuminurique.* — Le trouble de la rétine est le plus marqué dans le voisinage de la papille, où il montre une fine striation radiée et efface complètement les limites de la papille. De même, à une plus grande distance de la papille, le trouble rétinien couvre certaines portions de vaisseaux, spécialement les veines fortement distendues, d'un léger voile qui fait paraître les vaisseaux plus pâles. Tout autour de la papille, se trouvent des taches exsudatives rondes, d'un blanc pâle, ainsi que de nombreuses extravasations sanguines d'un rouge foncé, à striation radiée. Celles-ci siègent principalement dans le voisinage des gros vaisseaux et les recouvrent par endroits ; ce fait, ainsi que leur striation radiée, prouvent qu'elles sont situées dans la couche la plus interne de la rétine, la couche des fibres. Dans la région maculaire se voient un groupe de petites taches blanches, constituant la figure étoilée caractéristique de la rétinite albuminurique. Pourtant celle-ci n'a pas, dans ce cas, une forme très régulière ; en haut et en dehors de celle-ci, existe une tache blanche un peu plus grosse, provenant de la confluence de petites taches.

L'*inflammation* de la rétine (rétinite) se caractérise avant tout par une opacité diffuse. L'opacité n'est pas toujours également prononcée, mais elle est, en général, le plus intense dans le pourtour de la papille, parce que c'est là que la rétine est le plus épaisse. Il s'ensuit que la papille perd la netteté de ses limites et que les vaisseaux sont voilés dans la rétine. En outre, on voit se développer dans la rétine des exsudats circonscrits, le plus souvent sous forme de taches blanc clair, nettement limitées. La rétinite est constamment accompagnée d'hyperémie de la rétine, ce que l'on reconnaît à l'engorgement et aux sinuosités de ses vaisseaux et aux épanchements sanguins dont elle est le siège. Lorsque les exsudats s'étendent de la rétine jusque dans le corps vitré, ils y produisent des opacités.

Les fonctions de la rétine sont atteintes en proportion directe de l'intensité et de l'étendue de l'inflammation. Ainsi, dans les cas les plus légers, l'acuité visuelle peut rester normale, et les malades ne se plaignent que d'un brouillard clair. Le plus souvent cependant, la vision est notablement diminuée, non seulement par les altérations dont la rétine elle-même est le siège, mais encore à cause des opacités du corps vitré qui les accompagnent. Les exsudats circonscrits occasionnent des scotomes fixes dans le champ visuel.

La marche de la rétinite est toujours passablement traînante. Ce n'est que dans les cas les plus légers que l'on voit l'inflammation se terminer complètement au bout de quelques semaines, et alors l'acuité visuelle peut entièrement se rétablir. Le plus souvent, pourtant, il se passe plusieurs mois avant que tous les symptômes inflammatoires aient disparu de la rétine, tandis que l'affaiblissement de l'acuité visuelle persiste.

Les rétinites graves et particulièrement celles qui récidivent entraînent une atrophie de la rétine, qui est fréquemment accompagnée de pigmentation de cette membrane (par immigration de pigment provenant de l'épithélium pigmentaire). Une fois que l'atrophie s'est produite, l'acuité visuelle est toujours ou complètement abolie, ou réduite à un reste insignifiant, et il n'est plus possible de la rétablir.

Dans l'*étiologie* de la rétinite, ce sont les maladies générales qui jouent le rôle prépondérant. La rétinite, en effet, ne se développe que rarement en tant qu'affection locale, par exemple à la suite d'éblouissement ; elle constitue le plus souvent un symptôme d'une maladie interne qui se révèle souvent d'abord de cette manière. Les affections générales qui produisent la rétinite sont avant tout l'albuminurie, le diabète, la leucémie, la syphilis et les maladies du système vasculaire. Dans ces cas, l'inflammation de la rétine est habituellement bilatérale.

Le *traitement* doit être dirigé aussi bien contre l'affection primitive générale que contre l'affection locale de la rétine. La première indication est remplie le plus aisément dans les cas de rétinite syphilitique, où un traitement énergique au moyen d'onctions mercurielles a le plus souvent pour effet une prompte amélioration. Le traitement symptomatique consiste à soustraire l'œil à toute fatigue en interdisant tout travail et en protégeant l'organe contre une lumière trop vive, à l'aide de verres fumés, et dans les cas graves par le séjour dans une chambre obscure.

Pour combattre l'inflammation, ainsi que pour obtenir la résorption des exsudats et l'éclaircissement du corps vitré; on prescrit le mercure, l'iodure de potassium (tous les deux même dans les cas non syphilitiques), les purgatifs salins, les cures sudorifiques.

Avant d'entrer plus avant dans l'étude des modifications pathologiques de la rétine, nous devons faire connaître une anomalie congénitale, qui est fréquemment confondue par les personnes inexpérimentées avec une affection

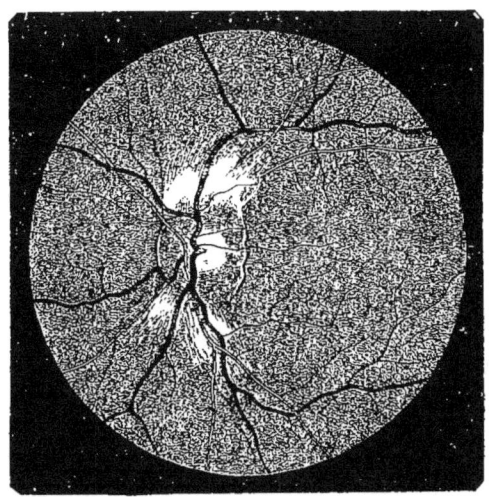

Fig. 107. — *Fibres nerveuses à myéline*, d'après Jäger. — La papille montre en son milieu une coloration blanchâtre, répondant à l'excavation physiologique. Le bord temporal de la papille est entouré d'un anneau choroïdien un peu irrégulier, les bords supérieur et inférieur sont cachés par les masses de fibres blanches qui y prennent leur origine. Celles-ci recouvrent à certains endroits les vaisseaux rétiniens, surtout les deux artères dirigées en bas et en dehors. A leur limite périphérique ces taches blanches sont frangées.

pathologique. C'est la présence, dans la couche des fibres de la rétine, de *fibres nerveuses à myéline*. La rétine à l'état normal est entièrement transparente, parce que, avant de traverser la lame criblée, les fibres du nerf optique perdent leur myéline, et deviennent ainsi transparentes dans la rétine même. Exceptionnellement cependant, après leur passage à travers la lame criblée, elles regagnent leur myéline sur une étendue plus ou moins longue (cette disposition est de règle chez beaucoup d'animaux comme, par exemple, chez le lapin). Comme les fibres à myéline sont opaques, on observe dans ce cas une tache d'un blanc brillant qui touche le bord de la papille et qui, à sa périphérie, se résout en fibres blanches, de façon à revêtir un aspect flamboyant.

Ces taches se rencontrent le plus fréquemment au bord supérieur ou au bord inférieur de la papille (fig. 107), mais elles peuvent aussi embrasser toute la papille qui, par suite du contraste, paraît d'un rouge foncé frappant. Dans de rares cas, ces taches blanches, dues aux fibres nerveuses à doubles contours, siègent encore dans la papille même, ou, au contraire, loin de celle-ci dans la rétine transparente. Les vaisseaux rétiniens sont, par places, cachés par ces masses de fibres blanches. La vue de ces yeux est souvent diminuée et la tache aveugle de Mariotte plus étendue.

L'*hyperémie* de la rétine peut être artérielle ou veineuse. La première accompagne toutes les inflammations de la rétine et des tissus voisins, surtout de l'uvée, et elle se distingue par l'engorgement, la disposition plus sinueuse des artères. L'hyperémie veineuse, de son côté, se trahit par la dilatation et la sinuosité exagérée des veines, tandis que les artères semblent souvent plus minces qu'à l'état normal. Elle est due d'ordinaire à une stase par une compression des veines, dont le siège est le plus souvent situé dans la papille. Tel est le cas dans le glaucome, où, par suite de l'augmentation de la pression intraoculaire, les veines sont comprimées au fond de l'excavation papillaire; tel est encore le cas dans la névrite optique, où le gonflement de la papille comprime les veines; dans les cas de tumeurs orbitaires, c'est le tronc du nerf qui est comprimé. On observe encore l'hyperémie veineuse de la rétine, comme manifestation d'une stase veineuse générale, surtout dans les affections cardiaques.

L'*anémie* de la rétine survient subitement ou se développe graduellement. Dans le premier cas, elle peut être produite par l'oblitération (donc, avant tout, dans l'embolie de l'artère centrale), ou la compression des vaisseaux — dans l'hypertonie soudaine. On observe aussi le spasme des artères rétiniennes, notamment dans l'intoxication aiguë par la quinine. Lorsque de fortes doses de quinine ont été absorbées, on observe quelquefois une cécité subite (et le plus souvent de la surdité). La vue revient, mais cependant elle reste généralement plus faible, et le champ visuel tout particulièrement est rétréci. A l'ophtalmoscope le nerf optique est pâle, et surtout les vaisseaux rétiniens sont très amincis. — Beaucoup plus fréquente que l'anémie aiguë de la rétine est celle qui se développe lentement à la suite de l'atrophie de la rétine. Alors on trouve les vaisseaux ou bien simplement rétrécis (fig. 110), ou bien bordés de liserés blancs dus à un épaississement de leur paroi, tandis que la colonne sanguine est très étroite (périvasculite de la rétine); finalement les vaisseaux peuvent disparaître entièrement ou se transformer en traînées blanches, vides de sang.

L'hyperémie de la rétine y provoque des *hémorragies*. On rencontre fréquemment dans la rétine des épanchements sanguins de toute grandeur et de toute forme. Ils ressortent sous forme de taches rouges foncées, sur le fond d'un rouge pâle. Les extravasations, situées dans la couche des fibres de la rétine, présentent l'aspect de stries ou de flammèches, parce que le sang épanché se répand le long des fibres nerveuses (fig. 106). Les taches hémorragiques qui se trouvent dans les couches plus profondes de la rétine, ou entre celle-ci et la choroïde, ont une forme arrondie ou irrégulière (fig. 109). Dans la région de la macula, surviennent parfois de grosses hémorragies de forme arrondie, situées entre la rétine et le corps vitré. Le plus souvent les hémorragies siègent dans le voisinage des gros troncs vasculaires. Les causes des hémorragies rétiniennes sont :

1° Un défaut de résistance des parois vasculaires en général. Cet état se rencontre fréquemment chez les vieillards dont les vaisseaux sont athéromateux; et surtout quand cette affection est compliquée d'une maladie du cœur. Dans ces cas, il n'est pas rare que les hémorragies de la rétine soient des phénomènes précurseurs d'une hémorragie cérébrale;

2° Les maladies locales des vaisseaux rétiniens ou des vaisseaux choroïdiens voisins. C'est à ces affections qu'il faut attribuer les hémorragies si fréquentes, qui se produisent dans la région de la macula lutea, dans la myopie élevée. Une telle hémorragie abolit souvent la vision directe pour toujours;

3° L'engorgement des vaisseaux par suite de troubles circulatoires, tels que l'hyperémie active et passive de la rétine, l'embolie de l'artère centrale ou la thrombose de la veine centrale ou d'une de leurs branches. Chez les enfants nouveau-nés, on rencontre fréquemment des hémorragies de la rétine, qui sont la conséquence du trouble circulatoire qui se produit dans le crâne de l'enfant pendant l'accouchement. On peut ajouter encore les hémorragies rétiniennes qui se déclarent très souvent dans les yeux glaucomateux à la suite d'une iridectomie. Ces dernières hémorragies peuvent aussi dépendre, en partie, d'obstructions de petits vaisseaux, comme, par exemple, les hémorragies résultant, dans la septicémie, d'embolies par des amas de microbes ;

4° Une modification survenue dans l'état du sang, modification qui retentit sur les parois vasculaires. Telles sont les hémorragies rétiniennes que l'on observe dans l'anémie profonde, surtout dans l'anémie pernicieuse, dans la leucémie, le scorbut, la septicémie, le purpura, l'albuminurie, le diabète, l'oxalurie, les fièvres intermittente et récurrente, l'ictère, l'intoxication phosphorée, les brûlures étendues, etc. ;

5° Les ruptures des vaisseaux par suite d'un traumatisme.

Les hémorragies de la rétine se résorbent très lentement, après des semaines et des mois; elles prennent alors fréquemment une teinte blanche (fig. 109). Finalement, elles disparaissent soit sans laisser de traces, soit en laissant dans le fond de l'œil des taches blanchâtres, rarement pigmentées. La question de savoir si les hémorragies rétiniennes seront ou non suivies d'un scotome dépend des ravages qu'elles ont exercés dans le tissu rétinien.

L'*embolie* de l'artère centrale a été d'abord observée par *v. Graefe*. L'attention du malade est appelée sur son affection par la cécité subite et complète dont il est frappé au moment où l'artère s'obture. Lorsque, aussitôt après l'accident, on examine l'œil à l'ophtalmoscope, on lui trouve les signes d'une anémie artérielle profonde de la rétine (fig. 108). Les grandes artères sont réduites à de minces fils et les plus petites sont devenues invisibles. Quant aux veines, elles ne sont assez fortement rétrécies qu'au niveau de la papille, dont l'aspect est plus pâle. En peu de temps, souvent en quelques heures, la rétine meurt et perd sa transparence, elle devient d'un blanc laiteux, surtout au pourtour de la papille et de la fossette centrale. Ce trouble a pour effet d'une part de voiler les contours de la papille, d'autre part de faire ressortir très nettement, dans la région de la fossette centrale, sur le fond blanc, des ramifications vasculaires que l'ophtalmoscope ne décèle d'ordinaire pas. Au niveau de la tache jaune, sur le fond blanc et opaque, se dessine une tache d'un rouge vif. On a beaucoup discuté sur la question de savoir si cette tache est une hémorragie, ou bien si c'est la choroïde rouge que l'on voit sous la rétine trouble, parce que c'est au niveau de la fovea centralis que la rétine est le plus mince. C'est parce que le pourtour de ce point est blanc et opaque que la choroïde, par contraste, y paraîtrait d'un rouge aussi saturé. J'ai pu me convaincre, à différentes reprises, que les deux cas peuvent se réaliser. J'ai pu l'observer particulièrement bien dans un cas où, à côté de la tache d'un rouge foncé produite par le contraste, se trouvaient quelques hémorragies récentes d'un rouge clair. Après quelques jours, les vaisseaux rétiniens se remplissent de nouveau et parfois on observe alors un phénomène singulier. La colonne sanguine, dans certains vaisseaux, particulièrement dans les veines, semble se briser en petits fragments, séparés par des intervalles clairs ; le tout se déplace par saccades tantôt dans le sens du courant sanguin normal, tantôt en sens inverse. Après quelques semaines, le trouble de la rétine disparaît, la rétine redevient transparente, mais s'atrophie complètement. La papille du nerf optique est devenue blanche et bien délimitée, les vaisseaux sont rares, minces comme des fils, souvent bordés de lignes blanches, aussi bien à la région papillaire que dans la rétine proprement dite. La cécité est définitive. — L'embolie, au lieu d'intéresser l'artère centrale même, peut n'obturer qu'une de ses branches. Dans ce cas, les changements appréciables à la vue se limitent à la partie nourrie par le vaisseau obstrué. De même, la cécité n'atteint que la partie malade de la rétine et se manifeste sous forme d'une lacune dans le champ visuel dont une moitié ou un secteur est aboli. — D'ailleurs, dans l'embolie de l'artère centrale même, il se peut qu'une petite portion de la rétine conserve ses fonctions. C'est le cas, lorsque des vaisseaux cilio-rétiniens provenant de la couronne vasculaire de Zinn, se rendent à la rétine (page 288). Ceux-ci se reconnaissent à l'ophtalmoscope par le crochet qu'ils forment, à leur point d'émergence au bord de la papille. Ces vaisseaux recevant leur sang des artères ciliaires courtes postérieures, ne sont naturellement pas intéressés par l'embolie de l'artère centrale, et la région de la rétine, située entre la papille et la macula, qu'ils desservent, continue à fonctionner. — Les embolies s'observent dans les affections qui donnent lieu à la formation de caillots dans le torrent circulatoire, principalement donc dans les maladies du cœur. La possibilité d'une guérison n'existe que dans des cas tout à fait récents, avant que la rétine ne meure. Elle ne pourrait reprendre ses fonctions que si l'on réussissait à y rétablir la circulation. Cela ne pourrait arriver que lorsque l'on parvient à transporter dans des branches plus petites, où il occasionne moins de trouble, le bouchon qui obture l'artère centrale. Dans ce but, on évacue l'humeur aqueuse par une ponction de la cornée. Par la diminution subite de la pression intraoculaire produite ainsi, le sang tend à affluer en plus grande quantité dans l'œil, ce qui peut pousser l'embole plus avant lorsqu'il n'est pas trop solidement fixé. En même temps, par le massage de l'œil, on cherche à faire progresser l'embole. De cette manière, dans un petit nombre de cas tout à fait frais, on a réussi à rétablir la circulation rétinienne et, par conséquent, la vue.

Par embolie des artères rétiniennes, on désigne les cas où il s'agit de bouchons non infectés. Il s'ensuit qu'il ne se déclare pas d'inflammation, mais simplement les symptômes mécaniques de l'interruption de l'afflux sanguin. La rétine, cessant d'être nourrie, meurt simplement. Elle ne se nécrose pas, car la chorio-capillaire de la choroïde lui fournit encore des éléments nutritifs, insuffisants cependant pour lui conserver ses fonctions. Mais, dans les artères rétiniennes, peuvent s'introduire aussi des emboles infectieux, comme il arrive dans la pyémie. Dans ce cas, se développe une rétinite suppurative, d'où la suppuration s'étend bientôt aux autres tissus du globe, de sorte que l'on observe les symptômes de la panophtalmite. La marche de celle-ci est donc la même que celle de la choroïdite métastatique (page 369).

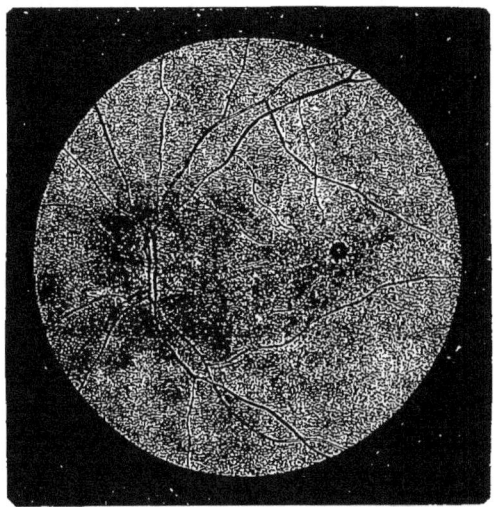

Fig. 108. — *Embolie de l'artère centrale*, survenue huit jours auparavant chez une femme souffrant d'un anévrisme de l'aorte. — Le trouble blanchâtre de la rétine voile les limites de la papille et le commencement des vaisseaux qui en émergent. Les artères sont déjà un peu mieux remplies, bien qu'elles le soient beaucoup moins que normalement. Les veines ont un calibre très irrégulier, augmentant en général vers la périphérie. Sur les grosses veines qui se dirigent en dehors et en haut, et en dehors et en bas, on voit la colonne sanguine brisée en fragments courts. Le pourtour de la fossette centrale est le siège d'un trouble blanchâtre intense et laisse clairement ressortir les dernières ramifications vasculaires, dont la connexion avec les vaisseaux principaux est cachée par places par le trouble. Le milieu de la fovea est occupé par une tache d'un rouge brun, plus pâle au milieu. Cette tache représente la choroïde visible à travers le trouble.

L'image ophtalmoscopique de l'embolie est l'expression des altérations qui surviennent lorsque l'afflux du sang artériel dans la rétine est arrêté. Cette image n'est donc pas exclusivement propre à l'embolie, mais encore à toute obstruction de l'artère centrale produite par d'autres causes. De ce nombre est la thrombose de l'artère ou sa compression dans le tronc nerveux, par suite d'une hémorragie ou d'une infiltration inflammatoire ; enfin l'interruption de l'artère quand le nerf optique est coupé ou rompu en avant du point d'entrée dans le nerf, des vaisseaux centraux.

La *thrombose* de la veine centrale, affection dont l'existence a été démontrée anatomiquement d'abord par *Michel*, se reconnaît à ce que toutes les veines rétiniennes sont fortement gorgées de sang, tandis que les artères sont tellement amincies qu'on les découvre à peine (fig. 109). Le sang sort des veines gorgées, sur un grand nombre de points, de façon que tout le fond de l'œil est parsemé d'hémorragies. Celles-ci se répètent constamment et abolissent finalement l'acuité visuelle qui était déjà fortement diminuée dès le début. — De même que l'embolie, la thrombose peut se borner à une seule branche de la veine centrale. Dans ce cas, les changements du fond de l'œil se limitent à la région de la rétine, à laquelle se distribuent les ramifications de la veine obstruée. — La thrombose de la veine rétinienne s'observe le plus souvent chez les vieillards, qui souffrent d'une maladie de cœur ou d'athéromasie des vaisseaux. Cependant une inflammation de l'orbite peut aussi amener une thrombose de la veine centrale, probablement parce que des thromboses veineuses se développent d'abord dans les veines orbitaires, d'où elles se propagent dans la veine centrale. C'est ainsi que peut survenir la cécité dans le courant d'un érysipèle de la face. En effet, l'inflammation érysipélateuse de la face a pour tendance de pénétrer par places dans la profondeur, et d'y provoquer en partie des infiltrations, en partie des phlegmons. Aussi observe-t-on, à la suite de l'érysipèle de la face, des abcès des paupières et de l'orbite, abcès qui peuvent se propager jusqu'au cerveau même, et y faire naître une méningite suppurative. Lorsqu'un érysipèle est compliqué d'inflammation du tissu cellulaire de l'orbite, on trouve quelquefois, après la terminaison de la maladie et le dégonflement des paupières, l'œil aveugle. A l'ophtalmoscope, on trouve le nerf optique atrophié et un amincissement notable des vaisseaux sanguins. D'après une observation de *Knapp*, il s'agit ici d'une thrombose de la veine centrale, qui s'est développée à la suite d'une inflammation du tissu cellulaire rétrobulbaire. La cécité après l'érysipèle peut atteindre les deux yeux.

Si nous essayons de caractériser les diverses formes de rétinite au point de vue de leur étiologie, nous ne devons pas oublier que l'inflammation ne reste que rarement limitée exactement à la rétine, mais qu'elle s'étend d'ordinaire également à la papille optique. Quand celle-ci est atteinte à un certain degré, nous parlons de *névrorétinite*. Cette expression convient également quand l'inflammation part de la papille et se propage à la rétine. Au point de vue étiologique, la névrorétinite rentre donc en partie dans la rétinite, en partie dans la névrite. Les mêmes rapports existent entre la rétinite et la choroïdite. Une inflammation, qui siège dans les couches tout à fait extérieures de la rétine, voisines donc de la choroïde, pourra difficilement évoluer, sans intéresser la choroïde en même temps ; la rétinite syphilitique nous en fournit un exemple bien net. Toute choroïdite est une *rétinochoroïdite* (choriorétinite), si l'on se place au point de vue anatomique ; pourtant nous n'employons généralement cette expression que si nous constatons à l'ophtalmoscope des signes visibles d'inflammation, aussi bien dans la rétine que dans la choroïde. Les formes les plus importantes de la rétinite sont :

1° la *rétinite albuminurique* c'est, de toutes les formes de rétinite, la mieux caractérisée. A côté des signes généraux de la rétinite, tels que le trouble de la rétine et des limites papillaires, l'engorgement des vaisseaux rétiniens et les hémorragies, cette rétinite se distingue surtout par les plaques blanches du fond de l'œil. Leur teinte blanche si pure, à l'aspect souvent argenté, provient de la dégénérescence graisseuse des éléments rétiniens et des cellules exsudatives (fig. 106). Les taches blanches se trouvent particulièrement en deux endroits : sur un périmètre autour de la papille et dans la macula lutea. Autour de la papille, ces taches forment assez souvent une zone qui est ordinairement interrompue au niveau de la macula lutea. Au contraire, celle-ci est occupée par un grand nombre de petites stries blanches montrant une disposition radiée de façon à constituer une élégante couronne rayonnante. Très souvent, la couronne

Fig. 109. — *Thrombose de la veine centrale*, datant de 14 jours, chez un homme de 52 ans. — Les contours de la papille sont cachés en partie par un trouble gris strié, en partie par des hémorragies affectant une disposition radiée. Les artères rétiniennes sont amincies, les veines sont d'une largeur inaccoutumée, sinueuses et remplies d'un sang noirâtre. En beaucoup d'endroits, les vaisseaux sont cachés par des extravasations sanguines et paraissent donc interrompus. Les hémorragies sont extraordinairement nombreuses, d'une coloration rouge foncé, presque noire, les unes striées radiairement, les autres irrégulièrement arrondies. Quelques-unes d'entre elles ont pris au milieu une coloration d'un blanc clair; on le voit notamment sur une grosse tache sanguine située un peu en dehors de la macula lutea. La rétine, dans toute l'étendue qui n'est pas occupée par des hémorragies, montre un léger trouble gris.

n'est pas complète, les rayons ne s'étant suffisamment développés que dans certaines directions. Néanmoins, l'image ophtalmoscopique est encore toujours assez caractéristique pour que, à elle seule, elle permette d'établir le diagnostic d'une maladie des reins. Cependant, il se rencontre des cas de rétinite albuminurique qui ne se distinguent par aucun trait particulier, et alors l'étiologie doit en être fixée à l'aide de l'examen des urines. Il faut, par conséquent, procéder à cet examen dans tous les cas de rétinite.

Toutes les formes de néphrite, qui donnent lieu à de l'albuminurie, peuvent se compliquer de rétinite, mais c'est surtout dans le rein atrophique qu'on la rencontre.

La relation qui existe entre les affections rénales et la rétinite paraît consister en ce que, à la suite des altérations survenues dans la composition du sang, il se développe une maladie des parois des vaisseaux de la rétine, maladie qui entraîne l'inflammation et la dégénérescence de la rétine elle-même (duc *Charles Théodore*). La gravité de la rétinite n'est pas dans un rapport déterminé avec l'intensité de la néphrite ou la quantité d'albumine contenue dans l'urine. Il en est de même pour la marche ultérieure. L'inflammation de la rétine peut s'améliorer, tandis que celle des reins va en s'aggravant et réciproquement. Quoi qu'il en soit, la rétinite albuminurique est, en général, un facteur qui aggrave le pronostic. Si parfois elle accompagne des néphrites bénignes (par exemple dans la scarlatine ou la grossesse), elle se présente cependant de loin bien plus souvent dans les cas de néphrites chroniques graves, et c'est un fait d'expérience, que la majorité des patients qui souffrent de rétinite albuminurique succombent dans l'année à leur affection rénale.

Dans la néphrite on rencontre aussi des troubles visuels sous forme de cécité transitoire, sans que la rétine soit enflammée. Le patient dit que, tout à coup, tout est devenu obscur devant ses yeux. Le trouble visuel se développe si rapidement qu'après quelques heures ou un jour la cécité est devenue complète. A l'examen des yeux, on n'observe aucune altération, alors même que la cécité est absolue. Après un ou plusieurs jours, la vision se rétablit graduellement. En même temps que les troubles visuels se produisent, s'observent encore d'autres phénomènes nerveux, tels que violentes céphalalgies, vomissements, dyspnée, perte de connaissance, crampes, en un mot, les symptômes de l'urémie. C'est pour ce motif que l'on désigne cette cécité sous le nom d'*amaurose urémique*. Le fait que, dans la plupart des cas, nonobstant la cécité complète, la réaction pupillaire à la lumière est conservée, démontre que le siège de l'affection n'est pas dans l'œil ou dans le nerf optique, mais plus haut, dans le cerveau empoisonné par les matières de désassimilation retenues dans le sang. L'amaurose urémique se distingue des troubles visuels provoqués par la rétinite albuminurique, d'abord par l'absence de signes ophtalmoscopiques, et puis par sa marche. La cécité urémique éclate brusquement et est complète, tandis que dans la rétinite albuminurique l'acuité visuelle baisse lentement et n'est que rarement entièrement abolie. Mais aussi, dans ce dernier cas, l'amaurose est définitive. Dans l'amaurose urémique, au contraire, la vue redevient normale, sauf bien entendu si le patient succombe à l'attaque urémique. Rien n'empêche naturellement que l'amaurose urémique n'éclate chez un patient qui est déjà atteint d'une rétinite albuminurique ;

2° La *rétinite diabétique*. Dans beaucoup de cas, celle-ci se caractérise par de petites taches d'un blanc clair, situées dans la rétine, surtout à l'endroit de la macula et dans les environs, sans qu'elles montrent une disposition étoilée comme dans la rétinite albuminurique. Parfois la confluence de plusieurs petites taches en produit de plus grosses ; leur origine se trahit à leurs contours dentelés. Entre les taches blanches se voient de petites hémorragies ponctuées. Le reste de la rétine est transparent et la papille n'est pas modifiée. — D'autres fois, cet aspect caractéristique n'existe pas, et même la rétinite diabétique peut avoir l'aspect typique de la rétinite albuminurique. — Dans l'oxalurie on a aussi observé de la rétinite ;

3° La *rétinite leucémique*. Ici, à côté des manifestations que présente l'inflammation de la rétine en général (particulièrement le trouble rétinien et les hémorragies), il faut noter comme symptôme caractéristique la coloration pâle du sang dans les vaisseaux rétiniens, qui sont d'habitude très distendus. Comme le sang qui circule dans les vaisseaux de la choroïde est pâle également, le fond de l'œil présente, dans la leucémie, même en l'absence de toute rétinite, une coloration d'un rouge beaucoup plus pâle, virant au jaune. Un signe caractéristique pour la rétinite leucémique, ce sont des taches blanches bordées de rouge, qui sont constituées par des globules blancs entourés de globules rouges; mais les taches ne s'observent que rarement dans cette rétinite.

4° La *rétinite septique*. Les altérations intéressent principalement le segment postérieur de la rétine, dans laquelle on trouve des extravasations sanguines, ainsi que des taches blanches; la papille est normale. L'affection survient dans la septicémie, et, non seulement dans les cas graves, se terminant par la mort, mais également dans les cas légers ;

5° La *rétinite hémorragique*. On diagnostique celle-ci quand, par suite de la présence de nombreuses hémorragies dans la rétine, cette membrane se trouble et que la papille se voile. La rétinite hémorragique doit.être rapportée le plus souvent à une affection des vaisseaux rétiniens ; quelques-uns de ces cas sont identiques à la thrombose de la veine centrale décrite page 475. Fréquemment la rétinite hémorragique se complique plus tard d'hypertonie (glaucome hémorragique, p. 416).

Sous le nom de *rétinite proliférante*, Manz a décrit une affection dans laquelle des masses de tissu conjonctif dense proéminent de la rétine dans le corps vitré et cachent une partie du fond de l'œil, et même la papille. Des vaisseaux de néo-formation se rendent de la rétine dans ces masses. Il est probable que ces masses conjonctives ont leur origine dans des hémorragies qui se sont répandues de la rétine dans le corps vitré et se sont organisées par la suite (voir page 463). — De même quand la rétinite (notamment la rétinite syphilitique) dure longtemps, il arrive parfois qu'il se forme de nouveaux vaisseaux qui s'élèvent de la rétine dans le corps vitré sous forme d'anses fines souvent plusieurs fois contournées ;

6° La *rétinite syphilitique*. La syphilis est l'une des causes les plus habituelles de l'inflammation de la rétine. Cette rétinite s'accompagne généralement d'une affection de l'uvée, et avant tout de la choroïde, mais souvent aussi de l'iris, qui alors donne l'image de l'iritis spécifique. — Dans la rétine, l'inflammation syphilitique se présente sous deux formes, la forme diffuse et la forme circonscrite. Dans le premier cas, la rétine apparaît trouble et légèrement grise dans toute son étendue; çà et là, particulièrement dans la région maculaire, peuvent se rencontrer des taches grises plus saturées. Plus tard, à mesure que le trouble rétinien s'efface, apparaissent d'autant mieux les altérations de l'épithélium pigmenté; en fin de compte, il peut se produire une immigration du pigment de ce dernier dans la rétine, ce qui donne un aspect analogue à la rétinite pig-

mentaire. Cette forme de rétinite syphilitique ressemble en partie à la choroïdite syphilitique décrite par *Foerster* (page 364). — Dans la forme circonscrite,
on trouve un exsudat en masse, d'un blanc jaunâtre, situé dans la région de la
macula ou plus souvent le long d'un des gros vaisseaux. Dans ce dernier cas, on
peut souvent, à l'ophtalmoscope, reconnaître une affection des parois vasculaires comme cause de cette exsudation circonscrite. Ces exsudats se transforment plus tard en cicatrices d'un blanc bleuâtre qui, par suite de leur rétraction, peuvent faire naître un décollement rétinien ;

7° La rétinite par *éblouissement* se produit le plus souvent quand on fixe le
soleil. On l'observe particulièrement après une éclipse solaire chez les personnes
qui l'ont observée à l'œil nu ou avec des verres trop peu fumés. Je l'ai vue se
produire après une fixation trop prolongée d'une lampe à arc. L'ophtalmoscope
montre des altérations pigmentaires dans la macula lutea, sur laquelle le soleil
a projeté son image. Il existe un scotome central, le plus souvent permanent,
correspondant à cet endroit. Il ne faut pas confondre avec la rétinite par
éblouissement cette inflammation oculaire produite par l'effet de la neige
(*Schneeblindheit*) ou de la lampe à arc. Celle-ci consiste surtout, à côté d'étour-
dissement passagers, en une violente conjonctivite (voir page 121).

Dans ces deux dernières formes de rétinite, la rétinite spécifique et celle par
éblouissement, l'inflammation a son siège surtout dans les couches rétiniennes
les plus externes, ainsi que le prouvent les altérations concomittantes de l'épithélium pigmenté et souvent aussi celles de la choroïde. Dans les formes précédemment énumérées, ce sont, au contraire, les couches les plus internes de la
rétine qui sont entreprises.

Assez souvent, on rencontre des cas de rétinite dont la cause étiologique
échappe, même par un examen attentif du patient. Certaines formes, rares
d'ailleurs, se distinguent par des lésions caractéristiques du fond de l'œil qui
servent à les désigner ; telles sont la rétinite circinée, à cause d'un cercle de
petites taches blanches situées dans la macula, ou la rétinite striée à cause des
stries grises de la rétine. — Une affection très rare de la rétine s'observe chez
les enfants en dessous de deux ans ; elle présente les symptômes suivants : La
région maculaire est occupée par une tache d'un gris blanchâtre, un peu plus
grande que la papille, portant à son centre une tache plus petite, d'un rouge vif,
absolument comme dans l'embolie de l'artère centrale. Le reste du fond de l'œil
est normal, sauf que la papille est toujours plus pâle et finit par s'atrophier
complètement. Les altérations existent toujours au même degré aux deux yeux.
L'enfant perd peu à peu la vision, montre de l'apathie et une faiblesse musculaire semblable à de la paralysie ; ces symptômes s'aggravent et l'enfant succombe
après plusieurs mois. A l'autopsie, on trouve des altérations dans l'écorce cérébrale et une dégénérescence ascendante dans la moelle épinière.

II. — Atrophie de la rétine

§ 97. L'atrophie de la rétine est la conséquence d'une inflammation prolongée de cette membrane, ou bien la terminaison d'une embolie ou d'une thrombose des vaisseaux rétiniens. A l'ophtalmoscope, l'atrophie se reconnaît avant tout à la diminution du calibre des vaisseaux rétiniens (fig. 110)

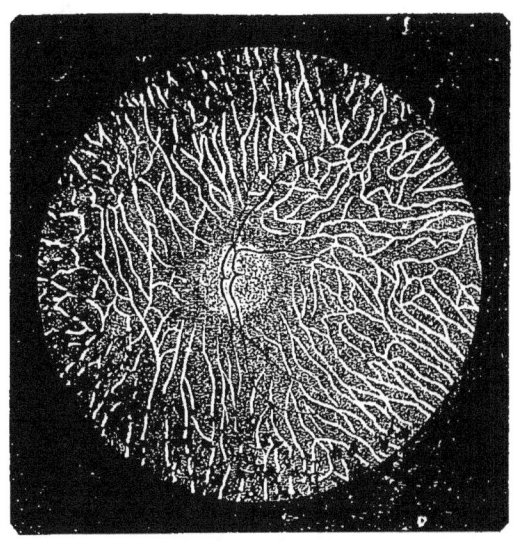

Fig. 110. — *Rétinite pigmentaire*, en partie d'après Jäger. — Dans son ensemble le fond de l'œil est tigré, c'est-à-dire que l'on voit nettement partout les vaisseaux choroïdiens d'un rouge pâle, séparés par les espaces intervasculaires pigmentés. Sur ce fond sont répandues, à la périphérie de la rétine, de nombreuses taches pigmentaires ramifiées, en rapport entre elles. Cette zone pigmentée fait tout le tour; cependant, du côté nasal, elle se rapproche plus de la papille que du côté temporal, où elle reste si périphérique qu'on ne l'a pas rendue dans ce dessin. La papille est d'un gris jaunâtre, sale et mal délimitée : des vaisseaux rétiniens on ne voit que les troncs principaux, et encore sont-ils très rétrécis, surtout les artères.

qui, dans les cas graves, peuvent s'oblitérer complètement et se transformer en fils fins et blancs ou devenir entièrement invisibles. Quant à la rétine proprement dite, elle peut conserver son aspect transparent et normal, ou présenter les traces de l'inflammation antérieure. En tous cas, on constate sur la papille les signes de l'atrophie secondaire, c'est-à-dire qu'elle est mal limitée, plus pâle et de teinte gris sale (atrophie rétinitique de la papille).

Une espèce particulière d'atrophie à marche lente est la *dégénérescence pigmentaire* de la rétine (appelée aussi rétinite pigmentaire). Cette affection se distingue par des symptômes subjectifs tellement caractéristiques, qu'ils suffisent presque seuls à établir le diagnostic. Les personnes qui en sont atteintes se plaignent déjà dans leur jeunesse qu'elles voient moins bien par un faible éclairage, donc surtout le soir (héméralopie). Cet état s'aggrave avec le temps, tellement que les patients ne sont plus capables le soir de marcher seuls, tandis que le jour la vue est conservée intacte. La cause de ce phénomène se découvre par l'examen du champ visuel. Au début de l'affection, avec un bon éclairage, le champ visuel est à peu près normal, tandis qu'à un éclairage faible il semble considérablement diminué.

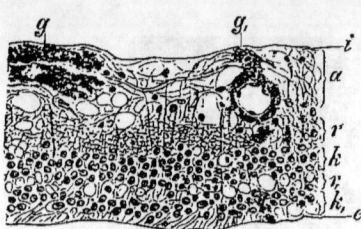

Fig. 111. — *Rétinite pigmentaire*. Coupe à travers la rétine. Gross. 170/1. — La rétine est limitée à la face antérieure par la limitante interne *i*, à la face postérieure par la limitante externe *e* ; la couche des cônes et bâtonnets adjacente à cette dernière a complètement disparu par atrophie. A la limitante interne fait immédiatement suite un réticulum à grosses mailles *a*, provenant du tissu de soutien de la rétine ; les fibres nerveuses et les cellules ganglionnaires, comprises dans ce tissu à l'état normal, sont entièrement détruites. En revanche, on voit les vaisseaux entourés de pigment ; l'un *g*, fortement rétréci, est coupé sur la longueur, l'autre *g₁*, perpendiculairement à l'axe. De même, les couches suivantes de la rétine, la couche réticulaire interne *r*, la couche granulée interne *k*, la réticulaire externe *r₁*, et la granulée externe *k₁*, sont altérées et contiennent çà et là des cellules pigmentées.

Il faut conclure de cet examen que les parties périphériques de la rétine sont moins sensibles qu'à l'état normal ; elles fonctionnent encore sous l'influence d'une lumière vive, mais, quand elles sont faiblement excitées, par exemple par une image peu éclairée, elles ne réagissent plus. Plus tard, même en pleine lumière, le champ visuel se montre tellement rétréci que le malade peut à peine se conduire seul pendant le jour. Cela n'empêche pas, néanmoins, que la vue directe ne puisse être assez bonne pour permettre au patient d'exécuter des travaux délicats. Mais la vue directe finit également par se perdre, et la cécité devient complète. Cette terminaison s'observe généralement assez tard, dans la cinquantaine ou même au delà. — L'examen ophtalmoscopique fait voir que le symptôme le plus saillant de la maladie est la présence sur la rétine de petites taches noires (« rétine tigrée », fig. 110). Ces taches affectent une forme ramifiée et ressemblent à des corpuscules osseux ou à des araignées. Elles sont reliées entre elles par leurs prolongements, et se rencontrent de préférence le long des vaisseaux. Au début, elles n'occupent que l'extrême périphérie du fond de l'œil ; plus tard, il se développe constamment de nouvelles taches reculant toujours de plus en plus, jusqu'à ce qu'enfin la tache jaune et la papille soient atteintes. A mesure que la rétine se pigmente, l'épithélium pigmenté se décolore, de sorte que les vaisseaux choroïdiens deviennent de plus en plus visibles et que se marque l'image du fond de l'œil tigré. En même temps, on voit apparaître plus manifestement les symptômes de l'atrophie de la rétine et de la papille. Il s'agit donc d'une dégénérescence graduelle qui est accompagnée simultanément d'une migration de pigment provenant de l'épithélium pigmentaire (fig. 111). La dégénérescence débute à la périphérie et se rapproche du centre. Dans la même mesure, les fonctions rétiniennes baissent, les parties de la rétine envahies deviennent d'une sensibilité obtuse, mais se laissent encore exciter par une vive lumière ; plus tard, elles perdent toute excitabilité.

La maladie atteint les deux yeux. Elle existe depuis l'enfance et doit être souvent congénitale, quoiqu'on ne la découvre habituellement que plus tard. L'hérédité joue ici un grand rôle. En effet, on observe fréquemment la rétinite pigmentaire chez les frères et sœurs d'une même famille, et cela, pendant plusieurs générations. Dans ces familles, les femmes y sont moins sujettes que les hommes. Souvent, elle se rencontre en même temps que d'autres anomalies congénitales, telles que la surdité, l'idiotie, le bec-de-lièvre, la polydactylie aux mains et aux pieds, ou encore des anomalies des yeux, telles que la persistance de l'artère hyaloïde, la cataracte polaire postérieure, etc. Lorsqu'elle existe depuis longtemps, la rétinite pigmentaire produit d'ordinaire une cataracte corticale postérieure. Dans le tiers des cas à peu près, la rétinite pigmentaire se trouve chez des personnes nées de parents consanguins. C'est sans doute là le motif pour lequel la dégénérescence pigmentaire de la rétine s'accompagne si souvent d'autres anomalies congénitales, puisque celles-ci sont aussi des conséquences de la consanguinité des parents.

La thérapeutique étant impuissante contre la dégénérescence pigmentaire de la rétine, le pronostic en est mauvais ; en effet — bien qu'elle ne survienne qu'au bout de longues années — il se développe une cécité complète inévitable.

Les taches noires, dans la dégénérescence pigmentaire de la rétine, n'ont pas toujours l'aspect des corpuscules osseux : elles sont parfois arrondies ou irrégulières comme celles de la choroïdite. Elles ne se caractérisent donc pas tant par leur forme que par le siège qu'elles occupent et qui doit être la rétine. On reconnaît qu'elles sont situées dans la rétine, parce que les vaisseaux qui passent au niveau de ces taches en sont recouverts. Les taches sont par conséquent situées devant les vaisseaux, c'est-à-dire dans les couches les plus internes de la rétine (dans les taches pigmentaires de la choroïde, on peut poursuivre facilement les vaisseaux rétiniens qui passent au-devant d'elles). D'ailleurs, ce n'est pas seulement dans la dégénérescence pigmentaire qu'on trouve des taches pigmentaires dans la rétine ; au contraire, dans toute rétino-choroïdite, le pigment finit par immigrer dans la rétine. C'est surtout le cas dans la rétino-choroïdite syphilitique où le pigment peut même revêtir la forme de corpuscules osseux, de façon qu'il se développe alors une image rétinienne en tout semblable à celle de la dégénérescence pigmentaire (*Förster*). D'ordinaire, dans la choroïdite, on observe encore d'autres altérations dans la choroïde (taches blanches), qui font défaut dans la rétinite pigmentaire. Néanmoins, on rencontre des cas où le diagnostic différentiel est difficile et où on ne peut l'établir qu'en appelant à son aide toutes les données anamnestiques possibles et en examinant minutieusement les fonctions de l'œil. — De même que la pigmentation de la rétine ne s'observe pas exclusivement dans la dégénérescence pigmentaire, réciproquement la pigmentation n'est pas un phénomène constant de cette dégénérescence. Il y a des cas de *rétinite pigmentaire sans pigment*, où l'atrophie de la rétine se développe sous la forme typique, mais où il n'y a pas de pigment immigré dans la rétine. Les cas d'héméralopie congénitale offrent une certaine analogie avec cette maladie. Ils frappent souvent aussi plusieurs membres d'une même famille, mais le fond de l'œil ne présente pas d'altération notable et l'acuité visuelle est normale ou peu s'en faut. La différence la plus importante entre ces cas et ceux de rétinite pigmentaire sans pigment réside dans le fait que les premiers restent stationnaires, de telle sorte que la vision se maintient bonne pendant toute la vie.

Une affection analogue à la rétinite pigmentaire consiste dans les cas de *rétinitis punctata albescens* décrits par *Gayet* et *Nettleship*. Ceux-ci concordaient par tous leurs symptômes avec la rétinite pigmentaire, seulement au lieu de taches noires, présentaient des centaines de petites taches blanches, disséminées assez uniformément sur tout le fond de l'œil.

Comme traitement de la dégénérescence pigmentaire de la rétine, on peut essayer l'iodure de potassium, les injections de strychnine, le courant constant, les cures sudorifiques, etc. On emploie ces remèdes, plutôt pour satisfaire le malade, car lors même qu'ils amènent une amélioration de l'acuité visuelle, ce n'est jamais que pour quelque temps.

Les *modifications anatomiques* que l'on rencontre dans l'inflammation et l'atrophie de la rétine sont les suivantes :

Dans l'inflammation, on observe les signes de l'œdème inflammatoire, ou de l'infiltration celluleuse produite par les globules blancs émigrés du sang. Quant aux changements que l'on rencontre dans les éléments du tissu de la rétine elle-même, ce sont : 1° la dégénérescence graisseuse aussi bien des éléments nerveux que du tissu de soutien de la rétine ; 2° l'épaississement (sclérose) notamment des fibres nerveuses de la couche des fibres. C'est surtout à ces deux altérations que sont dues les taches blanches et brillantes qui se rencontrent dans un grand nombre d'inflammations rétiniennes (surtout dans la rétinite albuminurique); 3° l'hypertrophie du tissu de soutien qui est d'autant plus prononcée que l'atrophie qui suit l'inflammation est plus forte ; 4° l'épaississement des parois vasculaires (sclérose), qui amène le rétrécissement de leur calibre ou même leur oblitération complète; 5° l'immigration des cellules de l'épithélium pigmentaire dans la rétine où ces cellules peuvent à leur tour proliférer (fig. 111). — Lorsque après une inflammation de longue durée la rétine est devenue entièrement atrophique, elle n'est plus formée que par un tissu réticulé provenant de la trame rétinienne et contenant des cellules pigmentaires, mais dont les éléments nerveux ont disparu sans laisser de traces. Les vaisseaux sanguins sont pour la plupart oblitérés et transformés en cordonnets solides de tissu conjonctif.

III. — DÉCOLLEMENT DE LA RÉTINE

§ 98. Le décollement rétinien (ablatio sive amotio retinæ) se reconnaît à l'ophtalmoscope, en ce que la rétine décollée présente l'aspect d'une fine

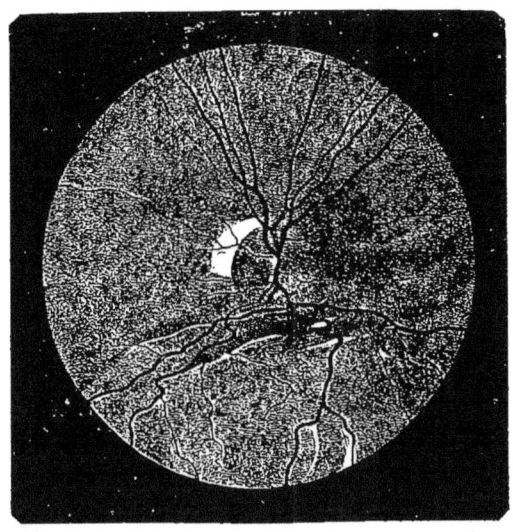

Fig. 112. — *Décollement séreux de la rétine chez un myope.* — Une femme de 62 ans avait été antérieurement fortement myope et portait, depuis 4 ans, une cataracte à l'œil gauche. Après l'extraction de celle-ci, on trouva la rétine, dans sa moitié inférieure, décollée, plissée et flottante. Le bord supérieur du décollement est situé devant le bord inférieur de la papille et la cache. Du côté externe, le décollement présente des limites nettes, tandis que du côté interne il se continue peu à peu dans des plis isolés. La rétine décollée est plus pâle au sommet des plis que dans les creux qui les séparent. Les vaisseaux rétiniens qui, de la papille, se dirigent en bas, disparaissent peu après leur origine derrière le bord surplombant de la rétine décollée et en paraissent interrompus ; plus loin ils se distinguent par des sinuosités très marquées, qui suivent les plis de la rétine détachée. — Le côté externe de la papille est bordé par un croissant blanc, atrophique, d'une demi-papille de largeur, que l'on doit rapporter à la myopie ; les contours de la papille et du croissant sont diffus. Le reste du fond de l'œil est tigré, c'est-à-dire qu'on y reconnaît les vaisseaux choroïdiens et les espaces intervasculaires sombres.

membrane grise, faisant saillie sur le niveau du fond de l'œil normal et proéminant dans le corps vitré (fig. 112). Extérieurement, l'œil paraît normal, seulement la chambre antérieure est souvent plus profonde, et la tension est diminuée.

Tout décollement de la rétine commence par être partiel, c'est-à-dire borné à une partie de la rétine. Il peut se produire à n'importe quel endroit de la rétine ; cependant — quand il est produit par du liquide — le siège en change d'ordinaire plus tard. Car le liquide sous-rétinien, obéissant à l'action de la pesanteur, descend, et le décollement se déplace graduellement vers la partie inférieure de l'œil. C'est pour ce motif que les décollements rétiniens se trouvent le plus souvent en bas, bien que primitivement le siège en ait été à quelque autre endroit du fond de l'œil.

Tout décollement rétinien a de la tendance à s'étendre et à devenir finalement total. Dans le dernier cas, on trouve la rétine dans toute son étendue, refoulée en avant, sauf en deux points où elle est encore reliée au tissu sous-jacent ; ces deux points sont la papille et l'ora serrata. Alors la rétine décollée représente un entonnoir plissé, qui commence à la papille et s'ouvre en avant et qu'*Arlt* a comparé à la fleur du convolvulus (fig. 78 et 89).

Les symptômes subjectifs du décollement rétinien consistent dans le trouble de la vue que cet état provoque. Ce trouble consiste d'abord dans un rétrécissement du champ visuel, que le patient constate souvent d'une façon positive. Un nuage obscur voile une partie du champ visuel, correspondant au décollement de la rétine dont la sensibilité à la lumière est perdue en partie ou en totalité. Lorsque le décollement se trouve du côté inférieur, comme c'est si fréquemment le cas, le patient se plaint qu'un voile noir lui cache la partie supérieure des objets. Ainsi, par exemple, quand un homme se trouve devant lui, il n'en voit pas la tête. Il s'ensuit que l'examen du champ visuel est d'une grande importance pour diagnostiquer le décollement rétinien. Quant à la vision directe, elle est conservée tant que le décollement ne s'est pas étendu à la région de la macula lutea. Lorsque le décollement est total, la cécité est également complète.

Étiologie. — La rétine est simplement adossée à la choroïde, sans qu'il existe aucune adhérence entre elles — sauf au niveau de la papille et de l'ora serrata. Sur un œil ouvert, rien de plus facile que de détacher la rétine des tissus sous-jacents. Dans l'œil vivant, la rétine est maintenue contre la choroïde par la pression du corps vitré. Il en résulte qu'un décollement rétinien n'est possible que lorsque la pression du corps vitré cesse d'agir, ou quand une force supérieure à celle-là soulève la rétine de sa base.

a) Il se développe un décollement du premier genre, quand, par suite d'une *affection du corps vitré*, la pression qu'il exerce normalement diminue ou devient négative, c'est-à-dire se transforme en traction. Le cas se présente : 1° quand il y a perte notable du corps vitré à la suite d'un traumatisme ou d'une opération ; 2° quand le corps vitré est atteint d'une affection qui en provoque la rétraction. Les cas les plus fréquents de cette espèce sont ceux où, dans l'iridocyclite ou l'iridochoroïdite, des exsudats se sont déposés dans le corps vitré. Lorsqu'ils s'organisent et se rétractent, ils arrachent de la choroïde la rétine à laquelle ils adhèrent par place. Cette espèce de décollement ne peut pas se constater par l'ophtalmoscope, en raison de l'opacité des milieux, mais on le diagnostique par la diminution de la tension oculaire et le rétrécissement du champ visuel. Le décollement rétinien constatable par l'ophtalmoscope, qui n'a pas été précédé d'une inflammation, s'observe le plus souvent dans la myopie élevée. Dans ce cas, c'est une dégénérescence fibrillaire du corps vitré avec rétraction consécutive qui doit être considérée comme la cause du décollement. Un état fibrillaire analogue du corps vitré, dépendant d'altérations séniles, constitue probablement la cause de cette espèce de décollement rétinien qui se manifeste quelquefois chez des vieillards sans autre motif. — Quand la rétine est détachée de la choroïde par le corps vitré rétracté, il s'accumule entre ces deux membranes, par suite de la pression négative qui règne sous la rétine, un liquide qui transsude des vaisseaux choroïdiens. Ce liquide sous-rétinien est un sérum assez riche en albumine, souvent un peu jaunâtre, c'est pour cette raison que l'on qualifie de séreux cette espèce de décollement rétinien ;

b) Les cas où la rétine est *détachée* de la choroïde par une cause *active* sont beaucoup plus rares. Les causes de ce décollement actif sont : 1° les exsudats aigus fournis par la choroïde, tels qu'on les observe dans la choroïdite suppurative et les phlegmons de l'orbite; 2° une hémorragie des vaisseaux choroïdiens soit spontanée, soit traumatique ; 3° des tumeurs de la choroïde ou de la rétine ; en outre, un cysticerque qui se développe sous la rétine.

Le *traitement*, dans le décollement séreux de la rétine, doit avoir pour but de favoriser la résorption de la sérosité sous-rétinienne. On y parvient au moyen de cures sudorifiques (dans ce but, on fait des injections de pilocarpine ou l'on administre le salicylate de soude), de purgatifs légers, de préparations iodées, ainsi que par un bandeau modérément serré. En même temps le patient doit garder le lit. Ce traitement doit se continuer pendant plusieurs semaines au moins. Lorsque ces moyens ont échoué, ou quand il s'agit d'un décollement en forme de bourse, produit dès le début par une grande quantité de sérosité, on peut essayer, par une ponction de la sclérotique (voir § 154); d'évacuer le liquide. On exécute la ponction à l'endroit où le décollement est le plus développé. Dans ce but, il faut préalablement bien s'assurer, au moyen de l'ophtalmoscope, du siège et de l'étendue du décollement. On ne doit faire sortir que le liquide qui s'écoule spontanément. Après l'opération, le patient portera sur l'œil un bandeau compressif léger et gardera le lit pendant une à plusieurs semaines.

Par ces méthodes de traitement, on réussira le plus souvent, dans les cas récents et peu étendus, à amener une amélioration de l'acuité visuelle par reposition partielle de la rétine, et dans les cas très favorables on pourra même obtenir la disparition complète du décollement. Malheureusement, ces succès ne sont que très rarement durables, car, en règle générale, le décollement récidive au bout de peu de temps, et, en dépit de toute espèce d'intervention thérapeutique, devient finalement total. Il s'ensuit que le pronostic du décollement de la rétine doit être classé parmi les plus mauvais. La cause des récidives provient de ce qu'aucun traitement n'est en état de faire disparaître l'affection qui est l'origine habituelle du décollement, c'est-à-dire la rétraction du corps vitré. Il s'ensuit que la rétine, à peine revenue à sa position normale, s'en trouve constamment arrachée de nouveau. Dans les cas anciens et dans les décollements rétiniens totaux, il vaut mieux s'abstenir de tout traitement. Dans les décollements totaux, il se développe habituellement plus tard une cataracte, l'œil se ramollit, il se produit un léger degré d'atrophie du globe. Il n'est pas rare non plus que les yeux qui sont le siège d'un décollement rétinien souffrent d'une iritis chronique.

Lorsque le décollement de la rétine est le fait d'un néoplasme, il faut pratiquer l'énucléation. Quand un cysticerque se trouve sous la rétine, on peut l'en extraire par une incision de la sclérotique et conserver ainsi l'œil avec ses fonctions.

Les parties décollées de la rétine, à cause de leur propulsion en avant, possèdent une réfraction moindre que le reste du fond de l'œil; elles sont donc en général fortement hypermétropes. En raison de cette différence de réfraction, on ne peut voir nettement tout à la fois la partie décollée et la partie saine de la rétine, à l'image droite; ce n'est possible qu'à l'image renversée. Pour pratiquer l'examen à l'image droite, on voit le mieux en se tenant avec le miroir à une certaine distance de l'œil, et en appliquant derrière le miroir un verre convexe (par exemple de + 3 D). Si la rétine est fortement saillante en avant, on peut la voir à l'éclairage oblique à travers la pupille dilatée; on reconnaît au fond une membrane grise avec les vaisseaux rétiniens caractéristiques.

L'image ophtalmoscopique du décollement est différente, suivant qu'il s'agit d'un décollement séreux, ou d'un décollement produit par une tumeur ou un cysticerque.

Dans le décollement *séreux* de la rétine, l'épithélium pigmenté reste adhérent à la choroïde. La rétine décollée est donc tout d'abord transparente, mais elle se trouble bientôt, parce qu'elle est isolée de la choroïde, qui pourvoit, pour la plus grande part, à sa nutrition. La rétine décollée devient donc d'un gris clair, un peu translucide et d'un brillant mat. S'il se mélange un peu de sang à la sérosité sous-rétinienne, la rétine décollée affecte une teinte un peu verdâtre. La rétine se prend en plis plus ou moins gros, qui sont à leur sommet d'un blanc brillant, et elle tremblotte en totalité quand l'œil fait un mouvement. Cette

coloration grise, d'un brillant mat, ces plis et ce flottement de la rétine décollée la font comparer justement à une robe de soie ou de satin gris. Les vaisseaux qui parcourent le décollement ont un aspect qui caractérise cette affection. Comme ils suivent les plis de la rétine, ils sont très sinueux et se cachent
en partie dans ces plis. Les vaisseaux sont d'un rouge foncé, presque noir, comme
si le sang qu'ils renferment était modifié. Il n'en est rien cependant; cette coloration foncée provient de ce qu'on les voit en partie également à la lumière
réfléchie, due à ce qu'un peu de lumière traverse malgré tout la rétine décollée
et est réfléchie par la choroïde située plus loin en arrière. Les vaisseaux apparaissent donc foncés, par la même raison qui nous fait voir en noir les opacités
des milieux.

Les bords du décollement peuvent ou bien se continuer dans la rétine normale, en s'affaissant peu à peu ou bien la surplomber comme une bourse. Quand
le décollement est étendu, la papille est cachée en tout ou en partie par la
rétine qui la surplombe. — Les décollements rétiniens tout à fait plats sont un
peu plus difficiles à diagnostiquer. Dans cette partie de l'œil, le fond, au lieu
d'être rouge, paraît d'un gris trouble léger et est traversé par des plis peu élevés d'un gris plus clair; mais, avant tout, les sinuosités anormales des vaisseaux
ainsi que leur coloration foncée faciliteront le diagnostic du décollement rétinien. S'il existe un décollement peu élevé dans la région maculaire, on voit
souvent en cet endroit une tache rouge effacée dans la région soulevée.

La rétine décollée montre, parfois, des taches blanches, des extravasations
sanguines ou des endroits pigmentés. Assez fréquemment on y découvre une
déchirure — *rupture de la rétine*. Elle siège généralement à la périphérie du
fond de l'œil, et le plus souvent en haut. On était antérieurement porté à considérer cette déchirure comme une conséquence du décollement, parce qu'on
croyait que la rétine si délicate, privée de tout soutien, devait se déchirer sous
l'influence des ébranlements du liquide sous-rétinien, lors des mouvements
oculaires. Si même il peut en être ainsi, il n'en est pas moins vrai que *Leber* et
Nordenson ont trouvé que le processus est inverse, c'est-à-dire que la déchirure
de la rétine en précède le décollement. Le corps vitré, en se rétractant, exerce
une traction sur la rétine et surtout à sa partie antérieure, puisque, déjà à l'état
normal, c'est ici qu'il lui est uni le plus intimement. Enfin la traction devient
telle que la rétine se déchire et que du liquide provenant de l'espace vitréen
pénètre sous la rétine et la décolle. Ainsi s'explique la brusque apparition de la
plupart des décollements, surtout de ceux des myopes.

Au début d'un décollement rétinien, les objets sont fréquemment vus déformés — métamorphopsie — à cause de l'obliquité des éléments sensibles de la rétine. Les photopsies sont dues à la traction que subit la rétine et elles annoncent
souvent l'apparition ou l'extension du décollement. Quand le décollement est
récent, la rétine conserve encore pendant quelque temps sa sensibilité à la
lumière et elle peut même, si elle se recolle promptement, recouvrer son fonctionnement complet. Ainsi donc, il se peut que le décollement se guérisse, avec
rétablissement des fonctions de la rétine. Il arrive souvent que la vue s'améliore,
bien que le décollement persiste dans la même étendue. Une telle guérison

apparente se manifeste quand le décollement, ayant d'abord occupé l'endroit de la macula lutea, descend ensuite, de façon que la macula peut recouvrer ses fonctions et qu'il ne persiste qu'un rétrécissement périphérique du champ visuel, fort peu gênant.

Quand le décollement dure assez longtemps, la rétine s'atrophie complètement. Elle perd en même temps toute sensibilité à la lumière et redevient transparente. Alors le diagnostic du décollement par l'ophtalmoscope devient plus difficile ; il doit se baser surtout à ce moment sur l'aspect anormal des vaisseaux.

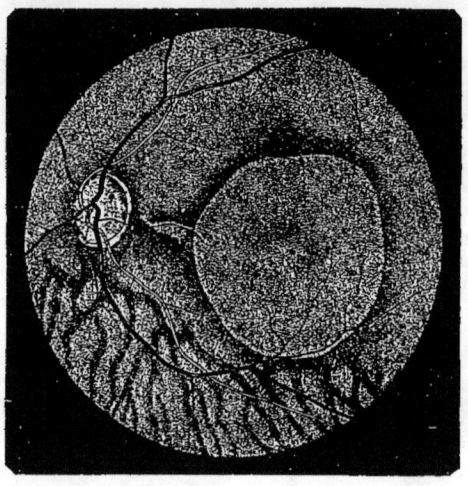

Fig. 113. — *Cysticerque sous-rétinien.* Chez une femme de 26 ans, qui a remarqué deux mois auparavant une diminution brusque de la vue de l'œil gauche. — La papille est bordée en dehors et en bas d'un croissant un peu irrégulier. La région du pôle postérieur de l'œil est occupée par un soulèvement en forme de vésicule de la rétine, d'une coloration grise délicate, qui laisse transparaître le rouge du fond de l'œil un peu estompé. Le bord de la vésicule montre un éclat soyeux, gris pâle, tandis qu'au milieu de la vésicule on voit une tache plus claire d'un jaune pâle, répondant à la tête de l'animal. Les vaisseaux rétiniens passent sur la vésicule, sans montrer sur son bord de coude marqué. La vésicule laisse voir de vifs mouvements spontanés, dans lesquels la tache blanche centrale change de place, d'aspect et de volume. Entre la papille et le bord interne de la vésicule, on remarque en-dessous d'un petit vaisseau rétinien une tache claire, irrégulière, de la rétine. La partie supérieure du fond de l'œil est d'un rouge uniforme, l'inférieure un peu albinotique, de telle sorte que les vaisseaux choroïdiens sombres ressortent nettement sur le fond d'un rouge clair.

Le décollement rétinien, causé par une *tumeur de la choroïde,* ne présente un aspect caractéristique qu'aussi longtemps que la tumeur lui est partout adossée. Il forme une saillie lisse, sans plis, qui s'élève brusquement du fond de l'œil. A travers la rétine on peut reconnaître les vaisseaux de la choroïde ou de la tumeur, ainsi que sa coloration le plus souvent foncée. La rétine détachée ne flotte évidemment pas.

Dans le cas de *cysticerque sous-rétinien,* on trouve un soulèvement arrondi, à contours assez nets, sous lequel on reconnaît la vésicule du cysticerque d'un gris bleuâtre, avec son bord plus clair (fig. 113). La rétine détachée ne flotte pas ; en revanche on découvre à travers elle les mouvements spontanés de la vésicule.

Dans les stades ultérieurs, quelle qu'en ait été l'origine, on finit pas ne plus pouvoir reconnaître le décollement à l'ophtalmoscope, à cause du trouble des milieux, spécialement du cristallin et du corps vitré, et ainsi le diagnostic devient difficile ou impossible. Dans ce cas, il faut baser le diagnostic sur deux facteurs, le champ visuel et la pression intraoculaire. Si les opacités des milieux ont fait perdre la vision qualitative, il faut prendre le champ visuel à la bougie, dans une chambre obscure (voir §§ 155 et 156, remarque) ; dans le décollement rétinien, il se montre un rétrécissement dans la région correspondante. La pression intraoculaire est généralement diminuée dans cette affection, parce que le volume du corps vitré est devenu moindre par suite de sa rétraction ; pour le même motif on trouve fréquemment la chambre antérieure approfondie par un recul du cristallin. Si dans un cas ancien d'iridocyclite, d'iridochoroïdite ou de cataracte compliquée, on découvre un rétrécissement du champ visuel et une diminution de la tension, cela prouve qu'une cécité complète par décollement total est imminente et que le globe oculaire s'atrophiera plus tard. — Dans les décollements produits par un refoulement actif de la rétine loin de la choroïde, la tension n'est pas diminuée, mais plutôt augmentée. Dans les cas douteux de décollement rétinien, une hypertonie parle donc pour une tumeur intraoculaire comme cause du décollement (v. Graefe).

Parmi les causes du décollement de la rétine, il faut encore citer les cicatrices qui persistent après les plaies perforantes situées dans l'étendue de la sclérotique. Ces cicatrices peuvent être consécutives à un traumatisme ou à une opération (page 259). Elles fixent la rétine à la choroïde et à la sclérotique et, par leur rétraction ultérieure, elles exercent une traction sur la rétine, qui finit par se détacher de la choroïde sous-jacente.

IV. — GLIOME DE LA RÉTINE

§. 99 Le gliome est le seul néoplasme qu'on observe dans la rétine. Il ne se rencontre que chez les enfants. Les parents remarquent que la pupille de l'œil malade est le siège d'un reflet clair blanchâtre ou d'un jaune d'or qui frappe quelquefois de loin. C'est pour ce motif que cette affection est désignée depuis *Beer*, sous le nom d'*œil de chat amaurotique* : amaurotique, parce que l'œil est aveugle ; œil de chat, parce qu'il est brillant comme l'œil du chat dans l'obscurité. Lorsque l'on examine un pareil œil à l'éclairage latéral, on voit, comme cause du reflet, une masse bosselée, située derrière le cristallin, de teinte claire et recouverte de minces vaisseaux, c'est la rétine dégénérée.

Dans le *cours* ultérieur du gliome, on observe les mêmes stades que ceux que nous avons fait connaître à propos des tumeurs de la choroïde

(voir page 374). Dans le premier stade, tout symptôme inflammatoire fait
défaut, la maladie ne se trahit que par le reflet clair et la cécité de l'œil.
Le second stade se distingue par l'apparition de l'hypertonie. L'œil s'irrite
et devient douloureux, et l'enfant commence à souffrir. Plus tard, dans le
troisième stade, la tumeur perfore l'œil, de préférence le long du nerf
optique, ensuite sur d'autres points encore, notamment au niveau de la
cornée et à son pourtour. L'œil se transforme alors en une tumeur exulcérée, douloureuse et saignant facilement, qui remplit tout l'orbite et proémine entre les paupières. Dans le quatrième stade, la tumeur envahit les
organes éloignés. Par continuité, elle se propage le long du nerf optique jusqu'au cerveau. Au contraire, c'est par voie métastatique que la tumeur gagne les ganglions lymphatiques voisins, ainsi que les organes internes les plus divers (le plus souvent le foie). Les enfants succombent soit par épuisement, soit par métastase du néoplasme dans les organes essentiels de la vie, surtout le cerveau. La durée de la maladie, depuis son début jusqu'à la terminaison fatale, se prolonge pendant plusieurs années.

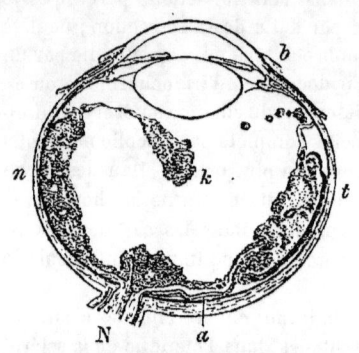

Fig. 114. — *Gliome de la rétine*. Gross. 2/1. — Le
gliome occupe toute l'étendue de la rétine. Celle-ci,
du côté nasal *n*, s'est entièrement transformée en
ce néoplasme, tandis que du côté temporal *t* les
couches externes sont encore conservées par places
(en *a*). La masse néoplasique recouvre aussi la papille
optique *N*, dont elle comble l'excavation. Dans la
région antérieure du corps vitré se voient des nodules
isolés dont le plus gros, *k*, est réuni à l'ora serrata.
Le segment antérieur du globe montre les conséquences de l'hypertonie, entre autres, au côté nasal,
la soudure de la racine de l'iris à la limite scléro-
cornéenne, tandis qu'à l'endroit correspondant du
côté temporal on remarque une excavation *b*, qu'il
faut considérer comme le début d'un staphylôme intercalaire.

En général, le gliome n'atteint qu'un seul œil; cependant on a observé de nombreux cas de gliomes binoculaires. On le rencontre exclusivement chez les enfants, le plus souvent avant l'âge de cinq ans.

Souvent on le remarque déjà à un âge si jeune qu'on est forcé d'en placer
le début dans la vie intra-utérine. Ce fait, joint à la circonstance que
parfois plusieurs enfants d'une même famille sont successivement affectés
du gliome, plaide en faveur de l'idée que, dans beaucoup de cas, la cause
de cette maladie se trouve dans un défaut de développement congénital.

Le *traitement* consiste à extirper le néoplasme le plus vite possible.
Tant que la tumeur est limitée au globe, l'énucléation suffit, mais alors,
par prudence, on coupe le nerf optique aussi loin que possible. Dans ce
cas, il est permis de compter sur une guérison permanente. Une fois que
la tumeur a perforé le globe, et tant qu'elle n'a envahi que les tissus de
l'orbite, on peut, par l'exentération de l'orbite (voir § 166), obtenir encore

une extirpation radicale du néoplasme. Néanmoins il est rare qu'il ne survienne pas une prompte récidive, aussi bien sur place que dans les ganglions lymphatiques voisins. Mais, même alors, l'opération n'en est pas moins indiquée, parce que, par l'enlèvement du foyer pathologique, on épargne beaucoup de souffrances à l'enfant. — Le pronostic n'est réellement favorable que lorsqu'on opère de bonne heure.

Le gliome de la rétine (Virchow), contrairement aux autres tumeurs intraoculaires, n'est jamais pigmenté. Il se développe aux dépens des deux couches granuleuses de la rétine et principalement de la couche granuleuse interne. Le néoplasme se compose à la fois de petites cellules et d'une substance fondamentale très molle (fig. 115). Les cellules sont composées d'un noyau et d'une très petite quantité de protoplasme qui l'entoure et présentent en beaucoup d'endroits de fins prolongements. Les cellules de la tumeur sont particulièrement abondantes autour des larges vaisseaux sanguins qu'elles entourent comme une enveloppe; en conséquence, toute la tumeur montre une structure tubuleuse. Dans beaucoup de cas, on trouve en outre des cellules longues et cylindriques, qui doivent sans aucun doute être considérées (Flexner, Wintersteiner) comme des parties constitutives des couches externes de la rétine, du neuroépithélium (Schwalbe). Elles se groupent généralement de telle façon qu'elles entourent un canal libre dans lequel font saillie leurs extrémités correspondant au membre externe des cônes et des bâtonnets. En se basant sur cette formation, on pourrait, avec raison, décrire le gliome comme un neuroépithéliome de la rétine. L'hypertrophie de la rétine en entraîne l'épaississement irrégulier, et,

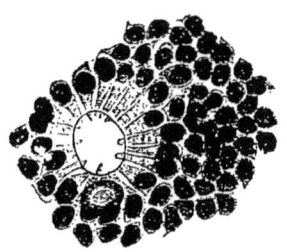

Fig. 115. — *Gliome de la rétine*. Gross. 500/1, d'après un dessin du Dr Wintersteiner. — La tumeur est constituée par des cellules qui contiennent un noyau unique et autour de celui-ci un corps protoplasmique très mince, souvent à peine visible. La moitié gauche du dessin est occupée par une formation qui, à la coupe, est semblable à une glande tubuleuse. Ce canal est entouré par des cellules cylindriques, allongées, dont le noyau est situé à l'extrémité périphérique (cellules des cônes et bâtonnets). L'extrémité centrale de ces cellules est limitée par un contour bien dessiné, la membrane limitante externe. De celle-ci proéminent dans la lumière du canal des prolongements protoplasmiques courts et coniques (cônes et bâtonnets rudimentaires). Juste en-dessous de cette formation, on voit un corps d'un certain volume, elliptique, très brillant, une de ces concrétions hyalines qu'on rencontre parfois dans le gliome.

comme conséquence, le plissement et le décollement. Cependant, dans un grand nombre de cas, ainsi que le montre la figure 114, le décollement peut se borner pendant longtemps à de petits points limités. De la rétine dégénérée partent des germes de la tumeur qui pénètrent, d'un côté, dans la choroïde et, de l'autre, dans le corps vitré où ils se développent en tumeurs propres (fig. 114, *k*)

Le gliome dépend très souvent d'une disposition pathologique congénitale; cela ressort d'une observation intéressante que j'ai eu l'occasion de faire. Une mère amène à ma clinique son fils, âgé de quatre ans, atteint d'un gliome de l'œil droit. D'après les renseignements qu'elle donne, l'affection ne daterait que d'une année, bien qu'elle soit déjà très avancée. Le globe dans sa totalité a beaucoup augmenté de volume, et la masse proliférante postérieure envahit l'orbite. Tout le contenu de l'orbite fut extirpé, et néanmoins l'enfant mourut six mois plus tard, au milieu de symptômes cérébraux, tandis qu'en même temps on pouvait sentir dans l'orbite une nouvelle tumeur. Quelques mois après, la mère amena l'enfant puîné âgé de deux ans. Elle déclara qu'il était aveugle de l'œil droit depuis sa naissance, mais que c'était seulement depuis quelque temps qu'elle remarquait que cet œil prenait du développement. Cet enfant portait aussi un gliome de l'œil droit et succomba — une année environ après l'opération — à une récidive. Peu après, la femme m'amena son dernier enfant, âgé de quelques mois seulement. Elle était pleine d'anxiété que cet enfant aussi ne succombât à la redoutable affection, car elle remarquait que son œil gauche présentait le même aspect anormal. Cependant cet enfant n'avait pas de gliome, mais en bas un colobome typique congénital de l'iris ainsi que de la choroïde.

L'aspect de l'œil de chat amaurotique se présente non seulement dans le gliome, mais encore dans les cas où il existe des exsudats dans le corps vitré. Il est souvent difficile de distinguer ces cas du véritable gliome, et c'est pour ce motif qu'on les désigne sous le nom de pseudogliome (voir page 371).

Traumatismes de la rétine. — Les contusions du bulbe peuvent provoquer des ruptures de la rétine, sans que les autres enveloppes du globe oculaire soient perforées ; néanmoins ces cas de ruptures rétiniennes isolées sont extrêmement rares. La rétine, en effet, se rompt beaucoup plus difficilement que la choroïde ; car généralement l'on trouve la rétine intacte quand la choroïde est déchirée. Ce qui est plus fréquent, ce sont les ruptures spontanées de la rétine dans les décollements rétiniens.

Une modification passagère de la rétine survenant après la contusion du globe a été décrite par *Berlin* sous le nom de *commotion de la rétine.* Cette affection se distingue par une opacité laiteuse de la rétine qui occupe le pourtour de la papille ou l'endroit de la rétine qui correspond au point de l'application du choc. Dans plusieurs cas, le point diamétralement opposé au choc se trouve opacifié également. En même temps, il existe une certaine diminution de la vision centrale et souvent aussi un rétrécissement du champ visuel. L'opacité ainsi développée disparaît au bout de quelques jours, en même temps que le trouble visuel qui en dépend. Il s'agit sans doute d'un œdème de la rétine.

CHAPITRE XI

MALADIES DU NERF OPTIQUE

ANATOMIE

§ 100. Le nerf optique est constitué par l'ensemble des fibres de la rétine, il s'étend de l'œil à la cavité crânienne en passant par l'orbite et le trou optique. De là vient qu'on distingue trois sections au nerf optique :

a) La terminaison intraoculaire qui se trouve dans la sclérotique;

b) La portion orbitaire qui s'étend depuis le globe jusqu'au trou optique;

c) La portion intracrânienne, qui commence au trou optique et se termine au chiasma.

a) Portion intraoculaire du nerf optique

Le nerf optique en quittant la rétine pour sortir du globe doit traverser la choroïde et la sclérotique. Le point où se fait ce passage se trouve un peu en dedans du pôle postérieur de l'œil (fig. 59). L'ouverture de la sclérotique par où le nerf optique sort de l'œil, s'appelle trou sclérotical, et représente en réalité un canal de peu de longueur; la partie du nerf optique qui y est renfermée en constitue la section intrasclérale. A la rigueur, cependant, il n'y a d'ouverture proprement dite au niveau du passage du nerf optique, ni dans la sclérotique ni dans la choroïde. Ces deux membranes sont plutôt disposées de la manière suivante : d'abord les lamelles externes de la sclérotique, qui constituent les deux tiers de son épaisseur (fig. 116 *sa*), ne sont nullement traversées par le nerf optique; elles se recourbent simplement en arrière et constituent les gaines du nerf optique. Au contraire, les lamelles les plus internes de la sclérotique (fig. 116, *si*) s'étendent au travers du trou sclérotical, où elles sont perforées de nombreuses ouvertures destinées à livrer passage à chacun des faisceaux du nerf optique. Il s'ensuit qu'à cet endroit le nerf optique est traversé par de nombreuses cloisons de tissu conjonctif solide. La choroïde (fig. 116, *ch*) s'étend également, modifiée, transversalement à travers l'épaisseur du nerf optique. Elle constitue avec les couches internes de la sclérotique ce qu'on appelle la lame criblée. Celle-ci forme un pont sur le trou sclérotical, et elle tire son nom de ce qu'elle est perforée par les faisceaux du nerf optique.

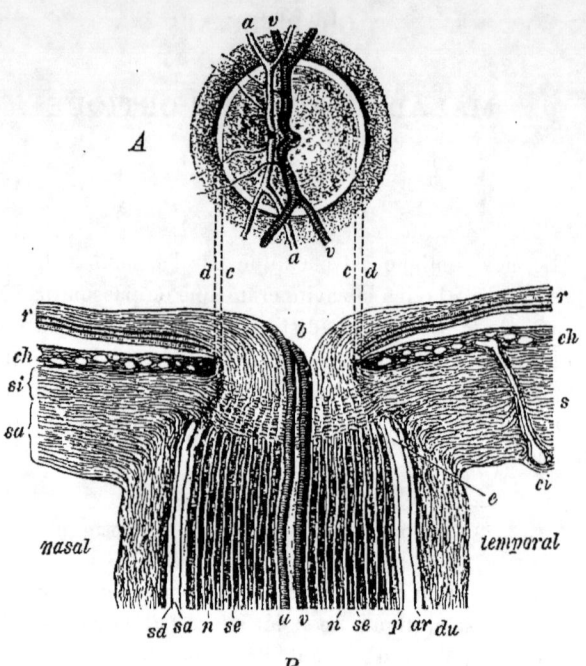

Fig. 116. — *Papille du nerf optique.* — **A.** *Son aspect ophtalmoscopique.* — Un peu en dedans du centre de la papille émerge l'artère centrale et plus en dehors la veine centrale. Au côté temporal des vaisseaux se trouve la petite excavation physiologique, avec le pointillé grisâtre de la lame criblée. La papille est entourée de l'anneau sclérotical clair — entre *c* et *d* — et de l'anneau choroïdien foncé — en *d*.

B. Coupe longitudinale à travers la papille. Gross. 14/1. — Le tronc du nerf, jusqu'à la lame criblée, est formé de faisceaux nerveux à myéline *n*. Les espaces clairs *se* qui les séparent sont les travées de tissu conjonctif. Le tronc du nerf est entouré par la gaine piale *p*, la gaine arachnoïdienne *ar* et la gaine durale *du*. Entre les gaines est compris un intervalle libre, qui se compose de l'espace sous-dural *sd* et de l'espace sous-arachnoïdien *sa*. Tous deux se terminent en cul-de-sac dans la sclérotique *s* en *c*. La gaine durale se continue dans les couches externes de la sclérotique *so*, la gaine piale dans les couches internes *si*. Celles-ci traversent perpendiculairement le nerf optique en constituant la lame criblée. Les fibres nerveuses, en avant de la lame criblée, sont dessinées en clair, parce qu'ici elles ont perdu leur myéline et sont devenues transparentes. Le nerf optique s'épanouit dans la rétine *r* et dans son milieu existe une excavation en forme d'entonnoir *b*, au bord interne de laquelle sortent l'artère *a* et la veine *v* centrales. La choroïde *ch* montre une coupe transversale de ses nombreux vaisseaux et, contre la rétine, en une frange sombre, l'épithélium pigmenté; près du bord de l'ouverture ménagée au nerf optique, la choroïde est plus vivement pigmentée, ce qui constitue l'anneau choroïdien. *ci* est une artère ciliaire courte postérieure, qui atteint la choroïde en traversant la sclérotique.

Lorsque, sur une coupe longitudinale, on examine le nerf optique à son entrée, on voit qu'au moment où il traverse la sclérotique il subit un tranglement qui lui donne une forme conique (fig. 116), de façon que le point qui correspond à la lame criblée est la partie la plus mince du nerf. L'étranglement du nerf optique paraît encore plus prononcé quand on songe qu'au niveau de la lame criblée les cloisons de tissu conjonctif qui séparent les faisceaux du nerf sont particulièrement nombreuses et puissantes. Il en résulte que l'espace laissé aux éléments nerveux du nerf optique est très réduit à cet endroit. Comment est-il donc possible que les faisceaux du nerf optique traversent ce passage étroit? Pour répondre à cette question, il suffit d'une simple inspection d'une coupe longitudinale d'un nerf frais. En effet, le nerf optique est blanc avant de traverser la lame criblée, tandis qu'il est gris et translucide une fois qu'il a dépassé cette membrane. La teinte blanche du nerf optique, dans sa partie extra-oculaire, provient de ce que les fibres nerveuses contiennent de la myéline, d'où il suit qu'elles ne sont pas transparentes (elles paraissent noires dans la figure 116 parce qu'elles sont colorées par l'hématoxyline, suivant la méthode de Weigert). Au moment où les fibres nerveuses traversent la lame criblée, elles perdent leur myéline et deviennent par conséquent transparentes — c'est pour ce motif que la papille est translucide et grise. En perdant sa myéline, chacune des fibres du nerf optique perd beaucoup de son épaisseur, de sorte que le nerf peut alors passer tout entier dans les ouvertures étroites de la lame criblée.

La *lame criblée* joue un rôle important dans les processus pathologiques. D'abord, c'est l'endroit le plus faible de toutes les enveloppes bulbaires, représentées ici seulement par les couches les plus internes de la sclérotique (avec quelques lamelles de la choroïde), et, en outre, perforées par les orifices de passage des faisceaux nerveux du nerf optique. Il s'ensuit que cette région cède la première sous l'action de l'hypertonie oculaire. Dans l'œil normal, la lame criblée passe, en ligne droite ou légèrement convexe en arrière, transversalement à travers le nerf optique. Dans l'hypertonie, la lame criblée se bombe de plus en plus en arrière et forme ainsi l'excavation glaucomateuse. — Une seconde cause d'altérations pathologiques résulte du fait que, au niveau du trou sclérotical et surtout de la lame criblée, le nerf optique est étroitement renfermé dans une enveloppe solide et fibreuse, telle qu'il n'en possède nulle part ailleurs. Il s'ensuit que le gonflement du nerf optique en amène facilement l'étranglement à ce niveau. Le trou sclérotical joue dans ce cas le même rôle que l'anneau herniaire fibreux dans la hernie intestinale.

La partie du nerf optique qui se trouve à l'intérieur de l'œil même, au-devant de la lame criblée, constitue la *papille optique*. Celle-ci forme la partie de ce nerf que, déjà sur le vivant, on peut voir à l'ophtalmoscope. C'est par suite d'une conception erronée de sa forme que les anciens auteurs lui ont donné le nom de papille. En effet, ils croyaient qu'elle formait une saillie dans l'intérieur de l'œil, mais c'est seulement le cas dans certains états pathologiques, tels que dans la tuméfaction inflammatoire de la papille. A l'état normal, au contraire, elle est absolument plate, de façon qu'elle se trouve dans le même plan que la rétine ou que même elle possède une excavation centrale (fig. 116, *b*). Cette excavation provient de ce que les fibres nerveuses commencent déjà à s'épanouir avant d'atteindre le niveau de la rétine, de manière à former un enfoncement en forme d'entonnoir, d'où émergent les vaisseaux centraux du nerf optique. C'est là l'entonnoir vasculaire normal qui s'élargit très fréquemment en s'approfondissant et qui devient l'excavation physiologique.

b) Portion orbitaire du nerf optique

Dans l'intervalle qui sépare l'œil du trou optique, le nerf optique suit un trajet recourbé en forme de S (fig. 59, O). Grâce à cette disposition, le globe oculaire est en état de se mouvoir dans des limites plus étendues. Les mouvements de l'œil s'exécutent autour de son centre de rotation qui occupe à peu près le centre de l'organe. Il s'ensuit que, si la cornée se tourne d'un côté, le pôle postérieur se déplace de la même distance du côté opposé. Tous les mouvements de la cornée correspondent à des mouvements identiques, mais de sens opposé, du pôle postérieur de l'œil ; l'œil doit donc pouvoir se mouvoir en tous sens. Si le nerf optique était tendu en ligne droite entre le globe et le trou optique, il s'en suivrait que le segment postérieur de l'œil serait maintenu en place, immobile, et qu'ainsi les mouvements de l'œil dans son ensemble seraient gênés. Nous pouvons vérifier le fait dans le cas où, par le refoulement de l'œil hors de l'orbite, le nerf optique est tendu. La mobilité du bulbe est d'autant plus restreinte que l'exophtalmie est plus prononcée. A l'état normal, le nerf optique est, en raison de sa forme en S, plus long que la distance entre l'œil et le trou optique ; donc, en se redressant, il peut suivre les déplacements du pôle postérieur de l'œil.

La partie orbitaire du nerf optique est composée du tronc nerveux et des tuniques qui le renferment.

a) Le *tronc du nerf optique* se compose de fibres nerveuses et de tissu conjonctif. Les fibres nerveuses sont de calibres fort divers et extraordinairement nombreuses. On estime qu'elles sont au nombre d'un demi-million et au delà. La plupart d'entre elles sont à direction centripète, mais il en est aussi à direction centrifuge. Entre les fibres se trouve répandue de la névroglie, comme tissu de soutien et comme substance isolante. Les fibres nerveuses se réunissent en faisceaux (fig. 117, *b*) qui

courent parallèlement et qui s'envoient des prolongements. Entre les faisceaux nerveux, se trouve le tissu conjonctif qui est le tissu de soutien de
tout le nerf optique. Il forme des cloisons de différentes épaisseurs —
travées — reliées partout entre elles et pénétrant tout le nerf optique
(fig. 117, s). Entre la surface externe des faisceaux nerveux et la surface
interne des travées, se trouve un espace qui fonctionne comme espace lymphatique.

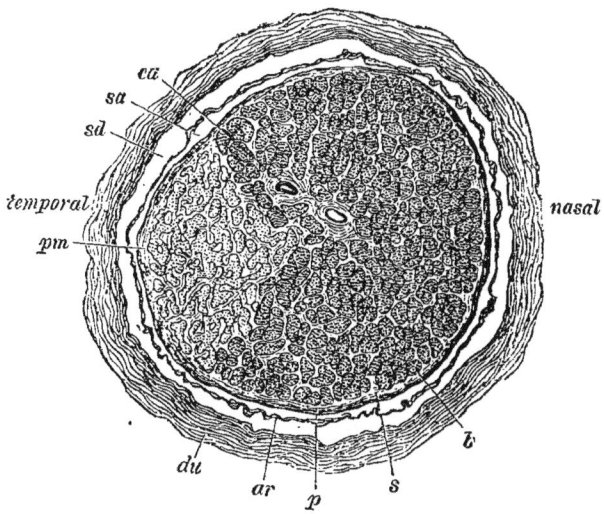

Fig. 117. — *Coupe transversale d'un nerf optique avec atrophie de ses faisceaux papillo-maculaires* (à
4 millimètres en arrière du globe oculaire). Gross. 15/1. — Le nerf optique est entouré de la gaine durale *du*,
la gaine arachnoïdienne *ar* et la gaine piale *p*. Entre la première et la deuxième, se trouve l'espace sous-
dural *sd*, entre la deuxième et la troisième, l'espace sous-arachnoïdien *sa*. En haut et en dehors du centre
de la coupe, on voit l'artère centrale *ca*, et plus vers le centre la veine centrale. Celles-ci sont entourées
des coupes des faisceaux nerveux *b*, qui sont séparés les uns des autres par les travées de tissu conjonctif *s*. Au côté temporal, une portion cunéiforme *pm* du nerf optique se distingue du reste du nerf par
sa coloration plus pâle. Cette portion répond aux faisceaux papillo-maculaires atrophiés. Dans son étendue,
les coupes des faisceaux nerveux sont plus étroites, et les travées de tissu conjonctif au contraire plus
larges.

b) Les *gaines* du nerf optique sont au nombre de trois : l'interne, la
moyenne et l'externe. Comme elles constituent la continuation des trois
enveloppes du cerveau, on les désigne sous le nom de gaine piale, gaine
arachnoïdienne et gaine durale (*Axel Key* et *Retzius*). La gaine piale ou
interne embrasse intimement le tronc du nerf optique (fig. 116 et 117, *p*).
C'est de cette gaine que part le tissu conjonctif destiné à former les cloisons. Celles-ci, accompagnées des vaisseaux sanguins, pénètrent dans l'intérieur du nerf. La tunique externe ou durale (fig. 116 et 117, *du*) est beaucoup plus épaisse que l'interne et entoure lâchement le nerf optique. Il
s'en suit qu'entre les gaines externe et interne, il reste un espace libre

assez large : c'est l'espace intervaginal. La gaine moyenne ou arachnoïdienne (ar) est une très fine membrane qui, le plus souvent, s'adosse intimement à la gaine durale. Elle est reliée aux gaines externe et interne
par de nombreuses trabécules de tissu conjonctif. Elle divise l'espace
intervaginal en deux compartiments : l'espace subdural (sd) et l'espace sous-
arachnoïdien (sa), qui sont en communication avec les espaces cérébraux
de même nom. Ces espaces se voient particulièrement bien dans la figure 123,
où il sont pathologiquement élargis par une accumulation de liquide. Les
surfaces des gaines tournées du côté des espaces sont pourvues d'un
revêtement endothélial dans toute leur étendue, de sorte que ces espaces,
entièrement tapissés d'endothélium, doivent être considérés comme des
espaces lymphatiques (Schwalbe).

Les trois gaines se réunissent à la sclérotique au niveau du globe. Les
gaines externe et moyenne passent dans les deux tiers externes de la sclérotique (fig. 116, so) ; la gaine interne, au contraire, se rend dans les lamelles
internes de la sclérotique (fig. 116, si), qui constituent la lame criblée, et
se trouve également unie à la choroïde. L'espace intervaginal finit en cul-
de-sac dans l'intérieur de la sclérotique (fig. 116, c). En arrière, les trois
gaines se continuent avec les membranes correspondantes du cerveau.

Les *vaisseaux sanguins* sont fournis par la gaine piale, et passent de là
dans le nerf optique. Dans la partie antérieure de la portion orbitaire,
viennent s'ajouter encore les vaisseaux centraux du nerf optique. L'artère
centrale est une branche de l'artère ophtalmique ; la veine centrale se rend
à la veine ophtalmique supérieure ou directement au sinus caverneux. Les
deux vaisseaux pénètrent dans le nerf optique à la distance de 10 à 20 millimètres en arrière du globe (fig. 59, e), et, occupant l'axe de ce nerf, ils
s'étendent jusqu'à la papille où ils deviennent les vaisseaux rétiniens.

c) Portion intracrânienne du nerf optique

Le nerf optique quitte l'orbite par le trou optique. C'est, à proprement
parler, un canal court et osseux (canal optique), qui, outre le nerf optique,
renferme encore l'artère ophtalmique (qui se trouve sur le côté interne du
nerf optique). Par le fait que, au niveau du trou optique, le nerf optique
est entouré d'un canal étroit et à parois osseuses, cette portion, de même
que la partie intrasclérale du nerf optique, présente des dispositions spéciales aux maladies. Celles-ci consistent en inflammation, compression du
nerf à la suite d'épaississement de l'os, blessure ou déchirure dans les
fractures de la paroi osseuse du canal.

La partie intracrânienne du nerf optique s'étend du trou optique jusqu'au chiasma, elle n'est, par conséquent, pas longue (à peine 1 centimètre). Le nerf y est aplati et entouré uniquement de la tunique piale, les deux autres gaines s'étant réunies aux deux membranes externes du cerveau, après qu'elles ont traversé le trou optique.

Continuation des fibres du nerf optique jusqu'à l'écorce cérébrale

Les deux nerfs optiques se réunissent dans le chiasma, et, après s'être enchevêtrés intimement, ils en émergent de nouveau au niveau de son bord postérieur, sous le nom de bandelettes optiques. Le chiasma est situé dans la gouttière optique du corps du sphénoïde, immédiatement au-devant de l'infundibulum. Du chiasma, les bandelettes optiques se dirigent en arrière, en divergeant, et contournent les pédoncules du cerveau, pour se rendre de chaque côté aux corps genouillés externe et interne (dans lesquels elles n'entrent pas). D'ici, les fibres optiques se répandent dans les parties les plus diverses du cerveau. Deux faisceaux de fibres présentent une importance capitale: d'un côté, les fibres (fig. 118, m) qui se rendent au noyau de l'oculo-moteur (K); de l'autre côté, les fibres (S) qui se rendent aux couches corticales du cerveau (B). Les premières règlent les mouvements des muscles de l'œil et l'action réflexe de la pupille ; les dernières donnent la perception des objets. Les fibres des bandelettes, destinées aux couches corticales du cerveau, traversent les couches optiques et la partie postérieure de la capsule interne (*radiations optiques de Gratiolet*) pour se rendre aux couches corticales des lobes cérébraux postérieurs, particulièrement à cette partie qu'on désigne sous le nom de coin. Les fibres se terminent ici dans les cellules ganglionnaires de l'écorce au niveau de la région qu'on appelle le centre optique cortical ou sphère optique (*Munk*). Dans l'intérieur des cellules ganglionnaires, l'excitation des fibres nerveuses optiques se transforme en sensation (perception sensorielle), de façon que la sensation des objets vus vienne à la conscience. Une fois que les cellules ont été excitées, elles conservent des modifications permanentes (mémoire) qui, par la répétition des mêmes excitations, deviennent si intenses que nous sommes en état de nous rappeler ce que nous avons vu antérieurement — images optiques de la mémoire. Lorsque l'écorce des lobes postérieurs est détruite, les excitations des fibres nerveuses du nerf optique n'arrivent plus du tout à notre conscience, ou, à cause de la destruction des images optiques de la mémoire, elles ne sont plus en état de réveiller le souvenir de ce que nous avons déjà vu : les objets sont vus, mais ne sont pas reconnus. On désigne ces cas sous le nom de cécité corticale, cécité psychique.

Il nous reste encore à faire connaître plus en détail le trajet des fibres optiques dans le *chiasma* même. En ce point, il ne s'opère pas un entre-

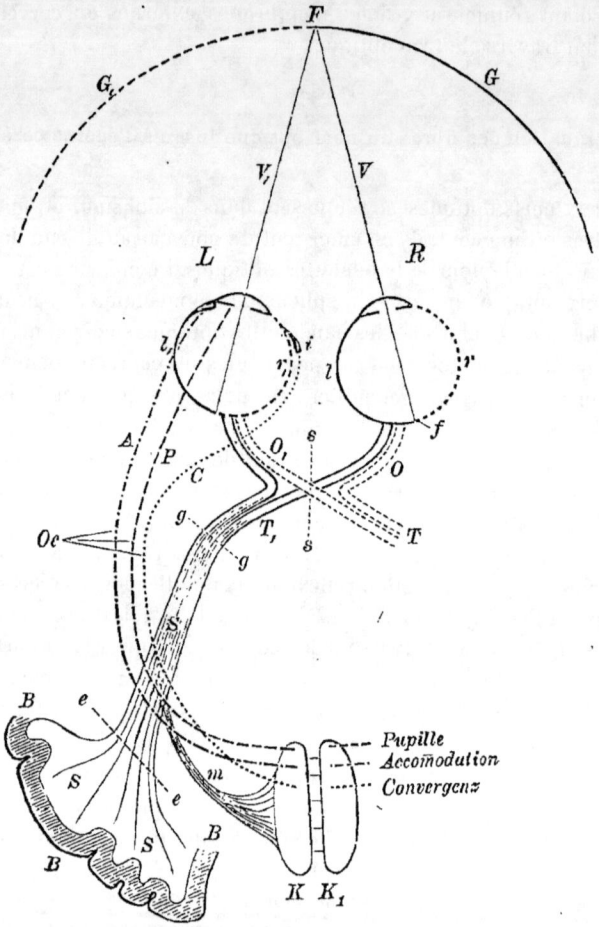

Fig. 118. — *Schéma du parcours des fibres optiques.* — Le champ visuel commun aux deux yeux se compose d'une moitié droite G et d'une moitié gauche G_1. La première répond à la moitié gauche l et l_1 des deux rétines, la seconde à leur moitié droite r et r_1. La limite des deux moitiés de la rétine est fournie par le méridien vertical. Celui-ci passe par la fossette centrale f, à laquelle aboutissent les lignes de vision V et V_1 tirées du point fixé F. Les fibres du nerf optique, émanant de la moitié droite, fortement ponctuée, des deux rétines r et r_1, se réunissent dans la bandelette optique droite T; celles qui viennent de la moitié gauche l et l_1 se rendent dans la bandelette gauche T_1. Les faisceaux de chaque bandelette se rendent pour la plupart dans l'écorce du lobe occipital B, en formant les radiations optiques de Gratiolet S; une petite partie m s'en détache cependant pour se diriger vers le noyau de l'oculo-moteur commun K. Celui-ci est constitué par une rangée de petits noyaux. Le premier de ceux-ci envoie des fibres P à la pupille (sphincter de l'iris), le suivant des fibres A au muscle accommodateur, le troisième des fibres C au muscle de la convergence (droit interne i). Ces trois sortes de fibres atteignent l'œil, logées dans le tronc de l'oculo-moteur commun Oc. — Une interruption du parcours des fibres optiques en gg ou en ee entraîne la production d'une hémiopie droite; dans le premier cas, le réflexe lumineux de la pupille fera défaut quand on éclairera la moitié gauche des deux rétines. Une section du chiasma en ss produit une hémiopie temporale. Une solution de continuité en m supprime le réflexe lumineux de la pupille, mais laisse intactes l'acuité visuelle ainsi que la contraction de la pupille, associée à la convergence et à l'accommodation.

croisement de la totalité des fibres nerveuses, mais seulement d'une partie d'entre elles — *semidécussation*. Pour comprendre l'ordonnance des fibres, le mieux est de les prendre au niveau du globe. Supposons qu'on ait tiré à travers la rétine et la ligne de vision de l'œil droit un plan vertical (fig. 118, *V*), qui passe par la fovea centralis (*f*). Ce plan divise la rétine en deux moitiés : une droite ou temporale (*r*) ; une gauche ou nasale (*l*). Les fibres provenant de la moitié droite (dans la figure, ligne pointillée) se dirigent en arrière dans le nerf optique (*O*), et, se tenant toujours du côté droit, se rendent à la bandelette optique droite (*T*). L'ensemble de ces fibres est désigné sous le nom de faisceau direct. Au contraire, les fibres qui proviennent de la moitié gauche de la rétine de l'œil droit (*l*) traversent le chiasma du côté gauche, de façon qu'on les retrouve dans la bandelette gauche (*T₁*). Elles constituent le faisceau croisé. On peut en dire autant des fibres appartenant à l'œil gauche. Celles-ci se trouvent réunies dans le nerf optique (*O₁*) et se séparent au niveau du chiasma. Les fibres venant de la moitié gauche des deux rétines entrent dans la bandelette gauche, tandis que celles de la moitié droite des deux rétines pénètrent dans la bandelette droite. — Il s'ensuit que chaque bandelette contient des fibres appartenant aux deux yeux. La bandelette droite est constituée par les fibres directes de la moitié droite de la rétine de l'œil droit et des fibres croisées de la moitié droite de la rétine de l'œil gauche. A la bandelette droite appartiennent donc les deux moitiés droites (*r* et *r₁*) des rétines, correspondant aux deux moitiés gauches du champ visuel (*G₁*). La sensation de tous les objets situés à gauche de la ligne médiane arrive, par l'intermédiaire de la bandelette optique droite, jusqu'aux couches corticales de l'hémisphère droit. Celui-ci est destiné à présider aux fonctions de relation de la moitié gauche du corps. La réciproque s'applique à l'hémisphère gauche. De cette manière, le sens visuel est d'accord avec tous les autres nerfs, qui se terminent tous dans l'hémisphère du côté opposé. Cette disposition s'applique aussi bien aux nerfs centripètes qu'aux nerfs centrifuges. Ce que nous sentons avec la main gauche parvient à notre conscience par l'intermédiaire de la couche corticale de la moitié droite du cerveau. Ainsi encore, lorsqu'une partie déterminée de cette portion du cerveau est détruite, il en résulte la perte des mouvements volontaires du bras gauche. Le sens visuel paraît faire exception à cette règle, puisque les deux yeux sont en communication avec les deux hémisphères. Cette exception n'existe plus dès qu'on divise les impressions visuelles d'après les deux moitiés du champ visuel. *Tout ce qu'un observateur voit à son côté gauche arrive à sa perception par l'excitation des couches corticales de la partie postérieure droite du cerveau et réciproquement.*

La semi-décussation nous donne l'explication d'une variété importante du

trouble visuel, l'*hémiopie* (1). Supposons une solution de continuité en un
point (par exemple au point *gg*) de la bandelette gauche (fig. 118, T$_1$). Dans
ce cas, les deux moitiés gauches de la rétine (*l* et *l*$_1$) seraient privées de
leur communication avec l'écorce de l'hémisphère gauche. Aux champs
visuels des deux yeux manqueraient la moitié droite (*G*), de façon que de tous
les objets fixés par l'œil, la moitié gauche seule serait perçue. De la même
manière, lorsque la bandelette droite est détruite, les moitiés gauches du
champ visuel sont perdues. L'hémiopie ainsi produite s'appelle hémiopie
homonyme (ou latérale) (fig. 119). On la désigne par le qualificatif droite

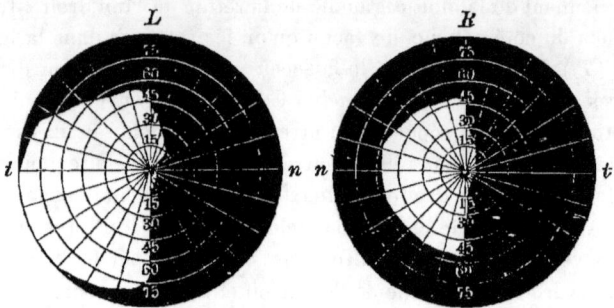

Fig. 119. — *Hémiopie homonyme*, d'après Schweigger. — Les surfaces laissées en blanc correspondent à la
moitié gauche conservée du champ visuel de l'œil droit *R* et de l'œil gauche *L*; *t* côté temporal, *n* côté nasal.

ou gauche, suivant que c'est la moitié droite ou la moitié gauche qui manque.
Une semblable hémiopie se développerait naturellement aussi, si la destruction, au lieu d'intéresser la bandelette elle-même, se trouvait plus
haut (par exemple en *ee*), ou bien encore dans l'écorce cérébrale elle-
même. Il s'ensuit que l'hémiopie homonyme doit faire diagnostiquer toujours une lésion située au-delà du chiasma et du même côté que la moitié
aveugle des rétines.

Si, par une section antéro-postérieure (fig. 118, *ss*), on divisait le chiasma
en une moitié gauche et une moitié droite, toutes les fibres croisées
seraient ainsi coupées, tandis que les faisceaux directs resteraient intacts.
Mais, puisque les faisceaux croisés desservent la moitié interne des deux
rétines (*l* et *r*$_1$), il s'ensuit que ces deux moitiés deviendraient insensibles,
et qu'en même temps les deux moitiés externes (temporales) du champ
visuel feraient défaut. C'est pourquoi cette espèce de trouble visuel porte
le nom de *hémiopie temporale* (fig. 120). Elle peut se développer quand

(1) ἥμισυς, moitié, et ὤψ; beaucoup d'auteurs emploient les mots hémianopie ou hémia-
nopsie, en intercalant un *α* privatif.

une inflammation par exemple ou un néoplasme atteint surtout le chiasma dans la ligne médiane. Ce sera le cas également, si la lésion intéresse l'angle antérieur ou postérieur du chiasma, parce qu'ici aussi il n'y a que des faisceaux croisés.

La *semi-décussation* du nerf optique fut déjà admise par *Newton*, qui, par l'observation de quelques cas d'hémiopie, avait été amené à la soupçonner. En effet, quelle autre explication acceptable pourrait-on en donner, si l'on n'admet pas la semi-décussation? Aussi la considérait-on déjà comme certaine, même avant le

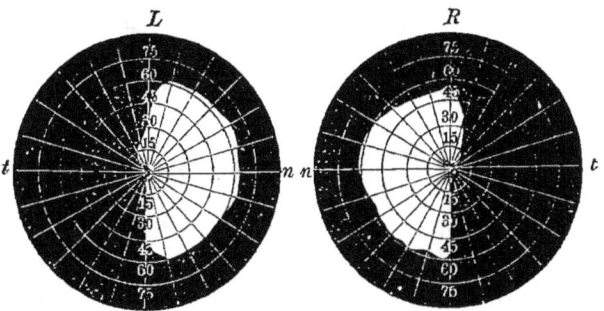

Fig. 120. — *Hémiopie temporale*, d'après Schweigger. — Les surfaces laissées en blanc répondent à la moitié nasale conservée du champ visuel de l'œil droit *R* et de l'œil gauche *L*. *t* côté temporal, *n* côté nasal.

jour où on en constata l'existence en se basant sur des recherches anatomiques (*Biesiadecki, Mandelstamm*, et surtout *Michel*). Chez l'homme, les fibres du nerf optique, qui sont en partie très fines, s'enchevêtrent tellement, qu'on ne peut pas réussir à en poursuivre avec certitude le trajet à travers le chiasma. On s'adressa donc à l'anatomie comparée, parce que certains animaux présentent des dispositions anatomiques bien moins compliquées que l'homme. Ce sont les poissons qui nous fournissent l'exemple le plus simple. En effet, chez les uns les deux nerfs optiques se croisent tout simplement (poissons osseux); chez les autres, l'un des nerfs passe à travers une fente de l'autre (hareng). Chez les amphibies et les oiseaux la disposition est sans doute déjà plus compliquée, cependant on peut encore toujours bien la reconnaître. Chaque nerf se divise ici en un certain nombre de faisceaux aplatis, qui passent tous au côté opposé et s'entre-croisent avec les faisceaux de l'autre côté, à la manière des doigts quand on joint les mains. Il n'y a donc pas de doute que chez les vertébrés inférieurs il n'existe un croisement total. On a fait simplement erreur quand on a cru pouvoir en conclure que la même disposition existe chez les vertébrés supérieurs.

A *Gudden* appartient le mérite d'avoir, par ses expériences, établi d'une manière définitive le véritable état de choses chez les vertébrés supérieurs. Pour y arriver, il choisit la méthode de l'atrophie produite artificiellement. Quand on enlève une partie du corps, les fibres nerveuses qui y aboutissent s'atrophient — atrophie ascendante. L'atrophie monte d'autant plus haut vers le cerveau que le sujet est plus jeune et que l'intervalle de temps écoulé depuis l'extirpation de la partie du corps en question est plus long. De même un tronc nerveux s'atrophie jusqu'à ses extrémités quand, sectionné à sa racine, il n'est plus en connexion avec l'organe central — atrophie descendante. Les deux méthodes ont été appliquées par *Gudden* à l'organe visuel. A cet effet, il pratiqua, tantôt l'énucléation d'un œil, tantôt la section d'une des bandelettes optiques, et puis il étudia

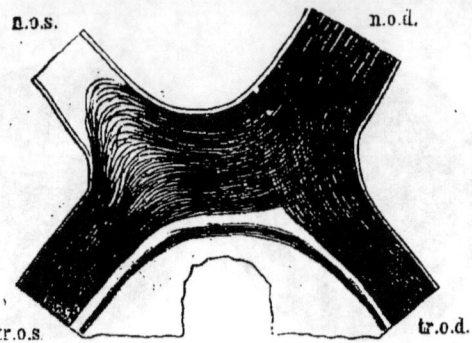

Fig. 121. — *Chiasma dans l'atrophie du nerf optique gauche.* Gross. 3/1. — La préparation provient d'un homme de soixante-six ans, dont l'œil gauche était aveugle depuis l'enfance par suite d'un staphylome total de la cornée, probablement dû à une ophtalmie purulente des nouveau-nés. La figure représente une coupe horizontale du chiasma, colorée à l'hématoxyline par la méthode de Weigert, de telle sorte que les fibres normales (à myéline) sont noires, tandis que les fibres atrophiées sont incolores. Le nerf optique gauche *n.o.s.* est complètement atrophié, en effet; il est incolore et beaucoup plus étroit que le droit *n.o.d.* Les fibres constituant ce dernier traversent en diagonale le chiasma pour se rendre dans la bandelette optique gauche *tr.o.s* et sur ce trajet décrivent une inflexion dans le nerf optique gauche. La petite moitié des fibres du nerf optique droit suit le bord droit du chiasma et se continue dans la bandelette droite *tr.o.d.* Comme les fibres directes sont moins nombreuses que les fibres croisées, la bandelette droite paraît également sur la coupe plus mince que la gauche. Le faisceau nerveux qui suit le bord postérieur du chiasma, en décrivant un arc, et qui est séparé du reste du chiasma par une zone claire, est la commissure de Gudden (commissure inférieure), qui ne contient pas de fibres optiques.

l'atrophie qui en résultait. — Ainsi, quand on a énucléé l'œil droit d'un chien nouveau-né, et que longtemps après on tue l'animal pour l'examiner, on trouve le nerf optique droit entièrement atrophié, il est transformé en un mince cordonnet de tissu conjonctif sans traces de fibres nerveuses. Si un entre-croisement total des deux nerfs optiques avait lieu dans le chiasma, cette atrophie complète se continuerait dans la bandelette optique du côté opposé, tandis que la bandelette du côté droit serait tout à fait intacte. Or ce n'est pas le cas. Il persiste en effet dans la bandelette gauche un mince faisceau nerveux qui a échappé à l'atrophie. Ce faisceau ne peut appartenir qu'au nerf optique gauche et doit représenter le faisceau direct. De même, dans la bandelette droite, en apparence normale, se trouve un mince faisceau de fibres atrophiées qui doit provenir du nerf optique droit et qui correspond au faisceau droit non croisé. Il s'ensuit que chez le chien se trouve une semi-décussation, telle cependant que le faisceau croisé est beaucoup plus gros que l'autre. Chez le lapin, cette disproportion est encore plus prononcée. Chez cet animal, le faisceau direct est si faible qu'il avait tout d'abord complètement échappé à l'observation de *Gudden*. Au contraire, chez l'homme, le faisceau direct est presque aussi puissant que le faisceau croisé, le premier contenant à peu près les 2/5 et le dernier les 3/5 de la totalité du nerf optique. Chez l'homme, c'est le hasard qui, à défaut d'expérience, a permis de déterminer ce rapport. On eut l'occasion de faire l'autopsie de personnes mortes à un âge très avancé, qui avaient perdu un œil dans leur enfance. On observa alors que l'atrophie complète d'un des nerfs optiques se répartissait sur les deux bandelettes, de telle façon que la bandelette du côté opposé était toujours un peu plus atrophiée que celle du même côté (fig. 121). L'observation de tous ces faits permet de formuler la loi suivante : *Chez les vertébrés inférieurs, il y a entre-croisement complet des deux nerfs optiques; chez un grand nombre de vertébrés supérieurs existe un entre-croisement partiel, qui est d'autant plus prononcé que l'animal, par son organisation, se rapproche plus de l'homme.*

La loi qui précède se comprend facilement quand on part du fait physiologique que la perception optique de tous les objets qui se trouvent au côté droit du corps s'opère par l'intermédiaire de l'hémisphère gauche du cerveau, et réciproquement. Chez les ver-

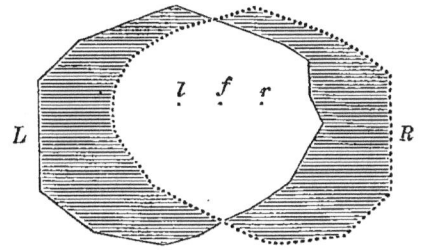

Fig. 122. — *Champ visuel binoculaire.* D'après Mösen. — La ligne continue *L* limite le champ visuel de l'œil gauche, la ligne ponctuée *R* celui de l'œil droit. Les parties internes des deux champs visuels se couvrent dans l'étendue de la surface laissée en blanc. Celle-ci représente donc le champ visuel binoculaire dans lequel tous les objets sont vus concurremment par les deux yeux. Au milieu de celui-ci, on voit le point de fixation *f* et aux deux côtés de ce dernier la tache aveugle de chaque œil *r* et *l*. Au champ visuel binoculaire s'adjoint de chaque côté la partie temporale (hachée) des deux champs visuels, dans laquelle les objets ne sont vus qu'avec un seul œil.

tébrés inférieurs et même chez la plupart des oiseaux et des mammifères, les yeux sont placés sur les côtés de la tête, de telle façon que l'animal est incapable de voir un point quelconque avec les deux yeux en même temps. Les champs visuels des deux yeux sont tout à fait distincts. L'œil droit voit seulement les objets placés au côté droit de l'animal; il s'ensuit que les fibres nerveuses optiques qui partent de cet œil doivent toutes se rendre à l'hémisphère gauche, et que, par conséquent, un entre-croisement total doit avoir lieu. — Chez les vertébrés d'un rang plus élevé, par exemple chez le chien, les yeux occupent déjà une position plus antérieure. Tous les objets donc, situés sur la ligne médiane et dans son voisinage, peuvent être vus avec les deux yeux en même temps, de façon que les champs visuels des deux yeux se recouvrent en partie, c'est-à-dire qu'il y a un petit champ visuel commun (binoculaire). Sans doute, l'œil droit est destiné particulièrement à voir les objets placés du côté droit, mais cela n'empêche pas que, par la partie de sa rétine située à l'extrémité temporale, il ne perçoive encore sur une petite étendue des objets placés à gauche de la ligne médiane. Les fibres nerveuses venant de cette dernière partie de la rétine doivent se rendre aux couches corticales de l'hémis-

phère droit du cerveau, puisqu'elles sont destinées à transmettre les impressions
des objets situés au côté gauche du corps ; ces fibres constituent le faisceau
direct, qui est petit, puisque la partie de la rétine qui en dépend n'a que peu
d'étendue.

Enfin, chez l'homme, les deux yeux se trouvent dans le plan frontal, de manière
que presque tous les objets sont vus en même temps des deux yeux. Il en résulte
que les champs visuels coïncident dans la plus grande partie de leur étendue, de
façon qu'il existe un vaste champ visuel binoculaire (le champ laissé en blanc
dans la figure 122). Chaque œil voit aussi bien les objets placés à gauche qu'à
droite du corps, et c'est pour ce motif qu'une partie de ses fibres nerveuses
optiques se rend à l'hémisphère droit, une autre partie à l'hémisphère gauche.
Il n'en est pas moins vrai cependant que le champ visuel s'étend plus loin du
côté temporal que du côté nasal (voir p. 27 et fig. 34). Il s'ensuit que la moitié
nasale de la rétine est plus grande que la moitié temporale, et puisque les fibres
qui proviennent de la première passent dans le chiasma, de l'autre côté, le
nombre de fibres croisées doit, chez l'homme également, l'emporter encore sur
celui des fibres directes. — D'après cela, la façon dont les nerfs optiques se
croisent dépend du rapport des champs visuels des deux yeux. Si ces champs
visuels sont complètement distincts, il y a entre-croisement total ; si, au contraire, il existe un champ visuel binoculaire, il coexiste en même temps une
semi-décussation, qui est d'autant plus complète que le champ visuel binoculaire
est plus large.

Pour qu'il y ait *hémiopie* dans un sens plus étendu du mot, il n'est pas nécessaire que toute une moitié du champ visuel soit supprimée ; il suffit qu'il y ait un
simple défaut dans le champ visuel des deux yeux, à la condition qu'il soit complètement homonyme (hémiopie incomplète, *Wilbrand*). Dans ce cas, il s'agit
encore d'une lésion des fibres optiques, en amont du chiasma, seulement ce ne
sont pas toutes les fibres de la bandelette (ou de leur prolongement dans l'écorce
cérébrale) qui sont détruites, mais une partie seulement. — D'ailleurs, très souvent, même dans l'hémiopie typique, le champ visuel ne se divise pas exactement
en deux moitiés. En effet, à l'endroit du point de fixation, la limite verticale du
champ visuel dévie un peu (fig. 119), de telle façon que la partie du champ visuel
qui correspond à la macula lutea est entièrement conservée.

Comment sont disposées, dans le tronc du nerf optique jusqu'au chiasma, les
fibres nerveuses destinées aux diverses parties de la rétine ? Nos connaissances à
ce sujet sont de date récente, et elles nous ont été fournies par l'examen de certains cas pathologiques. Dans un cas d'affection du nerf optique, on a constaté
pendant la vie un défaut dans le champ visuel ; si à l'autopsie on trouve une
lésion en un point déterminé du tronc du nerf optique, on est en droit d'admettre que le faisceau de nerf optique lésé appartient à cette région de la rétine
qui correspond au défaut du champ visuel.

À leur entrée dans l'œil, les *fibres du nerf optique* s'épanouissent comme une
gerbe pour former la couche interne (antérieure) de la rétine. Les fibres situées
sur le bord de la papille se terminent dans son voisinage. Plus les fibres se
trouvent près de l'axe du nerf optique, plus est grand le trajet qu'elles ont à

par ouvrir dans la rétine, avant qu'elles n'arrivent à ce point de la couche gan-
glionnaire de cette membrane où elles se terminent. On peut donc ainsi formuler la loi : les fibres provenant des parties périphériques de la rétine sont
situées au milieu du nerf optique ; au contraire, celles qui émanent de la région
centrale de la rétine occupent la périphérie du nerf. Il est bon de rappeler que
les faisceaux du nerf optique les plus marginaux, c'est-à-dire ceux qui se trouvent
immédiatement sous la gaine piale, s'atrophient régulièrement dans un âge plus
avancé. Il en est de même des faisceaux nerveux, voisins des vaisseaux centraux. — Un groupement tout spécial appartient aux fibres destinées à la région
de la rétine qui s'étend entre la papille et la macula lutea — la *région papillo-
maculaire*. Ces fibres se trouvent réunies, dans la portion du nerf immédiatement voisine de l'œil, en un secteur dont la pointe est tournée vers le milieu du
nerf optique, tandis que la base regarde le bord externe (fig. 117, *pm*, les faisceaux d'un aspect plus pâle). Plus en arrière, cette disposition se modifie de
façon que ces fibres se placent dans l'axe du nerf. Le secteur, occupé par le
faisceau papillo-maculaire, forme à peu près le tiers de la section transversale
totale du nerf optique. C'est une proportion énorme, quand on songe que la
région de la rétine qui appartient à ce faisceau ne constitue qu'une minime
fraction de l'ensemble de la surface rétinienne. Cette disposition correspond à
l'importance considérable de cette partie de la rétine. D'autre part, elle corro-
bore l'opinion que chaque élément terminal de la macula lutea est en connexion
avec le cerveau par l'intermédiaire d'une fibre propre, de telle sorte que leur
excitation arrive isolément jusqu'au cerveau, tandis que, dans les parties périphériques de la rétine, il est probable que plusieurs éléments terminaux se
réunissent en une fibre commune.

. Nos connaissances au sujet du cours des fibres optiques peuvent avoir une
certaine importance pratique, en ce sens qu'elles nous permettent de fixer
d'une manière précise le *siège d'une lésion* de la voie optique. Il s'agit ici de ces
cas où il existe un défaut dans le champ visuel, sans que, à l'ophtalmoscope, on
puisse constater une affection quelconque des membranes profondes. Dans ce
cas, le scotome doit être rapporté à une interruption dans le trajet des fibres.
Dans tous les cas où le scotome n'intéresse qu'un seul œil, ou lorsque les scotomes ne sont pas symétriques dans les deux yeux, la lésion doit se trouver
dans le nerf optique même, c'est-à-dire en avant du chiasma, car toute interruption située au-delà du chiasma produit des scotomes homonymes dans les
deux champs visuels. Pour le même motif, lorsqu'un seul œil est frappé de
cécité, tandis que l'autre est intacte, il faut l'attribuer à une affection située en
deçà du chiasma. Quant aux scotomes centraux, ils correspondent à une maladie
du faisceau papillo-maculaire. Dans l'hémiopie temporale, la lésion siège dans
le chiasma même. L'hémiopie homonyme, ou d'autres défauts plus petits, mais
homonymes du champ visuel, dépendent d'une lésion qui se trouve au-delà du
chiasma. Le réflexe lumineux de la pupille est-il également perdu quand on
projette de la lumière sur la partie de la rétine insensible (réaction pupillaire
hémiopique d'après *Wernicke*), alors, l'interruption des fibres conductrices doit
se trouver en-dessous de l'endroit d'où partent les fibres pour se rendre à l'oculo-

moteur, c'est-à-dire dans la bandelette même. Si, au contraire, le réflexe lumineux de la pupille est intact, la lésion est située plus haut, par exemple, dans le tubercule quadrijumeau, dans la capsule interne, ou même dans l'écorce du cerveau.

I. — INFLAMMATION DU NERF OPTIQUE

§ 101. L'inflammation du nerf optique (névrite optique) peut intéresser un point quelconque de son trajet. Mais il va sans dire qu'on ne peut voir l'*inflammation* sur un œil vivant que pour autant que la papille, qui seule est accessible à l'observation ophtalmoscopique, y participe. Nous désignons ces cas sous le nom de névrite intraoculaire, ou de papillite (*Leber*), à cause des altérations dont la papille est le siège. Il faut en distinguer les cas où l'inflammation siège sur un point du nerf optique plus reculé : névrite rétrobulbaire. Mais comme, dans ce cas, le foyer inflammatoire lui-même échappe à l'observation directe, sa présence doit être déduite d'autres symptômes.

a) Névrite intraoculaire (papillite)

SYMPTÔMES ET MARCHE. — Extérieurement, la névrite papillaire ne se distingue par aucun signe, si ce n'est par la dilatation des pupilles résultant de l'affaiblissement ou de la perte complète de l'acuité visuelle. A l'ophtalmoscope, on observe à la papille les symptômes de l'inflammation (fig. 123, *A*). La teinte de la papille a changé, elle est blanche, grise ou rougeâtre et, souvent, mouchetée de taches blanches ou d'extravasations sanguines. Les limites de la papille sont devenues indistinctes, parce que l'exsudat envahit les parties voisines de la rétine. C'est pourquoi la papille semble avoir acquis un plus grand diamètre. Les vaisseaux sanguins de la rétine sont modifiés : les artères (*a*, *a*) sont devenues plus minces, tandis que les veines (*v*, *v*) sont engorgées. Cet état dépend de la compression des vaisseaux par suite du gonflement du nerf optique. Les veines rétiniennes sont très tortueuses, notamment au point où elles passent sur le bord gonflé de la papille pour se rendre à la rétine. A l'endroit où les sinuosités plongent plus profondément dans le tissu trouble, les veines paraissent voilées ou entièrement interrompues. Le symptôme le plus important est la tuméfaction de la papille, qui se distingue par sa saillie au-dessus du niveau des parties circonvoisines de la rétine (fig. 123 *B*, fig. 124).

Le symptôme subjectif de la névrite optique consiste en un trouble de

la vue. Le plus souvent ce trouble est très notable, et même, dans les cas
de névrite grave, la cécité est d'ordinaire complète. Cependant on observe

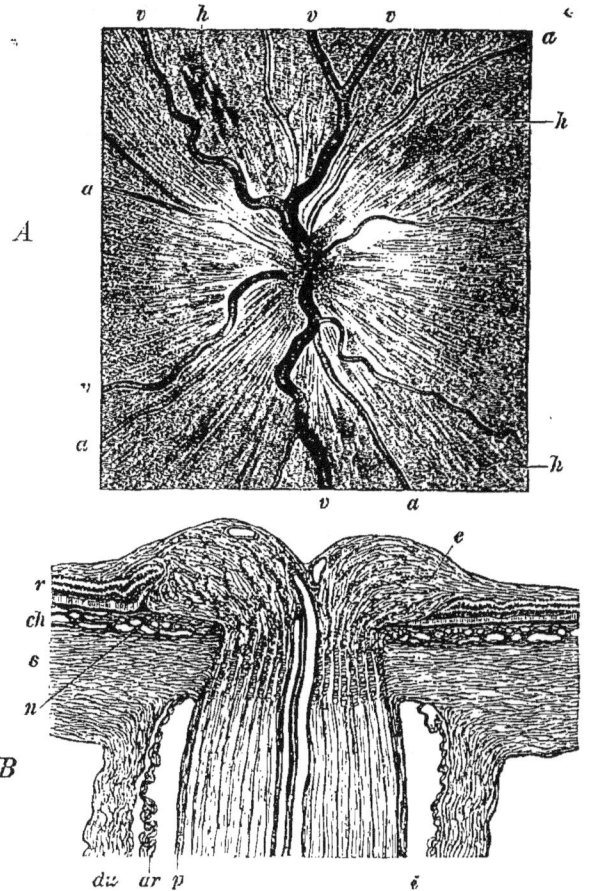

Fig. 123. — *Névrite optique (papille de stase)*. Gross. 14/1. (Comp. avec le nerf optique normal, fig. 116, page 495).

A. Aspect ophtalmoscopique de la papille. — La papille apparaît considérablement agrandie et à contours peu nets. Elle est de couleur blanc grisâtre, trouble et occupée par une striation radiée, qui se continue dans la rétine avoisinante. Les artères rétiniennes a, a, sont amincies, les veines v, v, au contraire, très distendues et tortueuses. Les unes et les autres sont voilées par places. Dans la rétine, se trouvent, aux environs de la papille des taches rouges, striées, à direction radiée h : ce sont des hémorragies.

B. Coupe longitudinale à travers la papille. — Celle-ci est fortement tuméfiée, de sorte qu'elle fait saillie au-dessus du niveau de la rétine avoisinante et forme à sa base un bourrelet annulaire, le renflement névritique n. Une infiltration cellulaire existe particulièrement le long des fins vaisseaux sanguins e, qui, par là, ressortent très bien. La rétine r est, à cause du gonflement de la papille, plissée à son pourtour ; la choroïde ch et la sclérotique s sont normales, de même le nerf au-delà de la lame criblée. Ici existe simplement une dilatation de l'espace intervaginal i, due à une accumulation de liquide ; à cause de l'hydropisie de cet espace, la gaine arachnoïdienne ar, fortement plissée, ressort particulièrement bien. du gaine durale, p gaine piale.

des cas où le gonflement est considérable, tandis que l'acuité visuelle est
normale (dans la papille de stase — *Stauungspapille*). Un signe caractéris-

tique dans beaucoup de cas de névrite optique, ce sont des obscurcissements subits de la vue, ne durant qu'un instant, qui reviennent plusieurs fois par jour. Fréquemment, on trouve un rétrécissement du champ visuel, quelquefois sous forme d'hémiopie.

La marche de la névrite optique est chronique. L'affection dure des mois, puis les phénomènes inflammatoires disparaissent pour faire place aux symptômes de l'atrophie. Alors la papille devient plus pâle, les limites en redeviennent nettes, et les vaisseaux de la papille et de la rétine diminuent de calibre. Cette atrophie, qu'on appelle névritique, est d'autant plus prononcée que la névrite a été plus violente. C'est du degré qu'atteindra l'atrophie que dépendra la question de savoir si l'acuité visuelle, une fois l'inflammation disparue, doit s'améliorer, rester plus faible ou être complètement abolie. En tous cas le pronostic est toujours sérieux.

ÉTIOLOGIE. — De même que les autres affections intraoculaires, la névrite optique est rarement une maladie locale, mais provient d'ordinaire d'une affection plus générale, et c'est pour ce motif qu'elle est presque toujours bilatérale. Il s'ensuit que le diagnostic de la névrite optique est important non seulement pour l'oculiste, mais encore pour tout praticien, parce que cette maladie lui fournit un moyen indispensable pour diagnostiquer un grand nombre d'affections.

Les causes de la névrite sont :

1° *Des maladies du cerveau.* — Ces maladies constituent de loin la cause la plus fréquente de la névrite optique. C'est par stase ou par continuité que la lésion du cerveau produit l'affection du nerf optique.

a) La *stase* s'observe surtout dans les affections qui entraînent une augmentation de la pression intracrânienne, par conséquent le plus souvent dans les tumeurs cérébrales et l'hydrocéphalie. En effet, une tumeur du cerveau, par suite de son développement, occupe un espace de la boîte crânienne de plus en plus grand. Cette cavité étant inextensible, il en résulte une augmentation de la pression intracrânienne, qui refoule une partie du liquide cérébro-spinal. Ce liquide fuit en partie vers la moelle épinière, en partie vers le nerf optique. Alors, on trouve les espaces vaginaux des gaines du nerf optique, espaces qui communiquent avec ceux qui existent entre les membranes cérébrales, élargis et remplis de sérosité (*Stellwag*) — *hydropisie de la gaine du nerf optique* (fig. 123 *B*, *i*, et fig. 124). C'est sur ce fait que se base la théorie de *Schmidt-Manz* relativement au développement de la névrite. Par suite de l'accumulation de sérosité dans les espaces vaginaux, il se produit de la stase lymphatique dans le tronc du nerf optique lui-même, notamment au niveau de la lame criblée, dont les espaces lymphatiques sont en communication avec les espaces vaginaux. L'œdème de la lame criblée entraîne la compression des vaisseaux centraux. L'effet de cette compression est plus prompt et plus intense sur la veine que sur l'artère centrale de la rétine. Mais, comme l'artère amène constamment de nouvelles masses de sang, à l'écoulement desquelles la veine centrale ne suffit plus, il survient de la stase veineuse et, par suite, de la tuméfaction du nerf optique. A l'endroit où le nerf passe dans l'étroit trou scléral, il est, pour ainsi dire, emprisonné par le gonflement; d'où, le développement d'un œdème violent au niveau de la papille étranglée. La névrite ainsi produite est moins une inflammation proprement dite qu'un œdème inflammatoire, et c'est pour ce motif qu'on la désigne sous le nom de névrite de stase ou *papille de stase*. Elle constitue donc un symptôme très important de l'augmentation de la pression cérébrale.

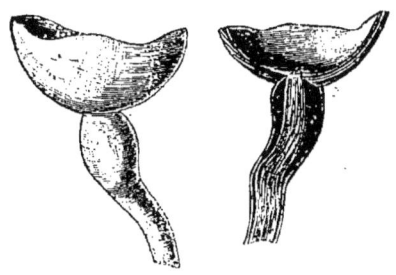

Fig. 124. — *Hydropisie de la gaine du nerf optique*, d'après PAGENSTECHER. — A gauche on voit, dans le segment antérieur du nerf optique, un gonflement en forme d'ampoule. A droite, on a dessiné ce que l'on voit sur une coupe longitudinale du nerf optique. Le gonflement du nerf optique est causé par une distension de sa gaine externe, qui est à présent très écartée du nerf. On reconnaît la saillie que fait la papille au-dessus du niveau de la rétine.

b) La *propagation directe* de l'inflammation du cerveau au nerf optique doit être admise principalement pour les cas où le cerveau est lui-même le siège d'une inflammation, notamment à sa base, comme c'est le cas ordinaire dans la méningite tuberculeuse. Du cerveau, l'inflammation se propage jusqu'à la papille, le long du nerf optique et de ses gaines — *névrite descendante*.

2° La *syphilis* est une cause fréquente de névrite. Le nerf optique peut être directement atteint par l'affection syphilitique. D'autres fois, il en souffre indirectement, en ce sens que, sous l'influence de la syphilis, il se développe, dans la boîte crânienne ou dans l'orbite, des inflammations ou des tumeurs qui atteignent en même temps le nerf optique.

3° Des *maladies infectieuses* fébriles aiguës, ainsi que les troubles de nutrition de diverse nature, et enfin des intoxications, spécialement par le plomb.

4° L'*anémie aiguë*, par suite de pertes sanguines abondantes, le plus fréquemment des hématémèses ou des métrorragies. Dans ces cas, la cécité survient d'ordinaire au bout de quelques jours ; elle est le plus souvent incurable.

5° L'*hérédité*. On rencontre des familles dont les membres sont atteints de névrite sans cause spéciale. L'affection n'attaque généralement que les hommes, et le plus souvent au même âge (en général aux environs de la vingtaine).

6° Les *affections orbitaires*, telles que les inflammations et les néoplasmes de l'orbite, ou bien des tumeurs qui se développent dans le nerf optique lui-même. Ce sont les seuls cas où l'on puisse considérer avec certitude la névrite comme une affection locale.

TRAITEMENT. — Le traitement de la névrite doit surtout être dirigé contre l'affection fondamentale. Le traitement local consiste, outre le repos de l'œil, en soustractions sanguines au niveau de l'apophyse mastoïde, en cures sudorifiques, dans l'administration de moyens résolutifs, tels que l'iodure de potassium, le mercure, etc.

La simple *hyperémie* du nerf optique se reconnaît à sa coloration plus rouge, et aux limites confuses de la papille, qui ne se distinguent que fort peu du fond de l'œil rouge avoisinant; celui-ci, dans ce cas, montre une striation radiée correspondant aux fibres nerveuses de la rétine. Il s'y joint une dilatation et des sinuosités des vaisseaux rétiniens. L'hyperémie du nerf optique se rencontre souvent. Elle n'est pas seulement une complication constante de toutes les inflammations de la rétine et de la choroïde, mais on la trouve même dans les inflammations intenses du segment antérieur de l'œil, par exemple dans l'iridocyclite. — Lorsque le nerf optique participe largement à l'inflammation de la rétine, ou réciproquement, quand l'inflammation de la papille envahit une grande étendue de la rétine, on désigne l'affection sous le nom de *névro-rétinite* (ou papillo-rétinite). Presque toutes les formes de rétinite, ainsi que de névrite, décrites précédemment, peuvent se présenter aussi comme névro-rétinite. Spécialement dans les tumeurs du cerveau, on rencontre une forme de névro-rétinite qui consiste en ce que, à côté des symptômes observés sur la papille, il existe dans la région de la macula lutea des stries fines, argentées, qui ressemblent à celles qui caractérisent la rétinite albuminurique.

C'est v. *Graefe* qui, le premier, a divisé les inflammations du nerf optique qui accompagnent les *affections du cerveau*, en névrite par stase et en névrite descendante. La différence entre les deux réside surtout dans le gonflement du nerf optique et dans l'extension de l'inflammation à la rétine avoisinante. La papille de stase se reconnaît à la courbure que décrivent les vaisseaux au bord de la papille pour descendre de celle-ci sur la rétine, ensuite au déplacement parallactique que montre la papille, à l'image renversée, par rapport à la rétine. A l'image droite, on peut mesurer, par la différence de réfraction de la rétine et de la papille, la proéminence de cette dernière (page 27). Dans la papille de stase, le gonflement est tel que les vaisseaux sont coudés au bord de la papille, et peuvent même paraître presque interrompus. En outre, l'engorgement souvent énorme des veines prouve combien est forte la stase sanguine. Les altérations des tissus se limitent pourtant assez exactement à la papille même. Dans la névrite descendante, le gonflement de la papille est moindre ; l'inflexion des vaisseaux, si nette dans l'autre cas, manque au bord de la papille, et la différence de niveau ne peut souvent se reconnaître qu'à la différence de réfraction mesurée à l'image droite. En revanche, l'exsudation est plus abondante, ce qui est indiqué par le trouble et la décoloration de la papille. L'exsudation s'étend dans la rétine au-delà de la papille, de sorte que celle-ci paraît agrandie. Souvent, on observe l'image de la névro-rétinite. — Cependant, les deux formes de névrite ne sont pas aussi distinctes que l'indique la théorie, car on observe une foule de stades intermédiaires entre la stase papillaire et la névrite descendante. Pour ce motif, aussi bien que pour d'autres tirés de certaines recherches anatomiques, on a mis en doute l'explication purement mécanique de la stase papillaire, d'après la théorie de Schmidt-Manz, et l'on a proposé d'autres théories sur son origine. En effet, les choses paraissent se passer de façon que, si, dans la névrite par stase, cette dernière joue le rôle prépondérant, il n'en est pas moins vrai que des accidents inflammatoires du tronc et des tuniques du nerf optique y ont également leur part.

Les affections du cerveau qui se compliquent de névrite optique sont tantôt des affections en foyer, tantôt des affections diffuses. Parmi les premières, ce sont principalement les *tumeurs du cerveau* qui ont la névrite pour conséquence, et cela d'ordinaire sous forme de papille de stase. Dans ces cas, la névrite est si fréquente — elle ne manquerait que dans 10 %, suivant d'autres dans 20-30 % de toutes les tumeurs cérébrales, — qu'elle en constitue un symptôme des plus importants. Ce symptôme doit être d'autant plus pris en considération que souvent une tumeur cérébrale peut se développer pendant longtemps sans se manifester par aucun autre symptôme caractéristique, par exemple, en ne causant que de la céphalalgie, et celle-là même peut faire défaut. *Dans tous les cas donc où l'on soupçonne une maladie du cerveau, il faut examiner le fond de l'œil à l'ophtalmoscope.* C'est d'autant plus nécessaire que la stase de la papille ne se trahit quelquefois par aucun trouble visuel. Ce fait s'explique parce que dans la stase papillaire — du moins au début — il s'agit d'un simple œdème. Les troubles visuels sont produits par la compression des fibres nerveuses résultant de la tuméfaction œdémateuse. Mais il n'est pas du tout possible de juger du degré de la compression d'après l'aspect ophtalmoscopique de la papille. Ainsi, à l'ophtalmoscope, on observera quelquefois une névrite très prononcée, tandis que le patient accuse une acuité visuelle normale. Dans un grand nombre de ces cas, la cécité survient plus tard, quelquefois en même temps que l'atrophie névritique.

Il n'y a pas de rapport entre la grosseur et le siège du néoplasme et le développement d'une stase de la papille. On a observé des papilles de stase dans des cas de tumeurs dont la grosseur ne dépassait pas celle d'une noix : d'autres fois, des tumeurs très grosses ne sont accompagnées d'aucune névrite. De même, on trouve la névrite aussi bien si la tumeur se trouve dans le voisinage des voies optiques que si elle en est très éloignée, par exemple située dans le cervelet. — Au reste, dans les tumeurs cérébrales, on n'observe pas seulement de la névrite par stase, mais encore de la névrite descendante et de l'atrophie primitive du nerf optique. La première survient lorsque la tumeur provoque dans les tissus avoisinants une inflammation qui se propage au nerf optique. L'atrophie primitive peut

se développer quand la tumeur exerce sur le chiasma ou la portion intracrânienne des fibres optiques une pression qui en provoque la dégénérescence. Un
exemple nous en est fourni par les cas intéressants de tumeur de l'hypophyse,
qui, par la pression qu'elle exerce sur le chiasma, provoque une atrophie des
nerfs optiques avec hémiopie temporale et donne en même temps naissance à
l'ensemble des symptômes qui constituent l'acromégalie. Une tumeur peut aussi
produire une accumulation de sérosité dans le troisième ventricule, de façon
que l'extrémité inférieure qui s'en étend très loin en avant comprime le chiasma.
De cette manière, il se produit dans les cas de tumeurs cérébrales, des amauroses, soit en l'absence de tout signe ophtalmoscopique, soit sous l'aspect d'une
atrophie primitive.

Au nombre des affections en foyer du cerveau, qui, quoique rarement, peuvent
produire la névrite, il faut encore compter les ramollissements circonscrits, les
abcès, les thromboses des sinus, les anévrysmes, les apoplexies, les kystes y compris le cysticerque et l'échinocoque. Parmi les affections diffuses, ce sont la sclérose disséminée, la méningite aiguë et chronique et l'hydrocéphalie qui donnent
lieu à la névrite. Les deux dernières (ainsi que la tuberculose cérébrale) constituent la cause la plus fréquente de la névrite chez les enfants. Souvent ce n'est
que plus tard qu'on amène les enfants chez le médecin. Celui-ci trouve comme
cause de la cécité une atrophie névritique, et il peut, par les données anamnestiques, établir qu'elle a été précédée d'une affection cérébrale grave. Cette cécité
est incurable. On ne doit pas confondre avec cette atrophie les cas rares où les
enfants deviennent aveugles sans raison connue et sans que l'on puisse observer
d'altérations ophtalmoscopiques dans le fond de l'œil. Une pareille cécité, dont
la cause est encore ignorée jusqu'ici, disparaît quelquefois (*Nettleship*). — On
connaît quelques cas de névrite résultant d'une hydrocéphalie où l'on a observé
un écoulement continuel de sérosité — liquide cérébro-spinal — par le nez. La
névrite se rencontre encore quelquefois dans les déformations, (surtout l'acrocé-
phalie) et les traumatismes du crâne (notamment dans les fractures de la base,
avec méningite consécutive). — Comme complication rare, on a observé la névrite dans les affections de la moelle épinière (notamment dans la myélite aiguë),
dans la tétanie et dans la névrite périphérique.

Le nerf optique est très sensible aux *troubles de nutrition* de l'organisme en
général. Parmi ceux-ci, il faut compter avant tout les maladies infectieuses ; on
rencontre, bien que rarement, de la névrite optique après les exanthèmes aigus (rougeole, variole, scarlatine), en outre, dans le typhus, la diphtérie, la
pneumonie, l'influenza et la coqueluche. Parmi les maladies chroniques, nous
citerons l'albuminurie, le diabète, la scrofulose et l'anémie. Chez la femme, il
y a souvent un rapport entre la névrite et les organes génitaux, en ce sens que la
névrite survient dans les troubles de menstruation, la grossesse et la lactation.
Ces cas comportent généralement un pronostic favorable, même s'il se produit
une cécité complète passagère. Parmi les intoxications, dans une acception
plus restreinte, il faut citer à côté du plomb, l'alcool et l'iodoforme. On connaît
aussi quelques cas de névrite optique causés incontestablement par un refroidissement.

b) Névrite rétrobulbaire

§ 102. La névrite rétrobulbaire siège dans la portion orbitaire du nerf optique. Il s'ensuit qu'à l'examen ophtalmoscopique on n'observe que des altérations papillaires nulles ou bien insignifiantes et nullement caractéristiques. Ce n'est que plus tard, lorsque la maladie est terminée, que la papille montre fréquemment les signes de l'atrophie. Celle-ci se produit lorsqu'au niveau du foyer inflammatoire les fibres du nerf optique ont été détruites. Dans ce cas, les bouts périphériques des fibres interrompues subissent la dégénérescence atrophique qui se propage lentement jusqu'à la papille et y devient visible à l'ophtalmoscope (atrophie descendante). A cause de l'absence de modifications ophtalmoscopiques visibles, on doit diagnostiquer les cas récents de névrite rétrobulbaire en se basant sur d'autres symptômes, surtout sur la nature des troubles visuels. Dans certains cas, les troubles peuvent aller jusqu'à la cécité complète, mais ils se bornent le plus souvent aux parties centrales du champ visuel, lesquelles sont desservies par le faisceau papillo-maculaire. Il se produit donc ainsi un scotome central dans le champ visuel.

La névrite rétrobulbaire se rencontre aussi bien sous la forme aiguë que sous la forme chronique. Les cas chroniques dépendent, le plus souvent, d'une intoxication chronique, notamment par le tabac (amblyopie nicotinique). Le pronostic de la névrite rétrobulbaire est, en général, favorable, en ce sens que, dans les cas où l'affection n'est pas trop avancée, l'acuité visuelle peut le plus souvent revenir à son état normal.

La forme *aiguë* de la névrite rétrobulbaire se distingue par l'apparition soudaine du trouble visuel. En peu de jours, celui-ci peut atteindre un tel degré que toute perception lumineuse est perdue. Extérieurement l'œil paraît sain ; à l'ophtalmoscope, c'est à peine si les vaisseaux paraissent un peu plus engorgés (au contraire, il existe quelquefois de l'ischémie de la rétine, ce qui a lieu lorsque les vaisseaux centraux subissent une compression à l'endroit où le nerf optique est enflammé). Ces phénomènes s'accompagnent fréquemment d'une violente céphalalgie ou de douleurs sourdes dans l'orbite. Ces dernières s'exagèrent lorsque le patient meut l'œil ou quand on cherche à refouler l'organe dans la cavité orbitaire. Quelquefois les deux yeux sont atteints en même temps de cette affection.

La maladie passe le plus souvent à la guérison totale ou partielle. Dans le premier cas, l'acuité visuelle redevient normale ; dans le second, il reste presque toujours un scotome central. La guérison ne se produit que lentement, après un ou plusieurs mois. Dans certains cas cependant, la cécité totale persiste pour

toujours, de façon qu'il est impossible, au début, d'établir un pronostic avec certitude.

La cause la plus fréquente de la névrite rétrobulbaire aiguë est un refroidissement intense. J'ai vu quelquefois la maladie éclater chez des sujets qui s'étaient
très échauffés à la chasse et qui, par un temps froid, avaient ensuite voyagé en
voiture découverte. Une fois je l'ai observée chez un jeune homme à la suite
d'efforts exagérés. Pour un pari, il avait parcouru en vélocipède, en un jour,
une très longue distance; le lendemain, il était atteint d'une névrite rétrobulbaire
double. La névrite rétrobulbaire aiguë, peut aussi, comme la papillite, être consécutive à des maladies aiguës, des intoxications ou d'autres altérations de nutrition. La névrite héréditaire peut encore se présenter sous la forme d'une névrite
rétrobulbaire aiguë. Le traitement de cette affection est le même que celui de
la névrite en général. Dans le stade aigu, le traitement qui se montre particulièrement efficace est une cure sudorifique énergique.

La *névrite rétrobulbaire chronique* possède son représentant typique dans l'*amblyopie tabagique* (amblyopie nicotinique), qui se développe sous l'influence de
l'empoisonnement chronique par la nicotine. Cette amblyopie a été d'abord
décrite par *Arlt* sous le nom de rétinite nyctalopique, parce que le symptôme
de la nyctalopie était le plus frappant. L'amblyopie nicotinique se manifeste
uniquement par des troubles visuels qui surviennent d'une manière tellement
graduelle que le patient est le plus souvent incapable d'en indiquer exactement
le début. D'abord, il lit encore des caractères d'impression moyenne, plus tard
il lui est impossible de lire des caractères ordinaires. La diminution de l'acuité
visuelle est presque toujours la même pour les deux yeux, à l'inverse de ce qui
a lieu dans les autres affections intraoculaires chroniques telles que la cataracte,
la choroïdite, l'atrophie du nerf optique, etc., dans lesquelles les deux yeux
sont d'ordinaire atteints à des degrés différents. Un symptôme très caractéristique, c'est la nyctalopie. Le patient dit qu'il voit beaucoup mieux le soir que le
jour; dans les cas récents, il prétend même voir le soir encore aussi bien qu'auparavant, tandis que pendant le jour il est gêné par un brouillard incommode.
Cependant, l'examen objectif démontre que, dans la plupart des cas, il ne se
produit aucune amélioration sensible de l'acuité visuelle quand on diminue
l'éclairage, mais le sentiment incommode de l'éblouissement disparaît; alors le
malade s'imagine mieux voir. Néanmoins, dans certains cas, j'ai pu remarquer
une amélioration effective de la vue par la diminution de l'éclairage. L'un de
ces patients lisait plus aisément de fins caractères d'impression quand il
était muni de lunettes fumées qu'à l'œil nu. Un autre patient, un cocher, lisait
encore le soir les numéros des maisons où il avait à s'arrêter, tandis qu'il en était
incapable le jour. Beaucoup de patients déclarent encore qu'ils ne reconnaissent
plus aussi bien qu'auparavant la couleur rouge, notamment celle des petits
objets. Ils trouvent que les personnes de leur connaissance ont mauvaise
mine, parce que leurs joues leur paraissent d'une teinte jaune de cire.

A l'examen objectif, on n'observe que des altérations ophtalmoscopiques
insignifiantes. Dans les cas récents, la papille est d'ordinaire un peu hypéré-
miée, tandis qu'au contraire, dans les cas plus anciens, la moitié temporale est

devenue plus pâle. Cependant ces altérations sont souvent si peu prononcées qu'on peut dire qu'elles sont nulles. L'examen de l'acuité visuelle seul démontre une diminution modérée de la vision, diminution qui dépend de l'existence d'un scotome central. Ce scotome représente un oval couché qui s'étend de la macula lutea jusqu'à la tache de *Mariotte*, qui correspond donc à la région maculo-papillaire de la rétine (fig. 125). Au début, ce n'est qu'un scotome pour les couleurs. Aussi, quand on examine le champ visuel avec un objet blanc, n'y trouve-t-on aucune lacune. Si, au contraire, on se sert d'un objet rouge ou vert, sa couleur change dans toute l'étendue du scotome. Au début, elle est moins saturée ; plus tard, l'objet paraît complètement incolore. Plus tard encore, l'objet rouge ne se voit plus du tout au niveau du scotome ; enfin l'objet blanc lui-même disparaît dans cette partie du champ visuel — le scotome est devenu absolu (voir pages 29 et 36). Ainsi l'acuité visuelle est descendue au plus bas degré où elle arrive généralement dans cette affection. Les limites extérieures du champ visuel restent toujours normales, et la cécité absolue n'est point à craindre ; seule, la vue directe se perd et avec elle la faculté d'exécuter des travaux délicats. Avant que la vue ne soit descendue aussi bas (ce qui n'arrive pas toujours), il s'écoule, quand l'affection est chronique, une longue série de mois,

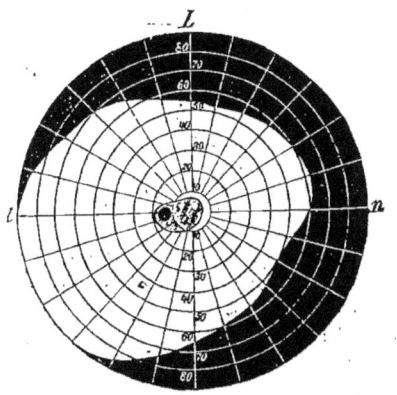

Fig. 125. — *Champ visuel de l'œil gauche d'un homme souffrant d'amblyopie nicotinique.* — Le champ visuel, pris avec un objet blanc, est normal : c'est la surface laissée en blanc dans la figure. Quand on examine avec un objet rouge, au contraire, on trouve un scotome central de l'étendue de la partie hachurée, laquelle forme un ovale irrégulier. La petite tache noire arrondie comprise dans cette partie représente la tache aveugle de Mariotte.

La cause de l'amblyopie nicotinique est l'usage immodéré du tabac, soit qu'on le fume, soit qu'on le mâche. L'affection se rencontre donc presque exclusivement chez l'homme, et cela le plus souvent à l'âge moyen de la vie. Il semble donc qu'avec les progrès de l'âge la résistance à l'empoisonnement nicotinique diminue. La quantité de tabac nécessaire pour provoquer une amblyopie nicotinique dépend des dispositions individuelles. Dans un grand nombre de cas, des quantités relativement minimes ont suffi. Les tabacs à bon marché, qui sont d'ordinaire plus riches en nicotine, ainsi que le tabac humide, sont plus dangereux que les tabacs secs et de meilleure qualité. L'abus des boissons alcooliques, qui est habituel chez les grands fumeurs, favorise le développement de l'amblyopie nicotinique ; néanmoins, on l'observe aussi chez les fumeurs qui s'abstiennent de toute espèce de spiritueux.

Le traitement consiste avant tout dans l'abstinence du tabac, et il est probable qu'elle seule suffit, dans les cas légers, pour obtenir la guérison. Pour hâter celle-ci, on administre à l'intérieur l'iodure de potassium ou des injections sous-cutanées de strychnine ou de pilocarpine. En outre, on prescrit le repos de la vue. Pour les cas récents, dans lesquels des caractères moyens se lisent encore et où le scotome n'est pas encore devenu absolu, le pronostic est favorable, car on peut alors obtenir une guérison complète, mais, pour en arriver là, il faut certainement un à deux mois. Dans les cas plus anciens, où l'on ne lit plus des caractères plus gros et où le scotome est devenu absolu, un rétablissement complet est le plus souvent impossible.

Comme la nicotine, d'autres poisons peuvent produire par intoxication chronique une névrite rétrobulbaire, avec des symptômes identiques ou très semblables à ceux de l'amblyopie nicotinique. Au nombre de ces substances appartient avant tout l'alcool. J'ai eu moi-même l'occasion de traiter un malade qui, depuis sa jeunesse, avait fumé des feuilles de stramoine en grande quantité pour combattre des accès d'asthme, ce qui lui avait donné une amblyopie avec scotome central pour les couleurs (l'homme n'était ni fumeur ni buveur). Enfin, il faut encore mentionner ici les cas d'empoisonnement chronique par le plomb ou les vapeurs de sulfure de carbone (dans les fabriques de caoutchouc), par le dinitrobenzol (dans les fabriques de roburite), par le chloral, l'iodoforme et autres poisons, ainsi que — et c'est une des causes les plus fréquentes — par le diabète. On doit donc, dans tous les cas d'amblyopie avec scotome central, rechercher le sucre dans l'urine. — La première étude anatomique de la névrite rétrobulbaire est due à *Samelsohn*, qui constata une névrite interstitielle dans la partie du tronc du nerf optique qui se trouve dans le canal optique. L'affection se localisait au faisceau papillo-maculaire, et c'est par là qu'on a pu établir la situation et la marche de ce faisceau dans le nerf optique.

Strychnine. — C'est *Nagel* qui, le premier, l'a proposée pour le traitement des affections du nerf optique. Elle exerce une action excitante sur le nerf optique, au point que, même dans un œil normal, elle produit une légère élévation de l'acuité visuelle et un élargissement du champ visuel, qui ne sont pas durables (*Hippel*). Dans un but thérapeutique, on emploie une solution à 1/2 %, dont on injecte journellement 1/2-1 seringue de *Pravaz* (donc environ 0,005 par dose) sous la peau de la tempe. La strychnine agit le mieux dans les affections visuelles sans symptômes ophtalmoscopiques, principalement dans les formes hystériques et neurasthéniques, dont le pronostic est en général favorable. Dans les maladies graves du nerf optique, telles que l'atrophie progressive, on obtient souvent, il est vrai, une certaine amélioration de l'acuité visuelle, notamment un élargissement du champ visuel ; mais ces heureux résultats ne sont ordinairement pas durables.

II. — ATROPHIE DU NERF OPTIQUE

§ 103. L'atrophie du nerf optique se développe primitivement ou après une inflammation préalable. On distingue, par conséquent, l'atrophie en simple et en inflammatoire.

a) L'atrophie *simple* (primitive, véritable, non inflammatoire) est caractérisée par ce fait que la papille devient d'abord plus pâle, ensuite tout à fait blanche ou blanc bleuâtre, au reste nettement limitée et légèrement excavée (excavation atrophique, voir page 388). Le pointillé gris de la lame criblée devient plus distinct et visible dans une plus grande étendue. Les vaisseaux papillaires les plus minces ont disparu, tandis que les vaisseaux rétiniens ne sont pas notablement changés (en opposition avec l'atrophie inflammatoire où ces derniers vaisseaux ont également diminué de calibre). L'acuité visuelle diminue à mesure que l'atrophie fait des progrès, et cette diminution peut aller jusqu'à la cécité complète. — Les *causes* de l'atrophie simple du nerf optique sont : 1° Les affections de la moelle épinière, surtout le tabès, qui est de loin la cause la plus fréquente de l'atrophie simple du nerf optique. L'atrophie se déclare habituellement dans le stade initial du tabès, à une époque où les symptômes ataxiques sont peu prononcés ou manquent totalement, et où il n'est pas encore facile d'établir le diagnostic de l'affection. Il est donc très important de connaître encore deux autres symptômes qui se manifestent d'ordinaire aussi de bonne heure. Le premier concerne la pupille qui ne réagit plus sous l'influence de la lumière (symptôme d'*Argyll Robertson*, voir page 301) et qui est généralement aussi très rétrécie (miosis spinal, page 353). L'autre symptôme est l'absence du réflexe rotulien, découvert par *Westphal*. L'atrophie spinale du nerf optique atteint toujours les deux yeux, mais pas en même temps. Elle fait des progrès lents, mais conduit fatalement à la cécité, et elle mérite ainsi le nom d'atrophie progressive ; 2° Parmi les maladies du cerveau, la sclérose disséminée et la paralysie progressive des aliénés se compliquent d'atrophie. Les tumeurs et les autres maladies en foyer peuvent provoquer le développement de l'atrophie simple du nerf optique, en comprimant à l'intérieur du crâne le tronc du nerf ou le chiasma ; du point d'interruption, l'atrophie se propage peu à peu jusqu'au bout intraoculaire du nerf optique — atrophie descendante ; 3° La solution de continuité peut siéger aussi, cela va sans dire, plus près de la périphérie, par exemple dans l'orbite, où le nerf optique peut subir la dégénérescence atrophique à la suite d'inflammations, de blessures ou de compression par des tumeurs ;

b) L'atrophie *inflammatoire* est celle qui se manifeste comme terminaison d'une névrite ou d'une rétinite (atrophie névritique ou rétinitique). L'atrophie inflammatoire se distingue encore de l'atrophie simple par ses symptômes ophtalmoscopiques. En effet, dans l'atrophie inflammatoire, la papille est traversée par du tissu connectif formé à la suite de l'inflammation. Dans l'atrophie *névritique*, au début, la papille affecte une teinte blanc grisâtre, et les bords en sont légèrement voilés. Les artères sont rétrécies et les veines engorgées et flexueuses. Plus tard, la papille devient blanche ou blanc bleuâtre, sans cependant laisser voir la lame criblée comme dans l'atrophie simple. A ce moment, la papille est nettement limitée, mais souvent plus petite et irrégulière, comme ratatinée. Les artères, aussi bien que les veines, sont plus étroites et fréquemment bordées de stries blanches. Autour de la papille, on trouve souvent une décoloration irrégulière de la choroïde avoisinante. — Dans l'atrophie *rétinitique*, la papille paraît d'un rouge grisâtre sale et trouble, les bords en sont effacés, les vaisseaux très amincis, souvent presque invisibles (fig. 110).

En général, le *pronostic* de l'atrophie du nerf optique est mauvais. L'atrophie simple entraîne le plus souvent la cécité complète. Le pronostic de l'atrophie inflammatoire est un peu meilleur, en ce sens que la vision, encore respectée par la névrite ou la rétinite, se conserve habituellement d'une manière définitive. Le traitement consiste avant tout à combattre le mal originaire. Quant à l'affection du nerf optique lui-même, on lui oppose l'iodure de potassium, les cures mercurielles, les injections de strychnine, ainsi que le courant constant appliqué sur l'œil même. Malheureusement, tous ces moyens échouent le plus souvent.

Dans l'atrophie, les désordres de la vue n'intéressent pas seulement la vision directe, mais constamment encore le champ visuel, que l'on trouve diminué. Souvent le rétrécissement du champ visuel est concentrique ou revêt la forme de secteur. De bonne heure aussi, il se déclare de la cécité chromatique, d'abord pour le rouge et le vert, ensuite pour le bleu, couleur que le patient reconnaît le plus longtemps. Par là, l'atrophie se distingue du glaucome simple qui présente parfois beaucoup de ressemblance avec elle, mais qui ne s'accompagne généralement de cécité des couleurs que très tard.

L'atrophie simple s'observe le plus fréquemment vers l'âge moyen de la vie. Chez les enfants, on ne la rencontre presque jamais; l'atrophie que l'on voit chez eux est, en général, d'origine névritique. L'homme est bien plus fréquemment atteint d'atrophie simple du nerf optique que la femme. Ce fait s'accorde d'ailleurs avec la prédisposition prédominante du sexe masculin à contracter des affections spinales.

Chez les vieillards, survient parfois une atrophie non inflammatoire du nerf optique d'un degré léger, laquelle est due à une dégénérescence athéromateuse de la carotide interne et de l'artère ophtalmique. Les vaisseaux, qui sont immédiatement accolés au nerf optique dans une certaine étendue, y produisent une destruction partielle par pression (*Bernheimer, Sachs, Otto*).

Traumatismes du nerf optique. — Le nerf optique peut être blessé dans l'orbite par des corps étrangers pénétrants, par une piqûre ou un coup de feu (surtout quand l'arme est chargée de chevrotine), etc. Par suite de la solution de continuité qui en résulte, apparaît, immédiatement après la blessure, une cécité partielle ou totale, — suivant la gravité de la lésion. En outre, on ne remarque tout d'abord aucun changement ophtalmoscopique dans la papille du nerf optique. Ce n'est que plus tard, au bout de quelques semaines, quand l'atrophie descendante a progressé du point blessé jusqu'à la papille, que celle-ci devient plus pâle et présente l'image de l'atrophie simple. C'est seulement lorsque le nerf optique est atteint assez en avant, pour que les vaisseaux centraux soient coupés, que l'on constate immédiatement après l'accident, des symptômes ophtalmoscopiques caractéristiques. Dans ces cas, tout de suite après la blessure, le fond de l'œil prend un aspect semblable à celui que provoque l'embolie de l'artère centrale. Les artères de la papille et de la rétine sont exsangues, et bientôt celle-ci se trouble, ce qui indique qu'elle meurt.

Il n'est pas rare que le nerf optique soit blessé à la suite d'une lésion traumatique du crâne par un corps contondant (par un coup ou une chute sur la tête, etc.). Dans ces cas, aux symptômes d'une fracture grave du crâne (symptômes de commotion cérébrale ou de fracture de la base du crâne) se joignent ceux d'une cécité partielle ou totale. La cécité peut être unilatérale ou bilatérale. Les recherches de *Hölder* et de *Berlin* ont établi qu'il s'agit ici de fractures indirectes des parois orbitaires et surtout de la paroi supérieure. Ces fractures se prolongent jusque sur les parois du canal optique, où le nerf optique est blessé et déchiré. Alors, au bout d'un certain nombre de semaines ou de mois, se développent, sur la papille, les symptômes de l'atrophie simple. Cette espèce de cécité est incurable.

Tumeurs du nerf optique. — Le nerf optique peut être atteint de tumeurs, soit primitivement, soit secondairement. Les tumeurs secondaires proviennent, le plus souvent, de tumeurs intra-oculaires, telles que le sarcome de la choroïde, ou le gliome de la rétine, qui se propagent en arrière le long du nerf optique. Les tumeurs primitives du nerf optique sont rares. Ce sont des fibromes et des sarcomes, avec leurs variétés (myxosarcomes, psammosarcomes, gliosarcomes, etc.), qui naissent aux dépens du tissu interstitiel de soutien ou des tuniques du nerf optique ; on connaît également quelques cas d'endothéliome et de granulome tuberculeux. Des neuromes véritables nés des fibres nerveuses n'ont pas encore été observés avec certitude dans le nerf optique jusqu'ici. — Les tumeurs primitives du nerf optique débutent le plus souvent dans le jeune âge et se développent très lentement. Elles occasionnent l'apparition d'une exophtalmie qui se distingue de celle qui se déclare dans d'autres tumeurs orbitaires, parce que le refoulement latéral de l'œil y manque complètement ou est peu prononcé. La mobilité de l'œil est relativement longtemps conservée ; par contre, comme signe caractéristique, la cécité se déclare de bonne heure. A l'ophtalmoscope, au début, on observe de la névrite avec une stase veineuse particulièrement prononcée ; plus tard, l'atrophie du nerf optique. Comme traitement, on extirpe la tumeur, et, dans certaines circonstances, on peut conserver l'œil lui-même. Les récidives après l'opération sont relativement rares.

Anatomie des affections du nerf optique. — L'*inflammation* du nerf optique en atteint d'abord la partie constituée de tissu connectif, notamment les gaines et le stroma conjonctif (les travées). Dans les gaines, on trouve, outre l'hydropisie déjà mentionnée, une inflammation véritable avec production d'un exsudat riche en cellules — périnévrite (*Stellwag, H. Pagenstecher*). A l'intérieur du tronc du nerf optique, l'inflammation se localise dans les cloisons qui sont épaissies et dont les noyaux se sont multipliés (névrite interstitielle). Il s'ensuit que les faisceaux nerveux, enveloppés par les cloisons, sont comprimés et s'atrophient. Par conséquent, dans la névrite, les fibres nerveuses jouent un rôle plutôt passif.

Dans la *névrite par stase*, les phénomènes inflammatoires se bornent à la papille du nerf optique, tandis que le tronc de ce nerf, situé derrière la lame criblée, ne subit que peu ou point d'altérations. Avant tout, on trouve la papille fortement tuméfiée par l'accumulation de sérosité, de façon qu'elle prend l'aspect d'un champignon qui proémine à l'intérieur de l'œil et dont la base est épaissie en forme de bourrelet — bourrelet névritique (fig. 123, *B*, *n*). Le nerf optique agrandi plisse la rétine en la refoulant de côté. Outre l'œdème, on observe encore des épanchements sanguins, un gonflement des fibres du nerf optique, ainsi que les symptômes d'une infiltration cellulaire peu développée, notamment le long des vaisseaux (fig. 123, *B*, *e*). Plus tard l'infiltration cellulaire se prononce de plus en plus et amène ultérieurement dans l'intérieur de la papille la production d'un tissu conjonctif de néoformation aux dépens de l'exsudat organisé. Plus tard, ce tissu se rétracte, provoque l'atrophie des fibres nerveuses du nerf optique, et l'on a l'image de l'atrophie névritique de ce nerf. Alors, à l'endroit de la papille, on voit un réticulum dont les mailles sont formées par des cloisons de tissu conjonctif. Dans ces mailles se trouvent des vaisseaux dont les parois sont épaissies.

L'*atrophie simple du nerf optique* se manifeste dans les affections de la moelle, d'abord sous forme d'îlots; il se montre dans le tronc du nerf des foyers pathologiques tachetés de blanc, mais qui paraissent gris sur les coupes transversales. Il s'agit ici de la même dégénérescence grise que celle que l'on observe chez les tabétiques, dans les cordons postérieurs de la moelle épinière. Les fibres nerveuses perdent leur myéline blanche et se transforment en fibrilles d'une finesse extrême, ce qui donne à l'ensemble du tissu son aspect gris et translucide. Entre les reliquats des fibres nerveuses se trouvent des cellules contenant des granulations graisseuses; cependant, il y a absence de symptômes inflammatoires proprement dits.

Les signes anatomiques de l'atrophie descendante ou ascendante sont semblables à ceux de la dégénérescence grise du nerf optique. L'atrophie acquiert son apogée dans les cas où le globe oculaire est entièrement détruit; en effet, avec le temps, le nerf optique se réduit alors à un mince cordonnet de tissu conjonctif pur.

TROUBLES VISUELS SANS LÉSIONS APPRÉCIABLES

§ 104. Pour les troubles visuels de cette espèce, on se sert des expressions *amblyopie* (1) pour désigner la faiblesse de la vue et *amaurose* (2) pour indiquer la cécité absolue. On n'emploie l'expression amblyopie que dans le cas où la faiblesse de la vue ne peut être relevée par le port de lunettes appropriées. Un myope, par exemple, qui voit mal à l'œil nu, mais qui acquiert une acuité visuelle normale en se servant de verres concaves correcteurs, n'est pas amblyope, mais simplement myope. Sous le nom d'amaurose, on comprenait autrefois tous les cas de cécité où l'œil avait un aspect extérieur normal. On employait aussi l'expression de « cataracte noire ». L'ophtalmoscope est venu éclairer ces cas. Cet instrument a démontré que, le plus souvent, ils sont dus à des affections de la choroïde, de la rétine et du nerf optique. Aujourd'hui, les expressions d'amaurose cérébrale et spinale s'emploient encore dans le vieux sens, c'est-à-dire que sous ce nom on désigne les cas de cécité résultant d'une affection du cerveau ou de la moelle, tandis qu'extérieurement l'œil a conservé son aspect normal. Cependant, le mot « amaurose » s'emploie encore dans un sens plus étendu, comme synonyme de cécité absolue, alors même que l'œil a subi des altérations apparentes. Ainsi, on dit d'une personne devenue aveugle à la suite d'une iridocyclite qu'elle est amaurotique.

Grâce au perfectionnement des méthodes d'examen de la vue au moyen de lunettes et grâce surtout à l'ophtalmoscope, on réussit aujourd'hui le plus souvent à découvrir la véritable cause de la faiblesse ou de l'abolition de la vue. Malgré cela, il reste un petit nombre de cas où maintenant encore on ne trouve dans l'œil aucun changement qui puisse expliquer le trouble de la vue. Dans quelques cas de troubles visuels sans lésions apparentes, les altérations sont si délicates ou situées de telle façon qu'avec nos moyens d'investigation actuels, il nous est impossible de les découvrir. D'autres fois, il n'existe réellement aucune lésion anatomique, il s'agit seulement de certaines affections qu'on appelle fonctionnelles, c'est-à-dire de certains changements dans les conditions de circulation ou de nutrition, qui ont pour résultat de provoquer un désordre fonctionnel. — Les espèces les plus fréquentes de troubles visuels sans lésions sont :

1° *Amblyopie congénitale*. — On admet l'amblyopie congénitale pour les cas où, selon les renseignements fournis par le malade, la faiblesse de la

(1) Proprement : vision obtuse, de ἀμβλύς, obtus.
(2) Ἀμαυρός, obscur.

vue existe depuis longtemps, et où l'on ne reconnaît aucune autre cause qui l'explique. Cette hypothèse est mieux justifiée encore quand, à côté de la faiblesse de la vue, l'œil est le siège d'autres anomalies congénitales, telles qu'une hypermétropie élevée ou un astigmatisme, un colobome dans l'iris ou dans les membranes profondes, une microphtalmie, etc. En effet, l'expérience démontre que l'acuité visuelle de pareils yeux est presque constamment diminuée, de telle sorte que, même après la correction du défaut de réfraction, l'œil ne jouit pas d'une acuité visuelle normale.

L'amblyopie congénitale est habituellement unilatérale, et l'œil atteint devient facilement strabique. Si l'amblyopie est bilatérale, elle est d'ordinaire compliquée de nystagmus (voir § 128).

2° *Amblyopie par anopsie* (1). — L'amblyopie par défaut d'usage se manifeste lorsque, depuis la plus tendre jeunesse, un œil est le siège d'un obstacle situé dans les milieux qui empêche la formation sur la rétine d'images nettes. Au nombre de ces obstacles sont les opacités congénitales ou précoces de la cornée, du cristallin ou du champ pupillaire (membranes pupillaires). L'amblyopie par anopsie se développe encore dans un œil strabique depuis l'enfance, parce que la perception des images rétiniennes formées dans cet œil est supprimée, et l'œil exclu volontairement de la vision. Dans toutes ces circonstances, la rétine, par défaut d'exercice, n'acquiert pas cette finesse fonctionnelle qui appartient à un œil normal, ou bien elle perd l'aptitude fonctionnelle qu'elle avait déjà acquise ; cependant, il ne se produit pas de cécité complète. Mais, alors même que plus tard la cause du trouble visuel disparaît soit par l'enlèvement de l'obstacle apporté à la vue, soit par correction du strabisme par une opération, jamais la rétine ne reprend entièrement ses fonctions normales.

Cependant, lorsque — chez l'adulte — le développement de la rétine est achevé, un obstacle peut être apporté à la vision pendant de longues années sans que la rétine en souffre. C'est ainsi que l'on a opéré avec succès chez des adultes des cataractes qui existaient depuis vingt ans et au delà.

Le *traitement* consiste avant tout à enlever le plus tôt possible l'obstacle apporté à la vue. Ce précepte est surtout applicable aux cataractes de l'enfance. Autrefois on préférait reculer cette opération jusqu'au temps de la puberté, alors qu'on peut opérer ces enfants avec le plus grand succès dès qu'ils ont à peine quelques mois (par discision). Par l'exercice de l'œil affaibli, les fonctions rétiniennes peuvent se relever. Ces exercices sont notamment utiles dans les cas de strabisme ; on ferme l'œil intact pour forcer l'œil strabique à fonctionner (voir § 127).

_____

(1) De ά, et ώψ, vue.

3° *Héméralopie* (1) (*cécité nocturne*). — Sous ce nom, on comprend, dans le sens le plus large du mot, l'état dans lequel on voit bien pendant le jour, tandis que la nuit (ou en général par un faible éclairage) la vision est incomparablement mauvaise ou même nulle. Cet état ne constitue pas une maladie par lui-même, ce n'est qu'un simple symptôme qui appartient à différentes affections. Ces affections se divisent en deux groupes : des opacités des milieux réfringents et des maladies de l'appareil sensoriel. Les premières peuvent produire l'héméralopie quand elles occupent la périphérie, tandis que le centre reste intact, par exemple des opacités périphériques de la cornée et du cristallin. Sous l'action d'un éclairage vif, la pupille se contracte et les opacités ne tombent plus dans le champ pupillaire. Au contraire, quand l'éclairage diminue, la pupille se dilate, les opacités occupent le champ pupillaire et gênent la vue. De même, lorsque toute la cornée est uniformément couverte par une opacité légère, mais diffuse, l'on voit souvent mieux quand la pupille est contractée, parce que l'éblouissement est moins intense. Quant aux affections de l'appareil sensoriel qui entraînent de l'héméralopie, ce sont celles où la sensibilité des parties périphériques de la rétine est émoussée. On trouve alors, en plein jour, le champ visuel suffisamment étendu, mais il est rétréci, lorsque la lumière diminue ; de là vient que l'orientation (la promenade) est plus difficile le soir. Ce symptôme est particulièrement propre à la rétinite pigmentaire, bien qu'on le rencontre quelquefois aussi dans d'autres formes d'inflammation de la rétine et de la choroïde. L'héméralopie idiopathique, dont nous parlerons ci-après plus en détail, dépend également d'une affection de l'appareil sensoriel, sans que cependant l'on puisse y reconnaître aucune altération matérielle.

Le symptôme contraire de l'héméralopie est la *nyctalopie* (2). C'est l'état dans lequel on voit mieux le soir (à un faible éclairage) qu'en plein jour. Comme l'héméralopie, la nyctalopie naît de deux groupes d'affections différentes : les unes ont leur siège dans les milieux transparents, les autres dans l'appareil sensoriel. Mais le siège des altérations pathologiques est l'inverse de ce qu'il était pour l'héméralopie. En effet, les opacités des milieux qui provoquent de la nyctalopie sont situées dans les parties centrales (dans la cornée, la pupille ou le cristallin), de façon à occuper tout le champ de la pupille quand elle est contractée. Lorsqu'au contraire la pupille se dilate, les parties périphériques transparentes peuvent être utilisées pour la vue. Quant aux maladies de l'appareil sensoriel, ce sont celles où les limites du champ visuel sont normales, tandis qu'au centre il existe un

(1) De ἡμέρα, jour, et ὤψ.
(2) νύξ, nuit.

scotome. Dans ces cas, il est vrai, l'acuité visuelle n'est habituellement pas meilleure quand la lumière est plus faible qu'en plein jour; mais la faiblesse de la vue centrale produit un sentiment moins désagréable, ce qui fait que les malades croient mieux voir le soir. Ce symptôme est surtout prononcé dans l'amblyopie nicotinique (voir page 518).

A côté des cas déjà cités dans lesquels l'*héméralopie* constitue un symptôme d'autres altérations, il y en a où elle paraît être une entité morbide, c'est-à-dire une affection propre, caractérisée par l'absence d'altérations pathologiques appréciables dans l'œil. Ces cas sont désignés sous le nom d'*héméralopie essentielle* ou de cécité nocturne dans un sens plus restreint du terme. Quand, dans un cas semblable, on examine l'état de la vue, on trouve, conformément aux indications du malade, que la vue est normale dans une vive lumière, tandis qu'elle baisse rapidement par un faible éclairage. Ainsi, lorsque, en baissant les stores, on obscurcit la chambre au point où le médecin qui fait l'expérience soit encore en état de lire des caractères moyens, alors le patient ne reconnaît déjà plus les gros caractères, et même il heurtera peut-être les objets qui se trouvent sur son chemin. Un examen plus minutieux ne peut se faire qu'au moyen du photomètre de *Förster* (voir page 37), instrument qui renseigne alors un affaiblissement notable du sens lumineux. Lorsque la rétine est excitée par des images suffisamment vives, c'est-à-dire suffisamment lumineuses, elle fonctionne normalement, mais aussitôt que l'excitation descend en-dessous d'un certain degré, la rétine cesse de réagir. C'est ce que l'on appelle *torpeur de la rétine*. — L'examen à l'ophtalmoscope n'indique aucun changement du fond de l'œil. Par contre, dans le plus grand nombre de cas, il existe un xérosis de la conjonctive bulbaire (voir page 133). Dans ce cas, aux côtés externe et interne de la cornée, on trouve un petit endroit arrondi ou triangulaire, où la surface de la conjonctive paraît sèche et comme couverte d'une écume fine et blanchâtre. Entre le xérosis de la conjonctive et la torpeur de la rétine, il n'y a pas d'autre rapport que celui d'être tous les deux l'expression d'un affaiblissement de la nutrition du globe oculaire.

L'héméralopie prend sa source dans un trouble nutritif de la rétine dont l'essence et les causes ne sont pas encore bien élucidées. La maladie frappe surtout les hommes d'un âge moyen, plus rarement les femmes. Son apparition est favorisée par une dépression de la nutrition générale. Cette affection se rencontre donc chez les personnes mal nourries, comme les forçats, les prisonniers, les orphelins, les soldats et les matelots (chez ceux-ci en même temps que le scorbut). En Russie, l'héméralopie survient principalement pendant et après le long jeûne de Pâques, pendant lequel la population s'abstient de manger de la viande. En outre, on observe cette affection assez souvent dans l'ictère, la fièvre intermittente, l'alcoolisme chronique, ainsi que pendant la grossesse. C'est encore une question de savoir si l'éblouissement par une vive lumière peut causer l'héméralopie. L'affection se manifeste presque exclusivement au printemps et, souvent, beaucoup de personnes sont atteintes à la fois en cette saison, de sorte que l'on peut lui attribuer peut-être une origine miasmatique.

Le pronostic de l'héméralopie est favorable ; la maladie guérit d'ordinaire spontanément au bout de quelques semaines ou de quelques mois. Elle a cependant une tendance aux récidives qui se produisent d'ordinaire l'année suivante au printemps ou pendant l'été.

En ce qui concerne le traitement de cette affection, depuis longtemps l'usage de foie cuit ou d'huile de foie de morue jouissent dans le peuple d'une réputation grande et méritée. En outre, on s'efforcera de relever la nutrition par une nourriture substantielle et des médicaments fortifiants, et l'on préservera l'œil contre l'action de la lumière. Dans les cas légers, on prescrit des verres fumés, dans les cas plus graves, on maintient le malade dans une chambre obscure pendant plusieurs jours. Ce traitement raccourcit la durée de la maladie.

L'héméralopie et le xérosis de la conjonctive se rencontrent encore comme précurseurs de la kératomalacie, qui doit être également considérée comme la conséquence d'un trouble nutritif (voir page 189).

4° *Amblyopie et amaurose d'origine centrale.* — Il peut se développer des troubles visuels à la suite de certaines maladies du cerveau, sans que l'on puisse observer dans l'œil aucun changement ophtalmoscopique tel qu'une névrite ou une atrophie du nerf optique. Ces troubles de la vue peuvent être passagers, alors même qu'ils vont jusqu'à produire la cécité complète. L'amaurose urémique, qui se déclare par suite d'une intoxication du cerveau due à la rétention dans le sang de certaines substances contenues dans l'urine, en fournit un bon exemple (voir page 478). Au contraire, dans le cas où des lésions plus considérables du cerveau, telles que des inflammations ou des néoplasmes, occasionnent les troubles visuels, ceux-ci sont permanents, et souvent il s'y ajoute, plus tard encore, des changements ophtalmoscopiques, le plus fréquemment sous forme d'atrophie descendante du nerf optique. Les troubles visuels qui dépendent d'une cause centrale se manifestent assez souvent sous forme d'*hémiopie* (homonyme ou temporale).

5° Une forme particulière de cécité passagère d'origine centrale est le *scotome scintillant* (migraine ophtalmique ou teichopsie) (1). Celui qui souffre de cette affection est pris d'un sentiment de vertige. A ce moment, il voit apparaître

_____

(1) Τεῖχος, muraille, ὄψις, la vue, à cause des zigzags, semblables à ceux d'un mur de fortifications, que l'on voit souvent sur le bord de l'endroit qui scintille.

devant les yeux un scintillement de plus en plus intense, jusqu'à ce que finalement il ne voie presque plus. Les personnes qui s'observent avec plus d'attention remarquent que le scintillement débute au niveau d'un endroit situé non
loin du point de fixation, et que les objets extérieurs correspondant à cet endroit
ne sont plus perçus (de là l'expression de scotome scintillant). Ce scintillement
et la lacune du champ visuel s'étendent rapidement. Les limites de cette surface
représentent une ligne en zigzag, formée d'angles rentrants et sortants. Au bout
de 1/4-1/2 heure, l'attaque cesse; le champ visuel s'éclaircit en commençant par
ce point même où le scotome avait débuté. Le scotome scintillant est habituellement accompagné de céphalalgie, quelquefois de nausées et fréquemment il s'y
ajoute une véritable migraine (d'où le nom de migraine ophtalmique).

Ce n'est pas seulement la céphalalgie qui accompagne et suit l'accès de migraine
ophtalmique, qui en démontre l'origine centrale, mais encore la circonstance
que l'affection frappe les deux yeux de la même manière et fréquemment sous
forme d'hémiopie, c'est-à-dire que la moitié du champ visuel des deux yeux est
seulement atteinte (sous forme d'hémiopie homonyme). La courte durée des phénomènes indique que des troubles circulatoires seuls peuvent en être la cause,
troubles dont le siège se trouve probablement dans les couches optiques corticales des lobes postérieurs du cerveau. Par suite du trouble circulatoire, il se
produit une irritation des éléments optiques, irritation qui, en vertu des lois de
la projection, est rapportée à l'extérieur sous forme de scintillement coloré,
tandis qu'en même temps la perception des impressions périphériques est abolie.
De même, au commencement d'une syncope dont la cause se trouve également
dans un trouble circulatoire du cerveau, il se manifeste des phénomènes qui
sont peut-être identiques à ceux que l'on observe dans le scotome scintillant :
les patients déclarent voir vert ou bleu, ou bien voir un scintillement ou de
l'obscurité.

La migraine ophtalmique est une affection extrêmement répandue. Si les
attaques ne se répètent qu'après de longs intervalles, au bout de plusieurs années
même, le patient n'y attache guère d'importance, vu que le mal disparaît rapidement et sans laisser persister de suite fâcheuse. Ce n'est que lorsque les
attaques se répètent fréquemment — même plusieurs fois par jour — que le
malade se décide à consulter le médecin. Il indique comme cause du scotome
scintillant un effort corporel ou intellectuel exagéré, un surmenage des yeux,
une lumière éblouissante ou un sentiment de faim pénible; mais souvent on ne
parvient pas à trouver une cause déterminée quelconque. Quant au traitement,
il doit se borner à écarter toutes les occasions qui peuvent provoquer le scotome
scintillant. Il consiste à fortifier l'état général, en évitant tout effort démesuré.
Un verre de vin, pris rapidement au début de l'attaque, réussit souvent à la couper (dans les cas où elle est occasionnée par une anémie cérébrale). Les accès
ordinaires de migraine ophtalmique ne sont suivis d'aucune suite fâcheuse. Il
n'en est pas de même pour les cas où le scotome est compliqué d'autres symptômes qui indiquent une affection centrale, tels que de la faiblesse ou de la paralysie d'une des extrémités, de l'aphasie, etc. Alors le scotome scintillant est souvent l'avant-coureur d'une affection grave du cerveau.

6° Les *troubles visuels dans l'hystérie et la neurasthénie* sont aussi d'origine centrale; ils se manifestent sous forme d'amblyopie et d'asthénopie.

L'*amblyopie* hystérique consiste dans un affaiblissement de l'acuité visuelle, un rétrécissement du champ visuel, une diminution du sens des couleurs et du sens lumineux. L'affaiblissement de la vue peut atteindre la cécité complète. Le rétrécissement du champ visuel est concentrique; dans beaucoup de cas, le champ visuel est d'autant plus petit qu'on examine plus longtemps le patient au périmètre (réaction de fatigue, *Förster*). Cela résulte de l'épuisement rapide du système nerveux, qui est propre à ces malades. L'amblyopie hystérique est le mieux marquée, dans les cas d'hystérie liés à des troubles de la sensibilité (hémianesthésie, etc.). Généralement elle se manifeste aux deux yeux, habituellement pourtant plus fort du côté où la sensibilité est altérée.

Le diagnostic de l'amblyopie hystérique se base principalement sur deux points : le premier est l'absence, dans l'œil, de modifications appréciables qui pourraient expliquer la faiblesse de la vue ; le second est le défaut de la concordance qui existe d'ordinaire ailleurs entre les divers symptômes du trouble visuel. Ainsi l'acuité visuelle et l'étendue du champ visuel changent fréquemment, habituellement selon que les autres phénomènes hystériques s'améliorent ou s'aggravent. Les dimensions du champ visuel pour les différentes couleurs ne répondent plus à la normale (voir page 36) et ne sont plus en rapport avec l'étendue du champ visuel pour le blanc. Des personnes dont le champ visuel est extraordinairement rétréci circulent encore sans hésitation et sans encombre dans un endroit qui leur est presque inconnu. C'est même ce que l'on peut observer quelquefois chez les patients entièrement aveugles, quand ils ne se croient pas observés. Le réflexe pupillaire sous l'influence de la lumière est également conservé alors qu'il y a cécité absolue. On peut juger, d'après ces indications, combien il est difficile de distinguer souvent entre l'amblyopie simulée et la cécité hystérique, c'est-à-dire la cécité réellement imaginaire. Dans ce dernier cas, aux symptômes de l'amblyopie hystérique viennent se joindre d'autres signes d'hystérie ou de neurasthénie, qui éclairent le diagnostic.

L'amblyopie hystérique atteint principalement les individus jeunes, notamment du sexe féminin. Parfois elle se produit après des blessures, qui même peuvent ne pas avoir atteint l'œil (névrose traumatique). Le pronostic est favorable ; la guérison est d'ordinaire complète. Néanmoins, la maladie dure habituellement longtemps, souvent pendant des années. Le traitement consiste à combattre l'affection originaire; on peut y ajouter les injections de strychnine ou l'application du courant constant. Les succès quelquefois si brillants obtenus par ces deux derniers moyens sont surtout dus à leur influence psychique sur le patient, qui met toute sa confiance dans le traitement et en attend sa guérison.

L'*asthénopie* (1) hystérique ou nerveuse consiste en ce que les yeux, bien que doués d'une acuité visuelle normale, sont incapables de soutenir une tension de quelque durée. Les uns se plaignent de ce que, après une lecture ou un travail d'une courte durée, tout se couvre d'un brouillard, au point qu'ils sont obligés

---

(1) De ἀσθενής, faible, et ὤψ.

de suspendre leur travail. D'autres, après un court exercice, même après la lecture de quelques lignes, gagnent de violentes douleurs des paupières, du globe ou de la tête, qui leur rendent la continuation de tout travail impossible (copiopie (1) hystérique, *Förster*). Lorsque les yeux sont en repos, le patient ne ressent aucune gêne; dans d'autres cas cependant, les douleurs ne disparaissent jamais entièrement, ou bien il existe constamment une grande sensibilité à la lumière.

Avant d'établir le diagnostic, il faut surtout être certain que ce n'est pas un défaut de réfraction ou d'équilibre musculaire qui fait naître cette gêne. L'asthénopie nerveuse est, comme l'amblyopie hystérique, avec laquelle elle marche fréquemment de pair, souvent extraordinairement opiniâtre, et quelquefois pendant des années, elle empêche les personnes qui en sont atteintes de se livrer à toute occupation sérieuse. Pour le traitement, c'est encore ici l'influence morale qui joue un grand rôle. Ce que j'ai trouvé de plus efficace, c'est l'électricité. — Dans ces derniers temps, on a décrit certains cas d'une affection à laquelle on a donné le nom de *dyslexie* (*Berlin*) et que l'on peut facilement confondre avec l'asthénopie. Dans cette affection, la lecture devient impossible après quelques mots, bien qu'il n'y ait ni confusion du texte ni douleurs. A l'autopsie, on a trouvé, dans un grand nombre de ces cas, des altérations de l'hémisphère cérébral gauche et notamment dans le voisinage de la troisième circonvolution.

7° *Dyschromatopsie*. — La dyschromatopsie peut être congénitale ou acquise. La première n'est pas une maladie, mais une imperfection de la vision reposant sur des causes inconnues; la seconde accompagne un grand nombre de maladies de la rétine et du nerf optique.

Le mot daltonisme, employé pour désigner la dyschromatopsie congénitale, vient du nom du physicien anglais *Dalton*, qui était lui-même aveugle pour les couleurs, et qui a le premier décrit ce défaut avec précision. Le daltonisme peut être *total* (achromatopsie); alors aucune couleur n'est reconnue, et tous les objets paraissent gris sur fond gris comme une gravure. Il peut également être partiel lorsqu'un certain groupe de couleurs seul n'est pas perçu. Le daltonisme total est extraordinairement rare; le daltonisme partiel, au contraire, est assez fréquent. Très souvent il n'existe pas vraiment une cécité absolue pour une couleur déterminée, mais seulement un certain affaiblissement de la faculté de la discerner, de façon que les couleurs ne sont distinguées ni avec la même certitude ni à la même distance que le ferait un œil normal, — affaiblissement du sens des couleurs. On rencontre donc tous les intermédiaires, depuis le simple affaiblissement du sens des couleurs jusqu'au daltonisme total.

La division des cas de dyschromatopsie partielle en plusieurs catégories dépend de la théorie de la perception des couleurs sur laquelle on se base. Dans les considérations suivantes, nous nous guiderons avant tout sur la théorie de *Young-Helmholtz*. D'après elle, on admet trois perceptions fondamentales répondant aux trois couleurs fondamentales, le rouge, le vert et le violet; les autres perceptions

---

(1) De κοπία, fatigue et ὄψ.

chromatiques naissent du mélange, en proportions diverses, des impressions fondamentales. La dyschromatopsie partielle consisterait donc en ce que la perception chromatique d'une des couleurs fait défaut, de façon que les perceptions chromatiques de l'individu en question se réduiraient aux deux autres couleurs fondamentales. Suivant la couleur fondamentale qui fait défaut, on distingue la cécité pour le rouge, la cécité pour le vert, la cécité pour le violet.

Maintenant, comment se comporte un daltonien, par exemple un aveugle pour le rouge ? On ne doit pas croire qu'il ne voie pas du tout les objets rouges, ou que tous ces objets lui paraissent incolores. Chez lui, la sensation produite par un objet rouge est très analogue à celle d'un objet vert, d'où il suit qu'il confond le rouge et le vert. Pour comprendre ces explications, il faut se rappeler la théorie de *Young-Helmholtz*. D'après cette théorie, il y a dans la rétine trois espèces de fibres correspondant aux trois couleurs fondamentales. Chacune de ces fibres est excitée par toute espèce de lumière colorée, mais avec une intensité différente. Les unes sont le plus vivement excitées par les rayons rouges, plus faiblement par les rayons jaunes, moins encore par les rayons verts, tandis que les rayons violets les excitent au degré le plus faible. On désigne donc simplement ces fibres par l'expression de fibres pour le rouge. La courbe *A* dans la figure 126 représente ces fibres. Sur la ligne des abscisses sont indiquées les diverses couleurs du spectre, tandis que celle des ordonnées représente l'intensité de l'excitation subie par chacun des groupes de fibres. De la même manière, la seconde espèce de fibres est le plus vivement excitée par les rayons verts

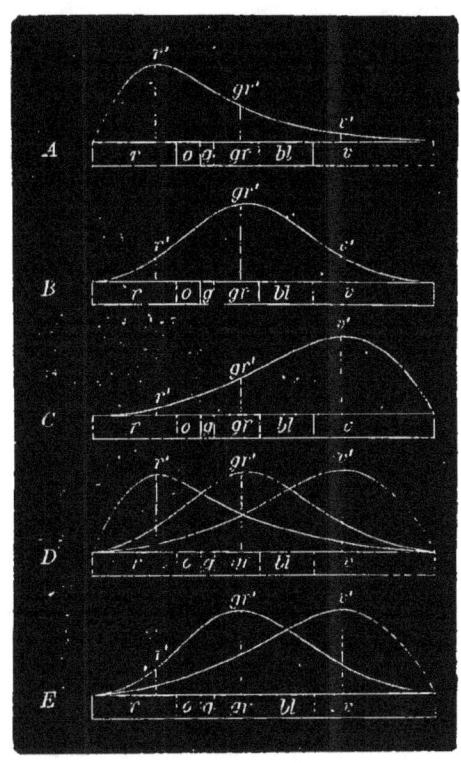

Fig. 126. — *Tableau des perceptions colorées*, d'après Young Helmholtz. — Les abscisses représentent le spectre dont les couleurs sont le rouge *r*, l'orangé *o*, le jaune *g*, le vert *gr*, le bleu *bl* et le violet *v*. Les courbes qui s'élèvent au-dessus des abscisses figurent la sensibilité des trois variétés de fibres de la rétine pour les rayons de longueur d'onde différente. Les ordonnées r_1, gr_1 et r_1 montrent l'intensité de l'irritation de ces fibres par les rayons rouges, verts ou violets. *A* nous fournit la courbe de sensibilité des fibres qui perçoivent le rouge, *B* de celles qui perçoivent le vert, et *C* de celles qui perçoivent le violet. En *D* sont représentées à la fois les trois courbes de sensibilité. *E* montre la courbe de sensibilité d'un œil aveugle pour le rouge, dans lequel on considère les fibres pour le rouge comme absentes.

(fig. 126, *B*), et la troisième espèce reçoit ses excitations les plus intenses des rayons violets (fig. 126, *C*).

Toute lumière excite les trois espèces de fibres en même temps, mais avec une intensité différente, comme le montre la figure 126, *D*, dans laquelle les courbes qui représentent les trois espèces de fibres sont portées sur la même abscisse. Le rayon rouge *r'* excite le plus vivement les fibres sensibles pour le rouge, plus faiblement les fibres pour le vert, et le moins fortement les fibres pour le violet. Dans ces circonstances, nous percevons le rouge, parce que l'excitation des fibres pour le rouge l'emporte sur celle des autres fibres. De la même manière, un rayon vert *gr'* excite les fibres pour le vert plus vivement que les deux autres, et nous percevons le vert. Un fait analogue a lieu pour la perception du violet (*v'*).

L'aveugle pour le rouge s'écarte de cette disposition normale en ce que les fibres sensibles pour le rouge lui manquent (fig. 126, *E*). Lorsqu'il regarde le spectre, celui-ci lui paraît raccourci du côté du rouge, puisque son œil ne voit que du noir là où d'autres perçoivent encore le rouge. Un rayon rouge *r'*, qui frappe la rétine d'une telle personne, n'excite que les fibres pour le vert et le violet, mais plus vivement les premières, de façon que la résultante est la sensation du vert. Si les rayons qui tombent sur la rétine sont verts, encore une fois les fibres pour le vert sont plus vivement excitées que les fibres pour le violet, et il se produit de nouveau la sensation du vert. Il s'ensuit que là où nous avons deux sensations différentes — le rouge et le vert — l'aveugle pour le rouge en a deux semblables, c'est-à-dire a deux fois la sensation du vert (la nuance du vert, que la plupart des aveugles pour le rouge indiquent comme étant isochrome avec le rouge, est le vert bleuâtre complémentaire du rouge) ; néanmoins l'aveugle pour le rouge est encore capable de distinguer les deux sensations, car, si elles sont semblables, elles ne sont pas identiques. Il les distingue par leur différence de clarté. Admettons que les rayons rouges et verts, choisis comme exemple, soient également clairs pour un œil normal. Alors cet œil ne peut les distinguer que par leur différence de couleur. Il en est autrement pour l'aveugle pour le rouge. Chez lui, un rayon rouge ne provoque qu'une faible excitation des fibres pour le vert, qui ne sont que peu sensibles aux rayons rouges. La sensation provoquée par un rayon rouge est donc faible, la couleur perçue est foncée. Par contre, le rayon vert est perçu dans toute sa clarté par la raison que les fibres pour le vert en sont normalement excitées. De cette manière, l'aveugle pour le rouge est capable, en général, de distinguer le rouge du vert, non pas par la distinction des couleurs, mais par la différence de clarté. Mais le daltonien ne se rend pas compte de la différence qui existe entre la manière dont il distingue lui-même ces couleurs et celle d'une personne douée d'une vue normale. En grandissant, il apprend de son entourage à se servir des expressions rouge et vert, parce que certains objets lui sont indiqués comme étant les uns rouges, les autres verts. Il entend dire que les feuilles du cerisier sont vertes et que les cerises suspendues entre ses feuilles sont rouges. Comme il constate également entre les feuilles et les cerises une différence, qui n'est, il est vrai, qu'une différence de clarté et non de coloration, il s'imagine voir comme les autres. Par suite de la finesse dont les daltoniens sont doués pour distinguer les différences de clarté, ils indiquent d'ordinaire la véritable couleur d'objets qu'ils n'ont jamais vus auparavant. C'est ainsi qu'il arrive que beaucoup de daltoniens ignorent eux-mêmes leur infirmité et que leur entourage ne s'en aperçoit pas. Un jour, vint chez moi un médecin qui était chargé d'examiner les employés du chemin de fer au point de vue de la perception des couleurs. Il désirait se renseigner chez moi au sujet des méthodes à employer pour l'examen du sens des couleurs. Comme je lui montrais les diverses épreuves, je m'aperçus aussitôt qu'il était lui-même aveugle pour le rouge. Jusque-là il n'en avait rien su, et il fut offensé quand je lui dis qu'il était daltonien. On rencontre même quelquefois des daltoniens qui se livrent à des occupations qui exigent vraiment un sens des couleurs très exercé; ainsi, on rencontre des peintres daltoniens.

Tandis que, chez beaucoup de daltoniens, le défaut reste inconnu pendant toute leur vie, chez d'autres, au contraire, on le découvre parce qu'ils commettent quelque grosse bévue dans le choix des couleurs, comme par exemple, ce tailleur qui voulut réparer un habit noir avec un morceau de drap rouge. Comment se fait-il que le daltonien commette de semblables confusions ? Nous avons vu plus haut que l'aveugle pour le rouge distingue le rouge et le vert de même clarté, parce que le rouge lui paraît plus obscur que le vert. Diminuons graduellement l'intensité de la clarté du vert, nous arriverons nécessairement à un point où le vert ne paraît pas plus clair au daltonien que le rouge dont la clarté n'est pas changée. A ce moment, le patient est privé de son unique moyen de reconnaître les couleurs, c'est-à-dire de la différence de clarté, et il n'est plus en aucune façon capable de faire la distinction entre le rouge et le vert. C'est pour ce motif qu'on désigne les nuances de cette espèce sous le nom de couleurs de confusion. Pour les obtenir, il faut y mettre beaucoup de soin, à cause de la grande sensibilité aux différences de clarté chez les daltoniens. C'est pourquoi il vaut mieux s'adresser à un peintre daltonien lui-même qui donne à deux différentes couleurs des tons tels, qu'elles lui paraissent égales. Les couleurs de confusion ainsi représentées sont très propres à découvrir la dyschromatopsie (*Stilling*).

Tout ce qui a été dit au sujet de l'aveugle pour le rouge s'applique aux deux autres classes de daltoniens, aux aveugles pour le vert et le violet. Le caractère commun à tous les daltoniens, c'est qu'il leur manque toujours une couleur fondamentale. Pour cela, il n'est nullement nécessaire qu'une des trois espèces de fibres fasse complètement défaut, ainsi qu'on l'a admis pour la facilité dans l'exemple choisi plus haut. Au contraire, il est probable, pour beaucoup de motifs, que l'excitabilité d'une espèce de fibres s'est simplement changée, de façon qu'il faut s'imaginer une courbe autre que celle reproduite sur le schéma ci-dessus, par exemple : que la courbe des fibres pour le rouge se soit rapprochée de celle des fibres pour le vert, etc.

Beaucoup d'auteurs basent la division de la dyschromatopsie sur la théorie des perceptions colorées de *Hering*. Celle-ci part de l'analyse des sensations que nous éprouvons quand nous considérons une couleur. La plupart des couleurs éveillent en nous une sensation complexe. Ainsi, dans l'orangé nous voyons un

peu de rouge à côté du jaune ; un autre jaune contient une trace de vert, etc.
Pourtant, de toutes les nuances de jaune, il en existe une dans laquelle, en
dehors du jaune, nous ne pouvons reconnaître aucune autre couleur; c'est là le
jaune pur ou jaune primitif. Il existe encore trois de ces couleurs qui éveillent en
nous une sensation pure, sans mélange, ce sont le rouge pur, le vert pur et le
bleu pur. Ces quatre couleurs fondamentales constituent deux paires : le couple
rouge et vert et le couple jaune et bleu. Les deux couleurs d'une paire
s'appellent couleurs antagonistes, parce qu'elles ont la propriété de ne jamais
se rencontrer concurremment dans une même teinte. On peut se représenter une
coloration bleue qui renferme en même temps un peu de vert ou de rouge, mais
jamais un bleu qui évoque en même temps la sensation du jaune. Les couleurs
antagonistes s'excluent donc dans la sensation.

Chaque couleur peut se présenter à différents degrés de saturation ou de
clarté. Cela vient de ce que chaque couleur, en plus de la sensation de couleur,
évoque encore en nous celle du blanc. Les couleurs ont donc, à côté de leur
« valence » pour la couleur, une « valence » pour le blanc dont les degrés res-
pectifs produisent la saturation et la clarté. Les couleurs fondamentales, outre
leur valence pour le blanc, ne possèdent qu'une valence pour les couleurs; les
couleurs complexes en possèdent deux. Le violet, par exemple, a une valence
bleue, une rouge et une blanche. — La lumière agit sur les terminaisons nerveuses
dans notre rétine en impressionnant des substances photo-chimiques qui y sont
répandues et qui, sous son influence, subissent des altérations chimiques.
Celles-ci peuvent être de deux sortes et de nature tout à fait opposée ; les substances peuvent être détruites (désassimilation) par la lumière ou régénérées
(assimilation). La valence blanche que possède toute couleur provient de ce
qu'elle agit, en la désassimilant, sur la substance qui perçoit le noir-blanc.
En l'absence de lumière, il se produit une assimilation de cette substance, de
sorte que nous avons la sensation du noir. A côté de la substance pour le noir-
blanc, en existent encore deux autres : la rouge-vert et la bleu-jaune, pour les
désigner plus brièvement. Ces substances photo-chimiques ne sont pas altérées
par toute espèce de lumière, mais par celle-là seule qui possède la valence correspondante. Le rouge pur désassimilera, par exemple, la substance rouge-vert;
le vert pur, au contraire, en produira l'assimilation ou réciproquement, tandis
que le violet impressionne à la fois la substance rouge-vert et la substance bleu-
jaune. Quand une lumière rouge pur et une lumière vert pur tombent en même
temps sur la même place de la rétine, il dépend du rapport existant entre elles
de savoir si l'assimilation l'emportera sur la désassimilation, ou l'opposé. La
sensation résultante sera donc du vert ou du rouge, mais jamais les deux à la
fois. Si les deux couleurs antagonistes ont été choisies, par rapport à leur quantité, telles que leur action sur la substance photo-chimique s'équilibre, leurs
valences en couleur s'annulent; il ne reste alors que l'action des deux lumières
colorées sur la substance blanc-noir, de façon qu'on ne voit qu'un blanc d'une
certaine clarté. En conséquence, les couleurs antagonistes s'excluent dans la
sensation et donnent, quand elles sont mélangées en de certaines proportions,
une sensation incolore (couleurs complémentaires).

D'après la théorie de Hering, on doit attribuer la dyschromatopsie au défaut des deux ou d'une seule des substances photo-chimiques pour les couleurs. Dans le premier cas, où seule la substance noir-blanc existe, on a affaire à une cécité totale pour les couleurs; toutes les couleurs agissent uniquement par leur valence noir-blanc et sont perçues comme du blanc de clarté différente (du gris). L'absence de la substance rouge-vert rend aveugle pour le rouge et le vert, l'absence de la substance bleu-jaune pour ces dernières couleurs. La première de ces deux catégories comprend la grande majorité des cas; ce sont ceux que Helmholtz appelle aveugles pour le rouge et aveugles pour le vert. Un dyschromatope pour le rouge vert ne voit dans le spectre que deux couleurs, le bleu et le jaune. Celles-ci sont séparées par un endroit gris (l'endroit « neutre »), qui répond au vert pur. Le rouge pur et le vert pur n'agissent que par leur valence blanche sur tout aveugle pour ces couleurs et apparaissent par là tous deux gris; c'est pourquoi cet œil les confond. Les couleurs résultant de mélanges subissent une altération de leur nuance, puisque de leurs deux valences pour les couleurs une seule entre en ligne de compte.

La forme, de loin la plus fréquente, de daltonisme congénital est le daltonisme pour le rouge (d'après *Hering*, pour le rouge-vert). D'après un grand nombre d'observations faites chez l'homme, elle atteint 3-4 % de toute la population mâle. Le daltonisme est beaucoup plus rare chez la femme, peut-être parce que, occupée constamment d'objets colorés (pour sa toilette, etc.), elle a donné une espèce d'éducation à son sens chromatique.

La dyschromatopsie, pour celui qui en est atteint, n'occasionne pas d'autre inconvénient que celui de le rendre moins apte à embrasser certaines carrières. Telles sont toutes les occupations qui exigent une grande aptitude à distinguer des nuances, comme par exemple la peinture, la teinturerie, etc. Dans ces derniers temps, on a particulièrement appelé l'attention sur le fait que le service des chemins de fer et de la marine exigent un sens des couleurs normal. Les signaux en usage sur les chemins de fer et les navires sont le plus souvent de couleur rouge ou verte, couleurs qui sont précisément celles que la plupart des daltoniens confondent; il peut en résulter des accidents. C'est pour ce motif qu'aujourd'hui les employés des chemins de fer et de la marine sont examinés, dans la plupart des États, au point de vue de leur sens chromatique et que leur admission dans ces services n'est accordée que lorsqu'ils sont doués d'un sens des couleurs parfait.

Pour pouvoir se prononcer sur l'existence du daltonisme, il faut procéder à un *examen* précis et prudent. Beaucoup de daltoniens, qui connaissent leur défaut, cherchent à le dissimuler à l'examinateur, surtout quand, du bon ou du mauvais résultat de l'épreuve, dépend quelque avantage matériel, par exemple l'admission dans une administration. Il faut donc s'attendre de la part de ces personnes à toute espèce de ruses, et spécialement à ce qu'elles s'exercent préalablement à la pratique des méthodes les plus en usage pour l'examen du sens des couleurs. Par contre, il peut se faire que des personnes douées d'un sens chromatique normal soient considérées comme dyschromatopes lorsque, par défaut d'éducation ou d'exercice, elles désignent par un nom impropre des couleurs qui leur sont présentées. Il ne faut donc pas examiner le sens des couleurs en présentant simplement des objets colorés, dont on demande la nuance. En effet, en agissant ainsi, le daltonien qui est un peu attentif donnera souvent une réponse exacte, tandis que, d'autre part, la personne peu exercée désignera faussement les couleurs; il faut plutôt présenter à la personne à examiner les couleurs que l'on sait, par expérience, être facilement confondues par les daltoniens et voir alors si réellement des confusions se commettent. Pour cela, on se sert avec le plus d'avantages d'un grand choix d'écheveaux de laine (*Seebeck, Holmgren*). On présente à celui qui doit subir l'épreuve un écheveau d'une certaine couleur, et on lui ordonne de choisir tous les écheveaux de couleur analogue. S'il réunit des échantillons de teinte différente (par exemple, du gris, du rouge ou du vert), on voit quelles sont les couleurs de confusion du sujet, et l'on parvient ainsi à déterminer l'espèce de dyschromatopsie dont il est atteint. Quelques auteurs ont fait préparer, pour servir d'épreuve, des échantillons brodés avec les laines dont les couleurs se confondent le plus souvent (*Daae, Reuss*). Au lieu des écheveaux de laine, on peut employer soit des papiers ou des poudres colorées.

A côté des laines d'*Holmgren*, on se sert le plus fréquemment des tables pseudo-isochromatiques de *Stilling*. Elles consistent en échantillons composés d'un certain nombre de champs de diverses couleurs, dont quelques-uns constituent des lettres ou des chiffres. Les teintes des différents champs ont été choisies par un peintre daltonien, de telle manière qu'elles correspondent aux couleurs confondues par les daltoniens. Ceux-ci ne parviennent pas à découvrir les champs différemment colorés, et il leur est impossible de reconnaître les lettres ou les chiffres qu'ils forment.

Pour l'examen scientifique des daltoniens, un spectroscope est indispensable. On observe ainsi si le daltonien voit le spectre raccourci à l'un de ses bouts, et quelles couleurs il peut y distinguer. Au moyen de l'instrument, on lui fait voir des portions isolées du spectre et on lui ordonne d'indiquer, en la dénommant ainsi qu'en la comparant avec d'autres échantillons de couleur, sous quelle couleur lui apparaît chacune des parties du spectre. Pour la détermination quantitative du sens chromatique, on recourt aux méthodes de *Donders, Weber, Wolffberg* et autres. Comme objet d'épreuve, ces auteurs se servent de petits disques de papier colorés sur un fond de velours noir. Lorsque le sens chromatique est normal, l'examiné doit pouvoir reconnaître des disques d'une dimension déterminée à une distance connue, qui est d'ailleurs différente pour les différentes couleurs. Plus le sens chromatique de l'examiné est faible, moins est grande la distance à laquelle il pourra désigner exactement la couleur, dans l'hypothèse, bien entendu, qu'il reconnaisse les couleurs. La distance à laquelle la couleur commence à être reconnue indique le degré d'acuité du sens chromatique pour la couleur donnée. Au lieu de papiers colorés, on peut se servir encore de verres de couleur, que l'on éclaire par derrière. Ces objets d'épreuves (épreuves à la lanterne) réalisent le mieux les conditions dans lesquelles s'accomplit le service du chemin de fer.

On a encore proposé beaucoup d'autres méthodes pour examiner le sens chromatique. Ces méthodes peuvent être utiles, parce que, dans les cas douteux, ce n'est que par de nombreuses expériences de contrôle qu'on aboutit à un résultat définitif. Je me contenterai d'en mentionner encore une, celle des épreuves avec le papier de soie, de *Meyer*. Quand, sur du papier rouge, on met une bandelette de papier gris, celle-ci prend la couleur complémentaire de celle du fond, c'est-à-dire le vert. Ce phénomène devient particulièrement sensible quand on recouvre le tout d'une feuille de papier de soie. Le daltonien, qui ne reconnaît pas la couleur du papier de fond, désignera inexactement aussi la couleur complémentaire de la bande de papier gris.

La guérison de la dyschromatopsie congénitale est impossible.

Quant à la *dyschromatopsie acquise*, elle est un symptôme fréquent de diverses maladies de l'appareil de la perception lumineuse, c'est-à-dire de la rétine, du nerf optique ou même des extrémités terminales centrales des voies optiques. Mais ce sont les maladies du nerf optique, et spécialement l'atrophie, qui donnent de loin le plus fréquemment lieu à des troubles du sens chromatique. Ces troubles ne manquent jamais, dès que, par suite de l'affection du nerf optique, l'acuité visuelle a considérablement baissé. Dans ce cas, la dyschromatopsie ne se manifeste pas soudainement et en même temps pour toutes les couleurs; elle se développe au contraire graduellement. C'est d'abord la perception du vert qui se perd, puis celle du rouge, celle du jaune, enfin celle du bleu. Il s'ensuit que la dyschromatopsie acquise peut être utilisée dans un but de diagnostic. En effet, quand la vision n'est troublée que par des obstacles dioptriques (par exemple des opacités de la cornée ou du cristallin), le sens chromatique reste intact, alors même que le malade ne distingue plus des objets de grande dimension. Par contre, dès qu'on peut s'assurer qu'il y a un défaut du sens chromatique, il faut admettre une affection de l'appareil sensoriel. (En ce qui concerne la perception des couleurs dans la périphérie du champ visuel, comparez page 36 et fig. 18).

CHAPITRE XII

MALADIES DES PAUPIÈRES

§ 105. Les paupières (palpebræ) (1) sont, d'après les données embryologiques, des replis de la peau extérieure, qui glissent sur le globe oculaire pour le recouvrir et le protéger. La limite de la paupière supérieure est indiquée par le sourcil ; par contre, la paupière inférieure se perd dans la peau de la joue sans présenter de limite nette. Les paupières circonscrivent la fente palpébrale et se réunissent aux deux bouts de cette fente pour constituer les angles de l'œil. L'angle externe de l'œil (canthus externe) est aigu. Si l'on écarte les paupières, on voit se former à cet endroit un léger repli de la peau qui relie la paupière supérieure à l'inférieure : c'est la commissure externe. Par contre, l'angle interne de l'œil présente la forme d'un fer à cheval au fond duquel est située la caroncule (fig. 29, C). L'écartement du milieu des paupières est variable selon les individus. En moyenne, cet écartement est tel que, dans le regard ordinaire, la paupière supérieure recouvre la partie supérieure de la cornée, tandis que la paupière inférieure laisse la partie inférieure de la cornée libre. La forme et la largeur de la fente palpébrale ont un très grand effet sur l'expression des yeux. Les yeux dont on vante la grandeur et la beauté ne sont généralement pas, en réalité, de gros globes oculaires, mais des yeux à fente palpébrale largement ouverts. De même, l'expression vulgaire « l'œil est plus petit » ne signifie pas que le globe oculaire est réellement plus petit, mais seulement que l'ouverture palpébrale est moins large.

La peau qui recouvre les paupières est une des plus minces du corps humain. De plus, comme elle n'est réunie au tissu sous-jacent que par un tissu conjonctif lâche et privé de graisse, elle est très mobile. Cette disposition favorise son plissement et son extension lorsque les paupières

---

(1) De *palpare*, caresser de la main.

s'ouvrent et se ferment. Chez les personnes d'un certain âge, la peau de la paupière présente de nombreuses rides. Comme elle est très mobile, elle est facilement entraînée par des cicatrices avoisinantes, ce qui donne naissance à un ectropion cicatriciel. En outre, à cause de la laxité de ses adhérences, elle est très sujette à des ecchymoses et à des œdèmes étendus. Ce n'est que dans le voisinage du bord palpébral libre que la peau est solidement unie au tarse sous-jacent par du tissu conjonctif résistant. Le bord libre de la paupière constitue une étroite surface dirigée en bas pour la paupière supérieure, en haut pour la paupière inférieure (fig. 23 *A*, *r*, *r*). Quand les paupières sont closes, ces deux surfaces s'adaptent exactement l'une contre l'autre, et, grâce au produit des glandes de Meibomius, qui les huile, elles peuvent retenir les larmes. Chez les personnes atteintes de larmoiement et de spasme palpébral, il n'est pas rare de voir, au moment où l'on écarte forcément les paupières, un torrent de larmes s'échapper des yeux. La rétention de ces larmes sous les paupières fermées constitue une preuve que leur occlusion est parfaite et à l'épreuve de l'eau.

Les arêtes où la surface du bord palpébral libre se courbe d'un côté en arrière, de l'autre en avant, se nomment les angles antérieur et postérieur de la paupière (fig. 127 *v* et *h*). La mince surface limitée par les deux angles de la paupière porte le nom de liseré intermarginal. L'angle palpébral antérieur est arrondi et constitue le lieu d'implantation des cils, qui sont disposés en plusieurs rangées. A la paupière supérieure, les cils sont plus vigoureux et plus nombreux qu'à la paupière inférieure. — L'angle palpébral postérieur, où le bord libre de la paupière se continue dans la face postérieure, est net. Immédiatement au-devant de cet angle, se trouvent une série unique de petits points : ce sont les orifices des canaux excréteurs des glandes de *Meibomius* (fig. 127, et fig. 128, *m*). Entre ces orifices et les cils, se trouve une fine ligne grise, qui divise le liseré intermarginal en une moitié antérieure et une moitié postérieure (fig. 128, *i*). — Le bord palpébral libre, constitué comme nous l'avons décrit ci-dessus, s'étend du côté interne, jusqu'à l'endroit où se trouve le point lacrymal dont la situation répond à la limite interne du tarse (fig. 128, *p*, fig. 129).

Lorsqu'on renverse la paupière, on en découvre la face postérieure qui est revêtue de la conjonctive. Celle-ci est intimement unie au tarse, et, à cause de sa transparence, elle laisse, surtout à la paupière supérieure, voir clairement les glandes de Meibomius, qui se trouvent là, enchâssées dans le tarse.

Les *mouvements* des paupières se font de la façon suivante : au moment de l'*ouverture*, la paupière supérieure est levée par la contraction de son releveur, tandis que l'inférieure descend, mais très peu, sous l'influence de son propre poids. A cause des faisceaux que le tendon du releveur

envoie à la peau de la paupière (fig. 124, *f*), celle-ci, dans le mouvement
d'élévation de la paupière supérieure, s'infléchit profondément au niveau
du bord supérieur du tarse, entre le globe et le rebord orbitaire supérieur.

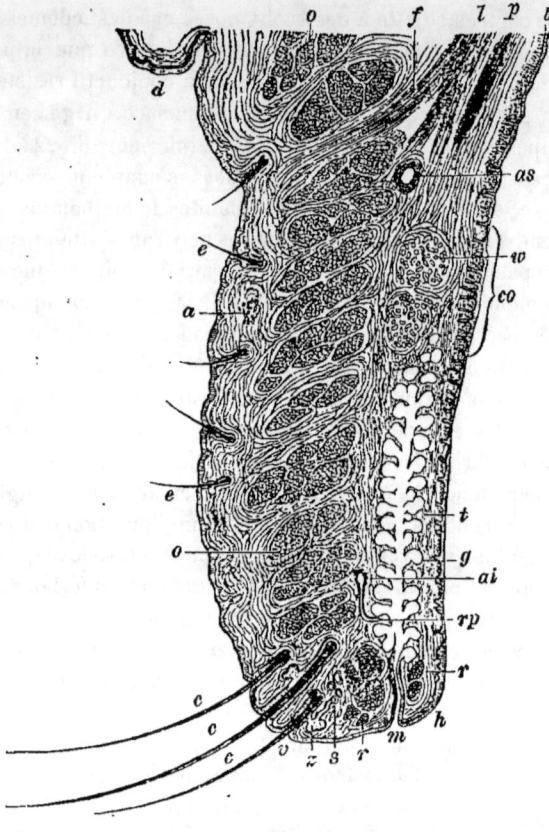

Fig. 127. — *Coupe verticale à travers la paupière supérieure.* Gross. 5/1. — La peau de la paupière
montre en haut, au-dessus d'un étranglement, le repli *d* ; plus bas, elle recouvre l'angle antérieur du bord
palpébral *v*. On trouve dans la peau de fins poils *e, e*, des glandes sudoripares *a*, des cils *c, c*, et à ces
derniers les glandes de Zeiss *z*, ainsi que les glandes sudoripares modifiées *s*. Sous la peau, on voit les
faisceaux coupés en travers du muscle orbiculaire *oo*, dont les faisceaux les plus internes *r* et *r* forment le
muscle ciliaire de Riolan. La face postérieure de la paupière est revêtue de la conjonctive qui est fixée
intimement au tarse sous-jacent. Au niveau de celui-ci, elle présente quelques papilles, surtout dans
l'étendue *co*, répondant au bord supérieur (convexe) du tarse ; plus haut encore, en *b*, dans le voisinage
du cul-de-sac, elle gagne une structure adénoïde. Les glandes de Meibomius *g* ont leur orifice *m* en avant
de l'angle postérieur du bord palpébral *h* ; au-dessus d'elles sont les glandes muqueuses *w* et, encore plus
haut, le muscle palpébral supérieur de Müller *p* et le releveur de la paupière *l*. De ce dernier, part le tractus
fibreux *f* vers la peau de la paupière ; *as* est l'arc tarsal supérieur, *ai* l'arc inférieur ; partant de ce dernier,
les rameaux perforants *rp* se dirigent directement en bas, puis en arrière en traversant le tarse.

Cette disposition produit un sillon au-dessus duquel est suspendue, sous
forme de repli, la peau palpébrale relâchée — pli de recouvrement (fig. 22
et 127, *d*). Ce pli devient parfois si large qu'il dépasse le bord libre

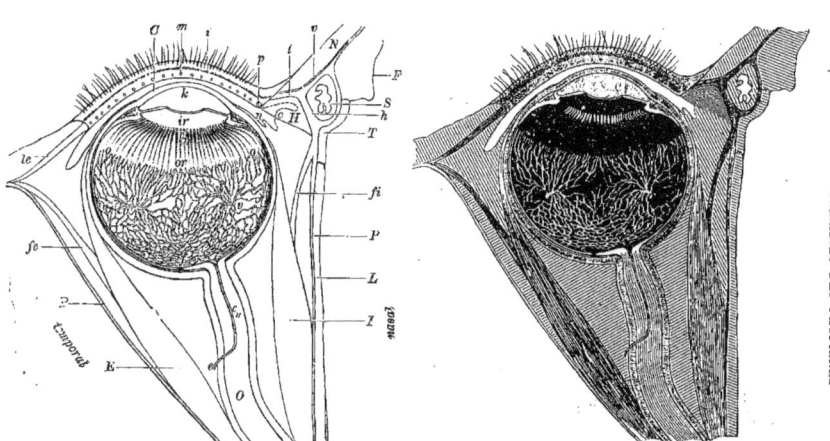

Fig. 128. — *Coupe horizontale schématique de l'orbite.* Gross. 2/1. — La paroi interne de l'orbite est constituée par la lame papyracée de l'ethmoïde *L*, l'os unguis *T* et l'apophyse montante du maxillaire supérieur *F*. Ces deux derniers os limitent la fossette lacrymale, qui renferme le sac lacrymal *S*. Les parois osseuses de l'orbite sont recouvertes par le périoste, duquel partent les ligaments palpébraux. Le ligament palpébral interne *l* se divise en une portion antérieure *e* et une postérieure *h*, qui embrassent le sac lacrymal. De la portion postérieure, partent les faisceaux du muscle de Horner *H*. *le* représente le ligament externe, *fi* et *fe* sont des tractus fibreux qui vont respectivement du périoste de la paroi interne de l'orbite au droit interne *I*, et de celui de la paroi externe au droit externe *E*. La peau des os du nez *N* se continue dans celle de la paupière inférieure, au bord de laquelle se voient les cils et les orifices des glandes de Meibomius *m*; entre eux on remarque une ligne grisâtre *r*. A la limite interne de la paupière se trouve le point lacrymal inférieur *p*, puis dans le sac conjonctival la caroncule *c* et le repli semi-lunaire *n*. Du globe oculaire, on voit la moitié inférieure, dont on a détaché le cristallin *t* et le corps vitré et enlevé au pinceau l'épithélium pigmenté. On voit la chambre antérieure *k*, l'iris *ir* et le corps ciliaire forme de la couronne ciliaire *v'* et de l'orbiculus ciliaris *or*. En arrière de l'ora serrata *oo*, la choroïde avec ses veines qui se réunissent dans les veines vorticellées *v*. *f* fossette centrale de la rétine, *c'* vaisseaux centraux du nerf optique *O*, qui y pénètrent en *c*.

de la paupière et occasionne ainsi une difformité (ptosis adipeux, voir § 116).

Au sujet de l'*occlusion des paupières*, il faut distinguer l'occlusion légère, telle qu'elle se fait dans le clignotement et le sommeil et l'occlusion violente, quand on serre les paupières. Dans le premier cas, la paupière supérieure descend en vertu de son propre poids, tandis que la paupière inférieure est très légèrement relevée par l'action de l'orbiculaire. Le contact entre les bords libres des deux paupières ne se produit pas simultanément dans toute leur étendue, mais commence au niveau de l'angle externe de l'œil et se propage jusqu'à l'angle interne. De cette manière, les larmes balayées de la surface du globe oculaire par les paupières sont poussées vers l'angle interne dans la fente palpébrale en train de se fermer et atteignent les points lacrymaux. En outre, lorsque les paupières se ferment pour le sommeil, le globe oculaire exécute un mouvement de rotation vers le haut. On sent, soi-même, quand on lutte contre le sommeil, au moment où les paupières se ferment spontanément, que les yeux sont tirés en haut comme par une force invisible. Chez des personnes dont les paupières sont minces (les femmes et les enfants), on peut reconnaître la convexité de la cornée à travers la paupière, et constater qu'elle est dirigée en haut sous les paupières fermées. Ce fait se constate encore mieux dans le cas d'une cornée staphylomateuse. Cette rotation du globe est importante, parce que, de cette manière, la cornée est toujours couverte par la paupière supérieure, alors même que, pendant le sommeil, la fente palpébrale n'est pas exactement fermée. Ce n'est que lorsque la lagophtalmie a acquis un degré plus élevé qu'une partie de la cornée reste constamment à découvert au niveau de la fente palpébrale. La partie à découvert est d'ailleurs toujours la partie inférieure de la cornée, et c'est pour ce motif aussi qu'elle est principalement exposée au danger de se dessécher (kératite par lagophtalmie, voir p. 186). — Quand on serre les paupières, elles ne sont pas seulement fermées, mais encore la peau voisine est attirée vers la fente palpébrale, et, par conséquent, fortement plissée.

Le *clignotement* peut s'exécuter volontairement ; cependant, il s'opère le plus souvent par voie réflexe. Il est provoqué par un sentiment de sécheresse dans l'œil ou par la présence d'un corps étranger, de poussière, de fumée, etc. Au clignotement préside le trijumeau, qui est le nerf sensible de l'œil et des organes voisins, et qui, pour ce motif, est justement appelé le gardien de l'œil. L'effet du clignotement est triple : il enduit la surface du globe d'une couche uniforme de larmes et en empêche ainsi le dessèchement ; il balaye la poussière de l'œil, et, finalement, amène les larmes à l'angle interne vers les points lacrymaux. Une gêne apportée au clignotement occasionne donc des désordres graves. Il y a du larmoiement, c'est-à-dire que les larmes, au lieu de pénétrer dans les points lacrymaux, passent par-dessus les bords palpébraux et se répandent sur la joue, et de plus, la cornée devient malade, puisqu'elle n'est ni convenablement humectée, ni débarrassée des poussières qui y tombent.

L'examen de la texture des paupières nous apprend que, dans les paupières, on trouve deux muscles volontaires, le muscle orbiculaire (ou sphincter palpébral) et le releveur de la paupière supérieure. L'orbiculaire est situé immédiatement sous la peau de la paupière à laquelle il appartient. Ce n'est pas autre chose qu'un muscle peaucier aplati qui entoure circulairement la fente palpébrale. On peut y distinguer deux portions, l'une interne, et l'autre externe. La portion interne se trouve dans la paupière même et s'appelle pour ce motif la portion palpébrale. Les fibres (fig. 128, H) de cette portion naissent au niveau du *ligament palpébral interne*. C'est un cordon fibreux solide (l), qui s'insère à l'apophyse montante du maxillaire supérieur (F), et qui est situé immédiatement sous la peau de l'angle interne de l'œil (fig. 126). C'est pour ce motif qu'on peut le voir, même sur le vivant, notamment chez des personnes maigres dont la peau est mince. Alors, si l'on tire les paupières en dehors, on voit le ligament palpébral interne faire saillie sous la peau. De leur point d'origine au ligament palpébral interne, les fibres de la portion palpébrale s'étendent en arc sur la face antérieure des deux paupières, qu'elles recouvrent depuis le bord libre jusqu'au bord orbitaire, pour se réunir finalement à l'extrémité externe de la fente palpébrale. A cet endroit, elles passent en partie les unes dans les autres et en partie s'insèrent au *ligament palpébral externe* (fig. 128, le, fig. 129) qui est situé à cet endroit. — La portion externe de l'orbiculaire est la portion orbitaire. Elle est située à la périphérie de la portion palpébrale, sur le bord de l'orbite et de son pourtour. La portion palpébrale se borne à mouvoir la paupière même, et elle entre seule en contraction dans le clignotement ordinaire et dans l'occlusion légère de la fente palpébrale. La portion orbitaire contracte la peau dans le voisinage des paupières, permettant ainsi de clore ou de serrer fortement la fente palpébrale ; alors tout l'orbiculaire entre en action.

Le *releveur de la paupière supérieure* s'insère au fond de l'orbite, au pourtour du canal optique et se dirige de là en avant, couché sur le droit supérieur. S'étalant en forme d'éventail, il s'insère en avant, au moyen d'un court tendon, au bord supérieur et à la face antérieure du tarse de la paupière supérieure (fig. 127, l). — Outre ce muscle releveur de la paupière, formé par des fibres striées, il y en a un autre à fibres lisses, découvert par *Henri Müller* et appelé *muscle palpébral supérieur*. Les fibres lisses de ce muscle naissent entre les fibres striées du releveur, se placent sous la face inférieure de ce muscle, et se dirigent également vers le bord supérieur du tarse (fig. 127, *p*). Il existe aussi un semblable faisceau de fibres musculaires lisses dans la paupière inférieure ; ce faisceau s'adosse à la face inférieure du droit inférieur et s'insère au tarse de la paupière inférieure (muscle palpébral inférieur de *Müller*).

L'orbiculaire est innervé par le nerf facial, le releveur par l'oculomoteur, les deux muscles palpébraux de *Müller* par le sympathique.

Au bord libre des paupières, à l'endroit correspondant aux cils, on trouve des follicules pileux et des glandes sébacées qui les accompagnent, et qui s'appellent ici glandes de Zeiss (fig. 127, *z*). Outre ces glandes, près du bord libre des paupières, on trouve encore des glandes sudoripares, dont la structure diffère quelque peu des glandes sudoripares ordinaires ; c'est pourquoi on les désigne sous le nom de glandes sudoripares modifiées ou glandes de *Moll* (fig. 127, *s*). Elles ont leur orifice excréteur dans les glandes sébacées des cils.

Le *tarse* (fig. 127, *t*) constitue le squelette de la paupière ; il lui donne sa forme permanente et sa solidité. Le tarse de la paupière supérieure est plus large (plus haut) que celui de la paupière inférieure (fig. 129). On distingue au tarse un bord libre et un bord adhérent (convexe), une face antérieure et une face postérieure. Sur sa face antérieure, se trouvent les fibres de l'orbiculaire (fig. 127, *o*), tandis que sa face postérieure est revêtue par la conjonctive. Les deux extrémités du tarse se continuent dans les ligaments palpébraux interne et externe. Au bord convexe du tarse, s'insère un fascia qui s'étend de là au rebord orbitaire et qui se trouve des deux côtés en continuité avec les ligaments palpébraux (fascia tarso-orbitaire). Il s'ensuit que, lorsque les paupières sont closes, l'orbite est limité en avant partout par des tissus fibreux, qui constituent ensemble le septum orbitaire ; ce sont les deux tarses réunis au fascia tarso-orbitaire et aux deux ligaments palpébraux (fig. 129).

Le tarse est constitué par du fibro-cartilage, dans lequel sont enchâssées les *glandes* de *Meibomius* (fig. 127, *g*). Ce sont des glandes acineuses, allongées, qui, placées parallèlement les unes à côté des autres, s'étendent depuis le bord convexe jusqu'au bord libre du tarse. Vers le milieu du tarse, à l'endroit où il atteint sa plus grande largeur, les glandes de *Meibomius* sont les plus longues, et elles deviennent de plus en plus courtes à mesure qu'on se rapproche des extrémités (fig. 129). Ces glandes ne sont pas autre chose que des glandes sébacées considérables. Elles sécrètent le sébum qui doit servir à graisser les bords palpébraux. De cette manière, elles s'opposent au passage des larmes par-dessus le bord libre, rendent l'occlusion hermétique, et empêchent la peau d'être macérée par les larmes. — Au niveau du bord convexe, on trouve fréquemment dans le tarse des glandes muco-acineuses (fig. 127, *w*, fig. 129).

En considérant sa structure anatomique, on peut diviser la paupière en deux parties : la partie antérieure ou cutanée contient la peau avec les cils, ainsi que les fibres de l'orbiculaire ; la partie postérieure ou conjonctivale

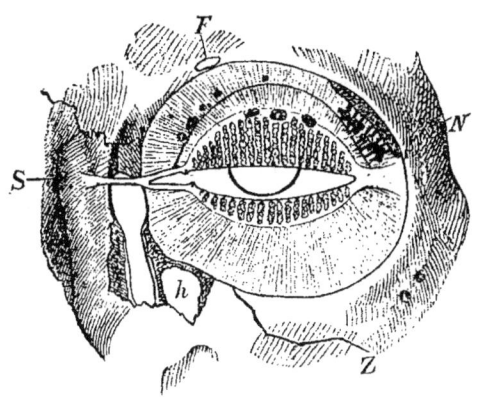

Fig. 129. — *Septum orbitaire et sac lacrymal.* Grand. nature. — Sur les paupières et les parties avoisinantes, on a enlevé la peau et les faisceaux de l'orbiculaire, de sorte que le septum orbitaire, circonscrit par le pourtour osseux de l'orbite, est mis à découvert. Ce septum est constitué par le tarse, plus large à la paupière supérieure, plus étroit à l'inférieure, et le fascia tarso-orbitaire. Les extrémités externes des tarses sont fixées à l'os malaire par le ligament palpébral externe large, mais peu épais, un peu en-dessous de la suture *N*, entre l'os malaire et l'apophyse zygomatique du frontal. Le ligament palpébral interne est étroit, mais puissant ; il s'insère d'une part par un chef à l'extrémité interne des deux tarses (au point d'insertion se voit la papille lacrymale un peu saillante) ; d'autre part, à l'apophyse montante du maxillaire supérieur *S*, après être passé devant le sac lacrymal. Du bord convexe des deux tarses et des deux ligaments palpébraux, le fascia tarso-orbitaire (représenté dans le dessin par des stries radiées) s'étend vers le bord orbitaire et ferme, avec les parties que nous venons de citer, la cavité orbitaire en avant. Les cartilages tarses et les fascia sont supposés transparents. Sur les premiers, on reconnaît les glandes de Meibomius, dont la longueur diminue à mesure qu'on va du milieu vers les extrémités du cartilage. A la paupière supérieure, on voit également, près du bord supérieur du tarse, trois glandes acineuses (comp., fig. 127 *w*). Encore plus haut, une ligne arquée marque la situation du cul-de-sac conjonctival. Au niveau de celui-ci, et plus dans sa moitié nasale, on observe les glandes acineuses de Krause. Dans la moitié temporale, il existe de petits lobules pareils, mais plus agglomérés ; ils constituent la portion palpébrale de la glande lacrymale et sont appendus aux canaux excréteurs de la portion orbitaire de cette même glande, dont le bord antérieur est précisément visible sous le rebord orbitaire. Au bord inféro-interne de l'orbite, on a enlevé l'os au ciseau, pour mettre à nu les voies lacrymales. Le sac lacrymal est situé derrière le ligament palpébral interne qu'il dépasse un peu de son sommet. La ligne qui, dans le dessin, se dirige directement en haut du sommet du sac lacrymal à la suture horizontale, est la suture entre l'apophyse montante du maxillaire supérieur et l'os lacrymal, sur lesquels le sac lacrymal repose (comp. fig. 128. *F* et *T*). Le sac lacrymal se continue, avec un léger rétrécissement, dans le canal lacrymal. En dehors de celui-ci, on voit l'antre d'Highmor *h* ouvert. *Z* suture entre le maxillaire supérieur et l'os malaire. *F* trou sus-orbitaire.

est composée du tarse avec les glandes de Meibomius et de la conjonctive. Les deux parties ne sont réunies entre elles que par du tissu conjonctif lâche, aussi peut-on les séparer facilement l'une de l'autre. Dans ce but, on n'a qu'à pousser un couteau par cette ligne grise qui se trouve entre les cils, d'un côté, et les orifices des glandes de Meibomius, de l'autre (fig. 128, *i*). La séparation de la paupière en deux feuillets constitue un temps important de beaucoup d'opérations du trichiasis.

Le *ligament palpébral interne* demande une description plus détaillée. Ce ligament prend son origine à l'apophyse montante du maxillaire supérieur (fig. 128, F) et se dirige d'abord directement en dehors, au-devant de la paroi antérieure du sac lacrymal (S). Alors il contourne la paroi antérieure et externe du sac lacrymal, pour se diriger en arrière vers la crête lacrymale postérieure de l'os unguis (T). On distingue donc dans le ligament palpébral interne deux chefs qui se réunissent au point de flexion. Le chef antérieur (v) est situé immédiatement sous la peau et peut, par conséquent, se voir sur le vivant. Le chef postérieur (h), qui s'étend du point de flexion jusqu'à la crête lacrymale, ne peut s'observer que sur une préparation anatomique. Les deux portions ensemble délimitent avec l'os unguis (T) un espace ayant une forme triangulaire sur une coupe transversale, dans lequel est logé le sac lacrymal (S) dont les parois sont réunies à la face interne du ligament au moyen d'un tissu conjonctif lâche. A la face externe du ligament, viennent s'insérer les fibres de la portion palpébrale de l'orbiculaire. Une partie des fibres prend son origine à la portion antérieure, une partie à la portion postérieure du ligament. Les fibres musculaires de l'orbiculaire, dont l'insertion s'avance encore, en partie, par-dessus le bout postérieur du ligament jusque sur la paroi interne de l'orbite, constituent le muscle de *Horner*, du nom de l'auteur qui les a découvertes (H). L'insertion des fibres de l'orbiculaire au ligament palpébral interne a de l'importance pour la propulsion des larmes. En effet, quand ces fibres se contractent, elles soulèvent le ligament, et par là, indirectement, aussi la paroi du sac lacrymal que le ligament embrasse. De cette façon, le sac lacrymal s'élargit, et ainsi il est mis à même d'aspirer les larmes. On ne doit donc pas oublier ce facteur en ce qui regarde le rôle que joue l'occlusion palpébrale pour la propulsion des larmes.

Le ligament palpébral externe (fig. 128, *le*, fig. 129), n'est ni aussi solide, ni aussi bien limité que le ligament palpébral interne. Il constitue simplement une accumulation plus grande de tissu conjonctif dans le muscle, une sorte d'intersection aponévrotique.

Les fibres de l'orbiculaire s'adossent à la face antérieure du tarse. Il existe même quelques faisceaux de fibres dans le voisinage de l'angle postérieur du bord libre, en partie au devant, en partie même derrière les canaux excréteurs des glandes de Meibomius (muscle ciliaire de *Riolan* ou subtarsal, fig. 127, *rr*).

Les *vaisseaux sanguins* de la paupière supérieure proviennent de deux arcs artériels, l'arc tarsal supérieur et l'arc tarsal inférieur (fig. 127, *as* et *ai*), qui courent le long des bords supérieur et inférieur du tarse. De ces deux arcs partent de fins ramuscules, pour se distribuer dans toutes les parties de la paupière. Ce sont le bord libre et la conjonctive qui sont le plus richement vascularisés (voir page 44).

Les veines palpébrales sont encore plus nombreuses et plus larges que les artères. Elles forment, notamment sous les culs-de-sacs supérieur et inférieur, un plexus dense. Lorsqu'on abaisse la paupière inférieure, même sur le vivant, on peut voir apparaître ce plexus sous la conjonctive du cul-de-sac. Les veines des paupières s'abouchent en partie dans celles de la face, en partie dans le domaine de la veine ophtalmique. Les veines palpébrales, pour arriver aux veines orbitaires, doivent passer entre les fibres de l'orbiculaire. Il s'ensuit que la contraction constante de l'orbiculaire, telle qu'elle a lieu dans le spasme palpébral, peut amener de la stase veineuse et, par conséquent, de l'œdème des paupières. En fait, c'est ce qu'on observe très fréquemment chez les enfants atteints de conjonctivite lymphatique, avec spasme palpébral concomitant.

Les vaisseaux lymphatiques des paupières sont nombreux, surtout dans la conjonctive. En outre, il y a autour des acini des glandes de Meibomius de grands espaces lymphatiques (espaces périacineux). Les vaisseaux lymphatiques des paupières se rendent aux ganglions lymphatiques préauriculaires. C'est pour ce motif qu'il n'est pas rare que ces derniers soient tuméfiés dans les affections de la conjonctive (notamment dans la conjonctivite lymphatique et la blennorrhée aiguë).

La partie de la cornée et de la conjonctive sclérale qui n'est pas habituellement couverte par les paupières s'appelle zone de la fente palpébrale. Le globe oculaire, n'étant pas préservé par les paupières dans l'étendue de cette zone, y est particulièrement exposé à une foule d'affections. C'est pourquoi il est important d'en connaître la situation. La zone de la fente palpébrale se modifie d'après les circonstances et de la manière suivante : 1° pendant le regard habituel, elle comprend toute la cornée, sauf la partie tout à fait supérieure, et une surface triangulaire correspondante appartenant à la conjonctive sur les deux côtés de la cornée : 2° lorsque les paupières sont légèrement contractées, par exemple, quand on marche contre la pluie ou le vent ou qu'on se trouve dans la fumée, la zone de la fente palpébrale diminue et descend sur la moitié inférieure de la cornée. La paupière inférieure se relève un peu et recouvre la partie inférieure de la cornée. Quant à la paupière supérieure, elle descend très fort, de sorte que son bord se trouve un peu au-dessus du milieu de la cornée. La zone de la fente palpébrale représente alors une bande large de 4-6 millimètres qui correspond à la moitié inférieure de la cornée à l'exception de la partie tout à fait inférieure de cet organe, et à laquelle se joint un tout petit triangle de conjonctive sclérale. C'est cette dernière zone qui est surtout constamment exposée aux influences extérieures. C'est pour ce motif que, chez beaucoup de personnes, cette partie de la conjonctive sclérale est ordinairement un peu injectée et, à un âge plus avancé, occupée par la pinguécula. A cet endroit, se développent le ptérygion, l'opacité cornéenne en ceinture, le xérosis de la conjonctive et de la cornée. Dans les inflammations de la conjonctive, cette zone se distingue par une tuméfaction un peu plus prononcée, ou même elle fait saillie dans la fente palpébrale sous forme d'un bourrelet transversal fortement œdématié ; 3° lorsque, pendant le sommeil, l'œil est tourné en haut, la zone de la fente palpébrale se déplace de façon à occuper surtout la conjonctive sclérale en-dessous de la cornée, en empiétant tout au plus un peu sur la partie inférieure de celle-ci. C'est dans l'étendue de cette zone que se localisent les altérations dans la lagophtalmie où on trouve la conjonctive située en-dessous de la cornée, injectée ou œdématiée, et où, dans les degrés très prononcés de l'affection, le segment inférieur de la cornée souffre. L'œil se tourne en haut, comme dans le sommeil, à l'approche d'un danger pour l'organe ; aussi, voit-on, dans les brûlures et les corrosions, la partie inférieure de la cornée être surtout atteinte.

I. — INFLAMMATION DE LA PEAU DES PAUPIÈRES

§ 106. La peau de la paupière peut être le siège de presque toutes les maladies qui atteignent la peau en général. Sous ce rapport donc, il faut renvoyer aux manuels des maladies cutanées. Nous ne parlerons ici des maladies de la peau des paupières que pour autant qu'elles atteignent, relativement fréquemment, les paupières ou que, par suite de la structure anatomique spéciale de ces organes, elles présentent quelque particularité dans leur marche et dans leurs conséquences.

1° Exanthème

Parmi les exanthèmes aigus, il faut avant tout citer l'*érysipèle*. Lorsque la peau de la face en est atteinte, les paupières participent amplement à l'inflammation : elles sont fortement gonflées, et le patient n'est pas en état, pendant plusieurs jours, d'ouvrir les yeux. Il n'est pas rare que le processus érysipélateux attaque les tissus profonds sous forme d'une inflammation phlegmoneuse, de façon qu'il se développe des abcès dans les paupières et même dans l'orbite. Dans ce dernier cas, le nerf optique peut prendre part à l'inflammation, la suppuration se propager dans la boîte cranienne et causer une méningite mortelle.

L'*herpès zoster* est une maladie de la peau qui consiste dans la formation de vésicules aux expansions terminales d'un nerf. Parmi les nerfs crâniens, c'est le trijumeau dont le domaine est le siège de l'affection. Alors, les efflorescences se trouvent dans le voisinage de l'œil, et c'est pour ce motif que l'herpès du trijumeau est désigné sous le nom d'herpès zoster ophtalmique ou *zona ophtalmique*.

D'ordinaire, l'apparition de l'herpès est précédée pendant quelques jours de violentes névralgies dans le domaine du trijumeau. Puis, au milieu de symptômes fébriles, l'exanthème se manifeste sous forme de vésicules, qui se développent sur la peau congestionnée et qui sont le plus souvent disposées par groupes. Le plus fréquemment les vésicules occupent les points de distribution de la première branche, de façon qu'on les rencontre sur la paupière supérieure et sur le front jusqu'au cuir chevelu, enfin sur le nez. Lorsque la seconde branche du trijumeau est entreprise, les vésicules occupent la paupière inférieure, la région du maxillaire supérieur jusque sur la lèvre supérieure et la région zygomatique. Quelquefois, il arrive que les domaines des deux branches sont atteints en même temps ; très rarement, au contraire, celui de la troisième. Ce qui est caractéristique pour cet exanthème, qui est presque toujours unilatéral, c'est que l'affection de la peau s'arrête brusquement sur la ligne médiane.

Au début, le contenu des vésicules est aqueux et clair, mais il se trouble bientôt, devient purulent, et finit par se déssécher et former une croûte. Lorsqu'on détache ces croûtes, on met à nu des ulcères, preuve que le travail de suppuration a atteint le derme. Quand les ulcères sont guéris, ils laissent des cicatrices indélébiles disposées de façon si caractéristiques qu'elles permettent de diagnostiquer, encore après des années, qu'un herpès zoster a existé. C'est par la formation de cicatrices permanentes que les vésicules de l'herpès zoster se distinguent de celles de l'herpès fébrile, dans lequel la sérosité n'a soulevé que l'épiderme, de façon qu'elle guérissent sans laisser de traces (voir page 196).

Très fréquemment l'affection de la peau se complique d'une affection analogue de la cornée, sur laquelle il se développe également de petites vésicules. Lorsque cette complication se produit, le pronostic devient bien moins favorable. L'affection traîne alors en longueur et laisse souvent aussi des opacités indélébiles dans la cornée.

La cause de l'herpès zoster ophtalmique doit être cherchée dans une inflammation du trijumeau, tant de son tronc que du ganglion de Gasser et du ganglion ciliaire. Nous ignorons, dans la plupart des cas, pour quel motif ces organes s'enflamment : dans quelques cas on a vu survenir le zona après un refroidissement ou après l'usage de l'arsenic, ou l'intoxication par l'oxyde de carbone.

Le traitement de l'herpès zoster est purement symptomatique. On empêche les vésicules de s'ouvrir ; de cette manière, la peau n'est pas dénudée et l'on prévient les douleurs. Dans ce but, on saupoudre les endroits malades avec de la farine (poudre de riz), qui fait sécher les vésicules et les transforme en croûtes, sous lesquelles les ulcères peuvent paisiblement se cicatriser. Quant à l'affection de la cornée, il faut la traiter d'après les règles ordinaires ; contre la maladie des nerfs mêmes, on pourrait administrer avec avantage le salicylate de soude (*Leber*).

Parmi les exanthèmes *chroniques* qui atteignent les paupières, l'*eczéma* est le plus fréquent. On le rencontre le plus souvent sous forme d'eczéma humide, chez les enfants où il porte le nom de croûte de lait. Il constitue chez les enfants la complication la plus fréquente de la conjonctivite lymphatique. La relation qui existe entre l'eczéma et la conjonctivite peut être double : ou bien les deux affections résultent d'une maladie fondamentale, la scrofulose : ou bien l'eczéma est une conséquence de l'affection de la conjonctive. Comme celle-ci est accompagnée d'un abondant larmoiement,

les larmes se répandent constamment sur les paupières et les humectent,
ce qui les rend eczémateuses. En outre, les enfants ont l'habitude de se
frotter les yeux avec les mains et humectent ainsi de larmes tout le voisinage de ces organes. L'eczéma, produit par une humidité constante de
la peau, s'observe d'ailleurs aussi fréquemment chez les adultes, quand ils
souffrent d'un larmoiement résultant d'un catarrhe, d'une blennorrhée du
sac lacrymal ou d'un ectropion. Dans ce cas, l'eczéma se localise à la paupière inférieure.

L'eczéma exige un traitement tant pour lui-même qu'à cause de la conjonctivite lymphatique plus ou moins intense qui l'accompagne. En dépit
du préjugé populaire, qui est enclin à admettre le contraire (en effet, on
entend souvent dire « que l'éruption que le médecin a fait disparaître de
la peau s'est jetée sur l'œil »), la conjonctivite se guérit certainement avec
plus de promptitude, quand on fait disparaître en même temps l'eczéma.
Pour ce traitement on se sert d'ordinaire de pommades, soit de l'onguent
diachylon (*Hebra*), soit de pommades à l'oxyde de zinc ou au précipité
blanc (1-2 %). On étend ces pommades en une couche épaisse sur une
compresse de toile que l'on applique sur les paupières fermées, et qu'on y
fixe au moyen d'un bandeau. Dans les eczémas très étendus, on se sert
d'un masque de toile enduit de pommade du côté interne et dont on
recouvre toute la face du patient. Une autre méthode de traitement actif
consiste dans l'application d'une solution de nitrate d'argent à 5-10 %
(voir page 103).

Sur le bord palpébral, l'eczéma se présente — modifié par l'état anatomique spécial de la région — sous une forme particulière, que nous décrirons plus loin sous le nom de blépharite ciliaire.

2° *Inflammations phlegmoneuses des paupières*

A ces inflammations appartiennent : 1° les *abcès des paupières*. Ces abcès
se développent le plus fréquemment après des traumatismes. Dans d'autres
cas, l'affection provient des os, lorsqu'elle dépend d'une périostite ou d'une
carie du rebord orbitaire. C'est ce qu'on observe surtout fréquemment
chez les enfants scrofuleux, chez lesquels souvent la carie du rebord orbitaire peut être également attribuée à un traumatisme. Enfin, il n'est pas
rare que l'érysipèle se complique d'abcès quand l'inflammation pénètre dans
la profondeur ; 2° les *furoncles* et les *anthrax* qui s'observent d'ailleurs
relativement rarement sur les paupières ; 3° la *pustule maligne*. Elle se
développe par inoculation sur l'homme du virus charbonneux (bacille charbonneux) provenant d'animaux atteints de charbon. On l'observe donc le

plus fréquemment chez des personnes qui sont en contact avec des animaux ou les produits qui en proviennent. Tels sont les palefreniers, les bergers, les marchands de bestiaux, les bouchers, les tanneurs, les marchands de peau. La plupart des malades de cette espèce, qui viennent à la clinique de Vienne, nous arrivent de la Hongrie. La maladie se termine fréquemment par la mort.

Les symptômes du processus phlegmoneux des paupières sont : un violent œdème inflammatoire et une abondante infiltration dans la peau ou sous la peau de la paupière. Ces symptômes sont accompagnés de tuméfaction des glandes lymphatiques préauriculaires et sous-maxillaires, de fièvre et de prostration. Dans le cours ultérieur de l'affection, la partie de la peau infiltrée se détruit, ou, quand il s'agit d'un abcès, l'infiltration se ramollit et le pus se fraye une voie au dehors. Il n'est pas rare qu'une gangrène étendue se déclare. Les résultats en sont la rétraction cicatricielle de la paupière au cours de la guérison et son raccourcissement consécutif, de façon qu'il se développe une lagophtalmie ou un ectropion. Dans l'érysipèle et la pustule maligne, il n'est pas rare que les deux paupières soient détruites. Le processus destructif, même quand il est très étendu, a pour propriété caractéristique de respecter le bord libre des paupières ainsi que les cils qu'il porte. Ce fait doit être attribué à ce que, de toutes les parties de la paupière, le bord libre est le plus abondamment pourvu de vaisseaux sanguins, d'où il suit qu'il est le moins sujet à se nécroser. La conservation du bord des paupières est une circonstance très favorable pour le cas où plus tard une blépharoplastie devient nécessaire, puisqu'alors le bord de la paupière peut servir de point d'attache au lambeau greffé.

Le *traitement* se borne à l'application des règles de la chirurgie générale. Dans les abcès palpébraux, on pratiquera l'incision le plus tôt possible (c'est-à-dire aussitôt que l'on est en état d'établir le diagnostic), pour empêcher la suppuration de s'étendre en profondeur (vers l'orbite et les méninges). — Si une partie de la peau de la paupière a été détruite par l'inflammation, il s'agit alors de combattre autant que possible le raccourcissement des paupières par rétraction cicatricielle. Lorsque des pertes de substance sont très considérables aux paupières, le mieux est d'aviver les bords des deux paupières à certains endroits et de les réunir par des sutures. Tant que la fente palpébrale est fermée de cette manière, la lagophtalmie est impossible et la cicatrice qui se forme dans ces circonstances est plus large. On conseille encore dans ces cas de greffer de petits lambeaux de peau sur la surface bourgeonnante de la paupière dénudée. Une fois la cicatrisation terminée, on sépare les paupières artificiellement soudées. Si, malgré toutes ces mesures, il survient un raccourcissement si notable qu'il en résulte soit une lagophtalmie, soit un ectropion, il faut remplacer la peau perdue par une blépharoplastie.

3° *Ulcères de la peau des paupières*

Les ulcères se développent en partie à la suite de traumatismes (brûlures, corrosions, blessures), ou en partie d'une manière spontanée. Ces derniers sont d'origine scrofuleuse, tuberculeuse ou syphilitique. Les ulcères scrofuleux se trouvent chez les enfants assez souvent en même temps que la carie de l'os sous-jacent. Le lupus se propageant des régions voisines (nez ou joue) envahit aussi fréquemment les paupières! Des paupières, il peut passer sur la conjonctive et même sur le globe oculaire. Il résulte de là que, lorsque le lupus de la face existe depuis longtemps, on trouve des altérations souvent considérables aux paupières et aux bulbes, altérations qui sont même susceptibles d'amener la cécité absolue.

Après la terminaison de l'*herpès zoster,* le trijumeau présente fréquemment des anomalies fonctionnelles. Ce sont de l'anesthésie ou de la névralgie, ou les deux à la fois, qui persistent pendant longtemps dans le domaine de la branche atteinte du trijumeau. Quant à la cornée, dont la sensibilité était déjà émoussée pendant la durée de l'inflammation, elle reste d'ordinaire moins sensible pendant longtemps. Il faut également attribuer à une modification de l'influx nerveux les deux phénomènes suivants : le premier consiste en une légère diminution anormale de la tension de l'œil, quand il prend part à l'inflammation; le second est l'augmentation manifeste de la température de la peau du côté malade, qui ne se constate pas seulement au moment où l'inflammation est dans toute sa violence, mais souvent encore pendant longtemps après.

Dans l'herpès zoster, la cornée peut participer à l'affection de différentes manières. D'abord elle peut être le siège d'une éruption de vésicules herpétiques, qui donne lieu à un développement d'ulcères plus ou moins larges (page 196). Dans d'autres cas, il se produit des infiltrations parenchymateuses profondes qui ne se résorbent que lentement. La cornée peut encore souffrir indirectement parce que, après l'herpès, il persiste une paralysie du trijumeau, qui peut devenir la cause d'une kératite neuro-paralytique. Enfin, j'ai vu deux cas où l'herpès se compliqua de paralysie du facial, ce qui eut pour conséquence de provoquer une kératite par lagophtalmie. A l'affection cornéenne se joint fréquemment de l'iritis, pourtant on peut voir apparaître, à la suite du zona ophtalmique, de l'iritis ou de l'iridocyclite, sans affection cornéenne concomitante. L'herpès zoster peut aussi entraîner la paralysie de l'oculo-moteur.

Il n'est pas rare que l'*eczéma* des paupières soit artificiel, c'est-à-dire provoqué par l'application de pommades irritantes, par des compresses ou un pansement humide. Il survient donc souvent comme complication désagréable, lorsque l'on est obligé de maintenir l'œil pendant longtemps sous le bandeau. Le sparadrap, dont on se sert dans les pansements oculaires, produit de l'eczéma chez beaucoup de personnes.

Chez les adultes, on observe quelquefois l'eczéma squameux comme affection chronique de la peau des paupières.

Dans les ulcères des paupières, il nous faut encore citer les *ulcères dûs au vaccin*. Ils se produisent quand on porte par mégarde sur les paupières un peu de la sécrétion des pustules vaccinales des enfants. On les rencontre le plus souvent chez les femmes, dont on vient de vacciner les enfants. Ce sont des ulcérations assez grosses, à fond gris, siégeant au bord de la paupière ; elles s'accompagnent d'un œdème considérable des paupières et même de la conjonctive. Il existe en outre une tuméfaction des ganglions préauriculaires et même de la fièvre.

L'*éléphantiasis* atteint les paupières sous forme d'un épaississement monstrueux, notamment de la paupière supérieure. Celle-ci est alors pendante, recouvrant la paupière inférieure et descendant jusque sur la joue ; elle ne peut pas être relevée à cause de son poids et rend impossible la vision de l'œil recouvert. Le traitement consiste à exciser assez de peau pour rendre à la paupière à peu près ses dimensions normales.

Sous le nom de chromhidrose (1), on désigne cette affection rare dans laquelle la sueur de la peau palpébrale est colorée. Alors, il se développe sur les paupières des taches bleues, qui se laissent facilement effacer par une compresse plongée dans de l'huile, mais qui se reproduisent bientôt après. Cette affection s'observerait surtout chez les femmes. Un grand nombre de cas connus doivent être attribués à la simulation, c'est-à-dire à l'application intentionnelle de quelque matière colorante bleue sur les paupières.

Œdème des paupières. — L'œdème des paupières n'est pas par lui-même une maladie, ce n'est qu'un symptôme, mais un symptôme si fréquent et en même temps si frappant qu'il mérite une description détaillée. Le développement en est singulièrement favorisé par l'état anatomique des paupières (voir page 540). C'est pour cette raison qu'on ne le rencontre pas seulement dans toutes les inflammations intenses des paupières mêmes ou des parties avoisinantes, mais encore à la suite d'une simple stase veineuse ou d'une modification dans l'état du sang. Dans le premier cas, il s'agit d'un œdème inflammatoire ; dans le second, d'un œdème non inflammatoire.

Tant que l'œdème fait des progrès, on trouve la peau de la paupière tendue et luisante ; mais, lorsqu'il commence à diminuer, on voit la paupière se prendre en fines rides ; ce phénomène constitue donc un signe précieux, car il indique que le processus morbide entre dans sa période régressive (par exemple, dans la blennorrhée aiguë).

(1) χρῶμα, couleur, et ἱδρωσις, sueur.

L'œdème effraye les malades souvent plus que la maladie qui le provoque, parce que la tuméfaction de l'œil les empêche de l'ouvrir et de voir. Pour un médecin peu expérimenté, un œdème considérable présente des inconvénients, en ce sens qu'il rend difficile l'examen du globe oculaire. Si donc, par suite du gonflement, le médecin ne peut inspecter l'œil ou ne peut y jeter qu'un coup d'œil rapide, il peut facilement poser un diagnostic faux et causer au patient une grande frayeur pour une affection peut-être insignifiante. Pour la facilité du praticien, nous allons donc énumérer, dans les lignes suivantes, les affections qui sont accompagnées d'œdème des paupières, et nous y ajoutons les symptômes propres à faire poser un diagnostic exact. La première indication est d'ouvrir convenablement les paupières malgré le gonflement. Pour cela, dans les tuméfactions particulièrement considérables ou les spasmes palpébraux violents, on peut se servir avec avantage du rétracteur de *Desmarres*. On voit si la conjonctive est pâle, si le globe oculaire est normal, s'il n'est pas refoulé en avant, s'il est bien mobile, ou bien si, au contraire, ces parties présentent des altérations morbides.

a) Après écartement des paupières, les parties profondes paraissent normales.

D'abord, il faut résoudre la question de savoir s'il s'agit d'un œdème inflammatoire ou non. L'œdème inflammatoire se distingue par de la rougeur, de l'augmentation de température et, assez souvent par de la sensibilité, à la pression. Admettons que nous ayons affaire à un *œdème inflammatoire*. Pour s'assurer de quelle affection il dépend, on observe si, en palpant les parties gonflées, on ne trouve pas un endroit qui se distingue particulièrement par sa dureté ou sa sensibilité.

1° Si un point semblable se trouve près du bord libre des paupières, il s'agit habituellement d'un *orgelet*. Au début, en dehors des symptômes cités, il n'y a rien d'autre à remarquer. Mais, déjà, les jours suivants, on découvre un point jaunâtre situé entre les cils, ou, quand il s'agit d'un orgelet meibomien, au niveau de la face interne de la paupière;

2° Quand le point dur et sensible occupe l'angle interne de l'œil, il faut d'abord songer à une inflammation aiguë du sac lacrymal, — *dacryocystite*. Ce diagnostic est confirmé, quand, en pressant du doigt sur la région du sac lacrymal, on fait sortir du pus des points lacrymaux, ou bien quand le patient déclare que l'inflammation a été précédée pendant longtemps de larmoiement. Sans doute, il peut se développer aussi un furoncle ou une périostite dans la région du sac lacrymal; pourtant, ces affections sont extraordinairement rares en comparaison de la dacryocystite;

3° Dans l'*érysipèle*, la rougeur et la tuméfaction des paupières sont uniformes. La peau, serrée entre les doigts, paraît plus épaisse et plus dure, mais une infiltration circonscrite fait défaut. En général, le gonflement occupe les deux paupières, s'étendant même sur les parties voisines, et, quand le patient est soumis pendant quelque temps à l'observation, on remarque que le gonflement prend de l'extension. Lorsque, dans le cours de l'inflammation, on sent se développer une dureté dans les tissus profonds, c'est que le processus a envahi ces tissus et qu'un abcès palpébral y prend naissance.

Quelquefois on observe des érysipèles d'une intensité et d'une étendue très modérées, qui sont, par conséquent, accompagnés de symptômes inflammatoires légers. Dans ce cas, les paupières seules, et un peu le dos du nez sont tuméfiés. Cette tuméfaction ne présente pas une forte tension, elle est de consistance pâteuse et d'une rougeur peu prononcée; il n'y a ni fièvre ni douleurs. Au bout de quelques jours, le gonflement disparaît, et la peau se desquame. Dans ce cas, il est souvent difficile de poser avec certitude le diagnostic d'érysipèle. Un grand nombre de cas énigmatiques d'œdèmes palpébraux à récidives doivent être rangés dans cette catégorie;

4° A l'inverse de ce qui arrive dans l'érysipèle et dans l'œdème par suite d'un *furoncle* ou d'une *pustule maligne*, on sent dans la paupière une nodosité circonscrite, dure et douloureuse, et d'une certaine étendue. Si, par contre, l'infiltration occupe les parties profondes, il s'agit d'un *abcès* au début. Dans la *périostite* du rebord orbitaire, on peut le palper à travers la paupière œdématiée et s'assurer que ce rebord n'est pas aigu, mais qu'il est épaissi, émoussé, et douloureux à la pression;

5° L'œdème palpébral *traumatique* étant presque constamment accompagné d'une large suffusion sanguine de la paupière, on n'éprouvera aucune difficulté pour le reconnaître. Quand l'œdème est dû à une piqûre d'insecte, le diagnostic en est aisé si l'on peut voir la trace de la blessure.

L'*œdème non inflammatoire* des paupières s'observe comme phénomène de l'œdème généralisé, par exemple dans les maladies du cœur, l'hydrémie, la néphrite. Il n'est pas rare que les paupières soient les endroits du corps où l'œdème se constate en premier lieu, et où se trahit ainsi d'abord l'affection fondamentale. Dans ce cas, il arrive quelquefois que l'œdème des paupières se déclare sous forme d'œdème fugace, c'est-à-dire qu'il apparaît brusquement pour disparaître au bout de quelques jours ou même quelques heures, et récidiver peu de temps après.

Un œdème qui tient le milieu entre l'inflammatoire et le non-inflammatoire est celui que l'on observe dans le blépharospasme de longue durée, — particulièrement chez les enfants atteints de conjonctivite lymphatique. Un pareil œdème se développe spécialement dans la paupière supérieure et doit être avant tout attribué à la compression des veines palpébrales par la contraction de l'orbiculaire (voir page 549).

Enfin, on rencontre quelquefois de l'œdème palpébral, tant de nature inflammatoire que non inflammatoire, et auquel on ne peut assigner aucune cause.

b) Après écartement des paupières, on découvre des altérations à la conjonctive ou au globe oculaire.

1° Parmi les *affections de la conjonctive* qui sont accompagnées d'œdème palpébral, il faut citer la blennorrhée aiguë et la diphtérie, plus rarement un catarrhe violent, ou, comme nous l'avons dit plus haut, la conjonctivite lymphatique. Le diagnostic est facile à poser en se basant sur l'aspect et la sécrétion de la conjonctive;

2° Les inflammations violentes de l'intérieur du globe produisent de l'œdème palpébral, l'iridocyclite et le glaucome aigu à un degré modéré, la *panophtalmite* à un degré plus élevé. Dans cette dernière affection, comme dans la blennorrhée aiguë, il existe aussi du chémosis. Cependant, on peut facilement éviter de confondre les deux maladies, parce que, dans la panophtalmite, la sécrétion purulente de la conjonctive fait défaut et que, par contre, on observe un exsudat purulent dans l'intérieur de l'œil, — dans la chambre antérieure ou dans le corps vitré. Un élément de diagnostic différentiel est la protrusion qui existe dans la panophtalmite et. l'obstacle qu'elle apporte aux mouvements du globe, tandis que ces symptômes font constamment défaut dans la blennorrhée aiguë;

3° La *ténonite*, le *phlegmon orbitaire* et la *thrombose du sinus caverneux* sont caractérisés, comme la panophtalmite, par le symptôme de l'œdème palpébral, le chémosis, ainsi que par la protrusion et l'immobilité du globe oculaire. On peut donc confondre ces affections entre elles ou avec la panophtalmite. Néanmoins ces affections se distinguent aussitôt de cette dernière parce que, en dehors de l'œdème conjonctival, dans toutes les trois, le globe paraît normal dans son segment antérieur, tandis que dans la panophtalmite, la suppuration est visible dans l'intérieur de l'œil. Quant au diagnostic différentiel entre les trois affections citées d'abord, il est un peu plus difficile. D'abord, la ténonite séreuse et le phlegmon orbitaire se ressemblent beaucoup au début de la maladie; cependant, dans la première, le chémosis et la diminution de motilité du globe sont très notables, tandis que la protrusion est relativement modérée. Au contraire, dans le second, en comparaison de la forte protrusion du bulbe, l'œdème conjonctival n'est ni très prononcé, ni uniforme, mais il est surtout visible dans la fente palpébrale. En outre, dans le phlegmon orbitaire, la fièvre et les douleurs acquièrent une intensité bien plus grande. A mesure que la maladie fait des progrès, le diagnostic de ces deux affections devient plus facile. Dans la ténonite séreuse, tous les symptômes disparaissent bientôt, tandis que, dans le phlegmon orbitaire, les symptômes augmentent constamment jusqu'à ce qu'il s'ouvre et que le pus s'échappe.

La thrombose du sinus caverneux se distingue des deux autres affections en ce que, dans ce cas, outre l'œdème des paupières, il existe encore de l'œdème derrière les oreilles, à la région mastoïdienne; de plus, on observe alors des symptômes cérébraux graves.

Une *tumeur* qui se développe au fond de l'orbite, outre la protrusion du globe oculaire, peut occasionner de l'œdème palpébral par stase veineuse. Mais, dans ces cas, les accidents inflammatoires sont peu notables ou manquent complètement.

11. — INFLAMMATION DU BORD PALPÉBRAL

§ 107. En fait, le bord de la paupière n'est qu'une partie de la peau du même organe ; seulement, ce bord se distingue par une foule de particularités anatomiques, telles que les cils avec leurs follicules pileux et leurs glandes, la riche vascularisation, etc., de façon que l'inflammation en affecte un caractère particulier. Les maladies des bords palpébraux comptent parmi les plus fréquentes.

L'*hyperémie* du bord des paupières se manifeste par de la rougeur, de sorte que les yeux paraissent comme bordés de rouge. Chez beaucoup de personnes, cette affection se déclare sous l'influence des causes les plus insignifiantes, telles que les pleurs un peu prolongées, les efforts considérables des yeux, le séjour dans un air corrompu, les veilles prolongées, etc. Elle s'observe principalement chez les individus à peau délicate, à figure pâle, à cheveux blonds ou roussâtres. Chez un grand nombre de ces personnes, l'hyperémie des bords palpébraux est permanente et dure quelquefois pendant toute la vie. Tant au point de vue des symptômes subjectifs qu'au point de vue du traitement, on peut appliquer à ces cas les données que nous allons exposer à propos de la blépharite.

L'*inflammation* du bord palpébral (blépharite ciliaire, ou blépharo-adénite) (1) s'observe sous les deux formes principales suivantes :

1° *Blépharite squameuse*. La peau entre les cils et dans leur voisinage est couverte de petites pellicules blanches ou grises, semblables à celles que l'on observe sur le cuir chevelu. On a dit que le bord de la paupière semble saupoudré de son. Quand on les enlève par le lavage, on trouve la peau de la paupière hyperémiée à leur endroit, mais jamais ulcérée. Lorsque l'on enlève les croûtes, quelques cils sont en même temps arrachés, signe qu'ils sont moins solidement implantés. Mais, comme leurs follicules ne sont pas malades, ils ne tardent pas à repousser.

Une variété de blépharite squameuse qui s'observe plus rarement se présente sous l'aspect suivant : le bord palpébral est couvert de croûtes jaunes qui sont tantôt friables, tantôt souples et grasses (comme de la cire ou du miel). Quand on les enlève, à leur place on ne trouve pas d'ulcères, mais seulement de la rougeur de la peau palpébrale. Il s'ensuit que les croûtes jaunes ne sont pas constituées par du pus desséché, mais par l'abondante sécrétion des glandes sébacées, laquelle se dessèche à l'air et se transforme en croûtes jaunes.

2° *Blépharite ulcéreuse*. Ici encore, le bord palpébral est couvert de croûtes jaunes. Mais, lorsqu'on les enlève par le lavage, on ne trouve pas seulement de l'hyperémie de la peau, mais des ulcères. Ainsi on voit à certains points de petites élevures, au milieu desquelles sort un cil. Ce sont de petits abcès qui ont pris naissance dans les follicules pileux et dans les glandes sébacées qui y appartiennent. A côté de ces abcès, se trouvent des excoriations, ce sont des ulcères qui sont le résultat

_____

(1) βλέφαρον, paupière, ἀδήν, glande, donc inflammation des glandes palpébrales.

d'abcès ouverts antérieurement. A d'autres endroits encore, on observe de petites cicatrices, restes d'abcès semblables. Au niveau des cicatrices, les cils sont définitivement perdus, parce que les follicules en sont détruits par la suppuration. Comme les follicules pileux s'abcèdent ainsi l'un après l'autre, la longue durée du processus fait que les rangées de cils deviennent de plus en plus clairsemées. Les cils qui restent encore en place sont disposés en groupes, agglutinés en touffe par la sécrétion desséchée. — La blépharite ulcéreuse se distingue ainsi de la blépharite squameuse, par son siège plus profond et par le caractère suppuratif de l'inflammation. On doit donc la considérer comme la forme la plus sérieuse des deux. En effet, dans cette forme, non seulement les symptômes inflammatoires sont plus prononcés, mais encore les conséquences, notamment la destruction des cils, en sont permanentes.

Les *symptômes subjectifs* sont minimes dans les cas les plus légers de blépharite. Aussi, la plupart des malades consultent le médecin bien plus à cause de la difformité résultant de la rougeur des paupières que pour d'autres raisons. Cependant, dans le plus grand nombre des cas, les malades sont tourmentés par une sensibilité exagérée des yeux, qui sont facilement atteints de larmoiement, surtout par le travail et le soir. Ils sont sensibles à la lumière, à la chaleur, à la poussière et se fatiguent promptement. Le matin, les paupières sont agglutinées.

La blépharite se distingue par sa *marche* éminemment chronique ; elle dure souvent pendant des années. Chez les jeunes patients, la maladie disparaît souvent spontanément lorsqu'ils sont adultes ; chez d'autres, au contraire, elle persiste pendant toute la vie. Par un traitement approprié, on obtient toujours une amélioration prononcée ou même une guérison complète, mais elle n'est le plus souvent pas définitive, car, au moment où l'on suspend le traitement, la maladie récidive d'ordinaire ; ce n'est que dans des cas rares que l'on obtient une guérison permanente.

Lorsqu'elle dure longtemps, la blépharite entraîne une série de conséquences qui réagissent à leur tour défavorablement sur la blépharite elle-même, ce sont :

1° *Catarrhe chronique de la conjonctive*. Cette affection accompagne constamment la blépharite, et la gêne qu'elle cause dépend en grande partie de la conjonctivite concomitante ;

2° La blépharite ulcéreuse entraîne la destruction définitive des cils : elle peut conduire à leur disparition presque complète. Alors, le bord palpébral n'est plus garni que par des poils isolés, fins et misérables. Cet état, appelé *madarosis*(1), entraîne une difformité prononcée. Une fois que tous

(1) De μαδᾶν, se dissoudre, périr.

les cils sont détruits, la blépharite se guérit d'elle-même, puisqu'il n'existe plus de follicules pileux qui puissent s'abcéder ;

3° Par suite de la rétraction des cicatrices qui persistent après la suppuration des follicules pileux, les cils voisins peuvent prendre une fausse position et se diriger vers la cornée — *trichiasis* ;

4° Par suite de la congestion permanente et de la tuméfaction inflammatoire des bords palpébraux, ceux-ci peuvent devenir le siège d'une hypertrophie. Alors, au niveau de son bord libre, on trouve la paupière plus épaisse, arrondie, lourde et pendante — *tylosis* (1). Cette modification se rencontre surtout à la paupière supérieure ;

5° La paupière inférieure subit souvent, à la suite de la blépharite, un changement de position sous forme d'*ectropion*. Celui-ci se produit de la manière suivante : à cause de la formation des cicatrices à l'angle antérieur du bord des paupières, la conjonctive est légèrement attirée en avant sur le bord palpébral. Alors celui-ci paraît comme bordé par de la conjonctive rouge, et l'angle palpébral postérieur, aigu à l'état normal, est arrondi et devient méconnaissable. A cause de ces changements de forme, les deux bords palpébraux, en se fermant, ne s'adaptent plus exactement l'un à l'autre. En outre, par suite du défaut d'acuité de l'angle palpébral postérieur, la paupière ne s'applique plus sur le globe dans toute son étendue ; au contraire, il reste entre le bord de la paupière et le globe oculaire, un sillon peu profond — éversion du bord palpébral. En même temps que le bord des paupières, les points lacrymaux se sont tournés en avant, de sorte qu'ils ne plongent plus dans le lac lacrymal — éversion des points lacrymaux. Tant par suite de l'occlusion imparfaite des paupières pendant le clignotement que de l'éversion des points lacrymaux, le passage des larmes dans le sac lacrymal est défectueux, de façon qu'il se produit du larmoiement. Une partie des larmes coulant par-dessus le bord palpébral inférieur se répandent sur la peau de la paupière, qui, par suite de l'humectation constante dont elle est l'objet, rougit, s'excorie et devient eczémateuse. En raison de ces faits, la paupière perd sa souplesse et se raccourcit graduellement. Il s'ensuit que la paupière inférieure s'écarte de plus en plus du bulbe, de façon que l'éversion du bord palpébral se transforme peu à peu en ectropion de toute la paupière. De cette manière, le larmoiement ne fait que devenir de plus en plus abondant. Ce larmoiement réagit à son tour défavorablement sur la blépharite, puisque le bord palpébral se trouve irrité et enflammé par les larmes qui ne cessent de le mouiller.

Étiologie. — Les causes de la blépharite sont générales ou locales.

---

(1) De τύλος, callosité.

Les causes *générales* dépendent en partie de la constitution du malade, en partie d'influences extérieures. Au point de vue constitutionnel, il faut citer l'anémie, la scrofulose et la tuberculose, toutes affections qui, surtout chez les enfants et les jeunes gens, constituent une cause fréquente de blépharite. Lorsque, par les progrès de l'âge, la constitution se fortifie, la blépharite disparaît habituellement en même temps. Dans un grand nombre de familles, la blépharite est héréditaire et constitue une espèce d'affection de famille. — En ce qui concerne les influences extérieures, il faut mentionner toutes celles qui sont connues comme causant le catarrhe conjonctival chronique (voir page 58). De ce nombre sont un air vicié, la fumée, la poussière, la chaleur (par exemple, chez les ouvriers qui travaillent au feu), les veillées, etc. — La blépharite dépendant de cause générale est toujours bilatérale.

Parmi les causes *locales* de la blépharite, les plus fréquentes sont l'inflammation chronique de la conjonctive (catarrhe chronique, conjonctivite lymphatique, trachome) et le larmoiement. Ce dernier provoque l'inflammation des bords palpébraux en les humectant constamment. La cause du larmoiement peut dépendre d'une hypersécrétion ou d'un écoulement défectueux des larmes dans le nez. L'augmentation de la sécrétion des larmes se produit par exemple dans la conjonctivite lymphatique, qui se caractérise par un abondant larmoiement. Or, comme l'inflammation de la conjonctive en même temps que la diathèse scrofuleuse du patient favorisent le développement de la blépharite, il n'est pas difficile de comprendre pour quel motif la conjonctivite lymphatique se trouve si fréquemment accompagnée de blépharite.

Mais, le larmoiement peut dépendre aussi d'une gêne dans la circulation des larmes, par exemple à la suite d'une maladie du sac lacrymal. Dans ce cas, la blépharite atteindra uniquement l'œil qui est le siège de l'affection du sac lacrymal. Il faut donc adopter pour règle, dans une blépharite unilatérale, d'examiner le sac lacrymal, tandis que, lorsqu'elle est bilatérale, on peut d'abord songer à une cause générale. Les autres causes de nature à troubler l'écoulement des larmes et, par conséquent, à amener de la blépharite sont : l'occlusion imparfaite des paupières par suite d'un ectropion, d'une paralysie du facial, du raccourcissement congénital ou acquis des paupières, etc.

Dans le *traitement* de la blépharite, l'on doit tenir compte non seulement de l'indication causale, mais encore des altérations locales. Pour répondre aux exigences de l'indication causale, on doit chercher à améliorer la constitution du patient et les conditions hygiéniques dans lesquelles il vit. Dans le plus grand nombre des cas, à cause de circonstances étrangères, on ne parvient pas à obtenir le but que l'on poursuit. Les

causes locales de la blépharite, telles que les affections de la conjonctive et
du sac lacrymal, la lagophtalmie, etc., doivent être, autant que possible,
supprimées. — Dans le traitement des affections des bords palpébraux
eux mêmes, ce sont les pommades qui jouent le rôle principal. C'est surtout à la graisse qu'elles contiennent qu'elles doivent leur action. Celle-ci
ramollit les squames et les croûtes et en facilite la chute. Elle empêche,
d'autre part, l'oblitération des orifices des canaux excréteurs des glandes
des bords palpébraux. Ensuite, elle rend la peau plus souple et la préserve
contre l'humectation par les larmes qui la baignent. Il faut donc choisir,
pour la confection de pommades, une graisse molle, soit de l'onguent
émollient, soit de la vaseline. Comme substances médicamenteuses à incor-
porer dans les pommades, on choisit le plus fréquemment les précipités
mercuriels, le rouge, le jaune ou le blanc. Comme il faut éviter d'irriter
les bords palpébraux enflammés, l'on doit préférer le précipité blanc, qui
est plus doux que le jaune et le rouge. Pour le même motif, on conseille
de ne faire entrer dans la pommade qu'une petite quantité de précipité
(1-2 %). Voici comment on s'en sert : au moyen du doigt, le patient s'en
enduit les paupières closes, avant le coucher. Le matin, après avoir enlevé
la pommade, il doit laver, avec le dernier soin, au moyen d'eau chaude,
les croûtes et les pellicules squameuses adhérentes aux bords des paupières. Comme le nettoyage des paupières est souvent douloureux et que,
pour ce motif, principalement chez les enfants, on ne le fait fréquemment
pas avec assez de soins, le médecin doit insister pour qu'on le pratique
très régulièrement. Lorsqu'enfin, grâce à ce traitement, on est parvenu
à ramener les bords palpébraux à leur état normal, on continue l'application de la pommade encore pendant longtemps, sinon, la blépharite ne tarde
pas à récidiver.

Dans la blépharite ulcéreuse, en outre de l'application de la pommade,
l'on doit ouvrir journellement les petits abcès qui se forment et épiler les
cils qui s'y trouvent. Dans ce but, on se sert de la pince à cils, c'est-à-dire
d'une pince à mors larges et arrondis. On peut hâter la guérison des petits
ulcères, en les touchant légèrement au moyen d'un crayon de nitrate d'argent taillé en pointe.

Comme le bord palpébral n'est qu'une partie modifiée de la peau, il est nécessaire d'en envisager les affections au point de vue *dermatologique*, c'est-à-dire de
les comparer aux maladies analogues de la peau. En les considérant ainsi, la
blépharite squameuse doit être regardée comme une séborrhée. La forme caractérisée par des pellicules furfuracées correspondrait à la séborrhée squameuse
ou sèche de la peau, qu'on observe le plus fréquemment sur le cuir chevelu, et
que l'on considère comme une exagération de la desquamation épidermique.
La forme de blépharite squameuse, caractérisée par la formation de croûtes

jaunes et graisseuses, serait identique à la séborrhée huileuse qu'on observe encore sur le cuir chevelu, particulièrement chez les enfants, où elle est connue sous le nom de teigne ou de dartre. Dans la blépharite ulcéreuse, il s'agit probablement de l'introduction de bactéries pathogènes du bord libre dans les glandes sébacées. Enfin, la blépharite ulcéreuse ne serait autre chose qu'un eczéma qui, à cause de la présence des cils, s'accompagne de suppuration des follicules pileux, comme c'est le cas partout où la peau est revêtue de poils (sycosis).

Pour être à même de poser un diagnostic exact de la blépharite, il est indispensable d'enlever les croûtes qui recouvrent les bords palpébraux afin de s'assurer de l'état de la peau à ces endroits. Lorsque, sous la croûte, la peau est normale, on n'a pas affaire à une blépharite, mais à une affection de la conjonctive dont la sécrétion desséchée est transformée en croûte jaune. Dans la blépharite, on trouve la peau tout au moins rouge (dans la blépharite squameuse), ou couverte de petits ulcères (dans la blépharite ulcéreuse). — Dans le voisinage des petits ulcères, il n'est pas rare que l'on trouve la peau du bord palpébral épaissie par hypertrophie des papilles, tellement qu'il se développe même des excroissances verruqueuses, saignantes au moindre contact et douloureuses. Ces excroissances doivent être excisées.

Une erreur qui se commet fréquemment dans le *traitement* de la blépharite, c'est de prescrire des pommades fortement irritantes, qui ne peuvent qu'augmenter davantage encore l'inflammation existante. Pour ce motif, je préfère avant tout la pommade au précipité blanc à 1 % qui est la plus douce. Lorsque l'on choisit, comme excipient, l'onguent émollient, auquel j'accorde la préférence, on ne doit pas oublier que la pommade doit être renouvelée de temps en temps, sinon la graisse rancit et devient irritante. Dans les cas graves de blépharite ulcéreuse, on conseille d'étendre sur une compresse de toile une épaisse couche de pommade et de l'appliquer sur les yeux, pendant la nuit, au moyen d'un bandeau. De cette manière, la pommade agit beaucoup plus efficacement que lorsqu'on l'applique simplement en onction, sur le bord des paupières. Cette pratique se recommande spécialement quand la blépharite dépend de la brièveté congénitale des paupières, parce qu'alors le bandeau assure en même temps, pendant le sommeil, l'occlusion de la fente palpébrale (voir § 113).

Dans la blépharite squameuse rebelle, on a conseillé l'application de pommade au goudron. On prescrit dans ce but l'huile de hêtre (ou l'huile de bouleau) à parties égales avec de l'huile d'olive; avec ce mélange, on enduit, le soir, au moyen d'un pinceau, les bords des paupières fermées. On peut encore enduire au pinceau les bords palpébraux d'un mélange de poix liquide et d'alcool : par l'évaporation de ce dernier, la dissolution se dessèche rapidement. En tous cas, il faut éviter avec soin l'introduction du liquide dans le sac conjonctival, car l'irritation qui en résulterait serait très intense. Il est même beaucoup de personnes qui ne supportent pas du tout les pommades au goudron à cause de leur action irritante. Le traitement au moyen de la pommade à la résorcine (1 %) ou du savon au goudron, dont on fait soigneusement laver les paupières le matin, est moins irritant.

Dans un grand nombre de cas de blépharite ulcéreuse, surtout quand elle est compliquée de tylosis, on n'obtient le résultat désiré qu'après avoir épilé tous les cils. On pratique cette épilation en plusieurs séances, puis on enlève successivement les cils qui repoussent, jusqu'à ce que le bord palpébral ait entièrement repris son aspect normal. On ne doit pas craindre, dût-on les arracher plus souvent encore, que les cils finissent par ne plus repousser. Contre le tylosis même, le massage avec la pommade au précipité blanc rend les meilleurs services. Il a pour effet, d'abord, d'activer la résorption, ensuite de faciliter mécaniquement l'écoulement du contenu des glandes du bord palpébral et d'en empêcher ainsi l'obstruction.

On ne doit pas confondre avec la blépharite la *phtiriase des paupières*, c'est-à-dire la présence sur les cils du pou du pubis (Phthirius inguinalis ou pediculus pubis). Ces parasites donnent aux bords palpébraux un aspect foncé frappant. À un examen plus attentif, on ne tarde pas à se convaincre que cet aspect est dû à la présence de lentes de morpions solidement agglutinées aux cils. Parfois, on rencontre aussi entre les cils un individu adulte isolé. Cette affection, qui est rare, et que l'on n'observe pour ainsi dire que chez les enfants, donne quelquefois lieu à une blépharite. On la guérit facilement par l'onguent gris, qui, appliqué sur les bords palpébraux, tue les parasites.

III. — MALADIES DES GLANDES PALPÉBRALES

§ 108. Les glandes dont il est question ici sont les glandes des follicules pileux (les glandes de *Zeiss*) et les glandes de *Meibomius*. Les maladies des premières ont déjà été traitées en partie à propos de la blépharite, qui constitue une affection diffuse répandue sur tout le bord palpébral et dans laquelle les glandes des follicules pileux jouent un rôle important. Il faut distinguer de cette maladie les inflammations isolées, qui se localisent à une seule ou quelques-unes seulement de ces glandes et représentent des affections propres. Quand une maladie de cette nature se déclare, on la désigne sous le nom d'orgelet lorsqu'elle est aiguë, de chalazion quand elle est chronique. Il faut en distinguer les simples obstructions des glandes avec épaississement de leur contenu, sans inflammation ; elles sont l'origine des infarctus des glandes de Meibomius.

1° Orgelet (*hordeolum*) (1)

Il existe un orgelet externe et un orgelet interne.

L'*orgelet externe* consiste dans la suppuration d'une glande de *Zeiss*. On observe d'abord un œdème inflammatoire de la paupière atteinte. Dans les

_____
(1) *Hordeum*, orge.

cas violents, cet œdème s'étend même sur la conjonctive bulbaire. Par une palpation minutieuse, on découvre, dans l'épaisseur de la paupière gonflée, un point qui se distingue par une résistance plus grande et une sensibilité particulière au toucher. Ce point est situé près du bord palpébral et répond à la glande enflammée. Dans les jours suivants, la tuméfaction prend encore plus de développement, la peau rougit à l'endroit malade, devient plus tard jaunâtre, et finit par s'ouvrir au bord de la paupière pour donner issue à une certaine quantité de pus. Lorsque le petit abcès est vidé, les symptômes inflammatoires disparaissent promptement, la cavité se comble bientôt et tout le processus est terminé. — Bien que la maladie ne dure que quelques jours, elle incommode vivement le patient par les douleurs souvent intenses, par le fort gonflement et la tension des paupières qu'elle provoque. Un second inconvénient c'est que, chez beaucoup de personnes, elle récidive fréquemment.

L'*orgelet interne* est beaucoup plus rare que l'orgelet externe. Il consiste dans la suppuration d'une glande de *Meibomius* et, pour cette raison, s'appelle orgelet meibomien. La marche en est entièrement la même que celle de l'orgelet externe. Mais, comme les glandes de Meibomius sont plus grandes que les glandes de Zeiss et qu'en outre elles sont enchâssées dans le tissu fibreux du tarse, les symptômes inflammatoires sont plus violents, et le processus dure plus longtemps, avant que le pus se crée une voie au dehors. Tant que le pus est renfermé dans la glande malade, il se fait reconnaître à sa couleur jaune que l'on voit transparaître à travers la conjonctive, quand on renverse la paupière. Plus tard, le pus perfore la conjonctive ou bien il s'écoule par le canal excréteur de la glande. Ce n'est qu'exceptionnellement que l'orgelet interne s'ouvre par la peau ; au contraire, dans l'orgelet externe, cette terminaison est la règle.

L'orgelet, qu'il soit externe ou interne, est constitué essentiellement par le même processus, c'est-à-dire une suppuration aiguë d'une glande sébacée, car les glandes de Meibomius, elles aussi, ne sont autre chose que des glandes sébacées modifiées. C'est pour ce motif que les deux orgelets présentent à peu près la même image clinique. Ils ressemblent à l'acné de la peau (d'où *Stellwag* les a désignés sous le nom d'*acné ciliaire*). Les symptômes inflammatoires violents, et notamment l'œdème considérable qui caractérise l'orgelet et qu'on n'observe pas dans la pustule d'acné ordinaire, dépendent de la structure anatomique spéciale des paupières, structure qui les rend particulièrement propres aux tuméfactions inflammatoires.

L'orgelet se rencontre surtout chez les individus jeunes, particulièrement quand ils sont d'une constitution anémique ou scrofuleuse et souffrent en même temps de blépharite. A cause de l'accumulation des pellicules

squameuses et des croûtes au bord palpébral, la blépharite favorise la multiplication des microbes qui existent toujours sur le bord libre de la paupière et qui peuvent aisément pénétrer dans l'orifice des glandes. Ajoutons
à cela que le gonflement du bord palpébral peut amener l'oblitération
du canal excréteur des glandes.

Au début, le *traitement* de l'orgelet consiste dans l'application sur les
paupières de compresses à l'eau chaude, dans le but de faire plus tôt
suppurer l'infiltration. Lorsque le pus jaune devient visible à travers la peau
ou à travers la conjonctive, on peut ouvrir l'abcès par une petite incision
et raccourcir ainsi de quelques jours la durée de l'inflammation. Pour
prévenir la récidive de l'orgelet, il faut, avant tout, diriger le traitement
contre la blépharite, s'il en existe.

2° *Chalazion* (1)

Le chalazion est une affection *chronique* des glandes de *Meibomius*. Il
consiste en une tumeur plus ou moins dure, qui se développe peu à peu
dans la paupière. Dans beaucoup de cas, cela se fait sans aucun symptôme
inflammatoire, de façon que le patient n'en constate la présence que
lorsque la tumeur a acquis un certain développement. Dans d'autres cas,
on observe bien quelques accidents inflammatoires, mais ils sont insignifiants, comparés à ceux qui accompagnent l'orgelet. Pendant plusieurs
mois, la tumeur grandit, jusqu'à ce qu'elle acquière la grosseur d'un petit
pois ou d'une fève. Alors, elle fait saillie sous la peau, tellement qu'elle
occasionne une difformité visible de la paupière. Quand on palpe la tumeur,
on constate qu'elle est résistante et intimement unie au tarse, tandis que
la peau qui la recouvre est mobile. Quand on renverse la paupière, on
trouve, au niveau de la tumeur, la conjonctive rouge, épaissie et légèrement
bombée. Plus tard, la tumeur paraît grise sous la conjonctive et finit par
la perforer. Alors, il s'en échappe un peu de liquide trouble et filant qui
provient des parties centrales ramollies de la tumeur. Quant à la masse
principale formée de granulations fongueuses, elle reste en place, et c'est
pour ce motif que la tumeur, quoique ouverte, ne disparaît pas aussitôt
complètement. La tumeur diminue peu à peu, tandis qu'assez souvent les
masses granuleuses prolifèrent et sortent à travers l'ouverture de perforation de la conjonctive sous forme d'un champignon. Mais, avant que la
tumeur ne soit complètement disparue, il se passe des mois.

Le chalazion et l'orgelet interne ont un siège commun, les glandes de
Meibomius, mais ils se distinguent par la nature de leur processus. L'or-

(1) De χάλαχα, grêle.

gelet est une inflammation aiguë qui aboutit à la suppuration et est terminée en peu de jours. Le chalazion, au contraire, est une affection chronique, dans laquelle la suppuration fait défaut, où se développe un tissu
granuleux, et qui dure pendant des mois et même pendant des années.

Le chalazion se rencontre plus souvent chez les adultes que chez les
enfants. Il n'est pas rare qu'un patient porte plusieurs chalazions à la
fois. Le chalazion incommode celui qui en est atteint, d'abord parce que la
tumeur produit une certaine difformité, et ensuite parce qu'elle entretient
une certaine irritation dans l'œil. Cette irritation est, en partie, le résultat
de l'inflammation chronique des paupières, en partie celui de l'influence
mécanique exercée sur le globe oculaire par la conjonctive inégale et
proéminente qui recouvre la surface interne de la tumeur.

Traitement. — Lorsque les chalazions sont très petits, le mieux est de
les abandonner à eux-mêmes. Quant aux chalazions plus grands, on les
extrait par une opération, dans le but d'enlever la difformité ainsi que la
cause d'irritation de l'œil. Pour cela, on renverse la paupière, et, au moyen
d'un bistouri pointu, on incise la conjonctive ainsi que la paroi du chalazion sous-jacent. Lorsque la partie liquide s'en est échappée, on extirpe, à
la curette, les masses granuleuses qui sont encore restées en place (on se
sert dans ce but d'une petite curette à bords tranchants, ou de la curette
de Daviel, ou encore d'une sonde cannelée). Cette opération n'a pas pour
résultat immédiat de faire disparaître entièrement la tumeur, parce que la
capsule très résistante est restée en place. Cependant, au bout de quelque
temps, elle se rétracte. — Lorsqu'on a négligé de vider le chalazion avec
soin, il récidive facilement et il faut recommencer l'opération.

3° *Infarctus des glandes de Meibomius*

Chez les personnes d'un certain âge, quand on renverse la paupière, on
voit souvent sous la conjonctive de petites taches jaune clair. Ces taches
sont constituées par le produit de sécrétion épaissi des glandes de Meibomius, qui s'est accumulé dans les acini de ces glandes et en a provoqué la
distension. D'ordinaire, ces infarctus n'occasionnent aucun inconvénient ;
néanmoins, il arrive quelquefois qu'ils se transforment, par l'accumulation des sels calcaires, en masses dures comme une pierre (lithiase (1) conjonctivale). Ces masses faisant saillie sous la conjonctive finissent par la
perforer par leurs arêtes aiguës et irritent alors l'œil mécaniquement. Dans
ce cas, il faut pratiquer une incision dans la conjonctive et les enlever.

(1) De λίθος, pierre.

Les anciens médecins considéraient le chalazion comme un orgelet durci, c'est-à-dire qui n'avait pas passé à l'inflammation. Cette opinion est encore répandue dans le vulgaire. D'autres croyaient que le chalazion est un simple kyste de rétention des glandes de Meibomius, semblable aux athéromes des glandes sébacées. Il existe vraiment des kystes de rétention, mais ils sont rares et diffèrent essentiellement des chalazions. Dans ce dernier, il s'agit d'une inflammation chronique particulière, qui produit non du pus, mais du tissu de granulations et qui, probablement, est causée par un microbe différent des micrococques pyogènes (*Deyl*). L'examen microscopique d'un chalazion montre d'abord que l'épithélium des acini d'une glande de Meibomius prolifère et qu'autour des acini il se développe une infiltration inflammatoire dans le tissu du tarse. Celle-ci prend bientôt le dessus, de sorte que, d'une part, les acini de la glande, d'autre part le tissu du tarse finissent par disparaître dans cette prolifération de petites cellules (fig. 130). Il se développe alors un tissu mou, ressemblant à des bourgeons charnus et contenant comme ceux-ci des cellules géantes. Dans l'intérieur de la tumeur granuleuse, on rencontre des dépôts amorphes qui représentent les restes du contenu épaissi des acini; d'autre part, à l'extérieur, la tumeur s'enveloppe dans une capsule de tissu conjonctif. Cette capsule provient de ce que, à mesure que la tumeur se développe, le tissu environnant, de plus en plus comprimé, gagne constamment en densité. Enfin, les parties centrales de la tumeur granuleuse très peu vascularisées subissent une espèce de ramollissement muqueux. De cette manière, au centre de cette tumeur, se trouve une cavité remplie d'un liquide trouble. — *Horner* a appelé l'attention sur l'analogie qui existe

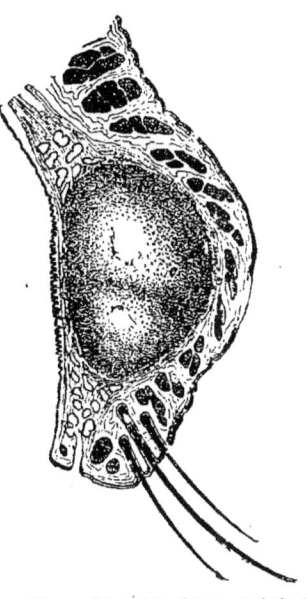

Fig. 130. — *Chalazion*. Coupe verticale à travers la paupière supérieure. Gross. 4/1. — Le chalazion s'est développé à peu près au milieu de la hauteur du tarse et, comme il proémine plus en avant qu'en arrière, il a produit une courbure de la paupière. La tumeur est constituée par du tissu de granulations, qui a subi à son centre le ramollissement muqueux (les deux grandes taches plus claires dans le dessin); elle est entourée d'une capsule mince. A sa face antérieure, elle est recouverte par la peau, dont on reconnaît l'amincissement à l'étroitesse des faisceaux de l'orbiculaire rencontrés par la coupe. La conjonctive est peu épaissie et inégale, au niveau de la tumeur, à cause de son hypertrophie papillaire. Au-dessus et en dessous de la tumeur, on voit les acini normaux des glandes de Meibomius.

entre le chalazion et l'acné rosacé. Dans celui-ci, les glandes sébacées jouent le même rôle que les glandes de Meibomius dans le chalazion.

Dans les vieux chalazions, qui ne sont pas ouverts, on trouve parfois tout le contenu liquéfié. Alors, ils sont transformés en une espèce de kyste à enveloppe épaisse et à contenu trouble et muqueux. — Les chalazions qui se développent dans les canaux excréteurs des glandes de Meibomius présentent une forme spéciale. Ils sont situés près du bord libre sur lequel ils font saillie, à la façon d'une verrue, tandis qu'ils sont aplatis à leur face postérieure par la pression du globe oculaire. Quand ils exercent sur l'œil une irritation mécanique, il faut les enlever.

On rencontre assez souvent des personnes qui auparavant n'avaient jamais été atteintes de chalazion et qui en gagnent tout à coup plusieurs l'un après l'autre. Ainsi, en une ou plusieurs semaines, il s'en développe constamment de nouveaux, et ils s'annoncent chaque fois par de légers symptômes inflammatoires. Finalement, on trouve dans chacune des quatre paupières un ou plusieurs chalazions. Dans les cas particulièrement mauvais, il se développe une véritable dégénérescence des paupières, surtout des paupières supérieures. Celles-ci sont devenues plus épaisses et l'on a de la difficulté à les renverser. Dans un cas que j'ai observé, la paupière avait 1 centimètre d'épaisseur. La peau de la paupière est bosselée, mobile sur sa base, et n'a pas subi de modifications essentielles. Au contraire, la surface de la conjonctive palpébrale est inégale, bosselée par places, injectée et voûtée, ailleurs grise et translucide ou couverte de granulations hypertrophiées; à première vue, les cas très prononcés de cette espèce feraient songer à une tarsite ou à quelque néoplasme. En opérant ces cas, on peut se convaincre que le tarse est complètement transformé en un tissu granuleux spongieux, ramolli en certains points.

Au lieu d'ouvrir simplement les chalazions, on peut encore les opérer par extirpation, en incisant la peau à leur niveau et puis en les excisant du tarse. Par ce procédé, on pratique une fenêtre dans le tarse ainsi que dans la conjonctive. Cette manière d'extirper les chalazions est assez compliquée et douloureuse; c'est pourquoi dans le plus grand nombre de cas, on préfère la simple incision, d'autant plus qu'elle donne le même résultat. L'extirpation n'est indiquée que lorsqu'il s'agit de chalazions très développés, faisant fortement saillie, dont la capsule est particulièrement épaisse.

Affections du tarse. — Le tarse ne participe pas seulement aux maladies des glandes de Meibomius, mais encore à celles de la conjonctive. Cela est surtout vrai pour le trachome et la dégénérescence amyloïde de la conjonctive. Dans le trachome, en renversant la paupière supérieure, on sent souvent que le tarse est devenu plus épais et plus lourd. Cet état dépend de la présence d'une infiltration inflammatoire qui amène plus tard de l'atrophie et une incurvation de ce cartilage par rétraction cicatricielle, et qui, pour ce motif, doit être considérée comme la principale cause du trichiasis. Dans les cartilages palpébraux ainsi modifiés, on trouve les glandes de Meibomius en grande partie détruites. Dans la dégénérescence amyloïde de la conjonctive, le tarse est le siège du même processus, de façon qu'il se transforme en une masse épaisse, grossière et cassante (voir page 117).

Une affection propre au tarse s'observe dans la syphilis sous forme de *tarsite syphilitique.* Elle se développe lentement et habituellement sans douleur. Lorsqu'elle a atteint son apogée, on trouve l'une des paupières ou les deux paupières du même œil fortement développées, la peau tendue et rouge. Par le palper, on se convainct que la cause de l'épaississement se trouve dans le tarse qui se présente à travers la peau, comme un corps épais, dur comme du cartilage, et de forme arrondie. Le plus souvent, le gonflement du tarse est si prononcé qu'on ne parvient plus à renverser la paupière. Si l'on pratique une incision dans le tarse ainsi développé, on voit qu'il est transformé en un tissu lardacé et pauvre en vaisseaux. Les cils de la paupière atteinte tombent et le ganglion lymphatique préauriculaire se tuméfie. Après que le gonflement s'est maintenu au même degré pendant quelques semaines, il diminue très lentement, jusqu'à ce que le tarse ait regagné son volume antérieur ou soit même devenu plus petit par atrophie. Avant que la maladie soit entièrement terminée, il se passe plusieurs mois. La tarsite est une manifestation de la syphilis tertiaire et doit, par conséquent, être considérée comme une infiltration gommeuse du tarse.

IV. — ANOMALIES DE DIRECTION ET DE POSITION DES PAUPIÈRES

1° *Trichiasis et Distichiasis*

§ 109. Le trichiasis (1) consiste en ce que les cils, au lieu de regarder en avant, sont dirigés en arrière, tantôt plus, tantôt moins, de façon qu'ils viennent en contact avec la cornée. Cette anomalie de direction peut atteindre tous les cils, ou simplement les rangées tout à fait postérieures. D'autre part, elle peut s'étendre sur toute la longueur de la paupière, ou seulement sur une partie (trichiasis total ou partiel). Les cils dirigés en dedans sont rarement normaux, le plus souvent ils sont malingres. Ce sont de petits tronçons ou de petits poils fins, pâles, souvent à peine visibles.

Dans le trichiasis, les cils produisent une irritation constante du globe de l'œil. Cette irritation est accompagnée de photophobie, de larmoiement et d'un sentiment de corps étranger dans l'œil. La cornée elle-même subit des lésions importantes. A la surface de cet organe, on remarque des opacités superficielles ; en effet, par suite de l'irritation constante dont l'œil est le siège, l'épithélium devient épais et calleux et préserve en même temps la cornée contre les influences extérieures nuisibles. Dans d'autres cas, il se produit sur la cornée des dépôts panniformes ou des ulcères. Il n'est pas rare que certaines personnes soient incommodées par de petits ulcères cornéens qui récidivent fréquemment. A la fin, le médecin découvre, dirigé contre la cornée, un cil fin qui donnait naissance à ces ulcères.

La cause la plus fréquente du trichiasis est le trachome (page 78). La conjonctive ayant subi, pendant le stade régressif du trachome, une

(1) Ὄρξ, le cheveu.

rétraction qui l'a raccourcie, tend à attirer la peau extérieure en arrière
au-delà du bord libre et imprime ainsi aux cils une direction de plus en
plus fausse. D'abord, ce sont les cils postérieurs qui se dirigent en arrière;
plus tard, il en est de même des rangées antérieures. L'incurvation du
tarse agit dans le même sens. En effet, la partie du tarse la plus rapprochée du bord libre forme un angle avec le reste du cartilage et se dirige
en arrière (fig. 23, *B*, *t¹*), entraînant avec elle le revêtement du bord libre,
qui y adhère solidement.

Le trichiasis partiel, c'est-à-dire celui où il n'y a que quelques cils
dirigés en arrière, peut aussi se développer sous l'influence des cicatrices
qui se forment au bord libre de la paupière ou dans la conjonctive, après
la blépharite, l'orgelet, la diphtérie, les brûlures, les opérations, etc.

Sous le nom de *distichiasis* (1) on désigne l'état dans lequel il existe
deux rangées de cils sur une paupière normalement conformée. L'une des
rangées est dirigée en avant; l'autre, habituellement moins complète,
regarde en arrière. On observe cet état comme une anomalie congénitale
rare, quelquefois aux quatre paupières.

Traitement. — Quand il n'y a que quelques cils dont la direction soit
vicieuse, on peut les enlever par épilation. Mais, comme ils repoussent, il
faut répéter cette petite opération après quelques semaines. C'est, d'ailleurs,
un soin qu'on peut abandonner au patient lui-même ou à ses parents.
Mieux vaut cependant employer une de ces méthodes où, à côté de l'épilation, on détruit en même temps le follicule pileux du cil: de cette manière il ne repousse plus. Le meilleur procédé est l'électrolyse. Dans ce
but, on se sert du courant constant; l'électrode positive est garnie d'une
plaque, l'électrode négative d'une fine aiguille à coudre ou d'une aiguille
en platine. On pousse l'aiguille dans le follicule du cil, puis on ferme le
courant en appliquant l'autre électrode sur la tempe. On voit alors bientôt
apparaître une fine mousse au niveau de la racine du cil. Cette mousse est
constituée par de petites bulles d'hydrogène qui se développent au pôle
négatif et qui témoignent de la décomposition des liquides des tissus par
le courant électrique. Il n'est pas nécessaire de produire une escarre
pour détruire le follicule pileux. Alors le cil se laisse très facilement
enlever, ou bien il tombe plus tard spontanément et ne repousse plus.
L'électrolyse des follicules pileux est passablement douloureuse. — Quand
un grand nombre de cils ou quand tous les cils sont dirigés vers le globe
oculaire, l'épilation n'est plus praticable. Alors, il y a indication d'appliquer
les méthodes qui rendent aux cils leur direction normale, en modifiant la
situation du point d'implantation des bulbes pileux (voir § 167).

_____

(1) De δίς, double, et στίχος, la rangée.

La plupart des auteurs se servent de l'expression *distichiasis* non seulement pour désigner la double rangée de cils congénitale, mais encore pour en indiquer l'anomalie de position acquise par le trachome, quand les rangées postérieures seules sont dirigées en arrière, tandis que les antérieures ont conservé leur direction normale. Mais, cet état n'est pas autre que le trichiasis, il lui est essentiellement identique et n'en diffère que par un moindre degré de développement. Au début de la rétraction cicatricielle, les diverses rangées des cils sont séparées les unes des autres ; ce sont d'abord les rangées postérieures, puis les antérieures, qui se recourbent en arrière. Il se développe donc d'abord un distichiasis, puis un trichiasis, et on ne saurait établir de limites bien nettes entre les deux. Je préfère donc désigner cet état à tous ses degrés par l'expression trichiasis et réserver le nom de distichiasis simplement pour les cas où, congénitalement, il existe deux rangées régulières de cils. De cette manière, les mots distichiasis et trichiasis désignent effectivement deux états absolument différents.

2° *Entropion*

§ 110. L'entropion (1) est l'enroulement de la paupière en dedans. Le passage du trichiasis à l'entropion s'opère graduellement. Dans le trichiasis, le bord palpébral considéré dans sa totalité a conservé sa direction normale, seulement l'angle palpébral postérieur est arrondi et les cils sont dirigés en arrière. Dans l'entropion, au contraire, tout le bord palpébral est incurvé en arrière, de sorte qu'on ne le voit même pas quand on regarde de face l'œil ouvert. Pour le voir, il faut tâcher de dérouler la paupière en la tirant vers le rebord orbitaire. Les conséquences fâcheuses sont les mêmes pour l'entropion que pour le trichiasis. Au point de vue étiologique, nous distinguons deux espèces d'entropions :

a) L'entropion *spasmodique* est celui qui est produit par la contraction de l'orbiculaire. Les fibres de la portion palpébrale de l'orbiculaire (voir page 545) décrivent des arcs en deux sens. La première courbe dépend de ce que les fibres musculaires circonscrivent la fente palpébrale. Il s'ensuit que la concavité de ces arcs est tournée vers la fente de façon que, pour la paupière supérieure, cette concavité regarde en bas, et, pour l'inférieure, elle est dirigée en haut. La courbe de seconde espèce dépend de ce que les fibres musculaires s'appliquent avec les paupières exactement sur la surface antérieure convexe du globe oculaire ; la concavité de cet arc est dirigée en arrière pour les deux paupières. Maintenant, lorsque des fibres de l'orbiculaire se contractent, au lieu de conserver la position de l'arc, elles tendent à prendre celle de la corde. De cette manière, les fibres exécutent une double action : par l'effacement de la courbe de la première espèce,

(1) De 'έν, et τρεπειν, tourner.

elles rétrécissent la fente palpébrale; par l'effacement de la courbe de la seconde espèce, elles appliquent intimement les paupières sur la surface du globe. Ces deux composantes peuvent faire prendre aux tarses une position oblique, si l'état des parties sur lesquelles ils reposent leur en fournissent l'occasion. Quand la fente palpébrale se ferme, les paupières s'appuient l'une contre l'autre par leur bord libre. On peut représenter les deux tarses par deux cartes de visite superposées dans un plan vertical, de telle façon que le bord inférieur de l'une repose sur le bord supérieur de l'autre et que ces bords s'appuient l'un sur l'autre. Si l'on presse légèrement du doigt le point de contact des deux cartes, celles-ci s'inclinent en sens opposé dans la direction opposée à la pression du doigt. De même, les deux tarses, appliqués l'un contre l'autre, s'inclinent en avant si les parties sous-jacentes les poussent dans ce sens, ou s'inclinent en arrière s'il leur manque en arrière un appui assez solide. Bien plus importante au point de vue de l'origine des déplacements des paupières est la seconde composante, suivant laquelle les fibres de l'orbiculaire pressent les paupières contre le globe. Les paupières ne sont complètement appliquées au globe qu'aussi longtemps que celui-ci leur fournit un appui régulier. Si celui-ci, devenu irrégulier, ne soutient plus suffisamment par derrière le bord libre ou le bord adhérent du tarse, celui-ci fait une rotation dans le sens de l'entropion ou de l'ectropion. Plus est énergique, en général, la contraction de l'orbiculaire, et plus tôt les paupières subiront des changements de position du fait de ces causes mécaniques citées plus haut. On comprend ainsi qu'il existe aussi bien un entropion qu'un ectropion spastique; il dépendra des rapports mécaniques expliqués plus haut et d'autres circonstances (notamment l'état de la peau de la paupière) que le blépharospasme fasse rentrer ou sortir les paupières.

Pour qu'un entropion se produise, deux conditions sont nécessaires : d'abord un défaut de soutien du bord libre de la paupière, et puis une peau abondante et extensible. La première condition se rencontre quand le globe oculaire fait défaut. Il s'ensuit que l'entropion spasmodique se développe principalement lorsque le globe manque (entropion organique d'après *Stellwag*). Néanmoins, pour qu'un entropion se produise, il n'est pas nécessaire que le globe soit entièrement absent, il suffit que l'œil soit devenu plus petit ou situé plus profondément dans l'orbite, comme cela a lieu chez les vieillards amaigris. Quand le bord palpébral s'enroule en dedans, la peau de la paupière est entraînée. Qu'on s'oppose à cette traction, et le développement de l'entropion est rendu impossible. Si l'on remet en place la paupière atteinte d'entropion, qu'alors on attire la peau palpébrale un peu vers le rebord orbitaire et qu'on l'y fixe par la pression, on empêche la paupière de s'enrouler de nouveau en arrière. Il en résulte que l'entropion spasmodique ne se produit habituellement pas chez les personnes dont la peau palpébrale est résistante et élastique. Pour qu'il se développe, il faut la présence d'une peau abondante, ridée et mobile, telle qu'on la rencontre chez les personnes âgées.

Il est facile à comprendre que l'enroulement du bord palpébral est favorisé lorsque les fibres de l'orbiculaire se contractent très énergiquement, comme cela a lieu dans le blépharospasme ou lorsque la force avec laquelle les faisceaux musculaires de l'orbiculaire attirent le bord de la paupière en arrière est encore augmentée par une pression extérieure, par exemple par un bandeau. Il en est de même du blépharophimosis, parce qu'il attire la peau contre le bord libre.

Récapitulons en peu de mots ce qui vient d'être dit. L'entropion spasmodique se rencontre surtout chez les vieillards dont la peau palpébrale est flasque ; le développement en est favorisé par l'enfoncement, la diminution de volume ou l'absence du globe oculaire, par la présence d'un blépharospasme, d'un blépharophimosis ou par le port d'un bandeau. L'entropion spasmodique est donc une complication fréquente et désagréable pendant le traitement consécutif de l'opération de la cataracte où l'on a affaire à des gens d'un certain âge, auxquels on est obligé de bander les yeux pendant longtemps. — L'entropion spasmodique s'observe presque exclusivement à la paupière inférieure.

b) L'entropion *cicatriciel* résulte d'un raccourcissement cicatriciel de la conjonctive, ce qui fait que le bord libre de la paupière est attiré en dedans. Il constitue un stade plus avancé dans la voie où le trichiasis vient de naître. Comme le trichiasis, l'entropion cicatriciel se développe après le trachome, la diphtérie, les brûlures de la conjonctive, etc.

Pour *traiter* l'entropion, on a recours à certains procédés mécaniques, ou à une opération. Pour l'entropion spasmodique, développé sous le bandeau, il suffit d'abandonner ce dernier. Si, pour des motifs graves, on est obligé d'en continuer l'application, on place sur la paupière inférieure, tout près du bord orbitaire, un petit rouleau de sparadrap qui est maintenu serré contre la paupière par le bandeau. Cette pratique repose sur l'observation que la paupière inférieure entropionée se redresse spontanément quand, au moyen du doigt, on en refoule en arrière la partie située dans le voisinage du rebord orbitaire. *Arlt* a proposé une autre méthode pour obtenir une pression constante analogue. Au moyen de collodion, on fixe l'un des bouts d'une mince bandelette de toile à l'extrémité interne de la paupière, au-dessous de l'angle interne de l'œil. De là, la bandelette, passant sur la partie inférieure de la paupière, est tirée fortement vers le côté externe, où elle est également fixée au moyen de collodion. — Lorsque l'entropion dépend de l'absence du bulbe oculaire, on fait porter un œil artificiel. — Quand on ne réussit pas par les moyens mécaniques, il faut recourir à une opération (voir § 170).

3° *Ectropion*

§ 111. L'ectropion consiste dans un renversement de la paupière en dehors, de façon que la surface conjonctivale regarde en avant. Il est donc l'opposé de l'entropion. L'ectropion présente plusieurs degrés. Dans le degré le plus léger, l'angle palpébral interne s'écarte légèrement du globe — *éversion* du bord palpébral. Mais déjà ce degré inférieur porte en lui les germes d'un développement ultérieur. En effet, de l'éversion du bord palpébral, dépend l'éversion du point lacrymal, d'où naît le larmoiement. Celui-ci engendre le raccourcissement de la peau de la paupière inférieure, ce qui donne un nouvel aliment au développement de l'ectropion. Celui-ci peut présenter tous les degrés jusqu'au renversement complet de la paupière dans sa totalité. — Les conséquences de l'ectropion sont le larmoiement, la rougeur et l'épaississement de la conjonctive sur toute l'étendue où elle est exposée à l'air. Lorsque la conjonctive a déjà subi des altérations antérieures importantes (par suite d'une blennorrhée aiguë ou d'un trachome), l'hypertrophie peut acquérir un si haut degré qu'elle paraît comme une masse de bourgeons charnus, état qui légitime les anciennes dénominations de *ectropium luxurians sive sarcomatosum*. Dans l'ectropion très prononcé, le recouvrement de la cornée par les paupières devient incomplet, et il se développe une kératite par lagophtalmie.

D'après leur étiologie, on distingue les espèces d'ectropions suivantes :

a) L'*ectropion spasmodique*. Nous avons vu plus haut que les paupières peuvent être inclinées par le spasme palpébral et que la direction dans laquelle elles basculent dépend des circonstances mécaniques propres à chaque cas. Celles-ci, dans l'ectropion, sont diamétralement opposées à celles que nous avons fait connaître comme constituant les causes de l'entropion. Elles consistent dans le refoulement du bord libre de la paupière en avant et dans la résistance et l'élasticité de la peau palpébrale, deux circonstances qui entraînent le bord de la paupière vers le rebord orbitaire. On a souvent l'occasion de constater l'action d'un semblable tiraillement quand on cherche à ouvrir la fente palpébrale à un enfant dont les paupières sont gonflées et spasmodiquement contractées. Dès qu'on sépare les paupières, elles se renversent d'elles-mêmes en avant, et, si l'on négligeait, dans un cas semblable, de les replacer soigneusement, on pourrait produire ainsi un ectropion spasmodique définitif. En effet, les faisceaux périphériques de la portion palpébrale se contractent spasmodiquement derrière les parties tarsales renversées et en maintiennent la position vicieuse. Alors, par suite de la stase veineuse, les paupières renversées se tuméfient, et on les remet d'autant plus difficilement en place que la position défectueuse a duré plus longtemps. — Par conséquent, puisqu'il faut, pour le développement de l'ectropion spasmodique, que la peau palpébrale présente une certaine résistance, on rencontre ce défaut principalement chez les enfants et les jeunes gens.

La seconde condition mentionnée ci-dessus, pour qu'il se développe de l'ectropion, c'est l'écartement du bord palpébral du globe oculaire, ce qui favorise le renversement du tarse. Cet écartement est le plus souvent dû à l'épaississement de la conjonctive, par exemple, par suite d'une blennorrhée aiguë ou d'un trachome. Le globe oculaire lui-même, s'il a des dimensions exagérées ou s'il est trop saillant, peut aussi refouler les paupières si loin en avant qu'elles se renversent (ectropion mécanique suivant *Stellwag*).— Les deux états que nous venons d'indiquer amèneront d'autant plus rapidement le renversement de la paupière que le blépharospasme est plus prononcé.

De ce qui vient d'être dit, on voit que l'ectropion spasmodique se rencontre surtout chez les individus jeunes qui souffrent d'une inflammation de la conjonctive avec gonflement et d'un blépharospasme concomitant. L'ectropion spasmodique atteint fréquemment les paupières supérieure et inférieure en même temps.

b) L'*ectropion paralytique* dépend de la paralysie de l'orbiculaire. Alors, les paupières ne sont plus appliquées contre le globe oculaire par la contraction des fibres de ce muscle, et la paupière inférieure devient pendante sous l'influence de son propre poids. C'est pour ce motif que l'ectropion paralytique ne se rencontre qu'à la paupière inférieure; la supérieure reste couchée sur le bulbe, en dehors même de toute action musculaire. Dans l'ectropion paralytique, non seulement la paupière inférieure tombe, mais elle n'est plus susceptible de se relever pour clore la fente palpébrale. Il s'ensuit donc que celle-ci ne peut plus se fermer complètement (lagophtalmie).

c) L'*ectropion sénile* ne s'observe non plus qu'à la paupière inférieure. Il provient de ce que, chez les personnes âgées, la paupière inférieure est relâchée dans toutes ses parties et qu'elle n'est plus convenablement serrée contre le globe de l'œil, à cause de la faiblesse des fibres de l'orbiculaire. Ce qui concourt encore à ce résultat, c'est le catarrhe chronique de la conjonctive, si fréquent chez les personnes âgées (catarrhe sénile). — C'est également par l'affaiblissement de l'action de l'orbiculaire que se développe un ectropion de la paupière inférieure, quand celle-ci est coupée quelque part verticalement ou que la commissure externe est détruite, parce qu'alors la continuité du muscle orbiculaire est interrompue.

d) L'*ectropion cicatriciel* naît quand une partie de la peau palpébrale est détruite et se trouve remplacée par du tissu cicatriciel, de façon que la paupière soit raccourcie. Cette variété d'ectropion peut être due à toute espèce de traumatismes, particulièrement des brûlures, ensuite des ulcères, de la gangrène, une excision de la peau dans certaines opérations, etc. Il se développe fréquemment un ectropion à la suite de la carie du rebord orbitaire chez les enfants scrofuleux. Non seulement la peau palpébrale se raccourcit, mais elle se fixe à la cicatrice du rebord orbitaire, ce qui a pour effet de rétracter la peau en arrière. De même un ectropion par raccourcissement de la peau et perte de son extensibilité, se développe à la suite d'un eczéma, causé par l'humectation constante de la peau par les larmes ou dû à toute autre cause. C'est pour ce motif qu'on rencontre fréquemment l'ectropion comme complication de la blépharite ancienne, ou bien des affections de la conjonctive ou du sac lacrymal.

Le *traitement* sans opération réussit surtout dans l'ectropion spasmodique. Il consiste à replacer la paupière en position et à la maintenir contre le bulbe oculaire au moyen d'un bandeau bien appliqué. Dans l'ectropion paralytique, outre le bandeau, on doit employer les moyens propres à guérir la paralysie du facial, notamment l'électricité. L'ectropion sénile ne se guérit sans opération que pour autant qu'il n'ait pas acquis un haut degré. On fait appliquer pendant longtemps un bandeau, la nuit, et l'on recommande au malade de sécher les larmes qui se répandent sur la joue, par des frottements de bas en haut et non, comme on le fait habituellement, de haut en bas, ce qui fait descendre davantage encore la paupière. En outre, on conseille de fendre le conduit lacrymal inférieur, pour diminuer l'épiphora résultant de l'éversion du point lacrymal. Les ectropions très prononcés, surtout l'ectropion cicatriciel, exigent un traitement opératoire dont on trouve la technique plus loin (§ 171).

4° *Ankyloblépharon*

§ 112. L'ankyloblépharon (1) consiste dans la réunion de la paupière inférieure à la paupière supérieure le long du bord palpébral. Il est total ou partiel, et, très souvent, compliqué d'adhérences entre la paupière et le globe, c'est-à-dire de symblépharon. Le symblépharon et l'ankyloblépharon ont d'ailleurs une origine commune. L'ankyloblépharon se développe quand, à la suite de brûlures, d'ulcères, etc., les deux bords palpébraux sont dénudés sur deux points situés en regard l'un de l'autre et deviennent adhérents.

(1) ἀγκύλη, membre raide.

L'ankyloblépharon a pour effet de diminuer la fente palpébrale et de gêner les mouvements des paupières. Quand l'ankyloblépharon est total, la fente palpébrale est entièrement fermée. Quand il s'agit d'un simple ankyloblépharon sans complication de symblépharon, le traitement consiste à séparer par un coup de ciseaux les paupières adhérentes. Si les adhérences s'étendent jusqu'à l'angle de l'œil, il faut recouvrir celui-ci de conjonctive, sinon, les adhérences se reproduisent, à commencer par cet angle. Dans les cas où l'ankyloblépharon est compliqué de symblépharon, la possibilité d'opérer dépend principalement de l'étendue de ce dernier.

5° *Symblépharon* (voir page 129)

6° *Blépharophimosis* (1)

Dans le blépharophimosis, la fente palpébrale paraît raccourcie au niveau de l'angle externe de l'œil. Mais, si l'on écarte les paupières l'une de l'autre, on constate que le raccourcissement provient d'un repli de la peau qui se tend verticalement au niveau de l'angle externe de l'œil et qui s'avance au-devant de cet angle comme une coulisse. Quand on tire le repli cutané au dehors, on découvre derrière lui l'angle externe de l'œil normalement conformé, ainsi que la faible bandelette réunissant les deux bords palpébraux. La différence entre l'ankyloblépharon et le blépharophimosis, deux états que l'on confond habituellement, est donc la suivante : dans l'ankyloblépharon ce sont les bords palpébraux qui sont adhérents l'un à l'autre; au contraire, dans le blépharophimosis, les bords des paupières sont normaux, le raccourcissement de la fente palpébrale est seulement apparent et constitué par un repli de la peau qui s'avance devant l'extrémité externe de cette fente.

On rencontre le plus fréquemment le blépharophimosis chez les personnes qui souffrent depuis longtemps de larmoiement et de spasme palpébral, donc principalement dans les inflammations chroniques de la conjonctive. Il provient de ce que, à la suite d'humectations répétées par la sécrétion ou les larmes, la peau des paupières se raccourcit. Lorsque le raccourcissement est particulièrement prononcé dans le sens horizontal, la peau est attirée du voisinage, et elle forme, au niveau de la tempe, un pli qui glisse comme une coulisse devant la fente palpébrale. Il s'y joint l'action du muscle orbiculaire, qui, dans le spasme palpébral, attire la peau de dehors vers l'angle externe. En faisant glisser avec les doigts la peau de la tempe vers la fente palpébrale, on peut imiter artificiellement le blé-

(1) Φίμωσις, rétrécissement, de φίμος, muselière.

pharophimosis, de même qu'on peut effacer un blépharophimosis en tirant la peau vers la tempe. D'ordinaire, on ne rencontre pas de blépharophimosis à l'angle interne de l'œil, parce que la peau de la racine du nez est peu mobile; cependant, chez les vieillards à peau mince, on y observe parfois également la formation d'un semblable pli saillant. Le blépharophimosis doit donc son origine à un raccourcissement de la peau, absolument comme l'ectropion qui se développe à la suite d'un catarrhe chronique, d'un larmoiement, etc. La différence consiste en ce que, dans le premier cas, le raccourcissement se produit de préférence dans le sens horizontal; dans le second cas, dans le sens vertical. On peut donc observer en même temps le blépharophimosis et l'ectropion comme provenant de la même cause. Cependant, il est rare que ces deux états se trouvent réunis, ce qui provient de ce que le repli cutané vertical qui forme le blépharophimosis attire en haut la paupière inférieure et en prévient le renversement au dehors. Pour ce motif, le blépharophimosis favorise directement le développement d'un entropion qui, dans ce cas, se guérit souvent dès qu'on fait disparaître le blépharophimosis. — Une autre conséquence du blépharophimosis, c'est que, quoiqu'il ne raccourcisse la fente palpébrale que d'une manière apparente, il empêche néanmoins de l'ouvrir comme à l'état normal.

Lorsque le blépharophimosis devient gênant, on peut le faire disparaître en élargissant la fente palpébrale au moyen de la canthoplastie (voir plus loin, § 169).

7° *Lagophtalmie*

Sous le nom de lagophtalmie (1), on désigne l'occlusion imparfaite de la fente palpébrale lors de la fermeture des paupières. Dans les degrés inférieurs de lagophtalmie, l'occlusion des paupières est encore possible quand on les contracte fortement. Mais, comme pendant le sommeil, les paupières ne sont pas serrées, mais seulement doucement fermées; ces personnes dorment les yeux entr'ouverts; de là le nom de la maladie. Dans les degrés élevés de lagophtalmie, le patient, même en serrant fortement les paupières, ne réussit plus à en réunir les bords.

Les suites fâcheuses de la lagophtalmie dépendent du recouvrement incomplet du bulbe oculaire. Quelle est la partie de la surface antérieure du globe qui reste à découvert dans la lagophtalmie? Qu'un patient qui

_____

(1) Œil de lièvre, de λαγός lièvre, parce qu'on croyait que les lièvres dorment les yeux ouverts.

souffre d'un faible degré de lagophtalmie ferme légèrement les paupières, alors nous verrons que leurs bords restent écartés de quelques millimètres et que, dans l'intervalle, se montre la sclérotique, en dessous de la cornée; celle-ci, au contraire, est complètement couverte. Cela tient à ce qu'en même temps que les paupières se ferment l'œil se tourne vers le haut, de façon que la cornée se cache sous la paupière supérieure. La même chose a lieu pendant le sommeil. Ce n'est donc que la conjonctive seule qui, dans le segment situé en dessous de la cornée, est constamment exposée à l'air. Il suit de là que la conjonctive se montre injectée, et le patient souffre des symptômes d'un catarrhe conjonctival chronique. Mais, lorsque la lagophtalmie est plus prononcée, dans la fente qui reste ouverte au moment de la contraction des paupières, on voit aussi la cornée, mais seulement sa partie inférieure, puisqu'elle est dirigée en haut. Il est rare que la lagophtalmie acquière un degré tel que la cornée reste entièrement à découvert. La cornée peut souffrir de deux façons, quand elle est insuffisamment protégée : ou bien elle se dessèche sur toute l'étendue qui est constamment exposée à l'air, les parties desséchées se nécrosent et il se produit une kératite par lagophtalmie (voir page 186) : ou bien, pour soustraire la cornée aux conséquences fâcheuses de son exposition à l'air, son épithélium s'épaissit et devient semblable à de l'épiderme, ce qui préserve contre le dessèchement, les couches les plus profondes de la cornée (xérosis de la cornée, page 132). Comme à cet épaississement se joint le trouble de l'épithélium ainsi que de la cornée même, la vue est diminuée. Ainsi, dans tous les cas, la lagophtalmie menace la vue dès que l'affection est assez prononcée pour empêcher les paupières de recouvrir suffisamment la cornée. Une autre conséquence de la lagophtalmie est le larmoiement, car, pour que les larmes soient normalement poussées vers le nez, l'occlusion parfaite des paupières est nécessaire.

Les *causes* de la lagophtalmie sont : 1° le raccourcissement des paupières. Le raccourcissement dépend, dans le plus grand nombre des cas, de la perte d'une partie de la peau palpébrale par suite de brûlures, d'ulcères (notamment le lupus), de certaines opérations, etc. Il arrive plus rarement qu'on observe la brièveté congénitale des paupières. Elle se reconnaît à ce que, pendant l'occlusion légère des paupières, un intervalle de quelques millimètres persiste entre elles, et qu'en outre il y a absence de signes qui indiquent une perte quelconque de substance sous forme de cicatrices. Souvent, dans ces cas, on observe les symptômes d'une vieille blépharite ulcéreuse ; 2° l'ectropion ; 3° la paralysie de l'orbiculaire. Dans ce dernier cas, la lagophtalmie dépend exclusivement de la paupière inférieure, qui ne se relève pas pendant la contraction des paupières ; 4° l'ouverture permanente des yeux chez les personnes très malades ou sans connaissance.

Dans ce cas, la sensibilité de la cornée est diminuée, de façon que le clignotement et l'occlusion réflexes de la paupière cessent de s'exécuter ; 5° le
développement exagéré ou la saillie de l'œil tels que, malgré leurs dimensions et leur mobilité normales, les paupières ne suffisent plus à recouvrir
le globe oculaire. Ici, il faut surtout mentionner la maladie de Basedow
dans laquelle la lagophtalmie est bilatérale, de façon qu'il en résulte parfois une cécité bilatérale.

Le *traitement* de la lagophtalmie consiste avant tout à remplir l'indication causale, c'est-à-dire à écarter les causes qui empêchent l'occlusion
parfaite des paupières. On cherchera donc à faire disparaître le raccourcissement des paupières par la blépharoplastie, à guérir l'ectropion, à
traiter la paralysie faciale, etc. Tant qu'on n'est pas parvenu à faire disparaître la lagophtalmie elle-même, ce qui exige souvent beaucoup de
temps, il faut préserver l'œil contre les suites fâcheuses qu'elle cause. On
obtient ce but par la fermeture artificielle de la fente palpébrale au moyen
d'un bandeau. A cet effet, on rapproche d'abord les bords des paupières
pour les coapter exactement, et on les maintient dans cette position à l'aide
de bandelettes de taffetas anglais que l'on fixe verticalement sur les paupières ; sur le tout on applique un bandeau protecteur ordinaire avec de
l'ouate. Dans les cas légers, il suffit d'appliquer le bandeau uniquement
pendant la nuit, parce que c'est alors que le desséchement de la cornée
est le plus à craindre. Pendant le jour, le clignotement est suffisant pour
humecter la cornée. Au contraire, dans les degrés plus élevés de la
lagophtalmie, ou lorsque la cornée est déjà entreprise, il faut faire porter
constamment le bandeau. — Dans les cas où la disparition des causes de
la lagophtalmie n'est pas possible, ou lorsqu'on prévoit que ces causes ne
disparaîtront qu'après beaucoup de temps (par exemple pour la guérison
de la maladie de Basedow), il serait difficile pour le patient de porter le
bandeau pendant si longtemps, c'est-à-dire pendant des années. Pour ces
cas, la tarsorraphie est indiquée (voir plus loin, § 169). Elle consiste à
raccourcir la fente palpébrale et à rapprocher les bords des paupières, de
façon que l'occlusion en devienne plus facile.

Si l'on fait abstraction des·rares cas de raccourcissement considérable des
paupières que l'on a observés chez des monstres et dénommés microblépharie,
la *brièveté congénitale* des paupières n'acquiert d'ordinaire qu'un degré peu
élevé. Lorsque les paupières se ferment légèrement, la fente palpébrale présente
un entre-bâillement de quelques millimètres, de façon qu'une mince bandelette
de sclérotique (mais pas de la cornée) reste à découvert. Un autre signe de la
brièveté congénitale des paupières, c'est que les personnes qui en sont atteintes
dorment les yeux imparfaitement fermés. Cette particularité s'observe pourtant
aussi chez des gens dont les paupières sont normales. J'ai même trouvé que l'ha-

bitude de dormir les yeux à demi fermés est souvent un trait de famille. Cependant, dans ce cas, lorsqu'on invite la personne ayant cette habitude à fermer doucement les paupières, elle le fait parfaitement et complètement, tandis que celle qui souffre de brièveté des paupières ne peut les fermer qu'en les contractant énergiquement. Pour se renseigner plus exactement, il faut mesurer les dimensions des paupières. Cela ne peut s'exécuter que sur la paupière supérieure, parce que, entre l'inférieure et la joue, il n'y a pas de limites distinctes. Voici comment on procède à cette mensuration : d'abord, après avoir fait fermer légèrement les yeux, on mesure la *hauteur* de la paupière supérieure, c'est-à-dire la distance verticale qui sépare le bord libre de la paupière du milieu du sourcil. Ensuite, on prend la mesure de l'*extension verticale* de la peau palpébrale après en avoir effacé les plis. A cet effet, on saisit la paupière par les cils et on la tend modérément pour déterminer encore une fois la distance entre le bord de la paupière et le sourcil. La hauteur de la paupière donne la mesure de la surface à couvrir par la paupière supérieure ; l'extension verticale de la peau palpébrale, celle de la quantité de peau disponible à cet effet. Du rapport entre les deux dépend le degré d'occlusion des paupières. Après des mensurations nombreuses, j'ai trouvé que, chez les personnes adultes, l'extension verticale de la peau palpébrale doit au moins dépasser de moitié la hauteur de la paupière pour que l'occlusion palpébrale soit possible sans efforts. Lorsque l'extension de la peau descend au-dessous de ce rapport de 1 $\frac{1}{2}$ fois la hauteur de la paupière, il existe de la lagophtalmie. Les suites de cet état se manifestent principalement par du larmoiement et, conséquemment, par de la blépharite ulcéreuse. Il s'ensuit que ces cas sont d'ordinaire considérés comme de vieilles blépharites, et la brièveté des paupières passe inaperçue ou est regardée comme une suite de la blépharite. Dans celle-ci il existe, par suite de la suppuration des glandes de Zeiss, de petites pertes de la peau, avec formation consécutive de cicatrices. Cependant, les cicatrices sont trop peu importantes pour expliquer ce raccourcissement considérable des paupières. Il faut donc l'attribuer à une cause congénitale, puisqu'il n'est pas possible de lui en trouver d'autres. — Cet état est incurable. On parvient à en diminuer les inconvénients en appliquant sur les yeux, pendant la nuit, de la pommade au précipité blanc, étendue sur une compresse de toile. De cette façon, on réussit à arrêter la blépharite concomitante. — Il ne m'est arrivé de rencontrer que peu de cas où la brièveté congénitale des paupières fût telle que la cornée en souffrît au point de rendre une opération (tarsorraphie) nécessaire.

V. — Maladies des muscles palpébraux

1° *Orbiculaire*

§ 113. *a*) Spasme de l'orbiculaire (blépharospasme) (1). — Il se manifeste par la contraction des paupières. Il constitue tantôt un symptôme

(1) σπασμός de σπάω, je tiraille.

concomitant d'une autre affection des yeux — blépharospasme symptomatique, tantôt une entité morbide propre — blépharospasme essentiel.

Le *blépharospasme symptomatique* accompagne tous les états irritatifs
de l'œil et se rencontre par conséquent lorsqu'il y a un corps étranger
dans le sac conjonctival, dans le trichiasis et dans les inflammations les
plus diverses des yeux, etc. Le degré du blépharospasme n'est pas du tout
en rapport direct avec la gravité de la maladie de l'œil lui-même. Ce serait
donc une erreur de prendre le degré du spasme comme mesure de l'intensité et de la durée de l'affection originaire. Mais il rend souvent très difficile l'examen de l'œil. Le blépharospasme est d'ordinaire le plus violent et
le plus rebelle dans la conjonctivite lymphatique. Outre qu'il réagit défavorablement sur l'affection oculaire, il provoque souvent de l'œdème, du
blépharophimosis, de l'ectropion ou de l'entropion spasmodique. — Pour
guérir le blépharospasme symptomatique, il suffit de traiter l'affection
principale (v. page 111).

La *blépharospasme essentiel* se distingue du blépharospasme symptomatique en ce qu'il atteint des yeux d'ailleurs parfaitement normaux. Chez
des personnes jeunes, surtout des femmes, cette affection se manifeste par
l'occlusion spontanée des yeux qui restent fermés comme pendant le sommeil. Cet état se distingue du ptosis en ce que, si l'on tente d'ouvrir l'œil
passivement en soulevant la paupière supérieure, l'orbiculaire résiste en
se contractant énergiquement (*blépharospasme hystérique*).— Chez les personnes d'un certain âge, le blépharospasme (*blépharospasme sénile*) se
manifeste sous forme d'un spasme clonique, c'est-à-dire d'un clignotement constant (nictitatio) (1), ou bien sous forme d'un spasme tonique,
qui fait que l'œil reste énergiquement fermé pendant longtemps. — Le
blépharospasme essentiel est excessivement pénible pour le patient, à tel
point que, dans les cas graves, il entraîne à peu près les mêmes conséquences qu'une cécité vraie, puisque le malade ne peut pas se servir de
l'œil fermé. — Le blépharospasme hystérique disparaît spontanément avec
le temps, tandis que le blépharospasme sénile résiste longtemps au traitement et reste souvent incurable.

b) Paralysie de l'orbiculaire. — Quand il s'agit d'une paralysie récente,
on ne remarque rien à l'œil ouvert; mais, dès qu'on fait fermer l'œil, on
voit que l'occlusion est imparfaite, parce que la paupière inférieure ne se
relève pas comme à l'état normal. Cette particularité est surtout frappante
à la moitié interne de la paupière. Par suite de l'occlusion incomplète des
paupières, il se produit du larmoiement qui, dans les cas légers, est souvent le seul inconvénient dont le malade se plaigne. Quand la paralysie

_____

(1) *Nictare*, cligner.

dure depuis longtemps, il se déclare d'autres altérations. D'abord la paupière inférieure s'écarte du globe oculaire et devient de plus en plus lâche et pendante — ectropion paralytique. Ensuite la cornée, étant à découvert pendant le sommeil, est exposée à se dessécher dans sa partie inférieure, et elle devient le siège d'une kératite par lagophtalmie.

La paralysie de l'orbiculaire dépend d'une affection du nerf facial qui innerve ce muscle. Les lésions du nerf facial peuvent être centrales ou périphériques. Dans le premier cas, la lésion se trouve sur le trajet des fibres nerveuses depuis l'écorce jusqu'au noyau du facial ; dans le second cas, en un point du tronc nerveux lui-même. Les paralysies centrales du facial en intéressent principalement la branche buccale, et alors l'orbiculaire reste ordinairement normal. Par conséquent, quand ce muscle est paralysé, on a généralement affaire à une lésion périphérique du facial. Le plus fréquemment il s'agit de ce qu'on appelle une paralysie rhumatismale ; en outre, la paralysie peut dépendre d'un traumatisme (surtout d'une fracture de la base du crâne ou d'une opération dans la région parotidienne), d'une otite interne, d'une tumeur ou de la syphilis. Les paralysies rhumatismales comportent le meilleur pronostic; néanmoins, pour en obtenir la guérison, plusieurs mois de traitement sont nécessaires. Le traitement doit avant tout tendre à faire disparaître la cause de la paralysie. Le traitement symptomatique consiste principalement dans l'application du courant électrique (tant constant qu'induit). Aussi longtemps que les paupières ne se ferment pas exactement, il faut opérer l'occlusion de la fente palpébrale (voir *lagophtalmie*) au moyen d'un bandeau, pour prévenir le développement d'un ectropion et d'une kératite. Dans les cas de paralysie très prononcée, le bandeau doit être porté constamment; dans les cas légers, il suffit de l'appliquer seulement pendant la nuit. Si la paralysie semble incurable, alors, pour rendre l'occlusion palpébrale possible, on doit recourir à la tarsorraphie.

2° *Releveur de la paupière supérieure*

La *paralysie* du releveur de la paupière supérieure se manifeste par la chute de la paupière supérieure — *ptosis* (1). On rencontre le ptosis à tous les degrés de développement, depuis le simple abaissement à peine perceptible jusqu'à la chute complète de la paupière supérieure au point qu'elle pend flasque et sans ride et cache entièrement le globe oculaire. Dans les degrés très élevés de ptosis, dans lesquels la paupière descend jusque devant la pupille, la vue est gênée, quand le patient ne relève pas

(1) πίπτειν, tomber.

la paupière avec les doigts ou quand il ne parvient pas, par la contraction du muscle frontal, à la remonter suffisamment. Par la contraction de ce muscle, le front se ride, ce qui a pour résultat d'en raccourcir la peau, en même temps que d'attirer en haut les sourcils et par là la paupière supérieure. Mais, le relèvement de la paupière par ces moyens est insuffisant, et le patient doit encore renverser la tête en arrière, afin qu'en regardant devant lui il puisse diriger les yeux en bas et ramener ainsi la pupille dans la fente palpébrale située trop bas. Les rides sur le front, les sourcils relevés et la tête renversée en arrière sont des symptômes caractéristiques que présentent les personnes atteintes d'un ptosis bilatéral.

Le ptosis peut être aussi bien acquis que congénital. Le ptosis *acquis* dépend d'une lésion du muscle lui-même ou du nerf qui le dessert. La première résulte le plus souvent d'une blessure. Le nerf du releveur est une branche de l'oculo-moteur; on observe donc fréquemment le ptosis en même temps que des paralysies d'autres muscles animés par l'oculo-moteur. Les cas de ptosis isolé, sans autre signe de paralysie de la troisième paire, dépendent souvent d'une affection centrale.

Dans le ptosis congénital, on trouve le releveur insuffisamment développé ou totalement absent et, en même temps, une dégénérescence partielle du noyau de l'oculo-moteur, qui est probablement l'origine du défaut de développement du muscle. A l'inverse du ptosis acquis, lequel n'atteint le plus souvent qu'un œil, le ptosis congénital est en général bilatéral. Ce défaut se transmet souvent par hérédité à travers plusieurs générations.

En ce qui concerne le *traitement*, dans le ptosis acquis, on doit chercher la cause de la paralysie et tâcher de la faire disparaître par les moyens appropriés. Mais, lorsqu'on à affaire à un ptosis invétéré ou à un ptosis congénital, on ne peut les améliorer que par voie opératoire (voir plus loin, § 172).

Blépharospasme essentiel. — Dans le blépharospasme *hystérique*, les yeux du patient se ferment tout à coup spontanément, le plus souvent sans cause connue. Au bout de quelques heures, de quelques jours ou même de quelques mois, les yeux peuvent s'ouvrir de nouveau tout aussi soudainement. Des atteintes semblables peuvent plusieurs fois se répéter, et la durée en est très variable. Le spasme hystérique atteint presque toujours les deux yeux ; une seule fois j'ai vu un blépharospasme hystérique unilatéral. En même temps que le blépharospasme on observe encore d'autres symptômes de l'hystérie. Chez une fillette qui souffrait d'un pareil blépharospasme et que j'avais traitée en vain par différents remèdes, je suis parvenu enfin à la guérir en instillant une seule fois de la cocaïne; mais, quelques minutes après que la fillette eut ouvert les yeux, ses deux membres inférieurs se paralysèrent, et la paralysie dura pendant plusieurs jours.

Quand on examine des malades qui souffrent de blépharospasme hystérique, on réussit souvent à trouver des points que l'on appelle points de compression, c'est-à-dire des points du corps sur lesquels on n'a qu'à presser pour faire ouvrir les yeux comme par un coup de baguette magique (*v. Graefe*). Dans le plus grand nombre des cas, les points de compression se trouvent dans le domaine du trijumeau, par exemple aux points d'émergence des nerfs sus-orbitaire ou sous-orbitaire, au niveau du bord orbitaire supérieur ou inférieur. Cependant, souvent ces points se trouvent plus difficilement lorsque, par exemple, ils sont situés dans les fosses nasales, la cavité buccale (dans la carie des dents), ou dans la gorge. D'autres fois, les points de compression ne se trouvent pas dans le domaine des branches du trijumeau. C'est ainsi qu'il se rencontre des cas où, en exerçant une pression sur les cartilages costaux ou sur les vertèbres, ou bien sur l'un ou l'autre point du bras, de la jambe, etc., on est parvenu à faire disparaître le blépharospasme. Souvent c'est le patient lui-même qui appelle l'attention du médecin sur les points de compression, dont il a déjà utilisé la connaissance pour se procurer du soulagement. Les cas les plus fréquents sont ceux où le patient fait disparaître le blépharospasme en opérant une pression sur le front, aux points qui correspondent aux branches du nerf sus-orbitaire. Ainsi, les jeunes gens portent un chapeau à bord raide, qu'ils serrent fortement sur le front; les jeunes filles s'appliquent sur la tête un bandeau serré, etc. Mais, dès que la pression cesse, par exemple si l'on ôte le chapeau, les yeux se ferment de nouveau. — Dans un grand nombre de cas, on réussit à faire disparaître momentanément le blépharospasme en distrayant l'attention du patient.

Le blépharospasme *sénile* n'est souvent qu'un symptôme partiel d'un spasme général de la face (tic convulsif). Des deux formes de spasmes séniles, la forme clonique est la moins incommode pour le malade, parce que la vue n'est que légèrement gênée par le clignotement constant. Dans le blépharospasme tonique, les yeux se ferment brusquement et restent spasmodiquement clos pendant quelques minutes. Quand ces malades gagnent un accès au moment où ils se trouvent dans une foule, ou qu'ils traversent une rue encombrée, etc., ils sont exposés à des accidents. — Dans le blépharospasme sénile aussi, on rencontre souvent des points de compression qui ont de l'influence sur le spasme.

De même que le clignotement palpébral normal est un mouvement réflexe, provoqué par l'excitation des extrémités du trijumeau au niveau de la surface du bulbe oculaire, ainsi le blépharospasme, dans le plus grand nombre des cas, est de nature réflexe. Le fait est indubitable pour le blépharospasme symptomatique où l'on voit clairement que les extrémités terminales du trijumeau sont irritées par un corps étranger, une inflammation de l'œil, etc. Mais également pour la majorité des cas de blépharospasme essentiel, l'on doit admettre une action réflexe par la voie du trijumeau. En faveur de cette opinion plaide le fait, que la pression exercée sur les branches du trijumeau arrête souvent le blépharospasme, et que, en outre, les points de compression sont souvent sensibles à la pression. Il s'ensuit que le traitement sera suivi de succès, surtout dans les cas où l'on réussira à trouver des points de compression, car alors on est à même d'attaquer directement le point d'origine de l'arc réflexe. Le traitement consiste à appliquer le courant galvanique sur les points de compression, ou à y faire des injections hypodermiques de morphine. Chez une jeune fille chez laquelle la compression du sommet du crâne faisait cesser le blépharospasme, il a suffi d'appliquer sur cet endroit une pommade indifférente (pommade à la vératrine) pour faire disparaître le mal. Quand on ne trouve pas de points de compression, il faut s'assurer si la surface de la cornée elle-même n'est pas la source de la contraction réflexe. Dans ce but, on la rend insensible au moyen de la cocaïne, ou bien on applique le courant constant sur les paupières fermées. De plus, on administre les remèdes employés contre les névroses en général. Dans un cas de blépharospasme sénile, contre lequel tout avait échoué, j'ai réussi à obtenir la guérison par des applications réitérées de moxas derrière les oreilles. Dans les cas les plus rebelles, on a recours soit à l'élongation, soit à la résection de la branche du trijumeau d'où part la contraction réflexe. On a aussi très souvent pratiqué l'élongation du tronc du nerf facial sans qu'en général cette opération ait donné des résultats bien satisfaisants. Ce n'est que dans le blépharospasme sénile qu'on appliquera des moyens aussi héroïques, vu que le blépharospasme hystérique, avec le temps, disparaît toujours spontanément.

Fréquemment, on voit des parents qui amènent leur enfant âgé de huit à quinze ans, chez le médecin, pour le consulter au sujet d'un clignotement continuel. Il n'est pas rare que ce défaut se soit développé à l'occasion d'une légère conjonctivite, mais il a persisté pour son compte, après la disparition de l'inflammation. Il s'agit le plus souvent d'enfants anémiques ou nerveux. Cette affection — que les parents appellent souvent une mauvaise habitude — disparaît d'ordinaire spontanément après un certain temps.

Très souvent, chez des personnes tout à fait bien portantes, dont les yeux sont normaux, on observe des contractions spasmodiques de quelques faisceaux isolés de l'orbiculaire, contractions dont le patient se rend compte lui-même. C'est un phénomène auquel il ne faut attacher aucune importance.

Ptosis. — Le ptosis congénital se rencontre fréquemment accompagné d'autres anomalies congénitales. A celles-ci appartiennent l'impossibilité de regarder en haut, due à un développement défectueux ou même à l'absence du droit supérieur (*Steinheim*), ensuite l'épicanthus (§ 116). — Il est des cas où, par suite d'un ptosis congénital, la paupière supérieure descend un peu trop bas, mais elle se relève si l'on ouvre la bouche ou si l'on fait des mouvements de latéralité de la mâchoire inférieure. Cette corrélation entre les mouvements de la paupière supérieure et ceux de la mâchoire inférieure a été souvent observée, même en l'absence de ptosis. — Dans le ptosis acquis, il n'est pas rare d'observer un mouvement associé aux déplacements du globe oculaire. On le rencontre particulièrement dans les cas de paralysie centrale de l'oculo-moteur; on observe que, dans l'abduction de l'œil, le ptosis atteint son plus haut degré, tandis que dans l'adduction (ou quand le malade cherche en vain à la produire, parce que son droit interne est totalement paralysé), la paupière se relève, peut reprendre sa position normale ou même la dépasser, c'est-à-dire remonter à une hauteur inusitée.

Il existe une espèce de ptosis qui, sans cause connue, se manifeste chez les femmes (très rarement chez les hommes) à l'âge moyen. Il est toujours double et se développe si lentement que ce n'est qu'au bout d'un certain nombre d'années qu'il est susceptible de gêner la vue d'une manière notable. Dans ce cas, il ne s'agit pas d'une paralysie du nerf, mais d'une atrophie primitive du muscle (ptosis myopathique).

Le nom de ptosis s'emploie encore incorrectement pour désigner des états qui n'ont aucun rapport avec une affection du releveur de la paupière supérieure. Ainsi en est-il, par exemple, quand la paupière supérieure est pendante, parce que son poids a augmenté sous l'influence d'un épaississement dû au trachome, à un néoplasme, etc. De même, ce qu'on appelle le *ptosis adipeux (Sichel)* n'est pas à proprement parler un ptosis. Il consiste en ce que le repli de la paupière supérieure est d'une longueur démesurée, de façon qu'il descend jusqu'au-delà du bord libre de la paupière, au-devant de la fente palpébrale. Autrefois, on admettait que ce développement dépendait d'une accumulation exagérée de graisse dans le repli de la paupière, et c'est pour ce motif qu'on lui avait donné le nom de *ptosis adipeux*. Mais, la cause véritable consiste en ce que les fibres du fascia, qui relient la peau au tendon du releveur (fig. 127, *f*) et au bord supérieur du tarse, ne présentent pas assez de résistance. Il s'ensuit que la peau n'est pas entraînée comme il convient, quand la paupière se relève, mais qu'elle pend comme une bourse flasque (*Hotz*). — En dehors de la difformité, le ptosis adipeux n'engendre pas d'autres inconvénients. On peut, d'ailleurs, le faire disparaître en enlevant l'excédent de peau. On peut également employer le procédé de Hotz, qui est plus compliqué, mais préférable; il consiste à fixer la peau au bord supérieur du tarse pour l'empêcher d'être pendante (voir plus loin, § 167).

Le releveur à fibres lisses, ou le *muscle palpébral supérieur (Müller)*, peut être paralysé aussi bien que spasmodiquement contracté. C'est de la paralysie de ce muscle que dépend le ptosis léger qui constitue un des symptômes de la paralysie du grand sympathique (voir page 354). Un spasme de ce muscle, qui se trahit par le relèvement de la paupière supérieure et l'élargissement de la fente palpébrale, peut être produit artificiellement par l'instillation de cocaïne. D'après quelques auteurs, le relèvement plus notable de la paupière supérieure dans la maladie de Basedow dépend aussi d'un spasme du muscle de *Müller*.

VI. — BLESSURES DES PAUPIÈRES

§ 114. Les traumatismes de toute sorte des paupières, tels que simples contusions, plaies par instruments tranchants, par rupture, plaies contuses, brûlures, corrosions, etc., sont très fréquents. Comme particularité de ces traumatismes, il faut signaler que, par suite de la grande extensibilité de la peau palpébrale et son union lâche au tissu sous-jacent, les suffusions sanguines, aussi bien que l'œdème, sont d'ordinaire beaucoup plus considérables aux paupières qu'à l'occasion de blessures d'égale importance d'autres parties du corps. Il ne faut donc pas s'effrayer à la vue d'une forte tuméfaction ou de la couleur bleu noirâtre des paupières, car ces phénomènes s'observent bien souvent à l'occasion d'une contusion relativement légère. Par conséquent, ce ne sera qu'après un examen attentif qu'on établira le diagnostic et le pronostic. A cette fin, on portera son attention sur les trois points suivants : y a-t-il des solutions de continuité de la peau palpébrale? les os sous-jacents sont-ils blessés? la blessure intéresse-t-elle le globe oculaire ?

Les *solutions de continuité* de la peau palpébrale présentent un aspect différent suivant leur direction. Celles dont la direction est horizontale, c'est-à-dire parallèle à la direction des fibres de l'orbiculaire, ne présentent pas d'entre-bâillement, et les lèvres de la plaie s'adaptent souvent spontanément d'elles-mêmes. Par contre, si la blessure ou la rupture divise transversalement les fibres de l'orbiculaire, la plaie montre un entre-bâillement considérable, à cause de la rétraction des faisceaux musculaires coupés. Il s'ensuit que les cicatrices des blessures horizontales de la peau des paupières sont à peine visibles, tandis que celles qui proviennent d'une blessure verticale sont apparentes et difformes. C'est pour ce motif que, pour les opérations aux paupières, on a établi la règle de pratiquer, autant que possible, les incisions suivant la direction des fibres de l'orbiculaire. — Mais, les blessures les plus mauvaises sont celles qui divisent la paupière verticalement dans toute son épaisseur. Lorsque dans ce cas la plaie ne se ferme pas par première intention, il reste sur le bord palpébral soit une encoche, soit même une forte perte de substance triangulaire (colobome traumatique de la paupière). Ce défaut a pour résultat d'empêcher l'occlusion parfaite des paupières, de façon qu'outre la difformité la blessure a encore pour conséquence de faire naître un larmoiement continuel.

On s'assure s'il y a fracture des *os sous-jacents* en palpant à l'aide du doigt le rebord orbitaire situé sous la paupière tuméfiée. S'il y a fracture, elle se constate par des inégalités et par une sensibilité spéciale sur un point où l'on sent souvent une crépitation manifeste. Un signe certain qu'il y a fracture des os, c'est l'*emphysème* de la paupière. Ce phénomène consiste en ce que de l'air a pénétré dans le tissu cellulaire sous-cutané des paupières. Alors, celles-ci présentent au doigt une sensation de mollesse spéciale, semblable à celle que donne un coussin de plumes ; en même temps l'on sent la crépitation produite par le déplacement de l'air sous la pression du doigt. L'air vient des cavités voisines de l'orbite : des fosses nasales, des cavités ethmoïdales, du sinus frontal et de l'antre d'Highmore. La présence de l'air dans le tissu sous-cutané des paupières indique l'existence d'une communication anormale avec ces cavités, communication qui ne peut s'établir que par une fracture des os. L'emphysème se produit quand le patient fait des efforts en se mouchant ou en toussant, tous actes qui compriment l'air dans les fosses nasales et dans les cavités voisines, et qui le chassent dans le tissu cellulaire sous-cutané à travers l'endroit fracturé.

La gravité des plaies des paupières résulte de ce que leur mutilation menace les fonctions de l'œil lui-même. En effet, à la suite d'un raccourcissement cicatriciel ou d'un colobome des paupières, il peut se développer une lagophtalmie et, comme conséquence, une inflammation de la cornée.

Le *traitement* des blessures des paupières s'établit suivant les règles générales de la chirurgie. Dans les simples suffusions sanguines, on applique des compresses froides d'eau blanche. Dans l'emphysème des paupières, l'air emprisonné dans le tissu disparaît d'ordinaire sans autres conséquences. Pour en activer la résorption, on applique un bandeau compressif. En même temps, le patient évitera de faire des efforts, de se moucher, etc., pour ne pas pousser de nouvelles masses d'air dans les tissus. Les plaies fraîches, dont les bords ne sont pas trop déchiquetés, seront promptement suturées. Sur les blessures dont les lèvres sont trop contuses, etc., on applique des compresses d'acétate d'alumine ou un pansement antiseptique en attendant que les parties de peau nécrosées soient éliminées. Il faut en agir de même dans les brûlures et dans les corrosions. Après l'élimination des parties cutanées mortifiées, on se trouve en présence d'une surface bourgeonnante qui se cicatrise et amène ainsi un raccourcissement des paupières. Pour l'empêcher, on procède absolument comme dans le cas de destruction de la peau par inflammation (voir p. 553).

D'ordinaire, les *suffusions* sanguines se terminent brusquement au niveau du rebord orbitaire, parce que la peau y est fixée par du tissu conjonctif résistant qui empêche le sang de fuser plus loin. Par contre, il n'est pas rare que le sang fuse sous la peau du dos du nez jusqu'au côté opposé. Alors, on trouve aussi de la suffusion dans les paupières de l'autre œil. Mais, comme la peau est épaisse sur le dos du nez, le sang ne s'y voit pas souvent et l'on ne se rend pas compte de la continuité qui existe entre la suffusion de l'un et de l'autre œil. Alors on pourrait être facilement induit en erreur et croire que les deux yeux ont été blessés. Cependant, on peut observer le fait dans beaucoup de cas où cette erreur est impossible, quand, par exemple, à la suite de l'énucléation d'un œil, l'ecchymose se montre de l'autre côté.

Le sang extravasé peut cheminer de la même façon dans les fractures de la base du crâne. Le sang venant de l'endroit fracturé fuse le long du plancher de l'orbite vers la face. Alors, quelque temps après l'accident, le sang forme une ecchymose au niveau de la partie inférieure de la conjonctive bulbaire, ainsi que de la paupière inférieure tout près du bord orbitaire, et principalement dans la région de l'angle interne de l'œil. C'est là un symptôme très important pour le diagnostic de la fracture de la base du crâne, quoiqu'il ne se montre pas toujours.

Comme dans la conjonctive, on observe quelquefois dans les paupières des ecchymoses *spontanées* provoquées par des efforts violents, une forte toux, etc.

Les extravasations sanguines des paupières, au lieu de disparaître par résorption, peuvent devenir purulentes et donner lieu à un abcès de la paupière. Cette terminaison est notamment à craindre quand il existe en même temps dans la peau de la paupière une solution de continuité par où les germes infectieux peuvent pénétrer dans le tissu palpébral.

L'*emphysème* des paupières se produit souvent dans le cas où la palpation du bord orbitaire n'y fait découvrir aucune fracture. Je pense que, dans ces cas, la fracture intéresse la lame papyracée de l'ethmoïde. Elle est produite de la façon suivante : le coup porté sur la région oculaire refoule en arrière tout le contenu de l'orbite et enfonce cette portion de la paroi osseuse de l'orbite, qui est ici si mince.

VII. — TUMEURS DES PAUPIÈRES

§ 115. *a*) TUMEURS BÉNIGNES. — Le *xanthélasma* (1) est une tumeur aplatie, d'un jaune de soufre sale qui ne s'élève que légèrement au-dessus du niveau de la peau. On le rencontre le plus fréquemment sur les paupières supérieure et inférieure, dans le voisinage de l'angle interne de l'œil. Souvent, on observe ces tumeurs symétriquement de chaque côté, semblables aux taches jaunes qui se trouvent au-dessus des yeux des chiens bassets. On rencontre des xanthélasmas chez les personnes d'un certain âge, notamment chez les femmes. Ils se développent lentement et n'entraînent pas d'autres inconvénients que la difformité qu'ils causent. C'est aussi pour ce seul motif qu'on les enlève quelquefois par une opération.

Le *molluscum contagiosum* est une petite tumeur arrondie, dont la surface légèrement aplatie porte au centre une dépression ombiliquée. Quand on comprime cette tumeur, il s'en échappe une substance ressemblant à du sébum. Le molluscum contagiosum est infectieux. — Le *molluscum simplex* (fibroma molluscum) est une tumeur cutanée, attachée à la paupière par un pédicule et suspendue à la peau comme une bourse. — Enfin, on observe sur les paupières des verrues et des cornes cutanées.

Parmi les *kystes* que l'on rencontre dans les paupières, mentionnons le milium, les kystes athéromateux et dermoïdes. Ces derniers, qui peuvent

(1) De ξανθός, jaune, et ἔλασμα, plaque. On dit aussi Xanthome.

acquérir un grand développement, seront décrits avec plus de détails à propos des affections de l'orbite (§ 133). Sur les bords des paupières, on observe fréquemment de petits kystes à contenu limpide comme de l'eau et se développant aux dépens de glandes sudoripares oblitérées des bords palpébraux (les glandes de Moll).

Les *tumeurs vasculaires* (angiomes) s'observent aux paupières sous les deux formes de tumeurs érectiles artérielles et angiomes veineux. Les premières se présentent sous forme de taches d'un rouge clair, ayant leur siège dans la peau palpébrale elle-même. Par contre, les dernières siègent sous la peau de la paupière qu'elles soulèvent et derrière laquelle elles paraissent de teinte bleuâtre. Elles sont formées par un paquet de gros vaisseaux tortueux qu'on peut sentir et comprimer sous la peau. Les artères qui aboutissent à la tumeur sont dilatées. — Les tumeurs vasculaires sont le plus souvent congénitales, mais elles grandissent plus tard, de façon à acquérir, quelquefois, un tel développement qu'elles cachent une grande partie de la face et s'étendent aussi en arrière sur la conjonctive et dans le tissu orbitaire. Pour ce motif, il faut les faire disparaître le plus tôt possible. Quand on opère ces tumeurs, il faut surtout s'attacher à respecter autant que possible la peau palpébrale, sinon, la paupière se raccourcirait, ce qui aurait pour résultat le développement d'un ectropion et d'une lagophtalmie. C'est pour ce motif que le procédé le plus simple, l'excision de la tumeur, ne doit d'ordinaire pas être conseillée, parce que cette opération sacrifie trop de peau. En outre, l'hémorragie abondante, dont elle est accompagnée, compromet quelquefois la vie des petits enfants, dont il s'agit d'ordinaire dans ces cas. Les petites téléangiectasies, on les détruit par la cautérisation au moyen de l'acide nitrique fumant, ou bien par le thermo-cautère ou le galvano-cautère. Dans les téléangiectasies de grand volume, il suffit de cautériser suivant certaines lignes. Celles-ci, en se cicatrisant, oblitèrent les vaisseaux intacts, situés entre les points cautérisés. Dans les tumeurs caverneuses, j'ai vu l'électrolyse produire les meilleurs effets. Les deux pôles d'une batterie à courant constant sont armés d'aiguilles dont on plonge les pointes dans deux points différents de la tumeur, et l'on fait passer le courant. Par suite de la décomposition des liquides des tissus par le courant électrique, le sang se coagule dans les vaisseaux sanguins qui s'oblitèrent. Pour faire disparaître entièrement la tumeur, plusieurs séances sont toujours nécessaires.

b) TUMEURS MALIGNES. — Les *carcinomes* qui s'observent à la paupière sont, en général, des épithéliomes qui prennent leur origine dans la peau de la paupière (notamment du bord). Plus tard, ils envahissent le globe oculaire et pénètrent aussi dans les profondeurs de l'orbite. Les *sarcomes* se développent aux dépens du tissu connectif de la paupière, surtout dans le tarse, et ils sont souvent pigmentés (mélanosarcomes). Dans les tumeurs malignes, on trouve les glandes lymphatiques voisines gonflées, d'abord les glandes préauriculaires, plus tard les sous-maxillaires et celles du cou. On enlève ces tumeurs suivant les règles connues. Lorsque, en extirpant la tumeur, on a dû sacrifier une partie de la paupière assez grande pour que l'œil reste à découvert, il faut terminer l'opération en remplaçant la peau de la paupière perdue par la blépharoplastie. Lorsque les tumeurs sont très développées, il est souvent nécessaire d'énucléer le globe, et même de pratiquer l'exentération de l'orbite.

Les cancroïdes aplatis, que l'on observe assez souvent sur les paupières, méritent une mention spéciale. Ce sont de petites tumeurs peu élevées, à fond bosselé et à bords durs et irréguliers. L'infiltration des bords de l'ulcère est le seul signe caractéristique de l'affection, car, de tumeur proprement dite, il n'y en a pas. C'est pour cette raison que ceux qui n'en ont pas l'expérience se trompent facilement sur la véritable nature du mal, qui n'est autre chose qu'un carcinome épithélial. L'ulcère s'étend d'un côté, tandis que, du côté opposé, il se cicatrise ; c'est pourquoi on lui a donné le nom d'*ulcère rongeant*. Cependant, l'extension s'opère avec une lenteur extraordinaire, de façon que de tels ulcères existent souvent depuis de longues années avant qu'ils n'aient acquis une certaine étendue.

Par suite de la complication de la structure anatomique des paupières, composées de tissus de tant d'espèces différentes, il n'est pas étonnant qu'on y observe, à l'occasion, les tumeurs les plus diverses. Comme tumeurs rares des paupières on a rencontré des fibromes, des enchondromes, des myxomes, des lipomes, des lymphangiomes caverneux, des névrofibromes plexiformes, des adénomes des glandes sébacées, des glandes de Meibomius, des glandes de Krause, des glandes sudoripares et des glandes de Moll, enfin des carcinomes glandulaires.

VIII. — Anomalies congénitales des paupières

§ 116. Sous le nom de *colobome* de la paupière, on désigne une encoche de cet organe, laquelle affecte à peu près la forme d'un triangle dont la base est tournée vers le bord palpébral et dont le sommet regarde le rebord orbitaire. On rencontre aussi bien le colobome congénital que le colobome acquis par suite d'un traumatisme. Le colobome congénital est, en général, rare, et s'observe plus souvent à la paupière supérieure qu'à l'inférieure. Quelquefois on le rencontre accompagné d'un dermoïde de la cornée (voir page 136).

On appelle *épicanthus* un repli cutané qui s'avance de chaque côté du dos du nez devant l'angle interne de l'œil, de façon à le recouvrir en partie. Dans la race mongole, on observe régulièrement un certain degré d'épicanthus, ce qui produit l'aspect caractéristique de la fente palpébrale propre à ces hommes. Dans la race caucasique, on observe assez souvent, chez les enfants, un léger degré d'épicanthus, mais il disparaît plus tard quand le dos du nez devient plus saillant. Les degrés d'épicanthus plus prononcés, qui persistent pendant toute la vie, doivent être considérés chez nous comme des difformités et sont quelquefois accompagnés d'autres défauts congénitaux (par exemple de ptosis). Le repli cutané, qui constitue l'épicanthus, s'efface quand, au moyen des doigts, on plisse la peau sur le dos du nez, de façon à la raccourcir dans le sens horizontal. C'est sur cette observation que repose l'opération d'*Ammon* contre l'épicanthus. En effet, elle consiste dans l'excision, sur le dos du nez, d'un lambeau de peau de forme elliptique. On peut aussi exciser le repli cutané saillant lui-même (*Arlt*).

Parmi les autres anomalies souvent congénitales des paupières, il faut encore mentionner : le ptosis, le distichiasis, la brièveté de la fente palpébrale, la brièveté anormale des paupières et, comme degré extrême de ce défaut, l'absence complète des paupières (ablépharie). En outre, le symblépharon, l'ankyloblépharon et même le recouvrement complet de l'œil par la peau qui, à la place des paupières, s'étend uniformément sur l'ouverture orbitaire (cryptophtalmie, *Zehender*), enfin les kystes de la paupière inférieure dans la microphtalmie.

CHAPITRE XIII

MALADIES DE L'APPAREIL LACRYMAL

§ 117. L'appareil lacrymal est constitué par la glande lacrymale et les voies lacrymales.

La *glande lacrymale* est une glande acineuse, comprenant deux parties. La plus grande partie, appelée glande lacrymale supérieure ou portion orbitaire, est logée dans l'angle supéro-externe de l'orbite, dans une niche de la paroi osseuse orbitaire nommée fosse de la glande lacrymale. Les canaux excréteurs de la glande lacrymale supérieure se dirigent en bas pour aboutir à la moitié externe du cul-de-sac supérieur de la conjonctive.

La seconde partie de la glande lacrymale, la glande lacrymale inférieure ou portion palpébrale, est beaucoup plus petite et n'est formée que de quelques lobules. C'est pourquoi on la désigne encore sous le nom de glande lacrymale accessoire. Ces lobules sont situés le long des canaux excréteurs de la glande supérieure immédiatement sous la muqueuse du cul-de-sac (fig. 131). Quand on renverse la paupière supérieure et que l'œil se dirige en bas, on voit souvent tout près de l'angle externe de l'œil la conjonctive repoussée par une masse molle qui est précisément la glande lacrymale accessoire. De même, les glandes de Krause (voir page 43 et fig. 131) constituent une continuation de la portion palpébrale de la glande lacrymale, s'étendant au-dessus du cul-de-sac jusqu'à son extrémité interne. Leur structure est celle de la glande lacrymale, de sorte qu'on peut les considérer comme les derniers prolongements, isolés, de la glande lacrymale (*Terson*).

L'origine des *voies lacrymales* est représentée par les points lacrymaux. Ceux-ci se trouvent sur le bord libre des paupières supérieure et inférieure (points lacrymaux supérieur et inférieur), non loin de l'extrémité interne de la paupière à l'endroit où le tarse se termine (fig. 131). Ils siègent sur de petites élevures, les papilles lacrymales, et constituent les embouchures des canalicules lacrymaux. Ceux-ci, sur un court trajet, plongent d'abord verticalement dans les tissus, soit en haut pour la paupière supérieure, et en bas pour la paupière inférieure. Alors, ils s'infléchissent à angle droit et se dirigent directement vers le sac lacrymal. Dans ce trajet, ils passent d'abord derrière la caroncule, et enfin, en convergeant de plus en plus, ils aboutissent dans le sac lacrymal. C'est dans ce sac qu'ils débouchent soit séparément, soit réunis en un seul canal très court.

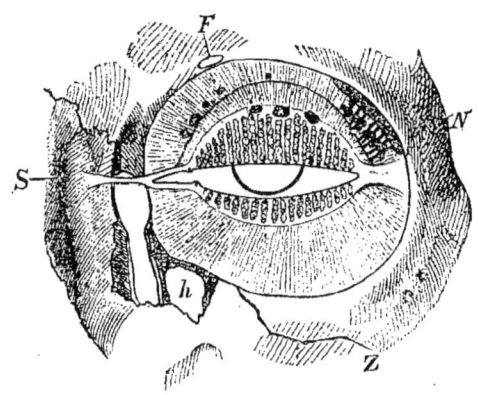

Fig. 131. — *Septum orbitaire et sac lacrymal.* Grandeur nature. — Sur les paupières et les parties avoisinantes, on a enlevé la peau et les faisceaux de l'orbiculaire, de sorte que le septum orbitaire, circonscrit par le pourtour osseux de l'orbite, est mis à découvert. Ce septum est constitué par le tarse, plus large à la paupière supérieure, plus étroit à l'inférieure, et le fascia tarso-orbitaire. Les extrémités externes des tarses sont fixées à l'os malaire par le ligament palpébral externe large, mais peu épais, un peu en dessous de la suture A entre l'os malaire et l'apophyse zygomatique du frontal. Le ligament palpébral interne est étroit, mais puissant; il s'insère d'une part, par un chef à l'extrémité interne des deux tarses (au point d'insertion, on voit la papille lacrymale un peu saillante), d'autre part, à l'apophyse montante du maxillaire supérieur S, après être passé devant le sac lacrymal. Du bord convexe des deux tarses et des deux ligaments palpébraux, le fascia tarso-orbitaire (représenté dans le dessin par des stries pointillées) s'étend vers le bord orbitaire et ferme, avec les parties citées plus haut, la cavité orbitaire en avant. Les cartilages tarses et les fascia sont supposés transparents. Sur les premiers, on reconnaît les glandes de Meibomius, dont la longueur va en diminuant à mesure qu'on s'avance vers les extrémités du cartilage. A la paupière supérieure, on voit également, près du bord supérieur du tarse, trois glandes acineuses (comp. fig. 127 w). Encore plus haut, une ligne arquée marque la situation du cul-de-sac conjonctival. Au niveau de celui-ci, et plus dans sa moitié nasale, on observe les glandes acineuses de Krause. Dans sa moitié temporale, il existe de petits lobules pareils, mais plus agglomérés; ils constituent la portion palpébrale de la glande lacrymale et sont appendus aux canaux excréteurs de la portion orbitaire de cette même glande, dont le bord antérieur est précisément visible sous le rebord orbitaire. Au bord inféro-interne de l'orbite, on a enlevé l'os au ciseau pour mettre à nu les voies lacrymales. Le sac lacrymal est situé derrière le ligament palpébral interne qu'il dépasse un peu par son sommet. La ligne qui, dans le dessin, se dirige directement en haut, du sommet du sac lacrymal à la suture horizontale, est la suture entre l'apophyse montante du maxillaire supérieur et l'os lacrymal, sur lesquels le sac lacrymal repose (comp. fig. 128 F et T. Le sac lacrymal se continue, avec un léger rétrécissement, dans le canal lacrymal. En dehors de celui-ci, on voit l'antre d'Highmor h ouvert. Z suture entre le maxillaire supérieur et l'os malaire, F trou sus-orbitaire.

Le *sac lacrymal* est situé dans l'angle interne de l'œil, occupant le sillon creusé dans ce but dans l'os lacrymal (fossette du sac lacrymal). Le sac lacrymal (fig. 128, S) est limité en dedans par l'os lacrymal, tandis qu'en avant et en dehors il est embrassé par les deux portions du ligament palpébral interne (fig. 128, v et h). Le rapport du sac lacrymal avec le liga-

ment palpébral interne nous permet de fixer son siège même sur le vivant,
ce qui est important au point de vue opératoire. Lorsqu'en attirant la paupière en dehors on fait saillir le ligament palpébral, le sac lacrymal se
trouve immédiatement derrière lui, de façon que par son fond il le dépasse
encore légèrement en haut (fig. 131).

A l'endroit où la gouttière de l'os lacrymal se transforme en un canal
osseux, le sac lacrymal devient le *canal nasal*. Cet endroit constitue le
point le plus étroit de tout le trajet lacrymal et par conséquent le plus
sujet aux rétrécissements. D'ici le canal nasal se dirige en bas pour se
terminer dans les fosses nasales sous le cornet inférieur. Dans son trajet
de haut en bas, le canal nasal se dirige un peu en dehors et en arrière. Il
s'ensuit que les deux canaux lacrymaux divergent de haut en bas et que les
sacs lacrymaux ne sont pas aussi distants l'un de l'autre que l'embouchure
inférieure des deux canaux lacrymaux. Sur le vivant, on peut se représenter le trajet du canal lacrymal en tenant une sonde droite de façon qu'en
haut elle repose sur le milieu du ligament palpébral interne et en bas sur
la limite qui sépare l'aile du nez de la joue (sillon naso-labial). La sonde
indique alors exactement la direction du canal (*Arlt*). Lorsqu'on tient
ainsi une sonde de chaque côté du nez, on voit que les sondes divergent
de haut en bas, et l'on peut facilement se convaincre que le degré de
divergence n'est pas le même chez tous les individus. Les différences
dépendent, d'un côté, de la largeur de la racine du nez, d'un autre côté,
de l'ouverture des narines. La connaissance de ces dispositions est importante pour le cathétérisme du canal nasal, car il faut pousser la sonde suivant la direction de ce canal.

La muqueuse du sac lacrymal et celle du canal nasal constituent une
membrane continue. Il n'y a donc pas de limite bien tranchée entre ces
deux tissus. La muqueuse du sac lacrymal et celle du canal nasal se distinguent principalement en ce que la première n'est appliquée sur une
paroi osseuse (l'os unguis) que d'un seul côté, alors que partout ailleurs
elle est libre, tandis que le canal nasal est entouré partout de parois
osseuses. C'est en raison de cette disposition que, dans le cas de stase des
liquides dans les voies lacrymales, le sac seul se distend, de façon qu'il
fait saillie sous forme d'une tumeur dans l'angle interne de l'œil. Quant au
canal nasal, il ne saurait se distendre ; par contre, il constitue le siège de
prédilection des rétrécissements que l'on ne rencontre pas dans le sac
lacrymal. Le développement des rétrécissements est favorisé par la présence d'un réseau épais de larges veines entre le canal nasal et ses parois
osseuses, réseau qui ressemble à celui qui se trouve sous la muqueuse du
cornet inférieur. L'engorgement de ces veines seules suffit pour diminuer
le calibre du canal nasal ou même pour l'oblitérer complètement.

Les voies lacrymales contiennent toujours une petite quantité de liquide lacrymal. Lorsque l'on rencontre de l'air dans ces voies, il faut considérer ce fait comme pathologique.

Le *liquide sécrété par la glande lacrymale* ne contient que peu de substances solides, la principale est le chlorure de sodium (« larmes salées »). A l'état normal, les glandes lacrymales sécrètent à peine un peu plus de larmes que la quantité qui peut s'en évaporer à la surface du bulbe oculaire, de façon qu'une très petite quantité de liquide s'écoule dans le nez. Ce n'est que lorsque la sécrétion devient plus abondante, soit par suite d'une excitation psychique ou d'une irritation de l'œil, qu'une grande quantité de larmes affluent dans le nez, ce qui se traduit par le besoin de se moucher fréquemment. — Ce ne sont d'ailleurs pas seulement les glandes lacrymales qui lubrifient le globe oculaire. La sécrétion de la conjonctive elle-même et celle de ses glandes muqueuses y prennent également part. Il s'ensuit qu'alors même que les glandes lacrymales sont enlevées ou dégénérées, l'œil ne se dessèche pas.

Dans le mécanisme de l'*écoulement des larmes* dans le nez, on doit considérer deux actes bien distincts : la pénétration des larmes dans le sac lacrymal et leur écoulement du sac lacrymal dans le nez.

a) La pénétration dans les points lacrymaux et le transport des larmes dans le sac lacrymal s'opèrent sous l'influence du clignotement. Pendant le clignotement, les paupières se ferment du dehors en dedans. De cette manière, les larmes balayées de la surface du globe sont accumulées et poussées vers l'angle interne de l'œil, car les bords palpébraux, étant enduits d'une couche de graisse, ne leur permettent pas de s'échapper. Elles s'accumulent dans l'espace en forme de fer à cheval de l'angle interne de l'œil, où elles forment le lac lacrymal dans lequel plongent les points lacrymaux. Enfin, lorsque les paupières sont complètement et hermétiquement fermées, la pression qu'elles exercent fait pénétrer les larmes dans les points lacrymaux. Cette pénétration est encore facilitée par la distension que subit le sac lacrymal par l'occlusion des paupières. En effet, les fibres de la portion palpébrale de l'orbiculaire s'insèrent en partie au ligament palpébral interne, qu'elles écartent de l'os lacrymal en se contractant dans l'occlusion palpébrale. En même temps que le ligament palpébral, la paroi antérieure du sac lacrymal est attirée en avant, de façon que le sac lacrymal s'élargit et aspire le contenu des canalicules lacrymaux.

b) Le passage des larmes du sac lacrymal dans le nez s'opère autant par l'arrivée de nouvelles quantités de larmes amenées par les canalicules lacrymaux que par le poids du liquide lui-même. Mais, le rôle principal appartient à l'élasticité du sac lacrymal. Grâce à cette élasticité, le sac distendu par les larmes tend à se contracter de nouveau et exprime ainsi les larmes. C'est pour ce motif que, dans les cas pathologiques, où le sac lacrymal a perdu son élasticité (atonie du sac lacrymal), les larmes cessent d'être poussées dans le nez, alors même que le canal nasal est parfaitement perméable.

La muqueuse des canalicules lacrymaux est tapissée par un épithélium pavimenteux stratifié, celle du sac lacrymal et du canal nasal d'un épithélium cylindrique simple. Dans cette dernière, on trouve fréquemment des glandes mucipares acineuses. Sur différents points, la muqueuse forme à l'intérieur des voies lacrymales des plis saillants qu'on a décrits comme étant des valvules. La plus grande d'entre elles, la valvule de *Hasner*, se trouve à l'embouchure inférieure du canal nasal. Cependant, ce n'est pas là plus qu'ailleurs, à proprement parler, une véritable valvule qui serait en état de boucher l'ouverture des voies lacrymales. Ce n'est plutôt qu'un pli qui résulte de ce que le canal nasal traverse très obliquement la muqueuse des fosses nasales. De même que les autres plis muqueux des voies lacrymales, la valvule de *Hasner* n'est pas constante. — Comme anomalie congénitale, on a vu aussi bien le dédoublement que l'absence des points et des canalicules lacrymaux.

Pour expliquer la propagation des larmes dans le nez, on a proposé différentes théories. Ce qui est certain, c'est qu'une condition indispensable à la progression des larmes est l'occlusion parfaite des paupières; si cette occlusion est défectueuse, par exemple par la paralysie de l'orbiculaire, par le raccourcissement des paupières, par une entaille dans le bord palpébral, etc., aussitôt il se produit du larmoiement. — La pénétration des larmes dans le sac lacrymal s'opère, alors même qu'au delà le chemin vers le nez est fermé par l'oblitération du canal nasal. On en conclut que les larmes ne sont pas aspirées dans le sac lacrymal par la raréfaction de l'air dans le nez pendant l'inspiration (Théorie de l'aspiration de *E.-H. Weber* et *Hasner*).

I. — BLENNORRHÉE DU SAC LACRYMAL

§ 118. SYMPTÔME. — Le patient vient se plaindre de larmoiement (épiphora) (1). Quand on l'examine de près, on observe une saillie de la peau dans la région du sac lacrymal, saillie qui le fait paraître plus rempli que celui du côté sain. La tumeur — tumeur lacrymale — provient de ce que le sac lacrymal est distendu par une accumulation de liquide. Lorsqu'on comprime la tumeur, le contenu s'en échappe par les points lacrymaux, et il paraît purulent dans les cas récents, muqueux ou même aqueux dans les

---

(1) De ἐπιφορεϊσθαι, déverser. On dit aussi illacrymatio ou stillicidium (de *stilla*, goutte et *cadere*, tomber).

cas anciens. Quelquefois cependant, sous l'influence de la pression exercée sur le sac lacrymal, le contenu, au lieu de sortir par les points lacrymaux, descend dans le nez si, par exception, le canal nasal est librement perméable. A ces symptômes qui indiquent que le sac lacrymal est gorgé et qu'il est le siège d'une sécrétion anormale, s'ajoute un rétrécissement du canal nasal. On s'en assure au moyen d'une sonde de *Bowman*. Quand on essaie de faire passer cet instrument à travers le canal nasal, on bute contre un obstacle qui indique qu'il est rétréci ou même entièrement oblitéré.

ÉTIOLOGIE. — La cause immédiate de la blennorrhée du sac lacrymal est le rétrécissement du canal nasal. Supposons, par exemple, un pareil rétrécissement causé par la tuméfaction de la muqueuse. Dans ce cas, les larmes ne s'écoulent plus en totalité dans le nez ; mais comme, d'autre part, sous l'influence du clignotement, une nouvelle quantité de larmes pénètrent dans le sac lacrymal, celui-ci se remplit et se distend de plus en plus. Le liquide lacrymal accumulé dans le sac lacrymal se décompose promptement. En effet, les larmes, en passant sur la surface du globe oculaire, entraînent une quantité de germes qui, à l'intérieur du sac lacrymal, trouvant un liquide stagnant et maintenu à la température du corps, y sont dans les meilleures conditions de développement. Effectivement, au microscope, on voit dans le contenu du sac lacrymal, atteint de blennorrhée, pulluler des microorganismes de toute espèce. Le liquide décomposé irrite la muqueuse du sac lacrymal. De cette manière, le contenu du sac lacrymal se trouble de plus en plus et ressemble finalement à du pus. La blennorrhée du sac lacrymal n'est donc autre chose qu'une inflammation catarrhale de la muqueuse du sac. Par conséquent, le nom de blennorrhée n'est exact que pour autant qu'il signifie un écoulement de pus en général. Mais ce serait une erreur d'assimiler cette affection à une inflammation spécifique du sac lacrymal, analogue à la blennorrhée de l'urètre ou de la conjonctive. La preuve, c'est que l'on peut, aussi souvent qu'on le désire, exprimer la sécrétion dans le cul-de-sac conjonctival sans y provoquer une blennorrhée de la conjonctive. Le produit de sécrétion de la blennorrhée du sac lacrymal ne possède donc aucun caractère spécifique. Il n'est virulent que dans le même sens que tous les liquides purulents ou putréfiés, c'est-à-dire parce qu'il contient des pyocoques. C'est pour cette raison que, lorsqu'il y a une perte de substance de la cornée, la sécrétion blennorrhéique du sac lacrymal y produit facilement une infection et conséquemment un abcès cornéen.

Le rétrécissement du canal nasal, qui, d'après ce qui précède, constitue la terminaison de la blennorrhée du sac lacrymal, résulte habituellement de certaines affections des fosses nasales. Ce sont :

1° L'*inflammation de la muqueuse nasale*. A cette affection appartient le rhume de cerveau dans ses diverses formes, aiguë ou chronique, simplement catarrhale ou dépendant de la scrofulose ou de la syphilis. Dans tous ces cas il y a tuméfaction de la muqueuse nasale, tuméfaction qui, par la présence d'un tissu caverneux sous la muqueuse, acquiert facilement un haut degré de développement, au point que les fosses nasales en perdent leur perméabilité. Par continuité, le gonflement gagne également la muqueuse du canal nasal, notamment par l'engorgement des nombreuses veines qui l'entourent. Cet engorgement suffit déjà à lui seul pour oblitérer entièrement le canal nasal. — Dans la forme habituelle de l'ozène (rhinite atrophique), il n'existe pas de gonflement, mais une rétraction cicatricielle de la muqueuse nasale qui, de l'embouchure inférieure du canal nasal, peut gagner ce canal et le rétrécir;

2° Des *ulcères* qui accompagnent surtout les inflammations scrofuleuses ou syphilitiques de la muqueuse nasale, en outre les ulcères du lupus. Lorsque les ulcères se cicatrisent, il se développe un rétrécissement ou même une oblitération complète du canal. Ce résultat fâcheux est encore plus à redouter quand les os sous-jacents sont également entrepris;

3° Des *tumeurs*. Celles-ci peuvent faire dévier l'embouchure inférieure du canal nasal et occasionner ainsi de la stase lacrymale. Parmi les tumeurs, les plus fréquentes sont les polypes.

Marche. — La blennorrhée du sac lacrymal est une maladie éminemment chronique dont la durée se prolonge pendant des années. Elle peut se guérir spontanément, notamment quand, avec le dégonflement de la muqueuse du canal nasal, la lumière en redevient perméable et qu'en même temps l'inflammation catarrhale du sac lacrymal disparaît. Cependant, cette terminaison heureuse est rare. Le règle est que, sans l'intervention de l'art, il n'y a pas de guérison, et que la marche de l'affection est la suivante : la sécrétion, purulente au début, devient, après un certain temps, muqueuse et filante ; enfin, par suite de l'atrophie de la muqueuse, la sécrétion se tarit complètement. Alors le sac lacrymal distendu ne contient plus qu'un liquide clair, les larmes qui y sont accumulées. Malgré cela, l'épiphora continue, parce que le rétrécissement du canal nasal empêche l'écoulement des larmes dans le nez.

Par suite de la distension permanente du sac lacrymal par le liquide, ses parois perdent leur élasticité. Dès que cet état, appelé *atonie* du sac lacrymal, s'est développé, les larmes ne pénètrent plus dans le nez, alors même que le canal nasal serait de nouveau perméable. — Le sac lacrymal peut se distendre de plus en plus, de façon à constituer une tumeur fluctuante de la grosseur d'une noix et au delà. Cette tumeur proémine, d'un côté, fortement en avant, de l'autre côté, souvent profondément en arrière dans l'orbite, de manière à refouler le bulbe (exophtalmie). Elle est remplie d'un liquide limpide comme de l'eau, d'où lui est venu le nom d'*hydropisie* du sac lacrymal.

La blennorrhée du sac lacrymal incommode surtout le patient par l'épiphora qui l'oblige à essuyer fréquemment les yeux. Le larmoiement devient encore plus intense par l'air froid, le vent, la fumée, etc. Si la blennorrhée dure longtemps, elle produit le développement d'un catarrhe de la conjonctive ou d'une blépharite ulcéreuse. Lorsqu'on ne trouve ces deux dernières affections qu'à un seul œil, il faut toujours soupçonner une affection du sac lacrymal. Plus tard, l'humectation de la paupière inférieure par les larmes produit un eczéma, par suite un raccourcissement de la peau palpébrale et enfin un ectropion. Ainsi, le larmoiement devient encore plus abondant. En présence d'une blennorrhée du sac lacrymal, les érosions de la cornée peuvent se transformer en abcès et les plaies opératoires du globe oculaire s'infecter facilement.

§ 119. TRAITEMENT. — Lorsque l'affection du nez existe encore, c'est surtout celle-là qu'il faut combattre, en lui opposant un traitement approprié, car elle est la source primitive du mal. Quant au sac lacrymal lui-même, il faut recommander au malade d'en exprimer très souvent le contenu dans l'angle interne de l'œil en le comprimant à l'aide du doigt. Ainsi on empêche l'accumulation de la sécrétion et la décomposition qui en résulte, ainsi que la distension consécutive du sac lacrymal. En outre, il est bon de nettoyer le sac par des injections à l'aide d'une seringue. A cet effet, on emploie des solutions désinfectantes (sublimé 1 : 4000, ou acide borique à 3 °/₀), que l'on peut remplacer plus tard par des solutions astringentes. On injecte le liquide dans le canalicule lacrymal au moyen d'une seringue, armée d'une canule mince et recourbée à angle droit (seringue d'*Anel*).

L'objectif principal du traitement consiste à faire disparaître la stricture du canal nasal, par la dilatation prolongée au moyen des sondes de *Bowman*. Comme opération préliminaire du cathétérisme, on *fend le canalicule lacrymal inférieur*. Pour exécuter cette petite opération, on dilate d'abord le canalicule au moyen de la sonde conique. Celle-ci est introduite par son bout effilé dans le point lacrymal inférieur, et glissée le long du canalicule lacrymal jusqu'à ce que la pointe bute contre la paroi interne du sac lacrymal (os unguis). Après avoir retiré la sonde, on introduit le couteau de *Weber* dans le canalicule dilaté, de façon que le tranchant en soit tourné en haut et un peu en arrière. Alors, on relève brusquement le couteau, dont l'extrémité boutonnée s'appuie dans le sac lacrymal, et l'on fend le canalicule lacrymal. Ainsi, celui-ci est transformé en une gouttière ouverte en haut et un peu en arrière. Le but qu'on se propose en fendant, préalablement au cathétérisme, les canalicules lacrymaux, est de faciliter l'introduction des sondes.

Pour pratiquer le *cathétérisme*, on se sert des sondes de *Bowman*. Il faut en avoir une série de divers calibres (n°s 1-6). On commence par pousser la sonde le long du canalicule lacrymal fendu, assez loin pour que l'extrémité en vienne buter contre la paroi interne du sac lacrymal. Ainsi, la sonde suit la direction du canalicule qui va de dehors en dedans et de bas en haut. Puis on la redresse, c'est-à-dire on la dirige à peu près verticalement, en relevant le bout libre assez haut pour que la pointe, qui se trouve dans le sac lacrymal, vise le sillon situé entre l'aile du nez et la joue. Ce sillon indique l'endroit de l'embouchure inférieure du canal nasal. Alors la sonde, ainsi redressée, est poussée lentement et prudemment en bas, jusqu'à ce que son extrémité vienne toucher le plancher de la fosse nasale. Sur ce trajet, on doit rencontrer le point rétréci dont le siège de prédilection se trouve soit à la limite qui sépare le sac lacrymal du canal nasal, soit à l'extrémité inférieure de ce dernier. Le premier point se rétrécit facilement parce qu'il est normalement l'endroit le plus étroit ; le second, parce qu'il est envahi, plutôt que le reste des voies lacrymales, par les inflammations de la muqueuse du nez. On débute par les sondes les plus fines. Si on ne parvient pas à traverser l'endroit rétréci, il ne faut pas pousser la sonde de force, on doit, au contraire, répéter l'essai les jours suivants, jusqu'à ce qu'on réussisse enfin à faire avancer la sonde jusque dans le nez. Quand la sonde est introduite, on la laisse en place environ pendant un quart d'heure. Il faut répéter le cathétérisme tous les jours ou tous les deux jours, tandis qu'on se sert de sondes de plus en plus épaisses jusqu'à ce qu'enfin le canal nasal soit facilement perméable et que l'épiphora disparaisse. Cependant, à ce moment, il faut se garder de suspendre tout à coup le cathétérisme, sans quoi les endroits dilatés ne tarderaient pas à se rétrécir de nouveau par rétraction cicatricielle. On doit donc continuer le sondage à des intervalles plus longs (une semaine jusqu'à un mois).

La durée et le succès du traitement par le cathétérisme dépendent de la nature du rétrécissement. Les cas les plus favorables sont ceux où la coarctation dépend d'un simple gonflement inflammatoire ; les cas moins favorables sont ceux où le rétrécissement résulte d'une rétraction cicatricielle ; enfin, les cas les plus malheureux sont ceux où un point du canal nasal est entièrement oblitéré. Les cas de la dernière espèce ne se guérissent généralement pas d'une façon durable. Même dans les cas les plus heureux, la durée du traitement n'est pas de moins de quatre à six semaines, et le plus souvent elle atteint plusieurs mois. Quand il s'agit de cas où le rétrécissement est cicatriciel, une nouvelle rétraction du tissu peut provoquer une récidive. Cet accident arrive malheureusement si souvent que la cure radicale constitue l'exception.

Dans les cas qui ne peuvent pas se guérir par le cathétérisme, et qui incommodent fortement le patient, on doit *détruire* le sac lacrymal. On peut opérer cette destruction par extirpation ou par oblitération. Dans les deux opérations, on commence par ouvrir le *sac lacrymal* par une incision en avant. A cet effet, on suit la méthode de *J.-L. Petit*, pour laquelle *Arlt* a établi les points de repère suivants : en attirant les paupières en dehors, on tend le ligament palpébral interne, de façon à ce qu'on le voie faire saillie sous la peau de l'angle interne de l'œil. Exactement sous le milieu du ligament palpébral, on pose la pointe d'un bistouri aigu. Le dos du couteau regarde en haut, et l'on tient le bistouri lui-même de manière que le manche corresponde au milieu d'une ligne imaginaire tirée du bout du nez au rebord orbitaire externe. Tenu dans cette direction, le couteau est plongé perpendiculairement et pénètre dans le sac lacrymal après en avoir traversé la paroi antérieure. Dès que l'on sent que la pointe du couteau bute contre la paroi postérieure du sac lacrymal (l'os lacrymal), on s'arrête et l'on abaisse la pointe du couteau, tandis qu'on relève le manche vers le front. Si l'on pousse alors le couteau, sa pointe s'engage dans l'extrémité supérieure du canal nasal, et l'on élargit ainsi l'incision de la paroi antérieure du sac lacrymal. Après avoir retiré le couteau, on prolonge la plaie en haut et en bas, de façon à mettre la muqueuse du sac lacrymal à nu dans toute son étendue.

Le sac une fois ouvert, il s'agit de le détruire. Si l'on se propose de l'*extirper*, on dissèque, dans toute son étendue, la muqueuse du sac lacrymal mise à découvert. Lorsqu'elle ne présente pas assez de résistance et que, par suite, l'extirpation complète du sac est rendue difficile, on en enlève le reste au moyen d'une curette tranchante. Ensuite, on suture la plaie extérieure, et, par l'application d'un bandeau compressif, on cherche à obtenir l'adossement des parois de la cavité. Veut-on en obtenir l'*oblitération*, on introduit dans la cavité du sac lacrymal ouvert un caustique (de préférence la pâte de Vienne dont on fait une petite boulette au moyen d'un peu de farine et d'eau), ou bien on détruit la muqueuse au fer rouge. Dans ce cas, il faut s'abstenir de fermer la plaie extérieure, puisque la muqueuse mortifiée doit s'éliminer. C'est après cette élimination seulement que la cavité se cicatrise graduellement par la formation d'un tissu bourgeonnant.

On obtient le but qu'on se propose aussi bien par l'extirpation que par l'oblitération du sac lacrymal. Le premier procédé est d'une exécution plus difficile, mais la durée du traitement est moins longue. Lorsque la plaie se guérit par première intention, il suffit de quelques jours. Au contraire, quand on opère la destruction du sac lacrymal, le traitement dure plusieurs semaines avant que la cavité soit entièrement fermée. Une condition indispensable pour réussir par l'une ou l'autre méthode est que toute la muqueuse soit enlevée ou détruite. En effet, si une partie de la muqueuse reste en place, la sécrétion persiste, et il se développe une fistule qui ne disparaît pas.

La destruction du sac lacrymal est indiquée lorsque l'on prévoit ne pas pouvoir guérir par le cathétérisme. Tel est le cas lorsqu'il existe un rétrécissement cicatriciel très étendu, ou une oblitération complète du canal nasal. La destruction du sac lacrymal est plus indiquée encore lorsqu'on peut s'assurer que les os sont altérés, soit qu'en sondant on sente l'os dénudé, soit qu'une dépression du nez indique que l'os est entrepris (par suite de syphilis). — En outre, la destruction convient encore pour les cas d'atonie et d'hydropisie du sac lacrymal, ainsi que pour ceux où, pour certaines raisons, on ne peut appliquer le traitement prolongé par le cathétérisme.

Tandis que le traitement par le cathétérisme rétablit, dans les cas heureux, les voies lacrymales dans leur état normal, au contraire, par la destruction, elles sont définitivement oblitérées. Il reste donc un épiphora définitif, qui, d'ailleurs, n'est incommode que si une inflammation de la conjonctive provoque une abondante sécrétion lacrymale. A ce prix les patients sont délivrés d'une cavité suppurant sans cesse, qui les expose au danger permanent de gagner des abcès de la cornée, et qui d'ordinaire donne de temps en temps lieu à des phlegmons aigus (dacryocystite).

II. — DACRYOCYSTITE

§ 120. SYMPTÔMES. — Chez un individu qui souffre de blennorrhée du sac lacrymal, il se développe tout à coup dans la région de ce sac une violente inflammation. A cet endroit, la peau est rouge et fortement gonflée. La tuméfaction s'étend également aux paupières et même à la conjonctive, où il existe du chémosis. L'inflammation est accompagnée de fièvre et de violentes douleurs, au point que le patient est privé de sommeil pendant plusieurs nuits. Au bout de quelques jours, au sommet de la tumeur, la peau change de couleur, elle devient jaune et finit par se perforer, donnant issue à une grande quantité de pus. Ensuite, les douleurs diminuent et ne tardent guère à cesser entièrement, en même temps que le gonflement disparaît promptement. Dans la suite, il s'écoule, par l'ouverture de perforation, un liquide d'abord purulent qui devient plus tard muqueux et qui finit par devenir entièrement limpide comme de l'eau. Finalement, il ne suinte plus par l'ouverture que les larmes poussées dans le sac lacrymal, c'est cet état qu'on appelle *fistule lacrymale*.

Tant que la fistule reste ouverte, le patient est assuré contre une nouvelle inflammation. Mais, dès que la fistule se ferme et que la sécrétion s'accumule dans le sac lacrymal, la dacryocystite peut récidiver.

La dacryocystite consiste en une inflammation suppurative du tissu conjonctif qui entoure le sac lacrymal. Cette inflammation amène la fonte purulente du tissu sous-muqueux, avec formation d'un abcès qui s'ouvre au dehors. La dacryocystite est donc un phlegmon. Au contraire, la blennorrhée du sac lacrymal est une inflammation catarrhale de la muqueuse même, et la sécrétion purulente est déversée à la surface de cette membrane. Le rapport entre les deux affections consiste simplement en ceci, que la blennorrhée du sac lacrymal précède le phlegmon et y donne lieu. Le sac lacrymal atteint de blennorrhée est rempli d'un produit de sécrétion décomposé. Une petite solution de continuité dans le revêtement épithélial de la muqueuse du sac lacrymal suffit pour permettre aux microorganismes contenus dans la sécrétion de pénétrer dans le tissu sous-muqueux, où ils provoquent de la suppuration et le développement de la dacryocystite.

TRAITEMENT. — Quand il s'agit d'une dacryocystite au début, on peut tenter d'empêcher l'abcès de se former. Dans ce but, on exprime avec soin le contenu du sac lacrymal, qu'on nettoie au moyen d'injections antiseptiques, et dans les intervalles on applique un bandeau compressif.

Dès que l'inflammation s'est franchement déclarée, c'est en vain qu'on voudrait empêcher la formation d'un abcès. En outre, le procédé recommandé tantôt consistant à exprimer, seringuer, et comprimer le sac serait rendu impraticable par le gonflement et la douleur. Dès lors, il ne s'agit plus que de favoriser la formation de l'abcès, ce que l'on obtient le plus aisément par l'application de compresses à l'eau chaude. Dès qu'il se manifeste de la fluctuation, on incise la paroi antérieure du sac lacrymal, à l'endroit de la peau où l'on peut s'assurer de la présence du pus. On établit ainsi artificiellement une fistule par où se vide le contenu de l'abcès et du sac lacrymal. En introduisant journellement dans la fistule une bandelette de gaze iodoformée, on la tient ouverte aussi longtemps que les symptômes inflammatoires n'ont pas disparu et que la sécrétion qui s'écoule n'a pas perdu son caractère purulent. Cependant, à ce moment encore, ce serait une erreur de vouloir amener la fistule à se cicatriser aussitôt. En effet, on ne doit pas oublier que la dacryocystite a été précédée d'une blennorrhée du sac lacrymal, ce qui indique l'existence d'un rétré-

cissement du canal nasal. Si la fistule se fermait avant que la coarctation
fût détruite, on aurait à redouter le développement d'une nouvelle dacryocystite. Il faut donc avant tout rétablir au moyen du cathétérisme la perméabilité du canal nasal. Dès que ce résultat est obtenu, la fistule se ferme
d'ordinaire spontanément. Mais, si l'occlusion spontanée ne s'opère pas,
on peut, par l'avivement et la réunion, ou par la cautérisation des bords
de la plaie, obtenir l'oblitération de la fistule. Lorsque la situation est
telle qu'on ne peut pas obtenir une perméabilité définitive des voies lacrymales, on procède à la destruction du sac lacrymal.

Il est très rare que la *glande lacrymale* soit le siège de maladies. Parmi celles-ci
on a observé : 1° l'inflammation. Elle peut se terminer par résolution. Dans
d'autres cas, on a vu la glande suppurer et le pus se faire jour au dehors, ce
qui a donné lieu à une fistule de la glande lacrymale. On a également décrit des
cas de dacryoadénite bilatérale, à marche aiguë et plus fréquemment chronique.
Quelques-uns de ces cas étaient compliqués de tuméfaction des parotides ; 2° la
tuberculose de la glande ; 3° des néoplasmes tels que le carcinome, l'adénome,
le cylindrome, le lymphadénome et le sarcome ; 3° une dilatation cystoïde d'un
des canaux excréteurs de la glande, état que l'on désigne sous le nom de
dacryops ; 4° l'atrophie de la glande lacrymale dans la xérophtalmie (*Arlt*, voir
page 132).

Pour *extirper* la glande lacrymale orbitaire, on fait une incision au niveau de
la partie externe du sourcil, rasé au préalable (afin que la cicatrice ne soit pas
visible plus tard). Cette opération est pratiquée surtout dans les cas de dégénérescence de la glande. La portion palpébrale, on l'enlève par le sac conjonctival. Pour découvrir ses acini, on renverse la paupière supérieure, puis on attire
en bas le cul-de-sac et on incise celui-ci dans sa moitié externe. On a recours
à l'enlèvement de la glande pour faire tarir un larmoiement incommode,
lorsque les autres moyens ont échoué, par exemple dans les cas de catarrhe
du sac lacrymal où le cathétérisme a réussi à rétablir la perméabilité du canal
sans faire cesser le larmoiement.

On constate fréquemment aux *points lacrymaux* un changement de position
qui consiste en ce que le point inférieur est dirigé en dehors (en avant), au lieu
d'être dirigé en haut — *éversion du point lacrymal*. C'est là le début d'un ectropion, début qui porte en soi le germe d'un renversement plus prononcé (voir
page 576). Dans l'éversion simple des points lacrymaux, sans ectropion proprement dit, on peut faire disparaître l'épiphora par l'incision du conduit lacrymal.
Le canalicule lacrymal est ainsi transformé en une gouttière ouverte en arrière,
et plongeant dans le lac lacrymal pour y puiser les larmes. C'est un des mérites
de *Bowman* d'avoir démontré que l'incision des conduits lacrymaux n'entrave en
rien leurs fonctions. Exécutée de la façon que nous avons décrite, par le couteau de *Weber*, cette incision n'en intéresse que les deux tiers externes ; le tiers
interne situé sous (derrière) la caroncule reste intact. Il ne serait pas possible
de fendre cette dernière partie sans inciser la caroncule elle-même. En outre,

en agissant ainsi, on produirait une plaie assez large dont il serait difficile d'empêcher la réunion ultérieure. Même en fendant le conduit lacrymal d'après le procédé ordinaire, on trouve habituellement, le lendemain, ce conduit de nouveau fermé, au point qu'il faut y introduire une sonde conique et séparer ainsi les bords de la plaie agglutinés. Lorsque, dans les premiers jours après l'opération, on empêche la cicatrisation de s'établir, les surfaces de section se recouvrent d'épithélium, et on n'a plus à craindre une réunion ultérieure.

Quelquefois les points et les *conduits lacrymaux* se trouvent rétrécis ou oblitérés, ce qui donne également lieu à un épiphora. Le plus fréquemment, cet état est provoqué par une lésion de la muqueuse produite pendant le cathétérisme. Pour le faire disparaître, on doit tâcher d'élargir le canicule lacrymal en y introduisant une sonde conique, et au besoin en le fendant. — L'oblitération du canalicule lacrymal peut aussi provenir de la présence d'un corps étranger ou de certaines concrétions dans ce conduit. Ces dernières ont une couleur grise ou gris vert, d'une consistance friable ou dure, et sont constituées par une masse conglomérée d'un champignon (le streptotrix Försteri, suivant quelques-uns l'actinomyces). — Dans quelques cas, on a observé la dilatation cystoïde des canalicules lacrymaux. Cet état provient de ce que les deux bouts du conduit sont oblitérés, tandis que le canal lui-même se remplit de sérosité et se dilate sous forme d'un kyste.

Blennorrhée du sac lacrymal. — Pour désigner les deux affections les plus importantes des voies lacrymales, c'est-à-dire la blennorrhée du sac lacrymal et la dacryocystite, on a proposé les noms de dacryocystite catarrhale et phlegmoneuse. Bien que ces expressions correspondent mieux que les anciennes désignations à l'état réel des choses, je m'abstiens néanmoins de m'en servir pour éviter les confusions.

La blennorrhée du sac lacrymal atteint plus fréquemment la femme que l'homme : sans doute parce que la première use davantage de l'appareil lacrymal. En outre, les personnes au nez aplati (ou en selle, surtout à la suite de syphilis héréditaire) sont plus spécialement prédisposées à contracter cette maladie. — Parfois, on observe la blennorrhée du sac lacrymal, chez les nouveau-nés. Comme on parvient généralement à la guérir en quelques jours ou quelques semaines en pressant fréquemment sur le sac, il ne peut s'agir ici d'une sténose cicatricielle du canal nasal, mais d'une occlusion de celui-ci par un simple bouchon épithélial qui se désagrège ensuite de lui-même. Il peut cependant ici également se développer une dacryocystite.

Le *trachome* et la *tuberculose* du sac lacrymal s'observent comme affection de continuité. La dernière provient d'une tuberculose de la conjonctive ou de la muqueuse nasale (lupus). On sent le sac lacrymal fortement épaissi, et en l'ouvrant on en trouve la surface couverte de granulations de mauvais aspect (comparez page 124).

Les *injections* dans le sac lacrymal au moyen de la seringue n'ont pas seulement pour but de le nettoyer ou d'en traiter la muqueuse, mais elles servent encore à s'assurer si les voies lacrymales sont perméables dans toute leur longueur. S'il y a perméabilité, le liquide injecté pénètre dans le nez et s'écoule par les narines lorsque le patient tient la tête inclinée pendant l'opération. Si, par inadvertance, on blesse la muqueuse avec la pointe de la canule, on peut injecter le liquide dans le tissu cellulaire sous-cutané des paupières. On provoque ainsi un œdème inflammatoire violent, qui, néanmoins, disparaît d'ordinaire au bout de quelques jours sans laisser de traces fâcheuses.

Le *cathétérisme* se pratique par le conduit lacrymal supérieur ou inférieur. Le premier est le plus étroit; par contre, une fois la sonde introduite, on n'a pas besoin d'imprimer à cet instrument un mouvement bien considérable pour la placer verticalement. Quand on sonde par le canalicule inférieur, l'étendue du mouvement à imprimer à la sonde pour la redresser est de plus d'un angle droit, mais, en revanche, le canalicule est plus large; c'est donc habituellement le conduit inférieur que l'on choisit, parce que l'on craint, en passant, avec des sondes un peu épaisses, dans un conduit étroit, d'en blesser la muqueuse. Cet accident provoquerait un rétrécissement ou une oblitération du canalicule, qui se déclarerait dès qu'on suspendrait le cathétérisme. — On peut aussi passer la sonde à travers le conduit non fendu et la pousser jusqu'au nez. Toutefois, cette pratique ne se recommande pas, à cause du danger de blesser la muqueuse, danger, ainsi que je viens de le dire, auquel il faut éviter de s'exposer. Quant à moi, j'ai l'habitude de le faire seulement dans un but de diagnostic (pour m'assurer de la présence d'un rétrécissement), et dans ce cas je ne me sers que des numéros les plus fins et qui passent facilement dans les canalicules non fendus. Pour un cathétérisme de longue durée, il faut toujours fendre préalablement un de ces conduits.

Le cathétérisme lui-même exige une main délicate et très exercée. Pour ce motif, il faut commencer par le pratiquer souvent sur le cadavre. L'opération est fréquemment très douloureuse, tellement que parfois les patients tombent en syncope. C'est pourquoi on fait bien de faire précéder le cathétérisme d'une injection, dans le sac lacrymal, de quelques gouttes d'une solution de cocaïne, pour en anesthésier la muqueuse. Les commençants commettent souvent la faute de redresser la sonde avant que l'extrémité n'en soit parvenue dans le sac lacrymal. Quand il en est ainsi, on sent, en cherchant à pousser la sonde, qu'on bute contre un obstacle, et, si on voulait le vaincre de force, on ferait une fausse route. On reconnaît que l'on a relevé trop tôt la sonde lorsqu'en la poussant en avant on voit la peau, qui se trouve sous le canalicule, être entraînée et se plisser. On ne commettra pas cette erreur si l'on ne redresse la sonde que lorsque, avec l'extrémité de l'instrument, l'on sent directement la résistance dure de la paroi interne du sac lacrymal, c'est-à-dire de l'os unguis. — Les obstacles qui arrêtent la sonde dans le canal nasal lui-même ne sont pas seulement des coarctations effectives, mais souvent encore des plis saillants de la muqueuse dans lesquels l'instrument s'engage. Alors, on tâche d'avancer la sonde en dirigeant la pointe alternativement le long de l'une ou de l'autre de ses parois, pour éviter les plis. Quelquefois il arrive que l'on passe plus facilement au moyen d'une sonde d'un calibre plus grand (n° 3) qu'avec de plus fines. En outre, celles-ci blessent plus aisément la muqueuse et s'engagent plus vite sous elle en faisant une fausse route. Lorsqu'après le cathétérisme, du sang s'échappe du nez, cela indique que la muqueuse a été blessée. Il en est de même quand on sent l'os à nu sous l'extrémité de la sonde. Toutefois, la sonde peut encore buter contre l'os dénudé, sans qu'elle ait blessé la muqueuse, notamment lorsque cette membrane, détruite par ulcération dans le canal nasal, y a laissé l'os à nu. Dans les cas de cette espèce, le cathétérisme n'est d'ordinaire d'aucune utilité.

Enfin, quand la sonde a traversé tout le canal, on la sent s'arrêter contre le plancher de la fosse nasale. Alors, chez le plus grand nombre de personnes, la plaque de la sonde s'appuie à peu près contre l'extrémité interne du sourcil. Pour se renseigner plus exactement sur la profondeur à laquelle se trouve la sonde, on peut se servir d'une seconde sonde, de même longueur, et la placer à l'extérieur dans la direction du canal lacrymal, de façon que les deux plaques se recouvrent; la sonde extérieure indique à quelle profondeur se trouve le bout inférieur de la sonde engagée dans le canal.

On doit continuer le cathétérisme au moins assez longtemps pour que le n° 4 des sondes de *Bowman* passe aisément. De plus, il faut, par après, encore pratiquer de temps en temps le cathétérisme, pour prévenir le développement d'un nouveau rétrécissement. Dans ce but, on peut conseiller au patient de se sonder lui-même en s'aidant d'un miroir.

En raison de la longue durée du traitement par le cathétérisme, on a cherché à opérer la dilatation des rétrécissements non pas graduellement, mais en une fois, et à raccourcir ainsi le traitement. Cette opération peut se pratiquer soit en introduisant des sondes de *Weber* très épaisses, soit en incisant les rétrécissements avec le couteau de *Stilling*, ou enfin en combinant les deux méthodes. Mais, par ce procédé de traitement, on pratique dans la muqueuse des solutions de continuité qui ne se ferment que par la formation de nouvelles cicatrices; il s'ensuit que, après une guérison apparente, les récidives surviennent promptement. C'est pour ce motif que la plupart des oculistes préfèrent la dilatation graduelle des coarctations.

La *dacryocystite* provient presque toujours d'une blennorrhée du sac lacrymal. C'est pourquoi les malades disent que l'inflammation violente, qu'ils appellent souvent érysipèle, a été pendant longtemps précédée d'un larmoiement. Ce n'est que dans des cas rares que la carie de l'os unguis donne lieu à une dacryocystite. — Le diagnostic de la dacryocystite est facile, à cause du siège de l'abcès dans la région du sac lacrymal. Toutefois, un furoncle qui se développerait dans la peau au niveau du sac lacrymal pourrait présenter des symptômes analogues; mais on peut dire que presque jamais des furoncles ne s'observent à cet endroit. Donc, lorsqu'en présence d'un abcès occupant la région du sac lacrymal, on diagnostique une dacryocystite, on risque peu de se tromper. Mais le lieu de perforation ne correspond pas toujours à la région du sac lacrymal. Il se trouve d'ordinaire en-dessous de cette région, souvent même assez loin en bas et en dehors. Cela provient de ce que le pus descend sous la peau et que, d'autre part, il fuse, vers le côté externe, le long du rebord orbitaire inférieur auquel la peau est réunie par du tissu conjonctif résistant. Le trajet de la fistule qui persiste est d'autant plus long que le pus est descendu plus bas avant de se faire jour au dehors.

On peut s'assurer qu'une ouverture de la peau, bien que située très bas et en dehors, est néanmoins une fistule lacrymale, en y introduisant une sonde qu'on peut pousser jusqu'au sac lacrymal. Lorsque cette tentative ne réussit pas, au moyen d'une seringue on injecte par le conduit lacrymal un liquide coloré dans le sac lacrymal; alors ce liquide ne tardera pas à se montrer à l'ouverture fistulaire.

Plus tard, les fistules lacrymales se rétrécissent et elles deviennent quelquefois si étroites qu'on ne peut plus y passer qu'une fine soie de porc. L'ouverture extérieure de cette fistule, appelée *capillaire*, est à peine visible à l'œil nu. Tout ce qu'on remarque, c'est que, de temps en temps, sur la peau, en dessous du sac lacrymal, apparaît une gouttelette de liquide lacrymal clair; ce n'est que par un examen attentif que l'on découvre l'ouverture capillaire.

Les troubles fonctionnels de l'appareil lacrymal se manifestent soit par une exagération, soit par la suspension de la sécrétion lacrymale. L'*épiphora* est un symptôme excessivement fréquent appartenant aux états pathologiques les plus divers et dépendant ou bien d'une exagération de la sécrétion ou bien d'un obstacle dans l'écoulement des larmes. L'hypersécrétion lacrymale se produit physiologiquement quand on pleure. Elle existe encore à l'occasion de toute espèce d'irritations qui atteignent les extrémités terminales du trijumeau dans l'œil et ses environs. Au nombre de ces influences irritantes appartiennent : une vive lumière, un air vicié par de la fumée, etc., un corps étranger dans le sac conjonctival, les inflammations de l'œil et de ses annexes, les affections du nez, la névralgie de la première et de la seconde branche du trijumeau. Les troubles de l'écoulement des larmes dans le nez peuvent dépendre soit d'une occlusion imparfaite des paupières, soit d'une anomalie des voies lacrymales. Il y a occlusion imparfaite dans la paralysie de l'orbiculaire, dans le raccourcissement et l'ectropion des paupières, dans les encoches du bord palpébral et même dans la simple éversion du point lacrymal inférieur. Aux anomalies des voies lacrymales appartiennent toutes les affections des voies lacrymales traitées dans le présent chapitre. — Il n'est pas rare que certaines personnes se plaignent de larmoiement, notamment quand elles sortent par un air froid, sans que l'on puisse trouver nulle part une cause qui l'explique. Dans un grand nombre de ces cas, il faut attribuer le phénomène à une trop grande irritabilité de la muqueuse nasale qui provoque, par voie réflexe, une hypersécrétion lacrymale. Des odeurs pénétrantes, telles que les vapeurs d'ammoniaque, le raifort, etc., qui irritent les terminaisons du trijumeau dans la muqueuse des fosses nasales, font également larmoyer. Dans le rhume de cerveau intense, il existe aussi très souvent du larmoiement. La relation réciproque n'est pas moins vraie, car l'action d'une lumière vive provoque l'éternuement, ce que l'on voit particulièrement chez les enfants atteints de photophobie, qui éternuent dès que l'on cherche à leur ouvrir les yeux pour les examiner. — C'est pour ce motif que, dans les cas d'épiphora, pour lesquels on ne trouve pas de cause, il est nécessaire d'examiner soigneusement le nez et, éventuellement, de le traiter.

L'état opposé, le *tarissement* de la sécrétion lacrymale, est extrêmement rare. On observe cette affection dans la paralysie du trijumeau (d'après *Goldzieher* également dans la paralysie complète du facial), qui produit un trouble de l'innervation de la glande lacrymale et dans la xérophtalmie dépendant d'une oblitération des canaux excréteurs. — On doit attribuer à un trouble purement nerveux les cas où certaines personnes disent qu'après avoir beaucoup pleuré autrefois elles ont été incapables depuis longtemps de pleurer encore, même à l'occasion du plus grand chagrin.

CHAPITRE XIV

TROUBLES DE MOTILITÉ DE L'ŒIL

ANATOMIE ET PHYSIOLOGIE DES MUSCLES DE L'ŒIL

§ 121. On distingue les muscles de l'œil en muscles extérieurs et en muscles intérieurs. Ces derniers, aussi appelés muscles internes de l'œil, sont le sphincter de la pupille et le muscle ciliaire. Plus tard nous parlerons de ceux-ci. Actuellement nous ne voulons nous occuper que des muscles extérieurs de l'œil. Ces muscles sont au nombre de six, quatre droits et deux obliques.

Les *quatre muscles droits* sont le droit interne, l'externe, le supérieur et l'inférieur. Tous les quatre prennent leur origine au sommet de l'orbite, le long de l'anneau osseux du trou optique (fig. 132, F) et se dirigent de là en avant en divergeant. Ils limitent ainsi un espace infundibuliforme (*tt*), l'entonnoir musculaire, dont le sommet est au trou optique, dont la base est représentée par le bulbe, et dont l'axe est occupé par le nerf optique (*o*). Les muscles droits interne et externe (*i* et *e*) s'insèrent à la sclérotique en dedans et en dehors de la cornée.

Le muscle droit supérieur (*su*) s'insère au dessus (*s'*), le droit inférieur en-dessous de la cornée. L'insertion se fait au moyen de tendons.

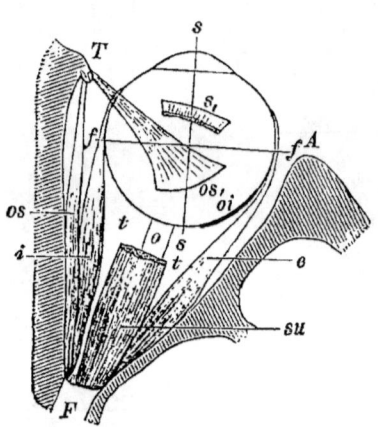

FIG. 132. *Coupe horizontale schématique à travers l'orbite.* Grandeur nature. — Le sommet de l'orbite est constitué par le trou optique *F*. La paroi externe de l'orbite s'avance moins que la paroi interne, de telle sorte que son bord antérieur *A* se trouve dans le plan de l'équateur du globe oculaire. A l'extrémité antérieure de la paroi interne de l'orbite est dessinée la poulie de renvoi *T* du grand oblique, laquelle est située, en réalité, dans l'angle supéro-interne de l'orbite et ne devrait pas se trouver sur la coupe représentée ici. Le droit interne *i* et le droit externe *e* limitent l'entonnoir musculaire *tt*. On a enlevé un morceau du droit supérieur *su*, pour laisser voir le nerf optique *o*. *s'* est l'insertion du droit supérieur au globe, laquelle est placée obliquement par rapport au bord cornéen. *os* est l'insertion en éventail du tendon de l'oblique supérieur *os*. *oi* est la ligne d'insertion du petit oblique. *ff* axe transversal, *ss* axe antéro-postérieur du globe.

très courts qui s'épanouissent en forme d'éventail. Ces tendons, en se con-fondant avec la sclérotique, en rendent le segment antérieur plus épais.

Les deux *muscles obliques* sont le grand et le petit oblique. Leur trajet est plus compliqué que celui des muscles droits de l'œil. Le *grand oblique* (fig. 132, *os*) s'insère également au bord du trou optique et se dirige de là en avant le long de la paroi supéro-interne de l'orbite jusqu'à la poulie de renvoi ; un peu avant celle-ci, commence son tendon. La poulie elle-même (fig. 132 et 133, *T*) se trouve un peu derrière le bord orbitaire supéro-

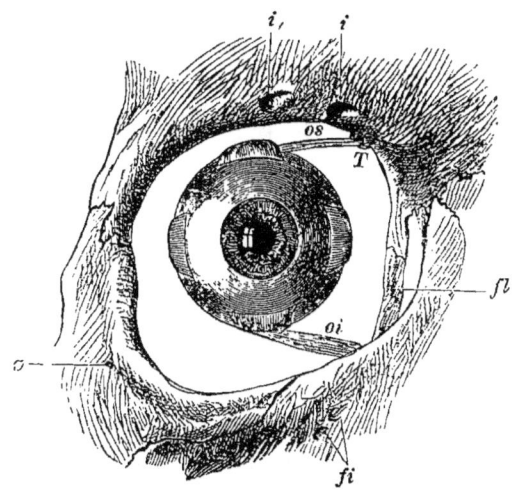

Fig. 133. — *Ouverture antérieure de l'orbite avec le globe.* Grandeur nature. — Les tendons des quatre muscles droits sont coupés près de l'insertion à l'œil ; au contraire, le petit oblique *oi* et le tendon du grand oblique *os* ont été conservés. Ce dernier sort de l'anneau de la poulie de réflexion. En dehors de celle-ci se trouve l'échancrure sus-orbitaire *i* et, un peu en dehors de celle-ci, une deuxième ouverture *i'*, dont l'existence n'est pas régulière, destinée à une branche du nerf sus-orbitaire. De même, ici, le trou sous-orbitaire *fi* se divise anormalement en deux ouvertures isolées. *z* est l'orifice du canal zygomatico-facial, *fl* la fossette lacrymale. Si l'on compare avec la figure 131, on constate que l'orbite dessiné là est plus bas, mais plus large dans le sens horizontal, que celui représenté ici.

interne. Elle consiste en un anneau fibreux solide, par où passe le tendon du muscle, de manière qu'il peut y exécuter des mouvements de va-et-vient. Après son passage à travers la poulie, le tendon se réfléchit en arrière à angle aigu et se rend au globe en passant sous le droit supérieur. A cet endroit, le tendon s'épanouit en éventail et s'insère au niveau de la moitié supérieure du globe, à peu près dans le méridien vertical, derrière l'équateur (fig. 132 *os'*).

Le petit *oblique* s'insère au bord orbitaire inférieur, vers son extrémité interne (fig. 133, *oi*). De là, il se dirige en dehors et en haut et aboutit au côté externe du globe auquel il s'insère à peu près au niveau du méridien horizontal, également derrière l'équateur (fig. 132, *oi*).

Avant d'atteindre la sclérotique, les tendons des muscles doivent tra-

verser la capsule de Ténon qui enveloppe le globe. A l'endroit où le tendon
du muscle traverse cette capsule, celle-ci ne présente pas une simple ouverture, mais elle se réfléchit en arrière sur le tendon (fig. 65, *e* et *e'*). La
membrane de *Ténon* lui fournit ainsi une gaine et se continue en arrière
dans l'enveloppe du muscle. Au moyen de ces *gaines latérales*, les tendons
sont reliés à la capsule de *Ténon*, et cette disposition est importante pour
l'opération du strabisme.

Les muscles de l'œil sont *innervés* par trois nerfs. L'oculo-moteur
commun dessert les droits interne, supérieur et inférieur, ainsi que le petit
oblique (en outre, il innerve encore le releveur de la paupière supérieure
et les muscles internes de l'œil, c'est-à-dire le sphincter de la pupille et
le muscle ciliaire). L'oculo-moteur externe est destiné au muscle droit
externe, et le pathétique au muscle grand oblique. Les noyaux des trois
nerfs destinés aux muscles de l'œil sont situés dans le plancher du
quatrième ventricule.

Les mouvements du globe oculaire, comme ceux d'une articulation
cotyloïde (arthrodie), s'exécutent librement dans tous les sens. Le globe
représente la tête articulaire, la capsule de *Ténon* la cavité articulaire.
Les mouvements s'opèrent de manière que le globe *in toto* ne change pas
de place ; il exécute ses mouvements de rotation autour d'un centre de
rotation qui coïncide à peu près avec le centre de l'œil.

On peut se représenter tous les mouvements du globe de l'œil par la
combinaison de trois mouvements correspondant à trois *axes principaux*.
Ces axes se croisent à angle droit en un point qui représente le centre de
rotation. L'un d'eux est vertical. Les mouvements qui s'exécutent autour
de cet axe sont les mouvements de latéralité de l'œil, c'est-à-dire le mouvement de droite à gauche et de gauche à droite, ou bien le mouvement
en dehors (abduction) et le mouvement en dedans (adduction). L'axe transversal se dirige de droite à gauche (fig. 132, *ff*). Autour de cet axe, l'œil
s'élève et s'abaisse. L'axe antéro-postérieur se dirige d'avant en arrière et
coïncide sur la ligne visuelle (fig. 132, *ss*). Les mouvements qui s'exécutent
autour de cet axe, sont désignés sous le nom de rotation du bulbe. Par ces
mouvements, l'extrémité supérieure du méridien vertical tend à se déplacer
en dehors ou en dedans.

On peut grouper les muscles par *paires*, suivant qu'ils font tourner l'œil
autour de tel axe plutôt que de tel autre. Les muscles qui appartiennent
à la même paire se nomment des antagonistes, parce qu'ils tendent à faire
mouvoir l'œil autour du même axe, mais en sens contraire. Sous ce rapport, les six muscles de l'œil se rangent dans les trois paires suivantes :

Première paire : droit externe et droit interne, qui font tourner l'œil
autour de l'axe vertical ;

Deuxième paire : les droits supérieur et inférieur, qui font tourner l'œil autour de l'axe transversal ;

Troisième paire : le grand et le petit oblique, qui font tourner l'œil autour de l'axe antéro-postérieur.

Il n'y a que la première paire qui ait une action simple, c'est-à-dire qui fasse tourner le globe autour d'un seul des trois axes principaux ; elle produit uniquement l'abduction ou l'adduction de l'œil. L'action des quatre autres muscles est compliquée, et, quand on cherche les axes autour desquels ils font tourner le globe, on trouve qu'aucun d'eux ne coïncide avec un des axes principaux.

Le *droit supérieur*, depuis son insertion au fond de l'orbite jusqu'au globe, ne s'étend pas seulement d'arrière en avant, mais encore légèrement de dedans en dehors. Il s'ensuit que la direction de ce muscle ne coïncide pas exactement avec l'axe antéro-postérieur du globe oculaire mais forme avec lui un angle ouvert en arrière (fig. 132 et 141, *A*). Et, puisque son insertion se trouve au-devant du point de rotation de l'œil, ce muscle non seulement relèvera le bulbe oculaire, mais encore l'amènera dans l'adduction. Pour le même motif, il produira une rotation de l'œil telle que l'extrémité supérieure de son méridien vertical se déplace en dedans.

Le *droit inférieur* dans son trajet d'arrière en avant se dirige également un peu de dedans en dehors. Son action ne se borne donc pas seulement à abaisser l'œil, mais encore à l'amener dans l'adduction. En outre, il produit une rotation qui déplace en dehors l'extrémité supérieure du méridien vertical.

Pour se rendre compte de l'action du muscle *grand oblique*, il suffit de considérer de ce muscle la portion qui s'étend entre la poulie et le globe. La poulie, en effet, peut être regardée comme l'origine physiologique du muscle. Sa principale action consiste à produire une rotation de l'œil, de façon que l'extrémité supérieure du méridien vertical se déplace en dedans. Mais, comme il s'insère sur la moitié postérieure du bulbe et que ce point est situé plus bas que la poulie (fig. 133, *os*), il s'ensuit que sa contraction a pour effet de relever la moitié postérieure du globe oculaire, et, par conséquent, d'abaisser la cornée. En outre, le grand oblique produit une abduction, puisqu'il s'insère derrière le centre de rotation de l'œil, et qu'en se contractant il attire la moitié postérieure du bulbe oculaire en dedans et, par conséquent, la cornée en dehors. L'action du grand oblique est donc de produire la rotation, l'abaissement et l'abduction du globe oculaire.

L'action principale du *petit oblique* est de produire la rotation de l'œil en sens inverse de celle du grand oblique. Il tend donc à déplacer en dehors l'extrémité supérieure du méridien vertical. Mais, comme son origine au bord orbitaire est située plus bas que son insertion à la moitié postérieure du globe (fig. 133, *oi*), celle-ci est attirée en bas et la cornée se relève. Enfin, comme il attire la moitié postérieure du globe en dedans, il amène la cornée dans l'abduction. L'action de l'oblique inférieur est donc de produire la rotation, le relèvement et l'abduction de l'œil.

Il n'y a donc sous tous les rapports de véritables *antagonistes* que le droit externe et le droit interne. Les droits supérieur et inférieur ne sont antagonistes qu'au point de vue du relèvement et de l'abaissement, ainsi que de la rotation de l'œil : au contraire, tous les deux sont adducteurs. Les deux obliques sont antagonistes quant aux déplacements en hauteur et à la rotation, mais ils sont tous les deux abducteurs.

Maintenant, disons en peu de mots quels sont les muscles qui concourent à produire les mouvements autour des trois axes principaux. L'adduction s'opère par l'action des muscles droits interne, supérieur et inférieur ; l'abduction, par celle des muscles droit externe, grand oblique et petit oblique. L'élévation par la contraction du droit supérieur et du petit oblique ; l'abaissement par l'action du droit inférieur et du grand oblique. La rotation de l'œil dans le sens que l'extrémité supérieure du méridien vertical se déplace en dedans s'opère par l'action du grand oblique et du droit supérieur, la rotation en sens inverse se produit par l'action du petit oblique et du droit inférieur.

Il s'ensuit donc que tout mouvement de l'œil est le résultat de l'action combinée de plusieurs muscles. En outre, les muscles d'un œil agissent de concert avec ceux de l'autre, de façon que tous les deux se meuvent dans le même sens — *association* des mouvements oculaires. Les mouvements associés sont commandés par des centres d'un ordre plus élevé que ne le sont les noyaux des nerfs, ce sont les centres d'association. Ils innervent, suivant les besoins, certains muscles ou groupes de muscles d'un œil et en même temps les mêmes muscles de l'autre œil. Ainsi, le droit interne de l'œil droit, et le droit interne de l'œil gauche peuvent se contracter ensemble et provoquer ainsi une convergence. D'autre part, le muscle droit interne de l'œil droit peut aussi entrer en contraction en même temps que le droit externe de l'œil gauche, de façon que les deux yeux se tournent à gauche.

§ 122. ORIENTATION. — L'orientation dans l'espace, c'est-à-dire la localisation des objets vus, à l'endroit où ils se trouvent en réalité, se fait de la manière suivante : les objets du monde extérieur produisent une image sur la rétine. Pour se rendre compte de la situation de l'image d'un objet quelconque sur la rétine, on n'a qu'à tirer une ligne droite depuis l'objet jusqu'à la rétine en passant par le point nodal de l'œil (fig. 134, *k*) parce que les rayons passant par le point nodal (rayons de direction) se dirigent vers la rétine sans subir de réfraction. Ainsi, l'image de l'objet fixé *o* (fig. 134) se trouve en *f. c.* (fovea centralis). Les points qui se trouvent plus bas que l'objet fixé, par exemple *o'*, projettent leur image au-dessus de la fovea centralis, en *b'*, et, réciproquement, les points qui se trouvent plus haut que l'objet fixé *o''*, forment leur image en *b''*, en-dessous de la fovea. Nous-mêmes, nous jugeons de l'endroit où se trouve l'objet en procédant en sens inverse. Nous localisons l'objet à l'extrémité d'une ligne que nous nous imaginons partant de l'image rétinienne, passant par le point nodal et se prolongeant au dehors. Cette manière de procéder, que nous avons gagnée par l'expérience et qui nous permet de déterminer la situation réelle des objets extérieurs, est dé-signée sous le nom de *projection* (des images rétiniennes au dehors). Au moyen de cette faculté, nous voyons les objets du monde extérieur rangés les uns à côté des autres de la même manière que leurs images se trouvent placées sur notre rétine, mais en sens inverse : les objets dont l'image se

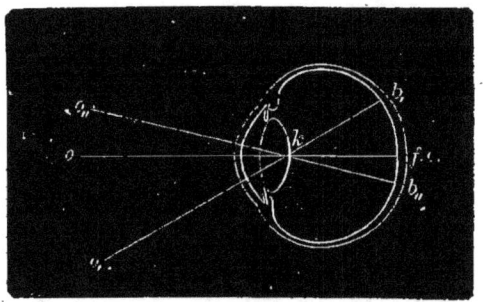

Fig. 134. — *Projection des images rétiniennes au dehors.*

trouve à droite du point de fixation sont vus à gauche de ce point, etc. De cette manière, nous sommes, jusqu'à un certain point, renseignés sur la situation relative des objets les uns à l'égard des autres — *orientation objective.* — Mais, pour que l'orientation soit parfaite, il faut que toute la mosaïque d'images que nous projetons de notre rétine au dehors, et qui est exacte en elle-même, soit aussi projetée par nous à son endroit réel. Ce n'est qu'alors que nous obtenons une conception exacte de la situation réelle des objets, non pas seulement dans leurs rapports entre eux, mais encore relativement à notre propre corps — *orientation subjective.* L'orientation subjective repose sur le sentiment que nous avons de la situation de notre corps dans l'espace et de la position de nos yeux dans le corps. Nous connaissons la position de notre corps dans l'espace par le senti-ment de l'équilibre, et celle de nos yeux dans le corps par le sens muscu-laire des muscles oculaires qui nous disent quel est le rapport de nos yeux avec notre corps. — Par l'orientation subjective et l'orientation objective combinées, nous sommes en état de déterminer exactement la situation absolue dans l'espace de tout objet que nous apercevons.

Ordinairement, nous regardons avec les deux yeux à la fois. Sous l'empire des mouvements associés, les yeux sont placés de manière que leurs lignes visuelles se croisent dans l'objet considéré — nous disons que nous fixons l'objet. L'objet *o* (fig. 135) projette alors son image dans les deux yeux au niveau de la fovea centralis (*f* et *f'*). Un objet *o'* situé à gauche du point fixé projetterait son image dans les deux yeux à droite de la fovea en *b* et *b'*, et cela dans les deux yeux à une égale distance à droite de ce point. Ces images, ainsi que toutes celles qui se trouvent sur des points symétriques de la rétine, sont, d'après les lois de la projection, localisées par les deux yeux aux mêmes endroits du monde extérieur (*o*, *o'*, etc.) et, par conséquent, vues simples, — *vision binoculaire simple*.

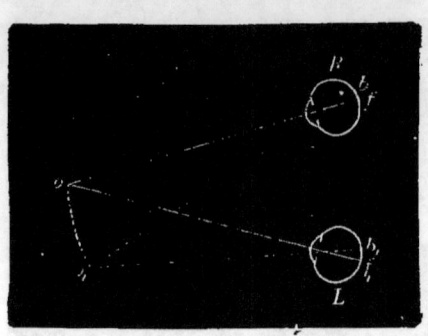

Fɪɢ. 135. — *Vision simple binoculaire.*

On reconnaît les troubles de la vision binoculaire simple quand il existe de la *diplopie binoculaire*, et cette diplopie existe toujours lorsque la ligne visuelle d'un des yeux s'écarte de l'objet fixé. Ainsi, supposons que l'œil droit *R* (fig. 136) fixe le point *o*, tandis que la ligne visuelle *g* de l'œil gauche *L* dévie en dedans, parce que l'œil est en strabisme convergent. Le point *o* se dessine alors dans l'œil droit, au niveau de la fovea *f*, au contraire

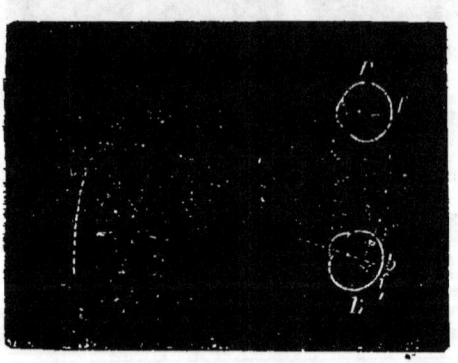

Fɪɢ. 136. — *Diplopie homonyme.*

dans l'œil gauche en *b*, à droite de la fovea *f'*. Au moyen de l'œil droit, l'objet se voit à l'endroit *o* où il se trouve. Avec l'œil gauche, l'objet devrait être également vu vis-à-vis de l'image rétinienne *b*, c'est-à-dire à l'endroit exact *o*, et être vu simple binoculairement, si le possesseur de l'œil jugeait simplement en se laissant guider d'après les lois de la projection. C'est ce qu'il ne fait pas, parce qu'il se trompe sur la position de l'œil gauche. Il ne sait absolument rien de la déviation de cet œil en dedans ; au contraire, il a la conviction que cet œil est dirigé comme l'œil droit, de façon que la ligne visuelle en passe par l'objet. Il s'attend donc à ce que l'image de cet objet se trouve également dans la fovea de l'œil gauche. Mais, comme ce n'est pas le cas et que l'image *b* se trouve à la droite de la fovea, il en conclut que l'objet *o* s'est déplacé à gauche en *o'* parce que, par expérience, il sait que tous les objets situés à gauche du point de fixation projettent leur image à droite de la fovea. Dans ce cas donc, l'orientation subjective est en défaut ; toute la mosaïque des images

rétiniennes de l'œil gauche est reportée trop à gauche dans l'espace, parce que le possesseur de l'œil se trompe au sujet de la position de cet organe dans la tête (*Nagel, Alfred Graefe*).

Les doubles images choisies ici comme exemple s'appellent images *homonymes*, parce que l'image *o*, vue à droite, appartient à l'œil droit, tandis que l'image *o'*, vue à gauche, appartient à l'œil gauche.

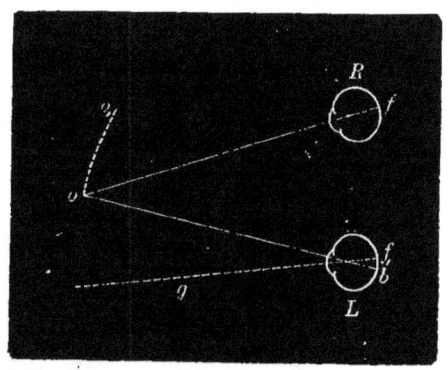

Fig. 137. — *Diplopie croisée.*

En pratique, on s'assure du fait, en couvrant alternativement chaque œil et en demandant au patient quelle est celle des deux images qui disparaît chaque fois. On peut aussi placer devant l'un des yeux un verre coloré et dire au malade d'indiquer quelle est l'image qu'il voit colorée et quelle est celle qui a conservé sa couleur normale. Les images doubles homonymes dépendent, ainsi que la figure ci-devant le démontre, d'une convergence exagérée des yeux.

Les images doubles hétéronymes ou *croisées* se produisent, quand il existe de la divergence relative des yeux. Dans la figure 137, l'œil gauche *L* dévie en dehors. L'image du point *o* tombe donc en *b*, c'est-à-dire à gauche de la fovea *f'*, d'où il résulte que l'objet lui-même est vu par erreur à droite du point de fixation *o*, c'est-à-dire en *o'*. Dans ce cas, l'image gauche correspond à l'œil droit, l'image droite à l'œil gauche.

Les *différences de hauteur* des deux images se produisent quand les yeux ne se trouvent pas à la même hauteur. Dans la figure 138, les deux yeux sont représentés l'un derrière l'autre au lieu de se trouver l'un à côté de l'autre. L'œil droit *R* fixe normalement, l'œil gauche *L* est dévié en haut. L'image *b* du point *o* tombe donc dans l'œil au-dessus de la fovea f' et le possesseur de l'œil, qui s'imagine l'organe normalement dirigé, croit voir le point o en-dessous de sa situation réelle en o', puisque dans l'œil normalement dirigé, tous les objets situés en-dessous du plan de visée projettent leur image sur la moitié supérieure de la rétine. L'image qui se trouve le plus bas appartient toujours à l'œil dévié en haut, et réciproquement.

Les deux images peuvent aussi être *inclinées*, de manière qu'elles se rapprochent par leurs extrémités supérieures ou inférieures. C'est le cas quand l'un des yeux a subi une rotation autour de l'axe antéro-postérieur, tandis que l'autre a conservé sa position normale. Soient dans la figure 139,

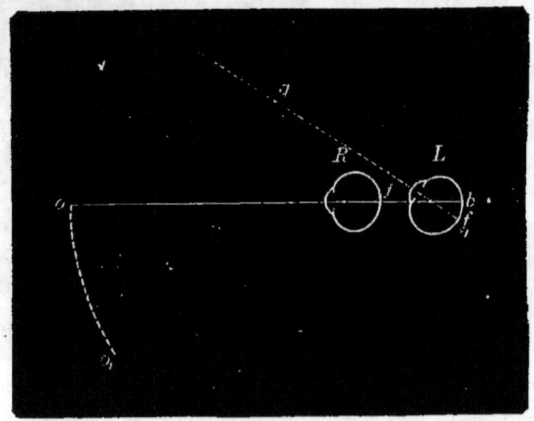

Fig. 138. — *Diplopie avec différence de hauteur des images*

A, R et L, représentant les moitiés postérieures des deux yeux, vues par derrière et supposées transparentes, de façon que l'on voit, dessinée sur la rétine, l'image renversée d'une flèche. Supposons en outre que dans l'œil droit le méridien vertical de la rétine vv soit réellement placé verticalement, tandis que dans l'œil gauche il soit incliné, $v'v'$. L'image de la flèche verticalement placée se dessine aussi verticalement sur les deux rétines. Il s'ensuit que dans l'œil droit elle coïncide avec le méridien vertical; par contre, dans l'œil gauche, elle forme un angle avec le méridien vertical incliné. Mais, comme l'œil a l'habitude de ne considérer comme verticaux que les objets dont les images coïncident avec son méridien vertical, il attribuera à la flèche une position oblique. Le patient verra donc deux images (fig. 139 B, w et s) de la flèche, et l'image appartenant à l'œil gauche sera oblique.

Lorsqu'il existe de la diplopie binoculaire, les deux images ne paraissent pas égales, l'une est plus claire que l'autre; c'est pourquoi on désigne la première sous le nom d'*image vraie*, par opposition à la seconde appelée *image fausse*. L'image vraie appartient à l'œil qui fixe. Elle se voit donc à l'endroit réel et en outre plus clairement, puisqu'elle est perçue par la fovea. L'image fausse appartient à l'œil dévié, elle est moins claire que l'image de l'autre œil, parce qu'elle est perçue par un point périphérique de la rétine. En outre, elle est vue à un endroit où l'objet ne se trouve pas, de façon que si le strabique voulait saisir l'objet à cet endroit, il se tromperait. De là, le nom d'image fausse ou image apparente.

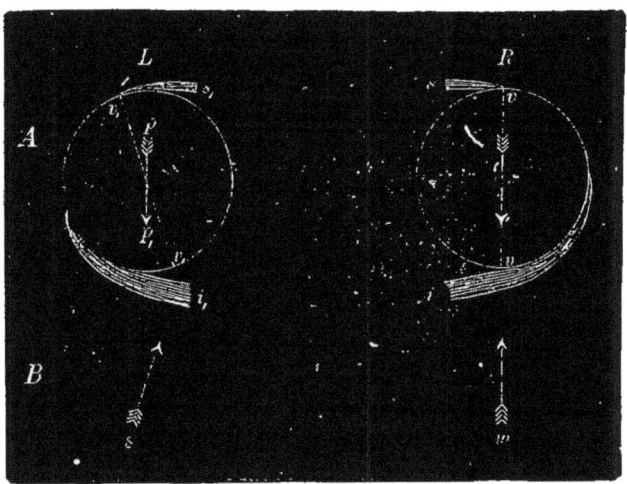

Fig. 139. — *Diplopie avec obliquité d'une image.*

Il faut distinguer avec soin la diplopie binoculaire de la *diplopie monoculaire*. Dans la diplopie binoculaire, il n'existe qu'une image de l'objet dans chaque œil, mais elle est projetée sur des points asymétriques de la rétine; dans la diplopie monoculaire, il se forme sur *une seule* rétine deux images du même objet. Pour ce motif, la diplopie binoculaire disparaît aussitôt qu'on ferme un œil, tandis que la diplopie monoculaire persiste, si l'œil qui voit double reste seul ouvert. C'est là l'élément de diagnostic différentiel le plus certain entre les deux espèces de diplopie. — La cause de la diplopie monoculaire réside dans une réfraction anormale des rayons lumineux, ou dans la présence dans l'œil d'une double pupille. La première représente une forme d'astigmatisme irrégulier (voir § 148) et siège soit dans la cornée, soit dans le cristallin (particulièrement dans la subluxation du cristallin). Dans la cataracte commençante, par suite du pouvoir réfringent inégal des différents secteurs du cristallin, la diplopie monoculaire peut également exister. Cependant, c'est alors bien plus souvent la polyopie monoculaire qui se manifeste (voir page 423). Une double pupille fait naître la diplopie quand l'œil n'est pas accommodé à la distance de l'objet fixé. On observe le plus souvent la double pupille dans l'iridodialyse.

Les *lignes d'insertion* des quatre muscles droits de l'œil ne se trouvent pas à la même distance de la cornée, et, le plus souvent, elles ne sont pas exactement concentriques avec elle. De plus, elles ne sont pas toujours absolument symétriques,

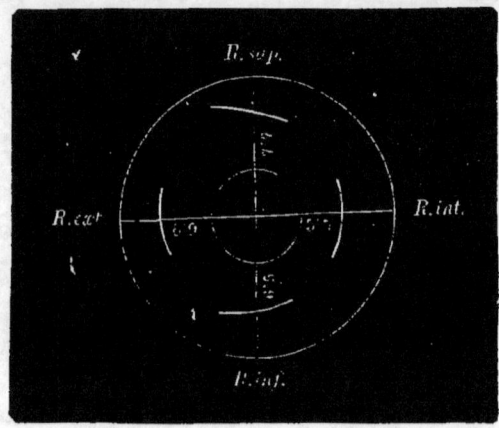

Fig. 140. — *Lignes d'insertion des quatre muscles droits de l'œil en projection sur un plan.* Grand. nature.

par rapport aux méridiens horizontal et vertical. Les écarts moyens, au point de vue de la situation des lignes d'insertion, sont rendus aussi exactement que possible dans la figure 140, qui représente la moitié antérieure du globe projetée sur un plan. Les distances entre la cornée et les lignes d'insertion y sont marquées en millimètres. Ces distances représentent les moyennes telles que je les ai trouvées après un grand nombre de mensurations.

Les muscles sont enveloppés d'*aponévroses* qui se continuent en avant avec la capsule de *Ténon* à l'endroit où celle-ci se réfléchit sur les tendons musculaires. Des expansions latérales de ces aponévroses mettent les muscles en connexion les uns avec les autres et se rendent également des muscles à la paroi osseuse de l'orbite. Par l'intermédiaire de ce système d'aponévroses qui parcourent l'orbite, le contenu en est fixé. C'est grâce à elles que, pendant ses mouvements, le globe oculaire se maintient en place et se meut autour d'un centre fixe. Les expansions aponévrotiques qui s'étendent entre les muscles et la paroi orbitaire ont pour fonction de modérer les excursions extrêmes du globe de l'œil (*Merkel,*

Motais). Ces aponévroses présentent leur maximum de développement au niveau des muscles droits interne et externe (fig. 128, *fi* et *fc*). Le releveur de la paupière supérieure lui-même, dont l'action s'associe avec celle du droit supérieur, est immédiatement relié à celui-ci au moyen de faisceaux appartenant à ces aponévroses. En outre, du releveur s'étendent des faisceaux de fibres vers la peau de la paupière supérieure (fig. 127, *f*), ainsi que du cul-de-sac supérieur; grâce à eux, ces organes suivent normalement le mouvement d'élévation du globe oculaire et de la paupière supérieure. Une disposition analogue a le même effet dans l'abaissement de l'œil, parce qu'il existe également des faisceaux de fibres qui

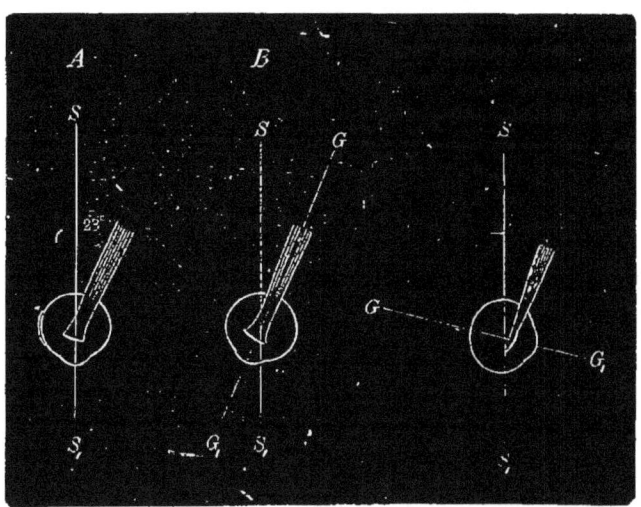

Fig. 141. — *Mode d'action du droit supérieur.* — *A* dans le regard dirigé en avant. *B* dans l'abduction. *C* dans l'adduction. — *SS'* axe antéro-postérieur du mouvement. *GG'* ligne visuelle.

s'étendent entre le droit inférieur, d'un côté, et la paupière inférieure et le cul-de-sac inférieur, de l'autre.

Pour les muscles dont le mode d'action est combiné (ce qui est le cas pour tous les muscles, à l'exception de la première paire), l'effet des différents facteurs dont la combinaison se compose est plus ou moins prépondérant suivant la position actuelle de l'œil. Expliquons-nous. Prenons pour exemple le droit supérieur. Quand l'œil regarde droit en avant, de telle sorte que sa ligne visuelle coïncide avec l'axe antéro-postérieur des mouvements *SS'* (fig. 141, *A*), le plan d'action du droit supérieur forme, aussi bien avec la ligne visuelle qu'avec l'axe antéro-postérieur des mouvements, un angle de 23° environ ouvert en arrière. Il suit de là que ce muscle n'a pas seulement pour effet de relever l'œil, mais encore de l'amener dans l'adduction et de lui imprimer en outre un mouvement de rotation. Or, si l'œil se tourne en dehors d'un angle de 23° (fig. 141, *B*), alors le plan d'action du muscle coïncide avec la ligne visuelle *GG'*. Dans ce cas,

l'action du muscle se réduit simplement à tirer l'œil en haut, et les deux autres
actions disparaissent. Réciproquement, plus l'œil est tourné en dedans, plus la
prépondérance des deux autres effets, l'adduction et la rotation, devient sensible. Ils atteindraient leur maximum si le globe pouvait être ramené suffisamment en dedans pour que la ligne de regard GG' formât avec le plan musculaire
un angle droit (fig. 141, C); ici, le mouvement d'élévation deviendrait nul. — De
la même manière, pour tout autre muscle de l'œil, pour autant qu'on en con-
naisse la direction, on peut déduire l'action de chacun des effets d'après la position de l'œil. C'est là un fait important pour le diagnostic des paralysies des
muscles de l'œil. L'inaction du muscle paralysé se manifeste, suivant les différentes directions du regard, tantôt de préférence dans le sens d'un des facteurs,
tantôt dans le sens de l'autre.

La *mensuration* des excursions du bulbe est importante non seulement pour
les physiologistes, mais encore pour l'oculiste, notamment pour déterminer le

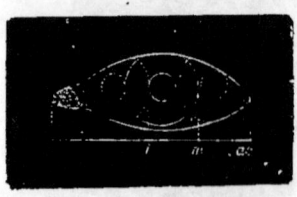

FIG. 142. — *Mensuration linéaire
des excursions latérales de l'œil.*

degré d'une paralysie, les progrès d'une
amélioration, le pronostic d'une opération
de strabisme, etc. Le procédé simple de la
mensuration linéaire d'après *Alfred Graefe*
n'est applicable qu'aux mouvements dans le
sens horizontal (abduction et adduction). On
fait d'abord fixer au malade, droit devant
lui, un objet que l'on a placé très loin de
l'œil, devant le milieu de son visage. Quand
l'œil occupe ainsi sa position médiane, on
mesure au compas la distance qui sépare le bord cornéen externe de l'œil
(*cm*, fig. 142). On mesure également cette distance quand l'œil est porté au
maximum d'adduction et d'abduction (*ci et ca*). La différence entre ces valeurs
et la position moyenne donne l'étendue de l'adduction et de l'abduction du
globe oculaire. Supposons que nous trouvions $cm = 8$ mm., $ci = 18$ mm.,
$ca = 1$ mm. Alors, nous avons pour l'adduction : $ci - cm = 10$ mm., et pour
l'abduction : $cm - ca = 7$ mm. L'adduction et l'abduction ensemble constituent
le déplacement total latéral. Dans l'exemple choisi, il serait de 17 millimètres.

Ce procédé de mensuration, quoique entaché d'une foule d'inexactitudes, est
excellent, notamment dans le cas de strabisme, en raison de sa simplicité et de
la rapidité de son exécution. Une méthode de mensuration plus exacte est celle
qui se pratique au moyen du périmètre. A cet effet, la personne à examiner
appuie la tête sur le support de l'instrument, de manière que l'œil à mesurer
(l'autre doit pendant ce temps rester fermé) soit placé au centre de l'arc du
périmètre. Alors, le long de celui-ci, on fait glisser lentement des objets (de préférence des lettres d'une certaine dimension) de la périphérie vers le centre jusqu'à
ce que la personne examinée reconnaisse l'objet quand elle le regarde (par
exemple, elle doit savoir nommer les lettres, ce qui démontre qu'elle les fixe
réellement par le centre de la rétine). Il est évident que, pour faire cette expérience, tout mouvement de la tête est interdit, l'œil seul doit se mouvoir. Les
mites trouvées des excursions de l'œil sont reportées sur un schéma périmé-

trique ordinaire. Le champ ainsi limité, et qui indique l'étendue des excursions de l'œil, porte le nom de *champ de regard*. La figure 143 représente le champ de regard d'un œil normal d'après *Landolt*. Les paralysies des muscles de l'œil se manifestent par un rétrécissement du champ de regard.

Nerfs des muscles de l'œil. — Les paralysies des muscles de l'œil constituent un symptôme fréquent de maladies cérébrales. Celui qui connaît exactement l'origine, dans le cerveau, des nerfs qui animent les muscles de l'œil et leur trajet

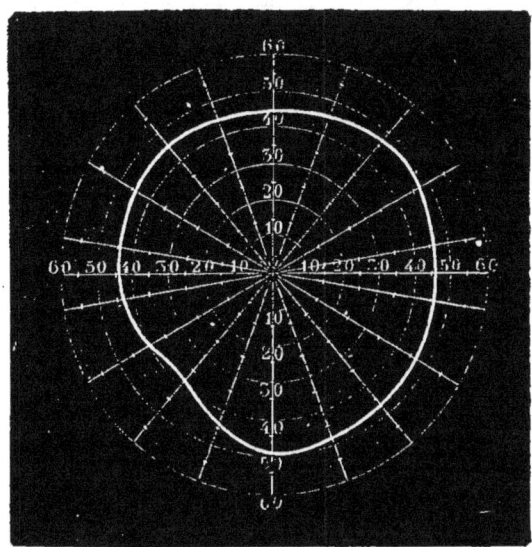

Fig. 143. — *Champ de regard normal*, d'après Landolt.

depuis les centres jusque dans l'orbite, sera souvent en état de fixer l'endroit de la lésion d'après la nature et la combinaison des paralysies, c'est-à-dire qu'il pourra faire un diagnostic plus exact de l'affection du cerveau, en ce qui concerne sa nature et son siège. C'est pourquoi nous allons faire connaître rapidement les points les plus importants ayant trait à l'origine et au trajet des nerfs des muscles de l'œil.

Les mouvements des muscles de l'œil sont réglés par des centres nerveux de différents ordres. Les centres de l'ordre le plus bas sont constitués par les noyaux qui se trouvent dans le plancher du quatrième ventricule et sous l'aqueduc de *Sylvius* et dont les troncs nerveux émergent. Ils sont commandés par les centres d'un ordre plus élevé, qui président aux contractions associées des différents muscles de l'œil, ce sont les centres d'association. Les centres de l'ordre le plus élevé sont les couches corticales du cerveau. Ce sont les centres corticaux qui commandent aux mouvements volontaires des muscles de l'œil. Ces

centres se trouvent probablement sans limites nettes dans la sphère motrice de
l'écorce du cerveau.

Ceux que l'on connaît le mieux sont les centres du premier ordre, c'est-à-dire les
noyaux d'origine des muscles de l'œil. Ils se trouvent sous l'aqueduc de *Sylvius*
et dans le plancher du quatrième ventricule de chaque côté de la ligne médiane.
Le noyau tout à fait antérieur est celui de l'*oculo-moteur commun* (fig. 144, III),
qui commence déjà au niveau de la partie postérieure du troisième ventricule
et qui s'étend sous l'aqueduc de Sylvius jusque sous la paire postérieure des
tubercules quadrijumeaux. Il est constitué de plusieurs groupes pairs et d'un

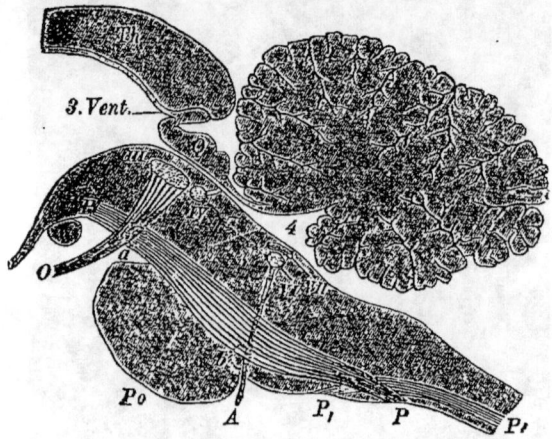

Fig. 144. — *Noyaux d'origine des muscles de l'œil.* — Coupe antéro-postérieure schématique de l'isthme de
l'encéphale. Grand. nature. — Le noyau de l'oculo-moteur commun *III* siège en-dessous de la paire
antérieure des tubercules quadrijumeaux *Q*. Les fibres qui en émanent se dirigent en convergeant en bas,
pour sortir sous forme d'un tronc nerveux *O* au bord antérieur de la protubérance annulaire *Po*. Immédiatement en arrière de ce noyau, se trouve celui du nerf pathétique *IV*, dont le faisceau de fibres se dirige
en haut. Les deux points plus clairs, dessinés immédiatement au dessus, au bord postérieur des tubercules quadrijumeaux, représentent la coupe des troncs nerveux des pathétiques se croisant dans la valvule de Vieussens. Le noyau de l'oculo-moteur externe *VI* siège au plancher du quatrième ventricule 4, immédiatement
sous le noyau du facial *VII*. La bande ponctuée qui va du noyau de la sixième paire au noyau du pathétique représente le faisceau longitudinal postérieur qui les relie. Le tronc de l'oculo-moteur externe *A*
émerge au bord postérieur de la protubérance. *a* indique l'endroit d'une lésion qui, par la destruction de
l'oculo-moteur *O* et du faisceau pyramidal *PP*, produira une paralysie alternante de ce nerf et des extrémités ; de même, une lésion située en *b* produirait une lésion alternante de l'oculo-moteur externe et des
extrémités. *P'P'*, faisceau pyramidal de l'autre côté. *Th* thalamus opticus.

groupe impair de cellules ganglionnaires. Au point de vue physiologique également, on doit le considérer comme composé d'un certain nombre de noyaux
partiels, c'est-à-dire de sections dont chacune correspond à un des muscles
innervés par l'oculo-moteur commun. Dans quel ordre les divers noyaux se
suivent l'un l'autre, c'est un point qui n'est pas encore complètement élucidé.
Une chose paraît certaine cependant, c'est que les noyaux partiels antérieurs
président à l'accommodation et à la contraction pupillaire, et qu'immédiatement après eux viennent ceux qui sont destinés au droit interne (convergence),
plus en arrière suivent les noyaux partiels qui commandent aux autres muscles
animés par l'oculo-moteur (*Hensen* et *Völckers*, *Kahler* et *Pick*). Les noyaux des

faisceaux nerveux qui entrent toujours simultanément en action, c'est-à-dire les nerfs destinés à la contraction pupillaire (sphincter de la pupille), à l'accommodation et la convergence, sont donc placés à côté les uns des autres, et ces noyaux partiels occupent la partie antérieure de l'ensemble du noyau de l'oculomoteur.

Comme l'orbiculaire, considéré en tant que muscle constricteur des paupières, est également associé aux muscles oculaires (l'occlusion de la fente palpébrale se lie au mouvement d'élévation de l'œil), on pense que les fibres nerveuses qui lui sont destinées émanent du noyau de l'oculo-moteur, bien que plus loin elles soient comprises dans le tronc du facial (*Mendel*).

Les fibres qui sortent du noyau de l'oculo-moteur commun descendent à travers les pédoncules cérébraux, vers la base du cerveau, où, réunies en un tronc unique, elles émergent au niveau du bord antérieur du pont de Varole (fig. 144, O). D'ici le tronc nerveux se dirige, à travers le sinus caverneux et la fente orbitaire supérieure, dans l'orbite.

Le noyau du *pathétique* (fig. 144, IV) touche presque l'extrémité postérieure du noyau de l'oculo-moteur, de façon qu'on pourrait le considérer comme le dernier de ses noyaux partiels. Il se trouve sous les éminences testes des tubercules quadrijumeaux. Les fibres qui émergent de ce noyau ne s'adossent pas au tronc du nerf oculo-moteur commun qui se dirige en bas, mais, prenant une direction contraire, elles vont en haut et en arrière dans la valvule de Vieussens. A cet endroit, elles passent de l'autre côté, se croisent et émergent plus loin à la base du cerveau, après avoir contourné les pédoncules cérébraux.

Le noyau de l'*oculo-moteur externe* (fig. 144, VI) se trouve assez loin derrière les deux autres, mais, d'autre part, dans le voisinage immédiat du noyau du facial (fig. 144, VII), un peu au-devant des stries médullaires. Les fibres qui naissent de ce noyau pénètrent entre les faisceaux pyramidaux, descendent et apparaissent au niveau du bord postérieur de la protubérance annulaire (fig. 144, A). — Le pathétique aussi bien que l'oculo-moteur externe, dès qu'ils sont arrivés à la base du cerveau, se dirigent en avant comme l'oculo-moteur commun, et, par le sinus caverneux et la fente orbitaire supérieure, pénètrent dans l'orbite.

Entre les noyaux des nerfs des muscles de l'œil, il existe de nombreuses fibres de communication. Les connexions s'établissent surtout par l'intermédiaire du faisceau longitudinal postérieur, c'est-à-dire ces fibres qui se trouvent de chaque côté du raphé, se dirigent d'avant (du haut) en arrière (en bas) et relient les noyaux situés à des hauteurs différentes. Les noyaux sont aussi reliés dans le sens transversal. Des communications transversales sont dues également à des fibres qui relient les centres d'un côté à ceux de l'autre. Ces connexions n'existent pas seulement entre des noyaux homonymes de chaque côté (comme, par exemple, les noyaux de l'oculo-moteur commun de chaque côté), mais encore par l'intermédiaire du faisceau longitudinal postérieur, entre les noyaux qui se trouvent à des hauteurs différentes. Ainsi, l'on admet que les fibres naissant du noyau de l'oculo-moteur externe (fig. 145, *a*) se rendent en partie directement dans le tronc de ce nerf du même côté (*c*), mais qu'une autre partie traverse la ligne médiane pour s'unir aux fibres qui viennent du noyau de l'oculo-moteur commun de l'autre côté (*o'*) (*Huguenin, Duval, Graux*). La branche du nerf qui pénètre dans le droit interne (*i'*) contiendrait donc des fibres d'une double origine, celles qui proviennent du noyau de l'oculo-moteur du même côté (*o'*), et d'autres naissant du noyau de l'oculo-moteur externe de l'autre côté (*a*). Il est probable que cette disposition sert à fournir une double innervation au droit interne, suivant qu'il doit produire la convergence ou le mouvement latéral. La contraction qui produit la convergence serait comman-dée par les fibres naissant du noyau de l'oculo-moteur commun, lesquelles

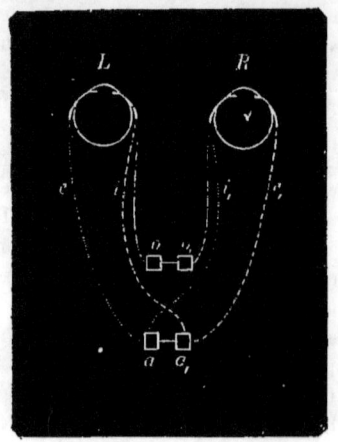

entrent en action simultanément avec les fibres homonymes de l'autre côté et donnent lieu à une contraction syner-gique des deux droits internes. La con-traction pour les mouvements latéraux aurait son origine dans le noyau de l'oculo-moteur externe qui excite à la fois le droit externe du même côté et le droit interne de l'autre. La lésion d'un noyau de l'oculo-moteur externe rendrait impos-sible le mouvement latéral des yeux vers le même côté, mais laisserait subsister la convergence, qui ne pourrait se perdre que par la destruction du noyau de l'oculo-moteur commun. De cette ma-nière, on expliquerait un grand nombre de cas de paralysie conjuguée des muscles de l'œil, dans lesquels le droit interne n'est plus en état d'imprimer à l'œil un

Fig. 145. — *Rapports entre les noyaux de l'oculo-moteur externe et de l'oculo-moteur commun.* — Fig. schématique.

mouvement de latéralité simultanément avec l'autre œil, tandis que les mouve-ments de convergence n'ont rien perdu de leur étendue.

Vision binoculaire. — Lorsque quelqu'un voit simple avec les deux yeux, cela peut s'expliquer de deux manières : ou bien il fixe exactement des deux yeux et reçoit les impressions des deux yeux au même endroit, — vision binoculaire simple; ou bien il ne voit pas de l'un de ses yeux parce que celui-ci est aveugle, ou parce qu'il fait abstraction de l'impression reçue, — vision monoculaire. Comment peut-on savoir ce qui en est dans un cas déterminé? On fait fixer à une distance de quelques mètres un objet lumineux, par exemple une bougie; si l'on voit alors qu'un des yeux est évidemment dévié, il est impossible qu'il existe une vision binoculaire. Si, malgré cela, la vision est simple, on ne peut expliquer le fait autrement qu'en admettant que l'image de l'œil dévié n'est pas perçue ou qu'elle est neutralisée. Si, au contraire, il n'y a pas de dévia-tion évidente d'un des yeux, on doit rechercher de la manière suivante si le patient fixe exactement avec les deux yeux : tandis que la personne à examiner fixe la bougie, on recouvre tantôt un œil, tantôt l'autre. Si les deux yeux sont dirigés normalement, quand on recouvre l'un, l'autre ne change pas de position. Admettons maintenant que l'œil droit soit un peu dévié en dehors, tandis que l'œil gauche fixe. Quand on recouvre le premier, le gauche continue à fixer; mais, si l'on recouvre le gauche, le droit, par un mouvement d'adduction, doit être ramené dans la position de fixation. Ainsi, en couvrant l'œil qui fixe, on observe un mouvement de l'œil qui ne fixe pas, mouvement dont la direction est exactement l'inverse de celle de la déviation. Ce mouvement est sensible même lorsque la déviation est si minime qu'on la reconnaît à peine. — Une autre méthode pour s'assurer si la vision simple dépend de la fusion des deux images ou de la neutralisation de l'une d'elles est la suivante : devant l'un des deux yeux on tient un prisme dont la base est tournée en bas (fig. 150). Y avait-il auparavant vision binoculaire, le sujet doit voir maintenant deux images situées exactement l'une au-dessus de l'autre (o et o'). Si, au contraire, il voit maintenant encore simple, ce ne peut avoir lieu que parce que l'image d'un des deux yeux n'est pas perçue ou est exclue.

Ce n'est que celui qui est doué de la vision binoculaire simple qui voit les objets en relief ou *stéréoscopiquement*. Il s'ensuit qu'on peut encore rechercher la vue binoculaire au moyen d'images stéréoscopiques dont on a dans ce but préparé des modèles spéciaux. Une épreuve particulièrement délicate de la vue stéréoscopique, c'est-à-dire de la perception des distances, se pratique au moyen de l'*expérience de Hering*. La personne à examiner regarde par un long tube, avec les deux yeux, un fil tendu verticalement. Alors, on laisse tomber de petites boules (des perles de verre ou des petits pois) à côté du fil, tantôt un peu au devant, tantôt un peu derrière lui. Celui qui est doué d'une vision binoculaire normale dira, sans hésiter et sans se tromper, si la boule est tombée devant ou derrière le fil; mais celui qui ne possède que la vision monoculaire pourra tout au plus le deviner, ce qui fait qu'il se trompera souvent.

La vision binoculaire simple devient de la *diplopie binoculaire* lorsque l'un des yeux n'est plus capable de fixer normalement. Cela arrive le plus fréquemment par suite de troubles de la musculature oculaire, tels que des paralysies ou des contractures des muscles de l'œil. Mécaniquement aussi l'œil peut être refoulé et mis dans une position défectueuse, par exemple, par des tumeurs de l'orbite, etc. On peut même, sans difficulté, faire naître expérimentalement la diplopie binoculaire, en poussant l'un des yeux un peu de côté par la pression du doigt. Enfin, il se développe de la diplopie binoculaire quand l'étendue de l'excursion d'un des deux yeux est diminuée relativement à celle de l'autre, par un obstacle mécanique, comme, par exemple, dans le symblépharon ou le ptérygion.

La position des doubles images a déjà été indiquée plus haut. La distance des deux images mesurée en degrés correspond exactement à la déviation de l'œil de sa position normale, elle peut donc servir de mesure à cette déviation. Par contre, la distance linéaire ne dépend pas seulement du degré de la déviation, mais encore de la distance à laquelle la double image est projetée. Plus cette dernière distance est grande, plus l'écartement des images paraît considérable. — Lorsque les deux images sont très rapprochées l'une de l'autre, elles se recouvrent partiellement de façon que les contours seuls en paraissent doubles.

Dans ce cas, le patient ignore souvent sa diplopie et il ne se plaint que de ne pas voir nettement les objets ou de leur voir une ombre.

Les images doubles troublent la vue et induisent en erreur; c'est pourquoi chacun tient à les éviter autant que possible. On y réussit en cherchant, par des efforts musculaires correspondants, à amener les yeux dans une position convenable, de manière à fusionner les deux images. La tendance à faire coïncider, à fusionner les deux images, est désignée sous le nom de *tendance à la fusion*. Cette faculté est souvent victorieuse de certains obstacles considérables qui empêchent la vue simple. C'est ce que démontre l'expérience suivante :

On fait fixer un objet *o*, puis on tient devant un des yeux, par exemple devant l'œil droit, un prisme *P*, dont la base est tournée du côté de la tempe (fig. 146).

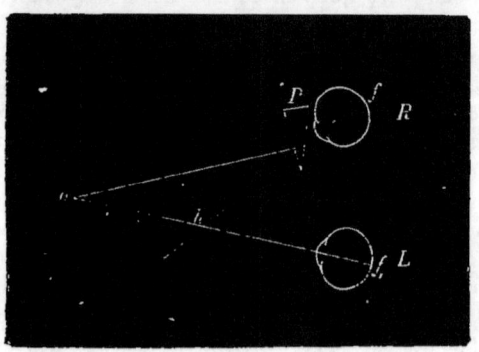

Les rayons venant de *o* sont déviés du côté de la base du prisme et viendraient frapper la rétine de l'œil en dehors de la fovea. Or, comme dans l'œil gauche l'objet projette son image au niveau de la fovea *f* même, il se produirait de la diplopie croisée. Pour l'éviter, l'œil droit converge suffisamment pour déplacer la fovea en dehors, afin qu'elle soit frappée par les rayons réfractés par le prisme. Pour éviter de voir double, il se fait donc un effort exagéré de convergence, de façon que les lignes visuelles se croisent en *h* au lieu de le faire en *o*. La convergence a *surmonté* le prisme. Si l'on emploie ainsi des prismes de plus en plus forts, l'on arrive à trouver le dernier qui puisse être surmonté par la convergence, et celui-ci nous donne la mesure de la convergence. — Si, au contraire, on dispose le prisme devant l'œil, la base en dedans, les rayons dévient en dedans et l'image des objets est située en dedans de la fovea. Dans ce cas, l'œil, pour amener la fovea à l'endroit de l'image, doit se tourner en dehors. Alors, pour qu'on voie simple, le prisme doit être surmonté par une divergence des yeux. Nous sommes, en effet, en état, non seulement de placer nos lignes visuelles en état de parallélisme, mais, dans certaines circonstances, de les faire même un peu diverger. Le prisme le plus puissant que l'on peut encore surmonter ainsi, donne la mesure de la divergence, ou, comme on la désigne également, de la convergence négative. La tendance à la fusion se manifeste aussi quand le prisme est placé la base en haut ou en bas (fig. 150). Dans ce cas, les deux images sont séparées l'une de l'autre dans le sens vertical, et, pour les fusionner, une déviation en haut ou en bas d'un des deux yeux est nécessaire. — C'est la convergence qui peut surmonter les prismes les plus forts, la divergence

Fig. 146. — *Convergence oestinée à surmonter l'effet d'un prisme*

de plus faibles, et la déviation de l'œil en hauteur n'est capable de surmonter que des prismes tout à fait faibles (de 1°-2°).

Le pouvoir de convergence déterminé par l'épreuve des prismes s'appelle aussi l'adduction, le pouvoir de divergence l'abduction. Mieux vaudrait s'abstenir ici d'employer ces expressions, parce qu'elles servent déjà à désigner les excursions latérales des yeux (p. 616), qui obéissent à de toutes autres lois. On s'en rend compte aussitôt, dès qu'on réfléchit que, dans la déviation latérale, l'œil peut être tourné en dehors, au point que le bord externe de la cornée vienne presque toucher l'angle externe des paupières, tandis que dans la rotation en dehors, la divergence est très minime. La mensuration des excursions de l'œil, exposée à la page 626, ne peut donc être utilisée que pour les excursions latérales, mais pas pour les mouvements de convergence. La mesure de celle-ci est fournie par les deux positions extrêmes que nos yeux peuvent prendre par rapport à l'angle que leurs lignes visuelles peuvent former. Ces positions sont désignées sous le nom de punctum proximum et punctum remotum de la convergence. Le punctum proximum est le point le plus rapproché pour lequel nous pouvons encore converger. Nous pouvons en déterminer directement la situation en rapprochant

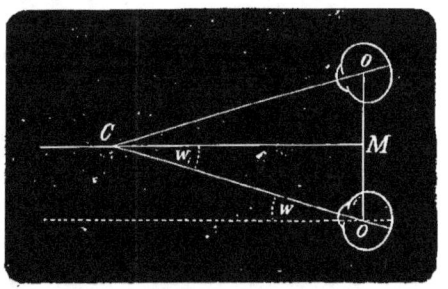

Fig. 147. — *Explication de l'angle métrique.*

des yeux un objet, jusqu'à ce qu'il commence à être vu double (dans l'ophtalmo-dynamomètre de *Landolt* on se sert d'une étroite fente verticale éclairée par derrière). On obtient également le maximum de convergence par le procédé exposé plus haut, en plaçant devant les yeux des prismes à base tournée en dehors. Le punctum remotum de la convergence est situé ou bien à l'infini, si les lignes visuelles sont parallèles lorsque toute convergence est relâchée, ou bien en deçà (+) ou au delà (—) de l'infini. Dans ce dernier cas, qui constitue la règle pour les yeux normaux, cela veut dire qu'un certain degré de divergence est possible. Si la situation du punctum remotum de la convergence est négative, on ne peut le déterminer qu'à l'aide du prisme à base interne. La différence entre le maximum et le minimum (p. proximum et p. remotum) de convergence constitue l'amplitude de convergence qui se compose, dans les cas où une certaine divergence est également possible, d'une portion positive et d'une portion négative. Cette façon d'apprécier la convergence est analogue à celle admise depuis *Donders* pour représenter l'accommodation (voir § 140) et a pour but de faciliter la comparaison entre ces deux fonctions si intimement unies. C'est dans le même but que *Nagel* a introduit dans la science la notion de l'angle métrique. *oo* (fig. 147) représente la ligne de base, c'est-à-dire la ligne qui unit les centres de rotation des yeux, *MC* est la ligne médiane. L'angle de convergence représente le déplacement angulaire que doit subir l'œil pour, de la position parallèle, être amené à fixer un point C ; c'est donc l'angle w, ou, ce qui revient au même, l'angle w'. Sa grandeur est inversement proportionnelle à l'éloignement de l'objet fixé (exactement comme pour l'accommodation). Sous le nom d'angle métrique am, on désigne l'angle de convergence nécessaire pour fixer un objet situé à 1 mètre devant les yeux ; l'angle métrique constitue l'unité

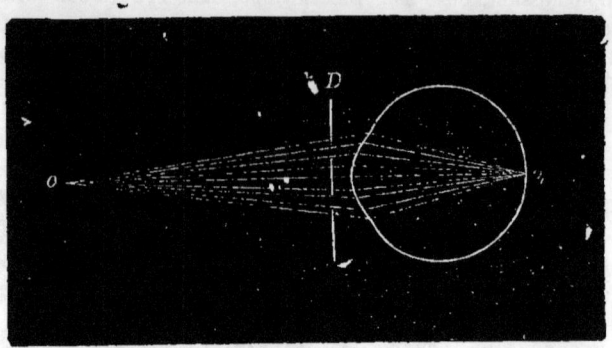

Fig. 148. A. — *Expérience de Scheiner*. — L'œil est accommodé par le point o.

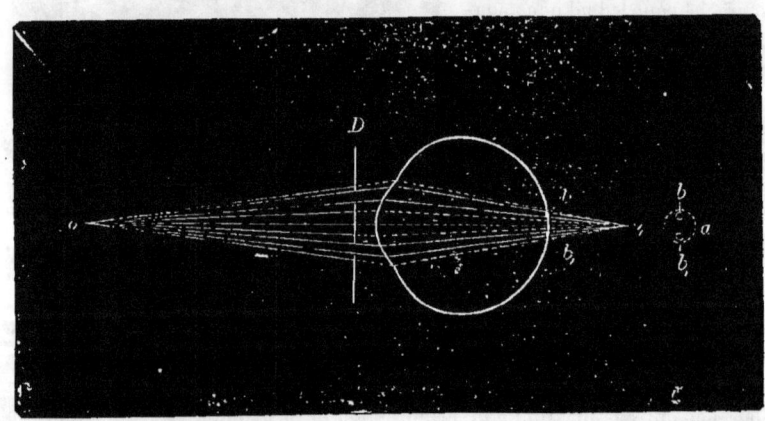

Fig. 148. B. — *Expérience de Scheiner*. — L'œil n'est *pas* accommodé pour le point o.

pour l'évaluation mathématique du degré de convergence. Si l'on fixe un objet éloigné de 2 mètres, la convergence mise en jeu est de $0,5am$; au contraire, quand on fixe un objet placé à 50 centimètres, on fait une convergence de $2am$, etc. Cette façon de représenter le degré de convergence a l'avantage d'être absolument parallèle à l'expression de l'accommodation employée. Une distance de 50 centimètres nécessite une convergence de $2am$ et une accommodation de 2 dioptries. — La grandeur d'un angle métrique, exprimée en degrés, est variable chez les différentes personnes et dépend de la longueur de la ligne de base; elle est en moyenne de 1°50′ (*pour une ligne de base de 64 millimètres*).

La *diplopie monoculaire* par double ouverture pupillaire (iridodialyse, trou dans l'iris, séparation de la pupille en deux par une bride opaque, etc.) n'existe que lorsque l'œil n'est pas bien accommodé pour l'objet, sinon, la pupille double n'occasionne pas de diplopie. Ceci s'explique d'après l'expérience bien connue de *Scheiner*. On pratique dans une carte (fig. 148 A, D), au moyen d'une aiguille, deux trous, séparés l'un de l'autre par une distance légèrement inférieure au diamètre de la pupille, de façon que, lorsqu'on regarde à travers ces deux trous, ils se trouvent tous deux en face de la pupille. A travers cet appareil, on regarde un objet, par exemple un fil *o* tendu à la distance de 25 centimètres. Quant l'œil est accommodé pour cette distance, tous les rayons venant de l'objet *o* se réunissent sur la rétine au point *o′*. Peu importe que, de tout le cône lumineux, il n'y ait que les rayons qui passent par les deux trous qui arrivent à la rétine, ils ne se réunissent pas moins en *o′* pour y former une image. La seule modification que l'interposition du diaphragme puisse y amener est d'en affaiblir l'éclat lumineux, par suite de l'interception d'un grand nombre de rayons. Si, au contraire, l'œil n'est pas accommodé pour la distance de l'objet (fig. 148, *B*), le sommet du cône lumineux ne tombe pas sur la rétine, mais plus en arrière, par exemple en *o′*. La rétine coupe le cône lumineux en deçà de son sommet, de façon que l'image du point *o* devient un cercle — le cercle de diffusion (*a*), et que le point paraît tout diffus. Mais, comme de tout le cône lumineux deux faisceaux de rayons passent seulement à travers le diaphragme dans l'œil, chacun d'eux à part produit un cercle de diffusion plus petit (*b* et *b′*); dans ce cas, le point *o* se voit plus distinctement, mais double.

Dans la myopie, surtout d'un degré élevé, on se plaint souvent de l'existence d'une diplopie monoculaire. Celle-ci se manifeste principalement lorsqu'on fixe des objets à contours rectilignes, tels que des fils télégraphiques, les cadres de tableaux, etc., qui paraissent doubles. Probablement s'agit-il ici de l'effet d'un astigmatisme irrégulier.

I. — INSUFFISANCE DES MUSCLES DE L'ŒIL

§ 123. A l'état normal, les yeux, dans toute position naturelle, c'est-à-dire non forcée, présentent un *équilibre musculaire* absolu. L'expérience suivante fait comprendre ce que signifie cette expression :

On fait fixer avec les deux yeux un objet tenu à la distance de 30 centimètres. Alors, on place devant un des yeux une feuille de papier, et l'on examine ainsi l'œil caché derrière le papier. On trouvera que cet œil continue à être dirigé sur l'objet en question, quoiqu'il ne le voie plus. L'œil reste dans la position de fixation, parce qu'elle est celle de l'équilibre pour cet œil. Cette position est le résultat de l'innervation qui appartient à chacun des muscles et qui leur est distribuée dans de justes proportions.

La même expérience sert à reconnaître les troubles de l'équilibre musculaire. Soient les deux yeux convenablement dirigés sur l'objet qu'on leur présente ; Alors, on tient un écran devant l'un des yeux. Derrière l'écran, cet œil dévie par exemple en dehors. Si l'on enlève l'écran, la ligne visuelle de cet œil n'est plus dirigée vers l'objet, mais l'œil louche en dehors. Il doit donc être ramené dans la position de fixation par un mouvement en dedans (mouvement d'adduction). Au moment donc où l'on enlève l'écran, on remarque un mouvement de l'œil, dirigé en sens inverse de la déviation qui s'est accomplie derrière l'écran (*mouvement de redressement*). Celui-ci est plus facile à observer que le mouvement qui s'opère derrière l'écran et nous révèle donc ce dernier. Si l'œil, au moment où l'on enlève l'écran, exécute un mouvement de redressement en dedans, c'est un signe que, derrière l'écran, il avait dévié en dehors, et inversement. Les phénomènes que l'on observe dans cette expérience s'expliquent de la manière suivante : dans l'exemple choisi, où l'œil derrière l'écran était dévié en dehors, les deux yeux, pendant la fixation, n'étaient pas en équilibre musculaire ; les muscles externes, au contraire, avaient la prépondérance sur les muscles internes. Tant que les deux yeux fonctionnent, la fixation n'en est pas moins normale, sinon il y aurait diplopie. Mais il y a une ferme volonté d'empêcher la diplopie et une tendance correspondante à voir simple (tendance à la fusion, voir page 632). A cet effet, les muscles droits internes reçoivent une quantité d'influx nerveux plus grande qu'à l'état normal, dans le but de rétablir l'équilibre avec les muscles droits externes. Dès qu'un œil est couvert, la diplopie est impossible, l'effort exagéré des muscles internes n'a plus de but, et l'œil dévie en dehors à une distance correspondant à la prépondérance des droits externes. La position d'équilibre de cet œil est donc une position pathologique, c'est-à-dire celle d'une certaine divergence. Dès que l'on enlève de nouveau l'écran, les deux images reparaissent, mais elles se fusionnent promptement, parce que l'œil dévié revient de nouveau dans la position voulue.

Le strabisme et la paralysie des muscles de l'œil sont aussi des troubles d'équilibre. Mais, l'insuffisance s'en distingue en ce qu'elle ne tombe pas habituellement sous l'observation, puisqu'elle est compensée par une augmentation d'effort correspondante des muscles plus faibles. Pour ce motif, on l'appelle *strabisme latent ou dynamique* (v. *Graefe*).

Le trouble d'équilibre se montre dans deux sens. Il peut y avoir prépondérance des droits externes sur les droits internes, ce que l'on appelle *insuffisance des internes* (ou divergence latente) ; plus rarement existe une prépondérance des droits internes sur les droits externes (convergence latente).

Les *causes* des troubles d'équilibre entre les droits internes et externes sont de deux sortes :

a) les *causes organiques* consistant en une faiblesse d'une paire de muscles. Celle-ci peut dépendre de rapports anatomiques, tels que le volume du muscle, la situation de son insertion, de plus les dimensions des yeux et la distance qui les sépare. Les yeux, extrêmement myopes, sont particulièrement gros et, par conséquent, se meuvent difficilement. Cette faiblesse musculaire peut aussi résulter de maladies débilitantes ou de paralysie de ces muscles ;

b) Les causes *fonctionnelles* dues à une innervation anormale des muscles oculaires. Elles se manifestent par le rapport existant entre l'accommodation et la convergence. Dans un œil emmétrope normal, ces deux efforts sont tellement unis, qu'un degré quelconque d'accommodation est toujours accompagné d'un degré de convergence correspondante et réciproquement (voir § 140). Lorsque ces yeux sont accommodés, par exemple, pour un objet qui se trouve à la distance de 30 centimètres, ils convergent pour la même distance, et, en outre, ils se trouvent alors en équilibre musculaire. Quand un œil présente un état de réfraction anormal tel que de la myopie ou de l'hypermétropie, alors la quantité d'accommodation nécessaire pour une certaine distance est modifiée. Le myope a besoin de dépenser moins d'accommodation, l'hypermétrope plus d'accommodation que l'emmétrope. Il se peut que la convergence s'adapte à ces rapports modifiés, de sorte que l'harmonie entre l'accommodation et la convergence est conservée. Très souvent pourtant, tel n'est pas le cas. Ainsi, par exemple, un myope dont le punctum remotum se trouve à 30 centimètres n'a pas du tout besoin d'accommoder pour voir un objet à cette distance. Il s'ensuit qu'il y a absence de l'impulsion normale pour faire naître la convergence nécessaire, puisque, quand l'accommodation est au repos, les yeux ont de la tendance à se diriger parallèlement, et il y aura dans ce cas une insuffisance des droits internes. Il serait plus exact de parler d'une insuffisance de la convergence, car les muscles en réalité sont normaux, ce qui ressort de ce que l'adduction de l'œil se fait complètement.

La force que les droits internes peuvent mettre au service de la convergence, on la déterminera le plus simplement en rapprochant peu à peu des yeux à examiner un objet, un crayon par exemple, tenu sur la ligne médiane. On mesure de la sorte la distance la plus courte, pour laquelle le patient converge encore exactement. Quand le pouvoir de convergence est normal, les yeux peuvent converger jusque presque à la pointe du nez. Si la force des droits internes est moindre, un des yeux se dévie en dehors déjà avant que le crayon arrive à ce point. Pour la description plus détaillée de la mensuration de la convergence, voir p. 632 et 633.

Tandis que, dans la myopie, l'innervation pour la convergence est souvent trop faible, en revanche, dans l'hypermétropie, elle est fréquemment trop forte. Pour voir nettement, les hypermétropes sont forcés d'accommoder pour toute distance plus que les emmétropes. Il en résulte qu'ils sont portés à innerver leurs muscles de la convergence d'une façon exagérée ; de là, viennent les manifestations de la prépondérance des droits internes, ou, mieux, de la prépondérance de la convergence.

Les degrés légers d'insuffisance des droits internes ne causent aucune gêne ; au contraire, les degrés plus élevés entraînent de fâcheuses conséquences, telles que la fatigue ou le strabisme. L'insuffisance rend plus pénible le maintien prolongé de la convergence exacte, nécessitée par les travaux à courte distance, tels que la lecture et tous les travaux délicats. Quand le travail dure un peu longtemps, les yeux se fatiguent ; l'objet fixé est vu trouble et souvent double ; puis, surviennent des maux de tête et même des nausées. On désigne cet état sous le nom d'*asthénopie musculaire* (pour la distinguer de l'asthénopie accommodative ou nerveuse). Ce qui la caractérise, c'est que les phénomènes asthénopiques disparaissent dès que le patient ferme un œil, de façon à ne plus fixer qu'avec l'autre, parce qu'alors toute convergence devient inutile.

Les degrés plus élevés de prépondérance de l'une ou l'autre paire de muscles passent au *strabisme*, convergent ou divergent suivant la paire qui l'emporte. Ce qui provoque la transformation d'un strabisme latent en un strabisme manifeste, c'est souvent la faiblesse de la vue de l'un des yeux, en raison de laquelle la vision binoculaire perd de sa valeur ou même est complètement abolie. Il arrive la même chose que ce qu'on produit artificiellement, quand, pour rechercher l'insuffisance, on recouvre un œil et on l'exclut ainsi de la vision. C'est le motif pour lequel on trouve tant d'yeux aveugles déviés en dehors ou en dedans.

Traitement. — Ce ne sont que les cas d'insuffisance qui occasionnent des inconvénients ou qui menacent de passer au strabisme, qui réclament un traitement. On peut remédier à l'insuffisance de la convergence à l'aide de prismes. On les place devant les deux yeux, la base tournée en dedans (fig. 149, *P* et *P'*). Les rayons qui viennent du point fixé *o* sont, par chaque prisme, déviés du côté de sa base. Il s'ensuit que les yeux n'ont pas plus à converger que s'ils voulaient fixer un point *o'* situé plus loin. — Tant à cause du poids des prismes que de la dispersion des couleurs qu'ils font naître, on ne peut pas se servir de prismes qui dépassent 4 degrés, ou tout au plus 6 degrés. On peut les combiner avec des verres sphériques. — Pour les cas d'insuffisance d'un degré plus prononcé, la ténotomie est indiquée. L'opération se pratique sur les muscles qui possèdent la prépondérance, donc sur les droits externes dans l'insuffisance des droits internes.

Pour fixer numériquement le degré de l'insuffisance, *v. Graefe* a imaginé son *expérience de l'équilibre musculaire.* Elle est basée sur le fait que le trouble de l'équilibre devient manifeste dès qu'on rend la vue binoculaire simple impossible. Dans ce but, il met devant l'un des deux yeux un prisme dont la base est tournée en bas ou en haut. Le prisme doit avoir une force telle qu'il ne puisse pas être surmonté par une déviation de l'œil dans le sens vertical (voir page 633).

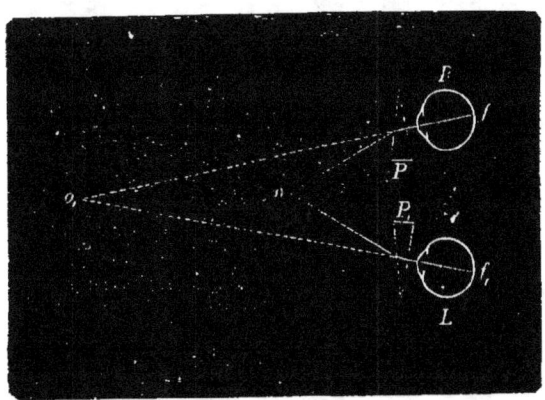

Fig. 149. — *Emploi des prismes dans l'insuffisance des muscles droits internes pour faciliter la convergence.*

On place, par exemple, le prisme *P* (fig. 150, *A*), dont l'angle de réfraction est de 10°, devant l'œil gauche, la base tournée en bas. Alors, on engage la personne à fixer un objet *o* (par exemple un point noir sur un papier blanc, et, si l'on veut éloigner l'objet davantage, on prendra une flamme de bougie). L'œil gauche ne voit pas à présent le point *o* à son endroit réel, mais en *o'*. En se servant donc des deux yeux à la fois, la personne examinée verra deux images éloignées l'une de l'autre dans le sens vertical. S'il y a équilibre musculaire, de façon que les deux yeux convergent exactement sur *o*, les deux images se trouveront verticalement l'une sous l'autre (fig. 150, *B*, *L* et *R*). Si, au contraire, nous sommes en présence d'un trouble d'équilibre, ou, comme conséquence, d'une convergence exagérée ou insuffisante, alors, outre l'écartement vertical, les images présenteront encore un écartement latéral. Actuellement, en effet, la tendance à compenser le trouble d'équilibre par une innervation plus vive des muscles les plus faibles disparaît, puisque l'écartement vertical des deux images rend la vue simple impossible. Supposons que ce soient les muscles droits externes qui possèdent la prépondérance. Dans ce cas, l'œil gauche, qui se trouve derrière le prisme, se dévie en dehors. Il s'ensuit que le point *o* projette son image en dehors (à gauche de la fovea) et se voit, par conséquent, trop à droite — images doubles croisées (fig. 137). Le point situé le plus haut, qui appartient à l'œil gauche, ne se trouve donc plus verticalement au-dessus du point le plus bas, mais à droite de ce point (fig. 150, C). Si alors, devant le prisme à base inférieure, on en place un second dont la base est tournée en dedans, celui-ci fait dévier en dedans, dans la direction de la fovea, les rayons venant du point o, et l'image supérieure se rapproche de la verticale passant par l'inférieure. En essayant une série de prismes de plus en plus forts, on peut en

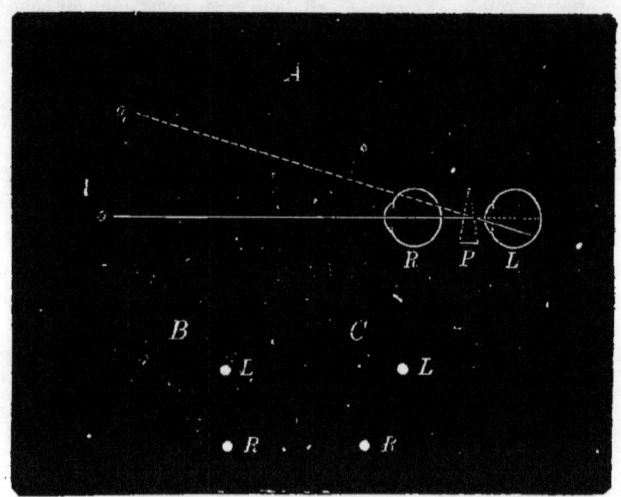

FIG. 150. — *Expérience de l'équilibre musculaire de v. Graefe.*

trouver un qui replace les deux images exactement l'une au-dessus de l'autre dans la ligne verticale. Ce prisme est le prisme correcteur de la déviation et représente, par conséquent, l'expression numérique du trouble d'équilibre. D'ordinaire, on le détermine de cette manière pour deux distances, pour l'infini (c'est-à-dire 6 mètres) et pour la distance habituelle de la lecture.

Il existe aussi des troubles d'équilibre où un œil a une tendance à dévier en haut ou en bas. Ces cas sont rares, et le degré de la déviation latente est, en outre, le plus souvent minime.

II. — PARALYSIE DES MUSCLES DE L'ŒIL

§ 124. SYMPTOMES. 1° *Diminution de la motilité.* — Dans la paralysie d'un muscle de l'œil, l'excursion de cet organe est diminuée ou complètement supprimée du côté qui correspond à l'action du muscle paralysé. Ainsi, supposons le droit externe de l'œil droit entièrement paralysé, cet œil ne pourra être amené que jusqu'à la ligne médiane de gauche à droite et pas au delà. Si la paralysie est incomplète, naturellement la diminution de la motilité est moins sensible également, et, souvent, on ne peut la reconnaître que par la comparaison avec l'œil sain. — Dans les paralysies très légères, le défaut de motilité n'est généralement pas assez sensible pour être reconnu avec certitude. Dans ces cas, pour arriver à fixer le diagnostic, il faut recourir à l'expérience des images doubles.

Le résultat de la diminution de la motilité consiste en ce que l'œil n'obéit pas, quand un mouvement associé doit être exécuté du côté de la sphère d'action du muscle paralysé. Ainsi quand, dans la paralysie du droit externe droit, un objet o (fig. 151) situé à droite doit être fixé, l'œil gauche est exactement dirigé, mais l'œil droit n'est pas tourné suffisamment à droite, et la ligne visuelle g tombe à gauche de l'objet. L'œil « louche » en dedans — *strabisme paralytique* ou *loucherie* (luscitas) (1). Le strabisme ne se manifeste que lorsque les yeux doivent être dirigés du côté de la sphère d'action du muscle paralysé, et il est d'autant plus élevé que les

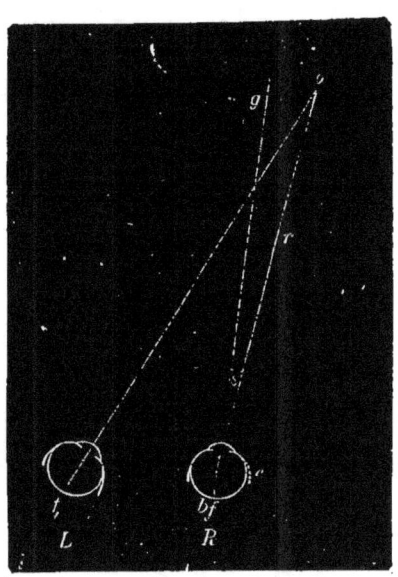

Fig. 151. — *Déviation primaire dans la paralysie du droit externe droit.*

yeux sont tournés plus fort de ce côté. Dans toutes les autres directions du regard où le muscle paralysé n'intervient pas, on n'observe aucun défaut. Ce fait distingue le strabisme paralytique du strabisme ordinaire ou concomitant qui se manifeste dans toutes les positions du regard et toujours au même degré.

On fixe la mesure de la déviation par l'angle s (fig. 151), formé par la ligne visuelle g et le rayon de direction r qui vient de l'objet et qui, passant par le point nodal de l'œil jusqu'à la rétine, indique l'endroit de l'image

---

(1) *Strabismus*, de στρέφω je tourne. L'expression *luscitas* vient de *luscus*, d'où dérive le mot louche, et s'emploie aujourd'hui exclusivement pour désigner le strabisme paralytique.

rétinienne *b*. La déviation de l'œil strabique est désignée sous le nom de *déviation primaire*.

Maintenant, tandis que le malade continue à regarder l'objet *o*, on place un écran *S* devant l'œil gauche (fig. 152). A ce moment, c'est l'œil droit qui se met à fixer le point *o*, en supposant qu'il puisse être suffisamment amené à droite pour cela. Qu'on observe alors l'œil gauche derrière l'écran et l'on verra qu'il est tourné en dedans beaucoup plus fortement que l'œil droit n'était dévié auparavant. La déviation de l'œil sain caché, que l'on mesure par l'angle *s'* (fig. 152) se nomme la *déviation secondaire*, qui, par conséquent, l'emporte sur la déviation primaire. Voici comment on l'explique : quand, les deux yeux étant à découvert, le regard était tourné à droite, le droit interne gauche et l'externe droit recevaient l'impulsion habituelle pour le regard à droite. Mais le droit externe, en raison de son innervation défectueuse, n'obéissait que partiellement, et le mouvement de l'œil droit était incomplet. Or, lorsqu'on recouvre l'œil gauche, le patient est forcé de fixer de l'œil droit. Il

Fig. 152. — *Déviation secondaire dans la paralysie du droit externe droit.*

s'efforce maintenant de tourner cet œil vers la droite, en envoyant dans son droit externe un influx nerveux aussi élevé que possible, et cela pour arriver quand même à un faible résultat. Mais il n'est pas en son pouvoir de localiser cette énergique innervation dans le droit externe seul; au contraire, il doit l'utiliser pour amener les deux yeux à droite et, par conséquent, le droit interne gauche reçoit la même impulsion nerveuse que l'externe droit. Or, dans le droit interne gauche, l'impulsion nerveuse sort son plein effet, et l'œil gauche est fortement attiré vers la droite (en dedans). Ainsi donc, tandis que, dans la déviation primaire, il s'agit d'une simple insuffisance du mouvement de l'œil, la déviation secondaire, au contraire, dépend d'une énergique contraction musculaire. Donc la déviation secondaire est plus grande que la déviation primaire. C'est là encore un point important pour distinguer le strabisme paralytique du strabisme concomitant, parce que, dans le dernier, la déviation primaire est égale à la déviation secondaire.

Pour mesurer l'étendue de la déviation primaire et de la déviation secondaire, le meilleur procédé est de marquer par un trait à l'encre, sur la paupière inférieure, la position momentanée du bord externe de la cornée.

Ce sera expliqué plus en détail à propos du strabisme (§ 126).

2° *Fausse orientation.* — De l'œil paralysé, le patient ne voit pas les objets dans leur situation réelle. Par exemple, soit le droit externe du côté droit paralysé, et faisons fermer l'œil gauche de manière que l'œil droit seul voie un objet qui se trouve un peu à droite dans la sphère d'action du muscle paralysé. Qu'on engage alors le malade à porter tout à coup sur l'objet l'index au préalable caché, le doigt indiquera toujours un point qui se trouve à droite de l'objet,

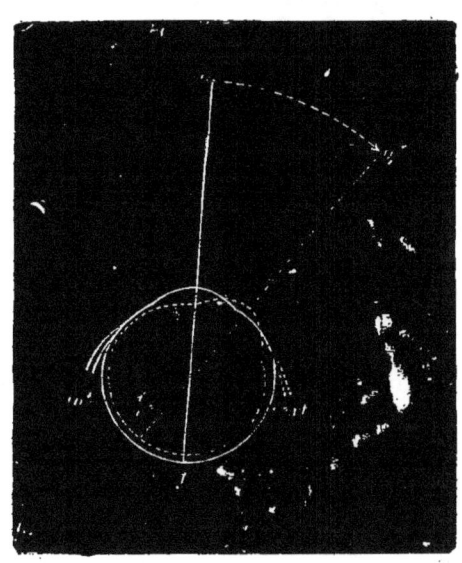

Fig. 153. — *Fausse orientation dans la paralysie du droit externe droit.*

d'où l'on conclut qu'il est vu trop à droite (expérience de *v. Graefe*). Le même phénomène se manifeste lorsque le malade, fermant l'œil sain, cherche, en se servant seulement de l'œil paralysé, à marcher droit vers un but. Il marche en titubant et en zigzag, car il dirige d'abord ses pas trop à droite, puis, reconnaissant son erreur, il se corrige, et de nouveau l'erreur se reproduit, et ainsi de suite.

L'explication de ces phénomènes est semblable à celle de la diplopie binoculaire (page 620). L'objet est faussement localisé parce que le patient se trompe sur la position de son œil. Lorsque, de son œil droit paralysé, le patient fixe un objet *o* situé un peu à droite, de façon que l'image s'en projette sur la fovea centralis *f* (fig. 153), il n'arrive à ce résultat qu'en innervant énergiquement le droit externe paralysé. L'idée que nous nous faisons de la position de nos yeux repose sur le sentiment que nous avons de l'innervation de chaque muscle. C'est pour ce motif que le patient doit se figurer que l'œil droit est placé dans la position d'extrême rotation vers la droite (comme l'œil dessiné par la ligne pointillée dans la figure 153), vu qu'il a envoyé au droit externe une impulsion suffisante pour que l'œil occupe cette position. Mais ce dernier muscle n'a répondu qu'en partie à cette impulsion, la voie de transmission étant devenue défectueuse ; or le patient l'ignore. Il part donc de l'idée que l'œil droit est fortement tourné à droite, et que, par conséquent, la fovea se trouve en f'. Il doit donc croire, que l'objet dont l'image correspond à la fovea, se trouve vis-à-vis de f', c'est-à-dire en o', et il voit l'objet trop à droite. — Il s'ensuit que les objets fixés par l'œil paralysé sont toujours vus trop loin du côté vers lequel le muscle paralysé tourne l'œil.

3° *Diplopie.* — Elle se manifeste quand on regarde avec les deux yeux, en même temps, et que les lignes visuelles ne se rencontrent pas sur le point fixé ; elle est la conséquence de la fausse orientation. L'explication de la manière dont les deux images viennent à naître et comment elles se comportent dans les différentes positions anormales de l'œil a été donnée page 620 et suivantes. Les doubles images sont le phénomène le plus important pour fixer le diagnostic exact des paralysies.

Tous les symptômes mentionnés jusqu'ici, la diminution de la motilité, le strabisme, la fausse orientation et la diplopie, ne se manifestent que lorsque les yeux se meuvent dans la sphère d'action du muscle paralysé, et sont d'autant plus prononcés que les yeux sont davantage tournés de ce côté. Ainsi, dans la paralysie complète du droit externe droit, la diplopie et le strabisme se manifestent du moment où les yeux dépassent la ligne médiane vers la droite. Plus le regard est dirigé de ce côté, plus les images s'écartent l'une de l'autre et plus aussi le strabisme est prononcé. Si l'on avait affaire à une paralysie incomplète (parésie) du droit externe droit, les doubles images et le strabisme ne se montreraient que lorsque l'œil est tourné plus fortement en dehors, quelquefois même quand le patient regarde tout à fait de côté, dans ce cas du côté droit. En observant la direction dans laquelle se manifestent le strabisme et la diplopie, en observant la situation réciproque des deux images, l'augmentation ou la diminution de leur écartement dans les différentes directions du regard, on diagnostique le muscle qui est paralysé, et s'il s'agit d'une paralysie complète ou incomplète.

4° *Vertige.* — Ce symptôme est la conséquence de la fausse orientation et de la diplopie à la fois. Se manifestant déjà pendant la marche sur un plancher uni, il est plus marqué quand on monte les escaliers, pendant le travail, les occupations compliquées qui exigent de l'attention, etc. Ce symptôme rend le patient hésitant et inquiet, et peut même provoquer des

nausées. Cette espèce de vertige est désignée sous le nom de vertige de la
vue. Il se distingue des autres sortes de vertiges par cette particularité
qu'il disparaît aussitôt qu'on ferme l'œil paralysé. La plupart des patients
trouvent ce moyen spontanément, et ils tiennent pendant la marche l'œil
fermé, soit en le clignant soit en le couvrant d'un bandeau. Une façon de se
soulager de ce vertige consiste dans le

5° *Maintien oblique de la tête.* — Ainsi un patient, dont le droit externe
droit est paralysé, tient la tête tournée du côté droit. En tenant la tête de
cette manière, quand il regarde devant lui, les deux yeux sont tournés un
peu à gauche, le droit externe droit n'entre pas en fonction, et la paralysie
ne se manifeste pas. Ainsi, pour la paralysie de chacun des muscles de l'œil
il y a un maintien déterminé de la tête qui diminue le vertige visuel, et
qui est si caractéristique pour la paralysie que, par cela seul, celui qui est
exercé est en état de soupçonner l'espèce de paralysie.

PARALYSIES INVÉTÉRÉES. — Les symptômes caractéristiques de la paralysie sont d'autant plus purs et plus prononcés que l'affection est plus
récente. Quand la paralysie disparaît au bout d'un temps qui n'est pas trop
long, les symptômes qu'elle a provoqués disparaissent en même temps, et
la vision binoculaire normale se rétablit. Au contraire, si la paralysie ne
se guérit qu'après longtemps ou si elle ne se guérit pas du tout, le tableau
des symptômes se modifie de la manière suivante : 1° Le défaut d'orienta-
tation, tel qu'il se montre dans l'expérience de *v. Graefe*, se corrige peu à
peu. Le malade apprend, par l'expérience, que les impulsions nerveuses
produisent sur l'œil paralysé les effets beaucoup moins prononcés que
sur l'œil sain, et, comme il tient compte de cette circonstance, il juge
de nouveau exactement de la position des objets ; 2° La diplopie disparaît parce que les perceptions visuelles de l'œil paralysé sont exclues ;
3° Il s'établit lentement une contracture de l'antagoniste du muscle
paralysé. Ainsi, dans la paralysie du droit externe droit, c'est le droit
interne du même œil qui se raccourcit ; tandis que, dans la paralysie
récente du droit externe, l'œil peut encore se placer sur la ligne médiane
lorsqu'il regarde droit devant lui, plus tard, il est attiré de plus en plus en
dedans et il ne peut plus être ramené sur la ligne médiane. Il en résulte que le
strabisme paralytique augmente. Le strabisme acquiert donc un degré plus
élevé, et il embrasse une étendue plus grande, puisqu'il ne s'étend pas seulement du côté du muscle paralysé, mais encore sur tout le champ de fixation.
De cette manière, le strabisme paralytique gagne de plus en plus de ressemblance avec le strabisme concomitant, au point que la distinction entre
les deux devient souvent très difficile. — La contracture de l'antagoniste
peut encore persister quand la paralysie elle-même est guérie, et elle peut
ainsi rendre impossible le rétablissement de la vision binoculaire normale.

§ 125. Formes. — La paralysie peut atteindre soit simplement un muscle, soit plusieurs muscles avec des combinaisons diverses :

1° Lorsque la paralysie n'atteint qu'*un seul muscle*, ce sont surtout le droit externe ainsi que le grand oblique qui sont frappés, parce que ces muscles sont innervés tous deux par un nerf propre (l'oculo-moteur externe et le pathétique). Tous les autres muscles de l'œil sont animés par l'oculo-moteur commun, d'où il suit que la paralysie d'un de ces muscles, isolément, se manifeste plus rarement.

2° La paralysie de *plusieurs muscles* à la fois se rencontre le plus fréquemment, pour les motifs exposés tantôt, dans les muscles innervés par l'oculo-moteur commun. Ces muscles peuvent être tous paralysés ou seulement en partie. — La *paralysie complète de l'oculo-moteur commun* présente un aspect caractéristique : d'abord, la paupière supérieure est flasque et pendante (ptosis), et l'on doit la relever au moyen du doigt pour voir le globe oculaire. Celui-ci est fortement dévié en dehors et un peu en bas, parce que les deux muscles qui ne sont pas paralysés, le droit externe et le grand oblique, le tirent dans ce sens. La pupille est dilatée et immobile (paralysie du sphincter de la pupille), l'œil est accommodé pour le *punctum remotum* et ne peut être accommodé pour les points rapprochés (paralysie du muscle ciliaire). Il se déclare un léger degré d'exophtalmie, parce que trois des muscles droits, qui, à l'état normal, retiennent le bulbe dans l'orbite, ont perdu leur tonicité.

A côté des muscles innervés par l'oculo-moteur commun, d'autres muscles peuvent être entrepris. D'autre part, les paralysies peuvent se manifester non seulement dans l'un des yeux, mais encore dans les deux à la fois. Il se produit ainsi de nombreuses combinaisons dont les suivantes sont les plus communes :

a) A l'un seulement ou aux deux yeux à la fois, tous les muscles oculaires sont paralysés, de manière que les paupières sont flasques et pendantes, les yeux immobiles dirigés en avant, avec dilatation de la pupille et perte de l'accommodation — *ophtalmoplégie totale* ;

b) La paralysie n'atteint que les muscles extrinsèques de l'œil, tandis que les muscles intrinsèques (sphincter pupillaire et muscle ciliaire) sont intacts — *ophtalmoplégie externe*. Cette dernière est plus fréquente que l'ophtalmoplégie totale, ce qui s'explique par l'ordonnance des noyaux nerveux sous l'aqueduc de Sylvius. Ces noyaux sont disposés de façon que ceux qui commandent le sphincter de la pupille et le muscle ciliaire sont situés le plus en avant (voir page 628). Ils restent ainsi fréquemment indemnes de certains processus pathologiques, qui envahissent les noyaux des autres muscles de l'œil situés plus en arrière. L'ophtalmoplégie externe, en règle générale, est donc d'origine centrale (nucléaire) ;

c) L'*ophtalmoplégie interne* constitue l'affection contraire de l'ophtalmoplégie externe; dans ce cas, les muscles intrinsèques seuls sont paralysés. On peut la provoquer artificiellement par l'atropine.

3° Il existe des paralysies combinées qui n'atteignent pas les muscles isolés, mais des mouvements associés. Ainsi la faculté de regarder à droite ou à gauche, en haut ou en bas, ou de converger est perdue. On désigne ces paralysies sous le nom de *paralysies conjuguées* (*Prévost*). Les cas les plus caractéristiques sont la paralysie conjuguée des muscles latéraux. Supposons qu'on ait affaire à une paralysie des mouvements associés vers la droite. Si le patient fixe un objet qui passe devant lui de gauche à droite, les yeux le suivent jusqu'à la ligne médiane. A ce moment, les deux yeux s'arrêtent, sans pouvoir se porter plus à droite. On pourrait croire qu'il s'agit d'une paralysie du droit externe droit combinée avec une paralysie du droit interne gauche. C'est là une erreur; on peut facilement le constater en approchant un objet sur la ligne médiane. Alors le patient converge sur l'objet jusqu'à une très petite distance, ce qui démontre qu'il peut, comme à l'état normal, faire servir son droit interne gauche à produire la convergence, tandis que ce même muscle est paralysé dans sa fonction de rotateur latéral (voir page 630). Les causes des paralysies conjuguées sont des lésions des centres d'association des nerfs des muscles oculaires.

Étiologie. — Les paralysies des muscles de l'œil dépendent d'une lésion qui est située quelque part sur le parcours du trajet du nerf, depuis son extrême origine dans les couches corticales du cerveau jusqu'à ses terminaisons dans le muscle, ou qui peut siéger dans le muscle lui-même. D'après le *siège de la lésion*, on distingue les paralysies en intra-crâniennes et orbitaires.

Dans la paralysie *intra-crânienne*, le foyer de l'affection se trouve dans la boîte crânienne. L'affection peut atteindre les centres de l'ordre le plus élevé, ceux qui se trouvent dans l'écorce cérébrale (paralysie corticale), ou bien les centres d'association, ou enfin les centres de l'ordre le plus bas, c'est-à-dire les noyaux nerveux qui se trouvent au niveau du plancher du quatrième ventricule (paralysie nucléaire). De même peuvent être lésés les faisceaux nerveux qui relient les centres entre eux, ou bien encore les fibres qui s'étendent entre les noyaux et la surface du cerveau, où elles se réunissent pour former les troncs nerveux (paralysie fasciculaire). Enfin les troncs nerveux eux-mêmes peuvent être atteints dans leur trajet à la base du cerveau (paralysie basale).

Les paralysies *orbitaires* sont celles où la lésion occupe le tronc nerveux et ses ramifications à partir de l'entrée du nerf dans l'orbite par la fente orbitaire supérieure, ou bien où le muscle même est lésé.

Pour diagnostiquer le siège de la lésion, il faut se baser sur le caractère de la paralysie même, c'est-à-dire sur les symptômes concomitants qui indiquent une affection intracrânienne ou orbitaire.

Quant à la *nature de la lésion*, elle peut se manifester primitivement dans les nerfs ou dans leur sphère d'origine, lorsqu'ils sont le siège d'une inflammation ou d'une simple dégénérescence. Cependant, le nerf ou ses origines sont beaucoup plus fréquemment atteints indirectement, par suite d'une affection des organes voisins, telle que des exsudats (notamment dans la méningite), des épaississements du périoste, des néoplasmes, des hémorragies, des lésions traumatiques, etc., toutes affections qui peuvent enflammer, comprimer ou léser de toute autre manière les nerfs et leurs noyaux. Parmi les modifications vasculaires qui engendrent des lésions des nerfs des muscles oculaires, citons les athéromes, les anévrismes et les oblitérations vasculaires.

La *cause de la lésion* doit être fréquemment cherchée dans une affection générale. La cause la plus habituelle des paralysies des muscles de l'œil, c'est la syphilis. Parmi les autres affections pouvant amener ces paralysies, mentionnons la tuberculose, le tabès, le diabète, des intoxications, ensuite la paralysie progressive, la sclérose disséminée, l'hystérie et, en général, les maladies les plus diverses du cerveau, surtout les maladies en foyer et celles de la base du crâne. Parmi les maladies infectieuses aiguës, c'est la diphtérie qui est la cause la plus fréquente des paralysies musculaires. Des traumatismes peuvent atteindre les nerfs des muscles de l'œil dans leur trajet dans l'orbite, ou, en cas de fracture de la base du crâne, dans leur parcours intracrânien. En outre, les paralysies rhumatismales sont très fréquentes. Sous ce nom, on comprend celles qui, à en juger par les symptômes concomitants, ont un siège périphérique et pour lesquelles il n'y a pas d'autre cause à trouver qu'un refroidissement. C'est pour ce motif qu'on les désigne sous le nom de paralysies rhumatismales.

MARCHE ET TRAITEMENT. — Les paralysies se déclarent brusquement ou graduellement. Parfois on observe des récidives. Leur marche est toujours traînante. Même dans les cas les plus heureux, la guérison, pour s'opérer, a besoin de six semaines et au delà; beaucoup de paralysies sont même incurables. Cela dépend surtout de la cause qui les provoque; c'est pourquoi c'est avant tout celle-ci qu'il faut découvrir pour établir le pronostic. Un autre élément pour le pronostic est fourni par le temps écoulé depuis que la paralysie s'est manifestée, car, en raison des altérations secondaires qui surviennent (atrophie du muscle paralysé, contracture de l'antagoniste), il n'y a pas de guérison à attendre dans les paralysies invétérées.

Le *traitement* doit avant tout se préoccuper de l'indication causale. A cet égard, ce sont les paralysies syphilitiques et rhumatismales qui donnent le meilleur pronostic. Contre les premières, on dirige un traitement anti-syphilitique énergique au moyen de l'iode et du mercure. Contre les secondes, on administre le salicylate de soude et on institue une cure sudo-rifique (également avec le salicylate de soude ou la pilocarpine). Quant au traitement symptomatique, il consiste surtout dans l'application de l'électricité, de préférence sous forme de courant constant, rarement sous forme de courant induit. On emploie aussi quelquefois avec avantage des prismes avec lesquels on exerce les muscles de l'œil.

A côté du traitement de la paralysie elle-même, il semble également indiqué, en attendant la guérison désirée, de soulager le patient des incon-vénients qui découlent de la diplopie et du vertige. Quand il s'agit de paralysies très légères, on peut, au moyen de prismes convenablement dirigés, fusionner les deux images. Dans ce cas, on fait porter aux patients ces prismes comme lunettes. Par contre, dans les paralysies plus pronon-cées, les prismes ne suffisent pas pour compenser la position vicieuse. Alors il n'y a pas d'autre moyen pour faire disparaître la diplopie que de recouvrir l'œil paralysé par un bandeau, ou, mieux encore, de faire porter au patient des lunettes dont le verre répondant à l'œil paralysé est remplacé par une plaque opaque.

Dans les paralysies invétérées, où une contracture de l'antagoniste s'est développée, on ne parvient au but que par un traitement opératoire. L'opé-ration consiste dans la ténotomie du muscle contracturé combinée à l'avan-cement du muscle paralysé (voir § 164). Ainsi, on place ce dernier dans de meilleures conditions mécaniques d'activité. Il est vrai qu'il ne peut profiter de cet avantage que pour autant qu'il soit encore doué de con-tractilité. Il en résulte que les paralysies complètes sont incurables, même par une opération.

Pour faciliter aux commençants le *diagnostic* des paralysies oculaires, j'ai dressé un tableau qu'on trouvera à la page suivante et qui indique la situation des doubles images et la façon dont elles se comportent dans les différentes directions du regard. Leur situation est marquée dans les figures placées sur les côtés, dans lesquelles les contours pointillés représentent l'image fausse et répondent donc à l'œil paralysé.

Ce serait cependant une erreur de croire qu'il suffit de connaître ou d'emprun-ter à ce schéma les caractères de la paralysie de chaque muscle, puis de voir auquel d'entre eux répond un cas déterminé, pour poser un diagnostic. Sans doute, dans les cas typiques et non compliqués, ce serait le moyen d'arriver promptement au diagnostic; par contre, dans les nombreux cas combinés, on serait bien embarrassé. Il vaut beaucoup mieux, pour chaque cas particulier, rechercher soigneusement tous les symptômes et en conclure dans quelle direction la motilité de l'œil est défectueuse. Grâce à une connaissance exacte de l'action de chaque muscle, on pourra indiquer le ou les muscles paralysés. Expliquons ce procédé d'examen par un exemple concret.

Un patient vient nous consulter et se plaint de diplopie. Nous nous assurons d'abord qu'il s'agit d'une diplopie binoculaire (et non pas monoculaire), en couvrant l'un des yeux; la diplopie disparaît aussitôt. Ensuite nous faisons fixer au patient un crayon et, tandis que nous le déplaçons dans diverses directions, nous observons si les deux yeux le suivent uniformément. Je suppose que nous remarquions que tel est le cas pour toutes les directions du regard, sauf pour le regard en bas. Quand le regard doit être porté en bas, l'œil gauche ne descend

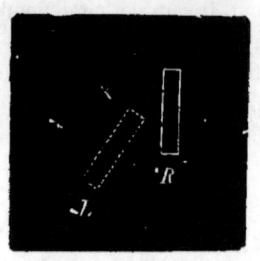

Fig. 154. — *Position des doubles images dans la paralysie du grand oblique gauche.*

pas aussi bas que le droit et, en outre, il est légèrement dirigé en convergence. Il s'agit donc d'une paralysie d'un des muscles qui ont pour effet d'abaisser l'œil gauche, c'est-à-dire le droit inférieur ou le grand oblique. Pour savoir lequel des deux est paralysé, nous recherchons les doubles images.

Encore une fois, nous présentons le crayon devant les yeux du patient et nous le faisons de nouveau mouvoir dans diverses directions. Nous constatons que le crayon est surtout vu double dans la moitié inférieure du champ de regard, ce qui correspond au fait, que, dans le regard en bas, l'un des yeux reste en retard. Des deux images, celle de droite (fig. 154, *R*) est claire, verticale et la plus haute. L'image de gauche, au contraire (*L*), n'est pas distincte, c'est l'image fausse (p. 623). Elle est située plus bas, et elle est oblique de façon à être inclinée vers l'image droite par son extrémité supérieure. Ensuite, nous couvrons tantôt l'œil droit, tantôt l'œil gauche, et nous demandons au malade laquelle des deux images disparaît à chaque expérience. De cette manière, nous apprenons :

1° Que l'image voilée (image fausse) correspond à l'œil gauche, et nous en concluons que la paralysie concerne l'œil gauche ;

2° Que l'image de l'œil gauche est située plus bas. Cela démontre que l'œil lui-même se trouve relativement trop haut (voir page 621 et fig. 138) et concorde avec notre première observation, que dans le regard en bas, l'œil gauche reste en retard, donc : l'un des abaisseurs est paralysé ;

3° Que l'image de l'œil droit se trouve à droite, celle de l'œil gauche à gauche, c'est-à-dire que les deux images sont homonymes, ce qui indique l'existence d'une convergence pathologique (voir page 621 et fig. 136). Grâce à ces faits, nous pouvons distinguer lequel des deux abaisseurs est paralysé.

Le droit inférieur, outre l'abaissement de l'œil, en produit encore l'adduction (page 617). C'est dû à ce que le plan musculaire du droit inférieur, comme celui du droit supérieur, ne coïncide pas avec l'axe antéro-postérieur de l'œil, mais forme avec lui un angle ouvert en arrière. En effet, le muscle, à partir de son insertion au trou optique, ne se dirige pas exactement d'arrière en avant vers

RAPPORTS DES DOUBLES IMAGES DANS LES PARALYSIES DES MUSCLES DE L'ŒIL

Paralysie de l'œil gauche.

(L'image fausse est dessinée en traits pointillés).

Paralysie de l'œil droit.

Droit externe

Les doubles images se manifestent dans le regard du côté paralysé.

L'écartement horizontal des deux images grandit avec l'abduction de l'œil paralysé.

Fig. 155.

Fig. 156.

Droit interne

Doubles images en regardant du côté sain.

L'écartement horizontal augmente par l'adduction.

Fig. 157.

Fig. 158.

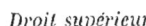

Droit supérieur

Doubles images dans le regard en haut.

L'écartement vertical augmente dans le regard en haut et dans l'abduction.

L'obliquité augmente avec l'adduction.

La distance horizontale diminue lorsque les deux mouvements latéraux augmentent.

Fig. 159.

Fig. 160.

Droit inférieur

Doubles images dans le regard en bas.

L'écartement vertical augmente quand l'œil s'abaisse et dans l'abduction.

L'obliquité augmente dans l'adduction.

La distance horizontale diminue lorsque les deux mouvements latéraux augmentent.

Fig. 161.

Fig. 162.

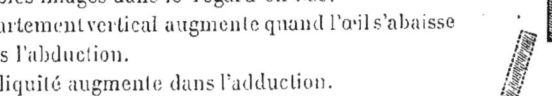

Grand oblique

Doubles images dans le regard en bas.

L'écartement vertical augmente dans le regard en bas et dans l'adduction.

L'obliquité augmente avec l'abduction.

La distance horizontale diminue lorsque les deux mouvements latéraux augmentent.

Fig. 163.

Fig. 164.

Petit oblique

Doubles images dans le regard en haut.

L'écartement vertical augmente par le regard en haut et par l'adduction.

L'obliquité augmente avec l'abduction.

La distance latérale augmente dans le regard en haut et dans l'abduction.

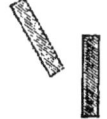

Fig. 165.

Fig. 166.

le globe, mais également un peu en dehors. Pour le même motif, la contraction du droit inférieur produit une rotation de l'œil telle que l'extrémité supérieure du méridien vertical s'incline en dehors. Quand le droit inférieur est paralysé, son action adductive est perdue et, par conséquent, l'œil se trouve un peu dans l'abduction (double image croisée). Dans notre cas, c'est précisément le contraire qui a lieu, c'est-à-dire que l'œil louche un peu en dedans (les deux images sont homonymes).

Le grand oblique abaisse l'œil, il lui fait exécuter une rotation et une abduction. Mais si, par suite d'une paralysie, le dernier effet est perdu, il existe de la convergence pathologique et les deux images sont homonymes ; c'est effectivement le cas que nous avons devant nous. Nous diagnostiquons donc une paralysie du grand oblique de l'œil gauche.

Mais, les mêmes symptômes ne pourraient-ils se manifester par suite de la combinaison de deux paralysies, notamment par celle du droit inférieur gauche, qui fait que l'abaissement de l'œil est défectueux, et du droit externe du même œil, qui causerait de la convergence ? Cette question se résout par l'examen de la direction de l'image fausse.

Nous avons vu que, lorsqu'un œil a subi une rotation autour de son axe antéro-postérieur de façon que le méridien vertical en devienne oblique, l'image vue par cet œil est également oblique. Réciproquement, la direction de l'image oblique peut nous faire connaître la position du méridien vertical. Dans le cas qui nous occupe, l'extrémité inférieure de l'image fausse (fig. 134, L) se voit trop à gauche. Mais l'extrémité inférieure de l'image correspond à l'extrémité supérieure de l'image rétinienne (fig. 139, A, p), qui doit se trouver à droite du méridien vertical de la rétine r'r', puisqu'elle est projetée à l'extérieur à gauche de la verticale. Néanmoins, en réalité, l'image rétinienne se trouve dessinée verticalement sur la rétine, puisque l'objet est placé verticalement dans l'espace. La proposition précédente se formule donc mieux comme suit : la moitié supérieure du méridien vertical de la rétine se trouve à gauche de l'extrémité supérieure de l'image rétinienne placée verticalement. Il s'ensuit que le méridien vertical, par sa moitié supérieure, est incliné à gauche (en dehors), par sa moitié inférieure à droite (en dedans).

A quelle paralysie correspond cette direction du méridien. Le grand oblique (fig. 139, A, s) imprime à l'œil un mouvement de rotation tel que le méridien vertical s'incline en dedans par son extrémité supérieure ; au contraire, le petit oblique (fig. 139, A, i) tend à incliner en dehors l'extrémité supérieure du méridien vertical. A l'état normal, dans la position primaire des yeux, les deux muscles se font équilibre, et le méridien vertical est réellement placé verticalement. Mais, lorsque le grand oblique paralysé perd son action, le petit oblique prend le dessus, attire le méridien de son côté et lui donne une position telle que son extrémité supérieure s'incline en dehors. Puisque, dans le cas présent, telle est la position du méridien d'après l'inclinaison de l'image apparente, notre diagnostic de paralysie du grand oblique est confirmé.

Si le droit inférieur était paralysé, l'image apparente serait inclinée en sens inverse. Le droit inférieur incline en dehors l'extrémité supérieure du méridien vertical de l'œil, et quand, par suite de la paralysie, le muscle ne fonctionne plus, le méridien prend une inclinaison en sens opposé, c'est-à-dire qu'il s'incline en dedans par son extrémité supérieure. Cette position serait précisément l'inverse du cas qui nous occupe, et, par conséquent, l'image apparente devrait également avoir une direction inverse.

Pour rendre complet l'examen du cas, il faudrait encore chercher la position des doubles images dans les différentes directions du regard. L'oblique supérieur possède trois actions, dont l'effet diffère suivant la position du globe au moment où ce muscle agit. Comme conséquence de ce fait, l'écartement horizontal, la distance verticale et l'obliquité des doubles images changent d'une manière caractéristique dans les diverses directions du regard. L'inclinaison de l'image fausse est souvent très peu accentuée ; de même l'écartement horizontal des deux images n'est pas toujours important, parce qu'il peut être influencé par un défaut d'équilibre préexistant entre les droits internes et externes, défaut qui devient manifeste sous l'influence de la paralysie. Dans le cas que nous avons supposé, si, préalablement à la paralysie du grand oblique, il existait une insuffisance plus ou moins forte des droits internes, les deux images seraient maintenant croisées et non homonymes. Pour les paralysies des obliques, de même que pour celles des droits supérieurs et inférieurs, il faut surtout attacher de l'importance à l'écartement en hauteur des doubles images et rechercher de quelle façon il se modifie, lors des mouvements des yeux, particulièrement dans l'abduction et l'adduction de l'œil paralysé. A ce sujet, *Mauthner* a construit, pour le diagnostic des muscles élévateurs et abaisseurs, le schéma suivant qui se montre très utile en pratique :

IMAGES DOUBLES	**Dans la partie supérieure du champ de regard.**	Le plus grand écartement en hauteur *à gauche et en haut*. 1) Image de l'œil *gauche* plus *élevée :* Droit supérieur gauche. 2) Image de l'œil *droit* plus *élevée :* Petit oblique droit.	Le plus grand écartement en hauteur *à droite et en haut*. 1) Image de l'œil *droit* plus *élevée :* Droit supérieur droit. 2) Image de l'œil *gauche* plus *élevée :* Petit oblique gauche.
	Dans la partie inférieure du champ de regard.	Le plus grand écartement en hauteur *à gauche et en bas*. 1) Image de l'œil *gauche* plus *basse :* Droit inférieur gauche. 2) Image de l'œil *droit* plus *basse :* Grand oblique droit.	Le plus grand écartement en hauteur *à droite et en bas*. 1) Image de l'œil *droit* plus *basse :* Droit inférieur droit. 2) Image de l'œil *gauche* plus *basse :* Grand oblique gauche.

Fréquemment, le patient affecté d'une paralysie d'un muscle abaisseur d'un œil (droit inférieur ou grand oblique) ne remarque pas la différence de hauteur des deux images; il prétend plutôt qu'une image est plus rapprochée que l'autre. C'est d'autant plus le cas que le plan du regard est dirigé plus bas: voici comment *Foerster* a expliqué cette apparence : Quand nous fixons un point assez éloigné, placé sur le plancher, les parties du plancher qui sont plus rapprochées de nous forment leur image sur des endroits de la rétine situés plus haut que le point fixé. Si, par suite de la paralysie d'un abaisseur, l'œil se tient trop haut, le point que fixe l'œil sain forme son image dans l'œil paralysé sur une région de la rétine, située au-dessus de la macula. Le patient interprète cela ainsi, que le point vu par l'œil paralysé est situé non plus bas, mais plus près. L'image qui semble plus rapprochée appartient donc à l'œil qui se tient trop haut.

Le point de savoir quels muscles sont paralysés embarrasse souvent le praticien le plus exercé, s'il s'agit d'un cas compliqué.

Ces difficultés se présentent :

1° Quand plusieurs paralysies sont combinées, spécialement si elles occupent les deux yeux et qu'elles sont en partie complètes et en partie incomplètes ;

2° Quand il existait déjà antérieurement un trouble de l'équilibre musculaire, dans le sens d'une insuffisance. Celle-ci devient manifeste lorsque la paralysie se déclare, parce que, en dépit de la tendance à la fusion, la vue binoculaire simple est devenue impossible ;

3° Quand les deux yeux sont doués d'une acuité visuelle inégale et que la paralysie frappe le meilleur œil. Alors c'est celui-ci qui fixe, et l'œil non paralysé se trouve en déviation secondaire. Dans un cas de ce genre, on peut prendre facilement l'œil sain pour l'œil paralysé ;

4° Quand — dans les paralysies invétérées — il s'est développé une contracture de l'antagoniste.

Les difficultés du diagnostic augmentent souvent encore par suite du défaut d'intelligence ou d'attention du patient, tellement qu'il devient impossible de déterminer exactement la position des doubles images. La même difficulté existe, quand — dans les paralysies plus vieilles — le patient est enclin à neutraliser l'une des deux images. Dans ce cas, il faut s'attacher à empêcher la suppression de l'image apparente en la rendant aussi frappante que possible, en choisissant, pour l'expérience, un objet qui saute aux yeux (une flamme de bougie) ou en plaçant devant l'autre œil un verre coloré, assez sombre pour que cette image soit moins claire, comparée à l'image fausse.

Mensuration de la paralysie. — La détermination exacte du degré d'une paralysie est utile notamment pour pouvoir se rendre compte si, sous l'influence du traitement, la paralysie diminue ou non. C'est à l'aide des doubles images que la mensuration se pratique. A mesure que la paralysie diminue, ces images reculent vers la périphérie du champ de fixation, en même temps que leur écartement diminue :

1° La manière la plus simple de fixer la position et l'écartement des deux images consiste à placer le malade à la distance de deux à trois mètres d'un mur. En face du patient, on marque sur ce mur un point que l'on prend comme point de repère. De ce point on fait mouvoir, dans les différentes directions, un objet que le patient doit suivre des yeux. On marque sur le mur le point où l'objet commence à être vu double, ainsi que l'écartement des images projetées sur le mur dans les différentes directions de fixation. En répétant la même expérience après un certain laps de temps, on constate les changements de la diplopie. Puisque l'on connaît la distance qui sépare le patient du mur, ainsi que l'écartement linéaire des deux images projetées sur le mur, il est facile de calculer l'angle dont l'œil paralysé reste en retard sur la direction suivant laquelle fixe l'œil sain et de connaître ainsi la déviation strabique primaire (*Landolt*);

2° Quand on dispose d'un périmètre, on peut projeter les doubles images, non plus sur un plan, mais sur une sphère creuse, et de cette manière on connaît immédiatement, sans calcul, l'angle de la déviation strabique. On fait asseoir le patient devant le périmètre comme pour la détermination du champ visuel. En faisant mouvoir le signe de visée le long de l'arc périmétrique, on constate et on marque le point où ce signe commence à être vu double ;

3° Au moyen du périmètre, on peut aussi prendre le champ de regard et, d'après son degré de rétrécissement, conclure à celui de la paralysie ;

4° On cherche un prisme qui soit susceptible de corriger la déviation strabique dans une direction donnée et de produire ainsi la fusion des deux images. Alors l'angle du strabisme est égal à la moitié de l'angle réfringent du prisme, d'après la loi qui dit que les prismes faibles font dévier les rayons d'un angle égal à la moitié de celui qui est formé par l'arête réfringente. Ainsi, quand les deux images sont fusionnées par un prisme de 20 degrés, la déviation strabique est de 10 degrés. — Une condition indispensable pour que toutes ces méthodes de mensuration soient exactes, c'est que, pendant l'expérience, le patient se borne à mouvoir les yeux et non la tête.

Siège de la lésion. — Les paralysies des muscles de l'œil constituent pour la médecine interne un des moyens les plus importants pour fixer le siège d'une affection cérébrale. C'est pour ce motif que nous allons indiquer plus exactement les points de repère qui pourront servir à reconnaître à quel point du trajet nerveux siège la lésion.

1° Les lésions *des centres d'un ordre élevé* qui sont situés au-dessus des noyaux nerveux (ainsi l'écorce cérébrale, les centres d'association et les fibres qui relient ces parties entre elles et avec les noyaux, dont l'ensemble est désigné sous le nom de voies intracérébrales) ne produisent jamais de paralysies musculaires isolées. Donc, si des paralysies isolées se déclarent, on peut exclure des lésions dont le siège est aussi élevé. Le ptosis seul fait exception, parce qu'il est quelquefois observé isolément dans les maladies de l'écorce cérébrale.

2° Les lésions des *centres d'association* occasionnent des paralysies conjuguées. Les yeux ne peuvent pas être tournés dans une certaine direction ou placés en convergence. Il n'est pas rare qu'on les trouve alors attirés dans un sens opposé par une contraction spasmodique de l'antagoniste. Ainsi, par exemple, dans la paralysie des rotateurs à droite, il peut se faire que non seulement le regard à droite soit rendu impossible, mais encore que les deux yeux soient fortement tournés à gauche d'une manière permanente (déviation conjuguée). — Des paralysies conjuguées avec ou sans déviation des yeux du côté opposé, s'observent dans les affections des pédoncules cérébelleux moyens, de la protubérance annulaire, des tubercules quadrijumeaux et des gros ganglions cérébraux, notamment des couches optiques, ainsi que de l'écorce pariétale.

3° Les lésions des *noyaux* au niveau du plancher du ventricule (paralysies nucléaires) engendrent le plus souvent des paralysies de plusieurs muscles. D'ordinaire, la paralysie atteint un muscle et s'étend graduellement aux autres. De cette manière se développe l'*ophtalmoplégie* centrale qui est le plus souvent chronique et, exceptionnellement, aiguë. Cette affection peut être unilatérale ou bilatérale. Souvent alors le ptosis est remarquablement faible, en comparaison des autres muscles complètement paralysés. Dans le plus grand nombre des cas, les muscles internes de l'œil (pupille et accommodation) échappent à la paralysie, parce que leurs noyaux situés plus en avant sont nourris par d'autres vaisseaux que les centres situés plus en arrière, d'où il suit que, généralement, ils ne sont pas envahis par la maladie. Au contraire, une lésion qui siégerait dans le tronc nerveux lui-même ne pourrait en intéresser toutes les fibres, à l'exclusion de celles précisément qui sont destinées aux muscles internes de l'œil. Dans les cas d'ophtalmoplégie externe, on peut donc, sans hésiter, diagnostiquer une paralysie nucléaire. En revanche, quand l'ophtalmoplégie est totale, c'est-à-dire lorsque tous les muscles sans exception sont paralysés, le siège de la lésion peut être différent. La paralysie peut être nucléaire, et alors l'affection a également envahi les noyaux les plus antérieurs. Mais une lésion du tronc nerveux au niveau de la base du crâne, ou même dans la fente orbitaire supérieure, peut occasionner une ophtalmoplégie totale. Dans ce cas, on ne peut diagnostiquer le siège de la lésion qu'en étudiant les symptômes concomitants.

La cause la plus fréquente de l'ophtalmoplégie est une affection primaire de la substance grise des noyaux des muscles oculaires (polioencéphalite supérieure de *Wernicke*). Cette affection est essentiellement analogue à celle qui atteint, dans la paralysie bulbaire, les noyaux moteurs situés plus en arrière (le facial, le glosso-pharyngien, le grand hypoglosse et l'accessoire de Willis). Effectivement, on a aussi observé plusieurs cas où, à la suite d'une extension du processus en arrière, une paralysie bulbaire s'est ajoutée aux symptômes de l'ophtalmoplégie. — La syphilis est la cause la plus fréquente des affections des noyaux nerveux. En outre, on connaît des cas d'ophtalmoplégie centrale causés par la diphtérie, l'influenza, le tabès, la sclérose disséminée, la paralysie progressive, le goître exophtalmique, un traumatisme, un empoisonnement (par l'alcool, le plomb, l'oxyde de carbone, la nicotine). On a de même observé des cas d'ophtalmoplégie congénitale.

Par suite d'une lésion des noyaux nerveux, il peut encore se manifester des paralysies de muscles isolés ; à ces paralysies appartiennent avant tout celles qui se déclarent au début d'un tabès dorsalis, ainsi que, bien qu'un peu moins souvent, dans la sclérose disséminée, et qui sont très probablement d'origine nucléaire. En général, les paralysies tabétiques donnent un pronostic favorable ; en effet, en dépit de l'extension de la maladie originaire, elles disparaissent d'ordinaire spontanément. Cependant on rencontre aussi des cas où ces paralysies ne guérissent pas du tout ou, si elles guérissent, ne tardent pas à récidiver. — Par suite d'une lésion nucléaire, l'oculo-moteur externe peut être paralysé en même temps que le facial, car les noyaux de ces deux nerfs sont voisins l'un de l'autre.

4° La *paralysie fasciculaire*, produite par une lésion des fibres entre leur sortie des noyaux nerveux et leur point d'émergence à la base du cerveau, se diagnostique quand une paralysie de l'oculo-moteur commun, d'un côté, est compliquée d'une paralysie concomitante des extrémités, de l'autre côté (paralysie alternante). Dans ce cas, il faut admettre un foyer malade dans la partie inférieure du pédoncule du cerveau (fig. 144, *a*). Ce foyer atteint, d'une part, les fibres de l'oculo-moteur commun qui traversent le pédoncule, de façon que l'oculo-moteur du même côté est paralysé, d'autre part les cordons pyramidaux. Mais comme, plus bas, ceux-ci passent de l'autre côté, ce sont les extrémités du côté opposé au foyer malade qui sont paralysées. Cependant, une pareille paralysie peut aussi se manifester par la présence d'un foyer pathologique à la base du crâne, quand il se trouve dans le voisinage du pédoncule de façon à l'atteindre. Dans la paralysie alternante de l'oculo-moteur commun et des extrémités, on ne peut admettre, avec certitude, une lésion à siège intrapédonculaire que dans le cas où les fibres de l'oculo-moteur destinées aux muscles internes de l'œil sont exceptées de la paralysie, parce que, dans les pédoncules, ces fibres sont encore si éloignées les unes des autres que celles qui sont situées le plus en avant peuvent rester libres de toute atteinte. — De même, une paralysie alternante des extrémités et de l'oculo-moteur externe (ainsi que du facial) indique l'existence d'un foyer malade dans la partie postérieure du pont de Varole ou dans la partie de la base du crâne qui l'avoisine (fig. 144, *b*).

5° Les lésions de la *base* du crâne peuvent également atteindre un ou plusieurs nerfs et cela assez souvent des deux côtés. Les circonstances qui permettent de conclure, avec plus ou moins de probabilité, à une paralysie basale sont les suivantes :

a) Quand du même côté, toute une série de nerfs, tels que les nerfs des muscles oculaires, le facial, le trijumeau, le nerf optique, l'olfactif, se paralysent successivement ;

b) Quand l'affection du trijumeau débute sous forme d'une névralgie, ce qui ne s'observe pas dans les paralysies centrales ;

c) Quand un des yeux voit encore, tandis que l'autre est frappé de cécité complète, sans que l'ophtalmoscope laisse voir des altérations correspondantes. De là, il est permis de conclure que la lésion occupe la région intra-crânienne du nerf optique. Des interruptions des voies optiques siégeant plus haut ne peuvent atteindre un seul œil ; elles amènent toujours plutôt des troubles visuels des deux yeux sous forme d'hémiopie. Celle-ci peut pourtant se manifester aussi à la suite d'une affection basale ; mais alors elle doit être dans tous les cas située derrière le chiasma de façon à intéresser une des bandelettes optiques. Cependant, il n'en est pas moins vrai que l'hémiopie peut dépendre tout aussi bien d'une lésion située plus haut, même dans l'écorce cérébrale. Il s'ensuit que l'existence de l'hémiopie ne parle ni pour ni contre une affection basale. Cette observation ne s'applique pourtant qu'à l'hémiopie homonyme, car l'hémiopie temporale est toujours un signe certain de la présence d'une lésion de la base qui atteint le chiasma au niveau de ses angles antérieur ou postérieur ou encore de sa ligne médiane (voir page 504) ;

d) La paralysie de l'olfactif indique l'existence d'une affection basale dans la fosse crânienne antérieure.

On peut probablement encore attribuer à une origine basale les cas de paralysie de l'oculo-moteur à récidives fréquentes, qui d'habitude sont précédés de violents maux de tête. On les a observés le plus souvent à la suite de traumatismes ; quelques cas étaient d'origine hystérique. *Leber* a décrit une paralysie bilatérale de l'oculo-moteur externe qui dépendait d'une compression exercée par la carotide sur les nerfs immédiatement en contact avec elle.

6° Le diagnostic d'une *paralysie orbitaire* doit résulter des symptômes concomitants qui indiquent une affection de l'orbite. A ces symptômes appartiennent une douleur dans l'orbite, soit spontanée, soit produite par la pression sur le globe oculaire ou sur les rebords orbitaires, une tumeur palpable dans la profondeur, la protrusion du globe, la névrite optique unilatérale provoquée par la compression exercée sur le nerf optique, enfin un traumatisme dont l'orbite a été atteint antérieurement.

On peut encore rencontrer les paralysies *congénitales* des muscles de l'œil. Plus haut, nous avons déjà fait mention de l'ophtalmoplégie congénitale. C'est le plus souvent l'oculo-moteur externe qui est le siège de paralysies congénitales. Il est remarquable que, dans ce cas, à l'inverse de ce qui a lieu dans les paralysies acquises, il ne se développe habituellement pas de contracture de l'antagoniste. Les deux yeux conservent leur position absolument normale, tant que le regard n'est pas dirigé du côté du muscle paralysé. En même temps que le ptosis congénital, on a encore observé l'impossibilité de diriger les yeux en haut. Des autopsies ont démontré qu'il s'agissait ici de l'absence du droit supérieur. Peut-être qu'ici, comme dans beaucoup d'autres paralysies congénitales, il faut chercher la cause dans une affection des noyaux centraux.

III. — Strabisme

§ 126. Symptômes. — Le strabisme consiste en ce que la ligne visuelle de l'un des yeux, au lieu d'être dirigée vers l'objet visé, forme avec cette direction un angle constant, quelle que soit la position du regard. C'est ainsi que le strabisme se distingue de la paralysie, dans laquelle la déviation, d'une part, n'existe que dans la sphère d'action du muscle paralysé, d'autre part, est d'autant plus grande que l'œil paralysé entre plus avant dans cette sphère, puisque, de cette manière, il est de moins en moins à même de suivre l'œil sain. Au contraire, l'œil strabique ne reste en arrière dans aucune position du regard, mais il accompagne toujours l'autre œil, tout en présentant constamment une certaine déviation ; c'est pour ce motif qu'on désigne le strabisme sous le nom de *strabisme concomitant*.

Pour mesurer la déviation strabique, le procédé le plus simple est le suivant : on fait fixer au patient un objet que l'on a placé devant lui à quelques mètres de distance, sur la ligne médiane. Soit l'œil gauche L qui fixe normalement (fig. 167, A), tandis que l'œil droit R louche du côté interne. Sur le bord de la paupière inférieure on marque, au moyen d'une tache d'encre, la position du bord cornéen externe aux deux yeux (m' et

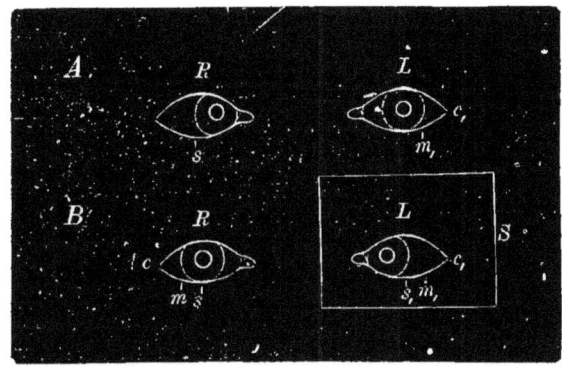

Fig. 167. — *Mensuration de la déviation strabique.* — *A* Position strabique primaire. *B* position strabique secondaire.

s). Ensuite, on recouvre l'œil gauche qui fixait d'un écran S (fig. 167, B), tandis qu'on engage le malade à fixer l'objet. Pour ce faire, il doit maintenant utiliser l'œil droit, et, dans ce but, il l'amène dans la position voulue (fig. 167, B, R) par un mouvement de redressement manifeste. Cette fois encore, on marque par un point m sur la paupière inférieure la position du bord cornéen de cet œil. La distance ms indique la mesure linéaire de la déviation de l'œil strabique, c'est-à-dire la *déviation strabique primaire*.

Tandis que l'œil droit était amené dans la position de fixation, l'œil gauche, derrière l'écran, se dirigeait en dedans (fig. 167, B, L), et il se trouve maintenant en *déviation secondaire*. Derrière l'écran, on peut marquer par le point s' la position du bord externe de la cornée, et l'on trouve ainsi l'étendue de la déviation secondaire $s'm'$. Elle est égale à la déviation primaire, ce qui constitue un autre signe de diagnostic différentiel entre le strabisme concomitant et le strabisme paralytique, dont la déviation secondaire l'emporte sur la déviation primaire (page 642).

Par suite de la position défectueuse d'un des deux yeux, le strabique devrait voir double. Cependant ce n'est effectivement le cas qu'au début du strabisme. Bientôt la diplopie disparaît, et plus tard on ne peut la faire réapparaître que par divers artifices, dans le cas où c'est encore possible. Nous possédons encore là un signe différentiel du strabisme d'avec la paralysie où la diplopie est si incommode. Le strabique ne voit pas double, parce qu'il apprend à faire abstraction des impressions de l'œil strabique ; il « exclut » l'image de cet œil. L'*exclusion* est un acte psychique. L'œil en effet voit bien, mais les impressions visuelles n'excitent pas son attention. Il en est de même chez beaucoup de personnes qui sont en état de regarder avec un œil dans un microscope, ou une lunette d'approche, en tenant l'autre œil ouvert sans en voir. A cause de l'exclusion, la vue du strabique est monoculaire, et, à proprement parler, il n'y a pas de vue stéréoscopique.

L'*acuité visuelle* de l'œil strabique, comparée à celle de l'œil sain, est diminuée. Sans doute, déjà avant le début du strabisme, il existe un certain degré d'affaiblissement visuel, ce qui est une des causes pour lesquelles le strabisme se déclare. Cependant, la vue s'affaiblit d'autant plus que le strabisme dure depuis plus longtemps, parce que, par l'exclusion de l'œil des fonctions visuelles, il se développe une amblyopie par non-usage (voir page 526). Celle-ci acquiert finalement un tel degré que la lecture devient impossible et que, tout au plus, le patient est encore en état de compter les doigts à une certaine distance. Un pareil œil a désappris à fixer. En effet, quand on couvre l'œil sain, l'œil strabique reste dans sa position vicieuse, parfois même il se porte encore plus en dedans.

On distingue le strabisme en interne et externe, strabisme *convergent* et strabisme *divergent*. Tantôt c'est toujours le même œil qui louche — strabisme *monoculaire* ; tantôt les deux yeux louchent alternativement — strabisme *alternant.* Dans le dernier cas, l'un des yeux fixe dans la vision de loin, l'autre dans la vision de près. Mais l'un des yeux fixe toujours, et il n'arrive pas, comme le prétend souvent le vulgaire, que ies deux yeux soient strabiques en même temps. Le strabisme peut être temporaire ou permanent — strabisme *périodique* ou *constant*.

ÉTIOLOGIE. — Le strabisme manifeste succède à un strabisme latent (p. 636). Lorsque, par suite d'un trouble de l'équilibre musculaire, les yeux ne peuvent plus se maintenir dans une position normale, même par un effort particulier, mais qu'ils s'abandonnent à une position en rapport avec l'état musculaire et qu'ils y restent, le strabisme est constitué. Cette situation est amenée par toutes les circonstances qui diminuent la vision binoculaire ou qui rendent la diplopie moins désagréable. Dans l'expérience que l'on institue pour s'assurer de l'existence de l'insuffisance (voir page 636), on y arrive en recouvrant l'un des yeux ; dans le développement naturel du strabisme, ce résultat est obtenu par la diminution de son acuité visuelle. Ainsi l'image rétinienne devient moins claire, d'où il suit que la diplopie est moins incommode. C'est pour ce motif qu'une personne, n'ayant souffert jusqu'à ce moment que d'un défaut d'équilibre musculaire latent, devient manifestement strabique quand, après une kératite, il reste dans l'un des yeux des opacités cornéennes. — Les causes les plus fréquentes qui, par suite d'une diminution de l'acuité visuelle, conduisent au strabisme, sont : 1° les vices de réfraction qui atteignent un seul œil, ou les deux, mais à un degré différent. Il existe fréquemment, en même temps, de l'amblyopie congénitale; 2° les opacités des milieux réfringents, surtout de la cornée et du cristallin ; 3° les affections intraoculaires. — Les yeux frappés de cécité absolue deviennent très facilement strabiques.

Le strabisme est donc le résultat de l'action simultanée de deux facteurs : la diminution de l'acuité visuelle d'un des yeux, et la préexistence d'un trouble de l'équilibre musculaire. Suivant que l'équilibre musculaire est rompu en faveur des muscles oculaires internes ou externes, il se manifeste un strabisme convergent ou divergent.

§ 127. a) *Strabisme convergent.* — Il se déclare principalement chez les hypermétropes, puisqu'on trouve de l'hypermétropie dans les trois quarts environ de tous les cas de strabisme convergent. C'est *Donders* qui, le premier, a établi le fait, et il l'a expliqué de la manière suivante : Pour voir distinctement, les hypermétropes ont besoin de faire un grand effort d'accommodation. Mais, à cause de l'association qui existe entre l'accommodation et la convergence, cet effet n'est possible que si, en même temps, une impulsion énergique est envoyée aux muscles convergents. De cette manière, les droits internes gagnent une prépondérance fonctionnelle. Mais ce n'est pas la seule cause du strabisme, sinon tous les hypermétropes devraient loucher. Il doit encore intervenir d'autres circonstances, dont les plus importantes sont celles qui diminuent l'acuité visuelle d'un œil, telle qu'une faiblesse congénitale de la vision d'un des yeux (par exemple due à un degré plus élevé d'hypermétropie ou à un astigmatisme hypermétropique) ou une altération de la vision causée par une maladie ultérieure. Parmi ces dernières, il faut compter surtout la conjonctivite lymphatique qui, par les taies cornéennes qu'elle laisse après elle, conduit au strabisme. De même, si l'on est forcé de bander un œil pendant un certain temps chez un enfant hypermétrope, il se produit parfois sous le bandeau un strabisme convergent qui peut même persister. — Il est facile de comprendre comment une diminution de la vue d'un œil transforme un strabisme latent en strabisme manifeste. L'hypermétrope se trouve devant le dilemme suivant : veut-il voir nettement, il doit fortement accommoder ; mais il ne peut le faire qu'en s'aidant d'un énergique effort de convergence, de sorte qu'il voit double. Converge-t-il seulement autant qu'il le faut, alors il ne peut atteindre le degré d'accommodation nécessaire, et il voit trouble. Il a donc le choix entre voir nettement, mais double, ou voir simple, mais indistinctement. Il choisit la première alternative du moment que la diplopie lui est rendue moins désagréable par le manque de netteté de l'image d'un des yeux.

Le strabisme convergent se développe, en général, à l'âge où, pour fixer exactement et longtemps, l'enfant a besoin de déployer une plus grande énergie d'accommodation, soit entre deux et six ans. D'ordinaire, on remarque les premiers signes du strabisme pendant la fixation d'objets situés à petite distance (strabisme périodique). Le strabisme peut alors rester tel pendant toute la vie. Mais, le plus souvent, il se transforme en un strabisme constant, c'est-à-dire qu'au bout de quelque temps l'œil est également strabique pendant la fixation des objets éloignés. Mais, au début, le strabisme est d'ordinaire plus prononcé pendant la fixation d'objets rapprochés, à cause de la grande énergie d'accommodation nécessaire; plus tard, cependant, la déviation strabique devient constante.

Exceptionnellement, il arrive que des enfants strabiques cessent de l'être vers le temps de la puberté; leur strabisme disparaît avec l'âge. Néanmoins, l'œil autrefois dévié reste toujours plus faible, et la vision binoculaire ne se rétablit plus.

b) *Strabisme divergent.* — Dans cet état, la myopie joue le même rôle que l'hypermétropie dans le strabisme convergent. Environ les deux tiers de tous les strabiques divergents sont myopes. La cause en est la suivante : pour voir de près, le myope (suivant le degré de la myopie) ne doit déployer qu'un effort d'accommodation léger ou même nul. Il s'ensuit que l'impulsion pour la convergence est trop faible; il se développe donc une insuffisance fonctionnelle des droits internes. En outre, il s'y ajoute des causes organiques qui diminuent les propriétés fonctionnelles des droits internes, notamment les grandes dimensions de l'œil myope, qui rendent la convergence mécaniquement plus difficile. Pour ces motifs, les myopes sont particulièrement enclins au strabisme divergent, surtout quand l'acuité visuelle des deux yeux n'est pas la même. — Comme les petits enfants ne sont pas myopes, le strabisme divergent, à l'inverse du strabisme convergent, ne s'observe pas dans l'enfance, mais plus tard, pendant la jeunesse, quand la myopie se développe. A mesure que la myopie fait des progrès, l'énergie de l'accommodation et, par conséquent, l'impulsion pour la convergence diminuent de plus en plus, tandis que le rapprochement du punctum remotum augmente dans la même mesure les besoins de convergence ; ces deux causes doivent conduire enfin au point où la convergence n'est plus en état de répondre aux efforts qu'on en exige. La convergence devient d'abord insuffisante pendant la fixation des objets rapprochés, c'est-à-dire lorsqu'une convergence plus énergique est nécessaire, et l'un des yeux dévie en dehors. Beaucoup de myopes conservent pendant toute leur vie ce strabisme périodique. Chez d'autres, il se transforme en strabisme constant, c'est-à-dire que, plus tard, l'œil dévie également en dehors pendant la fixation des objets éloignés. — Dans le strabisme divergent, jamais on n'observe de guérison spontanée, comme cela arrive quelquefois dans le strabisme convergent, la déviation a plutôt de la tendance à augmenter avec les progrès de l'âge.

Dans les degrés très élevés de myopie, le strabisme périodique divergent est inévitable. Dans ces cas, le punctum remotum s'est rapproché à la distance de 10 centimètres ou en deçà, et la lecture, l'écriture, etc., doivent se faire à cette courte distance. Dans ce cas, les droits internes les plus forts ne sont pas en état de produire une pareille convergence pendant un certain temps. Dans la vision de près, l'un des yeux est donc toujours dévié en dehors, alors même que la position en est normale pendant le regard à une grande ou moyenne distance.

Le strabisme convergent et le strabisme divergent ne diffèrent pas seulement par le sens de la déviation, mais surtout par l'altération fondamentale du muscle. Il s'agit dans les deux cas du droit interne. Dans le strabisme convergent, il y a d'abord contraction excessive de ce muscle due à une innervation exagérée. Aussi ce strabisme, dans les cas non invétérés, disparaît dans le sommeil et la narcose (*Stellwag*). Mais plus tard le muscle, constamment contracturé, se raccourcit pour toujours et cette contraction persiste même après la mort. — Dans le strabisme divergent, il ne s'agit pas d'une contraction exagérée d'un muscle (qui serait ici le droit externe), mais au contraire d'un relâchement toujours croissant du droit interne.

Traitement. — Par un traitement *non opératoire* on ne parvient à guérir que le strabisme convergent, et seulement encore dans les cas particulièrement favorables. Ce traitement se base sur le fait que, par la suppression de l'accommodation exagérée, qui est la cause capitale du strabisme convergent, celui-ci disparaît spontanément, quand il n'est pas trop invétéré. On commence par paralyser complètement l'accommodation en faisant des instillations répétées d'atropine, puis on détermine exactement le degré de l'hypermétropie (l'hypermétropie totale, § 145). D'après le résultat de cet examen, on prescrit les verres convexes qui corrigent exactement l'hypermétropie et que le patient portera désormais constamment. Tandis que le strabique porte ses lunettes, on continuera l'instillation de l'atropine encore pendant plusieurs semaines, puis on diminuera graduellement jusqu'à cessation complète ; ce traitement est secondé par l'application répétée plusieurs fois par jour, pendant 1/4-1/2 heure, d'un bandeau sur l'œil fixateur. On force ainsi l'autre œil, c'est-à-dire l'œil strabique, à s'exercer à la fixation. — Le traitement non opératoire n'est applicable qu'aux enfants qui sont suffisamment âgés pour porter des lunettes sans danger. Il ne promet, d'ailleurs, quelque succès que lorsqu'il s'agit de cas qui ne sont pas trop invétérés. Ce traitement est surtout applicable aux cas où le strabisme est encore périodique ou spontané, c'est-à-dire où il se manifeste souvent de la diplopie sans le secours de moyens artificiels, ce qui indique que l'œil strabique n'est pas encore définitivement exclu de l'acte de la vision binoculaire. Si l'on veut que le traitement conduise au but, il doit être continué très régulièrement pendant longtemps (pendant des mois et même des années). Même après la disparition du strabisme, les verres convexes doivent être portés encore pendant un certain temps ou pour toujours, dans le but de prévenir la récidive.

Cependant, dans la plupart des cas, et notamment dans tous les cas de strabisme divergent, la guérison ne peut être obtenue que par le *traitement opératoire*. Celui-ci consiste dans la ténotomie du droit interne dans le strabisme convergent, du droit externe dans le strabisme divergent. Dans les cas de strabisme plus élevé, la ténotomie doit être pratiquée aux deux yeux, ou être combinée avec l'avancement de l'antagoniste. La technique et le mode d'action de cette opération seront exposés dans la quatrième partie de ce livre ; nous en présenterons ici brièvement les indications.

Dans le strabisme *convergent*, la ténotomie est indiquée dans tous les cas où le traitement non opératoire est resté sans résultat, ou ne doit pas, *a priori*, réussir. Tels sont tous les cas de strabisme invétéré ou d'un degré élevé. — Puisque dans quelque cas, rares sans doute, le strabisme disparaît spontanément, quand les enfants deviennent plus âgés, il est bon de remettre l'opération jusqu'à ce qu'ils aient dépassé l'âge de dix ans. Si on avait opéré trop tôt un cas disposé à disparaître spontanément, il se développerait ultérieurement un strabisme divergent. Pour ne pas rester inactif en attendant que l'enfant ait atteint l'âge d'être opéré, on peut, en appliquant un bandeau sur l'œil sain, obliger l'œil strabique à travailler souvent, et par là empêcher le développement d'une amblyopie par défaut d'usage. En outre, pour éviter tout effort d'accommodation superflu, on interdit l'usage de jouets de petite dimension, et l'on fait porter, si la chose est possible, les verres convexes appropriés.

Quant au *strabisme divergent*, il ne peut certainement être guéri que par une opération. On peut s'attendre surtout à un succès dans les cas récents, où le strabisme est encore périodique. Alors on aboutit habituellement par la ténotomie seule. Mais, dans le strabisme divergent constant, il faut le plus souvent recourir à l'avancement du droit interne. Cependant, dans les cas invétérés ou d'un degré élevé, cette dernière opération ne donne non plus que des résultats incomplets.

Le résultat de l'opération est généralement tout simplement esthétique. La ténotomie n'a pas d'effet sur l'acuité visuelle de l'œil strabique, et il est rare qu'elle rétablisse la vision binoculaire. Cependant, même dans ces conditions, l'effet de l'opération n'est pas à dédaigner. Le strabique, en effet, ne se plaint presque jamais d'un défaut de la vue de l'œil qui louche, ou de la perte de la vision binoculaire, car, habituellement, il ignore les deux. Il demande simplement qu'on le débarrasse de sa difformité, et il est très reconnaissant quand on lui rend ce service.

Le vulgaire attribue d'ordinaire le développement du strabisme soit à la position vicieuse du berceau par rapport à la lumière, soit à la circonstance que des objets placés à côté de l'enfant excitent son attention et le poussent à les regarder ; très souvent aussi on accuse l'enfant d'imiter un louche. Cependant tout cela n'a rien à faire avec le strabisme. En effet, le strabisme que l'on observe si fréquemment chez les tout jeunes enfants (au-dessous de deux ans), et qui disparaît le plus souvent rapidement, dépend de ce que ces enfants ne sont pas encore habitués à associer les mouvements compliqués qui sont nécessaires à la vision binoculaire normale. Cette espèce de strabisme disparaît par l'âge. Le strabisme convergent permanent se développe un peu plus tard, après l'âge de deux ans, et la vraie cause en a été découverte par *Donders*. Il repose, comme nous l'avons dit plus haut, sur le rapport qui existe entre l'accommodation et la convergence. Comment l'association de ces deux fonctions conduit-elle au strabisme ? c'est ce que démontre très bien une expérience due également à *Donders*. A une personne, dont les muscles oculaires sont doués d'un équilibre parfait, on fait fixer un objet situé à une petite distance. Si l'on recouvre un des deux yeux, derrière l'écran, il conserve sa position correcte. Mais, qu'on place maintenant devant l'œil libre un verre concave qui force la personne examinée à faire un plus grand effort d'accommodation, pour voir distinctement l'objet, aussitôt l'œil couvert se déplace en dedans. De cette façon, on développe artificiellement un strabisme convergent en augmentant l'effort d'accommodation.

Dans le strabisme *alternant*, les deux yeux sont souvent doués d'une bonne acuité visuelle, mais ils possèdent un pouvoir réfringent différent. Ainsi, quand, par exemple, l'un des yeux est hypermétrope, tandis que l'autre est myope, le premier voit clairement au loin, le second de près, mais jamais les deux yeux ne voient en même temps distinctement. Dans ce cas, ce sera l'œil hypermétrope qui fixera pendant le regard au loin et l'œil myope qui fixera pendant le regard de près, et l'œil qui ne fixe pas sera chaque fois strabique. Et comme l'image de ce dernier n'est pas distincte, la neutralisation s'en fait facilement. Le strabisme alternant est d'ordinaire divergent.

Chez beaucoup de personnes, il arrive que, pendant la fixation, la position des yeux est exacte, tandis que, pendant le regard distrait, l'un des deux yeux louche un peu en dehors. Le plus souvent il s'agit de myopes dont les droits internes présentent un peu d'insuffisance. Chez le plus grand nombre, cet état reste invariable pendant toute la vie, tandis que, chez d'autres, il se transforme en un strabisme divergent constant.

En opposition avec la règle qui veut que les myopes louchent en dehors, on observe quelquefois un strabisme convergent avec une myopie d'un degré élevé. Ce strabisme se distingue du strabisme convergent ordinaire, en ce qu'il ne se développe pas dans l'enfance, mais bien plus tard, et qu'il est le plus souvent accompagné d'une diplopie très incommode. Ici, il est très possible que les yeux, seulement peu mobiles, ne soient pas en état de converger pour le punctum remotum situé très près, auquel cas il se développe un strabisme divergent relatif dans la lecture à l'œil nu.

On ne doit pas confondre le *strabisme intermittent* avec le strabisme périodique. Tandis que ce dernier ne se manifeste que dans certaines conditions déterminées, par exemple pendant la fixation de près, le premier se déclare sans cause connue. Le strabisme intermittent se manifeste, en effet, tout brusquement, pour disparaître de même après quelque temps et pour revenir à des intervalles réguliers (par exemple, après deux jours). Ce strabisme est habituellement interne et ne s'observe pour ainsi dire que chez les enfants; il faut l'attribuer à des troubles purement nerveux.

On observe encore, bien que rarement, des déviations des yeux en haut et en bas. Il s'agit le plus souvent de cas de strabisme convergent, où, en outre de la déviation horizontale, il s'en présente encore une verticale. En faisant disparaître le strabisme par la ténotomie du droit interne, la déviation en hauteur disparaît d'ordinaire en même temps. De ce fait, il est permis de conclure que cette déviation ne doit pas être rapportée au droit supérieur ou inférieur, mais bien à une insertion anormale du droit interne, de façon que le raccourcissement de ce muscle fait apparaître en même temps une déviation verticale. Des déviations verticales essentielles, qui ne dépendent pas de quelque paralysie du droit supérieur ou inférieur et qui constituent, par conséquent, un vrai strabisme *supérieur* ou *inférieur*, sont excessivement rares.

Habituellement, on peut diagnostiquer le strabisme à première vue. En cas de doute sur l'existence de la déviation, l'expérience, rapportée à la page 630, doit servir à décider. D'après cette expérience, il y a strabisme quand, au moment où l'on couvre l'un des yeux, l'autre exécute un mouvement de redressement manifeste pour arriver à fixer l'objet présenté. — De même qu'un léger degré de strabisme peut passer inaperçu, il peut se faire que l'on croie avoir affaire à un strabisme, alors qu'en réalité il n'en existe pas. Voici comment un *strabisme apparent* de cette espèce peut en imposer pour un véritable. La ligne visuelle qui relie l'objet fixé à la fovea centralis ne coïncide pas, dans la plupart des yeux, avec le sommet de la cornée, mais passe en dehors ou en dedans de celui-ci. Quand, pendant le regard au loin, les lignes visuelles sont parallèles, le sommet de la cornée est en strabisme convergent dans le premier cas, divergent dans le second. Si cette déviation acquiert un degré plus élevé, elle devient manifeste et peut en imposer pour un strabisme. Dans ce cas, l'expérience de tantôt conduira encore une fois au véritable diagnostic. En couvrant alternativement les deux yeux, on remarque qu'ils ne changent pas de position, c'est-à-dire qu'ils fixent exactement.

Vision des strabiques. — Il est certain qu'au début du strabisme, la diplopie existe, absolument comme dans la paralysie d'un muscle de l'œil. Mais comme, dans le strabisme convergent, le développement du strabisme s'opère pendant l'enfance, on ne sait rien de la diplopie, et quand les enfants sont devenus assez âgés pour discerner, ils sont déjà habitués à l'exclusion. Alors, le plus souvent, il n'est possible de provoquer la diplopie que par des moyens artificiels, par exemple par l'emploi de verres colorés, ou de prismes, avec lesquels, dans l'œil strabique, on rapproche l'image de la fovea centralis. Par contre, lorsque le strabisme ne commence à se développer que plus tard, ce qui est une exception pour le strabisme interne, tandis que, pour le strabisme externe, c'est la règle, alors le patient accuse aussi régulièrement de la diplopie. Quelquefois celle-ci est si incommode qu'elle constitue le motif principal qui engage le patient à consulter le médecin.

Tandis que, dans les cas anciens de strabisme convergent, la diplopie fait ordinairement défaut, elle se manifeste, au contraire, très souvent après la ténotomie. Voici comment on explique ce fait : tant que l'œil louchait en dedans, l'image de l'objet fixé tombait sur les parties de la rétine situées en dedans de la fovea (fig. 136). Cette région de la rétine s'est donc habituée à négliger les impressions qu'elle reçoit. Mais, lorsqu'après la ténotomie l'œil est placé dans sa position normale, l'image de l'objet fixé tombe dans la fovea ou dans son voisinage, c'est-à-dire sur des parties de la rétine qui ne sont pas exercées à l'exclusion. C'est pour ce motif que le patient se plaint de diplopie ; d'ordinaire pourtant, elle disparaît bientôt. Dans quelques cas, rares cependant, elle persiste opiniâtrement et devient insupportable pour le patient.

En outre, souvent la situation des doubles images ne concorde pas avec la position des yeux. Par exemple, il existe encore un faible degré de convergence pathologique, et cependant les deux images sont croisées, comme si les lignes visuelles des deux yeux divergeaient (diplopie paradoxale). Ce fait s'explique ainsi, que l'œil louche s'est peu à peu accoutumé à prendre sa fausse position comme point de repère pour l'orientation ; si brusquement on le remet dans la bonne position, il projette erronément, absolument comme dans une paralysie (p. 643).

Quand un strabique voit des deux yeux, il ressemble à celui qui n'a qu'un œil, en ce sens que, pas plus que ce dernier, il n'a la perception du relief, c'est-à-dire qu'il ne possède pas la vision stéréoscopique. Les strabiques eux-mêmes ne s'aperçoivent pas de ce défaut, parce que, par l'exercice, ils ont appris à reconnaître par d'autres données les reliefs qu'ils ne voient pas directement. Un des premiers ophtalmologues actuels n'est pas empêché par son strabisme d'être un opérateur éminent. C'est une preuve qu'avec un seul œil on peut bien voir sous tous les rapports. Pour démontrer que la faculté, chez les strabiques, de percevoir les reliefs, est moins développée, que chez les personnes douées de la vue binoculaire, on doit s'adresser à des expériences plus délicates, telles que l'épreuve stéréoscopique ou l'expérience de *Hering* (voir page 631). — Par contre, la vision du strabique se distingue de la vision d'un borgne, en ce que le premier jouit d'un champ visuel plus étendu. Par rapport au champ visuel binoculaire normal, celui du borgne est rétréci du côté nasal. Ainsi, dans le champ visuel binoculaire représenté dans la figure 122, en cas d'absence de l'œil droit, la partie droite hachée *R* disparaîtrait. Il n'en serait pas de même chez celui qui louche de l'œil droit. Car l'exclusion de l'œil droit de l'acte visuel n'a lieu que lorsqu'il s'agit d'éviter la diplopie. Elle se borne donc simplement aux objets dont les images se projettent en même temps dans les deux yeux, c'est-à-dire aux objets qui se trouvent dans les parties communes du champ visuel (dans la figure 122 laissées en blanc). Il en est autrement quand l'objet recule dans la partie temporale du champ visuel de l'œil strabique (dans la partie hachée de droite de la figure 122), où l'autre œil ne voit plus, empêché qu'il est par le nez. Alors l'image de l'objet vu par l'œil strabique n'est pas exclue. Le champ visuel binoculaire du strabique est donc à peu près aussi grand que celui d'un homme ordinaire.

La partie du champ visuel située du côté de la tempe et pour laquelle il n'existe pas d'exclusion des images, correspond à la région qui se trouve le plus en dedans de la rétine de l'œil strabique. Cette partie continue donc à s'exercer et conserve par conséquent une acuité visuelle comparativement bonne, tandis que, dans les autres parties, celle-ci se perd de plus en plus. Pour ce motif, on trouve que, dans les cas de strabisme anciens, si l'on couvre l'œil sain, l'œil strabique non seulement ne fixe plus, mais devient encore plus convergent, dans le but de mettre vis-à-vis de l'objet les parties les plus internes de la rétine dont la vue est comparativement la meilleure.

La *mensuration* de la déviation strabique, suivant la méthode indiquée à la page 659, n'est possible que lorsque, l'autre étant couvert, l'œil strabique se redresse encore pour la fixation exacte. Si tel n'est pas le cas, il faut, tandis que le patient regarde en face, déterminer sur l'œil sain (fig. 167, *A*, *L*) la distance *c'm'* et sur l'œil strabique (*R*) la distance *cs*. La différence entre les deux indique la mesure linéaire de la déviation strabique. Celle-ci est, en réalité, une valeur angulaire, celle de l'angle (fig. 136), formé par la ligne visuelle *g* et le rayon de direction *ob* tiré de l'objet à la rétine en passant par le point nodal de l'œil. Il est possible de mesurer directement cet angle, mais, pour la pratique, la mensuration linéaire suffit. On peut connaître aussi l'ouverture de l'angle strabique, si l'on sait — en admettant que le volume du globe soit à peu près normal — que 1 millimètre de déviation linéaire correspond à un angle d'environ 5°.

Par la mensuration linéaire, en appliquant la méthode proposée par *Alfred Græfe* (voir page 620), on peut également mesurer les *excursions latérales* de l'œil strabique. Voici ce que l'on observe alors dans le strabisme convergent : l'adduction du globe est augmentée ; la cornée, en effet, peut être suffisamment amenée en dedans pour que son bord touche la caroncule, ou même se cache

assez souvent derrière elle. Par contre, l'abduction est diminuée ; mais, si le strabisme n'existe pas depuis trop longtemps, la diminution ne va pas au-delà de la
mesure dans laquelle l'adduction a augmenté. Les mouvements d'excursion latérale, dans leur ensemble, sont donc restés les mêmes, ils ne sont que légèrement déplacés en dedans. Dans les cas anciens et prononcés de strabisme convergent, ce rapport se modifie, car l'abduction a diminué encore sans être
compensée par une augmentation correspondante de l'adduction, alors le parcours de l'excursion dans sa totalité est diminué. — L'augmentation de la motilité en dedans existe toujours dans les deux yeux, bien qu'elle acquière un
degré plus élevé dans l'œil strabique.

On explique ce phénomène de la
manière suivante : puisque le besoin
d'accommodation se fait plus vivement sentir, il existe une impulsion
exagérée à la convergence. Mais la
convergence étant un mouvement
associé des deux droits internes,
l'impulsion les atteint tous les deux ;
par conséquent, ils se contractent
au-delà du but à obtenir, et les
deux lignes visuelles se croiseraient
en avant de l'objet. Mais, comme
alors le patient ne verrait l'objet
avec aucun des deux yeux, il tourne
la tête un peu de côté. Ce que l'on
a représenté dans la figure 168, en
traçant la ligne de base tirée par
les deux points nodaux, obliquement par rapport à la ligne médiane.
De cette manière, l'objet vient se

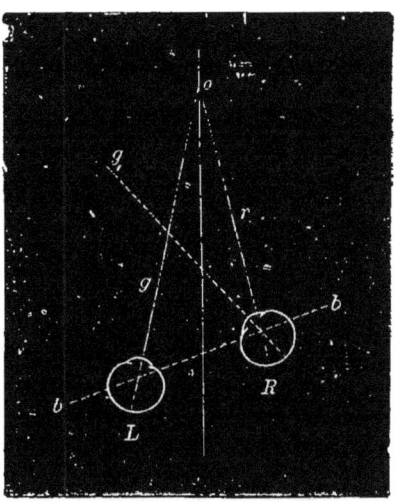

Fig. 168. — *Position oblique de la tête des personnes
qui louchent en dedans.*

placer sur le trajet de la ligne visuelle *g* d'un (naturellement du meilleur) des
deux yeux *L*, tandis que la ligne visuelle de l'autre œil *g'* s'écarte d'autant plus
de l'objet. De cette manière, le patient obtient au moins l'avantage de pouvoir
fixer avec un seul œil, quoique les deux droits internes soient fortement con-
tractés. Cette dernière circonstance fait que, par le temps, l'adduction des deux
yeux prend du développement. Ainsi s'explique en même temps le maintien
oblique de la tête des strabiques convergents. Ils portent la tête tournée du côté
de l'œil sain (*Arlt*).

Dans le strabisme divergent, le champ des mouvements latéraux de l'œil est
déplacé en dehors. La motilité en dehors a augmenté, celle en dedans a diminué. Mais, comme la diminution l'emporte presque toujours sur l'augmentation,
la motilité latérale de l'œil dans sa totalité est toujours diminuée.

La connaissance de l'étendue des excursions latérales de l'œil strabique est
indispensable pour le choix de la méthode opératoire et pour la fixation du
pronostic de l'opération. Dans le strabisme convergent, la section du droit

interne a d'autant plus d'effet que, après l'opération, l'œil pourra être davantage attiré en dehors, sous l'influence de la contraction du droit externe. Mais la mesure de la capacité fonctionnelle du droit externe est donnée par l'abduction de l'œil. Dans le cas où elle a beaucoup diminué, la simple ténotomie ne donne que des résultats insuffisants, et il faut recourir à l'avancement du droit externe. Dans le strabisme divergent, à cause de la diminution considérable de l'adduction, l'avancement du droit interne est presque toujours nécessaire.

IV. — Nystagmus

§ 128. Sous le nom de nystagmus (1) on comprend des mouvements courts et saccadés des yeux, qui se répètent très rapidement et toujours de la même manière. Cette affection n'a aucun effet sur les grands mouvements de l'œil dans leur ensemble. D'après la direction dans laquelle les mouvements s'exécutent, on distingue diverses espèces de nystagmus. Dans le nystagmus *oscillatoire*, les yeux se meuvent comme un pendule, soit dans le sens horizontal, soit dans le sens vertical (nystagmus oscillatoire horizontal et vertical). Dans le nystagmus *rotatoire*, l'œil exécute des mouvements de rotation autour de l'axe antéro-postérieur. Souvent on trouve les mouvements de pendule combinés avec les mouvements de rotation (nystagmus mixte).

D'ordinaire, le nystagmus est plus prononcé dans certaines directions du regard, moins prononcé dans d'autres. Souvent même le nystagmus ne se manifeste pas constamment et n'apparaît que dans certaines conditions du regard. Quand le patient sait qu'il est observé ou qu'on lui demande de tenir les yeux en repos, d'ordinaire le nystagmus devient plus intense.

Le nystagmus atteint le plus souvent les deux yeux. Cependant, il arrive quelquefois que, dans l'un des yeux, il soit plus prononcé que dans l'autre, et il peut même se borner à un seul œil. Il n'est pas rare que le nystagmus soit lié à un strabisme.

Les *causes* les plus fréquentes du nystagmus sont :

a) La faiblesse de la vue; quand elle existe depuis la naissance ou depuis la plus tendre jeunesse. Très souvent, la blennorrhée des nouveaux-nés donne lieu au nystagmus, quand elle laisse après elle des opacités cornéennes ou une cataracte polaire antérieure. Dans d'autres cas, il s'agit de vices considérables de la réfraction, d'opacités congénitales ou d'autres anomalies congénitales (notamment l'albinisme), d'une rétinite pigmen-

_____

(1) νεύω, branler la tête ou clignoter les yeux.

laire, etc. C'est pour ce motif que, lorsque l'on a à examiner, au point de
vue de la réfraction et de l'acuité visuelle, un individu qui souffre de nystagmus, on peut être d'avance assuré que, par aucun verre correcteur, on
n'obtiendra une acuité visuelle normale.

Comment se fait-il que la faiblesse de la vue produise le nystagmus ?
Le pouvoir de fixer n'est pas une faculté congénitale de l'homme, il doit
être acquis par l'exercice. Les tout jeunes enfants ne fixent pas, ils
meuvent les yeux sans but. Quand la rétine ne reçoit pas d'images nettes,
l'enfant ne s'habitue pas à tenir l'œil en repos et dirigé dans le sens voulu.
Il s'ensuit qu'il ne se développe pas de nystagmus, lorsque la faiblesse de
la vue ne survient que plus tard, c'est-à-dire à un moment où l'œil a déjà
appris à fixer.

Le nystagmus, par lui-même, ne cause aucun ennui au patient, car la
diminution de la vue dans ces cas ne dépend pas du nystagmus, mais en
est plutôt la cause. Il n'existe pas de moyen de le guérir.

b) Le nystagmus est un symptôme d'un grand nombre d'affections cérébrales, notamment de la sclérose disséminée.

c) Chez les houilleurs, se développe un nystagmus, par suite du travail
dans la fosse.

Ce nystagmus gêne considérablement les patients, parce que tous les
objets leur paraissent en mouvement, ce qui n'est pas le cas pour les
autres espèces de nystagmus. Par contre, ce nystagmus se guérit, mais
seulement à condition que le travail dans la fosse soit complètement sup-
primé. Cette abstention seule suffit pour que, au bout de quelque temps,
le nystagmus disparaisse spontanément.

Ceux qui souffrent de nystagmus ne s'aperçoivent pas de leur affection ; ils ne
connaissent le tremblement de leurs yeux que parce que d'autres le leur apprennent. Quelques patients exécutent avec la tête les mêmes mouvements de
balancement qu'avec les yeux, mais en sens inverse. On rencontre aussi des
personnes qui peuvent à volonté faire naître le nystagmus. — Pour que le nystagmus se développe, il faut qu'il existe un certain degré de vision ; les personnes nées aveugles ou frappées de cécité de bonne heure ne gagnent pas le
nystagmus. Chez elles, les yeux se meuvent lentement, exécutant, sans but, de
larges excursions, souvent en opposition avec les lois de l'association.

Le nystagmus des mineurs se rencontre exclusivement chez ceux qui travaillent dans les fosses à charbon. Il atteint presque exclusivement les abatteurs.
Après avoir travaillé plusieurs années dans la fosse, ils remarquent que le soir,
quand ils la quittent, tout danse devant leurs yeux. Ce phénomène disparaît
bientôt, mais reprend dès qu'ils recommencent le travail, toujours avec plus d'intensité et de durée, jusqu'à ce qu'enfin ils soient forcés d'abandonner le travail.
Quand on examine ces patients, au début de l'affection, on constate que le nys-

tagmus ne se manifeste que pendant le regard en haut, ou en haut et de côté.
Ce fait explique immédiatement le nystagmus. En effet, dans un grand nombre
de fosses, les abatteurs travaillent couchés sur le dos, les yeux dirigés fortement et obliquement en haut. Cette direction du regard très pénible produit,
quand elle se prolonge longtemps, de la fatigue des muscles des yeux avec
spasmes cloniques. Le mouvement apparent des objets dans le nystagmus est
facile à expliquer. Puisque les yeux exécutent un mouvement de pendule, les
images de tous les objets se meuvent sur la rétine, mais en sens inverse. Mais le
patient ignore les mouvements de ses yeux, il attribue donc les déplacements
des images rétiniennes aux mouvements des objets eux-mêmes. Comment
se fait-il que ceux qui ont acquis le nystagmus par suite d'une faiblesse
de la vue ne voient pas danser les objets? Parce que ceux-là souffrent de nystagmus depuis l'enfance et qu'ainsi, en apprenant à voir, ils ont en même temps
appris à tenir compte, dans la projection des images rétiniennes, des mouvements nystagmiques des yeux.

Les *spasmes toniques* des muscles des yeux sont extraordinairement rares. Un
grand nombre de cas de strabismes intermittents (page 666) en dépendent. On
les observe, en outre, dans certaines maladies du cerveau, notamment sous
forme de déviations conjuguées (*Prévost*). Celle-ci se produit à la suite d'une
affection d'un des centres d'association des mouvements oculaires, affection
qui a pour effet de faire dévier les deux yeux du même côté sous l'influence
d'une contraction spasmodique des muscles correspondants. Ces cas sont analogues à ceux de la paralysie conjuguée (pages 647 et 655), avec cette différence,
qu'au lieu de paralysie, il s'agit ici d'un spasme. Dans l'hystérie, il peut exister
également des spasmes toniques des muscles de l'œil. J'ai observé deux faits
absolument analogues chez des femmes et chez un homme. Toute tentative de
fixer un objet de près ou de loin était immédiatement suivie d'une convergence
extrême, avec rétrécissement considérable des pupilles et spasme de l'accommodation. Par conséquent, trois muscles associés, les droits internes, les sphinc-
ters de la pupille et les muscles ciliaires, entraient en même temps en contraction spasmodique. Par l'application longtemps prolongée d'un courant constant,
l'un des cas a été entièrement guéri, les deux autres beaucoup améliorés.

CHAPITRE XV

MALADIES DE L'ORBITE

ANATOMIE

§ 129. La cavité orbitaire osseuse représente une pyramide quadrangulaire, dont la base, tournée en avant, constitue l'ouverture orbitaire, et dont le sommet forme le trou optique. Les parois nasales des deux orbites sont à peu près parallèles entre elles ; au contraire, les parois temporales divergent considérablement d'arrière en avant. La paroi nasale est extrêmement mince, parce qu'elle est formée par l'os unguis, mince comme une feuille de papier, et par la fine lame papyracée de l'ethmoïde (fig. 128, *T* et *L*). A la partie antérieure de cette paroi se trouve la fosse lacrymale, destinée à recevoir le sac lacrymal (fig. 133, *fl*). A la partie postérieure de l'orbite, on observe trois ouvertures qui servent à mettre l'orbite en communication avec les régions voisines. Ces ouvertures sont :

1° Le trou optique qui conduit dans la fosse crânienne moyenne en passant entre les deux racines des petites ailes du sphénoïde. C'est par le trou optique que le nerf optique et, sous ce dernier, l'artère ophtalmique pénètrent dans l'orbite (fig. 132, *F*) ;

2° La fente sphénoïdale, ou orbitaire supérieure, se trouve à l'union des parois supérieure et externe, limitée par la grande et la petite aile du sphénoïde. Elle conduit également dans la fosse crânienne moyenne et donne passage aux nerfs des muscles de l'œil, ainsi qu'à la première branche du trijumeau ;

3° La fente orbitaire inférieure. Celle-ci est plus longue que la fente orbitaire supérieure et se trouve à l'union des parois externe et inférieure de l'orbite, entre la grande aile du sphénoïde et le maxillaire supérieur. Elle met en communication l'orbite avec la fosse temporale (fosse sphéno-maxillaire). Par cette fente passent dans l'orbite des ramuscules de la seconde branche du trijumeau, dont le nerf sous-orbitaire est le plus considérable.

Au niveau du bord antérieur, les parois de l'orbite s'épaississent et y forment un anneau osseux, puissant, appelé *rebord orbitaire*. Ce rebord constitue l'abri le plus efficace de l'œil contre les violences extérieures, surtout en haut et en bas où il est le plus saillant. En dedans, il n'existe pas de rebord bien distinct, mais l'œil y est protégé par le dos du nez. C'est du côté externe que le rebord orbitaire est le moins saillant (fig. 132, *A*); aussi c'est à cet endroit que l'œil est le plus exposé aux traumatismes.

Au niveau du rebord orbitaire supérieur, se trouve l'échancrure sus-orbitaire destinée au passage de l'artère et du nerf du même nom (fig. 133, *i*). Au niveau du bord inférieur de l'orbite se voit un canal, le canal sous-orbitaire, servant de passage à l'artère et au nerf sous-orbitaires. Ce canal s'ouvre sur la joue à environ 4 millimètres en-dessous du rebord orbitaire, — trou sous-orbitaire (fig. 133, *fi*). Ce trou, ainsi que l'échancrure sus-orbitaire, constituant les points d'émergence des nerfs prénommés, sont d'une certaine importance pratique. Dans les névralgies du trijumeau et le blépharospasme essentiel, ces points présentent fréquemment de la sensibilité à la pression.

La cavité orbitaire est entourée de plusieurs autres cavités dont les affections retentissent quelquefois sur elle. Ces cavités sont les fosses nasales et les sinus voisins, sinus ethmoïdal et sphénoïdal, sinus frontal et antre d'Highmore.

Le *contenu* de l'orbite est constitué par le globe oculaire avec le nerf optique et les muscles, par la glande lacrymale, les vaisseaux et les nerfs. Les intervalles entre ces divers organes sont occupés par le tissu graisseux orbitaire, et le tout est solidement maintenu par un système spécial d'*aponévroses*. Ces aponévroses sont particulièrement puissantes et très intimement reliées entre elles, surtout au niveau de trois endroits :

1° Le long des parois de l'orbite qu'elles recouvrent sous la forme de périoste (ici appelé périorbitaire). Elles fournissent également à l'orbite une paroi antérieure. Cette paroi est constituée par les aponévroses qui s'étendent du pourtour de l'orbite aux deux tarses ainsi qu'aux ligaments palpébraux interne et externe (aponévroses tarso-orbitaires). Ces parties constituent ensemble le septum orbitaire, qui, lorsque les paupières sont closes, ferme l'orbite et y maintient le contenu (fig. 131); 2° les muscles sont enveloppés dans des aponévroses fournissant des expansions qui relient les muscles entre eux, avec les paupières et avec les parois orbitaires (voir page 616); 3° tout autour du bulbe les aponévroses deviennent plus denses et se transforment en une capsule fibreuse, la *capsule de Ténon* (aussi appelée capsule de *Bonnet*). En avant, celle-ci s'étend jusque sous la conjonctive bulbaire, en arrière jusque tout près du nerf optique. Elle est donc ouverte en arrière et en avant et forme ainsi un large anneau entourant le bulbe. Elle représente la cavité articulaire du globe oculaire, qui peut s'y mouvoir dans tous les sens. Les surfaces contiguës de la capsule de *Ténon* et du bulbe sont lisses et couvertes d'un endothélium (*Schwalbe*). L'espace compris entre les deux — l'espace de *Ténon* (fig. 65, *t*) — doit être considéré comme un espace lymphatique qui se continue en arrière avec l'espace lymphatique entourant la tunique vaginale externe du nerf optique, espace supravaginal (fig. 65, *s*). A l'endroit où les tendons des muscles de l'œil perforent la capsule de *Ténon*, celle-ci se réfléchit sur ces muscles et se continue dans les aponévroses qui les enveloppent (invaginations latérales des muscles, fig. 65, *e* et *e'*).

Les *vaisseaux sanguins* de l'orbite proviennent de l'artère ophtalmique, qui est une branche de la carotide interne et qui pénètre dans la fosse orbitaire par le trou optique. Le sang veineux abandonne l'orbite par les veines ophtalmiques supérieure et inférieure, qui toutes deux, passant par la fente orbitaire supérieure, se rendent au sinus caverneux où elles se déversent. Ces veines possèdent de nombreuses anastomoses avec celles de la face. L'orbite n'a ni vaisseaux ni ganglions lymphatiques.

Les *nerfs* de l'orbite sont en partie moteurs, ce sont ceux qui sont destinés aux muscles de l'œil, en partie sensitifs; ceux-ci appartiennent à la première et à la seconde branche du trijumeau. Au côté externe du tronc du nerf optique, se trouve le ganglion ciliaire. Celui-ci contient des fibres motrices de l'oculo-moteur commun (racine courte), des fibres sensibles du trijumeau (racine longue), enfin des fibres du sympathique provenant du réseau qui enveloppe la carotide. Du ganglion ciliaire émergent les nerfs ciliaires courts de l'œil, qui pénètrent dans le bulbe par le segment postérieur. Les nerfs ciliaires, longs, qui pénètrent également dans le bulbe, ne proviennent pas du ganglion ciliaire, mais viennent directement du trijumeau (de la branche naso-ciliaire).

Situation du bulbe dans l'orbite. — Cette situation est ordinairement telle que, si on place une règle verticalement contre les rebords supérieur et inférieur de l'orbite et qu'on la presse, on touche le sommet de la cornée à travers les paupières fermées, mais on ne comprime pas sensiblement l'œil. Telle est la situation moyenne, mais elle souffre de nombreuses exceptions résultant en partie des différences individuelles dans la forme du visage, en partie des variétés dans la quantité de graisse de l'orbite. A mesure que l'embonpoint augmente, les yeux deviennent plus saillants (des yeux à fleur de tête), ils rentrent dans l'orbite si l'on maigrit.

Comme exceptions pathologiques à la situation normale, on observe surtout la protrusion du globe oculaire — *exophtalmie*. A cause des variations individuelles considérables dans la situation du bulbe, on ne peut avec certitude diagnostiquer les degrés légers d'exophtalmie que lorsque cette affection se borne à un seul œil, de façon que l'autre œil fournisse un point de repère pour faire la comparaison. Quant aux degrés d'exophtalmie

plus élevés, on les reconnaît à première vue. La saillie du globe oculaire
est si prononcée que les paupières ne suffisent plus à retenir l'œil dans
l'orbite, l'organe se luxe alors en avant — *luxation du bulbe*. La protrusion
du bulbe peut s'opérer directement en avant, ou bien en avant et sur l'un
des côtés.

L'exophtalmie dépend soit de l'augmentation de volume des tissus
orbitaires, soit de la diminution de capacité de l'orbite. La première condition s'observe bien plus souvent que la seconde. Cependant une exophtalmie peut se développer aussi à cause de la perte du tonus des muscles
droits de l'œil, qui tirent le globe oculaire en arrière. Tel est le cas dans
la paralysie ou la section de ces muscles (ténotomie).

Les *suites* de l'exophtalmie très prononcée sont très fâcheuses pour l'œil :
1° En effet, plus l'œil est saillant, plus il distend les paupières. Il s'ensuit que la fente palpébrale est plus large, et une grande partie du bulbe
devient visible. Dans les cas légers d'exophtalmie, l'écartement exagéré de
la fente palpébrale frappe souvent plus que la protrusion du bulbe même.
Les suites de la dénudation exagérée du globe oculaire sont des symptômes irritatifs du côté de la conjonctive, tels que de l'injection du globe
oculaire et du larmoiement. Lorsque la protrusion se prononce davantage
encore, l'occlusion palpébrale devient impossible (lagophtalmie). Alors la
cornée commence à souffrir, et il se développe une kératite par lagophtalmie.
C'est la suite la plus redoutable de l'exophtalmie, et c'est contre elle que
le traitement doit être surtout dirigé (voir page 580) ;

2° La pression que le globe exerce sur la face postérieure des paupières
produit le renversement de la paupière en dehors, il se développe un
ectropion de la paupière inférieure ;

3° A mesure que la protrusion augmente, la motilité du bulbe diminue,
en raison de la distension des muscles droits et du nerf optique ;

4° L'acuité visuelle est troublée de diverses manières. Ainsi dans les cas
où, à côté de la protrusion de l'œil, il existe encore un déplacement
latéral, il se manifeste de la diplopie. Plus tard, l'acuité visuelle de l'œil
saillant peut se perdre complètement par suite d'une kératite, ou par une
affection du nerf optique. Tant que la protrusion de l'œil est légère, le nerf
optique n'est pas tiraillé, car sa courbure en S s'efface d'abord (voir
page 498). Ce n'est que lorsque la protrusion de l'œil devient plus
prononcée, que le nerf optique est tendu. Mais, quand le nerf optique
s'allonge lentement, les fibres nerveuses s'accommodent merveilleusement
à cette extension, de façon qu'elles conservent leurs propriétés conductrices et que la vue se maintient. Par contre, lorsque l'exophtalmie prend
rapidement un grand développement, le nerf optique, tiraillé, s'enflamme
et finit par s'atrophier.

Par les progrès de l'âge, l'orbite s'élargit dans la même mesure que le volume de l'œil augmente. Ainsi, quand le globe ne se développe pas normalement, et surtout lorsqu'il se perd complètement dans l'enfance, les dimensions de l'orbite restent plus petites. Aussi, quand, dans ces cas, on veut faire porter plus tard un œil artificiel, on trouve le plus souvent que l'orbite est trop petite.

La fente orbitaire supérieure est fermée par une membrane dans laquelle se trouvent de nombreuses fibres musculaires lisses (muscle orbitaire de *Müller*), innervées par le grand sympathique.

La situation du bulbe dans l'orbite n'est pas seulement variable selon les personnes, mais encore elle peut être différente des deux côtés chez le même individu. Cette différence est liée à un développement asymétrique de la face, très souvent accompagné d'une réfraction inégale des yeux. Dans le dernier cas, la différence de situation peut n'être qu'apparente, parce que l'œil myope est plus long et proémine par conséquent davantage; de cette manière, l'œil donne l'illusion d'une exophtalmie.

Pour mesurer le degré de l'exophtalmie, on a construit des instruments qu'on appelle exophtalmomètres ou statomètres (*Cohn, Hasner, Zehender, Snellen*).

L'affection opposée à l'exophtalmie, c'est-à-dire l'enfoncement du bulbe dans l'orbite (*enophtalmie*) s'observe : 1° dans la diminution de la graisse orbitaire, à la suite d'un amaigrissement prononcé. Dans le choléra asiatique, cet état se manifeste en quelques heures en raison de la perte énorme d'eau des tissus (*v. Græfe*); 2° dans la paralysie du grand sympathique; 3° dans certains traumatismes (enophtalmie traumatique). Dans le plus grand nombre de ces cas, la blessure avait atteint non pas le bulbe, mais le bord orbitaire supérieur. *Gessner* trouve la cause de l'enophtalmie consécutive dans la rétraction cicatricielle du tissu orbitaire après le traumatisme, *Beer*, dans une atrophie de ce tissu, produite par une lésion des fibres nerveuses, particulièrement du sympathique. Au contraire, *Lang* pense qu'il s'agit d'une fracture indirecte de la paroi orbitaire inférieure refoulée vers l'antre d'Highmore. De cette manière, la capacité de l'orbite augmenterait et le bulbe serait refoulé en arrière par la pression atmosphérique. En faveur de cette opinion plaident quelques cas dans lesquels le bulbe même a été luxé dans l'antre d'Highmore par un coup de corne de vache; 4° après la guérison spontanée d'une exophtalmie pulsatile (*Bronner*); 5° dans l'atrophie nerveuse de la face.

I. — INFLAMMATIONS

a) Inflammation de la paroi osseuse et du périoste de l'orbite

§ 130. La *périostite* des os orbitaires n'est pas rare, notamment au niveau du rebord orbitaire. A cet endroit, le diagnostic en est des plus faciles. On

sent une tuméfaction dure, siégeant, immobile, sur l'os. Cette tuméfaction
rend le rebord orbitaire plus épais et plus arrondi, et la différence est surtout sensible quand on le compare au bord orbitaire aigu de l'autre côté.
Comme les paupières et la conjonctive ont une grande tendance à s'œdé-
matier, on comprend facilement que la périostite orbitaire doit être
accompagnée d'un œdème considérable. Et même, dans ce cas, il est possible de sentir, à travers le gonflement mou des paupières, la tuméfaction
périostique. Le point malade se distingue, d'ailleurs, par une plus grande
sensibilité à la pression.

Quand la périostite siège, non plus au bord, mais profondément dans
l'orbite, le diagnostic devient beaucoup plus difficile. Au début, on n'observe
que les signes d'une inflammation douloureuse ayant son siège profondément dans l'orbite. Souvent on ne s'aperçoit qu'il s'agit d'un périostite
que lorsque l'inflammation finit par former un abcès qui s'ouvre au dehors.
Alors, si l'on introduit une sonde dans l'ouverture, on bute contre l'os
dénudé.

Dans les cas favorables, la périostite se *termine* par la résorption complète de l'exsudat périostique, ou par un épaississement osseux définitif
(surtout dans la périostite syphilitique). Le cas est moins heureux lorsque
la périostite passe à la suppuration, car alors elle est suivie d'une carie
ou d'une nécrose de l'os. — Quand, au niveau du rebord orbitaire, se
développe un abcès périostique, la peau à l'endroit correspondant commence par rougir, puis elle s'amincit et enfin elle finit par se perforer. De
cette manière, il se forme une fistule, à travers laquelle on peut, avec la
sonde, sentir l'os dénudé. Plus tard, au niveau de l'ouverture fistulaire, il
se développe une dépression infundibuliforme, caractéristique des affections osseuses. La suppuration de la fistule dure ainsi jusqu'à ce que l'os
malade, dans toute l'étendue nécrosée, se soit éliminé, ce qui demande
bien souvent des années. Alors la fistule se ferme, et, à sa place, il reste
une dépression en entonnoir, formée par une cicatrice fixée au bord orbitaire. En palpant à travers la cicatrice, on sent la perte de substance que
la nécrose a produite dans l'os. Une autre conséquence fréquente de la
fistule, c'est le développement d'un ectropion de la paupière correspondante et même d'une lagophtalmie. Ces deux affections dépendent en
partie de ce que la paupière fixée au bord orbitaire est fortement
rétractée, et, en partie, de ce que, en raison de la longue suppuration, la
peau palpébrale a été partiellement détruite.

Quand une périostite, située profondément dans l'orbite, passe à
l'abcession, il se manifeste les symptômes du phlegmon rétrobulbaire, que
nous décrirons plus tard. Dans ce cas, le processus inflammatoire est
beaucoup plus laborieux et plus long, car, pour se frayer une voie depuis

l'endroit où il s'est formé jusqu'à la surface, le pus a besoin d'un temp-
considérable. En outre, ces suppurations profondes peuvent devenir dangereuses pour la vie, quand elles se propagent dans la boîte crânienne et
donnent naissance à une méningite ou à un abcès cérébral. Sous ce rapport, ce sont les périostites de la voûte orbitaire qui sont surtout à
craindre, parce qu'à cet endroit la cavité crânienne n'est séparée du foyer
purulent dans l'orbite que par une lamelle osseuse très mince.

Les *causes* de la périostite de l'orbite sont : 1° des blessures. La périostite traumatique s'observe le plus souvent au niveau du rebord orbitaire,
puisque cette partie est la plus exposée à être blessée ; 2° des dyscrasies,
telles que : la scrofulose (tuberculose) et la syphilis. Ces périostites se
localisent également plutôt sur le rebord que dans la profondeur de
l'orbite, parce que, là aussi, les traumatismes jouent le rôle de cause
occasionnelle. Des traumatismes de nature légère, tels qu'une chute ou
une contusion du rebord orbitaire, qui, chez les individus sains, restent
sans conséquences fâcheuses, peuvent constituer chez les dyscrasiques le
point de départ d'une inflammation spécifique de longue durée. La périostite scrofuleuse (tuberculeuse) s'observe principalement chez les enfants,
et atteint surtout les rebords orbitaires supéro-externe et inféro-externe,
qui sont les points les plus exposés aux violences extérieures ; elle se
termine généralement par la carie. Au contraire, la périostite syphilitique
se rencontre de préférence chez les adultes et seulement par exception
chez les enfants (atteints de syphilis héréditaire). Cette affection appartient
à la syphilis tertiaire (gommeuse) et se manifeste le plus souvent sous
forme d'un épaississement périostique chronique, plus rarement sous
forme aiguë avec suppuration consécutive.

Le *traitement* doit surtout être dirigé contre l'élément étiologique. Sous
ce rapport, on obtient les meilleurs succès dans la périostite syphilitique,
qui guérit d'ordinaire promptement par une cure instituée à temps et bien
conduite au moyen du mercure et de l'iodure de potassium. Comme traitement local, on applique des compresses chaudes et humides, qui, au
début, favorisent la résolution et qui, plus tard, facilitent le ramollissement
de l'abcès en voie de formation. Dès que l'on observe des signes de suppuration, il ne faut pas hésiter à pratiquer une incision afin d'empêcher
que le pus accumulé sous le périoste ne détache celui-ci de l'os dans une
plus grande étendue. C'est surtout dans les abcès périostiques qui siègent
profondément dans l'orbite que l'incision est indiquée de bonne heure,
avant même que l'on sente de la fluctuation, afin d'empêcher le pus de
fuser vers le cerveau. Après l'ouverture de l'abcès, on place un drain ou
l'on introduit une mèche de gaze iodoformée dans la plaie pour la tenir
ouverte et faciliter l'écoulement du pus. Si la périostite est suivie de carie

ou de nécrose, il faut traiter ces complications suivant les règles de la chirurgie. L'ectropion et la lagophtalmie, qui se développent plus tard, doivent également être combattus par une opération. L'opération doit s'exécuter sans retard lorsque la cornée, mal recouverte, est en danger. S'il n'en était pas ainsi, il serait préférable de remettre toute intervention opératoire jusqu'à ce que l'affection osseuse fût entièrement terminée, sinon, par la formation d'un nouvel abcès ou d'une nouvelle fistule, le succès de l'opération pourrait être compromis.

b) Inflammation du tissu cellulaire orbitaire

§ 131. L'inflammation du tissu cellulaire orbitaire, qui passe à la suppuration, est désignée sous le nom de phlegmon orbitaire ou de phlegmon rétrobulbaire (abcès rétrobulbaire). Elle s'annonce par un œdème considérable de la paupière et de la conjonctive (chémosis). Le bulbe est refoulé en avant, ce qui en diminue la mobilité ; la vue est abaissée, ou même complètement perdue. En outre, il se manifeste des douleurs violentes, de la fièvre, assez souvent des symptômes cérébraux, tels que de la céphalalgie, des nausées, des angoisses, du ralentissement du pouls, etc. Quand les symptômes sont parvenus à leur apogée, la peau de la paupière rougit en un point, puis elle devient jaune, et finalement elle est perforée par le pus. Après l'écoulement d'une grande quantité de pus, le plus souvent les symptômes inflammatoires disparaissent promptement, et l'ouverture ne tarde pas à se cicatriser. L'acuité visuelle peut être diminuée pour toujours, ou même entièrement abolie, dans le cas où le nerf optique a été envahi en même temps. Ainsi, il peut se développer une inflammation du nerf optique, ou une thrombose de ses vaisseaux, deux affections qui ont pour conséquence l'atrophie du nerf. Le phlegmon rétrobulbaire peut encore provoquer un décollement de la rétine et même la suppuration du bulbe (panophtalmite). — Lorsque la suppuration passe de l'orbite dans la cavité crânienne, elle entraîne une terminaison fatale produite par une méningite purulente ou un abcès du cerveau.

Les *causes* du phlegmon rétrobulbaire sont les suivantes :

1° Les traumatismes ; c'est le cas lorsque le corps vulnérant pénètre dans l'orbite et y dépose des germes infectieux. Les traumatismes dans lesquels le corps étranger demeure dans l'orbite sont particulièrement dangereux. En outre, des opérations telles que l'énucléation peuvent, quand elles n'ont pas été aseptiquement exécutées, donner lieu à une suppuration de l'orbite ;

2° La propagation de l'inflammation des parois de l'orbite ou des organes voisins au tissu cellulaire. Tel est le cas dans la périostite de la paroi orbitaire ou des os avoisinants, dans la périostite purulente des dents de la mâchoire supérieure, ensuite dans l'empyème des sinus voisins, lorsque le pus se fait jour par l'orbite; enfin, dans la thrombose purulente du sinus caverneux, quand elle se propage dans les veines orbitaires;

3° L'érysipèle, lorsque l'inflammation se propage de la peau au tissu orbitaire profond;

4° Les métastases, dans la pyémie, le typhus, la variole, la méningite suppurée, etc.;

5° Dans nombre de cas où l'on n'a pas pu trouver d'autres causes, on a mis le développement du phlegmon bulbaire sur le compte d'un refroidissement. Dans un grand nombre de ces cas, il faut admettre que l'affection a été précédée d'un érysipèle très léger, qui, par conséquent, a passé inaperçu (*Leber*).

Dans le phlegmon rétrobulbaire, il faut procéder aussitôt que possible à l'ouverture de l'abcès pour prévenir l'extension de la suppuration au cerveau. A l'aide du bistouri aigu, on ponctionne l'endroit que l'on présume être le siège de l'abcès, et l'on n'hésite pas à pénétrer profondément. Le siège de l'abcès est indiqué par le déplacement du bulbe. Est-il, par exemple, refoulé en avant et en bas, il faut supposer que l'abcès se trouve dans la partie supérieure de l'orbite. D'ailleurs, alors même que, par la ponction, on ne réussit pas à évacuer le pus, parce que le foyer purulent est encore trop petit, l'effet de cette opération n'en est pas moins salutaire, en raison du relâchement des tissus et de l'abondante hémorragie qu'elle occasionne.

La *périostite chronique*, notamment d'origine syphilitique, peut avoir pour résultat un épaississement graduel des os de l'orbite, qui entraîne une diminution progressive de la capacité de cette cavité. Les conséquences de ce processus sont le développement d'une exophtalmie, ainsi que la compression des nerfs qui pénètrent dans l'orbite; de là, résultent des névralgies et des paralysies. Le tableau symptomatique est semblable à celui que l'on observe dans la *léontiasis osseuse*. Celle-ci consiste dans un épaississement progressif général de tous les os de la face auquel prennent part les os de l'orbite. Ici donc nous avons également les symptômes du rétrécissement de l'orbite avec épaississement concomitant de ses parois.

Des symptômes, tels qu'on en observe au début du phlegmon rétrobulbaire, accompagnent aussi la *thrombose du sinus caverneux*. Les paupières et la conjonctive sont le siège d'un gonflement œdémateux, le bulbe est refoulé en avant et les mouvements en sont difficiles. A l'ophtalmoscope, les veines rétiniennes paraissent fortement gorgées de sang. En même temps, la région mastoïdienne est le siège d'un œdème pâteux. Ces symptômes dépendent de ce que les veines de l'orbite déversent la majeure partie de leur sang dans la veine ophtalmique et par là dans le sinus caverneux. Lorsque ce sinus est oblitéré, il se développe nécessairement dans l'orbite une stase veineuse prononcée qui entraîne la protrusion du globe ainsi que l'hyperémie veineuse de la rétine. Quant à l'œdème de la région mastoïdienne, il dépend de ce qu'une veine émissaire de Santorini (la veine mastoïdienne) aboutit au sinus transverse; il en résulte que, lorsque la thrombose se propage du sinus caverneux au sinus transverse, cette région prend part à la stase veineuse. Cet œdème, lorsqu'il existe (ce qui n'est pas toujours le cas), constitue un symptôme de diagnostic différentiel important entre la thrombose du sinus et le phlegmon rétrobulbaire où ce symptôme fait défaut. Un autre symptôme différentiel consiste en ce que la thrombose du sinus se propage fréquemment à l'autre côté où le même tableau symptomatique se manifeste. Au contraire, le phlegmon orbitaire bilatéral serait une affection excessivement rare. Enfin, la thrombose du sinus est accompagnée de symptômes cérébraux graves qui entraînent finalement la mort.

Les oblitérations du sinus dépendent soit d'une simple thrombose marastique, soit d'une thrombose par infection. Cette dernière provient le plus souvent d'un foyer purulent, situé dans le voisinage, par exemple d'un phlegmon orbitaire, qui produit la thrombose de la veine ophtalmique supérieure ou inférieure, d'où elle gagne le sinus. Le plus souvent l'origine de la thrombose du sinus se trouve dans une carie du rocher. Du sinus de cet os, la thrombose se propage au sinus caverneux. Les thromboses du sinus peuvent encore résulter de suppurations dentaires. Enfin elles se développent quelquefois par voie métastatique dans les affections infectieuses, telles que l'érysipèle, la scarlatine, etc.

Ténonite. — La capsule de *Ténon* peut prendre part aux inflammations du globe, et alors il se produit un œdème inflammatoire de la capsule et du tissu cellulaire orbitaire avoisinant, et l'œil est refoulé en avant. Il s'ensuit que, dans les cas graves d'iridocyclite (surtout après un traumatisme), on observe quelquefois un léger degré d'exophtalmie. Cependant, dans la panophtalmite, l'exophtalmie, qui en est un des symptômes les plus constants et les plus manifestes, se développe à un degré bien plus élevé. Une fois l'inflammation terminée, il se forme des adhérences étendues entre la capsule de *Ténon* et le globe, ce dont on peut s'assurer quand on procède à une énucléation ultérieure. — Il se produit également un exsudat dans l'espace de *Ténon*, lorsque la capsule a été ouverte par un traumatisme, mais surtout après l'opération du strabisme, lorsqu'en se servant d'instruments malpropres on a infecté la place.

On observe également une *ténonite séreuse* primitive. La description du cas suivant, que j'ai observé moi-même, nous fournira le tableau symptomatique de cette rare affection : il s'agissait d'une femme de cinquante-huit ans, d'ailleurs bien portante, et chez qui l'affection avait commencé sans cause connue, six jours avant qu'elle se présentât à ma clinique. La peau, dans le voisinage des paupières, mais surtout ces dernières, étaient fortement œdématiées, de façon que les yeux pouvaient à peine s'entr'ouvrir spontanément. En écartant les paupières, je trouvai les yeux saillants et presque immobiles. La conjonctive palpébrale était modérément injectée, celle du bulbe, au contraire, l'était assez fortement, mais, en outre, si violemment gonflée, qu'elle recouvrait la cornée de toutes parts sous forme d'un épais bourrelet. La sécrétion n'avait pas augmenté. La cornée, ainsi que les parties profondes de l'œil, étaient indemnes et l'acuité visuelle normale, seulement il y avait diplopie à cause de la gêne de la motilité de l'œil. La maladie était accompagnée de douleurs modérées, notamment d'un sentiment de pression et de tension dans les yeux. — Comme traitement, j'administrai à la patiente une infusion de jaborandi, afin de provoquer par une abondante transpiration la prompte disparition de l'exsudat. Sous l'influence de ce médicament, l'œdème et la protrusion des yeux disparurent peu à peu, et, lorsque la patiente, quatre semaines plus tard, quitta la clinique, l'état de ses yeux était redevenu entièrement normal.

Les causes de la ténonite sont encore obscures ; on l'attribue à la goutte, au rhumatisme et au refroidissement. Quelques cas (dont un de ténonite suppurée primitive) ont été observés dans la dernière épidémie d'influenza. L'affection a des tendances à la récidive, mais n'entraîne aucune suite durable.

II. — TRAUMATISMES

§ 132. Les blessures de l'orbite intéressent tantôt les parties molles seulement, tantôt en même temps les os. Les blessures des *parties molles* sont, en général, le résultat de la pénétration d'un corps étranger dans l'orbite, et il est naturel qu'alors les paupières et le bulbe soient très souvent atteints en même temps. La suite immédiate de la blessure est la production d'une hémorragie dans le tissu de l'orbite. Lorsqu'elle est abondante, elle occasionne une exophtalmie, et elle s'étend jusque sous la conjonctive et la paupière, où elle apparaît sous forme d'une ecchymose résultant de ce que le sang a fusé jusque-là. La blessure peut encore avoir pour conséquence des paralysies des muscles oculaires, ainsi que des lésions du nerf optique qui entraînent immédiatement après elles une cécité partielle ou totale. Il arrive aussi que le corps étranger, qui pénètre dans l'orbite, en expulse le globe oculaire, de façon qu'on trouve celui-ci pendant au-devant des paupières — *luxation traumatique du bulbe*. Cet accident est surtout possible, quand le corps vulnérant pénètre du côté externe qui est l'endroit où le rebord orbitaire est le moins saillant ; — celui-ci ne dépasse presque pas le plan de l'équateur du bulbe. Il y a des pays où, dans les rixes, on produit volontairement de telles blessures en poussant, du côté externe, le pouce dans l'orbite, et en en expulsant le globe. Des aliénés se sont quelquefois énucléés ainsi un œil ou même les deux yeux. Le plus souvent le bulbe luxé est perdu ; cependant on connaît quelques cas où l'œil, après avoir été remis en place, s'est guéri et a conservé son acuité visuelle.

Quant aux blessures des *os*, elles sont plus souvent dues à une contusion (coup ou chute) sur le pourtour orbitaire. Le diagnostic en est facile quand la blessure intéresse le rebord orbitaire même. On y reconnaît l'endroit de la fracture par l'existence d'une inégalité, la sensibilité à la pression, quelquefois par la crépitation. Quand, par suite de la fracture, l'orbite est mis en communication avec les cavités voisines, il peut se déclarer un emphysème des paupières (voir page 590), ainsi que de l'orbite lui-même. L'emphysème de l'orbite se manifeste par l'existence d'une exophtalmie, comme les hémorragies de cette cavité. On distingue le premier en ce qu'il est possible de refouler, avec la main, l'œil exophtalmique dans l'orbite, parce qu'ainsi on expulse l'air. Par contre, comme l'air rentre dans l'orbite quand on fait des efforts pour tousser, se moucher, etc., l'exolphtalmie alors augmente.

Lorsque des organes importants ne sont pas détruits, la blessure peut, après la résorption de l'hémorragie, se guérir, et tout rentre dans l'ordre. D'autres fois, il peut persister des troubles de motilité de l'œil dus à des adhérences de celui-ci avec des tissus voisins ou à des paralysies musculaires. De même, quand le nerf optique a été blessé, il peut se déclarer une cécité permanente de cet œil. Les conséquences sont plus fâcheuses encore lorsque la blessure produit le développement d'un phlegmon dans l'orbite. Dans ce cas, elle peut se terminer par la mort.

Lorsqu'il s'agit d'une blessure récente, le *traitement* consiste avant tout à nettoyer et à désinfecter soigneusement la plaie. Si l'on soupçonne la présence d'un corps étranger dans l'orbite, on tâche de l'extraire. Au contraire, des corps étrangers, tels que des grains de plomb, que l'on sait pouvoir s'enkyster, peuvent être abandonnés dans l'orbite. En outre, on prend des précautions pour que la sécrétion produite par la plaie puisse librement s'écouler (pour cela on introduit dans la plaie un drain ou une bandelette de gaze iodoformée), on applique un bandage antiseptique. Lorsque l'exophtalmie est assez prononcée, l'application d'un bandeau facilite la prompte résorption du sang ou de l'air (dans l'emphysème). Dès que les symptômes de la suppuration profonde se déclarent, il faut procéder comme dans le phlegmon rétrobulbaire.

Des fractures profondes de l'orbite, sans fracture du rebord orbitaire, peuvent être produites par des corps étrangers, pénétrant profondément dans cette cavité, mais elles peuvent être occasionnées indirectement (par contre-coup). Tel est le cas, par exemple, après une chute sur la tête ou après la chute d'un corps pesant sur la tête, etc. Quand des fractures de cette espèce se trouvent profondément situées, on ne peut les soupçonner que parce qu'elles sont accompagnées d'une hémorragie intraorbitaire. Cette hémorragie se trahit par le développement instantané d'une exophtalmie, et plus tard par une ecchymose de la conjonctive et des paupières. Un autre point de repère serait le fait, qu'immédiatement après l'accident, l'œil, tout en conservant son aspect extérieur normal, a été subitement frappé de cécité partielle ou totale. La cécité, dans ce cas, devrait être attribuée à une blessure du nerf optique dans le trajet du canal optique, dont la paroi est fracturée (*Hölder* et *Berlin*, voir page 523). Des symptômes analogues accompagnent aussi quelquefois les fractures de la base du crâne, sauf que, d'un côté, l'exophtalmie fait ici défaut et que, de l'autre, l'ecchymose de la conjonctive et des paupières se manifeste encore plus tard, le sang ayant besoin de plus de temps encore pour arriver jusque-là.

Les hémorragies spontanées de l'orbite sont excessivement rares, on ne les observe qu'à la suite de la coqueluche ou chez les personnes disposées aux hémorragies (scorbut, etc.).

Contusion de l'œil. — Il peut être utile pour le médecin praticien de posséder un tableau résumant brièvement les conséquences que la contusion de l'œil ou des tissus voisins peut entraîner. Le médecin, placé devant un cas semblable, pourra, en consultant ce résumé, connaître les altérations possibles dans l'occurrence. Il examinera s'il trouve une de ces altérations dans le cas qui l'occupe, et ainsi il lui sera peut-être possible de découvrir les lésions qui, trop peu manifestes, eussent sans cela passé inaperçues. Les altérations produites par les contusions sont :

Aux *paupières* : des ecchymoses, de l'emphysème, des solutions de continuité.

Au *rebord orbitaire* : des fractures avec ou sans déplacement des fragments ;

Au point de vue de la *situation du bulbe* : l'exophtalmie, qui peut avoir pour cause soit la production d'un épanchement de sang ou d'air (emphysème) dans le tissu rétrobulbaire, soit un anévrysme artérioso-veineux provenant d'une rupture de la carotide dans le sinus caverneux (p. 693).

Dans le cas où les enveloppes de l'œil ont été perforées, la *tension* du bulbe a considérablement diminué. Mais, même en dehors de toute lésion matérielle considérable, la tension de l'œil peut être, d'une façon temporaire, diminuée, par suite de la diminution de volume des liquides de l'œil, surtout du corps vitré (*Leplat*). Cette hypotonie doit être considérée comme dépendant d'un trouble trophique d'origine nerveuse.

A la *conjonctive* : des ecchymoses, des déchirures (avec ou sans rupture sclérale concomitante) ;

A la *cornée* : des érosions épithéliales, plus tard des inflammations parenchymateuses, rarement des processus suppuratifs ou une rupture de la cornée ;

Dans la *chambre antérieure* et dans le *corps vitré* : des épanchements sanguins (hyphéma, hémophtalmie) ;

A l'*iris* : de l'iridodialyse partielle ou totale (aniridie traumatique), des déchirures radiaires, renversement de l'iris, en outre de la paralysie de l'iris (mydriase) avec ou sans paralysie de l'accommodation ;

Au *cristallin* : par suite de la rupture partielle ou totale de la zonule, on observe de l'astigmatisme, de la luxation ou de la subluxation, enfin la formation d'une cataracte ;

A la *sclérotique* : des ruptures dans le segment antérieur, éventuellement avec hernie de l'uvée, du cristallin ou du corps vitré ;

A la *choroïde* et à la *rétine* : des épanchements sanguins, du décollement ou des ruptures ; un trouble dans la rétine elle-même (commotion de la rétine).

Au *nerf optique* : de la compression par hémorragie, des blessures ou des déchirures dues à une fracture du canal optique.

III. — GOÎTRE EXOPHTALMIQUE

§ 133. Le goître exophtalmique ou maladie de *Basedow* relève du domaine de la médecine interne, et on ne doit en parler ici que parce qu'un de ses symptômes les plus importants est l'*exophtalmie*. Celle-ci est bilatérale. Les yeux sont directement refoulés en avant, tantôt d'une manière à peine sensible, tantôt si considérablement que les paupières ne suffisent plus à les couvrir complètement. Même lorsque l'exophtalmie est très prononcée, la diminution de la motilité de l'œil est légère ou fait entièrement défaut. Dès que l'exophtalmie est considérable, inutile de dire qu'alors la difformité est frappante. Mais, alors même que la protrusion est peu considérable, l'aspect particulier des yeux se remarque immédiatement. Cet aspect dépend du soulèvement extraordinairement prononcé des paupières supérieures. Les yeux paraissent largement ouverts et donnent au malade l'expression de l'étonnement ou de la frayeur. Lorsque le regard se porte en bas, les paupières n'accompagnent pas normalement l'œil mais restent fixées en haut, de façon qu'une large bande de la sclérotique est mise à découvert au-dessus de la cornée (symptôme de *v. Græfe*). Le clignotement est plus rare, ce qui favorise le desséchement de la cornée mal couverte (symptôme de *Stellwag*). Tant que la cornée n'a pas souffert, le bulbe lui-même est normal et l'acuité visuelle intacte.

Les deux autres symptômes principaux de la maladie de *Basedow* sont le *goître* et l'accélération des mouvements du cœur, la *tachycardie*. Le gonflement du corps thyroïde se distingue du goître ordinaire en ce qu'en y appliquant la main on sent un mouvement pulsatif très appréciable des artères, qui occupe toute la glande. De même, on trouve les carotides fortement dilatées et présentant des battements intenses. La force des pulsations cardiaques est augmentée, le nombre des battements est généralement au-delà de cent. Le moindre effort corporel ou l'excitation morale la plus insignifiante augmentent aussitôt considérablement la fréquence du pouls. Dans les cas récents, l'examen du cœur indique qu'il est normal, sauf une dilatation du cœur gauche. Quant à l'état général, il est troublé en ce sens que les patients sont le plus souvent très excitables et souffrent de symptômes d'anémie et de chlorose. Bien que l'appétit soit bon, il n'est cependant pas rare qu'il se manifeste un prompt amaigrissement.

La maladie atteint de préférence les femmes, à partir de l'époque de la puberté jusqu'à celle de la ménopause. Les hommes en souffrent rarement. La cause la plus fréquente de la maladie de *Basedow* réside dans les affections des organes génitaux (chez la femme). En outre, la maladie éclate quelquefois à la suite d'émotions morales, d'une grande frayeur, de soucis, etc.

Le goitre exophtalmique se développe le plus souvent très lentement. D'ordinaire, le premier symptôme que l'on constate, ce sont les palpitations auxquelles succèdent plus tard le goitre et finalement l'exophtalmie. Ordinairement, ce n'est qu'au bout d'un certain nombre de mois ou d'années que tous les symptômes de la maladie sont bien manifestes. Alors, l'affection reste le plus souvent stationnaire pendant des années, pour disparaître ensuite très lentement, laissant subsister une certaine tendance à la récidive. Cependant, dans un grand nombre de cas, la maladie ne se guérit pas, mais persiste jusqu'à la mort du malade. Elle peut même — par l'épuisement ou par des complications — occasionner la mort. Chez les hommes et chez les vieillards, la maladie affecte, en général, un caractère plus grave que chez les femmes et les jeunes individus. Pour ce qui concerne les yeux, la maladie de *Basedow* est dangereuse, parce que, lorsque l'exophtalmie devient considérable, l'occlusion palpébrale n'est plus complète, et il se développe une kératite par lagophtalmie. Cette dernière affection peut occasionner la cécité d'un des yeux ou de tous les deux à la fois.

Quant au traitement, il est malheureusement peu efficace contre la maladie de *Basedow*. L'anémie est combattue par un régime réconfortant, par le fer, le quinquina et l'arsenic. Contre la tachycardie, on prescrit la digitale, tandis qu'en considération des symptômes nerveux généraux, on administre le bromure de potassium et les douches d'eau froide. L'application longtemps prolongée du courant constant sur le sympathique cervical constitue d'ordinaire le traitement le plus efficace. Dans les derniers temps, on a pratiqué l'extirpation du corps thyroïde. — Quant à l'exophtalmie elle-même, on ne lui oppose un traitement que pour autant qu'elle empêche l'occlusion parfaite des paupières et menace ainsi l'intégrité de la cornée. Dans ce cas, il faut couvrir l'œil à l'aide d'un bandeau, pendant le sommeil. Si le bandeau était insuffisant pour tenir les paupières fermées sur l'œil exophtalmique, il faudrait avoir recours à la tarsorraphie, par laquelle on réunit la partie externe de la fente palpébrale.

La maladie de *Basedow* a été décrite comme entité morbide, tout d'abord par les médecins anglais, notamment par *Parry* et plus tard par *Graves*, et c'est pourquoi, aujourd'hui encore, les Anglais la désignent sous le nom de *Grave's disease*. Cependant, ces auteurs n'avaient pas encore reconnu l'exophtalmie comme un des symptômes essentiels de la maladie. C'est *Basedow* qui, le premier, en 1840, a établi la trinité symptomatique complète de la maladie.

Lorsque le cas est bien prononcé, il n'y a pas d'affection que l'on diagnostique plus facilement ; à distance déjà on reconnaît le mal dont le patient souffre. D'autre part, il se rencontre nombre de cas dans lesquels certains symptômes sont peu prononcés ou font entièrement défaut, et alors le diagnostic devient difficile. Si nous ne considérons ici que l'exophtalmie, elle peut être légère, faire entièrement défaut ou n'atteindre que l'un des yeux. En cas d'absence de l'exophtalmie, le symptôme de *v. Græfe* n'en existe quelquefois pas moins, ce qui démontre qu'il ne dépend pas uniquement de l'exophtalmie. Cependant le symptôme de *v. Græfe* n'est pas constant non plus, et, dans le même cas, on peut tantôt en constater la présence, tantôt l'absence.

De même que, au point de vue de leurs manifestations, les symptômes de la maladie de *Basedow* montrent beaucoup de variations, de même la marche de la maladie elle-même peut présenter de grandes diversités. Ainsi, tandis que, en règle générale, la marche en est très chronique, on connaît néanmoins des cas où le mal a éclaté d'une manière très aiguë. *Trousseau* cite une femme chez laquelle les symptômes de la maladie s'étaient développés dans le courant d'une seule nuit qu'elle avait passée à pleurer la mort de son père. D'ailleurs, il se peut que la marche ultérieure de la maladie soit tellement rapide, qu'elle se termine en quelques semaines, par la guérison ou par la mort.

La nature essentielle du goître exophtalmique est encore obscure jusqu'ici, car la plupart des autopsies n'ont donné que des résultats négatifs. Eu égard au défaut de lésions anatomiques démontrables, il faut admettre qu'elle doit son origine à un trouble d'innervation. Les symptômes oculaires paraissent dus à un trouble fonctionnel du grand sympathique. C'est pourquoi l'on observe une dilatation des vaisseaux dans le domaine des carotides, dilatation qui se trahit déjà extérieurement par les pulsations dont ces vaisseaux sont le siège. L'engorgement des vaisseaux artériels de la glande thyroïde et de l'orbite produisent respectivement le goître et l'exophtalmie, deux symptômes qui disparaissent avec la mort. Le symptôme de *v. Græfe* doit être également attribué à un trouble d'innervation du grand sympathique qui anime le releveur à fibres lisses des paupières (muscle palpébral supérieur). En fait, dans quelques autopsies, on a trouvé des altérations dans la portion cervicale du sympathique ; dans d'autres on n'a rien observé du tout. Dans ces derniers cas, il faut supposer que le foyer pathologique se trouvait dans le système nerveux central lui-même, par exemple dans la moelle allongée ou cervicale.

IV. — Tumeurs de l'orbite

§ 134. Le symptôme commun le plus important des tumeurs de l'orbite — dans le sens le plus large du mot — est l'exophtalmie. Pour fixer le siège de la tumeur, il faut considérer la nature de la protrusion : le bulbe est-il refoulé directement en avant, ou bien y a-t-il en même temps un déplacement latéral ? Dans le même but, on examine encore la motilité de l'œil dans toutes les directions. Ensuite on tâche de sentir la tumeur elle-même pour se rendre compte de sa grosseur, de sa forme, de sa consistance, de sa mobilité, etc. La tumeur siège-t-elle profondément dans l'orbite, on cherche à pénétrer avec le petit doigt, aussi loin que possible entre le bulbe et le rebord orbitaire (au besoin dans la narcose), afin d'atteindre la tumeur. Enfin l'examen se complètera par la détermination de l'acuité visuelle et l'examen ophtalmoscopique, qui nous renseigneront sur l'existence et la nature des troubles du nerf optique provoqués par la tumeur.

a) Kystes. — Les plus fréquents d'entre eux sont les kystes dermoïdes, qui, bien que congénitaux, se développent néanmoins souvent plus tard au point de devenir très considérables. Ils siègent dans les parties antérieures de l'orbite et ordinairement au niveau de l'angle supéro-externe, ou supéro-interne. Grâce à leur siège superficiel, ils ne refoulent pas le globe oculaire, mais ils font proéminer la peau des paupières, et on peut les sentir facilement sous forme de tumeurs arrondies, mobiles, de la grosseur d'une fève ou d'une noix. Après les avoir extirpés, on peut s'assurer que généralement ces kystes sont uniloculaires à contenu visqueux ou sébacé. Quelquefois ils envoient des prolongements assez profondément dans l'orbite, et l'extirpation complète en devient plus difficile. Le seul inconvénient qui résulte des kystes dermoïdes consiste dans la difformité qu'ils occasionnent, et c'est aussi le seul motif pour lequel on procède fréquemment à leur extirpation. Dans cette opération, il faut agir avec prudence pour arriver à disséquer le kyste sans l'ouvrir. Si la paroi du kyste, souvent très fragile, se rompt trop tôt, une partie peut rester en place et donner lieu à une récidive.

b) Tumeurs vasculaires. — Aux tumeurs vasculaires, dans le sens le plus étendu du mot, appartiennent les dilatations des vaisseaux — anévrysmes — et les néoplasmes vasculaires, c'est-à-dire les angiomes. Les unes aussi bien que les autres s'observent dans l'orbite, bien que rarement. Ici, comme dans les paupières, nous rencontrons les deux formes d'angiomes,

les téléangiectasies et les tumeurs caverneuses (voir page 593). Les premières sont congénitales, et leur siège originaire se trouve dans les paupières, d'où elles peuvent s'étendre peu à peu dans l'orbite. Aussi le diagnostic en est facile, puisque la tumeur est à découvert au niveau des
paupières. Quant aux tumeurs caverneuses, à l'inverse de ce qui a lieu
pour les précédentes, elles naissent habituellement dans l'orbite même, et
elles se développent lentement en refoulant le bulbe de plus en plus en
avant ; tant que ces tumeurs siègent profondément dans l'orbite, on ne
peut baser le diagnostic que sur les variations que présente leur volume.
On peut, en effet, les diminuer en refoulant le bulbe dans l'orbite ;
d'autre part, elles grossissent quand les patients crient, font un effort, etc.
Lorsque les tumeurs vasculaires deviennent plus grosses et s'étendent
plus en avant, on les voit transparaître, en bleu, à travers la peau des
paupières, et, dans les paupières elles-mêmes, on voit se développer les
vaisseaux sanguins dilatés; alors le diagnostic est naturellement facile.
— Dès que l'on voit que ces tumeurs menacent l'œil en le repoussant trop
de l'orbite, on doit les extirper. L'extirpation au moyen du couteau convient surtout pour les cas où la tumeur est nettement limitée et envelop-
pée par une capsule fibreuse. Au contraire, quand la tumeur vasculaire
est moins bien limitée, c'est le traitement par l'électrolyse qui est indiqué (p. 593).

c) *Tumeurs malignes.* — Dans l'orbite, on rencontre aussi bien des sarcomes que des carcinomes. Les premiers sont de loin les plus fréquents
et peuvent prendre leur point d'origine dans les os, le périoste, les
muscles ou le tissu conjonctif de l'orbite, dans la glande lacrymale et
même dans le nerf optique et ses tuniques. Il ne faut pas confondre avec
ces sarcomes, ceux qui se développent d'abord dans le bulbe, et qui,
après en avoir perforé les parois, viennent faire irruption dans l'orbite
et refoulent en même temps le bulbe en avant. Les sarcomes orbitaires
sont le plus souvent arrondis, assez mous et nettement limités, parce
qu'ils sont renfermés dans une enveloppe de tissu conjonctif.

Les carcinomes primitifs de l'orbite sont très rares et naissent aux
dépens de la glande lacrymale. Au contraire, il arrive souvent que des
carcinomes, dont le siège primitif était dans les paupières ou dans la conjonctive, se propagent dans l'orbite.

Lorsqu'on néglige d'extirper à temps les tumeurs malignes, elles
finissent par chasser de plus en plus l'œil de l'orbite, le détruisent et remplissent enfin toute la cavité orbitaire, hors de laquelle elles font saillie sous
forme d'une grosse masse exulcérée et saignant facilement. Plus tard, ces
tumeurs envahissent les tissus voisins de l'orbite, notamment le cerveau ;
en outre, les ganglions lymphatiques environnants se tuméfient, et il se

déclare des métastases dans les organes internes. Le patient périt par épuisement ou par la propagation de la tumeur à des organes essentiels à la vie. — Il n'est possible d'interrompre ce processus que par l'extirpation aussi prompte et aussi radicale que possible de la tumeur. Les tumeurs sarcomateuses, petites et renfermées dans une capsule, peuvent être énucléées complètement, avec conservation du reste du contenu de l'orbite. Quant aux grosses tumeurs, celles surtout qui ne sont pas strictement limitées, elles exigent qu'on les extirpe avec tout le contenu de l'orbite (exentération de l'orbite, § 166), et, alors même que l'œil a encore conservé son acuité visuelle, on est forcé de le sacrifier.

L'examen histologique des *kystes dermoïdes* démontre que la structure de leur paroi est essentiellement celle de la peau extérieure. En effet, elle est composée d'une couche de tissu conjonctif, le corps papillaire, revêtu d'un épithélium identique à l'épiderme de la peau et contenant assez souvent des follicules pileux et des glandes (glandes sébacées et sudoripares). Le contenu du kyste est le plus souvent constitué par une substance semblable à du gruau ou à du sébum, composée de cellules épithéliales desquamées et de la sécrétion fournie par les glandes contenues dans la paroi. Dans un grand nombre de cas, on y a trouvé des poils et même des dents. Quelquefois ce contenu prend l'aspect d'un liquide huileux ou mielleux (kystes huileux et mielleux ou mélicéris), et même il peut devenir séreux. — La constitution anatomique de ces kystes les fait ranger dans la catégorie des kystes dermoïdes, c'est-à-dire de ceux que l'on peut supposer provenir d'une inflexion du feuillet externe du blastoderme, qui s'est transformée plus tard en un kyste (*Remak*). Quant aux kystes dont le contenu est séreux, un grand nombre d'entre eux proviennent peut-être d'une inflexion analogue de la muqueuse nasale (*Panas*). Eu égard à leur structure et à leur origine, les kystes dermoïdes ont de l'analogie avec les dermoïdes du bord de la cornée, qui représentent également des îlots cutanés égarés (voir p. 136). Les deux espèces de tumeurs se distinguent cliniquement l'une de l'autre, en ce que les kystes dermoïdes sont des espaces creux situés profondément; les dermoïdes, au contraire, sont des tissus situés superficiellement et étendus en largeur, ayant l'aspect d'une verrue.

Une autre forme de tumeur avec laquelle les kystes dermoïdes peuvent être confondus à l'occasion, ce sont les *encéphalocèles*. L'encéphalocèle est constituée par une invagination herniaire de la dure-mère dans l'orbite. Il se forme ainsi un sac rempli soit simplement de liquide cérébro-spinal (méningocèle), soit en même temps de substance cérébrale (encéphalocèle proprement dite). Les hernies du cerveau se développent au niveau des sutures du crâne. Dans l'orbite, elles sont situées de préférence du côté supéro-interne, où elles utilisent, pour sortir du crâne, la suture entre l'ethmoïde et le frontal. Donc la méningocèle de l'orbite se présente d'ordinaire sous forme d'une tumeur siégeant dans l'angle supéro-interne de l'orbite, couverte de peau normale, nettement fluctuante, et existant depuis la naissance. Mais, comme les kystes dermoïdes sont également congénitaux, et qu'ils occupent fréquemment le même endroit, une erreur de diagnostic serait facile. Cette erreur pourrait avoir des suites graves, car si l'on procédait à l'extirpation de la méningocèle, une méningite pourrait en être la conséquence. Il est donc important de connaître le moyen de prévenir une semblable confusion. Les signes qui distinguent la méningocèle du kyste dermoïde sont surtout les suivants :

1° La méningocèle siège, immobile, sur les os. Il n'est pas rare qu'au moyen du doigt l'on puisse sentir l'ouverture osseuse par laquelle la méningocèle communique avec la boîte crânienne (anneau herniaire) ;

2° Dans la méningocèle, on observe les pulsations du pouls et de la respiration, qui se propagent du cerveau à la tumeur ;

3° La méningocèle se laisse réduire sous la pression du doigt, parce que, de cette manière, on en refoule partiellement le contenu dans la boîte crânienne. En outre, au moment de la pression, on voit quelquefois se manifester les symptômes de l'augmentation de la pression intracrânienne, tels que du vertige, des nausées, de la déviation des yeux, des convulsions, etc.;

4° Pour qu'il ne reste plus aucun doute, on peut pratiquer une ponction exploratrice du kyste. Dans ce cas, il faut appliquer une antisepsie sévère pour prévenir l'inflammation du kyste et, par conséquent, des méninges. — Le diagnostic devient difficile ou même impossible quand la communication entre la méningocèle et la cavité crânienne (l'espace subdural) est oblitérée; mais, d'autre part, dans ce cas, l'extirpation de la tumeur n'entraînerait plus aucune espèce de danger. Dans le cas contraire, il faut se garder de toucher à une méningocèle, qui est une tumeur d'ailleurs très rare.

A côté des *kystes* de l'orbite déjà décrits, il faut encore citer ceux qui sont formés par des entozoaires (cysticerques et échinocoques), les kystes sanguins résultant d'une extravasation, ainsi que les kystes congénitaux de la paupière inférieure dans la microphtalmie (p. 383).

Exophtalmie pulsatile. — Tel est le nom que l'on donne au tableau symptomatique suivant : l'œil est saillant, les vaisseaux sanguins de la conjonctive et des paupières et souvent aussi ceux des parties voisines sont dilatés. Quand on applique la main sur le globe ou sur les parties avoisinantes, on y sent distinctement des pulsations; en appliquant l'oreille, on entend un bruit de souffle, un bourdonnement et un bruissement continuel. Le patient lui-même entend ces bruits, et il a dans la tête un bourdonnement incessant, comme s'il se trouvait à côté d'une chute d'eau, ce qui l'incommode plus que tout le reste. Sous la pression de la main, l'œil se laisse refouler dans l'orbite. Un caractère distinctif spécial, c'est que la compression de la carotide du même côté diminue ou fait entièrement disparaître l'exophtalmie ainsi que les pulsations et le souffle. Dans un grand nombre de cas, l'acuité visuelle de l'œil est perdue, et cela, comme l'ophtalmoscope le démontre, par une inflammation du nerf optique. En même temps, on est frappé de l'énorme dilatation des vaisseaux sanguins de la rétine. Quelquefois l'orbite est le siège de douleurs intenses, et l'acuité de l'ouïe est parfois diminuée.

Un grand nombre d'autopsies ont démontré que la cause la plus fréquente de ce tableau symptomatique est un anévrysme artérioso-veineux, résultant d'une déchirure de la carotide au niveau du sinus caverneux. A travers la rupture, le sang de la carotide se précipite sous une haute pression dans le sinus caverneux et dans les veines orbitaires qui y débouchent. C'est pour ce motif qu'elles sont tellement dilatées et sont devenues le siège de pulsations. La rupture de la carotide est le plus souvent occasionnée par des traumatismes, et notamment par des blessures graves compliquées de fractures de la base du crâne ; rarement il se produit une rupture spontanée, par suite de dégénérescence des parois vasculaires.

Dans quelques cas rares, l'anévrysme a disparu spontanément. Autrement il ne se guérit pas et il peut entraîner la mort, au milieu de symptômes cérébraux, ou par une hémorragie fournie par les vaisseaux dilatés. Le traitement se déduit du fait que les symptômes disparaissent aussitôt que l'on comprime la carotide du côté malade. On essaie donc d'abord d'opérer la compression de la carotide soit à l'aide des doigts, soit au moyen d'instruments, et cela journellement, aussi longtemps que le malade la supporte. Lorsque cette pratique, continuée pendant un certain temps, ne produit pas d'effet, la seule ressource qui reste encore, c'est la ligature de la carotide, opération qui réussit dans le plus grand nombre des cas.

Outre les tumeurs déjà mentionnées, on a encore observé dans l'orbite, comme productions rares : des angiomes lipomateux, des lymphangiomes, des névromes simples, des névromes plexiformes, des tumeurs leucémiques, des lymphomes et des lymphosarcomes (en même temps dans les deux orbites), des cylindromes, des endothéliomes, des psammomes et des ostéomes. Les *ostéomes* ont leur point de départ dans les parois osseuses de l'orbite, le plus souvent dans l'os frontal. Cependant ils peuvent également se développer dans une des cavités voisines de l'orbite, spécialement dans le sinus frontal, et plus tard, après avoir usé et perforé la paroi orbitaire, pénétrer dans l'orbite même. Le plus souvent, ils siègent sur l'os, par une large base, rarement ils sont pédiculés ; mais, quand ils le sont, ils peuvent quelquefois spontanément se nécroser et disparaître par élimination. La plupart des ostéomes sont durs comme de l'ivoire, au point que le ciseau et la scie peuvent à peine les entamer (exostose éburnée). Cependant on rencontre aussi des ostéomes à structure spongieuse, ou partiellement cartilagineuse. Ils se développent très lentement, refoulent plus tard le bulbe hors de l'orbite et abolissent la vue par compression du nerf optique. C'est pour ce motif qu'on doit les extirper, mais l'opération présente souvent de grandes difficultés, à cause de la dureté de la tumeur. D'ailleurs, elle n'est pas sans danger, puisqu'on risque, en enlevant la tumeur, d'ouvrir la boîte crânienne. On renonce donc souvent à l'extirpation radicale de la tumeur, et l'on se contente d'en enlever seulement la partie qui fait saillie dans l'orbite. Si l'ostéome est déjà assez développé pour avoir refoulé le globe hors de l'orbite et produit la cécité, alors mieux vaut quelquefois faire disparaître les souffrances par l'énucléation de l'œil devenu inutile que d'exposer le patient aux dangers de l'extirpation de la tumeur.

Distension des cavités voisines de l'orbite. — L'affection atteint d'ordinaire les sinus frontaux et maxillaires. Les maladies des autres sinus voisins du nez, notamment de l'ethmoïde et du sphénoïde, doivent être considérées comme des raretés. Sur le vivant, il est d'ailleurs le plus souvent impossible de les diagnostiquer. Les parois de ces cavités, en s'ectasiant, en produisent la distension. Il s'ensuit qu'extérieurement on voit déjà à l'endroit de ces cavités une voussure provenant, au niveau du front, de la dilatation du sinus frontal, et à la joue de celle du sinus maxillaire. Cependant la paroi de ces cavités tournée vers l'orbite est également bombée, ce qui occasionne une exophtalmie, avec déplacement latéral de l'œil du côté opposé à celui où se trouve l'ectasie. La cause la plus fréquente de l'ectasie de ces cavités est une accumulation des matières y sécrétées. Ces sinus sont des dépendances de la cavité nasale et ils sont revêtus de prolongements de la muqueuse nasale. Aussi l'inflammation catarrhale de cette muqueuse se propage fréquemment à celle des cavités voisines, et quand, par le gonflement de cette membrane, la communication du sinus avec la cavité nasale est interrompue, les matières sécrétées s'y accumulent. Et comme la muqueuse de ces cavités continue toujours à sécréter, celles-ci se remplissent peu à peu de cette sécrétion et finissent par s'ectasier. L'affection du sinus maxillaire doit être souvent rapportée à une carie dentaire. La sécrétion est purulente ou aqueuse, et, d'après cette différence, on distingue les ectasies des cavités en empyèmes et hydropisies. Dans quelques cas rares, les parois de ces cavités sont distendues par des tumeurs, telles que des polypes, des ostéosmes ou des néoplasmes malins.

Quand l'ectasie des sinus dépend de l'accumulation de liquides, le traitement consiste à ouvrir ces cavités d'après les règles de la chirurgie et à assurer à la sécrétion une voie d'évacuation permanente. Lorsque l'ectasie est due à une tumeur, il faut l'extirper, pour autant que l'opération soit possible.

TROISIÈME PARTIE

ANOMALIES DE LA RÉFRACTION
ET DE L'ACCOMMODATION

L'œil est construit comme une chambre obscure. Une chambre obscure est composée d'une boîte noircie à l'intérieur, dont la paroi antérieure est formée par une puissante lentille convexe, qui projette sur la paroi postérieure une image renversée des objets placés devant elle. Dans l'œil humain, au lieu d'une lentille convexe, on trouve un plus grand nombre de surfaces réfringentes, qui sont les surfaces limitant les milieux réfringents de l'œil, — la cornée, l'humeur aqueuse, le cristallin et le corps vitré. A l'endroit de la paroi postérieure, se trouve la rétine, qui non seulement reçoit l'image, mais la perçoit en même temps. La diminution de l'acuité visuelle peut donc dépendre de deux causes différentes : ou bien c'est l'appareil dioptrique de l'œil qui est défectueux, de façon que l'image projetée sur la rétine manque de netteté ; ou bien c'est la rétine elle-même dont la sensibilité est émoussée.

Pour qu'une image nette soit projetée sur la rétine, l'appareil dioptrique doit remplir deux conditions : en premier lieu, les milieux réfringents doivent être parfaitement transparents ; ainsi, lorsque la cornée, le cristallin, etc., sont le siège d'opacités, la vue distincte est impossible. La seconde condition, c'est que le pouvoir réfringent des milieux soit capable de produire une image des objets extérieurs, qui non seulement soit nette, mais qui vienne en même temps se former exactement sur la rétine. Les exceptions à ces règles, nous les désignons sous le nom de défauts de l'appareil optique, ou de vices de réfraction et de l'accommodation. La connaissance de ces défauts, telle que nous la possédons aujourd'hui, comme un tout bien ordonné, nous la devons principalement à *Donders*. C'est la partie la plus exacte de l'ophtalmologie, et même de toute la médecine, car elle repose directement sur l'application à l'œil des lois de la physique et des mathématiques. On suppose donc connues ces lois que nous devrons utiliser.

CHAPITRE PREMIER

DES LUNETTES

§ 135. La force réfringente d'une lentille se calcule d'après la situation de son foyer principal. On appelle ainsi le point où viennent se réunir les rayons venant d'une distance infinie, c'est-à-dire les rayons parallèles.

Pour les *lentilles convexes*, qui rendent convergents les rayons paral-

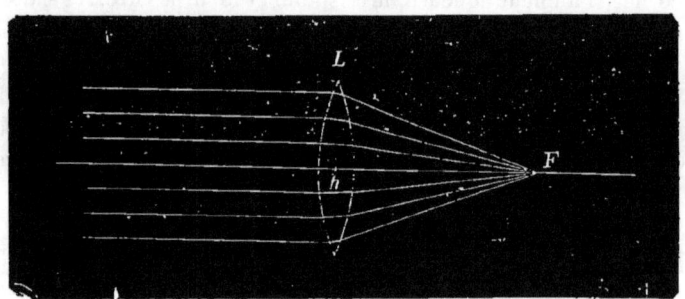

Fig. 169. — *Réunion des rayons parallèles par une lentille convexe.*

lèles, le foyer principal (fig. 169, *F*) se trouve du côté opposé à celui des rayons incidents. Là se réunissent tous les rayons incidents parallèles ; de là, le nom de « lentille convergente ». Si l'objet lumineux est un point, les rayons se réunissent également en un point unique ; si l'objet qui envoie les rayons lumineux occupe une certaine étendue dans l'espace, les rayons se réunissent pour former de l'objet une image plus petite et renversée. Cette image est réelle, c'est-à-dire formée par la réunion effective des rayons en cet endroit. — De même que les rayons incidents parallèles convergent vers le foyer principal *F*, les rayons qui partent du point *F* et traversent la lentille en sens inverse en émergent en parallélisme.

Les *lentilles concaves* réfractent les rayons incidents parallèles de façon à les faire émerger en divergence, de là, le nom « de lentilles divergentes » (fig. 170). Ces rayons ne se rencontrent jamais, au contraire, ils s'éloignent

de plus en plus les uns des autres. Dans ce cas, il n'existe pas de foyer
effectif (réel), c'est-à-dire de point de réunion des rayons. Mais, lorsqu'un
observateur se trouvant derrière la lentille, par exemple en *a*, reçoit les
rayons divergents dans son œil, il a la même impression que si ces rayons
émanaient d'un point situé en-deçà de la lentille, en *F*, où viendraient se
couper les rayons prolongés de l'autre côté. De cette manière, l'observateur s'imagine voir en ce point l'image de l'objet qui émet les rayons parallèles, bien qu'en réalité il n'y ait pas d'image, ni à cet endroit, ni nulle
part ailleurs. Cette image apparente porte le nom d'image virtuelle (foyer
principal virtuel) et se trouve ainsi du même côté que les rayons incidents. — Comme pour les lentilles convexes, on peut appliquer la loi

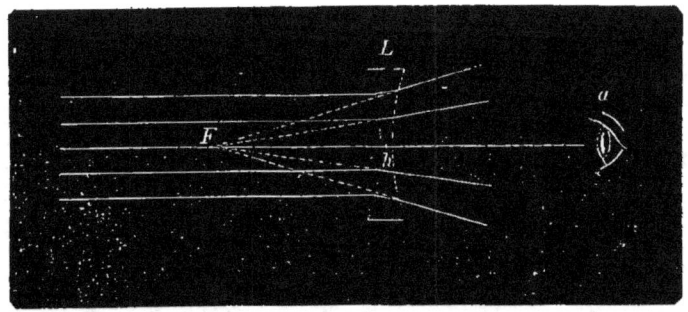

Fig. 170. — *Dispersion des rayons parallèles par une lentille concave.*

d'après laquelle la marche des rayons est la même, en sens inverse. Ainsi,
lorsque des rayons tombent sur la face postérieure de la lentille (*a*) avec
une convergence telle qu'ils se coupent en *F*, ces rayons émergent parallèles de la face antérieure de la lentille.

La distance entre le foyer *F* et le centre optique *h* s'appelle distance
focale principale. Dans les lentilles convexes, elle se trouve du côté opposé
à celui des rayons incidents ; elle porte le nom de distance focale positive,
et on désigne les lentilles convexes par le signe +. Pour les lentilles
concaves, l'inverse a lieu, aussi on les représente par le signe —. Toutes
choses égales d'ailleurs, la réfraction des rayons est d'autant plus grande
que la courbure des faces de la lentille est plus forte, c'est-à-dire que le
rayon de courbure est plus court.

Le *numérotage* des lentilles, qui a pour but d'en indiquer la force
réfringente, se base sur la distance focale principale. Plus les rayons sont
réfractés, plus ils se réunissent près de la lentille et moins la distance
focale principale est grande. Celle-ci est donc en raison inverse de la
force réfringente de la lentille, et on peut prendre la distance focale

comme mesure de cette force. Comme unité de mesure, on admet la distance focale principale de 1 mètre ; la lentille qui a cette distance focale s'appelle lentille métrique, et son pouvoir réfringent est une *dioptrie* (*D*). Applique-t-on deux lentilles métriques l'une sur l'autre, on obtient une force réfringente double, ou 2 dioptries (2*D*). La distance focale principale n'est alors que la moitié de ce qu'elle était d'abord, soit 1/2 mètre = 50 centimètres. Au lieu d'appliquer deux lentilles l'une sur l'autre, on peut tailler une lentille dont la courbure est double (dont le rayon de courbure est moitié moindre) de celle de la lentille métrique. Ainsi nous obtenons une lentille d'une force réfringente de 2 dioptries et d'une distance focale principale de 50 centimètres. De même, une lentille de 4*D* n'aurait que

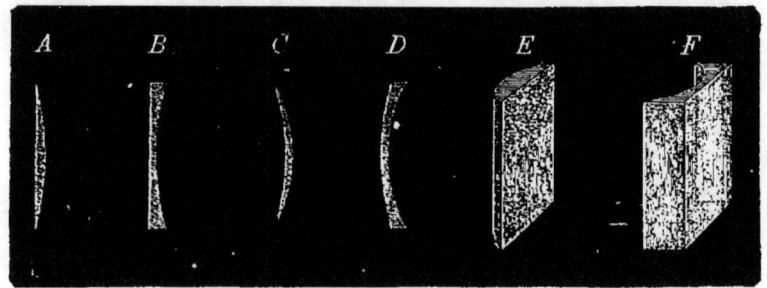

Fig. 171. — *A Lentille plan-convexe. B Lentille plan-concave. C Ménisque convergent. D Ménisque divergent. E Lentille cylindrique convexe. F Lentille cylindrique concave.*

le quart de la distance focale de la lentille métrique, donc 100 centimètres : 4 = 25 centimètres. Au contraire, une lentille de 1/2*D* de force réfringente a une distance focale de 100 centimètres : 1/2 = 200 centimètres. Donc la distance focale de *nD* = 100 centimètres : *n*. Les boîtes de verres d'essai, qu'on emploie pour examiner les yeux, contiennent des lentilles depuis 0,25*D* jusqu'à 20*D*.

§ 136. Les lentilles dont nous avons parlé jusqu'ici étaient biconvexes et biconcaves. Pour les lunettes faibles, on se sert encore de lentilles plan convexes (fig. 171, *A*) et plan-concaves (fig. 171, *B*), dont le pouvoir réfringent, pour une courbure égale, est la moitié de celui des lentilles dont les deux faces sont courbes. Il existe aussi des lentilles dont une face est convexe et l'autre concave. Lorsque les rayons de courbure des deux surfaces sont égaux, de façon que les deux faces soient parallèles, la lentille agit comme un verre plan. C'est le cas pour les verres fumés coquille. Des lentilles de cette espèce ne possèdent de pouvoir réfringent que pour autant que la courbure d'une des faces l'emporte sur celle de l'autre (ménisque). La courbure de la face convexe est-elle plus forte que celle de la face concave, la lentille a les propriétés d'un verre convexe (ménisque positif, fig. 171, *C*). Lorsqu'au contraire la face concave est plus fortement courbée que la face convexe, les propriétés du verre sont celles d'une lentille concave (ménisque négatif, fig. 171, *D*). Les ménisques ont, sur les lentilles ordinaires, l'avantage de permettre de voir aussi distinctement à travers les parties périphériques qu'à travers les parties centrales ; les verres ordinaires, au contraire, fournissent, par les parties périphériques, des images déformées. Pour ce motif, les ménisques portent encore le nom de lunettes périscopiques (1). Néanmoins, ils ne conviennent que pour les lunettes faibles ; pour les numéros plus forts, ils seraient trop lourds.

En dehors des lentilles mentionnées jusqu'ici et désignées sous le nom générique de *lentilles sphériques*, il existe encore des *lentilles cylindriques*. Supposons que d'un cylindre (fig. 172) on coupe un segment ; ce segment représente une lentille cylindrique (fig. 171, *E*). Cette lentille a pour propriété, que tous les rayons tombant suivant l'axe *aa'* (fig. 172) la traversent sans être réfractés. Les rayons incidents situés dans un plan perpendiculaire à cet axe, en *bbb*, subissent le maximum de réfraction, en rapport avec la courbure du cylindre. Enfin, les

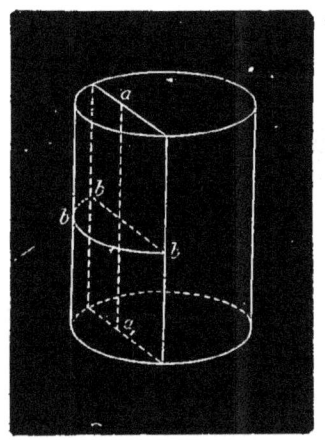

Fig. 172. — *La lentille cylindrique convexe, segment d'un cylindre.*

rayons qui traversent la lentille, suivant les méridiens intermédiaires entre ces deux directions principales, subissent une déviation également intermédiaire entre 0 et le maximum, et proportionnelle à la grandeur de l'angle formé, d'une part, par le méridien dans lequel se trouvent les rayons, et de l'autre, par l'axe.

Les mêmes principes sont applicables aux lentilles cylindriques concaves (fig. 171, *F*), qui représentent le moule des cylindres positifs. — Comme les lentilles cylindriques réfractent inégalement les rayons situés dans les différents méridiens, on s'en sert pour corriger les différences du pouvoir réfringent des divers méridiens de l'œil : elles servent donc à la correction de l'astigmatisme régulier.

On emploie les *prismes* en lunettes soit seuls, soit combinés avec des

(1) De περί et σκοπεῖν, voir.

lentilles. Le numéro marqué sur le prisme indique l'ouverture de l'angle réfringent. La déviation subie par les rayons dans les prismes faibles égale la moitié de cet angle. Les prismes trouvent surtout leur application dans l'insuffisance et la paralysie des muscles de l'œil.

Les *lunettes préservatives* contre la lumière sont construites avec du verre bleu ou gris (*london smoke*) de diverses nuances. Les meilleurs sont les verres *coquilles*, parce qu'ils interceptent encore une partie des rayons lumineux latéraux. Les lunettes destinées à préserver les ouvriers contre les corps étrangers sont faites en verre, ou, pour les rendre incassables, en mica ou en un fin tissu métallique.

Les *lunettes sténopéiques* (1) consistent en une plaque métallique noire percée au milieu d'un petit trou ou d'une fente étroite. Les lunettes sténopéiques sont quelquefois employées avec avantage dans le cas d'opacités cornéennes. Elles conviennent spécialement pour les cas où une partie du champ pupillaire de la cornée est bien claire, tandis qu'une autre partie est occupée par une opacité demi-transparente qui gêne la vue en diffusant la lumière. Lorsqu'on tient la plaque devant l'œil, de façon que l'ouverture se trouve vis-à-vis de la partie transparente de la cornée, celle-ci seule sert à la vision, et l'opacité gênante en est entièrement exclue. Mais comme le trou sténopéique ne fournit qu'un champ visuel très rétréci et que l'œil ne peut pas se mouvoir, les lunettes sténopéiques ne conviennent pas pour la promenade, seulement elles permettent souvent encore la lecture dans les cas où, sans elles, elle ne serait plus possible ; le mieux est de les tenir à la main.

Ancien numérotage des lentilles. — Jusqu'il y a quelques années, les lentilles étaient numérotées non d'après le système métrique, mais en pouces, et aujourd'hui encore, la plupart des opticiens vendent des lentilles ainsi marquées. L'unité servant de base à l'ancien numérotage était une lentille à distance focale de 1″. Une lentille de 10″ de distance focale ne possède que la dixième partie du pouvoir réfringent de la lentille à distance focale d'un pouce et est pour cela désignée sous le signe 1/10. Pour le même motif une lentille dont la distance focale est de 30″ est marquée 1/30, etc. Le pouvoir réfringent du verre s'exprime donc par une fraction dont le dénominateur représente la distance focale principale, en conformité avec la loi qui dit que le pouvoir réfringent est en raison inverse de la distance focale. Sur la lentille, on ne marque pas toute la fraction, on s'est contenté d'y inscrire le dénominateur, c'est-à-dire la distance focale. Les verres contenus dans les anciennes boîtes d'essai vont d'ordinaire depuis le numéro 80, le verre le plus faible, jusqu'au numéro 2 ou 1 1/2. Plus exactement, ces numéros n'expriment pas la distance focale, mais uniquement

(1) De τενός, étroit, et ὀπή, judas.

le rayon de courbure de ces verres. En effet, l'opticien taille les lentilles non d'une force réfringente déterminée, mais d'une courbure déterminée, — d'après la courbure de ses meules, — et il note sur le verre le rayon de courbure. Par une coïncidence heureuse, le verre que l'on emploie ordinairement pour la confection des lentilles possède un indice de réfraction tel que le rayon de courbure possède à peu près la même valeur que la distance focale principale, de façon que, sans s'exposer à une erreur bien notable, on peut prendre le numéro du verre comme représentant la distance focale principale. — L'avantage le plus important de l'ancien système de numérotage des lunettes, c'était que le numéro du verre donnait immédiatement la distance focale, et qu'on n'avait pas besoin, comme pour le système métrique, de faire un calcul. D'autre part, l'ancien système était entaché de tant d'inconvénients, qu'on s'est vu forcé de l'abandonner. D'abord, le pouvoir réfringent était exprimé en fractions, ce qui compliquait un peu le calcul des valeurs des lentilles. L'unité du système, le pouce lui-même, n'avait pas la même valeur dans les différents pays, de façon qu'un verre, confectionné à Paris et qui portait le n° 10, avait une distance focale différente de celui fabriqué à Londres ou à Vienne. Enfin, le pouce est destiné à tomber dans l'oubli. Aussi, quand, en 1866, *Nagel* proposa la lentille métrique comme unité du nouveau numérotage, l'idée trouva immédiatement de l'écho, et elle est entrée finalement dans la pratique, après que, sur la proposition de *Monoyer*, une Commission internationale, instituée dans ce but, se fût ralliée au système métrique pour la notation des verres de lunettes.

La *conversion* des numéros d'un système dans ceux de l'autre est très simple. D'après la valeur du pouce dans les différents pays, le mètre vaut de 37″ à 39″. Quand il ne s'agit pas de faire un calcul exact, pour faire le calcul mentalement, on peut considérer 40″ comme valant un mètre. Un verre de 40″ de distance focale (1/40) est donc égal à une dioptrie. Un verre n° 10 (1/10), c'est-à-dire de 10″ de distance focale, possède le quart de la distance focale du verre n° 40; il est par conséquent quatre fois plus fort que le premier, il est donc de 4 dioptries. On convertit ainsi la valeur des numéros anciens en dioptries, en divisant 40 par les anciens numéros. — La conversion des numéros nouveaux en numéros anciens se fait de la même manière. Par exemple, 5D possèdent 1/5 de la distance focale de 1D. Celle-ci est égale à 40″, d'où 5D ont une distance focale de 40″ : 5 = 8″. — On convertit donc les anciens numéros en numéros nouveaux, ou les nouveaux en numéros anciens, en divisant 40 par le numéro donné; on obtient ainsi immédiatement le numéro de l'autre système.

Il arrive souvent au médecin de devoir déterminer la force du verre que le patient porte sur lui. Quant il ne s'agit pas, comme c'est le plus souvent le cas, d'obtenir une grande exactitude, on peut recourir aux méthodes suivantes pour *déterminer la force d'une lentille :*

1° Mesurer directement la distance focale. On se place — supposons un fort verre convexe — près du mur de la chambre situé vis-à-vis de la fenêtre, au moyen du verre, on projette sur ce mur l'image de la fenêtre, et l'on mesure la distance entre le verre et le mur, au moment où l'image est le plus nette. Cette distance indique directement la distance focale principale du verre. Par exemple, soit la distance de 20 centimètres, alors le numéro du verre serait de 100 : 20 = 5D. Certes, pour cette expérience, on a admis un fait qui n'est pas exact, que la fenêtre se trouve à l'infini, car le foyer principal est le point de convergence des rayons qui tombent parallèlement sur la lentille, c'est-à-dire viennent de l'infini. Cependant, on peut négliger cette erreur quand, entre la fenêtre et le mur, il n'y a même qu'une distance de 6 mètres. Lorsque la distance est encore plus courte, cette manière de procéder n'est plus applicable. De même, on ne peut pas y recourir pour des verres convexes faibles, qui ne donnent pas une image assez nette, ni pour les verres concaves qui ne produisent pas une image réelle. Pour ces deux cas, on ajoute au verre à essayer une forte lentille convexe, d'une distance focale connue, et on détermine la distance focale du système. Du nombre de dioptries, correspondant aux distances focales réunies, il faut alors soustraire les dioptries ajoutées. Supposons, par exemple, que nous ayons trouvé qu'un verre à examiner, réuni à une lentille de + 10D, forme une image distincte sur le mur à la distance de 14 centimètres. Une distance focale de 14 centimètres correspond à 7D, puisque 100 : 14 = 7. Mais, comme le verre ajouté était de 10D, le verre à déterminer doit être de 7 — 10D = — 3D. C'est donc un verre concave d'un pouvoir réfringent de 3D.

2° Lorsqu'on dispose d'une boîte de verres, le procédé le plus expéditif pour déterminer la force d'une lentille consiste à y accoler des lentilles de signe différent jusqu'à ce qu'on en trouve une qui neutralise exactement la première. Ainsi, supposons qu'on ait à chercher le numéro d'une lentille concave, on y ajouterait une série de lentilles convexes de plus en plus fortes, jusqu'à ce que les deux verres réunis agissent comme un verre plan. C'est le cas quand, à travers les deux verres combinés, on voit comme à l'œil nu. Mais, mieux vaut encore juger d'après les déplacements parallactiques. Quand on regarde un objet éloigné à travers un verre concave et qu'on déplace celui-ci par un mouvement de va-et-vient, l'objet est doué d'un mouvement apparent dans le même sens; au contraire, si le verre est convexe, le mouvement apparent de l'objet s'exécute en sens inverse. Ainsi donc, tant que, des deux lentilles accolées, il y en a une qui est prépondérante, on obtient un déplacement parallactique dans l'un ou l'autre sens, qui disparaît du moment qu'on a superposé deux verres de force identique, mais de signe contraire.

Le praticien qui ne serait pas disposé à s'acheter une boîte de verres complète peut se contenter d'une boîte contenant un nombre plus restreint de verres (10 — 12 verres convexes et autant de verres concaves); en les combinant alors de diverses manières, on peut obtenir les autres numéros.

L'effet des verres ne dépend pas uniquement de leur pouvoir réfringent, mais encore de la distance à laquelle ils se trouvent éloignés de l'œil. En général, l'effet des verres concaves diminue, celui des verres convexes augmente avec la distance à laquelle ils se trouvent de l'œil. La distance entre l'œil et le verre est d'autant plus importante que le verre est plus fort. C'est pour ce motif que, pour les verres forts, on n'a pas besoin d'autant de verres intermédiaires entre chaque numéro que pour les verres faibles, puisqu'il suffit d'un léger changement de distance du verre pour en augmenter ou diminuer l'action. Cette propriété est surtout utile pour les opérés de cataracte qui ne possèdent pas d'accommodation et qui, avec leurs verres convexes puissants, sont toujours accommodés pour la même distance. Par de légers déplacements, ils parviennent, avec le même verre, à voir tantôt un peu plus près, tantôt un peu plus loin. — En prescrivant des lunettes, l'on doit en outre avoir soin que les centres des verres soient écartés de la même distance que les pupilles de celui qui porte les lunettes, sinon, il regarderait par le bord du verre. Dans ce cas, les images sont moins nettes, et en outre les verres produisent l'effet d'un faible prisme.

Il arrive fréquemment qu'une personne a besoin de verres pour voir de loin et pour voir de près, seulement ils doivent être de force différente. Mais quand le regard doit se porter très fréquemment tantôt à une grande, tantôt à une petite distance, comme, par exemple, c'est le cas chez le peintre, qui doit voir alternativement le paysage et sa toile, le changement continuel des verres deviendrait très incommode. Pour ces cas, on construit des lunettes composées de deux demi-verres qui sont réunis dans le plan horizontal. La moitié supérieure est destinée à la vision de loin, la moitié inférieure à la vision de près, parce que, pour le regard de près, le plan de visée s'abaisse légèrement. Ces lunettes s'appellent lunettes à la *Franklin*, du nom de leur inventeur, qui s'en est servi lui-même le premier. Au lieu de réunir deux verres différents, on peut aussi faire tailler un verre dont la moitié supérieure ne présente pas la même courbure que l'inférieure (verres à double foyer).

Les verres faits de cristal de roche sont beaucoup plus chers que ceux de verre ordinaire, et ils n'ont sur ceux-ci que le seul avantage d'être plus durs et, par conséquent, de se laisser rayer plus difficilement. Mais, cet avantage n'a quelque importance que pour les lentilles convexes.

CHAPITRE II

PROPRIÉTÉS OPTIQUES DE L'ŒIL NORMAL

a) Réfraction

§ 137. Sous le nom de réfraction de l'œil, on comprend l'état réfringent de cet organe au repos, c'est-à-dire en l'absence de tout acte d'accommodation. La réfraction de l'œil normal est telle que les rayons qui tombent parallèlement sur la cornée, se réunissent sur la rétine en une image nette. La rétine se trouve donc à la distance focale principale de l'appareil dioptrique de l'œil, elle en constitue le plan focal. Un tel état de réfringence se nomme *emmétropie* (1) *E* (*Donders*).

Pour pouvoir suivre le trajet des rayons à travers les milieux réfringents de l'œil, il faut connaître le rayon de courbure des surfaces réfringentes, leurs distances réciproques, ainsi que l'indice de réfraction de chacun des milieux. Avec ces données, on peut, par un calcul compliqué, déterminer le trajet des rayons d'une surface à l'autre jusqu'à la rétine.

Mais pour la pratique et pour faciliter le calcul, *Donders* a construit un schéma simplifié, auquel il a donné le nom d'*œil schématique réduit* (fig. 173). Cet œil, d'une longueur axile de 20 millimètres (*hb*), est constitué d'une seule substance réfringente d'un indice de réfraction égal à 4/3, dont la face antérieure (qui représente la surface de la cornée) présente un rayon de courbure de 5 millimètres. Le centre de courbure (fig. 173, *h*) se trouve donc à 5 millimètres derrière la surface réfringente et à 15 millimètres en avant de la rétine qui, elle, se trouve au foyer principal de l'œil (20 millimètres). Comme il n'y a qu'une surface réfringente, son centre de courbure est en même temps le point nodal de l'œil. Celui-ci est donc le point qui possède cette propriété, que les rayons qui y passent ne subissent pas de déviation (axes secondaires, rayons de direction). — Cet œil schématique présente des différences très notables avec l'œil humain dont la

---

(1) De ἔμμετρος, et ὤψ, l'œil à mesure normale.

distance focale principale (longueur axile) est d'environ **24** millimètres. Cependant, en calculant avec cet œil la grandeur des images rétiniennes, les cercles de diffusion, etc., on obtient des résultats qui se rapprochent sensiblement de ceux qu'on a trouvés pour l'œil véritable. Pour la pratique, on peut donc, sans difficulté, prendre l'œil schématique comme base du calcul.

Le calcul que l'oculiste praticien doit le plus souvent faire concerne la grandeur de l'image rétinienne d'un objet déterminé. Pour faire ce calcul, il faut connaître la grandeur de l'objet et la distance de cet objet à l'œil. On trouve l'image rétinienne d'un objet en traçant les axes secondaires

Fig. 173. — *Œil schématique réduit de Donders.*

qui, partant des extrémités de l'objet *oo'* (fig. 173), passent par le point nodal *k* et rencontrent la rétine en *b* et *b'*; *bb'* est donc l'image rétinienne de *oo'*. Les triangles *oo'k* et *bb'k* sont semblables, et l'on a $bb' : oo' = bk : ok$, d'où $bb' = \dfrac{oo' \times bk}{ok}$. Représentons la grandeur de l'image (*bb'*) par B, celle de l'objet (*oo'*) par O, et la distance de l'objet à l'œil (*ok*) par E, alors on a $B = \dfrac{O \times 15^{mm}}{E}$. Ainsi, la grandeur de l'image rétinienne est en raison directe de celle de l'objet, et en raison inverse de la distance de l'objet à l'œil. Par exemple, un bâton de **1** mètre de hauteur, placé à la distance de **15** mètres de l'œil, donnerait une image dont la hauteur serait $B = \dfrac{1.000^{mm} \times 15^{mm}}{15.000^{mm}} = 1$ millimètre. Le même bâton placé à un tiers de cette distance donnerait une image rétinienne de $\dfrac{1.000^{mm} \times 15^{mm}}{5.000^{mm}} = 3$ millimètres, c'est-à-dire trois fois aussi grande que dans la première expérience. — On emploie souvent cette méthode de calcul pour se rendre compte de l'étendue d'un champ rétinien malade, qui projette dans le champ visuel un scotome, dont la grandeur peut être déterminée par l'examen. Dans ce cas, le scotome est considéré comme l'objet dont on veut calculer l'image.

b) Acuité visuelle

§ 138. La vue est d'autant plus perçante qu'elle est capable de reconnaître de plus petits objets ou un objet de grandeur déterminée à une plus longue distance. Supposons l'œil en état de reconnaître encore l'objet ab (fig. 174) à la distance ak. Un autre œil, meilleur que celui-ci,

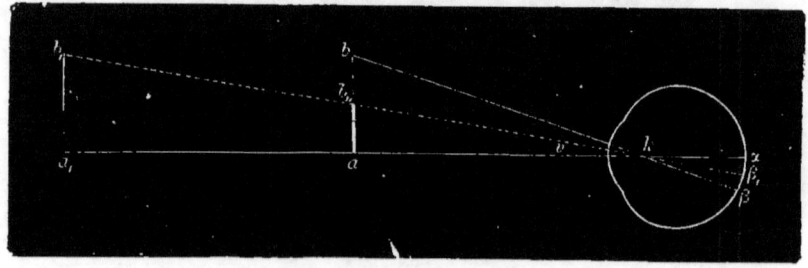

Fig. 174. — *Angle visuel d'objets de grandeur et d'éloignement différents.*

reconnaît encore l'objet quand on le place à une distance double, $a'k$. Dans ce cas, la grandeur de l'image rétinienne $\alpha\beta'$ est réduite à la moitié de la première ($\alpha\beta$), et l'acuité visuelle du second œil est double de celle du premier. Au lieu de reculer l'objet ab à une distance double, on pourrait le laisser en place et le réduire à la moitié de sa grandeur ab''. Dans ce cas encore, la grandeur de l'image rétinienne est réduite de moitié. Dans les deux cas, l'image rétinienne est la même, puisque l'angle v ne change pas. Cet angle est formé par les rayons qui, partant des extrémités de l'objet, passent par le point nodal pour aboutir à la rétine. On l'appelle *angle visuel*, et il donne exactement la mesure de l'acuité visuelle. — Pour déterminer l'acuité visuelle, c'est-à-dire le plus petit angle visuel, d'après l'exemple ci-dessus, deux voies sont ouvertes, et on les utilise toutes deux. Ainsi, on peut prendre un objet de grandeur déterminée et l'éloigner de l'œil jusqu'au moment où l'on ait atteint les limites de la vue distincte. C'est ce qu'on fait, par exemple, quand on examine à quelle distance un œil est en état de compter les doigts. Le second procédé s'applique à une distance invariable. On tient devant l'œil des objets de grandeurs diverses, et on recherche les plus petites dimensions que l'objet puisse avoir pour être encore reconnu. C'est la méthode que l'on suit quand on mesure l'acuité visuelle au moyen de caractères d'impression.

Quels sont les objets les plus propres à l'*examen de l'acuité visuelle?* Un point unique, que l'on place à différentes distances devant l'œil, n'est pas utilisable pour cette recherche, puisque la visibilité d'un point dépend moins de l'angle visuel qu'il forme que de l'éclairage. Les étoiles fixes les plus brillantes, même vues avec les plus puissants télescopes, ne sont que des points mathématiques; leur angle visuel est donc égal à zéro, et, malgré cela, elles se voient si distinctement. Chacun se souvient d'avoir vu la croix d'une tour d'église briller sous l'éclat du soleil couchant, et cela, à des distances où l'on reconnaissait encore à peine la tour elle-même. Ainsi donc, au lieu de prendre un point, on en prend deux (ou deux lignes parallèles), et l'on détermine la plus grande distance à laquelle on puisse encore les percevoir isolés. D'après cela, on peut facilement calculer le plus petit angle visuel, qui est de 1′ environ pour un œil normal. C'est en se basant sur cette détermination, que *Snellen* a construit

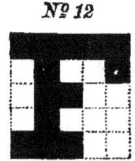

Nᵒ 12

Fig 175. — *Une lettre des échelles de Snellen.*

ses échelles typographiques. Ce sont des lettres alignées de diverses grandeurs. Chaque ligne est formée de caractères de mêmes dimensions et surmontée d'un chiffre. Ce chiffre indique la distance en mètres à laquelle chacune des lettres d'une ligne doit être reconnue par un œil normal. Ainsi, la lettre *F*, par exemple (fig. 175), est empruntée à la ligne surmontée du chiffre 12; elle doit donc pouvoir être lue à la distance de 12 mètres. Elle est, comme toutes les lettres du tableau, inscrite dans un carré, dont les côtés sont divisés en cinq parties par des lignes divisionnaires. Les dimensions sont choisies telles que le carré, dans sa totalité, se voit à la distance donnée (à la distance de 12 mètres, dans l'exemple choisi) sous un angle de 5′. Il s'ensuit que chaque carré divisionnaire est vu sous un angle de 1′, qui est le plus petit angle visuel pour un œil normal. A la grandeur des carrés divisionnaires, correspondent les détails dont dépend le déchiffrement de toute la lettre. Un œil normal doit donc voir les caractères des tableaux de *Snellen* à la distance indiquée par les chiffres qui se trouvent au-dessus de chaque ligne. Il verra la lettre *F* (fig. 175) à la distance de 12 mètres, et son acuité visuelle sera $V = \dfrac{12}{12} = 1$. D'ordinaire, on place l'œil à examiner, toujours à la même distance du tableau, d'habitude à la distance de 6 mètres. Si, à cette distance, il reconnait la rangée inférieure, dont la suscription est 6, il a $V = \dfrac{6}{6} = 1$; si, par exemple, il ne lit que la première rangée portant le n° 60; alors il a $V = \dfrac{6}{60} = \dfrac{1}{10}$.

Donc on a toujours $V = \dfrac{d}{D}$, expression où d représente la distance à laquelle on lit, D le numéro de la rangée qui est lue.

L'examen de la vue de près se fait au moyen de fins caractères, notamment avec les petits caractères-types de *Jäger* ou de *Snellen*. Ici encore, il est possible de procéder de deux façons : en déterminant soit le plus fin caractère qui peut être lu, soit la plus courte et la plus longue distance auxquelles il est lu. La figure 174 démontre que les images rétiniennes deviennent d'autant plus grandes que l'objet se rapproche davantage de l'œil. Ainsi, lorsque l'objet $a'b'$ se rapproche de la moitié de sa distance, c'est-à-dire est déplacé d'autant vers ab, l'image rétinienne grandit au double. C'est pour ce motif que nous tenons les objets d'autant plus près des yeux qu'ils sont plus petits. Les yeux fortement myopes ne possèdent souvent qu'une acuité visuelle défectueuse, et pourtant le vulgaire les tient pour excellents, parce qu'ils peuvent distinguer des objets exceptionnellement fins. Mais cela tient à ce qu'ils peuvent regarder les objets à une fort petite distance. Les personnes dont l'acuité visuelle est défectueuse sont portées à rapprocher extraordinairement les objets, pour en obtenir des images aussi grandes que possible et pour regagner ainsi ce que les images perdent en netteté ou la rétine en sensibilité. Souvent ces personnes sont considérées à tort comme très myopes.

Lorsque l'acuité visuelle a tellement baissé que les plus grandes lettres des tableaux de *Snellen* ne sont plus reconnues à la distance de 6 mètres, alors le patient doit s'en rapprocher ; ou bien, au lieu de lettres, on prend des objets plus faciles à reconnaître, par exemple les doigts étendus, et l'on examine à quelle distance ils peuvent être comptés. Si l'acuité visuelle est plus mauvaise encore, les mouvements de la main devant les yeux sont seuls reconnus. Quand ces mouvements eux-mêmes ne sont plus vus, de façon que l'œil ne distingue plus que la clarté de l'obscurité, on dit que l'œil a perdu la vision qualitative, il ne lui reste plus que la vision quantitative, c'est-à-dire la simple perception de la lumière (au sujet de l'examen de celle-ci, voir § 155).

Ce furent *Küchler* (1843) et *Arlt* (1844) qui introduisirent les premiers, comme mesure de l'acuité visuelle, des caractères de grandeurs différentes (mesurés en lignes). Dix ans plus tard, *Jäger* édita ses échelles visuelles, qui furent bientôt universellement adoptées et qui aujourd'hui sont encore fréquemment employées. Pratiquement, elles sont très utiles, car elles présentent un grand nombre de degrés dans la grandeur des caractères; mais nul principe scientifique n'avait présidé à leur confection; dans une nouvelle édition récemment parue, il a été tenu compte de cette objection. Ce sont les échelles de *Snellen* qui sont actuellement les plus répandues. *Snellen* a admis, comme base de ses tableaux, que le plus petit angle visuel pour l'œil sain est celui de 1′, de façon que le n° 6 de ses caractères, dont les détails, à 6 mètres, paraissent sous un angle de 1′, sera encore lu couramment à cette distance. Il a donc pris V = 6/6 comme l'expression de l'acuité visuelle normale. L'on ne doit pas croire pourtant que ce soit là absolument la plus grande acuité visuelle qui se rencontre. En effet, la plupart des yeux de jeunes gens voient le n° 6 à une plus grande distance, à 12 mètres et même au delà, de sorte que leur acuité visuelle est V = 12/6 = 2 et même davantage.

L'acuité visuelle V = 6/6 ne doit donc être considérée que comme le minimum de ce qu'on peut exiger d'un œil normal. Lorsque l'acuité visuelle descend en dessous de ce minimum, l'œil ne peut déjà plus être regardé comme absolument normal. Les yeux des personnes âgées font exception à cette règle. Sans être malades, ces yeux ne possèdent pas une acuité visuelle égale à 6/6. Cela tient principalement à ce que, chez les personnes d'un certain âge, les milieux réfringents sont moins transparents, et spécialement le noyau du cristallin devient très foncé et tout le cristallin irrégulièrement réfringent.

Pour ne pas devoir reculer au delà de 6 mètres, les personnes dont l'acuité visuelle est > 6/6, *Snellen* a ajouté à ses tableaux les numéros depuis 5 jusqu'à 2. Ils peuvent, d'ailleurs, servir dans le cas où le médecin, au lieu d'une chambre de 6 mètres, n'en a à sa disposition qu'une de 5 ou de 4 mètres. Pour les personnes qui ne peuvent pas lire, il existe des tableaux avec des chiffres ou des crochets. — Quand on détermine l'acuité visuelle, il faut aussi tenir compte de l'éclairage. L'éclairage artificiel des tableaux est ce qu'il y a de mieux, parce qu'on peut l'obtenir toujours égal, tandis que la lumière naturelle change d'après le temps et l'heure de la journée. Lorsque le temps est sombre, il faut comparer sa propre acuité visuelle au résultat trouvé chez le patient. Lorsque le médecin qui, sous un bon éclairage, possède V = 6/6, n'a, par une journée sombre, que 6/9 (2/3), il doit aussi augmenter de 1/3 l'acuité visuelle trouvée chez son patient.

Les acuités visuelles trouvées au moyen des tableaux de *Snellen* s'expriment d'ordinaire sans réduire les fractions. Ainsi, l'on écrit V = 6/60 ou V = 4/12 et non pas V = 1/10 ou 1/3. On agit ainsi pour faire voir en même temps par la fraction de quelle manière on a trouvé l'acuité visuelle, c'est-à-dire quels caractères ont été lus et à quelle distance.

Pour connaître l'acuité visuelle *absolue* d'un œil, il faut l'examiner dans un état de réfraction emmétrope et de relâchement complet de l'accommodation. Pour obtenir ce relâchement, on fait regarder l'œil à l'infini. Mais, comme en pratique ce n'est pas possible, on se contente de faire regarder à l'examiné les tableaux de *Snellen* à la distance de 6 mètres. Les rayons tombant dans la pupille de cette distance forment un si petit angle, que, en pratique, on peut les regarder comme parallèles, c'est-à-dire comme venant de l'infini. Lorsque l'œil à examiner, au lieu d'être emmétrope, présente un vice de réfraction, il doit être rendu *E* au moyen de verres. L'acuité visuelle d'un œil amétrope sans

verres n'en représente que l'acuité visuelle *relative* et ne donne absolument pas
la mesure de la vue de l'œil en général.

c) Accommodation

§ 139. On tient devant l'œil un livre ouvert à la distance de 40 centimètres
environ, et l'on présente un crayon, à égale distance, entre le livre et
l'œil. Entre temps, l'autre œil doit rester fermé. On constate alors que
l'impression et le crayon ne se voient jamais en même temps distinctement. On ne peut bien voir que l'impression ou la pointe, on a besoin d'un
certain temps pour s'« accommoder » d'un objet à l'autre, et l'on sent alors

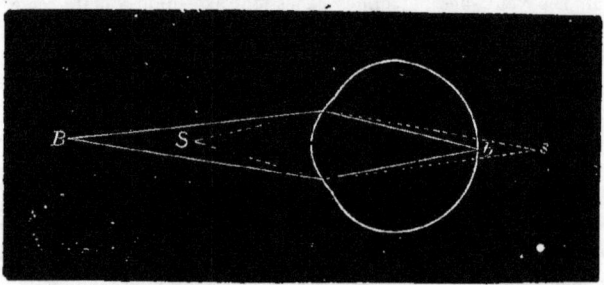

Fig. 176. — *Lorsque l'œil est mis au point pour une distance déterminée B, les rayons émanant d'un
point S, placé plus près, forment un cercle de diffusion sur la rétine.*

un changement se produire dans l'œil. Ce changement, c'est l'accommodation qui tantôt se tend, tantôt se relâche, et qui modifie l'état dioptrique
de l'œil.

Pourquoi, tandis que l'on fixe l'impression, ne voit-on pas distinctement
le crayon qui se trouve plus en avant? Parce qu'on le voit en *cercles de
diffusion*. Qu'est-ce que cela signifie? Lorsque l'œil est mis au point pour
les rayons émis par le livre *B* (fig. 176), alors ces rayons se réunissent au
point *b* de la rétine. Au contraire, les rayons provenant du crayon *S*, situé
plus près, sont plus divergents, et, l'état des milieux réfringents restant
le même, ils sont donc rendus par ceux-ci un peu moins convergents; ils
se réuniraient donc en *s*, c'est-à-dire derrière la rétine. En fait, le cône
formé par ces rayons est tronqué par la rétine. Cette section transversale,
qui représente l'image du point *S*, est circulaire, puisque la base du cône,
qui est la pupille, est circulaire elle-même; nous disons donc que le point *S*
paraît sur la rétine sous forme d'un cercle de diffusion. Que la vue soit
indistincte à cause des cercles de diffusion, c'est facile à comprendre. Sup-

. posons deux points assez distants l'un de l'autre et de l'œil, pour qu'ils projettent sur la rétine deux images ponctiformes séparées (fig. 177, *A*) ; alors on voit facilement les deux points isolés. Par contre, lorsque, par suite d'une accommodation incorrecte, il se projette, à la place de chaque point, un cercle de diffusion sur la rétine, les deux cercles se recouvrent en partie (fig. 177, *B*), s'ils sont peu distants, et l'œil s'imagine ne voir qu'un seul point étiré en longueur. — Une ligne (fig. 177, *C*) vue en cercle de diffusion ne paraît pas distincte, mais élargie et trouble. On peut, en effet, considérer la ligne comme étant formée par une infinité

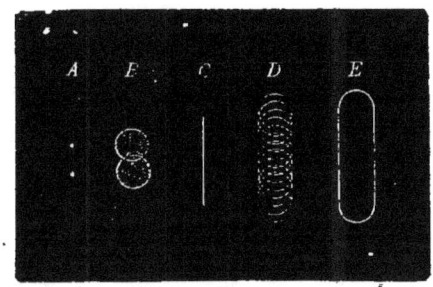

Fig. 177. — *Cercles de diffusion.*

de points juxtaposés. Si chacun d'eux est vu sous forme d'un cercle de diffusion et que les cercles se recouvrent en grande partie (*D*), la ligne étroite devient une large bande (*E*).

L'œil voit toujours en cercles de diffusion les objets pour lesquels il n'est pas exactement accommodé ; mais les cercles de diffusion se produisent

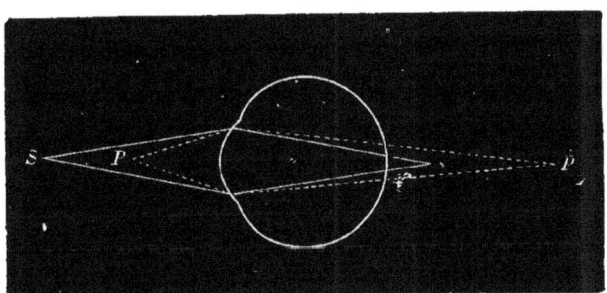

Fig. 178. — *Grandeurs différentes des cercles de diffusion, suivant l'écart entre le foyer des rayons et la rétine.*

non seulement, comme dans l'exemple choisi, par suite d'une accommodation incorrecte, mais encore comme conséquence d'un défaut de réfraction, tel que la myopie et l'hypermétropie. Toute vue indistincte, résultant d'une anomalie de réfraction ou d'accommodation, est occasionnée par les cercles de diffusion. La vue est d'autant moins nette que les cercles de diffusion sont plus grands. Il faut donc se demander d'où dépend la *grandeur des cercles de diffusion*.

1° Les cercles de diffusion sont d'autant plus grands que le foyer des rayons provenant de l'objet est plus éloigné de la rétine. Supposons — dans l'expérience mentionnée ci-dessus — l'œil accommodé pour le livre, de façon que la pointe du crayon S (fig. 178) paraisse en cercles de diffusion. Si maintenant nous présentions encore un second objet P entre le livre et l'œil, plus rapproché de celui-ci que S, l'accommodation de l'œil pour ce second objet s'écarterait davantage encore de ce qu'elle devrait être. Les rayons se couperaient encore plus loin derrière la rétine en p, et le cercle de diffusion serait d'autant plus grand. — On peut donc énoncer cette proposition : plus la mise au point est défectueuse, plus est grande la distance qui sépare la rétine du point de jonction des rayons, plus aussi le cône des rayons est coupé loin de son sommet par la rétine, et plus en est

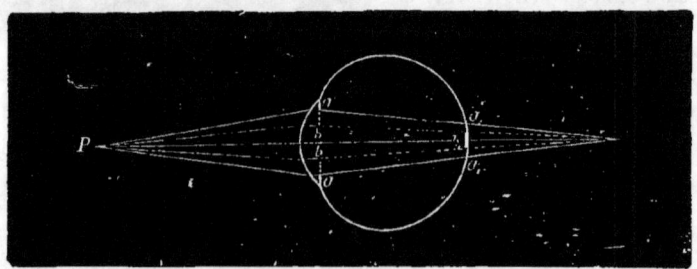

Fig. 179. — *Grandeurs différentes des cercles de diffusion suivant les variations de grandeur de la pupille.*

large la section transversale, c'est-à-dire le cercle de diffusion. — L'autre facteur qui influe sur la grandeur des cercles de diffusion est :

2° La largeur de la pupille. La pupille forme la base du cône. Le sommet étant également distant de la rétine, la section transversale du cône sera d'autant plus petite que la pupille sera moins large. Ainsi, lorsque la largeur de la pupille, de aa qu'elle était, devient bb (fig. 179), le cercle de diffusion d'un point P se réduit en même temps de a'a' en b'. Lorsque, de deux personnes myopes au même degré, l'une voit mieux que l'autre à l'œil nu dans le lointain, cela dépend de ce que les pupilles de la première sont plus étroites. Certains myopes s'imaginent souvent que, par les progrès de l'âge, leur myopie diminue parce qu'ils voient mieux au loin. Fréquemment, cela tient à ce que, par l'âge, la largeur des pupilles diminue. Les presbytes, qui sont forcés de lire de près sans verre convexe, recherchent un éclairage aussi puissant que possible afin d'obtenir la contraction de leurs pupilles et de diminuer ainsi les cercles de diffusion. On obtient ce résultat à un plus haut degré encore en mettant devant l'œil une petite ouverture sténopéique. Cette ouverture ne laisse passer qu'un étroit faisceau de rayons et réduit ainsi tellement les cercles de diffusion qu'ils n'occasionnent plus aucun inconvénient. Lorsque, dans l'expérience ci-dessus, où l'on fixe en même temps le livre et le crayon, on regarde par une petite ouverture, on voit alors simultanément l'impression et la pointe. A l'aide du trou sténopéique, les myopes peuvent voir distinctement dans le lointain sans se servir de verres concaves.

La pupille, comme base du cône lumineux, ne détermine pas seulement la grandeur des cercles de diffusion, mais encore leur forme qui est exactement celle de la pupille. C'est ainsi qu'on s'explique comment les personnes portant quelque irrégularité de la pupille (par exemple, par suite de synéchies postérieures), se rendent parfaitement compte entoptiquement de cette forme irrégulière.

En exécutant l'expérience ci-dessus, au moyen du livre et du crayon, on s'aperçoit que ce n'est que moyennant un certain effort que l'œil parvient à s'accommoder alternativement du livre plus éloigné pour le crayon plus rapproché. Cet effort se sent aussi, mais moins distinctement, quand, par le relâchement de l'accommodation, le regard se reporte de nouveau sur le livre. On peut conclure de ce fait que le changement s'opérant dans l'œil qui regarde alternativement un point éloigné et un point rapproché constitue un processus actif, un effort musculaire, qui est précisément ce que l'on appelle accommodation. Le relâchement de l'accommodation, par lequel l'œil est de nouveau mis au point pour voir au loin constitue le repos du muscle tantôt contracté. En état de repos complet, l'œil emmétrope est accommodé pour l'infini. Telle est l'accommodation de l'œil lorsque le nerf oculo-moteur est paralysé ou que le muscle ciliaire est artificiellement relâché complètement par l'atropine.

Le *mécanisme de l'accommodation* a été fixé définitivement par les expériences de *Helmholtz*. L'accommodation dépend de l'élasticité dont le cristallin est doué, et grâce à laquelle il tend constamment à se rapprocher de la forme sphérique. Dans l'œil vivant, le cristallin est renfermé dans la capsule, reliée au corps ciliaire par l'intermédiaire des fibres de la zonule de Zinn. Ces fibres sont très tendues et exercent, par conséquent, sur la capsule, de tous les côtés, un tiraillement uniforme, qui l'aplatit en même temps que le cristallin. L'élasticité de celui-ci ne peut se manifester que pour autant que les fibres de la zonule de Zinn soient relâchées. Cet état se réalise le plus complètement lorsque celles-ci sont rompues. Lorsqu'on enlève le cristallin de l'œil d'un jeune individu, on le voit, dès qu'on en rompt les attaches, prendre une forme sphéroïdale. On observe le même fait à l'occasion de la luxation traumatique du cristallin dans la chambre antérieure. Dans l'accommodation, le relâchement des fibres de la zonule de Zinn s'opère par la contraction du muscle ciliaire. Ce sont

surtout les fibres circulaires (portion de *Müller*, voir fig. 57, *Mu*) qui fonctionnent. Quand ces fibres se contractent, le cercle formé par les procès
ciliaires se rétrécit et leurs sommets se rapprochent du bord cristallinien·
fig. 180, la ligne noire). De cette manière, l'espace qui sépare le corps
ciliaire du cristallin, et sur lequel s'étendent les fibres de la zonule, se
rétrécit, et les fibres elles-mêmes sont relâchées. Les fonctions des fibres
longitudinales du muscle ciliaire (portion de *Brücke*, fig. 57, *M*) consistent
à renforcer l'action des fibres circulaires. Les fibres longitudinales s'insèrent en avant à la limite cornéo-sclérale, tandis qu'en arrière elles se

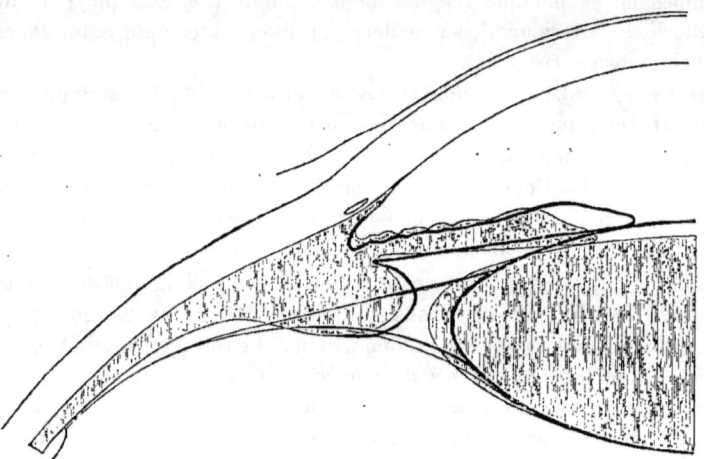

Fig. 180. — *Mécanisme de l'accommodation.* — Fig. schématique. — Les hachures figurent la situation des
parties, quand l'accommodation est au repos, la ligne noire pleine pendant l'effort accommodatif. Cette ligne
noire montre les procès ciliaires et l'équateur du cristallin reportés vers l'axe de l'œil. Les deux faces du
cristallin sont plus fortement bombées et la face antérieure est déplacée en avant. L'iris est plus large ; son
bord pupillaire est reporté en avant, son bord ciliaire en arrière.

perdent dans la choroïde mobile. Lorsque ces fibres se contractent, la
partie plate du corps ciliaire et la partie antérieure de la choroïde sont
attirées en avant, ce qui facilite le relâchement des fibres zonulaires qui
se trouvent à la surface de ces tissus. Cependant, la part principale du
travail d'accommodation incombe toujours aux fibres circulaires du muscle
ciliaire, et c'est pour ce motif que, dans les yeux qui doivent beaucoup
accommoder, tels que les yeux hypermétropes, on trouve ces fibres particulièrement développées (voir fig. 192).

Par le relâchement de la zonule, la tension de la capsule diminue, de
façon que le cristallin, obéissant à son élasticité, peut prendre une forme
plus bombée. Ce changement de forme amène nécessairement une diminution correspondante du diamètre équatorial du cristallin. L'équateur se

rapproche donc de l'axe oculaire, ce qui a pour résultat d'empêcher les procès ciliaires, dont le cercle se rétrécit, de venir en contact avec lui.

L'augmentation de courbure concerne aussi bien la face antérieure que la face postérieure, mais la face antérieure à un degré plus sensible (fig. 180). En outre, la position de la face postérieure du cristallin dans la fossa patellaris ne se modifie pas ; l'augmentation de l'épaisseur du cristallin se traduit plutôt uniquement par un déplacement en avant de sa face antérieure. La profondeur de la chambre antérieure diminue d'autant, sauf vers la périphérie où elle augmente, parce qu'à cet endroit l'iris recule légèrement. En même temps que le muscle ciliaire, se contractent aussi le sphincter de la pupille et, dans la vision binoculaire, les deux droits internes. Généralement donc, l'accommodation est accompagnée de la contraction des pupilles et d'un mouvement de convergence.

§ 140. Mesure de l'accommodation. — Pour mesurer l'étendue de l'accommodation, nous devons déterminer la position de deux points. Le premier est le point le plus éloigné que l'œil puisse voir nettement, c'est-à-dire celui pour lequel l'œil est mis au point à l'état de repos absolu de l'accommodation — le point le plus éloigné R (*punctum remotum*). Le second est le point le plus rapproché que l'œil puisse voir quand l'accommodation est à l'état de tension maximum — point le plus rapproché P (*punctum proximum*).

Dans l'œil emmétrope, dont nous nous occupons d'abord, R se trouve à l'infini, puisque l'œil emmétrope, à l'état de repos, est mis au point pour les rayons parallèles. Un pareil œil voit donc nettement les caractères des tables de *Snellen*, quand elles sont suspendues à 6 mètres, distance qui, en pratique, est considérée comme infiniment grande.

Tandis que, pour tous les yeux emmétropes, la situation de R est invariable, celle de P est très différente. On détermine cette dernière en approchant de fins caractères d'impression de plus en plus près de l'œil, jusqu'à ce que l'on ait atteint la limite où la lecture est encore possible. Supposons que cette distance soit de 10 centimètres ($P = 10$ cm.). L'intervalle situé entre R et P, donc, dans l'exemple proposé, entre ∞ et 10 cm., porte le nom de *parcours d'accommodation*. Cependant, l'étendue de ce parcours ne donne pas encore la mesure du travail d'accommodation fourni. Ce travail se mesure plutôt par l'augmentation du pouvoir réfringent acquis par l'œil, passant du repos d'accommodation (R) à la plus haute tension de l'accommodation (P). L'augmentation de la valeur réfringente ainsi obtenue s'appelle *amplitude d'accommodation* (A). Elle représente, par conséquent, la différence entre la réfraction de l'œil au moment de l'effort maximum d'accommodation et celle de l'œil à l'état de repos, $A = P - R$. Pour P et R il ne faut pas comparer la valeur linéaire, mais bien le nombre de dioptries correspondantes, qui représentent pour nous la mesure du pouvoir réfringent.

La détermination de l'amplitude de l'accommodation exige quelques explications qui se comprendront le mieux par des exemples concrets. Prenons les trois cas représentés graphiquement dans la figure 181. 1° Un emmétrope de vingt ans, dont le punctum remotum est situé à l'infini, le punctum proximum à 10 centimètres de l'œil ; 2° un emmétrope de trente-sept ans dont $R = \infty$, dont $P = 20$ centimètres ; 3° enfin un myope de vingt ans dont $R = 10$ centimètres et dont

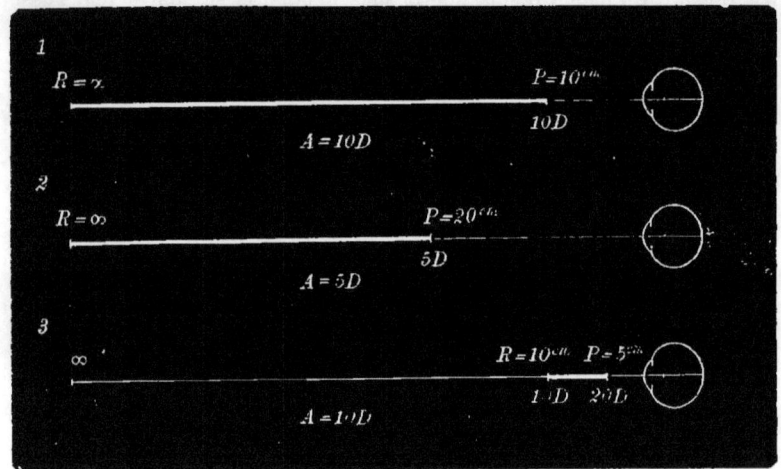

FIG. 181. — *Parcours de l'accommodation.* — 1° D'un emmétrope de vingt ans ; 2° d'un emmétrope de trente-sept ans ; 3° d'un myope de vingt ans.

$P = 5$ centimètres. Le *parcours d'accommodation*, c'est-à-dire l'étendue entre R et P, est dans les trois cas très différent. Dans le premier et le second cas, le parcours est infiniment grand, puisqu'il s'étend jusqu'à l'infini ; dans le troisième cas, il n'est que de 5 centimètres. S'il fallait évaluer le travail d'accommodation d'après l'étendue du parcours d'accommodation, on arriverait à cette conclusion erronée, qu'il y a une différence énorme entre le travail d'accommodation des deux premiers cas, d'un côté, et du dernier, de l'autre.

En fait cependant, les choses se passent autrement qu'on ne pourrait le croire d'après l'expérience ci-dessus au sujet de l'accommodation. Ainsi, tandis qu'un des yeux reste fermé, qu'on tienne devant l'autre un livre à la distance de 20 centimètres et à égale distance entre le livre et l'œil, c'est-à-dire à 10 centimètres de celui-ci, la pointe d'un crayon. Si l'on regarde alors par dessus le livre dans le lointain pour détendre entièrement l'accommodation et puis qu'on fixe le livre, à ce moment on sent un effort d'accommodation dans l'œil. Ensuite, que du livre on porte le regard sur la pointe du crayon et qu'on tâche de la voir distinctement. Lorsqu'on y réussit, ce passage coûte un effort très considérable que la plupart estimeront plus grand que celui qu'il a fallu déployer pour accommoder de l'infini à la distance du livre. Ainsi, le changement de l'accommodation de 20 centimètres à 10 centimètres demande au moins autant d'efforts que celui pour passer de ∞ à 20 centimètres. On en conclut que ce n'est pas la distance linéaire des points fixés qui doit servir de mesure à l'effort de l'accommodation, et que, par conséquent, ce n'est pas le parcours d'accommodation qui peut servir d'expression du travail d'accommodation.

Nous concevons une idée juste de l'accommodation dépensée, lorsque nous ne considérons que l'augmentation de la force réfringente de l'œil, produite par l'accommodation. Celle-ci est due à l'augmentation de la courbure du cristallin, qu'on peut s'imaginer comme résultant de l'addition, au cristallin invariable,

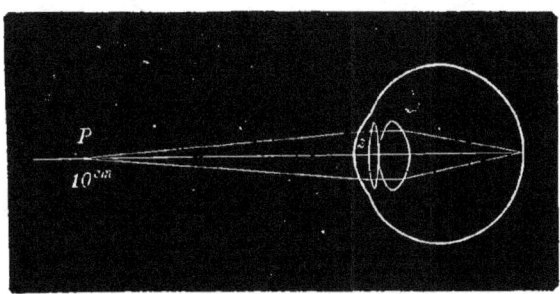

Fig. 182. — *L'accommodation représentée schématiquement par une lentille additionnelle z.*

d'une seconde lentille convexe plus faible. Cette « lentille additionnelle » (fig. 182, z) représente l'augmentation de la force réfringente et constituerait la meilleure mesure de l'accommodation. Certes, il ne nous est pas possible de déterminer directement le pouvoir réfrigérent de la lentille additionnelle, mais nous pouvons savoir quelle lentille il faudrait placer devant la cornée de l'œil pour obtenir la même augmentation de réfringence que par la lentille additionnelle, supposée placée dans l'œil même. Prenons d'abord le cas 1 (fig. 181) et montrons comment il faut alors procéder. Dans ce cas, lorsque l'accommodation est au maximum de tension, le pouvoir réfringent de l'œil est augmenté au point, que les rayons venant de P, c'est-à-dire d'une distance de 10 centimètres, se réunissent sur la rétine (fig. 182). Paralysons maintenant, au moyen de l'atropine, l'accommodation de cet œil de façon qu'il reste constamment mis au point pour l'infini, et cherchons au moyen de quelle lentille l'œil pourra voir distinctement le point P. Nous trouvons que, pour obtenir ce résultat, nous aurions besoin d'un verre L d'une distance focale de 10 centimètres = 10D (fig. 183). Lorsqu'on place ainsi le verre devant l'œil, c'est-à-dire à 10 centimètres derrière le point P, celui-ci coïncide précisément avec le foyer de la lentille (si l'on tenait compte de la distance de la lentille à l'œil, on devrait prendre une lentille d'une distance focale plus courte, par exemple de 9 centimètres, si la distance entre la lentille et le sommet cornéen est de 1 centimètre). De cette manière, les rayons venant de *P* sont rendus parallèles par la lentille (fig. 183, *pp*) et sont donc réunis sur la rétine de l'œil privé d'accommodation. La lentille *L* fournit le même effet que l'accommodation naturelle représentée par la lentille additionnelle *z* et peut donc servir de mesure à celle-ci. L'accommodation ainsi mesurée est désignée sous le nom d'*amplitude de l'accommodation*. Dans le premier cas, celle-ci serait donc de 10*D*. Dans le second cas (fig. 181, 2°), ainsi qu'on peut s'en convaincre, *A* = 5*D*. Ainsi, dans l'œil emmétrope, *A* s'exprime par une lentille dont la distance focale est égale à celle qui sépare l'œil du punctum proximum. On a donc *A* = *P*, quand *P* s'exprime en dioptries.

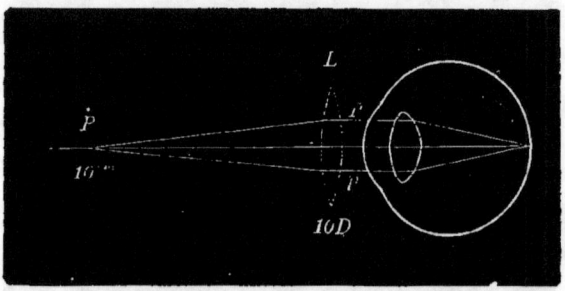

Fig. 183. — *L'accommodation, remplacée par un verre L placé devant l'œil.*

Comment se comporte *A* dans le troisième cas (fig. 181, 3°)? Ici, *P* se trouve à la distance de 5 centimètres, donc *P* = 20*D*. Mais, cette valeur ne peut pas être considérée comme l'expression du travail d'accommodation, puisque l'œil en question, étant myope, est, à l'état de repos de l'accommodation, déjà au point pour une distance inférieure à ∞, celle de 10 centimètres. A l'état de repos de l'accommodation, cet œil se comporte comme un œil emmétrope privé d'accommodation, devant lequel on aurait placé une lentille de + 10*D* (fig. 183). Nous pouvons dire de cet œil : *R* = 10*D*. Au contraire, à l'état de son maximum d'accommodation, il se comporte comme un œil emmétrope en repos, devant lequel on aurait placé + 20*D*. Pour trouver le travail d'accommodation, c'est-à-dire l'augmentation du pouvoir réfringent nécessaire au passage de *R* à *P*, on doit évidemment, de la valeur de *P*, soustraire celle de *R*. *A* = 20*D* — 10*D* = 10*D*. On peut donc, comme loi générale, établir la formule

$$A = P - R,$$

dans laquelle *P* et *R* sont exprimés en dioptries. Cette formule est applicable à tous les états réfringents. Elle se simplifie encore pour l'œil emmétrope, qui, à l'état de repos d'accommodation, est au point pour l'infini. Alors, *R* = 0*D* et, par conséquent, *A* = *P*, comme nous l'avons trouvé tantôt.

Revenons encore à nos trois cas, en comparant leur parcours d'accommodation avec leur amplitude d'accommodation. Dans le premier et le second cas, le parcours d'accommodation est infini ; dans le troisième, il est seulement de 5 centimètres. Dans le premier cas, A est de 10D ; dans le second, seulement de la moitié, soit 5D ; dans le troisième cas, au contraire, il est de nouveau aussi grand que dans le premier. L'amplitude de l'accommodation donne une idée toute autre et plus juste du travail d'accommodation que le parcours d'accommodation. Cela provient de ce que les diverses sections du parcours d'accommodation représentent des valeurs toutes différentes. Pour amener l'accommodation de 10 centimètres à 5 centimètres (3e cas), il faut faire un effort aussi grand que pour l'amener de ∞ à 10 centimètres (1er cas), c'est-à-dire chaque fois un effort de 10D. Ce résultat concorde avec ce que l'on sent dans les yeux dans l'expérience citée plus haut, quand on regarde successivement d'abord infiniment loin, puis le livre et enfin la pointe du crayon. Le changement d'accommodation pour 1 centimètre de son parcours exige un travail d'autant plus grand que ce centimètre est situé plus près de l'œil.

Par contre, le parcours d'accommodation donne une bonne idée de l'*utilisation* de l'accommodation. Dans le premier cas, le parcours de l'accommodation est tel que l'œil peut voir distinctement à toutes les distances exigées dans la vie pratique. Dans le troisième cas, au contraire, le parcours de l'accommodation se trouve si près de l'œil, que, pratiquement, il ne doit même pas entrer en ligne de compte. Sans accommodation, cet œil n'en serait pas plus mauvais. (Ce qui vient d'être dit n'est applicable que dans la supposition que l'on ne porte pas de verres correcteurs, qui déplacent le parcours d'accommodation.)

Détermination pratique de R et P. — La réfraction d'un œil étant l'état réfringent de cet œil au repos de l'accommodation, c'est-à-dire mis au point pour le punctum remotum, il en résulte que la détermination de la réfraction se confond avec celle du punctum remotum. A-t-on déterminé ce dernier, la réfraction est connue. Dans l'emmétropie, R se trouve à ∞. A quoi reconnaît-on que tel est le cas ? D'abord, à ce qu'un tel œil est capable de lire le n° 6 des caractères de *Snellen* à 6 mètres de distance (qui équivaut à une distance infinie). Par cette épreuve, on exclut les cas où R est plus rapproché que ∞ (myopie), puisque le n° 6 ne serait pas vu assez distinctement pour être lu. Par contre, l'hypermétropie n'est pas exclue, car, au moyen de l'accommodation, l'œil hypermétrope peut se corriger au point de s'adapter à l'infini. Mais, dans ce cas, le n° 6 serait aussi distinctement vu au moyen de verres convexes, ce qu'un œil emmétrope ne serait pas en état de faire (§ 145). On peut donc dire : on a affaire à un E, c'est-à-dire $R = ∞$, quand le n° 6 de *Snellen* est lu à l'œil nu, à la distance de 6 mètres, tandis qu'au contraire la lecture en devient impossible avec les verres convexes même les plus faibles.

On détermine P au moyen des petits numéros des épreuves visuelles ; cependant, on peut encore se servir d'un optomètre à fils. Il est composé de fins fils tendus dans un cadre métallique. On les approche de l'œil jusqu'au point où ils cessent d'être vus distinctement.

Il arrive que P est tellement éloigné de l'œil que les objets, tels que des caractères fins, ou les fils de l'optomètre, paraissent sous un si petit angle qu'ils ne sont plus du tout vus nettement; alors, on recourt à l'expédient suivant : on met devant l'œil un verre convexe, par exemple + 6D, au moyen duquel il voit distinctement de près, et l'on détermine maintenant le punctum proximum. Supposons, par exemple, qu'il se trouve à la distance de 15 centimètres. A cette distance correspondent 6,5D, et, pour avoir le véritable punctum proximum, il faut en soustraire les 6D fournies par le verre. On a donc :

$$P = 6,5 - 6D = 0,5D = 2 \text{ mètres.}$$

Accommodation relative. — Dans les considérations précédentes au sujet de l'accommodation, nous sommes partis de l'hypothèse que la vision ne se faisait que par un seul œil. Mais, dans la vision binoculaire, à côté de l'accommodation, la convergence entre également en ligne de compte. Les deux vont de pair. Quand on regarde au loin, $A = \infty$ et, les axes visuels étant parallèles, la convergence est également à l'état de repos. Au contraire, si l'on regarde un point situé plus près, par exemple à la distance de 20 centimètres, on est obligé d'accommoder et aussi de converger pour cette distance. Par un exercice continuel, il se forme donc une connexité intime entre l'accommodation et la convergence, tellement qu'avec une accommodation d'un certain degré il s'opère toujours un effort de convergence correspondant, et réciproquement.

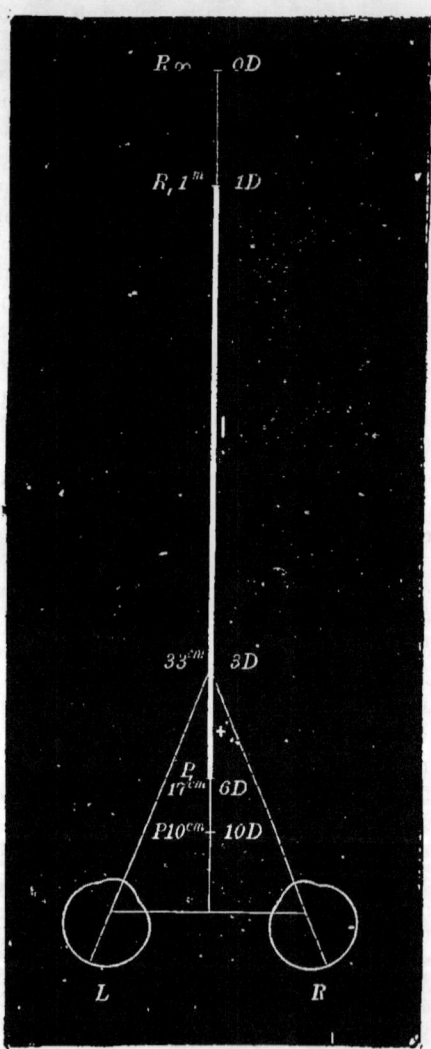

FIG. 184. — *Représentation schématique de l'accommodation relative.*

Cette connexité n'est cependant pas absolue ni invariable. Nous possédons la faculté de nous en émanciper dans de certaines limites, c'est-à-dire dans la convergence pour une certaine distance, de pouvoir accommoder un peu plus ou un peu moins que la distance ne l'exige. On fait regarder une fine écriture à la distance de 33 centimètres. Le sujet doit être emmétrope et, par conséquent, avoir son R à ∞, tandis que P doit se trouver à la distance de 10 centimètres, ce qui correspond à $A = 10D$ (fig. 184). De cette A, pour une convergence de 33 centimètres ($= 3$ angles métriques, voir p. 633), il en dépense $3D$ ($100 : 33 = 3$). Ensuite, mettons devant chaque œil un verre concave de $1D$. Le sujet commencera par voir diffusément, mais bientôt il verra de nouveau distinctement. Il a compensé la diminution du pouvoir réfringent de son œil, causé par la $-1D$, en augmentant son effort d'accommodation de $1D$. Cependant, la convergence est restée invariable, c'est-à-dire adaptée à 33 centimètres. Le même phénomène se produit quand, au lieu de $-1D$, on place devant chaque œil $+1D$. Le verre convexe rend la réfraction trop grande, et l'œil la neutralise en relâchant son accommodation de $1D$. — De cette manière, on peut placer devant les yeux des verres convexes ou concaves jusqu'à ce qu'on en ait un qui ne permette plus la vision distincte. Ainsi, on détermine les limites dans lesquelles, sans modification de la convergence, l'accommodation peut être tendue ou relâchée — *accommodation relative*.

Dans l'exemple choisi, l'examiné serait encore en état de voir distinctement à 33 centimètres avec une lentille convexe de $2D$. Cela correspond à un relâchement de son accommodation de $3D$ à $1D$. Son punctum remotum relatif R' se trouve donc à la distance de $1D = 1$ mètre de l'œil. D'un autre côté, pour la même convergence, l'examiné surmonte encore un verre concave de $3D$, ce qui se traduit par une majoration de l'accommodation de $3D$ à $6D$. Son punctum proximum relatif P' se trouve donc à $6D = 17$ centimètres. L'amplitude d'accommodation relative $A' = P' - R' = 6D - 1D = 5D$. Telle est l'amplitude d'accommodation relative pour une convergence de 33 centimètres. Pour une autre convergence, le punctum proximum, le punctum remotum et l'amplitude d'accommodation relatifs ne seraient plus les mêmes. Au contraire, il n'y a qu'un seul punctum remotum, un seul punctum proximum, une seule amplitude d'accommodation absolus.

Le parcours de l'accommodation relative est coupé en deux sections par le point vers lequel on converge. L'une des sections se trouve en-deçà de ce point et s'étend, par conséquent, dans l'exemple choisi, de 3 à $6D$. Elle représente la partie de l'accommodation que l'on aurait encore disponible pour la même convergence, si le besoin s'en faisait sentir. C'est donc une accommodation de réserve. On l'appelle pour ce motif la partie positive de l'amplitude de l'accommodation relative (fig. 184, $+$). L'autre section se trouve au-delà du point fixé et s'étend, dans l'exemple proposé, de 3 à $1D$. C'est la partie de l'accommodation relative déjà dépensée pour la convergence déterminée, c'est-à-dire la partie négative (fig. 184 $-$). Ainsi, dans la convergence pour 33 centimètres, la partie positive de l'amplitude d'accommodation relative est de $3D$, la négative seulement de $2D$. Du rapport de ces deux sections entre elles, dépend la question de savoir si l'œil pourra ou non se livrer sans fatigue à un travail soutenu avec l'accommodation et la convergence nécessaires. On ne peut répéter souvent un effort corporel que dans le cas où on reste en deçà des limites de sa force. Ainsi, si l'on avait à faire tourner la roue d'une machine, dont le mouvement est si difficile qu'on ne peut y arriver qu'en employant toute sa force, peut-être pourrait-on la faire tourner une ou deux fois de suite; après cela, on se trouverait épuisé. Lorsque, donc, l'ouvrier aura à faire mouvoir la roue des heures durant, il faudra qu'il ne dépense, pour chaque tour de roue, qu'une partie modérée de la totalité de sa force, afin qu'une autre partie serve de réserve. Il en est de même des yeux. Un long travail n'est possible qu'à la distance où la partie positive de l'accommodation est au moins aussi grande que la partie négative, sinon, la fatigue ne tarde pas à se faire sentir.

Pendant le regard à une distance infinie, la partie négative de A' est égale à zéro, puisque l'accommodation est complètement relâchée. Dans ce cas, la totalité de l'accommodation relative est positive, et l'œil ne saurait se fatiguer. Personne ne se plaindra que la promenade lui fatigue les yeux. Pour une convergence de 33 centimètres, il est dit plus haut que la partie positive de A' est le double de la négative; aussi, à cette distance, un travail soutenu est possible sans fatigue. Pendant la fixation d'un objet qui se trouve au punctum proximum absolu de l'œil, la totalité de A' est négative; il n'existe plus de réserve d'accommodation positive, car toute A est déjà dépensée. C'est pour ce motif qu'à son punctum proximum on ne peut voir distinctement que pendant quelques instants. De tout ce qui vient d'être dit, on peut conclure qu'un travail est d'autant plus fatigant pour les yeux qu'il en est plus rapproché.

MODIFICATIONS DE L'ACCOMMODATION AVEC L'AGE

§ 141. L'accommodation diminue avec l'âge, ce qui se manifeste parce que P s'éloigne de plus en plus. La diminution de l'accommodation ne saurait dépendre de la dépression générale par l'âge des forces musculaires et du muscle ciliaire en particulier, car cette diminution commence déjà dans la jeunesse et même probablement dès l'enfance, c'est-à-dire à un moment où les muscles gagnent encore en force. La cause de la diminution de l'accommodation dépend plutôt de la perte graduelle de l'élasticité du cristallin. Cette perte résulte de la condensation du cristallin par raréfaction de son eau. De là, la sclérose qui débute au centre du cristallin (formation du noyau). A mesure que, par ce processus, le cristallin devient plus dur, son élasticité diminue, de façon que, même après relâchement complet de la zonule, ses changements de forme deviennent de moins en moins sensibles.

L'état de l'accommodation aux différents âges est représenté, d'après *Donders*, dans la figure 185. La ligne *rr* représente la situation du punctum remotum, la ligne *pp* celle du punctum proximum d'un emmétrope pour les âges de 10-80 ans. L'intervalle entre les deux lignes donne en

dioptries l'amplitude de l'accommodation correspondante aux différents
âges de la vie.

Le punctum remotum reste pendant la plus grande partie de la vie à
l'infini, cependant, chez les personnes très vieilles, il va un peu au-delà de
l'infini. Au contraire, le punctum proximum s'éloigne de plus en plus, de
telle manière que la ligne *pp* représente une courbe qui se rapproche constamment de la ligne des punctums remotums, jusqu'à ce qu'enfin elle la

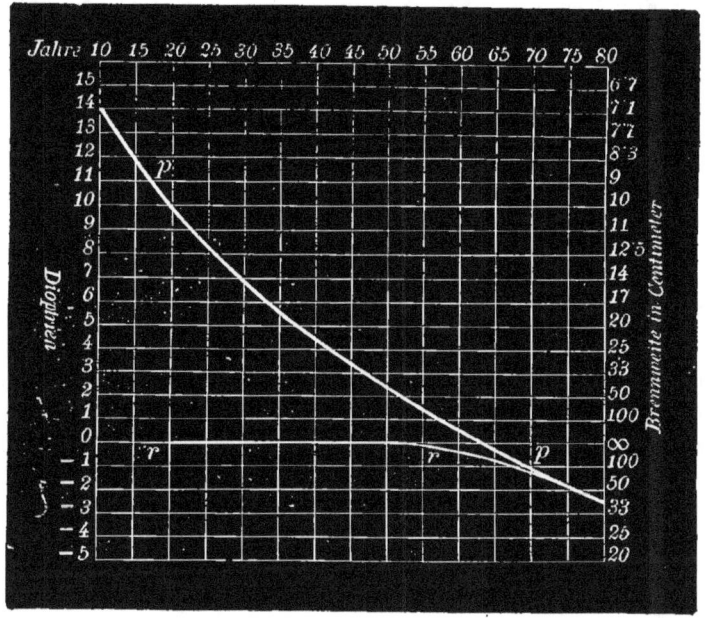

Fig. 185. — *Amplitude de l'accommodation aux différents âges, d'après* Donders.

rencontre. Alors, l'amplitude de l'accommodation est devenue égale à zéro,
c'est-à-dire que le cristallin ne change plus de forme.

La diminution de A ne commence à devenir gênante que lorsque P est
assez éloigné de l'œil pour que les travaux fins deviennent difficiles ou
impossibles. Cet état est désigné sous le nom de *presbyopie* (1) ou *presbytie*.

Puisque la diminution de l'accommodation débute dans la jeunesse pour
s'accentuer graduellement et sans secousse jusque dans la vieillesse, le
point initial de la presbyopie doit être fixé arbitrairement. *Donders* a
admis comme tel le moment où le punctum proximum est reculé au-delà

___

(1) De πρέσβυς, vieillard, et ὤψ.

de 22 centimètres ($A = 4,5D$), ce qui arrive d'ordinaire après l'âge de quarante ans. Passé ce temps, la lecture de petits caractères devient déjà fatigante, et le besoin de porter des lunettes se fait sentir.

La presbyopie n'est pas une maladie, c'est un processus physiologique auquel tout œil est sujet. Les personnes qui deviennent presbytes éloignent le livre évitent la lecture des petits caractères et passent les remarques. C'est surtout la lecture du soir qui les fatigue, parce qu'alors, en raison de la faiblesse de l'éclairage, les pupilles se dilatent et les cercles de diffusion s'agrandissent. Elles cherchent à éviter cet inconvénient, en plaçant la lampe entre les yeux et le livre, pour amener le rétrécissement des pupilles par une lumière plus abondante. Lorsque la presbyopie fait plus de progrès encore, la lecture, ou un fin travail, deviennent entièrement impossibles sans lunettes. Cependant, il ne se produit ni douleurs, ni fatigue comme chez les hypermétropes. — Lorsque l'œil n'est pas emmétrope, mais qu'il est le siège d'un défaut de réfraction, le parcours de l'accommodation se déplace, et, par conséquent, en même temps, le début de la presbyopie. Qu'on consulte à ce sujet les chapitres sur la myopie et l'hypermétropie.

Dans la presbytie, il faut se servir de lunettes convexes pour le travail de près. Le verre doit être assez fort pour ramener le punctum proximum à la distance où le travail doit s'exécuter. Cette distance dépend surtout de la nature du travail lui-même. Le P doit être rapproché d'autant plus que le travail est plus fin. En outre, l'acuité visuelle entre aussi en considération. Ainsi, lorsque l'acuité visuelle est défectueuse, l'on doit rapprocher les objets pour restituer aux images en grandeur ce qu'elles perdent en netteté.

De ce qui vient d'être expliqué, il résulte qu'il ne suffit pas d'indiquer simplement les lunettes qui doivent être prescrites suivant l'âge. Il faut plutôt se laisser diriger dans chaque cas particulier par les besoins individuels et alors déterminer le verre approprié. Soit, par exemple, un homme âgé de soixante ans, dont P est à la distance de 1 mètre de l'œil ($A = 1D$). C'est un menuisier, et il ne voit plus suffisamment pour faire son travail qui s'exécute à la distance de la longueur des bras, c'est-à-dire à 50 centimètres environ. Il faut donc rapprocher P à 50 centimètres $= 2D$. Mais, comme il peut lui-même produire $1D$, il suffit de lui en ajouter encore $+ 1D$ (ou mieux $+ 1,5D$, de cette manière il ne devra pas travailler à son P, il lui restera quelque réserve d'accommodation). Sans doute, cet homme serait enchanté si on lui fournissait des lunettes avec lesquelles, le soir, après la besogne terminée, il pût faire la lecture. Dans ce but, son point P devrait être ramené à la distance de 30 centimètres au moins ($3,5D$), pour qu'il pût lire facilement l'impression ordinaire, et il faudrait pour cela lui recommander $+ 2,5$ à $+ 3D$ pour la lecture.

Dans le vulgaire, il règne, au sujet du port des lunettes à un âge avancé, divers préjugés qu'il faut chercher à extirper. Les uns considèrent comme avantageux de commencer à porter des lunettes le plus tard possible, et cela de peur d'être obligés de se servir de numéros de plus en plus forts. On n'échappe pas à cet inconvénient, qu'on commence à porter des lunettes en temps opportun, ou que l'on se fatigue, pendant des années, sans lunettes, jusqu'à ce qu'on n'en puisse plus. Tout presbyte doit augmenter la force de ses lunettes tant que son A continue à diminuer. Ce n'est que lorsque $A = 0$ qu'il ne sera plus obligé de changer de verres. Tout aussi grande est l'erreur de celui qui croit que le port prématuré de verres « conserve » les yeux. La presbyopie suit sa voie tracée d'avance, que l'on porte ou non des verres, quels que soient les verres que l'on porte, et que les yeux se soient fatigués ou non sur de fins travaux.

A l'inspection de la figure 185, on s'aperçoit, à première vue, que la ligne des punctums remotums rr au lieu de présenter, comme on pourrait s'y attendre, un trajet rectiligne, finit par décrire une courbe. Le punctum remotum de l'œil emmétrope qui se trouve en ∞, s'éloigne au-delà de ∞, à l'âge de la cinquantaine. La réfraction change alors, l'œil devient hypermétrope. Ce fait n'a rien de commun avec l'accommodation ; il dépend uniquement de la diminution du pouvoir réfringent de l'œil par suite des altérations séniles du cristallin. Dans la jeunesse, le cristallin est constitué de façon que les couches en deviennent de plus en plus denses, à mesure que l'on se rapproche de son centre. Tout rayon lumineux passant par le cristallin subit à chaque couche une nouvelle réfraction, et la résultante représente ainsi une déviation bien plus considérable que si le cristallin, étant homogène, présentait, dans sa totalité, le pouvoir réfringent élevé des couches cristalliniennes les plus internes. Par l'âge, les couches se densifient graduellement du centre vers la périphérie, et le cristallin devient de plus en plus homogène; en même temps, son pouvoir réfringent diminue. L'œil emmétrope devient ainsi légèrement hypermétrope, tandis que la myopie de l'œil myope devient moins prononcée et peut même disparaître quand elle n'est pas trop élevée.

Lorsque l'œil s'écarte de l'état optique normal, cela peut être dû soit à la réfraction, soit à l'accommodation. Les anomalies de la réfraction doivent être soigneusement distinguées des anomalies de l'accommodation avec lesquelles on les confond pourtant si fréquemment. L'œil dont la réfraction s'écarte de la réfraction emmétropique normale, nous l'appelons amétrope. On distingue trois espèces d'amétropies : la myopie, l'hypermétropie et l'astigmatisme. Quand la réfraction des deux yeux est différente, on dit qu'il y a anisométropie.

CHAPITRE III

MYOPIE

§ 142. La *myopie M* est cet état de réfraction de l'œil dans lequel les rayons tombant parallèlement sur l'œil se réunissent *au-devant* de la rétine. Il s'ensuit que, avant d'atteindre la rétine, les rayons sont redevenus divergents et y produisent un cercle de diffusion (fig. 186 *aa'*). La

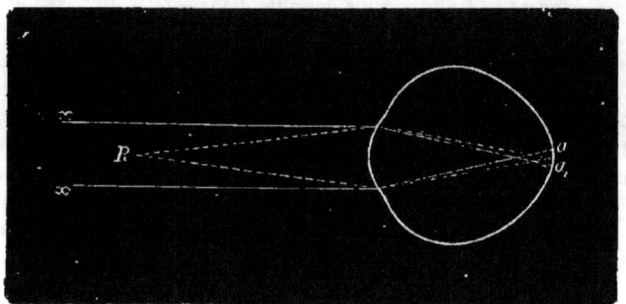

Fig. 186. — *Trajet des rayons dans un œil myope.*

rétine ne reçoit une image nette que lorsque les rayons qui frappent l'œil sont divergents, ce qui est le cas pour les rayons venant d'un point rapproché *R* (fig. 186). Ce point est le punctum remotum de l'œil myope, c'est-à-dire ce point pour lequel l'œil myope est adapté, quand l'accommodation est au repos. Ici donc, le punctum remotum est situé à une distance finie. Plus la myopie est forte, plus la distance entre le point de section des rayons parallèles et la rétine est grande, plus les rayons doivent être divergents pour se réunir sur la rétine, plus le point *R* est rapproché de l'œil. C'est pour ce motif que le degré de la myopie se détermine par la distance de *R*.

Détermination de la myopie. — On peut mesurer directement la distance de *R* en éloignant graduellement de l'œil de fins caractères d'impression, jusqu'à ce qu'ils commencent à devenir illisibles. Cependant, cette méthode est entachée de beaucoup de défauts, de sorte que l'on préfère déterminer R au moyen de verres concaves. Supposons un œil dont la myopie soit telle que le punctum remotum se trouve à 50 centimètres (fig. 187, F). Les rayons venant de ce point se réunissent sur la rétine (en f). De quelle manière pourrait-on arriver à faire voir à cet œil distinctement les rayons parallèles, c'est-à-dire à les réunir sur la rétine ? en leur donnant la même direction que s'ils venaient de son punctum remotum. Ce résultat s'obtient en mettant devant l'œil un verre concave L de 50 centimètres de distance focale, soit un verre de — 2D. Ce verre donne aux rayons parallèles une divergence telle qu'ils semblent venir de son foyer (voir p. 699). Ce foyer est situé à 50 centimètres au-devant du verre, c'est-à-dire au même endroit

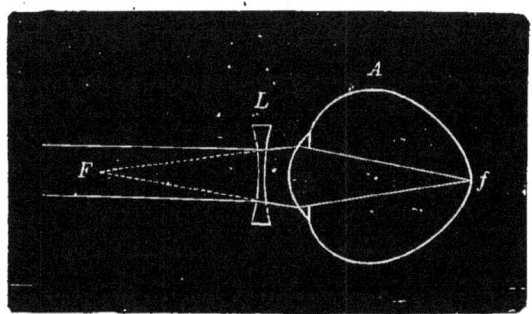

Fig. 187. — *Correction de la myopie par un verre concave.*

où se trouve le punctum remotum de l'œil (en F). Par conséquent, les rayons parallèles prennent la même direction que s'ils venaient du punctum remotum de l'œil myope et se réunissent ainsi sur la rétine en une image distincte. (Dans ce raisonnement nous négligeons la distance du verre à l'œil.)

La déduction, tirée de l'exemple précédent, est applicable à tous les degrés de myopie. On peut donc énoncer la proposition : un œil myope voit distinctement à l'infini avec le verre concave dont la distance focale est égale à l'éloignement du punctum remotum de l'œil. Réciproquement, on peut dire aussi : la distance focale du verre concave avec lequel un œil myope voit bien au loin donne l'éloignement du punctum remotum de l'œil et, par conséquent, le degré de la myopie. Lorsque quelqu'un voit distinctement au loin avec — 5D, alors $R = 20$ centimètres ($100 : 5 = 20$). Mais, pour désigner le degré de la myopie, on n'indique pas la position de R, mais bien directement le pouvoir réfringent du verre correcteur : on écrit donc $M = 5D$.

Si devant un œil, dont la $M = 5D$, l'on place — $6D$, cet œil verra encore distinctement dans le lointain. La dioptrie, que le verre a de trop, sera neutralisée par un effort d'accommodation correspondant. Comme, dans la myopie, il existe souvent une certaine tendance à accommoder, il n'est pas rare de rencontrer des myopes, porteurs de verres surcorrecteurs. Pour ne pas tomber dans le même défaut, en déterminant la myopie, et ne pas la trouver plus élevée qu'elle ne l'est effectivement, il faut prendre le verre *le plus faible* à l'aide duquel le myope puisse voir dans le lointain. Voici donc comment on doit procéder pour déterminer la myopie : *on place le myope à 6 mètres des tableaux de Snellen et on lui présente des verres concaves en commençant par les plus faibles pour arriver aux plus forts, jusqu'à ce que l'on obtienne la meilleure acuité visuelle qu'il soit possible d'atteindre dans chaque cas spécial. Le verre concave le plus* FAIBLE, *à l'aide duquel cette acuité est acquise, indique le degré de la myopie.*

Cette méthode, proposée par *Donders* pour déterminer la myopie, est généralement appliquée. Seulement, elle est assez longue, puisqu'on doit procéder graduellement au moyen des verres, depuis les plus faibles jusqu'aux plus forts, et qu'ainsi on est souvent obligé d'en présenter un grand nombre avant qu'on trouve le verre correcteur. C'est pourquoi on a cherché à déterminer, d'une manière plus rapide, non seulement la myopie, mais la réfraction en général, et cela, au moyen de certains appareils qu'on appelle *optomètres*. Ces instruments sont construits d'après différents principes. La plupart sont composés d'un objet-type que l'œil regarde à travers une seule lentille, ou deux lentilles combinées. Par un déplacement soit de l'objet, soit des lentilles, on peut donner aux rayons qui pénètrent dans l'œil une direction parallèle, divergente ou convergente, et ainsi les adapter aux divers vices de réfraction. Alors, l'état de la réfraction se lit simplement sur une échelle que porte l'instrument. En dépit de l'avantage qui résulte d'une détermination instantanée de la réfraction, ces instruments n'ont pas été adoptés, car ils renseignent, en général, un chiffre de réfraction trop élevé. En effet, les personnes qui regardent dans l'instrument tendent involontairement leur accommodation. Si l'on voulait connaître la réfraction exacte, c'est-à-dire l'état de réfraction de l'œil, dans un état de repos complet de l'accommodation, il faudrait commencer par paralyser celle-ci au moyen de l'atropine, ce qui occasionne aux patients un trouble visuel fort incommode.

La détermination de la myopie au moyen de lunettes ou d'optomètres s'appelle la *méthode subjective*, parce qu'elle repose sur les indications fournies par le patient. Pour ce motif, les résultats qu'elle donne ne sont pas toujours exacts. Souvent, il arrive que, par suite d'un effort d'accommodation de la part du patient, on trouve un degré de myopie plus élevé que celui qui existe en réalité. En outre, on dépend du bon vouloir et de l'intelligence du patient. Souvent on a affaire à des simulateurs qui cherchent à dessein à faire paraître leur myopie plus élevée qu'elle ne l'est vraiment, par exemple pour échapper au service militaire. De plus, cette méthode n'est pas applicable aux enfants. A tous ces cas s'applique la méthode *objective* qui consiste à établir l'état de la réfraction au moyen de l'ophtalmoscope, et qui est indépendante des dires du patient (voir page 21). Si même on a déjà déterminé le degré de la myopie par l'examen subjectif, il faut en contrôler le résultat par la méthode objective.

Cause de la myopie. — La réunion des rayons parallèles au-devant de la rétine, ce qui constitue l'essence de la myopie, peut se réaliser, en général, de deux manières :

1° Le *pouvoir réfringent* de l'œil peut être trop grand, de sorte que les rayons parallèles convergent trop fortement, alors la rétine occupe sa position normale. La cause de l'augmentation de la réfraction peut se trouver dans la cornée ou dans le cristallin.

Quant à la *cornée*, elle donne lieu à la myopie lorsqu'elle est plus bombée qu'à l'état normal. La myopie s'observe donc dans les ectasies cornéennes de différentes espèces, mais surtout manifestement dans le kératocône, parce que, dans ce cas, la cornée a encore conservé sa transparence. La myopie dépendant d'une ectasie de la cornée est toujours accompagnée d'un degré prononcé d'astigmatisme.

Le *cristallin* peut élever le pouvoir réfringent de l'œil au-dessus de la normale soit en se bombant davantage, soit en devenant plus dense. Il faut considérer les cas suivants :

a) Dans la luxation, la courbure du cristallin augmente, parce que la traction par la zonule a disparu. S'agit-il d'une luxation du cristallin dans la chambre antérieure, alors son déplacement en avant concourt également à augmenter la force réfringente, car, avec le cristallin, le point nodal de tout le système réfringent s'est également rapproché de la cornée ;

b) L'accommodation, qui augmente la courbure du cristallin, peut être tendue d'une manière permanente, et, tant que ce spasme d'accommodation persiste, la myopie existe. Elle disparaît lorsque, par l'atropine, on paralyse l'accommodation ;

c) Il n'est pas rare que, au début de la cataracte sénile, il se développe de la myopie dépendant de l'augmentation de la densité du cristallin (voir page 425).

2° La réfraction de l'œil est normale, de sorte que les rayons parallèles se réunissent à l'endroit habituel, mais la rétine se trouve trop en arrière. La cause en est dans un allongement de l'axe oculaire, et c'est pourquoi on appelle cette espèce de myopie *myopie axile*. La distension de la sclérotique, cause de l'allongement de l'œil, peut en intéresser soit le segment antérieur, soit le segment postérieur. Le premier cas s'observe lorsque, après la sclérite, la zone sclérale, avoisinant la cornée, ramollie par l'inflammation, s'ectasie sous l'influence de la pression intraoculaire (voir page 246). Mais, le siège de la distension se trouve beaucoup plus souvent dans le segment postérieur de la sclérotique. Elle se présente sous forme d'une ectasie postérieure et porte le nom de staphylôme postérieur de Scarpa. C'est la forme habituelle, typique de la myopie, et, pour ce motif, mérite qu'on s'en occupe spécialement.

MYOPIE TYPIQUE

§ 143. Les myopes voient indistinctement au *loin*, parce qu'ils voient avec des cercles de diffusion. Pour les diminuer et pour mieux voir ainsi, les myopes resserrent les paupières et constituent ainsi une fente sténopéique. C'est même de l'habitude qu'ont les myopes de cligner ainsi les yeux que vient le nom de myopie (1).

De *près*, les myopes voient bien, et, en outre, ils ont l'avantage de n'avoir besoin que d'un travail d'accommodation nul ou modéré. Chez le myope (sauf dans les hauts degrés de myopie), l'amplitude de l'accommodation se comporte comme chez l'emmétrope. Seulement, puisque R se trouve à une distance finie, tout le parcours de l'accommodation se rapproche de l'œil. Cette disposition se voit bien dans la figure 181, 3°, où le parcours de l'accommodation se trouve devant l'œil entre 10 et 5 centimètres. C'est pour ce motif que, pour les travaux de près, le myope accommode moins que l'emmétrope, parfois même n'accommode pas du tout. Supposons que le travail s'exécute à la distance de 33 centimètres. Dans ce cas, l'emmétrope doit dépenser $3D$ d'accommodation ($100 : 33 = 3$). Au contraire, un myope de $M = 1D$ n'a besoin que de $2D$ d'accommodation, tandis que le myope de $M = 3D$ n'a pas besoin d'accommoder du tout, car il travaille à la distance de son punctum remotum. Ainsi, dès que la myopie a atteint un certain degré, l'accommodation n'est plus utilisée (bien entendu, quand on ne porte pas de lunettes). Dans la myopie élevée, l'A n'est donc, généralement, pas normale, mais est diminuée.

La *presbyopie* se déclare plus tard chez les myopes que chez les emmétropes, et même elle peut ne pas se manifester du tout. Sans doute, la diminution de l'élasticité du cristallin de l'œil myope s'opère absolument

(1) De μύειν, fermer, cligner, et ὤψ.

comme dans n'importe quel autre œil, seulement, en pratique, elle y est moins sensible. Un homme, porteur d'une myopie de 4,5D, a son punctum remotum à une distance de 22 centimètres, et cette distance ne change plus quelque âgé qu'il devienne. De cette manière, la vue reste distincte pendant toute la vie à cette distance. La seule différence entre la vue actuelle et celle d'autrefois, c'est que la personne en question, ayant, à un âge assez avancé, perdu son accommodation, ne peut plus voir à une distance moindre de 22 centimètres, ce dont elle n'a d'ailleurs pas besoin. Un tel myope ne devient pas presbyte. Les myopes d'un degré moins élevé deviennent presbytes, mais plus tard que les emmétropes. Le moment où la presbyopie se manifeste, c'est-à-dire où le punctum proximum s'éloigne au-delà de 22 centimètres, se calcule facilement pour chaque cas particulier, quand on connaît le degré de la myopie et l'A de chaque l'âge.

Les *plaintes* des myopes sont différentes, suivant le degré de la myopie. Dans les degrés inférieurs, sans doute, la vue à distance n'est pas distincte, mais elle est suffisante pour les besoins ordinaires. Aussi beaucoup de ces myopes ne se servent pas de lunettes. Pour le travail de près, les yeux modérément myopes sont très utiles, puisqu'ils permettent de s'y livrer sans déployer beaucoup d'accommodation, et que, s'ils deviennent presbytes, ce défaut n'apparaît que bien tard.

Il n'en est plus de même dans les hauts degrés de myopie. Ici, le patient ne se plaint pas seulement de voir mal au loin, mais encore de l'impossibilité de travailler longtemps de près. En effet, à cause de la courte distance du punctum remotum, une notable convergence est nécessaire ; or, celle-ci est souvent rendue difficile par une certaine insuffisance des droits internes, ce qui entraîne les inconvénients de l'asthénopie musculaire. Cette insuffisance peut se transformer en un strabisme divergent, qu'on rencontre, d'ailleurs, le plus souvent lié à une forte myopie.

Dans la myopie élevée, même avec des verres, on n'obtient souvent pas une acuité visuelle suffisante pour le lointain, par la raison que le fond de l'œil est le siège de certaines altérations pathologiques. Pour le même motif, en dépit d'un rapprochement considérable des objets, la vue de près reste défectueuse. De là, viennent les plaintes au sujet de la fatigue rapide des yeux, d'une grande sensibilité à la lumière, ainsi que des mouches volantes. Sans doute, ces dernières peuvent aussi se manifester dans des yeux sains (page 460), mais, chez les myopes, les mouches volantes se montrent plus facilement et en plus grand nombre. Cette particularité dépend de ce que les yeux myopes, non munis de lunettes, ne voient rien nettement, et que, sur ce fond trouble, les opacités se détachent mieux. En outre, dans les hauts degrés de myopie, le corps vitré est d'ordinaire le siège d'opacités pathologiques. Il n'est pas rare que les mouches volantes soient une source d'ennuis et d'inquiétudes pour le myope.

L'examen objectif d'un œil myope démontre qu'il est plus long qu'un œil normal (*Arlt*). Comme le prouve l'autopsie de pareils yeux, l'allongement dépend de l'ectasie de la sclérotique au niveau du pôle postérieur (fig. 188). Lorsque la myopie est très élevée, l'agrandissement du globe oculaire se manifeste déjà sur l'œil vivant. L'œil proémine fortement. — Fait-on tourner l'œil du côté du nez, alors, dans la partie externe de la fente palpébrale, on voit apparaître la région équatoriale qui ne présente pas, comme dans l'œil normal, une forte courbure d'avant en arrière, mais qui, au contraire, est peu courbée et se dirige en arrière, presque en ligne droite. Des yeux fortement myopes se distinguent d'ordinaire aussi par une chambre antérieure plus profonde, et une large pupille.

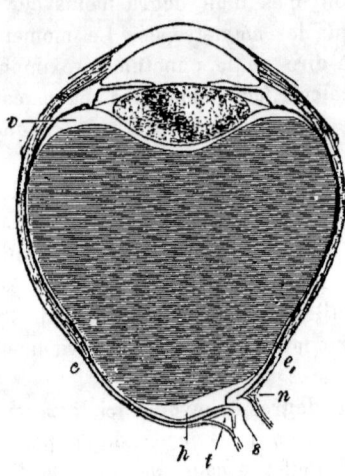

Fig. 188. — *Coupe longitudinale d'un œil myope de 28 millimètres de long.* Gross. 2/1. — L'ectasie (staphylôme postérieur) qui occupe le segment postérieur de l'œil, s'étend de *c* en *c'*. Dans son étendue, la sclérotique est très amincie et montre, à l'endroit où elle passe dans les gaines du nerf optique, ses feuillets dissociés, de telle sorte que l'espace intervaginal est élargi à son extrémité, et plus au côté temporal *t* qu'au côté nasal *n*. Le nerf optique *s* montre dans le trajet du trou sclérotical une courbure en dehors. Dans l'étendue du staphylôme postérieur existe un décollement postérieur du corps vitré *h*; dans cet œil existe aussi un décollement antérieur *v* du corps vitré. La chambre antérieure est très profonde, le corps ciliaire peu saillant.

Les altérations les plus importantes dans la myopie sont celles qui ont leur siège dans le fond de l'œil et qu'on peut reconnaître par l'ophtalmoscope. D'ordinaire, elles sont d'autant plus prononcées que le degré de la myopie est plus élevé. Elles intéressent avant tout la choroïde et la rétine qui s'atrophient aussi bien au pourtour de la papille qu'au niveau de la région de la tache jaune (voir page 362). Cette dernière est aussi l'endroit de prédilection des hémorragies rétiniennes. Quant au corps vitré, il se ramollit en même temps qu'il s'y développe de nombreuses opacités flottantes. Les conséquences de la dégénérescence du corps vitré retentissent sur le cristallin et sur la rétine. Dans le premier, se développent des opacités et, par suite de l'atrophie de la zonule de Zinn, cet organe tremblote et même se luxe; quant à la rétine, elle peut se décoller.

Les cas les plus fréquents de myopie sont ceux d'un faible degré qui se développent pendant la jeunesse et qui, à l'âge adulte, cessent de s'accroître — *myopie stationnaire.* Au contraire, dans d'autres cas, dès la jeunesse, la myopie acquiert un degré considérable et, au lieu de s'arrêter alors, continue à se développer pendant toute la vie pour finir par acquérir le degré le plus élevé — *myopie progressive*. Ce sont ces cas surtout qui entraînent, dans le fond de l'œil, des altérations pernicieuses. Ce sont eux qui font paraître la myopie une maladie véritable et même une maladie grave qui, dans un âge avancé, entraîne très souvent de la faiblesse ou même la perte totale de la vue.

§ 144. CAUSES DE LA MYOPIE. — Ce n'est que par exception que l'enfant naît avec une myopie, c'est-à-dire avec un œil trop long. La règle est que la myopie se développe dans la jeunesse, à l'époque où, en même temps que tout le corps grandit, les yeux fonctionnent activement pour l'étude et le travail. Il a été démontré par un grand nombre de recherches que la myopie acquise se manifeste presqu'exclusivement chez les personnes qui sont obligées de se fatiguer les yeux à regarder de près. Ce sont, d'un côté, les personnes appartenant à la classe instruite qui s'adonnent aux études ; de l'autre côté, les ouvriers qui se livrent à des travaux fins ; tels sont les tailleurs, les couturières, les typographes, les lithographes, etc. Il est donc hors de doute que la cause occasionnelle de la myopie est le travail à petite distance. Dans ces conditions, deux facteurs entrent en considération, l'accommodation et la convergence, dont l'action combinée entraîne l'ectasie du pôle postérieur de l'œil. — Cependant, quoique les efforts des yeux dans le travail à petite distance soient la cause de la myopie, toutes les personnes qui se livrent à ces efforts ne gagnent pas ce défaut ; la myopie ne se déclare que chez une partie d'entre elles. Il faut donc que pour ces dernières il y ait encore d'autres facteurs particuliers, pour que, chez elles, le travail de près amène le développement de la myopie. Parmi ces facteurs, nous connaissons :

1° Une *prédisposition* à la myopie qui dépend, sans aucun doute, de certaines dispositions anatomiques spéciales, telles qu'une faiblesse de la sclérotique, des particularités dans l'état des muscles, du nerf optique, etc. Mais, comme les particularités anatomiques sont très aisément transmises par hérédité, on comprend que la myopie soit héréditaire. Certes, les enfants dont les parents sont myopes ne naissent pas myopes, mais, lorsqu'ils sont placés dans des conditions qui favorisent le développement de la myopie, ils sont plus enclins à contracter ce défaut que les enfants provenant de parents dont la vue est normale ;

2° Les circonstances qui obligent à *rapprocher les objets* pour le travail, et qui exigent, par conséquent, une dépense extraordinaire d'accommodation et de convergence. Le cas se présente surtout lorsqu'il faut exécuter un travail fin, ou quand il faut travailler à un éclairage insuffisant, enfin, quand l'acuité visuelle a baissé (par des taches cornéennes, des opacités cristalliniennes, l'astigmatisme, etc.), ce qui fait que les objets doivent être rapprochés des yeux (voir page 710);

3° *L'insuffisance* des droits internes. Elle est d'autant plus sensible que la myopie est plus élevée, et que l'on doit davantage rapprocher les objets. Elle fait que la convergence est plus difficile, car ce n'est que par des efforts exagérés des droits internes qu'on l'amène au degré voulu. Cette tension musculaire exagérée a pour résultat de faire faire à la myopie des progrès incessants ;

4° *Le spasme de l'accommodation.* Au début, ce spasme ne fait que simuler la myopie ; plus tard, il engendre de la myopie vraie. Il se produit lorsque, par le travail de près, l'accommodation est tendue journellement pendant nombre d'heures. Chez des individus jeunes, doués d'une puissante accommodation, il arrive qu'ils finissent par ne plus pouvoir entièrement la relâcher. Ils accommodent, même quand ils regardent au loin, et paraissent ainsi myopes, alors qu'ils sont emmétropes et même hypermétropes. D'autre part, s'ils étaient déjà myopes, le spasme rend la myopie en apparence plus forte encore. On découvre l'existence du spasme de l'accommodation, parce qu'à l'épreuve subjective (au moyen des verres), on trouve un degré de myopie plus élevé que par l'essai objectif au moyen de l'ophtalmoscope. En effet, pendant l'examen ophtalmoscopique, l'accommodation est d'ordinaire relâchée, l'œil se montre alors dans son état réel de réfraction. Pour confirmer le diagnostic, on instille de l'atropine qui paralyse l'accommodation et relâche le spasme. Alors, l'examen au moyen de verres donne le véritable état de réfraction.

TRAITEMENT. — Il ne nous est pas possible de faire disparaître l'allongement de l'œil qui est la cause de la myopie. Nous devons donc nous borner à obtenir une vision nette, au moyen de verres appropriés, et à rendre possible sans fatigue le travail de près, pour autant qu'il soit permis. En outre, on doit, autant que faire se peut, arrêter les progrès de la myopie et combattre les complications éventuelles.

Au sujet du *port de lunettes* par les myopes, les principes suivants seront observés : dans la myopie faible n'allant pas au-delà de 2D, on peut prescrire des lunettes pour voir de loin, lorsque le patient en exprime le désir. Pour la vue de près, les lunettes sont inutiles, puisque, sans elles, il est en état de voir à une distance suffisamment grande — à 50 centimètres et au delà. — Dans la myopie d'un degré moyen, c'est-à-dire de 2D à 7D environ, des verres pour la vision de loin sont nécessaires. Ils sont aussi souvent fort utiles pour la vision de près, car, sinon, le travail devrait s'exécuter à une trop petite distance et exigerait une convergence très considérable, ce qui non seulement amènerait de la fatigue, mais encore ferait faire des progrès à la myopie. Lorsque l'œil est d'ailleurs sain et que l'amplitude de l'accommodation est suffisante, on prescrit un verre qui puisse servir pour la vue à toutes distances. Ce verre doit être tel qu'il ne corrige la myopie que partiellement. Ainsi, par exemple, pour une $M = 5\,D$ on donne environ $-\,4\,D$. Lorsque l'amplitude de l'accommodation est peu étendue, soit à cause du grand âge ou pour d'autres motifs, le verre, qui corrige presque, n'est plus supporté pour la vue de près. Les myopes qui, pendant de longues années, ont constamment porté des verres, trouvent, arrivés à un certain âge, que la lecture avec des lunettes devient de plus en plus difficile. Dans ces cas, il faut prescrire deux espèces de lunettes, l'une à peu près complètement correctrice pour la vision de loin, l'autre plus faible, pour la vue de près, qui permette de travailler à la distance voulue. On agit de même pour les degrés élevés de myopie dans lesquels il faut également prescrire des verres de force différente pour la vue de près et de loin. Quand, par suite de certaines complications, l'acuité visuelle est diminuée d'une manière notable, l'utilité des lunettes devient nulle ou peu appréciable.

La prescription des lunettes aux myopes exige une grande expérience et une connaissance intime de toutes les circonstances accessoires. En aucun cas, le choix des lunettes ne peut être abandonné aux opticiens.

A côté du choix des lunettes, l'*hygiène* du patient doit être réglée avec soin tant au point de vue général qu'au point de vue des yeux eux-mêmes. Il faut y tenir la main d'autant plus strictement que la myopie est plus forte et qu'on a plus à en craindre les progrès et les complications. Avant tout, il faut éviter autant que possible le travail de près. Le travail auquel on ne peut pas se soustraire en tout état de cause doit s'exécuter à la plus grande distance possible. Pour réaliser ces conditions dans les limites du possible, on doit porter son attention sur l'impression des livres à employer, chercher un éclairage suffisant et veiller à ce que l'on garde une position convenable pour lire, écrire, etc. Il faut éviter autant que possible le travail, le soir, à la lumière artificielle. Il est très utile d'interrompre fréquemment le travail pour reporter le regard au loin et permettre ainsi aux yeux de se reposer. Dès que, en dépit de ces précautions, on observe que la myopie fait des progrès rapides et menace d'atteindre un degré plus élevé, on recommande d'interrompre les études pendant une longue période, et, s'il existe du spasme de l'accommodation, on peut profiter de cette interruption pour entreprendre une cure d'atropine. Lorsque des jeunes gens sont atteints d'une myopie très progressive, on doit les prévenir qu'ils ont, dans le choix d'une profession, à tenir compte de l'état de leurs yeux. Les professions où l'on doit constamment lire et écrire, telles que celles d'employé, d'écrivain, ne conviennent pas à ces personnes.

Dans les degrés élevés de myopie, on peut extraire le cristallin par la discision, même s'il est entièrement transparent (*Fukala*). L'œil peut ainsi être amené dans un état voisin de l'emmétropie et être, par conséquent, capable de voir nettement au loin sans verre. Mais, il ne faut pas oublier que par cette opération on sacrifie la faculté d'accommoder, et qu'on n'arrête pas l'allongement progressif de l'œil ainsi que toutes les altérations qu'il entraîne dans le fond de l'œil.

C'est *Arlt* qui, le premier, a démontré anatomiquement que le globe de l'œil myope est agrandi et établi par là la nature de la myopie (1854). *Scarpa* avait déjà, il est vrai, reconnu auparavant (1807) l'ectasie du pôle postérieur propre à la myopie, mais il n'y avait pas vu la cause de cette affection. La grandeur de l'ectasie est en raison directe de la hauteur de la myopie. Dans la myopie moyenne, l'ectasie occupe simplement le pôle postérieur du globe oculaire. Mais, lorsque la myopie a acquis un degré plus élevé, l'ectasie prend plus d'extension (fig. 188, *ee'*) et s'étend jusqu'au nerf optique, qu'elle englobe. L'allongement résultant de l'ectasie peut quelquefois devenir considérable. On rencontre des bulbes d'une longueur axile de 35 millimètres, tandis que l'œil normal n'a que 24 millimètres de longueur.

Quand on examine au microscope le segment postérieur ectasié, on remarque tout d'abord un déplacement de la sclérotique par rapport au nerf optique. On dirait que le tronc du nerf optique, après sa sortie du trou sclérotical, a été attiré vers le côté nasal. Mais, comme la papille est fixée dans le trou sclérotical, le nerf optique subit une inflexion à son extrémité (fig. 188 et 189). La gaine externe est par là éloignée du tronc du nerf, et surtout du côté temporal; en effet, comme le nerf optique se déplace du côté nasal, il s'éloigne toujours de plus en plus, au côté temporal, de la gaine externe qui sort de la sclérotique. Il existe donc ici un élargissement considérable de l'espace intervaginal. Quant à la choroïde, on reconnaît qu'elle est déplacée en ce qu'elle s'est éloignée du bord du nerf optique au côté temporal, tandis qu'au côté nasal il n'est pas rare qu'elle soit attirée par dessus la papille (fig. 189). — La sclérotique, dans toute l'étendue de l'ectasie, est amincie jusqu'à n'avoir souvent plus que l'épaisseur d'une feuille de papier. La choroïde et la rétine qui la recouvrent montrent, à côté de minimes altérations inflammatoires, principalement les signes de l'atrophie ; en fin de compte, elles se réduisent toutes deux à une mince membrane à peu près privée de pigment. Le corps vitré, dans le segment postérieur, est décollé de la surface de la rétine et l'espace ainsi formé est rempli de liquide (décollement postérieur du corps vitré, fig. 188, *h*).

Le segment antérieur d'un œil fortement myope est normal, à part le muscle ciliaire (*Iwanoff*). L'épaisseur de ce muscle est plus petite que dans un œil emmétrope, parce que les fibres circulaires en sont moins développées et peuvent même quelquefois manquer presque entièrement (fig. 191). Ce sont, en effet, ces fibres qui président spécialement à l'accommodation, et, comme dans la myopie cette fonction est moins active, il en résulte que ces fibres ne sont pas normalement développées. Comme, dans l'œil myope, les procès ciliaires sont aussi moins gros, tout le corps ciliaire paraît anormalement aplati (fig. 191). Des

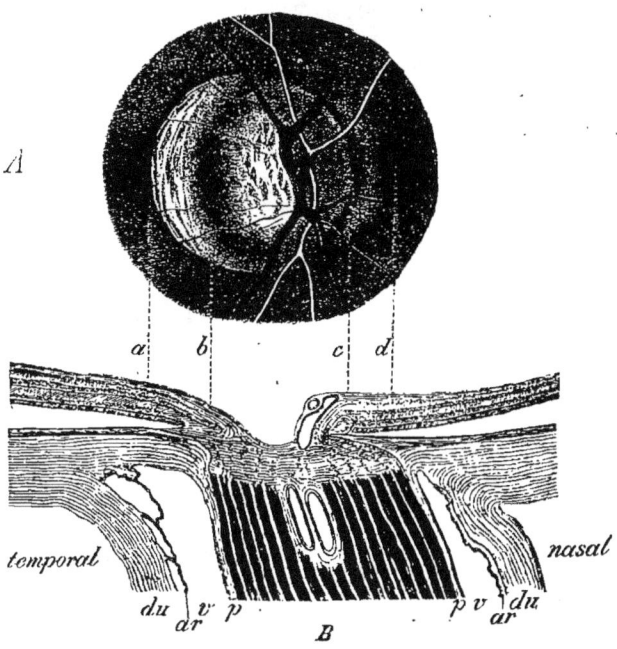

Fig. 189. — *Papille optique dans la myopie*

A. Image ophtalmoscopique de la papille. La papille a la forme d'une ellipse à grand axe vertical. Elle montre dans sa moitié externe la grande excavation physiologique, au fond de laquelle on voit le pointillé gris de la lame criblée, tandis que les vaisseaux centraux émergent au bord interne de l'excavation. Le bord externe de la papille se continue sans limite bien nette dans un croissant clair *a — b*. Celui-ci est de couleur blanche (tandis que la papille est rougeâtre) et parsemé de taches brunes allongées. qui constituent les restes de pigment du stroma choroïdien. Le bord temporal du croissant est bien limité et la choroïde avoisinante un peu plus pigmentée. En revanche, la choroïde, dans le voisinage du bord nasal de la papille, offre une coloration un peu plus claire, de *c* en *d*, constituant ainsi au bord nasal de la papille un croissant jaunâtre d'ailleurs simplement esquissé.

B. Coupe longitudinale à travers la papille. Gross. 14/1. — Ici se remarque bien la déviation du nerf optique par rapport à l'orifice ménagé pour son passage dans la sclérotique et la choroïde. Les faisceaux du nerf optique, dans toute l'étendue où ils sont constitués par des fibres à myéline, sont noirs, par suite de la coloration à l'hématoxyline par la méthode de Weigert ; entre eux, on reconnaît les travées restées claires et la coupe transversale de la veine et de l'artère centrales. La coloration noire s'arrête brusquement à la lame criblée. En avant de celle-ci. la papille montre son excavation physiologique sous forme d'une dépression dont le plancher, dans la partie la plus profonde, est constitué par la lame criblée. La paroi temporale de l'excavation se continue par une pente douce dans la rétine, au contraire, la paroi nasale tombe à pic et laisse voir la coupe des vaisseaux centraux. Le tronc du nerf optique, dans sa direction générale, s'insère obliquement au globe. ce qui ressort bien quand on compare avec la figure 9, *B* ; mais, la distorsion est le plus accusée, à l'endroit où le nerf optique traverse la sclérotique et la choroïde. L'orifice scléral est, à proprement parler, un canal court, dont les parois, normalement, convergent d'arrière en avant (*fig*. 9) ; ici. à cause de la distorsion, elles ont pris une direction de dedans en dehors. Par conséquent, la paroi temporale regarde en partie en avant. Comme la rétine qui la recouvre est transparente, elle apparaît, quand on la regarde de face (à l'ophtalmoscope), sous la forme d'un croissant pâle, s'étendant de *b* à *a*, où l'épithélium pigmenté commence. Le pigment du stroma choroïdien s'étend un peu plus loin en dedans que l'épithélium, aussi le voit-on sous forme de taches brunes sur le disque blanc. La paroi nasale du canal scléral, en revanche, regarde en partie en arrière, de façon qu'elle se place devant la partie *c* à *d* du nerf optique reportée pour la plus grande part en dedans. Comme la distorsion n'intéresse pas seulement l'orifice de la sclérotique, mais également celui de la choroïde, celle-ci est également attirée jusqu'en *c* au-dessus du bord nasal du nerf optique. Puisque la portion nasale de la papille, recouverte par la sclérotique et la choroïde, ne peut être vue nettement à l'ophtalmoscope, la papille semble plus courte dans le sens horizontal. Toutefois cette partie recouverte par la sclérotique et la choroïde transparaît encore, de sorte qu'on la reconnaît au bord nasal de la papille sous la forme d'un croissant jaunâtre mal délimité (*c* à *d*). La déviation du nerf optique par rapport à la sclérotique se propage jusqu'à ses gaines. La gaine durale *du* et la gaine arachnoïdienne *ar* qui lui est appliquée sont séparées du nerf optique, surtout au côté temporal, et l'espace intervaginal *vv* est ainsi élargi ; la gaine piale est, au contraire, intimement unie au nerf *p*.

dispositions contraires s'observent dans les yeux hypermétropes. Ici, la portion de *Müller* du muscle ciliaire est hypertrophiée à cause de la tension permanente de l'accommodation ; c'est ainsi que le muscle, dans sa totalité, devient plus puissant, et, comme les procès ciliaires ont également acquis un plus grand développement, le corps ciliaire se rapproche davantage du centre de l'œil (fig. 192). La comparaison des deux figures 191 et 192 entre elles, et avec la

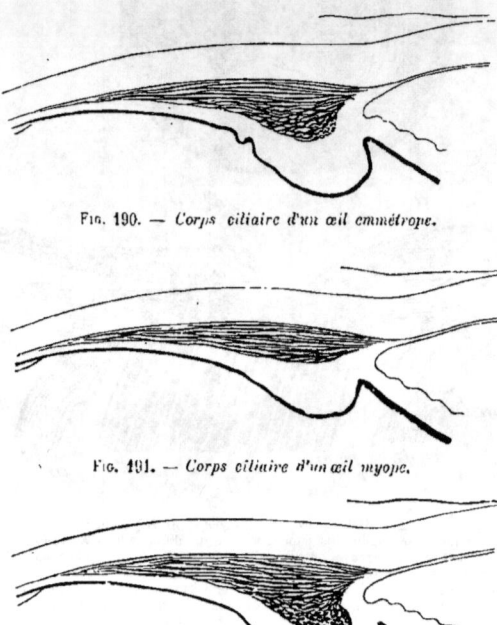

Fig. 190. — *Corps ciliaire d'un œil emmétrope.*

Fig. 191. — *Corps ciliaire d'un œil myope.*

Fig. 192. — *Corps ciliaire d'un œil hypermétrope.*

figure 190, qui représente le corps ciliaire d'un œil emmétrope, démontre en outre, comment la forme du corps ciliaire détermine celle de l'angle irido-cornéen. Dans l'œil myope cet angle est plus grand, dans l'œil hypermétrope moins grand que dans l'œil emmétrope. Ces variations visibles sur le vivant, même à l'œil nu, doivent être d'une certaine importance au point de vue du développement du glaucome. Nous savons que, dans cette dernière affection, par suite de la tuméfaction des procès ciliaires, l'iris est refoulé contre la cornée, et l'angle de la chambre antérieure effacé (voir p. 402). Il est clair que cet effacement s'opère d'autant plus facilement que les procès ciliaires sont plus développés et que l'angle de la chambre antérieure est moins large. C'est dans cette particularité que l'on devrait chercher, en partie, la raison pour laquelle le glaucome inflammatoire est surtout fréquent dans les yeux hypermétropes, tandis que, dans les yeux myopes, cette affection est extrêmement rare.

Les altérations ophtalmoscopiques et anatomiques qui se manifestent dans la myopie élevée font comprendre pourquoi, dans ce cas, l'acuité visuelle n'est presque jamais normale. Dans le public, règne l'opinion que la myopie diminue par l'âge. Cette opinion n'est exacte que pour la myopie légère. A un âge très avancé, l'œil emmétrope devient hypermétrope, par suite de la diminution du pouvoir réfringent du cristallin (page 727) ; pour le même motif, un œil myope doit perdre aussi de sa myopie. Les myopes, de leur côté, s'imaginent souvent que leur myopie a diminué, parce qu'ils voient mieux au loin sans lunettes, et, cependant, l'examen au moyen des verres démontre que leur myopie n'a pas changé. L'amélioration de la vue dépend de ce qu'avec l'âge les pupilles deviennent plus étroites, ce qui réduit les cercles de diffusion dans le regard à l'œil nu. Par contre, chez tous les patients dont la myopie est très prononcée, la vue baisse par l'âge, non seulement parce que la myopie augmente, mais encore parce que les complications prennent une extension de plus en plus grande.

La myopie d'un degré élevé rend impropre au *service militaire*. D'après la loi militaire autrichienne de 1889, le myope reste apte à tout service militaire, si le punctum remotum de l'œil le plus myope ne se rapproche pas en deçà de 25 centimètres ($M = 4D$). Pour les volontaires d'un an, ces limites sont étendues jusqu'à 20 centimètres ($M = 5 D$); pour les médecins, les pharmaciens, les vétérinaires, le punctum remotum ne doit pas être situé à moins de 15 centimètres ($M = 6,5D$). On admet encore, mais seulement pour la réserve, les recrues dont le punctum remotum se trouve entre 25 et 20 centimètres ($M 4 — 5D$). Enfin, toute myopie plus élevée rend absolument impropre à tout service militaire. On tient également compte de l'acuité visuelle. Ne possèdent une aptitude complète au service militaire que ceux dont la vue des deux yeux ne descend pas au-dessous de $V = 6/12$ (après correction de l'amétropie éventuelle). Ceux dont le meilleur œil n'a que 6/12 et le plus mauvais 6/24 sont admis dans la réserve ; tout abaissement de V en dessous de cette mesure rend impropre au service des armes.

En Allemagne, le myope dont le punctum remotum du meilleur œil est à 15 centimètres ($M = 6,5D$) et en deçà est réformé définitivement. Une myopie moins élevée rend conditionnellement propre au service quand V est égale à plus de la moitié de la vue normale (Arrêté du Département de la Guerre du 28 septembre 1875) (1).

---

(1) En *France*, l'exemption est motivée par une myopie supérieure à 6D, quand cette myopie s'accompagne de lésions choroïdiennes étendues.

Sont classés dans le service auxiliaire les cas où :

1° La myopie est égale ou inférieure à 6D, pourvu que l'acuité visuelle soit supérieure à 1/4 pour l'un des yeux et à 1/10 pour l'autre ;

2° La myopie est supérieure à 6D, pourvu que l'acuité visuelle soit supérieure à 1/15 pour l'un des yeux et à 1/10 pour l'autre, et qu'il n'y ait pas de lésions choroïdiennes étendues (Instruction du 13 mars 1894).

En *Belgique*, la myopie donne droit à l'exemption définitive quand elle atteint 6D à l'œil droit, l'accommodation étant paralysée. Elle peut dépasser cette limite à l'œil gauche, sans donner droit par elle seule à l'exemption.

L'exemption est définitive ou temporaire, selon le degré où l'infirmité est arrivée, quand l'acuité visuelle est réduite à l'œil droit à 1/2, à l'œil gauche à 1/10.

La myopie est une affection si répandue et si grave que, plus qu'aucune autre, elle a été l'objet d'études de toute espèce. Les nombreuses recherches ont avant tout établi que la myopie est un attribut des classes instruites. A la campagne, on ne rencontre pas autant de gens qui portent lunettes qu'en ville. Ici, ce sont surtout les écoles qui constituent les pépinières de la myopie. C'est *Cohn* qui, par ses nombreuses recherches, a le premier attiré l'attention sur ce fait. Depuis lors, dans presque tous les pays, on a dressé, au sujet de la myopie, des statistiques qui s'étendent à toutes les classes de la société et à tous les âges, y compris les enfants nouveau-nés. Il a été démontré que, parmi ces derniers, on ne rencontre pour ainsi dire pas de myopes, ils sont presque tous hypermétropes. La myopie, en effet, est une affection qui s'acquiert pendant la vie, par suite de la fatigue oculaire, et qui ne se montre pas lorsque celle-ci fait défaut. Chez les sauvages, on rencontre la myopie aussi rarement que chez les enfants. Dans les premières classes des écoles primaires, on trouve également très peu de myopes. La même observation s'applique à la population des campagnes dont le degré d'instruction ne va pas au-delà de l'école primaire. L'école la plus dangereuse pour les yeux est l'école moyenne. C'est alors que la myopie se manifeste; ensuite elle augmente, tant au point de vue de son degré qu'au point de vue du nombre des myopes, à mesure qu'on s'élève de classe. En Allemagne, dans les classes inférieures des écoles moyennes, on rencontre 20 % de myopes et 60 % dans les classes supérieures. A mesure qu'on remonte dans les classes, les étudiants déjà myopes le deviennent davantage, tandis que, chez beaucoup d'entre eux restés indemnes jusque-là, la myopie se déclare. A l'Université, les conditions sont moins favorables encore. La myopie acquise par les études porte justement le nom de myopie scolaire. — L'occupation constante de l'œil à des travaux fins entraîne les mêmes conséquences que l'école elle-même. Parmi les lithographes, *Cohn* a trouvé 45 % de myopes et 51 % parmi les typographes.

Les femmes sont aussi prédisposées que les hommes à contracter la myopie. Néanmoins, on rencontre parmi elles moins de myopes que parmi les hommes. Cette différence résulte en partie de ce que les études des femmes sont moins longues. D'autre part, elle pourrait bien n'être qu'apparente et provenir de ce que les femmes se décident plus difficilement à porter des lunettes, parce que l'usage n'en est pas entré dans les mœurs. Par contre, on admet que certaines races, surtout la race allemande, sont plus particulièrement que d'autres prédisposées à la myopie.

La grande fréquence de la myopie, notamment parmi la jeunesse studieuse, a appelé avec raison sur cette affection l'attention universelle, et l'on a tenté d'empêcher la diffusion du mal. Avant tout, il faut réduire à une juste mesure le travail exagéré auquel beaucoup d'écoliers sont actuellement astreints. On est généralement d'avis qu'il existe du surmenage, non seulement à l'école même, mais encore à la maison, et ce surmenage, défavorable pour les yeux, ne l'est pas moins pour le développement général, physique et intellectuel du jeune homme.

L'instruction ne devrait pas commencer de trop bonne heure : autant que possible, pas avant six ans. On consacrerait aux exercices corporels, surtout en plein air, plus de temps qu'on ne le fait jusqu'ici. Les heures destinées à ces exercices devraient judicieusement alterner avec celles attribuées à l'étude, de sorte qu'elles puissent servir à procurer le repos de l'esprit et des yeux. La somme de travail absolument nécessaire doit être exécutée dans les meilleures conditions. C'est à l'école que ces prescriptions doivent être strictement observées, car le travail en famille est soustrait à tout contrôle. Les dispositions qui, dans beaucoup d'écoles modernes, sont déjà mises en pratique sont les suivantes : 1° un bon éclairage, c'est-à-dire d'une intensité suffisante et d'une incidence convenable ; la source lumineuse doit de préférence se trouver du côté gauche de l'écolier ; 2° des pupitres et des sièges bien construits et s'adaptant aux différentes tailles des enfants pour prévenir le maintien vicieux. Si, en dépit de toutes ces précautions, l'écolier s'incline encore trop — notamment en écrivant — il faut recourir à l'usage d'appuis pour le front (le meilleur est construit chez *Kallmann* à *Breslau*) ; 3° une bonne méthode pour l'enseignement de l'écriture qui permette, tout en écrivant, de tenir droit la tête et le corps (écriture droite) ; 4° une bonne impression des livres. Les livres à caractères trop petits et, pour les filles, des travaux manuels trop fins seront bannis de l'école.

Tandis qu'il n'y a de doute pour personne que la cause de la myopie réside dans le travail de près, on n'a pas encore pu se mettre d'accord sur la manière dont cette cause agit. A ce sujet, on a émis plusieurs théories dont chacune contient quelque vérité, mais dont aucune ne donne satisfaction entière. Ceux qui mettent le développement de la myopie sur le compte de l'accommodation prétendent que, pendant l'accommodation, la pression intraoculaire augmente légèrement. Comme ce fait se répète fréquemment, il pourrait donner lieu à la distension de la partie postérieure de la sclérotique, c'est-à-dire de l'endroit où elle est le moins résistante. D'après *v. Græfe*, un autre facteur concourrait encore à cette distension ; ce sont certains processus inflammatoires dont la choroïde et la sclérotique (sclérochoroïdite postérieure) sont le siège et sous l'influence desquels la sclérotique se ramollirait. D'autres croient que la myopie est due bien moins à l'accommodation qu'à la convergence qui, par l'action des muscles extérieure de l'œil, exerce sur le bulbe oculaire une pression qui en produit l'ectasie. Pour l'expliquer, on a songé d'abord aux droits internes et externes qui, pendant la convergence, sont plus fortement tendus sur le bulbe, ensuite aux deux obliques qui embrassent le globe oculaire comme une sangle. En outre, ces derniers muscles sont disposés de telle manière qu'ils compriment sur le bulbe les points d'émergence de certaines veines vorticellées et peuvent occasionner ainsi de la stase veineuse dans l'œil. Ensuite, comme dans la convergence le pôle postérieur est dévié en dehors, il est tiraillé par le nerf optique, et ces dispositions seraient également de nature à provoquer l'ectasie du pôle postérieur. Il faudrait surtout s'y attendre lorsque le nerf optique est relativement trop court (*Hasner*, *Weiss*). Cette opinion est corroborée par l'état anatomique de la papille, où l'on observe des altérations qui doivent être attribuées à des tiraillements exercés dans le sens indiqué.

CHAPITRE IV

HYPERMÉTROPIE

§ 145. L'hypermétropie (1) *H* est l'état de réfraction de l'œil, dans lequel les rayons parallèles, qui tombent sur cet organe, se réunissent *derrière* la rétine (en *f*, fig. 193). A proprement parler, les rayons ne se rencontrent pas, car la rétine tronque le cône en-deçà de son sommet, et

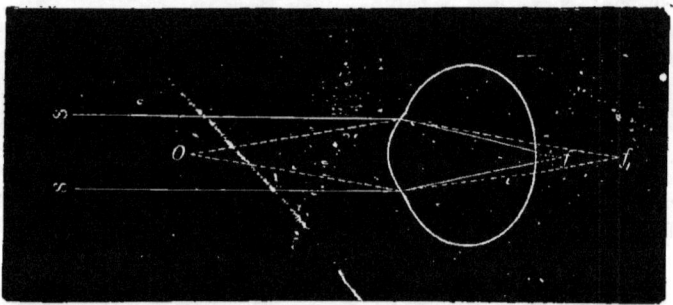

Fig. 193. — *Marche des rayons dans l'œil hypermétrope.*

il s'y produit un cercle de diffusion. L'*H* est le contraire de la *M*. Dans l'*H*, le sommet du cône se trouve derrière, dans la *M*, devant la rétine.

Quels sont donc les rayons que l'hypermétrope peut réunir sur sa rétine pour y faire naître une image distincte ? De l'infini où se trouve l'objet, essayons de le rapprocher de plus en plus, alors il devient de moins en moins distinct. Plus les rayons tombant dans l'œil sont divergents, plus ils se réunissent loin derrière la rétine, et plus est grand le cercle de diffusion (tels sont dans la figure 193 les rayons venant de *O* et se réunissant en *f'*). Ainsi donc — sans accommodation — l'œil hypermétrope ne peut voir nettement ni de loin ni de près. Pour que les rayons puissent se

_____

(1) Ou hyperopie.

réunir sur la rétine d'un œil hypermétrope, il faut qu'ils tombent sur cet
œil avec un certain degré de convergence (fig. 194, cc). Quel est ce degré
de convergence ? Pour le savoir, nous devons prolonger les rayons jusqu'au point où ils se rencontrent. Cette rencontre aurait lieu en un point
situé derrière l'œil (fig. 194, R). La distance entre ce point et l'œil nous
donne la mesure de la convergence que doivent posséder les rayons pour
rencontrer la rétine. Ce point est donc le punctum remotum R, c'est-à-
dire le point pour lequel l'œil hypermétrope est adapté, lorsque l'accommodation est au repos. Il est situé à une distance finie, comme le punctum
remotum de l'œil myope, seulement à l'inverse de celui-ci, non pas devant,
mais derrière l'œil. La différence consiste en ce que, dans M, les rayons
que l'œil réunit en une image nette proviennent du punctum remotum,
tandis que dans H ils s'y rendent. Celui-ci n'est donc pas un véritable
point d'origine ou de réunion des rayons, mais un point fictif destiné uniquement à déterminer la direction des rayons. Aussi, disons-nous que l'œil
hypermétrope n'a qu'un punctum remotum virtuel et le désignons-nous
par le signe négatif — R. (De même les points f et f', situés derrière l'œil

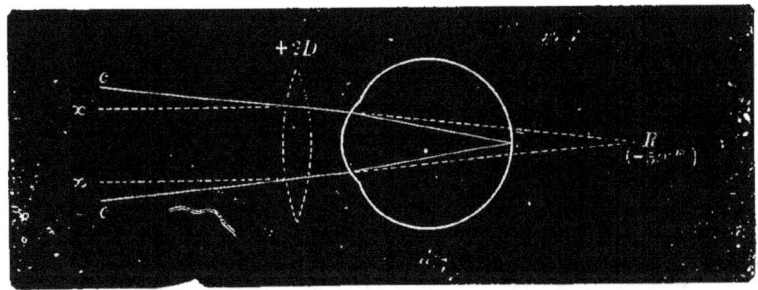

Fig. 194. — Correction de l'hypermétropie à l'aide d'un verre concexe.

dans la figure 193, n'ont rien de commun avec le punctum remotum,
mais sont les foyers des rayons pénétrant en parallélisme ou en divergence
dans l'œil hypermétrope.)

Détermination de l'H. — Plus l'*H* est élevée, plus doivent être convergents les rayons qui tombent dans l'œil, pour qu'ils puissent se réunir sur
la rétine, plus aussi doit être proche du pôle postérieur de l'œil le point
où se réuniraient les rayons si on les suppose prolongés et non réfractés.
Ce point de réunion est le punctum remotum. Absolument comme pour
la *M*, le degré de l'*H* se détermine par la distance du punctum remotum
de l'œil. Dans les deux cas, le défaut de réfraction est d'autant plus prononcé que R est plus rapproché de l'œil. La seule différence consiste en
ce que, dans la *M*, R se trouve devant, dans l'*H* derrière l'œil. Pour ce
motif, dans l'*H*, nous ne pouvons pas mesurer directement le punctum

remotum comme dans la M. Nous sommes donc obligés de le déterminer indirectement au moyen de l'examen avec les verres. Ici, comme dans la correction de la M, nous cherchons la lentille qui donne aux rayons parallèles une direction telle qu'ils se réunissent sur la rétine. Pour obtenir ce résultat, il est clair qu'il faut se servir d'une lentille convexe, seule capable de rendre convergents des rayons parallèles. Si le punctum remotum de l'œil hypermétrope se trouve à — 50 centimètres (fig. 194, R), nous devons nous servir d'une lentille convexe de 50 centimètres = 2D de distance focale. Les rayons parallèles tombant sur la lentille (fig. 194, ∞ ∞) y sont réfractés de telle manière qu'ils convergent vers son point focal, qui, étant situé à 50 centimètres derrière l'œil, se trouve ainsi coïncider avec le punctum remotum de l'œil. Il s'ensuit que ces rayons se réunissent sur la rétine. Pour simplifier, on ne tient pas compte de l'intervalle qui sépare le verre de l'œil.

Comme la même chose se reproduit pour tous les degrés d'H, on peut énoncer la loi suivante : pour voir distinctement à l'infini, l'œil hypermétrope réclame un verre convexe dont la distance focale est égale à la distance qui sépare le punctum remotum de l'œil. Le verre correcteur de l'H, par sa distance focale, indique en même temps la distance de R et le degré de l'H. Ce degré s'exprime par le nombre de dioptries représentées par le verre correcteur ; on ne parle donc pas d'une H dont le punctum remotum est à la distance de 50 centimètres, mais H = 2D.

Nous disions tantôt que les hypermétropes ne voient nettement les objets ni de près ni de loin. Cette proposition n'est vraie que pour autant que l'œil n'accommode pas. Grâce à son accommodation, l'hypermétrope est capable d'augmenter la réfraction de son œil, absolument comme le fait une lentille convexe. Par l'accommodation, l'hypermétrope peut corriger son H. C'est une circonstance qui rend plus difficile la détermination exacte de l'H. C'est pour ce motif que, si l'on examine un hypermétrope à différentes reprises, on constate que le degré de son vice de réfraction n'est pas toujours le même. Ainsi, il peut arriver qu'en examinant un jeune hypermétrope aujourd'hui, on trouve H = 1,5D, peu après on n'obtient que 1D, demain ce sera peut-être H = 2D. Alors quel chiffre faut-il considérer comme exprimant l'état de la réfraction ? Instillons de l'atropine à différentes reprises et procédons ensuite à un nouvel examen ; dans ce cas, nous trouverons toujours le même degré d'H, mais considérablement plus élevé ; nous aurons, par exemple, H = 4D.

Le motif, pour lequel l'H nous a paru si peu élevée avant l'instillation de l'atropine, c'est qu'alors une partie de l'hypermétropie était cachée par l'accommodation. L'hypermétrope est tellement habitué à faire un effort d'accommodation qu'il est incapable de la relâcher entièrement, alors même qu'il se sert de verres convexes qui rendent pourtant son accommodation superflue et même nuisible. Avec un verre qui corrige complètement son H, l'hypermétrope voit au loin tout aussi mal et généralement beaucoup moins bien qu'à l'œil nu. Quand on présente à un hypermétrope des verres convexes d'abord faibles, en passant graduellement à de plus forts, il relâche son accommodation, mais seulement jusqu'à un certain degré; car, constamment, il retient un petit reste d'accommodation qu'il est incapable de relâcher. Au moyen de ce reste joint à l'action du verre, il parvient à corriger son H et à voir nettement. Si l'on voulait se servir de verres plus forts encore, alors, l'accommodation restante s'y ajoutant, l'ensemble produirait une surcorrection de H et la vue redeviendrait indistincte. Lorsque donc nous déterminons le verre au moyen duquel l'hypermétrope voit le plus distinctement, ce verre n'indique pas l'H entière, mais seulement la partie devenue libre par un certain relâchement de l'accommodation. Cette partie est désignée sous le nom d'*hypermétropie manifeste*, Hm. L'autre partie, toujours cachée par l'accommodation, constitue l'*hypermétropie latente*, Hl. Les deux ensembles forment l'*hypermétropie totale* Ht, d'où $Ht = Hm + Hl$. Dans l'exemple cité plus haut, nous aurions $Hm = 1D$ à $2D$, $Ht = 4D$, d'où $Hl = 2D$ à $3D$.

Le rapport entre l'Hm et l'Hl dépend de l'amplitude de l'accommodation et, par conséquent, surtout de l'âge. Dans la jeunesse, quand A est grande, la moitié, et plus, de l'Ht est latente. A mesure que l'homme avance en âge, l'Hm grandit aux dépens de l'Hl, au point que, dans la vieillesse, $Hm = Ht$. Ici donc, par l'examen au moyen de verres convexes, on obtient immédiatement l'Ht, tandis que, chez les personnes qui possèdent encore de l'accommodation, la détermination de l'Ht n'est possible qu'après qu'on a paralysé l'accommodation au moyen de l'atropine.

En pratique, on renonce d'ordinaire à déterminer l'Ht, car l'emploi de l'atropine entraîne, pour le patient, des inconvénients fort gênants pendant plusieurs jours. On se contente de déterminer l'Hm, et, quand on connaît l'âge de la personne examinée, on peut déduire l'Ht. Néanmoins, pour s'assurer autant que possible de la valeur réelle de l'H, on cherche à obtenir, de la part de l'examiné, le plus de relâchement d'accommodation qu'il puisse donner. Dans ce but, voici comment on procède : *on place la personne à examiner à la distance de 6 mètres des tableaux de Snellen et on lui présente des verres convexes en commençant par les plus faibles pour passer graduellement aux plus forts, jusqu'à ce que l'on arrive à celui qui fournit la meilleure acuité visuelle possible. Le verre le plus fort par lequel on obtient ce résultat indique l'Hm.*

Très souvent il arrive que déjà, à l'œil nu, l'hypermétrope possède une acuité visuelle parfaite; c'est qu'en accommodant il corrige toute son H.

Il va sans dire qu'alors il n'est pas possible de corriger sa vue par des verres convexes. Dans un cas semblable, la loi ci-dessus doit s'énoncer comme suit : l'*Hm* se détermine par le verre convexe le plus fort qui permet à la personne examinée de voir encore aussi bien qu'à l'œil nu. Le fait qu'une personne voit aussi bien au loin avec des verres convexes qu'à l'œil nu suffit pour démontrer l'existence de l'*H*, car les emmétropes, et plus encore les myopes, voient plus mal, même avec les verres convexes les plus faibles. En effet, tandis que, par un effort d'accommodation correspondant, il est possible de compenser l'action des verres concaves, il n'existe aucun moyen de neutraliser celle des verres convexes, puisqu'on ne peut pas rendre le cristallin moins courbe qu'il ne l'est à l'état de repos de l'accommodation.

Dans l'*H*, plus encore que dans la *M*, il est nécessaire de contrôler les résultats de la méthode subjective par ceux de la méthode objective. Par la première méthode, ce n'est que par exception que l'on obtient le vrai degré de l'*H*. Par contre, l'examen objectif fournit le plus souvent l'*Ht*, parce que, pendant l'examen à l'ophtalmoscope, l'accommodation se relâche complètement.

Causes de l'hypermétropie. — En général, on doit attribuer à deux causes différentes le fait que, comme dans l'*H*, les rayons qui tombent parallèlement sur l'œil se réunissent derrière la rétine :

1° Le *pouvoir réfringent des milieux* est diminué, de sorte que les rayons parallèles ne sont pas rendus suffisamment convergents pour se réunir sur la rétine qui, cependant, se trouve au même endroit que dans l'œil normal. Ici, la cause peut résider dans la *cornée* quand, par exemple, elle est aplatie par des cicatrices. Dans ce cas, l'*H* est constamment accompagnée d'un degré prononcé d'astigmatisme. Quant au *cristallin*, il donne lieu à de l'*H* quand il perd de son pouvoir réfringent, comme le cas se présente à un âge avancé. C'est pour cette raison que les vieillards qui étaient primitivement emmétropes deviennent légèrement hypermétropes (voir page 727). Un haut degré d'*H* se manifeste quand, par luxation ou par extraction (aphakie), le cristallin n'est plus situé dans le champ pupillaire. Alors, l'œil n'est pas seulement devenu hypermétrope, mais il a encore perdu son accommodation ;

2° L'*H* se déclare aussi dans un œil de réfraction normale, mais dont la rétine est située trop près de la cornée — *hypermétropie axile*. Cette disposition peut résulter de ce que la rétine est refoulée en avant, soit par des épanchements, soit par des tumeurs. Cependant, la cause la plus ordinaire de l'hypermétropie axile est la brièveté congénitale de l'œil, de façon que l'hypermétropie typique constitue l'état opposé de la myopie typique, produite par la longueur anormale du bulbe.

HYPERMÉTROPIE TYPIQUE

§ 146. Symptômes. — La vue des hypermétropes manquerait de netteté aussi bien dans la vision de loin que dans celle de près, s'ils étaient privés d'accommodation. Il s'ensuit que, chez les hypermétropes, cette fonction joue un rôle important. L'hypermétrope, à l'inverse de l'emmétrope et du myope, doit déjà accommoder pour *voir au loin*, car, pour avoir une vision nette, il doit corriger son H par son accommodation. Quand l'accommodation est bonne et que l'H n'est pas trop forte, toute l'H peut être corrigée par l'accommodation et la vue au loin est nette — *H facultative*. Quand l'H est plus élevée, il est déjà difficile de la corriger entièrement par l'accommodation. Pour arriver à ce résultat, celle-ci doit être contractée. Or, cette contraction ne peut se réaliser qu'à la condition d'être accompagnée d'une forte convergence à cause de l'association qui existe entre ce mouvement et l'accommodation elle-même. Dans ce cas donc, la vue distincte au loin n'est possible que par la production simultanée d'une convergence exagérée, c'est-à-dire d'un strabisme convergent. C'est ce qu'on appelle *H relative*. C'est là la cause pour laquelle le strabisme convergent est si fréquemment lié à l'hypermétropie. — Quand l'H est très élevée, on ne parvient plus du tout à la corriger entièrement par l'accommodation, de sorte que la vue n'est plus distincte même à longue distance — *H absolue (Donders)*.

Il ne dépend pas seulement du degré de l'H, mais encore de la puissance de l'accommodation, de savoir jusqu'à quel point l'H peut être cachée par l'accommodation. Mais, cette dernière se modifie par l'âge, c'est-à-dire qu'elle diminue constamment jusqu'à la vieillesse où elle est nulle. A un âge avancé, l'H la plus légère devient donc absolue.

Puisque, pour *voir de loin*, l'hypermétrope a déjà besoin d'accommoder, ce besoin se fait sentir davantage encore pour *la vue de près*. L'amplitude de l'accommodation A est la même chez l'hypermétrope que chez l'emmétrope et le myope. Le punctum proximum chez l'hypermétrope est plus éloigné de l'œil, mais seulement parce qu'une partie de A a été employée à la correction de H, et que seule la portion restante peut être utilisée pour adapter l'œil à de plus courtes distances. Admettons qu'on doive travailler à la distance de 33 centimètres. Pour cela, l'emmétrope doit dépenser $3D$ d'accommodation. Un hypermétrope de $2D$ déploie la même accommodation mais, pour couvrir son H, il doit au préalable produire une accommodation de $2D$, de manière qu'en tout il doit faire un effort d'accommodation de $5D$. Mais, comme son amplitude d'accommodation ne dépasse pas celle de l'emmétrope, cet effort plus grand le fatigue d'autant plus vite. En effet, il est constamment sous le coup d'un certain déficit d'accommodation (la quantité qui est nécessaire à la correction de son H), ce qui entraine une prompte fatigue pendant la vue de près — asthénopie. Au début, la vue de près est nette et le travail se fait aisément; mais, au bout de quelque temps, l'objet, l'impression, l'étoffe, etc., devient trouble et parait comme couvert d'un léger brouillard. Ce phénomène dépend de ce que l'accommodation tendue démesurément se relâche, et que l'œil cesse d'être exactement au point. Quelques instants de repos, pendant lesquels les yeux regardent au loin ou se tiennent fermés, rendent possible la continuation du travail. Mais, bientôt, le brouillard réapparait et oblige de nouveau à faire une pause. Ces obnubilations se répètent d'autant plus fréquemment et durent d'autant plus longtemps que le travail se prolonge davantage. A ces symptômes, s'ajoutent des douleurs dans les yeux, mais surtout des douleurs au front ou à la tête. — Au début, les phénomènes décrits ne se manifestent qu'après un travail longtemps prolongé, c'est-à-dire vers le soir. Plus tard, ils apparaissent de plus en plus promptement, de manière que déjà, au bout de très peu de temps, le travail doit être suspendu. Après un repos plus prolongé, par exemple après le repos du dimanche, ou après une suspension de travail de quelques semaines, les symptômes disparaissent bien pour quelques jours, mais ils reviennent comme auparavant, ou avec une intensité plus grande. Ces phénomènes dépendent de la fatigue du muscle ciliaire, et on leur donne le nom d'*asthénopie accommodative* pour les distinguer de l'asthénopie musculaire (voir page 638) et de l'asthénopie nerveuse (page 531).

L'influence défavorable de l'H sur la vue de près se manifeste encore par le fait que la *presbyopie* survient plutôt que dans l'emmétropie. A âge égal, c'est-à-dire à égale amplitude d'accommodation, le punctum proximum de l'hypermétrope est plus éloigné de l'œil que celui de l'emmétrope. Chez un emmétrope de trente-trois ans, avec une $A = 6D$, le P se trouve à la distance de 17 centimètres (100 : 6 = 17). Un hypermétrope, au contraire, avec $H = 2D$, aurait au même âge et avec la même A son P à la distance de $4D = 25$ centimètres, car il doit dépenser $2D$ de son amplitude d'accommodation pour corriger son H. Un pareil hypermétrope, à l'âge de trente-trois ans, se trouverait déjà au seuil de la presbyopie.

La cause de l'H, c'est-à-dire la brièveté du globe oculaire est congénitale. Presque tous les enfants nouveau-nés sont hypermétropes, parce que l'axe de l'œil est trop court relativement à la réfringence des milieux. A mesure que l'enfant se développe, cet axe s'allonge dans les mêmes proportions et acquiert ainsi une longueur suffisante pour que l'œil devienne emmétrope et, lorsque l'allongement, s'exagérant, dépasse le but, la myopie se déclare. D'autre part, il arrive souvent que l'allongement ne se produit pas dans une mesure suffisante, et alors un certain degré d'H persiste pendant toute la vie. C'est là l'hypermétropie typique dont il est question ici. Quant aux degrés d'H plus élevés, on les reconnaît déjà par un examen superficiel des yeux. Alors, on trouve le globe oculaire nettement plus petit, la chambre antérieure moins profonde, les pupilles moins dilatées. Si l'on fait tourner l'œil fortement en dedans, on voit que la région équatoriale, qui apparaît dans la partie externe de la fente palpébrale, est fortement courbée en arrière, disposition qui trahit la brièveté de l'axe oculaire. Par l'examen ophtalmoscopique, on s'assure que l'intérieur de l'œil est indemne. L'œil hypermétrope est donc un œil défectueux au point de vue optique, mais sain d'ailleurs, à l'inverse de l'œil myope qui est malade et menacé de nombreux dangers.

Certes, dans les degrés les plus élevés d'H, l'œil dans sa totalité n'est plus normal. Il est déjà plus petit dès la naissance (léger degré de microphtalmie), et, dans beaucoup de ces yeux, on peut observer encore d'autres signes d'un trouble de développement, par exemple une cornée d'une petitesse frappante, un astigmatisme très prononcé, une acuité visuelle défectueuse à cause du développement imparfait de la rétine, enfin d'autres anomalies congénitales.

A un âge plus avancé, le degré de l'H ne change plus, il reste stationnaire. Pour le public, il a l'air d'augmenter par l'âge, parce que la vue de près devient de plus en plus mauvaise. Mais, cela ne provient point de l'augmentation de la réfringence, mais bien de la diminution de l'accommodation, qui parvient de moins en moins à corriger l'H.

Traitement. — La guérison de l'H, c'est-à-dire sa transformation en E, est un fait qui ne saurait se réaliser. Nous ne pouvons que rendre la vue distincte et supprimer la fatigue par des verres convenablement choisis. Généralement, pour la vue à distance, les verres sont inutiles, lorsque l'H n'est pas grande et que l'A est bonne. Dans le cas contraire, on prescrit des verres convexes qui corrigent l'Hm. La correction complète de l'Ht n'est indiquée que dans le cas où il s'agit de combattre un strabisme convergent qui commence à se manifester à cause de l'hypermétropie.

Le choix des lunettes est bien plus important pour la vue de près, c'est-à-dire pour le travail, que pour la vue au loin. A première vue, il semblerait que le mieux serait de prescrire à l'hypermétrope des verres qui corrigent l'Ht, et de le changer ainsi en un emmétrope. Seulement, cette pratique aurait pour résultat de lui faire désapprendre à corriger, même en cas de besoin, son H. Si par hasard il était privé de ses lunettes, il serait très embarrassé, car, à l'œil nu, il ne parviendrait plus à voir distinctement. C'est pourquoi on se borne à une correction de l'H suffisante pour éviter l'asthénopie. Pour arriver à ce résultat, on se contente, en général, de prescrire pour le travail un verre dont la force dépasse légèrement l'*Hm* ; comme cette dernière se développe avec l'âge, l'hypermétrope est obligé de porter des verres de plus en plus forts. Ce n'est que lorsqu'il est arrivé à un âge tel que son $A = 0$ et que, par conséquent, $Hl = Hm$, qu'il peut conserver les mêmes lunettes.

Autrefois, on ne distinguait pas entre la presbyopie et l'hypermétropie. On voyait qu'un enfant hypermétrope, qui se fatiguait en étudiant, prenait finalement les lunettes de son grand-père et pouvait alors lire sans le moindre effort. La faiblesse de la vue de cet enfant, ajoutait-on, doit être la même que celle du grand-père ; seulement elle se manifeste très tôt et devient inquiétante. Cette *hebetudo visus*, on l'attribuait à une faiblesse de la rétine, et on croyait qu'elle pouvait aller jusqu'à la cécité absolue. On considérait comme particulièrement dangereux l'usage des lunettes, le seul moyen par lequel il eût été possible de supprimer la gêne dont souffraient les hypermétropes.

Le grand mérite de *Donders* est d'avoir découvert la vraie raison de ces états. La faiblesse de la vue du vieillard est de la presbyopie et dépend de l'*accommodation*. Ce n'est pas une anomalie de la vue, mais un état physiologique. Chez l'enfant, au contraire, la faiblesse de la vue dépend de l'hypermétropie, qui n'a rien à faire avec l'accommodation, car elle constitue un défaut de *réfraction* existant aussi dans un œil privé de son accommodation. La seule ressemblance qui existe entre les deux états, c'est qu'ils ont un symptôme commun : l'impossibilité de voir nettement de près. Néanmoins, sous ce rapport, entre les deux il existe encore une différence essentielle. Dans la presbyopie, la vue nette en-deçà d'une certaine distance est tout bonnement impossible ; dans l'hypermétropie, au contraire, la vue distincte de près est le plus souvent possible, mais elle est accompagnée de grands efforts et de fatigue.

Donders a aussi prouvé que l'asthénopie des hypermétropes n'est pas un symptôme d'une affection grave de l'œil, mais une manifestation de la fatigue résultant d'un état optique défectueux. La possibilité de corriger cet état par de simples moyens optiques a pour effet de rendre un grand nombre de personnes capables de reprendre leurs occupations et de leur épargner la crainte de devenir aveugles.

L'hypermétropie est l'état inverse de la myopie et, pourtant, il se présente des cas où l'on peut confondre ces deux états. Quand l'hypermétropie acquiert un degré très élevé, l'accommodation la plus puissante est encore insuffisante pour permettre de voir distinctement de près. Alors, l'hypermétrope renonce complètement à mettre au point pour la distance de près et rapproche les objets autant que possible pour agrandir les images, absolument comme le fait celui dont la vue est faible (voir page 710). De cette manière, il arrive souvent qu'à la distance de quelques centimètres il lit aisément une toute petite impression et, comme en même temps la vue au loin est passablement mauvaise, cet état peut être facilement confondu avec la myopie. Cependant, l'examen au moyen des verres et de l'ophtalmoscope fera immédiatement poser le diagnostic.

La différence de l'aptitude des yeux emmétrope, myope et hypermétrope pour le travail de près s'explique par la différence dans la situation du parcours de l'accommodation (voir page 717). Dans l'E, il occupe la situation normale; dans la M, il se rapproche de l'œil (fig. 181, 3); dans l'H, au contraire, il s'en éloigne. Par exemple, supposons qu'un emmétrope de vingt ans ait $A = 10D$. Le parcours d'accommodation de cet homme s'étend de ∞ jusqu'à 10 centimètres en avant de l'œil où se trouve le *punctum proximum* (fig. 181, 1). Comparons-lui un œil ayant la même A, mais avec une $Ht = 4D$. Dans ce cas, R se trouve à 25 centimètres ($100 : 4 = 25$) derrière l'œil. Dans la représentation graphique du parcours d'accommodation (fig. 195), R a été placé pour la facilité au-delà de ∞. Les rayons qui, venant d'une distance finie, tombent sur l'œil, sont divergents. La divergence des rayons est d'autant moins prononcée que leur point d'émergence est plus éloigné de l'œil, et elle finit par disparaître entièrement pour être rem-

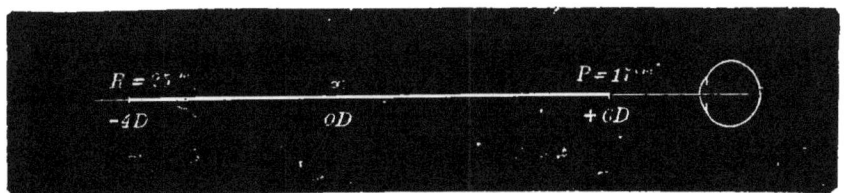

Fig. 195. — *Parcours de l'accommodation d'un œil hypermétrope.*

placée par du parallélisme, une fois que la distance de la source lumineuse est infiniment grande. S'il nous était possible d'aller au-delà, nous verrions le parallélisme des rayons passer à la convergence. Maintenant, comme, dans l'H, le *punctum remotum* constitue le point d'émergence des rayons convergents, on a l'habitude de le placer au-delà de ∞, c'est-à-dire, dans l'exemple choisi, à la distance de $4D$ (25 centimètres) de ∞. — Pour accommoder de ce point R jusqu'à ∞, l'œil est obligé de dépenser $4D$ de son accommodation. De son $A = 10D$, il ne lui reste plus que $6D$ au moyen desquelles il arrive à 17 centimètres; c'est là que se trouve le P de cet œil. C'est ainsi que, comparativement au parcours de l'accommodation de l'emmétrope et à A égale, le P de l'œil de l'hypermétrope a reculé de 7 centimètres, mais, d'autre part, une partie du parcours d'accommodation se trouve derrière l'œil (représenté dans la figure 195 au-delà de ∞). Mais comme cette partie n'est pas utilisable, et que, d'autre part, par l'éloignement de P, la vue de près devient plus difficile, le déplacement du parcours d'accommodation s'est fait au détriment de la capacité fonctionnelle de l'œil.

Dans l'H, le parcours d'accommodation se calcule d'après les mêmes règles que dans l'E; P s'obtient directement, R se détermine au moyen du verre correcteur convexe. $A = P - R$, c'est-à-dire dans l'exemple choisi $A = 6D - (-4D) = 10D$. R doit porter le signe négatif, puisqu'il se trouve derrière l'œil.

Connaissant la position de P, on peut trouver approximativement celle de R et, de cette manière, la valeur de Ht. Seulement nous supposons que nous connaissions l'âge et, par conséquent, l'amplitude d'accommodation de la personne examinée. Puisque $A = P - R$, on a $R = P - A$. Si, dans l'exemple ci-dessus, $P = 6D$, et si, eu égard à l'âge de vingt ans, on admet $A = 10D$, alors nous aurions : $R = 6D - 10D = -4D$ et, par conséquent, $Ht = 4D$.

CHAPITRE V

ASTIGMATISME

§ 147. Sous le nom d'astigmatisme (1), *As*, on comprend l'état de réfraction de l'œil, dans lequel les rayons parallèles tombant sur l'œil ne se réunissent *nulle part* en un point focal unique. Ce fait s'observe quand la courbure des milieux réfringents est irrégulière. Nous distinguons deux espèces d'astigmatisme : l'*As* régulier et l'*As* irrégulier.

a) Astigmatisme régulier

Il existe de l'astigmatisme régulier, lorsque la courbure des milieux réfringents, dans chaque méridien pris à part, est régulière, tandis que chacun des méridiens se distingue des autres par une courbure différente.

Le siège habituel de l'*As* régulier est la cornée. Soit, dans la figure 196, la circonférence de la cornée représentée par *vhv'h'*. *vv'* représente le méridien vertical de la cornée, méridien dont la courbure est telle que les rayons qui y passent se réunissent en *f*. Supposons que la courbure du méridien, qui se trouve immédiatement à côté, soit un peu plus forte, et qu'elle augmente graduellement de méridien en méridien, jusqu'à ce qu'elle ait acquis son maximum au niveau du méridien horizontal *hh'*. Les rayons qui passent par ce dernier méridien devront déjà se couper en *f*. Nous aurions dans ce cas un méridien doué du maximum (l'horizontal), et un autre qui lui est perpendiculaire, possédant le minimum de réfringence (le vertical). A ces deux méridiens correspondent les foyers antérieur et postérieur *f'* et *f*. Les deux méridiens qui se distinguent ainsi des autres s'appellent méridiens principaux ; tous les autres méridiens, compris entre ces deux, représentent les degrés de courbure et de réfringence

(1) De ἀ et στίγμα, point.

intermédiaires, et les rayons qui y passent coupent l'axe optique dans l'intervalle qui sépare f de f'. Nous voyons donc qu'avec une surface réfringente de cette espèce il ne se présente nulle part un point où tous les rayons qui y passent se réunissent en un seul point. L'image d'un point produite par une telle surface n'est, par conséquent, pas un point, mais un cercle de diffusion. En fait cependant, l'image ne représente pas toujours un cercle, sa forme dépend plutôt de la position occupée par la rétine qui

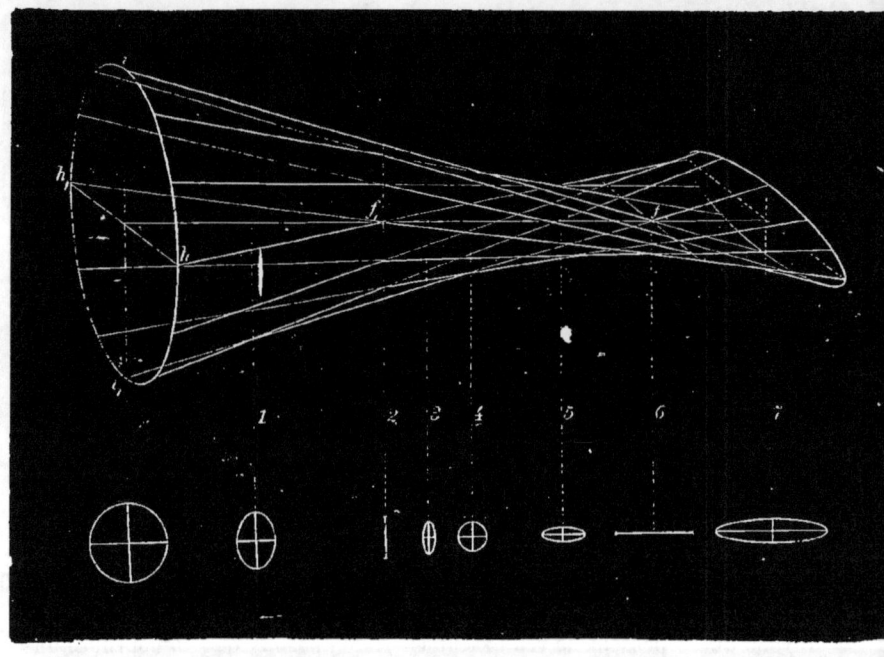

Fig. 196. — *Marche des rayons dans l'astigmatisme régulier.*

coupe le cône lumineux. Admettons que la rétine se trouve au point marqué du chiffre 1. Ici les rayons, qui passent à travers le méridien horizontal, se sont déjà rapprochés les uns des autres plus que ceux qui tombent sur le méridien vertical ; la section transversale du cône représente donc une ellipse verticale. Au point 2, là où les rayons horizontaux se réunissent, l'image du point devient une ligne verticale. De la même manière on peut déterminer, pour les points situés plus en arrière, de 3 à 7, la forme de la section transversale du cône lumineux, c'est-à-dire l'image de diffusion du point. D'après la distance plus ou moins grande dont cette image est éloignée de la surface réfringente, elle représente tantôt une ellipse verticale ou horizontale, tantôt une ligne verticale ou horizontale. Ce n'est qu'au point 4 qu'existe réellement un cercle de diffusion. En effet, là, les rayons du méridien horizontal divergent autant que ceux du méridien vertical convergent.

La *vue* des astigmates n'est pas seulement indistincte comme celle des myopes ou des hypermétropes, mais elle présente des propriétés particulières en raison de la forme allongée des images de diffusion. Les lignes droites se voient tantôt nettement, tantôt indistinctement, d'après la direction qu'elles suivent. Supposons que nous ayons devant nous un astigmate qui, comme image de diffusion d'un point, voit une ligne verticale (fig. 196, 2). Lorsque cet homme regarde deux lignes perpendiculaires

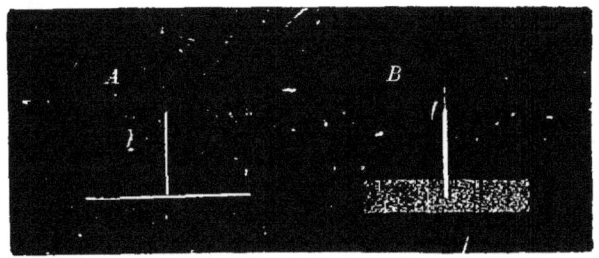

Fig. 197. — *Images rétiniennes dans l'astigmatisme régulier*. — *A*. Deux lignes placées à angle droit. *B*. Leur image sur la rétine d'un astigmate.

l'une à l'autre (fig. 197, *A*), la ligne horizontale lui paraît élargie et indistincte, au contraire la ligne verticale est nette. On peut en effet considérer chaque ligne comme étant composée d'une infinité de points. Chacun de ces points paraît sur la rétine de l'astigmate sous forme d'un court trait vertical, la ligne horizontale, par conséquent, sous celle d'une série de ces traits verticaux qui se confondent et produisent une bande d'une certaine largeur (fig. 197, *B*). Dans la ligne verticale, les traits verticaux empiètent les uns sur les autres et se recouvrent de façon que la ligne paraît nette. Ce ne sont que les traits de diffusion supérieurs et inférieurs qui dépassent un peu les extrémités de la ligne et qui la font paraître un peu plus longue. — Ainsi, chez chaque astigmate, il existe une direction suivant laquelle les lignes paraissent le plus distinctes, et une autre perpendiculaire à la première où elles paraissent le plus diffuses. La plupart des personnes qui regardent attentivement la figure 198 observeront que, parmi les rayons de l'étoile, il y en a deux, diamétralement opposés, qui sont particulièrement noirs; ceux qui y sont perpendiculaires paraissent sensiblement plus pâles et diffus. Si on n'était pas en état d'observer ce phénomène à l'œil nu, il serait facile d'y arriver en se rendant artificiellement astigmate au moyen d'un verre cylindrique (A défaut d'un verre cylindrique, on peut se servir d'un verre concave ou convexe ordinaire et le tenir obliquement devant l'œil).

Les méridiens principaux se coupent d'ordinaire à angle droit, et la croix qui en résulte est le plus souvent verticale, plus rarement oblique. Habituellement, le méridien vertical présente une courbure plus prononcée que le méridien horizontal ; cependant le cas contraire s'observe aussi (pour la facilité du dessin, c'est celui que nous avons choisi dans la fig. 196); c'est ce qu'on appelle « l'astigmatisme contre la règle ». Le degré de l'astigmatisme s'exprime par la différence entre le méridien le plus réfringent et celui qui l'est le moins. Tant que cette différence reste en dessous de $1D$, l'As peut être considéré comme physiologique, car la plupart des yeux sont le siège d'un léger défaut de courbure de cette espèce. Mais aussitôt que l'As atteint $1D$ ou au delà, on doit le regarder comme pathologique. Alors il diminue l'acuité visuelle et donne lieu dans beaucoup de cas aux symptômes de l'asthénopie, car les patients se fatiguent en cherchant à faire disparaître l'As par des efforts inégaux de l'accommodation.

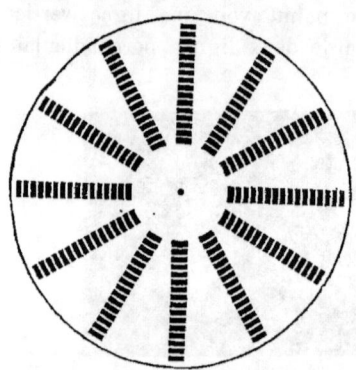

Fig. 198. — *Tableau pour la détermination de la position des méridiens principaux dans l'astigmatisme régulier.*

Il faut rechercher l'astigmatisme, lorsque, à l'aide de verres sphériques, on n'obtient pas une acuité visuelle normale. D'après la réfraction des méridiens principaux, on distingue plusieurs sortes d'As. Lorsque l'un des méridiens est emmétrope, l'autre hypermétrope, on appelle cet état As hypermétropique simple. Au contraire, quand les deux méridiens sont hypermétropes en même temps, on dit qu'il y a As hypermétropique composé. De même, il existe un As myopique simple et composé. Lorsque l'un des méridiens est hypermétrope, l'autre myope, nous avons affaire à un As mixte.

Dans l'immense majorité des cas, la *cause* de l'As régulier consiste dans une irrégularité *congénitale* de courbure de la cornée, qui se transmet facilement par hérédité. Il n'est pas rare que les hauts degrés d'As cornéen congénital soient accompagnés d'autres anomalies de développement du globe oculaire, auquel cas on ne réussit pas, même par la correction exacte de l'As, à donner à l'œil une acuité visuelle normale. L'As congénital atteint souvent les deux yeux en même temps, mais pas toujours au même degré, et d'ordinaire les méridiens principaux sont, dans les deux yeux, symétriques. — Quant à l'*As acquis*, il a sa source soit dans la cornée, soit dans le cristallin. Le premier cas se produit lorsque la courbure de la cornée est changée soit par des affections de cette organe, soit plus souvent encore par des opérations. Ainsi, après toute opération de la cataracte, et même après une iridectomie, il se produit un certain degré d'*As* de la cornée, qui diminue sans doute à mesure que la plaie se consolide, mais qui disparaît rarement tout à fait. Quant au cristallin, il fait naître un *As* régulier, quand il prend une position oblique, ce qui a lieu dans la subluxation. Expérimentalement on peut facilement imiter cet état en tenant un verre sphérique obliquement devant l'œil. Alors on voit l'impression déformée ; de même, dans la figure 198, les divers rayons paraissent inégalement distincts. Ainsi une lentille sphérique tenue obliquement produit le même effet qu'une lentille cylindrique. Beaucoup d'astigmates qui portent des lunettes sphériques constatent le fait par eux-mêmes ; pour mieux voir, ils placent leurs verres sphériques de façon à regarder obliquement au travers.

Le traitement consiste à corriger l'*As* le plus exactement possible au moyen de verres cylindriques. C'est le moyen de rendre à la vue sa netteté et d'éviter en même temps l'asthénopie.

b) Astigmatisme irrégulier

§ 148. Il y a *As* irrégulier quand la courbure d'un même méridien n'est pas partout égale, de façon que nulle part ne se réunissent en un point les rayons qui passent par le même méridien. Il faut admettre comme physiologique un certain degré d'*As* irrégulier, puisque, dans tous les yeux, il en existe un dépendant du cristallin. Tous les secteurs qui composent celui-ci ne possèdent pas la même réfringence, probablement parce que leurs surfaces ne présentent pas la même courbure. Les images d'un point formées par ces différents secteurs ne tombent donc pas toutes sur le même endroit de la rétine, mais elles sont toujours si près l'une de l'autre qu'elles se recouvrent en grande partie. C'est pour cette raison que, bien qu'elles ne représentent qu'un point mathématique, on voit les étoiles comme telles, c'est-à-dire pourvues de prolongements radiaires. Les rayons de l'étoile ne sont autre chose que les images produites par chacun des secteurs dont les extrémités centrales se réunissent au centre de l'image de l'étoile sur la rétine.

Dans certains états pathologiques — au début de l'opacification du cris-

tallin — l'astigmatisme lenticulaire se prononce tellement qu'il se manifeste par de la gêne. Le pouvoir réfringent de chacun des secteurs se
différencie de plus en plus ; il en résulte que les images rétiniennes
qu'ils forment se séparent de plus en plus les unes des autres, au point
qu'elles finissent par être perçues isolément. C'est ainsi que, dans la cataracte commençante, se produit la polyopie monoculaire (voir page 423).
On voit se développer un degré élevé d'*As* irrégulier, dans la subluxation
du cristallin, lorsque son déplacement est si considérable qu'il n'occupe
plus qu'une portion du champ pupillaire.

L'*As* pathologique irrégulier a sa source dans la cornée, plus souvent
encore que dans le cristallin. On l'y rencontre dans les cas d'*As* régulier
très prononcé, mais plus souvent encore à la suite de certains processus
pathologiques, tels que des facettes de la cornée après des ulcères ou
encore l'aplatissement ou l'ectasie de la cornée entière.

Dans l'*As* irrégulier, les objets paraissent irrégulièrement déformés,
quelquefois multiples, et ainsi l'acuité visuelle est diminuée. Vouloir corriger cet astigmatisme par des verres est une tentative inutile. Pourtant,
dans un grand nombre de cas d'*As* irrégulier de la cornée, on se sert avec
avantage d'une fente sténopéique pour reconnaître les *petits objets* (voir
page 702).

Le *genre de l'astigmatisme régulier*, hypermétropique, myopique ou mixte, dépend
de la situation de la rétine, et non pas de la courbure de la cornée. Lorsque la
rétine se trouve au point 2 (fig. 196), c'est-à-dire à l'endroit où se réunissent
les rayons passant par le méridien horizontal, alors celui-ci est doué de la réfraction emmétropique. Au contraire, le méridien vertical est hypermétrope, puisque
les rayons ne se coupent que derrière la rétine. Dans ce cas, nous aurions affaire
à un astigmatisme hypermétropique simple. Si la rétine se trouvait plus en avant,
par exemple en 1, alors les deux méridiens seraient hypermétropes, et nous
nous trouverions devant un astigmatisme hypermétropique composé. Lorsque
la rétine occupe un point quelconque situé entre 2 et 6, les rayons appartenant au méridien horizontal se réunissent devant, ceux du méridien vertical
derrière la rétine, et il existe un astigmatisme mixte. Si la rétine se trouve au
point 6, nous avons affaire à un astigmatisme myopique simple, car, pour le
méridien vertical, il y a *E*, tandis que, pour le méridien horizontal, il y a *M*. Enfin
si la rétine était située plus en arrière encore, c'est-à-dire derrière le foyer des
deux méridiens, il y aurait de la *M* pour les deux méridiens, — donc nous
aurions de l'astigmatisme myopique composé. L'astigmatisme le plus fréquent
est l'hypermétropique, le plus rare est le mixte.

Dans l'astigmatisme régulier, à la différence de ce qui s'observe dans les autres
défauts de réfraction, tous les objets paraissent déformés et ne sont pas également troubles dans toutes leurs parties. Lorsque les méridiens principaux sont
l'un vertical et l'autre horizontal, les traits horizontaux de la lettre **E**, par

exemple, seront vus distinctement, les verticaux, au contraire, indistinctement ou réciproquement. Aussi l'astigmate s'attache à deviner les parties qu'il ne voit pas par celles qu'il voit. Ainsi, lorsqu'on présente à un myope des épreuves visuelles à la distance de 6 mètres, il lit exactement les caractères de *Snellen* jusqu'à une certaine ligne, puis il s'arrête, parce qu'il ne voit pas au-delà. Par contre, l'astigmate continue souvent à lire le tableau jusqu'à la fin, mais il donne à toutes les lettres un nom inexact. Il devine, et cet effort lui cause une asthénopie spéciale très désagréable. Une autre cause d'asthénopie chez l'astigmate, vient de l'effort qu'il fait pour corriger son défaut par l'accommodation. Pour arriver à ce but, il faut que l'accommodation soit inégale dans les divers méridiens du cristallin. Ce qui prouve que cette correction est possible, c'est qu'après avoir instillé de l'atropine il n'est pas rare que l'on trouve l'astigmatisme notablement plus élevé qu'auparavant (*Dobrowolski*).

L'exemple suivant fera voir comment on détermine et corrige l'astigmatisme. On présente d'abord à l'astigmate la figure 198 (ou une autre figure étoilée semblable), et l'on constate, par exemple, que les rayons horizontaux de l'étoile paraissent les plus noirs. On en conclut que les lignes verticales sont vues nettement, puisque les rayons horizontaux sont composés de lignes verticales. Si les lignes verticales paraissent distinctes, les lignes et les ellipses de diffusion doivent être placées verticalement (fig. 197), donc l'œil est exactement accommodé pour le méridien horizontal, ou du moins mieux que pour le méridien vertical. Maintenant, nous plaçons la fente sténopéique dans le sens horizontal, et, au moyen de verres sphériques, nous déterminons la réfraction du méridien horizontal. Supposons qu'elle soit $M = 1D$. Supposons encore que, dans l'examen suivant, en plaçant la fente verticalement, nous trouvions une réfraction de $M = 3D$. Il y a donc de l'astigmatisme myopique (*Asm*) et, puisque le degré de l'astigmatisme est indiqué par la différence de réfraction des deux méridiens, nous avons $Asm = 2D$. La correction devrait se faire au moyen de deux verres cylindriques concaves, dont les axes se trouvent horizontalement et verticalement dirigés. Le pouvoir réfringent du verre cylindrique est le plus fort dans la direction perpendiculaire à l'axe (voir page 701). Il s'ensuit que, pour corriger le méridien horizontal, l'on doit employer un verre de — 1D cyl., axe vertical, et pour le méridien vertical un verre de — 3D cyl., axe horizontal. On prescrit donc : — 1D cyl. vert. ⌒ — 3D cyl. hor. Dans le cas où le signe des deux verres cylindriques est le même, on peut simplifier la combinaison de la manière suivante : Dans l'exemple choisi, donnons un verre sphérique de — 1D ; de cette façon, le méridien horizontal devient E, et le vertical $M = 2D$. Au verre sphérique, il suffit alors d'en ajouter un de — 2D cyl. hor. pour obtenir une correction complète. Nous prescrirons donc — 1D sphé. ⌒ — 2D cyl. hor.

Ainsi qu'on le voit par l'exemple cité plus haut, on peut combiner les verres cylindriques avec les verres sphériques aussi bien qu'avec les verres cylindriques, et même avec les prismes. Les verres cylindriques sont généralement montés en lunettes, pour assurer la bonne direction de l'axe des verres.

Au lieu de déterminer méthodiquement l'astigmatisme, on arrive souvent plus rapidement au but en prenant la voie suivante : quand on soupçonne l'existence de l'astigmatisme, on prend un verre cylindrique faible et on le fait tourner devant l'œil. S'il n'existe pas un astigmatisme notable, la vue est plus mauvaise, quelle que soit la position du verre. Par contre, s'il y a un astigmatisme, alors dans une certaine direction du verre la vue sera plus mauvaise, meilleure dans une autre. De cette manière, on découvre la direction des méridiens principaux. Puis, dans ces mêmes méridiens, on présente la série des verres cylindriques convexes et concaves seuls ou combinés avec des verres sphériques, jusqu'à ce qu'on trouve la meilleure combinaison. — Tout astigmatisme ne doit pas être corrigé, il suffit de le faire quand l'astigmate demande à voir plus distinctement, ou quand l'affection lui cause de l'asthénopie.

Quant à la *détermination objective* de l'astigmatisme, elle peut se faire suivant diverses méthodes. D'abord, à l'ophtalmoscope, l'astigmatisme se trahit par le changement de forme de la papille. Dans l'astigmatisme régulier, celle-ci paraît allongée ou élargie (p. 26), par contre irrégulièrement déformée dans l'astigmatisme irrégulier. Dans l'astigmatisme régulier, les vaisseaux verticaux et horizontaux ne se voient pas en même temps avec la même netteté à l'image droite, car, en raison de leur inégale réfraction, ils demandent des verres correcteurs différents. De cette façon, il est possible de déterminer l'astigmatisme au moyen de l'image droite, en cherchant, pour chacun des deux méridiens principaux, le verre correcteur par lequel on y voit le plus distinctement les vaisseaux. Par la skiascopie, ainsi que par la méthode de *Schmidt-Rimpler*, on peut encore démontrer et mesurer l'astigmatisme.

On peut déterminer l'astigmatisme régulier de la cornée en mesurant directement le rayon de courbure de chacun de ses méridiens. On y arrive au moyen des ophtalmomètres dont les plus employés sont celui de *Helmholtz* et celui plus récent de *Javal* et *Schiötz*. Le premier convient surtout aux recherches scientifiques exactes; le second, en raison de la rapidité de la mensuration, se recommande plutôt pour la pratique. Pour s'assurer si l'on a affaire à un haut degré d'astigmatisme, on se sert avec grand avantage du kératoscope de *Placido*. Cet instrument est composé d'un disque de carton, dont l'une des faces porte sur fond blanc un certain nombre de cercles concentriques noirs. On tient le disque de façon à ce que son plan soit parallèle à la base de la cornée et que les cercles soient tournés vers l'œil à examiner. En regardant à travers l'orifice central, on voit les cercles réfléchis sur la cornée. Lorsque la courbure cornéenne est normale, les cercles sont parfaitement ronds, sinon ils deviennent des ellipses ou des figures irrégulières, suivant qu'on a affaire à un astigmatisme régulier ou irrégulier.

On a tenté de rendre la vue plus claire dans l'astigmatisme irrégulier de la cornée, en plaçant sur la cornée un verre en forme de verre de montre ; sa face antérieure est taillée selon le rayon de courbure de la cornée, sa face postérieure s'applique à la cornée. Ce *verre de contact* (A. *Fick*, *Sulzer*) n'a guère rendu de services jusqu'à présent, parce que la cornée n'en supporte pas longtemps le contact.

§ 149. ANISOMÉTROPIE (1). — Sous le nom d'anisométropie, on comprend un état de réfraction différent pour les deux yeux. L'un des yeux peut être emmétrope, l'autre myope, hypermétrope ou encore astigmate, ou bien encore les deux yeux sont différemment amétropes. Sous ce rapport, on rencontre toutes les combinaisons possibles.

Il n'est pas rare que l'anisométropie soit congénitale et, du moins dans les degrés élevés, se manifeste déjà alors extérieurement, par un développement asymétrique de la face et du crâne.

L'anisométropie acquise dépend le plus souvent de ce que, pendant la vie, le changement de la réfraction, c'est-à-dire la diminution de l'H ou le développement de la M, n'a pas marché de pair dans les deux yeux. Un état d'anisométropie très prononcé se manifeste, lorsqu'un des yeux étant normal, l'autre est devenu fortement hypermétrope à la suite d'une opération de cataracte.

On ne peut imaginer, que l'anisométropie puisse se corriger sans verres, autrement que par un effort d'accommodation différent aux deux yeux. Mais cela n'est pas possible, du moins pas dans une mesure quelque peu sensible. Ainsi donc, l'anisométrope ne voit jamais distinctement avec les deux yeux en même temps. Cependant, ce défaut est si peu gênant, que beaucoup de personnes ne s'aperçoivent qu'elles ne voient pas également bien des deux yeux, que si le médecin leur fait lire les épreuves visuelles. D'ailleurs, lorsque la différence de réfraction n'est pas trop considérable, la vision binoculaire ne s'en trouve pas gênée, car les deux images, quoique inégalement nettes, se recouvrent et se fusionnent. Lorsque l'anisométropie est très prononcée, très souvent il se déclare du strabisme. Celui-ci peut être divergent ou convergent, et, sous ce rapport, il est très fréquemment alternant, surtout quand l'un des yeux est hypermétrope, tandis que l'autre est myope (voir page 665).

Il paraît tout indiqué d'égaliser l'anisométropie en prescrivant des verres différents pour les deux yeux. Pourtant, dans le plus grand nombre de cas, on constate que ce procédé est inapplicable. En effet, lorsque la différence entre les deux verres est quelque peu importante, les patients se plaignent de sensations désagréables des yeux, de vertige, céphalalgie, etc., et ils abandonnent leurs verres. Voici comment la chose s'explique : les verres ne modifient pas seulement la netteté, mais encore la grandeur des images rétiniennes. Celles-ci sont agrandies par des verres convexes, rapetissées par des verres concaves, et cela d'autant plus que les verres sont plus forts. Avec des verres différents, le changement de grandeur de l'image rétinienne du même objet est plus notable dans

---

(1) De ἀ, ἴσος, égal, μέτρον, mesure, et ὄψ, vue.

un œil, moindre dans l'autre. Il s'ensuit que les images ne coïncident plus et ne se recouvrent plus exactement. Pour ce motif, on préfère donner, dans l'anisométropie, les mêmes verres aux deux yeux ou se contenter de ne corriger qu'un œil et de mettre devant l'autre un verre plan. Alors on fait toujours fonctionner le meilleur œil, c'est-à-dire celui qui paraît le plus propre à faire obtenir le but qu'on se propose (voir de loin ou de près).

CHAPITRE VI

ANOMALIES DE L'ACCOMMODATION

§150. Paralysie de l'accommodation. — La paralysie de l'accommodation se diagnostique par la diminution de l'amplitude de l'accommodation A. Dans ce but, il est indispensable de déterminer le punctum remotum et le punctum proximum et de calculer A d'après le résultat obtenu. Une fois A trouvée, on la compare à celle que le patient devrait avoir d'après le tableau dressé par *Donders* (fig. 185). De cette manière, on est à même de s'assurer si A est réellement inférieure à sa valeur normale et de combien.

La gêne, produite par la paralysie de l'accommodation, est différente suivant l'état de réfraction de l'œil. L'emmétrope, atteint de paralysie de l'accommodation, devient absolument incapable de lire et d'écrire, ou, du moins, dans la paralysie incomplète — parésie de l'accommodation — ces occupations sont très difficiles, et possibles seulement pour quelques instants. La vue au loin, pour laquelle l'emmétrope n'a pas besoin d'accommodation, n'a pas subi de diminution. Mais, chez l'hypermétrope, la paralysie de l'accommodation se fait beaucoup plus sentir, car, sans accommodation, il voit également mal au loin. Le contraire s'observe chez le myope, qui ne souffre que peu ou point de la perte de son accommodation. Aussi, dans la myopie élevée, ce n'est que par hasard et à l'occasion d'un examen minutieux que l'on découvre l'existence d'une paralysie de l'accommodation.

La paralysie de l'accommodation dépend de la paralysie du muscle ciliaire, donc de l'oculo-moteur commun qui dessert ce muscle. La paralysie de l'accommodation peut être un symptôme partiel d'une paralysie totale de l'oculo-moteur commun, et, dans ce cas, son étiologie est celle de la paralysie de l'oculo-moteur en général (voir page 647). En revanche, très souvent la paralysie de l'accommodation se manifeste seule, ou tout au plus liée à une paralysie concomitante du sphincter pupillaire. Ces deux muscles intrinsèques, associés au point de vue physiologique, se paralysent habituellement en même temps aussi, de façon que la paralysie de l'accommodation est liée à la mydriase paralytique (ophtalmoplégie interne). Comme *causes* de la paralysie de l'accommodation (avec ou sans paralysie de la pupille), nous connaissons :

1° *La diphtérie.* — La paralysie de l'accommodation appartient aux paralysies postdiphtéritiques, c'est-à-dire celles qui se manifestent d'ordinaire pendant la convalescence. A côté de la paralysie de l'accommodation, celle qui s'observe le plus fréquemment est la paralysie des muscles du voile du palais. Elle se manifeste par le nasillement et l'engouement fréquent pendant le boire et le manger. Il est plus rare d'observer des paralysies du sphincter de la pupille ou d'autres muscles de l'œil, de ceux des extrémités ou du tronc même. La paralysie diphtéritique de l'accommodation intéresse les deux yeux et n'est ordinairement pas liée à la paralysie du sphincter de la pupille. D'habitude, lorsque les malades regagnent leurs forces, cette paralysie disparaît spontanément au bout de un à deux mois ; le pronostic en est donc favorable. De même, dans les dernières épidémies d'influenza, on a assez souvent observé des paralysies de l'accommodation, qui affectaient les allures des paralysies postdiphtéritiques ;

2° *Intoxications.* — La paralysie la plus complète de l'accommodation liée à celle de la pupille, s'obtient par l'atropine, ainsi que par les autres mydriatiques. Ces substances agissent tout aussi bien localement, lorsqu'on les introduit dans le sac conjonctival que lorsqu'on les administre à l'intérieur. Les cas où l'on a observé une paralysie de l'accommodation, survenant au milieu des symptômes d'un empoisonnement général causé par l'usage de viandes corrompues, de saucissons, de poissons etc., doivent également être attribués à un empoisonnement par un alcaloïde, plus spécialement une ptomaïne ;

3° *La syphilis et le diabète ;*

4° *Des maladies graves du système nerveux central* (par exemple, le tabes) ;

5° *Des contusions du globe oculaire.*

Le traitement de la paralysie de l'accommodation doit surtout s'attaquer au mal originaire, qui sera combattu en conséquence. Ainsi, dans les paralysies postdiphtéritiques, ont prescrit un régime fortifiant : on donne une nourriture substantielle, du vin, du quinquina, du fer, etc., et on fait prendre un bain chaud tous les jours ou tous les deux jours. Localement on administre les miotiques, la pilocarpine et l'ésérine. En outre du resserrement de la pupille, ces médicaments produisent encore un spasme de l'accommodation, par la contraction du muscle ciliaire. Pourtant, cette contraction, de même que le miosis, ne durent que peu de temps ; au bout de quelques heures, le muscle se relâche, et la paralysie réapparaît. Malgré cet inconvénient, la contraction du muscle produite par le miotique paraît avoir, sur la paralysie même, une action favorable, sans doute de la même manière que la faradisation rend de bons services dans les paralysies en général. En outre, on applique le courant constant. Tant que la paralysie est récente, on se gardera bien de fatiguer les yeux; en revanche, dans les paralysies plus anciennes, on rend le travail possible par l'emploi de verres convexes appropriés.

Dans la paralysie de l'accommodation, soit pathologique, soit produite artificiellement par un mydriatique, le patient se plaint souvent que les objets paraissent plus petits, — *micropsie*. Ce phénomène s'explique de la manière suivante : nous estimons la grandeur d'un objet d'après la grandeur de l'image qu'il projette sur la rétine, combinée avec la distance dont il est éloigné. Un objet de grandeur déterminée produit à une distance déterminée une image rétinienne d'une grandeur déterminée. Si l'objet se rapproche de la moitié de sa distance primitive, la grandeur de l'image rétinienne grandit au double. Si tel n'était pas le cas, c'est-à-dire si l'objet, en se rapprochant de la distance indiquée, ne devenait pas plus grand, nous en conclurions que c'est l'objet qui a diminué de moitié. C'est l'erreur que nous commettons dans la paralysie de l'accommodation. Comme, dans ce dernier cas, pour accommoder à la distance où se trouve l'objet, nous sommes forcés de faire un effort beaucoup plus grand qu'auparavant, nous estimons l'accommodation plus élevée et l'objet plus proche qu'il ne l'est en réalité et, comme l'image n'en est pas devenue plus grande, nous sommes persuadés que l'objet lui-même est plus petit. — Le même phénomène se manifeste quand un emmétrope regarde à travers des verres concaves ; les objets lui paraissent alors plus petits. Pour contrebalancer l'effet des verres concaves, il est obligé de contracter son accommodation. Sans se rendre compte nettement de cette contraction, il en conclut cependant que les objets se sont rapprochés, et, comme leur image rétinienne n'a pas grandi, ils lui paraissent plus petits. Un phénomène contraire, où les objets paraissent plus grands — *macropsie* — se manifeste dans le spasme de l'accommodation. Il dépend également d'une erreur de jugement sur la distance des objets, par suite du trouble de l'accommodation.

Pour montrer comment on diagnostique une paralysie de l'accommodation, je rapporterai le cas suivant : En mai 1887, une mère m'amena son enfant âgé de dix ans, se plaignant de ce que, depuis plusieurs semaines, il était devenu incapable de lire et d'écrire. En même temps, la mère avait été frappée par la largeur inaccoutumée des pupilles de son enfant. Celui-ci était un garçon délicat et pâle, dont les pupilles, au moment où j'en fis l'examen, étaient normalement dilatées et mobiles. Les tableaux de *Snellen*, pendus à la distance de 6 mètres, étaient lus à l'œil nu jusqu'à la dernière ligne, ce qui indiquait que l'acuité visuelle était normale. De ce fait, il était déjà permis de conclure qu'il ne pouvait s'agir ni de troubles de transparence des milieux, ni d'une maladie de la choroïde ou de la rétine, etc., sinon, pour toute distance, l'acuité visuelle eût été diminuée. On ne pouvait donc penser qu'à une anomalie de réfraction ou d'accommodation. D'abord il n'était pas myope, car, à la distance de 6 mètres, il lui eût été impossible de lire les plus petits caractères des tableaux de *Snellen*. En revanche, il pouvait être hypermétrope. Je lui présentai alors un verre convexe très faible, mais aussitôt il cessa de voir distinctement au loin; l'hypermétropie se trouvait donc également exclue. L'enfant était par conséquent E, et l'impossibilité de lire ne pouvait dépendre que d'un trouble de l'accommodation. Cette conclusion se trouva immédiatement vérifiée, car avec $+3D$ le garçon se mit à lire couramment l'impression la plus fine. On pouvait, en outre, rapprocher alors le livre à la distance de 13 centimètres; là se trouvait donc son punctum proximum. Exprimé en dioptries, nous avions $P = 8D$ ($100:13=8$) et $A = P - R = 8D$, puisque nous avions $R = \infty = 0D$, l'enfant étant emmétrope. Mais l'amplitude d'accommodation de $8D$ n'était obtenue qu'à l'aide de $+3D$ placées devant l'œil du garçon. Ces trois dioptries devaient donc être retranchées pour trouver l'A véritable, qui n'était, par conséquent, que de $5D$. Or, à l'âge de dix ans, nous devons avoir $A = 14D$, il s'ensuit que, chez le garçon, A était trop petite de $9D$. Nous avions affaire à une parésie de l'accommodation.

Interrogée sur la question de savoir si l'enfant n'avait jamais été atteint de diphtérie, la mère ne se rappelait rien de semblable. Mais, après que j'eus insisté longtemps, elle se souvint que vers la fin de l'année précédente son fils avait souffert d'une inflammation de la gorge, mais l'affection avait été insignifiante et le médecin avait dit qu'il ne s'agissait pas d'une diphtérie. Toutefois, lorsque l'inflammation de la gorge eût disparu, l'enfant était resté sous le coup d'une faiblesse extraordinaire, tellement que, depuis ce temps, il avait dû cesser de fréquenter l'école ; les ganglions du cou s'étaient gonflés considérablement, au point qu'extérieurement on pouvait déjà les remarquer. Plus tard encore, l'enfant devint rauque, nasillard, et fut incapable de bien prononcer certaines lettres et certaines syllabes (paralysie du voile du palais). Ce symptôme, ainsi que la dilatation de la pupille, avaient déjà disparu, lorsque je vis la première fois ce garçon.

L'enfant prit une forte nourriture et un tonique (Liq. de Fowler et teinture de fer pommé *ana*, journellement 10 gouttes dans un verre de vin), en outre, tous les deux jours un bain chaud et, enfin, dans chaque œil, matin et soir, une goutte d'une solution de pilocarpine à 1 %. Dans les premiers jours, l'effet de la pilocarpine ne se prolongeait que de 8 — 10 heures après l'instillation, mais, plus tard, il dura de plus en plus longtemps. Après dix jours, alors que depuis deux jours l'on avait cessé d'administrer de la pilocarpine, le garçon fut en état de lire à l'œil nu l'impression la plus fine à la distance de 13 centimètres. Donc son $A = 8D$. Comme on le voit, l'accommodation n'était pas encore normale, mais il pouvait travailler sans difficulté, et, sans aucun doute, il a regagné plus tard toute son A. — Le cas dont je viens de faire l'histoire est instructif, car il apprend que la diphtérie n'a pas besoin d'être bien grave pour entraîner une paralysie de l'accommodation, ce qui est le cas, d'ailleurs, pour toute espèce de paralysie postdiphtéritique. Dans ce cas, quand la diphtérie était récente, il avait été impossible de la reconnaître. Pourtant il est bien certain qu'il s'était agi d'une diphtérie. Cela résulte de la durée de la débilité de l'enfant, du gonflement considérable des ganglions, de la paralysie du voile du palais, de la pupille et de l'accommodation.

Après les maladies graves, on constate souvent pendant longtemps une faiblesse de l'accommodation qu'il ne faut pourtant pas considérer comme de la parésie, pas plus que la faiblesse musculaire des convalescents en général. Dans ces cas, en effet, l'amplitude de l'accommodation est normale, mais le patient n'est pas capable d'en soutenir longtemps la tension, et il se manifeste bientôt de la fatigue et de l'asthénopie. A mesure que les forces du malade reviennent, cette faiblesse de l'accommodation disparaît. En outre, on observe une diminution de l'accommodation dans le stade prodromique du glaucome et de l'ophtalmie sympathique. — Il est évident que toute accommodation fait défaut quand le cristallin est luxé ou qu'il est enlevé de l'œil. Pourtant des cas semblables ne sont pas, et avec raison, considérés comme de la paralysie de l'accommodation.

Spasme de l'accommodation. — En dehors de son action paralysante sur l'accommodation, l'atropine a encore pour effet de faire naître un léger changement de la réfraction, consistant en une faible diminution de réfraction. Supposons, par exemple, que nous ayons affaire à un œil emmétrope : après l'instillation de l'atropine, il devient légèrement hypermétrope. La petite diminution de la réfraction produite par l'atropine correspond au tonus du muscle ciliaire, qui existe toujours et qui ne disparaît que par la paralysie de ce muscle. Néanmoins, lorsque, sous l'influence de l'atropine, la réfraction diminue de 1D ou au delà, ce fait ne peut pas être regardé comme le relâchement du tonus, mais comme la preuve de l'existence d'un spasme du muscle ciliaire. Ce spasme se produit à la suite d'un travail de près de longue durée, après lequel la contraction permanente de l'accommodation finit par ne plus pouvoir se relâcher entièrement. On ne l'observe que chez les jeunes gens, le plus souvent chez les myopes dont la myopie est, par suite, plus élevée en apparence qu'en réalité. Cependant il n'est nullement rare de la rencontrer dans les yeux emmétropes et hypermétropes. Dans le premier cas, le spasme accommodateur fait paraître les yeux myopes ; dans le second cas, il les fait paraître moins hypermétropes, et même quelquefois emmétropes ou myopes. Le spasme de l'accommodation est une affection qui disparaît spontanément lorsque, par l'âge, l'amplitude de l'accommodation diminue. En attendant, il peut avoir occasionné le développement d'une vraie myopie. On combat le spasme par l'instillation de l'atropine, que l'on continue pendant longtemps (4 semaines et au delà). Malheureusement, après qu'on a cessé l'administration de l'atropine, le spasme revient, dans la plupart des cas, au bout d'un temps plus ou moins long.

Après l'installation d'un miotique, il se déclare un spasme de l'accommodation artificiel très élevé, en même temps qu'un rétrécissement de la pupille.

QUATRIÈME PARTIE

CHIRURGIE OCULAIRE

CHAPITRE I

GÉNÉRALITÉS

§ 151. La *méthode antiseptique*, qui constitue en chirurgie le plus grand progrès des temps modernes, a été la source, dans le domaine des opérations oculaires, d'une réelle amélioration et d'une plus grande sûreté des résultats. Il est donc du devoir de tout opérateur de ne procéder que par la méthode rigoureusement aseptique ou antiseptique. Dans les opérations oculaires, il s'agit bien moins d'antisepsie que d'asepsie ; en effet, on ne doit pas s'occuper de désinfecter une plaie infectée, mais de produire une plaie pure et de la préserver de l'infection.

L'infection de la plaie peut être le fait de l'opérateur et des instruments dont il se sert, ou bien elle trouve sa source dans l'œil même ou son voisinage. Pour éviter la première cause, l'opérateur se lavera soigneusement les mains et les désinfectera dans une solution d'acide phénique à 4 $^0/_0$ ou de sublimé à 1/2000. Les instruments délicats, dont on se sert pour les opérations sur le globe oculaire, on les désinfectera en les faisant bouillir dans de l'eau distillée ou mieux dans une solution à 1 $^0/_0$ de carbonate de soude, où ils se rouillent moins. Pour prévenir une infection de la plaie provenant des parties voisines (paupières et sac conjonctival), on commence, avant l'opération, par laver à fond, au savon, tout le pourtour de l'œil, mais particulièrement la peau des paupières et les bords palpébraux, puis on les irrigue au sublimé (1 : 2000.) Pour laver le sac conjonctival, on se sert d'une solution faible de sublimé (1 : 4000) ou de la solution physiologique de sel marin (6 $^0/_{00}$), stérilisée par l'ébullition. Le sac conjonctival ne présente un danger particulier pour l'infection que s'il renferme des sécrétions décomposées par suite de la présence d'une affection de la conjonctive ou du sac lacrymal. Il faut donc, avant toute opération, examiner avec soin la conjonctive et spécialement le sac lacrymal et essayer, avant de procéder à l'opération, de guérir au préalable, par un traitement approprié, l'affection dont serait atteinte l'une de ces parties. En ce qui concerne spécialement la blennorrhée du sac lacrymal, la cure radicale en exige malheureusement un temps fort long. C'est pourquoi, dans le but de perdre moins de temps, j'ai l'habitude d'extirper le sac lacrymal quelques jours avant l'opération, ou de le fendre, au niveau de sa paroi antérieure, et, après l'avoir convenablement nettoyé, de le bourrer de poudre d'iodoforme.

Après l'opération, on applique un pansement antiseptique. Si l'opération a été pratiquée au globe oculaire même, immédiatement après son achèvement, on ferme les paupières et on y applique une compresse de gaze stérilisée et, là-dessus, un tampon d'ouate : le tout est fixé au moyen d'un bandeau. Après les opérations, dans lesquelles le globe a été ouvert dans une assez grande étendue (iridectomie, extraction de cataracte), je maintiens le tampon d'ouate sur l'œil à l'aide d'une bande de toile large de 4 à 5 centimètres, dont les deux extrémités sont fixées au front et à la

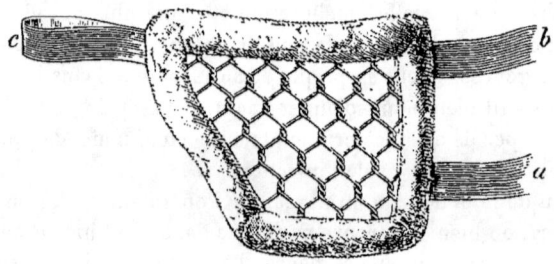

Fig. 199. — *Treillis pour l'œil gauche.* — Les bords en sont garnis d'ouate pour éviter toute pression. Des deux extrémités temporales partent les rubans *a* et *b*, que l'on passe au-dessus et au-dessous de l'oreille, par derrière la tête, pour les ramener du côté droit. On passe l'un de ces rubans dans la boucle *c*, puis on le lie à l'autre.

joue par du diachylon. Par dessus, on ajuste un léger treillis métallique (fig. 199), qui empêche le patient d'approcher les doigts de l'œil et de rompre ainsi la plaie. Pour les plaies opératoires de la conjonctive et des paupières, on les désinfecte encore une fois avant d'appliquer le pansement, en les aspergeant d'une solution de sublimé, ensuite on les saupoudre d'iodoforme et on applique le pansement.

Dans les opérations au bulbe, on obtient l'*anesthésie* au moyen de la cocaïne en solution à 5 %, que l'on instille à plusieurs reprises dans le cul-de-sac, à des intervalles de quelques minutes. La solution doit être fraîchement préparée et filtrée. Après l'instillation de la solution de cocaïne, le patient doit avoir soin de tenir l'œil fermé, parce que, la fréquence du clignotement diminuant par suite de l'anesthésie, la cornée reste à découvert et se dessèche facilement. L'anesthésie provoquée par la cocaïne dure environ dix minutes, et son effet se borne aux parties superficielles telles que la cornée et la conjonctive, tandis que la sensibilité de l'iris est conservée. Ainsi, dans l'iridectomie, le patient ne s'aperçoit ni de la fixation du bulbe ni de l'incision ; en revanche, l'excision de l'iris est douloureuse. Dans les opérations sur les paupières, on peut injecter quelques gouttes de la solution de cocaïne sous la peau de la paupière. Quant à l'anesthésie au moyen du chloroforme, ou de l'éther, elle n'est indiquée que pour les opérations plus grandes, telles que l'énucléation, etc., et chez les enfants.

§ 152. En ce qui concerne les *opérations pratiquées sur le bulbe* même, il faut observer les principes suivants :

L'écartement des paupières se fait au moyen de blépharostats (écarteurs ou élévateurs). Il en est qui, à l'aide d'un ressort, tiennent les paupières écartées (élévateurs à ressort), d'autres ne s'appliquent qu'à une seule paupière et doivent être tenus à la main (écarteur de *Desmarres*). Quant au bulbe, on le fixe au moyen d'une pince à dents (*pince à fixation de Waldau*) par laquelle on saisit et on maintient un pli conjonctival près du bord cornéen.

Dans les cas où toute pression sur le globe doit être évitée (par exemple, pour empêcher une perte de corps vitré), on fait écarter les paupières par les doigts d'un assistant, et, si c'est possible, on renonce même à saisir le bulbe par la pince à fixation.

Lorsque l'on ouvre le globe oculaire, on pratique généralement l'*incision* dans la région de la chambre antérieure. Celle-ci étant limitée par la cornée, et vers la périphérie par la sclérotique, l'incision peut se trouver soit dans la cornée, soit dans la sclérotique. Sous ce rapport, on distingue les sections :

a) D'après leur *situation*, en sections cornéennes et sclérales. Ces sections diffèrent surtout en les points suivants :

1° Dans les sections sclérales, il y a plus de tendance au prolapsus irien que dans les sections cornéennes (voir la remarque au paragraphe suivant). De là, dans les sections sclérales, la nécessité de pratiquer l'iridectomie pour prévenir un enclavement de l'iris. C'est pour cette raison que, par exemple, on combine toujours avec l'iridectomie l'extraction de la cataracte par lambeau scléral. En revanche, veut-on épargner l'iris, on ne pratiquera pas l'incision dans la sclérotique, mais dans la cornée, aussi loin que possible du bord scléral (par exemple, ponction de la cornée, extraction linéaire simple);

2° La sclérotique est recouverte par la conjonctive. On peut donc ménager un lambeau conjonctival, quand on place l'incision dans la sclérotique, ce qui n'est pas possible dans la section cornéenne ;

3° Les plaies sclérales ont moins de tendance à s'infecter que les cornéennes, la sclérotique étant moins sujette que la cornée à la suppuration.

C'est pourquoi, avant l'introduction de la méthode antiseptique, la section sclérale donnait de meilleurs résultats que la section cornéenne. Aujourd'hui qu'il est facile de prévenir l'infection, cette distinction n'a plus la même importance.

b) D'après la *forme*, nous distinguons les sections en linéaires et courbes. Les premières se trouvent dans un grand cercle de la surface du globe, sur lequel elles représentent une ligne, constituant le chemin le plus court pour réunir les deux extrémités de l'incision (fig. 200, *eaf*). Les sections courbes ou à lambeau correspondent à un cercle parallèle. Entre la plus grande section à lambeau (fig. 200, *edf*) et la section linéaire, on peut se figurer une infinité de sections intermédiaires, qui représentent la transition de l'une à l'autre (*ecf*, *ebf*). Toutes sont des sections courbes à lambeau plus ou moins haut et dont la limite inférieure est formée par la section linéaire. Celle-ci même est une section courbe avec un lambeau dont la hauteur $= 0$. Les sections les plus en usage sont les sections à lambeaux de plus ou moins de hauteur. Comme exemple d'une section purement linéaire, nous pourrions citer l'incision de l'abcès cornéen d'après le procédé de *Sœmisch*, où, au moyen du couteau de *Grœfe*, on fend la cornée d'arrière en avant (§ 154). — Les extrémités de l'incision étant supposées situées à la même distance, la

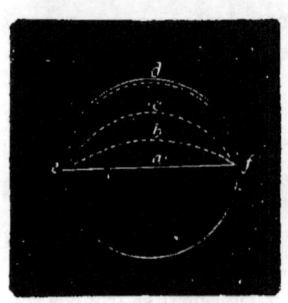

Fig. 200. — *Différentes formes de section cornéenne.*

section à lambeau présente une plaie plus longue que la section linéaire, et, en soulevant le lambeau, on peut largement entre-bâiller la plaie.

Pendant l'*exécution* de l'incision, on doit prendre garde de retirer le couteau lentement, pour permettre à l'humeur aqueuse de s'écouler aussi lentement que possible. De cette manière, on prévient les fâcheuses conséquences qui résultent souvent d'un écoulement trop brusque de ce liquide, telles qu'un grand prolapsus de l'iris, la subluxation du cristallin, la hernie du corps vitré ou une hémorragie intraoculaire. C'est surtout quand on opère dans le cas d'hypertonie que l'écoulement lent de l'humeur aqueuse est d'une importance capitale.

Avant de terminer l'opération, il faut surtout s'appliquer à remettre soigneusement l'*iris en place*. En aucun cas, celui-ci ne doit rester enclavé dans la plaie. Le prolapsus de l'iris se reconnaît à des signes divers, selon qu'il est plus ou moins prononcé. L'iris a-t-il été refoulé au dehors à travers la plaie, on le voit bomber en avant sous forme d'un bourrelet ou d'une saillie noirâtre, au milieu, ou, s'il a déjà été coupé, à l'un ou aux deux angles de la plaie (fig. 202, *i*). Lorsque l'iris, au lieu de faire hernie, est simplement enclavé entre les lèvres internes de la plaie (fig. 204), ce fait se trahit par la déformation de la pupille. Après les opérations où l'iris a été excisé, on remarque aux limites entre la pupille et le colobome deux angles saillants, appelés angles du colobome (fig. 201, *a* et *a'*). Ils correspondent aux points de jonction du bord pupillaire et des côtés du colobome. Lorsque l'iris est libre, les deux angles du colobome sont fixés vis-à-vis l'un de l'autre et dans le cercle que formerait le bord de la pupille resté intact (les « angles du sphincter sont situés profondément », fig. 201); lorsque l'iris est, au contraire, enclavé dans la plaie, le côté du colobome correspondant à l'enclavement est raccourci et l'angle du colobome attiré en haut (fig. 202, *a'*). Cet angle peut être tellement déplacé qu'il devient

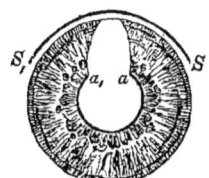

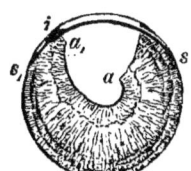

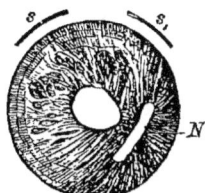

Fig. 201.— *Situation normale de l'iris* (après une extraction à lambeau scléral). Gross. 2/1. — Les angles du sphincter *a* et *a'* sont profondément placés tous deux.

Fig. 202. — *Enclavement de l'iris dans la plaie* (après une extraction à lambeau cornéen). Gross. 2/1. — L'iris est visible dans la plaie sous forme d'une petite élevure *i* foncée, et l'angle du colobome *a'*, comparé à celui de l'autre côté *a*, situé normalement, paraît tiré en haut.

Fig. 203. — *Enclavement de l'iris* (après une extraction linéaire simple sans iridectomie). Gross. 2/1. — La pupille est attirée vers la cicatrice *N*. *ss'*. incision de la sclérotomie d'après Wecker.

même invisible. Après les opérations où l'iris n'a pas été excisé, il n'existe naturellement pas d'angles du colobome. Dans ce cas, le seul signe de l'enclavement irien est la déformation de la pupille et son déplacement du côté de la plaie, absolument comme on l'observe dans l'enclavement de l'iris après un ulcère perforant de la cornée (fig. 203).

L'enclavement de l'iris dans la plaie entraîne toute espèce de conséquences fâcheuses. La cicatrisation est troublée par des irritations inflammatoires et elle traîne en longueur. La cicatrice est moins solide et moins régulière et, plus tard, l'enclavement irien peut donner lieu à de l'hypertonie, de l'inflammation et même à une affection sympathique de l'autre œil. Pour prévenir toutes ces conséquences, il ne faut rien négliger, après l'opération, pour empêcher l'iris de s'enclaver et pour le ramener dans sa situation normale. Dans ce but, on introduit la curette dans la plaie. et on refoule prudemment l'iris dans la chambre antérieure. Si cette manœuvre ne réussit pas ou si l'iris replacé proémine de nouveau dans la plaie, il faut se résoudre à saisir et à exciser le lambeau d'iris enclavé.

Une *hémorragie* de la chambre antérieure se produit dans les opérations

où des tissus vasculaires, tels que la sclérotique ou l'iris, ont été blessés.
Quand l'iris est sain, sa section ne produit presque pas d'hémorragie, car
les vaisseaux s'oblitèrent promptement par la contraction de leurs parois.
En revanche, dans les cas où l'opération se pratique sur un iris malade
(dans l'iritis, le glaucome, l'atrophie irienne), souvent l'hémorragie est
telle que toute la chambre antérieure se remplit de sang. L'hémorragie
est un accident gênant, elle empêche l'opérateur de voir dans l'intérieur
de l'œil, mais d'ordinaire, dans l'œil sain, elle n'entraîne aucune suite
fâcheuse, puisqu'au bout de quelques jours le sang est résorbé. Au contraire, lorsque l'iris est malade, non seulement l'hémorragie est plus
abondante, mais il s'écoule souvent un temps très long, quelquefois des
mois, avant que la résorption n'en soit complète. Dans ces cas, en effet, la
nutrition de tout l'œil est fortement troublée.

L'hémorragie survenant après la section des vaisseaux ne doit pas être
confondue avec ces hémorragies intraoculaires qui se déclarent pendant
l'opération, lorsque, à cause de l'écoulement de l'humeur aqueuse, ou de
l'extraction du cristallin, la pression intraoculaire s'abaisse brusquement,
et le sang afflue en plus grande abondance dans les vaisseaux de l'uvée et
de la rétine. C'est pourquoi ces hémorragies sont surtout à craindre quand
on opère sur un œil qui est le siège d'une hypertonie. En fait, dans le
glaucome, de petites hémorragies sont presque de règle après l'iridectomie (voir page 414). Dans certains cas rares, l'abondance du sang qui
jaillit des vaisseaux est telle que le contenu du bulbe est quelquefois
expulsé par l'ouverture de la plaie, et qu'alors le sang lui-même s'en
échappe. Inutile de dire qu'un tel œil est perdu.

§ 153. Lorsque, dans une opération, l'œil a été ouvert, le *traitement
consécutif* doit avoir surtout pour but d'écarter toutes les causes qui pourraient retarder la cicatrisation ou empêcher la solidification de la cicatrice.
Par conséquent, l'œil opéré doit être bandé pour empêcher les mouvements des paupières, et, dans les grandes opérations, l'autre œil lui-même
sera tenu fermé pendant quelques jours. Pour le reste, le patient évitera
tout effort physique ; car l'augmentation de la pression intraoculaire qui
en résulterait pourrait décoller les lèvres de la plaie fraîchement agglutinées. Dans les grandes opérations donc (iridectomie, extraction de la
cataracte), le patient gardera le lit, couché sur le dos durant plusieurs
jours et, pendant ce temps, pour éviter les efforts de mastication, il ne
prendra qu'un peu de nourriture liquide ou demi-solide. Quand on observe
ces règles de conduite, la marche de la guérison se fait d'ordinaire
comme suit : Peu après l'opération, les lèvres de la plaie s'agglutinent, et
la chambre antérieure se rétablit. Très fréquemment, il arrive que la plaie
fraîchement fermée n'est pas encore suffisamment solide pour résister

tout d'abord à l'accumulation de l'humeur aqueuse, et que, pendant le premier jour, la plaie s'ouvre encore une ou plusieurs fois pour donner issue au liquide de la chambre antérieure, avant qu'elle ne se ferme définitivement. Alors les lèvres de la plaie adhèrent intimement l'une à l'autre, et il se forme une cicatrice fine et linéaire. Lorsque la cicatrice siège dans la cornée, elle reste visible pour toujours sous forme d'une mince ligne grise, tandis que les cicatrices de la sclérotique, au bout de quelque temps, sont à peine encore reconnaissables. Il faut un temps assez long avant qu'une cicatrice soit suffisamment solide pour résister aux influences nuisibles extérieures. En attendant ce moment (après plusieurs semaines ou des mois, suivant l'importance de la plaie) le patient s'abstiendra de tout effort physique un peu violent : il évitera les pressions sur l'œil, etc.

Il n'est pas rare que la marche de la guérison, telle que nous venons de la décrire, subisse des modifications. Les troubles dans la marche de la cicatrisation les plus fréquemment observés sont :

1° La *cicatrisation irrégulière*. — La fermeture de la plaie peut tarder à s'opérer, et, pendant plusieurs jours, la chambre antérieure rester abo-

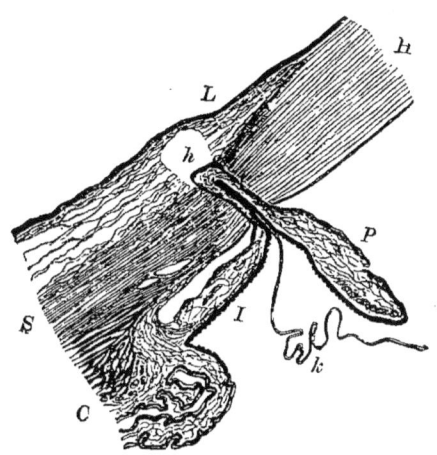

Fig. 204. — *Enclavement de l'iris avec cicatrice cystoïde* (après une extraction de cataracte, suivant le procédé de l'extraction linéaire périphérique de GRAEFE). Gross. 13/1. — La figure représente une coupe, qui a rencontré la cicatrice de l'extraction au voisinage de son extrémité interne, où déjà extérieurement on pouvait reconnaître l'enclavement de l'iris par le déplacement en haut de l'angle du colobome. De son insertion au corps ciliaire *C*, l'iris *I* se dirige dans la cicatrice de la plaie opératoire. de telle façon que la chambre antérieure se réduit à une mince fente. À l'intérieur de la cicatrice. l'iris est replié sur lui-même, et son point de réflexion répond aux couches externes de la sclérotique. De la cicatrice sort la portion pupillaire de l'iris *P* qui flotte librement dans la chambre aqueuse. On remarque, à la face antérieure de l'iris, une crypte ; près de sa face postérieure, la coupe du sphincter pupillaire. En même temps que l'iris. on voit, enclavée dans la cicatrice, la cristalloïde *k*, montrant de nombreux plis. La plaie d'extraction coupe la limite de la sclérotique *S* et de la cornée *H*, de façon que sa moitié antérieure occupe la sclérotique. sa moitié postérieure la cornée. À cause de l'interposition de l'iris, les lèvres de la plaie ne sont pas réunies ; aussi le canal de la plaie s'étend sous forme de cavité creuse *h* dans le tissu de la conjonctive du limbe *L*. Il en résulte que la plaie n'est fermée que par une couche fort mince de tissu.

lic. Un accident plus fréquent encore, c'est la rupture de la plaie déjà cicatrisée, sous l'influence d'une violence extérieure — d'une pression sur l'œil avec la main, d'un accès de toux, d'un éternuement. — Cette « rupture de la cicatrice » est ordinairement suivie d'un épanchement de sang dans la chambre antérieure. Au moment où le liquide s'est échappé, l'iris peut avoir été entraîné dans la plaie et y rester enclavé, ou bien une inflammation (iridocyclite) peut se déclarer. — Une autre cause qui retarde la cicatrisation, c'est que les lèvres de la plaie, au lieu de s'adapter immédiatement l'une contre l'autre, ne se ferment que par l'interposition d'un tissu cicatriciel de nouvelle formation. Ce processus s'observe surtout fréquemment quand la coaptation immédiate des lèvres de la plaie est empêchée par un enclavement de l'iris ou de la capsule cristallinienne ; mais on l'observe aussi dans l'hypertonie qui fait s'entre-bâiller les lèvres de la plaie. Dans ce cas, la cicatrice qui se forme est moins solide, et même un petit point resté tout à fait ouvert peut donner lieu à un suintement constant d'humeur aqueuse sous la conjonctive et rendre celle-ci œdémateuse (*cicatrice cystoïde*), (fig. 204). — Lorsque les cicatrices manquent de solidité, elles deviennent souvent ectatiques. La conséquence immédiate en est une courbure irrégulière des parties avoisinantes de la cornée. L'astigmatisme ainsi produit affaiblit, au point de vue de l'acuité visuelle, le résultat de l'opération. En outre, les cicatrices cystoïdes, ou ectatiques, peuvent donner lieu à une hypertonie ou à une inflammation.

2° La *suppuration de la plaie*. — Elle s'annonce par l'apparition, en un point quelconque de la plaie, d'une coloration jaune, tandis qu'en même temps il se manifeste des symptômes inflammatoires violents (souvent sans douleur cependant). De la plaie, la suppuration se propage soit simplement à l'uvée, de façon qu'il se déclare une iridocyclite suppurative, soit encore à la cornée, qui s'infiltre de pus et finit par se détruire. La terminaison est l'atrophie, ou, si une panophtalmite se déclare, la phtisie de l'œil. La suppuration survient le plus facilement après l'extraction de la cataracte, au point qu'autrefois elle constituait la cause la plus fréquente de la cécité, après cette opération. Aujourd'hui nous savons que la suppuration est la conséquence d'une infection de la plaie. Par l'application de la méthode antiseptique, il est possible de réduire à un minimum le nombre des plaies qui suppurent.

3° L'*inflammation de l'uvée*. — Dans les opérations où le globe a été ouvert, il se déclare très fréquemment une iritis ou une iridocyclite. Le plus souvent, il s'agit d'une iritis légère qui n'a pas d'autres inconvénients que de laisser après elle quelques synéchies postérieures. Néanmoins, dans les cas graves, l'inflammation amène l'occlusion de la pupille et nécessite une opération consécutive, ou bien elle se termine par une cécité incurable par atrophie du globe. Dans les cas de cette dernière espèce, l'ophtalmie sympathique est à craindre pour l'autre œil. — Les inflammations légères de l'iris doivent être considérées, en règle générale, comme de nature purement traumatique, occasionnées par son pincement et son tiraillement. D'autres fois, ce sont des parties du cristallin, etc., restées dans l'œil, qui irritent l'iris mécaniquement ou chimiquement. Les inflammations graves dépendent soit d'une infection, soit du réveil d'une ancienne inflammation, quand on opère sur un œil qui, autrefois, a été le siège d'une iridocyclite.

Autrefois, on attachait beaucoup plus d'importance à la forme et au siège de la section, surtout dans l'opération de la cataracte, et l'on attendait tout d'une incision convenablement pratiquée. Partant de cette opinion, on a imaginé une foule de méthodes opératoires, dont une partie est déjà retombée dans l'oubli. Aujourd'hui nous savons que l'application rigoureuse de l'antisepsie pendant l'opération et pendant le traitement consécutif est beaucoup plus importante que le choix de la méthode opératoire. Toute section possédant une étendue convenable, et pratiquée à l'endroit voulu, donne de bons résultats, pourvu que l'on observe une propreté rigoureuse. Dans les opérations oculaires, la propreté est doublement importante, car on n'obtient les résultats désirés que lorsque la cicatrisation s'opère par première intention. Ainsi, qu'une plaie d'amputation, au lieu de se guérir *per primam*, passe à la suppuration, ce contre-temps n'a, le plus souvent, pas d'autres désavantages pour le patient que de prolonger la durée du traitement. Au contraire, lorsqu'après une iridectomie ou une opération de la cataracte, au lieu de se réunir par première intention, la plaie se met à suppurer, l'œil est perdu et ce résultat équivaut pour l'oculiste à la mort du patient pour le chirurgien ordinaire.

Le sac conjonctival, même lorsque la conjonctive paraît normale, contient fréquemment des germes, parmi lesquels il peut s'en trouver de pathogènes, tels que le staphylocoque, le streptocoque et le pneumocoque. Mais ceux-ci ne se multiplient pas dans le sac conjonctival, résultat qu'on doit attribuer à l'action des larmes. Il ne faut d'ailleurs pas croire que les larmes ont de véritables propriétés bactéricides, leur action est plutôt mécanique et consiste à laver constamment la conjonctive et à pousser les germes dans le nez. C'est pourquoi, les bactéries que l'on a introduites en culture pure, c'est-à-dire en grande quantité, dans le sac conjonctival, on les retrouve, après un certain temps, non plus dans le sac, mais dans le nez, où les larmes les ont portées. Le courant lacrymal s'oppose, en outre, à ce que les germes remontent du nez dans le sac conjonctival. Ces conditions favorables n'existent naturellement que pour autant que les voies lacrymales soient normales ; dès qu'elles sont malades, le sac conjonctival fourmille bientôt de germes. — A côté de la conjonctive, il faut considérer le bord des paupières. Ici l'accumulation des pellicules d'épiderme desquammé, le sébum fourni par les glandes de Zeiss et de Meibomius, ainsi que l'humectation constante par les larmes, favorise la présence et la multiplication des germes. On trouve ceux-ci très nombreux dans l'hyperémie chronique ou l'inflammation du bord des paupières.

Lorsqu'on nettoie l'œil avant l'opération, on peut employer pour son pourtour des solutions antiseptiques assez fortes. Je lave soigneusement les bords palpébraux avec du savon neutre ou contenant un excès de corps gras ; mais ,comme on ne peut éviter qu'il en entre un peu dans le sac conjonctival, ce qui l'irrite, je réserve ce procédé pour le cas où le bord de la paupière ne me paraît pas absolument normal. Pour la conjonctive, il va de soi qu'on doit rejeter toutes les solutions antiseptiques un peu fortes, parce qu'elles provoquent une vive irritation, une conjonctivite traumatique avec abondante sécrétion. Mais si l'on emploie les antiseptiques à un degré de concentration tel que l'œil les supporte encore bien, ils n'ont aucun effet bactéricide, à cause du peu de durée de leur action. Tous les expérimentateurs sont arrivés à ce résultat que, par ce moyen, on ne réussit qu'à diminuer le nombre des germes, mais pas à les anéantir complètement. On arrive au même but, en employant des liquides indifférents stérilisés, notamment si l'on enlève mécaniquement — en frottant à l'aide d'un tampon d'ouate imbibé d'un de ces liquides — le mucus adhérent à la surface de la conjonctive. Pour ces raisons, j'emploie tout simplement la solution physiologique de chlorure sodique, stérilisée par l'ébullition, lorsque la conjonctive est normale, et je ne me sers de la solution de sublimé à 1 : 4000 que dans les cas où elle est malade (catarrhe, trachome).

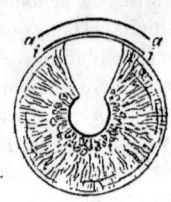

Fig. 205. — *Incision d'iridectomie* dans le glaucome. Gross. 2/1. — *aa* ouverture extérieure de la plaie, *ii* ouverture intérieure située à la limite scléro - cornéenne. Pour rendre exactement ces rapports, on a pratiqué une iridectomie correcte sur le cadavre, et l'on a reporté sur le dessin, au grossissement voulu, la situation exacte des deux ouvertures de la plaie.

Comme le sac conjonctival renferme encore des germes, même après un lavage minutieux, on pourrait croire que les plaies fraîches doivent très souvent s'infecter. Heureusement, l'infection de la plaie ne survient à présent que par exception, ce qui prouve que les germes du sac conjonctival sont peu à craindre. L'infection de la plaie, ainsi que l'ont montré les expériences, est beaucoup plus généralement due à l'emploi d'instruments malpropres. Il faut donc attacher la plus grande importance à leur stérilisation parfaite.

Pour juger de l'étendue et de la position d'une forme de section quelconque, l'on ne doit pas seulement prendre en considération l'ouverture *extérieure* visible de la plaie, mais encore l'*ouverture interne*. Les différences entre les deux, concernant la grandeur, la forme et la situation, dépendent, de ce que, le plus souvent, le couteau pénètre obliquement à travers les enveloppes de l'œil (fig. 206, *I* et *I*'). C'est surtout le cas pour les incisions faites au moyen du couteau lancéolaire. En effet, alors même qu'on enfonce la lance perpendiculairement, néanmoins on est obligé, dès que la pointe a pénétré dans la chambre antérieure, de la redresser de façon à la rendre parallèle à l'iris pour éviter de blesser non seulement cet organe, mais aussi le cristallin. Il s'ensuit donc que l'ouverture interne de la section est plus rapprochée (fig. 205, *ii*), du centre de la cornée, que l'ouverture externe (fig. 205, *aa*). C'est pour cette raison que les sections dont l'ouverture externe se trouve dans la sclérotique, qu'on appelle habituellement pour cela sections sclérales, n'en appartiennent pas moins à la cornée par leur ouverture interne (fig. 206, *I*). Ce qui concourt encore à produire ce résultat, c'est que la sclérotique empiète légèrement sur la cornée, qui, de cette façon, s'étend plus loin vers la périphérie par ses couches internes, qu'il

n'est permis de le voir de l'extérieur. Ainsi des sections même assez perpendiculaires, telles que la section périphérique linéaire de *v. Græfe* pour l'extraction de la cataracte (fig. 204), se trouvent pour une bonne part dans le tissu
cornéen. Le fait que la plaie interne est plus rapprochée du centre que la plaie
externe doit entrer en ligne de compte, quand on veut pratiquer une incision.
Se propose-t-on, par exemple, d'exciser l'iris jusqu'à un certain point, ce n'est
pas juste devant ce point que l'on doit faire pénétrer le couteau dans la cornée,
mais l'incision doit être pratiquée plus près de la périphérie, afin que la plaie
interne se trouve au point où l'on veut couper l'iris. — En outre, la plaie interne est
moins longue que l'externe (fig. 205 *aa* et *ii*). C'est là une circonstance qui a son
importance, notamment pour l'opération de la cataracte, dans laquelle il faut
veiller à ce que non seulement la plaie externe mais encore l'interne soient
suffisamment grandes pour lais-
ser passer la cataracte.

La *direction oblique* de la plaie
à travers les enveloppes de l'œil
influe aussi sur l'entre-bâillement des lèvres de la plaie. Plus
haut nous avons dit que les
plaies à lambeau s'entre-bâillent
plus facilement que les sections
linéaires. L'entre-bâillement plus
ou moins facile dépend davantage encore de la direction per-

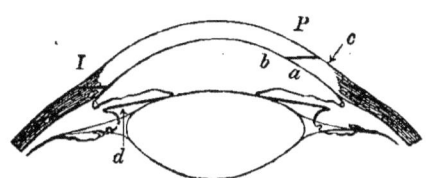

Fig. 206. — *Direction oblique de la plaie à travers les
membranes oculaires.* Fig. schématique. — *I* plaie d'iridectomie située à l'extérieur dans la sclérotique, en dedans dans
la cornée. *P* plaie de ponction, *a* lèvre périphérique, *b* lèvre
centrale de la plaie.

pendiculaire ou oblique de la section. Les sections pratiquées au moyen du
couteau de Græfe sont plus perpendiculaires, cet instrument traversant la cornée
ou la sclérotique de dedans en dehors. Celles faites par le couteau lancéolaire
sont, au contraire, plus obliques. Les sections de la première espèce s'entre-
bâillent sous l'influence de la rétraction élastique des bords de la plaie. Quant
aux plaies dirigées obliquement à travers les enveloppes oculaires, et pratiquées
au moyen du couteau lancéolaire, ces plaies ne s'entre-bâillent pas, parce que
leurs lèvres appliquées l'une sur l'autre se ferment comme une soupape. Leur
occlusion s'opère sous l'influence de la pression intra-oculaire. Celle-ci agit uniformément sur tous les points de la surface intérieure du bulbe. Son action se
porte avec la même intensité sur la lèvre postérieure de la plaie *a* (fig. 206) que
sur la lèvre antérieure *b*, d'où il suit que la première est pressée contre la dernière. C'est cette occlusion en soupape qui fait que, dans les ponctions de la
cornée, l'humeur aqueuse ne s'échappe pas, quand on retire la lance prudemment, et sans opérer ni rotation ni pression. Si l'on veut évacuer l'humeur
aqueuse (ou les masses cristalliniennes molles, dans l'extraction linéaire simple),
il faut commencer par entre-bâiller la plaie. Ce serait une erreur de vouloir
arriver à ce résultat en exerçant une certaine pression au milieu de la cornée
ou sur la sclérotique. Tout ce que l'on obtiendrait ainsi, ce serait d'augmenter
la pression intraoculaire de tout l'effort exercé extérieurement sur le bulbe, et
de presser d'autant plus violemment la lèvre postérieure contre la lèvre antérieure.

Ce ne serait que par une pression violente qui en ferait glisser les lèvres, que la plaie finirait par s'entre-bâiller. Le meilleur procédé est celui qui consiste à déprimer, au moyen de la curette de *Daviel*, la lèvre périphérique de la plaie et d'ouvrir ainsi la soupape (fig. 206, c).

L'occlusion parfaite des plaies faites au couteau lancéolaire diminue le danger du prolapsus irien. En effet, comment se produit le prolapsus irien ? Lorsque la cornée est perforée en l'un de ses points, l'humeur aqueuse afflue de toutes parts vers cet endroit, parce que la pression intraoculaire y est devenue nulle (c'est-à-dire devenue égale à la pression atmosphérique). Le liquide de la chambre antérieure arrive sans obstacles à l'ouverture, mais celui de la chambre postérieure doit d'abord passer par la pupille pour arriver dans la chambre antérieure et atteindre ainsi l'ouverture de la perforation. Supposons que l'ouverture soit située au niveau du bord interne de la cornée (fig. 206, I). Dans ce cas, le liquide des parties externes de la chambre postérieure passerait tout simplement à travers la pupille, pour s'échapper par l'ouverture, puisque cette voie serait la plus courte à prendre. Mais il n'en serait plus de même des parties de la chambre postérieure qui se trouvent du côté interne, vis-à-vis de l'ouverture de perforation. En effet, pour arriver à l'ouverture en passant par la pupille, le liquide est obligé de faire un détour qui est d'autant plus grand que la perforation se trouve davantage reculée vers la périphérie. Alors l'humeur aqueuse tendra à prendre le chemin le plus court et, poussant l'iris devant elle, affluera tout droit vers l'ouverture. Au point de vue de la physique, l'iris, à sa face postérieure, est soumis à la pression de l'humeur aqueuse non encore évacuée (fig. 206, d) ; en revanche, à sa face antérieure, la pression est nulle, ce qui fait que l'iris, refoulé vers l'ouverture, finit par s'y engager. Tel est le processus du développement du prolapsus irien, prolapsus qui n'est autre chose qu'une bourse formée par l'iris et remplie d'humeur aqueuse provenant de la chambre postérieure.

Il y a d'autant plus de *danger* qu'un *prolapsus irien* se produise : 1° que l'humeur aqueuse s'échappe avec plus de violence, parce qu'alors le temps laissé au liquide de la chambre postérieure est trop court pour lui permettre de faire le détour à travers la pupille. De là la règle, dans les ponctions, de laisser s'écouler l'humeur aqueuse aussi lentement que possible ; 2° que la pression oculaire est plus grande ; car, dans ce cas, la différence entre la pression de la chambre antérieure vide et de la chambre postérieure remplie est d'autant plus considérable. Si l'on pratique une iridectomie, dans un cas de glaucome, l'iris est d'habitude projeté hors de la plaie dans une grande étendue ; 3° que la plaie est située plus près de la périphérie. En effet, plus l'ouverture se rapproche de la périphérie, plus le détour à faire par l'humeur aqueuse à travers la pupille devient grand, plus aussi la chambre postérieure est profonde, en face de la section, et enfin plus est grande la quantité d'humeur aqueuse refoulant l'iris. C'est pourquoi les opérations à section périphérique doivent se combiner avec l'iridectomie, inutile dans les sections plus centrales ; 4° l'étendue et la forme de l'ouverture de perforation influent également sur la production du prolapsus irien. Il est évident que, pour que l'iris puisse s'y engager, l'ouverture doit avoir une certaine étendue. Lorsque, comme c'est le cas par exemple après la perforation d'un ulcère cornéen, l'ouverture a une forme circulaire, le prolapsus irien ne manque pas de se produire. Par contre, les plaies se fermant en soupape, telles que celles pratiquées par le couteau lancéolaire, sont relativement peu favorables aux enclavements iriens. On cherche donc à prévenir la perforation spontanée d'un ulcère en ponctionnant la cornée au moyen d'un couteau lancéolaire pour empêcher le prolapsus de l'iris et la synéchie antérieure qui en est la même conséquence.

Ce n'est pas seulement au moment de l'opération, mais encore ultérieurement, que le prolapsus peut se produire. Supposons par exemple que, pendant l'opération, l'on soit parvenu à éviter le prolapsus irien, ou s'il s'est produit, qu'on ait pu le réduire. Mais le lendemain, au moment où l'on renouvelle le pansement, on s'aperçoit que l'iris se trouve engagé dans la plaie. L'accident s'est produit parce que les lèvres de la plaie, à peine agglutinées, se sont rouvertes et, à ce moment, se sont présentées les mêmes conditions favorables au développement du prolapsus irien que pendant l'opération.

Il faut à tout prix prévenir le prolapsus et l'enclavement de l'iris dans la plaie opératoire. Quand il s'agit de plaies peu disposées aux prolapsus iriens, il suffit, pendant l'opération, de réduire soigneusement la hernie de l'iris. Mais si la section est telle que l'iris s'y engage facilement (comme l'est la section dans l'extraction sclérale de la cataracte), alors la reposition de l'iris n'assure nullement contre le prolapsus ; celui-ci peut se produire ultérieurement et se produit effectivement très souvent. Dans ces cas, le seul remède efficace est l'excision de l'iris. De quelle façon cette opération prévient-elle le prolapsus irien ? Est-ce parce qu'on enlève ainsi la partie de l'iris qui pourrait s'engager dans la plaie ? S'il en était ainsi, il faudrait exciser l'iris dans toute la longueur de la plaie, c'est-à-dire souvent sur une large étendue. Cependant cela n'est pas du tout nécessaire. En effet, l'iridectomie prévient bien plutôt le prolapsus irien, parce qu'à l'endroit de la plaie elle établit une communication directe entre les chambres postérieure et antérieure. De cette manière, l'humeur aqueuse qui s'accumule dans la chambre postérieure peut cheminer directement vers l'ouverture de la plaie, sans refouler l'iris. Or, pour que cela puisse avoir lieu, une petite ouverture est suffisante. C'est pour ce motif que, toujours, je combine l'extraction de la cataracte à lambeau scléral avec une iridectomie peu large, et je trouve que, en agissant ainsi, je parviens à éviter les enclavements iriens avec la même certitude (ou même avec plus de certitude) qu'en pratiquant un large colobome.

L'écoulement de l'humeur aqueuse, après l'ouverture de la cornée, fait supposer que la coque oculaire se contracte dans le même rapport. En effet, si la paroi bulbaire était complètement rigide, comme par exemple une capsule métallique, après ouverture, pas une goutte de liquide ne s'échapperait de l'orifice, à moins que l'on ne pratiquât une contre-ouverture en un autre point. La diminution du volume de la coque oculaire ne s'opère pas seulement par la contraction élastique des enveloppes de l'œil, mais encore par la pression des muscles extérieurs de l'œil, ainsi que des paupières. En outre, il faut que le diaphragme formé par le cristallin et la zonule soit suffisamment élastique, pour pouvoir bomber en avant après l'écoulement de l'humeur aqueuse. — Chez les vieillards dont la coque oculaire est rigide, et dont les yeux sont enfoncés dans l'orbite, de manière que ni les paupières ni les muscles n'exercent une notable pression, après l'évacuation de l'humeur aqueuse (surtout quand le cristallin est enlevé en même temps) la cornée s'affaisse souvent sous la pression de l'air extérieur, — *collapsus cornéen*. La production de cet accident est favorisée par la minceur de la cornée des vieillards, ainsi que par l'instillation de la cocaïne qu'on emploie pour l'opération et qui diminue la pression intraoculaire. Autrefois, on considérait le collapsus de la cornée comme un accident fâcheux, parce qu'il rend plus difficile l'adaptation exacte des lèvres de la plaie et qu'ainsi le danger de la suppuration augmenterait. Aujourd'hui nous savons que le collapsus cornéen ne nuit nullement à la cicatrisation. Il disparaît dès que l'humeur aqueuse s'est reproduite, ce qui généralement a lieu quelques minutes après l'opération. — Lorsque, après la production du collapsus cornéen, la cornée, grâce à son élasticité, tend à se relever, il se développe dans la chambre antérieure une pression négative, absolument comme cela a lieu pour une poire en caoutchouc, qui se distend quand on la relâche, après l'avoir comprimée avec la main. Par cette pression négative, une certaine quantité d'air peut être aspiré et une bulle d'air pénétrer dans la chambre antérieure. Cela n'entraîne aucun inconvénient pour l'œil. Ce qui est plus désagréable, c'est que, par l'action aspirante de la cornée, une hémorragie irienne se déclare et qu'ainsi la chambre aqueuse se remplisse de sang. Cet accident s'observe surtout lorsque — dans l'iridocyclite — la chambre aqueuse est séparée du corps vitré par un diaphragme solide (membranes exsudatives) qui, après l'évacuation de l'humeur aqueuse, ne se laisse pas assez refouler en avant. C'est pour cette raison qu'il se produit une abondante hémorragie, surtout lorsqu'on pratique une iridectomie ou une iridotomie sur des yeux qui sont le siège d'une iridocyclite. Dans ce cas, l'hémorragie est doublement désagréable, d'abord parce que le sang se résorbe très lentement, en second lieu parce qu'il s'organise en partie et ferme de nouveau la pupille nouvellement pratiquée. Pour empêcher la production de cette hémorragie *ex vacuo*, dès que la nouvelle pupille est pratiquée, j'applique aussi vite que possible un bandeau compressif sur l'œil opéré. Par la compression extérieure qu'il exerce, ce bandeau diminue le volume de la coque oculaire et comprime le corps vitré contre la cornée.

Sauf pour les cas que nous venons de mentionner, le *bandeau* à appliquer après l'opération doit être un simple bandeau protecteur et non pas un bandeau compressif. En effet, son but est uniquement de tenir l'œil fermé. D'ailleurs, un bandeau trop fortement comprimé peut même occasionner une rupture consécutive de la plaie. Il est inutile d'obscurcir la chambre où se trouve l'opéré. Il suffit d'empêcher par un écran la lumière de tomber directement sur lui. Pour prévenir la rupture de la plaie, on interdira tout effort physique. On considère comme tels une forte mastication, la toux, l'éternuement, etc. Le patient peut arrêter l'éternuement, en pressant avec le doigt contre le palais, au niveau du canal incisif, au moment où il se sent porté à éternuer.

Chez les vieillards, surtout quand ils sont buveurs, il n'est pas rare qu'il se

déclare du délire, notamment lorsque les deux yeux sont bandés. Dans ce cas,
l'œil non opéré doit être immédiatement laissé à découvert. Lorsqu'après l'opération des personnes vieilles et décrépites gardent pendant quelques jours le
repos sur le dos, les poumons deviennent facilement le siège d'hypostases qui
peuvent occasionner la mort du patient. Pour ce motif, les personnes vieilles et
affaiblies abandonneront promptement le lit (dès le lendemain de l'opération,
s'il est nécessaire). — D'autres accidents encore peuvent troubler la guérison.
Comme le plus souvent il est impossible de les prévoir, il est bon de ne jamais
opérer les deux yeux dans la même séance. L'opération et la marche de la guérison de l'un des yeux apprennent ce à quoi il faut s'attendre en opérant le
second. — En général, chez les petits enfants, on ne doit pas espérer qu'ils se
tiennent tranquilles après l'opération, et c'est pourquoi les larges incisions (dans
l'iridectomie et l'extraction de la cataracte) ne se cicatrisent souvent que difficilement. Chez eux, on ne choisira donc que les méthodes opératoires qui
n'exigent que de toutes petites plaies, comme, par exemple, la discision.

Pour la kératite traumatique après les opérations, voir page 211.

CHAPITRE II

OPÉRATIONS SUR LE GLOBE OCULAIRE

I. — PONCTION DE LA CORNÉE

§ 154. La ponction, ou la paracentèse de la cornée, peut se pratiquer au moyen du couteau lancéolaire ou du couteau de *Græfe*.

Pour pratiquer la *ponction au moyen du couteau lancéolaire*, on enfonce l'instrument perpendiculairement dans la cornée au voisinage de son bord extéro-inférieur. Dès que la pointe de la pique apparaît dans la chambre antérieure, on abaisse le manche de façon que la lame soit parallèle au plan de l'iris. Ensuite on pousse la lame encore un peu plus avant, pour donner à la plaie une longueur de 2-3 millimètres, puis on la retire très lentement. Pour faire écouler l'humeur aqueuse, il suffit de déprimer doucement, au moyen de la curette de *Daviel*, la lèvre périphérique de la plaie (fig. 206, *c*.) L'évacuation de l'humeur aqueuse doit se faire lentement, de préférence à plusieurs reprises.

La ponction au moyen du couteau lancéolaire se pratique :

1° Dans les ulcères progressifs de la cornée dont les progrès en largeur ou en profondeur ne peuvent pas être arrêtés par un traitement médical. Dans les ulcères de la cornée qui menacent de devenir perforants, on prévient la perforation trop brusque et un prolapsus irien. Lorsque le fond de l'ulcère est fortement bombé en avant, on choisit ce point pour pratiquer la ponction ;

2° Dans les ectasies de la cornée de différentes espèces, ainsi que dans les prolapsus iriens fortement bombés ou dans les staphylômes qui en proviennent. Dans ces cas, la ponction doit être suivie de l'emploi du bandeau compressif ;

3° Dans les inflammations rebelles de la cornée ou de l'uvée, ainsi que dans les opacités du corps vitré, dans le but d'agir favorablement sur la nutrition du globe oculaire en activant les échanges nutritifs ;

4° Dans l'hypertonie, quand on peut prévoir qu'elle sera passagère, par exemple dans l'iridocyclite ou la tuméfaction du cristallin ;

5° Après la discision quand, en dépit du gonflement du cristallin, la résorption subit un arrêt, car l'expérience prouve que, dans ce cas, il suffit de renouveler l'humeur aqueuse pour activer la résorption ;

6° Dans l'hypopyon très abondant, dans le but de l'évacuer. — Dans tous ces cas, il n'est pas rare que l'on soit obligé de répéter la ponction une ou plusieurs fois.

On pratique la ponction au moyen du *couteau* linéaire de *Græfe* dans l'abcès cornéen, d'après la méthode de *Sæmisch* (voir page 181). On enfonce le couteau de *Græfe*, le tranchant dirigé droit en avant, en dehors du bord externe de l'abcès, dans la partie encore saine de la cornée. Ensuite on pousse le couteau dans la chambre antérieure assez loin du côté nasal pour que la pointe en sorte en dedans du bord interne de l'abcès. Alors tout l'abcès se trouve au-devant du tranchant du couteau, qu'on n'a qu'à faire avancer pour fendre l'abcès d'arrière en avant. L'incision s'étendra par ses deux extrémités dans le tissu encore sain, et elle doit, autant que possible, être exécutée de façon à diviser par son milieu la partie progressive, la plus jaune du bord de l'abcès. Lorsque la section est achevée, on extrait l'hypopyon. Il faut rouvrir l'incision chaque jour (au moyen du couteau de *Weber* ou de la curette de *Daviel*), jusqu'à ce que l'abcès commence à se déterger.

Ponction de la sclérotique (sclérotomie). — On peut la pratiquer dans les parties antérieures de la sclérotique appartenant à la chambre antérieure, ou bien dans le segment postérieur qui est le plus grand, — sclérotomie antérieure ou postérieure.

Voici comment se pratique la *sclérotomie antérieure*, d'après *Wecker :* on enfonce le couteau de Græfe à 1 millimètre en dehors du bord externe, et on le fait sortir à la même distance en dedans du bord interne de la cornée. Ponction et contre-ponction sont donc situées symétriquement et pratiquées comme si l'on se disposait à former, dans la partie supérieure de la cornée, un lambeau de 2 millimètres de hauteur. Et effectivement, dès que la contre-ponction est achevée, on exécute de bas en haut quelques mouvements de va-et-vient comme pour former un lambeau, mais on retire le couteau avant d'achever la section. Au bord supérieur de la cornée, on conserve ainsi une languette de sclérotique qui réunit le lambeau au tissu voisin, et qui empêche l'entre-bâillement de la plaie. Par cette opération, on pratique donc dans le bord scléral deux sections séparées l'une de l'autre par une mince lamelle de sclérotique (fig. 203, s et s'). — La sclérotomie peut être pratiquée en bas, aussi bien qu'en haut.

En raison de la situation périphérique de la plaie, la sclérotomie prédispose fortement au prolapsus irien. On n'entreprendra donc cette opération que là où, au moyen de l'ésérine, on parvient à provoquer un miosis intense. Alors, le sphincter, spasmodiquement contracté, maintient l'iris dans la chambre antérieure. Si, en dépit de ces précautions, l'iris s'enclavait dans la plaie et ne pouvait se réduire convenablement, il ne resterait plus qu'à l'attirer au dehors et à l'exciser.

On pratique la sclérotomie dans le glaucome, mais les résultats n'en sont pas aussi sûrs, et certainement pas aussi durables que ceux de l'iridectomie. C'est pour ce motif que la sclérotomie est abandonnée par la plupart des opérateurs, ou qu'on ne l'exécute plus que dans certains cas exceptionnels. A ces cas appartiennent : 1° le glaucome simple, avec chambre antérieure profonde et sans hypertonie manifeste ; 2° le glaucome inflammatoire quand, par suite de son atrophie, l'iris est devenu si mince qu'on ne peut pas espérer exécuter une iridectomie suivant les règles ; 3° le glaucome hémorragique ; 4° l'hydrophtalmie ; 5° au lieu d'une seconde iridectomie dans les cas de glaucome où, en dépit d'une première iridectomie, exécutée correctement, une nouvelle hypertonie se manifeste.

La *sclérotomie postérieure* se pratique sur le segment postérieur de la sclérotique. L'incision sera exécutée suivant la direction d'un méridien, c'est-à-dire d'arrière en avant, parce que la plupart des fibres de la sclérotique se dirigeant dans ce sens, la plaie a moins de tendance à s'entre-bâiller. L'endroit de l'incision doit être choisi de façon à ne blesser ni un muscle de l'œil, ni le corps ciliaire. Afin d'éviter la blessure de ce dernier, l'incision doit rester au moins à 6 millimètres en arrière du bord de la cornée. Les indications de la sclérotomie postérieure sont :

1° *Le décollement de la rétine*. — On enfonce un large couteau de Græfe dans la sclérotique, à l'endroit qui correspond au plus fort décollement. Dès que le couteau a traversé la sclérotique, on lui fait subir un léger mouvement de rotation, de façon à obliger la plaie à s'entre-bâiller. A ce moment on remarque que, sous la conjonctive soulevée, il se forme une vésicule jaunâtre produite par le liquide sous-rétinien sorti de la plaie. Dès que le liquide a cessé de couler, on retire le couteau ;

2° Le *glaucome*, lorsque la chambre antérieure a disparu et que l'iridectomie est devenue techniquement impossible (certains cas de glaucome malin et absolu). L'opération se pratique de la même manière que dans le décollement rétinien, seulement ce n'est pas du liquide sous-rétinien, mais un peu de corps vitré qu'on laisse s'échapper. En outre, en raison de la consistance plus grande du corps vitré, l'on est le plus souvent obligé de faire l'incision un peu plus longue. Après la sclérotomie, d'ordinaire la chambre antérieure se rétablit, et il devient possible d'exécuter alors une iridectomie ;

3° On fera une section méridienne d'une plus grande étendue, quand il s'agit d'*extraire* du corps vitré soit un corps étranger, soit un cysticerque.

II. — IRIDECTOMIE

§ 155. On exécute l'iridectomie, d'après *Beer*, de la manière suivante : on enfonce le couteau lancéolaire dans le voisinage du bord cornéen, tantôt plus vers la périphérie, tantôt plus vers le centre, suivant qu'on se dispose à exciser l'iris plus ou moins près de son insertion ciliaire. La lance pénètre perpendiculairement, jusqu'à ce que la pointe en apparaisse dans la chambre antérieure. A ce moment, on abaisse le manche de façon à rendre la lame parallèle au plan de l'iris. Ensuite on la fait avancer jusqu'à ce que l'incision ait acquis une largeur suffisante (4-8 millimètres, d'après l'étendue d'iris que l'on compte exciser). En outre, il faut tenir la lance de façon que l'incision soit concentrique au bord cornéen. Il faut également retirer le couteau lentement, en le faisant glisser contre la paroi postérieure de la cornée, pour ne pas blesser l'iris ou le cristallin, qui s'avancent au moment où l'humeur aqueuse s'échappe. Après avoir pratiqué l'incision, on introduit dans la chambre la pince à iridectomie fermée, et on l'avance jusqu'au bord de la pupille. A ce moment, on ouvre la pince, et, en pressant légèrement sur l'iris, on en saisit un pli ; ensuite on entraîne l'iris au dehors, et, au moment où il est le plus tendu, on le sectionne à ras de la plaie, à l'aide des ciseaux courbes ou des pinces-ciseaux de Wecker. Alors l'opération est terminée, et il ne reste plus qu'à refouler doucement l'iris dans la chambre antérieure à l'aide d'une spatule introduite dans la plaie, afin qu'après l'opération la pupille et le colobome aient une forme convenable.

Les *indications* de l'iridectomie sont :

1° *Des obstacles optiques*. — Ils consistent en opacités des milieux réfringents dans le champ pupillaire. A ces opacités appartiennent : *a*) des opacités cornéennes ; *b*) une membrane pupillaire (occlusion de la pupille) ; *c*) des opacités du cristallin, telles que la cataracte zonulaire, la cataracte nucléaire, ou la cataracte polaire antérieure, d'un diamètre très grand, enfin la cataracte rétractée qui ne s'étend pas loin vers la périphérie ; *d*) la subluxation du cristallin où il s'agit de placer la pupille devant la partie privée de cristallin.

Pour qu'une iridectomie optique puisse être exécutée avec avantage, les *conditions* suivantes sont nécessaires :

a) L'opacité doit être assez *dense* pour empêcher la formation d'images nettes sur la rétine. Il ne suffit donc pas que les troubles de la vue consistent en un simple éblouissement. Dans ce cas, l'iridectomie ne servirait qu'à le rendre plus gênant encore. Souvent on commet l'erreur de pratiquer l'iridectomie pour des opacités relativement légères et, au lieu d'améliorer la vue, on la rend plus mauvaise. Pour éviter une semblable méprise, on commence par déterminer soigneusement l'acuité visuelle, puis on instille de l'atropine et on renouvelle l'examen. Lorsque la vue est beaucoup meilleure après qu'avant la dilatation pupillaire, l'iridectomie est indiquée ; sinon, il faut y renoncer ;

b) L'opacité doit être *stationnaire*. Ainsi, dans les opacités de la cornée, le processus inflammatoire doit être entièrement terminé et, dans les opacités du cristallin, on n'opère que lorsqu'on a affaire à l'une des formes stationnaires. Si l'on en agissait autrement, on courrait le risque de voir se troubler ultérieurement l'endroit choisi pour l'établissement de la pupille artificielle ;

c) Il faut que les *organes de la perception lumineuse* — rétine et nerf optique — soient normaux. On s'en assure par l'examen de l'acuité visuelle, qui doit correspondre à peu près aux obstacles optiques visibles. Lorsque l'opacité est telle qu'elle ne laisse plus subsister que la vision quantitative, il faut procéder à l'examen au moyen de la flamme d'une bougie. Pour cela, on rend la chambre obscure, et on se place vis-à-vis du patient, une bougie allumée à la main. Alors, tantôt on met la main devant la lumière, tantôt on la retire, et on s'assure ainsi si le patient indique convenablement les alternatives du clair et de l'obscur. On pratique d'abord cet examen à proximité du patient et on s'éloigne de plus en plus jusqu'à ce que l'on ait trouvé la distance la plus grande à laquelle il est encore capable de distinguer la clarté de l'obscurité. De cette manière, on détermine la sensibilité à la lumière directe. Pour explorer l'étendue du champ visuel, on fait fixer le patient droit devant lui et l'on approche graduellement une bougie de côté jusqu'en face de lui ; on lui demande à quel moment la lumière est aperçue et de quel côté elle se trouve. De cette façon, on parvient à déterminer, de tous les côtés, les limites du champ visuel.

L'opacité la plus épaisse n'arrive pas à supprimer la vision quantitative au centre et à la périphérie. Aussi, lorsque la rétine et le nerf optique sont sains, la lueur de la bougie, placée en face du patient, doit être aperçue à la distance d'au moins 6 mètres ; elle doit être vue de tous les côtés et sa position doit être exactement indiquée. S'il en est autrement, les organes de la perception lumineuse ne sont pas normaux. Le point de savoir s'il faut procéder ou non à une iridectomie optique dépend du degré de conservation de la perception lumineuse. — Ces observations, touchant la sensibilité à la lumière, s'appliquent, d'ailleurs, non seulement à l'iridectomie, mais à toute opération entreprise dans le but de rétablir l'acuité visuelle, notamment à l'opération de la cataracte.

Comme *contre-indications* de l'iridectomie optique, nous devons citer : 1° une perception lumineuse défectueuse ou nulle ; 2° un strabisme de l'œil porteur de l'opacité. Dans ce cas, alors même que, au point de vue technique, l'opération serait suivie des meilleurs résultats, la vue ne serait guère améliorée, ces yeux étant le siège d'une amblyopie par anopsie ; 3° l'aplatissement de la cornée. En effet, les yeux dont la cornée est aplatie ont certainement été atteints non seulement d'une kératite, mais encore d'une iridocyclite qui a laissé derrière l'iris des membranes exsudatives épaisses. C'est pourquoi, alors même que l'on réussirait effectivement à exciser l'iris, on n'aurait pas encore établi une ouverture libre, on se trouverait, au contraire, devant les couennes exsudatives impossibles à perforer ; 4° l'enclavement de tout le bord pupillaire dans une cicatrice cornéenne, avec adossement consécutif du diaphragme irien à la paroi postérieure de la cornée. Dans ce cas, on ne réussit pas à exciser un morceau d'iris, car celui-ci est devenu très fragile par suite de son atrophie et a contracté de trop solides adhérences avec la cornée.

Le *colobome*, que l'on établit dans un but optique, doit être disposé de telle manière qu'il occasionne le moins d'éblouissement possible. Ce but est atteint quand le colobome est étroit et ne s'étend pas jusqu'au bord cornéen (fig. 207, *O*). Si l'excision s'étendait jusqu'à la racine de l'iris, elle mettrait à nu le bord du cristallin, ainsi que l'espace qui le sépare des procès ciliaires et laisserait ainsi pénétrer dans l'œil une grande quantité de rayons irrégulièrement réfractés. Pour que le colobome soit étroit et pas trop périphérique, l'incision doit être courte et se trouver au niveau du limbe ou même un peu en dedans. Il est évident qu'il faut faire une exception pour les cas où, seules, les parties marginales de la cornée sont restées transparentes. En effet, dans ce cas, l'iridectomie ne saurait être pratiquée ailleurs que tout à fait à la périphérie.

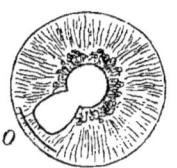

Fig. 207. — *Iridectomie optique.* — L'incision siège toute entière dans la cornée, le colobome est étroit et n'atteint pas le bord ciliaire de l'iris.

Comme *lieu d'élection* du colobome, on choisit l'endroit où les milieux sont le plus transparents. Si la chose est possible, on évite de placer le colobome en haut, car il serait couvert en partie par la paupière supérieure. Lorsque les milieux sont partout également transparents à la périphérie, (dans les cicatrices cornéennes tout à fait centrales, lorsqu'il y a une membrane pupillaire, ou dans la cataracte périnucléaire), on exécute l'iridectomie du côté inféro-interne (fig. 207), parce que, dans la plupart des yeux, la ligne visuelle traverse la cornée un peu en dedans de son sommet (voir p. 666).

§ 156. 2° *L'hypertonie.* — L'iridectomie est indiquée dans le glaucome primitif, ainsi que dans le glaucome secondaire résultant d'ectasies de la cornée ou de la sclérotique, ou bien encore de séclusion pupillaire, d'iridochoroïdite, etc. Dans le glaucome hémorragique, souvent l'iridectomie ne réussit pas. — En général, le succès de l'opération est d'autant plus certain qu'elle est exécutée de meilleure heure. Cependant on opère encore quelquefois dans les cas d'hypertonie, bien que la perception lumineuse soit perdue, c'est-à-dire alors qu'il ne saurait être question de rétablir la vision. Dans ce cas, le but de l'iridectomie est de combattre les douleurs ou de prévenir la dégénérescence ultérieure (notamment l'ectasie) du globe oculaire.

Dans l'iridectomie pratiquée pour combattre l'hypertonie, le colobome — à l'inverse de l'iridectomie optique — doit être large et s'étendre jusqu'au bord ciliaire de l'iris. Dans ce but, on place l'incision aussi loin que possible dans la sclérotique, et on la fait très large (fig. 208). Lorsqu'en pratiquant l'iridectomie on n'a pas à s'arrêter en même temps à des considérations optiques, on l'exécute en haut, afin qu'ainsi le colobome soit partiellement caché par la paupière supérieure et que l'éblouissement soit moins prononcé.

3° *Cicatrices ectatiques de la cornée* (staphylômes partiels), pour en obtenir l'aplatissement. On parvient à ce résultat d'autant plus tôt que le staphylôme est plus jeune et à parois plus minces, c'est-à-dire que le prolapsus irien est plus récent.

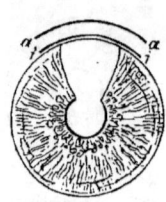

FIG. 208. — *Incision d'une iridectomie pour glaucome.* — *aa* ouverture extérieure de la plaie, *ii* ouverture intérieure située à la limite scléro-cornéenne. Pour rendre exactement ces rapports, on a pratiqué une iridectomie correcte sur le cadavre, et l'on a reporté sur le dessin, au grossissement voulu, la situation exacte des deux ouvertures de la plaie.

4° *L'iritis récidivante.* — L'iridectomie peut prévenir les récidives. Pourtant, la réussite n'est pas constante. Quand on opère dans ce but, il faut choisir le moment où l'inflammation fait défaut.

5° *La fistule de la cornée.* — Le but de l'iridectomie, dans ce cas, est de permettre à la fistule de se cicatriser solidement. Pour entreprendre l'opération, il faut attendre qu'il y ait au moins une trace de chambre antérieure; sinon, l'iridectomie est impossible pour des raisons techniques.

6° Quelquefois, l'on ne parvient à extraire les *corps étrangers* qui se trouvent dans l'iris qu'en excisant le lambeau dans lequel ils sont logés. Il en est de même pour les kystes et les petites tumeurs de l'iris.

7° Comme *opération préliminaire* de l'extraction de la cataracte, on pratique l'iridectomie : a) quand il s'agit de cataractes compliquées (avec synéchies postérieures, hypertonie, etc.). Dans l'opération de la cataracte non compliquée, certains opérateurs exécutent aussi une iridectomie « préparatoire », dans l'espoir de rendre par là plus simple et, par conséquent, moins dangereuse, l'extraction de la cataracte elle-même ; b) dans les cataractes non mûres, pour en hâter la maturation. Ce procédé, indiqué par *Förster*, consiste à masser circulairement la cornée, au moyen d'un instrument mousse (la curette de Daviel ou un crochet à strabisme), après l'excision de l'iris. Comme la cornée est assez mince pour se laisser déprimer par le massage, cette manœuvre agit aussi sur le cristallin, dont les couches antérieures sont comprimées et en partie dissociées. Mais, pour que cet effet se produise, il faut que l'on ait affaire à un noyau cristallinien dur, contre lequel on puisse comprimer l'écorce molle. Ce massage a cette conséquence que, au bout de quelques semaines ou de quelques jours même, le cristallin s'opacifie totalement. Toutefois, on ne procédera à l'extraction de la cataracte qu'après quatre semaines au plus tôt.

Dans les cas où l'iridectomie est pratiquée comme acte préliminaire d'une extraction de cataracte, l'excision de l'iris doit se faire en haut, afin de pouvoir utiliser le colobome, pour l'extraction de la cataracte qui, généralement, se fait par le haut.

Au point de vue de l'acuité visuelle, l'effet d'une iridectomie optique reste très souvent en dessous de ce que le médecin et le patient en avaient attendu. Cette remarque s'applique notamment à l'iridectomie pratiquée dans le cas de cicatrices de la cornée. Il faut attribuer à plusieurs causes cette faiblesse de la vue qui persiste si souvent, même après une opération parfaitement réussie. Tout d'abord, dans la partie que l'on a choisie pour pratiquer l'iridectomie, existe le plus souvent un notable degré d'astigmatisme. Celui-ci dépend en partie de la cicatrice qui l'avoisine, en partie de l'opération elle-même. Ajoutez-y la réfraction astigmatique des rayons lumineux qui — dans les parties périphériques du colobome — passent par le bord du cristallin. Cet astigmatisme, pour la plus grande partie irrégulier, est d'autant plus sensible que la nouvelle pupille est plus large, et moins ou plus du tout mobile, et qu'elle n'est par conséquent plus susceptible de diminuer les cercles de diffusion (voir page 714). En outre, vis-à-vis du colobome la cornée est souvent beaucoup moins transparente qu'on ne le supposait avant l'iridectomie. Ainsi, des opacités peu intenses s'aperçoivent à peine quand, derrière elles, se trouve un iris clair, mais dès que, après l'iridectomie, elles se trouvent devant un colobome noir, aussitôt elles frappent le regard. La désillusion est plus grande encore lorsque, après avoir terminé l'iridectomie, on trouve un colobome blanc au lieu d'un noir, parce que le cristallin est opaque.

Il est évident, d'ailleurs, que le degré de l'acuité visuelle récupérée dépend de l'état des parties sensibles à la lumière, état qui a été examiné avant l'opération. Au sujet de cette épreuve, il faut particulièrement faire observer qu'en *examinant la périphérie du champ visuel*, il ne suffit pas de demander si la lumière que l'on tient latéralement est perçue, mais encore où elle se trouve. Au besoin, on demande au patient d'en indiquer la place au moyen du doigt, ou de la prendre avec la main. Il n'est pas rare en effet qu'aussitôt que la flamme de la bougie paraît dans la périphérie du champ visuel, le patient perçoive la lueur, mais qu'il se trompe sur l'endroit où elle se trouve. Ainsi, par exemple, il prétendra, chaque fois, que la bougie se trouve à droite, alors qu'on la tient en un tout autre point. Voici comment cette erreur s'explique : lorsqu'un œil dont les milieux sont transparents est examiné dans une chambre obscure, au moyen d'une bougie, l'image de celle-ci se produit sur un point diamétralement opposé de la rétine, et tout le reste de celle-ci est privé de lumière et a la sensation de l'obscurité. Si la partie de la rétine qui se trouve vis-à-vis de la lumière était insensible, aucune lumière ne

serait vue. Il n'en est pas de même pour un œil dont les milieux sont troubles.
Dans celui-ci, les rayons venant de la lumière sont tellement dispersés par les
opacités que toute la rétine en est illuminée, quel que soit l'endroit où se trouve
la source lumineuse. Sans doute, l'éclairage de la rétine n'est pas uniforme.
Toujours les parties de la rétine situées vis-à-vis de la lumière reçoivent un plus
grand nombre de rayons que le reste du champ rétinien, et c'est pour cela que le
malade est en état d'indiquer où se trouve la lumière. Mais rien n'empêcherait
qu'il ne la vît aussi, lors même que le point de la rétine placé en regard de la

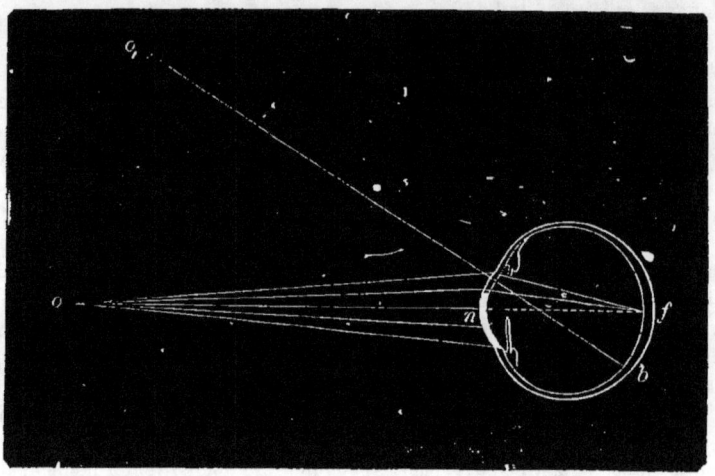

Fig. 209. — *Marche des rayons à travers une pupille excentrique.*

bougie serait insensible, puisque le reste de la rétine reçoit également de la
lumière. Admettons que toute la rétine soit devenue insensible, sauf dans une
région située du côté temporal. Quel que soit le côté où l'on tienne la bougie,
cette région recevra et percevra de la lumière diffuse. Le patient projettera cette
perception à l'endroit opposé du monde extérieur, et il s'imaginera toujours voir
la lumière du côté nasal. Il ne suffit donc pas que la lumière soit vue, pour être
certain que toutes les parties rétiniennes fonctionnent normalement, il faut
encore que, chaque fois, la situation de la lumière soit exactement indiquée.

Comment faut-il diriger l'œil pour voir avec une *pupille située excentriquement?*
Supposons un œil portant une cicatrice cornéenne centrale *n* (fig. 209), telle que
la vue ne soit possible que par un colobome et que celui-ci siège en haut. Cet
œil, pour fixer un objet *o*, doit-il s'abaisser de manière que le colobome se
trouve vis-à-vis de cet objet? Nullement. Dans cet œil, les rayons se réfractent
absolument comme dans un œil sain. La seule différence consiste en ce que, de
tout le cône lumineux émis par l'objet *o*, il n'y a que les rayons supérieurs, c'est-
à-dire ceux qui correspondent au colobome, qui pénètrent dans l'intérieur de
l'œil. Ils projettent leur image dans la fovea *f*, lorsque l'objet se trouve sur le

trajet de la ligne visuelle. Un objet o' qui se trouve vis-à-vis du colobome, projetterait son image en b, c'est-à-dire en-dessous de la fovea, et il ne serait pas vu par les parties centrales de la rétine. Donc un œil à pupille excentrique fixe absolument comme un œil normal. Il n'est pas inutile d'insister sur ce point, parce que, sous ce rapport, il règne chez beaucoup de personnes des idées erronées. Ainsi, dans une monographie très savante sur la rétinite pigmentaire, on peut lire que, dans cette affection, lorsqu'il existe des opacités cristalliniennes centrales, une iridectomie n'est d'aucune utilité, parce qu'alors les images des objets tomberaient sur les parties périphériques de la rétine, lesquelles sont insensibles? Cela n'arriverait dans tous les cas que lorsque les objets eux-mêmes se trouveraient dans la périphérie du champ visuel.

Ces observations répondent également à la question de savoir s'il se manifeste de la diplopie chez une personne qui porte aux deux yeux des colobomes situés asymétriquement, par exemple en haut dans l'œil droit, en dedans dans l'œil gauche. Dans ce cas la vision binoculaire est simple, puisque dans les deux yeux l'objet fixé projette son image sur le même point, c'est-à-dire sur la fovea, quelle que soit la situation du colobome.

Lorsque la chambre antérieure est peu profonde, l'*exécution* de l'iridectomie est difficile. C'est le cas, lorsque l'iris est bombé en avant, quand il est enclavé dans la cornée, dans le glaucome, dans la fistule de la cornée, etc. Dans tous ces cas, on ne peut pas avancer la lance très loin, sinon on la ferait pénétrer dans l'iris ou le cristallin. Alors, pour donner à l'incision une longueur suffisante, il faut élargir latéralement la section en retirant la lance. Dans des cas semblables, pour exécuter la section, on peut se servir du couteau de Græfe, mais seulement quand il s'agit d'une incision à faire au niveau du bord supérieur ou du bord inférieur de la cornée. On ne saurait exécuter des sections verticales avec le couteau de Græfe, parce que le rebord orbitaire gêne le maniement de cet instrument.

Les *accidents fâcheux*, qui peuvent survenir pendant l'iridectomie, sont : 1° la lésion de l'iris ou du cristallin par la lance, soit par la maladresse de l'opérateur, soit par le défaut de tranquillité du patient. La blessure de la capsule du cristallin produit une cataracte traumatique qui non seulement occasionne un nouvel obstacle à la vue, mais encore menace l'œil d'une inflammation ou d'une hypertonie; 2° l'iridodialyse. Cet accident rend l'excision de l'iris plus difficile, occasionne une abondante hémorragie et fait que souvent il existe une double pupille (voir page 343) ; 3° celle-ci peut encore résulter de ce que, à l'endroit où l'iridectomie est exécutée, le sphincter de la pupille n'est pas excisé, de façon que, semblable à un pont, il établit une séparation entre la pupille et le colobome. Cet accident dépend tantôt d'une solide adhérence du bord pupillaire avec la capsule du cristallin, de sorte que, lorsqu'on attire l'iris, ce bord pupillaire résiste et ne suit pas, tantôt de ce qu'on a coupé l'iris avant qu'il ne fût suffisamment attiré hors de la plaie. On n'aura pas à regretter ce fâcheux accident si l'on observe les deux règles suivantes : la première, c'est de ne pas saisir l'iris avec la pince, avant d'avoir poussé celle-ci jusqu'au bord pupillaire, de façon à pouvoir pincer ce bord lui-même. La seconde règle consiste à ne pas couper l'iris avant de l'avoir suffisamment attiré pour en voir la face postérieure noire. — Si, malgré ces précautions, le sphincter est encore resté en place, on réintroduit, dans la chambre antérieure, un crochet mousse, on attire le pont du sphincter et on l'excise; 4° quand on opère dans le cas d'une synéchie postérieure totale, il arrive souvent que le pigment rétinien de l'iris reste, au niveau du colobome adhérent à la cristalloïde, à laquelle il est intimement fixé par un exsudat organisé. Alors, immédiatement après l'iridectomie, on s'imagine avoir formé un beau colobome noir ; mais, au moyen de l'éclairage latéral, on se convainct bientôt qu'au lieu d'être noir il est d'un brun sombre, c'est-à-dire couvert de pigment. Dans ce cas, l'effet de l'opération sur la vue est nul. Il arrive aussi fréquemment que, dans les cas de synéchie postérieure totale, on ne parvienne pas du tout à entraîner l'iris dans la plaie pour l'exciser. Car, d'un côté, il est si fragile et, de l'autre, si solidement adhérent au cristallin, qu'on doit se contenter d'arracher avec la pince de petits lambeaux de l'iris, au lieu de l'entraîner dehors. Dans cette occurrence, aussi bien que lorsque le feuillet pigmentaire est resté en place, il n'y a pas d'autre parti à prendre que d'enlever en même temps le cristallin, même s'il est encore transparent; 5° le prolapsus du corps vitré s'observe dans l'iridectomie, surtout quand la zonule est malade, comme, par exemple, dans la luxation du cristallin ou l'hydrophtalmie.

III. — IRIDOTOMIE

§ 137. L'iridotomie consiste à inciser simplement l'iris, et non pas à en exciser un lambeau, ce qui distingue cette opération de l'iridectomie. Son but est de pratiquer une ouverture dans l'iris, pour créer une nouvelle pupille. Comme l'incision de l'iris intéresserait en même temps le cristallin situé derrière lui, et qu'ainsi elle produirait une cataracte traumatique, l'iridotomie est une opération qui ne convient que pour des yeux privés de leur cristallin. Le plus souvent, il s'agit d'yeux qui ont été opérés de la cataracte, mais dont l'acuité visuelle s'est ultérieurement perdue de nouveau par iridocyclite. Dans ces cas, l'iris forme avec la membrane exsudative et la cataracte secondaire un diaphragme solide qui sépare la chambre antérieure du corps vitré. Pour rétablir la vue, il faut percer ce diaphragme. On peut y arriver au moyen d'une simple incision, dirigée de façon à couper le diaphragme perpendiculairement à l'endroit de sa plus forte tension. Alors la section s'entre-bâille par la rétraction de ses lèvres, et il se produit une pupille en forme de fente (pupille de chat). L'opération se pratique :

a) Au moyen du *couteau de Græfe*. On le pousse à travers la cornée et le diaphragme, et l'on coupe ce dernier perpendiculairement à la direction de sa plus forte tension. Cette méthode n'est pourtant applicable que lorsque le diaphragme n'est pas trop épais ; s'il en était autrement, le couteau rencontrerait une forte résistance et, en faisant des tentatives pour ponctionner le diaphragme, on ne manquerait pas de tirailler le corps ciliaire, ce qui pourrait être le point de départ d'une nouvelle iridocyclite ;

b) Au moyen des *pinces-ciseaux de Wecker.* Avec le couteau lancéolaire, on pratique près du bord cornéen une ponction par où l'on introduit les pinces-ciseaux fermés dans la chambre antérieure. Arrivé là, on ouvre l'instrument et, avec la branche aiguë postérieure, on perfore le diaphragme, tandis que la branche antérieure reste dans la chambre antérieure. Ensuite, on pousse encore un peu les pinces-ciseaux, on ferme et, on coupe ainsi le diaphragme perpendiculairement à la direction de la plus grande tension. Cette opération est plus compliquée que la première et ordinairement accompagnée de perte du corps vitré. En revanche, elle n'occasionne aucun tiraillement, puisqu'on fend ici le diaphragme, absolument comme l'on coupe en deux une feuille de papier.

L'iridotomie échoue souvent à cause de la trop grande résistance du diaphragme, qui peut même quelquefois être ossifié. D'autre part, un résultat, très beau immédiatement après l'opération, peut se perdre lorsque l'iridotomie, réveillant l'iridocyclite, provoque la formation de nouveaux exsudats qui oblitèrent la pupille nouvellement créée. Pour cette raison, avant de recourir à une iridotomie, on attend, autant que faire se peut, que tous les symptômes inflammatoires aient disparu, bien entendu, si aucune circonstance étrangère, telle que la protrusion de l'iris, l'hypertonie ou l'atrophie commençante du bulbe n'oblige à procéder plus tôt à l'opération.

IV. — DISCISION DE LA CATARACTE

a) Discision des cataractes molles

§ 158. La discision d'une cataracte molle a pour but d'ouvrir la cristalloïde antérieure, pour provoquer la résorption du cristallin. La discision se pratique au moyen de l'aiguille falciforme que l'on pousse à travers la cornée (kératonyxis) (1). L'endroit où l'on ponctionne est le centre du quadrant inféro-interne de la cornée, dans lequel on plonge l'aiguille normalement à la surface cornéenne. Une fois l'aiguille arrivée dans la chambre

(1) νύττειν. ponctionner.

antérieure, on la pousse jusqu'à la capsule antérieure du cristallin que l'on déchire en y pratiquant une ou plusieurs incisions, au niveau de la pupille préalablement dilatée au moyen de l'atropine. Il faut manier l'aiguille délicatement, sans exécuter de pression, mais en lui imprimant de simples mouvements de levier. En outre, les incisions ne doivent pas pénétrer profondément dans le cristallin. Ensuite on retire l'aiguille rapidement pour éviter l'écoulement de l'humeur aqueuse.

Après l'opération, l'humeur aqueuse pénètre par la plaie de la cristalloïde dans le cristallin qui se tuméfie et se résorbe graduellement, ainsi que nous l'avons expliqué en détails à propos de la cataracte traumatique (voir p. 444). En effet, la discision n'est autre chose que l'imitation d'une blessure de la capsule cristallinienne, telle qu'elle se produit si souvent par accident.

La discision convient pour toutes les cataractes molles, c'est-à-dire pour toutes celles qui sont susceptibles d'une complète résorption, parce qu'elles ne possèdent pas de noyau dur. Tel est le cas chez les enfants et les jeunes gens. On peut pratiquer aussi la discision dans les cataractes non mûres, c'est-à-dire dans celles qui contiennent encore quelques parties transparentes, pour en obtenir l'opacification complète par l'action de l'humeur aqueuse. Sous ce rapport, la discision trouve son indication la plus fréquente dans la cataracte périnucléaire.

Le principal avantage de la discision réside dans l'innocuité de l'opération même et la simplicité du traitement consécutif. En effet, comme la petite piqûre de la cornée se referme aussitôt, le patient n'est pas forcé de garder le lit après l'opération et peut déjà dès le lendemain enlever le pansement. Lorsque tout se passe normalement, la seule chose qui reste à faire est de maintenir la pupille dilatée par l'atropine jusqu'à ce que la résorption soit terminée. Aussi la discision est la plus sûre des opérations de cataracte applicables aux petits enfants, auxquels on ne peut pas imposer la tranquillité après l'opération.

Le temps nécessaire pour la résorption complète du cristallin comporte d'ordinaire plusieurs mois. Pendant cet intervalle de temps, diverses circonstances peuvent se présenter, qui rendent nécessaire l'intervention du médecin. Cette intervention est réclamée tantôt par une tuméfaction trop violente, tantôt, au contraire, par un arrêt du gonflement et de la résorption du cristallin.

La *tuméfaction trop violente* du cristallin peut dépendre d'une incision trop large de la capsule, qui permet à l'humeur aqueuse d'envahir le cristallin sur une trop grande étendue. D'autres fois, le cristallin est doué d'une propension spéciale à se tuméfier, qui se remarque même après de petites incisions capsulaires. Mais, comme il est impossible de préjuger le

degré de cette propension, on conseille, au moment de la première discision, de ne pratiquer qu'une incision courte et peu profonde. — Le gonflement trop rapide peut avoir pour conséquence soit une hypertonie, soit une
iritis. L'hypertonie se manifeste par l'aspect mat de la surface cornéenne,
l'augmentation palpable de la tension oculaire et le rétrécissement du
champ visuel. Si on ne la combattait pas, elle finirait par entraîner une
amaurose par excavation du nerf optique. Quant à l'iritis, elle se développe en partie sous l'influence des violences mécaniques exercées sur
l'iris par les masses cristalliniennes tuméfiées (compression), en partie
par des irritations chimiques. L'hypertonie aussi bien que l'iritis sont à
craindre, particulièrement chez les personnes âgées, qui supportent plus
difficilement le gonflement cristallinien. On prévient ces accidents, en
maintenant au moyen de l'atropine la pupille très large, afin de diminuer,
autant que possible, le contact des masses cristalliniennes gonflées avec
l'iris. On combat le plus efficacement le gonflement exagéré, en appliquant
des compresses glacées dont l'action est, d'ailleurs, antiphlogistique en
même temps. Si néanmoins il se manifeste de l'hypertonie, il faut recourir
à la ponction et au besoin la répéter plusieurs fois. On peut aussi pratiquer
dans la cornée une incision plus large, comme on le fait pour l'extraction
linéaire simple (§ 161), et extraire par là, autant qu'on le peut, les masses
cristalliniennes tuméfiées.

A l'inverse des cas précités, il y en a d'autres où, dès le début, le gonflement et la résorption se manifestent d'une manière *insuffisante*. Il s'agit
alors de cristallins moins susceptibles de se gonfler, tels qu'on les rencontre particulièrement chez les individus âgés. Ailleurs encore, tout va
bien au début, mais, lorsqu'une partie du cristallin s'est résorbée, la tuméfaction et la résorption s'arrêtent. Ordinairement, ce fait dépend de ce que
la capsule s'est cicatrisée et qu'ainsi la communication entre l'humeur
aqueuse et les fibres cristalliniennes est interrompue. Dans l'un comme
dans l'autre cas, l'on doit répéter la discision, mais alors on doit y aller
plus hardiment que dans la première opération et ouvrir la capsule sur
une plus grande étendue. Il arrive quelquefois que toute la chambre antérieure est remplie de fragments de cristallin gonflé dont la résorption ne
marche pas. Alors, d'après *Werneck*, on peut, par une ponction, laisser
s'échapper l'humeur aqueuse qui se renouvelle et, dans ce cas, la résorption
recommence. — Il n'est pas rare que, pour obtenir la guérison complète
d'une cataracte au moyen de la discision, l'on doive répéter deux ou trois
fois l'opération.

La discision est *contre-indiquée* :

1° Chez les gens âgés, car leurs cristallins possèdent déjà un noyau et,
en outre, ils supportent mal le gonflement du cristallin ;

2° Dans la subluxation du cristallin qu'on reconnaît parce qu'il tremblote. Dans ce cas, l'exécution de la discision est matériellement impossible, car le cristallin insuffisamment fixé cède devant l'aiguille à discision ;

3° Lorsque la cristalloïde est considérablement épaissie, car alors aussi l'aiguille à discision luxerait le cristallin, plutôt que de rompre la capsule ;

4° En présence de synéchies postérieures qui empêchent la dilatation de la pupille par l'atropine. Dans ce dernier cas, il faudrait faire précéder la discision d'une iridectomie.

b) Discision de cataractes membraneuses (dilacération)

§ 159. Par la discision des cataractes membraneuses, on ne cherche pas à en obtenir la résorption, puisque les cataractes ratatinées ne contiennent que peu ou point de matières résorbables. Le but qu'on se propose, en déchirant la cataracte membraneuse, c'est de pratiquer une ouverture libre. Cette opération porterait donc mieux le nom de dilacération de la cataracte. Elle peut s'exécuter soit par la cornée, soit par la sclérotique.

Quand on choisit la *cornée* (kératonyxis), la ponction se fait au centre du quadrant inféro-externe de cet organe, comme dans la discision d'une cataracte molle. Alors on pousse l'aiguille et l'on perfore la cataracte que l'on tâche de déchirer, en imprimant à l'aiguille des mouvements de levier dans tous les sens, de façon à obtenir la plus grande ouverture possible.

Pour opérer par la *sclérotique* (scléronyxis), on enfonce une aiguille à discision perpendiculairement dans la sclérotique, à 6 millimètres en arrière du bord externe de la cornée, un peu en-dessous du méridien horizontal, et on la pousse de manière qu'après avoir traversé la membrane cataractée la pointe en vienne apparaître dans la chambre antérieure, tout près du bord externe de la pupille. Ensuite, en exécutant des mouvements de levier de façon que la pointe de l'aiguille se meuve d'avant en arrière, on cherche à déchirer la cataracte aussi largement que possible. La différence entre la discision par la voie sclérale et celle par la voie cornéenne consiste en ce que, par la première de ces méthodes, il est possible d'exercer, avec l'aiguille, plus d'efforts sur la cataracte, ce qui est surtout désirable quand il s'agit de cataractes membraneuses épaisses.

La discision convient pour toutes les cataractes membraneuses, à la condition qu'elles ne soient pas trop épaisses et qu'il n'y ait pas de trop larges synéchies postérieures. La discision est fréquemment pratiquée consécutivement à l'extraction de la cataracte, dans le but de faire disparaître une cataracte secondaire.

La discision est un procédé sûr, mais lent, de traiter les cataractes molles. Lorsque l'on cherche à atteindre promptement son but, on peut procéder de la manière suivante : par la cornée, on exécute une discision très large, de façon qu'au bout de quelques jours tout le cristallin soit tuméfié et dissocié. Alors, par une extraction linéaire simple, on enlève les masses cristalliniennes morcelées. On peut encore, à travers une incision pratiquée dans la cornée, introduire dans la chambre antérieure la canule d'une seringue et aspirer les fragments cristalliniens. Cette pratique, particulièrement en usage en Angleterre, porte le nom de *succion* de la cataracte.

Dans les cataractes molles complètes, que l'on veut faire gonfler et résorber, la discision ne peut pas s'exécuter par la sclérotique. En effet, l'aiguille devrait alors, si l'on voulait fendre la capsule cristallienne antérieure, traverser toute l'épaisseur du cristallin et le morceler, ce qui occasionnerait une turgescence trop violente. En outre, ce procédé pourrait facilement avoir pour résultat une luxation totale du cristallin. La scléronyxis ne convient donc que pour les cas où il n'existe plus que peu ou point de parties cristalliniennes susceptibles de se tuméfier.

La dilacération d'une cataracte membraneuse est une opération peu dangereuse lorsqu'il n'y a pas d'adhérences entre la cataracte et l'iris. Dans le cas contraire, le tiraillement de l'iris peut avoir pour conséquence le développement d'une iridocyclite consécutive. On ne doit donc avoir recours à la simple discision que lorsque la membrane est si mince qu'elle se laisse rompre sous le moindre tiraillement. Lorsque la membrane est plus épaisse, on peut appliquer la méthode imaginée par *Bowman*. Pour cela, on enfonce simultanément deux aiguilles l'une près du bord interne, l'autre près du bord externe de la cornée ; ensuite on fait pénétrer les pointes des aiguilles dans le milieu de la membrane, et, par des mouvements de levier, on les écarte l'une de l'autre. De cette manière, la membrane se déchire, de telle façon que le point tiraillé se trouve entre les pointes des deux aiguilles, c'est-à-dire au milieu de la cataracte, et l'iris est préservé de tout tiraillement. Lorsque les adhérences sont très nombreuses, la discision doit être précédée d'une iridectomie, ou bien on la remplace par une iridotomie.

V. — EXTRACTION DE LA CATARACTE

§ 160. L'extraction de la cataracte a pour but de faire sortir de l'œil le cristallin, instantanément et aussi complètement que possible. Elle consiste essentiellement en trois actes : 1° faire une incision dont les dimensions soient en rapport avec la grosseur et la consistance de la cataracte. L'incision peut être pratiquée soit dans la cornée, soit dans la sclérotique ; 2° ouvrir la cristalloïde antérieure pour livrer passage au cristallin ; 3° expulser le cristallin en exerçant une pression sur l'œil. Dans beaucoup de cas, on y ajoute un quatrième acte : exciser un lambeau de l'iris. Généralement, l'iridectomie s'exécute immédiatement après l'achèvement de l'incision.

Les méthodes d'extraction les plus employées sont :

a) L'extraction linéaire simple

Comme la discision, l'extraction linéaire simple s'emploie tant dans les cataractes molles que dans les cataractes membraneuses et s'exécute par conséquent suivant deux méthodes différentes :

1° Pour opérer une cataracte *molle*, on enfonce le couteau lancéolaire au

Fig. 210. — *Extraction linéaire simple.* — *SS'* incision cornéenne située au bord inférieur de la cornée près du limbe.

bord inférieur de la cornée, au niveau du limbe. D'abord la lance pénètre perpendiculairement dans la cornée, et, aussitôt que la pointe en apparaît dans la chambre antérieure, on abaisse le manche de façon à rendre la lance parallèle au plan de l'iris. Alors on fait avancer la lance jusqu'à ce que la plaie ait une longueur de 4 à 7 millimètres. L'incision doit siéger au bord inférieur de la cornée (fig. 210). Ensuite on introduit à travers la plaie une aiguille à discision ou un crochet aigu, et l'on déchire la capsule cristallinienne dans une grande étendue au niveau du champ de la pupille préalablement dilatée par l'atropine. Après avoir retiré l'aiguille ou le kystitome, on expulse les masses cristalliniennes, en déprimant, au moyen de la curette de Daviel, le bord périphérique de la plaie (fig. 206, c). Par cette manœuvre, d'un côté, le contenu du bulbe est plus comprimé ; d'un autre côté, la plaie s'entre-bâille. Cette manœuvre est répétée tant que toutes les parties du cristallin ne sont pas expulsées de l'œil.

2° L'incision se pratique de la même manière quand on veut opérer une *cataracte membraneuse*. Alors, à travers la plaie, on passe un crochet aigu ou une pince, on saisit la membrane cataractée et on l'entraîne hors de la plaie.

Les avantages de l'extraction simple de la cataracte consistent en ce que la section est courte et qu'elle traverse obliquement la cornée, d'où il suit qu'elle se ferme facilement, qu'une iridectomie est inutile et que l'opération n'exige pas de traitement conséculif sévère. D'autre part, à cause de la brièveté de l'incision, cette méthode ne convient qu'aux cataractes membraneuses ou molles, c'est-à-dire à celles qui ne possèdent pas un noyau dur, qu'on ne parviendrait que difficilement ou pas du tout à expulser par une pareille plaie.

b) L'extraction à lambeau

§ 161. Dans cette opération, on pratique une incision arciforme de l'étendue nécessaire pour pouvoir expulser de grosses cataractes dures. La plaie peut être placée dans la sclérotique ou dans la cornée.

1° *Extraction à lambeau scléral.* — Elle comporte quatre temps :

Premier temps. *Section.* — Elle s'exécute au moyen du couteau de *Græfe*. On enfonce celui-ci au point de ponction S' (fig. 211), de manière que le tranchant en soit dirigé en haut et la pointe vers le centre de la pupille.

Dès que la pointe a dépassé celui-ci, on la relève en abaissant le manche, de manière qu'elle vienne, derrière le bord supéro-interne de la cornée, occuper le point de contre-ponction S. Celui-ci doit être situé exactement vis-à-vis du point de ponction ; l'un et l'autre sont placés dans la sclérotique, à environ 1/2 millimètre du bord cornéen, et à une hauteur telle qu'une droite qui les réunirait diviserait la cornée en un quart supérieur et trois quarts inférieurs. Le couteau ayant traversé de nouveau la cornée, on achève la section par des mouvements de va-et-vient, de manière à sectionner partout la sclérotique immédiatement derrière le limbe. Dès que la sclérotique est coupée et que le couteau n'est plus couvert que

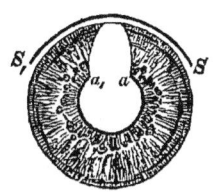

Fig. 211. — *Extraction à lambeau scléral.* Gross. 2/1. — *SS′* incision sclérale, qui se tient partout à un demi-millimètre du bord cornéen. *aa′*, angles du colobome en place ; de ces angles partent les côtés du colobome qui se dirigent en haut en convergeant. — Dessin d'après nature.

par la conjonctive, on en relève subitement le tranchant, afin de sectionner cette dernière membrane un peu plus en arrière. De cette manière, on forme un lambeau conjonctival d'une hauteur de 2 millimètres environ.

Deuxième temps. *Iridectomie.* — Après avoir renversé sur la cornée le lambeau conjonctival, pour avoir l'incision à découvert, on y introduit la pince à iridectomie, on saisit l'iris au niveau de son bord pupillaire, on l'entraîne et on le coupe d'un coup de ciseaux.

Troisième temps. *Ouverture de la capsule.* — On l'exécute au moyen de la pince kystitome, dont les fines dents sont dirigées en arrière (*Förster, Schweigger*). On introduit la pince fermée dans la chambre antérieure jusqu'à ce qu'elle ait atteint le milieu de la pupille. Arrivée à ce point, on l'ouvre, et, par une douce pression, on saisit un lambeau de capsule aussi large que possible, et on l'amène hors de la plaie.

Quatrième temps. *Expulsion du cristallin.* — On applique la *curette de Daviel* sur la partie tout à fait inférieure de la cornée, parallèlement à la plaie, et l'on exerce une légère pression d'avant en arrière et de bas en haut. Au lieu de la curette, on peut également se servir du doigt, à l'aide duquel on presse sur la région du bord inférieur de la cornée, par l'intermédiaire de la paupière inférieure. Il faut cesser la pression du moment que le plus grand diamètre du cristallin a dépassé la plaie.

L'opération terminée, on procède à la *toilette* de l'œil. Les débris de cataracte restés encore dans l'œil, ainsi que le sang extravasé sont expulsés au moyen d'un massage exercé par la paupière inférieure. A l'aide de la spatule, on fait rentrer dans la chambre antérieure l'iris faisant saillie dans la plaie, de manière à obtenir un colobome régulier (voir page 777); on replace convenablement le lambeau conjonctival et on procède au pansement de l'œil.

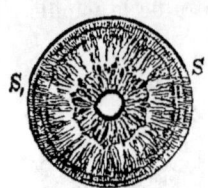

Fig. 212. — *Extraction à lambeau cornéen.* Gross. 2/1. — *SS'*, incision de la cornée, située partout, exactement dans le limbe. L'opération a été pratiquée sans iridectomie, et la pupille a été fortement rétrécie par l'ésérine. En raison de ce miosis intense, le cercle de la pupille est un peu irrégulier, et le liseré pigmenté un peu élargi.

2° *Extraction à lambeau cornéen* (*Wecker*, *Stellwag*). — Ici l'introduction du couteau s'exécute comme dans la méthode précédente, il n'y a d'autre différence que la situation de la section. Dans la présente méthode, l'incision se trouve partout dans le limbe, dans lequel on pratique la ponction aussi bien que la contre-ponction (fig. 212, *SS'*). Le point de la ponction et celui de la contre-ponction doivent être choisis de telle façon que la section sépare exactement de la sclérotique le tiers supérieur de la cornée. Ici, on n'obtient pas de lambeau conjonctival ou, du moins, s'il y en a un, il est peu considérable. Sauf l'iridectomie, les autres temps de l'opération s'exécutent comme dans l'extraction à lambeau scléral. L'iridectomie peut être pratiquée comme il a été dit plus haut, ou bien on peut l'omettre. Dans le dernier cas, après l'opération, l'iris doit être soigneusement réduit; ensuite, on instille de l'ésérine, pour obtenir la contraction de la pupille et prévenir un prolapsus irien consécutif.

Il y a *indication* d'exécuter l'extraction à lambeau dans toutes les cataractes qui possèdent un noyau dur et pour lesquelles ne conviennent ni la discision ni l'extraction linéaire simple. La section s'exécute en haut; de cette manière le colobome se trouve au même endroit et il est recouvert par la paupière supérieure. Telle que nous l'avons décrite plus haut, la section est assez large pour suffire à l'extraction des plus grosses cataractes. Lorsque l'on a à opérer une cataracte, dont, d'avance, on sait que le noyau est petit, on peut réduire la plaie d'autant.

La différence entre les deux méthodes que nous venons de décrire consiste en ceci : dans l'extraction par la voie *sclérale*, l'incision se trouve sous la conjonctive, dont on forme, par conséquent, un lambeau. Après l'opération, ce lambeau s'agglutine très promptement à la plaie sclérale qu'il ferme même avant que les lèvres n'en soient adhérentes. Il préserve donc la plaie d'une infection consécutive et fait que la méthode sclérale fournit les meilleures conditions de guérison.

La section *cornéenne* est privée de l'avantage d'un lambeau conjonctival; en revanche elle fournit la possibilité d'opérer *sans iridectomie*, car cette section, occupant une situation moins périphérique, prédispose moins que la section sclérale au prolapsus de l'iris. L'opération sans iridectomie a pour avantage de laisser au patient une pupille ronde et mobile; par contre, l'opération, ainsi exécutée, entraîne une foule d'inconvénients qui rétrécissent le cercle des indications de l'extraction sans iridectomie : 1° sans iridectomie, l'expulsion du cristallin est plus difficile, car il faut le faire passer par une pupille peu large, ce qui exige une pression plus forte. Cette méthode ne convient donc pas dans les cas où le dégagement du cristallin doit être facile, comme, par exemple, dans le tremblotement du cristallin où toute pression un peu forte aurait pour conséquence la rupture de la zonule et de l'hyaloïde avec prolapsus du corps vitré ; 2° l'extraction sans iridectomie ne convient pas pour les cas de cataractes compliquées, qui sont reliées à l'iris par des synéchies ; 3° en dépit de l'instillation d'ésérine, un prolapsus de l'iris peut se produire dans les jours qui suivent l'opération. Dans ce cas, on est obligé d'exciser peu après le prolapsus. L'extraction sans iridectomie ne convient donc pas pour les cas où il existe beaucoup de tendance à la hernie de l'iris, ni dans les cas où l'on ne peut pas compter sur la tranquillité du patient après l'opération. On peut donc dire : l'extraction à lambeau cornéen sans iridectomie dans des conditions favorables donne les résultats les plus parfaits, mais ne convient pas à tous les cas et ne comporte pas la sécurité presque absolue de l'extraction à lambeau scléral avec iridectomie.

ACCIDENTS DE L'OPÉRATION DE LA CATARACTE. — Des accidents de différentes natures peuvent gêner l'extraction de la cataracte ou la faire échouer. Un grand nombre d'entre eux doivent être mis sur le compte de l'opérateur. Lorsque la section est trop courte, ou que la capsule n'est pas suffisamment ouverte, le dégagement du cristallin devient difficile ou impossible. Alors on doit élargir la section ou déchirer la capsule dans une plus grande étendue. Si, avec les instruments, l'opérateur exerce une trop forte pression soit sur la totalité du bulbe, soit sur l'iris ou le cristallin en particulier, la zonule se rompt et le corps vitré s'échappe. A mesure que l'opérateur gagne en adresse, ces désagréables accidents deviennent plus rares. D'autres fois, au contraire, ces accidents dépendent de l'état anormal de l'œil opéré, et alors il n'est pas au pouvoir de l'opérateur de les éviter. Sous ce rapport, l'accident le plus fréquent est le *prolapsus du corps vitré*. Celui-ci survient lorsque la zonule se rompt.

Souvent cette rupture se produit, parce que le patient lui-même serre violemment les paupières et exerce ainsi une pression sur le globe. En outre, elle arrive, lorsque, déjà avant l'opération, la zonule était altérée, ce qui s'observe surtout dans la cataracte trop mûre et la cataracte compliquée. La gravité de la hernie du corps vitré, pour la suite de l'opération, varie selon que l'accident survient avant ou après l'expulsion du cristallin. Dans le premier cas, le cristallin ne peut pas être extrait de l'œil comme d'habitude, c'est-à-dire par une pression, car, avant qu'il ne soit expulsé, la plus grande partie du corps vitré se serait déjà échappée. Alors il faut faire sortir le cristallin au moyen de certains instruments, c'est-à-dire l'extraire dans le vrai sens du mot. Dans ce but, on se sert soit de l'anse de *Weber*, soit du double crochet de *Reisinger*, instruments que l'on passe derrière le cristallin, pour l'entraîner au dehors.

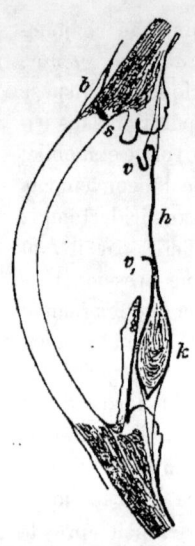

Fig. 213. — *Coupe à travers le segment antérieur d'un œil opéré d'extraction de la cataracte par incision sclérale. Gross. 4/1.* — L'incision *s*, située en haut, siège, par sa portion intérieure, dans la cornée, par sa portion extérieure dans la sclérotique ; celle-ci est recouverte par un lambeau de conjonctive *b*. A l'endroit correspondant à la plaie, l'iris est réduit à un court moignon. La capsule antérieure montre une large ouverture à bords renversés *vv'*, tandis que la capsule postérieure, bien que légèrement plissée, est intacte. Dans la partie inférieure, derrière l'iris, les restes du cristallin, enfermés dans le sac capsulaire, forment le bourrelet cristallinien de Sœmmering *k*, qui manque dans la partie supérieure, répondant au colobome.

Lorsque le prolapsus du corps vitré se montre après l'évacuation du cristallin, l'accident est beaucoup moins redoutable. Alors les plus grands inconvénients du prolapsus consistent en ce qu'il empêche la reposition convenable de l'iris et qu'en s'interposant entre les lèvres de la plaie le corps vitré hernié ne leur permet pas de se coapter exactement. En outre, le corps vitré peut donner lieu à une suppuration de la plaie, car il est très disposé à l'infection.

Un accident plus rare, mais plus désagréable, c'est lorsque, avant son dégagement, le cristallin se luxe et disparaît dans le corps vitré. Alors d'ordinaire on ne parvient plus à le faire sortir.

§ 162. Effet de l'opération de la cataracte. — Un œil, privé de son cristallin, est atteint d'*aphakie*. Lorsque l'opération et la cicatrisation se sont passées normalement, cet œil présente l'aspect suivant : dans le cas où elle se trouve dans la cornée, la cicatrice opératoire prend l'apparence d'une étroite ligne grise ; au contraire, l'incision a-t-elle été pratiquée dans le limbe ou dans la sclérotique, la cicatrice en est plus tard à peine visible. La chambre antérieure présente une profondeur anormale, l'iris est tremblotant, et lorsqu'une iridectomie a été faite, il porte en haut un colobome.

La pupille est d'un noir pur; cependant, à l'éclairage latéral, on y observe une petite membrane chatoyante et parfois plissée, c'est la cristalloïde laissée dans l'œil, lors de l'extraction du cristallin. L'on doit conserver la cristalloïde parce que, d'un côté, il ne serait pas possible d'enlever sans la déchirer une capsule cristallinienne normale et non épaissie ; d'autre part, la cristalloïde forme avec la zonule un diaphragme qui, attaché aux procès ciliaires, maintient le corps vitré dans l'œil ; lorsque l'on veut enlever la capsule cristallinienne, on risque de produire une hernie du corps vitré. D'ailleurs, ce n'est que la capsule postérieure du cristallin qui reste intacte dans toute son étendue (fig. 213, *h*). Quant à la capsule antérieure (*vv*), elle est déchirée au niveau de la pupille où elle manque en partie, les restes en sont immédiatement adossés à la cristalloïde postérieure. Puisque les deux capsules sont transparentes, la pupille paraît pure et noire. Derrière l'iris, où la capsule antérieure était préservée contre l'action du kystitome, elle est conservée et forme avec la capsule postérieure une bourse emprisonnant des restes cristalliniens qui correspondaient autrefois à l'équateur du cristallin (fig. 213, *h*). Comme, au niveau de la pupille, la cristalloïde antérieure est adhérente à la postérieure, la communication entre les restes cristalliniens et l'humeur aqueuse est interrompue. Cette disposition fait que ces restes ne peuvent pas se résorber ; ils augmentent même un peu par prolifération des cellules capsulaires. Alors ils forment un bourrelet annulaire, situé derrière l'iris, appelé bourrelet cristallinien de *Sœmmering*. La lumière de l'anneau qui correspond à la pupille est fermée par une membrane mince et transparente formée par les deux feuillets de la cristalloïde appliqués l'un sur l'autre. Comme le bourrelet opaque est entièrement caché derrière l'iris, il ne gêne la vue en aucune manière. Quand on a opéré avec iridectomie, le bourrelet manque au niveau du colobome, car, à cet endroit, la capsule antérieure a été également ment ouverte.

L'*acuité visuelle* des opérés de cataracte est, sans lunettes, juste suffisante pour leur permettre de marcher seuls ou de se livrer à des travaux grossiers. La vue distincte ne leur est possible qu'au moyen de verres convexes, car, à cause de l'absence du cristallin, le pouvoir réfringent de l'œil est devenu trop faible, et il en résulte un haut degré d'hypermétropie. Dans le cas où, avant l'opération, l'œil était emmétrope, il devient, après l'opération, hypermétrope de $10 - 12D$, en moyenne. Il n'en est plus de même lorsqu'auparavant l'œil était déjà le siège d'un vice de réfraction. Ainsi, lorsque l'œil était primitivement hypermétrope cette hypermétropie s'ajoute à celle produite par l'opération. En revanche, l'œil était-il myope avant l'opération, l'hypermétropie sera d'autant moins prononcée. Il peut même se faire que des yeux fortement myopes avant l'opération de la cataracte deviennent emmétropes après cette opération ou restent même légèrement myopes. — En outre, dans l'œil privé de cristallin, l'accommodation fait défaut. Cet œil n'est pas en état de modifier sa réfringence. Il s'ensuit que la vue n'est corrigée par un verre déterminé que pour une distance déterminée. Un opéré de cataracte réclame donc au moins deux verres, l'un pour voir de loin, l'autre pour voir de près.

Il arrive souvent que, même dans des cas bien opérés, le résultat de l'opération est contrarié par la présence de *restes de cataracte*. Cet accident s'observe surtout lorsque l'on opère des cataractes avant la maturité, mais on peut aussi le rencontrer après l'opération de cataractes mûres et trop mûres. Quand la capsule antérieure a été largement ouverte, les parties cristalliniennes restées en place deviennent troubles (si elles n'étaient déjà troubles auparavant), se gonflent et se résorbent. Dans ce cas, on finit néanmoins par obtenir une pupille bien noire. Mais, lorsque les feuillets de la cristalloïde adhèrent de bonne heure l'un à l'autre et isolent les restes cristalliniens de l'humeur aqueuse, ceux-ci ne disparaissent pas par résorption ; ils persistent sous forme d'une opacité blanche et membraneuse. C'est ce qu'on appelle la *cataracte secondaire*.

Lorsque cette cataracte ne recouvre qu'une partie de la pupille, tandis qu'une autre partie est entièrement libre, l'acuité visuelle peut être normale. Mais, si toute la pupille est occupée par la cataracte secondaire, la vision est d'autant plus fortement altérée que l'opacité est plus dense. — Il arrive aussi que la cataracte secondaire ne se développe que plus tard, lorsque l'épithélium de la capsule antérieure restée dans l'œil prolifère et rend celle-ci ultérieurement plus épaisse et opaque. De même, la cristalloïde peut, même sans se troubler, produire une diminution de la vue, lorsqu'elle se plisse de plus en plus et amène ainsi une réfraction irrégulière des rayons lumineux. — Lorsqu'elle gêne la vue, la cataracte secondaire exige une opération consécutive, qui est la discision ou l'extraction linéaire simple. L'opération consécutive ne doit pas être entreprise plus tôt que quatre semaines après l'extraction de la cataracte.

Le résultat de l'opération de la cataracte peut être également contrarié par une inflammation (voir page 780). Si la plaie suppure, l'œil est presque toujours perdu. Si une iridocyclite se déclare, l'exsudat produit des adhérences entre la cataracte secondaire et l'iris, et même les procès ciliaires, — *cataracta secundaria accreta*. De l'état de la perception lumineuse, on jugera si, dans un tel cas, on doit tenter de rétablir la vision par une opération ultérieure, — iridectomie ou iridotomie.

Historique. — Dans les lignes qui précèdent, nous avons fait voir qu'il y a différentes voies ouvertes pour arriver à faire disparaître la cataracte. Ainsi, par la discision, elle est livrée à la résorption; par la dilacération, on la déchire, on y pratique une ouverture; enfin on peut l'enlever complètement de l'œil. Cependant, ce ne sont pas là les seuls moyens qui existent pour rendre la vue à un cataracté. On pourrait encore, au lieu d'extraire le cristallin opaque, le faire glisser loin du champ pupillaire et rendre ainsi la pupille libre. Cette luxation artificielle est non seulement praticable, mais a été effectivement exécutée pendant des milliers d'années. C'est la plus vieille méthode d'opération de la cataracte. Cette opération, appelée *dépression de la cataracte*, se pratiquait de la manière suivante : à 4 millimètres environ en dehors du bord externe de la cornée, on enfonçait dans la sclérotique une aiguille que l'on faisait avancer jusqu'à ce qu'elle vînt se placer sur le bord supérieur du cristallin. Alors, en exécutant un mouvement de levier, on abaissait la pointe de l'aiguille et l'on faisait descendre ainsi le cristallin dans le corps vitré A ce moment, la pupille devient noire, et le patient recouvre la vue. Pendant toute l'antiquité et le moyen âge, c'était la seule opération dont on disposât contre la cataracte. Dans le cours des temps, elle a été modifiée de différentes manières. La dernière et la plus importante modification consistait en ce que, au lieu d'abaisser le cristallin, on le renversait sur sa face postérieure. On poussait l'aiguille le long du bord pupillaire dans la chambre antérieure, et par elle on pressait sur la partie supérieure de la face antérieure du cristallin. De cette manière on couchait le cristallin de façon que sa face antérieure se trouvât en haut, sa face postérieure en bas. Ce procédé porte le nom de *réclination de la cataracte*.

La méthode opératoire appelée « ponction de la cataracte » (*Staarstechen*) était en général pratiquée par des médecins spécialistes. Au moyen âge, ils voyageaient de foire en foire et y opéraient les cataractes. Lorsque l'opération avait réussi et que les honoraires étaient payés, l'opérateur se rendait dans un autre endroit. Après l'opération, il ne revoyait plus son patient, et c'était heureux pour lui, car, si le succès immédiat était brillant, les suites ultérieures étaient souvent déplorables. Cela dépendait de la nature de l'opération elle-même.

En effet, le cristallin descendu dans le corps vitré se trouve dans la région du corps ciliaire avec lequel il peut même venir en contact. Là, il agit comme un corps étranger et engendre une inflammation. Dans les cas favorables, celle-ci est précisément assez intense pour maintenir le cristallin en place dans un exsudat et pour l'y enkyster. Au bout d'un certain nombre d'années, on trouve alors le cristallin, en partie résorbé, renfermé dans une enveloppe de tissu conjonctif et situé à l'endroit où il a été poussé au moment de l'opération. Mais bien souvent l'intensité de l'inflammation dépasse la mesure désirée. Il se développe une grave iridocyclite qui abolit la vue par une oblitération de la pupille et par des exsudats cycliliques, occasionne l'atrophie du bulbe et menace même l'autre œil d'une inflammation sympathique. Cette malheureuse terminaison peut survenir encore des années après une dépression de cataracte réussie.

Il arrive encore qu'aucune inflammation ne se développe, mais que le cristallin ne reste pas dans le corps vitré (surtout quand celui-ci est liquéfié). Alors il se redresse immédiatement après l'opération ou plus tard, quelquefois au bout d'un certain nombre d'années, et il reprend son ancienne position derrière la pupille; il peut même passer par cette ouverture et pénétrer dans la chambre antérieure. Dans tous ces cas, la vue se trouble de nouveau, et souvent l'œil se perd par hypertonie ou iridocyclite.

Ce sont les cas dans lesquels, après la dépression, le cristallin était tombé dans la chambre antérieure, qui donnèrent naissance à l'opération de l'*extraction* de la cataracte. Si l'on veut en croire certains auteurs, cette dernière méthode a été appliquée pendant un certain temps dans l'antiquité, mais au moyen âge elle était tombée dans l'oubli le plus complet. Ce n'est qu'au xvii° siècle qu'on commence à en parler de nouveau. Alors on a à plusieurs reprises extrait le cristallin dans la chambre antérieure, après une dépression. Le français *Daviel* en avait déjà opéré ainsi quelques cas quand, en 1745, il se risqua pour la première fois à pratiquer l'extraction d'une cataracte qui se trouvait encore à sa place normale. *Daviel* inaugura ainsi une nouvelle ère dans l'histoire de l'opération de la cataracte, car, au lieu de la dépression, on pratiqua de plus en plus l'extraction de la cataracte.

Naturellement la méthode primitive de *Daviel* était susceptible d'un grand nombre de perfectionnements. De toutes les modifications que, dans le cours des temps, cette méthode a subies, la dernière et la meilleure fut celle introduite par *Beer*. Cet auteur exécuta l'incision au moyen d'un couteau inventé par lui, qui, semblable à un coin, va en s'élargissant de la pointe jusqu'au talon. Une fois que la ponction est pratiquée avec le couteau à cataracte de *Beer*, il est possible, rien qu'en le poussant en avant, d'achever la section, ce qui donne à celle-ci un haut degré de régularité. La section était exécutée un peu en dedans du limbe et séparait exactement de la sclérotique la moitié inférieure de la cornée. Ensuite, après avoir ouvert la capsule, *Beer* extrayait le cristallin, mais il n'excisait rien de l'iris.

Le procédé de *Beer* fut bientôt adopté partout et, pendant longtemps, il resta la méthode dominante. En effet, dans les cas heureux, ce procédé donnait un résultat idéal. La pupille était noire, ronde, absolument mobile, et ce n'était que par un examen attentif qu'on pouvait reconnaître que l'œil était opéré de la cataracte. Malheureusement un grand nombre d'yeux se perdaient à la suite de cette opération, notamment par suppuration de la cornée. A cette époque on ignorait encore que la suppuration dépend d'une infection de la plaie, et on l'attribuait à la défectuosité de la méthode opératoire, et spécialement à la façon de faire l'incision. On chercha donc à trouver un meilleur procédé, et ce fut *v. Græfe*, qui, par l'invention de sa méthode, apporta le plus important progrès et provoqua une révolution dans les méthodes d'extraction de la cataracte.

Dans la méthode de *Beer*, *v. Græfe* crut trouver la cause de la suppuration cornéenne dans la forme en lambeau de la section. Cette forme d'incision, en effet, s'entre-bâille facilement, ce qui donne lieu à une adaptation défectueuse, que l'on considérait comme la cause de la suppuration. *v. Græfe* crut donc devoir préférer la section linéaire, dont il avait remarqué la prompte guérison dans l'extraction linéaire simple, déjà pratiquée avant lui. Lui-même et d'autres encore cherchèrent donc à faire servir aux grosses cataractes avec noyau dur la section linéaire, exécutée avec le couteau lancéolaire, qui, primitivement, n'avait été en usage que pour les cataractes molles ou membraneuses. Dans ce but on tâcha de rendre l'incision aussi large que possible, en la plaçant au bord supérieur de la cornée et la combinant avec une iridectomie. D'autres cherchèrent à diminuer le volume du cristallin en le morcelant pour pouvoir le faire passer par l'incision. Cependant aucune des tentatives n'était heureuse. La section restait toujours trop petite pour la cataracte, qui, en passant, blessait les bords de la plaie, d'où résultait une inflammation violente. *Jacobson*, ayant cherché la solution par une autre voie, obtint de meilleurs résultats. Il plaça la section dans la sclérotique. Il renonça à la linéarité de la section et en pratiqua une à lambeau le long du bord cornéen inférieur, mais déjà située dans la sclérotique, et il la combina avec l'iridectomie. Cette méthode donna de meilleurs résultats, notamment des suppurations plus rares. On croyait pouvoir attribuer ce résultat à ce que la sclérotique, qui est un tissu vasculaire, devait être moins sujette à l'inflammation que la cornée privée de vaisseaux et, par conséquent, moins bien nourrie.

En inventant une nouvelle méthode, *v. Græfe* s'efforça de réunir les deux avantages : la linéarité de la section, qui assure une exacte coaptation des lèvres de la plaie, et la position de l'incision dans la sclérotique, qui préserve contre la suppuration. Il ne tarda pas à se convaincre qu'une section linéaire, d'une étendue convenable et située dans la sclérotique, ne pouvait être pratiquée au moyen du couteau lancéolaire. En effet, ce couteau doit couper la cornée parallèlement au plan de l'iris, et,

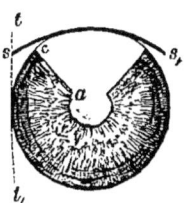

Fig. 214. — *Extraction linéaire modifiée d'après v. Græfe.* Gross. 2/1. — La section ss' siège dans la sclérotique ; l'iris montre un large colobome dont les bords divergent fortement ac.

dès que l'on veut faire une plaie un peu longue, il produit une section à peu près concentrique au bord de la cornée, et par conséquent, à lambeau (fig. 205 *aa*). *v. Græfe* imagina donc le couteau étroit ou linéaire, qui se montra bientôt un des instruments les plus utiles de la chirurgie oculaire. En opérant avec ce couteau, *v. Græfe* pratiqua la section de telle façon que, par son milieu, elle fût en contact avec le sommet de la cornée, tandis que les deux extrémités se trouvaient à une assez grande distance du bord cornéen. Pour déterminer le point de ponction, on trace une tangente imaginaire au bord externe de la cornée (fig. 214, *tt*). C'est sur cette tangente qu'on place le point de ponction, à l'endroit où elle s'écarte de 1/2-1 millimètre du bord de la cornée. Le point de contre-ponction *s'* se trouve vis-à-vis de la ponction. En achevant la section, on tourne le couteau, de manière que le tranchant, qui regardait d'abord directement en haut, se dirige légèrement en avant ; de cette façon, le milieu de la section se trouve exactement derrière le limbe. La nouvelle section amena nécessairement le lambeau conjonctival et l'iridectomie. Cette dernière dut être régulièrement exécutée ; sinon, à cause de la situation périphérique de l'incision, l'iris s'y enclave certainement (dans les anciennes méthodes de l'extraction, on ne pratiquait l'iridectomie qu'en cas de besoin). Comme, à l'opération de la cataracte combinée avec l'iridectomie, on donnait le nom d' « extraction modifiée », *v. Græfe* désigna sa nouvelle méthode sous le nom d' « extraction linéaire modifiée » (en opposition avec l'extraction linéaire simple). Plus tard, faisant de nécessité vertu, on exalta les avantages de l'iridectomie combinée à l'extraction. C'est elle, disait-on, qui prévient l'enclavement irien, qui permet d'ouvrir plus largement la capsule, qui facilite l'évacuation des restes cristalliniens et qui empêche l'inflammation ultérieure de l'iris. On ne tarda donc pas à voir bientôt, dans l'iridectomie, un autre avantage de la nouvelle méthode.

Effectivement les résultats de la section linéaire de *v. Græfe* étaient meilleurs que ceux fournis par les anciennes méthodes. La suppuration notamment était devenue plus rare. Toutefois cette méthode avait aussi des désavantages. Ainsi, pour l'exécuter, il fallait plus d'adresse opératoire, et le dégagement du cristallin était plus difficile, parce que la plaie était moins disposée à s'entre-bâiller. D'autres désavantages résultaient de la situation périphérique de l'incision qui se trouvait, à ses extrémités surtout, dans le voisinage de la zonule et du corps ciliaire. Aussi survenait-il fréquemment une hernie du corps vitré, ainsi que l'enclavement des côtés du colobome dans la plaie. Tandis que la suppuration était plus rare, l'iritis et l'iridocyclite étaient devenues plus fréquentes et, comme conséquence, on observait plus souvent que précédemment une affection sympathique de l'œil non opéré.

Ces mécomptes eurent pour effet qu'on s'écarta de plus en plus de la situation par trop périphérique de la section et que l'on en plaça les extrémités plus près de la cornée. Si la section primitivement exécutée par *v. Græfe* n'était déjà pas absolument linéaire, elle l'était moins encore, telle qu'on la pratiqua plus tard. Elle était devenue une section à lambeau peu élevé. La méthode sclérale ainsi légèrement modifiée devint bientôt d'une application générale. Quant à moi, j'exécute la section telle que la représente la figure 211 et telle qu'elle est décrite à la page 805 sous le nom de section à lambeau scléral. Cette forme de section s'est développée graduellement de la section linéaire de *v. Græfe*, mais elle ne mérite plus ce nom aujourd'hui.

Comme, par suite de l'application de la méthode antiseptique, le danger de la suppuration était réduit à son minimum, on ne craignit plus de placer l'incision dans le limbe ou même dans la cornée transparente, comme elle s'exécute, par exemple, dans la section cornéenne décrite plus haut. D'autres améliorations concernèrent l'*excision de l'iris*. On avait appris à éviter les inconvénients de l'enclavement irien en réduisant soigneusement l'iris. Il ne faut donc pas pratiquer un aussi grand colobome que *v. Græfe* l'avait prescrit. Moi-même, je m'efforce de faire une excision de l'iris aussi étroite que possible (fig. 211). Dans ce but, je me contente d'attirer l'iris précisément assez pour que le bord pupillaire apparaisse devant la plaie, et je ne coupe que la pointe du pli de l'iris, en tenant les pinces-ciseaux perpendiculairement à la direction de la section cornéenne. Un petit colobome prévient le prolapsus iridien tout aussi sûrement (voir page 785) qu'un grand, et il occasionne moins d'éblouissement. — Enfin, lorsqu'on réadopta la section cornéenne, on fit le dernier pas, et l'on opéra sans iridectomie, comme *Daviel* et *Beer* l'avaient fait autrefois.

L'ouverture de la capsule était pratiquée, par *v. Græfe*, au moyen du kystitome, c'est-à-dire d'un crochet triangulaire et tranchant, par d'autres au moyen de l'aiguille à discision, ou d'un petit crochet aigu. Une amélioration importante consiste dans l'introduction de la pince-kystitome pour l'ouverture de la capsule. Par son emploi, on ne se contente pas seulement de rompre la capsule antérieure, mais encore on en arrache un lambeau. C'est le moyen d'empêcher la plaie capsulaire de se refermer trop promptement, et de laisser à la résorption le temps d'achever son œuvre sur les parties cristalliniennes restées dans l'œil. Aussi, depuis l'invention de la pince-kystitome, la cataracte secondaire est devenue beaucoup plus rare, quoiqu'aujourd'hui plus que jamais on opère des cataractes non mûres. — Dans ces derniers temps, après l'extraction, beaucoup d'opérateurs ont pratiqué le lavage de la chambre antérieure au moyen de solutions antiseptiques faibles, en partie pour entraîner les restes cristalliniens non évacués, et en partie aussi pour désinfecter l'intérieur de l'œil (*Mac Keown, Wicherkiewicz*). J'ai plusieurs fois pratiqué ce lavage, sans en avoir vu des avantages bien réels.

En dehors des méthodes déjà décrites, il en existe encore une foule d'autres, qui se distinguent par des différences de forme et de situation de la section, par des modifications dans les procédés de l'iridectomie, de l'ouverture de la capsule, etc. Parmi les opérateurs, les uns ont placé la section plus loin dans la cornée (*Lebrun, Liebreich*), même jusque vers le milieu de cet organe (*Küchler*). D'autres ont exécuté la section au moyen d'un couteau creux. Ainsi, *Weber* opéra avec une lance creuse, *Édouard Jäger*, au moyen d'un couteau excavé. Dans l'extraction d'après *Wenzel*, on fait un lambeau inférieur, mais on ne se borne pas à sectionner la cornée, on pousse le couteau à travers l'iris et la cristalloïde antérieure en même temps. Cette méthode convient aux cas dans lesquels, à la suite d'une iridocyclite, l'iris s'est accolé par toute sa surface au cristallin et où la chambre antérieure est très peu profonde. Pour les cataractes à capsule épaissie, *Pagenstecher* recommande de renoncer d'emblée à l'ouverture de la cristalloïde et d'extraire le cristallin dans sa capsule intacte. Dans ce but, une fois la section cornéenne et l'excision de l'iris terminées, on pénètre avec une curette spéciale derrière le cristallin et on l'attire hors de l'œil en l'appuyant contre la cornée. Il existe encore beaucoup d'autres méthodes d'extraction de la cataracte, que nous ne pouvons décrire ici. Nous savons à présent que le succès de l'opération dépend beaucoup moins de la forme de la section que de la propreté de l'opérateur.

Chez un grand nombre d'opérés de la cataracte, se manifeste le phénomène de l'*érythropsie* (de ἐρυθρός, rouge). Le plus souvent, ce phénomène s'observe pour la première fois, lorsque le patient guéri retourne dans sa famille et ne se protège plus, au moyen de lunettes fumées, contre la lumière vive. Quand il s'est trouvé pendant un certain temps à l'air, soumis à une forte lumière (surtout en temps de neige) et qu'il rentre dans sa chambre, il voit tous les objets clairs colorés en rouge pourpre. Ce phénomène dure depuis quelques minutes jusqu'à plusieurs jours et revient habituellement assez souvent, surtout le matin au réveil. La cause de ce phénomène réside probablement dans ce fait que le fort éblouissement prive la rétine de son pourpre visuel, ce qui arrive facilement à cause de la largeur de la pupille (par suite de l'iridectomie) et l'absence du cristallin. Lorsque, au moment du retour dans la chambre plus sombre, le pourpre commence à se régénérer, il est perçu. Dans de rares cas, l'éblouissement produit de l'érythropsie, même dans les yeux encore pourvus de leur cristallin (après l'iridectomie); on peut même la provoquer dans les yeux tout à fait sains, si, après atropinisation, on les soumet pendant un certain temps à la lumière aveuglante de la neige.

CHAPITRE III

OPÉRATIONS EXÉCUTÉES SUR LES ANNEXES DU GLOBE OCULAIRE

I. — OPÉRATIONS DU STRABISME

(a) Section d'un muscle de l'œil (ténétomie)

§ 163. La ténotomie se pratique sur le droit interne ou externe, très rarement sur un des autres muscles de l'œil.

La ténotomie du droit interne, selon la méthode d'*Arlt*, se fait de la manière suivante : à l'aide d'une pince à dents de souris, on soulève, en un pli horizontal, la conjonctive du côté interne à la distance de 4 millimètres environ de la cornée, et, d'un coup de ciseaux, on la coupe dans la direction verticale. Ensuite, on élargit la section en haut et en bas, et, du côté du nez, on dissèque la conjonctive. A travers la plaie, on pousse la pince à dents jusqu'au tendon que l'on saisit ; on le soulève un peu du bulbe, et on le coupe à ras de son insertion à la sclérotique. Pour opérer la section, on se sert de petits ciseaux courbes, dont les branches doivent être émoussées pour ne pas blesser la sclérotique. Après qu'on a coupé le tendon, il s'agit encore de s'assurer, si, soit au bord supérieur, soit au bord inférieur, il ne reste pas quelques fibres du tendon ayant échappé aux ciseaux. Dans ce but, on introduit sous le tendon un crochet à strabisme avec lequel on essaye de saisir, s'il en existe encore, les fibres tendineuses intactes et on les coupe à leur tour.

Après avoir achevé la section du tendon, il faut examiner l'*effet* de l'opération, qui ne doit être ni insuffisant ni exagéré. On recommande donc à l'opéré :

1° De tourner l'œil du côté du muscle ténotomisé. Lorsque le tendon est entièrement sectionné, la motilité du côté interne doit être considérablement diminuée. Si l'œil peut converger tout autant qu'avant l'opération, c'est une preuve que quelques fibres tendineuses ont échappé à la section. Comme, dans ce cas, l'effet de l'opération serait nul, il faut rechercher ces fibres au moyen du crochet et les sectionner ;

2° On ordonne au patient de fixer le doigt qu'on approche de plus en plus près de lui. Après une ténotomie bien exécutée, le droit interne doit encore pouvoir faire converger pour un objet situé à la distance de 12 centimètres au moins. Lorsque le mouvement de convergence s'arrête plus tôt, c'est un signe que l'effet de l'opération est exagéré. Dans ce cas, l'action du droit interne est tellement affaiblie qu'on a à craindre, pour plus tard, le développement d'un strabisme divergent. Aussi, faudrait-il alors diminuer l'effet de l'opération. — En seconde ligne, il faut considérer jusqu'à quel point l'opération corrige la déviation strabique. Lorsque la déviation est considérable, une seule ténotomie ne suffit d'ordinaire pas à la corriger.

Quand, par les expériences décrites ci-dessus, on a reconnu exact l'effet de l'opération, on termine celle-ci en fermant par une suture la plaie conjonctivale. — Au moyen de la cocaïne, on peut rendre l'opération indolore, mais alors il faut instiller cet anesthésique non seulement avant l'opération, mais encore pendant tout le temps qu'elle dure. On peut également, avant l'opération, injecter un peu de cocaïne sous la conjonctive à l'endroit où le tendon sera sectionné.

La ténotomie du droit externe s'exécute de la même manière. Il faut se rappeler seulement que l'insertion du droit externe est plus éloignée de la cornée que celle du droit interne.

L'effet de la ténotomie dépend de ce que le muscle sectionné s'insère ultérieurement en un point plus reculé sur le bulbe oculaire. En effet, le tendon détaché glisse en arrière sur la sclérotique et se soude de nouveau à elle. Par ce fait que l'insertion du muscle est maintenant reportée plus en arrière, son action sur le globe oculaire est diminuée pour toujours.

— Immédiatement après l'opération, l'effet en est plus grand qu'il ne l'est plus tard. A mesure que l'adhérence du tendon avec la sclérotique devient plus solide, l'action du muscle se fortifie. C'est pour ce motif que, pendant les quatre premières semaines après l'opération, l'effet de celle-ci diminue un peu.

b) Avancement d'un muscle de l'œil

L'avancement consiste à déplacer en avant l'insertion d'un tendon : c'est donc l'inverse de la ténotomie. Il se pratique sur l'antagoniste du muscle raccourci et en général simultanément avec la ténotomie de celui-ci. Supposons qu'il s'agisse d'un strabisme divergent. Dans ce cas, pour avancer le droit interne, on opère comme suit : on exécute d'abord la ténotomie simple du droit externe. Ensuite on incise la conjonctive au niveau du tendon du droit interne, comme pour la ténotomie de ce muscle. On enlève la portion de la conjonctive comprise entre la plaie et le bord cornéen, pour que le tendon à avancer vienne se placer directement sur la sclérotique et puisse contracter des adhérences avec elle. On charge le tendon mis à nu sur un crochet à strabisme qu'on glisse par dessous et, à quelques millimètres derrière sa ligne d'insertion, on y passe deux fils. Ceux-ci traversent le tendon d'arrière en avant, l'un au niveau de son bord supérieur, l'autre au niveau de son bord inférieur, et doivent embrasser en même temps la capsule de Ténon et la conjonctive. Alors on coupe à ras de la sclérotique le tendon qui, retenu maintenant par les fils, ne peut plus se rétracter et s'égarer dans l'orbite. Ensuite on fait pénétrer l'aiguille supérieure dans la plaie conjonctivale et on la glisse sous la conjonctive jusqu'au bord supérieur de la cornée, où on la fait ressortir. De la même manière, on passe le fil inférieur sous la conjonctive jusqu'au bord inférieur de la cornée. Ensuite on noue séparément les fils supérieur et inférieur. Plus on serre les fils, plus le tendon avance : on peut ainsi doser l'effet de l'opération.

Par l'avancement, l'insertion se rapproche de la cornée, et le muscle acquiert plus de puissance sur l'œil. Aussi, l'effet de l'opération est d'autant plus considérable que l'extrémité du tendon se trouve attirée plus en avant. Plus tard, l'effet diminue toujours, et pour cette raison on règle l'opération de telle manière qu'on obtienne presqu'une surcorrection.

§ 164. — INDICATIONS DE L'OPÉRATION DU STRABISME

1° C'est dans le *strabisme concomitant* que la strabotomie trouve ses indications les plus importantes et les plus fréquentes. Dans le *strabisme convergent*, l'opération est indiquée dans tous les cas qui ne se guérissent pas par les procédés non chirurgicaux. Dans ce strabisme, une simple ténotomie fournit une correction de 3-4 millimètres. Lorsque la déviation strabique dépasse sensiblement ce degré, il faut procéder à une seconde ténotomie à l'autre œil. Pour pratiquer celle-ci, on attendra quinze jours et même davantage si la chose est possible, afin de pouvoir juger de l'effet définitif de la première opération, et par là doser la seconde. — C'est surtout de l'état de l'antagoniste du muscle raccourci que dépend le résultat de la strabotomie ; c'est lui en effet qui, après l'opération, est chargé de ramener l'œil dans sa position normale. Lorsque, dans un vieux strabisme, l'antagoniste a perdu une grande partie de sa force, l'effet d'une simple ténotomie est peu marqué. Dans des cas semblables, il y a indication d'avancer l'antagoniste pour en augmenter la puissance.

Dans le strabisme convergent, il arrive quelquefois que longtemps après une opération bien réussie, il se déclare un strabisme divergent. Pour prévenir cet accident, il ne faut jamais corriger entièrement la déviation strabique, il faut plutôt mesurer la ténotomie de façon à maintenir une légère déviation strabique interne, invisible pour le public. Après l'opération, on prescrit les verres convexes que réclame d'habitude l'hypermétropie existante. Si l'œil qui louchait n'a pas une trop mauvaise vue, on recommande de faire des exercices de vision binoculaire (au moyen du stéréoscope), d'un côté pour prévenir le retour du strabisme, de l'autre côté pour faire disparaître la légère convergence maintenue après l'opération.

Dans le *strabisme divergent*, l'effet de la ténotomie est beaucoup moins considérable. Ici, en moyenne, la correction ne dépasse pas 2 millimètres et, plus tard, elle diminue encore très sensiblement. C'est pour ce motif qu'afin d'obtenir l'effet voulu il faut tâcher d'arriver, par l'opération, à une certaine surcorrection du strabisme. Une seule ténotomie n'est alors presque jamais suffisante ; l'on est obligé de pratiquer au moins la ténotomie aux deux yeux, mais, le plus souvent, il est nécessaire d'opérer l'avancement du muscle.

Le strabisme divergent, qui se développe d'un strabisme convergent après une ténotomie exagérée, est compliqué d'une notable faiblesse du droit interne sectionné ; aussi doit-on toujours, pour ce motif, en pratiquer l'avancement.

2° *Insuffisance des droits internes.* — Dans ce cas, on exécute la ténotomie : a) quand l'insuffisance donne lieu aux inconvénients de l'asthénopie musculaire ; b) quand l'insuffisance menace de se transformer en strabisme. Cependant, on ne se décidera à procéder à une ténotomie que lorsque les moyens non chirurgicaux ont échoué contre l'insuffisance. En outre, l'insuffisance doit être assez considérable pour que, par la ténotomie, elle ne se transforme pas en défaut contraire, c'est-à-dire en insuffisance des droits externes. On aurait alors à regretter, comme conséquence de l'opération, un strabisme convergent avec une diplopie intolérable. Au demeurant, la ténotomie pour insuffisance se pratique relativement peu aujourd'hui.

3° *Strabisme paralytique.* — Ici l'opération du strabisme n'est indiquée que lorsqu'il s'agit d'une paralysie déjà ancienne, pour laquelle il n'y a plus de guérison spontanée à espérer. Lorsque la paralysie est complète, au point que le muscle paralysé n'est plus en état d'exercer la moindre action sur le globe oculaire, alors l'opération est également inutile. La ténotomie n'a quelque chance de réussir que dans le cas où le muscle, quoique affaibli, possède encore de la contractilité et où la déviation strabique a surtout pour cause la contracture de l'antagoniste. Alors ce n'est encore que dans les cas les plus légers que l'on réussit par la simple ténotomie du muscle raccourci ; généralement à cette opération l'on doit combiner l'avancement du muscle paralysé. — Dans beaucoup de cas, on n'opère pas l'œil paralysé, mais l'œil sain. Supposons, par exemple, qu'après une paralysie le droit inférieur de l'œil droit soit resté définitivement plus faible, de sorte que, dans le regard en bas, se manifeste une diplopie gênante. Dans ce cas, par la ténotomie du droit inférieur de l'œil gauche, on peut en limiter l'excursion en bas et faire disparaître ainsi le symptôme incommode de la diplopie. Dans le cas de paralysie du grand oblique, on fait la ténotomie du droit inférieur de l'autre œil, parce que la section de ce muscle produit à l'œil opéré la même diminution de motilité qu'a amenée la paralysie à l'autre œil.

La ténotomie d'un muscle de l'œil fut essayée d'abord par *Strohmeyer* sur le cadavre, et, quelques années plus tard, par *Dieffenbach* sur le vivant (1839). *Dieffenbach* ne sectionna pas le tendon, mais le corps du muscle. De cette manière, il n'était pas rare que la moitié postérieure du muscle se rétractât tellement que toute adhérence ultérieure avec le bulbe devenait impossible. Le muscle ainsi coupé était entièrement paralysé et, quand l'opération avait eu lieu pour corriger un strabisme convergent, il en résultait un strabisme divergent très prononcé. Des résultats aussi mauvais firent tomber la nouvelle opération dans un discrédit tel que l'on était sur le point d'y renoncer. Alors *Böhm* indiqua un procédé nouveau et meilleur, consistant dans la section du tendon, telle que nous la pratiquons aujourd'hui. *V. Græfe* y ajouta la manière de doser exactement l'effet de l'opération et fit connaître le moyen de l'augmenter ou de la diminuer. Ainsi que beaucoup d'opérateurs le font encore aujourd'hui, *v. Græfe* employait un procédé opératoire un peu différent de celui que nous avons décrit plus haut. Au lieu de saisir le tendon avec la pince, il le chargeait sur le crochet sur lequel il le sectionnait, et, pour rechercher les fibres non encore coupées, il employait un second crochet plus petit.

Quant à l'*avancement*, il fut exécuté d'abord par *Guérin*, et peu après par *v. Græfe*. Ce dernier désigna son procédé du nom de : *Fadenoperation* (opération au fil). Cette méthode ne diffère du simple avancement que par les points suivants : le muscle raccourci n'est pas coupé exactement au niveau de son insertion, mais un peu plus en arrière, de manière à laisser un petit bout du tendon attaché à la sclérotique. Dans ce bout on passe un fil au moyen duquel on peut, autant que de besoin, attirer le bulbe du côté opposé ; l'opération terminée, pour maintenir le globe dans une position convenable, les bouts du fil sont fixés, au moyen de sparadrap, sur un point avoisinant l'œil. De cette manière, d'un côté l'effet de l'opération devient plus considérable ; de l'autre côté, le tiraillement du muscle avancé est diminué.

Comment la ténotomie d'un muscle en provoque-t-elle l'affaiblissement ? Sup-

posons que, pour un strabisme convergent de l'œil droit, l'on ait pratiqué la ténotomie du droit interne. A cause du strabisme interne, le droit externe était
tendu et allongé; il a maintenant une tendance à reprendre sa longueur normale. Après la section du tendon, le droit externe attire donc l'œil, en produit
la rotation en dehors et diminue la déviation strabotique. Mais, dans la même
proportion, le tendon du droit interne glisse en arrière le long de la sclérotique.
Ce résultat est encore augmenté par la rétraction élastique que manifeste tout
muscle sectionné. Le tendon du droit interne est situé maintenant contre la
sclérotique, plus en arrière, et il y contracte de nouvelles adhérences. Il s'ensuit que l'insertion sclérale du muscle se rapproche de son point d'origine au
trou optique, et que le muscle est plus court. Avant la section, et à l'état de
repos, le muscle avait une certaine longueur et, par contraction, il était susceptible de se raccourcir jusqu'à un minimum déterminé. Après la section, ce minimum n'a pas changé, mais, à l'état de relâchement, la longueur du muscle a
diminué, et il en résulte une différence moins prononcée entre l'état de repos
et l'état de la plus forte contraction. Mais cette différence correspond à l'adduction de l'œil, qui est par conséquent amoindrie d'une manière définitive. On
s'aperçoit facilement qu'après l'opération l'œil ne peut pas être amené aussi loin
en dedans qu'auparavant; c'est même de cette manière que l'on juge si l'opération a réussi.

Il est donc évident que, si l'on est parvenu à corriger la déviation strabique,
ce n'est qu'en sacrifiant une partie de l'adduction. La diminution du mouvement en dedans l'emporte même toujours sur ce qu'on a gagné dans la position
de l'œil. Mais d'ordinaire cette diminution n'a pas d'importance, parce que,
dans le strabisme convergent, l'adduction dépasse la normale. Il s'ensuit que,
si, par l'opération, elle est descendue un peu en dessous de la moyenne, la
diminution ne s'en fera remarquer que dans les mouvements de latéralité
extrêmes. Il n'en serait pourtant plus de même si on cherchait à corriger une
déviation strabique très forte par une ténotomie très large du droit interne, à
laquelle se lierait nécessairement une diminution prononcée de l'adduction.
Sans doute, pendant le regard en face, l'œil occuperait une position normale;
mais, dès que le patient voudrait regarder du côté ténotomisé (par exemple du
côté gauche, dans le strabisme convergent droit), l'œil opéré ne pourrait pas
suivre convenablement l'autre. Dans cette direction du regard, il se manifesterait un strabisme divergent, absolument comme dans la paralysie du droit
interne. Pour ce motif, on aurait tort de vouloir, par une opération unilatérale,
faire disparaître une déviation strabique considérable; on doit, au contraire,
partager sur les deux yeux l'effet de l'opération. Ainsi, on commence par faire
la ténotomie sur l'œil strabique, quelques semaines plus tard on opère de même
l'œil sain. En additionnant l'effet des deux opérations, on obtient le résultat
désiré, tandis que, néanmoins, la diminution de l'adduction pour chacun des
yeux est insignifiante. La ténotomie pratiquée sur l'œil sain est d'autant mieux
justifiée qu'il montre aussi une augmentation pathologique de l'adduction due
à ce que les strabiques convergents innervent toujours trop énergiquement les
deux droits internes (voir page 669).

Le recul du tendon résulte surtout de ce que, après qu'il a été sectionné, son antagoniste tire l'œil de son côté. Cet effet dépend donc en réalité de l'état de l'antagoniste du muscle raccourci. Plus cet antagoniste est puissant, et mieux il sera en état, après la section du muscle raccourci, de ramener l'œil dans sa position normale. En déterminant les excursions latérales, c'est-à-dire l'adduction et l'abduction, nous avons la mesure exacte de la force des muscles (voir page 626). Avant donc d'entreprendre une opération de strabisme, il ne faut pas négliger de pratiquer ces menstruations parce que l'on peut, grâce à elles, déterminer d'avance approximativement l'effet de la ténotomie. Si celui-ci n'est pas tel qu'on le désirait, on peut, par des moyens appropriés, l'augmenter ou le diminuer à volonté (dosage de l'effet).

Les méthodes propres à *augmenter* l'effet de l'opération sont :

1° *Détachement des expansions latérales du tendon.* — Sous le nom d'expansions latérales, on comprend les adhérences qui relient le tendon à la capsule de Ténon à l'endroit où le premier traverse la seconde. Cette liaison n'est pas détruite par le fait de la ténotomie, puisqu'on coupe le tendon en dedans de la capsule de Ténon. Ainsi s'explique qu'un muscle détaché de l'œil n'a pas perdu toute action sur celui-ci, puisqu'il peut encore faire mouvoir la capsule de Ténon et par elle, l'œil. Par ses ailerons latéraux, le tendon est maintenu, après la section, en contact avec la sclérotique avec laquelle il peut de nouveau contracter adhérence. Plus la destruction de ces adhérences est complète, plus aussi le tendon se rétracte et plus il se soude loin en arrière à la sclérotique. Ainsi, un moyen d'augmenter l'effet de l'opération consiste à couper le tissu conjonctif de chaque côté du tendon qui, de cette manière, devient libre. Cependant, on ne doit pas aller jusqu'à séparer complètement le tendon de la capsule de Ténon, sinon ce tendon se rétracterait tout entier dans l'orbite et ne se ressouderait plus au bulbe. Alors, comme dans l'opération de *Dieffenbach*, on aurait à regretter un effet exagéré ;

2° L'application d'une *suture* qui seconde l'action de l'antagoniste (*v. Græfe, Knapp*). Dans la ténotomie du droit interne, on place la suture du côté externe du globe. On passe le fil à travers la conjonctive tout contre le bord externe de la cornée et parallèlement à lui. Alors, l'un des bouts du fil est à son tour passé de dedans en dehors à travers la commissure externe et noué à l'autre bout. L'abduction est d'autant plus prononcée que l'on tire plus fortement sur les fils pour faire le nœud. Dans la ténotomie du droit externe, la suture doit être placée du côté interne du globe ;

3° *Avancement de la capsule* de Ténon (*Wecker*). — Cette opération se pratique sur l'antagoniste dont on veut accroître l'action, donc, dans le strabisme convergent, sur le droit externe. On procède comme pour l'avancement du tendon : à travers le tendon mis à nu et à travers la conjonctive, on passe des fils, au moyen desquels on attire en avant le tendon en même temps que la capsule de Ténon. Cette méthode se distingue principalement de l'avancement du muscle, en ce qu'on ne fait pas la section du tendon.

Pour *diminuer* l'effet de l'opération, nous disposons des moyens suivants :

1° En appliquant la *suture* qui doit fermer la plaie conjonctivale, on saisit un

large pli conjonctival et on enfonce l'aiguille assez profondément pour accrocher
la capsule de Ténon. Ensuite, on serre fortement le fil, et l'on attire ainsi le
tendon un peu en avant en même temps que la conjonctive ;

2° Dès que l'on observe que l'action du muscle coupé est trop affaiblie, il faut
en saisir le bout, y passer un fil et le fixer plus en avant. C'est le cas lorsque
l'on a trop largement détaché le muscle de la capsule de Ténon, ou quand on a
opéré pour une déviation trop peu prononcée. Il vaut donc mieux ne pas toucher
à un strabisme léger. On a d'ailleurs cherché à modifier la ténotomie dans le
but d'en rendre l'effet peu considérable, en laissant quelques fibres tendineuses
intactes. Cependant, une ténotomie ainsi partiellement exécutée n'est généralement suivie d'aucun résultat durable. On s'en convainc dans les cas où, sans
le vouloir, on a laissé échapper quelques fibres tendineuses aux ciseaux ; alors
au bout d'un temps plus ou moins long, l'effet de l'opération a complètement
disparu. Les fibres conservées empêchent le tendon de se rétracter et il s'insère
de nouveau sur la sclérotique à l'endroit primitif.

En ce qui concerne l'*effet définitif*, il diffère d'après les cas. Ce qui s'observe
le plus souvent, c'est que l'effet de l'opération se prononce un peu plus dans les
premiers jours, pour diminuer ensuite et finir par rester moins sensible qu'immédiatement après l'opération. Quelquefois la diminution va si loin que l'effet
opératoire disparaît entièrement et que la ténotomie doit être répétée. Ce fait
s'observe notamment souvent dans le strabisme divergent. Dans le strabisme
convergent, il arrive en revanche que l'effet augmente lentement mais constamment, jusqu'à ce qu'enfin il se manifeste un strabisme divergent. Celui-ci
peut se déclarer même après des années. Malheureusement, il est impossible
de prévoir, avant ou immédiatement après l'opération, lequel de ces effets
doit se réaliser, de sorte qu'il n'y a pas moyen de les prévenir immédiatement.

Une conséquence désagréable qui accompagne quelquefois la ténotomie, est
l'*enfoncement de la caroncule*, qui semble être fortement rétractée en arrière. Ce
phénomène ne s'observe qu'après la ténotomie du droit interne et dépend de
ce que le muscle, en se rétractant, entraîne en arrière la conjonctive de la
moitié interne du bulbe. On peut prévenir cet accident en fermant la plaie conjonctivale par une suture et en maintenant ainsi la conjonctive dans sa situation
normale. — Le résultat esthétique de l'opération peut également être contrarié
par le développement d'une *exophtalmie*. Celle-ci dépend de ce qu'après la section d'un des droits l'œil est plus faiblement maintenu dans l'orbite (c'est pour
le même motif que, dans la paralysie des muscles droits de l'œil, on observe un
léger degré d'exophtalmie). Il n'est pas possible de faire disparaître l'exophtalmie,
mais, si elle produit une difformité, il est possible de la cacher. Ainsi, dans l'exophtalmie peu prononcée, telle que celle qui nous occupe ici, ce qui est surtout
frappant, ce n'est pas tant la proéminence du globe oculaire lui-même que la
distension de la fente palpébrale qui en résulte. Mais on peut la corriger en raccourcissant la fente palpébrale au niveau de l'angle externe de l'œil (tarsorraphie). — Pendant le traitement consécutif de la strabotomie, il se développe
assez souvent un bourgeon charnu sur la sclérotique au niveau de la plaie con-

jonctivale. Ce bourgeon s'étrangle plus tard à sa base et finit par tomber; il n'est d'ailleurs pas difficile de l'enlever par un coup de ciseaux.

Des *accidents fâcheux*, tels que la suppuration de la plaie, une exsudation dans l'espace de Ténon avec protrusion du globe, ou même la panophtalmite ne peuvent se déclarer que lorsque, pendant l'opération, la plaie a été infectée. Actuellement, ces accidents deviennent excessivement rares. — Quand on opère avec des ciseaux pointus et qu'on a affaire à un patient remuant, il peut arriver qu'on blesse la sclérotique. Si l'on a opéré dans des conditions aseptiques, habituellement, cet accident se passe sans autres suites. En général, quand on l'exécute avec prudence, la ténotomie peut être considérée comme exempte de tout danger. Ensuite c'est une des opérations pour lesquelles les patients (surtout les femmes) sont le plus reconnaissants.

Une indication, rare toutefois, pour l'exécution de la ténotomie, c'est le cas où, pour des raisons optiques, l'on se trouve obligé d'établir un colobome en haut. Par une ouverture ordinaire de la fente palpébrale, ce colobome est couvert par la paupière supérieure. Toutefois, la plupart des patients apprennent bientôt à le découvrir en relevant davantage cette paupière. S'ils n'étaient pas en état de le faire, il faudrait ténotomiser le droit supérieur pour que le droit inférieur pût abaisser l'œil et amener le colobome dans la fente palpébrale. Il va sans dire qu'on ne doit se décider à cette intervention que dans le cas où l'autre œil est aveugle, sinon, comme dans la paralysie, il se manifesterait de la diplopie.

II. — ÉNUCLÉATION DE L'ŒIL

§ 163. L'énucléation consiste à extraire de la capsule de Ténon le bulbe oculaire, en laissant en place la conjonctive et tous les tissus avoisinants. C'est à *Bonnet* que revient le mérite d'avoir introduit cette opération, en se basant sur ses études de la capsule de Ténon (appelée aussi, pour ce motif, capsule de *Bonnet*). Auparavant, on avait excisé au couteau le bulbe et les parties molles adjacentes, à peu près comme le fait un boucher. Cette opération, bien plus grave, qu'on appelle *extirpation du globe*, ne se pratique plus aujourd'hui que dans les cas où des néoplasmes malins ont envahi l'œil et les tissus de l'orbite, de façon qu'une simple énucléation de l'œil n'est plus praticable. Sous le nom d'*exentération de l'orbite*, on comprend l'enlèvement de tout le contenu de l'orbite, fait de manière à n'en laisser en place que les parois osseuses. C'est encore une opération qu'on ne pratique que lorsqu'il s'agit d'extirper un néoplasme.

Voici comment on exécute l'énucléation, selon la méthode d'*Arlt :* on chloroforme le patient, et les paupières sont écartées au moyen des rétracteurs de *Desmarres*. Pour l'opération elle-même, on emploie une pince à fixation et des ciseaux droits, dont l'une des branches doit être aiguë, et l'autre mousse. Quand on opère l'œil gauche, on commence par saisir, au niveau du bord externe de la cornée, un pli de la conjonctive et on l'incise. Partant de cette incision, on coupe la conjonctive tout autour de la cornée et on l'isole plus loin en arrière. Ensuite, on saisit le droit externe au moyen de la pince, et on le coupe derrière cet instrument, de façon à laisser attaché à la sclérotique un bout de tendon. Il doit servir à saisir le globe oculaire pendant le reste de l'opération, qui consiste à sectionner les autres muscles de l'œil et le nerf optique. Pour cela, on passe la branche mousse des ciseaux sous le tendon du droit supérieur, et, après l'avoir chargé sur cet instrument, on le coupe d'un coup à ras de la sclérotique. On en agit de même pour le droit inférieur. Alors, avec les ciseaux fermés, on pénètre du côté externe derrière le globe, pour chercher le nerf optique qui se tend lorsque l'on attire le bulbe, et qui se présente aux ciseaux comme un cordonnet dur. Lorsqu'on a senti le nerf optique, on ouvre les ciseaux et on coupe le nerf aussi près du globe que possible. Dès que cette section est achevée, on peut sortir l'œil de l'orbite et l'entraîner au-devant des paupières (le luxer). Ensuite on sectionne les autres tissus attachés au bulbe (le droit interne et les deux obliques), aussi près que possible de la sclérotique. Alors l'œil est énucléé. A ce moment, on a devant soi une plaie excavée, limitée en arrière par la capsule de Ténon, et en avant par la conjonctive bulbaire détachée. Dans le bord de la conjonctive, qui correspond au limbe conjonctival, on place une suture en bourse, de telle façon qu'en la serrant, la conjonctive se ferme, comme une blague à tabac. Ensuite, on applique un bandeau compressif, dans le but d'adosser la conjonctive à la capsule de Ténon et ainsi de les faire adhérer.

A l'œil droit, l'opération s'exécute de la même manière, seulement dans ce cas, on commence par couper la conjonctive en dedans de la cornée, et l'on sectionne d'abord le droit interne. Cette petite différence entre l'opération de l'œil droit et celle de l'œil gauche s'explique par cette circonstance que l'on est toujours enclin à diriger les ciseaux de droite à gauche, parce qu'on est ainsi mieux en main.

Après l'énucléation, la *cicatrisation* s'opère sans suppuration, c'est-à-dire par première intention. L'excavation qui résulte de l'énucléation du globe oculaire, est limitée en arrière par la capsule de Ténon, dont on a devant soi la surface interne. On y voit les bouts des muscles sectionnés, et, tout à fait au fond, la coupe transversale du nerf optique entourée d'un peu de graisse orbitaire. Cette surface saignante est recouverte par la conjonctive bulbaire qui, détachée du globe oculaire, pend au bord antérieur de la cavité opératoire. En la refoulant en arrière, on en applique la surface postérieure contre la face antérieure de la capsule de Ténon. L'ouverture qui se trouve dans le milieu de la conjonctive et qui correspond à la cornée est préalablement fermée par la suture en bourse. Il ne reste donc aucun point de la plaie à découvert.

L'énucléation pratiquée dans de bonnes conditions d'asepsie est une opération absolument exempte de dangers. D'ordinaire, l'hémorragie est peu abondante, et elle n'exige pas d'autres mesures que l'application d'un bandeau compressif sur les paupières fermées. Si l'hémorragie était plus abondante, il faudrait introduire dans l'orbite même un tampon de gaze iodoformée. Dans les conditions normales, la plaie est guérie en moins d'une semaine. Une inflammation suppurative du tissu orbitaire (phlegmon) ne se déclare, après l'énucléation, que dans le cas où la plaie a été infectée. Lorsque l'énucléation est pratiquée sur un œil, qui est le siège d'une panophtalmite, il se développe quelquefois, après l'opération, une méningite suppurative, avec terminaison mortelle. Par conséquent, la panophtalmite est une contre-indication de l'énucléation (voir page 371).

La *prothèse* ne doit être placée qu'au moins quinze jours après l'énucléation. Un œil artificiel consiste en une coquille de verre, qui imite le segment antérieur du bulbe et qui est maintenue par les paupières. Après une énucléation guérie normalement, on trouve une cavité revêtue de la conjonctive, qui forme derrière les paupières supérieure et inférieure une profonde rainure correspondant aux culs-de-sac conjonctivaux. C'est dans cette rainure que se placent les bords supérieur et inférieur de l'œil artificiel. Celui-ci est d'autant mieux retenu que la rainure est plus profonde. Pour ce motif, pendant l'opération, on ménage autant que possible la conjonctive bulbaire. Dans les cas où l'on est obligé de l'enlever en partie, le reste de la conjonctive se rétracte par cicatrisation dans la cavité, ce qui a pour résultat de rendre le cul-de-sac d'autant moins profond. Il peut même se faire que celui-ci soit si peu profond qu'il devienne impossible d'appliquer un œil artificiel. — L'œil artificiel se meut en même temps que l'autre, mais les excursions en sont moins étendues. En effet, les muscles oculaires détachés du bulbe ont conservé leurs attaches à la capsule de Ténon. Ils font donc mouvoir cette capsule dans le même sens que l'autre œil et, avec la capsule, la conjonctive qui la recouvre, ainsi que l'œil artificiel qui repose sur elle.

§ 166. Les *indications* de l'énucléation sont :

1° Des *tumeurs de mauvaise nature*, ayant leur siège sur le bulbe ou dans le bulbe, quand on ne peut pas les extirper radicalement en conservant celui-ci. Dans les tumeurs qui se développent dans le segment postérieur du globe oculaire (gliome du nerf optique et sarcome de la choroïde), il peut arriver que la néoplasie se propage en arrière le long du nerf optique. Pour cette raison, dans des cas semblables, on coupe le nerf optique, non à ras de l'œil, mais aussi loin en arrière que possible. Après l'énucléation, on doit examiner la section transversale du bout du nerf optique attenant au bulbe. Si l'on y trouve des traces du néoplasme, il faut rechercher l'autre bout du nerf optique resté dans l'orbite et l'exciser ;

2° *Traumatismes*. On pratique aussitôt l'énucléation (énucléation primaire), quand la blessure est telle que tout espoir de conserver l'œil est perdu. Tel est le cas dans la rupture très étendue du segment antérieur du bulbe oculaire avec évacuation partielle de son contenu. Par l'énucléation, on préserve le patient de la panophtalmite consécutive ou de l'atrophie lente et douloureuse de l'œil.

Lorsqu'au contraire la blessure est telle que l'espoir de conserver tout au moins la forme de l'œil n'est pas tout à fait perdu, on essaie de sauver l'œil, en appliquant le traitement indiqué par la nature du traumatisme. Lorsque, néanmoins, une inflammation se déclare et que la vision se perd complètement, alors l'énucléation est indiquée pour empêcher l'ophtalmie sympathique de l'autre œil (énucléation secondaire). L'énucléation sera également appliquée aux yeux qui, par suite d'une opération malheureuse de la cataracte, se sont enflammés et sont devenus aveugles;

3° Dans l'*iridocyclite*, l'*atrophie* et la *phtisie du globe*, l'énucléation est indiquée, quand une ophtalmie sympathique menace d'éclater ou a déjà fait son apparition. L'énucléation est encore indiquée, quand l'œil est le siège de douleurs permanentes qu'on ne peut faire disparaître par d'autres moyens. On suppose naturellement, dans ce cas, que tout espoir de conserver ou de rétablir une vue utile soit irrémédiablement perdu;

4° Dans le *glaucome absolu*, lié à un état douloureux permanent, lorsque d'autres opérations moins graves ont été pratiquées sans succès, ou sont inexécutables;

5° Dans l'*ectasie du bulbe*. Lorsque, par la présence d'un grand staphylôme de la cornée ou de la sclérotique, ou d'une hydrophtalmie, le globe oculaire a acquis un volume considérable, il est à charge au patient par les fréquentes poussées irritatives dont il est le siège, par l'obstacle qu'il apporte à l'occlusion parfaite des paupières, et par la difformité qu'il engendre. Alors l'énucléation est indiquée, dans l'hypothèse où il n'y aurait pas moyen de diminuer le volume de l'œil par un autre procédé (par exemple, par une opération du staphylôme) ;

6° Dans l'*hémorragie* dont un œil opéré ou crevé est le siège et qu'on ne peut pas arrêter d'une autre manière;

7° Des *considérations esthétiques* engagent quelquefois à énucléer un œil aveugle et très difforme pour le remplacer par un œil artificiel.

Dans l'énucléation, beaucoup d'opérateurs se servent du crochet à strabisme.

Au moyen de cet instrument, on saisit les tendons à couper, on les attire et on les sectionne. Ce procédé est plus facile, mais il est plus compliqué et plus long que celui où l'on soulève et coupe directement le tendon par les ciseaux, ainsi qu'*Arlt* l'a indiqué.

Il arrive quelquefois que l'on est obligé d'énucléer un œil, qui n'est pas malade. Tel est le cas, par exemple, lorsque, pour extirper une grosse tumeur de l'orbite, la présence du bulbe gêne tellement qu'elle empêcherait l'enlèvement radical de la néoplasie. Dans beaucoup de ces cas, on pourrait, afin de conserver l'œil, s'aider de la résection temporaire de la paroi externe de l'orbite (*Wagner*). — Après des opérations très étendues, exécutées dans le voisinage de l'œil, cet organe perd quelquefois tous ses soutiens, et, si on le maintenait, il se trouverait entièrement à découvert. Aussi, dans un cas pareil, il est préférable de l'enlever immédiatement plutôt que de le laisser se perdre par panophtalmie.

Tous les soirs, l'*œil artificiel* doit être enlevé et bien lavé. Avec le temps il perd son éclat, et doit être remplacé par un œil nouveau. Il n'est pas rare que la conjonctive, sous l'influence de l'irritation mécanique exercée par l'œil artificiel, devienne le siège d'une inflammation chronique. Dans ce cas, l'œil artificiel ne doit être porté journellement que pendant quelques heures, ou bien l'on doit même y renoncer entièrement pour quelque temps et traiter la conjonctivite catarrhale. D'autre part, il arrive aussi que, par le port d'un œil artificiel, une gêne, existant auparavant, disparaît. Tel est notamment le cas, lorsque, après l'énucléation, les paupières s'enfoncent dans l'orbite et qu'un entropion se déclare. Alors les cils, dirigés en dedans, irritent la conjonctive. En appliquant un œil artificiel, on fournit un soutien aux paupières, l'entropion disparaît et en même temps l'état inflammatoire de la conjonctive.

Pour porter un œil artificiel, il n'est pas nécessaire que l'orbite soit vidé, l'œil peut être conservé. La seule condition pour cela, c'est que le bulbe soit diminué de volume, ou bien dans sa totalité par atrophie ou par phtisie, ou du moins dans son segment antérieur, par aplatissement de la cornée ou par enlèvement d'un staphylôme cornéen. C'est appliqué sur un moignon qu'un œil artificiel donne surtout l'illusion de la réalité et du naturel. Il se meut parfaitement avec l'œil qu'il recouvre, tandis que celui qui occupe un orbite vide, outre qu'il paraît toujours un peu trop profond et trop petit, est aussi moins parfaitement mobile.

C'est pourquoi on ne se décidera à pratiquer l'énucléation pour des raisons esthétiques que lorsqu'elle sera absolument nécessaire ; sinon, on doit préférer d'autres méthodes opératoires par lesquelles il est permis de conserver le bulbe, si diminué que soit son volume (par exemple, l'opération du staphylôme). Malheureusement, le moignon oculaire ne supporte pas toujours bien la prothèse. Celle-ci peut l'irriter et y provoquer une inflammation et des douleurs et l'on connaît même des cas où, par suite de l'irritation exercée par la prothèse sur le moignon, une ophtalmie sympathique s'est déclarée dans l'autre œil. Dans des cas semblables, l'on doit renoncer à la prothèse, ou se décider à énucléer le moignon douloureux.

En considération des avantages esthétiques qui résultent d'une prothèse oculaire appliquée sur un bulbe diminué de volume, on a cherché à remplacer l'énucléation par une opération qui permette de conserver un moignon dans l'orbite. Cette opération est l'*exentération oculaire*. On l'exécute, d'après les indications d'*Alfred Græfe*, de la manière suivante : on commence par enlever la cornée en même temps qu'une zone sclérale y attenante. A cet effet, on incise la sclérotique près du limbe au moyen d'un couteau, puis on la détache circulairement avec des ciseaux. Le bulbe étant ouvert, on en râcle tout le contenu au moyen d'une curette tranchante, de manière à mettre à nu la face interne de la sclérotique. On termine l'opération en fermant l'ouverture par des sutures qui embrassent en même temps la conjonctive et le bord de la sclérotique.

Dans le but de faire de la chirurgie aussi conservatrice que possible, on a encore tâché de remplacer l'énucléation par la section des nerfs qui se rendent au bulbe. Cette opération porte le nom de *névrotomie optico-ciliaire* (*Boucheron, Schöler*). Au niveau du droit interne, on coupe d'abord la conjonctive et puis le muscle lui-même. A travers la plaie, on pousse des ciseaux en arrière jusqu'au nerf optique, que l'on sectionne sur un point aussi reculé que possible. Alors il est possible d'imprimer au bulbe un mouvement de rotation en dehors suffisant, pour que l'on voie apparaître dans la plaie le segment postérieur en même temps que le moignon du nerf optique. On coupe alors tout près de la sclérotique le bout du nerf optique qui est encore adhérent. De cette manière, si l'on a eu soin de sectionner ce nerf très loin en arrière, on en enlève un bout assez considérable. Ensuite on débarrasse le segment postérieur du globe oculaire jusqu'à l'équateur de tous les tissus qui y adhèrent, et ainsi on coupe la plupart des nerfs ciliaires. Alors on replace le bulbe dans la capsule de Ténon et on l'y fixe en suturant les bouts du muscle droit interne et les lèvres de la plaie conjonctivale. Lorsque l'opération est terminée, on applique un bandeau compressif.

Il est évident que ni l'exentération oculaire ni la névrotomie ne sauraient remplacer l'énucléation, quand il existe dans l'œil des néoplasies malignes. Par contre, elles le pourraient, lorsqu'il s'agit d'yeux que l'on doit extirper parce qu'ils sont douloureux ou parce qu'ils menacent de provoquer une ophtalmie sympathique. Seulement aucune de ces deux opérations ne s'est montrée complètement infaillible. Ainsi, il n'est pas rare que les douleurs reviennent et, après l'application de chacune des deux méthodes, on a vu l'ophtalmie sympathique éclater. Ajoutons-y que ces opérations sont plus difficiles à exécuter que l'énucléation et que la durée de la guérison en est considérablement plus longue. Pour tous ces motifs, elles ne pourront jamais faire abandonner l'énucléation, quoique, dans certains cas particuliers, elles puissent trouver leurs applications.

L'*exentération de l'orbite* s'exécute comme suit : après avoir anesthésié le patient, on fend la commissure palpébrale externe jusqu'au-delà du bord orbitaire. De cette manière, les paupières sont mobilisées, et il est possible de les renverser en haut et en bas, pour donner autant que possible un accès facile dans l'orbite. Alors, derrière les paupières renversées, on sectionne au moyen du scalpel les parties molles jusqu'au rebord orbitaire osseux. A partir de ce point jusqu'au sommet de l'orbite, on décolle circulairement le périoste. Lorsque ce décollement est achevé, tout le contenu orbitaire, sous forme d'un cône, est libre dans la cavité de l'orbite, sauf au niveau du trou optique, où il adhère encore par l'intermédiaire du nerf optique et de l'artère ophtalmique. Pour les détacher à leur tour, le mieux est de les couper par écrasement pour éviter l'hémorragie de l'artère. Si, malgré cette précaution, le sang n'était pas arrêté, il faudrait recourir au thermo-cautère ou au galvano-cautère, parce que la ligature de l'artère ophtalmique est matériellement impossible. Ensuite on détache de l'os des lambeaux des tissus qui y adhèrent encore, de façon à le dénuder complètement. Enfin, après avoir convenablement lavé l'orbite au moyen d'un liquide désinfectant, on le tamponne avec de la gaze iodoformée et on applique un bandeau légèrement compressif.

III. — Opérations du trichiasis

§ 167. Le nombre des opérations qui ont été proposées pour faire disparaître le trichiasis (et le distichiasis) est extraordinairement considérable. Cependant, la plupart des procédés employés ne diffèrent que par quelques détails insignifiants, de manière qu'il suffit d'en décrire un petit nombre qui constituent des types fondamentaux. — L'effet d'une bonne opération du trichiasis doit être de faire disparaître la fausse position des cils et d'empêcher la récidive. Toutes choses égales d'ailleurs, on donne la préférence à la méthode qui réalise ces desiderata tout en occasionnant le moins de difformité possible. Le procédé qui doit nous venir en premier lieu à l'idée, c'est d'enlever simplement (excision du sol ciliaire) la partie de la paupière qui porte les cils. Mais, comme les résultats de cette méthode opératoire laissent beaucoup à désirer, on l'a modifiée en ce sens qu'au lieu d'exciser le sol ciliaire on l'a déplacé de manière à donner aux cils la direction voulue (transplantation du sol ciliaire). Par ces méthodes on fait disparaître la déviation, sans en détruire la cause, c'est-à-dire l'incurvation du tarse. On songea donc aussi à guérir le trichiasis en rendant au tarse incurvé sa direction normale (redressement du tarse). La plupart des opérations de trichiasis connues reposent sur l'un ou l'autre de ces principes.

1° *Ablation* du sol ciliaire d'après *Flarer.* — Pendant l'opération, l'on doit donner à la paupière un appui solide sur lequel on puisse couper. Dans ce but, on emploie une plaque en corne que l'on glisse sous la paupière ; cette plaque aura la forme de la simple plaque en corne de *Jäger*, ou du blépharostat plus compliqué de *Knapp* par lequel la paupière est comprimée contre une plaque de corne au moyen d'un anneau métallique. Dans toutes les méthodes de l'opération du trichiasis, la paupière doit être fixée de la même manière.

Après avoir placé la plaque, on enfonce un couteau lancéolaire (ou un scalpel) dans le liseré intermarginal, au niveau de la ligne grise qui sépare les orifices des glandes de Meibomius des racines des cils (fig. 128, *i*). Lorsqu'on enfonce le couteau à cet endroit, on pénètre dans le tissu conjonctif lâche qui se trouve entre le tarse et les fibres musculaires de l'orbiculaire et qui se laisse aisément diviser. De cette façon, on dédouble la paupière en deux feuillets dont l'antérieur est formé par la peau et les cils, et dont le postérieur contient le tarse et la conjonctive. Ce dédoublement doit aller jusqu'au-delà des racines des cils, c'est-à-dire jusqu'à une distance de 3 millimètres environ du bord palpébral libre et cela sur toute la longueur de ce bord. Quand tout le champ d'implantation des bulbes pileux est ainsi détaché des tissus sous-jacents, on n'a plus qu'à inciser ses attaches à la peau de la paupière. Dans ce but, on coupe la peau par une incision située à la limite du champ d'implantation des bulbes pileux et qui court parallèlement au bord palpébral. A ce moment, le sol ciliaire n'est plus attaché à la peau de la paupière que par ses deux bouts. Il suffit de couper ceux-ci au moyen de ciseaux, pour détacher entièrement le lambeau (le lambeau *a* circonscrit par la ligne pointillée dans la figure 215, A). Il existe alors, le long du bord palpébral, une surface dénudée, dont le fond est constitué par le tarse mis à découvert. Au bout de quelques jours, cette plaie se cicatrise par bourgeonnement.

L'ablation du sol ciliaire possède l'avantage de la simplicité, et, quand on enlève tout, on rend toute récidive impossible. En revanche, elle produit une difformité permanente à cause de la disparition des cils, et prive l'œil de la protection que ceux-ci lui procurent. Ce fait a notamment de l'importance pour la paupière supérieure où les cils sont plus nombreux et plus forts. De plus, la cicatrice calleuse qui remplace le champ d'implantation des bulbes pileux détruits, devient souvent la cause d'une nouvelle irritation. C'est pourquoi l'ablation des follicules pileux ne se pratique plus que rarement aujourd'hui. On y a recours pour la paupière inférieure où les cils sont d'ailleurs petits et peu nombreux, notamment quand il s'agit d'un trichiasis partiel où il suffit d'enlever un court lambeau.

2° *Transplantation* du sol ciliaire d'après *Jæsche-Arlt*. — Pour faire cette opération à la paupière supérieure, comme pour l'opération précédente, on commence par inciser le liseré intermarginal, de façon à diviser la paupière en deux feuillets jusqu'aux limites du champ d'implantation des cils. De cette manière, celui-ci est séparé du tissu sous-jacent et rendu mobile. Ensuite, pour pouvoir le faire glisser en haut et l'y fixer, on raccourcit la peau de la paupière dans la direction verticale en en excisant un pli. Pour bien déterminer la hauteur à donner au pli, on le limite par deux incisions. La première court à 3-4 millimètres au-dessus du bord libre de la paupière et parallèlement à lui. La seconde incision se pratique en forme d'arc au-dessus de la première, de façon qu'au milieu elles s'écartent le plus l'une de l'autre (environ 6 à 8 millimètres), tandis qu'elles se réunissent par leurs extrémités. De cette manière, on excise un lambeau cutané elliptique que l'on détache du tissu sous-jacent au moyen de ciseaux, tout en ménageant les fibres musculaires sur lesquelles il repose. Quand ensuite on réunit les deux lèvres de la plaie au moyen d'un certain nombre de sutures placées dans la direction verticale (fig. 215, *B*, *s*), la lèvre inférieure de la plaie avec les bulbes pileux est fortement attirée en haut et, de cette manière, les cils se redressent. Par suite de cette manœuvre,

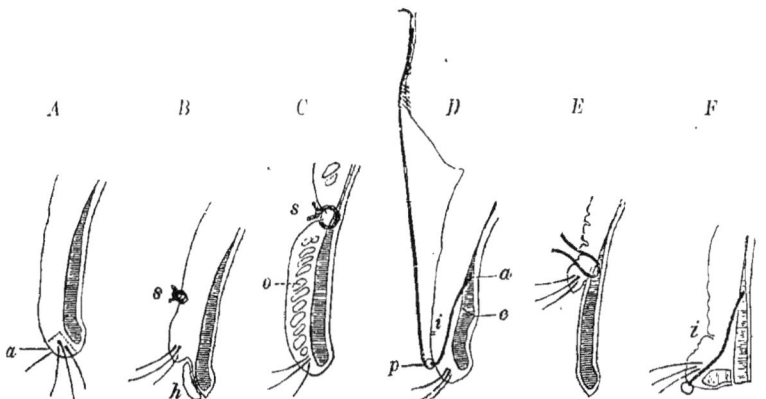

Fig. 215. — *Opérations du trichiasis*, dessinées schématiquement sous forme de coupes à travers la paupière supérieure. Gross. 2/1. — *A* excision du sol ciliaire, d'après *Flarer*. *B* transplantation du sol ciliaire, d'après *Jæsche-Arlt*. *C* relèvement du sol ciliaire, d'après *Holz*. *D* redressement du tarse, d'après *Snellen*, *E* déplacement du sol ciliaire, d'après *Oettingen*. *F* renversement du tarse d'après *Panas*.

l'incision du liseré intermarginal s'entre-bâille et laisse voir la face antérieure du tarse au fond de la plaie. Ensuite, afin que le champ d'implantation des bulbes pileux ne soit pas à nouveau attiré en bas, par la cicatrisation, on place dans la plaie, pour qu'il s'y greffe, le lambeau de la peau palpébrale excisé. Mais, avant d'y placer le lambeau, il faut lui donner une forme telle qu'il puisse s'ajuster dans la plaie (fig. 215, *B*, *h*). On le maintient fixé en place par un bandage, et il contracte presque toujours adhérence.

Quand on pratique cette opération, on commet fréquemment la faute d'exciser un lambeau trop large de la peau palpébrale, ce qui rend la paupière si courte qu'il en résulte un ectropion et de la lagophtalmie. C'est pourquoi il est bon de mesurer le lambeau avant d'entreprendre l'opération. A cet effet, on soulève avec les doigts un pli cutané et on s'assure de la grandeur qu'on peut lui donner sans trop raccourcir la paupière.

L'opération s'exécute de la même manière sur la paupière inférieure ; seulement, pour éviter l'ectropion, le lambeau cutané à exciser doit y être plus étroit encore.

3° *Relèvement du sol ciliaire, suivant la méthode de Holz.* — Si l'on opère sur la paupière supérieure, on commence par pratiquer à la peau, le long du bord supérieur du tarse, une incision qui s'étend d'une extrémité de ce cartilage à l'autre. Ensuite, on entre-bâille la plaie et, saisissant les faisceaux musculaires de l'orbiculaire visible au fond, on les excise (fig. 215, C, o). Là-dessus on ferme la plaie, en attachant par des sutures la lèvre inférieure de la plaie au bord supérieur du tarse. On fait passer l'aiguille d'abord à travers la lèvre supérieure de la plaie cutanée, puis à travers le bord supérieur du tarse, et enfin de dedans en dehors à travers la lèvre inférieure de la plaie cutanée (fig. 215, C, s). On place autant de sutures semblables qu'on le juge nécessaire. — L'idée fondamentale de cette opération consiste à relever le sol ciliaire, non pas en raccourcissant la peau palpébrale, comme dans la méthode de *Jæsche-Arlt*, mais en l'attachant à un point fixe, c'est-à-dire au bord supérieur du tarse. Le but de l'excision des fibres de l'orbiculaire est de diminuer la puissance de ce muscle, qui tend à infléchir la paupière vers le bulbe. Dans cette opération, on renonce à détacher le champ d'implantation des bulbes pileux par l'incision du liseré intermarginal ; cependant, en cas de besoin, on peut la combiner avec cette incision.

A la paupière inférieure, l'opération se pratique de la même manière, mais, en raison de la moindre hauteur du tarse, l'incision se trouve plus près du bord libre de la paupière.

4° *Redressement du tarse, d'après Snellen.* — On obtient ce redressement par l'ablation d'un lambeau cunéiforme du tarse. A environ 2 millimètres au-dessus du bord palpébral, et parallèlement à ce bord, on incise la peau sur toute la longueur de la paupière (fig. 215, D, i). Puis on incise les faisceaux inférieurs de l'orbiculaire mis à nu au fond de la plaie, de façon à découvrir le tarse. Ensuite, sur toute la longueur de ce cartilage, on en excise un lambeau en forme de coin et tel que la base du coin réponde à la face antérieure, le sommet à la face postérieure du tarse. Il ne reste plus alors qu'à coapter les deux surfaces de section du tarse (fig. 215, D, e). Dans ce but, on applique des sutures à anses au moyen de fils armés de deux aiguilles. On commence par passer l'une des aiguilles à travers le bord supérieur du tarse (a), puis on la dirige au-devant de la plaie du cartilage entre le cartilage et la peau jusqu'au bord libre de la paupière au-dessus duquel on la fait sortir. On fait de même avec l'autre aiguille. Ainsi, l'anse se trouve sur le bord supérieur du tarse, tandis que les deux bouts du fil apparaissent au-dessus du bord palpébral. Ici on les noue sur une perle (*p*) et on les rabat sur le front où on les fixe au-dessus du sourcil au moyen de sparadrap. De cette manière, la paupière est attirée en haut et, la plaie se fermant spontanément, il est inutile d'en réunir les lèvres (1).

Une des plus anciennes méthodes opératoires du trichiasis est l'ablation du sol ciliaire. Actuellement elle est presque entièrement abandonnée et remplacée par les méthodes de transplantation. Le pas le plus important dans la voie de l'amélioration de l'opération du trichiasis a été fait par *Arlt*, qui proposa de détacher du tarse le sol ciliaire. Ainsi il en rendit possible une large transplantation sans avoir à en redouter la nécrose, comme c'est le cas dans la méthode primitive de *Jæsche*, qui séparait complètement jusqu'à ses deux extrémités le sol ciliaire avec le tarse sous-jacent du reste de la paupière. Néanmoins la méthode d'*Arlt* n'est pas non plus exempte d'inconvénients. D'abord, il n'est pas aisé d'apprécier exactement la longueur du lambeau à exciser, ensuite, la récidive est possible. Ainsi, en ce qui concerne le premier point, on ne peut pas établir une règle pour indiquer d'avance quelle doit être la largeur de la bandelette cutanée, puisqu'elle doit différer suivant l'état (élasticité ou relâchement) de la peau de la paupière. Excise-t-on un lambeau trop petit, le champ d'implantation des bulbes pileux est trop peu relevé, et le trichiasis se reproduit. Au contraire, a-t-on enlevé trop de peau, il se déclare un ectropion ou de la lagophtalmie, deux affections qu'on ne pourrait faire disparaître que par une nouvelle opération. Pour ce motif, on a imaginé des méthodes par lesquelles il est possible de relever le sol ciliaire sans ablation d'un lambeau de peau. L'opération de *Hotz* appartient à cette catégorie. Le procédé d'*Œttingen* est un peu différent. Cet opérateur étend l'incision intermarginale jusqu'au-delà du bord supérieur du tarse, de manière que toute la peau, qui couvre le tarse, puisse glisser sur ce cartilage. Alors, à l'aide de sutures, il fixe le bord cutané libre, c'est-à-dire celui qui porte les cils, au bord supérieur du tarse (fig. 215, E). De cette manière, sous le bord palpébral libre relevé, existe une large plaie correspondant à la face antérieure du tarse. C'est sur le même principe que reposent les méthodes de *Costomyris*, de *Wecker* et de *Warlomont*.

L'opération de redressement du tarse de *Snellen* a été modifiée comme suit par *Panas* : La plaque de corne étant maintenue sous la paupière, on sectionne la peau à 2 ou 3 millimètres du bord libre et parallèlement à celui-ci, dans toute l'étendue de la paupière (fig. 215, F, *i*), et, en partant de cette incision, on dissèque la peau vers le bas presque près du bord libre, vers le haut jusqu'au bord supérieur du tarse. Ensuite, on pratique une incision, dirigée exactement comme celle de la peau, et intéressant le tarse dans toute son épaisseur, y compris la conjonctive. Par cette incision, la moitié inférieure du tarse, avec le bord libre, est rendue mobile et peut, par des sutures, être tournée suffisamment en avant

---

(1) La description de la méthode opératoire, telle qu'elle est donnée ici, s'éloigne des descriptions ordinaires ; je la dois à une communication écrite qui m'a été faite par le professeur *Snellen* lui-même.

pour que les cils soient dirigés convenablement. Les sutures, en forme d'anses, sont passées en haut à travers le bord supérieur du tarse et le fascia tarso-orbitaire, puis conduites derrière la peau, pour sortir dans le liseré intermarginal où on les noue sur des perles.

Quant aux récidives qui se manifestent fréquemment après l'opération d'*Arlt*, aussi bien qu'après beaucoup d'autres méthodes, on leur reconnaît les causes suivantes :

1° Lorsque le processus trachomateux n'est pas entièrement terminé, après l'opération, la rétraction de la peau et du tarse fait de nouveaux progrès, et les cils reprennent une fausse direction ;

2° Le raccourcissement de la peau dépendant de l'excision d'une bandelette cutanée perd son effet, parce que, surtout chez les personnes âgées, la peau s'allonge de nouveau peu à peu ;

3° La plaie qui existe au niveau de la ligne intermarginale et qui reste à découvert se cicatrise par bourgeonnement et formation de tissu modulaire. A cause de la rétraction graduelle du tissu cicatriciel, le bord libre de la paupière peut de nouveau descendre et rendre aux cils leur ancienne direction vicieuse. — La première cause dépend de la nature du trachome même et ne peut être mise sur le compte de la méthode opératoire. En revanche, la seconde et la troisième sont dues à l'imperfection de l'opération, c'est pourquoi on a cherché à les corriger. Pour rendre durable le raccourcissement de la peau, on l'a attachée à un point fixe, par exemple au bord convexe du tarse (*Hotz*). Quant à la cause principale des récidives, c'est-à-dire la descente du champ d'implantation des bulbes pileux par la rétraction cicatricielle, on a essayé de la faire disparaître, en recouvrant la plaie par un lambeau cutané. Dans le procédé d'*Arlt*, tel qu'on l'a décrit plus haut, on obtient ce résultat par la transplantation, sur la plaie, du lambeau de peau excisé (*Waldhauer*). *Van Millingen* préfère recouvrir la plaie d'un lambeau de muqueuse, pris sur la lèvre du patient lui-même ou à la conjonctive d'un lapin. Mais, comme ces lambeaux de peau ou de conjonctive entièrement détachés, risquent de se nécroser et que, dans tous les cas, ils se rétractent considérablement, certains opérateurs ont cherché à recouvrir la plaie d'un lambeau pédiculé. Dans la méthode de *Spencer Watson*, voici comment on forme ce lambeau : d'abord, on pratique une première incision au niveau du liseré intermarginal, et, comme pour l'ablation, une seconde au-dessus de la rangée des cils, parallèle à la direction du bord de la paupière (fig. 216, dans la moitié externe de la paupière supérieure). Alors, au lieu de sectionner aux deux bouts le lambeau cutané ainsi délimité, on ne le coupe qu'à l'une de ses extrémités. Par ce procédé, le sol ciliaire devient une longue et étroite bandelette, détachée par l'un de ses bouts, tandis que, par l'autre, elle est reliée à la peau de la paupière (fig. 213, *a*). Ensuite, on forme un second lambeau cutané semblable au premier. Dans ce but, à 3 millimètres environ au-dessus du premier lambeau, on pratique une nouvelle incision parallèle à la première, et formant ainsi la limite d'un second lambeau, que l'on détache également à l'un des bouts, tandis que l'autre reste attaché à la peau palpébrale (fig. 216, *b*). La base de ce dernier doit correspondre à l'extrémité externe de la paupière, quand celle du lambeau inférieur, c'est-à-dire du lambeau qui porte les cils, se trouve du côté interne, et réciproquement. Alors on intervertit les deux lambeaux, de manière que celui qui porte les cils devienne le supérieur, tandis que le lambeau supérieur vient prendre la place de l'autre, le long du bord palpébral libre (fig. 216, *a'* et *b'*). Chacun des lambeaux est fixé dans sa position par des sutures. Le défaut de l'opération de *Spencer Watson*, quand elle est pratiquée sur toute la longueur de la paupière, c'est que les lambeaux possèdent, comparativement à leur longueur, une base bien étroite, ce qui fait qu'ils sont très sujets à se nécroser. Pour cette raison, je n'ai recours à cette opération que dans les cas où le trichiasis n'atteint que l'une ou l'autre extrémité de la rangée des cils et où par conséquent le lambeau n'a pas besoin d'être aussi long (fig. 216). D'autres méthodes, dans lesquelles on forme des lambeaux pédiculés, sont celles de *Gayet*, *Jacobson* et *Dianoux*.

Fig. 216. — *Opération du trichiasis d'après* Spencer Watson. — Les lambeaux sont représentés n'occupant que la moitié de la longueur totale de la paupière. La moitié externe de la paupière supérieure montre les lambeaux dans leur situation naturelle, la moitié interne les montre après leur interversion.

Chacune de ces méthodes présente ses avantages et ses inconvénients. L'opérateur bien avisé ne s'en tiendra pas exclusivement à l'une ou l'autre d'entre elles, mais il en choisira une, ou il combinera deux procédés différents, suivant le cas qu'il a à opérer. Ainsi, la méthode de *Hotz* peut se combiner avec l'excision d'une bandelette cutanée, avec le décollement du sol ciliaire au moyen d'une section intermarginale ou, si l'incurvation du tarse est très prononcée, avec l'excision d'un coin de ce cartilage. Dans les cas où le trichiasis est le plus développé au milieu de la paupière, la méthode d'*Arlt* convient très bien, puisque, dans cette méthode, le lambeau cutané a sa plus grande largeur au milieu et que le déplacement du sol ciliaire y est donc le plus grand. D'ailleurs, l'effet des méthodes de *Hotz* et de *Snellen* est aussi le plus prononcé au milieu de la paupière. Enfin, le trichiasis se borne-t-il à atteindre l'une ou l'autre extrémité de la rangée ciliaire, on adoptera de préférence la formation d'un lambeau cutané pédiculé, par exemple d'après la méthode de *Spencer Watson*.

IV. — CANTHOPLASTIE

§ 168. La canthoplastie (*v. Ammon*) a pour but d'élargir la fente palpébrale en fendant l'angle externe des paupières. Au moyen des doigts, on écarte fortement l'une de l'autre les deux paupières, dans le but de tendre la commissure externe, et on introduit derrière elle, aussi loin que possible, la branche mousse de ciseaux droits. Puis, d'un coup, on coupe horizontalement la peau qui se trouve entre les deux branches des ciseaux. En écartant les paupières l'une de l'autre, on a devant soi une plaie rhomboïdale. Les deux côtés externes sont formés par la peau ; les deux côtés internes, par la conjonctive. On suture les côtés internes aux côtés externes, en commençant par le point où les deux moitiés de la plaie de la conjonctive se réunissent ; on saisit d'abord cette dernière et on la fixe au moyen d'une suture, dans l'angle externe de la plaie. Ensuite, on place encore une suture sur la partie supérieure et une autre sur la partie inférieure de la plaie.

Si l'on négligeait de recouvrir la plaie, dans l'angle externe de l'œil, par la conjonctive, elle finirait, au bout de peu de temps, par se refermer. Lorsque donc l'élargissement de la fente palpébrale ne doit être que temporaire, on se borne à inciser la commissure externe sans application de suture consécutive, — canthoplastie provisoire.

Les indications de la canthoplastie sont :

1° *Le blépharophimosis et l'ankyloblépharon.* — Ici l'on veut obtenir un effet permanent de l'opération, il faut donc placer une suture conjonctivale ;

2° Le *blépharospasme*, surtout quand il donne lieu à un ectropion spasmodique ; mais il suffit de faire alors une canthoplastie provisoire. Dans ce cas, le but de l'opération n'est pas seulement d'élargir la fente palpébrale, mais surtout de sectionner les fibres de l'orbiculaire, lequel perd ainsi de sa puissance. — Lorsque l'ectropion spasmodique est, comme c'est le cas si souvent, compliqué d'un blépharophimosis, la canthoplastie doit se pratiquer avec sutures consécutives ;

3° La *blennorrhée aiguë* quand, par suite d'une tuméfaction considérable des paupières, l'œil est le siège d'une forte compression. Ici on se contente de la canthoplastie provisoire. Il en est de même lorsque l'élargissement de la fente palpébrale se pratique comme

4° *Opération préparatoire*, dans le cas où l'on doit extirper un bulbe oculaire très augmenté de volume, ou lorsqu'on veut rendre possible le passage d'une tumeur orbitaire à travers la fente palpébrale.

V. — TARSORRAPHIE

§ 169. La tarsorraphie consiste à raccourcir la fente palpébrale par la réunion du bord des paupières ; c'est donc le contraire de la canthoplastie. On peut réunir les bords palpébraux au niveau de l'angle externe, ou de l'angle interne de l'œil, — tarsorraphie latérale ou médiane.

1° *Tarsorraphie latérale.* — D'après *v. Walther*, pour pratiquer cette opération, on avive, au niveau de l'angle externe de l'œil, le bord des paupières supérieure et inférieure en excisant le sol ciliaire et l'on réunit ces bords par des sutures dans l'étendue de l'avivement. Comme, par ce procédé, on se borne à réunir les angles antérieurs des paupières, c'est-à-dire des surfaces avivées très étroites, la cicatrice se rompt facilement sous une forte traction. Pour éviter cet inconvénient, j'opère d'une autre manière. On commence par marquer dans quelle étendue on désire réunir les bords palpébraux. Alors, par une incision intermarginale, on divise, dans cette étendue, la paupière inférieure en deux feuillets. Au niveau de l'extrémité interne de l'incision, on en pratique une autre très courte perpendiculaire à la première, se dirigeant donc verticalement en bas, mais qui n'intéresse que la peau, de manière à transformer le feuillet antérieur de la paupière dédoublée en un lambeau cutané (fig. 217, *a*). Les bords supérieur et interne du lambeau sont libres ; par contre, les bords inférieur et externe restent réunis à la peau de la paupière. La face postérieure du lambeau, près de son bord libre, porte des follicules des cils mis à nus : on les excise à l'aide de ciseaux tenus à plat, ce qui fait tomber les cils ultérieurement. Ensuite, on avive la paupière supérieure, en pratiquant, sur la même étendue que sur la paupière inférieure, l'incision inter-marginale, et en exécutant, comme dans l'opération de *Flarer*, l'ablation du sol ciliaire ainsi dégagé. De cette manière, on produit une surface avivée (fig. 217, *b*),

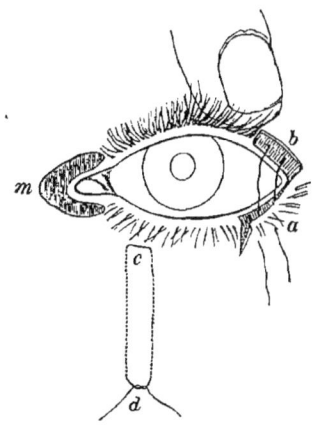

Fig. 217. — *Tarsorraphie.* — A l'angle externe de l'œil est dessinée la tarsorraphie latérale, dans l'angle interne la tarsorraphie médiane. A la paupière inférieure, on a représenté la situation de l'anse de fil d'une suture de GAILLARD.

à laquelle le lambeau cutané de la paupière inférieure viendra s'adapter par sa face postérieure. Pour obtenir une réunion exacte des surfaces et non de leurs bords seulement, on applique les sutures de la manière suivante : on passe les deux extrémités d'un fil armé de deux aiguilles, d'arrière en avant, à travers la paupière supérieure près de son bord libre. De cette manière, l'anse du fil est appliquée sur la paupière du côté de la conjonctive, tandis que les deux bouts libres sortent de la surface cruentée antérieure. Ensuite, on passe les fils dans la base du lambeau cutané inférieur et on les noue sur une perle à la face antérieure de ce dernier. Par le fait de cette suture, la base du lambeau est appliquée sur le tarse avivé de la paupière supérieure. Enfin, par quelques sutures fines, on tâche de coapter exactement le bord du lambeau cutané au bord avivé de la paupière supérieure. L'adhérence des paupières obtenue par cette méthode est tellement solide qu'elle est susceptible de résister à la plus forte tension.

2° *La tarsorraphie médiane* a été proposée par *Arlt*. D'après lui, on l'exécute au moyen d'une pince et d'une paire de ciseaux ; on excise, tout près
de l'angle interne de l'œil, tant de la paupière supérieure que de la paupière
inférieure, une bandelette cutanée étroite. Les plaies longues et étroites
ainsi pratiquées doivent être réunies à angle aigu, en dedans de l'angle
interne des paupières (fig. 217, *m*). On en réunit les lèvres dans toute leur
étendue au moyen de sutures à points séparés. Si l'on désirait obtenir une
réunion plus solide, on pourrait pratiquer cette opération, comme la tarsorraphie latérale, par la formation d'un petit lambeau cutané.

La tarsorraphie est indiquée :

1° *Dans l'ectropion*. — Dans ce cas, par sa réunion à la paupière supérieure, la paupière inférieure est relevée. L'opération de la tarsorraphie
se justifie le mieux dans l'ectropion sénile et dans l'ectropion paralytique,
en outre, dans les cas légers d'ectropion cicatriciel. Très souvent, on combine la tarsorraphie à une blépharoplastie, dans le but d'assurer la position
convenable des paupières ;

2° *Dans la lagophtalmie*, dans le but de raccourcir la fente palpébrale et
de faciliter de cette manière l'occlusion des paupières. Très souvent on pratique la tarsorraphie dans la lagophtalmie produite par l'exophtalmie dans
la maladie de *Basedow*, parce que c'est le seul moyen que nous possédions
de la faire disparaître.

En règle générale, c'est la tarsorraphie latérale que l'on exécute. Ce
n'est pour ainsi dire que dans l'ectropion paralytique qu'on pratique la
tarsorraphie médiane, parce que, dans ce cas, c'est la moitié interne de la
paupière inférieure qui est le plus pendante.

Quand l'ectropion existe depuis longtemps, la paupière inférieure se distend
et devient plus longue. Pour raccourcir cette paupière, la tendre et la réappli-
quer ainsi sur le bulbe, on l'avive, en pratiquant la tarsorraphie, dans une plus
grande étendue que la paupière supérieure. Lorsque la paupière est très considérablement allongée, on la raccourcit en en excisant un lambeau triangulaire
vers l'extrémité latérale. Le sommet du triangle est dirigé en bas et sa base correspond au bord palpébral libre. Les deux côtés du triangle excisé sont réunis
l'un à l'autre au moyen de sutures.

La réunion des paupières par la tarsorraphie s'exécute quelquefois malgré
une grande tension des tissus, par exemple quand on cherche à rapprocher
l'une de l'autre des paupières raccourcies, ou quand on pratique cette opération dans l'exophtalmie. Dans le dernier cas, c'est l'œil, augmenté de volume,
qui tend à distendre la fente palpébrale. Pour diminuer la tension, on peut aussi
suturer la fente palpébrale au niveau du segment destiné à rester ouvert, et cela
sans avivement des paupières, de manière que la réunion soit simplement temporaire. On maintient les sutures en place jusqu'à ce qu'elles aient coupé les
chairs ou jusqu'à ce que la cicatrice de la tarsorraphie soit suffisamment solide.

VI. — Opération de l'entropion

§ 170. L'*entropion spasmodique* ne se déclare que lorsque la peau de la paupière est abondante et lâche (voir page 573). Quand on tend la peau palpébrale en serrant entre les doigts un pli horizontal, l'entropion disparaît. C'est sur cette observation que reposent les méthodes opératoires de l'entropion qui ont pour but de raccourcir, dans le sens vertical, la peau de la paupière. Par contre, par d'autres procédés on cherche à le guérir en affaiblissant l'orbiculaire dont la contraction produit l'entropion. Les méthodes opératoires les plus employées sont :

1° *La suture de Gaillard*. — Cette suture, modifiée par *Arlt*, s'applique de la manière suivante : l'une des aiguilles d'un fil doublement armé est enfoncée dans la paupière inférieure à la limite qui en sépare le tiers moyen du tiers interne. Le point d'entrée se trouve tout près du bord palpébral (fig. 218, *A, c*) et le point de sortie dans la joue (*d*), à environ un pouce plus bas. La seconde aiguille est enfoncée près de la première et de la même façon, de sorte que l'anse du fil se trouve sur la peau dans le voisinage

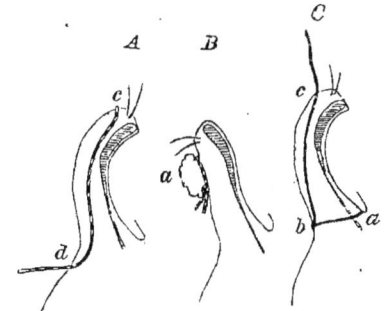

Fig. 218. — *Opérations de l'entropion*. Gross. 2/1. — *A* suture de Gaillard-Arlt. Placement de l'anse de fil. *B* la même après qu'on a noué l'anse de fil. *C* suture de Snellen.

du bord palpébral (fig. 217 et 218, *c*) et que les deux fils se dirigent parallèlement de haut en bas, en passant sous la peau de la paupière. Une suture semblable est placée à la limite du tiers moyen et du tiers externe de la même paupière. En nouant les deux bouts de chaque fil sur un petit rouleau de sparadrap ou de gaze iodoformée, et en les serrant, on étrangle un pli horizontal de la peau de la paupière inférieure (fig. 218, *B, a,*), ce qui fait disparaître l'entropion. Afin d'obtenir un effet suffisant, on serre les fils jusqu'à ce qu'il se produise un léger degré d'ectropion, qui disparaît plus tard. On laisse les fils en place, jusqu'à ce que le long de leur trajet il se produise des brides cicatricielles dont l'effet sera le même que celui des fils eux-mêmes. Néanmoins, l'entropion réapparaît plus tard facilement. Cette opération n'est indiquée, par conséquent, que dans les cas où l'on prévoit que l'entropion ne sera que de courte durée, par exemple dans celui qui se développe sous le bandeau.

2° *L'excision* d'une bandelette cutanée horizontale. — On saisit entre deux doigts un pli horizontal de la peau, assez épais pour faire disparaître l'entropion, sans qu'il en résulte, d'ailleurs, ni ectropion ni lagophtalmie. Ensuite, on excise ce pli d'un coup de ciseaux, et l'on réunit les deux lèvres de la plaie par quelques sutures. Lorsque l'effet de l'opération doit être considérable, le bord supérieur de la plaie doit se trouver assez près du bord libre de la paupière. D'ordinaire, le résultat de cette opération persiste ; quelquefois pourtant, la peau s'allonge ultérieurement et l'entropion se reproduit.

C'est pourquoi, pour traiter l'entropion, on pratique également l'opération de *Hotz* infiniment plus compliquée (voir page 834), dans laquelle on attache la peau de la paupière à un point fixe, le bord convexe du tarse.

3° La *canthoplastie*, qui guérit le blépharospasme, peut être employée contre l'entropion spasmodique. Dans les cas où il existe en même temps de l'entropion et du blépharophimosis, celui-ci doit être définitivement guéri par la canthoplastie.

Dans l'*entropion cicatriciel*, résultant d'une rétraction de la conjonctive et du tarse, il faut s'adresser aux méthodes opératoires qui sont en usage contre le trichiasis, car, d'après son origine, l'entropion cicatriciel n'est qu'un trichiasis plus développé.

Au lieu d'employer la suture de *Gaillard*, on peut aussi se servir de la suture recommandée par *Snellen* (ne pas confondre avec la suture de *Snellen* contre l'ectropion). *Stellwag* l'a modifiée de la manière suivante : « Un ou deux forts fils, chacun armé aux deux bouts d'une aiguille courbe, sont enfoncés au niveau de l'endroit le plus profond du cul-de-sac conjonctival (fig. 218, *C,a*) à travers toute l'épaisseur de la paupière, de façon qu'ils forment, au fond du cul-de-sac, une ou deux anses longues de 4-5 millimètres et parallèles au bord libre de la paupière. Alors, chacune des aiguilles est réintroduite par l'ouverture de sortie jusque derrière les téguments externes de la paupière (*b*) et dirigée verticalement entre ceux-ci et le cartilage, pour émerger exactement au niveau du bord palpébral antérieur (*c*) où les deux bouts de chacun des fils sont noués et serrés, autant que de besoin, sur un petit rouleau de sparadrap. »

VII. — Opération de l'ectropion

§ 171. Dans l'*ectropion spasmodique*, qui ne disparaît pas par la réduction et le bandeau, la suture de *Snellen* rend les meilleurs services. Comme la suture de *Gaillard* contre l'ectropion, celle de *Snellen* est composée de deux anses dirigées sous la peau de haut en bas (de bas en haut pour la paupière supérieure), dont l'une est placée à la limite des tiers interne et moyen, l'autre à celle des tiers moyen et externe. Le point de ponction seul est différent. Il est situé, dans la suture de *Snellen*, sur le point le plus élevé de la conjonctive renversée, c'est-à-dire ordinairement près du bord convexe du tarse (fig. 219, *A*, *a*). De ce point, on pousse l'aiguille sous la peau de la paupière jusqu'à la hauteur environ du rebord orbitaire inférieur, où on la fait sortir (*b*). L'autre aiguille avec l'autre extrémité du fil se place parallèlement, et à côté de la première. Alors on noue les deux bouts de fil, qui pendent devant la joue, sur un rouleau de sparadrap ou de gaze iodoformée, en les serrant suffisamment pour qu'il se produise un léger degré d'entropion (fig. 219, *B*). On en agit de même avec l'autre anse de fil. L'effet de l'opération dépend de ce que la partie de la conjonctive renversée et embrassée par l'anse est tirée en bas et en avant vers la peau. — Cette suture a été également employée dans l'ectropion sénile, mais alors l'effet en est le plus souvent passager.

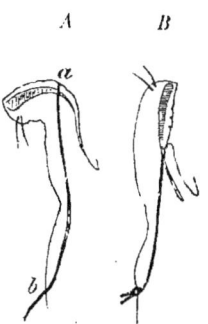

Fig. 219. — Suture de SNELLEN contre l'*ectropion*. *A* avant que le nœud soit fait, *B* après que le nœud est serré.

Quant à l'*ectropion paralytique*, on le traite par la *tarsorraphie*. Cette opération se pratique fréquemment aussi contre l'*ectropion sénile*. Cependant, dans ce cas, l'opération de *Kuhnt* donne de bien meilleurs résultats. Celle-ci n'est autre qu'une modification de l'ancienne méthode d'Antyllus. Elle repose sur le fait que la paupière qui est le siège de l'ectropion est allongée et qu'elle s'applique sur le globe quand on la tend en la raccourcissant. Le raccourcissement s'obtient par l'excision d'un lambeau triangulaire dont la base est constituée par le bord palpébral, parce que c'est là que l'allongement est le plus prononcé. Pour qu'il n'y ait pas de colobome, l'excision ne doit pas intéresser toute l'épaisseur des tissus de la paupière, mais seulement les couches internes, c'est-à-dire la conjonctive et le tarse. L'opération, modifiée par *Müller*, se fait de la façon suivante : on incise le liseré intermarginal pour diviser la paupière en deux feuillets, en commençant par le milieu de la paupière, où l'on enlèvera plus tard le morceau du tarse ; ensuite on continue cette division vers les extrémités externe et interne de la paupière. On excise alors un fragment triangulaire du tarse, et, au moyen de sutures, on réunit d'une part les bords de l'excision du tarse l'un à l'autre, d'autre part on fixe de nouveau la peau au niveau du liseré intermarginal au bord libre du tarse, de façon à répartir également, par une direction oblique des sutures, l'excédent de peau qui existe à l'endroit où le tarse a été excisé.

En ce qui concerne l'*ectropion cicatriciel*, les cas les plus légers de cette

affection sont ceux où les pertes de peau sont peu considérables, et où le
raccourcissement de la paupière dépend de la présence de brides cicatricielles isolées, comme cela arrive surtout lorsque la paupière attirée vers
l'os y est fixée. Tel est fréquemment le cas dans la carie du rebord orbitaire. Dans ces cas, on peut dégager ces brides par la méthode sous-cutanée ou les exciser et réunir les lèvres de la plaie par des sutures. Si
cette opération est combinée à une tarsorraphie, l'effet en est plus prononcé
et plus durable. Mais, lorsqu'une grande étendue de peau est perdue, cette
simple opération ne suffit plus : on est obligé de procéder à une *blépharoplastie* dont le but est de remplacer la peau perdue. Par une incision
parallèle au bord palpébral, on coupe la partie cicatricielle de la paupière,
et ensuite aussi les brides inodulaires plus profondes, jusqu'à ce que la
paupière se meuve librement et qu'on puisse sans effort la remettre dans
sa position normale. Les parties cicatricielles de la peau palpébrale qui
paraissent douées d'une vitalité douteuse, on les excise, tout en respectant
partout où il est encore conservé, et, autant que possible, le bord libre de la
paupière. Alors, on ramène la paupière dans sa position normale, et on l'y
maintient en la réunissant à l'autre paupière. Dans le tiers externe de la
fente palpébrale, cette réunion doit être définitive, c'est-à-dire s'opérer par
avivement des bords palpébraux à la façon de la tarsorraphie. Quant aux
deux tiers internes de la fente palpébrale, la réunion par sutures n'en sera
que provisoire. Une fois la paupière en place, l'incision pratiquée pour la
dégager s'entre-bâille et forme une large plaie. Celle-ci, en se cicatrisant,
ne manquerait pas de ramener l'ectropion, si l'on ne prenait la précaution
de la recouvrir de peau soit au moyen d'un lambeau pédiculé pris dans le
voisinage de la plaie, soit par un lambeau cutané sans pédicule.

Pour la formation de *lambeaux pédiculés*, on a proposé un grand nombre
de méthodes, d'après l'étendue et la forme de la perte de substance. Les
plus employées sont celles de *Fricke* et de *Dieffenbach*.

La méthode de *Fricke* est surtout indiquée lorsque la perte de substance
s'étend en longueur, soit à la paupière supérieure, soit à la paupière inférieure. Pour la recouvrir, on taille un lambeau en forme de langue
(fig. 220, *L*), dont la base se raccorde à l'une des extrémités de la perte de
substance (*S*). Le lambeau est le plus souvent taillé dans la peau de la
tempe ou de la joue et doit être proportionné à la grandeur et à la forme
de la perte de substance. Mais il ne faut pas oublier que le lambeau se
rétracte non seulement immédiatement après son dégagement, mais encore
par après. Pour y pourvoir, on doit lui donner en tous sens des dimensions
d'un tiers supérieures à celles de la perte de substance. Pour ne pas trop
gêner la nutrition du lambeau, il faut lui donner une base suffisamment
large et prendre garde que le pédicule n'en soit pas trop tordu, quand il

est mis en place. Pour le même motif, l'on ne doit pas se contenter de disséquer simplement la peau ; mais on y laisse adhérer le panicule adipeux sous-cutané et les vaisseaux qui le nourrissent. Le lambeau une fois disséqué, on le place sur la perte de substance dont les bords, préalablement dégagés et rendus mobiles, sont réunis à ceux du lambeau au moyen d'un certain nombre de sutures. La plaie, qui occupe l'endroit d'où l'on a pris le lambeau, peut être d'ordinaire, rétrécie considérablement au moyen de sutures, le reste se cicatrise par bourgeonnement. A la base du lambeau, la torsion produit un bourrelet d'autant plus grand que cette torsion est plus prononcée. Ce bourrelet s'aplatit plus ou moins ulté-rieurement, de façon qu'il est moins visible. Si néan-moins il en résultait encore une difformité, on pourrait l'exciser plus tard.

La *méthode de Dieffenbach* trouve son indication, lorsque la perte de substance affecte la forme d'un triangle (à base tournée vers le bord palpébral), ou quand il est aisé de lui donner cette forme (fig. 220, *s*). Elle convient mieux pour la paupière inférieure que pour la supé-rieure. Le lambeau (*l*) est taillé d'or-dinaire du côté temporal de la perte de substance, c'est-à-dire dans la joue. Dans le prolongement de la base du triangle, on pratique une incision qui est dirigée du côté de la tempe et

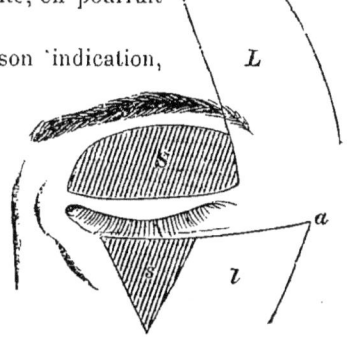

Fig. 220. — *Blépharoplastie.* — A la paupière supérieure, on a représenté la méthode de Fricke, à la paupière inférieure celle de Dief-fenbach.

qui doit être un peu plus longue que la base, dans la prévision que le lambeau se rétractera. Du point externe de cette incision (*a*), on en pratique une seconde, parallèle au côté externe du triangle. De cette manière, on circonscrit un lambeau quadrangulaire dont la base se trouve en bas. Ensuite on détache le lambeau et on lui imprime un léger déplacement du côté du nez. Ainsi il s'applique sur la perte de substance sur laquelle on le fixe au moyen de sutures. La perte de substance qui correspond à l'en-droit où l'on a pris le lambeau doit être rétrécie autant que possible par l'application de sutures, et le reste est abandonné à la cicatrisation par bourgeonnement.

La plaie qui se produit par le redressement de la paupière atteinte d'ec-tropion peut être également recouverte par un lambeau de peau sans pédicule ; c'est ce qu'on appelle la *greffe cutanée.* Cette opération a été introduite définitivement dans la chirurgie par *Reverdin.* Avant lui, on s'était à peine livré à quelques essais isolés. D'après l'épaisseur plus ou moins grande du lambeau cutané transplanté, on distingue deux méthodes. Dans l'une d'elles, on prend de tout minces morceaux de peau composés des couches les plus superficielles de la peau, c'est-à-dire l'épiderme et les sommets des papilles (greffe épidermique). Dans le second procédé, on emploie des lambeaux de peau qui comprennent toute l'épaisseur du tégument cutané, et qui, coupés en petits morceaux, ou laissés entiers, sont transplantés sur la perte de substance (greffe dermique). En disséquant la peau à transplanter, il faut en enlever avec soin tout le panicule adipeux et emprunter le lambeau aux parties du corps qui possèdent, comme la paupière, une peau délicate. Dans ce but on choisit habituellement celle de la face interne du bras. On peut aussi prendre la peau sur d'autres individus, ou sur les parties cutanées saines d'un membre amputé. Entre la greffe épidermique et la greffe dermique, se place la méthode de *Thiersch*, dans laquelle on prend d'assez grands lambeaux de peau, mais qui ne comprennent, outre l'épiderme, que les couches les plus superficielles du derme. Au moyen des lambeaux de peau taillés *ad hoc*, on recouvre soigneusement toute la surface de la plaie fraîche, de façon que partout ils s'adaptent intimement au tissu sous-jacent, avec lequel on les maintient en contact au moyen d'un bandeau légèrement compressif.

La greffe cutanée présente, sur la formation d'un lambeau pédiculé, l'avantage de ne pas rendre plus difforme qu'elle ne l'est déjà la figure du patient, en provoquant de nouvelles cicatrices. En revanche, le résultat en est moins sûr, parce que les petits fragments de peau se gangrènent souvent. Mais, alors même qu'ils adhèrent complètement, leur rétraction ultérieure est si prononcée que l'effet de l'opération s'en trouve de nouveau diminué ou entièrement perdu. C'est surtout le cas pour la greffe épidermique ; les greffes plus grandes et comprenant toute l'épaisseur du derme se rétractent moins et conviennent donc pour la blépharoplastie. La greffe est donc surtout indiquée pour les cas où il ne s'agit que de petites pertes de substance, où l'opération a été principalement entreprise dans un but esthétique. En outre, il faut y avoir recours lorsque, dans le voisinage de la paupière, la peau est impropre à fournir un lambeau pédiculé, par exemple à cause de sa nature cicatricielle. Dans tous les autres cas où il s'agit de recouvrir de larges pertes de substance, notamment lorsqu'on opère pour combattre une lagophtalmie, on doit préférer la méthode du lambeau pédiculé, qui est plus grave, mais donne plus de sécurité.

VIII. — Opérations du ptosis

§ 172. Ces opérations se pratiquent aussi bien dans le ptosis congénital que dans les cas invétérés de ptosis acquis, qu'on ne peut plus guérir par d'autres moyens. On a proposé toute une série de méthodes opératoires contre le ptosis, ce qui démontre qu'aucune d'elles ne donne des résultats absolument satisfaisants. Cela se comprend, d'ailleurs, car il est impossible que, par n'importe quel procédé chirurgical, on remplace complètement l'action physiologique d'un muscle. C'est pourquoi nous allons nous contenter de décrire quelques types parmi les méthodes les plus appréciées.

1° La méthode de *v. Græfe* a pour but l'excision d'un certain nombre de fibres de l'orbiculaire. A 5 millimètres au-dessus du bord palpébral et parallèlement à ce bord, on pratique une incision cutanée allant d'une extrémité de la paupière à l'autre. Ensuite, on fait rétracter les lèvres de la plaie et on excise largement les fibres de l'orbiculaire visibles au fond. Lorsque la peau est abondante, on en coupe également une bandelette. Alors on referme la plaie, en en suturant non seulement les bords cutanés, mais encore ceux de la plaie musculaire. A cet effet, on passe la suture à travers les faisceaux musculaires qui sont restés au-dessus et en-dessous de la plaie. L'opération a un double but : d'abord d'affaiblir l'action de l'orbiculaire qui est l'antagoniste du releveur de la paupière, ensuite de raccourcir la paupière par l'ablation d'une bandelette musculaire. En définitive, l'effet de l'opération est peu prononcé, il ne faut donc l'appliquer que dans les cas tout à fait légers.

Les procédés plus récents se basent sur le fait que les personnes atteintes de ptosis peuvent, en ridant le front, relever légèrement la paupière. De cette manière, en effet, les sourcils et indirectement la paupière sont attirés vers le front. On a pensé rendre plus sensible le relèvement de la paupière en la reliant directement aux fibres du muscle frontal.

Les deux méthodes suivantes tendent à obtenir cet effet :

2° *Suture sous-cutanée* (*Dransart, Pagenstecher*). — On enfonce l'une des aiguilles d'un fil doublement armé au dessus du bord libre de la paupière, puis on la pousse vers le haut, sous la peau de la paupière jusqu'au-dessus du sourcil où on la fait sortir. On fait de même passer la seconde aiguille à côté de la première. Ainsi, on a placé dans la paupière une anse de fil dont le milieu se trouve au-dessus du bord libre de la paupière et dont les bouts sortent au-dessus du sourcil. Ici les deux bouts sont noués et serrés sur un rouleau de sparadrap ou de gaze iodoformée. On ne doit enlever les fils que lorsque le long de leur trajet il s'est formé des brides cicatricielles. Elles s'étendent depuis la paupière jusqu'à la surface du muscle frontal et mettent ces deux organes en communication l'un avec l'autre (c'est, pour ainsi dire, donner au muscle un tendon pour relever la paupière).

3° Dans l'opération de *Panas*, on établit la réunion entre la paupière et le muscle frontal, en taillant dans la peau palpébrale un pédicule que l'on fixe à la peau du front et à la surface du muscle. La figure 221 ci-contre fait voir comment on forme le pédicule de la peau de la paupière. Le pédicule (*s*) limité par des incisions est détaché des tissus sous-jacents, de façon à être bien mobile. Alors, on pratique une incision horizontale (*a*) dans la peau, immédiatement au-dessus du sourcil. En partie à travers cette incision et en partie par la plaie inférieure, on détache la peau du sourcil du tissu sous-jacent, de manière à former un pont libre sous lequel on glisse le pédicule *s*,

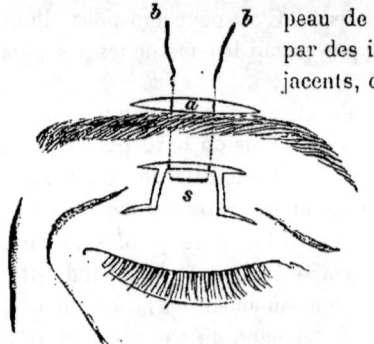

Fig. 221. — *Opération du ptosis, d'après* PANAS.

dont le bord supérieur vient s'affronter à la lèvre supérieure de l'incision *a*. Pour fixer le pédicule, on le traverse d'avant en arrière par une anse de fil, puis on conduit les deux bouts *bb* du fil à travers la lèvre supérieure de la plaie *a*. En serrant les fils, on attire le pédicule en haut et on le fixe au bord supérieur de la plaie frontale. En cas de besoin, on peut placer un second fil et, pour rendre l'affrontement des bords plus exact, on peut appliquer quelques sutures à points séparés.

L'opération de *Panas* est, de toutes les méthodes, celle qui m'a donné les meilleurs résultats dans le ptosis complet. La description que je viens d'en donner s'écarte, par quelques détails insignifiants, de celle qu'en donne *Panas* lui-même. Il peut arriver qu'en relevant le pédicule il se déclare un ectropion. Dans ce cas, de chaque côté des premiers fils, on en place un autre qui, en haut, passe, comme les premiers, à travers le bord supérieur de la plaie frontale, mais qui en bas n'embarrasse pas la peau du pédicule, mais seulement les parties profondes (l'aponévrose tarso-orbitaire). Quand cette aponévrose est attirée en haut, l'ectropion ne se produit plus. — Dans cette opération, il n'y a pas de perte de peau. Si l'on voit donc qu'en relevant le pédicule le raccourcissement de la paupière est trop prononcé, on le redescend un peu et on le fixe en un point moins élevé.

La méthode opératoire indiquée par *Eversbusch* est destinée aux cas où les fonctions du releveur ne sont qu'affaiblies et non complètement abolies. Elle consiste dans l'avancement du tendon du releveur, destiné à mettre ce muscle dans de meilleures conditions de fonctionnement. Dans ce but on pratique, à peu près au milieu de la distance qui sépare le bord de la paupière du sourcil, une incision horizontale s'étendant d'une extrémité de la paupière à l'autre. Par cette incision on dissèque la peau et les fibres de l'orbiculaire, de manière à pouvoir les déplacer de côté et mettre à nu le tarse, ainsi que le tendon du releveur. Alors dans ce dernier on passe, le plus haut possible, une suture à anse dont on conduit les deux bouts entre le tarse et la peau de la paupière pour les faire sortir au niveau du liseré intermarginal. En liant et en serrant les fils à cet endroit, on attire en bas le tendon du releveur par l'intermédiaire de l'anse qu'on y a placée. On doit appliquer trois sutures semblables, une au milieu et une de chaque côté. Ce procédé donne des résultats favorables, mais pas toujours durables, parce que le tendon attiré en bas par l'anse du fil se rétracte plus tard. J'ai obtenu des résultats meilleurs et de plus de durée en excisant, après avoir mis à nu le tarse et le muscle, un morceau plus ou moins grand de ce dernier et en rattachant ensuite le muscle au bord supérieur du tarse. De cette façon, on produit un raccourcissement permanent du releveur.

TABLE ALPHABÉTIQUE

Abaissement de la cataracte 811.
Abcès de la cornée 177, de la paupière 552, de l'orbite 680, sec 185.
Abduction 616, 618, 626, 633.
Ablation du sol ciliaire 831.
Ablépharie 595.
Abrasion de la cornée 223.
Accommodation 712, amplitude 717, 720, anomalies 765, paralysie 765, parcours 717, 718, relative 722, spasme 731, 736, 769, modifications de l'accommodation suivant l'âge 724.
Acné 115, 566, 569.
Acuité visuelle 708.
Adaptation de la rétine 38.
Adduction 616, 618, 626, 631.
Albinisme 13, 19, 274, 285, 383.
Albuminurie 136, 336, 444, 470, 473, 516, 537.
Alcoolisme 516, 519, 529, 656.
Alopécie 336.
Amaurose 525, urémique 478.
Amblyopie 525, alcoolique 519, congénitale 525, hystérique 531, nicotinique 518, par anopsie 526.
Amétropie 727.
Amyloïde (Dégénérescence) de la conjonctive 117.
Anémie 18, 329, 360, 516, 562, après hémorragie 513, pernicieuse 473.
Anesthésie 774.
Anévrysme 516, artérioso-veineux de l'orbite 689.
Angiome de la conjonctive 140, de l'orbite 689, des paupières 593.
Angle du strabisme 640, 659, 668, visuel 708.
Aniridie 344, 355.
Anisocorie 299, 352.
Anisométropie 763.
Ankyloblépharon 578, 595, 838.
Anomalies congénitales : anisométropie
763, astigmatisme 755, 760, choroïde 380, conjonctive 136, cornée 226, 242, 399, corps vitré 462, cristallin 355, 428, 429, 443, 447, 456, hypermétropie 744, iris 275, 355, muscles 586, 588, 656, myopie 728, nerf optique 381, orbite 689, 691, 692, paupières 573, 582, 586, 593, 595, rétine 471, 493, sclérotique 264, voies lacrymales 600, 609, uvée 284, 296.
Anophtalmie 380, 383.
Antisepsie 773.
Aphakie 451, 808.
Aplatissement de la cornée 164, 219, 792.
Appuie-tête 743.
Aquacapsulite 319.
Arc sénile de la cornée 143, 220, du cristallin 441.
Argyrose 55.
Artère hyaloïde 306, persistante 462.
Artériel (Pouls) 18, 390.
Arthrite 245, 329.
Artificiel (Œil) 827, 829.
Aspiration de la cataracte, *voir succion.*
Asthénopie accommodative 750, hystérique 531, musculaire 638, nerveuse 526.
Astigmatisme irrégulier 759, régulier 755, 760.
Athéromasie des vaisseaux sanguins 395, 447, 473, 476.
Athéromateux (Ulcères) *de la cornée* 175, 225.
— (Kystes) 592.
Atonie du sac lacrymal 602.
Atrophie du globe oculaire 323, 325, 326, 331, 371.
Atropine 296, 302, 337, 392, 396.
Atropinique (Catarrhe) 94, 302.
Avancement d'un muscle moteur de l'œil 818, 821, du releveur de la paupière 849, de la capsule de Ténon 823.
Aveugle (Tache) de Mariotte 34.

Bandelette (Kératite en) 103, 173.
Basedow (Maladie de) 18, 582, 656, 686.
Binoculaire (Vision) 620, 630.
Blennorrhagie 61, 329.
Blennorrhée, voir conjonctive et sac lacrymal.
Blépharite 559.
Blépharophimosis 579.
Blépharoplastie 844.
Blépharospasme 105, 111, 583, 586, 838.
Blépharostat 775.
Blessures de la conjonctive 118, de la cornée 213, de l'iris 343, de l'œil 685, de l'orbite 683, des paupières 589, de la sclérotique 249.
Bronchite 195, 198.
Bubon préauriculaire 68.
Bulbaires (Paralysies) 656.
Buphtalmie 399.

Calomel 107, 110.
Canal de Cloquet (hyaloïdien) 288, 306, 459, 462, de Fontana 280, de Petit 422, de Schlemm 279, 281, 286, 288, 344, 406, 408, lacrymal, voir voies lacrymales.
Canthoplastie 837.
Caroncule 46, 142, enfoncement de la caroncule 824.
Cataracte 422, 447, anatomie 425, aridisiliqueuse 442, calcaire 438, capsulaire antérieure 427, 433, capsulaire postérieure 426, capsulo-lenticulaire 422, 438, centrale 426, commençante 436, compliquée 325, 446, congénitale 443, 447, 450, corticale 432, 434, diabétique 444, 448, dure 437, flottante 454, fluide 437, fusiforme 429, glaucomateuse 397, intumescente 436, kystique 442, laiteuse 437, membraneuse 437, molle 439, de Morgagni 437, 443, mûre 436, naphtalinique 449, noire 440, nucléaire 443, périnucléaire 430, 433, polaire antérieure 428, 433, polaire postérieure 429, ponctuée 429, pyramidale 428, secondaire 798, 810, sénile 425, 435, 444, 447, traumatique 434, 444, 449, 450, tremblotante 438, verte 393, zonulaire 429, 433, opérations de la cataracte 799.
Catarrhe conjonctival 49, 56, sec 57, printanier 111.
Cautérisation au fer rouge 169, 176, au nitrate d'argent 52, 54.
Cathétérisme, voir sondage.
Caverneuses (Tumeurs), voir angiomes.
Cécité des couleurs, voir daltonisme, psychique 501.
Ceinture (Opacité de la cornée en) 220, 225.
Centrales (Paralysies) 655.
Cerveau (Maladies du) 512, 514, 521, 529, 647, 655, 671, 672, 766.

Chalazion 567, 569.
Champ visuel 30, 33, 36, de regard 627.
Charbon 370, 552.
Chat (Œil de) amaurotique 371, 491.
Chaux (Dépôt de) dans les cicatrices cornéennes 225, incrustation de chaux dans la cornée 224, cautérisation par la chaux 119, 216.
Chémosis 69.
Chiasma 502, 505.
Chirurgie oculaire 771.
Chloral (Intoxication par le) 520.
Chlorose, voir menstruation.
Choléra 448, 677.
Cholestérine dans le corps vitré 463, dans le cristallin 438.
Choroïde, anatomie 281, anomalies congénitales 380, aspect ophtalmoscopique 19, colobome 380, décollement 373, inflammation 207, 358, 417, rupture 374, tuberculose 379, tumeurs 374.
Choroïdien (Anneau) 16.
Chromhidrose 555.
Ciliaire (Corps), anatomie 276, dans les divers états de réfraction 740, inflammation 309, 312, tumeurs 346.
— (Injection) 48, Nerfs 675, Staphylome 267, Vaisseaux 46, 285.
Cilio-rétiniens (Vaisseaux) 288, 474.
Cocaïne 297, 774.
Cœur (Maladies du) 18, 557.
Collapsus de la cornée 149, 786.
Collyre 59.
Colobome (Angles du) 777, de la choroïde 380, du cristallin 355, de l'iris 344, 355, 356, du nerf optique 381, des paupières 594.
Commotion de la rétine 494.
Concrétion lacrymale 609.
Congénitales (Anomalies), voir anomalies.
Conjonctive, anatomie 43, blessures 118, dégénérescence amyloïde 117, ecchymoses 134, 136, kystes 139, lupus 117. 122, œdème 135, syphilis 124, tuberculose 121, tumeurs 136, ulcères 121, vaisseaux 46, xérosis 79, 132.
Conjonctivale (Injection) 46.
Conjonctivite blennorrhagique aiguë 61, blennorrhagique chronique 62, catarrhale aiguë 49, catarrhale chronique 56, croupale 99, diphtéritique 95, exanthématique 115, folliculaire 59, gonorrhéique 61, lymphatique ou phlycténulaire ou scrofuleuse 101, des nouveau-nés 69, suite d'acné 115, trachomateuse ou granuleuse 72.
Contact (Verre de) 762.
Contraction (Sillons de) de l'iris 274.
Contusion de l'œil 685.

Copiopie hystérique 532.
Coqueluche 106, 135, 516, 685.
Cornée, abcès 177, abrasion 223, anatomie 143, aplatissement 164, 219, 792. blessures 213, cicatrices 152, 160, 165, 218, éclaircissement 166, 222, ectasie 227, 239, 416, examen clinique 148, facette 160, 218, fistule 165, 171, 416, 794, infiltration 104, 148, 212, inflammations 150, nutrition 145, 290, opacités 218, perforation 161, phtisie 164, rupture 256, staphylôme 165, 228, trouble par hypertonie 220, 399, 403, tumeurs 242, ulcères 148, 159, vascularisation 153.
Corps ciliaire, voir *ciliaire*.
— *vitré*, anatomie 459, cholestérine 463, opacités 460, prolapsus 807, liquéfaction 461.
— *étranger* dans la conjonctive 118, la cornée 213, l'intérieur de l'œil 252, 259.
Couleurs (Limite du champ visuel pour les) 32, cécité pour les couleurs 532, scotome pour les couleurs 519.
Couronne ciliaire 276.
Créde (Méthode de) 70.
Cristallin, anatomie 419, déplacements 452, ectopie 456, luxation 166, 416, 453, nutrition 290, 293, opacités, voir *cataracte*, sclérose 420, 440, subluxation 453.
Croissant 366.
Cryptes de l'iris 271, 349.
Cryptophtalmie 595.
Cyclite 312, 316.
Cylindriques (Lentilles) 702.
Cysticerque dans la conjonctive 139, le corps vitré 464, l'orbite 692, la rétine 490.
Cystoïde (Cicatrice) 136, 252, 780.

Dacryocystite 606, 611.
Dacryops 608.
Daltonisme 532.
Daturine 302, 520.
Délire après l'extraction de la cataracte 787.
Déplacement du sol ciliaire 832.
Dépression de la cataracte 811.
Dermoïde (Kyste) 689, 691, tumeur 136.
Descemétite 319.
Descemétocèle 162.
Destruction du sac lacrymal 605.
Développement de l'œil 303.
Déviation primaire 641, 659, secondaire 641, 659.
Diabète 330, 444, 448, 473, 478, 516, 520, 648, 766.
Diffusion de la lumière 224, 226, cercles de diffusion 712.
Dilacération de la cataracte 802.
Dilatateur de l'iris 272.

Dinitrobenzol 520.
Dioptrie 700.
Diphtérie 95, 370, 516, 648, 656, 766, 768.
Diplopie binoculaire 620, 631, 644, monoculaire 623, 635.
Directe (méthode) 8.
Discision de la cataracte 799.
Distichiasis 571.
Duboisine 302.
Dynamique (Strabisme) 636.
Dyschromatopsie 532.
Dyslexie 512.

Éblouissement par des taches cornéennes 221, 226.
Écarteur 775, de Desmarres 4, 775.
Ecchymose de la conjonctive 135, 592, 685.
Échelles typographiques 709.
Échinocoque, voir *cysticerque*.
Éclairage focal (latéral) 4.
École 742.
Écrevisses (Yeux d') 120.
Ectasie de la cornée 227, 239, 416, de la sclérotique 246, 262.
Ectatiques (Cicatrices) 161, 165.
Ectopie du cristallin 456, de la pupille 356.
Ectropion 57, 79, 561, 576, opérations de l'ectropion 842, ectropion du feuillet pigmenté 408.
Eczéma de la paupière 108, 551, 554.
Égypte (Ophtalmie d') 72.
Électrolyse 572, 593.
Électro-aimant 262.
Éléphantiasis 555.
Élévateur, voir *écarteur*.
Embolie de l'artère centrale 473.
Emmétropie 706.
Emphysème de l'orbite 684, des paupières 590.
Empyème des sinus voisins de l'orbite 694.
Encanthis 142.
Encéphalocèle 691.
Endocardite 370.
Énophtalmie 677.
Entropion 78, 573, opération de l'entropion 841.
Énucléation 825.
Éphédrine 302.
Épicanthus 594.
Épilepsie 449.
Épiphora 600.
Épisclérite 244.
Épithéliome de la conjonctive 137, 140, des paupières 593.
Équatorial (Staphylôme) 263.
Équilibre musculaire (Expérience de l') 639.
Ergotisme 449.
Érosion de la cornée 214, 418.

Érysipèle 336, 370, 476, 550, 552, 556, 681, 682.
Erythropsie 815.
Ésérine 297, 303, 413.
Essentielle (Phtisie) 418.
Étoile du cristallin, 420.
Éversion des points lacrymaux 576, 608.
Examen de l'œil 3, fonctionnel 29.
Excavation 385, atrophique 388, glaucoma-teuse 385, 388, 406, physiologique, 11, 16, 388.
Exclusion 660, 667.
Exentération de l'œil 830, de l'orbite 830.
Exophtalmomètre 677.
Exophtalmie 646, 675, 824, pulsatile 692.
Excision du sol ciliaire 831.
Extirpation du globe oculaire 825, du sac lacrymal 605.
Extraction de la cataracte 803, à lambeau 805, linéaire simple 801, linéaire d'après v. Græfe 813, d'après Pagenstecher 815, d'après Wenzel 815.

Facette de la cornée 161, 219.
Facial, voir *orbiculaire*.
Fente oculaire fœtale 304, 383.
Fibres nerveuses à doubles contours 471.
Fibrineux (Exsudat) dans la chambre aqueuse 317.
Fièvre de foin 53, récurrente 330, 473, in-termittente 195, 209, 336, 473, 528.
Filaire 464.
Filamenteuse (Kératite) 198.
Fistule de la cornée 165, 171, 416, 794, de la glande lacrymale 608, du sac lacrymal 607, 611.
Fluorescine 157.
Focale (Distance) 699.
Focal (Éclairage) 4.
Fond de l'œil normal 12, 15, tigré 19.
Fontana (Espaces de) 280.
Foudre 449.
Fovea centralis 465, son aspect ophtalmos-copique 12, 18.
Foyer 698.
Fracture de l'orbite 523, 684, de la base du crâne 515, 523, 590, 648, 684.
Fusion (Tendance à la) 632.

Gélatineux (Exsudat) dans la chambre antérieure 317.
Gelsémine 302.
Gérontoxon, voir *arc sénile*.
Glande lacrymale, anatomie 596, maladies 608.
Glandes de la choroïde 362.
Glandes des paupières 541, leurs maladies 565.
Glaucome 385, absolu 394, anatomie 407,

foudroyant 395, hémorragique 417, in-flammatoire 391, inflammatoire chro-nique 395, malin 412, secondaire 415, simple 398, 400, théories 401, traite-ment 409.
Glaucomateuse (Dégénérescence) 394, 397.
Gliome de la rétine 491.
Goître exophtalmique 18, 582, 656, 686.
Gonocoque 61.
Gonorrhée 61, 329.
Goutte 245, 329, 387.
Græfe (Symptôme de) 686.
Graisseux (Dépôt) dans les cicatrices cor-néennes 225.
Granulations de la conjonctive 88.
Granuleuses (Tumeurs) de la conjonctive 139.
Granulome de l'iris 350.
Greffe 845.
Grippe 195.
Grossesse 516.

Hémophtalmie 250.
Hémorragies de la conjonctive 134, 136, du corps vitré 460, 463, 479, intraoculaire 166, 398, 778, de l'orbite 684, 685, des paupières 589, 591, 685, de la rétine 414, 416, 472, 479.
Halo glaucomateux 390.
Hebetudo visus 752.
Héméralopie 132, 189, 424, 527.
Hémiopie 504, 508, 530, 657.
Henle (Glandes de) 49.
Héring (Expérience de) 631.
Hernie du cerveau 691, de l'iris 163, 173, 775, 784.
Herpès fébrile de la cornée (de Horner) 174, 195, iris de la conjonctive 100, d'après Stellwag 108, zoster 196, 550, 554.
Hippus 354.
Homatropine 302.
Humeur aqueuse 288, trouble 312.
Hydrémie 136, 557.
Hydrocéphalie 512, 516.
Hydroméningite 319.
Hydrophtalmie 399.
Hydropisie des cavités voisines de l'orbite 694, du sac lacrymal 603, des gaines du nerf optique 512.
Hyosciamine 302.
Hyoscine 302.
Hyperémie du bord des paupières 559, de la conjonctive 56, de l'iris 309, de la rétine 472, du nerf optique 514.
Hyperboliques (Verres) 242.
Hypermétropie 744.
Hypertonie 292, voir aussi *glaucome*.
Hyphéma 250, 255, 310, 348.

Hypochyma 452.
Hypophyse (tumeur de l') 516.
Hypopyon 155, 158, 184, 310, 320, kératite à hypopyon 185.
Hypotonie 292, 417, 683.
Hystérie 449, 531, 584, 586, 648, 658, 672.
Hystérogènes (Points), 587.

Ictère 473, 528.
Incision des abcès cornéens 181, des points lacrymaux 603, du staphylôme 232.
Incrustation plombique 56, 224, de chaux 214, 224, 225.
Indirecte (Méthode) 9, vision 29.
Image droite 8, renversée 9, grandeur des images sur la rétine 707.
Infarctus dans les glandes de Meibomius 568.
Influenza 195, 336, 370, 516, 656, 683, 766.
Injection sous-conjonctivale 176.
Insuffisance 655, des valvules aortiques 18.
Intercalaire (Staphylôme) 267.
Intermittente (Fièvre) 195, 209, 336, 473, 528.
Intra-oculaire (Pression) 6, 292, 303.
Iodoforme (Intoxication par) 516, 520
Iridectomie 790, dans le glaucome 409, 411, 793.
Iridérémie 344, 355.
Iridochoroïdite 330, 358, 368, voir aussi *choroïdite*.
Iridodialyse 343, 345.
Iridodonésis 271.
Iridotomie 798.
Iris anatomie 270, anomalies congénitales 274, 355, atrophie 322, 326, blessures 343, couleur 274, 275, enclavement 163, 173, 775, 784, formation de lacunes 325, hyperémie 309, inflammation, voir *iritis*, kystes 346, 348, prolapsus 163, 173, 775, 784, réaction 294, 299, renversement 344, tremblotement 271, troubles de motilité, 352, tuberculose 346, 349, tumeurs 346.
Iritis 309, anatomie 319, division 320, 327, étiologie 327, traitement 337.

Jéquirity 84, 94.

Kératectasie 239.
Kératite, anatomie 150, 155, avec formation de vésicules 194, bulleuse 196, centrale annulaire 206, dans l'iridocyclite 212, 326, dendritique 174, 195, division 158, en bandelette 103, 173, fasciculaire 173, filamenteuse 198, interstitielle 199, marginale 175, neuroparalytique 190, par lagophtalmie 186, 193, parenchymateuse 199, 224, ponctuée 319, ponctuée profonde (syphilitique) 206, ponctuée super-

ficielle 197, profonde 199, 209, provenant de la face postérieure de la cornée 211, sclérosante 210, striée 211, traumatique 211, vésiculeuse 196.
Kératocône 240.
Kératoglobe 241.
Kératocèle 162, 171.
Kératomalacie 132, 188, 193.
Kératonyxis 799, 802.
Kératoscope de Placido 762.
Kératoscopie, voir *Skiascopie*.
Krause (Glandes de) 594.
Kystes de la conjonctive 139, de l'iris 346, 348, de l'orbite 689, 691.
Kystitome 805

Lactation 516.
Lacrymal, voir *voies lacrymales, sac lacrymal, points lacrymaux, glande lacrymale*
Lagophtalmie 580.
Lame criblée 16, 497.
Lampe de Priestley Smith 5.
Lambeau (Extraction à) 805.
Larme (Tarissement des) 613.
Latent (Strabisme), 636.
Lenticône 458.
Lentilles 698, leur numérotage 699, 702.
Léontiasis 681.
Lèpre 117, 269.
Leucémie 350, 473, 479.
Leucome 164.
Ligament externe 545, 548, interne 545, 548, pectiné 278, 280, 288, 406, 408, suspenseur du cristallin, voir *zonule de Zinn*.
Limbe de la conjonctive 46.
Linéaire (Incision) 776, extraction 804, 813.
Lipome sous-conjonctival 138.
Liquide de Morgagni 426.
Lithiase palpébrale 568.
Loucherie 641.
Lueur pupillaire 12.
Lumineux (Sens) 37.
Lunettes 698, fumées 702.
Lupus de la conjonctive 117, 122, des paupières 554.
Luxation du cristallin 166, 416, 453, du globe 676, 683.
Lymphatiques (Voies) 288.
Lymphectasies de la conjonctive 136.
Lymphome de la conjonctive 94.

Macula lutea 18, 465.
Macules de la cornée 218, 224.
Macropsie 299, 767.
Madarosis 560.
Maladie de Basedow 18, 582, 656, 686, de Weill, 370.
Mariotte (Tache de) 34.

Meibomius (Glandes de) 516, 594, infarctus 568.

Mélanome de l'iris 351.

Membrane capsulaire 307, pupillaire 307, 355, voir *occlusion de la pupille.*

Méningite 370, 513, 516, 648, 679.

Méningocèle 691.

Ménisque 701.

Menstruation (Anomalies de la) 106, 247, 331, 360, 516.

Métamorphopsie 359, 489.

Microblépharie 582.

Microphtalmie 380, 384, 751.

Micropsie 299, 767.

Migraine ophtalmique 529.

Militaire (Service) 741.

Miosis 297, 302, 351.

Miotique 297, 302, 351.

Moelle épinière (Maladies de la) 353, 512, 516, 648, 636. 766.

Moll (Glandes de) 546, 593, 594.

Molluscum 592.

Morgagni (Cataracte de)439, 443, Liquide de Morgagni 426, Globules de Morgagni 426.

Motilité (Troubles de) de l'iris 352, de l'œil 614, des paupières 583.

Mouches volantes 35, 423, 460, 462.

Muscles ciliaire de Riolan 548, de Horner 548, *moteurs* de l'œil, anatomie 614, 624, crampe 645, insuffisance 635, nerfs 616, 625, paralysie 640, physiologie 616, 625, orbitaire 677, palpébral 354, 545, 583, 686.

Mydriase 296, 343, 352.

Mydriatiques 296, 302, 414.

Myodésopsie, voir *Mouches volantes.*

Myopie 362, 365, 417, 473, 728.

Nævus de l'iris 274.

Naphtaline (Cataracte due à la) 449.

Néphrite, voir *albuminurie.*

Nerf optique, anatomie 495, 508, 523, aspect ophtalmoscopique 11, 15, atrophie 520, blessures 522, colobome 381, hypérémie 523, inflammation 510, tumeurs 523.

Neurasthénie 531.

Névrite périphérique 516, optique 18, 510, rétrobulbaire 517.

Névro-rétinite 476, 514.

Névrotomie optico-ciliaire, 830.

Nicotinique (Amblyopie) 548, intoxication 656.

Nitrate d'argent 52, 55, 108.

Niveau (Différence de) du fond de l'œil 27.

Nubécule de la cornée 218.

Nucléaire (Paralysie) 647, 656.

Nutrition de l'œil 290.

Nyctalopie 424, 527.

Nystagmus 670.

Oblitération du sac Lacrymal 605.

Occlusion palpébrale 544, de la pupille 311, 318, 323, 341.

Oculaire (Fente) 304, (Vésicule) 303.

Oculo-moteur commun 616, 628, paralysie de l'oculo-moteur commun 646.

Œdème de la conjonctive 135, des paupières 553.

Œils chématique réduit 706, artificiel 827, 829.

Onyx 184.

Opacités, voir *troubles.*

Opérations 771.

Ophtalmie arthritique 387, catarrhale 49, métastatique 370, militaire 72, des nouveau-nés 69, sympathique 332, 336, 340.

Ophtalmodynamomètre 633.

Ophtalmomalacie 418.

Ophtalmomètre 762.

Ophtalmoplégie 646, 656.

Ophtalmoscopie 7.

Optique (Nerf) voir *nerf,* vésicule 303.

Optomètre 730.

Ora serrata 276.

Orbiculaire anatomie 545, crampe 583, 586, paralysie 584.

Orbiculus ciliaris 276, 465.

Orbite, abcès 680, anatomie 672, blessures 683, inflammation 677, phlegmon, 680, tumeurs, 689.

Oreillons 336.

Orgelet 556, 565.

Orientation 618, fausse orientation 643.

Oxalurie 473.

Oxyde de carbone (Intoxication par l') 551, 656.

Pagenstecher (Extraction selon) 815. Pommade de Pagenstecher 107.

Pannus 194, lymphatique 104, trachomateux 74, 84, 89, 128.

Panophtalmie 368, 370.

Papille du nerf optique, voir *nerf optique.*

Papillaire (Hypertrophie) de la conjonctive 72, 87.

Papillite 510.

Papillo-maculaire (Faisceau) 509, 520.

Papillome de la conjonctive 139.

Paracentèse, voir *ponction.*

Parallactique (Déviation) 14, 27.

Paralysie des aliénés 521, 648, 656, nucléaire 647, 656.

Parotidite 336, 608.

Paupières, abcès 552, anatomie 540, anomalies congénitales 573, 582, 586, 593, 595, blessures 589, crampes 105, 111, 583, 586, 638, eczéma 108, 551, 554, éléphantiasis, 555, emphysème 590, furoncle 553, in-

flammation du bord 559, lupus 554, œdème 555, poux 565, pustule charbonneuse 552, suffusion 589, 591, 685, tumeurs 592, ulcères 554.
Pellagre 449.
Pemphigus de la conjonctive 116.
Perforation de la cornée 161, 170.
Perforantes (Plaies) 249.
Périlenticulaire (Espace) 419.
Périmètre 33.
Périostite de l'orbite 677.
Périscopiques (Verres) 700.
Péritomie 94.
Périvasculite de la rétine, 473.
Petit (Canal de) 422.
Phénomène d'Argyll Robertson 301, 353.
Phakitis 427.
Phlegmon de l'orbite 680.
Phlyctène 108.
Phosphore (Empoisonnement par le) 473.
Photomètre 37.
Photophobie 111, 485.
Photopsies 360.
Phtiriase des paupières 565.
Phtisie de la cornée 164, essentielle 418, du globe 369, 373.
Physostigmine, voir *ésérine*.
Pigmentaire (Dégénérescence) de la rétine 481.
Pigmenté (Épithélium) de la rétine 283.
Pilocarpine. 297, 303, 413.
Pinguecula 46.
Pityriasis 117.
Plomb (Incrustation par le) 56. 224, Intoxication 513, 517, 520, 656.
Pneumonie 195, 336, 370, 516.
Points lacrymaux, éversion.
Polynévrite 516.
Polyopie 423.
Polype de la conjonctive 139, 170, 181, 186.
Ponction de la cornée 783, 788, 799, de la sclérotique 789.
Pouls artériel 18, 390, veineux 17, 390.
Pourpre rétinien 468.
Précipitations 313, 319.
Précipité jaune (Pommade au) 107.
Presbytie 392, 725, 732, 750.
Pression intraoculaire 6, 294, 303.
Printanier (Catarrhe) 111.
Prismes 639, 649, 701.
Procès ciliaires 278.
Projection 619.
Prolapsus de l'iris 163, 173, 775, 784.
Protecteur (Bandeau) 168.
Protectrices (Lunettes) 702.
Prothèse 827, 829.
Pseudoéphédrine 302.
Pseudoleucémie 350.

Pseudoptérygion 127.
Psoriasis 117.
Psychique (Cécité) 501.
Ptérygion 124.
Ptosis 354, 585, 588, 646, adipeux 589, myopathique 589, opération du ptosis 847.
Puerpéral (État) 370, 516.
Pulsation des vaisseaux rétiniens 17, 390.
Pulsatile (Exophtalmie) 692.
Punctum proximum 717, 721, *remotum* 717, 721.
Pupille, voir *iris*.
Purkinje Sanson (images de) 6.
Purpura 473.
Pustule maligne, voir *charbon*.
Pyémie 369, 681.
Pyramidale (Cataracte) 428.

Quinine (Intoxication par la) 472.

Rachitisme 431, 433.
Ramollissement du corps vitré 461.
Raphanie 449.
Réclination de la cataracte 811.
Récurrente (Fièvre) 473.
Redressement 636.
Réduit (Œil schématique) 706.
Réfléchie (Image) de la cornée 4, Bandes réfléchies des vaisseaux rétiniens 17.
Réfringents (Milieux), examen ophtalmoscopique 10, 13.
Réfraction 706, détermination ophtalmoscopique 12, 20.
Releveur de la paupière supérieure 545, paralysie 585, 588, 646.
Rétine, anatomie 465, anémie 472, aspect ophtalmoscopique 11, 19, atrophie 481, commotion 494, décollement 485, dégénérescence pigmentaire 481, embolie 473, gliome 491, hémorragies 414, 416, 472, 479, hyperémie 472, inflammation 469, nutrition 290, 294, 467, portion ciliaire 279, 467, rupture 494, thrombose 475, tumeurs 491.
Rétinite albuminurique 476, circinée 480, diabétique 479, hémorragique 479, leucémique 479, nyctalopique 518, pigmentaire 481, proliférante 479, septique 479, syphilitique 479, striée 480.
Rétino-choroïdite 476.
Rétinoscopie, voir *Skiascopie*.
Rides de la cornée 149.
Rhumatisme 209, 245, 329.
Rougeole 106, 115, 180, 189, 516.
Rupture de la choroïde 374, cornée 256, rétine 494, sclérotique 250, 256.

Sac lacrymal 597, atonie 602, blennorrhée 600, 609, destruction 605, extirpation 605.

Sang (Perle de) 513.

Sanguines (Soustractions) 361.

Sarcome de la choroïde 374, conjonctive 137, 140, corps ciliaire 347, glande lacrymale 608, iris 347, orbite 690, paupières 593.

Scarlatine 106, 180, 189, 370, 516, 682.

Scintillant (Scotome) 529.

Scheiner (Expérience de) 634.

Schlemm (Canal de) 279, 281, 288, 344, 406, 408.

Sclérotique, anatomie 243, blessures 249, ectasie 246, 262, inflammation 244, rupture 250, 256, staphylôme 247, 263, tumeurs 269, ulcères 269.

Sclérotical (Anneau) 15, Couronne vasculaire scléroticale de Zinn 288, Protubérance scléroticale 264.

Sclérite 244.

Scléronyxis 802.

Sclérose disséminée 516, 521, 612, 648, 656, 671.

Sclérosante (Kératite) 210.

Sclérotico-choroïdite postérieure 738.

Sclérotomie 412, 789.

Scopolamine 302.

Scorbut 473, 528, 685.

Scotome 34, central 519, scintillant 529.

Scrofulose 106, 247, 329, 516, 551, 552, 553, 554, 562, 602, 679.

Séclusion pupillaire 312, 318, 322, 341, 416.

Secondaire (Cataracte) 802, 810, Déviation 641, 659.

Sémidécussation 503, 505.

Septicémie 473.

Serpigineux (Ulcère) de la cornée 160, 175.

Simulation de la cécité 38.

Sinus 681.

Skiascopie 22.

Snellen (Échelles typographiques de) 709.

Sondage du canal lacrymal 603, 610.

Sphincter de l'iris 272.

Sous-conjonctivales (Injections) 176.

Soustractions sanguines 361.

Staphylôme, anatomie 233, ciliaire 267, de la cornée 165, 228, excision 233, incision 234, intercalaire 267, pellucide 241, postérieur de Scarpa 263, 365, 738, de la sclérotique 247, 263.

Stase (Papille de) 511, 514.

Statomètre 677.

Stellwag (Symptôme de) 686.

Sténopéiques (Lunettes) 223, 702.

Stéréoscopique (Vision) 631.

Strabisme 658, alternant 660, 665, angle du strabisme 640, 659, 668, apparent 666, concomitant 659, convergent 661, divergent 662, inférieur 666, intermittent 666, latent

636, opération 817, position de la tête 669, paralytique 641, périodique 660, supérieur 666.

Stramoine (Intoxication par la) 302, 520.

Striée (Kératite) 211.

Strychnine 484, 520, 522.

Succion de la cataracte 803.

Sulfure de carbone (Intoxication par le) 320.

Suprachoroïde 282.

Suture de Gaillard 841, de Græfe pour l'avancement 821, de Knapp 823, de Pagenstecher 847, de Snellen pour l'entropion 842, de Snellen pour l'ectropion 842.

Symblépharon 129, 579, postérieur 79.

Sympathique (Paralysie du nerf) 354, 589, Ophtalmie sympathique 332, 336, 340.

Synchysis du corps vitré 461, étincelant 463.

Synéchie antérieure 164, 219, 225, postérieure 311, 342.

Syphilis 94, 117, 124, 189, 202, 206, 208, 247, 269, 328, 335, 351, 353, 360, 479, 513, 554, 570, 602, 648, 656, 679, 766.

Tabagique (Amblyopie) 518, 656.

Tache aveugle de Mariotte 34, jaune 18, 465.

Tabès, voir *moelle épinière*.

Taie 218.

Tarse, anatomie 346, maladies 570.

Tarsorraphie 838.

Tatouage 223.

Teichopsie 529.

Téléangiectasie, voir *angiome*.

Tendance à la fusion 632.

Ténon (Capsule de) 674, Espace de Ténon 288.

Ténonite 558, 682.

Ténotomie 817.

Tension 6, 291, 303.

Tétanie 449, 516.

Thrombose de la veine centrale 475, du sinus caverneux 516, 558, 681, 682.

Tonomètre 293.

Trachome 72, aigu 77, d'Arlt 88, diffus 89, folliculaire 89, granuleux 73, 88, grains de trachome 89, mixte 89, papillaire 72, 87, succulent 89, vrai 88.

Traitement consécutif aux opérations 778, 786.

Transplantation de la cornée 223, 238, du sol ciliaire 832.

Trichiasis 78, 561, 571, opération 831.

Trijumeau (paralysie du) 190, 551, 613, 657.

Troubles des milieux 10, 14, du corps vitré 460, de la cornée 218, de la cornée par hypertonie 220, 399, 403, du cristallin 422, 447, de l'humeur aqueuse 312, de la vue sans lésion appréciable 525.

Tuberculose 94, 106, 121, 247, 269, 379, 516, 554, 562, 648, 679, de la choroïde

379, de la conjonctive 121, de l'iris 346, 349.
Tumeurs de la conjonctive 136, choroïde
374, cornée 242, corps ciliaire 346, glande
lacrymale 608, iris 346, nerf optique 523,
orbite 689, paupières 592, rétine 491, sclérotique 269, caverneuses, voir *angiome*,
cérébrales, voir *cerveau*.
Tylosis 561.
Typhus 106, 180, 189, 195, 336, 370, 516,
681, récurrent 330, 473.

Ulcère de la conjonctive 121, cornée 148,
159, rongeant 175, 594, paupières 554,
sclérotique 269, septique 185.
Urémie 478.
Unguis 184.
Uvée anatomie 271.

Vaccin (Ulcères dus au) 555.
Variole 115, 180, 190, 336, 370, 516, 681.
Vasculaire (Entonnoir) 11, 498, Tumeur,
voir *angiome*.

Vascularisation de la cornée 153.
Veineux (Pouls) 17.
Vertige 644.
Vésicules (Formation de) sur la cornée 194,
optique 303.
Vésiculeux (Catarrhe) 54.
Vision quantitative, 710, 792, simple 620.
Voies lacrymales, anatomie 597, maladies
600, 606, 773.

Weil (maladie de) 370.

Xanthélasma 592.
Xérosis 79, 132, 189, 194, 528, bacilles du —
133.

Zeiss (Glandes de) 546.
Zinn (Couronne vasculaire de) 288, Zonule
de Zinn, 417, 422, 452.
Zona ophtalmique 196, 550, 554.
Zone de la fente palpébrale 549.
Zonulaire (Cataracte) 429, 443.

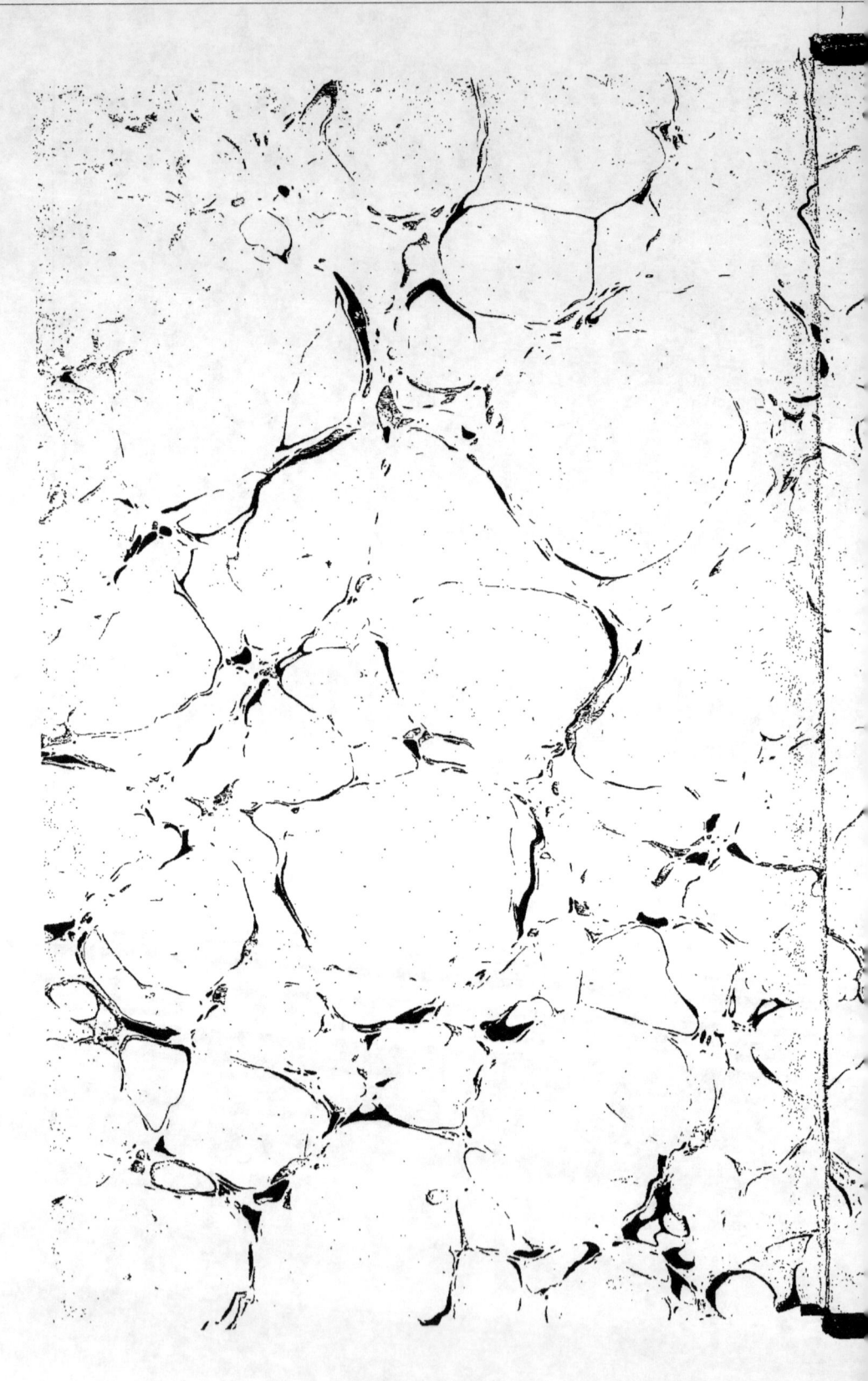

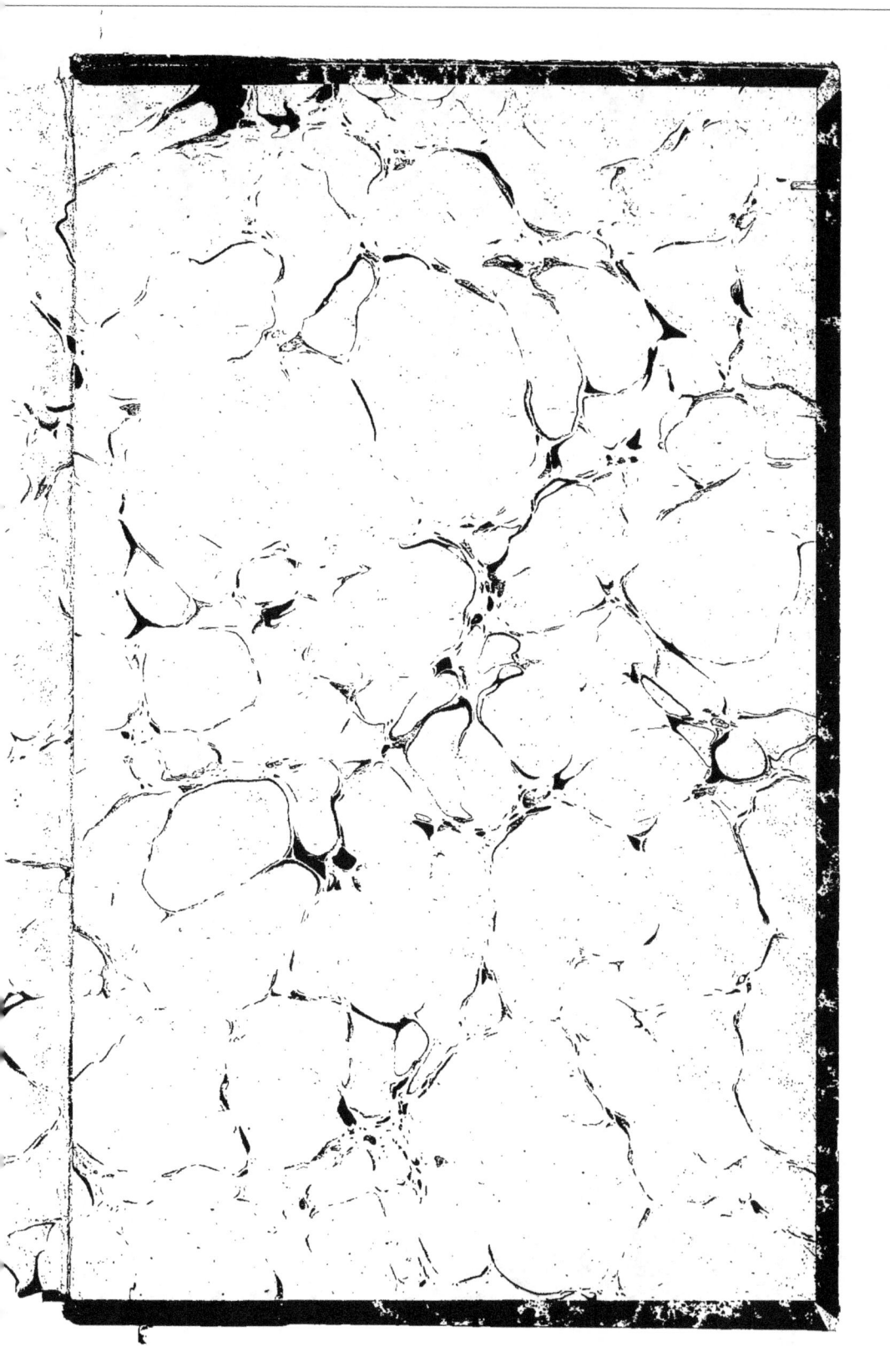